# DER STEINERNE LEOPARD

# TODESSPUR

# COLIN FORBES

# DER STEINERNE LEOPARD

Deutsch von Joachim Maass

Weltbild

Originaltitel: *The Stone Leopard* (Der steinerne Leopard)
*The Power* (Todesspur)



Besuchen Sie uns im Internet:
*www.weltbild.de*

## Der Autor

Der Engländer Colin Forbes, Jahrgang 1923, diente während des Krieges in der britischen Armee und war hauptsächlich im Mittelmeerraum eingesetzt. 1965 schrieb er sein erstes Buch und gab zwei Jahre nach dessen Veröffentlichung seine Tätigkeit auf, um sich ganz der Schriftstellerei zuzuwenden. Seine Reisen, neben der Schriftstellerei das Lieblingshobby des Autors, führten ihn durch die USA, Asien, Afrika und die meisten westeuropäischen Länder. Colin Forbes hat sich mit zahlreichen Thrillern, die in über zwanzig Sprachen übersetzt wurden, einen festen Platz auf den internationalen Bestsellerlisten gesichert, und viele seiner Romane wurden verfilmt. Er starb im August 2006 in London.

Weltbild Taschenbuch

*Für Jane*

# Inhalt

TEIL EINS

# Der Leopard
# 8. Dezember
# bis 16. Dezember

»Die USA sind ein einziger Slum…

Diese barbarische amerikanische Zivilisation, dieses Land der Wolkenkratzer und Bruchbuden… In New York blickt unglaublicher Reichtum von Penthäusern auf unglaubliche Armut hinab, und nichts ist von Dauer, nicht einmal für fünf Minuten – nicht einmal die Ehe hat in diesem Land der Geschiedenen Bestand…

Was für eine wundervolle Zivilisation ist das – kontrolliert von der Bau-Lobby, der Automobil-Lobby und der Öl-Lobby. Es ist also kein Wunder, daß kaum zwanzig Jahre alte Wolkenkratzer abgerissen werden, um noch scheußlicheren Monolithen Platz zu machen. Autobahnen ziehen sich kreuz und quer durchs Land – damit diese unglücklichen und neurotischen Menschen Auto fahren können – von A nach A nach A! In den Vereinigten Staaten kommt man nie nach B – jeder neue Ort, an den man kommt, ist der gleiche, den man verlassen hat! Und dies ist das Amerika, das den Versuch unternimmt, Europa zu beherrschen!

Lassen Sie mich warnen, meine Freunde. Wenn Europa nicht auch zu einem riesigen Slum verkommen soll, müssen wir dafür kämpfen, unseren Kontinent von allem amerikanischen Einfluß zu säubern…«

*Auszug aus einer Rede Guy Florians, des Präsidenten der Französischen Republik, am 7. Dezember in Dijon.*

# 1

»Nach Giscard kam de Gaulle...«

Die trockene Bemerkung kam von einem Staatssekretär des britischen Foreign Office und war vertraulich gemeint. Ein Vertreter des amerikanischen State Department sagte es drastischer: »Nach Giscard kam ein brutalerer de Gaulle – ein de Gaulle mit zehnmal mehr Macht.« Sie sprachen natürlich von dem neuen Präsidenten der Französischen Republik, nur wenige Stunden vor dem ersten Anschlag auf sein Leben.

Es war sein antiamerikanischer Ausbruch in Dijon gewesen, der diese beiden Bemerkungen über den mächtigsten Staatsmann Westeuropas provoziert hatte. Verständlicherweise löste die Nachricht vom Mordversuch an Präsident Florian in bestimmten Kreisen Washingtons nur deshalb echte Trauer aus, weil er fehlgeschlagen war. Aber an jenem winterlichen Dezemberabend, als Florian den Elysee-Palast verließ, um die wenigen Dutzend Meter zum Innenministerium am Place Beauvau zu gehen, entging er dem Tod nur um Haaresbreite.

Guy Auguste Florian, der Nachfolger Giscard d'Estaings als Präsident der Französischen Republik, war auf spektakuläre Weise und völlig unerwartet an die Macht gekommen – so unerwartet, daß seine Amtsübernahme fast jede Regierung der Welt unvorbereitet traf. Florian war hochgewachsen, schlank und agil und sah mit seinen zweiundfünfzig Jahren zehn Jahre jünger aus; er war außergewöhnlich intelligent und zeigte sich ungeduldig mit Menschen, deren Köpfe langsamer arbeiteten als sein eigener. In seiner dominierenden Präsenz, in der Art, wie er jeden Menschen seiner Umgebung durch die schiere Kraft seiner Persönlichkeit beherrschte, war etwas von Charles de Gaulle zu spüren. Am Mittwoch, dem 8. Dezember, um acht Uhr abends, war er höchst ungeduldig, als Marc Grelle, der Polizeipräfekt von Paris, ihn davor warnte, zu Fuß durch die Straßen zu gehen.

»Es steht ein Wagen bereit. Er kann Sie ins Ministerium fahren, Herr Präsident...«

»Meinen Sie, ich würde mich sonst erkälten?« fragte Florian. »Womöglich wollen Sie sogar, daß ein Arzt mich in diesen zwei Minuten begleitet, die ich für den Weg brauche?«

»Immerhin wäre er verfügbar und könnte den Blutstrom stillen, falls Sie von einer Kugel getroffen werden...« Marc Grelle war einer der wenigen Männer in Frankreich, die es wagten, Florian mit gleichermaßen ironischen Wendungen zu widersprechen. Der Polizeipräfekt, zweiundvierzig Jahre alt, ein paar Zentimeter kleiner als der einen Meter sechsundachtzig große Präsident, war ebenfalls schlank und athletisch gebaut und ein Mann, dem Förmlichkeit zuwider war. Das zeigte sich auch in seiner Kleidung. So trug er während der Arbeitszeit meist sorgfältig gebügelte Hosen und einen Rollkragenpullover. Das war seine normale Arbeitskleidung, die er auch jetzt trug. Vielleicht waren es diese Ungezwungenheit und dieses selbstsichere und gelöste Auftreten, die den seit einem Jahr verwitweten Präfekten – seine Frau war bei einem Autounfall ums Leben gekommen – für Frauen attraktiv machten. Seine Erscheinung mag da auch ein wenig geholfen haben; er hatte sich einen gepflegten dunklen Schnurrbart stehen lassen, der gut zu seinem dichten schwarzen Haar kontrastierte, er war – wie der Präsident – kräftig gebaut, und obwohl er im allgemeinen ein Pokergesicht zur Schau trug, zeigte sich in seinen Mundwinkeln ein Anflug von Humor. Er zuckte die Achseln, als Florian einen Mantel überzog und sich bereitmachte, sein Arbeitszimmer im ersten Stock des Elysee zu verlassen.

»Dann werde ich Sie begleiten«, sagte der Polizeipräfekt. »Aber Sie gehen ein unnötiges Risiko ein…«

Er folgte Florian aus dem Arbeitszimmer und die Treppe zu der großen Halle hinunter, die zum Vorderportal und dem geschlossenen Innenhof führt. Im Gehen zog er seinen ledernen Regenmantel über. Er ließ den Mantel bewußt offen; so konnte er leichter an seinen 38er Smith & Wesson-Revolver herankommen, den er immer bei sich trug. Es ist nicht üblich, daß ein Präfekt bewaffnet ist, aber Marc Grelle war auch kein Präfekt vom gewöhnlichen Schlag; da eine seiner Hauptpflichten darin bestand, den Präsidenten innerhalb der Stadtgrenzen von Paris zu schützen, faßte er dieses Gebot als persönliche Verpflichtung auf. In der mit Teppichen ausgelegten Halle öffnete ein uniformierter und mit Medaillen dekorierter Pförtner die hohe Glastür. Florian, der dem Präfekten schon um einiges voraus war, lief die sieben Stufen zu dem mit Kopfsteinpflaster ausgelegten Innenhof hinunter. Grelle befand sich noch im Gebäude und beeilte sich, um den Präsidenten einzuholen.

Um zum Innenministerium zu gelangen, das man vom Elysee zu Fuß in nur drei Minuten erreicht, mußte der Präsident den Innenhof verlassen, die Rue du Faubourg St. Honoré überqueren und wenige Dutzend Meter zum Place Beauvau gehen, wo er das Ministerium durch den Haupteingang betreten würde. Er setzte zum Überqueren der Straße an, als Grelle die Wachtposten kurz grüßte und den Innenhof verließ. Der Präfekt warf rasch einen Blick nach links und rechts. Um acht Uhr abends, kaum vierzehn Tage vor Weihnachten, das in Paris ohne große Begeisterung gefeiert wird, war es draußen dunkel und ruhig. Es herrschte kaum Verkehr. Grelle spürte ein paar leichte Regentropfen auf seinem Gesicht. Gleich würde es wieder regnen, Gott im Himmel – es hatte seit Wochen ständig geregnet, und halb Frankreich stand unter Wasser.

Die Straße war fast leer, aber nicht völlig; ein Paar, das sich dem Eingang zum Elysee aus Richtung der Madeleine näherte, blieb unter einer Straßenlaterne stehen, während der Mann sich eine Zigarette anzündete. Britische Touristen, vermutete Grelle: Der Mann, ohne Hut, trug einen kurzen Offiziersmantel; die Frau hatte einen eleganten grauen Mantel an. Auf der anderen Straßenseite stand noch jemand, eine Frau, die allein in der Nähe eines Pelzgeschäfts stand. Jetzt wandte sie sich halb zur Straße und wühlte in ihrer Handtasche, vermutlich nach einem Taschentuch oder einem Kamm.

Eine ziemlich attraktive Frau – Anfang Dreißig, soweit Grelle sehen konnte. Sie trug einen roten Hut und einen figurbetonenden braunen Mantel. Während Florian dem Place Beauvau zustrebte und die Straße diagonal überquerte, ging er im Winkel an ihr vorüber. Der Präsident, der eine attraktive Frau immer bemerkte, warf ihr einen Blick zu und ging dann weiter. All das nahm Grelle in sich auf, als er die Bordsteinkante erreichte, noch immer ein paar Meter hinter seinem ungeduldigen Präsidenten. Wenn Florian den Elysee-Palast verließ, wurden keine Leibwächter zu seiner Begleitung abgestellt: Er hatte ausdrücklich untersagt, was er »ein Eindringen in meine Privatsphäre…« nannte. Normalerweise ließ er sich in einer der schwarzen Limousinen vom Typ Citroën DS 23 chauffieren, die ständig im Innenhof bereitstanden, aber wann immer er den Innenminister zu sehen wünschte, hatte er sich lästigerweise angewöhnt, den Weg zum Place Beauvau zu Fuß zurückzulegen. Und diese Angewohnheit war bekannt geworden. Sogar die Presse hatte darüber berichtet.

»Es ist gefährlich«, hatte Grelle protestiert. »Sie gehen sogar immer zur gleichen Zeit – um acht Uhr abends. Wenn Ihnen jemand auflauern wollte, hätte er es leicht…«

»Glauben Sie, daß die Amerikaner einen Revolvermann herüberschicken werden?« hatte Florian spöttisch gefragt.

»Es gibt immer Verrückte…«

Grelle war vom Bordstein auf die Straße getreten und noch immer dabei, Florian einzuholen, wobei er ständig nach allen Seiten blickte, als irgend etwas den Präsidenten dazu brachte, zurückzublicken. Er war kaum einen Meter entfernt, als die Frau die Waffe aus der Handtasche nahm. Völlig kühl, ohne jedes Anzeichen von Panik und mit sicherer Hand zielte sie aus kürzester Entfernung. Florian fuhr herum, erstarrte vor purem Erstaunen, aber nur wenige Sekunden. Eine Sekunde später wäre er schon gerannt, hätte sich geduckt, irgend etwas getan. Das Echo zweier in rascher Folge abgefeuerter Schüsse dröhnte durch die Straße wie donnernde Fehlzündungen eines großen Wagens.

Der Körper lag im Rinnstein, sehr leblos, sehr tot. Das völlige Fehlen jeder Bewegung irritiert immer am meisten. Grelle beugte sich über sie. Die 38er Smith & Wesson hielt er noch immer in der Hand. Er war schockiert. Es war das erste Mal, daß er eine Frau getötet hatte. Als die Leute vom Gerichtsmedizinischen Institut später den Leichnam untersuchten, fanden sie eine von Grelles Kugeln im Herzen der toten Frau, die zweite einen Zentimeter weiter rechts. Einen Moment zuvor hatte der Präfekt den Präsidenten fest am Arm gepackt, in den Innenhof zurückgedrängt und in den Elysee-Palast zurückgebracht, ohne davon Notiz zu nehmen, was Florian sagte. Jetzt strömten Wachtposten mit automatischen Waffen auf die Straße. Viel zu spät.

Grelle selbst entfernte die Automatik aus der Hand der toten Frau. Er hob die Waffe vorsichtig am Lauf auf, um die Fingerabdrücke zu erhalten. Es war eine Bayard 9 Millimeter mit kurzem Lauf aus der kleinen belgischen Waffenfabrik in Hertal. Sie war zwar klein genug, um in eine Handtasche zu passen, aber alles andere als eine Damenwaffe. Aus kürzester Entfernung abgefeuert – und das wäre hier der Fall gewesen –, wäre das Ergebnis fatal gewesen. Daran zweifelte Grelle keinen Augenblick. Wenige Minuten später kam sein Stellvertreter, Generaldirektor André Boisseau von der Police Judiciaire, in einem Polizeiwagen mit heulenden Sirenen in der inzwischen abgeriegelten Straße an.

»Mein Gott, ist es wahr?«

»Ja, es ist wahr«, bellte Grelle. »Sein Beinahe-Mörder, eine Frau, wird gerade in den Krankenwagen dort drüben getragen. Florian ist unverletzt – zurück im Elysee. Von jetzt an wird alles anders sein. Wir werden ihn vierundzwanzig Stunden am Tag unter strengster Bewachung halten. Er muß bewacht werden, wohin er auch geht – ich werde ihn morgen früh aufsuchen, um seine Zustimmung zu bekommen...«

»Und wenn er nicht zustimmt?«

»Wird er meinen sofortigen Rücktritt erhalten...«

Unterdessen war die Presse angekommen. Die Reporter versuchten, sich mit Gewalt einen Weg durch das Gewimmel von Gendarmen zu bahnen, und einer der Zeitungsleute rief dem Präfekten etwas zu. »Die Hyänen sind da«, murmelte Grelle mit zusammengebissenen Zähnen, aber es war wichtig, sie sofort aufzuklären. Sie hatten gerade noch Zeit, ihre Berichte für die Titelseiten der morgigen Ausgaben einzureichen. Er gab Anweisung, sie durchzulassen. Sie umringten den schlanken, athletischen Mann, der von allen Anwesenden der ruhigste war. Es war natürlich der Reporter der L'Humanité – »dieses kommunistische Dreckblatt« nannte der Präfekt diese Zeitung –, der die Frage stellte: »Sie sagen, der Attentäter sei eine Frau gewesen? Hat der Präsident sie gekannt?«

Die Anspielung war grob und mehr als deutlich angesichts der Gerüchte über Florians gespannte Beziehungen zu seiner Frau und über seine Affären mit anderen Frauen. L'Humanité witterte einen pikanten Skandal von internationalen Ausmaßen. Grelle, der Politiker verabscheute, verstand etwas von Politik. Er schwieg kurz, um die Aufmerksamkeit aller auf sich zu ziehen, um eine Spannung zu erzeugen, die er lösen konnte.

»Der Präsident hat diese Frau nicht gekannt. Er hatte sie noch nie gesehen. Er hat mir das gesagt, als ich ihn in den Elysee-Palast zurückdrängte ...«

»Er hat sie also deutlich gesehen?« insistierte der Reporter.

»Der Zufall wollte es, daß er sie direkt ansah, als sie die Waffe auf ihn richtete ...«

Kurz nach diesem Wortwechsel brachte er die Journalisten zum Schweigen und ließ sie die Straße hinunter hinter den Sicherheitskordon zurückschicken. Er wußte, daß sie bald ihre Redaktionen anrufen mußten. Der Krankenwagen war weggefahren. Polizeifotografen machten Aufnahmen von dem Abschnitt des Bürgersteigs, in dem es passiert war. Grelle ließ einen hohen Polizeioffizier zurück, um die Formalitäten zu Ende zu führen, und bestieg den Wagen seines Stellvertreters Boisseau, der sie zur Präfektur auf der Ile de la Cité zurückfuhr.

Auf dem Weg dorthin untersuchte der Präfekt die Handtasche der toten Frau, die er in die Tasche seines Regenmantels gesteckt hatte. Der übliche Inhalt: Lippenstift, Kompaktpuder, ein Schlüsselring, Kamm, einhundertsiebenundfünfzig Franc in Scheinen und Münzen sowie ein Personalausweis. Die Frau, die versucht hatte, den Präsidenten von Frankreich zu töten, nannte sich Lucie Devaud. Zu dieser Zeit maß Grelle diesem Namen keinerlei Bedeutung bei. Er sah auch nichts Bezeichnendes darin, daß sie im Departement Lozère geboren war.

In bestimmten Augenblicken der Geschichte ist es ein einziger Vorfall, der eine ganze Reihe weiterer Ereignisse auslöst, was auf verschiedenen Kontinenten Räder zum Rollen bringt, die sich immer schneller und schneller drehen. Lucie Devauds Versuch, Guy Florian zu töten, war so ein Zwischenfall. Er ereignete sich in einem kritischen Moment der europäischen Geschichte.

Die Welt war gerade dabei, sich von der unheilvollen Weltwirtschaftskrise zu erholen, die 1974 eingesetzt hatte. Überall herrschten wieder Hoffnung und Optimismus. Die Luftverkehrsgesellschaften verfrachteten eine ständig wachsende Zahl von Touristen an weit entfernte und exotische Ferienorte; die Aktienbörsen der Welt zeigten eine stetig steigende Tendenz – der Dow-Jones-Index hatte gerade die 1500er-Marke passiert –, und die Schrecken der Inflation waren jetzt nur noch Erinnerung. Und, wie das amerikanische Hudson Institute vorhergesagt hatte, war Frankreich der Staat, der die übrige Welt durch seinen mächtigen wirtschaftlichen Aufschwung mitriß. Frankreich war aus verschiedenen Gründen zur mächtigsten Nation Westeuropas geworden und hatte selbst die Bundesrepublik Deutschland überholt; der Präsident der Französischen Republik, Guy Florian, war folglich der mächtigste Staatsmann zwischen Moskau und Washington. An der politischen Front sah die Szene weniger beruhigend aus.

Während der großen Wirtschaftsrezession hatte die Sowjetunion ihren Einflußbereich beträchtlich erweitert. Portugal war jetzt ein kommunistischer Staat. Die dortige Kommunistische Partei hatte sich durch Wahlschiebungen an die Macht gebracht. In Griechenland hatte ein kommunistischer Staatsstreich die Regierung gestürzt. Und Spanien befand sich nach einer langen Zeit des Chaos fest in der Hand einer von Kommunisten beherrschten Koalitionsregierung. Sowjetische Kriegsschiffe lagen im Athener Hafen Piräus vor Anker, ebenso vor Barcelona. Der Hafen von Lissabon diente den Sowjets als Marinebasis. Das Mittelmeer war beinahe ein sowjetischer Binnensee geworden. Überdies hatten die letzten amerikanischen Truppeneinheiten Europa verlassen, da der amerikanische Kongreß eine Politik des ständig fortschreitenden Isolationismus verfolgte.

Dies alles – im Verein mit der wachsenden wirtschaftlichen Macht – bedeutete, daß Frankreich in Westeuropa eine

Schlüsselposition innehatte. Es war mit der Bundesrepublik Deutschland verbündet und stellte den entscheidenden Faktor dar, der ein weiteres Vordringen der Sowjets verhinderte. Dies war die Situation, in der die Nachricht um die Welt ging, Lucie Devaud habe versucht, Präsident Guy Florian zu töten. Die Französin hatte es nicht geschafft, auf den Abzug ihrer 9mm-Automatik zu drücken, aber sie hatte unabsichtlich eine andere Art von Auslöser betätigt.

In kürzester Zeit beeinflußte ihr Tod das Leben folgender Männer: Der erste war Alan Lennox, ein Engländer mit Wohnsitz in London; ferner waren es David Nash, ein in New York lebender Amerikaner; Peter Lanz, ein Deutscher mit Wohnsitz in Bayern; Oberst Rend Lasalle, ehemaliger stellvertretender Leiter der Gegenspionage der französischen Armee, der jetzt in der Bundesrepublik Deutschland im Exil lebte, sowie bestimmte andere Leute, die sich gegenwärtig in der Tschechoslowakei aufhielten. Die erste Reaktion kam von Oberst Lasalle, der sofort eine weitere seiner Hetzsendungen in den Äther gehen ließ, und zwar über den Sender Europa, der im Saarland sendet.

»Wer war diese mysteriöse Frau, diese Lucie Devaud?« fragte Lasalle in seiner Nachtsendung am 8. Dezember. »Was war ihr Geheimnis? Und welches Geheimnis verbirgt sich in der Vergangenheit eines führenden Pariser Politikers, das um keinen Preis gelüftet werden darf? Und warum läßt Marc Grelle über Nacht ein Netz von Sicherheitsmaßnahmen über mein Land legen, das Frankreich in einen Polizeistaat verwandelt? Gibt es eine Verschwörung...?«

Auszüge dieser Sendung wurden in den Nachrichtensendungen von Fernsehstationen in der ganzen Welt wiedergegeben. Lasalles Rundfunksendung – die bislang giftigste von allen – enthielt alle Elemente, mit denen sich Spekulationen anheizen lassen. »Das Geheimnis in der Vergangenheit eines führenden Pariser Politikers...« Dieser Satz wurde von den ausländischen Korrespondenten aufgegriffen. Gab es etwa, so spekulierten sie, irgendwo in Paris eine hochgestellte Persönlichkeit – vielleicht sogar einen Minister –, die insgeheim gegen Präsident Florian arbeitete? Wenn das der Fall war – wer war diese Figur im dunkeln? Die wildesten Gerüchte wurden in die Welt gesetzt – es wurde sogar behauptet, eine rechtsstehende Verschwörergruppe unter Führung des unbekannten Ministers sei für den Attentatsversuch verantwortlich; diese Männer hätten versucht, Florian umzubringen, bevor er am 23. Dezember seinen historischen Staatsbesuch in der Sowjetunion antrat.

In einem Apartment im achten Stock eines Hauses in der East 84th Street in New York tat David Nash das Gerücht von einer Verschwörung als dummes Zeug ab. Nash, fünfundvierzig Jahre alt, ein kleiner und gutgebauter Mann mit klugen grauen Augen und sich lichtendem Haar, arbeitete für eine Sonderabteilung des State Department, die noch von keinem Kongreßausschuß durchleuchtet und damit unbrauchbar gemacht worden war. Offiziell hieß es, er sei mit politischen Fragen beschäftigt – »dem unbestimmtesten Begriff des Wörterbuchs«, wie er einmal bemerkte; in Wahrheit befaßte er sich mit Gegenspionage auf höchster Ebene. Und da er sich bemühte, in der Hauptstadt möglichst wenig in Erscheinung zu treten, war sich die Presse seiner Existenz kaum bewußt. Am Nachmittag des Tages nach dem Ausbruch Lasalles über den Sender Europa Nummer Eins saß er in seinem Apartment und las eine Übersetzung der Sendung. Mit ihm am Tisch saßen zwei Männer, die soeben aus Washington nach New York geflogen waren.

»So wie die Dinge liegen«, bemerkte Nash, »jagt es mir kalte Schauer über den Rücken, daß Florian um ein Haar ermordet worden wäre. Wenn Frankreich gerade in diesem Augenblick in ein Chaos gestürzt würde, dann weiß nur Gott allein, wie die Sowjetunion versuchen könnte, sich die Situation zunutze zu machen. Wir müssen herausfinden, wer hinter diesem Attentatsversuch stand...«

Andrew MacLeish, Nashs offizieller Vorgesetzter, ein dünner, streng aussehender Fünfziger, unterbrach ihn gereizt. Er haßte New York und buchte jede dort verbrachte Minute als für sein Leben verloren ab. »Sie glauben, daß dieser Strohkopf Lasalle weiß, wovon er redet? Für mich steht fest, daß er Florian bis aufs Messer reizen will und daß es ihm einfach nur Spaß macht, nach Belieben zu stänkern. Nach meiner Zählung ist dies die zehnte Anti-Florian-Sendung in sechs Monaten...«

»Die zehnte«, bestätigte Nash. »Übrigens habe ich seine Einladung angenommen, mich mit ihm zu treffen.«

»Welche Einladung?« wollte MacLeish wissen. »Ich höre jetzt zum erstenmal, daß Sie mit diesem Psychopathen Kontakte gehabt haben...«

»Selbst Psychopathen wissen gelegentlich das eine oder andere«, bemerkte Nash. »Oberst Lasalle hat sich heute vormittag – unserer Zeit – über die Brüsseler Botschaft an mich gewandt. Er sagte, er habe einige höchst wichtige Informationen über das, was wirklich in Paris vorgeht, daß er aber nur mit einem Regierungsvertreter aus Washington sprechen werde – unter vier Augen. Und wir müßten über diese Angelegenheit strikt schweigen...«

»Ich glaube nicht, daß wir uns mit exilierten Psychopathen einlassen sollten«, wiederholte MacLeish. Er sah aus dem Fenster; durch das Stahlskelett eines neuen Wolkenkratzers konnte er noch einen Teil der Triborough Bridge erkennen. Sie diskutierten noch über eine Stunde über das geplante Treffen, aber am Ende setzte Nash sich durch. In seinen Augen war es Washington, das anfing, psychopathische Züge zu zeigen; da das Militär und der überwiegende Teil der Administration gegen den Rückzug der amerikanischen Truppen aus Europa waren, den der Kongreß ihnen aufgezwungen hatte, wurde es nur noch wichtiger zu wissen, was wirklich in Europa vorging, und die Ex-Alliierten der USA vor möglichen gefährlichen Entwicklungen zu warnen, die sie aufdecken könnten. Am folgenden Tag flog Nash nach Europa, um den Mann zu treffen, den Guy Florian ruiniert hatte.

Oberst René Baptiste Lasalle, ehemaliger stellvertretender Leiter der militärischen Gegenspionage Frankreichs, war von Guy Florian vor kurzem als »erloschener Vulkan« bezeichnet worden, aber für einen Mann, dessen Karriere abrupt beendet worden war, als es fast gewiß zu sein schien, daß man ihn zum General befördern würde, blieb der Vulkan noch bemerkenswert aktiv. Das Grollen des Obersten Lasalle war in Paris ganz gewiß deutlich zu vernehmen.

Sechs Monate bevor Lucie Devaud versuchte, Guy Florian in der Rue du Faubour St. Honoré zu ermorden, hatte Lasalle einen heftigen Streit mit dem Präsidenten gehabt und über Nacht aus Frankreich fliehen müssen; es ging das Gerücht um, man habe ihn wegen Beteiligung an einer gegen den Präsidenten gerichteten Verschwörung verhaften wollen. Lasalle flüchtete mit seinem eigenen Wagen. Um vier Uhr morgens durchbrach er einen Grenzkontrollposten östlich von Metz und bat in der Bundesrepublik um politisches Asyl. Vom ersten Augenblick seiner Ankunft in der Bundesrepublik an begann er mit dem Organisieren einer Gerüchtekampagne, um den Mann zu diskreditieren, der ihn ruiniert hatte. Als Instrument wählte er Europa Nummer Eins, die unabhängige Rundfunkstation, die vom Saarland aus sendet.

Zu dem Zeitpunkt, als David Nash aus New York abflog, um sich heimlich mit ihm zu treffen, war Oberst Lasalle fünfundfünfzig Jahre alt. Klein, kompakt und mit einem hageren Gesicht, schlug er sich jetzt mit nur noch einem Arm durchs Leben; sein linker Arm war ihm 1962 in Algerien durch eine Landmine direkt an der Schulter abgerissen worden. Der damalige Hauptmann der militärischen Gegenspionage hatte sich bei der Vernichtung arabischer Untergruppenführer als fähigster Offizier der französischen Armee erwiesen. Keine vierundzwanzig Stunden nach dem Verlust seines Arms verlor er auch seine Familie: Ein Terrorist warf eine Bombe ins Wohnzimmer seiner Villa und tötete seine Frau und seinen siebenjährigen Sohn. Lasalle lag im Lazarett, als ihm die Nachricht überbracht wurde. Seine Reaktion war bezeichnend für ihn.

»Da mein Privatleben jetzt beendet ist, werde ich den Rest meines Lebens Frankreich widmen – damit mein Land seine Eigenart bewahren kann. Das ist alles, was mir noch geblieben ist ...«

Sofort nach seiner Genesung kehrte er von Marseille nach Nordafrika zurück. Als er entdeckte, daß sein Gleichgewichtssinn gestört war, begann Lasalle, mit einem Spazierstock in den Estoril-Bergen zu wandern. Er sprang oft über tiefe Felseinschnitte, um ein neues Gleichgewichtsgefühl zu finden. »Wenn es ums Überleben geht«, sagte er später, »paßt der Körper sich wundervoll an ...« Er kam gerade rechtzeitig nach Algerien zurück, um den bislang entschlossensten Attentatsversuch gegen General de Gaulle zu ermitteln und zu vereiteln. Dann, Jahre später, kam der Zusammenstoß mit Florian.

Jetzt, in seinem Exil im Saarland, lebte er in einem Bauernhaus in der Nähe von Saarbrücken – und nahe der französischen Grenze. Über Europa Nummer Eins, den Rundfunksender auf deutschem Boden, den Millionen Franzosen hörten, hielt er regelmäßig seine Sendungen ab. Der Verlust seines Arms schien die ungeheure Energie dieses kleinen Mannes nur noch vergrößert zu haben, der sich rühmte, während seines bisherigen Lebens noch keinen Tag müßig gewesen zu sein. Zielscheibe seiner aggressiven Rundfunkkampagne war Guy Florian.

»Warum besucht er am 23. Dezember die Sowjetunion?

Welches Motiv steht wirklich hinter diesem Besuch? Warum reist er ausgerechnet dorthin, zu einer Zeit, in der Europa durch den drohenden Schatten der Roten Armee stärker gefährdet wird als je zuvor. Wer ist der Minister, über den sich in Paris die Gerüchte verdichten...«

Lasalle nannte Florian nicht einmal beim Namen. Der Ex-Oberst sprach immer nur von »ihm«, »diesem Mann«, bis in Paris allmählich die Erkenntnis dämmerte, daß Lasalle nicht nur ein exzellenter Abwehroffizier war; er hatte sich jetzt auch zu einem Meister der heimtückischen politischen Propaganda entwickelt, der die Grundlagen des Florianschen Regimes zu erschüttern drohte. Dies war der Mann, der den Amerikanern in aller Stille zu erkennen gegeben hatte, daß er einen vertrauenswürdigen Abwehrbeamten zu sprechen wünsche.

Am späten Abend des 9. Dezember, einem Donnerstag, am selben Tag, an dem in New York David Nash MacLeish über seinen bevorstehenden Flug nach Europa und das Gespräch mit Oberst Lasalle informierte, erschien in der Rue du Faubourg St. Honoré ein kleiner, schäbig angezogener grauhaariger Mann und postierte sich gegenüber dem Elysee-Palast. Er stand genau an der Stelle des Bordsteins, an der vor vierundzwanzig Stunden Lucie Devaud im Rinnstein zusammengebrochen war, nachdem Marc Grelles Kugeln sie in die Brust getroffen hatten. Niemand nahm Notiz von dem Mann, und wenn der uniformierte Wachtposten der Garde Républicaine überhaupt einen Gedanken an ihn verschwendete, dürfte er ihn allenfalls für einen dieser Voyeure gehalten haben, die ein makabres Vergnügen daran finden, am Schauplatz eines versuchten Verbrechens zu gaffen. Der schäbig gekleidete Mann kam um 19.30 Uhr an, als es bereits dunkel war. Er war etwa Mitte Sechzig. Sein Gesicht war von tiefen Falten zerfurcht und verbraucht. Er trug einen struppigen grauen Schnurrbart. Um 20.30 Uhr stand er noch immer dort, als er wie benommen, ohne zur Seite zu blicken auf die Straße trat. Der Wagen, der nur wenige Meter entfernt war und ziemlich schnell fuhr, konnte nicht mehr bremsen. Der alte Mann mußte urplötzlich vor der Windschutzscheibe des heranfahrenden Wagens aufgetaucht sein. Das Fahrzeug versetzte dem Fußgänger einen schrecklichen Schlag, überfuhr ihn, beschleunigte und verschwand in Richtung Madeleine. Fünfzehn Minuten später raste ein Krankenwagen mit heulenden Sirenen zum Hotel-Dieu auf der Ile de la Cite, um den Verletzten einzuliefern. Nach der Ankunft untersuchte ein Arzt den Patienten und sagte, er müßte unwahrscheinliches Glück haben, wenn er die Nacht noch überstehen würde.

Am Donnerstag, dem 9. Dezember, nachdem er seine Besucher aus Washington losgeworden war, vertiefte sich David Nash in eine Straßenkarte von Westeuropa. Er prüfte die Entfernungen und entschloß sich sofort, noch in derselben Nacht über den Atlantik zu fliegen. Wenn er den PanAm Flug Nr. 92 erwischte, der 17.45 Uhr in New York abging, würde er am nächsten Morgen in Brüssel sein und somit genug Zeit haben, zu dem verabredeten Treffen nach Luxemburg zu fahren, wie es mit Lasalle vereinbart worden war, und nach Brüssel zurückzufliegen. Nash erreichte die Maschine mit knapper Not. Als die Boeing 707 über der Küste von Long Island allmählich die Flughöhe von dreißigtausend Fuß erreichte, lehnte er sich behaglich in seinem Erster-Klasse-Sitz zurück.

Nash hatte einen gedrängten Zeitplan vor sich. Ihm stand nicht nur das Treffen mit Lasalle auf dem neutralen Boden Luxemburgs bevor, sondern auch eine Begegnung mit seinem deutschen Kollegen Peter Lanz, mit dem ihn eine enge und herzliche Freundschaft verband. Immerhin residierte der geflüchtete französische Ex-Oberst in Deutschland. Es hatte zu den delikateren Aufgaben von Peter Lanz gehört, diesen energiegeladenen Gast im Auge zu behalten, der das Territorium des engsten Verbündeten der Bundesrepublik verlassen hatte, um nach Deutschland zu flüchten.

Die Ankunft von Oberst Lasalle war von den deutschen Behörden mit sehr gemischten Gefühlen aufgenommen worden. Sie gaben ihm Asyl – Paris hatte keinerlei Anklage gegen ihn erhoben –, und der Polizeichef von Saarbrücken war angewiesen worden, den Flüchtling nicht zu genau zu überwachen. Lasalle, der einen Entführungsversuch befürchtete, hatte um Polizeischutz nachgesucht, der ihm unter der Voraussetzung gewährt worden war, daß die Öffentlichkeit nichts davon erfahre. Im Lauf der Zeit – Lasalle hielt sich jetzt schon sechs Monate in der Bundesrepublik auf – wurde die Überwachung gelockert.

Peter Lanz hatte Lasalle mehrere Male besucht und ihn gebeten, einen gemäßigteren Ton in seinen Rundfunksendungen anzuschlagen. Lasalle hatte erwidert, daß er es sich überlegen werde. Danach setzte er sich meist in den Wagen, fuhr zum Funkhaus und überschüttete Florian mit einem neuen Sortiment von Verbalinjurien. Da Lasalle gegen kein Gesetz verstieß, konnte Lanz sich nur mit einem Achselzucken hinsetzen und die Übersetzung des jüngsten Ausbruchs lesen.

Lanz war mit seinen zweiunddreißig Jahren außergewöhnlich jung für den Posten des stellvertretenden Leiters des Bundesnachrichtendienstes. Seine rasche Beförderung verdankte er seiner Qualifikation und der Tatsache, daß zahlreiche ältere Kollegen den Dienst hatten quittieren müssen, nachdem Franz Hauser, der neue Bundeskanzler, drei Monate nach dem Amtsantritt Guy Florians gewählt worden war. »Ich wünsche dort keine Intriganten«, hatte Hauser bündig erklärt, »ich will dort junge und energische Männer sehen, die mit diesem verdammten Job fertig werden ...«

Dieser sehr junge Vize des BND war ein mittelgroßer, schlanker Mann mit sich lichtendem braunen Haar. »Wenn ich in diesem Job bleibe, bin ich mit vierzig kahl«, pflegte er oft zu sagen. »Stimmt es eigentlich, daß Frauen nach kahlköpfigen Männern verrückt sind?« Gewöhnlich blickte er ernst drein, aber er hatte eines mit Guy Florian gemeinsam: Wenn er lächelte, konnte er mit seinem Charme fast jeden dazu bringen, ihm zuzustimmen. Ihm oblag die Aufgabe, potentiell gefährliche Situationen für die Bundesrepublik Deutschland vorherzusehen und zu verhindern – er mußte politisch brisante Entwicklungen im voraus erkennen und abwehren. Die Ankunft Oberst Lasalles auf deutschem Boden war ein klassischer Fall. »Nicht gerade einer meiner größten Erfolge«, bekannte Lanz einmal, »aber dafür wissen wir auch nicht, wohin diese Geschichte noch führen wird, nicht wahr? Lasalle weiß etwas – vielleicht erzählt er mir eines Tages, was er weiß ...«

Nash traf Lanz in Lüttich in Belgien. Früher an diesem Morgen, nachdem er um 8.30 Uhr in Brüssel gelandet war, hatte der Amerikaner sich am Flughafen unter dem falschen Namen Charles Wade einen Wagen gemietet. Dies war sein Pseudonym auf dieser Dienstreise. Nach der Ankunft in Lüttich verbrachte Nash eine halbe Stunde mit Lanz in der anonymen Atmosphäre des Bahnhofsrestaurants und fuhr dann in südlicher Richtung nach Clervaux in den Ardennen weiter. Das geheime Treffen mit Oberst Lasalle war sorgfältig geplant worden – Clervaux liegt weder in Deutschland noch in Belgien. Diese kaum bekannte Stadt liegt hoch oben im Mittelgebirge des nördlichen Luxemburg.

Die Geheimhaltung des Nashschen Trips nach Europa war für das Überleben Lasalles als glaubwürdige politische Figur unerläßlich; wenn es Paris gelingen sollte, seine Verbindungen mit Washington nachzuweisen, würde man ihn leicht als Werkzeug Washingtons diskreditieren können. In dem ruhigen Hotel Claravallis in Clervaux, in einem Zimmer, das auf den Namen Charles Wade bestellt worden war, sprachen Nash und Lasalle zwei Stunden lang völlig ungestört miteinander. Danach verließ Lasalle sofort das Hotel und fuhr nach Deutschland zurück. Nash nahm einen schnellen Lunch ein und fuhr dann direkt nach Belgien zurück, wo er Peter Lanz, der in Lüttich auf ihn gewartet hatte, Bericht erstattete. Eine halbe Stunde später befand sich Nash auf dem Rückweg nach Brüssel, wo er die Nachtmaschine nach New York bestieg. Während seiner Blitzreise nach Europa unter dem Pseudonym Charles Wade hatte Nash sich keinen Augenblick in die Nähe der amerikanischen Botschaft in Brüssel gewagt. Sein Abendessen nahm er im Flugzeug ein, wobei er Tierbilder auf ein Blatt Papier kritzelte und sie dann ausradierte. Bilder vom Kopf eines Leoparden.

# 2

David Nash befand sich auf dem Weg zu seinem ersten Treffen mit Peter Lanz irgendwo auf der Straße zwischen Brüssel und Lüttich, als Marc Grelle in Paris einen Anruf erhielt, der zunächst eine Routineangelegenheit zu sein schien. Das weitläufige Büro des Polizeipräfekten liegt im ersten Stock der Präfektur, von den Fenstern des holzgetäfelten Raums blickt man auf den Boulevard du Palais; zum Schutz vor Einblick sind die Fenster mit Netzgardinen verhängt. Wie gewöhnlich trug Grelle Hosen und einen Rollkragenpullover, als er hinter seinem Schreibtisch saß und die allmorgendliche Papierarbeit erledigte, die er nicht ausstehen konnte.

Der in Metz geborene Grelle war Lothringer. Die Lothringer gelten in Frankreich als die am wenigsten französischen Franzosen. Meist stämmig gebaut und durch nichts aus der Ruhe zu bringen, stehen sie in dem Ruf, vernünftig und in Notlagen zuverlässig zu sein. Grelle hatte einen langen Weg zurückgelegt, um von Metz nach Paris zu gelangen. Vor achtzehn Monaten, als Florian zum Präsidenten gewählt worden war, war Marc Grelle Polizeipräfekt von Marseille gewesen und hätte durchaus nichts dagegen gehabt, seine Karriere in dieser verlotterten Hafenstadt zu Ende zu führen. »Sehen Sie doch mal, wohin der Ehrgeiz die Leute bringt«, pflegte er zu sagen. »Nehmen Sie jeden beliebigen Minister. Sie nehmen Pillen, um schlafen zu können, sie nehmen Aufputschmittel, um sich bei den Kabinettssitzungen mittwochs wachhalten zu können. Sie heiraten reiche Frauen, um ihre Karriere zu fördern, dann geben sie das Geld ihrer Frauen für Freundinnen aus, die sie sich zulegen, um nicht durchzudrehen. Was soll das alles?«

Grelle gab nur nach langem Zögern Florians dringender Aufforderung nach, nach Paris zu kommen. »Ich brauche wenigstens einen ehrlichen Mann um mich«, hatte Florian gedrängt. Sein Gesicht hatte sich zu dem berühmten Lächeln in Fältchen gelegt. »Wenn Sie nicht annehmen, werde ich den Posten vakant lassen müssen!« Also war Grelle nach Paris gegangen.

Er setzte seufzend seinen Namenszug unter ein Dokument und wandte sich einem anderen Papier zu, als das Telefon läutete. Am Apparat war André Boisseau, sein Stellvertreter.

»Ich bin im Hôtel-Dieu, Chef, gleich um die Ecke. Ich finde, Sie sollten sofort herkommen. Hier liegt ein Mann im Sterben, und da ist irgend etwas komisch an der Sache.«

»Sie sagten, er stirbt?«

»Er wurde gestern abend in der Rue du Faubourg St. Honoré von einem Wagen überfahren; der Fahrer hat Fahrerflucht begangen. Das war an genau derselben Stelle, an der Lucie Devaud gestorben ist...« Boisseau wollte am Telefon nicht mehr sagen. Grelle zog also seinen Ledermantel an, verließ das Gebäude und ging die kurze Strecke zu dem großen Krankenhaus am rechten Seineufer zu Fuß. Es goß in Strömen, aber er haßte es, kurze Entfernungen mit dem Wagen zurückzulegen – »Bald werden die Kinder mit Rädern statt mit Beinen auf die Welt kommen« war einer seiner Lieblingsaussprüche. Boisseau erwartete ihn im Erdgeschoß des düsteren Gebäudes. »Tut mir leid, daß Sie klatschnaß geworden sind, Chef, aber er will mit niemand anderem sprechen als mit dem Polizeipräfekten. Der Mann heißt Gaston Martin. Er ist gerade aus Guyana zurückgekehrt – zum erstenmal seit dreißig Jahren, stellen Sie sich das mal vor...«

Später fügte Grelle die bizarre Geschichte zu einem Ganzen zusammen. Guyana ist das einzige überseeische Departement in Lateinamerika, das noch immer zu Frankreich gehört. Früher war Guyana der Öffentlichkeit vor allem wegen des berüchtigten Straflagers auf der Teufelsinsel bekannt; später war es aus den Schlagzeilen verschwunden und gehörte seitdem zu den verschlafeneren Teilen des riesigen amerikanischen Subkontinents. Gaston Martin, ein Mann Ende Sechzig, hatte seit dem Zweiten Weltkrieg sein gesamtes Leben an diesem abgelegenen Ort verbracht. Dann, zum erstenmal seit mehr als dreißig Jahren, war er an Bord eines Frachters heimgekehrt, der am 9. Dezember in Le Havre festgemacht hatte – weniger als vierundzwanzig Stunden nach dem versuchten Attentat auf Guy Florian. Nach Paris war er mit der Bahn gekommen und hatte seinen kleinen Handkoffer im Cécile gelassen, einem schmierigen kleinen Hotel der Rive Gauche. Danach war er zu einem Spaziergang aufgebrochen. Dabei war er schließlich zum Elysee-Palast gelangt, wo er Punkt 20.30 Uhr beim Betreten der Fahrbahn von einem Wagen überfahren worden war.

Als Grelle Boisseau in einen Raum folgte, der nur mit einem Patienten belegt war, wußte er noch nichts von all dem. Der Präfekt rümpfte die Nase, als er Antiseptika roch. Als kerngesunder Mann verabscheute er Krankenhausgerüche.

Gaston Martin lag in dem einzigen Bett des Zimmers. Daneben standen eine Schwester und ein Arzt, der den Kopf schüttelte, als Grelle nach dem Befinden des Patienten fragte. »Ich gebe ihm noch eine Stunde«, flüsterte der Arzt. »Vielleicht weniger. Der Wagen ist direkt über ihn hinweggerollt... Die Lungen sind verletzt. Nein, es ändert nichts, wenn Sie ihm Fragen stellen, aber es kann sein, daß er nicht antwortet. Ich werde Sie jetzt ein paar Minuten mit ihm allein lassen...« Er runzelte die Stirn, als Boisseau auch einen Wunsch äußerte. »Die Schwester auch? Wie Sie wünschen...«

Warum sehen so viele Krankenzimmer wie Todeszellen aus, fragte sich Grelle, als er ans Bett trat. Martins Kopf war mit strähnigem grauen Haar bedeckt; unter seiner hervorspringenden Hakennase hing ein Schnauzbart herab. Mehr Charakter als Grips, stellte Grelle fest, während er einen Stuhl ans Bett zog. Boisseau eröffnete die Unterhaltung. »Dies ist der Polizeipräfekt von Paris, Marc Grelle. Sie wollten ihn sprechen ...«

»Ich habe ihn ... in den Elysee gehen sehen«, sagte Martin mit bebender Stimme.

»Wen gesehen?« fragte Grelle leise. Der Mann aus Guyana streckte den Arm aus und ergriff die Hand des Präfekten, was bei Grelle ein komisches Gefühl hervorrief, ein Gefühl der Hilflosigkeit. »Wen gesehen?« wiederholte er.

»Den Leoparden ...« In Grelle drehte sich etwas, dann fiel ihm etwas anderes wieder ein, und er fühlte sich besser. In den wenigen Sekunden, bevor er antwortete, ging ihm der Inhalt wer weiß wie vieler Akten durch den Kopf, die er irgendwann einmal gelesen hatte. Er versuchte, sich an exakte Details zu erinnern. Er wußte sofort, wen dieser Mann meinte, und als Grelle die zweite Einzelheit einfiel, wurde ihm klar, daß Martin fantasieren mußte.

»Ich weiß nicht, wen Sie meinen«, sagte Grelle vorsichtig.

»Kommunistischer Résistance-Führer ... im Departement Lozère.« Martin packte Grelles Hand und kämpfte, um sich auf dem Kissen abzustützen. Sein Gesicht war mit Schweißperlen bedeckt. Boisseau versuchte, ihn davon abzuhalten, aber Grelle sagte, er solle den Mann lassen. Grelle verstand die verzweifelte Reaktion: Martin versuchte nur noch ein wenig länger am Leben zu bleiben; er fühlte, daß er dies nur schaffen würde, wenn er sich aus seiner liegenden Stellung befreite.

»Kommunistenführer der Kriegszeit ...«, wiederholte Martin. »Der ... jüngste ... der Résistance ...«

»Sie können ihn nicht in den Elysee gehen gesehen haben«, sagte Grelle sanft. »Da sind Wachen postiert, Wachtposten am Eingangstor ...«

»Sie haben salutiert ...«

Grelle spürte den Schock, als hätte er einen Schlag in den Magen bekommen. Trotz aller Anstrengungen machte sich in seiner Hand ein leichtes Zittern bemerkbar, und Martin fühlte es.

Seine fiebrigen Augen öffneten sich zu einem Starren. »Glauben Sie mir«, keuchte er. »Sie müssen mir glauben...« Grelle wandte sich an Boisseau und flüsterte seinen Befehl.

»Niemand darf hier herein – nicht einmal der Arzt. Auf dem Weg herein habe ich in der Nähe des Eingangs einen Gendarmen gesehen – holen Sie ihn, postieren Sie ihn vor dieser Tür und kommen Sie dann wieder...«

Grelle blieb zwanzig Minuten bei dem sterbenden Martin.

Der Präfekt wußte, daß sein Verhör den Tod des armen Teufels beschleunigte, er wußte aber auch, daß es Martin nichts ausmachte. Dieser wollte nur reden und seine Botschaft weitergeben, bevor er starb. Boisseau kehrte wenige Minuten später ins Krankenzimmer zurück, nachdem er den Gendarmen angewiesen hatte, vor der Tür Posten zu beziehen. Einmal wollte ein Priester sich mit Gewalt Zutritt verschaffen, aber Martin gab zu verstehen, daß er Agnostiker sei, und wurde so aufgeregt, daß der Geistliche sich zurückzog.

Für Grelle war das Ganze eine Qual; zu versuchen, den Mann dazu zu bringen, zusammenhängend zu sprechen, zu beobachten, wie Martins Haut unter dem Schweißfilm immer grauer wurde, zu spüren, wie Martins Hand seine eigene ergriff, um die Verbindung zu den Lebenden und zum Leben aufrechtzuerhalten. Am Ende der zwanzig Minuten war das, was Grelle aus Martin herausgebracht hatte, meist nur unzusammenhängendes Gestammel, eine Folge von Sätzen ohne jede Beziehung zueinander, aber dennoch zog sich so etwas wie ein Faden durch die wie im Delirium gemurmelten Sätze. Dann starb Martin. Die Hand in Grelles Hand wurde schlaff wie die eines schlafenden Kindes. Der Mann, der Paris seit mehr als dreißig Jahren nicht gesehen hatte, war zurückgekehrt, um dort innerhalb von achtundvierzig Stunden nach seiner Ankunft in Frankreich zu sterben.

Nach der Rückkehr in die Präfektur mit Boisseau verschloß Grelle die Tür und sagte seiner Sekretärin am Telefon, er könne im Augenblick keine Gespräche mehr annehmen. Dann trat er ans Fenster und starrte auf die regennasse Straße hinunter.

»Falls mir etwas zustoßen sollte«, erklärte er, »muß irgendein anderer über diese Sache Bescheid wissen – jemand, der die Ermittlungen weiterführen kann. Obwohl ich noch immer bete, daß Martin sich geirrt hat, daß er nicht wußte, wovon er sprach...«

»Wovon hat Martin denn gesprochen?« fragte Boisseau diplomatisch.

»Das wissen Sie genausogut wie ich«, entgegnete Grelle brutal. »Er hat gesagt, daß jemand, der gestern abend den Elysee-Palast besucht hat, jemand, der wichtig genug ist, um von den Wachen gegrüßt zu werden – es muß sich also um ein Kabinettsmitglied handeln –, ein kommunistischer Spitzenagent ist.«

Auf Grelles Anweisung schickte Boisseau ein Blitztelegramm an den Polizeichef von Cayenne, Guyana, mit der dringenden Bitte um Übermittlung sämtlicher Informationen über Gaston Martin. Danach versuchten sie, Klarheit in die verworrene und über weite Strecken unzusammenhängende Geschichte zu bringen, die Martin ihnen erzählt hatte.

Martin hatte etwa eine Stunde lang in der Nähe des Elysee-Palastes gestanden – wahrscheinlich zwischen 19.30 Uhr und 20.30 Uhr, manchmal an der Stelle des Bordsteins, an der Lucie Devaud erschossen worden war, manchmal war er zum Place Beauvau hinaufgegangen und dann wieder zurück. Zumindest waren sie sich der Zeit 20.30 Uhr sicher, als ein Wagen ihn überfahren hatte, denn dieser Vorfall war von einem der Wachtposten des Elysee-Palasts beobachtet worden. »Zum Teil beobachtet«, erklärte Boisseau. »Ich habe den Inspektor angerufen, der für diesen Fall zuständig ist, während Sie auf dem Weg zum Krankenhaus waren. Dieser Dummkopf von Wachtposten ist sich nicht einmal sicher, von welcher Marke der Wagen ist, der Martin überfahren hat... Martin hatte geschworen, er habe zu einem bestimmten Zeitpunkt in dieser Stunde gesehen, wie der ihm früher als der Leopard bekannte Mann in den Elysee-Palast hineinging und von den Wachen salutiert wurde. Es war diese kurze Aussage, die Grelle so viel Kopfzerbrechen machte. »Sie haben salutiert...«

Martin hatte nur eine vage Beschreibung des Mannes abgegeben; zu der Zeit, als Grelle dazu gekommen war, nach dem Aussehen des Mannes zu fragen, war der sterbende Mann immer schwächer geworden. Zudem war er oft – wohl weil er Grelles Frage vergessen hatte – abgeschweift.

»Martin zufolge aber war dieser Mann sehr hochgewachsen – über einsachtzig«, betonte der Präfekt. »Das hat er dreimal gesagt – das mit der beachtlichen Körpergröße.«

»Das führt uns mehr als dreißig Jahre in die Résistancezeit während des Krieges zurück«, protestierte Boisseau. »Das heißt, wenn wir Martin überhaupt glauben können. Wie zum Teufel soll er einen Mann wiedererkannt haben, den er in all den Jahren nicht mehr gesehen hat? Die Menschen verändern sich unglaublich...«

»Er hat darauf bestanden, den Leoparden gesehen zu haben. Er hat gesagt, der Leopard habe sich nicht sehr verändert, daß ihm – Martin – zuallererst der Gang des Mannes aufgefallen sei – und dann konnte ich ihn nicht dazu bringen, den Gang des Leoparden zu beschreiben.«

»Das klingt höchst unwahrscheinlich...« Boisseau hatte jetzt die Krawatte abgelegt und saß in Hemdsärmeln da. Man hatte ihnen Kaffee gebracht, und der Raum war voller

Qualm, da Grelle eine Zigarette nach der anderen rauchte. Der Regen peitschte immer noch gegen die Fenster.

»Das tut es«, stimmte Grelle zu, »aber ich war derjenige, der jedes Wort anhörte, und ich muß sagen, er hat mich erschreckt. Ich glaube, ich kann beurteilen, wann ein Mann die Wahrheit sagt und wann nicht...«

»Und dieser Hinweis auf den Leoparden – glauben Sie, er hat da wirklich die Wahrheit gesagt?« Der kleine, kompakte Boisseau gab sich keinerlei Mühe, die Skepsis in seiner Stimme zu verbergen. Unter dichten Augenbrauen sahen seine mandelförmigen Augen Grelle fragend an. »Ich persönlich habe noch nie von ihm gehört...«

»Sie sind auch jünger als ich.« Der Präfekt zündete sich eine neue Zigarette an. »Über den Leoparden gibt es eine Akte, eine jetzt schon sehr alte und verstaubte Akte. Und, ja, ich glaube tatsächlich, daß Gaston Martin die Wahrheit gesagt hat – jedenfalls das, was er für die Wahrheit hielt.«

»Was etwas völlig anderes sein könnte...«

»Durchaus. Sehen Sie, es gibt da etwas, was Sie nicht wissen. Der kommunistische Résistance-Führer, der während des Krieges als der Leopard bekannt war, ist tot.«

Am Samstagmorgen, dem 11. Dezember, flog David Nash, der soeben mit der Nachtmaschine aus Brüssel zurückgekehrt war, von New York nach Washington, um mit Andrew MacLeish im State Department eine rasch anberaumte Krisenbesprechung abzuhalten. Die beiden Männer schlossen sich in einem kleinen Raum im zweiten Stock ein. MacLeish hörte fünfzehn Minuten zu, ohne ein Wort zu sagen; es war eine seiner Stärken, konzentriert zuzuhören und einen mündlichen Bericht ohne Unterbrechung des Vortragenden in sich aufzunehmen; er sog die Informationen auf wie ein Schwamm.

»Und Lasalle hat wirklich nicht den kleinsten Hinweis auf die Identität dieses mysteriösen Kabinettsmitglieds gegeben, das ein kommunistischer Geheimagent sein könnte?« fragte er schließlich. »Dieses Mannes, den er den zweiten Leoparden nennt – weil er den Decknamen des verstorbenen kommunistischen Résistance-Führers der Kriegszeit angenommen hat?«

»Nicht den geringsten«, erwiderte Nash. »Er war mit Informationen sehr zurückhaltend. Er hat mir aber gesagt, daß er glaubt, zum Zeitpunkt seines Riesenkrachs mit Florian kurz davor gewesen zu sein, die Identität des Agenten aufzudecken – nach der Auseinandersetzung mit Florian aber mußte er aus Frankreich fliehen. Seitdem hat er seine Ermittlungen nicht weiterführen können, und er hat eine höllische Angst, daß für den Zeitpunkt des Florianschen Staatsbesuchs in Moskau ein Staatsstreich geplant sein könnte. Er hat den Verdacht, daß die Russen den Präsidenten in die Sowjetunion eingeladen haben, damit er im entscheidenden Moment nicht in Paris ist. Der Attentatsversuch hat Lasalle bewogen, mit mir Kontakt aufzunehmen. Er ist ziemlich sicher, daß der Staatsstreich sofort erfolgt wäre, wenn der Anschlag gelungen wäre – unter Führung des zweiten Leoparden.«

»Er will also, daß wir die Ermittlungen weiterführen, mit denen er begonnen hat...«

»Er hat eine Liste mit den Namen der drei Augenzeugen, die während des Krieges mit dem echten Leoparden zusammengearbeitet haben...«

»Eine Liste, die er Ihnen nicht geben wollte«, fauchte MacLeish.

»Daraus kann ich ihm kaum einen Vorwurf machen«, entgegnete Nash. »Ihm geht Sicherheit über alles, und das mag ich. Er wird die Liste nur dem Agenten aushändigen, den wir stellen, um nach Frankreich zu gehen und diese Leute dort zu befragen...«

»Was zum Teufel können diese drei sogenannten Augenzeugen uns denn schon erzählen?« wollte MacLeish gereizt wissen. »Wenn der echte Leopard tot ist, dann sehe ich nicht, wo da die Verbindung sein soll...«

»Lasalle glaubt, daß jemand, der in der Kriegszeit zur Widerstandsgruppe des Leoparden gehörte, sich nach dem Krieg den Decknamen angeeignet hat, unter dem die Russen ihn gekannt haben und wiedererkennen würden. Um diesen kommunistischen Spitzenagenten zu finden, müssen wir also in der Vergangenheit graben; dann können wir herausfinden, wer in Frage kommt. Wenn wir herausbekommen, wer er im Jahre 1944 war, wissen wir, wer er heute ist.«

MacLeish, dessen zweite Stärke darin bestand, schnelle Entscheidungen treffen zu können, trommelte mit seinen dicken Fingern wie ein Klavierspieler auf den Tisch. »Der Stichtag ist also der 23. Dezember, wenn Florian nach Moskau aufbricht. Das läßt uns genau elf Tage. Sie werden verdammt schnell arbeiten müssen...«

»Ich kann also jemanden losschicken?« warf Nash ein.

»Sie können jemanden auf die Reise schicken«, entschied MacLeish, »aber keinen Amerikaner. Wenn Florians Sicherheitsapparat ihn erwischt, wird das für die Franzosen ein Festessen sein. Ich kann schon jetzt Florians nächste antiamerikanische Rede hören – Yankee-Agent bei dem Versuch geschnappt, einen Pariser Minister zu verleumden... Dieses Risiko können wir uns nicht leisten. Ein Agent ja, aber es darf kein Amerikaner sein«, wiederholte er.

»Aber keinen Amerikaner...«

Es war noch immer Samstagmorgen, als Nash seinem Assistenten Ward Fischer die Anweisung erteilte. Sie befanden sich im dritten Stock, in der Flucht von Büroräumen, die Nashs Stab beherbergte. Unter normalen Umständen wären an einem Samstag alle außer Fischer zu Hause gewesen, aber Nash hatte vor dem Antritt seines Flugs von New York nach Washington telefonisch Anweisung gegeben, daß alle Mitarbeiter bei seiner Ankunft im Büro zu sein hätten. Als Nash sich noch in der Luft befand, füllte sich das Büro mit den eilig zusammengerufenen Männern.

»Das engt das Feld ziemlich ein«, bemerkte Fischer.

»Engen Sie's auf Null ein. Finden Sie den Mann«, bemerkte Nash gereizt. »Innerhalb von zwei Stunden«, fügte er hinzu. Fischer ging in das angrenzende Büro. Innerhalb von fünf Minuten war sein Stab dabei, die Akten nach einem geeigneten Namen durchzusehen. Die besonderen Merkmale des Mannes, der nach Frankreich gehen würde, um Lasalles Augenzeugen zu befragen, waren zwingend vorgeschrieben. Er mußte absolut zuverlässig sein und durfte kein Sicherheitsrisiko darstellen; er mußte Französisch fließend genug sprechen, um als Franzose durchzugehen; mußte sich in Abwehrdingen bestens auskennen; und er mußte ein kühl kalkulierendes, vorsichtiges Temperament besitzen, ein Mann sein, auf den man sich in einer Notsituation verlassen konnte und der in der Lage war, allein auf sich gestellt zu operieren. Was die Nationalität anging, durfte er weder Amerikaner noch Franzose sein.

Dieses letzte Erfordernis hatte Nash persönlich hinzugefügt, was Fischer dazu brachte, blumig zu fluchen, als er das Büro seines Chefs verließ. »Diese gottverdammte Personenbeschreibung schreit nach einem Franzosen«, beklagte er sich bei einem Mitarbeiter, »also müssen Sie jetzt einen Franzosen finden, der kein Franzose ist. Machen Sie sich an die Arbeit...« Nash hatte sehr gute Gründe für diese letzte Bedingung. Weil Frankreich ein ganz besonderes Land ist und viele seiner Bewohner ein waches politisches Bewußtsein haben, hatte Nash das Gefühl, daß es gefährlich wäre, einen Franzosen als Spion auf seine Landsleute anzusetzen. Außerdem war er sich ziemlich sicher, daß Oberst Lasalle seine Bedenken teilen würde.

Während Fischer und sein Stab die Akten durchforsteten, ging Nash in Gedanken die Reihe der Männer durch, die er gekannt – oder von denen er gehört hatte. Ein Name fiel ihm sehr schnell ein, aber er verwarf ihn: Diesen Mann würde er nie überreden können, den Job zu übernehmen. Nash saß am Schreibtisch, die stämmigen Hände im Nacken gefaltet, und befragte sein Gedächtnis. Er verwarf einen Kandidaten nach dem anderen. Am Ende kam er auf den Mann zurück, an den er zuerst gedacht hatte.

Um halb zwei nachmittags betrat Fischer sein Büro mit zwei Akten. »Dies sind die beiden einzigen Männer, die auf die Beschreibung passen«, sagte er müde. »Wir haben am Schreibtisch gesessen und gearbeitet, seit ich Ihr Zimmer verlassen habe. Daß es kein Franzose sein darf, hat die Sache nur noch schwieriger gemacht...« Nash warf einen Blick auf die beiden Akten. Einer der Namen war Jules Beaurain, ein Belgier. »Belgien ist nicht Frankreich«, sagte Fischer hoffnungsvoll. Der zweite Name war der, an den Nash selbst gedacht hatte.

»Wir werden Druck ausüben müssen, um diesen Mann zu bekommen«, sagte Nash nachdenklich. »Es kann sein, daß mir gerade eingefallen ist, wie das am besten zu bewerkstelligen ist. Bringen Sie mir Einzelheiten über alle Bewerbungen von Ausländern um Sicherheitskontrakte in den USA. Bringen Sie sie gleich...«

»Es ist Samstag...«

»Das sehe ich auf dem Kalender. Rufen Sie die Leute zu Hause an und bringen Sie sie auf Trab. Sagen Sie, es sei ein Notfall – und grüßen Sie schön von mir...«

»Das werden sie zu schätzen wissen«, sagte Fischer und verließ das Büro, um seine Frau anzurufen. Auch sie würde es zu schätzen wissen, da war er völlig sicher.

Nachdem er in seinem Büro wieder allein war, zog Nash einen Kugelschreiber aus der Tasche und gab sich seiner Vorliebe für das Kritzeln von Porträts hin.

Aus dem Gedächtnis zeichnete er eine Brustbild-Skizze von einem Mann, den er einmal gut gekannt und trotz einiger Meinungsverschiedenheiten respektiert hatte. Als die Skizze fertig war, fügte er eine Bildunterschrift hinzu. Alan Lennox. Abwehrexperte. Brite.

Viertausendachthundert Kilometer entfernt, auf der anderen Seite des Atlantiks, in London, war es Samstagabend, als Alan Lennox den Schlüssel in dem Chubb-Sicherheitsschloß umdrehte, prüfend an die Türklinke zu seinem Büro griff und einen Augenblick sinnend das Schild an der Wand anstarrte. *Lennox Security Company Limited.* An der Börse waren die Aktien auf dreieinhalb Pfund pro Stück geklettert, und es sah so aus, als würden sie noch weiter steigen; Gesellschaften, die Sicherheit verkauften, erlebten gerade einen kleinen Boom. Der Himmel mochte wissen, weshalb, aber die City machte seit kurzem einen Kult aus ihnen. Vielleicht weil sie »exportorientiert« waren, wie die weisen, kleinen Männer das nannten, die Börsenempfehlungen veröffentlichten. In der ganzen Welt waren große Industriekonzerne dazu übergegangen, Briten mit der Bekämpfung von Industriespionage und der Entwicklung von Sicherheitskonzepten zu betrauen. Briten, so meinte man, seien unbestechlich. Auch eine Glaubensvorstellung. Lennox überlegte, ob es nicht ein guter Moment zum Verkaufen war – wenn er erst einmal den großen Vertrag mit dem amerikanischen Ölkonzern unter Dach und Fach hatte, um den er sich bemühte. Mit dem Vertrag in der Tasche würden die Aktienkurse in den Himmel gehen.

Er war der einzige Mann, der sich im Gebäude aufhielt – samstags pflegten nur Geschäftsführer zu arbeiten. Er fuhr mit dem Fahrstuhl zur Leadenhall Street hinunter und ging in das Unwetter hinaus, das über London losgebrochen war. Er holte seinen Citroën DS 23 aus der Tiefgarage und fuhr durch dichte Regenschleier zu seiner Wohnung am St. James' Place. Dabei sagte er sich, daß dieser Abend nicht dazu angetan sei, einen alleinstehenden Mann zum Ausgehen zu ermuntern. Nach der Ankunft in seiner mit antiken Möbeln eingerichteten Wohnung zog Lennox seinen Zweihundert-

Guineen-Mantel aus und goß sich einen großen Scotch ein. Sein nächstes Problem: Er mußte entscheiden, ob er essen gehen oder sich ein Steak aus dem Kühlschrank grillen sollte.

Lennox war fünfunddreißig Jahre alt und Geschäftsführer des erfolgreichsten internationalen Sicherheitsunternehmens in London. Er war ein mittelgroßer, gut gebauter Mann, der sich mit täuschender Langsamkeit bewegte; wenn es sein mußte, reagierte er schnell wie ein Fuchs. Er war dunkelhaarig und trug sein Haar kürzer, als es Mode war; seine kräftigen Augenbrauen waren ebenfalls dunkel. Seine Augen waren sein auffallendstes Merkmal: dunkel und träge, blikkten sie dennoch wachsam in die Welt und nahmen nichts als selbstverständlich hin. »Es liegt in der Natur meines Jobs, mißtrauisch zu sein«, sagte er einmal. »Ein Mann namens Marc Grelle hat mir in Marseille einmal gesagt, ich hätte den Kopf eines Polizisten; ich nehme an, er hatte recht…«

Lennox war in Paris geboren. Seine Mutter war Französin gewesen, sein Vater ein kleiner Beamter in der britischen Botschaft in der Rue Faubourg St. Honoré. Die ersten zehn Jahre seines Lebens hatte Alan Lennox in Frankreich verbracht. Bevor er in der Schule sein Englisch vervollkommnete, hatte er fließend Französisch gesprochen. Von dem Vorschlag seines Vaters, er solle in den diplomatischen Dienst gehen, hielt er nichts – »Nachdem ich achtzehn geworden war, entdeckte ich, daß wir uns nichts mehr zu sagen hatten.« – und begann statt dessen bei einer großen internationalen Ölgesellschaft. Weil er fließend Englisch, Französisch, Deutsch und Spanisch sprach, wurde er der Sicherheitsabteilung zugeordnet. Fünf Jahre später war er deren Leiter.

»Ich hatte Glück«, erinnerte sich Lennox später. »Es war der richtige Zeitpunkt. Sicherheit war der Schlüssel zum Überleben geworden. Man kann Tanker kaufen und neue Ölfelder anbohren – aber wo bleibt der Gewinn, wenn Terroristen nicht aufhören, alles in die Luft zu jagen?«

Lennox' Karriere nahm einen kometenhaften Aufstieg, als arabische Terroristen dazu übergingen, die Bohrtürme auf nichtarabischen Ölfeldern in die Luft zu sprengen – um die wirtschaftliche Macht des Nahost-Öls zu stärken. Wenn Not am Mann ist, wenden sich Direktoren an den Mann, der sie retten kann; sie wandten sich an Lennox. Von da an unternahm er weite Reisen und organisierte neue Sicherungssysteme für Ölfelder, Tanker und Raffinerien auf vier Kontinenten. Er kam schon bald zu dem Schluß, daß defensive Maßnahmen nicht genügten; wer gewinnen will, muß den Krieg auf feindliches Territorium tragen.

Lennox tauchte in der zwielichtigen Welt der Gegenspionage unter und blieb oft monatelang fort. Er drang in die Terroristenbanden ein, ortete ihre Lager im Libanon und noch weiter zurück in Syrien. Zu dieser Zeit beschäftigte er ein reiches Sortiment dubioser Leute, denen er große Summen an steuerfreien Geldern zahlte – was die pedantischen Buchhalter in der Zentrale auf die Palme brachte. Einer seiner erfolgreichsten Anti-Terroristen-Trupps rekrutierte sich aus Mitgliedern der Union Corse – der französischen Mafia –, die beunruhigt war, weil arabisches Geld einige Pariser »Schutz-«Organisationen aufgekauft hatte, die bis dahin alle von der Union kontrolliert worden waren.

Kurze Zeit darauf machte »die Blutnacht des 14. Juli« in aller Welt Schlagzeilen.

Lennox wartete, bis er bereit war, wartete monatelang geduldig, bis er über eine intime Kenntnis der Terroristenbanden verfügte. Am 14. Juli schlug er zu. Das Team der Union Corse – natürlich perfekt in Französisch, der zweiten Sprache im Libanon – wurde teils von Hubschraubern abgesetzt, teils von Booten an abgelegene Strände gebracht. Innerhalb von acht Stunden vernichteten die Korsen drei größere Terroristenbanden, wobei mehr als zweihundert Männer getötet wurden. Nur Korsen hatten so schnell und unerbittlich töten können. Von jener Nacht an fiel die Sabotage von Einrichtungen der Ölgeseilschaften auf fünf Prozent des früheren Volumens.

Während dieser Jahre war Lennox mit führenden Abwehrleuten und Polizeichefs von Tokio bis Washington in Verbindung gekommen, unter anderem auch mit Männern wie David Nash und Peter Lanz und Organisationen wie dem FBI und der Sûreté Nationale; einem Mann, der zu den äußersten Mitteln greifen konnte, was ihnen selbst verwehrt war, boten sie alle diskrete und inoffizielle Hilfe. Später verbrachte Lennox vier Jahre bei einem amerikanischen Unternehmen, einschließlich einiger gefahrvoller Monate an der mexikanischen Grenze, über die Terroristen zusammen mit mexikanischen Bauern, die in den USA Arbeit finden wollten, in die Staaten einsickerten. Danach kündigte Lennox ohne Vorwarnung und machte sich selbständig.

Sein Privatleben war weniger erfolgreich. Er war zweimal verheiratet gewesen. Beide Frauen hatte er an andere Männer verloren, die jeden Abend nach Hause kamen. »Zu mir nach Hause«, wie er zynisch bemerkte. In beiden Fällen hatte er sich scheiden lassen, obwohl eine seiner Frauen ihn gedrängt hatte, die Alleinschuld am Scheitern der Ehe auf sich zu nehmen. »Du hast gewußt, wie mein Leben aussieht, bevor wir geheiratet haben«, hatte er ihr grob gesagt. »Ich habe dich immer und immer wieder gewarnt – und wenn es etwas gibt, was ich nicht ausstehen kann, dann sind es Leute, die Verträge nicht einhalten...« Im Augenblick tröstete Lennox sich ohne große Begeisterung mit seiner dritten Freundin. Er wußte, wo sein Problem lag: Drei Jahre nach der Gründung seines eigenen Unternehmens hatte er wieder einmal das Gefühl, das erreicht zu haben, was er sich vorgenommen hatte. Also verlor er allmählich das Interesse. »Ich langweile mich zu Tode«, sagte er sich beim Scotch. »Ich brauche irgendwas Neues...« Er hob sein Glas in Richtung Telefon. »Los, klingeln«, befahl er, »her mit einem Anruf von sehr weit weg...«

Er hatte seinen Whisky ausgetrunken und holte gerade das

Steak aus dem Kühlschrank, als das Telefon klingelte. In dem Wissen, daß da jemand falsch verbunden war, nahm er den Hörer ab. Die Telefonistin der Auslandsvermittlungsstelle hatte eine verführerische Stimme. »Mr. Alan Lennox?« fragte sie. »Anruf für Sie aus Übersee. Voranmeldung für Sie persönlich. Aus Washington ...«

Zwei Männer standen in dem von Mauern umgebenen Pariser Garten und unterhielten sich. Zum Schutz gegen den naßkalten Dezemberwind hatten sie die Mantelkragen hochgeschlagen. Einer der Männer war schlank und hochgewachsen, der andere kurz und gedrungen gebaut. Die Sprache, in der sie sich unterhielten, war Französisch.

Der hochgewachsene und schlanke Leopard schüttelte zweifelnd den Kopf, als sein Begleiter mit Nachdruck das gleiche Argument vorbrachte.

»Wir halten es für unerläßlich, Oberst Lasalle zu liquidieren. Wir haben Leute, die es wie einen Unfall aussehen lassen können, Leute, die in diesem Augenblick auf das Startzeichen warten ...«

»Es könnte ein Fehler sein ...«

»Es könnte ein Fehler sein, nichts zu tun, untätig zu bleiben. Diese Leute, die sich der Sache widmen würden, sind kompetent, das versichere ich Ihnen ...«

Sie fuhren fort, das Problem zu erörtern, während die Dunkelheit hereinbrach und jenseits der Mauern der Pariser Verkehr der Rush-hour einen Höhepunkt erreichte. Keine zwanzig Meter von dem Platz entfernt, an dem die beiden Männer standen, ging das normale großstädtische Leben der Hauptstadt weiter.

Einige Menschen machten sogar Weihnachtseinkäufe.

## 3

Karel Vanek fuhr den Citroën DS 21 mit hoher Geschwindigkeit auf die massige Gestalt zu, die mitten auf der Betonfahrbahn stand. Das Licht war schlecht; es war spät am Nachmittag des 11. Dezember kurz vor Einbruch der Dunkelheit. Durch die Windschutzscheibe sah Vanek die Gestalt schnell näher kommen; als der Wagen bei neunzig Stundenkilometern mit ihr zusammenprallte, verschwamm sie und wurde durch die Wucht des Aufpralls in die Luft geschleudert. Als Vanek weiterfuhr und der Wagen die Gestalt überrollte, bebte der ganze Wagen. Wenige Meter danach hielt der Wagen mit kreischenden Reifen an. Vanek blickte über die Schulter, legte den Rückwärtsgang ein und fuhr dann mit großer Geschwindigkeit rückwärts.

Der Körper lag in der Dämmerung noch auf der Fahrbahn, ein unförmiger Klumpen, auf den Vanek immer schneller zufuhr. Vanek fühlte sich nie wohler als hinter dem Lenkrad eines Wagens; er empfand sich als Erweiterung des Fahrzeugs, hatte das Gefühl, daß der Schalthebel ein zusätzlicher Arm sei, die Bremse ein dritter Fuß. Es war aufregend. Er jagte im Rückwärtsgang weiter. Er hatte perfekt gezielt. Zum zweitenmal spürte er das Schwanken und Beben, als die Räder des Citroën über den auf der Straße liegenden Klumpen hinwegrollten. Dann fuhr Vanek weiter, setzte in einer scharfen Kurve zurück, bremste, fuhr wieder vorwärts, riß das Lenkrad herum, bis er mit hoher Geschwindigkeit in der Gegenrichtung davonfuhr.

»Fünfunddreißig Sekunden«, sagte der stille Mann auf dem Rücksitz, nachdem er auf die Stoppuhr gedrückt hatte.

Vanek trat mit einem Ruck auf die Bremse, der den Mitfahrer auf dem Beifahrersitz beinahe durch die Windschutzscheibe geschleudert hätte. Vanek lachte, als Walther Brunner fluchte. »Müssen Sie das wirklich so dramatisch machen?« wollte Brunner wissen, als er sich in seinen Sitz zurückfallen ließ.

»Reaktion – Reaktion ...« Vanek schnipste mit den Fingern. »Nur darum geht's bei dieser Sache. An dem Tag, an dem wir Lasalle besuchen, werde ich vielleicht gerade das tun müssen – man muß vorbereitet sein ...«

Sie stiegen aus dem Wagen und gingen zu Fuß auf der verlassenen Rennstrecke zurück, die vor den Toren der tschechischen Stadt Tabor liegt, sechzig Kilometer südlich von Prag. Michail Borisov, der Russe, der dieses Trainingszentrum leitete, war in der Dämmerung und bei der Entfernung nur als massiger Schatten zu erkennen. Er beugte sich über die auf der Straße liegende Gestalt, eine Gestalt mit Gliedern, Rumpf und Kopf aus Sackleinen und Stroh. Eine starke Feder hatte das Phantom aufrecht gehalten, bis Vanek es überfahren hatte. »Gut so?« fragte Vanek, als er Borisov erreicht hatte. »Keine Verzögerung bei der zweiten Anfahrt – ich habe sofort den Rückwärtsgang eingelegt und bin sofort über ihn weggefahren ...«

Borisov, ein dicker Mann, der sich zum Schutz gegen die durchdringende Kälte in einen Pelzmantel gehüllt hatte und einen Hut trug – der Prager Rundfunk hatte Schneefall vorhergesagt –, betrachtete den Tschechen mit saurer Miene. Vanek war zu selbstsicher, zu arrogant, als daß er ihn je würde leiden können, und ärgerlich war, daß Vanek recht hatte: Es war eine perfekte Fahrt gewesen. Der verdammte Tscheche übte alles, was er tat, bis zur Perfektion. »Wir laufen ins Trainingszentrum zurück«, sagte Borisov abrupt. »Ich werde jemanden herschicken, um den Wagen zu holen ...« Borisov hatte Französisch gesprochen; seit Beginn ihres Übungsprogramms hatten sie sich ausschließlich in dieser Sprache unterhalten.

Sie rannten durch die kühle Dämmerung, die jetzt schon fast Dunkelheit geworden war, über die Fahrbahn zurück. Vanek hielt sich mit voller Absicht einige Schritte vor den anderen drei Männern, um zu demonstrieren, daß er topfit war. Als sie eine unter einem Tannendickicht versteckte Betonhütte betraten, schlug ihnen die Wärme eines bullernden Ofens entgegen. Borison, der älteste der Männer, der die Hütte als letzter betrat, knallte die Tür zu, um die Wärme drinnen zu halten. Sie zogen die Mäntel aus, zündeten sich Zigaretten an – Gauloises – und ließen sich auf Stühle fallen, die um einen Tisch standen. Eine Karte von Frankreich und Deutschland in großem Maßstab bedeckte eine Wand; an einer anderen hing ein Stadtplan von Paris. Verschiedene Reiseführer, darunter Kursbücher, der *Michelin* und der *Guide Bleu*, lagen auf einem Regal aus Holz. Am meisten sprang ein großes Foto von Oberst René Lasalle ins Auge.

»Das genügt für heute«, verkündete Borisov, als er sich aus einer Flasche französischen Cognac eingoß. »Sie machen sich«, fügte er widerwillig hinzu.

Mit einer für ihn typischen, prahlerischen Geste hob Vanek sein Glas in Richtung auf das Foto an der Wand. »Auf unsere Begegnung, mein lieber Oberst…«

Karel Vanek war einunddreißig Jahre alt, ein hochgewachsener, hagerer Mann mit einem knochigen Gesicht, sehr dunklem Haar und einem gepflegten dunklen Schnurrbart. Er war ein geborener Athlet, und seine flinken dunklen Augen starrten den Russen frech an, als dieser ihn musterte. Vanek wußte, daß er seinen Job beherrschte, daß der Russe ihn nicht mochte, aber seine Fähigkeiten auch anerkannte, was alles nur noch besser machte; die richtige Methode, Borisov auf Abstand zu halten, bestand darin, das Training noch mehr zu forcieren, als der Russe es wünschte.

»Wir werden die Nachtübung wiederholen«, sagte Vanek plötzlich. »Einen Mann im Dunkeln zu überfahren, ist noch schwieriger.«

Die Russen haben ein Wort für die Tschechen, das soviel bedeutet wie »die cleveren Leute, die ein bißchen zu schlau sind…« Dieser Begriff faßte sehr gut zusammen, was der russische Schulungsleiter über seinen Schützling dachte. Andererseits, überlegte Borisov, war Vanek genau der richtige Mann, dieses sowjetische Kommando zu führen; er besaß sämtliche Qualifikationen. Fünf Jahre zuvor war Vanek der Geheimdienstabteilung bei der Pariser tschechischen Botschaft in der Avenue Charles Floquet in der Nähe des Eiffelturms zugeteilt worden. Wie so viele Tschechen war Vanek sehr sprachbegabt, er beherrschte Französisch, Deutsch und Englisch. Und wenn dieses Dreier-Team das Signal zur Abfahrt in den Westen erhalten würde, würden die Männer als Franzosen reisen, Französisch sprechen und mit französischen Papieren ausgestattet sein.

Daneben verfügte Vanek noch über andere brauchbare Fähigkeiten – außer denen des perfekt gedrillten Mörders, die er sich in dem Trainingszentrum angeeignet hatte. Er war ein gutaussehender Mann, der kühn und selbstbewußt auftrat. Das machte den Tschechen für Frauen attraktiv, was sich gelegentlich als sehr brauchbar erwies. Und schließlich, dachte Borisov, während er seine Gauloise rauchte, war Vanek von einer Gefühlskälte, die es ihm ermöglichte, einen Mann kaltblütig zu töten und danach ruhig zu schlafen. Das hatte sich gezeigt, als man ihn nach Istanbul geschickt hatte, um einen sowjetischen Dechiffrierbeamten zu töten, der einen unziemlichen Appetit auf amerikanische Dollars entwickelt hatte. Vanek hatte den Mann erdrosselt und ihn dann in dunkler Nacht von einem Balkon in den Bosporus geworfen.

Obwohl es ihm sehr gegen den Strich ging, mußte der Russe Borisov zugeben, daß die drei von Vanek geführten Tschechen ein ideales Mörderkommando bildeten. Und obwohl Borisov das nicht wissen konnte, waren die Anforderungen, die an den Leiter des Kommandos gestellt wurden, denen nicht unähnlich, die David Nash für den Mann festgelegt hatte, der nach Frankreich gehen sollte. Fließende Beherrschung des Französischen, Kenntnis Frankreichs, die Fähigkeit, als Franzose durchzugehen – und während Nash darauf bestanden hatte, daß es kein Amerikaner sein dürfe, hatten die drei Mitglieder des sowjetischen Politbüros, welche die Mission sanktioniert hatten, ihre eigene Bedingung gestellt: Die Männer des Kommandos dürfen keine Russen sein. Wenn etwas schiefging, durfte die Macht, die hinter dem Unternehmen stand, auf keinen Fall bloßgestellt werden.

»Wann zum Teufel fahren wir endlich los, um diesen Oberst Lasalle zu besuchen?« verlangte Vanek zu wissen.

»Bald«, erwiderte Borisov, »das Startzeichen wird bald kommen...«

An demselben Abend, an dem Alan Lennox in London den Anruf von David Nash erhielt, saß Marc Grelle gut dreihundert Kilometer entfernt in seiner Pariser Junggesellenwohnung auf der Ile St.-Louis und las in einer alten und verstaubten Akte. Es war die Akte über den Leoparden.

André Boisseau, der in der Rue Monge wohnte, verbrachte den ersten Teil des Abends bei dem Präfekten. Da er die Akte bereits kannte, verglichen sie ihre Notizen. Während des Zweiten Weltkriegs hatte jeder Angehörige der Résistance unter einem falschen Namen gearbeitet – um Familie und Freunde zu schützen. Normalerweise wurde ein beliebiger anderer französischer Nachname gewählt; mitunter war ein Mann unter einem falschen Vornamen bekannt; einige hohe Armeeoffiziere operierten unter geometrischen Begriffen, etwa »Hypotenuse«. Der Leopard war aber etwas anderes. Er hatte den Namen eines Raubtiers angenommen, um seine Sonderstellung zu betonen.

»Meiner Meinung nach deutet die Wahl dieses Namens auf ein unwahrscheinliches Selbstbewußtsein hin«, bemerkte

Boisseau. »Einer von diesen Leuten, die sich einreden, sie seien vom Schicksal auserwählt...«

Der Leopard hatte zweifellos eine bemerkenswerte – wenn auch kurze – Karriere hinter sich gebracht. Mit Anfang Zwanzig – das war eine der wenigen Tatsachen über diese schattenhafte Gestalt, die gesichert war – hatte er im Massif Central eine der mächtigsten Résistance-Gruppen befehligt, die in den Departements Lozère und Haute-Loire operiert hatten. Von den übrigen Résistance-Führern unterschied er sich durch seine Brillanz und seine Unerbittlichkeit; an seiner Art, aus dem Nichts über den Feind herzufallen, ihn zu vernichten, und dann wieder zu verschwinden, war etwas fast Napoleonisches gewesen.

Der außerordentliche Erfolg des Leoparden hatte auf einem weitverzweigten Geheimdienstsystem beruht. Er hatte überall Agenten sitzen gehabt – bei der Polizei der Vichy-Regierung, in den Fernsprechämtern, wo Telefonistinnen sich in die Gespräche des Feindes einschalteten, bei der Bahn, wo Beamte über die Bewegungen von Munitions- und Truppentransporten berichteten, sowie in der Milice, einer Vichy-Organisation von Schlägern und Kollaborateuren. Er hatte sogar einige Leute in die deutsche Abwehr einschleusen können.

»Vielleicht sollten wir nach einem Experten für Abwehr- und Sicherheitsorganisationen Ausschau halten«, schlug Boisseau vor.

Der Präfekt grunzte und las weiter. Die dicke Akte schien endlos; es ging weiter mit Beschreibungen der Leistungen des Leoparden. Vertrackt war nur, daß sich kaum ein Hinweis auf sein Aussehen fand. Dafür hatte es gute Gründe gegeben. Der kommunistische Widerständler hatte zu außergewöhnlichen Maßnahmen gegriffen, um sicherzustellen, daß niemand – nicht einmal seine engen Mitarbeiter – eine Vorstellung von seiner Erscheinung gewinnen konnte. Es gab eine Ausnahme: einen Stellvertreter, mit dem Codenamen Petit-Louis. Dieser hatte den Leoparden überallhin begleitet und dessen Anweisungen weitergegeben, während der Chef selbst sich außer Sichtweite gehalten hatte.

»Er war über einsachtzig groß und damals kaum älter als zwanzig. Er dürfte heute also Anfang Fünfzig sein, wenn er noch am Leben ist«, betonte Grelle. »Und das ist alles, was wir über dieses Gespenst wissen…«

»Petit-Louis dürfte gewußt haben, wie er aussah«, bemerkte Boisseau.

Im Herbst 1944 nahmen die Dinge eine ernstere Wendung. Um die Zeit der zweiten Landung der Alliierten – im August im Süden Frankreichs – stand der Süden für kurze Zeit fast völlig unter der Kontrolle der Résistance. Dies war eine Periode, über die in späteren Jahren niemand viel sprach: Die Aussichten waren zu erschreckend gewesen. Dies war die Zeit gewesen, in der die Kommunisten im Süden Frankreichs um ein Haar eine Sowjetrepublik errichtet hätten.

Die Pläne lagen bereits in den Schubladen. Das Signal für die Errichtung der République Soviétique du Sud sollte die Einnahme der wichtigen Städte Limoges und Montpellier durch die Kommunisten sein. Man hatte sich ausgerechnet, daß die Alliierten, die noch gegen den gemeinsamen Feind kämpften, die Sowjetrepublik akzeptieren würden, falls man sie vor eine vollendete Tatsache stellte. Der führende Kopf hinter diesem Plan war der Leopard persönlich. Nur das rasche und unerwartete Auftauchen de Gaulles im Süden vereitelte den Plan. Kurz darauf starb der Leopard.

Sein Tod war in der Akte sorgfältig dokumentiert. Er war am 14. September in einer Lyoner Straße von einem feindlichen Heckenschützen erschossen worden. Voller Trauer über den Tod ihres Anführers und in der Sorge, eine Bande von Vichy-Schlägern könnte das Grab schänden, hatte ein kleiner Trupp von Kommunisten den Leichnam beiseite geschafft und mitten in einem Wald in aller Stille beigesetzt. Petit-Louis, der Stellvertreter des Leoparden, hatte der Beerdigung nicht beigewohnt. Kurz vor dem Ende der Akte waren in einem Anhang einige kleine Details festgehalten, die Grelle interessant fand. So war der Leopard auf Schritt und Tritt von einem riesigen und angriffslustigen Wolfshund namens César bewacht worden, der selbst zuverlässige Freunde auf Distanz hielt.

»Um sicherzustellen, daß ihnen sein Aussehen unbekannt blieb«, kommentierte Grelle. »Was mag wohl aus dem Hund geworden sein?«

Die deutsche Abwehr hatte offensichtlich auch eine detaillierte Akte über ihren mysteriösen Feind angelegt. Der Offizier, der sich dieser Aufgabe unterzogen hatte, war ein gewisser Dieter Wohl gewesen, der damals dreißig gewesen war. »Also müßte er jetzt in den Sechzigern sein«, meinte Grelle. »Ob er den Krieg überlebt hat?«

Der Schock traf Grelle erst, nachdem Boisseau zu seiner Frau und seinen zwei Kindern nach Hause gegangen war. Am Ende der Akte fand Grelle einen mitgenommenen und abgegriffenen Umschlag, der ein Foto von Petit-Louis enthielt, dem Stellvertreter des Leoparden. Zunächst war Grelle seiner Sache nicht sicher. Er nahm den sepiafarbenen Abzug also zu seinem Schreibtisch hinüber und prüfte ihn unter der Lampe. Der Abzug war besser erhalten, als er befürchtet hatte. Ihn starrte ein Gesicht an, ein Gesicht, das vor mehr als dreißig Jahren auf den Film gebannt worden war. Das Alter verändert einen Mann, besonders, wenn sein Leben hart gewesen ist, aber wenn der Knochenbau kräftig ist, läßt die Zeit Merkmale, die immer da gewesen sind, mitunter nur noch deutlicher hervortreten. Das Gesicht von Petit-Louis war das Gesicht von Gaston Martin, des Mannes aus Guyana.

# 4

Zum zweitenmal innerhalb von zweiundsiebzig Stunden hatte David Nash den Atlantik überquert. Am Sonntagabend um 21.40 Uhr verließ er die Maschine des Pan Am-Flugs 100 auf dem Flughafen Heathrow, nur zehn Tage vor Guy Florians Staatsbesuch in Moskau. Nash nahm ein Taxi zum Ritz, ließ seine Reisetasche im Hotelzimmer und ging zu Fuß zu Lennox' Wohnung am St. James' Place. Beim Eintreten überreichte er dem Engländer eine Flasche Moët & Chandon.

»Wenn die Griechen kommen und Geschenke tragen...«, begrüßte Lennox ihn zynisch und legte die Flasche in den Kühlschrank. »Die heben wir uns für später auf – ich nehme an, daß wir die halbe Nacht aufbleiben werden?«

»Das ist das mindeste«, versicherte ihm der Amerikaner. »Wir haben einen Stichtag im Nacken; von heute an sind es noch zehn Tage...«

»*Sie* haben einen Stichtag im Nacken«, korrigierte ihn Lennox. »Ich habe Sie schon am Telefon gewarnt – auf Ihre Art Job kann ich sehr gut verzichten...«

Sie sprachen bis drei Uhr morgens, wobei Nash zwei Schachteln Zigaretten aufrauchte. Er erzählte dem Engländer von seinem kürzlichen Zusammentreffen mit Peter Lanz und Oberst Lasalle, von der ungeheuren Sorge in Washington, irgendein großer Coup der Kommunisten könne unmittelbar bevorstehen, daß René Lasalle möglicherweise – aber nur möglicherweise – in der Lage sein könne, den Schlüssel zur Identifizierung des unbekannten sowjetischen Agenten in Paris zu liefern. »Er ist überzeugt, daß der Schlag erfolgen wird, wenn Florian nach Moskau abfliegt«, sagte Nash und nippte an seinem Champagner. »Uns bleibt also gar keine Zeit mehr, diese drei Leute in Frankreich auszuhorchen, von denen Lasalle glaubt, sie könnten die Antwort geben...«

»Ich habe bisher die vielleicht kuriose Vorstellung gehabt, daß Washington Präsident Guy Florian auf den Tod nicht ausstehen kann«, bemerkte Lennox.

Nashs Lippen preßten sich zusammen. »Mag durchaus sein. Die verdammte Wahrheit ist aber, daß wir diese Kröte schlucken müssen – so wie wir de Gaulle schlucken mußten. In der Politik kommt es vor, daß man sich seine Bettgenossen nicht aussuchen kann, aber schlafen muß man trotzdem mit ihnen. Präsident Florian von Frankreich und Bundeskanzler Hauser von Deutschland sind alles, was zwischen der Sowjetunion und der Kanalküste steht – jetzt, wo der Kongreß sich entschlossen hat, Europa den Rücken zu kehren – es ist übrigens auch Ihre Kanalküste«, fügte er hinzu.

»Und wo kommt da der Leopard ins Bild? Nichts von dem, was Sie sagen, hat Hand und Fuß«, bemerkte Lennox grob. »Der Leopard ist tot – er wurde 1944 in Lyon erschossen. Ich glaube, Lasalle will nur ein bißchen Dreck aufrühren, weil er hofft, daß er an seinem alten Feind Guy Florian kleben bleibt. Ihr französischer Oberst ist ein Fanatiker.«

»Auch Fanatiker erfahren manchmal etwas«, beharrte Nash. »Wir kaufen ihm diese Geschichte vom Leoparden nicht voll und ganz ab, aber wir glauben doch, daß er damals vor sechs Monaten, kurz bevor Florian ihn aus Frankreich hinauswarf, über irgend etwas gestolpert ist. Er hat von irgendeiner geheimen Verbindung mit den Sowjets auf hoher Ebene erfahren – und vergessen Sie nicht, daß Lasalle der beste Abwehrmann war, den die Franzosen je in der Armee hatten...«

»Aber diese Liste sogenannter Augenzeugen wollte er Ihnen nicht geben – falls es sie überhaupt gibt...«

»Ich bin sicher, daß es sie gibt«, fauchte Nash. »Er ist sehr auf Sicherheit bedacht und wird die Liste also nur dem Mann aushändigen, der nach Frankreich geht, um die Leute zu befragen ...«

»Warum kommen Sie dann zu mir?«

Nash schluckte den Rest seines Champagners hinunter und ließ sich mit der Antwort Zeit. »Weil Sie der richtige Mann sind«, sagte er ruhig. »Es kann nämlich durchaus sein, daß diese Zeugen sich nur einem Franzosen offenbaren werden. Lanz hat zugesagt, Papiere für einen Decknamen zu liefern. Um dem französischen Sicherheitsapparat zu entgehen, muß der Mann sich wie ein Fisch im Wasser bewegen können. Sie könnten das, Alan. Sie sind in Paris geboren und aufgewachsen. Als Sie in den Staaten waren, haben wir Ihnen vertraut und Sie zum Geheimnisträger gemacht. Und, weiß Gott, in Untergrundarbeit sind Sie erfahren. Das hat die Blutnacht im Libanon bewiesen. Sie sind für den Job wie geschaffen«, fuhr der Amerikaner fort. »Wir brauchen Sie. Sie brauchen uns ...«

»Und weshalb brauche ich Sie, wenn ich fragen darf?« fragte Lennox ruhig.

»Weil Sie die Zustimmung der amerikanischen Regierung brauchen, um den Zuschlag für einen größeren Sicherheitskontrakt zu bekommen, um den Sie sich bei einem amerikanischen Unternehmen beworben haben, einem Unternehmen übrigens, das auch bestimmte Projekte für das Verteidigungsministerium abwickelt. Im Vertrauen: Ihr Angebot war das niedrigste und ist annehmbar – vorausgesetzt, Washington setzt seinen Stempel darunter ...«

In diesem Augenblick kam die Explosion. Lennox begann, ohne Punkt und Komma zu reden, erlaubte Nash keine Unterbrechung, während er ihm sagte, was er von der Politik und von Politikern hielt. »Ihre eigenen Leute machen genau das gleiche ...«, warf Nash ein und verstummte dann unter dem Wortschwall, der aus Lennox herausbrach. »Sie setzen mir die Pistole auf die Brust, und Sie wissen genau, wie ich darauf reagiere...« Das Wortgefecht ging bis kurz vor drei Uhr morgens weiter. Die Luft wurde vom Zigarettenrauch zum Schneiden dick, sie tranken Scotch, und jetzt ging der inzwischen ohne Krawatte und in Hemdsärmeln dasitzende Nash zum Gegenangriff über. Dann, ohne Vorwarnung, änderte der Engländer seine Meinung.

»Also gut«, sagte er beim Auffüllen der Gläser, »ich werde fahren und diesen Lasalle treffen und mit ihm sprechen – aber nur unter der Voraussetzung, daß ich mich erst nach diesem Gespräch entscheide, ob es sich lohnt, nach Frankreich zu gehen...«

»Das ist großartig...«

»Einen Moment, da sind noch ein paar Bedingungen. Wenn ich den Auftrag übernehme, müssen Sie persönlich dafür einstehen, daß mein Vertrag mit Amerika genehmigt wird. Sie müssen auch dafür garantieren, daß nur MacLeish von meiner Zusage erfährt – diese Sache muß unter allen Umständen völlig geheim bleiben. Schließlich werden Sie mir ein Honorar von zwanzigtausend Dollar zahlen...«

»Um Himmels willen«, protestierte Nash, »Sie kriegen doch den Vertrag...«

»Was das mindeste ist, was mir zusteht, da mein Angebot das niedrigste ist. Die zwanzigtausend Dollar sind eine Gefahrenzulage. Glauben Sie etwa, es wäre ein Picknick, heute mit falschen Papieren nach Frankreich zu gehen?« wollte Lennox wissen. »Himmel noch mal, bevor Sie kamen, hörte ich mir gerade die Nachrichten an – seit dem versuchten Anschlag auf Florian geht es bei der französischen Abwehr zu wie in einem Bienenhaus. Ich riskiere, Grelles Leuten über den Weg zu laufen, der Bande von der Abwehr, vielleicht sogar den Schlägern der CRS. MacLeish bekommt für zwanzigtausend einen sehr preiswerten nichtamerikanischen Laufburschen.«

»Wer hat etwas von einem Nicht-Amerikaner gesagt?« fragte Nash sanft.

»Sie haben das getan, als Sie von Washington aus anriefen und dann höchstpersönlich herübergeflogen sind …«

Kurz nach drei Uhr morgens wurden sie handelseinig. Nash goß einen letzten Schluck von dem guten Scotch hinunter, besprach noch bestimmte Einzelheiten mit Lennox und ging dann durch den Regen zum Ritz zurück. Er war durchaus zufrieden und dachte mit grimmigem Vergnügen an Lennox' Unnachgiebigkeit wegen des Honorars. Sollte MacLeish ruhig die zwanzigtausend aushusten und woanders an seinem Budget sparen.

In seiner Wohnung wusch Lennox erst die Gläser ab und machte sich dann ans Packen. Er war wie Nash eine Nachteule, und wie Nash war auch er zufrieden. Der Vorschlag hatte ihn vom ersten Augenblick an interessiert, denn er sagte ihm zu. Diese Aufgabe gab ihm etwas Neues, wo er seine Nase hineinstecken konnte; sie sicherte ihm den Vertrag mit Amerika, und außerdem hatte er noch mit seiner Härte ein Geschäft durchgesetzt. Das Herauskitzeln der zwanzigtausend aus MacLeish war ein Bonus, der seinem Hauptgrundsatz entsprach: Tu nie etwas umsonst.

Paris, Montagmorgen, 13. Dezember. Grelle und Boisseau waren der Lösung des Rätsels um die seltsam zufällige Ankunft Gaston Martins wenige Stunden nach dem versuchten Attentat auf Florian noch kein Stück nähergekommen. Detektive hatten das Hotel Cécile besucht, in dem Martin nach der Ankunft mit der Bahn aus Le Havre seine Reisetasche gelassen hatte. Seine wenigen ärmlichen Habseligkeiten waren in die Präfektur gebracht worden. Eine kleine Reisetasche mit Kleidung – das war alles. »Und das ist alles, was er nach einem sechzigjährigen Leben aufzuweisen hatte«, bemerkte der Präfekt. »Es ist schon traurig, wie manche Menschen leben – und sterben …«

»Diese Zeitung, die wir in seinem Zimmer gefunden haben, ist interessant«, erwiderte Boisseau. »Sie erklärt das

Rätsel, weshalb er an der Stelle stand, an der Lucie Devaud starb ...«

Die Ausgabe von *Le Monde* vom 9. Dezember hatte eine jener »Tatortskizzen« enthalten, mit denen Zeitungsredakteure ihre Berichte so gern schmücken; diese zeigte eine Sektion des achten Arrondissements. Ein Kreuz markierte die Stelle, an der Lucie Devaud erschossen worden war. Martins Zeitungsexemplar, das er sich in Le Havre nach dem Verlassen des Frachters gekauft hatte, war so zusammengefaltet, daß die Skizze deutlich zu sehen war, als hätte er sich mit ihrer Hilfe orientiert. »Sie haben in der Skizze sogar angegeben, wo das Pelzgeschäft liegt«, erklärte Boisseau. »Es war also leicht für ihn, die Stelle zu finden ...«

»Das sagt uns noch lange nichts darüber, ob er mit dieser Devaud in irgendeiner Verbindung gestanden hat«, versetzte Grelle. »Wir haben ihre Spur zu einer teuren Wohnung am Place des Vosges verfolgt, aber dort scheint niemand etwas über sie zu wissen ...«

Um neun Uhr morgens kam das Telex aus Cayenne, Guyana – die Antwort auf Grelles Bitte um Informationen. Es war ein sehr langes Fernschreiben. Grelle ergänzte es später durch einen Anruf beim Polizeichef von Cayenne. Die in dem Telex erzählte Geschichte war recht übel. Während des Krieges hatte Gaston Martin mit der vom Leoparden befehligten Résistance-Gruppe im Lozère gekämpft. Er hatte seinen eigenen Angaben zufolge – die er erst vor wenigen Wochen dem Polizeichef von Cayenne gemacht hatte – eng mit dem Leoparden zusammengearbeitet und war dessen Stellvertreter gewesen. Er hatte sogar den bissigen Wolfshund César erwähnt, der den kommunistischen Widerstandschef überallhin begleitet hatte.

Bei Kriegsende – noch immer überzeugter Kommunist – hatte Martin sich beim Parteihauptquartier in Paris gemeldet, wo er einer besonderen politischen Abteilung unterstellt wurde.

Dann, im Juli 1945, nur zwei Monate nach dem Ende der Kämpfe in Frankreich, betraute man Martin mit einer Mission: Er sollte nach Guyana in Südamerika gehen, um dort in der Hafenarbeitergewerkschaft eine geheime Parteizelle zu gründen. »Wenn wir die Häfen im Westen kontrollieren«, sagte man ihm, »dann werden wir den Westen kontrollieren …«

Martin hatte sich mit großer Begeisterung auf die Reise begeben; er nahm ein Schiff von Le Havre nach Cayenne. Er war stolz, daß man für diese wichtige Arbeit gerade ihn ausgewählt hatte. Nach der Ankunft in dem tropischen Slum, der Cayenne nun einmal war, hatte sich seine Begeisterung ein wenig abgekühlt, aber er stürzte sich schon bald in die Welt der Intrigen und der Untergrundaktivitäten. Seine Befehle erhielt er von einem Mann namens Lumel; Lumel, halb Franzose, halb Indio, war in Guyana geboren. Dann kam der Schlag. Über Nacht lag Martins Welt in Trümmern. Eines Abends in einer Hafenbar wurde er Augenzeuge eines Streits unter Betrunkenen. Ein amerikanischer Seemann wurde erstochen. Die Polizei, die durch einen anonymen Anruf informiert worden war, kam am nächsten Tag, um Martin festzunehmen. Die Mordwaffe fanden die Beamten hinter einem Schrank in der Hütte versteckt, in der Martin wohnte.

Lumel stellte Martin einen Anwalt, der sich vor Gericht als ein Stümper erwies. Martin wurde zu zwanzig Jahren Zwangsarbeit auf der Teufelsinsel verurteilt. In den ersten paar Monaten seines Aufenthalts in dem gefürchteten Straflager hielt Martin die Hoffnung aufrecht, daß Lumel bald einen Weg finden werde, ihn freizubekommen; im Verlauf der Jahre jedoch erstarb diese Hoffnung. Lumel, der ihn vergessen zu haben schien, ließ nichts von sich hören. Als das Lager auf der Teufelsinsel 1949 geschlossen wurde, verlegte man Martin in eine andere Strafanstalt, die aber nicht weniger düster war.

Bei guter Führung – und Martin war ein Musterhäftling –

hätte er 1963 entlassen werden sollen. Ende 1962 aber kam es in der Anstalt, in die Martin verlegt worden war, zu einem Zwischenfall. Ein Wärter wurde hinterrücks erstochen. Die Mordwaffe wurde in dem Verschlag gefunden, in dem Martin sein hölzernes Eßgeschirr aufbewahrte. Es war eine Wiederholung des Mordes in Cayenne vor sechzehn Jahren. Was sofort als verdächtig hätte auffallen müssen, dachte Grelle beim Lesen grimmig.

Offensichtlich war der Leiter der Strafanstalt ein nicht ganz einwandfreier Typ, der die Sache schnell geklärt wissen wollte. Martin wurde angeklagt, vor Gericht gestellt und zu weiteren zwanzig Jahren verurteilt. Um diese Zeit etwa dämmerte Martin die Erkenntnis, daß irgend jemand versuchte, ihn für ewig hinter Gittern zu halten. Er saß den größten Teil der neuen Strafe ab. Dann geschah etwas Seltsames. Lumel wurde auf der Straße zufällig überfahren. Der Fahrer beging Fahrerflucht. Als Lumel im Sterben lag, ließ er den Cayenner Polizeichef holen. »Der Fahrer dieses Wagens hat mich mit voller Absicht überfahren«, versicherte er. »Sie haben versucht, mich umzubringen...« Bevor er starb, diktierte er ein Geständnis, das er noch unterschrieb.

Der Befehl, Gaston Martin aus dem Verkehr zu ziehen, hatte Lumel 1945 schon vor dem Eintreffen Martins in Cayenne erreicht. »Er kam von der Kommunistischen Parteizentrale in Paris«, erklärte Lumel in seinem Geständnis. »Ich hätte ihn natürlich auch töten lassen können, aber so wollten sie die Sache nicht geregelt haben...«

»Ich weiß, warum«, sagte Grelle zu Boisseau, der seine Pfeife rauchte, während Grelle den Bericht las. »Es waren schon zu viele Menschen getötet worden, die den Leoparden hätten identifizieren können...«

»Das ist eine Vermutung, Chef.«

»Darauf verwette ich meine Pension...«

Lumel gab zu, den Mord in der Hafenbar organisiert und den Verdacht auf Martin gelenkt zu haben. Er gestand auch, viele Jahre später den Mord an dem Wachbeamten in der Strafanstalt, in die Martin verlegt worden war, in Szene gesetzt zu haben. Nach Lumels Tod wurde Martin vom Cayenner Polizeichef persönlich vernommen, einem anständigen Mann, wie Grelle dem Tenor des Berichts entnahm. Durch Lumels Geständnis und die langen Jahre der Haft total desillusioniert, hatte Martin dem Polizeichef seine ganze Geschichte erzählt. »Ich glaube, ihm war klar geworden, daß er sein ganzes Leben für eine Illusion weggeworfen hatte – für die Illusion der kommunistischen Ideale«, bemerkte der Polizeichef in seinem Bericht. »Ich habe seine sofortige Entlassung veranlaßt. Es wird vermutlich für immer ein Geheimnis bleiben, warum Gaston Martin dazu verdammt war, den größten Teil seines Lebens wie ein Tier dahinzuvegetieren...«

Grelle ließ den Bericht auf den Schreibtisch fallen. »Der Bastard«, sagte er leise. »Um seine Identität auch weiterhin geheimzuhalten, ließ er Leute umbringen und einen Mann lebenslang in dieser schwarzen Dschungelhölle einsperren. Der Himmel weiß, wie viele andere arme Teufel noch um seiner Sache willen sterben mußten – in dem Bericht über den Leoparden habe ich gelesen, daß einige seiner engeren Mitarbeiter noch vor Kriegsende umgekommen sind. Dieser Mann hat wirklich eine blutige Spur hinter sich gelassen...«

Der Präfekt ging mit den Händen in den Hosentaschen in seinem Büro auf und ab. Boisseau hatte seinen Chef selten so aufgebracht gesehen. »Denken Sie immer daran, Boisseau«, fuhr Grelle fort. »Tun Sie Ihren Job, aber widmen Sie Ihr Leben nie einer sogenannten Sache. Sie würden sich in die Hände von Abschaum begeben...«

»Das alles, um den Leoparden zu schützen? Einen toten Mann?«

»Wir werden sehen.« Grelle zog seinen Ledermantel an. »Ich gehe in den Elysee. Wenn jemand nach mir fragt, wissen Sie nicht, wo ich bin.«

»Ich begreife es noch immer nicht«, beharrte Boisseau. »Die Akten beweisen, daß der Leopard 1944 gestorben ist. Gaston Martin, von dem wir heute wissen, daß er Petit-Louis war, die rechte Hand des Leoparden, sagt, er habe ihn in den Elysee-Palast gehen sehen...«

»Wenn zwei Hinweise sich gegenseitig ausschließen, muß man sie prüfen. Genau das werde ich tun«, sagte Grelle brüsk.

Der direkte Weg zum Elysee-Palast hätte über die Rue St. Honoré und die anschließende Rue du Faubourg St. Honoré geführt, aber wegen des Einbahnstraßensystems fuhr Grelle über den Place de la Concorde, die Avenue Gabriel entlang an der amerikanischen Botschaft vorbei und dann die Avenue Marigny hinauf, in der rechts der große ummauerte Garten des Elysee-Palasts liegt.

Am Palast angekommen, wartete er, während ein Wachtposten die weißgestrichene Kette zur Erde ließ, und fuhr dann in den Innenhof. Er stieg aus dem Wagen und ging sofort zum Wachhaus.

»Kann ich einmal die Besucherliste sehen?« fragte der Präfekt beiläufig.

Der diensttuende Offizier zeigte ihm das Buch, in dem Datum des Besuchs, Ankunftszeit und Identität jedes Besuchers im Elysee festgehalten werden. Grelle interessierte die Seite, auf der die Namen der Besucher vom Donnerstag, dem 9. Dezember, notiert worden waren – dem Tag, an dem Gaston Martin vor dem Palast gestanden hatte. Er prüfte die Liste der Besucher, die zwischen 19.30 Uhr und 20.30 Uhr angekommen waren; dann, um den Wachoffizier von der Fährte abzulenken, sah er sich noch ein paar weitere Seiten an. »Ich danke Ihnen«, sagte er, ging auf den Hof und ging die sieben Stufen hinauf, die zu den Glastüren des Haupteingangs führen.

Nicht einmal ein Minister hätte so formlos den Palast betreten können, aber Marc Grelle genoß die ganz besondere Achtung Guy Florians. »Er hat keinen politischen Ehrgeiz«, bemerkte der Präsident einmal zu einem Minister, um dessen übermäßigen Ehrgeiz er wußte. »Ich mußte ihn aus Marseille förmlich nach Paris schleppen. Manchmal habe ich das Gefühl, er ist der einzige ehrliche Mann in Frankreich. Ich würde ihm mein Leben anvertrauen...«

Guy Florian hatte Grelle tatsächlich sein Leben anvertraut. Solange der Präsident sich innerhalb der Stadtgrenzen von Paris aufhält, liegt die Verantwortung für seine Sicherheit – und die der Kabinettsmitglieder – in den Händen des Polizeipräfekten. Am Morgen nach dem Attentatsversuch hatte Florian angeordnet, daß seine persönliche Sicherheit von nun an in ganz Frankreich in den Händen von Marc Grelle liege. Mit einem Federstrich hatte Florian den Präfekten zum zweitmächtigsten Mann der Französischen Republik gemacht – es lag bei Grelle, ob er sich dieser Macht bedienen wollte oder nicht.

»Der Präsident wird Sie empfangen«, informierte ein uniformierter Palastdiener Grelle, als dieser in der Halle mit dem Marmorfußboden wartete. Nur in der Mitte der Halle lag ein Teppich. Das Gespräch würde im Arbeitszimmer des Präsidenten im ersten Stock an der Rückfront des Elysee stattfinden, einem Raum mit hohen Fenstern, von dem aus man den ummauerten Garten mit seinen Rasenflächen und Kieswegen überblicken kann. Wenn der Präsident an seinem Louis-Quinze-Schreibtisch sitzt, sieht er auf einen Gobelin mit einer Darstellung »Don Quijotes, der durch Weisheit vom Wahnsinn geheilt ist«. Auf dem Schreibtisch stehen zwei Telefone, ein schwarzes und ein weißes. Ein drittes befindet sich auf einem Nebentisch in der Nähe der rechten Hand des Präsidenten. Als die Tür sich hinter ihm schloß, hörte Grelle das Schlagen einer der einhundertsiebenunddreißig Uhren, mit denen der Elysee-Palast ausgestattet ist. Elf Uhr. Ein großer Schäferhund sprang durch den Raum, stellte sich auf die Hinterbeine und ließ die Vorderpfoten auf die Schultern des Präfekten fallen.

»Kassim, runter mit dir, du Biest«, knurrte Grelle freundlich. Der Präfekt, der Hunde mochte, hatte den Hund auf Bitten Florians kurz nach dessen Wahl zum Präsidenten persönlich ausgesucht. Im Elysee hieß es, daß nur zwei Menschen es wagten, das Tier zu berühren: Grelle und der Präsident. Der Präfekt schob die Vorderpfoten des Hundes beiseite, verneigte sich leicht und setzte sich dann dem mächtigsten Staatsmann Westeuropas gegenüber. Typischerweise wartete Florian, bis er das Wort ergriff.

»Es hat mich sehr beunruhigt zu sehen, daß Sie am Abend des 9. Dezember schon wieder zu Fuß vom Place Beauvau zurückgegangen sind«, begann Grelle. »Und das nur vierundzwanzig Stunden nach dem schrecklichen Zwischenfall …«

Florian senkte den schmalen, intelligenten Kopf wie ein kleiner Junge, der in Nachbars Apfelgarten erwischt worden ist.

Diese Gebärde eines Präsidenten hätte die meisten Männer entwaffnet, aber Grelles Gesichtsausdruck blieb ernst. »Es wird nicht wieder vorkommen«, versicherte Florian. »Sie haben natürlich die Bilder in den Freitagszeitungen gesehen?«

»Ich war wie vom Donner gerührt.«

»Aber Sie sind kein Politiker, mein Freund. Auf der Straße wimmelte es von Bewachern – in diskreter Entfernung, damit die Fotografen sie nicht mit aufs Bild bekamen! Das ist aber gute Politik, verstehen Sie – schon einen Tag nach dem Zwischenfall geht der Präsident wieder auf der Straße spazieren!« Florian grinste schelmisch. »Es ist natürlich alles lächerlich. Sagen Sie, haben Sie mir vergeben?«

Grelle kehrte mit der Gewißheit in die Präfektur zurück, daß der Präsident jetzt hinter dem Schutzwall bleiben würde, der zu seiner Sicherheit errichtet worden war. Es blieb nur eine Frage: War dieser Schutzwall auch wirklich sicher?

»Kommen Sie herein, machen Sie die Tür zu und schließen Sie ab«, sagte Grelle zu Boisseau, während er sich auf die Schreibtischkante setzte. Wenn der Präfekt aufgeregt war, hatte er es sich angewöhnt, sich auf eine Tischkante zu setzen, damit er jederzeit aufspringen und im Raum auf und ab wandern konnte. Boisseau setzte sich auf einen Stuhl, holte seine Pfeife hervor, machte es sich bequem, wartete. Er verfügte über weniger nervöse Energie als sein Chef und sah aus wie ein geduldiges Eichhörnchen. Genauso nannten ihn auch seine Mitarbeiter – hinter seinem Rücken. André, das Eichhörnchen.

»Ich habe mir die Besucherliste des Elysee vom Abend des 9. Dezember für die Zeit zwischen 19.30 Uhr und 20.30 Uhr angesehen«, sagte Grelle urplötzlich. »Bevor ich fortfahre: Vergessen Sie nicht, daß die einzige Beschreibung vom Äußeren des Leoparden seine Länge betrifft – über einsachtzig...«

»Sie haben etwas gefunden?« fragte Boisseau.

»Jemanden – mehr als einen, übrigens. Florian selbst kam um acht zu Fuß vom Place Beauvau – das wird übrigens nicht wieder vorkommen. Interessant ist aber, daß noch drei Minister zu Fuß kamen – sie kamen von der Sitzung im Innenministerium...«

Die beiden Männer lächelten zynisch. Normalerweise wären alle in ihren jeweiligen Dienstwagen vom Place Beaubau zurückgekommen, aber weil der Präsident zu Fuß gegangen war, hatten sie sich verpflichtet gefühlt, gleichfalls ihre Beine zu gebrauchen. »Und natürlich haben sie auch gehofft, sich in den Zeitungen wiederzusehen«, bemerkte Grelle. »Sie wußten, daß sich am Place Beauvau Fotografen aufhielten.«

»Wer kam noch zurück?« fragte Boisseau ruhig.

»Erstens Pierre Rouget – den können wir natürlich streichen.« Sie lächelten wieder. Rouget war dem Namen nach Ministerpräsident, der Mann, den Journalisten »Florians Pudel« nannten. Er war ein liebenswürdiger Mann – »mit einem Rückgrat aus Gummi«, wie Grelle mitunter bemerkte –, von dem niemand sehr viel Notiz nahm. Es ging das Gerücht, daß er bald durch einen neuen Mann ersetzt werden sollte. Jedenfalls war er keine einsachtzig groß. »Zwischen 20.15 Uhr und 20.30 Uhr«, fuhr Grelle fort, »kamen zwei weitere Männer an und betraten den Elysee-Palast – und verließen ihn getrennt mit wenigen Minuten Abstand. Einer von ihnen war mein Boß, der Innenminister, Roger Danchin. Der andere war Verteidigungsminister Alain Blanc. Wie Sie wissen, sind das die beiden längsten Männer des Kabinetts, beide rund einsfünfundachtzig...«

Boisseau nahm die erkaltete Pfeife aus dem Mund und starrte den Präfekten an. »Das glauben Sie doch nicht im Ernst? Danchin, Blanc – die beiden starken Männer der Regierung? Martin muß Halluzinationen gehabt haben.«

»Ich glaube gar nichts«, erwiderte Grelle kühl. »Ich tue nichts weiter, als die Fakten zu prüfen und zu sehen, wohin sie führen – wie wir es bei jeder Ermittlung tun. Aber wie vereinbart, erzähle ich Ihnen alles, wie absurd es auch scheinen mag.«

»Absurd? Es ist nicht zu glauben.«

»Natürlich.« Grelle nahm einen Bericht vom Schreibtisch und sprach beim Lesen der ersten Seite weiter. »Es ist noch etwas geschehen; David Nash, der Amerikaner, ist heute morgen bei der Ankunft am Flughafen Roissy von einem Mann der Sûreté gesehen worden. Außerdem habe ich für heute abend eine dringende Einladung zu einem Empfang in der amerikanischen Botschaft erhalten. Glauben Sie an Zufälle, Boisseau?«

André, das Eichhörnchen, antwortete nicht. Er blickte ins Leere, als bemühte er sich, eine Tatsache zu begreifen, die jenseits seiner Vorstellungskraft lag. »Danchin oder Blanc?« murmelte er.

Roger Danchin hatte es sich schon als junger Mann zum Ziel gesetzt, Innenminister zu werden. An der Ecole Normale d'-

Administration hatte er endlose Stunden über seinen Büchern verbracht. Diese besondere Hochschule war von de Gaulle gegründet worden; an ihr sollten die führenden Persönlichkeiten der Französischen Republik ausgebildet werden. Und während Guy Florian und Alain Blanc – an der École Polytechnique – die beiden Hasen waren, die sich durch ihre Brillanz rasch emporarbeiteten, war Danchin die Schnecke, die mit ihrer Beharrlichkeit am Ende auch das Ziel erreicht. Manchmal überlebt die Schnecke die Hasen.

Um die Zeit, zu der man ihm den Posten des Innenministers anbot, wußte der Geheimdienstexperte Roger Danchin wahrscheinlich mehr über das französische Geheimdienstsystem als jeder andere. Er war wie Alain Blanc über einsfünfundachtzig groß und hatte sich wie so viele hochgewachsene Männer eine leicht gebeugte Haltung angewöhnt. Er war zweiundfünfzig Jahre alt, mager und hatte ein hageres Gesicht. Er war ein Mann mit einer Leidenschaft für Geheimhaltung und ein Mann, der die Macht liebte. Blanc, der ihn nicht mochte, faßte Danchins Charakter in einer beißenden Bemerkung zusammen: »Danchin würde seine eigene Großmutter verhören, wenn er den Verdacht hätte, sie könnte ihr Testament geändert haben – und nach drei Stunden unter den Bogenlampen würde sie ihm ihr gesamtes Geld vermachen...« Danchin befand sich auf der Höhe seiner Macht, als er Grelle – der gerade die Besucherliste des Elysee geprüft hatte – zu sich bitten ließ.

Als der Präfekt das Büro des Ministers im ersten Stock betrat, stand Danchin am Fenster, von dem aus man auf einen schönen, von Mauern umschlossenen Garten an der Rückfront des Gebäudes hinuntersieht, auf einen Garten, den die Allgemeinheit nie zu sehen bekommt. »Setzen Sie sich, Grelle«, sagte Danchin, der noch immer in den Garten hinunterstarrte. »Aus Roissy höre ich, daß David Nash, der Amerikaner, soeben in Paris angekommen ist. Was hat das zu bedeuten? Was meinen Sie?«

»Sollte es etwas bedeuten?« fragte Grelle zurück. Er hatte allmählich begriffen, wie das Hirn dieses verschlagenen Mannes arbeitete; Danchin stellte selten eine direkte Frage, sondern versuchte, seine Gesprächspartner aus der Reserve zu locken, während er zuhörte.

»Es ist etwas im Gange, Grelle, ich spüre es. Es ist auch merkwürdig, daß er so kurz nach dem versuchten Attentat auf den Präsidenten hier aufkreuzt...«

»Ich sehe keine Verbindung«, mauerte Grelle. »Aber ich habe für heute abend eine Einladung in die amerikanische Botschaft...«

»Sie wollen hingehen?« unterbrach Danchin scharf.

»Warum nicht, Herr Minister? Ich könnte etwas Interessantes aufschnappen. Zumindest sollte ich in die Lage kommen, Ihnen zu sagen, warum er nach Paris gekommen ist...«

»Und diese Frau, Lucie Devaud – hat Boisseau mehr über sie herausgefunden? Mit der Ankunft von Nash kann man sie nicht irgendwie in Verbindung bringen, nehme ich an?«

»Sie können doch nicht annehmen, daß die Amerikaner hinter dem Attentatsversuch gestanden haben?« protestierte Grelle.

»Die Amerikaner tun manchmal seltsame Dinge, aber...«

»Ich sondiere nur, Grelle, weiter nichts...« Danchin kehrte hinter seinen Schreibtisch zurück. Er bewegte sich so geräuschlos, daß Grelle nicht merkte, daß der Minister seinen Platz am Fenster verlassen hatte. Das war eine weitere unangenehme Angewohnheit Danchins, über die sich sein Referent, Merlin, einmal bei Grelle beklagt hatte. »Er taucht ohne Vorwarnung wie ein Gespenst auf und steht plötzlich hinter einem. Wußten Sie schon, daß Danchin in der Mittagszeit durch die Büros schleicht, um sich die Papiere auf den Schreibtischen der Leute anzusehen? Um sich zu vergewissern, daß sie nichts tun, wovon er nichts weiß? Die Atmosphäre in diesem Haus ist schrecklich, kann ich Ihnen sagen. Schrecklich!«

Grelle verließ Danchins Büro so rasch wie möglich. Im Hinuntergehen wischte er sich die Stirn. Endlich wieder frische Luft… In diesem Haus möchte ich nicht für eine Million im Jahr arbeiten, dachte er, als er sich hinters Lenkrad seines Wagens setzte. Tief aufatmend fuhr er los, als wollte er seiner Erleichterung Ausdruck geben. Nicht für zehn Millionen Francs!

Alan Blanc war in eine Welt der Schlösser und des Geldes, der erlesenen Weine und des guten Essens hineingeboren worden.

Außerdem verfügte er über ein Gehirn, das in späteren Jahren die Details eines Abkommens über das Verbot von Kernwaffenversuchen in einem Drittel der Zeit aufnehmen konnte, die Roger Danchin dazu gebraucht hätte. Mit den Ländereien und Weingärten der Familie im Rücken hätte Blanc, der aus der Auvergne kam, in seinem Leben nicht einen Tag zu arbeiten brauchen. Er verwarf aber den Gedanken an ein Leben im Müßiggang und stürzte sich statt dessen in fieberhafte Arbeit.

Er war ein Mann von ungeheurer Vitalität und gewaltiger Arbeitslust.

Mit der Zeit wurde er eine der Schlüsselfiguren im Kabinett Florian, der Mann, den Botschafter fremder Länder in aller Stille konsultierten, wenn sie an Florian selbst nicht herankamen.

Er war einer der Männer mit dem »X«, dem Zeichen, das das Wappen der École Polytechnique (zwei gekreuzte Kanonen) symbolisiert; an dieser Hochschule, an der Geld kein Ersatz für Gehirn ist, hatte er seine Studien als einer der fünf Besten seines Jahrgangs abgeschlossen. Sein enger Freund Guy Florian hatte seine Examina als Bester einer Reihe brillanter Männer absolviert.

Jahre später, nachdem er sich in der französischen Politik fest etabliert hatte, war es Alain Blanc, der geschickte Manipulator, der Florians Aufstieg ins Präsidentenamt vorbereitete und steuerte.

Der über einsfünfundachtzig große, vierundfünfzig Jahre alte ehemalige Fallschirmspringer Blanc war schwer gebaut; er hatte ein breites Gesicht und gelichtetes Haar; er hatte den Kopf eines Kapuzinermönchs. Als Mann mit einer starken Persönlichkeit stand er in dem Ruf, mit seiner Herzlichkeit und seiner jovialen Aggressivität jeden auf seine Seite bringen zu können. Vor allem Frauen fanden ihn attraktiv – er war so lebhaft. »Er nimmt sich selbst nicht ernst«, bemerkte seine Geliebte, Gisèle Manton einmal, »aber dafür nimmt er Frauen ernst – oder gibt es jedenfalls vor ...«

Seine Beziehungen zu Marc Grelle waren vorzüglich: Der Präfekt verstand den Verteidigungsminister und ließ sich von Blanc nie überrumpeln.

Wenn sie argumentierten, was oft vorkam, geschah dies mit einer wilden Lust am Wortwechsel, und Blanc wußte, wann er geschlagen war. »Das Schlimme an Ihnen ist, Grelle«, sagte er einmal dem Präfekten, »daß Sie nichts von Politikern halten ...«

»Tut das überhaupt jemand?« erwiderte Grelle.

Blanc suchte den Präfekten am Nachmittag auf, kurz nachdem Grelle von seiner Unterhaltung mit Danchin zurückgekehrt war.

Es war typisch für Blanc, daß er mit seinem Lamborghini zur Präfektur fuhr, statt Grelle zu sich ins Ministerium kommen zu lassen, und noch typischer war, daß er auf der Treppe mit Grelles Sekretärin flirtete. »Ich werde Sie entführen müssen, Viviane« sagte er zu dem Mädchen. »Für Polizisten sind Sie viel zu appetitlich!« Er stürmte ins Büro des Präfekten und lächelte breit, als sie sich die Hand gaben. »Welche politischen Implikationen hat dieser Attentatsversuch?« fragte er und machte es sich in einem Sessel bequem. Die Beine legte er auf die Armlehne.

»Wir hätten beinahe einen Präsidenten verloren«, erwiderte Grelle.

»Ich spreche von dieser Lucie Devaud«, sagte Blanc barsch. »Wenn bewiesen werden kann, daß sie den Präsidenten gekannt hat – wenn auch nur flüchtig –, dann wird die Presse uns zerfetzen. Kann sie das?«

»Da fragen Sie besser den Präsidenten ...«

»Das habe ich. Er sagt, er habe sie noch nie gesehen. Er könnte sich aber irren. Der Himmel weiß, wie viele Menschen er im Lauf der Jahre kennengelernt hat – oder denen er kurz begegnet ist. Was ich sagen möchte: Wenn Ihre Ermittlungen eine Verbindung ergeben, würden Sie mich dann bitte informieren?«

»Selbstverständlich ...«

Kurz darauf verließ Blanc das Büro.

Grelle lächelte grimmig, als er vom Fenster aus sah, wie der Wagen mit überhöhter Geschwindigkeit auf das rechte Seine-Ufer zufuhr.

Eigentlich durfte alles, was ans Licht kam, nur seinem Chef, Roger Danchin, berichtet werden, aber jedermann wußte, daß Blanc Auge und Ohr von Florian war, der Mann, der ein Problem löste, wenn eins auftauchte. Boisseau, der das Büro betreten hatte, als Blanc es verließ, sah dem Wagen nach. »Es ist unmöglich, einen solchen Mann zu verdächtigen«, bemerkte er.

»Wenn der Leopard existiert«, erwiderte Grelle, »dann nur deshalb, weil er eine Position erreicht hat, welche die Leute dazu bringt zu sagen: »Es ist eigentlich unmöglich, einen solchen Mann zu verdächtigen ...«

Eine 9-mm-Luger-Pistole, ein Fernglas, drei gefälschte Führerscheine und drei Sätze gefälschter französischer Ausweispapiere – für jeden Angehörigen des sowjetischen Kommandos eine komplette Ausstattung mit Papieren. Walther Brunner, das zweite Mitglied des Teams, saß allein in der

Hütte am Rande der Rennstrecke. Er hatte eine französische Brille auf, als er die Ausweise prüfte. Die Ausrüstung, die sie mitnehmen würden, war weiß Gott dürftig, aber dafür waren auch die Zeiten längst vorbei, in denen sowjetische Kommandos mit exotischen Waffen wie etwa Pistolen mit Zyanidkugeln, die wie Zigarettenschachteln aussahen, in den Westen reisten.

Das Handwerk des diskreten Mordens war inzwischen erheblich verfeinert worden.

Brunner, in Karlsbad, dem heutigen Karlovy Vary, geboren, war vierzig Jahre alt; er war der älteste der drei Männer und hatte gehofft, die Führung übernehmen zu können, bis Borisov sich für Karel Vanek entschieden hatte. Er war kleiner als Vanek und schwerer gebaut und besaß ein weniger sprunghaftes Temperament; er war rundköpfig und würde bald kahl sein. Er glaubte zu wissen, daß es seine äußere Erscheinung gewesen war, die Borisov veranlaßt hatte, dem jüngeren Mann den Vorzug zu geben. Immerhin rangierte er als Nummer zwei des Kommandos, als Stellvertreter Vaneks. Wenn diesem etwas zustoßen sollte, solange sie im Westen waren, würde Brunner die Führung übernehmen. Seltsamerweise spielt die Rangordnung in kommunistischen Kreisen eine wichtige Rolle.

Brunner war der Planer des Kommandos, der Mann, der Reisewege und Zeitpläne – und Fluchtwege – ausarbeitete, bevor die eigentliche Mission begann, der Mann, der die gefälschten Papiere besorgt hatte und der später am Bestimmungsort entscheiden sollte, welche Art »Unfall« inszeniert werden sollte. »Man muß immer drei verschiedene Pläne parat haben«, sagte Brunner gern. »Wenn man an Ort und Stelle ist, sucht man sich den geeignetsten aus ...« Sein Lieblingsgetränk war Bier, und anders als Vanek hielt er Frauen für eine gefährliche Ablenkung. Sein auffallendstes Merkmal waren seine großen Hände, »Würgerhände«, wie Vanek sie grob nannte. Diese Kennzeichnung war nicht ganz ungerechtfertigt; wenn Oberst Lasalle im Bad würde sterben müssen, würde Brunner das erledigen.

Dies war der Schwerpunkt der Ausbildung an der verlassenen Rennstrecke außerhalb der mittelalterlichen Stadt Tábor; hier vervollkommneten die drei Tschechen des Kommandos ihre Fähigkeit, »Unfalltod« zu arrangieren. Das Überfahren eines Menschen mit dem Wagen war Borisovs bevorzugte Methode.

Die in einem separaten Bau untergebrachte Forschungsabteilung, die eng mit dem Kommando zusammenarbeitete, hatte die Statistiken untersucht: In Westeuropa war der Tod durch Verkehrsunfall die häufigste »unnatürliche« Todesursache. An zweiter Stelle standen tödliche Unfälle im Haushalt. Daher Brunners besonderes Interesse für Ertrinken im Bad, das in einem dritten Bau an lebenden »Modellen« geübt worden war.

Es ist eine im Westen weithin unbekannte Tatsache, daß kein Mordkommando das von den Sowjets kontrollierte Territorium ohne ausdrückliche Billigung durch drei Mitglieder des Politbüros in Moskau verläßt. Diese drei Männer entscheiden allein.

Selbst 1956 – als das Kommissariat für Staatssicherheit auf dem Gipfel seiner Macht stand – mußte das nach Westberlin entsandte Kommando, das Dr. Linske entführen (oder notfalls töten) sollte, von drei Politbüromitgliedern genehmigt werden (eines davon war Molotov).

Der Grund für diese Politik ist einleuchtend. Wenn die Aktionen irgendeines Kommandos bekannt werden, wird das internationale Ansehen der Sowjetunion befleckt – denn im Westen weiß die Öffentlichkeit, daß in der Sowjetunion nichts gegen den Willen der Regierung geschieht. Das Politbüro ist sich dieser Tatsache bewußt, so daß ein Mordkommando nur dann auf die Reise geschickt wird, wenn es keine andere Möglichkeit gibt, ein Problem zu lösen. Vaneks Kommando war vom Generalsekretär der KPdSU sowie zwei weiteren Mitgliedern des Politbüros gebilligt worden; jetzt wartete es nur noch auf grünes Licht. Die Männer würden mit französischen Papieren reisen, die in der Bundesrepublik jeder Prüfung standhalten konnten. Brunner hatte gerade seine Inspektion der Ausweise und Pässe beendet, als Borisov mit der Nachricht die Hütte betrat.

»Die Hinrichtung Lasalles ist verschoben worden ...«

»Verdammt!« Brunner war wütend. »Und das, wo wir gerade in bester Form sind ...«

»Haben Sie Geduld, Sie hitziger Tscheche«, sagte Borisov. »Sie müssen jederzeit auf ein neues Signal gefaßt sein. Es kann sein, daß Sie jeden Augenblick losfahren müssen.«

# 5

Am Montagmorgen, dem 13. Dezember, an dem Marc Grelle das Fernschreiben aus Guyana mit Informationen über Gaston Martin erhielt, flog Alan Lennox nach Brüssel. Die Maschine der Sabena mit der Flugnummer 602 landete um 10.30 Uhr in der belgischen Hauptstadt. Von Heathrow aus hatte Lennox seine Assistentin in London angerufen und gesagt, es habe ihn eine dringende Anfrage vom Kontinent erreicht und er fliege jetzt los, um die Einzelheiten des Vertrags zu besprechen. Während des kurzen Gesprächs erwähnte er beiläufig, er fliege nach Dänemark. »Wann werden Sie zurück sein, wenn überhaupt?« hatte Miß Thompson munter gefragt.

»Wenn Sie mich sehen, bin ich wieder da ...«

Jetzt ist es Zeit, den Laden zu verkaufen, dachte Lennox, als er an Bord der Maschine ging. Er hatte das Unternehmen so gut organisiert, daß er ihm jetzt über längere Zeit fernbleiben konnte. Der Apparat lief von allein. Damit habe ich mich wieder einmal um einen Job gebracht, sagte er sich, während die Boeing 707 die Wolkendecke durchbrach und in einen strahlend blauen Himmel hineinflog, der immer da war, selbst über England – wenn seine Bewohner ihn nur sehen könnten. Der Hinweis auf Dänemark war eine Vorsichtsmaßnahme gewesen; wenn jemand im Büro nach ihm fragte, würde Miß Thompson den Mund halten; wenn aber ein besonders cleverer Besucher sie einwickeln würde, sollte man ihn ruhig in Kopenhagen suchen.

Am Brüsseler Flughafen mietete er sich einen Mercedes 230 SL. Man bot ihm einen cremefarbenen Wagen an, aber er entschied sich für einen schwarzen; Schwarz ist unauffälliger, weniger leicht zu verfolgen. Lennox fuhr zunächst nach Lüttich und sah oft in den Rückspiegel. Er wollte sichergehen, daß ihm kein Wagen oder Laster folgte. Das war zwar wenig wahrscheinlich, aber nicht ausgeschlossen. Es konnte sein, daß David Nash seit seinem Spaziergang vom Ritz zu Lennox' Wohnung verfolgt wurde, und daß der Verfolger sich nunmehr dem Mann zugewandt hatte, um dessentwillen Nash einen Flug über den Atlantik auf sich genommen hatte.

In Lüttich, wo Nash nur drei Tage vorher zweimal mit Peter Lanz vom BND zusammengetroffen war, ergriff Lennox eine weitere Vorsichtsmaßnahme. Er fuhr zur Niederlassung von Hertz und erfand eine Beschwerde über den Mercedes, den er gegen einen blauen Citroën DS 21 eintauschte, seine Lieblingsmarke. Danach fuhr er in südöstlicher Richtung weiter, auf die Ardennen zu. Das war nicht der direkte Weg nach Deutschland. Mitunter ist es möglich, einen Mann auch aus der Ferne zu verfolgen – man beobachtet die Strecke, die er fährt und telefoniert dann voraus zum nächsten Posten. Dazu braucht man eine ganze Reihe von Männern, aber bei der letzten Zählung hatte Lennox erfahren, daß die Sûreté in Belgien mehr als einhundert Agenten unterhielt. Wenn die von Lüttich wegführenden Hauptstraßen jetzt auf einen schwarzen Mercedes hin überwacht wurden, würden die Beobachter wohl kaum von einem blauen Citroën Notiz nehmen.

Lennox aß während der Fahrt ein Sandwich, um keine Zeit zu verlieren. Bei der Ankunft in Saarbrücken setzte ein Wolkenbruch ein. Die Scheibenwischer kämpften vergeblich gegen den strömenden Regen an, während Lennox sich durch den Verkehr quälte. Der Regen schlug gegen die Scheiben und trommelte aufs Wagendach, während er seine Suche nach dem Hauptpostamt fortsetzte. Wenn man auf dem Kontinent telefonieren und nicht abgehört werden will, ruft man am besten von einem Postamt an.

Lennox betrat eine Zelle im Postamt und wählte die Nummer von Oberst Lasalle, die Nash ihm gegeben hatte. Als Lennox nach dem Oberst fragte, sagte der Mann am anderen Ende der Leitung auf französisch, er werde die Nachricht überbringen.

»Das werden Sie lassen«, bellte Lennox. »Verbinden Sie mich mit dem Oberst. Hier ist Edmond...«

»Welcher Edmond?«

»Nur Edmond. Und beeilen Sie sich. Er erwartet den Anruf.« Der Mann am anderen Ende – wahrscheinlich Hauptmann Paul Moreau, den Nash als Lasalles Assistenten erwähnt hatte, wußte offensichtlich nicht alles über die Arbeit des Obersten, was durchaus beruhigend war. Das ließ den Schluß zu, daß der Ex-Chef der militärischen Abwehr seine Fähigkeiten nicht verloren hatte. Der Codename Edmond, den Nash bestimmt hatte, brachte die Verbindung mit Lasalle. Der Franzose sagte, Lennox könne sofort kommen. »Ich werde auf Sie warten«, sagte er kühl und legte auf. Kein überflüssiges Wort, keine Fragen. Die Stimme hatte scharf und entschlossen geklungen.

Lennox brauchte eine Stunde, um in dem strömenden Regen den Weg zu dem abgelegenen Bauernhaus zu finden. Es war bereits dunkel, als die Scheinwerfer des Wagens ein altes Gartenhaus neben einem geschlossenen Tor erfaßten. Im Gartenhaus hatte Licht gebrannt, als Lennox es zuerst gesehen hatte, aber jetzt war das Haus dunkel. Er ließ den Motor laufen und wartete, und als niemand erschien, stieg er vorsichtig aus. Er ging gerade an den Scheinwerfern vorbei, als ein Fensterladen mit einem Knall aufging. Aus der Öffnung ragte die Mündung einer Le Mat-Maschinenpistole.

»Bleiben Sie, wo Sie sind – im Scheinwerferlicht«, rief eine Stimme auf deutsch.

»Sie erwarten mich«, rief Lennox auf französisch zurück. »Ich habe Sie von Saarbrücken aus angerufen. Um Himmels willen, machen Sie doch das verdammte Tor auf, ich werde noch klatschnaß...«

»Kommen Sie herein, zu Fuß...« Die Stimme sprach jetzt französisch. »Kommen Sie durchs Tor...«

Lennox öffnete das Gartentor, ging zum Gartenhaus hinauf, faßte an die Tür, öffnete sie, trat ein und blieb stehen. Er sah sich einem Mann in Zivilkleidung gegenüber, der noch immer die Maschinenpistole in der Hand hielt, die er aus kürzester Entfernung auf den Bauch des Engländers richtete. Dieser Mensch mit dem wilden Schnurrbart und dem glatten Gesicht, ein Mann Ende der Vierzig, mußte Hauptmann Paul Moreau sein. »Ich bin Edmond«, sagte Lennox nach einem Augenblick. »Müssen Sie mit dem Ding unbedingt auf mich zielen?«

»Irgendeinen Ausweis – auf den Tisch...«

»Ob das dem Obersten gefallen wird?«

»Auf den Tisch damit...«

Lennox zog seinen Reisepaß vorsichtig aus der Innentasche seines tropfenden Regenmantels und warf ihn wie beiläufig auf den Tisch. Um mit der rechten Hand nach dem Dokument greifen zu können, mußte der Mann mit der Waffe sich den Schaft unter den linken Arm klemmen, als er dies tat, stieß Lennox schnell die Mündung zur Seite, packte den Lauf und entwand dem Mann die Maschinenpistole. »Ich weiß nicht, wer Sie sind«, versetzte er, als der Franzose das Gleichgewicht wiedergewann und ihn anstarrte, »aber Sie könnten jemand sein, der den echten Pförtner gerade außer Gefecht gesetzt hat...«

»Pförtner? Ich bin Hauptmann Moreau, der Assistent des Obersten.« Der Mann war außer sich vor Zorn und untersuchte den Paß weit gründlicher, als eigentlich notwendig gewesen wäre. »Sie könnten sich als toter Mann wiederfinden – so blödsinnige Risiken einzugehen«, brummte er.

»Weniger riskant, als sich an diesem gottverlassenen Ort einem Unbekannten mit einer Waffe in der Hand gegenüberzusehen.« Lennox bestand darauf, Moreaus Ausweis einzusehen, bevor er die Waffe zurückgab. Zuvor aber legte er das vorstehende Magazin parallel zum Lauf um und machte die Maschinenpistole so für den Augenblick unbrauchbar. Nachdem die Dokumente ausgetauscht worden waren, sagte der Franzose dem Engländer knapp, er solle den Wagen stehenlassen und zum Haus hinaufgehen. »Sie können mich mal«, erwiderte Lennox nur. Er ging hinaus, stieg in den Wagen und fuhr durchs Tor auf das Haus zu. Als Lennox das Gartenhaus verlassen hatte, griff Moreau zu einem Telefon an der Wand, wohl um den Obersten anzurufen. Als Lennox langsam eine lange, geschwungene Auffahrt hinauffuhr, sah er, wie vernachlässigt das Anwesen war. Nasses Buschwerk, das im Scheinwerferlicht glänzte, war auf den Weg hinausgewuchert und an einigen Stellen fast zusammengewachsen, so daß der Wagen auf der Fahrt zu Lasalles Zufluchtsort das Gestrüpp streifte. Das Bauernhaus, ein langes, zweigeschossiges Gebäude, das hinter einer Biegung auftauchte, befand sich in einem ähnlich schlechten Zustand. Es war lange nicht gestrichen worden, Dachziegel fehlten. Es sah kaum bewohnbar aus. Geldmangel, vermutete Lennox: Geflüchtete Obersten sitzen selten auf fetten Bankkonten.

Oberst René Lasalle begrüßte ihn an der Eingangstür. Der Franzose verschloß und verriegelte die schwere Tür, bevor er seinem Gast in ein großes, mit altmodischen Möbeln überladenes Wohnzimmer voranging. In der Halle hatte Lennox an der Tür neue, moderne Sicherheitsschlösser bemerkt. Der Oberst war in Deutschland zwar theoretisch sicher, hatte sich aber in einer kleinen Festung verbarrikadiert.

»Sie werden eines Tages kommen, um mich zu holen«, bemerkte Lasalle kurz. »Schäbige, kleine, korsische Banditen mit Messern im Gürtel. Vielleicht werden sie versuchen, mich zu entführen – vielleicht werden sie kommen, um mich zu töten. Aber sie werden kommen.«

Der einarmige Oberst, dessen linker Ärmel wie der gebrochene Flügel eines Vogels flatterte, war klein und zierlich. Als er von einem Buffet Drinks holte, bewegte er sich mit elastischen Schritten. Lennox gewann augenblicklich den Eindruck von gewaltiger Energie, einer willensstarken Persönlichkeit, die wohl jede beliebige Gruppe von Menschen, der sie angehörte, beherrschen würde. Der fünfundfünfzigjährige Lasalle hatte scharfe, hagere Gesichtszüge und große, ruhelose Augen. Sein dünner Schnurrbart war kaum mehr als ein Strich. Er hatte noch immer volles, dunkles Haar. Sein auffälligstes Merkmal war seine Hakennase. In gewisser Weise erinnerte er Lennox an eine Miniaturausgabe von Charles de Gaulle. Der Oberst reichte ihm eine gutgefüllte Cognactulpe und hob sein Glas. »Auf die Vernichtung von Frankreichs Feinden!«

»Darauf trinke ich mit…« Lennox behielt den Obersten sorgfältig im Auge. »Wer immer sie sein mögen.«

»Die sowjetische Clique in Paris – angeführt vom Leoparden. Aber zuerst muß ich etwas über Sie erfahren, über Ihre Vergangenheit, Ihren Hintergrund…«

Fünfzehn Minuten lang verhörte er den Engländer nach allen Regeln der Kunst. Es war die ausgeklügeltste und durchdringendste Vernehmung, die Lennox je erlebt hatte. Der Franzose stellte Fangfragen, bohrte nach, sprang mit den Fragen vor und zurück, wobei er die Daten aus Lennox' Leben in sich aufnahm und immer weiter vordrang. »Sie haben Marc Grelle kennengelernt?« fragte er zu einem Zeitpunkt. »Dann sind Sie also ein persönlicher Freund des Polizeipräfekten?« Lennox versicherte ihm, daß dem nicht so sei, daß sie sich nur einmal begegnet seien, in Marseille, und sich nur eine Stunde unterhalten hätten, nämlich bei der Planung einer Abwehraktion gegen Terroristen. Am Ende der fünfzehn Minuten erklärte Lasalle, das genüge. »Sie können für mich nach Frankreich gehen«, sagte er im Ton eines Mannes, der eine hohe Auszeichnung verleiht.

»Ich freue mich, daß ich den Test bestanden habe«, erwiderte Lennox ironisch, »aber Ihnen ist vielleicht nicht klar, daß ich noch nicht weiß, was ich von Ihnen halten soll...«

»Ist das notwendig?«

»Das ist unerläßlich. Verstehen Sie – ich bin derjenige, der den Kopf auf den Richtblock legen soll...«

Léon Jouvel. Robert Philip. Dieter Wohl.

Das waren die Namen der drei Zeugen, wie Lasalle sie beharrlich nannte. Diese drei Männer sollte Lennox besuchen und diskret befragen. »Ich bin überzeugt, daß einer dieser drei Männer – die während des Krieges alle mit dem Leoparden zu tun gehabt haben – Ihnen etwas sagen kann, was uns zu dem heutigen kommunistischen Agenten in Paris führen wird«, sagte der Franzose mit Nachdruck. »Jedenfalls sind sie, soweit mir bekannt, die einzigen Überlebenden, abgesehen von Annette Devaud – und die ist blind...«

»Devaud?« hakte Lennox nach. »Das war der Name der Frau, die Florian erschießen wollte...«

»Der Name ist nicht selten.« Lasalle zuckte die Achseln und machte eine ungeduldige Bewegung mit der rechten Hand. »Ich sehe keinen Grund, da eine Verbindung zu vermuten. Und Annette Devaud, die jetzt über siebzig sein muß, ist seit Ende des Krieges blind. Eine blinde Person kann niemanden mit Sicherheit identifizieren. Also...« Es hatte vor achtzehn Monaten begonnen – ein Jahr vor der stürmischen Auseinandersetzung mit Präsident Florian, die mit der Flucht des Obersten aus Frankreich geendet hatte. Lasalle beschäftigte sich gerade damit, einen kommunistischen Agenten zu verhören, der in einer französischen Armeekaserne in der Nähe von Marseille Zuflucht gesucht hatte. »In der Gegend wimmelte es von diesem Ungeziefer«, bemerkte der Oberst.

Lennox erfuhr, daß der Vernehmung eine »physische Sitzung« vorausgegangen war, bei der man den Mann namens Favel zu einem stöhnenden Wrack zugerichtet hatte. »Beim Versuch, aus der Kaserne zu fliehen«, erklärte Lasalle, »hatte er versehentlich einen Sergeanten erschossen. Die Männer, die ihn vor mir vernahmen, waren die Freunde des Sergeanten. Folglich…« Eine Stunde nach Beginn der Vernehmung Favels durch Lasalle, kurz vor Mitternacht, hatte Favel begonnen, sich über die Résistance der Kriegszeit zu verbreiten. Zunächst hatte Lasalle das für einen Trick gehalten, mit dem Favel das Verhör in andere Bahnen lenken wollte; später wurde sein Interesse geweckt, als Favel wiederholt den Namen des Leoparden nannte. Mit Unterbrechungen – das Verhör dauerte schon über zwölf Stunden – hatte der gebrochene Mann dann eine seltsame Geschichte von einem Mann erzählt, der eines Tages von den Toten auferstehen werde, um Frankreich von dem kapitalistischen Joch zu befreien. Dieser Mann sei tatsächlich schon auferstanden und bewege sich auf den Straßen von Paris.

»Lange Zeit erschien mir das als völliger Unsinn«, erklärte Lasalle. »Ich glaubte, es mit einem religiösen Eiferer zu tun zu haben – merkwürdig bei einem überzeugten Kommunisten –, und dann sagte er mir, er habe sich in der Kaserne versteckt…«

»Versteckt?« fragte Lennox.

»Er hatte sich vor seinen eigenen Leuten versteckt«, sagte Lasalle ungeduldig. »Ich hatte die Sache falsch verstanden – er spionierte nicht für die kommunistische Zelle in Marseille, sondern floh vor seinen eigenen Leuten. Und welches Versteck ist besser geeignet als eine Kaserne – so muß er wohl gedacht haben. Sie waren hinter ihm her und wollten ihn töten – ich glaube, weil er zuviel wußte.«

»Aber wußte er wirklich etwas?«

»Er sagte, er spreche nicht von einem gewöhnlichen Spion – nicht von einem dieser Beamten, die im Dunkel der Nacht geheime Dokumente fotografieren oder Mikrofilme in Zigarren übergeben und solche absurden Dinge treiben. Nein, Favel sprach von einem hochgestellten Mandarin nahe dem Zentrum der Macht. Von einem Mann, der jahrelang gewartet und beharrlich an seinem Aufstieg gearbeitet hat – ohne auch nur einen einzigen Kontakt zu irgendeiner kommunistischen Organisation. Das ist das Geniale an dem Plan – wenn er keine Kontakte zu Kommunisten hat, kann man ihn nicht aufspüren.«

»Hat Favel den Namen des Mannes genannt?«

Lasalle machte eine resignierende Handbewegung. »Er wußte nicht, wer es ist – nur, daß es ihn gibt. Was mich schließlich überzeugte, war eine Tragödie. Am Tag nach meinem Verhör brach Favel aus der Kaserne aus – vierundzwanzig Stunden später fand man ihn mit gebrochenem Genick am Fuß eines Felsens.«

»Seine sogenannten Freunde haben ihn erwischt?«

»Ich bin davon überzeugt«, erwiderte Lasalle. »Ich begann auf eigene Faust mit Nachforschungen, und schließlich hatte ich diese drei Namen auf der Liste beisammen. Ich habe einen der Männer besucht – Léon Jouvel in Straßburg –, aber ich habe das Gefühl, daß meine Position ihn erschreckte. Ich ging mit dem Gefühl weg, daß er etwas weiß. Kurz darauf hatte ich meinen großen Zusammenstoß mit Florian und mußte aus meinem eigenen Land fliehen ...«

Lennox stellte weitere Fragen. Sowohl Jouvel wie Philip, die beiden Franzosen auf der Liste der Zeugen, lebten im Elsaß. Ein Zufall? »Keineswegs«, erklärte Lasalle. »Der Leopard arbeitete in seiner Résistance-Gruppe am liebsten mit Elsässern zusammen. Er hielt sie für zuverlässiger als die mehr zum Aufbrausen neigenden Leute aus dem Süden.« Der Oberst lächelte sarkastisch. »Er ist wohl in allem Realist, glaube ich.«

»Aber der Leopard ist tot«, betonte Lennox. »Er ist 1944 in Lyon gestorben ...«

»Das ist gerade das Schlaue an der ganzen Sache. Begreifen Sie nicht?« – »Offen gestanden nein«, erwiderte Lennox.

»Der Mann braucht für die wenigen Gelegenheiten, bei denen in sowjetischen Kreisen von ihm die Rede ist, einen

Codenamen. Also haben sie ihm den Namen eines Menschen gegeben, den alle Welt für tot hält. Wie reagiert man unwillkürlich, wenn der Name fällt? Es muß Nonsens sein. Er ist ja tot! Mein Gott, wie haben Sie denn selbst reagiert?«

»Ich verstehe, was Sie meinen«, sagte Lennox langsam. »Sie wollen also sagen, es gibt ...«

»Einen zweiten Leoparden – der irgendwie mit der Résistance-Gruppe des Leoparden zu tun gehabt hat. Diesem unbekannten Mann muß es leicht gefallen sein, diesen Namen zu benutzen – wenn es so ist, daß er früher mit dem Mann zusammengearbeitet hat, dessen Namen er gestohlen hat. Einer dieser drei Zeugen auf dieser Liste sollte in der Lage sein, das Rätsel zu lösen ...«

»Wer ist Dieter Wohl?« wollte Lennox wissen. »Wie ich sehe, lebt er heute in Freiburg. Er ist natürlich Deutscher?«

»Dieter Wohl war der Abwehroffizier, der den Leoparden während des Krieges aufzuspüren versuchte. Er wußte eine Menge über die Résistance im Lozère ...«

Lasalle hatte mehr als einmal daran gedacht, selbst mit Dieter Wohl Kontakt aufzunehmen; es war dem Obersten zwar nicht möglich, nach Frankreich zu fahren, um die beiden Elsässer zu befragen, aber nach Freiburg hätte er ohne weiteres reisen können. Er hatte den Gedanken aber verworfen, denn der BND hätte von dem Besuch erfahren können. »Sie hätten mir Einmischung in die inneren Angelegenheiten der Bundesrepublik vorwerfen können«, bemerkte er. »Ich kann es mir zum gegenwärtigen Zeitpunkt nicht leisten, aus Deutschland hinausgeworfen zu werden. So, bitte beantworten Sie mir jetzt eine Frage. Da Sie jetzt diese Namen und Adressen haben – werden Sie nach Frankreich fahren?«

»Ja.«

Während Lennox in der Nähe von Saarbrücken mit Oberst Lasalle sprach, kam Marc Grelle rund dreihundert Kilometer weiter westlich, in Paris, gerade vor der amerikanischen Botschaft in der Avenue Gabriel an. Punkt 18 Uhr ging er durch das Einfahrtstor. Er war sich wohl bewußt, daß er in diesem Augenblick von Agenten der Direction de la Surveillance du Territoire – der politischen Abwehr – fotografiert wurde. Er wußte sogar, wo die Kamera mit dem Weitwinkelobjektiv versteckt war: im Innern des blauen Berliet-Lastwagens, der gegenüber der Botschaft am Bordstein geparkt war. In der Nähe des Lastwagens gingen uniformierte Polizeibeamte auf und ab. Sie erweckten den Eindruck einer Polizeireserve, die sich für den Bedarfsfall bereit hielt. Am folgenden Morgen würde das Foto auf dem Schreibtisch des Innenministers liegen. Dem Abzug würde ein Formular mit den notwendigen Angaben beigeheftet sein. 18.00 Uhr. Besucher: Marc Grelle, Polizeipräfekt von Paris. Man würde auch genau vermerken, wann er die Botschaft verließ.

Grelle betrat das Botschaftsgebäude und trug sich ins Gästebuch ein. Anschließend ging er die Treppe hinauf, wo ihm ein Mädchen mit texanischem Akzent den Regenmantel abnahm. »Ich bin einmal in Dallas gewesen«, sagte er zu dem Mädchen, »an dem Tag, an dem Präsident Kennedy ermordet wurde.« Er betrat den großen Saal mit den Fenstern zum Place de la Concorde, in dem der Empfang gegeben wurde. Stimmengewirr und blendendes Licht erfüllten den Raum. Man hatte die Vorhänge zugezogen, wohl um den Raum gegen die aufdringliche Kameralinse in dem Berliet-Laster abzuschirmen. Grelle hielt sich am Rand der Menschenmenge, orientierte sich und achtete darauf, wer anwesend war.

»Inzwischen muß Ihr Computergehirn wohl alle Gäste registriert haben«, meinte eine Stimme hinter ihm, »warum gehen wir also nicht in die Bibliothek, wo die wirklich guten Sachen stehen?« David Nash grinste und gab dem Präfekten die Hand, als dieser sich umdrehte. »Ich muß ohnehin nach Paris, also...«

»Dachten Sie, wir könnten ein bißchen plaudern? Oder sind Sie nur nach Paris gekommen, um mich zu sprechen?« fragte Grelle auf englisch.

»Sie mit Ihrem Polizistengehirn!« Nash ging vor, verließ den Empfangssaal, überquerte den Korridor und betrat einen Raum mit Bücherwänden. Er schloß die Tür und drehte den Schlüssel herum, der bereits auf der Innenseite steckte. »Jetzt bleiben wir ungestört...« Nash goß einen großen Scotch ein und reichte dem Präfekten das Glas. Er führte ihn zu einem Lehnsessel und setzte sich auf die Lehne eines anderen Sessels. Er hob sein Glas. »Auf Frankreich. Möge es ewig leben, einschließlich der nächsten zwei Monate...«

»Warum sollte es nicht?« Grelle betrachtete den Amerikaner über den Rand seines Glases hinweg. »Oder ist das ein Staatsgeheimnis? Ich nehme an, daß Sie noch immer denselben Posten haben wie bei unserer letzten Begegnung?«

»Denselben Posten.« Nash beugte sich vor und sprach mit leiser Stimme weiter. »Ich komme als Freund und nicht als Beauftragter meiner Regierung. Auch als Freund Frankreichs. Marc, haben Sie jemals vom Leoparden gehört?«

Grelle war sich bewußt, daß Nash ihn fixierte; er nippte ruhig an seinem Scotch und verzog keine Miene. Er wischte sich die Lippen mit einem seidenen Taschentuch ab, bevor er antwortete. »Vom Leoparden? Das ist ein Tier mit geflecktem Fell, das gefährlich sein kann...«

»Dieser Leopard ist gefährlich«, stimmte der Amerikaner zu. »Er sitzt an einem Schreibtisch der Regierung, keine zwei Kilometer von hier entfernt. Ich muß Ihnen eine Geschichte erzählen...« Nash erzählte die Geschichte gut – von einem russischen Überläufer, der erst vor einer Woche in New York angekommen sei, den man vom Kennedy Airport sofort zu seinem geheimen Lager in den Adirondacks gefahren habe, wo er – Nash – den Mann persönlich vernommen habe. Am folgenden Morgen – noch bevor die

Vernehmung habe zu Ende geführt werden können – sei der Russe von einem Heckenschützen erschossen worden, der ein Gewehr mit Zielfernrohr gehabt habe. »Es passierte, als ich neben ihm ging«, fuhr der Amerikaner fort. »Erst ging er neben mir und im nächsten Moment lag er mit einer Kugel im Schädel auf der Straße...«

Grelle nippte weiter an seinem Scotch und hörte mit demselben ausdruckslosen Gesicht zu, als der Amerikaner berichtete, wie der hochgestellte Russe ihm von einem französischen Agenten der Kommunisten erzählt habe – der unter dem Namen des Résistance-Führer Leopard operiere.

Dieser Mann habe sich mehr als dreißig Jahre lang emporgearbeitet und sei jetzt einer der drei führenden Männer Frankreichs.

»Jeder ihrer wichtigsten Minister könnte der Leopard sein«, schloß Nash. »Roger Danchin, Alain Blanc...«

Grelle trank den Rest seines Whiskys mit zwei Schlucken aus, stellte das leere Glas auf den Tisch und erhob sich. Seine Stimme war klar und kühl. »Die amerikanische Regierung ist in jüngster Zeit schon absurd weit gegangen, um unseren Präsidenten zu diffamieren, aber was Sie jetzt unterstellen, ist unglaublich...«

Nash erhob sich aus seinem Stuhl. »Marc, Sie brauchen nicht aus der Haut zu fahren...«

»Ihre sogenannte Geschichte ist von Anfang bis Ende ein einziges Lügengewebe«, fuhr Grelle eisig fort. »Sie versuchen offensichtlich, ein erlogenes Gerücht zu verbreiten, in der Hoffnung, es möge unserem Präsidenten schaden, nur weil Ihnen seine Reden nicht gefallen...«

»Marc«, warf Nash ruhig ein. »Ich sage Ihnen jetzt, daß Sie der einzige Mensch in dieser Botschaft sind, der zu hören bekommt, was ich soeben erzählt habe...«

»Warum?« fuhr Grelle fort.

»Weil Sie der einzige Franzose sind, dem ich dieses Geheimnis wirklich anvertrauen kann – Sie sind der einzige Verbindungsmann, den ich habe warnen wollen. Nur deshalb bin ich hier. Ich möchte Sie bitten, auf der Hut zu sein – außerdem haben Sie Mittel und Wege, meine Angaben zu prüfen, Mittel, die wir nicht einmal versuchsweise einsetzen könnten...«

»Sie würden sich eine blutige Nase holen, wenn Sie's versuchten!« Grelle bewegte sich mit hochrotem Gesicht auf die Tür zu. Dann schien er sich zu beruhigen und sprach mit dem Amerikaner einige Minuten über andere Dinge. Nachdem der Präfekt gegangen war, rekapitulierte Nash die Begegnung. Es war eine sehr geschliffene Vorstellung, sagte sich Nash: Zorn über die Unterstellung und dann ein kurzes Lösen der Spannung, um dem Amerikaner anzudeuten, daß sie auch künftig Freunde bleiben würden. Nash zündete sich eine Zigarette an und flanierte über den Flur zurück in den Empfangssaal. Er war mit dem Ergebnis seiner Reise nach Paris zufrieden. Trotz seines Aufbrausens würde Grelle der Sache nachgehen. Grelle war durch und durch Polizist. Grelle ging allem auf den Grund.

Um sich Zeit zum Nachdenken zu geben, fuhr Grelle in einem großen Bogen zur Präfektur zurück. Auf dem Weg dorthin kam er am Elysee-Palast vorbei. Vor der Einfahrt mußte er anhalten, während eine schwarze Zil-Limousine mit einem Fahrgast im Fond aus dem Hof des Palasts auf die Straße hinausfuhr. Leonid Vorin, der sowjetische Botschafter in Frankreich, fuhr nach einem seiner fast täglichen Besuche bei Guy Florian in seine Residenz zurück. Seitdem der Flug nach Moskau am 23. Dezember angekündigt worden war, hatte der sowjetische Botschafter sich oft mit dem Präsidenten beraten. Der schwarze Zil war auf dem Weg von der Botschaft in der Rue Grenelle zum Elysee und zurück oft gesehen worden. Leonid Vorin, klein und untersetzt, mit herabhängenden Mundwinkeln und einer randlosen Brille, saß im Fond und starrte nach vorn. Als der Wagen auf die Straße fuhr und in Richtung Madeleine davonfuhr, sah der Botschafter weder nach links noch nach rechts.

Der uniformierte Polizist, der Grelle angehalten hatte, salutierte und bedeutete ihm, weiterzufahren. Grelle fuhr fast automatisch. Ihm ging im Kopf herum, was Nash ihm erzählt hatte. Bis vor einer halben Stunde hatte sein Verdacht sich nur auf die eigenartige Geschichte Gaston Martins und auf den Bericht des Cayenner Polizeichefs stützen können. Das alles war zwar beunruhigend, aber keineswegs schlüssig bewiesen. Jetzt kam die gleiche Geschichte aus Washington. Bald würden die Gerüchte womöglich durch die Hauptstädte Europas schwirren. Wie Grelle später zu Boisseau sagte: »Ich glaube kein Wort von Nashs Märchen über einen russischen Überläufer – er hat seinen wirklichen Informanten geschützt –, aber dies ist eine Angelegenheit, der wir unter größter Geheimhaltung nachgehen müssen...«

Auf der Pont Neuf herrschte dichter Verkehr. Auf seiner Weiterfahrt zur Ile de la Cité zitterte Grelle plötzlich; es war ein nervöses Zittern, das nichts mit der kalten Nachtluft zu tun hatte, die sich jetzt über Paris legte. Die Welt des Polizeipräfekten war plötzlich ins Schwanken gekommen wie tückischer Treibsand; darunter konnte alles mögliche verborgen liegen. »Roger Danchin... Alain Blanc...«, murmelte er vor sich hin. »Es ist undenkbar.«

Lennox verließ das abgelegene Bauernhaus etwa um die Zeit, zu der Grelle zur Präfektur zurückkehrte. Lennox fuhr jetzt durch dichte Regenschleier nach Saarbrücken zurück. In der Ferne grollte Donner durch die Nacht. Das Unwetter entsprach seiner Stimmung; auch er war durcheinander. An einem bestimmten Punkt der Unterhaltung hatte er den Obersten gefragt, wer die Liste mit Namen und Adressen getippt habe, die er jetzt in der Brieftasche trug.

»Hauptmann Moreau, mein Assistent, natürlich«, hatte Lasalle erwidert. »Er ist der einzige Offizier gewesen, der Frankreich mit mir verlassen hat, und ich vertraue ihm vollkommen.«

»Sie haben ihm meinen wirklichen Namen aber erst kurz vor meiner Ankunft anvertraut«, hatte Lennox betont. »Als ich von Saarbrücken aus anrief, hatte er keine Ahnung, wer ich war...«

»Damit wollte ich Sie bis zu Ihrer Ankunft hier schützen. Ich habe Nash zu einer bestimmten Zeit in London angerufen, und er hat mir Ihren Namen gegeben, aber ich habe ihn Moreau vorenthalten. Wenn man meinen Assistenten während Ihrer Fahrt hierher gekidnappt hätte, hätte er Sie selbst unter Druck nicht identifizieren können. Aus dem gleichen Grund weiß Moreau auch nicht, daß ich mit den Amerikanern in Verbindung stehe...«

Unter Druck... Lennox schnitt eine Grimasse, als er durch die regennasse Windschutzscheibe starrte. Was für ein Leben der Oberst seit seiner Flucht aus Frankreich führte! In einem deutschen Bauernhaus eingesperrt, am Tor bewacht von einem Mann mit Maschinenpistole, jederzeit darauf gefaßt, nachts von Eindringlingen überfallen zu werden, die mit Chloroform – oder einem etwas tödlicheren Stoff kommen könnten. Und morgen würde er, Lennox, selbst die Grenze zu Frankreich überschreiten – nach dem Treffen mit Peter Lanz vom BND.

Während Alan Lennox durch die Nacht zu einem Saarbrückener Hotel fuhr, war Marc Grelle von dem Empfang in der amerikanischen Botschaft in die Präfektur zurückgekehrt. Er widmete sich sofort den Papierstößen, die sich in seiner Abwesenheit angesammelt hatten. »Es gibt zu viele Schreibmaschinen in Paris«, brummte er, während er Schriftstücke Roger Danchins mit seiner Unterschrift versah und ein Sandwich aß, das ihm aus der nahegelegenen Brasserie gebracht worden war. Er wollte sein Büro gerade verlassen, als das Telefon läutete. »Scheiße!« murmelte er und nahm den Hörer ab. Es war Cassin, einer der Telefonisten im Sonderraum des Sûreté-Hauptquartiers.

»Von Hugon ist noch eine Meldung gekommen, Herr Präsident.«

»Routine?«

»Nein. Da hat sich etwas entwickelt...«

Wieder fluchte Grelle in sich hinein. Am liebsten hätte er den Telefonisten gebeten, die Meldung am Telefon durchzugeben, aber das war unmöglich – er hatte selbst strikten Befehl gegeben, daß dies nie geschehen dürfe. Telefone lassen sich anzapfen: Man braucht nichts weiter als einen Fernmeldetechniker, der weiß, wie man einen privaten Anschluß abhört. Elektronische Wanzen sind dabei durchaus nicht nötig; das Anzapfen der richtigen Leitungen genügt. »Ich komme rüber«, sagte Grelle und legte auf.

Die Rush-hour war bereits vorüber, als er über regennasse Straßen fuhr, die im Schein der Straßenlaternen glänzten. Er bog in die Rue des Saussaies ein, in der die Zentrale der Sûreté einen Teil des riesigen Häuserblocks um das Innenministerium herum einnimmt. Er hielt kurz in der engen Straße, bis ein uniformierter Polizist die weiße Kette heruntergelassen hatte, und fuhr dann durch den Torbogen auf den Innenhof. Der Raum befand sich im vierten Stock. In dem düsteren Treppenhaus begegnete er zu dieser späten Stunde keiner Menschenseele. Er ging einen schwach beleuchteten Korridor hinunter und schloß die Tür mit seinem eigenen Schlüssel auf. Er machte die Tür zu und starrte Cassin an, der diese Nacht Dienst hatte. Der Raum roch nach Knoblauch. Der Telefonist hatte also gerade gegessen. Auf dem Tisch stand ein halbvolles Glas Rotwein, daneben das Tonbandgerät, das mit dem Telefon gekoppelt war. »Nun?« fragte der Präfekt.

»Hugon hat um 18.45 Uhr angerufen...« Cassin, ein magerer Mann von dreißig Jahren mit einem teigigen Gesicht, las in gelangweiltem Tonfall aus einem Notizbuch ab. »Ich habe die Meldung wie üblich aufgenommen. Sie ist auf Band.«

»Wie hat er geklungen?« Grelle quetschte sein Hinterteil auf die Tischecke. Er würde gleich hören, was Hugon gesagt hatte, aber eine Bandaufnahme entkleidet die Stimme eines Mannes jeglicher Emotion, glättet sie. Cassin hatte während der Aufnahme zugehört.

»Ein wenig nervös, aufgeregt – als hätte er nicht viel Zeit und Angst gehabt, gestört zu werden.«

»Das ist eine präzise Analyse.«

»Er wird etwas mit der Post schicken – eine Liste mit Namen und Adressen. Er wollte sie nicht telefonisch durchgeben. Sagte, das würde zu lange dauern...«

»Oder er war einfach nur vorsichtig«, meinte Grelle. »Hat er gesagt, wann er diese Liste abschickt?«

»Das hat er schon getan. Er rief vom Postamt aus an.«

»Sie sehen aus, als könnten Sie ein bißchen frische Luft vertragen, Cassin. Kommen Sie in fünfzehn Minuten wieder – ich bleibe hier und höre mir das Band an...«

Grelle hörte, wie der Telefonist von außen abschloß, dann setzte er sich auf einen Stuhl und zündete sich eine Zigarette an. Der Raum war schalldicht und wurde täglich auf Abhörgeräte untersucht. Man hatte jede Vorsichtsmaßnahme ergriffen, um Hugon zu schützen. Grelle drückte auf die Abspieltaste.

Das Band, das Cassins Gespräch mit Hugon aufgenommen hatte, lag abspielbereit in der Spule. Der Mann, dessen Stimme er gleich lauschen würde, hatte eine der Geheimnummern der Sûreté Nationale angerufen, die in keinem Telefonbuch stehen. Wenn jemand irrtümlich eine dieser Nummern wählte, ohne das korrekte Codewort zu nennen, meldete sich der Telefonist und sagte, hier sei die Vermittlung, der Anschluß bestehe nicht mehr. Das Tonbandgerät knackte.

»Welche Nummer haben Sie gewählt?« fragte Cassin.

»Hier Hugon. Ist dort das Polyphon-Institut? Gut, ich habe nicht viel Zeit...«

»Von wo rufen Sie an?«

»Vom Postamt Saarbrücken. Hören Sie, ich habe Ihnen doch gesagt...«

»Immer mit der Ruhe. Ich höre zu. Fangen Sie bloß nicht an zu stottern«, schnauzte Cassin.

Grelle war jetzt aufgestanden. Er lehnte sich gegen die Tischkante und sah zu, wie die Spulen sich langsam drehten. Er merkte sich jedes Wort, das das Tonbandgerät wiedergab. Cassin hatte recht gehabt: Hugons Aufregung war selbst aus dem Band herauszuhören.

»Der Oberst hat sich heute abend mit einem Engländer getroffen. Name Alan Lennox...« Hugon buchstabierte den Namen. »Fünfunddreißig, dunkelhaarig, glattrasiert, er trug...« Es folgte eine Beschreibung der Kleidung. »Sie haben im Bauernhaus miteinander gesprochen.«

»Wie ist dieser Lennox hingekommen? Mit einem Taxi? Im Wagen?«

»In seinem eigenen Wagen... Ich kann nicht lange hierbleiben. Es ist gefährlich, wie Sie wissen. Der Wagen war ein blauer Citroën DS 21. Kennzeichen BL 49120. Lennox war mit dem Obersten verabredet. Ich konnte zum Bauernhaus zurückgehen und ein paar Worte aufschnappen, aber es war gefährlich...«

»Das haben Sie schon gesagt. Wer ist dieser Lennox?«

»Ich habe keine Ahnung. Hören Sie auf, mich zu unterbrechen. Um Gottes willen, *hören Sie zu!* Als ich sie sprechen hörte, fragte Lennox gerade nach einem Mann, der der Leopard genannt wurde...«

Grelle erstarrte und schaltete das Tonbandgerät aus. Hugon hatte beim Drauflosplappern undeutlich gesprochen. Grelle ließ die Spule zurücklaufen und schaltete nochmals ein. Er hörte sorgfältig zu. Ja, tatsächlich, Hugon hatte »der Leopard« gesagt. Das Band lief weiter.

»... und da war noch etwas mit einer Liste von Zeugen. Ja, Zeugen. Wenn Sie mich nicht weitersprechen lassen, lege ich auf. Gestern morgen hat der Oberst mir eine Liste mit den Namen und Adressen von drei Männern diktiert. Ich glaube, sie haben über diese Liste gesprochen. Ich glaube, der Oberst hat Lennox diese Liste gegeben ...«

»Wir brauchen diese Namen und Adressen«, warf Cassin ein.

»Scheiße!« Hugon sprach das Wort in einem giftigen Tonfall aus. »ich wollte Ihnen doch gerade sagen – ich habe beim Tippen eine Kopie der Liste gemacht. Ich habe sie in einen Umschlag gesteckt und gestern an die Adresse geschickt, die Sie mir gegeben haben. Und, ja, Lennox ist wieder abgefahren. Nein! Ich habe keine Ahnung, wohin er gefahren ist. Ich kann mir vorstellen, daß er diese Männer auf der Liste besuchen wird ...«

»In welchem Land leben diese Männer?«

»Zwei im Elsaß, einer in Deutschland. Auf Wiederhören!«

Der Präfekt schaltete das Gerät aus. Er saß noch immer mit einer vergessenen Gauloise im Mundwinkel auf der Tischkante.

Guy Florian persönlich hatte Grelle ermächtigt, die Überwachung des Bauernhauses zu leiten, in dem Oberst Lasalle Unterschlupf gefunden hatte. Normalerweise wäre das eine Aufgabe für die Sûreté gewesen, aber der Präsident hatte Danchin gesagt, er wünsche, daß Grelle sich dieser Sache annehme. »Ich vertraue Grelle«, hatte er beiläufig bemerkt. Der Minister war zusammengezuckt.

Es war nicht allzu schwierig gewesen, das Unternehmen in die Wege zu leiten.

Hauptmann Moreau, dem man den Codenamen Hugon gegeben hatte, war aus einem Impuls heraus mit Oberst Lasalle aus Frankreich geflüchtet; später, als die Monate verstrichen, als er sich als eine Art Kammerdiener des Obersten wiederfand, der sogar die Mahlzeiten kochen und das Haus sauberhalten mußte, war Moreaus Begeisterung fürs Exil rasch verflogen. Da er nichts als eine ungewisse Zukunft vor sich sah, hatte er Grelles diskretes Angebot, ihm monatlich viertausend Franc auf ein Pariser Bankkonto überweisen zu lassen, angenommen.

»Mit unziemlicher Hast«, wie der Präfekt damals säuerlich bemerkt hatte.

Als Cassin von seinem kurzen Spaziergang zurückkehrte, verließ Grelle die Sûreté und fuhr zu seiner Wohnung auf der Ile Saint-Louis zurück. Als nächstes würde er die Personenbeschreibung von Alan Lennox an alle französischen Grenzposten durchgeben.

# 6

Léon Jouvel. Robert Philip. Dieter Wohl.

Die Liste der Namen und Adressen sagte weder Grelle noch Boisseau etwas. Der Umschlag mit dem maschinengeschriebenen Bogen war am Dienstagmorgen, dem 14. Dezember, in der Präfektur angekommen. Der Briefumschlag war auf etwas verschlungenen Wegen in die Hand des Präfekten gelangt. Hugon Moreau, der für den Fall, daß er etwas mit der Post schicken wollte, genaue Instruktionen erhalten hatte, hatte den Briefumschlag an eine Adresse in der Rue St. Antoine in der Nähe des Place de la Bastille geschickt. Die Rue St. Antoine liegt in einem der vielen »dörflichen« Bezirke von Paris, welche die Stadt zu einer der komplexesten und vielgestaltigsten Großstädte der Welt machen. Der Brief war an den Inhaber einer kleinen Bar adressiert, der über seinem Lokal wohnte; dieser ehemalige Polizeisergeant besserte sein Einkommen ein wenig auf, indem er für die Sûreté als Briefkasten fungierte. Unter den gegebenen Umständen wäre es von Moreau wenig umsichtig gewesen, eine Nachricht direkt in die Rue des Saussaies zu schicken. Der Barbesitzer, dem der Brief vorher angekündigt worden war, hatte die Sûreté nach dessen Eintreffen sofort verständigt. Diese wiederum hatte den Präfekten telefonisch benachrichtigt. Um zehn Uhr morgens war ein Bote mit einem Brief zu Grelle gekommen.

»Diese Namen sagen mir gar nichts«, sagte Boisseau zu Grelle, als sie gemeinsam die Liste überflogen. »Glauben Sie, daß Hugon Informationen erfindet, um seine viertausend Franc im Monat zu rechtfertigen?«

»Nein, das tue ich nicht. Sehen Sie doch mal den deutschen

Namen – Dieter Wohl. Ich habe in der Akte über den Leoparden von ihm gelesen. Er war der Abwehroffizier, der während des Krieges im Lozère gearbeitet hat. Wenn ich mich recht erinnere, hat er über die Tätigkeit des Leoparden eine Akte angelegt …«

»Wie dem auch sei«, sagte Boisseau, der an seiner erkalteten Pfeife sog. »Wie ich Ihnen immer wieder sage: Der Leopard ist tot …«

»Hören Sie, Boisseau. Wir haben zwei Angaben, die einander ausschließen. Erstens: Petit-Louis, der Stellvertreter des Leoparden, von dem wir heute wissen, daß er in Wahrheit Gaston Martin hieß, hat mit aller Bestimmtheit ausgesagt, er habe den Leoparden vor fünf Tagen durch das Eingangstor zum Elysee gehen sehen. Das ist eine Tatsache – er hat diese Aussage gemacht. Tatsache Nummer zwei: Der Leopard ist tot – das steht in der Akte. Wie bringen wir diese beiden widersprüchlichen Angaben miteinander in Einklang?«

»Wir prüfen sie …«

»Genau. Ich möchte alles sehen, was über die Beisetzung des Leoparden im Jahre 1944 in den Akten festgehalten ist. Ich will wissen, wo sich das Grab befindet, ob ein Priester der Beerdigung beigewohnt hat, wer der Bestattungsunternehmer war, ob dieser noch am Leben ist – jedes kleine Detail, das Sie ausgraben können. Rufen Sie meinen Freund Georges Hardy an, den Polizeipräfekten von Lyon. Aber sagen Sie ihm, daß diese Nachforschungen unter uns bleiben müssen …« Sein Stellvertreter wollte gerade den Raum verlassen, als Grelle ihn zurückrief. »Noch eines, Boisseau, ich möchte die Information von gestern …«

Danach bat der Präfekt seine Sekretärin zu sich, der er eine vertrauliche Notiz an Roger Danchin mit dem jüngsten Bericht von Hugon-Moreau diktierte. Als sie geschrieben war, setzte er seine Initialen darunter und schickte sie sofort durch Boten zum Place Beauvau. Und wie das gelegentlich bei Untergebenen ist, die einem Vorgesetzten einen Bericht liefern müssen, so zensierte auch Grelle die Notiz – er ließ jeden Hinweis auf den Leoparden aus. Danchin las die Notiz noch vor Mittag.

Schon vorher, gleich nach dem Ankunft im Büro, hatte der Präfekt die Maschinerie in Gang gesetzt, die innerhalb weniger Stunden dafür sorgen würde, daß sämtliche französischen Grenzkontrollstationen im Besitz des Namens und der Beschreibung von Alan Lennox waren. »Es ist merkwürdig«, sagte Grelle zu Boisseau, »ich habe einmal einen Mann mit diesem Namen kennengelernt. Ich war damals in Marseille. Lassen Sie jemanden mit dem richtigen Mann in unserer Botschaft in London telefonieren. Der soll versuchen, möglichst viel über Lennox in Erfahrung zu bringen – vor allem seinen gegenwärtigen Aufenthaltsort. Alan Lennox – das war ein international bekannter Sicherheitsexperte ...«

Die Zentrale des Bundesnachrichtendienstes liegt in Pullach, zehn Kilometer südlich von München. An dem Morgen, an dem Grelle die von Hugon gelieferte Liste der Zeugen übergeben wurde, betrat Peter Lanz sein Büro in dem zweistökkigen BND-Gebäude, in dem man selbst zu so unchristlichen Zeiten wie fünf Uhr morgens schon leitende Mitarbeiter antreffen kann. Das frühe Aufstehen machte Lanz nichts aus. Er konnte leicht mit vier Stunden Schlaf auskommen. Er legte gerade einige Papiere von seinem Schreibtisch in eine Aktenmappe, als seine Sekretärin, Frau Schenker, eine hübsche junge Frau von siebenundzwanzig Jahren, Ehefrau eines Bundeswehroffiziers, den Raum betrat.

»Der Wagen ist da, Herr Lanz. Sie sagen, über dem Flugplatz liege dichter Nebel ...«

»Die haben doch einen Leuchtpfad, verdammt noch mal!«

Lanz grinste, um seinem Ausbruch die Spitze zu nehmen. »Ich habe noch keinen Kaffee gehabt, Sie müssen mich also entschuldigen. Sie können mich in Bonn bis neun Uhr anrufen – wenn es unbedingt sein muß!«

»Ich werde vergessen, daß Sie in Bonn sind«, erwiderte Frau Schenker. Sie war ein bißchen in ihren Chef verliebt, aber vernünftig genug zu wissen, woran das lag: Sie verbrachte den ganzen Tag mit ihm, und er war sehr aufmerksam. Immerhin half dieses leichte Verliebtsein über das Gefühl der Isolation hinweg, das die Arbeit in Pullach erzeugte; keiner der Mitarbeiter des BND durfte seine Freunde wissen lassen, welchem Job er wirklich nachging. Als Lanz zum Wagen hinunterging, blickte sie auf die Uhr. In dreißig Minuten würde er in der Luft sein.

Wie Lanz vorhergesehen hatte, mußten sie den Leuchtpfad einschalten, bevor seine Dienstmaschine starten konnte. Sie stieg steil durch den undurchdringlichen Nebel, was immer beunruhigend war: Man konnte das Gefühl nicht loswerden, daß irgendeine große Linienmaschine direkt auf einen zuflog. Um seine Angst zu unterdrücken, klappte Lanz die Tischplatte auf und las die Übersetzung von Lasalles jüngster Sendung in Europa Nummer Eins. Der Franzose hatte sich wieder selbst übertroffen.

»Der Falke in Paris macht sich zum Abflug bereit... Bald wird er in der Stadt des neuen Zaren aufsetzen, dessen Schatten schon heute auf die alten und berühmten Städte Athen, Rom und Lissabon fällt... Wird Paris die nächste Stadt sein, die im Dunkel dieses barbarischen Schattens verschwindet?«

Was im Klartext bedeutete, daß Paris bald einem kommunistischen Staatsstreich zum Opfer fallen könne. Lächerlich. Lanz kritzelte das Wort auf den Rand. Bundeskanzler Franz Hauser, den er jetzt im Kanzleramt aufsuchen wollte, würde über diesen Ausbruch wütend sein. Lanz flog an jedem Dienstagmorgen nach Bonn, um Hauser über die neuesten Entwicklungen der internationalen Szene zu unterrichten und ihm die Interpretation des BND vorzutragen.

Eigentlich wäre das die Aufgabe des BND-Präsidenten gewesen, aber dieser war heute kaum noch mehr als eine Gallionsfigur. »Dieses leere alte Bierfaß«, wie Hauser ihn abschätzig nannte, aber nur, um sich noch abschätziger zu korrigieren. »Das ist natürlich falsch. Er ist ständig bis zum Rand voller Bier. Das ist ja das Ärgerliche...« Nachdem er die Übersetzung des Lasalle-Textes zu Ende gelesen hatte, prüfte Lanz seinen Terminkalender. Nach dem Vortrag beim Bundeskanzler würde er sofort nach Frankfurt fliegen, dort am Flughafen einen Wagen nehmen und über die Rheinbrücke nach Mainz ans Westufer des Flusses fahren. Alan Lennox hatte ihm am vorhergehenden Abend von Saarbrücken aus unter der Nummer angerufen, die David Nash angegeben hatte. Um zehn Uhr morgens war Lanz mit Lennox im Hotel Central in Mainz verabredet.

Die Unterredung fand nicht im Hotel statt. Als Lanz beim Empfang des Hotel Central eintraf und nach Alan Lennox fragte, überreichte man ihm einen versiegelten Umschlag. Der Umschlag enthielt einen Zettel. *Hauptbahnhofsrestaurant zweiter Klasse* stand darauf. Lanz eilte quer über den Vorplatz und fand den Engländer in die *Frankfurter Allgemeine Zeitung* vertieft.

»Ich ziehe die Anonymität von Bahnhöfen vor«, erklärte Lennox auf deutsch. »Wie geht es Ihnen?«

In den nächsten fünfzehn Minuten berichtete der Engländer dem BND-Vize von seinem Besuch bei Lasalle. Als er die Liste erwähnte und Lanz darum bat, sie einzusehen, schüttelte er den Kopf. »Wenn ich diese Männer besuchen soll, ist es besser, wenn möglichst wenige Leute Bescheid wissen. Wie Sie wissen, arbeite ich immer alleine – so kann ich mir nur selbst ein Bein stellen.«

»Das erleichtert mich«, sagte Lanz. »Das zeigt, daß Sie seit den Tagen im Libanon nichts von Ihrem alten Biß verloren haben. Ach ja, wir werden Ihnen falsche Papiere geben – Reisepaß, Führerschein und so weiter. Auf den Namen eines Franzosen, sagten Sie?«

»Jean Bouvier«, erwiderte Lennox. »Ein vernünftiger Allerweltsname. Ihre Dokumentenabteilung kann mich als Journalisten ausgeben – ein nützlicher Beruf für einen, der herumreisen und Fragen stellen will...«

Sie verließen den Mainzer Hauptbahnhof. Lanz fuhr den Engländer in seinem Wagen zurück über den Rhein. Nachdem sie die Rheinbrücke hinter sich hatten und auf der Bundesstraße in Richtung Frankfurt fuhren, beschleunigte Lanz. »In der Nähe der Rheinbrücken gibt es Radarfallen«, erklärte er, als die Tachonadel höher kletterte. »Es wäre für mich nicht gut, wegen zu schnellen Fahrens gestoppt zu werden!« Auf dem Weg nach Frankfurt sprach er englisch. Er freute sich über jede Gelegenheit, sich in einer fremden Sprache zu unterhalten. Als sie Frankfurt erreichten, nahm Lanz den Fuß vom Gaspedal. Sie fuhren langsam um den Hauptbahnhof herum, überquerten eine Mainbrücke und fuhren in den alten Stadtteil Sachsenhausen. Die Kästen aus Glas und Beton, die das moderne Frankfurt ausmachen, wichen hier alten Häusern und Weinstuben aus den Tagen der ersten Rothschild. »Wir sind da«, verkündete Lanz. Das schäbige Fotostudio befand sich im ersten Stock eines alten Hauses; unter dem Studio lag eine Konditorei. Im übrigen beherbergte das Gebäude nur eine Reihe kleiner Firmen mit Einzimmerbüros. »Wenn uns jemand gefolgt ist«, erklärte Lanz auf der engen Treppe, »werden sie keinen Hinweis darauf finden, in welchem Büro wir verschwunden sind. Aber ich glaube nicht, daß uns jemand verfolgt hat...«

Die Aufnahme des Paßfotos nahm keine fünf Minuten in Anspruch. »Ein zu gutes Foto in einem Reisepaß würde sofort Verdacht erregen«, bemerkte der alte Fotograf mit einem trockenen Lächeln. Er trug eine dicke Hornbrille. Er versprach Lanz, die gefälschten Papiere seien in zwei Tagen abholbereit. Lennox, der den alten Mann skeptisch beobachtet hatte, forderte ihn in scharfem Ton auf, die Daten für die Personalbeschreibung aufzunehmen. »Sie werden sie für die Papiere brauchen«, betonte er. Der alte Mann grinste und tippte sich an die Stirn. »Ich hab' sie mir hier notiert. Braune Augen, schwarzes Haar, und Ihre Körpergröße habe ich festgestellt, als Sie vorhin an diesem Meßstab dort standen…«

Sie fuhren aus Sachsenhausen hinaus, als Lennox die Frage stellte: »Ich habe angenommen, Sie hätten eigene Abteilungen für die Herstellung gefälschter Papiere – oder hat Hauser Ihren Etat gekürzt?«

»Er hat unseren Etat kräftig erhöht. Und wir haben tatsächlich eigene Dokumentenabteilungen, wie Sie sehr richtig vermuten. Sie haben aber ein sehr delikates Unternehmen vor, und ich habe Befehl erhalten, Sie von jedem BND-Büro fernzuhalten. Joachim, bei dem wir gerade gewesen sind, und sein jüngerer Bruder sind die wohl besten Dokumentenfälscher Deutschlands. Selbst wenn die Sûreté Ihre Papiere unter die Lupe nehmen sollte, dürfte sie voll mit ihnen zufrieden sein. Übrigens, ich kenne hier ein vorzügliches Lokal…«

Lennox lehnte die Einladung zum Lunch ab. Er sagte, er habe noch einiges zu erledigen. Lanz fuhr ihn nach Mainz zurück und gab ihm beim Abschied eine Frankfurter Telefonnummer. Sobald er allein war, machte sich Lennox sofort auf den Weg zu der Garage, in der er seinen Citroën mit dem Kennzeichen BL 49120 untergebracht hatte, und fuhr anschließend aus der Stadt. Er fuhr auf derselben Route zur französischen Grenze, auf der er von Saarbrücken gekommen war. Unterwegs kaufte er sich einige belegte Brote und eine Flasche Bier. Er aß beim Fahren. Um Punkt drei Uhr erreichte er die französische Grenze. Der Grenzübertritt bereitete keinerlei Schwierigkeiten. Die Grenzbeamten nahmen kaum Notiz von ihm und winkten ihm nach einem flüchtigen Blick auf seinen britischen Paß zu, er solle weiterfahren. Von da an fuhr er schnell und hielt sich knapp unter den zugelassenen Höchstgeschwindigkeiten, bis er in Metz ankam, der ersten größeren Stadt seit der Grenze. Als er seinen Citroën parkte, fiel Lennox ein, daß Metz Marc Grelles Geburtsort war.

Lennox verbrachte eine Stunde in Metz mit Einkäufen. Er ging rasch von Geschäft zu Geschäft und kaufte in jedem Laden nur wenige Dinge ein. Als er um fünf die Stadt verließ, hatte er einen Koffer voll französischer Kleidungsstücke – neun Oberhemden, zwei Anzüge, Unterwäsche, Krawatten, Taschentücher, einen Regenmantel, einen schweren Mantel, einen Hut und verschiedene Kleinigkeiten, darunter zwei Kugelschreiber, eine Brieftasche und ein Notizbuch. Zahnbürste, Zahnpasta sowie französisches Rasierzeug hatte er ebenfalls erstanden.

Als er lange nach Einbruch der Dunkelheit zum Grenzkontrollpunkt zurückkehrte, bemerkte er sofort Anzeichen fieberhafter Aktivität. Jetzt waren weit mehr Grenzbeamte als vorhin zu sehen, die Papiere der Autofahrer wurden eingehender geprüft, und es hatte sich eine lange Schlange wartender Wagen gebildet. Als Lennox an der Reihe war, nahm der Grenzbeamte seinen Paß interessiert in Augenschein und sah sich jede Seite an, was sehr ungewöhnlich ist. »Sie verlassen Frankreich, Monsieur? Ist das richtig?« Er sprach Französisch.

»Verzeihung, wie bitte?« erwiderte Lennox auf englisch.

»Un moment...« Der Beamte verschwand in einem Wachhäuschen und nahm Lennox' Paß mit. Nach zehn Minuten kehrte er in Begleitung eines Beamten zurück, der Englisch sprach. Der zweite Mann, der jetzt den Paß in der Hand hielt, steckte den Kopf durchs Wagenfenster und starrte Lennox an. »Was war der Zweck Ihres Besuches in Frankreich, und wie lange sind Sie im Land gewesen?«

Lennox stellte den Motor ab, legte einen Ellbogen aufs Seitenfenster und setzte eine sehr geduldige Miene auf. Grenzbeamte sollte man nie provozieren; sie können einem die

Hölle heiß machen. »Ich bin drei Stunden in Frankreich gewesen«, erklärte er. »Ich war vorhin nämlich in der Nähe der Grenze und entschloß mich kurzerhand, mal herüberzufahren, um mal wieder die gute französische Küche zu kosten. Die deutsche Küche finde ich nämlich nicht sehr aufregend«, log er sanft. »Können Sie das verstehen?«

»Bitte fahren Sie weiter!«

Was zum Teufel sollte das alles eigentlich? fragte sich Lennox, nachdem er sich auf deutschem Boden befand und beschleunigte. Warum interessieren die sich für einen Mann mit britischem Paß? Er fühlte sich erleichtert, die Grenzkontrolle hinter sich zu wissen; es hätte ihm nicht sehr gefallen, wenn sie seinen Koffer geöffnet und lauter nagelneue französische Kleidungsstücke darin gefunden hätten. Muß eine Stichkontrolle gewesen sein, dachte er, während er durch die Nacht in Richtung Mainz fuhr. Dort hatte er im Hotel Central ein Zimmer bestellt. Innerhalb der nächsten zwei Tage würde er zum zweitenmal mit Peter Lanz zusammentreffen, um seine französischen Papiere in Empfang zu nehmen. Dann würde er wieder die französische Grenze überschreiten, dieses Mal als Jean Bouvier, Zeitungsreporter.

Um sechs Uhr nachmittags, etwa zu der Zeit, als Lennox die Grenzkontrollstation erreichte, wurde Grelle ins Innenministerium gerufen. »Es wird schlimmer mit ihm«, sagte er zu Boisseau. »Bald werde ich ihn einmal die Stunde sehen. Bis nachher ...«

Auf dem Weg zu Roger Danchin hatte er das Pech, mitten in die Rush-hour zu kommen. Da es außerdem in Strömen goß, hatten die Autofahrer noch schlechtere Laune als sonst. Als Grelle in einer Verkehrsstockung festsaß, verfluchte er den Minister in höchst unfeinen Wendungen. Es war sieben Uhr geworden, als er auf den Hof hinterm Place Beauvau einbog, seufzte und das Gebäude betrat. Als Grelle in das Arbeitszimmer des Ministers kam, stand Danchin in seiner Lieblingsposition am Fenster, starrte auf den der Öffentlichkeit verborgenen Garten hinunter und kehrte seinem Besucher den Rücken zu. »Grelle«, sagte er, »der Bericht über Ihren gestrigen Besuch in der amerikanischen Botschaft liegt auf meinem Schreibtisch. Sie sind um sechs angekommen und um zwanzig nach sechs gegangen. Das scheint ja wirklich ein sehr kurzer Besuch gewesen zu sein.« Dann wartete er. Er drehte sich noch immer nicht um.

Grelle machte mit zwei Fingern hinterm Hosenboden eine obszöne Gebärde und blieb wortlos stehen. Ihm war noch keine Frage gestellt worden, und er würde sich hüten, auf Danchins Spiel einzugehen und loszuplappern, um sich zu rechtfertigen. Das Schweigen dauerte eine Minute. »Nun?« sagte Danchin scharf. »Was ist passiert?«

»Ich habe David Nash getroffen...« Grelle war auf die Frage gut vorbereitet und sprach in einem monotonen, fast gelangweilten Tonfall. »Er ist herübergekommen, um herauszufinden, weshalb Florians Reden immer amerikafeindlicher werden. Das State Department scheint sich deshalb offensichtlich große Sorgen zu machen. Ich habe seine Fragen abgeblockt und erklärt, ich sei Polizist, ich verstände nichts von Politik. Er schien mit meiner Antwort nicht besonders zufrieden zu sein, also hielt ich es für das beste zu gehen, und dann bin ich auch gegangen.«

»Mm-m...« Die leicht gebeugte Gestalt wandte sich vom Fenster ab und stand plötzlich kerzengerade. Der Anblick versetzte Grelle einen leichten Schock; er konnte sich nicht erinnern, Danchin jemals in aufrechter Haltung gesehen zu haben. »Ich finde, Sie haben Ihre Sache gut gemacht. Was hat Lasalle jetzt wohl vor? Was meinen Sie? Ich habe heute morgen Ihre Notiz bekommen.«

Wieder dieses unvermittelte Überwechseln zu einem anderen Thema, eine typische Taktik Danchins, um einen Gesprächspartner zu überrumpeln. Grelle zuckte die Achseln.

Er war sich bewußt, daß seine legere Kleidung – Hosen und Rollkragenpullover – mißbilligend gemustert wurde. »Was Lasalle angeht, tappe ich genauso im dunkeln wie Sie, Herr Minister«, erwiderte er. »Ich habe die Grenzbeamten auf den Engländer aufmerksam gemacht, aber es kann sein, daß wir erst den nächsten Bericht Hugons abwarten müssen, bevor wir mehr erfahren.«

»Vermutlich, vermutlich ...« Danchin ging in dem Raum auf und ab und blieb dann hinter Grelle stehen. »Halten Sie es für denkbar, daß Lasalle mit den Amerikanern in Verbindung steht?« fragte er plötzlich.

Grelle fuhr herum und starrte den Minister an. »Bis jetzt habe ich keinerlei Hinweis bekommen, der diesen Schluß zuließe. Wollen Sie sagen, Sie wüßten etwas? Wenn das so ist, sollte mir das auch bekannt sein ...«

»Ich habe nur laut gedacht, Grelle. Nicht einmal gedacht – nur eine Frage gestellt. So, ich glaube, ich brauche Sie jetzt nicht länger aufzuhalten ...«

Auf dem Rückweg zur Präfektur kehrte Grelle in einer Bar in einer Seitenstraße der Rue St. Honoré ein, um sich zu beruhigen. Ob es wohl Leute gibt, die ihren Chef nicht hassen? fragte er sich, als er sich wieder in seinen Wagen setzte und zur Ile de la Cité fuhr. Die Nachricht, die Boisseau für ihn bereithielt, ließ ihn den Ärger über den Ausflug zum Place Beauvau vergessen.

»Sie haben Lennox entdeckt ...«

Boisseau kam mit einem Blatt Papier in das Büro des Präfekten. »Sie haben seinen Paß am Grenzübergang nach Saarbrücken kontrolliert. Er war allein und fuhr einen blauen DS 21 – Kennzeichen BL 49120. Es paßt alles zu den Angaben, die Hugon uns gemacht hat. Im Paß ist er als Geschäftsmann eingetragen.«

»Schnelle Arbeit. Hat sich jemand an seine Fersen geheftet?« fragte der Präfekt.

»Nein. Wie sollten sie? Er ist doch nach Deutschland gefahren. Das war um achtzehn Uhr heute abend ...«

»Nach Deutschland gefahren? Sie meinen, er hatte Frankreich gerade verlassen? Was zum Teufel hat er eigentlich vor? Hugon zufolge wollte er gerade nach Frankreich!« Grelle durchquerte sein Büro, um eine große Wandkarte zu studieren. »Er überquert die Grenze nach Frankreich und fährt dann sofort nach Deutschland zurück? Das ergibt keinen Sinn, Boisseau.«

»Vielleicht ist Hugon gar nicht so zuverlässig ...«

»Daß der Engländer Lasalle einen Besuch abgestattet hat, entspricht jedenfalls den Tatsachen. Ich verstehe das einfach nicht.« Grelle ging vor der Karte auf und ab und betrachtete sie gelegentlich flüchtig von der Seite. »Es ist bestimmt kein Zufall, daß er so nahe bei Saarbrücken die Grenze überschritten hat, bemerkte er. »Er muß zurückgefahren sein, um Lasalle zu treffen. Wir werden Hugons nächsten Bericht abwarten müssen. Ich möchte wetten, daß er uns einen neuen Besuch des Engländers beim Obersten melden wird.«

»Sollen wir die Bereitschaft an der Grenze aufrechterhalten?«

»Ja. Für den Fall, daß er doch wieder nach Frankreich fährt.«

Der dritte Angehörige des sowjetischen Kommandos war Antonin Lansky, der Mann mit dem Spitznamen »der Strick«. Der achtundzwanzigjährige Lansky hatte bereits einen Auslandsauftrag hinter sich: Er hatte zwei Tschechen gejagt, die sich vom Geheimdienst in Bratislava abgesetzt hatten. Die beiden Tschechen, ein Mann und ein Mädchen, waren über die Grenze nach Österreich geflüchtet und hatten in Wien Zuflucht gesucht. Ihr Verschwinden – sie hatten sich an einem Freitagabend aufgemacht, in der Hoffnung, der Vorsprung des Wochenendes werde genügen – wurde durch Zufall schon nach wenigen Stunden entdeckt. Lansky hatte den

Befehl erhalten, sie zu finden. Die österreichische Abwehr reagierte zu langsam. Nach dem Grenzüberschritt suchte das tschechische Paar um politisches Asyl nach. Man brachte die beiden vorläufig in einer Wohnung in der Nähe der Kärntnerstraße unter. Das war ein Fehler, denn diese Wohnung war schon früher für einen ähnlichen Zweck benutzt worden. Ein Geheimdienstbeamter der sowjetischen Botschaft, der die Wohnung im Auge behielt, sah die beiden ankommen. Er informierte Lansky in dem Augenblick, in dem dieser in Wien eintraf.

Wie Lansky sich Zutritt zu der Wohnung verschaffte, blieb ein Rätsel, aber es war bekannt, daß er fließend Deutsch sprach. Am frühen Sonntagabend begab sich ein Beamter der österreichischen Staatsschutzbehörde zu der Wohnung, um das tschechische Paar zu vernehmen. Da auf sein wiederholtes Klopfen keine Reaktion erfolgte, rief er den Hausmeister, der die verschlossene Tür aufbrach. Sie fanden den Mann und das Mädchen in verschiedenen Zimmern – beide hingen an einem Strick. Eine – in tschechischer Sprache – gekritzelte Notiz erklärte: »Wir haben für uns keine Zukunft mehr gesehen…«

Von da an wurde Lansky in tschechischen Geheimdienstkreisen als »der Strick« bekannt.

Antonin Lansky war ein magerer, drahtiger, mittelgroßer Mann mit einem schmalen, knochigen Gesicht und wohlgeformten Händen. An dem blonden Lansky fielen vor allem seine Augen auf; sie hatten große Pupillen und bewegten sich mit verwirrender Langsamkeit. Er war von Natur aus zurückhaltend und hatte während der Trainingszeit auf der ehemaligen Rennstrecke außerhalb von Tabor am wenigsten gesprochen. Lansky hörte meist zu, während der stets redselige Karel Vanek abends vor dem Schlafengehen wie ein Wasserfall redete und zu allen möglichen Themen seine Kommentare abgab. Selbst Vanek wurde aus dem stillen und zurückhaltenden Lansky nicht recht schlau; wenn ein Mann sich an keiner Unterhaltung beteiligt, bekommt man ihn nicht in den Griff, kann ihn nicht unter seinen Einfluß bringen. »Wenn wir nach Deutschland kommen, werden Sie ein bißchen gesprächiger werden müssen«, sagte ihm Vanek eines Abends, »sonst fallen Sie zu sehr auf. Franzosen plappern immer drauflos...«

»Den Eindruck habe ich ganz und gar nicht gehabt, als ich in Paris war«, erwiderte Lansky ruhig. »Ich habe oft in irgendwelchen Bistros gesessen, in denen die Leute Piquet spielten und oft stundenlang kaum ein Wort sagten.«

Als ich in Paris war... Wieder hatte Lansky Vanek einen feinen Nadelstich verpaßt. Dem älteren Tschechen mißfiel es sehr, daran erinnert zu werden, daß Lansky sein Nachfolger in der Geheimdienstabteilung der tschechischen Botschaft in Paris gewesen war und daß auch Lansky etwas über Frankreich wußte. Antonin Lansky war nämlich äußerst ehrgeizig und brannte auf den Tag, an dem er einen Mann wie Vanek ersetzen würde, den er wegen seiner Sprunghaftigkeit für ungeeignet hielt, Führungsaufgaben zu übernehmen.

An diesem Dienstag, dem 14. Dezember, tauchte der russische Ausbildungsleiter Borisov kurz vor Mitternacht in dem Betonhäuschen auf, in dem sich die drei Angehörigen des Kommandos gerade schlafen legen wollten. Lansky hatte es sich schon in der oberen Wandkoje bequem gemacht, während Vanek und Brunner, die noch geraucht und sich unterhalten hatten, sich gerade auszogen. Borisovs Mantel war voller Schnee. Östlich der Linie Berlin–München hatte es seit Tagen heftig geschneit; jetzt war der Schnee auch nach Tábor gekommen.

»Sie werden innerhalb von achtundvierzig Stunden in den Westen aufbrechen«, verkündete Borisov. »Ich habe soeben Nachricht erhalten – es ist alles geändert worden. Vergessen Sie Lasalle – Sie haben jetzt drei andere Namen auf der Liste. Zwei der Leute leben in Frankreich, einer in Deutschland.« Er ließ ein Blatt Papier auf den Tisch fallen. Vanek nahm es in die Hand, während Brunner ihm über die Schulter sah. »Und Sie werden Ihre Aufgabe am Abend des 22. Dezember erledigt haben müssen«, fügte Borisov hinzu.

»Das ist unmöglich«, war Brunners spontane Reaktion. »Die Zeit reicht nicht für eine sorgfältige Planung…«

»Schwierig, ja, aber nicht unmöglich«, bemerkte Vanek und ging mit der Liste zu der Wandkarte hinüber. »Straßburg, Colmar und Freiburg liegen in einer Region – an beiden Ufern des Rheins. Unsere französischen Papiere haben wir schon, wir sprechen alle französisch…« Im Hintergrund beobachtete Borisov die drei Männer. Er war jetzt sicher, den richtigen Mann an die Spitze des Kommandounternehmens gestellt zu haben: Vanek konnte sich rasch auf eine völlig neue Lage einstellen. »Da wir nach Frankreich gehen«, fuhr Vanek fort, »meine ich, daß jeder von uns eine Erkennungskarte der Sûreté Nationale bei sich haben sollte – die Burschen in Kiew haben welche, und wenn sie ihre fetten Hintern ein bißchen lüften, sollten sie sie bis morgen abend herfliegen können. Und dazu einen Satz französischer Nachschlüssel. Dann könnten wir am Donnerstagmorgen losfahren…«

Brunner explodierte. »Das läßt uns doch keine Zeit für einen vernünftigen Plan«, wiederholte er, »und dann nur sieben Tage für den gesamten Job…«

»Was bedeutet, daß wir uns beeilen müssen und nicht lange irgendwo herumhängen dürfen, und das ist gar nicht schlecht«, erwiderte Vanek leise. »Das gibt uns morgen den ganzen Tag Zeit, Zeitpläne und Reiserouten festzulegen – wobei ich Ihnen helfen werde…« Die Arroganz und Dreistigkeit des Tschechen war jetzt verschwunden. Er sprach in überzeugendem Tonfall weiter und baute eine Atmosphäre des Vertrauens auf. Er brachte die beiden anderen Männer dazu, zu erkennen, daß die Aufgabe sich tatsächlich in so kurzer Zeit lösen lassen würde. Borisov, der diese Seite von Vaneks Charakter noch nicht entdeckt hatte, gratulierte sich im stillen nochmals zu seiner Wahl. Nach ein paar weiteren Jahren Erfahrung stand Vanek eine steile Karriere im Geheimdienst offen.

»Und eine französische Skiausrüstung könnte uns ebenfalls gute Dienste leisten«, fügte Vanek hinzu. »Da es in den bayrischen und österreichischen Alpen geschneit hat, können wir als Wintersportler reisen, die gerade einen Kurzurlaub hinter sich haben.«

»Ich werde mit Kiew telefonieren«, versprach Borisov. »Da ist noch etwas. Wenn Sie im Westen sind, müssen Sie eine bestimmte Nummer in Paris anrufen, die man mir für den Fall gegeben hat, daß sich weitere Dinge entwickeln.«

»Wir haben auch so schon ein volles Programm«, brummte Brunner und holte ein westliches Kursbuch vom Regal.

»Sie rufen einmal am Tag an«, fuhr Borisov fort, »und melden sich unter dem Namen Salicetti.«

Lansky, der inzwischen seine Koje verlassen hatte, blickte auf die Namen und Adressen auf der Liste.

Léon Jouvel. Robert Philip. Dieter Wohl.

# 7

»Diese korrupte amerikanische Republik, die den Dollar zum Gott erhoben hat, in der Polizisten ihre Gehälter mit Bestechungsgeldern aufbessern, und deren größte Stadt, New York, einem Dutzend Gangs verschiedener Rassen auf Gnade und Ungnade ausgeliefert ist... in der der Terrorismus haust wie im Mittelalter die Pest...

Was will Europa mit so einem Kontinent anfangen? Oder sollten wir uns lieber von diesem korrupten und korrumpierenden Staat abriegeln und ihn in eine moralische und physische Quarantäne stecken? Leb wohl, Amerika, und mögest du nie mehr wiederkommen, um unsere Küsten zu verpesten...«

Guy Florian hielt diese neue Rede in Lille, nur acht Tage nach seinem aggressiven Ausfall gegen die Amerikaner in Dijon. Seine Zuhörer hatten das Gefühl, daß seine Ausfälle an Heftigkeit zunahmen, »daß er jetzt mit dem Bulldozer Dreck schleudert«, wie Alain Blanc in Paris am selben Abend zu Marc Grelle bemerkte.

Mittwoch, 15. Dezember. Der Polizeipräfekt kam frühmorgens in sein Büro. Er rief wieder seinen Stellvertreter zu sich und bat ihn, die Tür zu verschließen. Auf dem Schreibtisch lagen zwei verschlossene Handkoffer. »Boisseau, es kann sein, daß diese Sache mit dem Leoparden sehr ernst wird, daß sie sehr wohl unser beider Karriere gefährden kann, wenn wir ihr weiter nachgehen. Sie sollten sich jetzt sehr genau überlegen, wo Sie stehen – und vergessen Sie nicht, Sie haben Familie...«

»Wie lauten Ihre Befehle?« fragte Boisseau nur.

»Erstens, zwei der ranghöchsten Minister unter strengster Geheimhaltung sorgfältig zu überwachen – Roger Danchin und Alain Blanc. Wollen Sie noch immer mitmachen?«

Boisseau holte seine Pfeife aus der Tasche und steckte sie sich zwischen die Zähne, ohne sie anzuzünden. »Ich werde ein besonderes Team zusammenstellen müssen und den Leuten eine Geschichte erzählen, damit sie nicht nervös werden. Gibt es sonst noch etwas? Diese Beobachtung soll doch wohl dazu dienen, festzustellen, ob einer von beiden – Danchin oder Blanc – irgendwelche Verbindungen zu den Sowjets hat?«

»Genau. Und, ja, da ist noch etwas, etwas was einer Strafe gleichkommt.« Grelle zeigte auf die beiden Handkoffer. »Ich habe mir gestern abend ganze Stapel alter St-Ireté-Akten aus der Kriegszeit besorgt. Sie nehmen den einen Koffer, ich den anderen. Ich glaube, irgendwo in diesen Aktenstößen werden wir einen Hinweis darauf finden, wo sowohl Danchin wie Blanc sich während des Krieges aufgehalten haben – denn die Lösung dieser Leoparden-Affäre liegt irgendwo in der Vergangenheit. Wenn einer dieser Männer sich 1944 in einer Region aufgehalten hat, die weit vom Lozère entfernt ist – wo der Leopard operierte –, können wir ihn ausschließen.«

Boisseau nahm einen der Handkoffer in sein eigenes Büro mit und berief sofort eine geheime Konferenz ein. Einige besonders zuverlässige Detektive der Police Judiciare wurden abgestellt, um schichtweise zu arbeiten. Sie sollten Roger Danchin und Alain Blanc auf Schritt und Tritt folgen, sobald sie ihr jeweiliges Ministerium verließen. Boisseau wies die ausgewählten Männer persönlich in ihre Aufgabe ein. »Sie arbeiten unter absoluter Geheimhaltung und erstatten nur mir persönlich Bericht. Wir haben Grund zu der Annahme, daß ein Anschlag auf das Leben eines der beiden Minister geplant sein könnte. Ein Zusammenhang dieser Verschwörung mit einem Ereignis der jüngsten Zeit ist durchaus vorstellbar«, vertraute er den Männern geheimnisvoll an.

»Es kann also sein, daß wir einen neuen Mordanschlag verhindern müssen?« fragte einer der Detektive.

»Die Sache geht noch tiefer«, erklärte Boisseau. »Die Verschwörung könnte auch noch jemandem gelten, der eng mit Januar oder August zusammenarbeitet...« Boisseau hatte darauf hingewiesen, daß von jetzt an wirkliche Namen nicht mehr benutzt werden dürften. Es wurden folglich Codenamen festgelegt: Januar für Danchin und August für Blanc. »Wir brauchen also«, fuhr Boisseau fort, »ein lückenloses Verzeichnis all derer, mit denen diese beiden Männer außerhalb der Ministerien verkehren. Einer ihrer sogenannten Freunde könnte der Mann sein, den wir suchen – vielleicht ist es aber auch eine Frau...« Am späten Nachmittag war die Aktion bereits angelaufen.

Grelle stimmte später den von Boisseau getroffenen Maßnahmen zu. »Wir laufen Gefahr«, bemerkte er und verzog das Gesicht, »selbst zu Verschwörern zu werden, aber es gibt keinen anderen Weg.«

»Könnten Sie denn nicht den Präsidenten darüber informieren, was wir tun – und warum?« schlug Boisseau vor.

»Und das Risiko eingehen, wie Lasalle gefeuert zu werden? Sie haben doch wohl noch nicht vergessen, daß Lasalle wegen Überschreitung seiner Kompetenzen entlassen worden ist? Das Dumme ist ja, daß Florian seinem eigenen Urteil so sehr traut, daß er niemals glauben wird, jemand aus seiner engsten Umgebung könne ein Verräter sein...«

Kurz nachdem Grelle diese Bemerkung gemacht hatte, explodierte die Bombe, die in Pariser Regierungskreisen später als »Lasalle-Affäre« bekannt wurde. Die erste Warnung, daß ein mögliches Desaster unmittelbar bevorstand, erhielt Grelle, als Roger Danchin ihn zu einer Geheimbesprechung ins Innenministerium rief.

Es war am späten Vormittag des 15. Dezember – einen Tag nachdem Danchin Grelle gefragt hatte, ob er glaube, daß

Oberst Lasalle mit den Amerikanern in Verbindung stehe –, als der Präfekt dringend zum Place Beauvau gebeten wurde. Grelle kam als letzter an. Zu beiden Seiten eines langen Tisches saßen sämtliche führenden Männer von Geheimdienst und Abwehr, darunter, wie Grelle beim Eintreten bemerkte, Kommissar Suchet von der Abwehr, ein Mann, gegen dessen Methoden und dessen Persönlichkeit der Präfekt eine tiefe Abneigung hegte. Daniel Suchet war groß und dick; in seinem fleischigen Gesicht verschwanden die Augen fast hinter Fettwülsten. Er war ein Lebemann, der aus seiner Genußsucht kein Hehl machte. »Ich esse gut, trinke gut und verführe gut«, hatte er Grelle einmal anvertraut.

Der am Kopfende des Tisches präsidierende Danchin winkte Grelle, er solle auf einem leerstehenden Stuhl Platz nehmen.

»Alles, was während dieser Besprechung geäußert wird, ist streng vertraulich«, belehrte er die Anwesenden in bester Ministermanier. »Die hier zur Sprache kommenden Dinge dürfen nur dann mit Untergebenen erörtert werden, wenn dies für die Durchführung des Unternehmens unerläßlich ist.«

»Welches Unternehmen?« fragte Grelle.

»Sie haben nichts damit zu tun«, klärte Danchin ihn auf. »Suchet wird federführend sein. Aber wir brauchen von Ihnen Informationen über die Gewohnheiten und die Tagesroutine von Oberst Lasalle – da Sie mit Hugon in Verbindung stehen.«

»Herr Minister, wozu brauchen Sie diese Informationen?« wollte Grelle wissen.

»Bitte geben Sie uns einfach die Information, Herr Präfekt... Es war Suchet, der sich eingeschaltet hatte. Er hatte seine fleischigen Hände auf dem Tisch gefaltet und beugte sich angriffslustig vor. »Ich möchte nicht unhöflich sein, aber da gibt es die Frage der Geheimhaltung. Je weniger Leute Bescheid wissen – Sie wissen, was ich meine...«

»Ich habe nicht die leiseste Ahnung, was Sie meinen. Bevor ich nicht weiß, was Sie vorhaben, kann ich Ihnen wohl kaum behilflich sein – ich würde wohl irgendeine wichtige Information auslassen…«

»Darüber werde ich befinden«, entgegnete Suchet schroff.

»Bitte, meine Herren«, warf Danchin ein. »Wir sind hier alle zusammengekommen, um uns gegenseitig zu helfen…«

»Dann lassen Sie ihn mir sagen, was er vorhat«, wiederholte Grelle.

»Wir haben beschlossen, Oberst Lasalle festzunehmen.«

Es folgte ein Schweigen. Der Ruf des Präfekten war allgemein bekannt, und alle Köpfe wandten sich zu ihm. Die Männer starrten ihn an. Grelle bat um die Erlaubnis zu rauchen, und Danchin, der bereits selbst rauchte, nickte ungeduldig. Der Präfekt ließ sich mit dem Anzünden seiner Zigarette Zeit und starrte Suchet dabei unverwandt an. Suchets Augen flackerten, und er sah zur Seite. »Ist das die verrückte Idee von Kommissar Suchet?« fragte Grelle.

»Nein, es ist mein Vorschlag gewesen«, sagte Danchin ruhig.

»Sie wollen Lasalle entführen…«

»›Festnehmen‹ war der Ausdruck«, bellte Danchin.

»Sie können keinen Mann festnehmen, der sich auf fremdem Territorium befindet«, erwiderte Grelle in monotonem Tonfall. »Sie können ihn nur entführen und mit nackter Gewalt über die Grenze schleppen. Wie können wir von der Öffentlichkeit erwarten, daß sie die Polizei respektiert und die Gesetze befolgt, wenn die Hüter des Gesetzes sich wie die Mafia aufführen…«

»Vorsicht«, warnte ihn Danchin. »Vielleicht ziehen Sie es vor, sich von der Konferenz zurückzuziehen…«

»Wie die Mafia«, wiederholte Grelle. »Finstere kleine Schlägertypen, die mitten in der Nacht in Zivil in das Haus eines Mannes eindringen und ihn schnappen…«

»Lasalle ist ein Verräter.«

»Lasalle lebt in der Bundesrepublik Deutschland. Es würde im Ausland einen Aufschrei der Entrüstung geben.«

»Daran haben wir gedacht...« Danchin schlug einen konzilianteren Ton an. »Wir würden bekanntgeben, daß Lasalle sich insgeheim aus freien Stücken auf französischen Boden begeben habe, daß man ihn gesehen und anschließend auf französischem Boden festgenommen habe...«

»Bei Oberst Argoud ist de Gaulle damit durchgekommen«, sagte Suchet.

»Die Erklärung ist nicht gut genug!« Der Präfekt schlug mit der Faust auf den Tisch. »Wenn Sie darauf bestehen, mit dieser bizarren Unternehmung fortzufahren, werde ich den Präsidenten von meinen Einwänden in Kenntnis setzen...«

»Der Präsident weiß, daß diese Besprechung stattfindet«, informierte ihn Danchin.

»Wann soll die Sache anlaufen, Herr Minister?« fragte Grelle.

»Es kann sein, daß wir schon morgen abend handeln.«

»Dann muß ich jetzt handeln.« Grelle stand auf. »Sie haben mir angeboten, ich könne mich zurückziehen. Darf ich jetzt von diesem Angebot Gebrauch machen?«

Das Gespräch mit Florian war spannungsgeladen, so spannungsgeladen, daß der Schäferhund Kassim die Spannung zwischen den beiden Männern spürte, die er als seine Freunde betrachtete. Er verkroch sich unter einer Couch. Jenseits der hohen Fenster im Arbeitszimmer des Präsidenten fielen Schneeflocken in den Garten des Elysee-Palasts. Der Schnee schmolz, kaum daß er auf der Erde lag. Auf dem Schreibtisch zwischen den beiden Männern, neben den Telefonen und der Lampe, lag ein Blatt Papier. Grelles in aller Eile niedergeschriebenes Rücktrittsgesuch. Florian schob das Blatt über die Schreibtischplatte, so daß es auf Grelles Schoß fiel.

»Ich werde in diese Sache nicht verwickelt sein, falls es das ist, was Sie beunruhigt«, stellte Florian eisig fest. »Soviel ich weiß, hat Danchin vor, die bei der Entführung Argouds angewandte Methode zu wiederholen. Man wird Lasalle aus Deutschland herschaffen und ihn irgendwo in Paris festsetzen. Sie werden einen Anruf erhalten – dann werden Sie Lasalle in irgendeinem Lastwagen fest verschnürt vorfinden, irgendwo in einer Seitenstraße. Es wird Ihre Pflicht sein, ihn festzunehmen.«

»Das wäre ein illegaler Akt, Herr Präsident.«

»Keiner von uns wäre direkt beteiligt...«

»Aber wir werden beide Bescheid wissen. Präsident Nixon hat einmal versucht, ein dubioses Spiel zu praktizieren – und Sie sehen ja, was passiert ist...«

»Sie haben Angst, es könnte nicht funktionieren?« verlangte Florian zu wissen.

»Ich habe Angst, es könnte funktionieren...«

Florians Gesichtsausdruck änderte sich plötzlich. Er lehnte sich in die Petit-point-Stickerei seines Stuhls zurück, legte die Hände aneinander, starrte Grelle fest an und runzelte die Stirn.

Die Schreibtischlampe brannte. An der Wand sah man den verzerrten und übergroßen Schatten Florians. »Ich glaube, Sie haben recht«, sagte er leise. »Ich bin von zu vielen Politikern umgeben. Soll ich dieses Papier zerreißen, oder werden Sie das tun?«

Drei Minuten, nachdem Grelle den Raum verlassen hatte, griff Florian zum Telefon und blies das Unternehmen ab.

Grelle verließ den Elysee-Palast in einem Zustand der Verblüffung. Als er zum erstenmal von dem Plan zur Entführung Lasalles erfahren hatte, war er der Meinung gewesen, diese Idee sei dem Hirn des verschlagenen Suchets entsprungen. Die Erkenntnis, daß Guy Florian selbst den Plan gebilligt hatte, hatte den Präfekten aus der Fassung gebracht. Das schien nicht zum Charakter des Präsidenten zu passen – oder hatte er dessen Charakter falsch eingeschätzt? Als Grelle wieder in seinem Wagen saß, hatte er eine Eingebung. Er fuhr die Einbahnstraßen um den Elysee-Palast herum entlang und sah die hohe Mauer des Elysee-Gartens an sich vorübergleiten.

So gelangte der Präfekt in die Rue des Saussaies. Er betrat das Gebäude der Sûreté und holte sich zwei weitere verstaubte Akten aus der Registratur.

In Mainz wartete Alan Lennox ungeduldig im Hotel Central auf das Erscheinen von Peter Lanz, der ihm die gefälschten französischen Ausweise bringen sollte. Um elf Uhr vormittags rief er die Frankfurter Telefonnummer an, die der BND-Vize ihm gegeben hatte.

Der Deutsche nahm sofort den Hörer ab. Er entschuldigte sich für die Verzögerung.

»Ich bezweifle, daß die Dokumente, von denen wir sprechen, vor morgen fertig sein werden«, erklärte er. »Wenn Sie mich heute nachmittag um vier wieder anrufen wollen, weiß ich vielleicht schon mehr...«

»Was hält den alten Knaben denn auf?«

»Er ist ein Meister seines Fachs. Er will ein perfektes Produkt haben – und das wollen Sie doch auch.«

»Er soll ja nicht die Mona Lisa fälschen.«

»Aber ein Porträt, das hoffentlich ebenso überzeugend wirkt. Alan, vertrauen Sie mir...«

Lanz legte auf und verzog den Mund. Es mißfiel ihm, den Engländer belügen zu müssen; überdies bezweifelte er, daß ihm das gelungen war.

Er war überzeugt, daß Lennox von den Möglichkeiten des BND wußte, französische Blankoausweise zu beschaffen – die der BND auch besaß; der Engländer würde wohl auch vermuten, daß der BND einen Vorrat solcher Papiere besaß – was gleichfalls zutraf.

Die auf den Namen Jean Bouvier, Reporter, ausgestellten Papiere lagen in diesem Augenblick sogar fix und fertig in Lanz' Schreibtisch. Lanz wartete nur noch auf die Zustimmung aus dem Kanzleramt, die dem Engländer die Einreise nach Frankreich ermöglichen sollte.

Bundeskanzler Franz Hauser, den Lanz einmal vor der gestrigen Begegnung mit Lennox gesprochen hatte und einmal danach, hatte sich noch immer keine Meinung darüber gebildet, ob es klug sein würde, sich auf diese Weise in die inneren Angelegenheiten des wichtigsten Bündnispartners der Bundesrepublik einzumischen. »Wenn dieser Engländer geschnappt wird – und redet –, wird Paris uns in der Luft zerreißen«, hatte Hauser zu Lanz gesagt. »Geben Sie mir ein paar Stunden, um die Sache zu überdenken. Morgen abend werde ich mich entschieden haben. Vielleicht geschieht etwas, was mir die Entscheidung abnimmt...«

An dem Abend, an dem Franz Hauser seine Entscheidung traf, hielt Guy Florian in Lille seine heftige antiamerikanische Rede. Wie am vorhergehenden Sonnabend verbrachten Grelle und Boisseau den Abend in der Wohnung des Präfekten. Diesmal gingen sie nicht die Akte des Leoparden durch, sondern studierten die Akten von Roger Danchin und Alain Blanc aus der Kriegszeit. Es war kurz vor Mitternacht, als sie die Lektüre beendet hatten.

»Immerhin wissen wir jetzt etwas mehr«, meinte Boisseau.

»Wirklich?« fragte Grelle zweifelnd.

»Offiziell ist Alain Blanc in einem abgelegenen Bauernhaus in der Provence seinen Studien nachgegangen«, sagte Boisseau, während Grelle schwarzen Kaffee nachschenkte. Die beiden Männer waren übereingekommen, daß Boisseau sich auf Blanc konzentrieren sollte. »Sein Vater hatte ihn dorthin geschickt, um zu verhindern, daß er sich noch länger mit der Résistance einließ.«

»Und? Hat der junge Blanc diese Kontakte abgebrochen?«

»Nein! Er blieb in dem Bauernhaus und setzte seine Studien fort, erlaubte aber der örtlichen Résistance-Gruppe – die 1944 in einen Hinterhalt geriet und bis auf einen Mann vernichtet wurde –, das Haus als Waffen- und Munitionslager zu benutzen.«

»Sie schließen ihn also aus?«

»Keineswegs«, erwiderte Boisseau. »Die einzige Person, die seine Anwesenheit in diesem Haus in der kritischen Zeit hätte bezeugen können, war seine Haushälterin, eine Madame Jalade. Sie starb jedoch im Juli 1946 – also schon ein Jahr nach Kriegsende. Sie hatte einen Unfall. Sie fuhr mit ihrem alten autogengasgetriebenen Wagen in die Stadt und landete in einer zwanzig Meter tiefen Schlucht.«

»Unfallzeugen gab es nicht?« fragte Grelle leise.

»Nicht einen. Sie war allein. Als Unfallursache wurden mangelhafte Bremsen ermittelt. Sie starb also kurz nachdem Gaston Martin in Guyana festgesetzt worden war. Das könnte natürlich ein Zufall sein...«

»Möglich«, stimmte Grelle zu.

Anschließend berichtete der Präfekt über das, was er in den Berichten über die Aktivitäten Roger Danchins während der Kriegszeit entdeckt hatte.

Danchin hatte sich einer der im Massif Central operierenden Résistance-Gruppen angeschlossen und unter dem Decknamen Grand-Pierre gearbeitet. Er hatte sich als sehr wendig erwiesen und war schon bald Verbindungsoffizier zwischen verschiedenen Gruppen geworden, zu denen auch die vom Leoparden befehligte Gruppe gehört hatte. »Danchin war ein Irrlicht«, erklärte Grelle, »überall und nirgends zu finden. Er hielt sich meist im Hintergrund und ließ eine Reihe von Kurieren für sich arbeiten, mit denen die einzelnen Gruppen in Verbindung blieben. Schon damals muß er einen ausgeprägten Sinn für Details gehabt haben. Er galt als bestinformierter Mann im Midi.«

»Können wir ihn streichen?« fragte Boisseau.

»Ich fürchte, nein. Die Dokumentation über seine Tätigkeit im Jahr 1944 ist leider nur sehr vage. Außerdem hielt er sich in der richtigen Gegend auf – in der Nähe des Departement Lozère.«

»Es könnte also noch immer jeder von ihnen der Leopard gewesen sein?« Boisseau zuckte die Achseln. »Das ist wirklich wie die Knochenarbeit der Polizei – viel Schweiß, und dann kommt nichts dabei heraus. Wenigstens haben wir diese schimmeligen Akten hinter uns gebracht.«

»Nicht ganz.« Grelle balancierte zwei Aktenordner auf der Handfläche. »Ich habe mich entschlossen, noch einen Mann zu durchleuchten – als rein theoretische Übung. Gaston Martin hat gesagt, er habe zwischen 19.30 Uhr und 20.30 Uhr einen hochgewachsenen Mann in den Elysee-Palast gehen sehen – und die Wachen hätten salutiert. Vergessen Sie nicht, daß wir Polizisten sind – wir halten uns ausschließlich an Tatsachen. Um acht Uhr abends kehrte Guy Florian in seinen Amtssitz zurück. Ich habe mir auch angesehen, was er in der Kriegszeit getrieben hat.«

Nachdem Boisseau sich von dem Schock erholt und begriffen hatte, daß Grelle eine reine Hypothese durchspielte, hörte er aufmerksam zu, während der Präfekt kurz über die Laufbahn des Präsidenten im Krieg berichtete.

Florian hatte in einer Abteilung der sogenannten Comet Line gedient, einer Fluchtroute für alliierte Flieger von Frankreich nach Spanien.

Florian war in einem alten Haus oben in den Pyrenäen hinter St.-Jean-de-Luz stationiert gewesen und hatte die alliierten Militärs nach Spanien geschleust, wo sie von einem Beamten des britischen Konsulats in Bilbao in Empfang genommen worden waren.

»Gut vierhundert Kilometer vom Lozère entfernt«, bemerkte Boisseau, der sich dem Spiel anschloß, »er kann also kaum der Leopard sein.«

»Unmöglich«, stimmte Grelle zu. »Allerdings hat sein Bruder Charles, der älter war, ihm aber sehr ähnlich sah, ebenfalls in der Comet Line gedient. Wenn Charles sich nun einverstanden erklärt hat, den Doppelgänger von Guy Florian zu spielen – vergessen Sie nicht, diese Fluchtrouten waren geheimnisumwittert, und die Fluchthelfer traten nur selten in Erscheinung...«

»Oh, ich habe gar nicht gewußt, daß er noch einen Bruder hatte.«

»Der ist auch schon längst tot. Im Juli 1945 schwamm Charles wie so oft in den Atlantik hinaus, kam aber nicht zurück. Seine Leiche wurde zwei Wochen später an Land gespült.«

»Ich verstehe...« Boisseau sog an seiner Pfeife. »Damals sind viele jung gestorben; viele von ihnen hatten mit dem Leoparden Verbindung gehabt. Heute nachmittag habe ich den Bericht über die Männer bekommen, die ihn beerdigten, und über den Bestattungsunternehmer. Lyon hat schnell reagiert.«

»Das erinnert mich an etwas«, warf Grelle ein. »Wir fliegen morgen nach Lyon. Es gibt nur einen Weg, um den Widerspruch zwischen der Äußerung Gaston Martins, er habe den Leoparden gesehen, und dessen aktenkundigen Tod zu klären – wir müssen das Grab öffnen lassen. Ich habe selbst mit Hardy telefoniert, und er setzt alle Hebel in Bewegung, um die Exhumierung der Leiche genehmigt zu bekommen. Nun, wie steht es mit den Männern, die den Leoparden beerdigt haben?«

»Alle tot. Sie wurden vier Tage nach der Beisetzung bei einem feindlichen Feuerüberfall erschossen. Ihre Leichen waren mit Mauser-Patronen gespickt.«

»Verdammt viele Mausers in allerlei Händen, das muß ich sagen«, bemerkte Grelle. »Und der Priester?«

»Es war kein Priester anwesend – der Leopard war Atheist...«

»Aber ja, natürlich. Und was ist mit dem Bestattungsunternehmer geschehen?«

»Bekam am Morgen nach der Beerdigung eine Kugel in den Kopf. Irgendein Unbekannter brach in sein Haus ein. Und da war noch etwas Seltsames«, fuhr Boisseau fort. »Ein junger kommunistischer Bildhauer, der für diese Résistance-Gruppe gearbeitet hatte, wollte etwas tun, um seinen geliebten Anführer zu verewigen. Er fertigte also eine Statue an, die sechs Monate später an der Grabstätte aufgestellt wurde. Soviel ich weiß, steht sie noch immer da, mitten im Wald. Es ist die Statue eines Leoparden, eines Leoparden aus Stein.«

# 8

Am 16. Dezember überschritt das sowjetische Kommando die tschechisch-österreichische Grenze. Sie kamen über die verschlafene Grenzstation von Gmünd nach Niederösterreich, dort, wo tschechische Kontrolltürme sich wie Galgen in der Landschaft erheben. Sie kamen kurz vor neun Uhr morgens an und zeigten ihre französischen Pässe vor.

Der übermüdete österreichische Grenzbeamte – er hatte Nachtdienst gehabt und sollte gleich abgelöst werden – war bereits auf ihrer Seite. Er hatte wenige Minuten zuvor gesehen, wie seine Kollegen auf der tschechischen Seite die drei Touristen einer gründlichen Untersuchung unterzogen hatten. Der klapprige alte Peugeot war nach allen Regeln der Kunst durchsucht worden, während die drei Männer auf der Straße standen. Ihre Reisepässe waren gründlich unter die Lupe genommen worden. Jeder, der kein Freund der Tschechen war, mußte in Österreich willkommen sein. Der österreichische Grenzbeamte konnte nicht wissen, daß Vanek zuvor selbst die tschechische Grenzstation angerufen hatte, um diese Scharade zu arrangieren; er konnte ebenfalls nicht wissen, daß die Ankunft der drei Männer so geplant worden war, daß sie mit den letzten Minuten seines Nachtdienstes zusammenfiel. Von einem erschöpften Grenzbeamten ist kaum anzunehmen, daß er sich Neuankömmlinge mit großem Interesse vornimmt.

»Unsere Papiere sind narrensicher«, hatte Vanek seinen beiden Begleitern erklärt, »aber wer in diesem Leben Erfolg haben will, sollte sämtliche Karten zu seinen Gunsten zinken ...«

Der österreichische Beamte drückte seinen Stempel in die

französischen Pässe, der Schlagbaum ging hoch, und der Peugeot mit Vanek hinter dem Lenkrad fuhr über die Grenze in die engen Straßen der österreichischen Kleinstadt. Wenn der verschlafene Grenzbeamte überhaupt einen Gedanken an die drei Männer verschwendete, mußte er sie für französische Touristen gehalten haben, die gerade von einem Skiurlaub zurückkehrten. Diese Schlußfolgerung lag nahe: Vanek und Brunner, die vorn saßen, und der im Fond sitzende Lansky trugen alle französische Skikleidung. Der Österreicher stapfte sich den Schnee von den Stiefeln und ging in sein Häuschen zurück.

»Erste Hürde übersprungen«, sagte Vanek fröhlich.

Brunner grunzte. »Wir haben noch etliche vor uns...«

Die nächsten zwei Stunden lang fuhr Vanek mit hoher Geschwindigkeit auf der leeren Landstraße in Richtung Wien. Links und rechts erstreckten sich endlose Äcker und Felder; nur gelegentlich sahen sie einen Ochsenkarren. Der Himmel war grau und verhangen. Die Felder waren schneebedeckt. Vor ihnen lag die schneeweiße Straße. Vaneks Wagen war der erste, der im Schnee Reifenspuren zurückließ. Hinter der kleinen Stadt Horn hielt Vanek an einer einsamen Stelle an. Er stieg aus und verbrannte die französischen Pässe, die der österreichische Grenzbeamte gestempelt hatte. Dann vergrub er die Überreste mit einem Spaten, den Brunner ihm gegeben hatte, und deckte das Loch sorgfältig mit Erde und Schnee zu. Als Vanek wieder im Wagen saß, gab er seinen Begleitern Duplikate der Papiere, die er soeben verbrannt hatte; diese Pässe enthielten allerdings keine Stempel und damit nicht den geringsten Hinweis darauf, daß sie gerade die Tschechoslowakei verlassen hatten.

Um die Mittagszeit waren sie in Wien; Vanek parkte den Peugeot auf dem Opernplatz. Der Wagen würde später von einem Beamten der tschechischen Botschaft abgeholt werden. Beim Grenzübertritt in Gmünd war das Kennzeichen automatisch registriert worden; jetzt hatten sie den zweiten

Hinweis auf das Land beseitigt, aus dem sie gekommen waren. Vanek schulterte jetzt seine Skier und ging voran. Nach kurzer Zeit betraten sie das Hotel Sacher und gingen in der Halle rechts durch den Türbogen ins Café. Sie verbrachten eine halbe Stunde in entspannter Ruhe, tranken Kaffee und aßen Kuchen. Vanek, der munter auf französisch losparlierte, behielt jeden im Auge, der nach ihnen ins Café kam.

Punkt zwölf Uhr dreißig verließen die drei Männer das Café durch eine Tür, die auf eine Seitenstraße führte. Sie hatten noch immer ihre Skier bei sich. Der Mercedes, der jetzt auf sie wartete, war vor dem Hotel Astoria abgestellt. Das Kennzeichen bestätigte Vanek, daß dies der richtige Wagen war. Der Schlüssel steckte im Zündschloß. Ein tschechischer Botschaftsangehöriger, der den Wagen beobachtet hatte, faltete jetzt seine Zeitung zusammen und ging; jetzt brauchte er nur noch den Peugeot vom Opernplatz abzuholen, und damit war seine Arbeit erledigt.

Vanek saß auch diesmal hinter dem Lenkrad; er fuhr zum Westbahnhof, von dem die Züge nach Westeuropa abgehen. Brunner hatte – mit Vaneks Hilfe – die Fahrzeiten genau errechnet. Sie kamen kurz vor eins am Westbahnhof an, was ihnen noch eine Stunde Zeit gab, um in aller Ruhe zu essen. Ihr Zug sollte Punkt zwei abfahren.

Als der Zug aus dem Bahnhof hinausrollte, setzte sich ein Slowake in den vor dem Bahnhof geparkten Mercedes und fuhr weg. Das Kommando hatte jetzt alle in die Tschechoslowakei führenden Spuren verwischt und befand sich auf dem Weg nach Deutschland.

In Mainz war es kurz vor zwölf Uhr mittags – sechshundertfünfzig Kilometer südöstlich war das sowjetische Kommando gerade in Wien eingetroffen –, als Alan Lennox sich von neuem mit Peter Lanz vom BND traf, diesmal im Bahnhofsrestaurant erster Klasse. Der Engländer, der schon einige Minuten am Tisch gesessen hatte, nickte kurz, als Lanz sich auf einen Stuhl am selben Tisch setzte und ein Exemplar des *Spiegel* auf den Stuhl zwischen ihnen legte. Lanz betrachtete die Speisekarte. »Die Papiere liegen innen«, murmelte er. »Tut mir leid, daß es so lange gedauert hat. Sie sind aber gut.« Er bestellte sich eine Tasse Kaffee.

Den wirklichen Grund für die Verzögerung konnte Lanz dem Engländer unmöglich nennen, nämlich daß er jetzt erst aus dem Kanzleramt in Bonn zurückgekehrt war, wo Bundeskanzler Hauser ihm soeben grünes Licht gegeben hatte. »Diese Rede Florians in Lille gestern abend hat mich tief beunruhigt«, hatte der Kanzler Lanz erklärt. »Wenn er so weitermacht und die Atmosphäre noch weiter auflädt, läßt er womöglich in Paris eine Situation zurück, die zu einem Staatsstreich geradezu einlädt, während er sich in Moskau aufhält. Wir müssen herausfinden, ob in Paris irgendein hochgestellter Kommunist an der Arbeit ist – und zwar schnell...«

»Unter der Serviette neben Ihrer Hand«, sagte Lennox ruhig, »finden Sie meinen britischen Paß. Bewahren Sie ihn für mich auf, bis ich zurück bin. Es wäre sehr unangenehm, wenn man ihn bei mir fände, wenn ich in Frankreich bin.«

Lanz legte sich die zusammengefaltete Serviette auf den Schoß, verharrte, als der Kellner den Kaffee brachte, und steckte dann das Dokument in die Jackentasche. »Ich nehme an, Sie werden mit dem Wagen nach Frankreich fahren?« fragte er. »Dann sind Sie völlig unabhängig von allen Fahrplänen.«

»Höchstwahrscheinlich. Ich möchte in zwanzig Minuten losfahren. Gibt es sonst noch etwas, was ich wissen sollte?«

»Ich fürchte, ja.« Lanz beugte sich über den Tisch und lächelte, als äußerte er eine Belanglosigkeit. »Wir haben soeben erfahren, daß Paris irgendeine Art Alarmbereitschaft angeordnet hat. Wir haben keine Ahnung, warum. An allen französischen Grenzübergängen wird aber verstärkt kontrolliert.«

»Danke, ich werde die Augen offenhalten.« Lennox erwähnte mit keinem Wort, daß er dies bereits wußte. Er mißtraute dem BND-Vize zwar nicht, aber wenn er allein arbeitete, achtete er darauf, daß niemand über seinen nächsten Schritt Bescheid wußte. Er legte die Hand behutsam auf das Exemplar des *Spiegel.* »Die Papiere scheinen mir aber ein bißchen dick zu sein«, bemerkte er und trank seinen Kaffee aus.

»Wir haben fünftausend D-Mark in großen Scheinen dazugelegt – für Spesen. Wir wollen Sie bei dieser Sache nicht ohne Bargeld dastehen lassen...«

»Vielen Dank. Wenn ich mit Ihnen Kontakt aufnehmen will: Soll ich dann die Frankfurter Nummer anrufen?«

»Nein, eine andere. Eine Bonner Telefonnummer...« Lanz sagte nicht, daß er sich von nun an in der Bundeshauptstadt aufhalten würde, um im Notfall in der Nähe des Kanzlers zu sein. »Sie werden die Nummer auf der Innenseite des Umschlags finden«, fuhr er fort. »Sie können mich unter dieser Nummer zu jeder Tages- und Nachtzeit erreichen. Ich werde in dem Büro mit dieser Telefonnummer bleiben, werde dort essen und schlafen. Wenn Sie dort anrufen, können Sie sich darauf verlassen, daß ich selbst den Hörer abnehme.«

Lennox starrte den Deutschen an. So viel Fürsorge hatte er nicht erwartet. »Ich danke Ihnen nochmals«, sagte er. »Aber dieser Trip kann bis zu vierzehn Tage dauern, falls ich in Schwierigkeiten komme – und Sie würden ziemlich steif werden, wenn Sie sich so lange in einem Raum einschließen.«

»Um Himmels willen, das ist das wenigste, was ich tun kann.« Lanz hob die Hände. »Ich selbst würde diesen Job höchst ungern übernehmen, um die Wahrheit zu sagen. Im französischen Geheimdienst tut sich was, und das könnte sehr ungesund sein. Falls Sie in der Tinte sitzen, rufen Sie mich an. Ich kann Ihnen gar nichts versprechen – in Frankreich bin ich machtlos –, aber ich könnte jedenfalls etwas versuchen. Wenn Ihnen der Boden zu heiß wird, sollten Sie Frankreich sofort verlassen ...«

Grelle befand sich in einem Alouette-Hubschrauber auf dem Flug nach Lyon, um der Exhumierung der Leiche des Leoparden beizuwohnen, als er eine weitere Entscheidung traf. Er hatte eine Zeitlang schweigend dagesessen und nicht mit dem neben ihm sitzenden Boisseau gesprochen. Er starrte auf die unter ihm liegende überschwemmte Landschaft. Über weite Strecken hatte er eher das Gefühl, über asiatische Reisfelder hinwegzufliegen als über die Felder Frankreichs.

»Boisseau«, sagte Grelle nach einiger Zeit, »auf dieser Liste von Hugon stehen die Namen zweier Männer, die in Frankreich leben – nur einer lebt in Deutschland.«

»Zwei«, wiederholte Boisseau.

»Ich möchte, daß Sie diese beiden auf Schritt und Tritt überwachen lassen. Das muß sehr diskret vor sich gehen – die beiden dürfen nichts davon merken.«

»Sollen meine Leute auch diesen Engländer, Lennox, abfangen, falls er aufkreuzt?«

»Auf keinen Fall! Wenn Lennox erscheint, möchte ich davon unterrichtet werden, außerdem soll man ihn diskret beschatten. Er darf aber nicht festgenommen werden.«

»Ich werde mich auf Sie persönlich berufen müssen. Natürlich liegt dieser Befehl außerhalb Ihrer Kompetenz.«

Grelle war in der Tat nicht zu solchen Maßnahmen ermächtigt. Normalerweise endet die Befehlsgewalt des Polizeipräfekten von Paris an den Stadtgrenzen. Florian hatte Grelle aber ausdrücklich die Verantwortung für seine persönliche Sicherheit übertragen. Seit dem Attentatsversuch erstreckte sich diese Funktion des Präfekten auf ganz Frankreich.

»Natürlich«, bestätigte Grelle. »Sie werden Ihren Leuten also sagen, daß es um die Sicherheit des Präsidenten der Französischen Republik geht.«

Um Fahrgäste zu kontrollieren, die mit der Bahn von Wien nach Deutschland reisen, besteigen Grenzbeamte manchmal den Zug in Salzburg; dies geschieht jedoch nicht oft. Diese Grenze ist eine der offeneren in Europa. Das sowjetische Kommando überquerte die österreichisch-deutsche Grenze ohne jede Paßkontrolle. Ihre Skiausrüstung befand sich im Gepäckwagen, sie reisten mit französischen Papieren, sie hatten französische Francs und Deutsche Mark in den Brieftaschen. Allem Anschein nach handelte es sich bei dem Trio um französische Touristen, die über Deutschland aus Österreich heimkehrten.

Dennoch war Vanek noch immer auf der Hut. Er entschied, daß zwei Reisende weniger auffallend seien als drei, und saß mit Brunner in einem Erster-Klasse-Abteil, während Lansky allein in einem anderen Wagen reiste. Bei der Fahrt durch das schneebedeckte bayrische Voralpenland erhaschten sie im Mondschein gelegentlich einen Blick auf die im Süden liegenden schneebedeckten Alpengipfel. Später, kurz vor München, fuhr der Zug durch Pullach, dem Standort der BND-Zentrale. Um acht Uhr abends kamen die drei Männer in München an. Vanek und Brunner fuhren mit dem Taxi ins Vier Jahreszeiten, eine der teuersten Nobelherbergen der Stadt.

»Niemand«, hatte Vanek zuvor erklärt, »hält in den besten Hotels nach Attentätern Ausschau ...«

Privat hatte Brunner eine einfachere Erklärung für die Wahl Vaneks. Dieser war offensichtlich der Ansicht, daß für einen Mann mit seinen Talenten nur das Beste gut genug sei. Während sie schweigend zum Hotel fuhren, verließ Lansky den Bahnhof allein und mietete sich ein Zimmer im Continental. Um sich an die Atmosphäre im Westen zu gewöhnen, gingen sie abends aus. Zuvor hatte Vanek von einer Telefonzelle aus Lansky angerufen, um sich zu vergewissern, daß dieser angekommen war.

»Bleiben Sie nicht im Hotelzimmer sitzen«, befahl Vanek

seinem Untergebenen. »Gehen Sie aus und schnuppern Sie die Atmosphäre der Stadt. Machen Sie sich einen lustigen Abend...« Er lud aber Lansky nicht ein, sich ihm und Brunner anzuschließen.

In einem Bierlokal tat Vanek zwei Mädchen auf. Sein fließendes Deutsch stellte den ersten Kontakt her, und später nahmen sie zu viert ein sündhaft teures Essen ein. Als Brunner, der seinem Chef eilig auf die Herrentoilette gefolgt war, die Klugheit dieser Taktik bezweifelte, fuhr Vanek ihn brüsk an. »Sehen Sie denn nicht ein, daß zwei Männer mit ein paar Mädchen weit weniger auffallen als zwei einsame Ausländer? Außerdem«, sagte er und zog den Reißverschluß seiner Hose zu, »sind es sehr nette Mädchen...«

Am Ende des Abends, nachdem sie in einem Nachtlokal absurd überteuerten Champagner getrunken hatten, überredete Vanek seine frischgebackene Freundin, ihn mit zu sich in ihre Wohnung zu nehmen. Brunner war außer sich vor Wut und stellte Vanek in der Halle des Lokals zur Rede; er sagte, er werde ins Hotel zurückkehren und gründlich ausschlafen. »Gründlich ausschlafen?« fragte Vanek. »Verehrter Genosse, ich kann ein paar schöne Stunden mit einem Mädchen verbringen, vier Stunden schlafen, und dann bin ich morgens trotzdem frisch und munter wie ein junger Gott...«

»Wir müssen den Frühzug nach Frankreich bekommen«, erinnerte ihn Brunner.

»Dann passen Sie auf, daß Sie nicht verschlafen«, erwiderte Vanek.

Lennox, in jeder Lage der einsame Wolf, wartete, bis Lanz das Mainzer Bahnhofsrestaurant verlassen hatte, dann nahm er das auf dem Stuhl liegende Exemplar des *Spiegel* an sich und ging auf die Toilette. Er verriegelte die Tür seiner Zelle. Er setzte sich auf die Klobrille, zog die französischen Ausweise aus dem Zeitschrift und steckte die fünftausend

Mark in die Brieftasche. Anschließend memorierte er die Bonner Telefonnummer und zerriß den Umschlag, den er wegspülte. Nach dem Verlassen der Toilette machte er keine Anstalten, den Bahnhof zu verlassen, um seinen Wagen zu holen. Den Wagen hatte er schon vorher bei der örtlichen Niederlassung des Autovermieters zurückgegeben.

Um 12.38 Uhr bestieg er den Trans-Europ-Express *Rheingold*, der soeben aus Amsterdam eingetroffen war. Er suchte sich ein leerstehendes Abteil – Mitte Dezember ist in den TEEs reichlich Platz –, machte es sich auf einem Fensterplatz gemütlich und zündete sich eine Benson & Hedges an. Er hatte bis zur letzten Sekunde gewartet und war erst dann in den Zug gestiegen. Niemand war ihm gefolgt. Die Leute, die ihm Kopfzerbrechen machten, waren die Geheimdienstbeamten der französischen Botschaft in Bonn. Sie konnten bislang kaum etwas von ihm wissen, aber der Vize des BND war ihnen dafür ein um so bekannteres Beobachtungsziel. Als der Expreßzug allmählich schneller wurde, nahm Lennox seinen Koffer und ging zu dem geräumigen Waschraum.

Der Mann, der ihn betrat, war der Engländer Alan Lennox. Der Mann, der zehn Minuten später heraustrat, war der Franzose Jean Bouvier. Lennox setzte sich wieder in sein leeres Abteil. Er trug jetzt französische Kleidung und rauchte eine Gitane. Er trug jetzt auch den Hut, den er in Metz gekauft hatte, sowie eine Hornbrille. Normalerweise trug Lennox keinen Hut, aber er wußte, wie eine Kopfbedeckung die Erscheinung eines Mannes verändern kann. Als der Zugschaffner wenige Minuten später kam und Lennox einen TEE-Zuschlag bezahlen mußte, unterhielt er sich mit dem Schaffner auf französisch und mit einigen Brocken Deutsch.

Als der Expreßzug Freiburg erreichte, den letzten Aufenthalt vor der Schweizer Grenze, zögerte Lennox einen kurzen Moment. Einer der drei Männer auf der Zeugenliste Lasalles – Dieter Wohl – lebte in Freiburg. Lennox zuckte die Achseln wie ein Franzose und blieb in seinem Abteil sitzen. Im

Augenblick war nur wichtig, aus Deutschland herauszukommen und die Spuren zu verwischen; Freiburg lag in unmittelbarer Nähe des Elsaß jenseits des Rheins. Wohl konnte er später aufsuchen, nachdem er die beiden Franzosen gesprochen hatte. Pünktlich um 15.36 Uhr hielt der TEE *Rheingold* im Basler Bundesbahnhof, wo Lennox ausstieg. Jetzt war er in der Schweiz.

Er verließ den Bahnhof, überquerte die Straße und betrat das Hotel Victoria, in dem er sich für nur eine Nacht ein Zimmer nahm. Danach hatte er noch genügend Zeit, das richtige Geschäft zu finden, um sich einen zweiten Koffer zu kaufen. Er nahm diesen neuen Koffer mit ins Hotel, packte um und legte seine britischen Kleidungsstücke in den alten Koffer, die in Metz gekauften französischen Kleider – alle bis auf die, die er trug – stopfte er in den Schweizer Koffer, den er gerade erstanden hatte. Er verließ das Hotel mit dem britischen Koffer und ging zum Bahnhof, wo er ihn in einem Schließfach deponierte. Als er abschloß, war ihm eines bewußt: Er war keineswegs sicher, daß er diesen Koffer je wiedersehen würde.

Grelle erschien zu spät zu der festgesetzten Exhumierung der Leiche des Leoparden. Er steckte mitten in drei zeitraubenden Aufgaben – er untersuchte den Attentatsversuch auf den Präsidenten, widmete sich dem Rätsel der Identität des Leoparden und bemühte sich, die Sicherheitsvorkehrungen zu Guy Florians Schutz zu vervollkommnen – und brauchte jede Minute, die der Arbeitstag ihm ließ. Schon jetzt mußte er mit vier Stunden Schlaf pro Nacht auskommen – das Schlafdefizit versuchte er mit kurzen Schläfchen auszugleichen, wo immer sich die Gelegenheit bot, im Wagen, im Flugzeug, sogar im Büro, wenn sich zwischen zwei Gesprächen eine Möglichkeit ergab.

Boisseau saß hinter dem Lenkrad des Wagens. Grelle döste, als sie von der Hauptstraße abbogen und auf einem verschlammten Weg in den Wald hineinfuhren. An der kaum erkennbaren Abzweigung hatte ihnen ein Gendarm mit einer Taschenlampe einen Wink gegeben. Sie hätten die Abzweigung sonst unweigerlich verfehlt. Es war schon längst dunkel geworden – die Exhumierung war für den späten Abend angesetzt worden, um die Geheimhaltung zu sichern. Es goß in Strömen, und im Scheinwerferlicht tauchten plötzlich zwei große Wasserlachen auf dem ausgefahrenen Waldweg auf. Der Präfekt öffnete die Augen. »Wenn das noch lange weitergeht«, brummte er, »steht bald ganz Frankreich unter Wasser ...«

Sie fuhren durch einen Fichtenwald. Die Scheinwerfer erfaßten einen Palisadenzaun nasser Baumstämme, als der Wagen über die kurvenreiche Strecke dahinfuhr. Die Reifen rutschten auf dem Schlamm, und der Regen prasselte auf das Wagendach.

Etwa zwei Kilometer nach der Abzweigung auf dem Waldweg nahm Boisseau eine scharfe Kurve, und plötzlich erleuchteten die Scheinwerfer in dem strömenden Regen eine seltsame Szene. Bogenlampen erhellten den Schauplatz der Grabung. Die Grabstätte wurde durch ein Zeltdach vor dem Regen geschützt. Daneben lagen frisch aufgeworfene Erdhaufen. Männer mit Schaufeln standen bis zu den Schultern im Grab und hoben noch immer Klumpen lehmiger Erde aus. Durch das Wischerfeld der Windschutzscheibe sah Grelle, daß sie sich auf einer großen Lichtung befanden. Auf einem dichten Teppich abgestorbener Farne standen einige Polizeifahrzeuge. Das Licht der Bogenlampen gab den Blick auf einen aufgeweichten Pfad frei, der vom Grab wegführte. Grelle folgte dem Pfad mit den Augen und sah wenige Meter entfernt die schemenhafte Silhouette des steinernen Leoparden, den man von der Grabstätte entfernt hatte. Das Tier sah in dem trommelnden Regen merkwürdig lebendig aus, als ducke es sich gerade zum Sprung.

»Ich werde mal nachsehen, wie weit die Burschen sind«,

sagte Boisseau, der inzwischen angehalten hatte. »Es hat keinen Sinn, daß wir beide naß werden.«

Ein *agent de la paix*, an dessen Mantel der Regen in Bächen hinablief, steckte den Kopf durch die Seitenscheibe. Der Schirm seiner Mütze entlud eine Ladung Wasser ins Wageninnere. Verwirrt nahm er sein *képi* ab. »Setzen Sie das Ding wieder auf, um Gottes willen«, brummte Grelle. »Kommen Sie voran?«

»Sie haben den Sarg gefunden ...« Der Mann hatte ein jungenhaftes Gesicht, und man sah ihm die Aufregung an, mit dem Polizeipräfekten von Paris zu sprechen. »Sie werden ihn in ein paar Minuten oben haben.«

»Wenigstens ist ein Sarg da«, brummelte Grelle. Er war alles andere als aufgeregt. Selbst wenn der Sarg einen Leichnam enthielt, würde das noch lange nichts beweisen. Seit 1944 war immerhin eine lange Zeit verstrichen. Als Pessimist, der er nun einmal war, hatte er das Gerichtsmedizinische Institut in Lyon veranlaßt, sich bereitzuhalten, um die sterblichen Überreste des »Leoparden« zu untersuchen, sobald sie in Lyon angeliefert würden. Ein Pathologe, ein Röntgenologe sowie einige andere Experten standen bereit, um das Alter der Knochen zu bestimmen.

Grelle folgte Boisseau hinaus in den Regen. Er steckte die Hände tief in die Manteltaschen und zog sich den Hut in die Stirn. Früher oder später würde er ohnehin klatschnaß werden, und es würde einen sehr schlechten Eindruck machen, wenn der Präfekt warm und trocken saß, während alle anderen im Schlamm herumwühlten. Grelle war immerhin vorsichtig genug gewesen, sich Gummistiefel anzuziehen. Seine Füße versanken bis zu den Knöcheln in dem glitschigen Schlamm. Er stand unter einer grell leuchtenden Bogenlampe. Als er den sich im Regen duckenden Leoparden betrachtete, fiel ihm ein Regentropfen von der Nasenspitze.

Inmitten des geräuschvoll strömenden Regens und des in der Ferne grollenden Donners vernahm Grelle ein neues Geräusch. Die Männer unten im Grab befestigten Ketten an irgendeinem Gegenstand. Die Zeltplane wurde entfernt, so daß ein Abschleppwagen an die offene Grube heranfahren konnte. Der Fahrer betätigte einen Schalter, und der Kran schob sich über die Öffnung. Für den Fall eines technischen Fehlers waren die Männer aus dem offenen Grab herausgeklettert. Sie waren über und über mit Schlamm bedeckt. Dreckiger Job. Wahrscheinlich völlig umsonst.

Es war eine gespenstische Szenerie: der heulende Wind, der die Baumwipfel krümmte, der endlose Regen, das grelle Licht der Bogenlampen. Und jetzt verstummten die Männer in ihren glänzenden Regenmänteln, als sie sich am offenen Grab zusammendrängten und warteten. Der von Ketten festgehaltene Sarg hing jetzt am Haken; der einzige Mann, der jetzt etwas tat, war der Fahrer des Abschleppwagens, der sich auf dem Fahrersitz umgedreht hatte und zugleich seine Schalter betätigte. Unter dem Surren des Maschinenantriebs wurde der Sarg langsam hochgezogen. Allmählich trat er aus dem Schatten und drehte sich im Lichtschein, während der Regen von den Brettern tropfte. Alle Anwesenden waren sehr still. Grelle schob sich eine Zigarette in den Mundwinkel und zündete sie dann doch nicht an, als er den strafenden Blick eines Gendarmen bemerkte. »Gottverdammter Mist«, dachte er, »erwartet der Bursche etwa, daß ich noch meinen Hut abnehme?«

Er blickte wieder nach rechts und sah den steinernen Leoparden, der mit offenem Fang dalag, als erzürnte ihn die Entweihung der Grabstätte. Der Beamte, der die Exhumierung leitete, rief einen Befehl. Der jetzt über der Erde schwankende Sarg drehte sich und wurde von dem stählernen Arm behutsam unter das Zeltdach gelenkt, langsam herabgelassen und dann vor dem Regen geschützt auf die Erde gesetzt. Noch ein lauter Befehl. Ein Mann mit einer Motorsäge tauchte auf, untersuchte den Sarg und begann dann mit seiner Arbeit. Er schnitt den Deckel dort auf, wo er ursprünglich angeschraubt worden war. Boisseau ging weg, stellte ein paar Fragen und kehrte dann zum Präfekten zurück.

»Die Schrauben sind eingerostet. Man hat sie angewiesen, keine Meißel und Brechstangen zu benutzen – die Erschütterungen könnten die Überreste zu Staub zusammenfallen lassen...«

Grelle sagte nichts. Er stand nur still da, während die Zigarette in seinem Mundwinkel immer mehr aufweichte. Auf Anweisung Boisseaus wurde eine Lampe näher herangebracht, die durch die Zeltöffnung direkt den Sarg anstrahlte.

»Ob wir gleich mehr wissen werden?« murmelte Boisseau. Man merkte ihm einen Anflug von Aufregung an.

»Ich würde keine Wette darauf abschließen...«

»Sie sagen, soweit man sehen könne, sei das Grab viele Jahre lang nicht angerührt worden. Die Erde sei fest wie Beton.«

»Was ist mit dieser verdammten Statue?«

»Gut verankert gewesen. Auch die hat seit Jahren kein Mensch angerührt...«

Der Mann mit der Motorsäge hielt inne. Es war soweit. Zwei Männer standen auf je einer Seite des Sargs und begannen, vorsichtig den Sargdeckel aus dem Zelt herauszuziehen; bevor sie damit fertig waren, konnte man nichts erkennen. Die beiden Männer schienen eine Ewigkeit zu brauchen, als sie so unter dem Zeltdach gebückt dastanden. Sie mußten vorsichtig auftreten; die Erde unter ihren Füßen war zum Morast geworden.

Dann traten sie zur Seite, und jeder konnte sehen, was in dem grellen Lichtschein der Bogenlampe zum Vorschein kam. Man hörte ein entsetztes Keuchen. Grelle stand so reglos da wie der steinerne Leopard.

»Mein Gott!« stieß Bouisseau aus.

Im Sarg lag das vollständig erhaltene Skelett eines riesigen Hundes, die Hinterläufe waren angezogen. Der riesige Schädel ruhte zwischen den Knochen der Vorderpfoten. Die Augenhöhlen lagen im Schatten, so daß das Skelett die Umstehenden aus übergroßen schwarzen Pupillen anzustarren schien.

»César...«, grunzte der Präfekt. »Makaber – und brillant. Seinen Hund konnte er nicht mitnehmen, denn das hätte ihn verraten. Außerdem brauchte er etwas, um dem Sarg Gewicht zu geben. Also tötete er den Hund und lieferte damit sozusagen seine eigene Leiche.«

Boisseau beugte sich über das Skelett und untersuchte es kurz.

»Ich glaube, da ist ein Einschußloch im Schädel.«

»Ob der Bastard seinen eigenen Hund erschossen hat?« Grelle hatte einmal einen Drahthaarterrier besessen, der dem Pariser Straßenverkehr zum Opfer gefallen war. Danach hatte er sich keinen Hund mehr angeschafft. Er sprach monoton, gab sich dann aber einen Ruck. »Sagen Sie den Leuten, sie sollen den Deckel wieder festmachen und das Ganze dann nach Lyon bringen. Also los!«

Sie verließen die Männer, die den Sarg auf den Abschleppwagen hoben, und fuhren auf dem verschlammten Waldweg zurück. Die Statue sollte im Wald bleiben, in der Nähe des Grabs, das sie so lange bewacht hatte und das sich jetzt allmählich mit Wasser füllte. Boisseau, der den konzentrierten Gesichtsausdruck seines Chefs bemerkte, sagte nichts, bis sie wieder auf der Hauptstraße waren. »Überrascht?« fragte er, als der Wagen beschleunigte.

»Nein, eigentlich nicht – allerdings habe ich nicht erwartet, den Hund zu finden. Diese ganze Sache hat mich beunruhigt, seit ich die Akte zum erstenmal gelesen hatte – sie paßt nicht zu allem anderen. Erst hat er alle diese Vorsichtsmaßnahmen ergriffen, um nicht identifiziert zu werden, und dann, wenn alles beinahe vorbei ist, geht er in Lyon spazieren und läßt sich erschießen. Wenn er bis dahin überlebt hatte, hätte es ihm leichtfallen müssen, auch weiterhin am Leben zu bleiben – und so ist es auch. Er lebt noch.«

»Er läuft also irgendwo herum?«

»Ich weiß genau, wo er sich aufhält. In Paris. Das Dumme ist nur, ich weiß nicht, wer er ist.«

»Danchin oder Blanc – Gaston Martin zufolge. Es ist ein Alptraum.«

»Es wird noch schlimmer kommen«, versicherte Grelle ihm düster.

Grelle blieb nur so lange in Lyon, daß er noch ein paar weitere Nachforschungen anstellen und erfahren konnte, was der Röntgentest ergeben hatte.

»Ich schätze das Alter der Knochen auf etwa dreißig bis vierzig Jahre«, sagte der Röntgenologe dem Präfekten. »Das heißt, sie haben so lange in diesem Wald gelegen.« Das Tier konnte also sehr wohl im Juli 1944 erschossen und begraben worden sein.

Auf dem Rückflug nach Paris erzählte Grelle Boisseau von seinen weiteren Nachforschungen. »Sie haben mir noch einiges über den Bildhauer erzählt, der die Statue angefertigt hat. Kurz nachdem er den Leoparden fertiggestellt hatte, fand man ihn erschossen in seinem Haus auf. Das Haus war von oben bis unten durchwühlt worden, und man nahm an, er hätte einen Einbrecher überrascht. Sie können sich also eine Vorstellung von der Rücksichtslosigkeit des Mannes machen, den wir suchen. Er hat sämtliche Spuren verwischt – das glaubt er jedenfalls. Bis Lasalle ihn auferstehen ließ.«

»Was zum Teufel sollen wir machen?« fragte Boisseau.

»Ihn zur Strecke bringen.«

# 9

Die beiden Männer gingen allein in dem Pariser Garten spazieren; der eine von ihnen war hochgewachsen und ging leicht gebeugt, um zu verstehen, was sein viel kleinerer Begleiter sagte. Der kleinere Mann war stämmig gebaut und hatte kurze, kräftige Beine. Er sprach respektvoll, aber doch bestimmt, als erwartete er, Widerstand überwinden zu müssen. Er flüsterte fast, obwohl im Umkreis von zwanzig Metern kein Mensch zu sehen war.

»Wir müssen auch Lasalle auf die Liste setzen. Er ist ein sehr gefährlicher Mann, und bei diesem Stand der Dinge dürfen wir es nicht riskieren, ihn am Leben zu lassen. Er wird sonst weiterstöbern, bis er irgend etwas zutage fördert.«

»Ich halte das für unklug«, wiederholte der hochgewachsene Mann. »Ich habe Ihnen drei Namen gegeben, und das genügt. Jeder neue Name auf der Liste erhöht das Risiko. Es wird etwas schiefgehen…«

»Nichts wird schiefgehen. Für diese Art Arbeit setzen sie nur die allerbesten Leute ein. Wie ich höre, ist das Kommando schon fast in Frankreich – und es sollte ihnen gelingen, ihre Aufgabe innerhalb von sechs Tagen zu erfüllen…« Der kleine Mann holte ein Taschentuch heraus und schneuzte sich. Er hatte sich eine Erkältung geholt; Paris war eine unerträglich feuchte Stadt. »Sie haben auch wirklich nicht das leiseste Flüstern gehört, daß jemand über diese Sache Bescheid weiß?« fragte er.

»Nichts. Sehen Sie zu, daß die Männer die Sache schnell hinter sich bringen«, sagte der hochgewachsene Mann scharf. »Und geben Sie mir sofort Nachricht, wenn es soweit ist, daß ich mir keine Sorgen mehr zu machen brauche. Ich habe im Augenblick genug anderes um die Ohren.«

Der kleine Mann warf seinem Begleiter einen schnellen Seitenblick zu; er spürte die Spannung, die diesem Mann zu schaffen machte. Dafür hatte er Verständnis; er selbst fühlte sich auch angespannt. »Und Lasalle? Seitdem die Entführung abgeblasen worden ist, müssen wir auch dieses Problem wirklich im Auge behalten.«

»Sie können sich also mit dem Kommando in Verbindung setzen? Nur für den Fall, daß irgendein anderes Problem auftaucht?«

Der kleine Mann zögerte und traf dann eine Entscheidung. »Sie werden in regelmäßigen Abständen mit uns Kontakt aufnehmen. Die Antwort lautet also ja. Ich hoffe, Sie haben auf dieser Liste niemanden vergessen?«

»Niemanden! So, ich glaube, wir haben jetzt genug geredet...«

»Und Lasalle?« Der kleine Mann blieb hartnäckig. »Sie können mir glauben, es wird wie ein Unfall aussehen. Die Männer, die sich dieser Dinge annehmen, sind Experten...«

»Experten?« Der hochgewachsene Mann richtete sich zu seiner vollen Größe auf. Sein Gesicht verriet Abscheu. »Im Krieg hält man diese Dinge für selbstverständlich, aber im Frieden... Dennoch, diese Arbeit muß erledigt werden. In gewisser Weise ist es eine Fortsetzung des Krieges. Was Lasalle angeht, so darf er noch nicht auf die Liste gesetzt werden. Ich bin sicher, daß er nicht weiß, was geschehen wird, wenn der Präsident von Frankreich nach Moskau aufbricht...«

# TEIL ZWEI

# Das Killerkommando 17. Dezember bis 21. Dezember

# 10

Seit den frühesten Tagen des kalten Krieges kannte jeder Geheimdienst der größeren Staaten des Westens diesen geheimnisvollen Alptraum: daß irgendwo ein hoher kommunistischer Perspektivagent – ein »Schläfer« – sitzen könnte, der sich langsam und stetig auf der Leiter der Macht emporarbeitete, bis er schließlich den Gipfel erreichte. Diese Furcht hatte auch in der Zeit der sogenannten »Entspannung« fortbestanden.

Dies ist der Mann, den Geheimdienstchefs von London bis Washington am meisten fürchten – den Kommunisten, der zu sowjetischen Agenten keinerlei Kontakt unterhält, der keine toten Briefkästen frequentiert, um Informationen weiterzugeben, den kein Abwehragent verfolgen oder stellen kann. Weil er jahrelang keine Verbindung mit Moskau hat, gibt es keine Möglichkeit, ihm auf die Spur zu kommen, während er sich kraft seiner Fähigkeiten immer weiter emporarbeitet. Er ist nicht daran interessiert, die Details eines neuen Raketensystems an Moskau weiterzugeben – er hofft vielmehr, sein Land zu übergeben.

Oberst René Lasalle war der erste, der von einer Verschwörung Wind bekam, als er noch zweiter Mann der französischen militärischen Gegenspionage war. Als er sich daranmachte, die Vergangenheit des rätselhaften Leoparden zu durchleuchten, geriet er in Konflikt mit Guy Florian, der ihn entließ, weil er die feine Grenzlinie zwischen militärischer und politischer Gegenspionage überschritten hatte. Ein seltsamer Zufall der Geschichte bewirkte, daß Marc Grelle die Aufgabe zufiel, dort die Fährte aufzunehmen, wo Lasalle hatte aufgeben müssen.

Am Freitag, dem 17. Dezember – dem Tag, an dem das sowjetische Kommando die französische Grenze überschritt –, wurde Marc Grelle von seinen zahlreichen Pflichten durch einen Vorfall abgehalten, der im Augenblick nichts weiter als eine kleine Ablenkung zu sein schien, ein Zwischenfall, der bald in den Akten ruhen und vergessen sein würde. Um zehn Uhr morgens erfuhr der Präfekt von dem Alarm auf dem Flughafen Orly, wo algerische Terroristen gerade versucht hatten, eine El-Al-Maschine kurz vor dem Start zu zerstören. »Wir sollten lieber hinfahren und uns das mal ansehen«, sagte er zu Boisseau. »Und ich habe gedacht, die Sicherheitsvorkehrungen in Orly seien perfekt…« Grelle hatte allen Grund, sich Sorgen zu machen; in nur wenigen Tagen sollte Guy Florian nach Marseille fliegen, um dort am Vorabend seiner Abreise in die Sowjetunion eine große Rede zu halten.

Als sie am Flughafen ankamen, wo es in Strömen goß, entdeckten sie, daß Camille Point, der diensthabende Offizier der Flughafen-Gendarmerie, die Lage unter Kontrolle hatte. In der Ferne konnten sie durch dichte Regenschleier hindurch die israelische Maschine auf einer Reservestartbahn stehen sehen. Sie war völlig unbeschädigt. Boisseau ließ Grelle einen Augenblick mit Camille Point allein, um von einem Funkwagen der Polizei aus zu erfahren, was aus dem Attentäter geworden war. Unterdessen wimmelte es auf dem gesamten Flughafengelände von bewaffneten Polizisten.

»Einer meiner Männer hat den Terroristen gerade noch rechtzeitig entdeckt«, erklärte Point. »Er zielte auf die El-Al-Maschine, die mit zweihundert Passagieren an Bord gerade starten sollte. Mouton – der Beamte – schoß auf ihn, verfehlte ihn aber; immerhin hat er den Terroristen aufgeschreckt, so daß dieser weglief und seine Waffe zurückließ. Kommen Sie mit aufs Dach, ich zeige sie Ihnen…«

»Dieser Terrorist – er ist entkommen?«

In Grelles Stimme schwang Angst mit. Seit einiger Zeit war bekannt, daß eine algerische Terroristengruppe in Paris operierte, und der Präfekt brannte darauf, die gesamte Gruppe auszuheben. Er hatte Befehl gegeben – und Roger Danchin hatte den Befehl gebilligt –, im Falle einer Konfrontation mit der Bande von der Möglichkeit des gezielten Todesschusses Gebrauch zu machen. Ein Mann war allerdings nicht genug. Boisseau, der vom Funkwagen zurückgelaufen war, hörte die Frage.

»Er ist davongekommen, ja«, begann Boisseau.

»Gottverdammte Scheiße!« fluchte Grelle giftig.

»Wir haben ihn aber unter Beobachtung«, fuhr Boisseau fort. »Wir benutzen das neue Überwachungssystem, das Sie für die Autokolonne des Präsidenten am 23. Dezember auf dem Weg nach Roissy ausgearbeitet haben; im Augenblick wird er von einem Funkwagen zum nächsten weitergereicht. Er scheint nicht zu bemerken, daß man ihn beschattet. Ich habe gerade erfahren, daß er die Périphérique entlangfährt, auf den Norden von Paris zu…«

Boisseau verstummte, als der Fahrer des in der Nähe stehenden Funkwagens ihm zuwinkte. Als er nach dem Abhören des jüngsten Funkberichts zurückkam, nickte er dem Präfekten zu. »Er wird noch immer beobachtet und fährt noch nach Norden. Sollen wir riskieren, ihn aus den Augen zu verlieren, oder näher zu ihm aufschließen?«

»Gehen Sie nicht zu nah an ihn heran – und verlieren Sie ihn nicht aus den Augen«, erwiderte Grelle.

»Genau das habe ich Ihnen gerade gesagt…«

Das Risiko sollten wir eingehen können, sagte sich Grelle, als er Point auf das Dach des Gebäudes folgte. Wenn sie den Algerier bis zu seinem Versteck verfolgen und ihn vielleicht sogar dort noch weiter überwachen könnten, bestand die Möglichkeit, die ganze Bande mit einem Schlag auszuheben. Als sie das Dach erreichten, blieb Grelle stehen und starrte nach vorn. Fünf uniformierte Beamte umstanden ein klobiges Gerät, das auf einer Segeltuchplane lag. Der Mann vom Erkennungsdienst, der die Waffe soeben auf Fingerabdrücke untersucht hatte, stand auf und begrüßte Grelle. »Ich habe bekommen, was ich haben wollte. Nettes kleines Spielzeug, nicht wahr?«

»Grail?« fragte der Präfekt.

»Ja.« Es war ein junger, ehrgeizig aussehender Beamter, der geantwortet hatte.

»Grail« ist die NATO-Codebezeichnung für das sowjetische SAM-Boden-Luft-Raketensystem in der leichten Version, deren Raketen von einem Mann allein bedient werden können. Auch die von einem Mann zu tragende Abschußvorrichtung war von Moskau – wenn auch in geringen Stückzahlen – an bestimmte arabische Terroristenorganisationen geliefert worden. Die mit einer Rakete oder einer *Strela* (dem russischen Wort für »Pfeil«) geladene Abschußvorrichtung wiegt nicht mehr als achtzehn Kilogramm; die Raketen haben eine Reichweite von anderthalb bis gut drei Kilometern.

Erst vor wenigen Jahren hatte der Londoner Heathrow-Flughafen von Eliteeinheiten der britischen Armee abgeriegelt werden müssen, als Gerüchte über einen bevorstehenden Anschlag arabischer Terroristen laut geworden waren. Damals war vermutet worden, mit »Grail«-Raketen bewaffnete Terroristen hätten vor, eine in London erwartete Maschine mit Henry Kissinger an Bord abzuschießen. Die Waffe ähnelte einer Bazooka, hatte einen schweren Lafettenbalken und trug auf dem dicken Lauf ein kompliziertes Zielfernrohr. Auf der Segeltuchplane daneben lagen zwei Raketen. Point legte sich neben die leere Abschußvorrichtung und richtete sie über die Brüstung hinweg auf die stehende El-Al-Maschine. »Sie sollten sich das einmal ansehen«, sagte er zu dem Präfekten. »Mich überläuft es kalt, wenn ich daran denke, daß dieser Bastard um ein Haar zweihundert Menschenleben ausgelöscht hätte. Buvon hier kennt das Ding in- und auswendig. Er arbeitet bei der Abteilung Terroristenbekämpfung…«

Grelle war erschüttert, als er sich anstelle von Point neben die Abschußvorrichtung legte und durch das Zielfernrohr blickte. Obwohl die israelische Maschine in dem dichten Regen nicht klar zu sehen war, wurde sie durch das Zielfernrohr doch so dicht herangeholt, daß Grelle meinte, sie mit der Hand berühren zu können. Buvon ließ sich neben ihn fallen und erklärte ihm, wie das Gerät funktionierte, zeigte ihm sogar, wie man eine Rakete einlegte.

»Sie arbeitet mit einem hitzeempfindlichen Sensorsystem. In die Spitze der Rakete ist eine Vorrichtung eingebaut, die, wenn das Ding erst mal in der Luft ist, die Rakete sofort auf die heißeste Wärmequelle in Reichweite zusteuert – in diesem Fall, beim Start der israelischen Maschine, hätte die Rakete sofort auf die Düsenaggregate zugesteuert ...«

Grelle lag flach auf dem Boden ausgestreckt und hörte noch eine Weile zu. »Könnte der Pilot der Maschine irgendein Ausweichmanöver vollführen?« fragte er und befühlte die Waffe. »Gäbe es irgendeine Hoffnung?«

»Absolut keine«, erwiderte Buvon lebhaft. »Selbst wenn der Pilot das Ding kommen sehen würde – was unwahrscheinlich ist – und den Kurs änderte – was noch unwahrscheinlicher ist –, würden die Hitzesensoren ebenfalls eine Kurskorrektur bewirken und die Rakete auf das Ziel zusteuern lassen, bis die Kollosion erfolgt. Und dann – wumm! – ist alles vorbei ... Grelle fiel ein, daß Florian in wenigen Tagen von diesem Flughafen aus nach Marseille abfliegen sollte. Er traf eine schnelle Entscheidung. »Ich werde dieses teuflische Ding selbst nach Paris bringen«, verkündete er. »Lassen Sie es in den Kofferraum meines Wagens legen.«

Boisseau setzte sich ans Steuer, und dann fuhren sie beide zum Hauptquartier der Sûreté in der Rue des Saussaies. Dort überwachte der Präfekt persönlich den Transport vom Wagen in einen gepanzerten Raum im vierten Stock, der sich in einem größeren Raum befand und so abgeschirmt war. Grelle verlangte sämtliche Schlüssel zu beiden Räumen. Man händigte ihm drei aus, und auf seine Frage, ob das alle seien, erhielt er eine unklare Antwort. »Ursprünglich hat es vier gegeben, aber einer von ihnen paßte schlecht. Soviel ich weiß, ist er vernichtet worden.«

»Niemand, absolut niemand darf diesen Raum ohne meine Erlaubnis betreten«, befahl Grelle. »Wenn die Leute von der Armee sich das Ding ansehen wollen, müssen sie zu mir kommen, um die Schlüssel zu holen ...«

Sie waren kaum in die Präfektur zurückgekehrt, als Boisseau einen Anruf erhielt. Er ging sofort zum Büro des Präfekten, um Bericht zu erstatten. »Der Algerier hat sich verkrochen, und wir wissen auch, wo. Er sitzt in einem verlassenen Mietshauskomplex in einer Seitenstraße des Boulevard de la Chapelle im achtzehnten Arrondissement. Die Adresse ist Rue Réaumur 17...«

»Dieses stinkende lausige Viertel«, bemerkte Grelle. Dort, im Bezirk Goutte d'Or, lag das Araberviertel, eine Gegend, in der seit mehr als dreißig Jahren fast nur Araber wohnten. »Haben sich noch mehr Leute von der Bande blicken lassen?« fragte er.

»Außer ihm ist kein Mensch zu sehen. Wir glauben, daß er allein ist. Einer der Beamten in einem Streifenwagen, der ihn überholte, meinte, daß es Abou Benefeika ist, aber das ist nicht sicher.«

»Ich hoffe, er kann uns nicht durch die Lappen gehen?« fragte Grelle.

»Wir haben ihn sicher in der Falle. Sowohl der Vorder- wie der Hinterausgang werden bewacht. Außerdem gibt es ein paar gute Beobachtungsposten, von denen aus man ihn Tag und Nacht im Auge behalten kann. Sollen wir ihn schnappen oder ihn schmoren lassen?«

»Lassen Sie ihn schmoren«, befahl Grelle.

In Basel, in seinem Zimmer im Hotel Victoria, hörte Alan Lennox aus dem Nachttischradio von dem Alarm in Orly. Er saß auf der Bettkante, rauchte eine Zigarette und sah gelegentlich auf seine Uhr; der Nachricht aus Orly schenkte er keine Aufmerksamkeit. Dort war die Polizei schon mehrmals wegen vermuteter Terroristenüberfälle in Alarmbereitschaft versetzt worden. Der Engländer schlug sich die Zeit tot; das war etwas, was ihm sehr gegen den Strich ging, aber es gab einen richtigen Augenblick für den Grenzübertritt nach Frankreich; etwa um elf Uhr vormittags, schätzte er. Vorher würden die Grenzbeamten noch frisch und ausgeruht sein. Sie wären wachsam, leicht zu reizen und würden sich die wenigen Reisenden mit entsprechender Aufmerksamkeit vornehmen.

Punkt elf Uhr verließ Lennox das Victoria, überquerte die Straße und betrat die Bahnhofshalle. Im Basler Bundesbahnhof gibt es einen in Europa einzigartigen französischen Grenzposten. Er liegt zwar auf schweizerischem Boden, aber alle französischen Staatsangehörigen, die aus Basel nach Frankreich zurückfahren wollen, müssen hier durch eine von der Schweizer Grenzkontrolle getrennte französische Kontrolle. Hier arbeiten französische Beamte, die ausschließlich ihre Landsleute kontrollieren. Das war eine ausgezeichnete Gelegenheit, die von Peter Lanz gelieferten gefälschten Papiere zu testen.

Wenn es Schwierigkeiten geben sollte – wenn etwa entdeckt werden würde, daß er gefälschte Papiere hatte –, würde man ihn der Schweizer Polizei übergeben. Den Schweizer Beamten könnte er dann den Namen von Peter Lanz nennen und ihnen die Telefonnummer in Bonn geben. Angesichts der diskreten Zusammenarbeit zwischen den deutschen und den Schweizer Behörden würde es Lanz, dessen war er sicher, bestimmt gelingen, die Schweizer zu einer Übergabe des Engländers an die Deutschen zu überreden. Lennox hatte nicht umsonst so lange überlebt; er ging kein unnötiges Risiko ein. Mit seinem Schweizer Koffer in der Hand reihte er sich in die Schlange ein, die sich rasch weiterbewegte. »Ihre Papiere, bitte.«

Er hatte Pech: Die Abfertigung wurde von einem der jüngeren Beamten vorgenommen, einem scharfäugigen jungen Mann, dessen Begeisterung noch nicht durch jahrelanges Starren auf eselsohrige Pässe gedämpft worden war. Der Beamte verglich das Paßbild sorgfältig mit dem Mann, der vor ihm stand, und verschwand anschließend in einem Nebenraum. Innerlich gespannt, lehnte Lennox sich gegen den Tresen. In einem seiner Mundwinkel hing eine Gitane. Er sah die neben ihm stehende Frau an und zuckte die Achseln. Diese elenden Bürokraten, schien er sagen zu wollen. Der Beamte kam zurück. Den Paß hielt er noch immer in der Hand.

»Welche Länder haben Sie besucht?«

»Die Schweiz und Deutschland ...« Es ist immer besser, die Wahrheit zu sagen, wenn es nicht schadet. Lennox machte ein gelangweiltes Gesicht, als der junge Beamte fortfuhr, den Paß durchzublättern, als wäre es der erste, den er je zu Gesicht bekommen hätte, als wäre er überzeugt, hier sei etwas faul.

»Wie lange sind Sie nicht mehr in Frankreich gewesen?«

»Drei Wochen ...«

Man soll immer nur die Frage beantworten, die einem gestellt wird. Niemals drauflosplappern und die Angaben mit lauter Details ausschmücken. Dies ist der älteste Trick aus dem Lehrbuch, den Grenzbeamte in aller Welt anwenden; einen Verdächtigen zum Reden bringen, dann stellt er sich über kurz oder lang selbst ein Bein. Der Beamte gab Lennox den Paß zurück. Lennox hob seinen Koffer auf, wurde von den Zöllnern mit einem Winken abgefertigt und ging weiter zum Bahnsteig, an dem der Zug nach Frankreich schon bereitstand. In zwei Stunden würde er in Straßburg sein.

Der München-Expreß sollte planmäßig in zwei Stunden in Straßburg eintreffen. Am Fenster eines Erster-Klasse-Abteils saß Karel Vanek. Er hatte sich in einen französischen Detektivroman vertieft. Der Tscheche rauchte genußvoll. Das

Aroma einer teuren Zigarre füllte das Abteil. Ihm gegenüber saß der enthaltsame Brunner, dem die Zigarre nicht behagte; er hatte sogar den Fehler gemacht, eine Bemerkung über die Zigarre fallen zu lassen.

»Wenn wir zurückkommen, werden wir über unsere Ausgaben Rechenschaft ablegen müssen...«

»In einer kapitalistischen Gesellschaft öffnet eine Aura von Wohlstand sämtliche Türen«, hatte Vanek erwidert und ungerührt umgeblättert.

Die Wahrheit war, daß Vanek die angenehmen Dinge des Lebens liebte und Brunner für so etwas wie einen Bauernlümmel hielt. Jetzt, als sie sich Straßburg näherten, las er seinen Roman nur noch mit halber Aufmerksamkeit. Er dachte an Dieter Wohl, den in Freiburg lebenden Deutschen. Von den drei Männern, denen das Kommando »einen Besuch abstatten« sollte – Vaneks Euphemismus für das Umbringen eines Menschen –, war der Deutsche ihnen im Augenblick am nächsten. Es schien logisch, daß der Deutsche als erster besucht werden sollte.

Beim ersten Durchgehen der Liste hatte diese Vorstellung dem Tschechen aber nicht so recht zugesagt, und jetzt, als sie sich dem Rhein näherten, kamen ihm die gleichen Zweifel. Vanek wollte nämlich nicht einen zweiten Geheimdienst alarmieren – den deutschen –, solange sie noch nicht weitergekommen waren. Immerhin war nicht auszuschließen, daß bei Wohls »Unfalltod« etwas schiefging. Und später müßten sie ohnehin über Deutschland aus Frankreich zurückkehren. Nein, Wohl hatte noch etwas Zeit. So war Vanek, wenn auch aus anderen Gründen, zu der gleichen Entscheidung gekommen wie Alan Lennox, nämlich erst nach Frankreich zu fahren.

Er klappte das Buch zu und blies noch mehr Zigarrenrauch in Brunners Richtung. Auch diesmal reiste Lansky in einem anderen Waggon; das war eine kluge taktische Vorsichtsmaßnahme und paßte Vanek überdies persönlich. Er mochte den jüngeren Tschechen nicht. Bald würden sie in Kehl sein, dem letzten Aufenthalt auf deutscher Seite, bevor der Zug die Rheinbrücke nach Frankreich überquerte. Vanek entschied, daß sie in Kehl aussteigen sollten, obwohl es einfacher sein würde, im Zug zu bleiben, bis dieser Straßburg erreichte. Vanek hatte die – nicht unbegründete – Vorstellung, daß Grenzbeamte auf die Reisenden in internationalen Expreßzügen ein besonders wachsames Auge hatten. Nach dem Aussteigen in Kehl könnten sie einen Eilzug nach Straßburg nehmen und während des Aufenthalts in der deutschen Stadt vielleicht noch einige Kleidungsstücke kaufen. Vanek holte seine Papiere heraus und betrachtete sie. Bei der Ankunft in Straßburg würden sie drei harmlose Touristen sein, die von einem kurzen Skiurlaub in Bayern zurückkehrten. Jetzt gab es nichts mehr, was sie mit der Tschechoslowakei in Verbindung brachte.

*Léon Jouvel, Rue de l'Épine, Straßburg*, war der erste Name auf der Liste, die Oberst Lasalle Alan Lennox ausgehändigt hatte. Der dreiundfünfzigjährige Jouvel war ein kleiner und dicklicher Mann mit einem buschigen grauen Schnurrbart, struppigem grauen Haar und einer schlaffen rechten Hand, die es liebte, die Knie junger Mädchen zu streicheln, wenn ihr Besitzer glaubte, damit durchkommen zu können. Louise Vallon, die in Jouvels Phonogeschäft arbeitete, konnte ihn leicht auf Abstand halten. »Er ist nicht gefährlich«, vertraute sie einmal ihrer Freundin an, »machte sich nur Hoffnungen, aber in jüngster Zeit scheint er ziemlich deprimiert zu sein, beinahe ängstlich …«

Was Léon Jouvel ängstigte, war etwas, was mehr als dreißig Jahre zurücklag. Es schien zurückgekehrt zu sein, um ihn zu quälen. 1944 hatte er für die im Departement Lozère operierende Résistance gearbeitet und war der Funker des Leoparden gewesen. Trotz dieser Schlüsselposition hatte er wie die übrigen keine Ahnung gehabt, wie der kommunistische

Résistance-Chef aussah. Die Nähe seines Chefs hatte er immer an dem warnenden Knurren des Wolfshunds César erkannt.

Jouvel haßte das Biest, aber er gehorchte immer den Instruktionen, die man ihm gegeben hatte, und kehrte dem Tier den Rücken zu, wann immer es auftauchte. So blieb er mit seinem Notizbuch stehen, bis der Leopard erschien und ihm sagte, welche Meldung er durchgeben sollte. Nachdem er den Text notiert hatte, eilte Jouvel zu dem versteckten Sendegerät und gab den Funkspruch durch. Danach verbrannte er sofort den Zettel mit dem Text. Über den Leoparden wußte Jouvel nur, daß er ein sehr hochgewachsener Mann war, einmal, an einem sonnigen Tag, hatte er dessen Schatten gesehen.

Wegen der Art seiner Tätigkeit aber – und der Häufigkeit dieser kurzen Zusammentreffen – war Jouvel mehr als jeder andere in dieser Résistance-Gruppe mit der Stimme des Leoparden vertraut, und Jouvel hatte ein sehr feines Gehör. In den letzten achtzehn Monaten nun – seit Guy Florians Amtsantritt als Präsident – hatte Jouvel sich bemerkenswert verändert. Alle seine Freunde hatten sich über diese Veränderung geäußert. Der normalerweise joviale und redselige Jouvel war zu einem leicht reizbaren und schweigsamen Mann geworden, der oft kaum zu hören schien, was man ihm sagte. Das häufige Auftreten des Präsidenten im Fernsehen hatte den dicklichen kleinen Mann entnervt.

Der Witwer Jouvel hatte es sich angewöhnt, seine Abende in Bars und Cafés zu verbringen, in denen er mit Freunden zusammensaß und schwatzte. Jetzt saß er abends allein in seiner Wohnung im zweiten Stock eines Mietshauses und verpaßte keine Nachrichtensendung und kein politisches Magazin, weil er auf Guy Florians Erscheinen wartete, um ihn *sprechen* zu hören. Wenn Florian eine Rede hielt, saß Jouvel mit geschlossenen Augen vorm Fernseher und hörte intensiv zu. Es war makaber – diese Ähnlichkeit der Stimmen, aber es war unmöglich, völlig sicher zu sein.

Wenn er so mit geschlossenen Augen dasaß, hätte Jouvel schwören können, daß er gerade dem hinter ihm stehenden Leoparden zuhörte, der ihm irgendeinen neuen Funkspruch auftrug, den er in jenen heute so fernen Tagen oben in den Bergen durchgeben sollte. Jouvel studierte die Manierismen der Sprache des Präsidenten, achtete auf das kurze Zögern vor einem neuen Schwall von Anwürfen, wenn Florian die Amerikaner attackierte. Zuerst sagte er sich, das sei unmöglich: Der Leopard war 1944 in Lyon ums Leben gekommen. Aber dann fing Jouvel an, sich in die Vergangenheit zurückzuversetzen, er erinnerte sich an die Beisetzung des Leoparden tief im Wald, der er beigewohnt hatte. Die vier Männer, die den Sarg getragen hatten – alle vier Männer waren wenige Tage später bei einem Feuerüberfall ums Leben gekommen –, hatten es sehr eilig gehabt, die Sache hinter sich zu bringen. Jouvel war damals der totale Mangel an Achtung vor dem Toten aufgefallen.

Wenige Monate nach dem Amtsantritt Florians hatte ein unerwarteter Besuch von Oberst Lasalle, der in Zivil erschien, Léon Jouvel zutiefst erschreckt.

»Dieser Mann, der Leopard«, hatte der Oberst gesagt, »hat Ihnen doch zahllose Funksprüche durchgegeben, also müßten Sie doch seine Stimme wiedererkennen, wenn Sie sie hören?«

»Das ist alles so lange her…«

Jouvel hatte nach bestem Vermögen gemauert und es fertiggebracht, seinen verrückten Verdacht vor einem der geschicktesten Vernehmungsexperten in Frankreich zu verbergen. Wie so viele Franzosen mißtraute Jouvel sowohl der Polizei wie der Armee; er wollte in Ruhe gelassen werden und mit Behörden so wenig wie möglich zu tun haben. Aber hatte er den scharfäugigen kleinen Obersten wirklich überzeugen können, daß er nichts wußte? Noch Wochen nach dem Besuch Lasalles geriet Jouvel ins Schwitzen, wenn er an diese Begegnung dachte. Und jetzt, nur acht Tage vor Weihnachten, hatte es heute abend diesen Zwischenfall gegeben.

Um sechs Uhr abends schloß er wie immer seinen Laden ab und ging vom Quai des Bateliers über die Brücke in die menschenleere Altstadt zurück. Nach Einbruch der Dunkelheit ist die Rue de l'Épine eine düstere Straße, in der alte fünfstöckige Häuser mit den Schatten verschmelzen und in der das Echo von Schritten von den Hauswänden widerhallt. Die Beleuchtung ist spärlich, und man sieht nur selten einen Menschen. An diesem Abend war Jouvel sicher, hinter sich Schritte zu hören. Er drehte sich abrupt um und sah einen flüchtigen Schatten, der mit einer Hauswand verschmolz.

Jouvel zwang sich umzukehren und zurückzugehen. Das erinnerte ihn daran, wie oft er dem gefährlichen Wolfshund des Leoparden den Rücken hatte zukehren müssen. Jouvel zitterte, als er sich zwang, weiter die dunkle Straße hinunterzugehen. Er schwitzte so, daß seine Brillengläser beschlugen. Als er den Hauseingang erreichte, an dem er den Schatten sich hatte bewegen sehen, konnte er nicht genau erkennen, ob da jemand stand. Er tat so, als rückte er die Brille zurecht, und wischte sie schnell mit den Fingern sauber. Das verschwommene Bild wurde klar, und aus dem dunklen Hauseingang starrte ihn ein schwer gebauter Mann mit einem feisten Gesicht an. Um ein Haar wäre Jouvel in Ohnmacht gefallen.

Der Mann mit dem feisten Gesicht trug einen dunklen Mantel und einen Schlapphut. Jetzt zog er einen Flachmann aus der Tasche und trank geräuschvoll. Anschließend rülpste er. Jouvels heftig pochendes Herz beruhigte sich. Ein Betrunkener! Ohne ein Wort zu sagen, machte Jouvel kehrt und ging zu dem Haus, in dem er wohnte. Dem Kriminalbeamten Armand Bonheur, der im Hauseingang stehengeblieben war, brach jetzt ebenfalls der Schweiß aus. Großer Gott, beinahe hätte er alles verdorben! Dabei hatte der Inspektor unmißverständliche Anweisungen gegeben.

»Was auch geschieht, Jouvel darf nicht merken, daß er beschattet wird. Der Befehl kommt direkt aus Paris...«

Jouvel bog in den steinernen Torbogen des Hauses Nr. 49 ein, ging über das Kopfsteinpflaster des Innenhofes und betrat das Hinterhaus. Er ging die Treppe zum zweiten Stock hinauf und schloß gerade seine Wohnungstür auf, als ein rothaariges Mädchen den Kopf durch die Tür nebenan steckte. Jouvel lächelte freundlich.

»Guten Abend, M'selle...«

Das Mädchen schien enttäuscht und machte hinter seinem Rücken eine obszöne Geste. »Dämlicher alter Schlappschwanz.«

Für Denise Viron war alles über vierzig reif für den Friedhof; alles unter vierzig jagdbares Wild.

In seiner Wohnung eilte Jouvel zum Fernsehgerät und schaltete es ein. Nachdem er sich in der Küche eine Tasse Tee gemacht hatte, ging er wieder ins Wohnzimmer, setzte sich in einen alten Lehnsessel und wartete. Wenige Minuten später erschienen Kopf und Schultern Guy Florians auf dem Bildschirm. Jouvel schloß die Augen. »Die Amerikaner wollen Europa in einen einzigen riesigen Supermarkt verwandeln, in dem amerikanische Waren abgesetzt werden, versteht sich...« Trotzdem konnte Jouvel nicht sicher sein. Ich werde noch wahnsinnig, dachte er.

»Monsieur Jouvel? Er ist heute nicht da, wird aber morgen wieder in Straßburg sein. Das Geschäft öffnet um neun...

Louise Vallon, Jouvels Verkäuferin, legte auf und dachte nicht weiter über den Anruf nach. Sie mußte einen Kunden bedienen. In einer Bar in der Nähe des Phonogeschäfts legte Karel Vanek ebenfalls auf und ging hinaus auf die Straße. Dort, am Quai des Bateliers, saß Walther Brunner in dem Citroën DS 23, den sie bei Hertz am Boulevard de Nancy gemietet hatten. »Er ist heute nicht in der Stadt«, sagte Vanek und setzte sich hinters Lenkrad, »wird morgen aber zurück sein. Wir haben also reichlich Zeit, ein bißchen Atmosphäre zu schnuppern.«

Nach der Ankunft mit einem Eilzug aus Kehl hatten die drei Männer des sowjetischen Kommandos sich wie zuvor in München getrennt. Lansky war einfach über den mit Kopfsteinpflaster belegten Bahnhofsvorplatz gegangen und hatte sich unter dem Namen Lambert im Hotel Terminus eingemietet. Vanek und Brunner deponierten die drei Skiausrüstungen – die sie nie abholen würden – in der Gepäckaufbewahrung und fuhren mit wenigen Minuten Abstand in Taxis zum Hotel Sofitel. Dort trugen sie sich getrennt als Duval und Bonnard ein. Später trafen sie sich vor dem Hotel, gingen zum Boulevard de Nancy und mieteten den Citroën.

Vor dem Verlassen seines Zimmers im Sofitel hatte Vanek im Telefonbuch nachgeschlagen, dem Bottin, um Léon Jouvels Adresse zu prüfen. Ja, die Anschrift stimmte mit der auf der Liste überein, Rue de l'Épine 49, aber außerdem war noch die Adresse eines Phono- und Fernsehgeschäfts am Quai des Bateliers angegeben. Mit Hilfe eines Stadtplans, den sie an einem Zeitungskiosk gekauft hatten, waren Vanek und Brunner durch die Altstadt gefahren, um sich beide Adressen einmal anzusehen. Erst danach machte Vanek von der Bar aus seinen ersten Anruf. Anschließend fuhr er einige Straßen weiter und übergab den Wagen erst dann seinem Begleiter. Für den Rest des Nachmittags und den größten Teil des Abends sollte jeder der drei für sich mit Straßburg vertraut werden und sich an das Gefühl gewöhnen, in Frankreich zu sein.

»Kaufen Sie sich Zeitungen, gehen Sie in Parks, sprechen Sie mit so vielen Leuten wie möglich«, hatte Vanek den anderen eingeschärft. »Mischen Sie sich unter die Leute, dann fallen Sie nicht auf. Nehmen Sie mal einen Bus und achten Sie auf das, worüber die Leute sprechen. Heute abend schon sollen Sie französischer sein als die Franzosen selbst...«

Vanek hielt sich an die eigene Empfehlung und machte sich an die Arbeit. Anders als Brunner ging er von jetzt an kreuz und quer durch die Stadt. Er wußte, daß man sich mit einer fremden Stadt am besten vertraut macht, wenn man zu Fuß durch die Straßen geht. Auf dem Stadtplan hatte Vanek schon gesehen, daß die Altstadt auf allen Seiten von Wasser umgeben ist. Die Ill bildet den »Graben«, der das Herzstück Straßburgs umschließt. Zahlreiche Brücken führen in den Stadtkern, der zum größten Teil aus dem vierzehnten Jahrhundert stammt. Es war vier Uhr nachmittags und noch immer hell, aber in der engen und stillen Rue de l'Pine kündigte sich schon die Dämmerung an, als Vanek den Torbogen des Hauses Nr. 49 betrat.

Auf einem der Namensschilder unten im Hausflur entdeckte Vanek, daß Jouvel im zweiten Stock wohnte. Er klopfte gerade an die Tür zu Jouvels Wohnung, als die Tür zur Nachbarwohnung aufging und ein rothaariges Mädchen ihn auffordernd ansah. »Er ist heute weggefahren, um seine Schwester zu besuchen – er kommt morgen wieder«, informierte sie den Tschechen. »Aber vielleicht kann ich Ihnen irgendwie behilflich sein?«

Vanek, der sorgfältig darauf achtete, ihre Hüften und die übrigen Vorzüge ihrer Anatomie angemessen zu würdigen, hatte keinerlei Mühe, Denise Viron die Informationen zu entlocken, die er brauchte. Er sei, erklärte er, für ein Marktforschungsunternehmen tätig. »Monsieur Léon Jouvel ist eine der Personen, die wir ausgewählt haben, um unseren Fragebogen auszufüllen... Wir machen eine Erhebung darüber, wieviel Geld ein Rentner zum Leben braucht...« Innerhalb weniger Minuten erfuhr Vanek, daß Jouvel Witwer war, daß er die Wohnung allein bewohnte, daß er kein Haustier besaß – Vanek hatte an einen Wachhund gedacht –, daß er den ganzen Tag in seinem Geschäft war und erst um halb sieben abends nach Hause kam, daß er nicht mehr sehr gesellig war und nur selten Besuch bekam.

»Wenn Sie hereinkommen möchten«, sagte das Mädchen und strich ihren Rock über den langen und geschmeidigen Beinen glatt, »vielleicht könnte ich Ihnen auf andere Weise behilflich sein ...«

Vanek, der einen gesunden Appetit auf Frauen hatte, hatte es sich zum Prinzip gemacht, Arbeit und Vergnügen nie durcheinanderzubringen. Außerdem hatte das Mädchen in dem düsteren Treppenhaus noch nicht genau erkennen können, wie er aussah. Vanek erklärte, er müsse an diesem Tag noch fünf weitere Leute befragen, und verließ sie mit der vagen Zusicherung, er werde sie irgendwann in den nächsten Tagen besuchen.

Wie vorher verabredet, traf er sich um acht mit Brunner und Lansky an einer Ecke des Place Kléber. Inzwischen hatte es in Straßburg zu schneien begonnen. Die Flocken fielen sanft auf die geduckten Dächer der Altstadt. Vanek ging mit den beiden anderen in eine ziemlich volle Bar, fand aber an der Rückwand noch einen freien Tisch.

»... also«, fuhr er wenige Minuten später fort, »alles ist wie bestellt für eine schnelle Lösung. Sie besuchen ihn morgen abend kurz nach achtzehn Uhr dreißig, wenn er nach Hause gekommen ist ...« Er hatte Lansky für den Besuch bei Léon Jouvel bestimmt.

»Er ist Witwer und lebt allein. Seine Wohnung liegt im zweiten Stock, und das Haus ist ruhig. Niemand in der Nähe, abgesehen von einem rothaarigen Mädchen, das nebenan wohnt. Sie könnte lästig werden – sie hält nach jemandem Ausschau, der ihr das Bett warmhält.«

»Es gefällt mir nicht«, sagte Brunner. »Sie gehen zu schnell vor. Wir brauchen mehr Zeit, um diesen Mann kennenzulernen ...«

»Zeit ist genau das, was wir nicht haben«, entgegnete Vanek kalt. »In fünf Tagen – am 22. Dezember – müssen wir den ganzen Auftrag erledigt haben. Das schließt Besuche bei drei Männern ein, von denen einer in Deutschland lebt. Die

Strategie ist also einfach – wir widmen uns zunächst den beiden ersten auf der Liste, und zwar schnell ...«

»Wenn die Wohnung jetzt leer steht, werde ich sie mir heute abend ansehen«, sagte Lansky. Er stand auf. »Wir treffen uns morgen zu der vereinbarten Zeit an der Bushaltestelle am Place de la Gare?«

»Es ist gefährlich, die Sache so zu forcieren«, murmelte Brunner.

Vanek beugte sich vor, bis sein Gesicht beinahe das von Brunner berührte. Vanek sprach noch immer sehr ruhig. »Denken Sie nach, Mann! Es wird am Samstagabend passieren – man wird die Leiche frühestens am Montagmorgen entdecken ...«

»Der Strick« benutzte den Satz französischer Nachschlüssel – der zusammen mit den gefälschten Sûreté-Ausweisen im letzten Moment von Kiew nach Tábor geflogen worden war –, um die Tür zu Jouvels Wohnung zu öffnen. Es war eine Dreizimmerwohnung mit Küche und Bad. Im Wohn-Eßzimmer stand ein Farbfernseher. Als Lansky sich in der Wohnung befand, zog er zunächst die Vorhänge zu, dann machte er sich mit Hilfe einer Taschenlampe mit der Wohnung vertraut. Alles war sauber aufgeräumt; Lansky nahm sich vor, das nicht zu vergessen, wenn er sich daranmachte, den Schauplatz für den »Selbstmord« herzurichten.

Lansky hatte keinen Strick mitgebracht; es kann sehr gefährlich werden, ein Seil oder einen Strick zu kaufen, wenn es der Polizei einfällt, gründlich nachzuforschen, wenn ein Verbrechen verübt worden ist. Statt dessen hielt er in der Wohnung nach etwas Geeignetem Ausschau – einer Gewichtsschnur, einem Gürtel, nach irgend etwas, womit man einen Mann aufhängen kann. In einem alten Ungetüm von Kleiderschrank fand er, was er suchte – einen alten wollenen Morgenmantel mit einem Stoffgürtel.

Er prüfte die Belastbarkeit des Gürtels sorgfältig. Er befestigte das eine Ende an einem Bein des alten Gasherdes in der Küche und zog dann mit aller Kraft daran. Um den Gürtel noch fester zu machen, würde er ihn später noch in Wasser tauchen können. Er selbst war sehr gegen den Vorschlag Brunners gewesen, Jouvel in dessen Badewanne »ertrinken« zu lassen; das bedeutete, daß man den Mann ausziehen mußte, und das kostete Zeit. Und ein Selbstmord lag auch für die Polizei nahe, wenn es sich bei dem Toten um einen allein lebenden Witwer handelte. Als nächstes prüfte Lansky den Türgriff an der Außenseite der Badezimmertür. Er saß fest. Brunner hatte ihm gesagt, es sei nicht ungewöhnlich, daß Leute sich an der Innenseite einer Badezimmertür erhängten; vielleicht hatten sie dann das Gefühl, den Selbstmord absolut ungestört verüben zu können.

Zwanzig Minuten sind das Äußerste, was sich ein Einbrecher für den Aufenthalt in einem fremden Haus gibt; jede weitere Minute, das zeigt die Statistik, arbeitet gegen ihn. Lansky hatte seinen Aufenthalt vorsichtig auf zwölf Minuten begrenzt. Er hatte die Vorhänge wieder aufgezogen und wollte gerade gehen, als er draußen im Treppenhaus Stimmen hörte. Er preßte das Ohr an die Türfüllung und lauschte angestrengt. Es waren zwei Stimmen, die eines Mannes und die eines Mädchens, wahrscheinlich die des Mädchens von nebenan, das Vanek erwähnt hatte. Sie unterhielten sich auf französisch, aber Lansky konnte nicht verstehen, was sie sagten. Er wartete, bis die Stimmen verstummten, eine Tür geschlossen wurde und Schritte sich im Treppenhaus entfernten. Als er aus der Wohnung trat und Jouvels Wohnungstür verschloß, herrschte im Haus tiefe Stille. In weniger als vierundzwanzig Stunden, um sieben Uhr abends am folgenden Tag, würde er wiederkommen, um Léon Jouvel zum ersten- und letztenmal zu besuchen.

Er trat mit der gleichen Vorsicht wie vorhin beim Betreten des Hauses aus dem Torbogen auf die Rue de l'Épine heraus. Der Kriminalbeamte Armand Bonheur befand sich heute aber nicht in Straßburg, sondern saß fünfzig Kilometer entfernt in Saarburg in seinem Wagen. Ihm war kalt, und er fühlte sich deprimiert, während er das Haus im Auge behielt, in dem Léon Jouvel seine ältere Schwester besuchte. Lansky wartete noch ein wenig, bis der einzige Mensch, der zu sehen war, in Richtung Place Kléber verschwand. Es war Alan Lennox.

Freitag, 17. Dezember. Abends um acht, etwa zu der Zeit, da die drei Angehörigen des Killerkommandos eine Bar in der Nähe des Place Kléber betraten, machte »André, das Eichhörnchen« seinem Chef Marc Grelle in dessen Pariser Büro einen Vorschlag. Ob es sich nicht lohnen würde, wenn er, Boisseau, nach Straßburg flöge, um diesen Léon Jouvel zu sprechen, und anschließend zu dem zweiten Zeugen nach Colmar weiterzufahren? »Wenn Lasalle recht hat und diese Leute tatsächlich den Leoparden gekannt haben, müßten sie mir etwas sagen können.«

Grelle überdachte den Vorschlag und entschloß sich dann, ihn zu verwerfen. Jedenfalls im Augenblick. Im Augenblick brauchte er seinen Stellvertreter dringend in Paris. Er sollte ihm helfen, den Schutzwall um den Staatspräsidenten in möglichst kurzer Zeit zu vervollständigen. »Das hat noch Zeit«, meinte Grelle.

Alan Lennox war mit der Bahn aus der Schweiz nach Straßburg gekommen. Um diese Zeit befand sich das sowjetische Kommando noch jenseits des Rheins in Kehl. Da es in Straßburg nur zwei oder drei erstklassige Hotels gibt, war es nicht verwunderlich, daß er das Hotel Sofitel auswählte, das wie ein auf dem Kopfende stehender Schuhkarton aussieht und mehr den Hotels ähnelt, die man in den USA antrifft. Er füllte das Meldeformular unter dem Namen Jean Bouvier aus und begab sich dann in sein Zimmer im vierten Stock, von dem aus er auf einen gepflasterten Innenhof hinabsehen konnte.

Seine erste Tat bestand darin, daß er den »Bottin« konsultierte, das französische Telefonbuch. Er stellte fest – wie Vanek nur zwei Stunden später –, daß Léon Jouvel zwei Adressen hatte; eine stimmte mit der Anschrift auf der Liste überein, die andere war die Geschäftsadresse. Anders als Vanek rief Lennox vom Hotelzimmer aus im Geschäft an. Es läutete, aber niemand nahm den Hörer ab. Im Laden hatte Louise Vallon alle Hände voll zu tun, und sie dachte nicht im Traum daran, auch noch das Telefon zu bedienen. Im Sofitel legte Lennox wieder auf. Der nächste Schritt lag nahe. Er mußte versuchen, Jouvel zu Hause zu erwischen.

Er konsultierte den Stadtplan, den er am Bahnhof gekauft hatte, und stellte fest, daß die Rue de l'Épine vom Hotel aus leicht zu Fuß zu erreichen war.

Er zog seinen Mantel an, setzte den Hut auf und ging hinaus. Draußen wirbelten Schneeflocken. Das machte die Stimmung in Straßburg noch weihnachtlicher. Anders als in Paris erinnerte in dieser Stadt vieles an das bevorstehende Weihnachtsfest; die Place Kleber war mit großen Tannenbäumen geschmückt, die abends im Lichterglanz erstrahlten. In weniger als zehn Minuten stand Lennox vor dem Torbogen des Hauses Rue de l'Épine 49.

*Léon Jouvel.* Das Namensschild war neben der Wohnungstür im zweiten Stock angebracht. Lennox klopfte zum drittenmal, aber niemand öffnete. Und dieses Mal ging nebenan die Tür nicht auf; die rothaarige und lebenslustige Denise Viron lag um diese Zeit – kurz vor ein Uhr mittags – noch im Bett und schlief. Lennox verließ das Haus und beschloß, irgendwo zu essen.

Am Nachmittag besuchte er das Phonogeschäft am Quai des Bateliers. Es war voller Kunden. Das blonde Mädchen hinter der Theke hatte vollauf zu tun, um den Andrang zu bewältigen. Von einem Mann war nichts zu sehen. Als die Verkäuferin gerade beschäftigt war, blickte Lennox in das in einem Nebenraum gelegene Büro. Es war leer. Er beschloß, am frühen Abend wieder in die Rue de l'Épine zu gehen.

Wenn man einen Mann unbedingt sprechen will, fängt man ihn am besten zu Hause ab, wenn er seinen Arbeitstag hinter sich gebracht und gegessen hat – wenn er entspannt. Um 20.30 Uhr kehrte Lennox in die Rue de l'Épine zurück.

Denise verließ gerade die Wohnung. Sie wollte ausgehen. Sie trug einen giftgrünen Mantel, von dem sie meinte, daß er ausgezeichnet zu ihrer aufregenden Persönlichkeit passe. In diesem Augenblick entdeckte sie Lennox, der vor Léon Jouvels Tür stand. Sie beäugte ihn und fragte sich, ob sie an diesem Abend überhaupt ausgehen sollte. Sie stand vor ihrer Wohnungstür. Ihr Flurlicht brannte immer noch und betonte ihre volle Brust. »Er ist heute abend ausgegangen«, sagte sie. »Kann ich Ihnen irgendwie behilflich sein?«

Lennox, der gerade die Hand gehoben hatte, um an die Tür zu klopfen, die Lansky vor nur wenigen Minuten mit einem Dietrich geöffnet hatte, lüftete statt dessen den Hut. Er bewegte sich ein paar Schritte auf das Mädchen zu, das auffordernd in die eigene Wohnung zurücktrat. Sie nestelte an ihren langen roten Haaren und beobachtete ihn mit leicht geöffneten Lippen. Mein Gott, ein Flittchen, dachte Lennox. »Sie meinen Monsieur Léon Jouvel?« fragte er auf französisch. »Es ist ziemlich dringend – sind Sie sicher, daß er heute abend nicht mehr wiederkommt?«

Das Mädchen schürzte die überschminkten Lippen. »Ganz schön gefragt heute, was? Jouvel, meine ich. Heute nachmittag hat gerade einer von diesen blöden Marktforschern nach ihm gefragt. Von Geschmack keine Spur.«

»Marktforscher?«

»Allerdings. Sie kennen den Typ – immer die Nase im Wind. Ich persönlich halte es für unverschämt, daß sie einem immer diese intimen Fragen stellen ...«

»Und Monsieur Jouvel«, warf Lennox lächelnd ein, »wann wird er wohl zurück sein?«

»Morgen – am Samstag. Dieser komische Marktforscher ...«

»Ist jemand da, dem ich eine Nachricht übergeben könnte? Seine Frau vielleicht?«

»Er ist Witwer. Interessiert sich nicht mehr für Frauen.« Sie sah über Lennox' Schulter hinweg. »Ich bin der Meinung, wenn man schon so weit gekommen ist, ist das Leben nicht mehr ...«

»Sonst lebt niemand in der Wohnung?«

»Nein. Er lebt allein.« Das Mädchen zog die Stirn kraus, als machte es gerade eine gewaltige intellektuelle Anstrengung, um ein Problem zu lösen. »Es ist komisch, ich führe mit Ihnen fast genau das gleiche Gespräch wie mit diesem anderen Burschen. Warum ist dieser Jouvel plötzlich so beliebt? Es vergehen Wochen, und er tut nichts, sitzt nur vor der Glotze, und jetzt ...«

»Er wird den ganzen Samstag zu Hause sein?« fragte Lennox.

»Da haben Sie's – schon wieder die gleiche Frage.« Denise Viron wurde die Unterhaltung allmählich langweilig. »Am Samstag hockt er den ganzen Tag in seinem Laden«, fauchte sie. »Und das ist nicht die richtige Zeit, sich mit ihm zu unterhalten – der Samstag ist immer sein großer Tag. Und abends kommt er nicht vor halb sieben zurück. Sind Sie etwa auch Marktforscher?« fragte sie sarkastisch.

»Ich habe vor langer Zeit einmal mit ihm zu tun gehabt«, erwiderte Lennox ausweichend und verabschiedete sich. Unten auf der Treppe hörte er, wie eine Tür krachend zugeschlagen wurde. Hinter ihm knöpfte Denise Viron wieder den Mantel zu, den sie bei ihrer Unterhaltung aufgeknöpft hatte. Sie mußte also doch noch ausgehen, und das bei diesem Hundewetter.

Am Samstag um 17.30 Uhr sah der Kriminalbeamte Armand Bonheur auf seine Armbanduhr und gähnte. Er saß in seinem Dienstzimmer. Bald würde diese elende Nachtwache wieder anfangen. Er mußte seinen Kollegen ablösen, der in diesem Augenblick die Schaufenster des Jouvelschen Geschäfts am Quai des Bateliers diskret im Auge behielt. Bonheur würde am Quai übernehmen und beobachten, wie Jouvel sein Geschäft abschloß und sich auf den Heimweg machte.

Anschließend sollte er darauf achten, wer das Haus in der Rue de l'Épine betrat und verließ. Allmählich fing Bonheur an, diese Aufgabe zu hassen. Was zum Teufel wollte Paris bloß von einem Mann wie Jouvel?

Selbst Borisov, der Ausbilder von Tábor, hätte Mühe gehabt, Lansky wiederzuerkennen, als dieser mit einer Gruppe anderer Hotelgäste das Terminus verließ und auf die Straße trat. Lansky trug einen deutschen Anzug und einen Tirolerhut; diese Kleidungsstücke hatte er während des kurzen Aufenthalts in Kehl gekauft. Außerdem trug er eine Hornbrille mit dicken Gläsern, wie man sie normalerweise nur bei älteren Männern sieht. Selbst seinen Gang hatte er verändert. Mit den Händen in den Manteltaschen – den Mantel hatte er ebenfalls in Kehl gekauft – schlurfte er über die Place de la Gare, über den der Dezemberwind pfiff. Um die Tarnung zu vervollständigen, hatte er außerdem einen Regenschirm aufgespannt, den er zuvor zerknittert und schmutzig gemacht hatte. Um den Hals hatte er einen Wollschal gewickelt. So vermummt und mit seinem schlurfenden Gang wirkte Antonin Lansky jetzt wie ein Mann Ende der Sechzig.

Er erreichte das Bahnhofsgebäude, schlich sich ins Bahnhofsrestaurant, durch dessen Glasfronten man auf den Bahnhofsvorplatz sehen konnte, setzte sich an einen Tisch und bestellte auf deutsch einen Kaffee. Um ihn herum saßen Leute, die auf ihre Züge warteten. Ab und zu sah er auf seine Uhr. Irgendwann zwischen halb sieben und sieben würde er Léon Jouvel besuchen; der Besuch würde den Franzosen völlig unvorbereitet treffen.

Um sechs Uhr abends saß Alan Lennox an einem Fenstertisch des Cafés neben Jouvels Phonogeschäft. Es war längst dunkel geworden, und im Lichtschein der Straßenlaternen glänzten die Pflastersteine; der Schnee schmolz sofort beim Auftreffen auf die Erde. Lennox hatte sich entschlossen, Denise Virons Rat zu befolgen. Sollte der Franzose ruhig seinen großen geschäftlichen Tag in Ruhe hinter sich bringen, bevor er sich mit ihm befaßte. Außerdem war es Samstag. An welchem anderen Tag würde ein Mann wie Jouvel irgendwo einkehren, bevor er nach Hause ging – und wo kommt man mit einem Mann besser ins Gespräch als in einem Lokal?

Als geübter Beobachter mit langer Erfahrung hatte Lennox bereits den Mann bemerkt, der auf der anderen Seite des Quai des Bateliers unter einer Straßenlaterne stand und eine Zeitung las. Der Mann trug einen Regenmantel. Wartet wahrscheinlich auf seine Freundin, dachte Lennox: Der wartende Mann sah von Zeit zu Zeit auf die Uhr und sah sich auf der Straße um, als erwartete er jemanden. Lennox trank seine dritte Tasse Kaffee aus. Um nicht dauernd bestellen zu müssen, hatte er sich eine Kanne kommen lassen. Das Geld für die Rechnung lag in Francs auf dem Tisch bereit, so daß er jederzeit aufstehen und gehen konnte. Um halb sieben verließ eine kurze, untersetzte Gestalt mit einem Schnurrbart den Laden nebenan und schloß die Tür ab. Als Jouvel sich von seiner Verkäuferin, Louise Vallon, verabschiedete und den Quai überquerte, verließ Lennox das Café und zündete sich am Bordstein eine Zigarette an. In diesem Teil Straßburgs war es nicht nötig, dem Franzosen zu nahe auf den Fersen zu bleiben. Er trug überdies einen auffallenden gelben Regenmantel. Lennox steckte sein französisches Feuerzeug in die Tasche und wollte gerade auf die Straße treten, als er reglos stehenblieb. Der Mann unter der Straßenlaterne hatte seine Zeitung unter den Arm geklemmt und schlenderte hinter Jouvel her. Ein Zufall: Er hatte es satt, auf sein Mädchen zu warten.

Als die wenigen Autos vor der nächsten Ampel hielten, eilte Lennox auf die andere Straßenseite und verlangsamte dann wieder seine Schritte. Auf der Brücke über die Ill in die Altstadt sah er den Mann mit der Zeitung und vor diesem Jouvel. Der Ladenbesitzer, der die Brücke überquert hatte, blieb jetzt vor den erleuchteten Fenstern eines Restaurants stehen und sah hinein, als überlegte er, ob er hineingehen solle. Der Mann mit der Zeitung war gleichfalls stehengeblieben und bückte sich, als wolle er seine Schnürsenkel festziehen. Jetzt war Alan Lennox klar, daß Léon Jouvel nicht nur von ihm beschattet wurde.

Als Jouvel am Restaurant vorüberging und die Straße überquerte, um direkt auf die Rue de l'Épine zuzugehen – was bedeutete, daß er auf dem direkten Weg nach Hause ging –, schlug Lennox einen anderen Weg zum Haus Nr. 49 ein. Der Mann mit der Zeitung hatte die Brücke verlassen und folgte Jouvel. In der stillen und verlassenen Rue de l'Épine wäre ein zweiter Schatten ein wenig zu auffällig gewesen. Lennox, der sich mit der unmittelbaren Umgebung des Jouvelschen Hauses vertraut gemacht hatte, ging schnell die Rue des Grandes Arcades hinunter und bog dann in eine Seitenstraße ein, die auf die Rue de l'Épine zuführte. Er kam rechtzeitig an, um Jouvel im Torbogen verschwinden zu sehen. Weiter unten auf der Straße verschwand der Mann mit der Zeitung in einem Hauseingang, als Denise Viron – sie trug ihren leuchtendgrünen Mantel – aus dem Torbogen der Nr. 49 trat. Sie blieb stehen, als sie Lennox sah.

»Sie sind zurückgekommen, um mich zu besuchen?« fragte sie hoffnungsvoll.

»An einem anderen Abend vielleicht? Es bleiben noch viele Abende«, sagte Lennox.

Ihre Stimmen drangen durch die enge Straßenschlucht bis zu dem Hauseingang, in dem Armand Bonheur sich gegen die Hauswand drückte und wartete. Man hatte ihm komplizierte Anweisungen gegeben; für seinen Geschmack waren sie zu komplex. Er mußte Jouvel im Auge behalten. Er durfte den Ladenbesitzer nicht merken lassen, daß er beschattet wurde. Er sollte außerdem nach einem Engländer namens Lennox Ausschau halten, und dessen Personenbeschreibung war reichlich vage gewesen. Als er hörte, wie die Antwort auf die Frage des Mädchens in perfektem Französisch gegeben wurde, dachte Bonheur keinen Augenblick daran, daß dies der Engländer sein könnte, von dem man ihm erzählt hatte. Er machte sich auf eine lange Wartezeit gefaßt.

Soweit es Bonheur betraf, war diese Form der Beobachtung höchst unbefriedigend – er konnte sich unmöglich im Haus selbst postieren und Jouvel aus der Nähe beobachten. Nur ein Umstand erleichterte dem Kriminalbeamten die Arbeit. Das Haus Nr. 49 hatte keinen Hinterausgang. Jeder, der das Haus betrat, mußte durch den Torbogen zur Straße. Es war kurz nach sieben – unterdessen hatte es wieder zu regnen begonnen –, als Bonheur einen alten Mann mit Regenschirm sah, der sich dem Haus Nr. 49 mit schlurfenden Schritten näherte.

Kaum eine Minute, nachdem der Franzose zu Hause angekommen war, klopfte Lennox an die Wohnungstür. In geschäftsmäßigem Ton erklärte er, er sei Reporter der Pariser Zeitung *Le Monde*, die eine Artikelserie über die Résistance plane. Soviel er wisse, sei Jouvel Angehöriger der im Lozère operierenden Gruppe gewesen. Er würde von ihm gern etwas über seine damaligen Erfahrungen und Erlebnisse hören. Nichts, so versicherte er Jouvel, werde ohne seine Einwilligung veröffentlicht. Außerdem, fügte Lennox beiläufig hinzu, werde Jouvel ein Honorar erhalten …«

»Was für ein Honorar?« wollte Jouvel wissen.

Er stand in der Tür und trug noch immer seinen gelben Regenmantel. In seinem Kopf arbeitete es fieberhaft. Er hatte die Frage gestellt, um etwas Zeit zum Nachdenken zu gewinnen. Über ein Jahr lang hatte er mit dem Gedanken gespielt, sich mit seinem Verdacht an die Behörden zu wenden, und hier bot sich nun eine Gelegenheit, die ihm auf einem goldenen Tablett serviert wurde. Soll ich mit diesem Mann reden? fragte er sich.

»Zweitausend Franc«, bemerkte Lennox kurz. »Das heißt, wenn die Information so viel Geld wert ist – wenn sie Auflage macht. Für fünfzehn Minuten Ihrer Zeit zahle ich auf jeden Fall zehn Prozent dieses Betrags.«

»Bitte, treten Sie ein«, sagte Jouvel.

Lennox hatte auf einem zweisitzigen Sofa im Wohnzimmer Platz genommen. In den ersten Minuten bestritt er die Unterhaltung allein, um Jouvel zu beruhigen. Die Reaktion des Franzosen verwirrte ihn. Jouvel saß in einem Lehnsessel und starrte ihn mit einem geistesabwesenden Blick an, als versuchte er, sich zu einem Entschluß durchzuringen. Als Lennox den Leoparden erwähnte, schloß Jouvel die Augen und öffnete sie dann wieder.

»Was ist mit dem Leoparden?« fragte der Franzose mit rauher Stimme. »Ich habe eng mit ihm zusammengearbeitet. Ich war sein Funker. Aber er ist doch tot, nicht wahr?«

»Wirklich?«

Diese kurze Frage, von Lennox instinktiv gestellt, als er spürte, daß auch Jouvel dessen nicht sicher zu sein schien, hatte einen seltsamen Effekt auf den Franzosen. Er schluckte, starrte Lennox an, blickte dann zur Seite, holte ein Taschentuch hervor, mit dem er sich die feuchten Handflächen seiner rundlichen Hände wischte.

»Natürlich«, fuhr Lennox fort, »würden wir Ihre Geschichte als die eines ›anonymen, aber zuverlässigen Zeugen‹ bringen, wenn Ihnen das lieber ist. Dann könnte niemand Sie mit der Sache in Verbindung bringen. Das Geld würden Sie aber trotzdem erhalten …«

In Jouvels Kopf rastete etwas ein. Der Druck, unter dem er seit Monaten gelebt hatte, wurde jetzt unerträglich, wo ihm jemand gegenübersaß, mit dem er sprechen konnte. Er erzählte Lennox die ganze Geschichte. Der Engländer, der sein Notizbuch hervorgeholt hatte, um den Schein zu wahren, achtete peinlich darauf, den Franzosen nicht anzusehen, während dieser aufgeregt loslegte. »Es muß Ihnen lächerlich vorkommen ... jedesmal, wenn ich ihn im Fernsehen höre ... der Leopard ist, das weiß ich, 1944 erschossen worden – und dennoch ...«

Der Wortschwall brach aus Jouvel heraus, als wäre er ein Beichtender, der sich einem Priester offenbart, um sich Erleichterung zu verschaffen. Zunächst blieb Lennox skeptisch; er hatte das Gefühl, einen Verrückten zu interviewen. Aber als Jouvel fortfuhr zu sprechen und die Worte hervorzusprudeln, wurde er nachdenklich. »Die Art, wie sie bei der Beerdigung mit dem Sarg umgingen ... keine Achtung vor dem Toten ... beinahe brutal ... als wäre der Sarg leer gewesen ...«

Am Ende der fünfzehn Minuten stand Lennox auf und machte sich bereit zu gehen. Der Franzose wiederholte sich nur noch. Statt der zweihundert Franc gab Lennox ihm fünfhundert von der Summe, die Lanz ihm zur Verfügung gestellt hatte. »Kommen Sie doch morgen wieder«, drängte Jouvel, »vielleicht kann ich Ihnen noch mehr sagen ...« Das entsprach zwar nicht der Wahrheit, aber der aufgeregte, kleine Ladenbesitzer war sich nicht sicher, was er jetzt angerichtet hatte. Er wollte sich die Chance geben, seine Aussage zu widerrufen, falls er morgen früh das Gefühl haben sollte, einen schrecklichen Fehler gemacht zu haben.

»Ich werde morgen wiederkommen«, versprach Lennox.

Er verließ die Wohnung rasch, bevor der Franzose nach einer Telefonnummer oder einer Adresse fragen konnte, unter der Lennox zu erreichen sei. Tief in Gedanken versunken, ging Lennox die Treppen hinunter. Das Treppenhaus war kaum erleuchtet. Bevor er über den Hof ging, rief er sich zur Ordnung: Er reiste mit gefälschten Papieren, also mußte er während seines Aufenthalts in Frankreich in jedem Augenblick wachsam bleiben. Lennox ging mit natürlicher Leichtigkeit und trat gerade aus dem Torbogen heraus, als er plötzlich heftig mit einem alten Mann zusammenstieß, der unter einem Regenschirm gebeugt daherkam. Der Mann rutschte auf den nassen Pflastersteinen aus, verlor seine dicke Brille, und sein Tirolerhut rutschte ihm halb vom Kopf. Im Licht der Straßenlaterne sah Lennox für einen Augenblick das Gesicht des Mannes. Der Mann fluchte etwas auf deutsch. »Bitte tausendmal um Entschuldigung...«

Als Lennox sich bückte, um die Brille aufzuheben, die glücklicherweise heil geblieben war, hatte er sich auf französisch entschuldigt. Unter dem Regenschirm kam eine behandschuhte Hand zum Vorschein. Der Mann nahm die Brille entgegen, ohne ein Wort zu sagen. Lennox zuckte die Achseln, als der Mann ins Haus schlurfte, dann ging er hinaus und durch die Rue de l'Épine auf den Place Kléber zu. Was Léon Jouvel gesagt hatte, ging ihm noch immer im Kopf herum.

In seinem Hauseingang war Armand Bonheur vor Kälte schon fast steif geworden. Er blieb aber auf seinem Posten und notierte im Licht seines Feuerzeugs alles, was ihm auffiel. Nach den vorhergehenden Eintragungen stand jetzt in seinem Notizbuch noch zu lesen: 18.30 Uhr. Jouvel kommt nach Hause. 18.31 Uhr. Denise Viron verläßt das Haus. 18.31 Uhr. Denise Virons Freund kommt. 19.02 Uhr. Virons Freund geht. (Bonheur hatte auf Grund der kurzen Unterhaltung auf der Straße angenommen, daß Denise Viron Lennox gut kannte.) 19.02 Uhr. Mann mit Regenschirm kommt. 19.32 Uhr. Mann mit Regenschirm geht.

# 11

Die Polizei fand Léon Jouvel am nächsten Morgen. Er hing tot an der Innenseite seiner Badezimmertür.

»Es wird am Samstagabend passieren – sie werden den Leichnam nicht vor Montagmorgen entdecken ...« Karel Vanek hatte sich das schlau und durchaus vernünftig ausgerechnet, aber selbst die schlauesten Pläne können von kleinen Unwägbarkeiten wie dem menschlichen Faktor vereitelt werden. Am Sonntag, dem 19. Dezember, würden es nur noch wenige Tage bis Weihnachten sein, und daher hatte Léon Jouvel am Samstag seine Verkäuferin, Louise Vallon, überredet, am Sonntag für ein paar Stunden ins Geschäft zu kommen, um ihm bei der Vorbereitung für den erwarteten Käuferansturm am Montag zu helfen. »Ich zahle Ihnen das Doppelte«, hatte er ihr versprochen, »und zwar in bar, also vergessen Sie das Finanzamt. Und ich werde um halb neun hier sein, also seien Sie pünktlich ...«

Um neun Uhr am Sonntagmorgen war Jouvel noch nicht aufgetaucht. Das war so ungewöhnlich, daß Louise Vallon bei ihm zu Hause anrief. Niemand nahm ab. Eine Viertelstunde später rief sie wieder an, und dann, mit zunehmender Besorgnis, alle zehn Minuten. Um zehn Uhr rief sie die Polizei an.

Der Inspektor, der die Überwachung Jouvels leitete, ein Mann namens Rochat, ging persönlich in die Rue de l'Épine. Er machte sich Sorgen wegen der Reaktion aus Paris. Nachdem er mit dem Polizeiarzt gesprochen und den Schauplatz des Todes untersucht hatte, war Rochat – der anfänglich mißtrauisch gewesen war – davon überzeugt, daß Jouvel Selbstmord begangen hatte. Als er bei der Ermittlungsarbeit den Fragen nachging, welche diese Annahme stützten, fand er sehr rasch seine Meinung bestätigt. Eine Reihe von Jouvels ehemaligen Freunden sagte ihm, wie der Franzose seit Monaten besorgt geschienen habe, daß er sich über Schlaflosigkeit beklagt und aufgehört habe, seine Abende in Lokalen zu verbringen, wie er das früher zu tun pflegte. Niemand konnte sagen, warum Jouvel sich Sorgen gemacht hatte, aber Rochat glaubte es zu wissen, als er den Fall mit seinem Untergebenen Bonheur besprach.

»Ein allein lebender Witwer – zuerst verliert er das Interesse an seinen Freunden, später sogar am Leben selbst. Das ergibt ein Muster...«

Rochats selbstzufriedene Theorie hielt genau drei Stunden. Sie brach zusammen, als er aus der Pariser Polizeipräfektur einen Anruf erhielt, bei dem ihm mitgeteilt wurde, daß André Boisseau bereits nach Straßburg unterwegs sei. Rochat vergaß die vor kurzem vom Elysee-Palast erlassene Anordnung und sagte protestierend, daß die Pariser Präfektur außerhalb der Hauptstadt keinerlei Kompetenzen habe.

»Dies ist mein Fall«, sagte er steif. Er erhielt einen weiteren Schock, als der Anrufer enthüllte, daß er der Pariser Polizeipräfekt persönlich sei.

»Und dieser Fall«, informierte Grelle ihn sanft, »gehört durchaus in meinen Zuständigkeitsbereich, da nicht auszuschließen ist, daß er die Sicherheit des Präsidenten der Französischen Republik betrifft...«

Trotz seines Ärgers über das, was er für eine Einmischung der Pariser Stellen in eine lokale Angelegenheit hielt, hatte Rochat immerhin Verstand genug, Boisseau anzurufen und ihn von dem vermutlichen Selbstmord zu unterrichten, bevor er sich auf den Weg zu Jouvels Wohnung machte. Der Mann in Paris feuerte eine Reihe Fragen auf ihn ab, legte auf und begab sich sofort ins Büro des Präfekten, der an diesem

Sonntag arbeitete – wie ein Jongleur, der ein halbes Dutzend Bälle gleichzeitig in der Luft zu halten versucht.

»Léon Jouvel«, verkündete Boisseau, »ist soeben in Straßburg gestorben. Man nimmt an, daß er Selbstmord begangen hat. Ich glaube nicht, daß Rochat – der Mann, der da unten für den Fall zuständig ist – den Verstand mit Löffeln gefressen hat. Ich habe mir mal seine Akte angesehen – er ist sechsundfünfzig und noch immer Inspektor.«

»Muß der Tod verdächtig sein?« fragte Grelle.

»Nicht unbedingt, aber im Laufe der Jahre sind zu viele Leute gestorben, die mit dem Leoparden in Verbindung gestanden haben. Und jetzt hören wir, daß Jouvel…«

»Und«, Grelle lächelte grimmig, »da wir hier nicht vom Fleck kommen, brennen Sie darauf, es woanders zu versuchen.«

Es traf zu, daß ihre Ermittlungen in Paris bisher ergebnislos verlaufen waren. Die diskrete Überwachung von Danchin und Blanc hat nichts ergeben, was vielversprechend hätte sein können. Danchin, der sich wie immer mit aller Kraft in seine Arbeit stürzte, hatte in der Zwischenzeit kaum das Ministerium verlassen. Er hatte dort am Place Beauvau im Gebäude des Ministeriums eine kleine Wohnung. Anders als andere Minister ging er oft nicht einmal zum Essen aus.

Alain Blanc hatte ebenfalls viele Stunden in seinem Ministerium zugebracht, hatte aber zweimal eine Wohnung in Passy besucht, in der er sich mit seiner Geliebten, Gisèle Manton, traf. Auch sie war beobachtet worden. Grelle hatte eine Liste, in der vermerkt war, wohin sie gegangen war und wen sie getroffen hatte. Bei beiden Ministern schien keinerlei Verbindung zu irgendwelchen sowjetischen Stellen nachweisbar zu sein. Grelle begann, sich Sorgen zu machen, ohne Boisseau gegenüber etwas davon zu erwähnen. War es möglich, daß er in der ganzen Sache irgendeinen schrecklichen Fehler gemacht hatte?

»Es ist wohl besser, Sie sehen sich in Straßburg einmal

um«, sagte er. »Fliegen Sie hin, aber kommen Sie möglichst schnell wieder zurück. Ich brauche Sie hier in Paris...« Es war typisch für den Präfekten, daß er persönlich Straßburg anrief und die Leute dort über Boisseaus Kommen unterrichtete, nachdem dieser sein Büro verlassen hatte. Als er den Hörer auflegte, war er geneigt, dem Urteil seines Stellvertreters zuzustimmen: Inspektor Rochat war nicht der Mann, der das Schießpulver erfunden hatte.

*Der Eigentümer, M. Jouvel, ist plötzlich und unerwartet verstorben. Das Geschäft bleibt daher bis auf weiteres geschlossen.* Lennox starrte auf den maschinengeschriebenen Hinweis, der an der Glastür klebte, und betrachtete dann das Mädchen dahinter im Laden. Als er am Türgriff rüttelte, winkte das Mädchen ihm, er solle verschwinden. Als er hartnäckig blieb, starrte sie zurück, kam an die Tür und machte auf. Er nahm den Hut ab und fing an zu sprechen, bevor sie ihn beschimpfen konnte. »Ich bin ein Freund von Léon – dies ist ein großer Schock für mich, müssen Sie wissen. Können Sie mir sagen, was geschehen ist?« Louise Vallon ließ sich erweichen, weil er so höflich war – und weil ihr gefiel, was sie jetzt aus der Nähe sah. Sie war gerade von einer Unterredung bei Inspektor Rochat zurückgekommen. Sie ließ Lennox ein und erzählte ihm alle schrecklichen Einzelheiten. Lennox gewann den Eindruck, daß sie das ganze Drama irgendwie genoß, obwohl sie es fertigbrachte, in Tränen auszubrechen. Nach zehn Minuten hatte er das meiste gehört; er wußte, daß Léon Jouvel hinter seiner Badezimmertür erhängt aufgefunden worden war, daß sein Tod irgendwann zwischen halb sieben und halb neun Uhr abends eingetreten sein mußte.

»Sie wollen wissen, ob er normalerweise zu dieser Zeit irgendwelchen Besuch erhielt«, erklärte das Mädchen unter Tränen. »Die letzten Worte, die er zu mir sagte, waren...«

Lennox entschuldigte sich mit der Erklärung, er sei einige Zeit aus Straßburg fortgewesen und sei nur vorbeigekommen, um sich kurz zu erkundigen. »Es war keine sehr enge Freundschaft«, fuhr er fort – er war sich bewußt, daß diese Unterhaltung der Polizei gemeldet werden könnte –, »aber wir hatten gelegentlich geschäftlich miteinander zu tun.« Er sagte ihr, sein Name sei Zuger, daß er seinen Zug nach Stuttgart erreichen müsse, und damit verließ er das Geschäft. Die kurze Strecke zum Bahnhof ging er zu Fuß. Danach kehrte er über eine der Brücken in die Altstadt zurück.

Der Streifenwagen, den er vorhin gesehen hatte, stand noch immer vor dem Haus Nr. 49. Folglich verließ er die Gegend um die Rue de l'Épine. Es war ein Uhr mittags. Die Straßen Straßburgs waren sonntäglich leer, als er herumspazierte, um nachzudenken. Daran, daß Jouvel Selbstmord begangen haben sollte, konnte er nicht glauben. Der unbekannte Mann mit der Zeitung war dem Franzosen nur eine Stunde vor seinem Tod bis nach Hause gefolgt. Jouvel hatte sich einverstanden erklärt, Lennox am folgenden Morgen zu sehen – in der Erwartung für noch mehr Geld noch mehr Informationen zu liefern. Ein Mann, der sich mit dem Gedanken an einen Selbstmord trägt, wird sich kaum für die Aussicht auf mehr Geld interessieren.

Die Sache ist faul, sagte sich Lennox; mehr als das, sie stinkt.

Beim Lunch überlegte er, ob er sich gleich auf den Weg zu dem zweiten Zeugen machen sollte, Robert Philip in Colmar. Dann beschloß er, damit bis Montag zu warten. Die Montagszeitungen in Straßburg würden über Jouvels Tod berichten. Vielleicht fand sich in der Presse einiges Wissenswertes.

*Robert Philip, Avenue Poincaré 8, Colmar.* Das war der zweite Name auf der Liste, die Oberst Lasalle Lennox übergeben hatte. Es war auch der zweite Name auf der Liste, die Karel Vanek im Kopf hatte.

Am Samstagabend bezahlten die drei Männer des Killerkommandos ihre jeweiligen Hotelrechnungen und verließen Straßburg. Die vierzig Kilometer nach Colmar fuhren sie durch einen Schneesturm. Um halb zehn abends kamen sie in der Stadt an, die mit ihren steilen Dächern und engen Gassen an eine Stadt aus einem Märchen von Hans Christian Andersen gemahnte. Auch hier ergriff Vanek wieder Vorsichtsmaßnahmen. Er setzte Lansky in der Nähe des Bahnhofs ab, so daß nur zwei Männer beim Hotel ankommen würden.

Lansky ging in die Bahnhofshalle, fragte nach der Abfahrtszeit eines Zuges nach Lyon am folgenden Tag und rauchte dann eine Gauloise, während er auf die Ankunft eines Zuges wartete – irgendeines Zuges. Aus einem gerade eingelaufenen Personenzug stiegen drei Fahrgäste aus. Lansky schloß sich ihnen an, überquerte den Place de la Gare und betrat das Hotel Bristol, in dem Vanek und Brunner sich schon eingemietet hatten. Lansky trug sich als Froissart ein. Der Empfangschef bemerkte, daß er keinen Wagen hatte, und nahm an, er sei soeben mit dem Zug aus Straßburg gekommen.

Oben in seinem Zimmer hatte Vanek schon im Telefonbuch nachgeschlagen, ob die Adresse auf der Liste mit der im Telefonbuch übereinstimmte, und anschließend auf dem Stadtplan von Colmar nachgesehen, wo die Straße lag. Er blickte auf, als Brunner ins Zimmer trat. »Dieses Hotel liegt großartig«, sagte er zu dem Tschechen. »Philip wohnt gleich um die Ecke …«

»Wenn er zu Hause ist«, erwiderte der pessimistische Brunner.

»Das sollten wir gleich feststellen …«

Vanek rief Philips Telefonnummer nicht vom Hotelzimmer aus an; dann wäre das Gespräch über die Telefonzentrale des Hotels gelaufen. Er ging mit Brunner zum Wagen. Sie fuhren etwa einen Kilometer ins Geschäftsviertel und betraten dort eine Bar, in der Vanek die Nummer wählte, die er im Telefonbuch gefunden hatte. Die Stimme am anderen Ende der Leitung war arrogant und brüsk: »Robert Philip …«

»Tut mir leid, habe mich verwählt«, murmelte Vanek und legte auf. »Er ist zu Hause«, sagte er zu Brunner. »Kommen Sie, wir sehen uns das Haus einmal an.«

Die Avenue Raymond Poincaré, eine baumbestandene Straße mit düsteren, kleinen Villen und parkähnlichen Gärten hinter schmiedeeisernen Zäunen, lag an diesem Dezemberabend um halb elf verlassen da. Das Haus Nr. 8 war eine würfelförmige Villa aus Stein. An der Frontseite führten ein paar Treppenstufen auf eine Veranda. Der Garten hinter dem Zaun war ungepflegt und düster. Hinter den großen Erkerfenstern im Erdgeschoß brannte überall Licht. Im oberen Stockwerk war alles dunkel.

»Ich glaube, Sie können hintenherum ins Haus«, sagte Brunner, während der Citroën langsam an der Villa vorüberfuhr und er sich so viele Details wie möglich einzuprägen versuchte.

»Als nächstes müssen wir herausfinden, ob er allein lebt«, bemerkte Vanek. »Morgen ist Sonntag. Wenn wir das Haus am Tag untersuchen können, glaube ich, daß wir Monsieur Robert Philip morgen abend einen Besuch abstatten sollten …«

»Ein Tag, das ist zu schnell …«

»Morgen ist der 19. Dezember«, erwiderte Vanek ruhig. »Wir haben nur noch vier Tage, um zwei Männer zu besuchen – und einer davon lebt jenseits des Rheins in Deutschland. Geschwindigkeit kann auch Sicherheit bedeuten. Und dies wird keine Arbeit für den ›Strick‹ sein. Einen Selbstmord haben wir schon gehabt, also wird Robert Philip durch einen Unfall sterben müssen …«

Am Nachmittag desselben Tages war Boisseau mit einem Hubschrauber in Straßburg angekommen. Er unterzog Inspektor Rochat einem gründlichen Verhör, ohne daß dieser überhaupt merkte, was gespielt wurde. Boisseau wußte sehr genau, daß er sich behutsam vortasten mußte: Anders als in Lyon war Grelle mit dem Polizeipräfekten von Straßburg nicht sonderlich befreundet, und die hiesige Polizei sah die Ankunft Boisseaus nicht gerade mit Begeisterung. Nach einer halben Stunde schlug Boisseau vor, Rochat solle sich später mit ihm zu einem Drink zusammensetzen, aber zunächst wolle er die Wohnung des Toten sehen.

Es war Boisseau, der Armand Bonheur die Information entlockte, daß zwischen halb sieben und Viertel nach sieben zwei Männer das Haus Nr. 49 betreten hätten, daß der zweite Mann einen schlurfenden Gang gehabt und einen Regenschirm getragen habe, daß der erste Mann das Haus um 19.02 Uhr verlassen habe, der zweite eine halbe Stunde später. »Das ist etwa die Zeit, in der Jouvel gestorben sein kann«, bemerkte er zu Rochat.

Es war Boisseau, der die übrigen Mieter des Hauses befragte und entdeckte, daß niemand den Mann mit dem schlurfenden Gang identifizeren konnte – was bedeutete, daß er nicht im Haus wohnte. »Das beweist noch gar nichts«, sagte er zu Rochat, »aber was hat er hier gewollt, wenn wir niemanden finden können, den er besucht haben könnte? Und eine halbe Stunde ist eine lange Zeit, wenn ein Mann in einem bestimmten Haus nichts zu suchen hat.«

Es war Boisseau, der Denise Viron befragte, das rothaarige Mädchen. Sie beschrieb ihm zwei durchaus verschiedene Männer, die sich am Vortag beide nach Léon Jouvel erkundigt hatten. Boisseau notierte sich die beiden Personenbeschreibungen sorgfältig. Ihm fiel auf, daß keiner von beiden der Mann mit dem schlurfenden Gang gewesen sein konnte. »Ist es denkbar, daß einer dieser beiden Männer ein Engländer ist?« fragte er einmal während des Gesprächs. Denise schüttelte energisch den Kopf und legte die Beine provozierend übereinander, was Inspektor Rochat zu einem Stirnrunzeln veranlaßte. Boisseau, der das Mädchen in seiner

Wohnung ausfragte, würdigte die Beine mit einem anerkennenden Blick und bot Denise Viron noch eine Zigarette an.

»Ist es oft vorgekommen, daß irgendwelche Leute nach Jouvel fragten?« wollte er wissen. »Hatte er oft Besuch?«

»Nur sehr selten. Diese beiden Besucher waren eine Ausnahme. Boisseau machte Rochat keinen Vorwurf daraus, daß dieser diese Information nicht herausbekommen hatte. Es war offenkundig, daß Rochats Vorgesetzte sich über die Einmischung des Pariser Polizeipräfekten ärgerten und dem Inspektor befohlen hatten, die Sache so schnell wie möglich aufzuklären. Nachdem offenkundig zu sein schien, daß hier ein Selbstmord vorlag, hatte Rochat sich also nicht weiter in den Fall vertieft.

»Sind Sie zufrieden?« fragte Rochat, als er den Mann aus Paris zum Flughafen zurückfuhr.

»Sind Sie's?« fragte Boisseau zurück.

»Rein äußerlich war alles haargenau so, wie es sein sollte – wenn man die Körpergröße Jouvels berücksichtigt, die Länge des Stricks, die Position des Badezimmerhockers, den er unter sich weggestoßen hatte. Nur ein Experte hätte das alles als vermeintlichen Selbstmord arrangieren können.«

»Ich finde Ihre letzte Feststellung sehr beunruhigend«, sagte Boisseau.

Robert Philip war wie Guy Florian zweiundfünfzig Jahre alt – aber damit endete auch schon jede Ähnlichkeit. Er stand am Sonntag spät auf. Es ärgerte ihn, daß seine Bettgenossin, Noelle Berger, immer noch schlief. Er rüttelte sie grob an ihrer nackten weißen Schulter und brachte seine Forderung mit gewohntem Feingefühl vor. »Los, steh auf, du Schlampe, ich möchte frühstücken ...«

Er lebte von seiner Frau getrennt und tröstete sich neuerdings mit einer Reihe kurzlebiger Affären. Er achtete peinlich darauf, daß keine zu lange dauerte. Wie er seinen Saufkumpanen immer sagte: »Wenn man sie erst mal eine Woche im Haus hat, dann bilden sie sich auch schon ein, der ganze Laden gehört ihnen…« Philip war mittelgroß und von schwerem Körperbau.

Sein Haar im Bürstenschnitt und sein üppiger Schnurrbart hatten den gleichen rötlichen Farbton. Vor sich hin schimpfend ging er nach unten und zog den Wohnzimmervorhang auf. Auf der anderen Straßenseite stand auf der normalerweise leeren Avenue ein Citroën mit geöffneter Motorhaube. Zwei Männer beugten sich über den Motor. Auf dem Bürgersteig lag eine Werkzeugtasche; einige Werkzeuge lagen herum. »Geschieht euch recht; das kommt davon, wenn man Benzin verschwendet«, murmelte Philip. Er hielt sich seinen seidenen Morgenmantel zu und ging in die Küche. Wenige Minuten später kam Noelle Berger in ähnlicher Aufmachung ins Wohnzimmer. Sie suchte eine Zigarette.

Sie war klein, blond und hatte eine üppige Figur.

»Sehen Sie mal, das Mädchen«, flüsterte Vanek, dessen Kopf halb unter der Motorhaube verschwunden war. »Das gibt Komplikationen.«

»Am besten wäre es«, erwiderte Brunner, »wenn wir uns außerhalb des Hauses mit ihr beschäftigen könnten.«

»Wenn sie die verdammte Villa verläßt. Heute ist Sonntag.«

Robert Philip war während des Krieges der Waffenmeister des Leoparden gewesen. Er hatte dafür zu sorgen, daß Waffen und Munition immer in ausreichenden Mengen vorhanden waren. Diese Aufgabe schloß Überfälle auf feindliche Munitions- und Waffendepots ein. In dieser Eigenschaft war Philip einer der wichtigsten Mitarbeiter des Leoparden gewesen. Seit dem Kriegsende hatte Philip eine erfolgreiche Karriere hinter sich gebracht – wenn man Erfolg an der Höhe eines Bankkontos und am Besitz einer großen Villa mißt, die mit zweifelhaften Methoden erworben worden sind. Philip war Waffenschieber.

1944, als verschiedene Résistance-Gruppen in Südfrankreich riesige Waffenverstecke anlegten, um die erhoffte *République Soviétique du Sud* zu unterstützen, deren Gründung der Leopard fast zuwege gebracht hätte, war Robert Philip emsig damit beschäftigt, einige dieser Waffen verschwinden zu lassen und zu verstecken. Es mußte für Philip eine große Erleichterung gewesen sein, daß der kommunistische Staatsstreich mißlang. Als er sah, daß de Gaulle siegen würde, erklärte Philip sich zum Uralt-Gaullisten und übergab dem General die Hälfte seiner Waffenvorräte. Die andere Hälfte hob er sich für künftige Geschäfte auf.

In den folgenden Jahren lieferte Philip Waffen an den jungen Fidel Castro – wobei er die kommunistischen Verbindungen benutzte, die er im Departement Lozère aufgebaut hatte –, an die Eoka-Terroristen, die auf Zypern gegen die Briten kämpften, an kurdische Aufständische im Irak, und überhaupt an jeden, der hart genug bedrängt war, um minderwertige Ware zu überhöhten Preisen zu kaufen. »Ich bin«, brüstete er sich einmal in einer Bar, »ein bißchen schlauer als meine Zeitgenossen.« Seine Frau Yvonne lebte jetzt in einer Pariser Wohnung. »Ich habe sie ausbezahlt«, liebte er zu sagen. »Ich halte nämlich nicht viel davon, eine Frau schlecht zu behandeln ...«

Um zwei Uhr nachmittags verließ Noelle Berger die Villa allein. Sie war in einen Pelzmantel gehüllt und legte den kurzen Weg zum Bahnhof zu Fuß zurück. Robert Philip blieb allein im Haus. Der Citroën, der morgens vor dem Haus gestanden hatte, war längst verschwunden. Der einzige Mensch, der zu sehen war, war ein hagerer Mann mit knochigem Gesicht, der vor einem Laden stand und sich das Schaufenster ansah. Noelle betrat den Bahnhof und kaufte sich eine Rückfahrkarte nach Straßburg. Von dem Mann, der hinter ihr aufschloß und sich eine einfache Fahrkarte nach Straßburg kaufte, nahm sie keine Notiz. Vanek hatte Lansky sehr einfache Anweisungen gegeben. »Ich glaube nicht, daß sie seine Frau ist – dazu sah sie viel zu jung und gleichgültig aus. Wenn sie das Haus verläßt, folgen Sie ihr – es sei denn, sie trägt einen Koffer. Dann reist sie ab, und dann können Sie sie vergessen...«

Noelle Berger hatte sich entschlossen, in Straßburg ein paar Weihnachtseinkäufe zu machen, um Philip Zeit zu geben, sich zu beruhigen. Soll er doch in seinem eigenen Saft schmoren, dachte sie, dann wird er sich heute abend freuen, mich wiederzusehen. In Straßburg hatten die Geschäfte bis zwei Uhr geöffnet – so kurz vor Weihnachten wollten die Ladenbesitzer jede Minute nutzen –, und Noelle gab in der Rue des Grandes Arcades eine ganze Menge von Philips Geld aus. Geschieht ihm verdammt recht, sagte sie sich. Später war sie schon wieder etwas versöhnt und kaufte für ihn eine hellgelbe Wolljacke. Einmal, als sie auf einen Bus wartete, hätte jemand sie beinahe unter die Räder des heranfahrenden Busses gestoßen, aber als sie sich umdrehte, stand hinter ihr nur eine dicke Frau. Am Ende des Nachmittags, beladen mit Paketen, machte Noelle sich auf den Weg zu dem stillen Viertel unten am Fluß mit dem Namen Petite France, Klein-Frankreich. Sie hatte sich entschlossen, eine Freundin zum Tee zu besuchen, bevor sie nach Colmar zurückfuhr.

Am Rand des verlassenen Place Benjamin Zhia teilt sich die Ill in drei Arme, die weiter unten wieder zusammenfließen. Hier führt eine Reihe von Fußwegen über den Fluß. Hier befindet sich auch eine kleine Schleuse, durch deren schmale Öffnung sich das Wasser rauschend ergießt. Unter einem dahinterliegenden Gebäude schießt das Wasser wieder hervor. Die schäumenden Wassermassen machen an dieser Stelle einen ohrenbetäubenden Lärm. Noelle wollte den Weg abkürzen und betrat eine der Fußgängerbrücken. Soweit sie sehen konnte, war sie allein. Sie war schon halb auf der anderen Seite und hatte in dem Lärm des dahinströmenden Wassers keinen anderen Laut gehört, als etwas sie veranlaßte, sich umzudrehen. Einen Schritt hinter ihr stand

Lansky mit erhobenen Händen. Sie starrte ihn ungläubig an, als seine Hände sie erfaßten und ins Wasser stießen. Sie befand sich schon halb unter Wasser, als sie endlich schreien konnte, aber ihre Schreie gingen in dem Tosen der sprudelnden Wassermassen unter. Sie wurde mitgerissen, unter Wasser gezogen und in Richtung Quai des Bateliers fortgespült. Ihre Weihnachtspakete tanzten auf dem dahinrasenden Wasser; ihr Hüpfen sah seltsam bizarr und feierlich aus. Die gelbe Wolljacke hatte sich aus dem Einwickelpapier gelöst.

Zwanzig Minuten später bestieg Lansky den Triebwagen, mit dem er um sieben Uhr abends wieder in Colmar sein würde. Mit zwei Menschen im Haus läßt sich ein »Unfall« nicht überzeugend arrangieren.

# 12

Am Abend des 19. Dezember, einem Sonntag, wartete Marc Grelle in seinem Büro auf Boisseaus Rückkehr aus Straßburg. Die Stunden verstrichen, aber der Präfekt war alles andere als untätig. An diesem Tag hatte er sich vorwiegend damit befaßt, die Sicherheitsvorkehrungen zum Schutz der Fahrzeugkolonne des Präsidenten zu verstärken, die am 23. Dezember zum Flughafen Charles de Gaulle – oder Roissy, wie er von den Parisern oft genannt wird – fahren würde. Am 23. sollte Florian nach Moskau fliegen.

Marc Grelle besaß auf dem Gebiet des politischen Mordes eine umfassende Sachkenntnis. Er wußte etwas über die Menschen, die solche Attentate verüben, und über die Methoden, die sie anwandten. Grelle hatte eine besondere Studie über die einunddreißig Attentatsversuche auf General de Gaulle angefertigt; diese Arbeit enthielt die Gründe, die für einen möglichen Erfolg sprachen, ebenso wie die Gründe, die den Mißerfolg der Anschläge erklärten. Die Liste der verwendeten Techniken war beachtlich.

Mord durch Fernzündung einer Explosivladung unter einem fahrenden Fahrzeug; Mord durch einen Heckenschützen mit Gewehr und Zielfernrohr, Mord aus nächster Nähe – durch Erdolchen oder Erschießen; Mord durch Amtsanmaßung mit Hilfe eines gestohlenen Polizeifahrzeugs oder einer gestohlenen Uniform; Mord durch einen Motorradfahrer in einer Polizeieskorte, der sich dem Präsidentenfahrzeug näherte; Mord durch einen selbstmörderischen Zusammenstoß in der Luft – wobei ein Flugzeug mit dem Mörder am Steuerknüppel die Maschine mit dem Präsidenten an Bord rammte; Morde mit Hilfe absurd anmutender

Methoden – etwa mit Hilfe einer in einen Fotoapparat eingebauten Feuerwaffe oder eines Hundes, dem man Dynamitstäbe am Hals festgebunden hatte und der sich dem Präsidenten nähern sollte, etwa bei einer öffentlich gehaltenen Rede. Und Mord durch einen Feuerüberfall von Kraftfahrzeugen aus.

Diese letzte Methode war die beliebteste, und Grelle wußte auch, warum. Diese Methoden bietet den Vorteil, daß besonders ausgebildete Killer aus kürzester Entfernung schießen können. Sie setzt allerdings Männer mit blitzschnellem Reaktionsvermögen voraus, die sich augenblicklich auf eine neue Lage einstellen können. Tatsächlich war de Gaulle immer dann in höchste Gefahr geraten, wenn seine Fahrzeugkolonne sich in einen Strom anderer Fahrzeuge hatte einordnen müssen. Mit diesem Katalog versuchter Anschläge im Kopf machte sich Grelle mit Hilfe des unermüdlichen Boisseau daran, jede nur denkbare Gegenmaßnahme zu ergreifen. Als sein Stellvertreter aus Straßburg zurückkehrte, schlug Grelle sich noch immer mit diesen Problemen herum.

Es war inzwischen neun Uhr abends geworden, und Boisseau, der seit dem Lunch nichts zu essen bekommen hatte, ging schnell in die nächste Eckkneipe, um sich einen kleinen Imbiß zu holen. Er nahm sein karges Mahl am Schreibtisch des Präfekten ein, während er zwischendurch seinen Bericht über den Ausflug nach Straßburg fortsetzte. »Verstehen Sie«, fuhr er fort, »Jouvels Selbstmord ist allem äußeren Anschein nach durchaus einleuchtend, da gibt es keinen Zweifel, und es gibt nur wenige Leute, die einen solchen Tod fingieren können. Wie Sie wissen, würden sie bestimmte Details vergessen ...«

»Es sei denn, wir haben es mit einem professionellen Killer zu tun. Das hätte eine lange Reihe höchst unerfreulicher Implikationen zur Folge ...«

»Was mir nicht gefällt«, bemerkte Boisseau und wischte mit einem Stück Brot Fleischsaft auf, »sind diese beiden

Männer, die mit diesem Flittchen gesprochen haben. Sie haben ihr – unabhängig voneinander – etwa die gleichen Fragen nach Jouvel gestellt. Und das zu einer Zeit, in der sich normalerweise kein Mensch für Jouvel interessierte oder ihn besuchte. Also: Wer waren diese beiden Fremden – ganz zu schweigen von dem Mann mit dem Regenschirm, den keiner der übrigen Mieter des Hauses kennt?«

»Freunden Sie sich mit dem Gedanken an«, sagte Grelle. »Jouvel kann sehr wohl Selbstmord begangen haben. Diese anderen Männer haben vermutlich nichts damit zu tun. Hier in Paris sind wir keinen Schritt weitergekommen – weder Roger Danchin noch Alain Blanc haben mit irgendeiner der uns bekannten sowjetischen Kontaktpersonen Verbindung aufgenommen. Wir haben ein Stadium erreicht wie schon so oft in früheren Fällen: Wir sind in einer Sackgasse. Wir müssen die weitere Entwicklung der Dinge abwarten, vielleicht ergibt sich irgendein Hinweis …« Er holte die von Oberst Lasalle zusammengestellte Zeugenliste aus einer abgeschlossenen Schublade und überflog sie von neuem. »Nach allem, was wir wissen, kann der Schlüssel zu allem sehr wohl der Mann sein, den wir nicht einmal beschatten lassen können – Dieter Wohl in Freiburg.«

»Sie könnten Peter Lanz vom BND anrufen«, schlug Boisseau vor. »Er ist immer sehr hilfsbereit …«

»Wo wir selbst hier, auf heimischen Boden, mit einer Geheimniskrämerei vorgehen müssen, die Verschwörer auszeichnet? Ich habe nicht den Mut, diese Sache ins Ausland zu tragen.« Grelle reckte sich und gähnte. »Mein Gott, bin ich müde. Nein, wir müssen warten – und hoffen, daß sich irgendein Fingerzeig ergibt …«

In einem zweistöckigen Haus außerhalb Freiburgs, der Universitätsstadt am Rand des Schwarzwalds, stand der ehemalige Abwehroffizier Dieter Wohl am Fenster seines dunklen Schlafzimmers und sah über die Felder nach Westen.

Jenseits des Rheins, nur wenige Kilometer entfernt, lag Frankreich. Wohl erinnerte sich.

Wohl war ein gut gebauter Mann mit einem energischen Gesicht. Er war jetzt einundsechzig. Als seine klugen blauen Augen zum Elsaß hinüberblickten, umspielte ein feines Lächeln seinen Mund. Es war alles so lange her und war so vergeblich gewesen. Jetzt herrschte Gott sei Dank beiderseits des Rheins Frieden. Wenigstens hatte er lange genug gelebt, um das noch zu erleben. Als pensionierter Polizeibeamter und Witwer hatte Dieter Wohl genügend Zeit, über die Vergangenheit nachzudenken.

Die Schlagzeile der Frankfurter Allgemeinen Zeitung vor elf Tagen hatte seine Erinnerung geweckt, die Geschichte über das versuchte Attentat auf den französischen Staatspräsidenten.

Eine schockierende Sache. Was Wohls Interesse geweckt hafte, war der Name der Attentäterin gewesen. Lucie Devaud. Merkwürdig. Dies war der Name einer Frau, die in dem versunkenen Wagen ertrunken war, als der Leopard mit ihr von der Brücke in den Fluß gerast war. Gibt es da irgendeine Verbindung? fragte sich Wohl.

Nachdem er den Zeitungsartikel gelesen hafte, hatte Wohl eines seiner alten Kriegstagebücher aus seinem Schreibtisch gekramt. Die damaligen Bestimmungen hatten das Führen von Tagebüchern streng untersagt, aber gleichwohl hatten viele Soldaten sich über dieses Verbot hinweggesetzt; sogar Generale und Feldmarschälle, die später mit ihren Memoiren klotziges Geld verdienten. Wohl hatte Zeit im Überfluß. Also las er sein Tagebuch aus dem Jahr 1944 von vorn bis hinten durch. Beim Lesen kehrten die Erinnerungen zurück.

Dieter Wohl war als ehrgeiziger junger Abwehroffizier im französischen Departement Lozère stationiert und hatte es sich in den Kopf gesetzt, den Leoparden zur Strecke zu bringen. Er sammelte jede Information über den rätselhaften Résistance-Führer, auch die kleinste, notierte jedes Gerücht, das über ihn in Umlauf war. Die Gestalt des Leoparden faszinierte Wohl; seine Leidenschaft für Geheimhaltung, sein beachtliches Agentennetz, sein gefürchteter Hund César – der einzige Freund des Leoparden, soweit Wohl feststellen konnte.

Einmal – aber nur einmal – war Wohl drauf und dran gewesen, den Leoparden gefangenzunehmen. Wohl hatte einen Tip erhalten, der Leopard werde zu einer bestimmten Zeit auf einer bestimmten Straße fahren. Jenseits einer Brücke, die der Leopard überqueren mußte, hatte man ihm einen Hinterhalt gelegt. An dieser Stelle stand dichter Hochwald, der bis zum Wasser hinunterreichte.

Wohl postierte sich hoch oben am Steilufer und beobachtete die Brücke durch einen Feldstecher. Es war ein windiger Tag. Gegen zwölf Uhr mittags sah Wohl den Wagen durch die Baumstämme hindurch mit hoher Geschwindigkeit näher kommen. Durch sein Fernglas sah Wohl ein durch das Laubwerk verschwommen wirkendes Bild – und die Geschwindigkeit des heranrasenden Wagens.

»Gott im Himmel!«

Hinter dem Lenkrad des Wagens saß ein Mann, auf dem Beifahrersitz ein Mädchen, dessen Haare im Wind flatterten. Darauf war Wohl nicht gefaßt gewesen – daß eine Frau dabeisein könnte. Als der Wagen näher kam, überlegte er fieberhaft. Sie muß ein Résistance-Kurier sein, sagte er sich. Er strengte sich an, um im Fernglas Details zu erkennen, und wurde immer aufgeregter. Dies war das erstemal, daß jemand den Leoparden zu Gesicht bekommen hatte. Dummerweise konnte er das Gesicht des Mannes nicht erkennen – im Blättergewirr und bei der hohen Geschwindigkeit des Wagens verschwamm alles. Der Leopard würde an der Brücke aber die Geschwindigkeit drosseln müssen: Kurz vor der Brücke machte die Straße eine scharfe Biegung. Diesseits der Brücke war eine Straßensperre errichtet.

Der Leopard machte keinerlei Anstalten, mit der Geschwindigkeit herunterzugehen. Er war bekannt dafür, immer so schnell wie möglich zu fahren, damit kein Scharfschütze die Chance erhielt, ihn abzuknallen. Jetzt kam der Wagen in einer Staubwolke und mit quietschenden Reifen um die Kurve. Wohls Augen klebten am Feldstecher. Eine bemerkenswerte Leistung des Fahrers, das mußte er zugeben. Als der Wagen mitten auf der Brücke aus der Staubwolke herauskam, mußte der Leopard die Straßensperre bemerkt haben. Er reagierte sofort; immer noch schnell fahrend, durchbrach er das Brückengeländer; der Wagen stürzte in den Fluß, der an dieser Stelle fast sechs Meter tief war. Wohl traute seinen Augen kaum, als er das Fahrzeug verschwinden sah. Eine verspätete Maschinengewehrsalve durchbrach die Stille.

Im Fallen wirbelte der Wagen herum und schlug mit dem Dach aufs Wasser auf. Beim Auftreffen auf dem Flußgrund mußten sowohl der Mann wie das Mädchen kopfüber auf dem Wagendach gelandet sein. Jetzt strömte das Wasser in den Wagen. Wohl war überzeugt, daß der Leopard tot sein mußte, wollte aber nichts dem Zufall überlassen. Er bellte einige Befehle durchs Megaphon, worauf die Soldaten begannen, sich durch das dichte Ufergestrüpp den Weg zu den Flußufern zu bahnen.

Es dauerte drei Stunden, bis ein eilig herbeigerufener Abschleppwagen den Wagen des Leoparden am Kran langsam aus dem Wasser hieven konnte.

Wohl stand auf der Brücke, als das vor Wasser triefende Fahrzeug übers Brückengeländer gezogen und vorsichtig abgesetzt wurde. Jetzt erlebte Wohl den zweiten Schock. Vom Leoparden keine Spur. Das Mädchen war aber noch da. Sie saß auf dem Beifahrersitz, ihre Haare klebten am Kopf. Es war eine attraktive junge Frau von etwa zwanzig Jahren. Nach einigen Tagen konnte Wohl sie anhand der Fingerabdruck-Karteien der Vichy-Polizei als Lucie Devaud identifizieren. Der Stabsarzt, der die Leiche untersucht hatte, sagte zu dem Abwehroffizier, daß sie vor kurzem von einem Kind entbunden worden sei.

Dieser Zwischenfall löste bei der Résistance einen kleinen Skandal aus. Es gab zwei entgegengesetzte Ansichten über die Angelegenheit. Einige sagten, der Leopard habe korrekt gehandelt; er habe alles geopfert, um rechtzeitig zu seiner wichtigen Verabredung zu erscheinen. Andere dachten nicht so großzügig – Lucie Devaud hatte als Kurier beachtliche Dienste geleistet – und meinten, er hätte das Mädchen auch mitnehmen können, wenn ihm nicht so sehr daran gelegen hätte, seine eigene kostbare Haut zu retten. Die Kriegswirren und der spätere Versuch, im Süden Frankreichs eine kommunistische Republik zu gründen, ließen den Zwischenfall bald in Vergessenheit geraten, zumal als bekannt wurde, daß der Leopard in Lyon auf offener Straße erschossen wurde...

An all das erinnerte sich Dieter Wohl, als er in der Zeitung den Namen der Frau las, die versucht hatte, Guy Florian zu töten. Unterdessen hatte Wohl begonnen, seine Memoiren niederzuschreiben. Dies war eine zu gute Gelegenheit, die nicht ungenutzt bleiben durfte – er mußte andere dazu bringen, ihm zu schreiben. Wer etwas über die damaligen Ereignisse wußte, konnte ihm nützliches Material für sein Buch liefern. Am Freitag, dem 10. Dezember, schrieb er einen Leserbrief an die *Frankfurter Allgemeine Zeitung*. Er bezog sich auf die Attentatsmeldung und wies darauf hin, daß er im Krieg Tagebuch geführt habe und jetzt seine Memoiren schreibe. Um seinem Schreiben Autorität zu geben, erwähnte er den Namen einer gewissen Annette Devaud, die ebenfalls ein Mitglied der Résistance-Gruppe des Leoparden gewesen sei. Wohl nannte sogar ihre letzte Adresse von vor mehr als dreißig Jahren. Um seinen Brief noch spannender zu machen, zitierte er einen Satz aus einer der letzten provozierenden Rundfunksendungen Oberst Lasalles. »Wer ist diese Lucie

Devaud, die gestern nacht versucht hat, einen bestimmten europäischen Staatsmann zu töten?« Am Ende seines Briefes fügte Wohl eine eigene Frage hinzu. *Ich frage mich, ob Annette Devaud noch immer in Saverne lebt?*

Wohl hatte schneller Erfolg, als er hätte hoffen können. Die Frankfurter Allgemeine druckte den Brief am Dienstag, dem 14. Dezember, ab und wurde noch am selben Tag pflichtgemäß von Paul-Henri Le Theule gelesen, dem der französischen Botschaft in Bonn beigeordneten Geheimdienstoffizier. Le Theule war achtunddreißig Jahre alt und bei Kriegsende noch ein Kind gewesen. Er wußte nichts über den Leoparden, aber der kurze Hinweis auf Oberst René Lasalle sprang ihm sofort ins Auge. Da er dringend Material brauchte, um seinen nächsten Bericht nach Paris ein wenig aufzufüllen, schnitt er den Leserbrief aus und legte ihn in die schmale Akte, die mit der nächsten Diplomatenpost nach Paris gehen sollte.

Die versiegelte Kuriertasche mit der Diplomatenpost wurde am Samstag, dem 18. Dezember, in Paris angeliefert. Roger Danchin, der sich durch Berge von Papier hindurcharbeitete, bekam den Zeitungsausschnitt jedoch erst am Sonntagmorgen zu Gesicht. Er zeigte ihn Alain Blanc, der zufällig bei ihm war. Danchin diktierte eine Aktennotiz an den Staatspräsidenten, die er zusammen mit dem Zeitungsausschnitt über die Straße in den Elysee-Palast bringen ließ. Zur Lunchzeit hatte Guy Florian beide Dokumente gelesen. Um drei Uhr nachmittags kam der sowjetische Botschafter Leonid Vorin, der mit Alain Blanc geluncht hatte, in den Elysee-Palast.

Er sprach kurz mit dem Präsidenten und eilte dann zurück in seine Botschaft in der Rue de Grenelle.

Nachdem er am Samstag um neunzehn Uhr mit dem Triebwagen aus Straßburg nach Colmar zurückgekehrt war, eilte Lansky über den Bahnhofsvorplatz zum Hotel Bristol, wo seine beiden Kollegen ihn bereits in Vaneks Zimmer voller Ungeduld erwarteten. Er erzählte ihnen, auf welche Weise er sich Noelle Bergers entledigt hatte. Vanek zeigte sich erleichtert. »Das bedeutet, daß Philip jetzt allein im Haus ist. Wir können das Verschwinden seines Mädchens zu unserem Vorteil nutzen, aber wir müssen den Zeitpunkt unseres Besuchs vorverlegen ...«

»Warum?« fragte Lansky. »An einem späten Sonntagabend wäre es viel sicherer.«

»Weil«, erklärte Vanek mit sarkastischer Geduld, »Philip sich schon bald Sorgen machen wird, daß ihr etwas zugestoßen sein könnte. Wenn wir ihm Zeit lassen, sich zu sehr zu sorgen, könnte er die Polizei anrufen ...«

Während Lanskys Abwesenheit hatten die beiden anderen Männer ihre Nachforschungen über die Gewohnheiten Robert Philips fortgesetzt. Sie hatten das Haus Nr. 8 von einem kleinen Park weiter unten in der Avenue Raymond Poincaré aus abwechselnd im Auge behalten. Sie hatten so getan, als fütterten sie die Vögel oder als warteten sie auf jemanden. Weil es unmöglich gewesen war, die Villa von einem noch näheren Punkt aus zu beobachten – und weil sich beide äußerst geschickt verhalten hatten –, entgingen beide der Aufmerksamkeit der Streifenwagenbesatzung, die mit ihrem Wagen gelegentlich durch die Straße fuhr, um die gleiche Villa zu beobachten.

Um drei Uhr nachmittags, als er einigen Spatzen gerade Brotkrümel hinwarf, sah Vanek, wie Philip das Haus verließ, die Treppenstufen herunterkam und zum Gartenzaun ging. Er lehnte sich gegen das Gartentor und rauchte eine Zigarette. Vanek verschwand hinter einem Baumstamm und beobachtete Philip durch ein Fernglas, das er immer bei sich trug. Unter dem auffälligen Kamelhaarmantel trug der Franzose noch immer seine Pyjamahose, wie Vanek durch die Gitterstäbe hindurch sehen konnte. Sonntags zog Philip sich nur selten an; den Sonntag im Schlafanzug zu vertrödeln war seine Art, sich zu entspannen. Und außerdem dachte er daran, daß es nach der Rückkehr Noelles so viel leichter sein würde, sie gleich wieder aufs Bett zu werfen. Er brauchte sich nur seines Schlafanzuges zu entledigen. Jetzt, als er in der Villa mit sich allein war, hatte Philip großes Verlangen nach seiner jüngsten Eroberung.

»Auch das könnte ein Glücksfall sein«, sagte Vanek später zu Brunner, »wenn wir bedenken, welche Methode wir anwenden wollen...«

Es war kurz vor neun, als Brunner die zur Veranda führenden Treppenstufen des Hauses Nr. 8 hinaufging und klingelte. Um diese Zeit war die schneebedeckte Avenue Raymond Poincaré menschenleer und sehr still. Hinter den Vorhängen des Erkerfensters brannte Licht.

Brunners Läuten löste eine schnelle – aber vorsichtige – Reaktion aus. Hinter einem Seitenfenster zur Veranda wurde ein Vorhang zurückgezogen. Am Fenster stand Philip. Er hielt ein Glas in der Hand und starrte Brunner mißtrauisch an. Dann zog er den Vorhang zu. Wenige Augenblicke später ging die Tür wenige Zentimeter auf. Eine starke Kette verhinderte ein weiteres Öffnen.

»Monsieur Robert Philip?« fragte Brunner.

»Ja. Was gibt's?«

Philip hatte erwartet, Noelle Berger mit Paketen beladen zu sehen. Die Ankunft dieses Fremden überrumpelte ihn. Brunner zeigte den Ausweis der Sûreté Nationale, den er bei sich trug, seitdem das Kommando Tábor verlassen hatte.

»Sûreté, Monsieur. Ich fürchte, daß ich eine schlechte Nachricht für Sie habe. Es geht um eine Bekannte von Ihnen, eine junge Dame. Darf ich einen Augenblick hereinkommen?«

Obwohl er sich um seine Geliebte Sorgen machte, war Philip ein mißtrauischer Mann, der in der Halbwelt des illegalen Waffenhandels nicht umsonst alle diese Jahre überlebt hatte; er nahm durchaus nicht alles für bare Münze, was ihm entgegentrat, weder Menschen noch Ausweise; mit gefälschten Papieren stand er selbst auf du und du.

»Ich kenne Sie nicht«, sagte er nach einem Moment. »Und zufällig kenne ich die meisten Polizeibeamten in Colmar.«

»Das überrascht mich nicht...« Brunner machte eine ungeduldige Handbewegung. »Ich bin erst vor einer Woche aus Straßburg versetzt worden.«

»Warten Sie draußen. Ich ziehe mir etwas an...« Die Tür wurde vor Brunners Nase zugeknallt. In der Halle verzog Philip das Gesicht; er spürte, daß mit seinem Besucher etwas nicht stimmte. Er griff nach dem Telefon, das auf einem Beistelltisch stand. Im selben Augenblick wurde etwas Hartes, was sich wie die Mündung einer Waffe anfühlte, gegen seinen Rücken gepreßt und bohrte sich durch den Morgenmantel. Eine ruhige Stimme sagte: »Einen Laut, und ich werde Sie erschießen. Nehmen Sie die Hand vom Telefon. So, jetzt Gesicht zur Wand...«

Während Brunner den Franzosen abgelenkt und ihn an der Vorderseite des Hauses festgehalten hatte, war Vanek um das Haus herumgegangen. Er kannte diesen Weg bereits – er hatte ihn im Dunkeln ausprobiert, nachdem Philip die Vorhänge zugezogen hatte –, und hatte die französischen Fenster entdeckt, die zwar verschlossen waren, in denen aber keine Schlüssel steckten. Jetzt hatte er sich mit einem Dietrich Einlaß verschafft und war in die Halle gekommen, als Philip gerade mit seinem ungebetenen Besucher sprach.

»Keine Bewegung...« Vanek preßte die Mündung der Luger wieder in Philips Rücken, um ihn zu erinnern, daß die Waffe noch da war. Dann drehte er den Schlüssel im Türschloß herum, zog den Riegel zurück und entfernte die Kette. Brunner machte auf, trat ein und machte rasch die Tür zu. »Ziehen Sie die Kette wieder vor«, befahl Vanek barsch. »Niemand hat Sie gesehen? Gut...« Vanek schubste Philip vor sich die Treppe hinauf. Am oberen Ende der Treppe reichte er Brunner die Luger und durchsuchte das Obergeschoß. In den dunklen Schlafzimmern waren sämtliche Vorhänge zugezogen. Hinter einem großen Schlafzimmer an der Rückfront des Hauses fand er, was er suchte – ein Badezimmer. Er knipste das Licht an und gab Brunner ein Zeichen.

Dieser schob Philip in sein eigenes Badezimmer. »Was zum Teufel soll das?« explodierte der Franzose, »Die Polizeiwache ist um die Ecke, und...«

»Die Hauptwache der Police Nationale liegt in der Rue de la Montagne Verre, mehr als einen Kilometer von hier entfernt«, korrigierte Vanek ihn ruhig. »Ziehen Sie sich aus.«

»Mein Bruder und seine Frau kommen mich gleich besuchen...«

»Runter mit den Kleidern...«

Brunner stieß Philip den Lauf der Luger in den Rücken. Philip zog sich aus, erst den Morgenmantel, dann den Schlafanzug, bis er dick und nackt dastand. Vaneks Kälte jagte ihm Angst ein, aber etwas Mut war ihm noch geblieben, als er von neuem fragte, was zum Teufel das Ganze solle.

»Haben Sie noch nie von Einbrechern gehört?« fragte Vanek. »Es ist eine wohlbekannte Tatsache, daß ein Mann ohne Kleider nicht in der Lage ist, auf der Straße herumzulaufen und um Hilfe zu schreien – schon gar nicht an einem Abend wie heute. Und bevor wir gehen, werden wir das Telefonkabel herausreißen. Das wird immer so gemacht. Lesen Sie keine Zeitungen?«

Sie sagten Philip, sie würden seine Füße an den Wasserhähnen festbinden, und befahlen ihm, sich in die Wanne zu legen. Dann drehte Brunner beide Hähne auf und ließ das Wasser einlaufen. Die Temperatur war mäßig warm. Der Franzose, der mit jeder Sekunde mehr Angst bekam, fragte zum drittenmal, was zum Teufel das Ganze solle. Vanek sagte es ihm. »Wir wollen wissen, wo der Safe ist«, sagte er. »Wir haben gehört, daß Sie einen Safe im Haus haben, und Sie werden uns sagen, wo er sich befindet...«

»Es gibt keinen Safe...«

»Wenn Sie es uns nicht sagen, wird mein Kollege Sie an den Beinen packen und unter Wasser ziehen...«

»Hier gibt's keinen Safe!« schrie Philip.

»Sind Sie sicher?« Vanek machte ein zweifelndes Gesicht und richtete die Luger noch immer auf Philips Brust. Das Wasser strömte rasch in die voller werdende Wanne. »Wir fänden es gar nicht schön, wenn Sie uns anlügen«, fuhr Vanek fort, »und wir werden sehr böse werden, wenn wir das Haus durchsuchen und doch einen finden...«

»Hier gibt es keinen Safe! Ich habe Geld, im Schlafzimmer, in meiner Brieftasche – mehr als tausend Franc...«

Brunner drehte beide Wasserhähne zu und starrte Philip an, der jetzt heftig schwitzte. Der Tscheche beugte sich über ihn und packte ihn fest am Kinn. Er ging mit dem Gesicht ganz nah an das Gesicht des Franzosen heran. Vanek ging ans Fußende der Wanne und packte Philips Fesseln. Der Franzose, halb sitzend und halb liegend, machte sich darauf gefaßt, untergetaucht zu werden. Er protestierte immer noch, es gebe im ganzen Haus keinen Safe. Plötzlich spürte er, wie Vanek seine Fesseln losließ und mit resignierter Stimme sagte: »Ich glaube, er sagt die Wahrheit...« Philip entkrampfte sich. Im selben Augenblick schleuderte Brunner Philips Kopf mit einer blitzschnellen tückischen Bewegung rückwärts, so daß dessen Schädel mit einem schrecklichen dumpfen Krachen auf den Badewannenrand aufschlug. »Er ist tot«, stellte Brunner fest, als er den Puls fühlte. Philip glitt unter Wasser. Die Konturen seines Gesichts lösten sich in dem gurgelnden Wasser auf.

»Die korrekte Reihenfolge«, bemerkte Vanek. »Der Gerichtsmediziner wird bestätigen, daß er durch den Aufprall starb und erst dann unterging. Kommen Sie, bringen wir's hinter uns...«

Vanek durchsuchte das Schlafzimmer, sah unters Bett, auf den Toilettentisch, in die Garderobe. Die wenigen weiblichen Kleidungsstücke bestätigten seine Vermutung, daß das Mädchen, dem Lansky bis Straßburg gefolgt war, nur eine flüchtige Bekanntschaft Philips gewesen war. Also machte Vanek sich daran, alle Spuren zu beseitigen, die an ihre Gegenwart erinnerten. Er nahm einen Koffer mit den Initialen N.B. und stopfte Kleidungsstücke hinein, ihre Nachthemden, ihre Kosmetika, sechs Paar Schuhe. Im Badezimmer fand er eine Zahnbürste mit Lippenstiftspuren, unterm Kopfkissen zwei spitzenbesetzte Taschentücher. Die Polizei würde zwar noch immer Spuren einer Frau finden, aber keine Kleider, und damit wäre die Sache für die Beamten abgetan. Eine Großfahndung nach einer vermißten Frau in den nächsten Tagen war das letzte, was Vanek sich wünschte. Er schloß gerade den Koffer, als er Brunner hörte, der in der Küche einen Topf geholt hatte und Badewasser auf den Fußboden des Badezimmers schüttete. Bevor er nach unten ging, sah er sich das Badezimmer prüfend an.

»In Ordnung so?« fragte Brunner.

Ein Stück Seife, das Brunner in die Wanne geworfen hatte, löste sich auf und trübte das Wasser. Robert Philip hatte soeben einen tödlichen Unfall gehabt. Die meisten Unfälle ereignen sich in der Wohnung. Philip hatte in der Wanne gestanden, war auf die Seife getreten, ausgerutscht und mit dem Kopf auf den Badewannenrand aufgeschlagen. Wasser war über den Wannenrand gespritzt und hatte seinen Schlafanzug und seinen Morgenmantel naß gemacht. »Diesen Aschenbecher habe ich aus dem Wohnzimmer raufgebracht«, bemerkte Brunner. Auf einem Hocker stand der Aschenbecher, den der Tscheche in einer behandschuhten Hand nach oben getragen hatte. Die Aschenreste befanden sich darin und die Kippe der Zigarette, die Philip am Aschenbecherrand festgeklemmt hatte, als er an die Tür gehen wollte, um Brunner zu öffnen.

»Perfekt«, erwiderte Vanek. Er ließ das Licht im Badezimmer brennen und folgte Brunner nach unten. Er trug Noelle Bergers Koffer. Unten machte er das Licht im Wohnzimmer aus. Hätte er es brennen lassen, hätte es Aufmersamkeit erregen können. Das Licht im Badezimmer würde nicht auffallen, da das Bad an der Rückseite des Hauses lag.

Sie verließen das Haus auf dem Weg, auf dem Vanek gekommen war – durch das französische Fenster an der Rückfront des Hauses. Draußen schlossen sie mit dem Dietrich ab. Vanek wartete mit dem Koffer in der Hand in dem kleinen Park, bis Brunner mit dem Citroën vorfuhr. Sie brauchten nur zwanzig Minuten, um an den Rhein zu kommen. Unterwegs hielten sie einmal kurz an einem verlassenen Bauplatz, an dem Vanek ein paar Ziegelsteine holte, um den Koffer schwerer zu machen. Wenige Minuten später beobachtete er, wie der Koffer in dem rasch dahinfließenden Strom verschwand. Jetzt übernahm Vanek das Fahren. Um halb elf waren sie wieder im Bristol, um sich gründlich auszuschlafen. Am frühen Morgen wollten sie abfahren – um Dieter Wohl in Freiburg zu besuchen.

In Straßburg wurde Alan Lennox am Montagmorgen früh wach. Er sprang aus seinem Bett im Hotel Sofitel, öffnete die Tür und hob die Zeitung auf, die er beim Portier bestellt hatte. Er las das Blatt im Morgenmantel, während er den Kaffee trank, den der Zimmerkellner gebracht hatte. Die Schlagzeilen beachtete er nicht, sondern suchte im Innern des Blattes nach einem Bericht über Léon Jouvels Selbstmord. Dieser Fall nahm viel mehr Raum ein, als Lennox erwartet hatte; nach dem Wochenende litt das Blatt offenbar unter Mangel an Lokalnachrichten. Die Einzelheiten des Berichts sagten kaum mehr als das, was er von Louise Vallon, Jouvels Verkäuferin, erfahren hatte. Immerhin wurde erwähnt, daß ein Inspektor Rochat den Fall bearbeitete. Die Adresse des Kriminalkommissariats war ebenfalls angegeben.

Lennox aß seine Croissants, trank den Kaffee aus, duschte und rasierte sich, zog sich an und beglich seine Rechnung. Als er mit dem Taxi zum Bahnhof fuhr, schneite es von einem bleiernen Himmel. In der Bahnhofshalle gab er seinen Koffer in der Gepäckaufbewahrung ab; Colmar war nur dreißig Bahnminuten entfernt, und er hoffte zuversichtlich, Robert Philip an einem Tag zu finden und zu sprechen. Er ging davon aus, daß der Franzose nicht verreist war. Den Triebwagen 9.15 Uhr schaffte Lennox gerade noch, kurz bevor er anfuhr. Als der Zug Straßburg verließ und über die Ebene nach Süden rollte – im Westen konnte Lennox die Vogesen erkennen –, las der Engländer die Schlagzeile, die er sich im Hotel geschenkt hatte. Eine neue internationale Krise braute sich zusammen.

Das türkische Flottenkommando am Bosporus hatte vor kurzem aus dem sowjetischen Schwarzmeerhafen Odessa eine Nachricht erhalten. Die Türken wurden informiert, daß ein sehr großer Konvoi mit der Codebezeichnung K 12 die Dardanellen auf dem Weg ins Mitelmeer passieren werde. Diese Benachrichtigung erfolgte aufgrund der seit langem getroffenen Vereinbarungen, daß die Sowjets größere Flottenbewegungen im Mittelmeer vorher ankündigten und formell um die Erlaubnis zum Passieren der Dardanellen ersuchten.

Wie immer spezifizierten die Sowjets auch diesmal die Zusammensetzung des Konvois; die Meldung versetzte den zuständigen türkischen Seeoffizier in solche Aufregung, daß er sofort Ankara anrief. Der türkische Verteidigungsminister wurde mitten in der Nacht aus dem Bett geklingelt und gab die Meldung sofort ans NATO-Hauptquartier in der Nähe von Brüssel weiter. Aus politischen Gründen ließen die NATO-Behörden die Nachricht an die Presse durchsickern. Was die allgemeine Aufregung verursachte, war die Größe des Konvois. Die Sowjets hatten sechs schwere Kreuzer avisiert (vier davon Raketenträger), einen Flugzeugträger, zwölf Zerstörer und fünfzehn große Truppentransporter. Ein derart schlagkräftiger Konvoi hatte die Dardanellen noch nie passiert. Was mochten die fünfzehn großen Transportschiffe geladen haben? Auf welchen Zielhafen nahm dieser gewaltige Konvoi Kurs?

Als der Triebwagen in Colmar einlief, faltete Lennox die Zeitung zusammen und vergaß die Schauergeschichte sehr rasch. Sie hatte immerhin nichts mit dem Job zu tun, mit dem er sich gerade befaßte. Jetzt richtete er seine ungeteilte Aufmerksamkeit auf das bevorstehende Gespräch mit Robert Philip.

Am Samstag, dem 18. Dezember, um 20 Uhr hatten sämtliche Verteidigungsminister Westeuropas und Nordamerikas den Text der sowjetischen Meldung in Händen. Alain Blanc schenkte ihr erheblich mehr Aufmerksamkeit als Alan Lennox. In nur fünf Tagen sollte der Präsident in die Sowjetunion fliegen. Blanc war gar nicht glücklich über die Nachricht. Am Sonntagmorgen führte er ein kurzes Gespräch mit Guy Florian, der völlig anderer Meinung war.

»Sie werden ganz gewiß keine große internationale Krise ausgerechnet am Vorabend meines Abflugs vom Zaun brechen«, sagte er zu Blanc. »Sie sind viel zu sehr darauf bedacht, ihre guten Beziehungen zu uns zu festigen. Immerhin sind wir die stärkste westeuropäische Macht...«

Alain Blanc verließ den Elysee-Palast mit großer Skepsis. Florian hatte ihn nicht überzeugt. Blanc war jetzt weit beunruhigter als vor dem Gespräch mit dem Präsidenten. Warum war Florian mit einemmal so gelassen, was die Intentionen der Sowjetunion betraf?

Nach der Ankunft in Colmar kaufte sich Lennox am Bahnhofskiosk einen Stadtplan und entdeckte, daß die Avenue Raymond Poincaré nur wenige Meter von der Stelle entfernt war, an der er stand. Als er in die Avenue einbog und auf das Haus Nr. 8 zuging, erlebte er eine unangenehme Überraschung: Vor einer zweistöckigen, würfelförmigen Villa standen zwei Streifenwagen. Auf dem Bürgersteig waren Polizisten postiert. Lennox war sicher, daß dies Nr. 8 sein mußte, noch bevor er auf dem gegenüberliegenden Bürgersteig das Haus passierte und weiterging. Ja, es war die Nr. 8. Dies war eine Wiederholung der Szene, die er erst am Vortag vor dem Haus Rue de l'Épine in Straßburg gesehen hatte. Fünfzehn Minuten später, nach einem Rundgang um ein paar Straßenblocks – um nicht an den vor der Villa stehenden Beamten vorbeigehen zu müssen –, betrat er die Bar des Hotels Bristol gegenüber dem Bahnhof.

»Was machen denn all diese Streifenwagen in der Avenue Raymond Poincaré?« fragte er beiläufig und nippte an seinem Cognac.

Der Barmann war nur zu begierig weiterzugeben, was er wußte, in einer Kleinstadt wie Colmar machen Gerüchte blitzschnell die Runde. Einer der Großkopfeten der Stadt, Robert Philip, sei am Abend zuvor in seinem Bad umgekommen, vertraute der Barmann Lennox an. Die Tragödie sei entdeckt worden, als seine Putzfrau am Morgen die Haustür verriegelt vorgefunden habe. »Sie hat nämlich einen Schlüssel«, erklärte der Barmann, »und Philip hat frühmorgens immer die Kette entfernt und den Riegel zurückgezogen, so daß sie selbst aufschließen und hineingehen konnte. Die Polizei fand ihn in der Badewanne – unter Wasser. Der Bursche wird jetzt keiner Schürze mehr nachrennen …«

Lennox bestellte einen zweiten Drink, aber der Barmann hatte nur noch wenig an Informationen zu bieten. Nur noch eins: Die Polizei sei im Hotel gewesen und habe eine Menge Fragen nach zwei Männern gestellt, die hier zwei Nächte gewohnt hätten.

»Sie hatten einen Citroën«, fuhr der Barmann fort, »das hat jedenfalls der Nachtportier gesagt. Ich selbst habe sie nicht gesehen – ich glaube nicht, daß sie überhaupt hier in der Bar gewesen sind. Ich persönlich glaube nicht, daß da eine Verbindung besteht …«

Als Lennox die Bar verließ, kamen zwei uniformierte Polizeibeamte herein. Das ließ es ihm geraten erscheinen, Colmar auf dem schnellsten Weg zu verlassen; die Aussichten standen fünfzig zu fünfzig, daß der redselige Barmann den beiden Polizisten von seinem Gespräch mit dem Fremden berichtete, der soeben die Bar verlassen hatte. Lennox überquerte den Bahnhofsvorplatz, kaufte sich eine einfache Fahrkarte nach Lyon und bestieg dann einen Zug nach Straßburg, der gerade eingelaufen war. Als der Zugschaffner in sein Abteil kam, zeigte er die Rückfahrkarte nach Straßburg, die er bereits besaß. Von den drei Männern, die in der Kriegszeit eng mit dem Leoparden zusammengearbeitet und bis jetzt überlebt hatten, war nur noch einer übrig. Dieter Wohl in Freiburg.

Anders als Inspektor Rochat in Straßburg war Inspektor Dorré in Colmar erst vierzig und nahm nichts als gegeben und selbstverständlich hin. Er war ein ungeduldiger Mann mit einem verdrossenen Gesichtsausdruck und einer schnellen Zunge. Zwei Stunden nachdem Robert Philips Tod entdeckt worden war, rief er Boisseau an und erklärte, Philip sei nach der Rückkehr in sein Haus nicht mehr beobachtet worden. Nur ein Streifenwagen sei gelegentlich am Haus vorübergefahren. »Wir haben viel zuwenig Leute«, fuhr er fort, »und deshalb habe ich ihn nicht sorgfältig überwachen lassen können. Das ist natürlich sehr bedauerlich...«

Am anderen Ende der Leitung vermutete Boisseau, daß irgendeiner der Vorgesetzten Dorrés Sand ins Getriebe gestreut hatte – aus Abneigung gegen die Einmischung aus Paris. Diesmal war es nicht notwendig, bohrende Fragen zu stellen – und außerdem ließ Dorré Boisseau gar keine Gelegenheit dazu: Er redete wie ein Wasserfall.

»Nach Aussage des Gerichtsmediziners und auf Grund meiner eigenen Beobachtung besteht überhaupt kein Zweifel, daß Robert Philip durch einen Unfall gestorben ist. Er ist auf einem Stück Seife ausgerutscht und mit dem Kopf auf den Badewannenrand aufgeschlagen. Er war zu der Zeit allein im Haus. Nichts deutet auf einen Einbruch oder auf sonst etwas hin, was Verdacht erregen könnte – es muß zwar kurz vorher eine Frau im Haus gewesen sein, aber wahrscheinlich nur für ein paar Stunden. Philip war kein Kostverächter …«

Nach einer kurzen Pause legte die Stimme wieder los. »Entschuldigen Sie, ich habe eine Erkältung und mußte mir die Nase putzen. Also, in technischer Hinsicht haben wir es mit einem Unfalltod zu tun. Ich persönlich glaube aber keinen Augenblick daran. Ich habe gehört, daß ein anderer Mann, den Sie ebenfalls beobachten lassen – ein gewisser Léon Jouvel –, sich vor weniger als achtundvierzig Stunden in Straßburg erhängt hat. Ich habe auch gehört – ich bin gestern in Straßburg gewesen –, daß meine Kollegen dort Jouvels Tod als Selbstmord akzeptieren. Für mich ist das ein bißchen viel, Monsieur Boisseau – zwei Männer, die Sie beobachten lassen, sterben beide durch Selbstmord, beziehungsweise Unfall in weniger als zwei Tagen, und beide zu Hause. Ich sage Ihnen, da stimmt etwas nicht …«

»Gibt es irgend etwas Besonderes, was …« begann Boisseau, aber weiter kam er nicht.

»Verzeihung, Herr Generaldirektor, aber ich bin noch nicht fertig. Eine Frau, die Robert Philip gut kennt – kannte –, ist gestern mit dem Wagen an seiner Villa vorbeigefahren, und dabei sah sie einen blauen Citroën, der gegenüber der Villa parkte. Zwei Männer versuchten, den Wagen zu reparieren, aber sie glaubt, die beiden wollten nur die Villa im Auge behalten. Sie hat mir das heute morgen erzählt, als sie die Streifenwagen sah, denn sie nahm an, es handle sich wieder mal um einen Einbruch …«

»Haben Sie das Kennzeichen?« konnte Boisseau einwerfen.

»Bedauerlicherweise nicht, aber ich bin noch immer nicht fertig«, fuhr Dorré fort. »Mir fiel ein, daß ich die Hotels der

Stadt mal befragen sollte, und wir haben herausgefunden, daß zwei Männer sich am Samstag gegen halb zehn abends in dem Hotel eingemietet hatten, das dem Bahnhof am nächsten liegt. Dieses Hotel liegt zufällig nur wenige Schritte von der Villa des verstorbenen Robert Philip entfernt. Die beiden Männer kamen in einem blauen Citroën an, und wir haben das Kennzeichen. Es wird im Augenblick an alle Streifen und Wachen durchgegeben. Die Beschreibungen der beiden Männer ebenfalls. Es ist zwar denkbar, daß da keinerlei Verbindung besteht, aber dieser Tod gefällt mir überhaupt nicht, trotz seiner technischen Perfektion...«

»Und wenn es kein Unfall gewesen ist?« fragte Boisseau auf gut Glück. »Dann müssen doch hochqualifizierte Profis am Werk gewesen sein?«

»Bestens ausgebildete Mörder, wenn Sie mich fragen«, sagte Dorré ohne Umschweife. »Denn wenn ich recht habe – und ich behaupte nicht, daß das so ist –, ist Léon Jouvels Tod gleichfalls arrangiert worden, und da haben wir wieder die technische Perfektion. Sie dürfen mich nicht für einen hoffnungslosen Romantiker halten«, fuhr er fort, »der hinter jedem Ereignis ein Verbrechen wittert, aber ich wiederhole: Zwei Männer, die beide beobachtet werden und dann innerhalb so kurzer Zeit sterben – das kommt mir oberfaul vor. Und außerdem«, fuhr er fort, so daß Boisseau wieder nichts erwidern konnte, »die Geographie ist auch interessant, nicht wahr?«

»Die Geographie?«

»Von Straßburg nach Colmar ist es nicht wehr weit. Ich gebe Ihnen Nachricht, sobald wir wissen, auf wessen Namen dieser Citroën zugelassen ist...«

Vanek fuhr zwar schnell, hielt sich aber innerhalb der Geschwindigkeitsbegrenzungen. Er erreichte den Boulevard de Nancy in Straßburg um neun Uhr morgens – eine Stunde, bevor Inspektor Dorré das Kennzeichen des Wagens an alle

Wachen und Streifenwagen durchgab. Vanek lieferte den Wagen bei der Hertz-Niederlassung ab und ging in das Restaurant, vor dem er Brunner und Lansky abgesetzt hatte.

»Wir haben diesen Wagen lange genug benutzt«, sagte er den beiden Männern, »und zwei Besuche mit demselben Transportmittel sind fast schon zuviel.«

Er erlaubte ihnen nicht einmal, ihre Drinks zu Ende zu trinken, sondern ging sogleich mit ihnen nach draußen. Dort trennten sie sich. Vanek nahm mit Brunner ein Taxi zum Bahnhof. Lansky blieb zurück, um in einem zweiten Taxi zu folgen. Am Bahnhof trafen sie sich wieder, aber jeder kaufte sich seine eigene Fahrkarte. Lansky bestieg den Zug allein, während die beiden anderen sich in einen anderen Waggon setzten. Lansky legte seinen Koffer ins Gepäcknetz und zündete sich eine Zigarette an. Innerhalb von fünfzehn Minuten hatte der Zug die Rheinbrücke überquert und lief jetzt in den Bahnhof von Kehl ein. Das sowjetische Killerkommando war in der Bundesrepublik Deutschland angekommen.

# 13

Der Montag war ein schlechter Tag für Lennox, der keinen Augenblick vergaß, daß er mit gefälschten Papieren reiste. Als er wieder im Bahnhof von Straßburg ankam und seinen Koffer in der Gepäckaufbewahrung abholen wollte, um anschließend mit einem anderen Zug nach Deutschland zu fahren, bemerkte er sofort mehrere Anzeichen für intensive polizeiliche Tätigkeit. Als er aus dem Zug ausstieg, sah er einen uniformierten Beamten auf dem Bahnsteig. Es war ein junger und wachsamer Mann, der alle Reisenden von oben bis unten musterte, als sie an ihm vorübergingen und der Treppe zum Ausgang zustrebten.

In der Haupthalle standen weitere Beamte – einige von ihnen, davon war Lennox überzeugt, in Zivil –, und als er sich der Gepäckaufbewahrung näherte, standen zwei Gendarmen am Tresen und ließen sich die Papiere der Leute zeigen, die ihr Gepäck abholten. Lennox schlenderte weiter und betrat das Café mit der Glasfront zum Place de la Gare. Er setzte sich an einen Tisch und bestellte Kaffee. Er konnte nicht wissen, daß Lansky am vorhergehenden Samstag in genau demselben Café gesessen hatte, bevor er zu seinem letzten Besuch bei Léon Jouvel aufgebrochen war. Während er seinen Kaffee trank, beobachtete Lennox das Treiben im Bahnhof. Was er sah, war nicht ermutigend.

Ein weiteres Polizeifahrzeug kam an. Etwa zwölf weitere Beamte sprangen von der Ladefläche und rannten in die Bahnhofshalle. Der energische Inspektor Dorré aus Colmar hatte mit seinen Straßburger Kollegen Verbindung gehalten – man hatte Vaneks Citroën zur Hertz-Autovermietung am Boulevard de Nancy zurückverfolgen können –, und die Vorgesetzten Inspektor Rochats, die jetzt Angst hatten, sie könnten einen monumentalen Schnitzer begangen haben, kooperierten jetzt vorbildlich. Die Rückgabe des Wagens führte sie zu dem logischen Schluß, daß die Männer, die den Wagen gemietet hatten, jetzt per Flugzeug oder Bahn reisten. Auf dem nahegelegenen Flughafen und am Bahnhof wurden massive Fahndungsmaßnahmen eingeleitet. Ironischerweise brachte die Großfahndung, die dem sowjetischen Killerkommando galt, ausgerechnet Lennox in Gefahr.

Mit gefälschten Papieren über eine Grenze zu gehen, ist eine Sache; die Gefahr, im Verlauf einer Großfahndung genau unter die Lupe genommen zu werden, ist dagegen viel größer. Lennox bezahlte seinen Kaffee, ging über die Place de la Gare zur Bushaltestelle und sprang auf den ersten überfüllten Bus, der gerade abfuhr. Dieser Bus fuhr zufällig nach Hagenau, einem Ort, von dem Lennox noch nie gehört hatte. Er kaufte sich also eine Fahrkarte bis zur Endstation. Den Grenzübertritt nach Deutschland konnte er frühestens morgen wagen; Großfahndungen sind in den ersten vierundzwanzig Stunden besonders intensiv. Das größte Problem für ihn war, wo er die Nacht verbringen sollte: Wenn die Polizei ernsthaft hinter jemandem her ist, durchleuchtet sie jedes Hotel; die Hotels und Pensionen, die nicht leicht erreichbar sind, werden angerufen.

Am späten Abend fuhr Lennox mit dem Bus von Hagenau nach Straßburg zurück. Das erste, was er beim Aussteigen auf dem Place de la Gare bemerkte, waren die in einer Reihe vor dem Bahnhof abgestellten Mannschaftswagen der Polizei. Am frühen Morgen hatte Lennox in der Zeitung mit dem Bericht über Léon Jouvels Tod gelesen, daß das Europaparlament an diesem Tag eine Nachtsitzung abhalten werde. Nach einem späten Imbiß in einem abseits gelegenen Restaurant nahm Lennox ein Taxi zum Gebäude des Europaparlaments. Seine Papiere, die ihn als Reporter auswiesen, verschafften ihm mühelosen Eintritt. Als er erst einmal im

Haus war, richtete er sich auf der Pressegalerie auf eine eigene Nachtsitzung ein.

Bevor er mit dem Taxi zum Europaparlament gefahren war, war er in den Waschraum eines Hotels geschlüpft und hatte sich mit Utensilien rasiert, die er in Hagenau gekauft hatte; es wäre vielleicht nicht klug gewesen, sich auf dem erlauchten Boden des europäischen Parlaments völlig unrasiert zu präsentieren. Die Vorsichtsmaßnahme erwies sich als unnötig – auf der Pressegalerie saßen nur wenige Journalisten, und gelegentlich, wenn die Debatte sich ohne Höhepunkt hinzog, konnte Lennox sogar ein kleines Nickerchen machen. Er sah häufig auf die Uhr und wartete und wartete, während die Nacht sich langsam dahinschleppte. Am Morgen würde er erneut versuchen, den Rhein zu überqueren und in die Bundesrepublik Deutschland einzureisen.

Es war Inspektor Jacques Dorré (der es in späteren Jahren bis zum Kommissar brachte), der schließlich Marc Grelle auf den Plan rief. Als der Präfekt den Bericht Boisseaus über sein Gespräch mit Colmar gelesen hatte, rief er persönlich Dorré an, der jetzt noch mehr Informationen hatte. Er konnte Grelle sagen, daß der Citroën, mit dem zwei Männer zu dem Hotel in Colmar gefahren waren, inzwischen an die Hertz-Autovermietung am Boulevard de Nancy in Straßburg zurückgegeben worden war.

»Ja«, bestätigte er weiter, »die Beschreibung des Mannes, der den Wagen zurückgab, stimmt mit der Beschreibung eines der beiden Männer überein, die am 18. und 19. Dezember im Hotel Bristol übernachteten – und am 19. ist Robert Philip in seinem Bad gestorben…«

»Wenn diese beiden Männer – Jouvel und Philip – ermordet worden sind«, tastete Grelle sich vor, »muß es doch wohl das Werk eines professionellen Killers gewesen sein? Kein Amateur hätte die beiden Todesfälle so überzeugend arrangieren können. Habe ich recht?«

»Sie haben recht«, erwiderte Dorré kurz. »Es hat aber den Anschein, als handle es sich um ein Team von mindestens zwei Mördern, die hier an der Arbeit sind – vielleicht sogar von drei...«

Grelle packte den Hörer fester. »Wie kommen Sie zu dem Schluß?« fragte er.

»Ich habe die Gästeliste des Bristol persönlich geprüft. Zehn Minuten, nachdem die ersten beiden Männer – Duval und Bonnard – sich eingetragen hatten, nahm ein dritter Mann, Lambert, sich ebenfalls ein Zimmer. Es gibt nichts, was diese drei Männer miteinander verbindet – von der Tatsache abgesehen, daß sie alle am Abend des 18. ankamen und am Morgen des 20. abreisten, also heute früh am Morgen. Es ist nur so, daß das Hotel sonst fast leer ist zu dieser Zeit...«

Grelle dankte ihm für seine Mitarbeit und legte auf. »Es ist möglich, daß im Elsaß irgendein Mörderteam am Werk ist«, sagte er zu Boisseau. »Das ist alles reine Theorie, aber wenn sie zutrifft, wer zum Teufel könnten die drei sein?«

»Wahrscheinlich haben nur Lasalle und dieser Engländer, Lennox, die Liste in Besitz«, betonte Boisseau. »Und Lasalle wird doch nicht seine eigenen Zeugen ausradieren? Das ergäbe keinen Sinn. Es gibt nur eins, was einen Sinn ergibt: wenn nämlich irgendein vom Leoparden Beauftragter sich der Zeugen angenommen hat...«

»Aber der Leopard kann die Liste nicht haben...«

Grelle verstummte, und die beiden Männer starrten sich schweigend an. Eine Stunde später war der unermüdliche Dorre wieder am Apparat. Er arbeite eng mit seinen Kollegen in Straßburg zusammen, erklärte er, und auf seinen Vorschlag hin habe Rochat begonnen, sämtliche Hotels der Stadt zu checken. Man sei schon bald auf die Namen Duval, Bonnard und Lambert gestoßen. Die beiden ersteren hätten die Nacht des 17. Dezember im Hotel Sofitel verbracht, während Lambert im Terminus übernachtet habe. Und Léon Jouvel habe sich am Abend des 18. Dezember erhängt.

»Also«, hob Dorré hervor, »diese selben drei Männer – und die Beschreibungen passen wieder, wenn auch vage – sind spät am Abend des 18. nach Colmar gefahren und waren in der Stadt, als Robert Philip starb. Wie lange darf man an Zufälle glauben, ohne sich lächerlich zu machen?«

»Das ist es!« brach Grelle aus. »Wenn Ihre Beschreibungen der drei Männer erst einmal hier sind, werde ich sie an alle Polizeistellen in Frankreich weitergeben – und wir haben ihre Namen. Ich wünsche, daß dieses Trio festgenommen und vernommen wird, sobald es wieder auftaucht ...«

Am Abend des 20. Dezember war es in Freiburg schon dunkel. Dieter Wohl stand in seinem dunklen Schlafzimmer und sah durch die Vorhänge nach draußen. Wohl fühlte sich in der Dunkelheit zu Hause. Das war vielleicht ein Relikt seiner Zeit im Krieg, als er so oft die Aufgabe gehabt hatte, ein verdächtiges Haus von einem dunklen Zimmer aus zu beobachten. Wohl war kein nervöser Mann, obwohl er allein in diesem zweistöckigen Haus drei Kilometer außerhalb Freiburgs an einer wenig befahrenen Straße lebte. Im Augenblick aber war er verwirrt. Warum hatte ein Wagen kurz vor seinem Haus angehalten? Warum blieb er um diese Zeit so lange dort stehen?

Über Nacht hatte es einen Wetterumschwung gegeben; der Schnee war geschmolzen, die Temperatur gestiegen, und jetzt zeigten sich am Himmel Wolkenfetzen, durch die der Mond hindurchschien und die einsame Landstraße und die Bäume auf den Feldern dahinter erleuchtete. Die meisten Menschen hätten den Wagen gar nicht gehört, aber der Ex-Polizist Wohl – er war nach dem Krieg zur Polizei gegangen – hatte das Gehör einer Katze.

Ein schwarzer Mercedes 230 SL, wie er im Mondschein erkannte. Eine schattenhafte Gestalt saß hinter dem Lenkrad, während die beiden Mitfahrer ausgestiegen waren und vorgaben, den Motor zu untersuchen. Warum kam ihm das

Wort »vorgaben« in den Sinn? Obwohl sie die Motorhaube geöffnet hatten, behielten sie das Haus im Auge und sahen sich um, als sondierten sie die Gegend. Ihre Blicke waren gleichgültig – so gleichgültig, daß vermutlich nur ein aufmerksamer Beobachter wie Wohl sie bemerkte.

»Meine Fantasie geht mit mir durch«, murmelte er.

Unter ihm auf der Straße ging einer der Männer vom Wagen weg und ging auf ein Feld vor dem Haus. Seine Hand fummelte am Reißverschluß der Hose. Der muß nur mal pinkeln, entschied Wohl. Er verließ das Schlafzimmer an der Vorderseite des Hauses. Er bewegte sich noch immer im Dunkeln. Jetzt betrat er das Schlafzimmer an der Seite des Hauses, in dem die Vorhänge nicht zugezogen waren; er hielt sich im Hintergrund des Zimmers und beobachtete den Mann, der jetzt an einer Hecke stand und sich erleichterte. Es schien alles völlig harmlos zu sein, abgesehen davon, daß der Mann ständig auf den Garten hinterm Haus blickte und die Seite des Hauses in Augenschein nahm. Wohl hielt sich im Schatten versteckt, bis der Mann fertig war und wieder zum Wagen ging. Einen Augenblick später schlossen die beiden neben dem Wagen stehenden Männer die Haube, wie Wohl vom Schlafzimmer an der Vorderseite sehen konnte, und stiegen in den Mercedes ein, der vom Fahrer angelassen wurde. Zunächst stotterte der Motor ein bißchen, aber beim zweitenmal sprang er an. Der Wagen fuhr in Richtung Freiburg ab. Ich werde wohl alt, dachte Wohl. Ich sehe Gespenster, wo es keine gibt. Er ging nach unten, um die Arbeit an seinen Memoiren fortzusetzen. Eine halbe Stunde später läutete das Telefon.

»Herr Wohl? Herr Dieter Wohl? Guten Abend. Hier ist das Morgenthau-Institut, eine Marktforschungsgesellschaft. Wir führen eine Untersuchung durch, die eine Erhöhung der staatlichen Renten zum Ziel hat. Wir haben Sie als Interviewpartner ausgewählt ...«

Der Marktforscher, ein Mann namens Brückner, fragte nach Wohls Familienstand, notierte, daß dieser Witwer sei, daß ihm sein Haus gehöre, daß er nie Urlaub mache. Außerdem stellte er ihm noch eine Reihe anderer entsprechender Fragen. Der Anrufer dankte Wohl wortreich und sagte, es sei möglich, daß er Wohl persönlich zu sprechen wünsche, aber er werde auf jeden Fall vorher anrufen. Ob es an einem der nächsten drei Abende passe? Ja? Fabelhaft …

Wohl legte auf und ging wieder in sein Arbeitszimmer an der Vorderseite des Hauses. Er machte sich wieder an die anstrengende Aufgabe, die Einführung zu seinem Buch voranzutreiben. Es fiel ihm aber schwer, sich zu konzentrieren; sein mißtrauischer Geist kehrte immer wieder zu dem Anruf zurück.

Nur acht Stunden vorher hatte Vanek von Kehl aus die spezielle Telefonnummer in Paris angerufen. Seit der Ankunft in München hatte er jeden Tag – mit Ausnahme des Sonntags in Colmar – die Nummer angerufen, die sein Ausbilder, Borisov, ihm gegeben hatte. Er hatte jedesmal von einem Postamt aus angerufen. Bislang hatte man ihm nie neue Anweisungen gegeben. Als er von Kehl aus anrief, hatte er angenommen, auch diesmal werde nichts erfolgen. Vanek hörte, wie am anderen Ende der Leitung abgenommen wurde und wie der Mann mit derselben Stimme wie immer – Jørgensen – die Nummer wiederholte. Vanek meldete sich.

»Hier Salicetti …«

»Es hat sich etwas geändert«, sagte die Stimme rasch. »In der Freiburger Niederlassung müssen Sie ein Kriegstagebuch abholen und die Memoiren des Kunden mitnehmen. Verstanden?«

»Verstanden …«

»Dann müssen Sie noch einen Kunden besuchen – notieren Sie sich die Adresse. Eine Madame Annette Devaud in Saverne …« Jørgensen buchstabierte den Namen der Stadt. »Sie liegt im Elsaß …«

»Das ist eine ungenaue Adresse …«

»Das ist alles, was wir haben. Wiederhören!« – Vanek sah auf seine Uhr. Der Anruf hatte nur dreißig Sekunden gedauert. Während des Telefonats war der Tscheche recht ruhig gewesen, aber jetzt, als er aus der Telefonzelle blickte, fluchte er vor sich hin. Draußen standen Leute Schlange, um Briefmarken zu kaufen. Die neue Entwicklung der Dinge behagte ihm überhaupt nicht; sie bedeutete, daß sie nach dem Besuch in Freiburg wieder nach Frankreich würden einreisen müssen.

Und heute war schon der 20. Dezember. Ihnen blieben nur zweiundsiebzig Stunden, um den Auftrag zu erfüllen.

Alan Lennox überschritt die Grenze bei Kehl am Morgen des 21. Dezember, an einem Dienstag. Am Straßburger Bahnhof waren die meisten Polizeibeamten abgezogen worden, obwohl einige noch immer patrouillierten. Nach der anfänglich fieberhaften Aktivität – die keinerlei Ergebnis brachte – gewann der alte Groll der lokalen Polizeibehörden über die Einmischung von Paris in ihre Angelegenheiten wieder die Oberhand, nicht zuletzt, weil am Straßburger Flughafen Terroristenalarm gegeben worden war, der sich allerdings als unbegründet erwies. In aller Eile wurden zahlreiche Beamte zum Flughafen gebracht, und am Bahnhof wurde das Netz gelockert.

Lennox holte seinen Koffer bei der Gepäckaufbewahrung ab und bestieg einen Personenzug nach Kehl. An der Grenze passierte er die Paßkontrolle ohne Zwischenfall – niemand hielt nach einem Mann namens Bouvier Ausschau. Nach der Ankunft in Deutschland rief Lennox sofort Peter Lanz unter der Bonner Nummer an, die er erhalten hatte. »Die beiden französischen Zeugen sind urplötzlich gestorben, man könnte sagen, durch Gewalteinwirkung – innerhalb von vierundzwanzig Stunden... Einer von ihnen hat unseren Tierdarsteller zum Teil identifiziert... allein an der Stimme, möchte ich betonen... Guy Florian.«

Lanz' Stimme klang beiläufig, als sprächen sie über eine Belanglosigkeit. »Würden Sie sagen, daß Ihr Zeuge zuverlässig war? Wir haben immerhin noch andere Feststellungen…«

»Es ist keinesfalls bewiesen«, erwiderte Lennox.

»Und Ihr nächster Schritt?«

»Peter, der dritte Zeuge lebt in Freiburg – ich habe es noch nicht erwähnt, aber ich werde ihn jetzt besuchen. Ja, einen Landsmann von Ihnen. Nein, Namen habe ich vorher nicht nennen können…«

»Wenn das so ist«, fiel Lanz ein, »werde ich heute abend selbst in Freiburg sein. Sie können mich im Hotel Colombi erreichen. Passen Sie auf sich auf. Und wenn das alles ist, muß ich mich jetzt entschuldigen. Ich habe eine dringende Besprechung…«

Franz Hauser, der erst vor kurzem gewählte Bundeskanzler der Bundesrepublik Deutschland, erklärte sich einverstanden, Peter Lanz um elf Uhr vormittags im Kanzleramt zu empfangen – eine Stunde nach Lennox' Anruf aus Kehl. Da Hauser in Arbeit erstickte – er kam selten vor Mitternacht ins Bett –, hatte er Lanz gebeten, sein Hauptquartier vorübergehend von Pullach nach Bonn zu verlegen. »So wie die Dinge sich in Europa entwickeln, möchte ich Sie in der Nähe haben«, bedeutete er dem BND-Vize.

Der kleine, schlanke und drahtige Hauser war auf Grund seiner Zusage gewählt worden, er werde am härtesten gegen Terroristen vorgehen, jene Stadtguerillas, die Deutschland noch immer heimsuchten. Er hatte auch immer wieder gepredigt, daß der Kontinent sich nach dem Abzug der Amerikaner selbst verteidigen müsse. »Zusammen mit unseren Freunden, Frankreich, Großbritannien und unsere anderen Alliierten, müssen wir eine solche Stärke aufbauen, daß die Befehlshaber der Roten Armee wissen, daß Europa zu ihrem Friedhof wird, wenn sie je den Fehler machen, in den Westen einzudringen…«

Punkt elf Uhr wurde Lanz in Hausers Arbeitszimmer geleitet. Hauser, ein Mann, dem Förmlichkeiten zuwider waren, kam um den Schreibtisch herum und setzte sich neben den BND-Mann. »Gibt es Informationen von diesem Engländer, Lennox?« fragte er. Er hörte zehn Minuten lang zu, während Lanz erklärte, was sich ereignet hatte. Hausers schmales, energisches Gesicht zeigte höchste Konzentration. »Wenn diese Geschichte irgendwie mit der Entsendung des sowjetischen Konvois K 12 ins Mittelmeer zusammenhängt«, bemerkte er, »könnten wir am Vorabend einer Katastrophe stehen. Die Russen könnten zuschlagen, bevor wir unsere Kräfte gesammelt haben.«

»Das glauben Sie doch nicht wirklich, Herr Bundeskanzler?« protestierte Lanz. »Ich meine, daß Florian dieser kommunistische Résistance-Führer gewesen sein kann, der Leopard?«

»Nein, das ist unmöglich«, stimmte Hauser zu. »Aber es liegt jetzt durchaus im Bereich der Möglichkeiten, daß einer seiner wichtigsten Minister der Leopard ist. Und dann ist da noch die Tatsache, daß man bei der Öffnung seines Grabes in der Nähe von Lyon seinen Leichnam nicht gefunden hat. Wie haben Sie übrigens davon erfahren?«

»Durch einen Verbindungsmann jenseits des Rheins ...«

»Na schön, behalten Sie Ihre Geheimnisse für sich. Was mir Sorgen macht, sind die lauter werdenden Gerüchte von einem möglichen Staatsstreich in Paris. Nehmen wir mal an, Alain Blanc, der Verteidigungsminister, sei der Leopard – könnte er nicht planen, die Macht an sich zu reißen, wenn Florian in Moskau ist?«

»Darauf bin ich noch nicht gekommen«, gab Lanz zu.

»Ist etwa eine große Verschwörung im Gang?« murmelte Hauser. »Wenn Moskau nun mit dem Leoparden zusammenarbeitet – könnte es dann nicht sein, daß die Russen Florian nach Moskau eingeladen haben, um ihn aus dem Weg zu haben, während in Frankreich der Leopard die

Macht übernimmt? Warum ist der sowjetische Konvoi jetzt auf dem Weg ins Mittelmeer? Alles scheint sich auf eine Art Höhepunkt zuzubewegen. Wir brauchen mehr Informationen, Lanz. Sofort…«

Nach der Ankunft mit der Bahn in Freiburg gab Lennox seinen Koffer in der Gepäckaufbewahrung ab und sah anschließend im Telefonbuch nach, ob Dieter Wohl noch unter der Adresse zu erreichen war, die auf der Liste stand. Dann rief er den Deutschen an. Er stellte sich als Jean Bouvier, Reporter der französischen Zeitung *Le Monde*, vor. Sein Blatt plane eine Artikelserie über die französische Résistance, wobei der Widerstand im Departement Lozère besonders breiten Raum einnehmen werde. Wenn er nicht irre, habe Herr Wohl während des Krieges in jener Gegend gearbeitet, also…

Wohl zögerte zunächst. Er versuchte herauszufinden, ob ein Gespräch mit Bouvier ihm für seine Memoiren hilfreich sein könnte. Dann fiel ihm ein, daß ein bißchen Vorauspublicity gar nicht schaden könnte, und er stimmte zu. Lennox nahm ein Taxi zu dem abgelegenen Haus des ehemaligen Abwehroffiziers. Wohl erwartete ihn an der Tür. Er war ein vorsichtiger Mann und bat seinen Besucher, im Wohnzimmer Platz zu nehmen und seine Papiere zu zeigen. Lennox holte seine Ausweise hervor. »Einen Presseausweis kann sich jeder drucken lassen«, sagte er leichthin.

Es kostete Lennox eine halbe Stunde, Wohl von seiner Vertrauenswürdigkeit zu überzeugen, aber als er den Namen des Leoparden erwähnte, flackerte es in den Augen des Deutschen auf. »Das ist etwas, worauf ich mich besonders konzentriere«, erklärte Lennox. »Ich finde diese Geschichte als Anreißer hervorragend – das Geheimnis um die Identität des Leoparden. Es ist doch nie gelüftet worden, nicht wahr?«

Wohl ging zu seinem Schreibtisch, auf dem Teile eines handgeschriebenen Manuskripts neben einem abgegriffenen, in

Leder gebundenen Tagebuch lagen. Fünfzehn Minuten lang erzählte Wohl alles über seine Bemühungen, den Leoparden 1944 zur Strecke zu bringen. Lennox hatte schon ein Dutzend Seiten seines Notizbuches mit Steno-Anmerkungen vollgeschrieben und den Schluß gezogen, daß der Deutsche keine Information von besonderem Wert liefern konnte, als Wohl den Zwischenfall erwähnte, bei dem der Leopard fast in die ihm gestellte Falle gegangen wäre. Am Ende seines Berichts nannte er den Namen des Mädchens, das im Fluß ertrunken war. Lucie Devaud.

»Es war ein schockierendes Erlebnis«, bemerkte Wohl, »zu sehen, daß er das Mädchen einfach im Stich gelassen hatte. Der Wagen lag in sechs Meter Tiefe, und meine Männer waren recht weit von der Stelle entfernt, an der der Wagen von der Brücke gestürzt war. Ich bin überzeugt, daß er das Mädchen hätte retten können, wenn er es versucht hätte. Das hat er aber nicht...«

»Lucie Devaud«, wiederholte Lennox. »Das war der Name der Frau, die versucht hatte, Guy Florian zu töten. Gibt es da möglicherweise einen Zusammenhang?«

»Das habe ich mich auch schon gefragt«, gab Wohl zu. »Annette Devaud stand dem Leoparden sehr nahe – sie leitete sein brillantes Kurierteam. Soviel ich weiß, ist sie nach dem Krieg erblindet...«

Lennox saß sehr still da und sagte nichts. Oberst René Lasalle hatte nebenbei eine Annette Devaud erwähnt, die er als unwichtig abgetan hatte – wegen ihrer Blindheit. Hatte der französische Oberst hier etwa einen Fehler gemacht – wenn Annette tatsächlich so eng mit dem Leoparden zusammengearbeitet hatte?

»Ich habe letzte Woche an die *Frankfurter Allgemeine Zeitung* geschrieben«, fuhr Wohl fort, »und dabei den Zwischenfall mit dem ertrunkenen Mädchen erwähnt. Ich habe auch erwähnt, daß eine andere Devaud – Annette – mit dem Leoparden zu tun hatte und daß sie unter Umständen noch am Leben sei. Ich habe sogar ihre letzte damalige Adresse angegeben, was ich vielleicht lieber hätte lassen sollen. Hier ist sie. Annette Devaud, Holzfällerhof, Saverne, Elsaß. Das ist alles sehr lange her, aber manche Leute wohnen das ganze Leben an einem Ort…«

Wohl zeigte Lennox die Adresse, die auf der Rückseite des Kriegstagebuchs notiert und mehrmals unterstrichen war. »Da ich allein lebe«, sagte er entschuldigend, »kommen mir manchmal komische Einfälle. Erst gestern abend hatte ich das Gefühl, daß ein paar Männer mein Haus beobachten. Und dann war da dieser seltsame Anruf von den Marktforschungsleuten…« Er erzählte weiter, und Lennox hörte zu.

»…Wohl hat das nur nebenbei erwähnt, aber wenn ich daran denke, was in Straßburg und Colmar passiert ist, so kommt mir doch ein leiser Verdacht…« Um vier Uhr nachmittags hatte Lennox Peter Lanz in einem Zimmer des Hotels Colombi getroffen. Der BND-Vize war von Bonn aus hingeflogen. Jetzt erzählte Lennox dem Deutschen von seiner Begegnung mit Dieter Wohl. Vorher hatte Lanz dem Engländer von der Graböffnung in einem Wald in der Nähe Lyons berichtet und gesagt, die französische Polizei habe im Sarg nur das Skelett eines Hundes gefunden.

»Dieser Umstand hat die vage Besorgnis in ernsthafte Sorge umschlagen lassen«, erklärte der BND-Mann. »Jetzt erscheint es möglich, daß Lasalle immer recht gehabt hat – daß irgendwo in Paris ein hoher Kommunist in der Nähe Florians sitzt und vielleicht nur darauf wartet, daß der Präsident die Hauptstadt verläßt, um nach Moskau zu fliegen…«

»Ich nehme an, es ist vertraulich – wie haben Sie von der Öffnung des Grabs erfahren?« fühlte Lennox vor.

»Es ist vertraulich«, bestätigte der Deutsche.

Er sah keinen Vorteil darin, Lennox zu enthüllen, daß Oberst Lasalle ihm die Information gegeben hatte. Lanz selbst hatte keine Ahnung von der Quelle des Obersten, die diesem die Nachricht gegeben hatte. Georges Hardy, der Polizeipräfekt von Lyon und enge Freund Marc Grelles, war seit einiger Zeit ein entschiedener Gegner der Politik Guy Florians und versorgte Lasalle seitdem insgeheim mit Informationen über die Entwicklung in Frankreich.

Anschließend hatte Lennox Lanz von seinem Gespräch mit Dieter Wohl berichtet. Er schloß mit dem Hinweis auf die merkwürdigen Vorfälle des gestrigen Abends, die der ehemalige Abwehrmann erwähnt hatte. »Er stand gestern abend am Fenster seines dunklen Schlafzimmers, als er diesen Wagen draußen halten sah«, fuhr er fort. »Das erinnert mich an den Mann, den ich in Straßburg sah, als er Léon Jouvel folgte. Ich nehme an, daß niemand Dieter Wohl beobachten läßt? Und dann war da noch dieser seltsame Anruf. Von den drei Männern auf Lasalles Liste sind immerhin schon zwei gestorben. Und es ist verdammt einsam da draußen, wo Wohl wohnt...«

»Wenn Sie zufällig recht haben sollten«, meinte Lanz, »könnte dies ein Durchbruch sein. Wenn wir jemanden schnappen können, der den Versuch unternimmt, auch Wohl aus dem Weg zu räumen, könnten wir erfahren, wer hinter dieser Geschichte steckt...«

»Das ist eine sehr magere Hoffnung«, warnte Lennox.

»Was haben wir denn sonst in der Hand?« wollte Lanz wissen. Ihm war wohl bewußt, daß er nach einem Strohhalm griff, aber Bundeskanzler Hauser hatte ihm gesagt, er wünsche umgehend weitere Informationen. Vom Hotelzimmer aus rief Lanz den Polizeichef von Freiburg an.

Der in Kehl gemietete Mercedes 230 SL hielt in der Nähe des Freiburger Bahnhofs an der Bordsteinkante an. Vanek zündete sich eine Zigarette an und beobachtete die Leute, die von den Bahnsteigen kamen. So kurz vor dem Ende der Mission des Kommandos traute er den Hotels nicht mehr. Die letzte Nacht hatten die drei Männer im Wagen verbracht; sie hatten sich in Reisedecken gehüllt, die sie in Freiburg gekauft hatten. Nach dieser unangenehmen Nacht irgendwo am Rand des Schwarzwalds hatten Lansky und Brunner Ringe unter den Augen und waren äußerst reizbar, während Vanek, der mit einem Minimum an Schlaf auskommen konnte, so frisch wirkte wie an dem Morgen, an dem sie nach Österreich eingereist waren.

»Weitere Recherchen sind jetzt nicht mehr nötig. Wir haben auch keine Zeit mehr«, sagte Vanek. »Wohl lebt allein. Wir wissen, daß er jeden Abend zu Hause ist. Wir kennen die Umgebung seines Hauses. Wir werden ihn heute abend besuchen.«

Inspektor Gruber von der Freiburger Polizei ergriff jede erdenkliche Vorsichtsmaßnahme: Ohne zu wissen, was passieren könnte, und halb davon überzeugt, daß gar nichts passieren würde, hatte er dennoch eine Großaktion auf die Beine gestellt. Auf Vorschlag von Lanz hatten zwanzig mit automatischen Waffen ausgerüstete Männer um Wohls Haus einen lockeren Kordon gebildet – sie hatten das Netz nicht zu dicht gespannt, weil jeder Besucher des Hauses durchgelassen werden sollte. Erst dann sollte der Ring geschlossen werden. Das Haus mußte also aus der Ferne beobachtet werden. Der dem Haus am nächsten postierte Polizist befand sich immerhin hundert Meter von dem Gebäude entfernt.

Sechs Männer bildeten die Einsatzreserve; sie hockten auf einem Mannschaftswagen, der auf einem Feld hinter einer Baumgruppe versteckt war. Die Kommunikation war hervorragend; jeder Mann hatte ein Walkie-talkie bei sich und war so mit einem Einsatzwagen verbunden, der einen halben Kilometer weiter oben auf einem Feld an der Straße nach Freiburg stand. Im Einsatzwagen saßen der BND-Vize, Lennox, Inspektor Gruber und ein Fernmeldetechniker; ein auf einem Klapptisch angebrachtes Sende- und Empfangsgerät verband sie mit den Walkie-talkies.

Um das Problem der großen Entfernung zu verringern – die Polizeibeamten durften nicht zu nah an Wohls Haus herankommen –, hatte Gruber einige Männer mit Nachtgläsern ausgerüstet, die das Haus ständig beobachten sollten. Gruber hatte klare Befehle erteilt: Jeder, der sich dem Haus näherte, mußte durchgelassen werden; der Ring um das Haus durfte erst auf ausdrücklichen Befehl von Gruber persönlich geschlossen werden. Alles hing davon ab, wie genau die Männer mit den Nachtgläsern alles beobachteten, was um das Haus herum vorging. Der Verkehr auf der an Wohls Haus vorüberführenden Straße durfte nicht behelligt werden. Jeder Versuch, Straßenkontrollen durchzuführen, würde den Zweck des Unternehmens vereiteln. Sie wußten nicht, auf wen sie warteten, ob es überhaupt jemanden gab, auf den sie warten konnten.

»Glauben Sie wirklich, daß jemand kommen könnte, um Wohl umzubringen?« fragte Gruber einmal in die Stille.

»Ich habe keine Ahnung«, gab Lanz zu. »Wie ich Ihnen schon erklärt habe, könnte diese Sache politische Implikationen haben.«

»Eine Terroristenbande?« drängte Gruber.

»Etwas in der Art...«

Sie warteten. Die Nacht brach herein, und die entlaubten Bäume verschmolzen mit der Dunkelheit. Mit dem Einbruch der Nacht fiel die Temperatur rasch. Dann kam der erste Wink, daß es Schwierigkeiten geben könnte: Vom Rhein her trieben riesige Nebelschwaden über die Felder. Sie rollten in Wogen über die Äcker. Es war ein weißer Nebel, der immer dichter zu werden schien, als er auf Wohls Haus zutrieb. Schon bald sah sich der dem Haus am nächsten postierte Mann in Not. Er hätte nicht sagen können, daß er gar nichts mehr sah; was ihm zu schaffen machte, war die Tatsache, daß er nicht identifizieren konnte, was er sah. Seine Augen spielten ihm Streiche. Lennox, der immer unruhiger wurde, sprang auf und sagte, er wolle hinausgehen, um sich die Lage einmal anzusehen. In diesem Moment reichte Lanz ihm eine Neun-Millimeter-Luger. »Wenn Sie darauf bestehen, sich da draußen herumzutreiben, sollten Sie lieber dieses Ding mitnehmen.«

Verschiedene Personenwagen und ein Benzinlaster waren an dieser Stelle schon vorbeigefahren. Jedes Fahrzeug wurde von diesem Ende des kontrollierten Straßenabschnitts an den Beobachtungsposten am anderen Ende gemeldet. Die im Einsatzwagen sitzenden Lanz und Gruber widmeten diesen Fahrzeugen besonderes Augenmerk – vor allem, nachdem der Nebel gekommen war.

»Wenn einer dieser Wagen am anderen Ende nicht zum Vorschein kommt, werden wir uns verdammt beeilen müssen«, bemerkte Gruber. »Auf diesen Nebel könnte ich gut verzichten...«

Besorgt sah Lanz auf die Armbanduhr. »Ich hoffe schon fast, es kommt niemand«, sagte er. »Es kann sein, daß wir Wohl in der Falle sitzenlassen.«

Gruber schüttelte den Kopf. »Wohl hat die Entscheidung selbst getroffen, als wir mit ihm berieten«, sagte er. »Und vergessen Sie nicht, er ist ein alter Hase. Er war Polizist...«

Hinter dem Lenkrad des in Kehl gemieteten Mercedes saß Vanek. Er fuhr langsam, als sie sich jetzt von Süden her Freiburg näherten. Vor ihm fuhren zwei andere Wagen dicht hintereinander. Er hätte sie schon ein paarmal überholen können. Brunner hatte ihn gereizt aufgefordert, endlich vorbeizuziehen. »Ich bleibe hinter ihnen«, sagte Vanek. »Wenn irgendwelche Streifenwagen in der Nähe sind, ist wenig wahrscheinlich, daß sie drei hintereinander fahrende Wagen anhalten. Die Brüder sind immer hinter allein fahrenden Wagen her. Das hat mir einmal ein Polizist in Paris erzählt.«

»Wir kriegen Nebel«, bemerkte Brunner.

»Ich mag Nebel. Er verwirrt die Leute.« – »Ich glaube, wir sind jetzt ganz nahe dran«, sagte Brunner. »Ich erinnere mich an diese alte Scheune, an der wir gerade vorbeigefahren sind.«

»Wir sind gleich da«, stimmte Vanek zu.

»Drei Wagen fahren in den Kontrollabschnitt hinein«, sagte der Polizist mit dem Nachtglas am südlichen Ende des Abschnitts. »Ich glaube jedenfalls, daß es drei waren. Die Suppe ist so dick, daß man nicht mal erkennen kann, was für Automarken es sind...«

»Waren es drei oder nicht?« verlangte Gruber über Funk zu wissen. »Ich habe es Ihnen vorher schon gesagt, Sie müssen genaue Angaben machen – sonst wird die ganze Aktion sinnlos.«

»Wahrscheinlich zwei...«

»Wahrscheinlich?« rief Gruber über das Sendegerät. »Ich frage Sie nochmals. Wie viele Fahrzeuge sind soeben in den Kontrollabschnitt hineingefahren? Denken Sie nach!«

»Zwei Fahrzeuge«, erwiderte der Polizeibeamte.

»Irgendwas ist gerade vorbeigefahren«, meldete der Mann am nördlichen Ende des Kontrollabschnitts. »Es ist höllisch schwierig, jetzt noch etwas zu erkennen. Mehr als ein Fahrzeug...«

Gruber warf Lanz einen Blick zu und machte einen Augenaufschlag zum Wagendach. »Manchmal frage ich mich, warum ich Polizist geworden bin. Meine Frau wollte, daß ich mir einen Gemüseladen kaufe.«

»Es muß sehr schwierig für Sie sein – in diesem Nebel«, sagte Lanz sanft. »Ich finde, Sie machen Ihre Sache sehr gut.«

Gruber schaltete sich selbst auf Sendung und beugte sich vor, um zu sprechen. »Nummer vier. Sie haben sehr deutlich gesagt, daß es mehr als ein Fahrzeug war. Sind Sie da ganz sicher?«

»Absolut sicher«, erwiderte Nummer vier. »Es waren zwei, die dichtauf fuhren. Zwei Wagen.«

»Er ist ein guter Junge«, sagte Gruber und stellte das Gerät wieder auf Empfang. Er rieb sich die Nase. »Der Mann am anderen Ende aber auch. Ich will nicht ungerecht sein. Es ist meine eigene Schuld – jetzt, wo der Nebel da ist, wünschte ich, ich hätte Straßenkontrollen eingerichtet. Aber jetzt müssen wir die Dinge laufenlassen.«

»Das dürfte am besten sein«, stimmte Lanz zu.

Nachdem er den Einsatzwagen verlassen hatte, ging Lennox die Straße entlang auf Dieter Wohls Haus zu. Er machte sich Sorgen wegen des Nebels, wagte aber nicht, zu nah ans Haus heranzugehen, weil er befürchtete, die Polizeibeamten zu verwirren. Als zwei dicht hintereinander fahrende Wagen auf ihn zukamen, sah er nur das gebrochene Licht der Scheinwerfer und drückte sich eng an die Straßenhecke. Nachdem die Wagen vorbei waren, ging er noch eine kurze Strecke weiter und blieb dann am Feldrand stehen. Er befand sich jetzt auf halbem Weg zwischen dem nördlichen Ende des Kontrollabschnitts und dem Haus.

Unter dem Fahrersitz steckte die Neun-Millimeter-Luger, die Borisov Vanek übergeben hatte. Vanek erwartete nicht, daß er die Waffe brauchen würde, aber er hielt es für sicherer, eine bei sich zu haben. Er war ein Meister im Verstecken von Waffen. Im Augenblick wurde die Pistole durch ein Klebeband an der Unterseite des Fahrersitzes festgehalten. Vanek fuhr jetzt noch langsamer. Die beiden vor ihm fahrenden Wagen verschwanden im Nebel. Er ließ den Mercedes aber weiterrollen, bis sie Wohls Haus hinter sich gelassen hatten, das jetzt nur als grauer Schatten zu erkennen war. Dann hielt er an. Man durfte den Deutschen nicht warnen und ihm keine Gelegenheit geben, sich zu fragen, warum ein Wagen ausgerechnet an diesem Abend vor seinem Haus hielt.

»Sie warten im Wagen«, befahl er Lansky, »und lassen den Motor laufen. Ich glaube nicht, daß es Ärger gibt, aber man kann nie wissen.«

»Warum sind Sie so nervös?« fragte Brunner, der mit ihm ging. Es sah Vanek überhaupt nicht ähnlich, Komplikationen vorauszusehen – und das offen zuzugeben.

»Ich bin nervös, weil ich Angst habe, Lansky könnte vergessen, den Wagen im Leerlauf laufen zu lassen«, fauchte Vanek.

»Warum bin ich eigentlich nervös?« hatte Vanek sich schon beim Aussteigen gefragt. Sein sechster Sinn sagte ihm, daß irgend etwas nicht stimmte. Er stand am Straßenrand und betrachtete die verschwommenen Umrisse des Hauses. Er blickte nach links und rechts, beide Straßenseiten hinunter, und auf die Felder, die er nicht erkennen konnte. Dann ging er auf das Haus zu, zum Vordereingang. Brunner folgte dichtauf. Vanek überlegte es sich anders, ging zur Seitenfront, öffnete leise das Gartentor und ging um das Haus herum zur Rückseite. Licht brannte nur in zwei Fenstern an der Vorderseite des Hauses; alle anderen Fenster waren dunkel. Mit aufgeschlagenem Mantelkragen zum Schutz vor der Kälte ging Vanek zur Vordertür zurück. Brunner ging auf leisen Sohlen zur Seitentür und verschwand aus Vaneks Blickfeld. Vanek drückte auf den Klingelknopf neben der Tür. Seine rechte Hand in der Manteltasche umfaßte den Griff der Luger, die er aus dem Wagen mitgenommen hatte. Die Stille im Nebel war unheimlich.

Vanek mußte einige Augenblicke warten, bis er auf der Innenseite der Tür ein leises Klirren hörte. Die Kette wurde zurückgezogen. Dann öffnete sich die Tür langsam, und die riesige Gestalt Wohls zeigte sich im Eingang. In der Hand hielt er einen Spazierstock, einen schweren Eichenstock ohne Griff, wie Bauern ihn tragen.

»Guten Abend«, sagte Vanek in seinem makellosen Deutsch. »Ich bin Inspektor Braun von der hiesigen Kriminalpolizei.« Er zeigte Wohl den gefälschten Sûreté-Ausweis, den Borisov in letzter Minute geliefert hatte, steckte das Papier aber rasch wieder in die Tasche. »Man hat zweihundert Meter weiter auf der Straße nach Freiburg einen toten Mann gefunden. Darf ich einen Augenblick hereinkommen und mit Ihnen sprechen?«

»Diesen Ausweis würde ich gern mal näher ansehen«, sagte der ehemalige Abwehrmann. »Die Polizei sagt immer, man muß sehr vorsichtig sein, bevor man Leute ins Haus läßt...«

»Aber gern...« Vanek zog die rechte Hand aus der Manteltasche und richtete die Luger auf den Bauch des Deutschen. »Dies ist ein Notfall. Ich weiß nicht einmal, ob Sie überhaupt hier wohnen. Ich komme jetzt hinein, also gehen Sie bitte langsam rückwärts in den Flur und...«

Der Deutsche wich zurück, als Vanek einen Schritt nach vorn ging. »Wenn es eine so ernste Sache ist, treten Sie bitte ein, aber ich wäre dankbar, wenn Sie dieses Ding da wegstecken würden...« Wohl sprach immer noch weiter, als er den schweren Spazierstock mit außergewöhnlicher Kraft und Schnelligkeit auf Vaneks Handgelenk niedersausen ließ. Der Schmerz und der plötzliche Schock brachten Vanek dazu, die Waffe sofort fallen zu lassen. Trotz des brennenden Schmerzes behielt Vanek die Nerven; er ließ die linke Hand mit gespreizten Fingern und steiler Handfläche hochschnellen und traf Wohl unterm Kinn. Hätte der Deutsche den Körper angespannt, hätte der Schlag sein Genick gebrochen, aber er ließ sich rückwärts fallen und landete auf dem gebohnerten Fußboden. Er hatte sich im Fallen zur Seite gerollt, um den Aufprall mit der Schulter abzufangen. Vanek wurde blitzschnell klar, daß er es hier mit einem gefährlicheren Gegner zu tun hatte als bei Jouvel und Robert Philip. Und Brunner konnte ihm nicht zu Hilfe kommen, weil Vanek ihm in dem engen Windfang den Weg versperrte.

Die Luger rutschte über den glatten Fußboden und verschwand. Es würde ein Handgemenge ohne Waffen geben. Vanek hatte seine Jugend auf seiner Seite; Wohl war dagegen außergewöhnlich kräftig. Der Deutsche, der den Spazierstock noch immer fest in der Hand hielt, rappelte sich gerade auf, als Vanek sich von neuem auf ihn stürzte, um ihn zu Fall zu bringen. Die Attacke traf Wohl unvorbereitet. Er taumelte, schien das Gleichgewicht wiederzugewinnen, fiel dann aber doch zu Boden; er krallte sich an einem Tisch fest, auf dem einige Porzellanvasen standen, die herunterfielen und krachend zerbarsten. Wohl fiel ein zweites Mal rücklings zu Boden. Diesmal fing er den Aufprall mit der anderen Schulter ab. Über sich sah er Vaneks Bein, das zu einem Tritt ausholte. Wohl holte aus und versetzte dem Tschechen einen schweren Hieb gegen das Schienbein. Vanek jaulte auf, wuchtete die Faust gegen Wohls Gesicht, aber das Gesicht bewegte sich, und der Hieb traf nicht voll, sondern rutschte am Kinn des Deutschen ab. Hinter ihnen trat Brunner von einem Fuß auf den anderen. Er konnte nicht eingreifen. Der Windfang war zu eng. Die zwei Männer kämpften verbissen, rollten auf dem Fußboden herum, landeten krachend auf Möbelstücken. Jeder versuchte, den anderen zu töten.

»Mir gefällt das nicht«, sagte Lanz.

»Diese beiden Wagen – die vielleicht drei Wagen hätten sein können?« fragte Gruber. »Ich muß jetzt eingreifen«, entschied er. Beinahe hätte er Befehl gegeben, die sechs Männer der Reserve eingreifen zu lassen, die hinter der Baumgruppe auf ihrem Mannschaftswagen saßen, als eine neue Meldung kam: Ein Bus und ein Tankwagen seien von Süden her in den Kontrollabschnitt hineingefahren und führen dicht hintereinander. Gruber fluchte und verschob den Befehl.

»Das hat uns gerade noch gefehlt«, keuchte er. »Ein gottverdammter Unfall in diesem Nebel wäre das letzte, was ich mir wünsche ...«

»Im Nebel passiert es oft«, bemerkte Lanz. »Ein Fahrzeug

fährt dicht auf ein anderes auf und hängt sich an. Das gibt ein Gefühl der Sicherheit, und dann vergessen sie die Gefahr ...«

»Ich mache mir allmählich Sorgen«, sagte Gruber.

Sie warteten, bis der Polizeibeamte am nördlichen Ende des Kontrollabschnitts meldete, Fahrzeuge führen vorbei – er könne sie nicht identifizieren. In diesem Augenblick ordnete Gruber an, der Mannschaftswagen mit der Reserve solle sofort zu Wohls Haus fahren. Zwanzig Sekunden später – der Befehl konnte jetzt nicht mehr widerrufen werden – kam eine weitere Meldung vom Südende des Kontrollabschnitts. Ein zweiter Tankwagen sei aufgetaucht und fahre jetzt in den Kontrollabschnitt hinein.

Wohls Hausflur, der sich normalerweise in tadelloser Ordnung präsentierte – der ehemalige Abwehrmann war eine pedantische Seele –, lag jetzt völlig in Trümmern. Das Mobiliar war zerstört, Bilder waren von den Wänden gefallen, der Fußboden war übersät mit Porzellansplittern, und die blutigen Spuren des Kampfes waren ebenfalls zu sehen. Wohls Spazierstock lag neben seinem toten Besitzer; der Schädel des Deutschen war von seiner eigenen Waffe zerschmettert worden.

Vanek, der noch immer keuchte, ließ Brunner an der Haustür stehen und ging ins Wohnzimmer, in dem eine Lampe brannte.

Der Tscheche hatte erwartet, einige Zeit mit der Suche nach dem Kriegstagebuch und dem Manuskript zubringen zu müssen, aber beide lagen auf dem Schreibtisch des Deutschen für ihn bereit; Wohl hatte an seinen Erinnerungen gearbeitet, als es klingelte.

Vanek überflog ein paar Sätze des in säuberlicher Handschrift abgefaßten Tagebuchs. 1944 wurde der Leopard auf Schritt und Tritt von einem bösartigen Wolfshund namens César begleitet ...

Vanek steckte das Tagebuch und die wenigen Manuskriptseiten in die Tasche und kehrte in den Flur zurück, um seine Luger zu suchen; auf dem Weg hinaus warf er einen Bücherschrank um, dessen Inhalt zu Boden flog. Es war undenkbar, Wohls Tod als Folge eines Unfalls aussehen zu lassen, aber die Szene konnte wenigstens als Schauplatz eines mißglückten Einbruchs gedeutet werden. Vanek fand die Luger unter einer Kommode und ging zur Haustür, an der Brunner auf ihn wartete. »Da kommt jemand«, warnte ihn Brunner.

Als Vanek hinaustrat, fuhr gerade ein Mannschaftswagen vor, der kurz hinter dem Haus anhielt. Eine Sekunde später tauchte im Nebel ein Schatten auf. Es war ein langsam fahrender Tankwagen. Er fuhr sehr langsam an dem Mannschaftswagen vorbei, von dem einige Männer heruntersprangen. Vanek hob die Luger, zielte mit Bedacht und feuerte dreimal.

Die schweren Neun-Millimeter-Patronen durchschlugen die Seite des Tankwagens mit dumpfem Knall. Vanek rannte los, auf den Mercedes zu. Brunner folgte. Hinter ihnen rief jemand mit unterdrückter Stimme. Danach ertönte eine dumpfe Explosion. Der Tankwagen ging in Flammen auf. Die Feuerwand fraß sich durch den Nebel. Hinter den beiden laufenden Tschechen fing jemand an, anhaltend zu schreien. Beißender schwarzer Rauch stieg auf, und in die kühle Nachtluft mischte sich ein Brechreiz erregender Gestank. Vanek erreichte jetzt den Wagen, in dem Lansky mit bleichem Gesicht hinter dem Lenkrad saß. Der Motor lief im Leerlauf.

»Was zum Teufel war das ...«

»Fahren Sie los!« fauchte Vanek. »Vollgas – wenn wir einen Unfall haben, haben wir eben Pech gehabt ...«

Der Mercedes beschleunigte auf eine in Anbetracht des Nebels beachtliche Geschwindigkeit. Brunner, der neben dem Wagen herrannte und sich durch die offene Tür hineinzuhechten versuchte, befand sich noch immer halb draußen, als der Mercedes schneller wurde. Wenige Meter weiter hörte Lennox die Schüsse und dann etwas, was wie eine Explosion klang. Er stand am Straßenrand, als der Mercedes mit gebrochenem Scheinwerferlicht auf ihn zufuhr. Die rechte Tür stand offen, und Lennox sah jemanden, der nur halb im Wagen war. Dahinter heulte jetzt eine Polizeisirene auf. Lennox drückte zweimal ab, als der Wagen an ihm vorbeisauste. Beide Kugeln trafen Brunners gekrümmten Rücken. Der Körper des Tschechen flog aus der offenen Seitentür und prallte auf die Straße auf, während der Mercedes mit heulendem Motor im Nebel verschwand.

## 14

»Der Stern der korruptesten und machtgierigsten Republik, welche die Welt je gekannt hat, ist im Sinken begriffen... Amerika, diese Promenadenmischung aus dem Abschaum einen Vielzahl von Ländern, ist jetzt ein Ferment des inneren Verfalls... Es hat seine Truppen aus Europa zurückgezogen, als es nicht länger die Kraft hatte, die Welt zu regieren, und heute löst es sich auf und gleitet ins Chaos ab... Eines vor allem müssen wir sicherstellen! Daß Amerika seine gierigen Hände niemals wieder nach den Ländern anderer Völker ausstreckt – und Europa unterjocht!«

Es war die bislang bösartigste Attacke Präsident Florians. Er hielt die Rede in Marseille, einer Stadt, in der die KP Frankreichs eine außerordentlich starke Position hat.

Kaum übersehbare Menschenmengen applaudierten der Rede.

Der Beifall zeigte, welche gewaltige Unterstützung Florian im Süden genoß, dem Teil Frankreichs, in dem gegen Ende des Zweiten Weltkriegs beinahe eine Rèpublique Soviètique du Sud gegründet worden wäre.

Nach der Rede wurde eine glanzvolle Parade an der Cannebiere abgehalten, der großen Verkehrsader der vitalen französischen Hafenstadt. Tausende von Menschen durchbrachen die Absperrungen und versuchten, den Citroën des Präsidenten zu umringen. Auf direkten Befehl von Marc Grelle, der mit nach Marseille geflogen war, drängten Truppen der CRS die wimmelnden Massen zurück. Das führte hinterher fast zu einer Auseinandersetzung zwischen dem Präsidenten und dem Pariser Polizeipräfekten. »Sie haben die ganze spontane Manifestation ruiniert«, tobte Florian. »Das war überhaupt nicht nötig...«

»Die spontane Manifestation ist von der Kommunistischen Partei organisiert worden«, entgegnete Grelle scharf. »Und ich kann nun feststellen, daß Sie noch am Leben sind. Wünschen Sie, daß ich Ihr Leben schütze, oder wünschen Sie das nicht?«

Die Heftigkeit des Präfekten brachte den Präsidenten zur Besinnung. Er ging auf Grelle zu und legte ihm den Arm um die Schultern. »Sie haben natürlich recht. Mir darf vor meinem Abflug in die Sowjetunion nichts zustoßen. Der Frieden ist jetzt zum Greifen nah, Grelle, der Frieden...«

Der sowjetische Konvoi K 12 hatte jetzt die Dardanellen passiert und fuhr durch die südliche Ägäis. Er fuhr in gemächlichem Tempo, eine Tatsache, welche die Marineanalytiker im NATO-Hauptquartier bei Brüssel verwirrte. Das Expertenteam unterstand einem britischen Offizier, Commander Arthur Leigh-Browne von der Royal Navy. Am Dienstag, dem 21. Dezember – dem Tag, an dem Florian in Marseille seine bislang heftigste antiamerikanische Rede hielt –, ließ Browne sämtlichen westlichen Verteidigungsministern einen Routinebericht zustellen.

»Der Konvoi K 12 nimmt mit hoher Wahrscheinlichkeit Kurs auf den Indischen Ozean und wird demnächst wohl den Suezkanal passieren – dagegen spricht nur, daß der Flugzeugträger Kirov zu groß ist, um den Kanal zu passieren...

Ein anderer möglicher Zielort ist die vor kurzem eingerichtete Marinebasis in Barcelona, die die spanische Regierung den Sowjets zugestanden hat...

Der Faktor, der mit den beiden genannten Vermutungen am wenigsten in Einklang zu bringen ist, ist der Umstand, daß dem Konvoi fünfzehn große Transporter angehören (Ladung bis jetzt unbekannt)...« Nachdem er die Kopien des Berichts abgeschickt hatte, sagte Browne zu seinem deutschen

Stellvertreter: »Im Augenblick ist alles nur heiße Luft. Ich habe nicht den geringsten Hinweis darauf, was sie vorhaben. Wir werden das alte Spiel spielen müssen: Abwarten...«

Guy Florian hielt seine Rede in Marseille um zwölf Uhr mittags. Zur entsprechenden Ortszeit in Moskau hörte das erweiterte Politbüro, das in aller Eile zusammengerufen worden war, einer kurzen Rede des Generalsekretärs der KPdSU zu. Unter den Anwesenden waren der Außenminister der Sowjetunion sowie Verteidigungsminister Gregorj Pratschko. Diese zwei Männer hatten zusammen mit dem Generalsekretär die Entsendung des sowjetischen Kommandos in den Westen genehmigt.

Der Generalsekretär enthüllte dieser erweiterten Runde die Identität des Franzosen, den er »unseren Freund« nannte. Er fuhr fort und nannte Einzelheiten des französisch-sowjetischen Pakts, der während der Anwesenheit Präsident Florians in Moskau verkündet werden solle. »Der Präsident der Französischen Republik hat auf Grund der französischen Verfassung natürlich das Recht, Verträge mit anderen Mächten auszuhandeln und zu schließen«, fuhr er fort.

Paragraph 14 des Vertrags sei das Kernstück der Vereinbarung. Dieser Passus besage, daß zur Förderung des Weltfriedens gemeinsame militärische Manöver von Zeit zu Zeit auf den jeweiligen Territorien der Union der Sozialistischen Sowjetrepubliken und der Französischen Republik abgehalten werden sollten. Das heiße im Klartext, daß die Versuchsabteilungen zweier sowjetischer Panzerdivisionen, die sich jetzt an Bord der Transporter des Konvois K 12 befänden, in wenigen Tagen in französischen Mittelmeerhäfen an Land gehen würden.

»Wohin werden sie gehen?« fragte Nikolaj Suslov, der Intellektuelle unter den Mitgliedern des Politbüros.

»Das werde ich Ihnen sagen!« Es war der immens breitschultrige Sowjetmarschall Gregonij Pratschko, in voller Uniform und mit Orden geschmückt, der antwortete. Pratschko hatte eine herzliche Abneigung gegen unpraktisch veranlagte Intellektuelle, und seine Abneigung gegen Suslov war besonders groß. »Sie werden in Toulon und Marseille an Land gehen, sobald Florian in Moskau den Abschluß des Pakts verkündet hat. Der Zeitpunkt seines Staatsbesuchs – der 23. Dezember – ist mit Sorgfalt gewählt worden. Die Regierungen des Westens werden über Weihnachten Urlaub machen. Die Minister werden also nicht an ihren Schreibtischen sitzen und können folglich nicht schnell reagieren ...«

»Aber wohin werden die Truppen marschieren?« beharrte Suslov.

»An den Rhein, zur Grenze nach Deutschland, natürlich! Wenn Bundeskanzler Franz Hauser am 24. aufsteht und sich auf den Heiligen Abend freut, wird er entdecken, daß sowjetische Truppen an der Ostgrenze – und an der Westgrenze der Bundesrepublik stehen! Ganz Westeuropa wird uns zufallen – einschließlich des Industriezentrums an der Ruhr –, und damit werden wir in der Lage sein, jede Konfrontation mit China zu gewinnen ...«

# TEIL DREI

# Der Polizeipräfekt von Paris
# 22. und 23. Dezember

## 15

Jeder erfahrene Polizeibeamte weiß, wie das ist: Man riegelt ein bestimmtes Gebiet ab, errichtet Straßensperren, und in drei von vier Fällen kommt man zu spät. Gruber ließ einen Sicherheitskordon ziehen, fing aber nichts als aufgebrachte Pkw- und Lastwagenfahrer. Den Mercedes, der in Kehl gemietet worden war, fand man eine Woche später in einem Gebüsch am Rand des Schwarzwalds.

Vier der sechs Polizisten, die bei der Explosion des Tankwagens von ihrem Mannschaftswagen abgesprungen waren, hatten Glück gehabt; die Wucht der Explosion war hauptsächlich auf die andere Seite gegangen, auf das offene Feld zu. Die beiden anderen Männer waren schwer verletzt worden; einer hatte Verbrennungen dritten Grades erlitten, die später eine Nachbehandlung mit plastischer Chirurgie notwendig machten. Der Fahrer des Tankwagens war in den Dämpfen erstickt, die seine Fahrerkabine erreicht hatten, bevor er sich in Sicherheit bringen konnte.

Lanz und Gruber durchsuchten Wohls Haus. Sie suchten nach dem Kriegstagebuch, das Lennox gesehen hatte. Sie fanden aber weder eine Spur des Tagebuchs noch des Manuskripts. Brunners Leiche wurde ins Leichenschauhaus gebracht. Die Untersuchung seiner Kleidung und des Inhalts seiner Taschen ergab keinerlei Anhaltspunkte. Brunner hatte eine große Summe Geldes bei sich gehabt – zweitausend D-Mark – und einen französischen Reisepaß, der auf den Namen Emile Bonnard ausgestellt war. »Der sich zweifellos als gefälscht erweisen wird«, bemerkte Gruber. Sein Hut war ein deutsches Fabrikat und unter seinem deutschen Mantel trug Brunner einen französischen Anzug sowie französische

Unterwäsche. Davon abgesehen gab es kaum etwas, womit hätte bewiesen werden können, wer er war – bis die ersten Ergebnisse der Obduktion vorlagen.

»Mein Kollege hat etwas Interessantes entdeckt«, sagte der Gerichtsmediziner zu Gruber, der mit dem BND-Vize und Lennox in einem Hotelzimmer zu Abend aß. »Er ist Zahntechniker und ist der Ansicht, daß die Zahnfüllungen und Kronen des Toten mit Sicherheit aus Osteuropa stammen – wahrscheinlich aus der Sowjetunion ...«

Lanz rief Marc Grelle direkt vom Polizeipräsidium in Freiburg aus an. Ein Gespräch dieser Art hätte eigentlich an die Sûreté gerichtet werden müssen, aber Lanz kannte Grelle gut und vertraute auf seine Diskretion. Den Generaldirektor der Sûreté, den Vorgesetzten Kommissar Suchets, mochte er nicht; er traute ihm auch nicht. Wie Lanz Grelle erklärte, habe er zwei Gründe, ihn von dieser Entwicklung der Dinge zu informieren.

Der Attentäter, den Lennox erschossen hatte – Lanz erwähnte den Engländer aber mit keinem Wort –, habe französische Papiere auf den Namen Emile Bonnard bei sich gehabt. Außerdem – und auch hier wählte Lanz eine vorsichtige Formulierung – habe er Grund zu der Annahme, daß das Kommando vor kurzem aus Frankreich gekommen und inzwischen sehr wohl wieder nach Frankreich zurückgereist sei ...

»Sie haben handfeste Gründe für die Annahme, daß hier ein Killerkommando auf Befehl der Sowjets am Werk ist?« fragte Grelle.

»Ja«, erwiderte Lanz fest. »Ohne ins Detail zu gehen: Ich bin davon überzeugt. Vielleicht wäre es nützlich, wenn wir beide in Verbindung bleiben ...«

Grelle hatte gerade aufgelegt, als Boisseau mit einer Routinemeldung zu ihm ins Büro kam. »Lesage hat gerade angerufen. Dieser algerische Terrorist, Abou Benefeika, hockt noch immer in diesem verlassenen Gebäude im Goutte d'Or. Noch keinerlei Anzeichen dafür, daß seine Kumpels ihn besuchen kommen. Sollen wir ihn weiter schmoren lassen?«

»Lassen Sie ihn weiter beobachten...« Grelle biß in das Sandwich, das ihm heute als Abendbrot genügen sollte. Normalerweise aß er im Chez Bénoit zu Abend, einem exklusiven kleinen Restaurant in der ehemaligen Hallen-Gegend, in dem man sich nur durch telefonische Vorbestellung einen Tisch reservieren lassen konnte; er begann, das Lokal zu vermissen. »Ich habe soeben einen Anruf von Peter Lanz vom BND erhalten«, informierte er Boisseau. »Er hat sich sehr vorsichtig ausgedrückt, hat aber herausgefunden, daß ein sowjetisches Killerkommando am Werk ist. Heute abend haben die Burschen in Freiburg einen ehemaligen Abwehroffizier getötet.« Er machte eine Pause. »Der Name des Abwehrmanns war Dieter Wohl...«

»Einer der drei Namen auf Lasalles Liste...«

»Genau. Jetzt sieht es also danach aus, als wäre dieses Kommando nur zu dem Zweck entsandt worden, jeden der Männer umzubringen, die auf dieser Liste standen – und die Burschen haben's geschafft, verdammt noch mal. Alle Kanäle, die uns einen kleinen Einblick in die Zusammenhänge hätten geben können, sind jetzt zu...«

»Die Überwachung von Roger Danchin und Alain Blanc hat nichts ergeben?«

»Nichts...« Der Präfekt runzelte die Stirn. Das Telefon klingelte. Er sah auf seine Uhr. Zehn Uhr abends. Er war erst vor kurzem von dem Flug nach Marseille zurückgekommen, wo der Präsident seine bislang bitterste antiamerikanische Tirade losgelassen hatte. Grelle fühlte sich sehr erschöpft. Wer zum Teufel konnte das sein, zu dieser Zeit? Er nahm ab und schluckte den letzten Bissen seines Sandwichs hinunter. Es war Alain Blanc. »Nein, Herr Minister«, versicherte Grelle ihm, »bislang habe ich keinerlei Verbindung zwischen dem Präsidenten und Lucie Devaud entdecken können... Wir wissen jetzt, daß ihr Vater Albert Camors hieß. Er war ein wohlhabender Börsenmakler, der vor ein paar Monaten gestorben ist und ihr seine Wohnung am Place des Vosges vermacht hat... Nein, mehr wissen wir nicht... Ja, sie muß ein uneheliches Kind gewesen sein... Nein, überhaupt keine Verbindung mit dem Elysee...«

Grelle zuckte die Achseln und legte auf. »Der Kerl macht sich Sorgen wegen eines möglichen Skandals. Wie ich schon sagte, alle Kanäle scheinen verschlossen. Wir können also nur auf den unerwarteten Lichtblick hoffen. Und dennoch, Boisseau, ich habe das Gefühl, daß ich irgendwo etwas übersehe – etwas, was direkt vor meiner Nase liegt...«

»Etwas im Zusammenhang mit dem Kommando? Übrigens, die Fahndung nach dem Mann, den die deutsche Polizei in Freiburg erschossen hat, können wir jetzt aufheben. Hat Lanz Ihnen einen Namen genannt?«

Grelle blickte auf seinen Notizblock. »Emile Bonnard«, erwiderte er. »Und ich erwarte auch nicht, daß die beiden anderen Männer – Duval und Lambert – je wieder bei uns aufkreuzen. Die werden nie wieder nach Frankreich kommen.«

Karel Vanek und Antonin Lansky näherten sich der Paßkontrolle an der französischen Grenze am nächsten Morgen. Es war Mittwoch, der 22. Dezember – der Stichtag, den Borisov ihnen in Tábor gegeben hatte, um ihre Mission zu beenden. Sie waren auf dem Weg zu Annette Devaud. Sie gingen getrennt zum Schalter der Paßkontrolle. Zwischen ihnen befanden sich ein halbes Dutzend andere Reisende. Vanek legte seinen Paß als erster hin.

»Ihren Paß, bitte...«

Der Paßbeamte nahm das Dokument, das Vanek hingelegt hatte, und öffnete es nach einem Blick in das Gesicht des Tschechen. Er verglich das Paßfoto mit dem Gesicht vor ihm. Den Namen hatte er sich schon gemerkt. Vanek wartete mit einem gelangweilten Gesichtsausdruck und kaute an einem Stück Schokolade herum, während er das äußerst attraktive Mädchen hinter sich musterte. Er grinste es anerkennend an, und nach kurzem Zögern lächelte das Mädchen zurück.

»Sie sind geschäftlich in Deutschland gewesen?« fragte der Paßbeamte.

»Ja.«

Der Beamte gab den Paß zurück, und Vanek ging weiter. Lansky kam wenige Minuten später nach. Vanek hatte vorhin den dritten der Pässe vorgelegt, die er aus Tabor mitgebracht hatte. Diesmal reiste er als Lucien Segard. Das Foto zeigte einen Mann ohne Schnurrbart. Den Schnurrbart hatte Vanek sich am gestrigen Abend im Waschraum des Kehler Bahnhofs abrasiert, bevor er mit Lansky zu einem kleinen Hotel gegangen war, in dem sie übernachtet hatten. Lansky benutzte jetzt gleichfalls seinen dritten Paß. Er war auf den Namen Yves Gandouin ausgestellt. Die Grenzbeamten waren angewiesen worden, nach zwei Männern Namens Duval und Lambert Ausschau zu halten. Es war also nur verständlich, daß sie sich auf Reisende mit diesen Namen konzentrierten und bei anderen keinerlei Verdacht schöpften.

Vanek hatte die Entscheidung am Abend vorher getroffen, nachdem sie den Mercedes hatten stehen lassen. Vanek hatte keine Ahnung, daß die Namen Duval und Lambert der französischen Polizei inzwischen bekannt waren. »Wir haben die französische Grenze mit unseren jetzigen Papieren schon zweimal überschritten«, sagte er zu Lansky, »und zweimal ist genug.« Anschließend hatte er die Papiere verbrannt. Danach gingen sie zu Fuß ins nächste Dorf und bestiegen getrennt einen Bus nach Kehl. Der Bus war voll. Die Leute wollten zu Weihnachtseinkäufen in die Stadt. In der Bundesrepublik waren die beiden Killer kaum in Gefahr: die einzigen Menschen, die ihre Namen kannten, lebten in Frankreich, und Marc Grelle hatte es sich wegen der delikaten Art seiner Nachforschungen versagt, Peter Lanz diese Information am Telefon weiterzugeben.

Nach der Ankunft in Straßburg machte Vanek ständig einen großen Bogen um die Hertz-Autovermietung am Boulevard de Nancy. »Niemals an den gleichen Ort zurück«, lautete eine seiner Lieblingsmaximen. Die beiden Männer nahmen statt dessen ein Taxi zum Flughafen, wo Vanek unter dem Namen Lucien Segard bei Avis einen Renault 17 mietete. Um vierzehn Uhr waren sie schon unterwegs nach Saverne, das nur rund 45 Kilometer von Straßburg entfernt ist.

Alan Lennox hatte im Hotel Colombi in Freiburg die halbe Nacht mit Peter Lanz gesprochen.

Dem Deutschen war ein Exemplar der *Frankfurter Allgemeinen* mit dem Leserbrief Dieter Wohls erst kurz vor dem Abflug aus Bonn vorgelegt worden. »Man hätte mir das schon vor Tagen zeigen sollen, aber kein Mensch hat daran gedacht, die Leserbriefe zu lesen.« Lanz war nicht sicher, ob Annette Devaud noch am Leben war.

»Aus dem, was Wohl Ihnen gesagt hat«, bemerkte er, »muß man den Schluß ziehen, daß sie heute eine sehr alte Dame ist – und wie soll sie jemanden wiedererkennen, wenn sie blind ist? Selbst wenn wir davon ausgehen, daß sie wußte, wie der Leopard damals aussah …«

»Es bleibt aber nichts anderes übrig«, beharrte Lennox. »Oder niemand sonst ist mehr übrig, sollte ich vielleicht lieber sagen. Was Léon Jouvel mir sagte, ist nicht sehr zwingend – obwohl es damals glaubwürdig klang. Jedenfalls ist der arme Teufel tot. Ich fahre morgen wieder über den Rhein und werde versuchen, Annette Devaud zu finden.«

»Zum drittenmal mit gefälschten Papieren über die Grenze? Ich kann nicht von Ihnen verlangen, daß Sie das tun …«

»Nennen Sie es britischen Blutdurst, wenn Sie wollen – wir sind bekannt dafür. Ich möchte dieser Sache nur auf den Grund gehen und herausfinden, wer der Leopard wirklich ist. Sie können mir Glück wünschen.«

»Ich habe das Gefühl, daß Sie mehr brauchen werden als nur Glück«, erwiderte Lanz ernst.

Lennox erinnerte sich noch sehr gut an das Gewimmel von Polizisten im Straßburger Bahnhof vor sechsunddreißig Stunden. Es kostete ihn einige Überwindung, dem französischen Paßbeamten den Paß hinzulegen und dann zu warten, während er geprüft wurde.

Der Beamte warf aber nur einen flüchtigen Blick darauf und reichte ihn dann zurück; für einen Mann namens Jean Bouvier interessierte sich niemand. Eine Kontrolle bringt man wohl immer dann am leichtesten hinter sich, wenn ein anderer gesucht wird.

Die Adresse der Hertz-Autovermietung fand Lennox im Telefonbuch. Er verließ den Bahnhof und ging sofort zum Boulevard de Nancy. Er suchte sich einen Mercedes 350 SE aus. Das war zwar kostspielig, aber er wollte einen Wagen mit Kraft unter der Haube. Um zwölf Uhr mittags verließ er Straßburg und fuhr nach Westen in Richtung Saverne und Vogesen. Er konnte natürlich nicht ahnen, daß er jetzt zum erstenmal seit Beginn seiner Mission, um die David Nash aus New York ihn gebeten hatte, einen Vorsprung von zwei Stunden vor dem Killerkommando hatte.

Es war Boisseau, der von dem Zeitungsausschnitt mit dem Leserbrief Dieter Wohls hörte, der von dem Bonner Agenten des Geheimdiensts nach Paris geschickt worden war. Seltsamerweise war es Kommissar Suchet von der Gegenspionage, der ihm eine Fotokopie des Leserbriefs zeigte. Boisseau hatte Suchet gebeten, sich um Angelegenheiten dieser Art zu kümmern. Das ließ in Suchet das Gefühl aufkommen, das verschaffe ihm einen direkten Draht zur Präfektur und bessere Informationsmöglichkeiten, aber in Wahrheit war es genau umgekehrt; die einzige Information, die Boisseau ihm hatte zukommen lassen, war zuvor von Marc Grelle geprüft und genehmigt worden. Am Mittwochvormittag, dem 22. Dezember, zeigte Boisseau seinem Chef die Fotokopie.

»Es kann also sein, daß es noch einen Zeugen gibt, der nicht auf Lasalles Liste stand«, sagte Grelle nachdenklich. »Das heißt, wenn sie nach all diesen Jahren noch am Leben ist...«

»Das ist sie. Ich habe mit dem Polizeiposten von Saverne telefoniert. Sie lebt in einem abgelegenen Bauernhaus weitab von Saverne – hoch oben in den Vogesen. Dieser Brief hat mich dazu gebracht, die Akten noch einmal durchzusehen. Wir hatten eine übersehen. Annette Devaud unterstanden die Kuriere des Leoparden. Wirklich interessant könnte aber ihr Name sein...«

»Annette Devaud – Lucie Devaud...« Der Präfekt verschränkte die Hände im Nacken und sah seinen Stellvertreter vielsagend an. »Alle Kanäle verschlossen, habe ich gesagt. Kommt drauf an. Also gut, Boisseau, fliegen Sie nach Saverne. Ja, heute nachmittag, ich bin einverstanden. Angesichts dessen, was den anderen Zeugen zugestoßen ist, sollten Sie vielleicht lieber in Saverne anrufen und um Polizeischutz für die alte Dame bitten.«

»Sie muß alt sein – sie könnten sie erschrecken. Und außerdem: Sie stand nicht auf Lasalles Liste. Warum sollte sie also beim Kommando auf der Abschußliste stehen? Sowohl Lasalle wie das Kommando müssen mit der gleichen Liste gearbeitet haben – die Tatsachen sprechen dafür. Wo sehen Sie die Gefahr?«

»Ich überlasse es Ihnen«, sagte der Präfekt.

Bei der Fahrt durch die elsässische Ebene zwischen Straßburg und den Vogesen geriet Lennox schon bald in schlechtes Wetter. Dichte Regenschleier senkten sich auf die leere Straße und die ohnehin schon überfluteten Felder; im Hintergrund war wegen dichten Nebels nichts mehr von den Vogesen zu sehen. Das Wasser strömte gegen die Windschutzscheibe, aber Lennox fuhr weiter. Plötzlich begann der Motor zu klopfen. Lennox fluchte, denn er wußte, daß die vor ihm liegenden Bergstraßen schwierig werden konnten. Es war seine eigene Schuld: Die Leute bei Hertz hatten ihm von diesem Wagen abgeraten, aber es war der einzige verfügbare Mercedes gewesen. »Die Inspektion ist noch nicht gemacht worden, Monsieur«, hatte das Mädchen protestiert. »Ich bin nicht befugt...« Lennox hatte sich ungeduldig über ihre Einwände hinweggesetzt, weil er den Wagen unbedingt hatte haben wollen. Jetzt mußte er für seinen Starrsinn bezahlen.

Beim Weiterfahren auf der einsamen Strecke wurde das Klopfen schlimmer, und Lennox wußte, daß er dumm gehandelt hatte. Er blinzelte durch die Windschutzscheibe und sah ein Schild: Auberge des Vosges und Tankstelle – 500 Meter. Er wollte ohnehin nach der genauen Adresse von Annette Devaud fragen – und herausfinden, ob sie überhaupt noch am Leben war. Durch den Regen hindurch erkannte er die Umrisse eines kleinen Hotels mit angeschlossener Tankstelle und Werkstatt. Er hielt vor den Zapfsäulen an, kurbelte das Seitenfenster herunter und bat den Tankwart, den Wagen mal anzusehen. Wenige Minuten später kam der Tankwart mit einer schlechten Nachricht an die Hotelbar. Er habe den Fehler gefunden: Es werde ein paar Stunden dauern, bis er den Schaden behoben habe.

»Können Sie's ein bißchen schneller schaffen?« fragte Lennox.

»Ich fange gleich an«, informierte ihn der Tankwart. »Ich kann mich beeilen. Sagen wir, zwei Stunden.«

Lennox bestellte sich einen zweiten Cognac und zwei Schinken-Sandwiches. Es kamen zwei appetitliche Stücke aufgeschnittenen französischen Weißbrots mit gekochtem Schinken. Hätte der Tankwart drei Stunden gesagt, hätte Lennox sich versucht gefühlt, einen anderen Wagen zu mieten. Hungrig biß er in das Sandwich; die zwei Stunden würden die Welt nicht aus den Angeln heben.

Annette Devaud, die ihren Lebensabend auf dem Holzfällerhof verbrachte, hatte 1944 in der Résistance-Gruppe des Leoparden eine Schlüsselposition innegehabt: Ihr waren sämtliche Kuriere unterstellt gewesen, meist Mädchen um die zwanzig, die den Kurierdienst direkt vor der Nase des Feindes aufrechterhalten hatten. Annette Devaud war damals eine fast vierzigjährige, schlanke und gutaussehende Frau mit einer stolzen Römernase und einer Aura von Autorität gewesen, die fast der des Leoparden gleichkam. Von all den Männern und Frauen, die unter ihm gearbeitet hatten, hatte der Leopard Annette Devaud am meisten respektiert, vielleicht weil sie eine erklärte Antikommunistin war. »Bei ihr weiß ich wenigstens, woran ich bin«, hatte er einmal gesagt. Und Annette Devaud unterschied sich noch in einer anderen Hinsicht von den übrigen Mitgliedern der Gruppe – sie wußte, wie der Leopard aussah.

Weil er es für nützlich hielt, sich den Ruf der Unverwundbarkeit aufzubauen, hatte der Leopard es verheimlicht, daß er bei einem Scharmützel in einem Wald einmal ins Bein geschossen worden war. Die Wunde verheilte zwar schnell, aber eine Zeitlang mußte er das Bett hüten. Es war Annette Devaud, die ihm in der Genesungszeit Gesellschaft leistete und ihn rasch gesundpflegte. In dieser Zeit wurde sie natürlich mit dem Aussehen des Leoparden vertraut.

Die Feiern des Tags der Befreiung konnte Annette Devaud zwar hören, aber nicht sehen; sie war über Nacht erblindet. Niemand konnte die Ursache der plötzlichen Erblindung diagnostizieren. Einige meinten, sie sei auf die Nachricht vom Tod ihres Mannes zurückzuführen, der in der Division General Leclercs gekämpft hatte. Es hätte auch der Tod ihrer neunzehnjährigen Tochter Lucie sein können, die im Wagen des Leoparden ertrunken war. Dies geschah, nachdem Annette Devaud den Leoparden gesundgepflegt hatte.

Nach Kriegsende kehrte Annette Devaud auf den Holzfällerhof zurück und wohnte jetzt seit mehr als dreißig Jahren dort.

Ihre Erblindung war für sie ein härterer Schlag, als sie für viele andere gewesen wäre; Annette war eine begabte Amateurmalerin gewesen und hatte auch viele Kohlezeichnungen gemacht. In ihrem neuen Leben mußte sie also auch auf Malen und Zeichnen verzichten. In einer Mappe bewahrte sie aber einige der Porträtskizzen auf, die sie während des Krieges aus dem Gedächtnis gezeichnet hatte. Darunter befanden sich zwei genaue Porträts des Leoparden.

Annette Devaud hatte noch eine Tragödie hinnehmen müssen. Ihre Tochter Lucie hatte gegen den Willen der Mutter darauf bestanden, für sie Kurierdienste zu leisten. Während Lucies Arbeit für die Résistance war ein ehemaliger Buchhalter ihr Liebhaber geworden, ein Mann namens Albert Camors. Nur sechs Monate vor Lucies Tod im Wagen des Leoparden war aus der Verbindung ein Kind hervorgegangen. Das Kind hatte den Namen der Mutter erhalten, Lucie. Camors überlebte den Krieg und stritt sich mit der willensstarken Annette Devaud heftig um das Kind. Camors wollte ihr keinerlei Rechte an der Kleinen einräumen. Camors ließ sich in Paris als Börsenmakler nieder, hatte Erfolg und zog sein Kind selbst groß. Eine Ehe ging er nicht ein.

Lucie wuchs als Einzelkind in dem frauenlosen Haushalt ihres Vaters auf. Sie war ein willensstarkes Kind – ein Gegenstück zu ihrer Großmutter Annette, die sie nie kennenlernte. Die Mutter, an die sie sich nicht erinnern konnte, wurde zu einer Obsession für sie. Von ihrem Vater erfuhr sie vom Leoparden und davon, wie ihre Mutter ums Leben gekommen war. Als Lucie fast dreißig war, tat Camors in den Armen seiner neuesten Geliebten seinen letzten Seufzer. Lucie erbte sein Vermögen und seine Wohnung am Place des Vosges. Zum erstenmal überhaupt besuchte sie ihre Großmutter.

Die beiden Frauen fanden sofort Gefallen aneinander. Eines Tages, als sie sich über den Krieg unterhielten, zeigte Annette ihrer Enkelin die Mappe mit den Skizzen – einschließlich der beiden Porträts des Leoparden. Lucie erkannte den Mann sofort, sagte aber nichts davon zu der blinden alten Frau. Lucie benutzte einige der Namen ehemaliger Résistance-Leute – ihre Großmutter hatte ein paar genannt –, um so mehr über die Vergangenheit zu erfahren. Mit dem Geld ihres Vaters konnte sie auch einen cleveren Anwalt einsetzen, Max Rosenthal, der die Vergangenheit des Leoparden durchleuchten sollte. Ohne Annette etwas zu sagen, nahm Lucie die beiden Skizzen aus der Mappe und brachte sie in ihre Pariser Wohnung.

Es war Max Rosenthal, der Gaston Martin aufspürte, den ehemaligen Stellvertreter des Leoparden. Martin stand in Guyana kurz vor der Entlassung aus dem Zuchthaus. Lucie Devaud schrieb Martin, den ihre Großmutter mehrfach erwähnt hatte, einen vorsichtig formulierten Brief; sie deutete an, der Leopard sei in Frankreich eine wichtige politische Persönlichkeit geworden, und wartete auf eine Antwort. Der Brief erreichte Martin kurz nach seiner Entlassung. Er ließ sich mit der Antwort Zeit. Bei der Eröffnung einer Pariser Modenschau bediente sich Lucie des makabren Tricks, der sie endgültig davon überzeugte, daß es ihr gelungen war, die wahre Identität des Leoparden zu entlarven. Sie hatte ein solches Tier in einem auf exotische Geschenke spezialisierten Geschäft in der Rue de Rivoli entdeckt. Sie kaufte es – zu einem horrenden Preis – und nahm es mit nach Hause. Dann kaufte sie eine Karte für die Modenschau in der Rue Cambon. Sie hatte in der Zeitung gelesen, daß auch Präsident Florian die Vorführung in Begleitung seiner Frau Lise besuchen werde.

Als Guy Florian in Lises Begleitung erschien – er hatte sein Erscheinen zugesagt, um Gerüchte zu zerstreuen, daß er sich mit seiner Frau überworfen habe –, hatte die Schau bereits begonnen. Mannequins paradierten auf dem Laufsteg. Lucie saß auf einem Stuhl in der ersten Reihe und verdeckte mit dem Mantel, was sich unter dem Stuhl befand. Florian und seine Frau setzten sich fast genau gegenüber hin. Ein Mannequin war gerade vorübergeschwebt, als das Leopardenjunge unter dem Stuhl hervorkroch, sich breitbeinig auf den Teppich stellte und die Zähne fletschte.

Es war in einem Moment vorüber. Ein bewaffneter Sicherheitsbeamter in Zivil – einer von mehreren, die Marc Grelle herbeordert hatte – sah den Ausdruck auf dem Gesicht des Präsidenten, riß Lucie die Kette aus der Hand und zog das Tier aus dem Salon. Lucie folgte mit dem Mantel überm Arm. Florian erholte sich schnell, machte eine wegwerfende Handbewegung und einen Witz: »Ich habe noch keinen Tropfen getrunken, und trotzdem tanzen mir schwarze Flekken vor den Augen!«

Draußen im Foyer nahm Lucie wortlos das Tier in Empfang und verließ den Salon. Der Eigentümer des Modehauses hatte sich amüsiert gezeigt, als sie mit dem Leopardenjungen erschienen war. »*Wie chic*«, hatte er zu seiner Direktrice bemerkt. »Wir sollten eines der Modelle mit dem Tierchen paradieren lassen...« Lucie setzte sich in den Wagen, hob das Leopardenjunge auf den Beifahrersitz und fuhr zurück zur Place des Vosges. Am folgenden Tag brachte sie das Tier in das Geschäft an der Rue de Rivoli zurück; der Besitzer nahm es zu einem erheblich reduzierten Preis zurück.

Sehr oft trifft eine Frau nur aufgrund ihrer weiblichen Intuition eine Entscheidung; sehr oft behält sie recht damit.

Lucie Devaud war jetzt überzeugt, daß Guy Florian der Leopard war. Sie hatte in seinen Augen einen seltsamen Ausdruck gesehen, bevor er sich erholte, eine plötzliche Vorsicht und Besorgnis, als er sie anstarrte – als hätte er verstanden, nachdem er ihr in die Augen geblickt hatte. »Wer zum Teufel bist du? Du hast mich aufgespürt…« Lucie wußte, daß man ihre Spur nicht verfolgen konnte: Sie hatte den kleinen Leoparden in bar bezahlt und hatte die Karte für die Modenschau unter einem falschen Namen bestellt. Bei der Fahrt zu ihrer Wohnung beschloß sie, Guy Florian zu töten. Am folgenden Morgen kam Gaston Martins Brief an.

Martin beantwortete ihren Brief in ähnlich behutsamen Wendungen. Er sagte, er finde ihre Theorie interessant und informierte sie, daß er bald per Schiff aus Guyana zurückkehren werde. Ob sie sich nach seiner Ankunft in Paris treffen könnten?

Lucie Devaud schrieb postwendend zurück und schlug vor, sie sollten sich in einem kleinen Hotel auf der Rive Gauche treffen, dem Cécile in der Rue de Bac. Sie war wohl nicht sonderlich darauf erpicht, einen Ex-Sträfling in ihre luxuriöse Wohnung am Place des Vosges einzuladen – oder vielleicht wollte sie auch nichts weiter, als die Geheimniskrämerei fortsetzen, die so sehr zu einem Bestandteil ihres Lebens geworden war.

Am Abend vor dem Mittwoch, dem 8. Dezember, schrieb sie einen vollständigen Bericht über alles nieder, was sie in Erfahrung gebracht hatte, und steckte ihn zusammen mit den beiden Porträtskizzen vom Leoparden in einem Umschlag, den sie anschließend versiegelte. Auf die Vorderseite des Päckchens schrieb sie mit der Hand: Im Falle meines Todes dem Polizeipräfekten von Paris auszuhändigen. Am nächsten Morgen überreichte sie das Päckchen ihrem Anwalt, Max Rosenthal, mit der strikten Anweisung, es ungeöffnet zu lassen. Als Lucie in der Zeitung von Florians Spaziergang vom Elysee zum Place Beauvau las, entschloß sie sich, nicht auf Gaston Martin zu warten – obwohl die Ankunft des Franzosen unmittelbar bevorstand. Am Mittwochabend wartete sie vor dem Pelzgeschäft in der Rue du Faubourg St. Honoré.

Als Florian erschien, zog sie ihre Pistole. Es war aber Marc Grelle, der zwei Schüsse abfeuerte.

Der Bericht, den Lucie Devaud geschrieben und den sie bei Max Rosenthal, ihrem Anwalt, hinterlegt hatte, wurde dem Polizeipräfekten von Paris nicht ausgehändigt. Rosenthal war ein Mann mit extravaganten Gewohnheiten. Er verspielte zwar große Summen, war aber nicht bereit, seine Karriere aufs Spiel zu setzen. Als er davon erfuhr, daß seine Klientin versucht hatte, den Präsidenten zu töten, bekam er Angst, die Übergabe des Päckchens könnte ihn in irgend etwas hineinziehen.

Lucie war immer persönlich in seiner Kanzlei erschienen und hatte ihm nur mündlich Anweisungen erteilt; es gab keinen Schriftwechsel zwischen ihnen; und seine Honorare hatte sie immer in bar beglichen – und er hatte die Beträge dem Finanzamt verschwiegen.

Rosenthal baute darauf, daß man seine Verbindung zu Lucie Devaud nicht würde entdecken können, und verschloß das Päckchen in einer Kassette; dort blieb es, bis er ein Jahr später unvermutet starb.

Bevor Lucie Devaud als verhinderte Attentäterin starb, hatte sie ihrer blinden Großmutter einen großen Dienst erwiesen: Sie hatte ihr geraten, einen Augenspezialisten aufzusuchen. Vielleicht sei die medizinische Forschung inzwischen viel weiter fortgeschritten, oder vielleicht sei das Trauma, das die Erblindung ausgelöst habe, nicht mehr wirksam, hatte Lucie gesagt. Annette Devaud unterzog sich im September – drei Monate vor Guy Florians Abflug in die Sowjetunion – mehreren Operationen und erlangte ihre Sehkraft vollständig zurück. Nach dem Klinikaufenthalt kehrte sie sofort auf den Holzfällerhof zurück und begann, begierig zu lesen und zu zeichnen. Sie nahm ihr altes zurückgezogenes Leben wieder auf, war aber jetzt wieder mit gesunden Augen gesegnet. Als der Mann, der ihr immer die Lebensmittel brachte, ihr die Nachricht vom Tod ihrer Enkelin überbrachte, weigerte sie sich, die näheren Umstände von Lucies Tod als Tatsachen anzuerkennen. »Das ist alles ein schrecklicher Irrtum gewesen«, behauptete sie fest. »Sie müssen sie mit jemandem verwechselt haben.«

Dies war die alte Frau, zu der das sowjetische Kommando unterwegs war, um sie zu töten.

# 16

Vanek ignorierte den Wolkenbruch und fuhr mit hoher Geschwindigkeit über die fast leere Straße von Straßburg Richtung Saverne. Neben ihm saß Lansky, der schweigend die Sandwiches aß, die sie am Straßburger Flughafen gekauft hatten, und trank aus einer Flasche Rotwein. Einmal wies er Vanek darauf hin, daß er schneller als erlaubt fahre. »Essen Sie nur weiter«, sagte der Tscheche zu ihm. »Wir haben nur noch einen Besuch zu machen, bevor wir nach Hause fahren. Und die Zeit bleibt nicht ewig auf unserer Seite. Wenn wir ein bißchen Glück haben, stellt sich vielleicht sogar heraus, daß diese Devaud schon vor Jahren gestorben ist«, fügte er hinzu.

Vanek reduzierte unmerklich die Geschwindigkeit – weil er wußte, daß Lansky recht hatte. Lansky beobachtete das, sah auf den Tacho und lächelte fein, während er den letzten Bissen aß. Brunner hatte zwischen beiden eine Art Pufferfunktion gehabt. Vanek und Lansky waren beide Egozentriker. Lansky war intelligent genug, keine weiteren provokanten Kommentare zu machen. Sie hatten einen schwierigen Job vor sich.

»Wir werden so bald wie möglich prüfen müssen, ob die Adresse der Devaud noch stimmt«, bemerkte Vanek und überholte einen Gemüselaster, dessen Reifen einen Wasservorhang aufsprühten. »Halten Sie Ausschau nach einem Hotel oder einem Lokal. Wenn sie noch am Leben ist und im selben Haus wohnt, müssen die Leute aus der Gegend das wissen. In der Provinz in Frankreich kann man nicht mal hinter einer Mauer stehen und pinkeln, ohne daß das ganze Dorf zusieht...«

»Diesmal«, schlug Lansky vor, »sollten wir uns nicht damit abquälen, das Ganze wie einen Unfall aussehen zu lassen, sondern die Sache hinter uns bringen und verschwinden. Wir haben jetzt ja nicht mehr dieses alte Waschweib Brunner am Hals ...«

»Das werde ich entscheiden, wenn der Augenblick da ist«, bellte Vanek.

Am anderen Ende der Ebene sahen sie kilometerlang keine Spur irgendwelcher Häuser. Sie waren schon recht nah an Saverne herangekommen, als Vanek durch die Windschutzscheibe blinzelte und das Schild sah: Auberge des Vosges und Tankstelle – 500 Meter. Er bremste. »Hier sollte es ein Telefonbuch geben«, sagte er, »und wir sind jetzt schon in der richtigen Gegend.« Er verließ die Landstraße und hielt vor den Zapfsäulen. »Volltanken, bitte«, sagte er dem Tankwart. »Wir gehen rein und trinken etwas ...« Vanek war der Meinung, daß man nie wissen könne, was einen erwartet, und sagte sich, daß es sich bezahlt mache, immer einen vollen Tank zu haben. Als sie aus dem Renault ausstiegen, sahen sie in der Werkstatt einen Mechaniker, der die Windschutzscheibe eines Mercedes 350, an dem er soeben gearbeitet hatte, sauberwischte.

Lennox sah auf seine Uhr und ging aus der Bar der Auberge des Vosges hinaus zum Waschraum. Genau zwei Stunden. Der Mann von der Werkstatt hatte ihm soeben gesagt, daß der Wagen fertig sei, und Lennox hatte die Rechnung bezahlt. Zuvor hatte er im Telefonbuch nachgesehen, ob Annette Devaud verzeichnet war, hatte aber keinen Eintrag gefunden. Der Barmann hatte weitergeholfen.

»Komisches altes Mädchen. Muß jetzt schon über siebzig sein. Sie lebt noch immer auf dem Holzfällerhof, ganz allein. Die Leute im Ort bekommen sie kaum einmal im Jahr zu sehen – nur der Bursche, der ihr Lebensmittel bringt. Bemerkenswerte Frau, diese Annette Devaud. Sie wissen, daß sie dreißig Jahre lang blind gewesen ist?«

»Ich habe sie noch nicht kennengelernt«, sagte Lennox vorsichtig.

»Bemerkenswerte Frau«, wiederholte der Barmann. »Passierte kurz vor Kriegsende – sie wurde plötzlich blind, einfach so. Irgendeine Krankheit, ich weiß nicht, was es war. Dann nimmt sie vor ein paar Monaten irgend so ein Spezialist unter die Lupe und sagt, er könne was machen.« Der Barmann wischte ein Glas besonders sorgfältig ab. »Ein Wunder geschieht. Er operiert sie, und sie kann wieder sehen. Stellen Sie sich das mal vor – mehr als dreißig Jahre blind, und dann sieht man die Welt wieder, als wäre man neu geboren. Tragödie, übrigens – das mit ihrer Enkelin, Lucie. Wissen Sie, wer sie war?«

»Nein.«

»'n Mädchen, das vor einer Woche versucht hat, Florian umzulegen. Muß verrückt gewesen sein – so wie dieser Bursche, der Präsident Kennedy in Dallas erschossen hat.« Der Barmann beugte sich vertraulich vor. »Ich wohne nur zwei Kilometer von dem alten Mädchen entfernt, und die wenigen von uns hier, die wußten, wer Lucie war, haben den Mund gehalten. Nicht mal die Polizei hat kapiert – Lucie ist nur ein paarmal hergekommen. Ich sage Ihnen das nur, weil Sie jetzt zu ihr wollen – könnte ihr einen Schock versetzen, wenn Sie was Falsches sagen…«

Lennox dachte darüber nach, als er zum Waschraum ging. Dort ließ er sich Zeit. In der letzten Nacht in Freiburg hatte er nur zwei Stunden Schlaf bekommen. So etwas konnte nur in einem französischen Dorf passieren – eine Verschwörung des Schweigens, um eine ortsansässige und von allen geachtete Dame zu schützen. Über dem Waschbecken war ein Spiegel angebracht, durch den man die Tür sehen konnte. Lennox trocknete sich gerade die Hände, als die Tür aufging. Lennox ließ das Handtuch sinken und starrte in den Spiegel. Der Mann an der Tür starrte zurück. Eine Sekunde lang trafen sich ihre Blicke, dann sah sich der Mann an der

Tür im Raum um, als suchte er jemanden, und ging wieder hinaus.

Lennox trocknete sich rasch ab, zog sich Jacke und Mantel an und öffnete dann langsam die Tür. In der Rue de l'Épine in Straßburg, vor dem Hauseingang zu der Wohnung Léon Jouvels, hatte er wenige Sekunden lang das Gesicht des Mannes mit dem Regenschirm sehen können, mit dem er zusammengeprallt war. Dem Mann war dabei die Brille aufs Pflaster gefallen. Lennox war sich seiner Sache noch nicht absolut sicher – der Mann in Straßburg schien älter gewesen zu sein –, er hatte das Licht der Straßenlaterne nicht voll aufs Gesicht bekommen, erinnerte sich Lennox. Der Flur vor dem Waschraum war leer. Er ging hinunter und warf einen Blick in die Bar.

Der Mann, der in den Waschraum gekommen war, drehte Lennox den Rücken zu, aber sein Gesicht war im Spiegel hinter der Bar zu sehen. Er sprach mit einem anderen Mann, einem hochgewachsenen, dunkelhaarigen und glattrasierten Mann von etwa dreißig Jahren. Der hochgewachsene Mann, der gelangweilt ein leeres Glas in der Hand drehte, sah seinem Begleiter kurz über die Schulter, starrte Lennox offen an und wandte sich dann ab. Jetzt war Lennox seiner Sache noch sicherer. Im Wagen des sowjetischen Kommandos in Freiburg hatten drei Männer gesessen. Der Mann namens Bonnard war tot, also blieben noch zwei. Und auf der Rückseite des Kriegstagebuchs, das sie in Wohls Haus mitgenommen hatten, hatte Annette Devauds Adresse gestanden.

Lennox verfluchte sich in diesem Augenblick dafür, daß er Peter Lanz' Theorie akzeptiert hatte, nämlich, daß die Überlebenden des Killerkommandos schnellstens in die Sowjetunion flüchten würden. Das war eine annehmbare Theorie gewesen – vor ein paar Tagen jedenfalls noch –, weil jetzt der dritte Zeuge auf Lasalles Liste soeben umgebracht worden war. Aus welchem Grund hätte das Kommando sich noch länger hier herumtreiben sollen? Lennox ging ins Hotel zurück, so daß man ihn von der Bar aus nicht sehen konnte, und tat, als verließ er das Hotel durch den Vordereingang; anschließend lief er eine Treppe hinauf, die sich zweimal wand, bevor er das nächste Stockwerk erreichte. Dort oben wartete er und blickte durch ein Fenster auf die Straße.

Als Lansky wieder in der Bar erschien, war der Barmann hinter einem Vorhang verschwunden. Vanek lehnte an der Theke. Lansky nahm seinen Drink und leerte das Glas in einem Zug, während Vanek mit dem Glas in der Hand spielte. »Dieser Franzose, den ich aus dem Haus Nr. 49 habe kommen sehen – Jouvels Haus –, der Bursche, mit dem ich zusammengestoßen bin, befindet sich hier im Waschraum«, sagte er mit leiser Stimme. »Das ist kein Zufall...«

»Sind Sie sicher? Beschreiben Sie ihn«, sagte Vanek wie beiläufig.

Lansky gab mit wenigen Worten eine Personenbeschreibung von Lennox. »Ich bin ziemlich sicher«, fuhr er fort. »Ich bin darauf trainiert, mir solche Dinge zu merken – falls Sie es vergessen haben sollten. Wir haben uns kurz im Spiegel angesehen, und wir wußten beide Bescheid. Ich hätte ihn erledigen können – der Raum war sonst leer –, aber das hätte die Polizei auf den Plan gerufen, und das können wir im Augenblick nicht gebrauchen, nicht wahr?«

»Nein, wirklich nicht. Übrigens, er sieht jetzt gerade in die Bar, also drehen Sie sich nicht um...« Die Situation überraschte Vanek überhaupt nicht; früher oder später mußte einfach etwas schiefgehen – auch in Freiburg war es so gekommen –, jedenfalls bis zu einem gewissen Grad. Die Frage war nur, wie man mit der Lage zurechtkam, wozu man sich entschloß. »Er ist gegangen«, sagte Vanek. »Ich denke, wir sollten auch von hier verschwinden.«

Als sie durch die Vordertür hinaustraten, fuhr gerade ein Peugeot 504, in dem nur ein Mann saß, in Richtung Saverne davon.

Der Wagen war soeben aufgetankt worden. Im Regen war nicht zu erkennen, wie der Mann am Lankrad aussah. »Das wird er sein«, sagte Vanek. Aus dem Fenster im ersten Stock sah Lennox die beiden davonfahren, in Richtung Saverne. Er ging die Treppe hinunter und betrat die Bar, in der der Barmann Gläser polierte. Lennox bestellte sich noch einen Cognac und ließ die Frage so beiläufig wie nur möglich klingen. »Diese beiden Männer, die nach mir hereingekommen sind – ich glaube, ich habe einen von ihnen wiedererkannt. Oder sind es Leute aus der Gegend?«

»Hab' die noch nie gesehen – und möchte sie auch nicht wiedersehen. Der Lange hat irgend so was gesagt, sie hätten mit Marktforschung zu tun. Sie suchen sich die Namen bestimmter Leute raus, und dann marschieren sie los und stellen ihnen dämliche Fragen. Ich glaube, die sind unterwegs zu Annette Devaud...«

»Tatsächlich?«

»Hat irgendwas mit einer Kampagne für eine Rentenerhöhung zu tun«, erklärte der Barmann. »Sie wollten wissen, ob ihr Mann noch lebt. Wie sie zum Holzfällerhof kämen. Ich hab's ihnen nur gesagt – und nicht so aufgezeichnet wie für Sie.« Der Barmann lächelte säuerlich. »Und ich hab' ihnen auch nicht gesagt, daß Annette sie mit einem Schießprügel vom Hof jagen wird, der es in sich hat...«

Lennox trank schnell seinen Drink aus und ging nach draußen, wo der Mercedes für ihn bereitstand. Es regnete jetzt – falls das überhaupt möglich war – noch heftiger, und als er losfuhr, sah er, daß dicker Nebel und Regenwolken die Vogesen einhüllten. Als das Kommando in Freiburg Dieter Wohl getötet hatte, war es neblig gewesen, und jetzt lag Nebel über den Vogesen. Die Gedankenassoziation machte Lennox zu schaffen, während er aufs Gaspedal trat und die Geschwindigkeitsbeschränkungen mißachtete, um den Renault einzuholen.

Karel Vanek war ein schneller Fahrer, aber Alan Lennox fuhr waghalsiger. Ohne Rücksicht auf Streifenwagen – und das miserable Wetter – fuhr der Engländer mit mehr als hundertzehn Stundenkilometern. Er holte den Tschechen kurz hinter Saverne ein, dort, wo die Straße beginnt, sich in die Berge hinaufzuwinden. Einen kurzen Moment lang durchbrach die Sonne die Wolkendecke und beleuchtete die Gipfel der Vogesen und die regennasse Straße. Weniger als dreihundert Meter weiter vorn sah Lennox den Renault in eine Kurve gehen; die Räder des Wagens schleuderten bei der hohen Geschwindigkeit Wasserkaskaden in die Luft. Dann fing es wieder an zu regnen. Es goß wie aus Eimern, so daß Lennox nicht mehr viel sehen konnte.

In dem kurzen Augenblick, in dem die Sonne durchgebrochen war, hatte Lennox sehen können, daß die Böschung rechts von der Straße steil abfiel. Er nahm den Fuß vom Gaspedal und ließ den Motor ein wenig bremsen, so daß er in etwa den Abstand zu dem vor ihm fahrenden Wagen beibehielt. Seine Gelegenheit kam weniger als eine halbe Stunde später, als sie sich noch immer beide den Berg hinaufschlängelten und rechts der Abhang abfiel. In der Ferne – wo die Straße wieder hinunterführte – sah Lennox die nebelhaften Umrisse eines Lastwagens auf den Renault zufahren. Lennox trat das Gaspedal durch und schloß zu dem vor ihm fahrenden Wagen auf, bis er fast die Stoßstange des Renault berührte. Die Straße führte noch immer nach oben. Jetzt folgte aber eine kurze Gerade. Lennox sah, daß das entgegenkommende Fahrzeug ein riesiger Holzlastzug war. Dieser kam rasch näher. Lennox berechnete sorgfältig Geschwindigkeit und Entfernung, schätzte die Breite der Straße und die Gesamtbreite der drei Fahrzeuge. Dann scherte er aus und setzte ohne Vorwarnung zum Überholen an.

»Dieser verdammte Irre …«

Hinter dem Lenkrad des Renault schrak Vanek zusammen, als der Mercedes dicht an ihn heranfuhr. Vanek hielt noch immer Ausschau nach dem Peugeot 504. Instinktiv lenkte er den Wagen an den rechten Straßenrand heran, wo Regen und Dunst die Sicht versperrten. In wenigen Sekunden würde der Lastwagen gleichauf sein. Vanek versuchte, dem wahnsinnigen Idioten hinter ihm, der in dieser gefährlichen Situation überholen wollte, möglichst viel Spielraum zu geben. Hinter der Windschutzscheibe des Holzlastzuges tippte der Fahrer aufgeregt auf die Lichthupe, als er sah, was da vorging, aber er konnte unmöglich noch weiter nach rechts ausweichen.

»Achtung«, sagte Lansky, der plötzlich hellwach war. »Vorhin, beim Hotel, da stand ein Mercedes...«

Lennox fuhr jetzt neben dem Renault. Jetzt durfte der Engländer sich nicht den kleinsten Fehler leisten. Der Holzlastzug donnerte vorüber. Lennox war zwischen beide Fahrzeuge gequetscht. Dann war der Lastzug weg. Lennox drehte das Lenkrad eine Spur nach rechts. Die Seite des Mercedes prallte gegen die Seite des Renaults. Die nasse Straße besorgte den Rest. Der Renault schleuderte und kippte über die Böschung.

An dieser Stelle des Berges war der Abhang weniger steil. Vanek kämpfte verzweifelt mit der Lenkung, als er spürte, daß der Wagen über den Straßenrand schlitterte und den Abhang hinuntersauste. Er nahm den Fuß vom Gaspedal. Der Wagen wurde ein wenig abgebremst und rollte dann von allein weiter. Die Räder rollten über glitschigen Matsch und schleuderten Lehmklumpen in die Luft, die auch gegen die Windschutzscheibe flogen, so daß Vanek nichts mehr sehen konnte. Er hielt das Lenkrad umklammert und fuhr blind weiter. Der Wagen fuhr langsamer und langsamer, rollte aber unbeirrt weiter, schleuderte und rutschte, drehte sich. Es ging abwärts, immer weiter abwärts. Der Tscheche kämpfte, um den Wagen irgendwie auf halbwegs geradem Kurs zu halten. Dann, ohne zu wissen, was vor ihm lag, trat er auf die

Bremse. Der Wagen prallte gegen irgend etwas. Dann blieb er stehen.

»Wir leben noch«, keuchte der Tscheche.

»Das ist schon was«, stimmte Lansky zu.

Als sie ausstiegen, entdeckten sie im strömenden Regen, daß sie sich auf halber Höhe des langgestreckten Abhangs befanden. Die Straße dort oben war im Regendunst verschwunden. Ein grasbewachsener, kleiner Wall hatte sie davor bewahrt, noch weiter in die Tiefe zu schlittern. Wenige Meter vom Standort des Renault entfernt schlängelte sich ein verschlammter Feldweg nach oben in Richtung auf die Straße. »Das war dieser Franzose, den ich im Waschraum gesehen habe«, sagte Lansky. »Ich habe ihn ganz kurz gesehen, als er uns überholte, bevor es krachte. Der kann nicht von der Polizei sein, sonst hätte er uns nicht die Böschung runtergehen lassen.«

»Wenn wir den wiedersehen, machen wir ihn kalt«, erwiderte Vanek. »Jetzt müssen wir erst einmal diesen Wagen umdrehen. Dann werde ich versuchen, auf dem Feldweg da wieder nach oben zu kommen. Das wird aber Zeit kosten«, fügte er hinzu.

Hoch oben auf dem Berg hielt Lennox den Mercedes an. Er stieg aus, stellte sich an den Rand der Böschung und blickte hinunter. Er mußte eine Minute warten, bis der Nebel sich so weit gelichtet hatte, daß er den Renault und zwei kleine Gestalten viel weiter unten erkennen konnte. Die beiden gingen um den Wagen herum. Einer von ihnen stieg wieder in den Wagen. Das leise Geräusch des startenden Motors drang zu Lennox herauf. Nach einer Minute hörte das Motorengeräusch auf. Die beiden Männer versuchten es jetzt mit eigener Kraft. Enttäuscht setzte Lennox sich wieder in den Wagen und fuhr davon. Er hatte gehofft, sie getötet zu haben, und jetzt hatte er nur einen kleinen Aufschub gewonnen.

Weiter oben in den Bergen war das Wetter noch immer schlecht, und er sah sich gezwungen, die Geschwindigkeit zu drosseln. Die Gipfel waren hinter Wolken verschwunden. An den Abhängen waberte grauer Dunst. Die Welt außerhalb des Wagens bestand nur aus kaum erkennbarem Fichtenwald, der im Nebel vorüberrauschte. Die Adresse, die Dieter Wohl Lennox gegeben hatte, war irreführend – Holzfällerhof, Saverne. Das kann einem in einsamen Gegenden Frankreichs oft passieren. Annette Devaud wohnte in einiger Entfernung von Saverne. Lennox warf einen Blick auf die Skizze, die der Barmann der Auberge des Vosges ihm auf eine Speisekarte gekritzelt hatte, und fuhr weiter durch den Nebel. An einer Stelle kam er an einem Kanal vorüber, der unten tief in einem Einschnitt lag. An Bord eines großen Lastkahns bewegten sich Gestalten in Ölzeug. Lennox fuhr in eine Kurve. Als er herauskam, sah er ein grob gezimmertes Schild aus Holz über einer Hecke. *Holzfällerhof*.

Der Feldweg, der hier abzweigte, der sich den Berg hinaufschlängelte und auf beiden Seiten von steilen Abhängen umgeben war, bestand nur aus dickem Schlamm und tiefen Spurrillen, in denen das Wasser stand. Lennox blieb mehrmals stecken. Die Räder drehten durch. Die Sicht war so schlecht, daß er die Scheinwerfer einschalten mußte. Als er einen Hügelkamm erreichte, erfaßten die Scheinwerfer die Frontseite eines langen Bauernhauses mit steilem Dach. Das Gebäude, das sich unter einer mächtigen Felswand voller Kletterpflanzen duckte, war das Ende des Feldwegs. Lennox ließ den Motor laufen und ging in den Regen hinaus. Er schätzte, daß ihm kaum mehr als fünfzehn Minuten blieben, um Annette Devaud von hier wegzubringen, bevor das Kommando hier ankam.

Die Frau, die die Tür aufgemacht hatte, hielt eine doppelläufige Flinte im Arm, mit der sie auf Lennox' Bauch zielte. Sie sagte, sie habe ihn von einem Fenster im Obergeschoß kommen sehen und lasse keine Fremden herein. Lennox sprudelte los; seine Stimme hatte einen Anflug von Hysterie. »Darf ich Ihr Telefon benutzen? Unten auf der Landstraße hat es einen Unfall gegeben, und eine Frau ist schwer verletzt...«

»Ich habe kein Telefon...«

»Dann geben Sie mir Verbandszeug, um Himmels willen...«

Lennox fuchtelte mit den Armen und gestikulierte. Er stieß den Lauf zur Seite und entwand der alten Dame das Gewehr.

»Tut mir leid, aber Gewehre machen mir Angst – manchmal gehen sie von selbst los. Und unten auf der Straße hat es auch keinen Unfall gegeben, obwohl es sehr wahrscheinlich ist, daß es in zehn Minuten hier oben einen geben wird – und Sie werden darin verwickelt sein.« Er holte tief Luft. »Zwei Männer sind hierher unterwegs, um Sie zu töten...«

In gewisser Hinsicht fühlte sich Lennox erleichtert. Er hatte eine gebrechliche alte Dame erwartet, aber die Frau, die ihm mit der Flinte entgegengetreten war, konnte man kaum gebrechlich nennen. Sie war mittelgroß, hielt sich gerade. Als er ihr die Waffe weggenommen hatte, hatte sie sich mühelos bewegt. Jetzt stand sie da und sah ihn wütend an, noch immer eine gutaussehende Frau mit einer Römernase und einem festen Kinn. »Sie sehen gar nicht verrückt aus«, sagte sie. »Weshalb sollte jemand mich umbringen wollen?«

»Weil Sie vielleicht in der Lage sind, den Leoparden zu identifizieren...«

Es kostete ihn ungefähr eine Viertelstunde – viel zuviel Zeit, wie ihm nach einem Blick auf die Uhr klar wurde –, Annette Devaud davon zu überzeugen, daß er vielleicht doch über das Bescheid wußte, wovon er sprach. Und während dieser Zeit, in der er in ihrem altmodisch eingerichteten Wohnzimmer stand, erhielt er die Erklärung für etwas, was ihm seit dem Gespräch mit dem Barmann vorhin Kopfzerbrechen bereitet hatte: Wenn sie in der Lage war, den

Leoparden zu identifizieren – was Lennox bezweifelte –, und wenn Léon Jouvel aus irgendeinem abenteuerlichen Grund recht gehabt haben sollte, warum hatte sie dann in den vergangenen Monaten, in denen sie wieder hatte sehen können, Guy Florians Bild noch nicht gesehen? In einer Zeitung, einer Illustrierten, im Fernsehen? Sie gab Lennox die Antwort, nachdem sie erzählt hatte, wie sie einmal den Leoparden, der ins Bein geschossen worden sei, gesundgepflegt habe.

»Seitdem ich mein Augenlicht wiederhabe, Monsieur Bouvier, lese ich Bücher...« Sie zeigte mit der Hand auf die Bücherregale an den Wänden, die vom Boden bis zur Decke reichten. »In all diesen Jahren mußte ich mich mit Brailleschrift begnügen – jetzt kann ich wieder richtige Bücher lesen! Ich habe schon als Mädchen sehr viel gelesen. Jetzt habe ich den Ehrgeiz, noch alle diese Bücher zu lesen, bevor ich sterbe...«

»Aber die Zeitungen...«

»Ich halte nichts von Zeitungen. Hab's noch nie getan. Sie sind langweilig. Illustrierte? Warum sollte man die lesen, wenn man Bücher hat?«

»Und Fernsehen?«

»Davon halte ich auch nichts. Und ein Radio habe ich auch nicht.« Madame Devaud stand kerzengerade da. »Ich lebe hier ganz allein, und das liebe ich. Mir gehören fünfundzwanzig Hektar Wald, auf denen ich stundenlang spazieren gehe. Auf die Welt, die ich im Krieg gesehen habe, kann ich für immer verzichten. Alle Vorräte, die ich brauche, werden von einem Mann aus dem Dorf geliefert. Ich bin also fast autark. Ich lebe gerne so, Monsieur Bouvier...«

»Aber wenn der Leopard noch am Leben wäre, würden Sie ihn wiedererkennen?«

»Der Leopard ist tot...«

»Aber wenn er's nicht ist?« beharrte Lennox.

»Ich glaube, ich würde ihn wiedererkennen, ja. Er hatte

einen guten Knochenbau. Und Knochen ändern sich nicht...«

Lennox gelang es, sie auf den Beifahrersitz des Mercedes zu komplimentieren, aber das nur aus einem Grund. »Wenn Sie diesen Renault mit den beiden Männern wirklich von der Straße abgedrängt haben, dann müßte Ihr Wagen Spuren des Zusammenpralls tragen.« Sie zog sich einen schweren Pelzmantel an und ging mit ihm nach draußen, wo sie kurz den seitlich eingebeulten Mercedes inspizierte. Dann stieg sie schnell ein.

»Wir sollten uns lieber beeilen«, sagte sie kurz, »sonst werden wir ihnen noch auf dem Feldweg begegnen. Ich habe Ihnen geglaubt, bevor ich den Schaden sah – ich bin eine gute Menschenkennerin, aber Sie müssen zugeben, daß ich Grund hatte, mißtrauisch zu sein...«

»Ich werde Sie in der Nähe der nächstliegenden Polizeiwache absetzen«, sagte Lennox beim Hinunterfahren.

»Ich kenne eine Stelle, an der wir uns verstecken und trotzdem die Einfahrt zum Hof gut sehen können...«

Sie hatte ihr Gewehr mitnehmen wollen, aber er hatte es in einen Schrank gesteckt, bevor sie das Haus verließen. Jetzt näherten sie sich der Landstraße. Die Luger, die Peter Lanz ihm geliehen hatte, steckte in seiner Manteltasche. Er hatte jetzt die Scheinwerfer ausgeschaltet, weil er befürchtete, das Licht könnte verraten, wo sich die Einfahrt befand. Er selbst hätte die Einfahrt verfehlt, wenn er die Skizze nicht gehabt und das Schild nicht gesehen hätte. Kurz vor dem unteren Ende des Feldwegs wurde die Sicht plötzlich durch eine dichte Nebelwand versperrt. Plötzlich wurde der Nebel erleuchtet und glitzerte, als Scheinwerferlicht von der Landstraße aus ihn erfaßte. Der Renault war angekommen – nur Sekunden zu früh. Beinahe wären sie davongekommen.

Lennox trat auf die Bremse, bevor er das Unmögliche versuchte, nämlich rückwärts wieder hinaufzufahren. In dem Lichtschein des Renault blitzten feuchte Nebeltropfen auf.

Das Licht wurde schwächer. Auf Lennox Stirn glänzten Schweißperlen, als er den Fuß von der Bremse nahm; auf der Landstraße waren die Scheinwerfer eines Wagens um eine Kurve gekommen und hatten die Einfahrt kurz gestreift. Dann fuhr der Wagen auf der Landstraße weiter. Trotz des glitschigen Schlammes beschleunigte Lennox. »Halten Sie unten an«, befahl Annette Devaud. »Wenn diese Männer den Hof finden, nachdem wir weg sind, könnten sie ihn irgendwie beschädigen. Entfernen Sie also bitte das Hinweisschild...«

Um ihr den Gefallen zu tun, hielt Lennox kurz an, sprang aus dem Wagen und stieß kräftig gegen den Pfahl. Verrottetes Holz knirschte, und dann kippte das Schild um. Es war nichts mehr zu sehen. Lennox war ihrer Bitte nicht nur gefolgt, um der alten Dame einen Gefallen zu tun: Wenn das Kommando den Hof nicht finden sollte, fuhren die beiden Männer vielleicht ziellos herum, und in dieser Zeit hatte Annette Devaud die Möglichkeit, den nächsten Polizeiposten zu verständigen. Mit einem Satz saß Lennox wieder hinter dem Lenkrad und gab Gas. Er folgte ihren Anweisungen und bog an der Ausfahrt nach links in die Landstraße ein – sie fuhren jetzt also von Saverne weg. Nach einer kurzen Strecke bog er wieder links ab, in der Annahme, daß die Landstraße sich hier gabelte. Statt dessen fuhr er jetzt wieder auf einem verschlammten Feldweg, der sich immer höher schlängelte und schließlich um eine hohe Felswand herumführte.

»Wohin führt dieser Weg?« fragte er.

»Zurück auf mein Land – zu einem hohen Felsen, von dem aus wir die Einfahrt zum Hof beobachten können...«

Es war alles so schnell gegangen. Da Lennox die Gegend nicht kannte, hatte er es für klüger gehalten, ihre Anweisungen zu befolgen, und jetzt hatte sie ihn auf irgendeinen Gipfel geführt, der für seinen Geschmack noch längst nicht weit genug entfernt war. »Hier oben werden sie uns nie finden«, sagte Madama Devaud zuversichtlich. »Und wir werden sehen können, was passiert – ich mag mein Zuhause nicht unbeobachtet lassen...« Auf dem höchsten Punkt des sich windenden Feldwegs, der auf beiden Seiten von dichtem Fichtenwald begrenzt war, kamen sie auf eine Lichtung, auf der sich eine alte Scheune zwischen zerklüfteten Felsen befand. Das Gebäude war verfallen, die Balken verrottet; die beiden Scheunentore lagen auf einem Teppich toter Farne. Dichtes, wild wucherndes Unterholz umgab den Rand des Felsens. Lennox stellte den Motor ab und schaltete die Scheinwerfer aus. Die klamme, feuchte Kälte des Hochwalds umgab sie. Sie hatte ihn ans Ende einer Sackgasse geführt.

Es war drei Uhr nachmittags, als André, das Eichhörnchen, dem Alouette-Hubschrauber entstieg, der ihn nach Saverne gebracht hatte. Von dort fuhr ihn ein bereitstehender Wagen zur Polizeistation. Dort stiegen drei Polizeibeamte zu, worauf der Wagen in die Vogesen hinauffuhr. Während des Flugs von Paris hatte Boisseau sich eingestanden, daß es vielleicht besser gewesen wäre, Grelles Rat zu befolgen und Annette Devaud unter Polizeischutz zu stellen. Aus diesem Grund nahm er jetzt auch ein paar Beamte mit, die er auf dem Holzfällerhof zurücklassen wollte, um das Leben der einzig bekannten Überlebenden aus der früheren Umgebung des Leoparden zu schützen. Er war auf das Gespräch gespannt. In der Polizeistation hatte er vorgeschlagen, den Holzfällerhof telefonisch von seinem Kommen zu verständigen, aber man hatte ihm nur sagen können, daß Madame Devaud noch nie ein Telefon besessen habe. Während der Fahrt in die nebelverhangenen Berge wurde Boisseau immer unruhiger.

»Geben Sie Gas«, sagte er dem Fahrer, »ich möchte so schnell wie möglich da sein...«

»Gas geben? Bei diesem Nebel, Herr Generaldirektor?«

»Dann schalten Sie die verdammte Sirene ein. Beeilen Sie sich...«

Von der Spitze des zerklüfteten Felsens hinter der verfallenen Scheune hatte man tatsächlich, wie Madame Devaud gesagt hatte, eine hervorragende Sicht auf die darunterliegende Landstraße und die Einfahrt zum Hof. An dieser Stelle fiel die Felswand mehr als dreißig Meter tief ab. Rechts von der Stelle, an der Lennox stand, schlängelte sich ein schmaler Pfad hinunter zu einem winzigen Sommerhaus, das etwa zwanzig Meter über der Straße lag. Dort war der Abhang nicht so steil. Das Sommerhaus stand auf einem Felsvorsprung. Direkt unter Lennox fiel die Felswand schwindelerregend steil ab. Jenseits der verfallenen Scheune stand der Mercedes mit der Schnauze zu dem Feldweg, auf dem sie hergekommen waren; Lennox war beunruhigt, weil kein anderer Weg von dieser einsamen Stelle wegführte, und war drauf und dran, Madame Devaud zu sagen, daß sie jetzt abfahren müßten. Aber zuerst wollte er noch einen Blick auf die Landstraße werfen. Durch den Nebel sah er einen Wagen von Saverne her näher kommen. Die Umrisse des Wagens waren zu verschwommen, so daß er nicht sehen konnte, was für ein Fabrikat es war. Lennox sah auf seine Uhr. 15.15 Uhr.

Hinter sich lehnte sich Annette Devaud in der Scheune gegen einen Fenstersims. Sie versuchte zu erkennen, was geschah. Der Wagen dort unten kroch immer näher heran, fuhr sehr langsam, als hätte der Fahrer sich verfahren. Dann, im nächsten Moment, war Lennox sicher, daß es sich um einen Renault handelte. Der Wagen rollte langsam an der versteckten Einfahrt zum Holzfällerhof vorüber – jetzt, wo das Schild entfernt war, deutete nichts mehr auf Annette Devaud hin – und fuhr auf der Landstraße weiter, bis er sich genau unter Lennox befand, der aufs Wagendach hinuntersah. Der Wagen hielt einige Sekunden, bog dann von der Landstraße ab und verschwand außer Sicht. Der Renault fuhr jetzt den Feldweg hinauf, der zu dem Felsen führte. »Sie kommen hierher«, rief Lennox Madame Devaud zu. »Kommen Sie her, so schnell Sie können ...«

Sie eilte aus der Scheune, lief hintenherum zu Lennox, der sie den schmalen Pfad zum Sommerhaus hinunterschickte. Er wartete eine Sekunde und sah ihr zu, wie sie sich mit der Gewandtheit einer Bergziege davonmachte. Dann rannte er zur Vorderseite der Scheune und versteckte sich in einem dichten Gestrüpp in der Nähe der Steilwand und wartete. In der rechten Hand hielt er die Luger.

Vanek fuhr langsam den Feldweg hinauf. Neben ihm zog Lansky sich dünne und teure Glacéhandschuhe an. Wahrscheinlich würde er die alte Dame, von der der Barmann in der Auberge des Vosges ihm gesagt hatte, daß sie allein lebte, erdrosseln müssen. Einen Kilometer weiter unten auf der Landstraße hatten sie in einem Sägewerk nochmals nach dem Weg gefragt. »Einen Kilometer weiter«, hatte man ihnen gesagt. »Da führt ein alter Feldweg rauf...« Sie waren an der versteckten Einfahrt vorbeigefahren, die zum Holzfällerhof führte, und waren an der nächsten Abzweigung eingebogen. Sie kamen um eine Kurve und befanden sich oben auf dem Felsen.

»Da stimmt was nicht – sehen Sie...« Vanek nickte in Richtung des geparkten Mercedes. »Ich gebe Ihnen Dekkung...« Als Lansky die Tür öffnete, wurde zwischen ihnen nichts mehr gesagt. Lansky machte kein Geräusch und schlüpfte hinaus. Die beiden Männer waren darauf trainiert, im Team zu arbeiten; sie hatten beide die Lage erfaßt, und da waren weitere Worte überflüssig. Irgendwo hier auf diesem Felsen befand sich der Mann, mit dem Lansky in der Rue de l'Épine zusammengestoßen war, der Mann, der vor weniger als einer Stunde versucht hatte, sie von der Straße abzudrängen und zu töten. Vanek blieb im Wagen. Er hielt wie Lennox eine Luger in der Hand und wartete auf irgendeine kleine Bewegung, während Lansky sich mit dem Gelände vertraut machte und entdeckte, daß die offenstehende Scheune leer war. Lennox hockte zusammengekrümmt im Unterholz. Er konnte den Mann hinter dem Lenkrad nicht sehen, weil der Renault auf einer Bodenwelle stehengeblieben war. Die Karosserie verbarg den zweiten Mann. Lanskys plötzliches Manöver traf Lennox unvorbereitet.

Der Tscheche sprintete die kurze Strecke im Freien und verschwand in der Scheune. Dann, etwa eine oder zwei Minuten lang – so kam es Lennox jedenfalls vor –, geschah gar nichts. In der Scheune versuchte Lansky, irgendwie nach oben zu kommen, unters Dach, um von dort einen Überblick über den ganzen Felsen zu gewinnen. Sehr leise begann er, an der Innenwand der Scheune hochzuklettern. Dabei benutzte er die Querbalken als Fußstützen, bis er ein Loch erreichte, durch das er in den Mercedes hineinsehen konnte. Der Wagen war leer. Lansky suchte den Felsen sorgfältig ab, bis er die Silhouette eines Mannes entdeckte, der in einem Gestrüpp hockte. Danach kletterte Lansky behutsam hinunter.

Mit der Karosserie des geparkten Mercedes zwischen sich und Lennox kroch er vorwärts. Er hielt nur einmal inne, um Vanek ein Zeichen zu geben. Der Tscheche nickte. Lansky hatte die Zielscheibe geortet. Lansky erreichte die eine Seite des Mercedes und öffnete den Türgriff mit äußerster Behutsamkeit. Zentimeter um Zentimeter. Dann öffnete er die Tür. Er glitt hinter das Lenkrad und griff nach dem Zündschlüssel, den er von der Scheune aus im Zündschloß hatte stekken sehen. Um auf ihn zu schießen, mußte der Franzose aufstehen – und wenn er sein Versteck verließ, würde Vanek als erster schießen.

Lennox hockte rund zwölf Meter hinter dem Kofferraum des Mercedes und kämpfte gegen den fast unwiderstehlichen Impuls, den Kopf zu heben, um zu sehen, was zum Teufel da eigentlich vorging. Seitdem der zweite Mann in der Scheune verschwunden war, hatte er keinen Laut mehr gehört. Lansky, der genau im Kopf hatte, wo sich der Franzose befand, hielt inne, als er den Zündschlüssel berührte. Er mußte jetzt tatsächlich verdammt schnell handeln. Außerdem mußte er den Wagen auf den Punkt genau anhalten, sonst würde der Mercedes zusammen mit dem Franzosen den Steilhang hinuntersausen. Was auch immer geschehen würde: Der unbekannte Mann war schon jetzt so gut wie tot. Wenn er dort blieb, wo er sich jetzt befand, würde der Wagen ihn mit in die Tiefe reißen; wenn er sich erhob, würde Vanek ihn mit einem einzigen Schuß erledigen. Dann, plötzlich, hörten es alle vier Menschen dort oben auf dem Felsen – Madame Devaud, die unten im Sommerhaus mit laut pochendem Herzen wartete, und die drei Männer dort oben. Aus der Ferne drang das klagende Geheul einer Sirene herauf. Lansky zögerte nicht. Er drehte den Zündschlüssel herum, riß den Rückwärtsgang herein und fuhr blitzschnell los.

Lennox erfaßte im Bruchteil einer Sekunde, was der Mann vorhatte. Jemand hatte sich in seinen Wagen gesetzt. Sie wollten ihn den Abhang hinunterstürzen lassen. Er überlegte blitzschnell, schätzte die Zeit haargenau ab, stand auf und bot seine Silhouette in dem Augenblick dar, in dem sie durch den heranrasenden Mercedes vor dem Fahrer des Renault verborgen war. Lennox sah den rückwärts gewandten Kopf und den herumgedrehten Oberkörper des Mannes im Mercedes wie im Sucherbild einer Kamera. Lennox feuerte zweimal, ließ den Lauf der Waffe sinken und tauchte dann zur Seite. Alle viere von sich gestreckt, blieb er liegen. Beide Kugeln trafen Lansky in den Rücken, aber keine von beiden hatte den sofortigen Tod zur Folge. Die unwillkürliche Reaktion ließ Lansky hart aufs Gaspedal treten. Der Mercedes fuhr über das Gestrüpp hinweg, raste weiter, verschwand im Nichts und stürzte dann in die Tiefe, bis er rund dreißig Meter weiter unten auf die Landstraße aufprallte. Der Streifenwagen, in dem Boisseau mit den Beamten saß und den ein Mann lenkte, der sich in dieser Gegend gut auskannte, bog gerade in die Einfahrt zum Holzfällerhof ein, als der Mercedes aufschlug. Der Streifenwagen bremste und fuhr weiter. In diesem Augenblick ging der Mercedes in Flammen auf.

Vanek hatte ebenfalls die Polizeisirene gehört und reagierte sofort, als er den Mercedes mit Lansky am Steuer verschwinden sah; er wendete den Renault, so daß er mit der Motorhaube zum Feldweg zeigte. Er sah, wie Lennox sich in wenigen Metern Entfernung aufrappelte und wieder auf die Beine kam. Vanek trat auf die Bremse, ergriff die Luger, die auf seinem Schoß lag, zielte und drückte ab. Der Engländer zielte gerade, als Vaneks Kugel traf. Wieder ging Lennox zu Boden.

Vanek fuhr mit halsbrecherischer Geschwindigkeit den Feldweg hinunter, behielt den Wagen aber dennoch unter Kontrolle. Als er unten an der Ausfahrt ankam, blockierte der brennende Mercedes die rechte Seite, behinderte aber auch den Streifenwagen. Vanek riß das Lenkrad herum, bog nach links ein und fuhr auf der leeren Landstraße weiter, während er fieberhaft überlegte, was jetzt zu tun sei. Die Antwort fiel ihm mit einem einzigen Satz ein: In Luft auflösen. Es war der Tod seines Partners, den er soeben mitangesehen hatte, der ihm diesen Gedanken eingab. Vanek lenkte den Wagen einen steilen Straßenabschnitt hinauf, bis er an einen Punkt kam, an dem die Straße eine scharfe Biegung machte. Rechts war eine Leitplanke errichtet worden, und ein Verkehrszeichen wies auf die Gefahr hin: Gefährliche Kurve. Vanek hielt den Wagen hinter der Biegung an und ging zu Fuß zu der Stelle zurück, an der man erst vor kurzem eine Leitplanke gezogen hatte. Dahinter fiel der Abhang gut sechzig Meter ab; unten endete der Steilhang in einem Felsgeröll. Die dahinterliegende Ebene wurde von einem Kanal durchzogen.

Vanek rannte zum Renault zurück, drehte den Zündschlüssel von außen herum, löste die Handbremse und knallte die Tür zu, als der Wagen langsam rückwärts zu rollen begann. Durch die geöffnete Seitenscheibe lenkte er den Wagen mit einer Hand.

Er hatte den Wagen auf einem einigermaßen ebenen Abschnitt angehalten, bevor die Straße wieder steiler wurde.

Der Renault rollte jetzt also einige Sekunden lang bedächtig an, während Vanek sich draußen gleichauf hielt; dann wurde die Straße abschüssig, und der Wagen rollte schneller. Jetzt hatte Vanek die Hand vom Lenkrad genommen. Der Renault bewegte sich aus eigener Kraft immer schneller und prallte dann gegen die weißgestrichene Leitplanke – die nur errichtet worden war, um die seitliche Fahrbahnbegrenzung zu markieren –, durchbrach die schwache Konstruktion und war plötzlich nicht mehr zu sehen.

Vanek hörte, wie der Renault mit dem Krachen berstenden Metalls auf den Geröllhaufen aufprallte. Anders als der Mercedes ging der Renault aber nicht in Flammen auf. Zufrieden über seinen Erfolg – er hatte sich eine Atempause verschafft –, verließ der Tscheche die Landstraße und ging in den Wald hinauf. Dann machte er sich zu Fuß auf den Weg zu dem zerklüfteten Felsen, auf dem Lansky gestorben war.

# 17

Vanek behielt auf seinem Weg durch den Wald immer die Straße im Auge, um nicht die Orientierung zu verlieren. Als er eine Hügelkuppe erreichte, von der aus der Felsen zu sehen war, konnte er gerade noch einen Blick auf Madame Devaud werfen, die von einigen Polizeibeamten zu einem Streifenwagen geleitet wurde. Es hatte eine Verzögerung gegeben, weil über Funk angeforderte Verstärkung erst einige Zeit später eingetroffen war. Bis dahin hatte man die alte Dame in der Scheune bewacht. Die Neuankömmlinge durchkämmten den Wald in der nächsten Umgebung des Felsens, aber ohne Ergebnis. Lennox, der noch bei Bewußtsein war und in einem Krankenwagen lag, hatte Boisseau eindringlich gewarnt: Diese Männer seien professionelle Killer, und man dürfe das Leben von Madame Devaud keiner Gefahr mehr aussetzen.

In dem Moment, als Vanek die Hügelkuppe erreichte, von der aus er den Felsen übersehen konnte, machte sich der Konvoi von Polizeifahrzeugen zur Abfahrt bereit. Der Tscheche stand hinter einer Fichtengruppe und beobachtete die Szene durch ein starkes Fernglas, das er immer bei sich trug. Annette Devaud wurde zu einem der Wagen geleitet. Das Fernglas brachte sie so nah heran, daß er ihren Kopf und ihre Schultern deutlich sehen konnte. Er hätte sie ohne weiteres töten können, wenn er ein Gewehr mit Zielfernrohr bei sich gehabt hätte. Plötzlich, als wäre den Polizeibeamten der gleiche Gedanke gekommen, war Annette Devaud von Beamten umringt. Sie verschwand hinter einer Mauer aus Uniformen. Aus dieser Entfernung konnte Vanek unmöglich versuchen, seine Luger einzusetzen.

Vanek hockte reglos da und beobachtete, wie die Streifenwagen mit dem Krankenwagen an der Spitze den Feldweg hinunterfuhren und dann auf der Landstraße auftauchten, auf der der Nebel sich inzwischen gelichtet hatte. In dem späten Nachmittagslicht waren die Fahrzeuge jedoch nur schemenhaft zu erkennen. Es war aber die Richtung, welche die Fahrzeuge einschlugen, die für Vanek von Interesse war. Der Konvoi fuhr nach Saverne.

»Der zweite Killer ist von der Straße abgekommen und einen Abhang hinuntergerast«, berichtete Boisseau Marc Grelle am Telefon der Saverner Polizeistation. »Er ist neben einem Kanal aufgeschlagen. In diesem Augenblick müßten die Beamten schon am Unfallort sein. Und dieser Engländer Lennox, ist hier. Er hat den ersten Killer erschossen, hat aber selbst auch eine Kugel abbekommen ...«

»Ist er tot?« fragte der Präfekt.

»Nein, er wird durchkommen, muß aber einige Tage im Krankenhaus bleiben. Er hat eine Nachricht für Sie. Er ist ein sehr vorsichtiger Mann, dieser Lennox – ich mußte ihm erst meinen Dienstausweis zeigen, bevor er mir die Nachricht anvertraute. Er sagt, er glaube, Madame Devaud könne den Leoparden identifizieren ...«

»Madame Devaud ist bei Ihnen?«

»Ich kann sie von hier aus sehen ...«

Boisseau verstummte, als der Inspektor aus Saverne, der auf einer anderen Leitung gerade ein Gespräch entgegennahm, ihm ein Zeichen gab. Boisseau hörte einen Augenblick zu, dann setzte er das Gespräch mit Paris fort. »Ich glaube, ich habe eine schlechte Nachricht. Der Renault – der Wagen der Mörder –, der den Abhang hinuntergestürzt ist, ist jetzt untersucht worden. Von dem zweiten Mann ist keine Spur zu finden. Er wird ihn absichtlich über den Rand gekippt haben, um uns auf eine falsche Fährte zu locken. Einer der Mörder läuft also noch frei herum ...«

Der Lastkahn tuckerte gemächlich aus dem Nebel auf Vanek zu, der am Ufer des einsamen Kanals stand. Sein Atem ging noch schnell. Er hatte sich beim Hinuntersteigen von der Hügelkuppe beeilt, bevor er die Landstraße überquerte und den sanften Abhang hinunterrannte, der zum Kanal führte. Er war den menschenleeren Treidelpfad entlanggegangen, als er plötzlich hinter sich das tuckernde Motorengeräusch hörte.

Er gestikulierte, um den Mann in gelbem Ölzeug und Schirmmütze, der am Heck des Kahns am Ruder stand, auf sich aufmerksam zu machen. Vanek rief mehrmals »Polizei«, dann wartete er, bis der Kahn nah genug am Ufer war, so daß er an Bord springen konnte. Er zeigte dem Binnenschiffer mit der gegerbten Haut seinen gefälschten Sûreté-Ausweis. »Sind Sie allein an Bord?«

Der Mann bejahte und erklärte, er sei schon ein Stück weiter oben von Polizisten angehalten worden, die einen abgestürzten Wagen untersucht hätten. »Wie weit ist es bis zur nächsten Schleuse?« fragte Vanek.

»Sechs Kilometer.«

»Ich fahre mit Ihnen«, sagte Vanek zu dem Mann. »Ich suche den Mörder, der diesen Wagen aufgegeben hat...«

Mehrere Minuten lang stand Vanek hinter dem Schiffer und tat, als betrachtete er die Felder, an denen sie vorüberglitten. In Wahrheit beobachtete er, wie der Schiffer die Instrumente bediente. Beiläufig, als wollte er nur die Zeit totschlagen, fragte er nach einigen technischen Details, während der Kahn durch leichte Nebelschwaden weitertuckerte. Während der Nebel in den Bergen sich lichtete, senkten sich jetzt graue Schwaden auf die enge Schlucht, durch die der Kanal in die Ebene vor Straßburg hinausführt. »Ihre Mütze sieht aus wie eine Chauffeurmütze«, bemerkte Vanek. »Na ja, statt eines Wagens fahren Sie eben einen Kahn...« Vanek sprach noch, als er die Luger aus der Tasche zog und dem Mann in den Rücken schoß.

Bevor er den Schiffer über Bord warf, nahm Vanek ihm

das Ölzeug und die Schirmmütze ab. Vanek zog das Ölzeug an und setzte sich die Mütze auf. Er benutzte eine an Deck liegende schwere Kette, um die Leiche des Schiffers zu beschweren; er legte sie dem Toten um die Schultern und zwischen die Beine. Der Lastkahn, den er gestoppt hatte, trieb jetzt sacht weiter, während Vanek die Leiche über Bord kippte. Er sah nur einen Augenblick zu, wie der Tote in dem grauen, schmutzigen Wasser versank. Dann ließ Vanek die Maschine an und stellte sich ans Ruder. Wenige Minuten später tauchte im Nebel eine Brücke auf. Ein Streifenwagen hielt mitten auf der Brücke, und ein Polizist beugte sich übers Geländer. Der Beamte wartete, bis der Kahn nahe genug herangekommen war.

»Haben Sie unterwegs einen Mann gesehen?« rief er hinunter.

»Nur ein paar von Ihren Kollegen, die einen abgestürzten Wagen untersuchten«, rief Vanek zurück.

Der Polizist wartete und starrte auf Vanek hinunter, der jetzt starr geradeaus blickte und den Kahn unter den Brükkenbogen hindurchsteuerte und kanalabwärts weiterfuhr. Wenige Minuten später war die Brücke hinter ihm im Nebel verschwunden. Dann tauchten die Umrisse einer weiteren Brücke vor ihm auf. Vanek nahm an, daß er jetzt aus der unmittelbaren Gefahrenzone heraus sein mußte. Hier würden sie nicht mehr nach ihm suchen. Er mußte den Kahn aber auf jeden Fall verlassen, bevor er die Schleuse erreichte.

Nachdem er die Brücke passiert hatte, stoppte er den Kahn, versteckte das Ölzeug unter aufgerolltem Tauwerk, sprang über Bord und ging einen verschlammten Fußpfad hinauf, der ihn auf eine Straße führte. Die Schirmmütze hatte er in den Mantel gesteckt.

Vanek ging ein kurzes Stück zu Fuß, bis er ein passendes Versteck gefunden hatte, eine Baumgruppe. Dort stellte er sich hin und wartete. Im Lauf von fünfzehn Minuten ließ er zwei Lastwagen passieren. Dann sah er eine BMW-Limousine näher kommen, die von der Landstraße nach Saverne abgebogen sein mußte. Es saß nur ein Mann im Wagen. Das Fahrzeug stank nach Geld. Vanek trat auf die Fahrbahn hinaus und winkte dem Fahrer zu, er solle anhalten. »Polizei, Polizei«, rief er.

Wieder zeigte er seinen gefälschten Sûreté-Ausweis. Der mißtrauische Fahrer protestierte. Er sei schon einmal angehalten und kontrolliert worden. »Ich glaube Ihnen nicht«, sagte Vanek und steckte seinen Ausweis ein. »Wie weit weg war das?« Etwa einen Kilometer weiter, erwiderte der Fahrer des BMW, ein Mann Ende der Fünfzig mit einem teuren Maßanzug. Er machte einen arroganten Eindruck, was Vanek amüsierte. Er zog seine Luger und befahl dem Fahrer, sich auf den Beifahrersitz zu setzen, während er sich selbst hinter das Lenkrad klemmte. Er setzte die Schirmmütze auf, die er dem toten Schiffer abgenommen hatte. »Ich bin Ihr Chauffeur«, verkündete er. »Wenn wir von einer Polizeistreife angehalten werden sollten, werden Sie das bestätigen. Wenn Sie den kleinsten Fehler machen, werde ich Ihnen drei Schüsse in den Bauch verpassen, und Sie werden sehr langsam sterben.«

Die Drohung erschreckte den Mann nicht so sehr wie die beiläufige Art, in der Vanek sie ausgesprochen hatte. Der Tscheche fuhr in der gleichen Richtung weiter, die der BMW-Fahrer eingeschlagen hatte – weg von der Landstraße nach Saverne. Fünf Minuten später hielt Vanek in einem Waldstück an. Er war Überzeugt, jetzt aus dem Gebiet heraus zu sein, in dem die Polizei nach ihm suchte. Er konsultierte die Straßenkarte, die er am Straßburger Flughafen gekauft hatte und die ihn und Lansky nach Saverne geführt hatte. Vanek sah jetzt, daß er Saverne auch auf einem anderen Weg erreichen konnte, wenn er sich nördlich des Kanals und der Landstraße hielt, bis er kurz vor Saverne auf eine andere Straße einbog. »Sie sollten mir lieber die Wagenpapiere geben«, sagte er zu dem Eigentümer des BMW. »Die aufzubewahren ist Sache des Chauffeurs.« Der Mann, der Vanek gesagt hatte, er fahre nach Metz zurück, hatte verschwiegen, daß er Bankier war. Er gab Vanek die verlangten Papiere.

»Ich werde Sie hier schön verschnürt zurücklassen.« Vanek klopfte sich auf die Tasche, in der er das Seil mitführte. »In einer Stunde werde ich die Polizei von Saverne anrufen und sagen, wo man Sie finden kann. Ich bin nur ein kleiner Dieb und habe nicht die Absicht, Sie hier erfrieren zu lassen.« Er stieg mit seinem Gefangenen aus dem Wagen aus, erschoß ihn am Straßenrand und versteckte die Leiche hinter einem Gebüsch. Dann setzte er sich wieder in den BMW und fuhr auf dem Umweg über die Nebenstraßen nach Saverne.

Boisseau hatte all seinen Charme und beträchtliche Überredungskünste aufgeboten, aber das machte auf Annette Devaud keinerlei Eindruck. Sie blieb bei ihrer Entscheidung. Ja, sie würde nach Paris mitfahren und den Polizeipräfekten treffen, wenn das wirklich so wichtig sei – und hier meinte Boisseau, einen Anflug von Aufregung angesichts dieser Aussicht heraushören zu können. Vielleicht hatte die Tatsache, daß sie so knapp dem Tod entronnen war, in ihr den Wunsch geweckt, noch einmal die Hauptstadt zu sehen. Aber Fliegen? Nein, sie werde sich nicht in ein Flugzeug setzen, und wenn er ihr eine Million Franc böte. Nein, eine Fahrt mit dem Auto komme auch nicht in Frage; Autofahren mache sie krank. Sie werde nur nach Paris fahren, wenn sie mit der Bahn reisen könne.

Von der Polizeistation in Saverne aus, wohin man sie eilig gefahren hatte – »Und diese Autofahrt reicht mir«, hatte sie entschlossen verkündet –, rief Boisseau mehrmals Marc Grelle an. Er berichtete über die jeweils jüngste Entwicklung der Dinge – oder über das Fehlen neuer Erkenntnisse. Es war Grelle, der entschied, man solle die alte Dame per Bahn nach Paris bringen. »Sie müssen aber alle nur erdenklichen Vorsichtsmaßnahmen ergreifen«, schärfte er Boisseau ein. »Vergessen Sie nicht, daß drei Zeugen schon umgebracht worden sind, und um ein Haar hätten die Burschen auch Annette Devaud erwischt. Es müssen sehr sorgfältige Arrangements getroffen werden – denn mindestens einer der Mörder ist noch auf freiem Fuß.« Nach dem Gespräch mit Boisseau rief der Präfekt persönlich in Straßburg an, um seinen Wünschen mit dem ganzen Gewicht seines Einflusses Nachdruck zu geben. Wenn jeder wie geplant kooperierte, würde Annette Devaud um neun Uhr abends wohlbehalten in Paris sein – wenig mehr als zwölf Stunden vor Guy Florians Abflug in die Sowjetunion.

Auf der Karte, die Vanek bei sich hatte, war die Polizeistation von Saverne eingezeichnet. Nachdem er die Stadt erreicht hatte, hatte er also keine Mühe hinzufinden. Er trug noch immer die Schirmmütze und fuhr langsam die Straße hinunter, als hielte er nach einem geeigneten Parkplatz Ausschau. Vor der Wache parkten vier Streifenwagen, Stoßstange an Stoßstange, und uniformierte Polizisten gingen auf und ab und bewachten das Gebäude. Einer von ihnen warf einen Blick auf den BMW und wandte sich dann ab; Vanek hatte einmal zu Brunner bemerkt, daß die Polizei im kapitalistischen Westen wohlhabende Leute unbehelligt lasse – und was konnte wohlhabender wirken als eine schwere Limousine mit Chauffeur?

Vanek hatte noch einen Grund, sich sicher zu fühlen: Während seines Gesprächs mit dem Bankier, den er später getötet hatte, hatte er herausbekommen, daß dieser nach Metz unterwegs gewesen war. Das bedeutete, daß noch mindestens zwei Stunden vergehen würden, bevor irgend jemand den Bankmann vermißte. Vanek fuhr weiter. Er war jetzt überzeugt, daß man Annette Devaud in der Polizeistation unter Verschluß hielt – die Polizisten würden sie also bald wegbringen müssen – vielleicht sogar zurück zu ihrem

Haus auf dem Holzfällerhof. Vanek bog in eine Seitenstraße ein, wendete den Wagen, um jederzeit losfahren zu können, und steckte eine Münze in die Parkuhr. Dann betrat er eine nahegelegene Bar, von der aus er die Polizeistation im Auge behalten konnte.

Die Vorsichtsmaßnahmen zum Schutz von Annette Devauds Leben wurden von Boisseau organisiert, der von der Polizeistation aus die notwendigen Telefonate führte. Er wußte die volle Autorität von Marc Grelle hinter sich – »Hier geht es um die Sicherheit des Präsidenten der Französischen Republik« – und erließ eine Flut präziser Anweisungen. Bevor der Trans-Europ-Express *Stanislas* um 17.14 Uhr den Bahnhof von Straßburg verließ, wurde ein Sonderwagen direkt an die Lok gekoppelt. An die Fenster wurden Schilder geklebt, die darauf hinwiesen, daß sämtliche Abteile in diesem Waggon reserviert seien. Eine Minute vor Abfahrt des Zuges wurde der Bahnsteig abgeriegelt und Gendarmen, die sich bis dahin in der Gepäckaufbewahrung verborgen gehalten hatten, bestiegen den »reservierten« Waggon mit automatischen Waffen.

Der Expreß befand sich noch fünf Minuten von Saverne entfernt – einem Bahnhof, den der Zug normalerweise mit hoher Geschwindigkeit passierte –, als die Gendarmen den Waggon verließen und sich auf den gesamten Zug verteilten. Sie schlossen sämtliche Fenstervorhänge. »Eine Sicherheitsmaßnahme«, sagte der verantwortliche Inspektor zu einem Fahrgast im Speisewagen, der die Stirn gehabt hatte zu fragen, was dieser Unfug bedeuten solle. »Wir haben einen Hinweis erhalten, daß Terroristen einen Anschlag planen…«

Der TEE *Stanislas* bremste ab, als er sich dem Bahnhof von Saverne näherte, der zuvor von starken Polizeieinheiten, die man aus Straßburg herbeigerufen hatte, aberiegelt worden war. Als der Expreß einlief, herrschte eine unheimliche Atmosphäre im Bahnhof. Um jeden abzuschrecken, der versuchen sollte, die elektrisch betätigten Vorhänge zu öffnen, hatte man auf dem Bahnhof starke Scheinwerfer auf Elektrokarren installiert, die den gesamten Zug in gleißendes Licht tauchten, als dieser am Bahnsteig hielt. Jeder, der hinaussehen wollte, würde geblendet werden. Im Warteraum saß Boisseau mit Annette Devaud an einem Tisch. Sie hatte sich in ihren altmodischen Pelzmantel gehüllt. Trotz all der Aufregung um ihre Person blieb sie ruhig und beherrscht. »Stimmt es, daß ich einen ganzen Waggon für mich allein bekomme?« fragt sie. Boisseau versicherte ihr, dies sei der Fall. Er bat sie, eine dunkle Brille aufzusetzen – teils zur Tarnung, teils zum Schutz vor dem grellen Lichtschein. Dann geleitete er sie persönlich auf den Bahnsteig und brachte sie zu ihrem Waggon. Als sie den schmalen Gang zu ihrem Abteil entlangging, rollte der Zug wieder an.

Ganz in der Nähe des Bahnhofs – außer Sichtweite der Beamten, die vor ihren geparkten Streifenwagen patrouillierten – stand ein BMW, dessen Fahrer Ärger mit dem Motor zu haben schien. Der Mann hatte die Motorhaube geöffnet und prüfte die elektrischen Leitungen. Der Expreß hatte sich gerade in Bewegung gesetzt, als der Mann den Fehler gefunden zu haben schien. Er schloß die Motorhaube und setzte sich ans Steuer. Er fuhr sofort los, und nachdem er Saverne hinter sich gelassen hatte, lenkte er den Wagen mit hoher Geschwindigkeit durch die Dunkelheit. Sein Ziel war der Straßburger Flughafen, von dem aus die Fluggesellschaft Air Inter mehrmals täglich Paris anfliegt.

# 18

In Paris glaubte Marc Grelle herausgefunden zu haben, wie die Liste mit Lasalles drei Zeugen nach Moskau gelangt war. Im Verlauf der jüngsten Ereignisse, als immer mehr Informationen einliefen, daß ein sowjetisches Killerkommando gerade die Leute beseitigte, deren Namen auf Lasalles Liste gestanden hatten, wurde dem Präfekten klar, daß dies kein Zufall sein konnte. In Paris hatte außer ihm noch jemand die Liste gesehen und dann veranlaßt, daß sie nach Moskau übermittelt wurde. Danach war das sowjetische Kommando in den Westen geschickt worden. Grelle begann mit seinen diskreten Nachforschungen im Innenministerium; er verfolgte den Weg, den seine Notiz mit der beigefügten Liste zurückgelegt hatte. Am Dienstagmorgen, dem 14. Dezember, hatte Grelle die Notiz Roger Danchin durch Boten zustellen lassen. François Merlin, der Referent des Ministers, zeigte sich hilfsbereit. Er mochte den Präfekten. »Wir haben lange nichts mehr von Hugon gehört, unserem Mann bei Oberst Lasalle«, erklärte Grelle. »Ich bin jetzt dabei, die Zuverlässigkeit unserer Sicherheitsvorkehrungen zu prüfen ...« Es überraschte Merlin nicht, daß der Präfekt sich dieser Aufgabe persönlich annahm: Ganz Paris wußte von seiner wunderlichen Angewohnheit, sich persönlich um kleinste Details zu kümmern.

Kopien von Hugons Meldungen waren nur einem sehr kleinen Personenkreis zugänglich: Grelle selbst, Boisseau, dem Innenminister und dessen Referenten, Merlin. Auf Grelles Drängen, er möge sich noch einmal die Akten ansehen, erzählte Merlin Grelle, daß die vertrauliche Aktennotiz mit den Namen und Anschriften der drei Zeugen kurz vor zwölf

Uhr mittags im Place Beauvau eingetroffen sei. »Ich war im Büro, als er sie las«, bemerkte Merlin. »Wenige Minuten später erschien Botschafter Vorin zu einem kurzen Privatgespräch mit dem Minister; Vorin wollte anschließend in den Elysee-Palast. Zu der Zeit hatte mein Chef die Notiz schon erledigt...«

»Erledigt?«

»Er ließ eine Kopie der Notiz sofort dem Präsidialbüro zuleiten. Ich habe sie selbst sofort nach unten gebracht und einem Boten übergeben, der gerade zum Elysee hinüber wollte. Auf dem Weg nach unten begegnete ich Botschafter Vorin, der gerade angekommen war und darauf wartete, bei Danchin vorgelassen zu werden. Der Elysee-Palast bekommt natürlich alles zu sehen, was Oberst Lasalle betrifft«, erklärte Merlin.

Der Präfekt grunzte und trank den Rest seines Kaffees, den Merlin ihm hatte bringen lassen. »Glauben Sie, ich könnte mich mal mit jemandem aus der Abhörabteilung unterhalten?« fragte er.

In dem Gewirr von Rundfunkmasten, die sich über dem Dach des Innenministeriums am Place Beauvau erheben, befindet sich auch die Antenne, mit der Funksprüche ausländischer Botschaften aufgefangen werden. Am 14. Dezember um 16 Uhr hatte der diensttuende Techniker im Abhörraum einen langen Funkspruch aus der sowjetischen Botschaft in der Rue de Grenelle 79 registriert. Die Bandaufzeichnung des Funkspruchs wurde der russischen Dechiffrierabteilung zugeleitet, die den Spruch routinemäßig zu knacken versuchte – routinemäßig, denn niemand erwartete ernsthaft, daß es gelingen würde, den Spruch zu dechiffrieren.

Die Sowjets benutzten immer einen Einmal-Code, der nicht zu knacken ist. Man kann einen Code knacken, wenn man ein bestimmtes Schema erkennt; besitzt man einmal ein kleines Bruchstück, kann man den Schlüssel zum Ganzen finden. Wenn aber jeder Bestandteil eines Codes an ein bestimmtes Buch gekoppelt ist – oft an einen Roman (in der Vergangenheit haben die Sowjets Charles Dickens' Romane bevorzugt) –, besteht nicht die geringste Aussicht, den Code zu knacken, es sei denn, man weiß, welches der Zehntausende von Büchern, die in den letzten hundert Jahren veröffentlicht worden sind, benutzt worden ist. Und da ein bestimmtes Buch nie zweimal benutzt wird, hat man es mit einem Einmal-Code zu tun.

Der Kryptograph Pierre Jadot hatte sich des Funkspruchs angenommen. Er erinnerte sich sofort, als Grelle ihn nach Funksprüchen der sowjetischen Botschaft am 14. Dezember fragte.

»Ich schrieb wie üblich eine Routinemeldung an den Minister«, sagte er, »und ich weiß noch, daß ich bemerkte, ein Teil des Funkspruchs könne eine Liste mit Namen und Adressen gewesen sein...«

»Sind Sie da sicher?« fragte Grelle beiläufig.

»Keineswegs – das war nur eine vorsichtige Vermutung. Es gibt keine Möglichkeit, die sowjetischen Codes zu knakken.«

»Können Sie mir in etwa sagen, wie lange der sowjetische Kryptograph brauchen würde, um diesen Funkspruch sendefertig zu machen? Selbst eine Schätzung würde mir weiterhelfen.«

Jadot nahm eine Akte aus dem Regal, entnahm ihr seine Kopie des Funkspruchs und vertiefte sich einige Minuten darin. »Ich würde schätzen – aber mehr als eine Schätzung ist das nicht –, daß er zwischen einer und zwei Stunden brauchen würde. Wahrscheinlich eher zwei Stunden...«

Der Präfekt bedankte sich bei Jadot, verließ das Ministerium und ging kurz in den Elysee-Palast, bevor er zur Präfektur zurückfuhr. Er bat um Einsicht in die Besucherliste, und wie beim letztenmal verbarg er auch diesmal seine Absichten, indem er sich mehrere Seiten ansah. Danach fuhr er sofort in sein Büro zurück und rief Boisseau herein. Er brauchte nur wenige Minuten, um seinem Stellvertreter die Zusammenhänge zu erklären.

»Worauf es ankommt, ist folgendes: Leonid Vorin, der sowjetische Botschafter, kehrte um dreizehn Uhr fünfundvierzig aus dem Elysee in seine Botschaft zurück. Wenn wir den Verkehr berücksichtigen, muß er etwa eine halbe Stunde später in der Rue de Grenelle gewesen sein – um vierzehn Uhr fünfzehn. Damit hatte der sowjetische Kryptograph knapp zwei Stunden Zeit, den Spruch zu chiffrieren. Um sechzehn Uhr begann der Funkspruch – das entspricht der Zeit, die Jadot genannt hat. Dieser Funkspruch kann durchaus die Namen und Adressen auf der Liste Oberst Lasalles enthalten haben ...« – »Was uns wieder auf die Männer bringt, die von der Liste wußten und die Botschafter Vorin getroffen haben«, erwiderte Boisseau ernst. »Auf Danchin und ...«

»Den Präsidenten«, fügte Grelle hinzu. »Ich habe das Gefühl, daß jetzt allmählich Licht in diese Angelegenheit kommt.«

»Oder schwärzeste Nacht«, bemerkte Boisseau düster.

Es war sechs Uhr abends, als Alain Blanc grimmig und mutlos zugleich zu Marc Grelle in dessen Büro in der Präfektur kam. Der TEE *Stanislas* mit Annette Devaud in einem Abteil des Sonderwagens raste jetzt durch die Nacht nach Paris. Am Flughafen Charles de Gaulle waren Mechaniker mit der Wartung der Concorde beschäftigt, die Präsident Florian in wenigen Stunden nach Moskau fliegen sollte. Als Blanc Grelles Büro betrat und die Tür schloß, schien er äußerst erregt zu sein. Er ließ sich auf einen Stuhl fallen.

»Von dem sowjetischen Konvoi im Mittelmeer haben Sie natürlich gehört?« fragte der Verteidigungsminister. »Er befindet sich jetzt in der Straße von Messina. Bestimmungshafen kann sowohl Barcelona wie auch Lissabon sein.«

»Was bedrückt Sie, Herr Minister?« fragte Grelle leise.

»Alles natürlich!« Blanc riß die Arme hoch. »Der sowjetische Konvoi. Die anhaltenden Gerüchte über einen bevorstehenden Staatsstreich in Paris. Wer um Himmels willen soll denn dahinterstehen? Und vor einer halben Stunde höre ich zum erstenmal davon, daß der Präsident am Montag insgeheim nach Deutschland geflogen ist – zum französischen Armeehauptquartier in Baden-Baden!«

Grelle starrte den Minister erstaunt an. »Sie haben nicht gewußt, daß er nach Baden-Baden geflogen ist? Er hat Sie nicht informiert? Den Verteidigungsminister? Ich dachte, Sie wüßten Bescheid – ich habe den Flug selbst mit der GLAM organisiert ...« Die GLAM – Groupe Liaison Aérien Ministériel – ist der Name der kleinen Luftflotte, deren Maschinen für den Dienstgebrauch der Minister und des Staatspräsidenten reserviert sind. »Was geht eigentlich vor?« fragte der Präfekt.

»Das würde ich auch gern wissen«, sagte Blanc grimmig. »Ich habe soeben übrigens auch erfahren, daß unsere beiden Panzerdivisionen in Deutschland, die zweite und die fünfte, gegenwärtig durch die Ardennen nach Frankreich zurückrollen. Das bedeutet, daß morgen keine französischen Truppen mehr auf deutschem Boden stehen werden. Als ich im Elysee anrief und um ein dringendes Gespräch mit dem Präsidenten bat, wurde mir mitgeteilt, er spreche gerade mit dem sowjetischen Botschafter und könne mich nicht empfangen ...«

»Und morgen fliegt er nach Moskau.«

»Ganz genau«, explodierte Blanc. »In den letzten Tagen hat er sich gerade so verhalten, als gäbe es mich nicht mehr – ein totaler Umschwung im Verhalten, auf den ich mir absolut keinen Vers machen kann. Ich habe fast das Gefühl, daß er mich zum Rücktritt provozieren will. Er könnte damit Erfolg haben – vielleicht werde ich mich zum Rücktritt gezwungen sehen ...«

»Tun Sie das bitte nicht«, sagte Grelle rasch. »Es kann

sein, daß wir Sie noch brauchen werden. Sie haben diese Angelegenheit mit anderen Ministern besprochen?«

»Die können sich doch zu nichts aufraffen!« erwiderte Blanc zornig. »Sie glauben, er sei Gott, und sie seien seine Apostel! Ich bin der einzige, der angefangen hat, Fragen zu stellen, der wissen will, was zum Teufel eigentlich gespielt wird. Ich sage Ihnen, ich werde zurücktreten müssen, wenn das so weitergeht...«

»Tun Sie das nicht. Es kann sein, daß wir Sie noch mehr als dringend brauchen werden«, wiederholte Grelle.

Wenige Minuten, nachdem Blanc ihn verlassen hatte, wurde Grelle ein weiterer Besucher gemeldet. Er bat seine Sekretärin, den Namen zu wiederholen. Er glaubte, sich verhört zu haben.

Aber nein, es war Kommissar Suchet, sein alter Intimfeind von der Gegenspionage.

Suchet entschuldigte sich für sein unangemeldetes Kommen, quetschte seine Leibesfülle auf einen Stuhl und kam sofort zur Sache. »Diese Gerüchte über einen bevorstehenden Staatsstreich kommen aus den Vororten des »Roten Gürtels« – vor allem aus Bilancourt. Dort sind bestimmte Agitatoren heute sehr beschäftigt gewesen. Sie sagen, bald könne das Volk gezwungen sein, die Republik zu verteidigen. Wenn diese Typen so etwas behaupten, ist das natürlich ein großer Witz, aber ich kann nicht darüber lachen – ich mache mir größte Sorgen. Vor einer Stunde haben einige meiner Leute bei Renault ein Waffenlager entdeckt. Ich dachte, Sie sollten das wissen. Irgend jemand muß jetzt handeln...«

Grelle handelte sofort. Zuerst rief er Roger Danchin an, um dessen Zustimmung einzuholen, dann erließ er eine Flut von Anweisungen. Vor allen öffentlichen Gebäuden wurden die Wachen verdreifacht. Zu besonders wichtigen Punkten wie etwa den Fernmeldezentralen und den Fernsehsendern wurden Spezialeinheiten entsandt. Die Eliteeinheiten der CRS wurden aus den vor Paris liegenden Kasernen in die Stadt beordert, um die Seine-Brücken zu bewachen. Fast lautlos wurde Paris in den Ausnahmezustand versetzt. Dann, um 19.30 Uhr, ging Grelle zu einem, wie es schien, Routinebesuch in den Elysee-Palast, um die Sicherheitsvorkehrungen für die für den folgenden Tag angesetzte Fahrt zum Flughafen nochmals zu prüfen.

Bei der Ankunft im Palast überraschte es Grelle nicht, daß der sowjetische Botschafter nicht nur nicht anwesend war, sondern daß er sich den ganzen Tag nicht in der Nähe des Palasts hatte blicken lassen.

Irgend jemand war angewiesen worden, den Verteidigungsminister und ehemaligen Fallschirmspringer Blanc auf keinen Fall vor dem Abflug des Präsidenten am folgenden Tag vorzulassen.

Ein uniformierter Palastdiener öffnete Grelle die hohe Glastür und ließ ihn ein. Grelle ging zur Rückseite des Gebäudes und öffnete und schloß Türen, als suchte er etwas. Er hielt nach Kassim Ausschau, Florians Hund.

Er fand ihn draußen in dem ummauerten Garten, in dem das Tier soviel Zeit zubrachte – und in dem der Präsident mit Leonid Vorin spazierenging, wenn der Sowjetrusse den Elysee-Palast besuchte.

Als Grelle auftauchte, bellte der Schäferhund und stellte sich auf die Hinterbeine.

Er legte die Vorderpfoten auf die Schultern des Präfekten und hechelte ihn freudig an. Grelle langte nach oben und kraulte das Tier eine Weile neben dem Würgehalsband, das den mächtigen Hals des Tiers umgab. Dann versetzte Grell dem Hund einen kräftigen Klaps, um ihn loszuwerden, und ging wieder in den Palast.

Von dort ging er rasch zu der nahegelegenen Rue des Saussaies hinüber und in den vierten Stock des Sûreté-Hauptquartiers hinauf. Der Elektronik-Experte, den er vorhin von der Präfektur hinübergeschickt hatte, wartete bereits auf ihn. Grelle gab ihm bestimmte Anweisungen, bevor er zum Elysee-Palast zurückkehrte, seinen Wagen abholte und zu seinem Büro zurückfuhr. Es war leichter gegangen, als er erwartet hatte. Dies war eine Entscheidung, über die er Boisseau nicht informiert hatte. Eine aufs Spiel gesetzte Karriere reichte vollauf.

Der Präfekt hatte auf der Innenseite von Kassims Würgehalsband soeben einen Minisender angebracht. Jedes Wort, das in der Nähe des Hundes geprochen werden würde, würde von einem Empfänger in dem verschlossenen Raum in der Rue des Saussaies aufgenommen und auf Band aufgezeichnet werden. Der Abhörraum war nur wenige Dutzend Meter vom Elysee-Palast entfernt.

## 19

Bislang hatte Vanek es vermieden, zu fliegen. Auf Flughäfen ist es leicht, Einzelreisende unter die Lupe zu nehmen, sie zu durchsuchen, aber da er Paris unbedingt vor Annette Devaud erreichen mußte, blieb ihm keine Wahl. Als er sich bei der Air Inter sein Ticket kaufte und anschließend zur Abflughalle ging, hatte der Tscheche nichts bei sich, was Verdacht hätte erregen können. Die Luger hatte er auf der Fahrt zum Flughafen in einen Kanal geworfen. Der BMW stand auf dem Flughafenparkplatz. Die Schirmmütze des Binnenschiffers hatte er ebenso in den Kanal geworfen wie die Luger.

Am Schalter hatte er gleich ein Rückflugticket gekauft: Er hatte nicht die Absicht, nach Straßburg zurückzufliegen, aber für das Flughafenpersonal hat ein Rückflugticket etwas Normales und Beruhigendes. Die Sicherheitskontrollen passierte Vanek ohne Zwischenfall, was zum Teil darauf zurückzuführen war, daß er jetzt nicht mehr allein war. In der Flughafenhalle, während er auf das Aufrufen des Air-Inter-Flugs wartete, hatte er ein attraktives Mädchen von etwa zweiundzwanzig Jahren bemerkt, das offensichtlich allein reiste; als sie sich die Handschuhe ausgezogen hatte, um sich eine Zigarette anzuzünden, war ihm auch aufgefallen, daß sie weder einen Ehe- noch einen Verlobungsring trug.

Er gab ihr Feuer und setzte sich mit einem besorgten Gesichtsausdruck neben sie. »Ich hoffe, daß die Maschine nicht zu spät startet. Meine Schwester hat heute Geburtstag, und sie erwartet, daß ich mit einem Geschenk ankomme ...« Er plauderte weiter. Er hatte sich instinktiv für die richtige Masche entschieden. Die meisten Frauen ließen sich von Vanek gern in ein Gespräch verwickeln, wenn er sich nicht zu auffällig an sie heranmachte; die Erwähnung einer Schwester wirkte beruhigend und ließ deutlich erkennen, daß er ein Mann war, der Frauen mit Achtung behandelte. Sie passierten die Sicherheitskontrolle gemeinsam. Vanek hielt ihren kleinen Handkoffer und scherzte mit ihr. Jedermann glaubte, sie seien ein Paar.

In der Maschine saß er neben ihr. Er fand heraus, daß sie Michelle Robert hieß und Assistentin des Direktors einer Reifenfirma mit Hauptsitz in La Defense war. Schon bevor sie die Hälfte des Fluges nach Paris zurückgelegt hatten, hatte er ihre Telefonnummer. Und irgendwo über der Champagne überholte ihre Fokker 27 den TEE *Stanislas*, der Madame Devaud in die Hauptstadt brachte.

Der Trans-Europ-Express sollte um 21 Uhr am Gare de l'Est ankommen. Vanek, der den Bahnhof vom Straßburger Flughafen aus angerufen hatte, um die Ankunftszeit des Zuges zu erfragen, erwischte den Air-Inter-Flug um 18.30 Uhr. Um 19.30 Uhr landete die Maschine in Orly. Michelle Robert wurde glücklicherweise von einem Freund abgeholt, so daß er sie ohne jede Mühe loswurde. Vanek mißtraute dem Pariser Straßenverkehr und nahm die Schnellbahn von Orly in die Stadt; danach stieg er in die Metro um. Er rechnete sich aus, daß er mit ein wenig Glück den Gare de l'Est vor dem Einlaufen des Zuges erreichen würde.

Der Expreß aus Straßburg lief um 21.06 Uhr im Gare de l'Est ein. Normalerweise sind die Bahnsteigsperren nicht besetzt – die Fahrkarten werden in den Zügen kontrolliert –, und die Reisenden steigen einfach aus und gehen in die Halle, aber am Abend des 22. Dezember waren die Bahnsteigsperren geschlossen. Niemand durfte den Bahnsteig betreten.

»Das ist unerhört«, tobte ein Reisender im TEE. »Meine Frau erwartet mich ...«

»Es hat Terroristenalarm gegeben. Sie müssen leider warten«, beschied ihm der Inspektor. Und wenn du es so eilig hast, fügte er in Gedanken zynisch hinzu, ist es nicht deine Frau, sondern deine Freundin, die auf dich wartet.

Der Polizeidirektor, den Grelle persönlich zum Bahnhof beordert hatte, hatte zahlreichen bewaffneten Beamten in Zivil den Befehl gegeben, sich unter die Menge auf der anderen Seite der Sperre zu mischen. Ein Mann, der mit Gewehr und Zielfernrohr ausgerüstet war, hielt sich an einem Fenster bereit, von dem aus man den Bahnsteig übersehen konnte. Und einige der Kriminalbeamten, die in der Bahnhofshalle herumgingen, hatten sogar Koffer bei sich, die sie mit Akten aus den Büros beschwert hatten, um wie echte Reisende zu wirken. Die Tür des plombierten Waggons wurde geöffnet, und eine Reihe von Beamten in Zivil bildeten einen Halbkreis auf dem Bahnsteig. Gendarmen in Uniform waren nicht zu sehen. »Nicht zu auffällig«, hatte Grelle gewarnt. »Es sollte möglichst normal aussehen.«

Boisseau stand auf dem Bahnsteig. Madame Devaud stieg aus, und die Beamten in Zivil nahmen sie in die Mitte. Boisseau verließ die Gruppe und ging in die Bahnhofshalle. Dort stellte er sich scheinbar lässig hin, zündete sich eine Zigarette an und öffnete den Mantel, um notfalls in Sekundenschnelle an seinen Revolver heranzukommen. Dies war der Augenblick, den er am meisten fürchtete – sie vom Zug zum draußen wartenden Wagen zu bringen. Die Gruppe bewegte sich durch die Bahnhofshalle.

Die Männer paßten sich Madame Devauds Tempo an. Die Prozession strebte dem Ausgang zu; dann nahm die Gruppe Kurs auf den Vorplatz, wo bereits ein Wagen mit geöffnetem Schlag wartete. Jetzt blieben schon verschiedene Reisende stehen. Sie hatten etwas gemerkt. Es war unmöglich, ein derartiges Unternehmen völlig unbemerkt ablaufen zu lassen.

Boisseau hörte, wie eine Autotür zugeschlagen wurde, und seufzte erleichtert auf. Er verließ den Bahnhof rasch und setzte sich in einen anderen Polizeiwagen. Er knallte die Tür zu. »Ich wünsche, daß unterwegs ständig die Sirenen heulen«, sagte er zu dem Mann auf dem Beifahrersitz, der mit den anderen Fahrzeugen über Funk Verbindung hielt. »Wo wir können, fahren wir bei Rot über die Kreuzungen…« Der Mann auf dem Vordersitz leitete den Befehl weiter, und die Autokolonne setzte sich in Bewegung. Es waren vier Fahrzeuge. Ein Wagen vorneweg, dann der Wagen mit Madame Devaud. Dann ein dritter Wagen – der jedes Fahrzeug rammen sollte, das versuchen würde, den Wagen mit Madame Devaud abzufangen. Der Wagen mit Boisseau am Schluß. Es war 21.09 Uhr.

Vanek rannte die Treppe von der Metro-Station hinauf und in die Halle des Gare de l'Est. Er verlangsamte seine Schritte und ging in ruhigem Tempo weiter, als er hinten am Bahnsteig den *Stanislas*-Expreß sah. Als er näher kam, konnte er gerade noch die letzten Reisenden des Zuges durch die offene Sperre gehen sehen. Es war 21.15 Uhr. Er hatte sich in der Metro ziemlich verspätet, war aber machtlos gewesen. Wäre er ausgestiegen, um ein Taxi zu nehmen, hätte er noch mehr Zeit gebraucht. Er wartete ein paar Minuten an einem Zeitungsstand – in der vagen Hoffnung, sie würden die Devaud erst dann hinausbegleiten, wenn die übrigen Reisenden ausgestiegen wären – und ging dann zur nächsten Telefonzelle, um die Pariser Kontaktnummer anzurufen.

»Hier Salicetti…«

»Ich habe nichts für Sie…«

»Aber ich habe was für Sie«, bellte Vanek, »also bleiben Sie dran. Ihr vorhergehender Befehl kann jetzt nur in Paris ausgeführt werden – ich rufe vom Gare de l'Est aus an. Ich brauche die Adresse der Firma.«

Zum erstenmal seit Beginn dieser Telefonate wirkte die kalte und anonyme Stimme am anderen Ende der Leitung unsicher. Es gab eine kurze Pause. »Es ist besser, wenn Sie alle halbe Stunde anrufen – zehn Uhr, zehn Uhr dreißig, und so weiter«, erwiderte sie dann. »Ich habe im Augenblick keine Informationen ...«

»Ich brauche weitere Warenproben«, sagte Vanek in hartem Ton. .

Die Stimme gewann ihre Sicherheit zurück; auf diesen Fall war ihr Inhaber vorbereitet. Er, Salicetti, müsse zur Bar Lepic am Place Madeleine gehen und dem Inhaber den Namen der Firma, Lobineau, nennen. Der Barbesitzer werde ihm dann den Schlüssel zu einem Gepäckschließfach geben. Die Warenproben befänden sich im Gare du Nord. Zur Sicherheit solle er alle halbe Stunde anrufen. Um zehn, halb elf... Vanek knallte den Hörer auf die Gabel. Nicht zu fassen, so ein primitives Arrangement. Als er noch in Paris war, wurden solche Dinge mit mehr Raffinesse gehandhabt. Er nahm ein Taxi zur Bar Lepic, nahm einen Umschlag in Empfang und gab ein Trinkgeld von fünf Franc, um die Übergabe des Unschlags für jeden normal aussehen zu lassen, der zufällig zusah. Anschließend nahm er ein anderes Taxi zum Gare du Nord.

Mit dem numerierten Schlüssel, den er im Umschlag gefunden hatte, öffnete er das Schließfach im Gare du Nord und entnahm ihm eine Reisetasche mit einem Schottenmuster. Auch das war hirnverbrannt: Die Tasche fiel zu sehr auf. Es war ein längliche Tasche von der Art, in der man auch Tennisschläger unterbringen kann. Der Inhalt der Tasche zeigte dann aber doch, daß irgend jemand gründlich nachgedacht hatte: Vanek entdeckte eine französische MAT-Maschinenpistole mit Metallschaft und gesichertem, nach vorn geklapptem Magazin sowie ein Ersatzmagazin; einen 38er Smith & Wesson-Revolver mit genügend Munition sowie ein Messer mit breiter Schneide, das in einer Klappscheide steckte. Vanek durchquerte die leere Halle und ging zu der anderen Wand mit Schließfächern. Er steckte die Tasche in ein leeres Fach, schloß die Tür, steckte eine Münze in den Münzschlitz und drehte den Schlüssel um. Er hatte nicht die

Absicht, Waffen bei sich zu tragen, wenn es nicht unbedingt nötig war – vor allem deshalb nicht, weil ihm bei seinen beiden Taxifahrten aufgefallen war, daß ungewöhnlich viele Polizisten auf den Straßen unterwegs waren. Vanek hatte auch Mannschaftswagen mit den harten Burschen der CRS an verschiedenen strategischen Punkten der Stadt entdeckt. Er hatte aber auch notiert, daß die Taxis wie immer durch die Stadt fuhren. Den Pariser Taxifahrern schenkte kein Mensch Beachtung; sie gehören zum Stadtbild wie der Louvre.

Vanek, der seit dem Imbiß im Renault auf der Fahrt von Straßburg nach Saverne nichts mehr gegessen hatte, hätte nur zu gern eine Kleinigkeit gegessen und eine Tasse Kaffee getrunken. Er sah auf seine Armbanduhr und fluchte. Es war fast zehn; Zeit für den nächsten Anruf. Er betrat eine der Telefonzellen im Bahnhof und wählte die Nummer. Er hatte kaum seinen Namen, Scaletti, genannt, als die Stimme am anderen Ende der Leitung so abrupt wie immer einfiel.

»Rue des Saussaies. Jetzt! Sie wissen, welche Adresse ich meine?«

»Ja…«

Diesmal unterbrach Vanek als erster die Verbindung. Sie hatten Madame Devaud also ins Hauptquartier der Sûreté Nationale gebracht, in die schwerbewachte Hochburg der kapitalistischen Polizeiorganisation. Vanek holte die Reisetasche mit dem Schottenmuster aus dem Schließfach und betrat die Straße hinter dem Gare du Nord. Den Taxistand beachtete er nicht. Er wollte sich seinen nächsten Fahrer genau aussuchen. Er suchte einen bestimmten Typus. Das war für den nächsten Schritt seines Unternehmens unerläßlich.

Der Polizeipräfekt von Straßburg, der – anders als der Präfekt von Lyon – Marc Grelle nicht sonderlich zugetan war, machte sich Sorgen wegen der ausgeklügelten Vorsichtsmaßnahmen beim Transport von Madame Devaud nach Paris. Beim Versuch, Grelle am Telefon einige tiefergehende

Details zu entlocken, hatte der Pariser Polizeipräfekt ihn brüsk abfahren lassen.

»Dieses Unternehmen betrifft die Sicherheit des Staatspräsidenten, und ich sehe mich nicht in der Lage, nähere Einzelheiten mitzuteilen...« Der Polizeipräfekt von Straßburg – aufgebracht, aber auch darauf bedacht, sich abzusichern – hatte daraufhin im Innenministerium in Paris angerufen, wo er den Referenten des Ministers, François Merlin, an den Apparat bekam.

»Grelle hat am Telefon ziemlich gemauert«, beklagte sich der Straßburger Präfekt. »Ich hatte den Eindruck, daß diese Madame Devaud eine wichtige Zeugin in irgendeinem Fall ist, an dem er gerade arbeitet...« Als er weitersprach, überschritt er seine Kompetenzen. »Ich bestehe darauf, daß der Herr Innenminister von dieser Sache in Kenntnis gesetzt wird.«

Der stets tüchtige Merlin diktierte daraufhin sofort eine Aktennotiz, die dem Minister anschließend auf den Schreibtisch gelegt wurde. Dort blieb sie unberührt – und ungelesen – mehr als eine Stunde liegen. Roger Danchin, der soeben eine lange Sitzung hinter sich gebracht hatte, in der die Sicherheitsvorkehrungen für die morgige Fahrt des Präsidenten zum Flughafen erörtert worden waren, kehrte erst um 20.45 Uhr in sein Büro zurück.

»Ein wichtiger Fall, an dem Grelle gerade arbeitet?« wollte er von Merlin wissen, nachdem er die Aktennotiz gelesen hatte. »Devaud ist zwar ein ziemlich gewöhnlicher Familienname, aber es könnte doch sein, daß diese Geschichte etwas mit dem versuchten Attentat zu tun hat. Ich muß dem Präsidenten die Sache vorlegen...« Danchin griff zum Telefon, das ihn direkt mit dem Elysee verband.

Um 21.15 Uhr fuhr Botschafter Vorin, der durch einen dringenden Anruf gebeten worden war, vor dem Elysee vor. Seine Ankunft wurde von dem diensttuenden Beamten der Präsidentenwache getreulich in der Besucherliste notiert.

Florian hatte schon seinen Mantel angezogen, und gewohnheitsgemäß führte er den sowjetischen Botschafter in den von hohen Mauern umgebenen Garten, in dem sie ungestört sprechen konnten. Der Schäferhund Kassim, der sich wie sein Herrchen auf ein bißchen frische Luft freute, begleitete die beiden Männer und schnupperte in einem Gebüsch herum, während sie sich leise unterhielten. Dieser Besuch Vorins geriet sehr kurz. Er dauerte nur wenige Minuten. Anschießend ließ er sich mit hoher Geschwindigkeit in die sowjetische Botschaft in der Rue de Grenelle zurückfahren.

Die Kommunikation zwischen Botschafter Vorin und Karel Vanek war so sorgfältig arrangiert worden, daß eine Verbindung zwischen diesen beiden Männern sich niemals nachweisen lassen würde. Nach der Ankunft in der Botschaft rief Vorin sofort den stellvertretenden Botschafter zu sich und trug ihm auf, unverzüglich eine Nachricht weiterzugeben. Der Stellvertreter, der unter normalen Umständen vom nächstliegenden Metro-Bahnhof aus angerufen hätte, ging jetzt sofort in sein Büro zurück, schloß die Tür hinter sich ab und wählte eine Nummer auf dem linken Seine-Ufer in der Nähe des Musée de Cluny. »Die Urkunden über das Devaudsche Vermögen befinden sich in der Rue des Saussaies. Haben Sie verstanden?« Der Mann am anderen Ende der Leitung hatte nur Zeit, die Frage zu bejahen, als die Verbindung schon unterbrochen wurde.

Die Wohnung in der Nähe des Musée de Cluny wurde von einem Mann bewohnt, der der Polizei noch nie aufgefallen war. Er besaß dänische Papiere auf den Namen Jørgensen, war aber in Wahrheit ein Pole namens Jaworski, der nicht einmal wußte, daß die Anrufe, die ihn in unregelmäßigen Abständen erreichten, von der sowjetischen Botschaft kamen. Es war 21.50 Uhr, als ihn der letzte Anruf erreichte. Um 22 Uhr leitete er die Information weiter, als Vanek ihn erneut vom Gare du Nord aus anrief.

Sie brachten Annette Devaud in ein Zimmer im vierten Stock des Gebäudes in der Rue des Saussaies, in dem Grelle sie schon erwartete. Er hätte Madame Devaud auch in der Präfektur auf der Ile de la Cité vernehmen können, aber er hielt es noch immer für klüger, die Fiktion aufrechtzuerhalten, daß es in dieser Sache noch um den *Fall Lasalle* gehe. Offiziell war die Sûreté federführend. Um Danchin nicht unnötig aufzuregen, hatte Grelle um zwanzig Uhr sogar dessen Referenten Merlin angerufen, um diesem mitzuteilen, daß eine Zeugin aus dem Elsaß nach Paris unterwegs sei, die er in der Rue des Saussaies vernehmen werde. Merlin hatte diesen Anruf dem Minister gegenüber erwähnt, bevor dieser mit dem Elysee telefonierte. Als Grelle endlich mit dem einzig überlebenden Zeugen aus der Résistancezeit des Leoparden, den er hatte greifen können, sprechen konnte, redete er einige Minuten auf Madame Devaud ein, um sie zu beruhigen. Dann erklärte er ihr, warum sie nach Paris gebracht worden war.

»Und Sie glauben wirklich, den Leoparden nach all diesen Jahren identifizieren zu können?« fragte er sanft.

»Wenn er – wie Sie sagen – noch am Leben ist: ja! Ich habe vor dreißig Jahren mein Augenlicht verloren und es erst wiederbekommen, als dieser Doktor es mir mit seiner wunderbaren Operation wiedergab. Was habe ich in all diesen Jahren wohl gesehen, als die Welt für mich nur aus Lauten und Gerüchen bestand? Was meinen Sie? Ich sah jeden Menschen vor mir, der mir je begegnet ist. Und, wie ich Ihnen schon gesagt habe, habe ich in dieser Zeit den Leoparden gesundgepflegt.« Ihre Stimme wurde kaum hörbar. »Und später zeigte sich, daß er für den Tod meiner einzigen Tochter verantwortlich war, für Lucies Tod...«

Wie Grelle vorausgesehen hatte, war ihm schrecklich unwohl zumute. Obwohl Madame Devaud nichts davon ahnte – und Boisseau hatte bei seinem Anruf aus Saverne ausdrücklich auf diesen Umstand aufmerksam gemacht –, so ließ sich doch nicht wegleugnen, daß der Präfekt der Mann war, der sich gezwungen gesehen hatte, Lucie Devaud zu erschießen. »Es ist schon viele Jahre her«, erinnerte er Madame Devaud, »seit Sie den Leoparden zum letztenmal gesehen haben. Selbst wenn er noch am Leben sein sollte, könnte er sich so verändert haben, daß kein Mensch ihn wiedererkennt...«

»Der Leopard nicht.« Ihr charaktervolles Kinn reckte sich in die Höhe. »Er hatte einen guten Knochenbau – wie ich. Knochen verändern sich nicht. Und Knochen kann man nicht verstecken...«

Grelle war so fest entschlossen, die alte Dame zu testen, daß er eine nur selten angewandte Identifizierungsmethode gewählt hatte. Er hatte nicht vergessen, daß Boisseau am Telefon erwähnt hatte, sie sei Amateurmalerin, und die »Identikit«-Ausrüstung in sein Büro bringen lassen. Er erklärte ihr, wie das System funktionierte, fragte sie, ob sie etwas zu trinken wünsche. Sie bat um einen Cognac. Das amüsierte ihn so, daß er sich auch einen einschenkte. Bei den ersten Handgriffen mit dem Identikit half er ihr, dann ließ er sie allein weitermachen. Das neue Spiel machte ihr offensichtlich Spaß.

Sie fing mit den Umrissen des Kopfes an und baute dann nach und nach das Gesicht des Mannes auf. Erst kam das Haarstück. Grelle öffnete einige Kartons mit gedruckten Haarteilen und half ihr, mehrere auszusuchen. Schon bald kam es zu Meinungsverschiedenheiten. »Das haben Sie falsch gemacht«, sagte sie ärgerlich. »Ich habe Ihnen doch gesagt, daß er sein Haar über der Stirn hochgebürstet trug...« Das Gesicht nahm allmählich Gestalt an.

Die Augenbrauen fand sie schnell, aber die Augen machten ihr Mühe. »Die Augen waren ungewöhnlich – sie schlugen einen in ihren Bann«, erklärte sie. Sie fand die Augen am hinteren Ende des Stapels und machte sich dann an die Arbeit mit der Nase. »Nasen sind schwierig...« Sie wählte eine

Nase aus und fügte sie dem Porträt hinzu. »Das ist die Nase. Ich glaube, sie ist das auffallendste Merkmal seines Gesichts.« Den Mund an die richtige Stelle zu setzen, kostete sie fünf Minuten. Sie wühlte in einem Stapel von Mündern, versuchte einen nach dem anderen, bis sie endlich zufrieden war. Sie schürzte die Lippen und kniff die Augen zusammen, als sie letzte Hand anlegte. Grelle sah mit ausdruckslosem Gesicht zu. »Das ist der Leopard«, sagte sie wenige Minuten später. »So sah er damals aus.«

Der Präfekt stand auf. Er zeigte keine Reaktion. »Madame Devaud, ich weiß, daß Sie das Fernsehen nicht mögen, aber ich möchte Sie trotzdem bitten, sich ein paar Ausschnitte anzusehen, die ich vorhin habe machen lassen. Sie sind auf etwas aufgezeichnet, was wir Kassetten nennen. Sie werden ganz kurz drei Männer sehen – alle älter als der Mann, dessen Gesicht Sie mit dem Identikit zusammengestellt haben. Ich möchte Sie bitten, mir zu sagen, welcher der drei Männer – falls es überhaupt einer von ihnen ist – der Leopard ist.«

»Dann hat er sich also sehr verändert?«

Grelle antwortete nicht, sondern ging zum Fernsehgerät und schaltete es ein. Der erste Ausschnitt zeigte Roger Danchin bei der Fernsehansprache vor einem Jahr zur Zeit der schweren Unruhen. Er appellierte an die Bürger, Ruhe und Besonnenheit zu warnen; bei weiteren Demonstrationen werde es Massenverhaftungen geben. Es folgte ein Schnitt, und dann erschien Alain Blanc, selbstbewußt und emphatisch; er erklärte der Nation, weshalb der Verteidigungshaushalt aufgestockt werden müsse. Madame Devaud sagte nichts und griff nach ihrem Cognacglas, als Blanc ausgeblendet wurde und Guy Florian erschien. Er hielt eine seiner antiamerikanischen Reden. Er sprach wie immer großspurig und mit sardonischem Witz, gestikulierte mitunter heftig; sein Gesichtsausdruck war ernst. Erst zum Schluß erschien sein berühmtes Lächeln. Der Bildschirm wurde leer. Grelle stand auf und schaltete das Gerät aus.

»Der letzte Mann«, sagte Annette Devaud, »der die Amerikaner angriff. Er hat sich doch kaum verändert, nicht wahr?«

Karel Vanek suchte sich sein Taxi mit großer Sorgfalt aus. Er stand auf dem Bürgersteig. Die Tasche lag zu seinen Füßen. Taxis mit einem jungen Mann am Steuer ließ er vorbeifahren; einen älteren Fahrer wollte er aber auch nicht. Ältere Menschen geraten leicht in Panik und handeln impulsiv. Er hielt nach einem Taxifahrer mittleren Alters Ausschau, nach einem Mann, der eine Familie zu versorgen hatte und genügend Erfahrungen besaß, um vorsichtig zu sein. Er rief einem näherkommenden Taxifahrer etwas zu und winkte den Wagen heran.

»Es ist ein Haus in der Nähe des Boulevard des Capucines«, sagte er dem Fahrer. »Ich weiß die Adresse nicht mehr, aber ich werde die Straße wiedererkennen, wenn ich sie sehe. Es ist eine Seitenstraße auf der linken Seite...« Vanek lehnte sich auf dem Rücksitz zurück. Die Tasche hielt er auf dem Schoß. Es stimmte, was er dem Fahrer gesagt hatte:

Er erinnerte sich zwar nicht mehr an den Namen der Straße, er war aber vor drei Jahren mehrmals in ihr auf und ab spaziert; es war eine enge und dunkle Straße, in der kaum Straßenlaternen brannten. Um diese Zeit gab es kaum noch Verkehr, und der Boulevard des Capucines, eine Straße mit teuren Geschäften, war an diesem kühlen Dezemberabend wie leergefegt, obwohl Weihnachten vor der Tür stand. Der Taxifahrer fuhr langsamer, um seinem Fahrgast Gelegenheit zu geben, die Straße zu finden.

»Hier müssen Sie einbiegen!«

Vanek hatte die Trennscheibe zum Fahrer geöffnet, um ihm Anweisungen zu geben. Als der Wagen in eine enge, kurvenreiche Straße einbog, blieb Vanek vornübergebeugt sitzen. Links und rechts ragten hohe Häuser auf; die Straße war so leer, wie Vanek sie in Erinnerung hatte. An den Boulevard des Capucines erinnerte in dieser tiefen Straßenschlucht nichts mehr. Der Fahrer fuhr weiter und wartete auf neue Anweisungen. Vanek sah angestrengt durch die Windschutzscheibe; eine Hand steckte in der Reisetasche. Bald würden sie am anderen Ende der Straße sein und in eine belebtere Gegend kommen.

»Wir sind da. Halten Sie!«

Der Fahrer hielt, zog die Handbremse an und ließ den Motor laufen. Vanek preßte ihm die Mündung der Smith & Wesson in den Nacken. »Keine Bewegung. Das ist eine Pistole.« Der Fahrer erstarrte und saß sehr still. Vanek schoß einmal.

Um 22.45 Uhr fuhr ein Streifenwagen vor dem Eingang des Sûreté-Hauptquartiers in der Rue des Saussaies vor. Als erster trat Boisseau auf die Straße und blickte nach links und nach rechts. Die Straße war leer. Außer einem einsamen Taxi, das aus der Richtung des Place Beauvau kam, war nichts zu sehen. Boisseau hob die Hand, um anzudeuten, daß man Madame Devaud noch nicht auf die Straße bringen solle. Er wartete. Neben ihm auf dem Bürgersteig standen zwei Gendarmen. Im Streifenwagen saß ein Beamter am Steuer und ließ den Motor laufen. Grelle hatte sich im letzten Moment entschlossen, Madame Devaud nur mit einem Wagen in ein Hotel bringen zu lassen, in dem die Sûreté öfter wichtige Zeugen einquartierte; ein einzelner Wagen fällt weniger auf als eine Autokolonne. Außerdem würde er zu dieser späten Stunde, wenn die Pariser Straßen leer waren, sehr schnell fahren können. Grelle stand mit Madame Devaud und drei Beamten im Hauseingang, um die alte Dame persönlich zu verabschieden. Das Taxi fuhr jetzt langsam auf den Eingang zu. Boisseau bemerkte, daß das »Frei«-Schild zurückgeklappt war.

Soweit er sehen konnte, saß niemand im Fond; der Fahrer hatte wahrscheinlich seine Schicht beendet und fuhr nach

Hause. Das Taxi fuhr vorüber, und der Fahrer nahm eine Hand vom Lenkrad, um ein Gähnen zu unterdrücken.

Boisseau sah die Rücklichter des Taxis verschwinden und machte eine auffordernde Handbewegung. Die kleine Prozession trat aus dem Hauseingang heraus. Die drei Beamten hatten Madame Devaud in die Mitte genommen und paßten sich ihren Schritten an. Sie erreichten den Bürgersteig. Im Hauseingang stand Grelle und zündete sich eine Zigarette an; er hatte sich ein Walkie-talkie unter den Arm geklemmt. Er würde mit dem mit Funk ausgerüsteten Streifenwagen in Verbindung bleiben, bis er seinen Bestimmungsort im VII. Arrondissement erreicht hatte. Madame Devaud hatte den Bürgersteig überquert und war jetzt im Begriff einzusteigen.

»Keine Sorge – wir haben nur wenige Minuten zu fahren«, versicherte ihr Boisseau.

»Sagen Sie ihm, er soll nicht zu schnell fahren. Die Fahrt vom Gare de l'Est hierher hat mir gar nicht gefallen.«

»Ich werd's ihm sagen. Es sind wirklich nur ein paar Minuten«, wiederholte Boisseau.

Vanek, der sich die Mütze des Taxifahrers aufgesetzt hatte – er hielt sehr viel davon, sein Aussehen durch Kopfbedeckungen zu verändern –, erreichte den Place des Saussaies. Der Platz ist nur einen Steinwurf vom Eingang zur Sûreté entfernt und beginnt an der nächsten Straßenseite. Er war in unregelmäßigen Abständen am Eingang vorbeigefahren – diese Abkürzung wird nachts von vielen Taxifahrern benutzt – und hatte das Gebäude mehrmals umrundet. Jetzt wendete er rasch und fuhr die Einbahnstraße in der verkehrten Richtung hinunter. Boisseau half Madame Devaud gerade in den Wagen, als er das Taxi mit hoher Geschwindigkeit heranbrausen sah. Er rief eine Warnung, aber das Taxi kam im denkbar unglücklichsten Moment an – die Gruppe, die eng zusammenstand, bot eine hervorragende Zielscheibe.

Vanek hielt das Lenkrad mit einer Hand, während er die

Maschinenpistole fest unter den rechten Arm klemmte. Sein Zeigefinger lag am Abzug. Er hatte die Waffe auf automatisches Feuern eingestellt und jagte jetzt eine Salve los. Den Lauf hielt er starr, so daß die Bewegung des Taxis den Feuerstoß verteilte. Als Vanek vorbeifuhr, hatte er das gesamte Magazin geleert. Er fuhr noch immer in die verkehrte Richtung und verschwand in Richtung Place Beauvau.

Grelle, der im Hauseingang gestanden hatte, war der einzige, der überhaupt zurückgeschossen hatte; ein Revolverschuß zertrümmerte die Heckscheibe des Taxis. Dann schaltete er sein Walkie-talkie ein, das ihn sofort mit der Funkleitstelle verband. Dort war bereits alles für die Autokolonne des Präsidenten am folgenden Tag vorbereitet. Die Beschreibung des Taxis, die Grelle durchgab, einschließlich der zertrümmerten Heckscheibe, wurde innerhalb einer Minute an sämtliche Streifenwagen im Umkreis von acht Kilometern weitergegeben. Grelle hatte auch die Richtung genannt, in die das Taxi verschwunden war. Erst danach wandte er sich der tragischen Szene auf dem Bürgersteig zu.

Die beiden Gendarmen waren ein Stück hinter dem Taxi hergerannt. Boisseau, der durch die offene Wagentür geschützt worden war, war unverletzt davongekommen, aber die drei Beamten lagen reglos auf dem Pflaster. Zwei von ihnen stöhnten und keuchten, der dritte gab keinen Laut von sich. Sie mußten die beiden Männer vorsichtig hochheben, um an Madame Devaud heranzukommen, die mit dem Gesicht nach unten lag. Als sie sie umdrehten, sahen sie, wo die Kugeln des Mörders getroffen hatten: Die Einschüsse liefen quer über die Brust, wie von einer groben Nähnadel gezogen.

»Der Mann ist bewaffnet und gefährlich...«

In der gesamten Innenstadt von Paris jagten Streifenwagen los, die von dem diensthabenden Kommissar in der Funkleitstelle dirigiert wurden. Sie bildeten ein Netz, das sich allmählich zusammenzog. Dieser Alarm war dem Kommissar in gewisser Weise sogar willkommen: Er gab ihm die Chance, das Sicherheitssystem zu testen, bevor es am folgenden Tag ernst wurde. Der Kordon wurde immer enger und näherte sich dem vermutlichen Mittelpunkt Place Beauvau. Mit heulenden Sirenen rasten die Streifenwagen über die großen Boulevards. Der Kommissar in der Funkleitstelle hatte sämtliche zur Verfügung stehenden Kräfte eingesetzt und gab immer wieder seine Warnung durch. »Der Mann ist bewaffnet und äußerst gefährlich…«

Sie entdeckten Vanek nicht weit vom Gebäude der Sûreté. Sie sahen sein Taxi, das auf der Seite der Tuilerien gerade die Place de la Concorde überquerte. Immer mehr Streifenwagen fuhren jetzt von allen Seiten auf den riesigen Platz; sie kamen von der Seine-Brücke, von den Champs-Elysées, von der Rue de Rivoli und der Avenue Gabriel. Der vor wenigen Sekunden noch völlig leere Platz war jetzt in gleißendes Scheinwerferlicht getaucht. Motorenlärm, heulende Sirenen und kreischende Reifen durchbrachen jetzt die Stille. Vanek trat auf die Bremse und hielt an der Bordsteinkante. Mit der Maschinenpistole im Arm rannte er auf den einzigen Fluchtweg zu, der ihm blieb. Die Gärten der Tuilerien.

An dieser Stelle der Place de la Concorde verläuft jenseits des Bürgersteigs eine niedrige Steinmauer. Dahinter kommt wieder eine gepflasterte Fläche. Dahinter erhebt sich eine hohe steinerne Mauer zu einer Balustrade, hinter der der Park der Tuilerien wie eine riesige Plattform mit Aussicht auf den gesamten Platz liegt. Vanek lief auf den Eingang der Tuilerien zu und sah einen Streifenwagen anhalten, der ihm den Weg abschnitt. Vanek riß die Waffe hoch und schoß das zweite Magazin leer. Überall warfen sich Polizisten flach auf den Boden. Vanek warf die Maschinenpistole weg, sprang über die niedrige Steinmauer, rannte über die gepflasterte Fläche und begann, sich an der hohen Mauer hochzuhangeln, wobei er sich an vorspringenden Steinen abstützte. Links und unter ihm führten Treppenstufen nach unten und unter die Erde. Er hatte fast die Balustrade erreicht; wenn er erst einmal oben war, hatte er den ganzen Park, um sich zu verstecken. Hinter sich hörte er Rufe und das Sirenengeheul eines halben Dutzends weiterer Streifenwagen, die mit quietschenden Reifen auf den Platz fuhren. Vanek schwang ein Bein über die Balustrade. Der Park dahinter war eine dunkle, baumbestandene Leere, ein Ort, der ihm eine Chance gab.

Sie erwischten ihn im Kreuzfeuer: zwei Gendarmen rechts unten auf dem Bürgersteig und eine Gruppe von drei anderen Beamten links unten. Vanek war gerade im Begriff gewesen, sich über die Balustrade zu schwingen, als die Gendarmen ihre Magazine auf ihn leerschossen. Der Lärm war ohrenbetäubend, weil jetzt alle Streifenwagen angehalten hatten. Vanek hing leblos da, ein Bein ruhte auf der Balustrade, als seine Hand schlaff wurde und losließ. Er rutschte ab und fiel, während die Polizisten weiterschossen. Vanek landete in dem tiefen Treppenschacht, in dem ein großes Schild verkündete: »Descente interdite«. Zugang verboten.

# 20

»Eine Frau, die mich mit Sicherheit als den Leoparden identifizieren kann, ist in Paris angekommen. Ihr Name ist Annette Devaud. Man hat sie offenbar unter schwerer Bewachung mit dem *Stanislas*-Expreß hergebracht ...«

Ein Hund bellte, ein ohrenbetäubendes Geräusch aus dem Tonbandgerät. Die vertraute Stimme, die so leicht wiederzuerkennen war, sprach in scharfem Tonfall.

»Ruhig, Kassim! Mir ist nicht klar, wo wir die Zeit hernehmen sollen, sie zu erwischen. Ich persönlich kann nichts unternehmen, ohne mich dem schwersten Verdacht auszusetzen ...«

»Warum haben Sie sie nicht schon früher auf die Liste gesetzt?« Die zweite Stimme, gedämpft, aber deutlich sprechend, war ebenfalls leicht wiederzuerkennen.

»Sie wurde bei Kriegsende blind – ich nahm also an, daß sie keine Gefahr mehr darstellte. Mein Referent hat den Polizeichef von Saverne angerufen, kurz bevor Sie kamen – sie muß sich vor kurzem einer Operation unterzogen haben, die ihr das Augenlicht wiedergab. Wir sitzen furchtbar in der Klemme, Vorin, und das ausgerechnet jetzt, im letzten Augenblick ...«

»Herr Präsident, wir können vielleicht etwas unternehmen.«

»Ich habe ihren Namen später auf die Liste gesetzt – als Danchin mir einen Bericht mit dem Leserbrief an die *Frankfurter Allgemeine Zeitung* schickte, in dem sie erwähnt wurde. Ich bin davon ausgegangen, daß Ihre Leute das Problem aus der Welt geschafft hätten ...«

»Es ist etwas schiefgegangen ...«

»Dann können Sie mir nicht die Schuld geben!« Der Wortwechsel wurde heftiger; die vertraute Stimme klang scharf und schneidend. »Es ist unerläßlich, daß Sie Ihren Fehler korrigieren...«

»Dann muß ich sofort in die Botschaft zurück, Herr Präsident. Wir haben ein Stadium erreicht, in dem jede Minute zählt. Wissen Sie, wohin man diese Devaud bringen wird?«

»In die Rue des Saussaies...«

Marc Grelle saß allein in dem Zimmer im vierten Stock des Sûreté Hauptquartiers. Er schaltete das Tonbandgerät ab, das mit dem Minisender in Kassims Halsband verbunden war. Grelle hatte das Band zweimal abgehört. Stehend und mit einem zur Maske gefrorenen Gesichtsausdruck hatte er sich auf die Stimmlagen der beiden Männer konzentriert. Das wiederholte Abspielen des Bandes war im Grunde überflüssig gewesen – das Timbre der Stimme Guy Florians war schon beim erstenmal klar und deutlich zu erkennen gewesen. Außerdem war das, was gesprochen worden war, auf eine teuflische Weise eindeutig.

Der Präfekt starrte die gegenüberliegende Wand an und zündete sich eine Zigarette an. Die Handgriffe wurden ihm kaum bewußt. Schon seit Tagen war ihm die schreckliche Wahrheit im Kopf herumgegangen, aber er hatte sich geweigert, die Indizien ernst zu nehmen. Gaston Martin hatte drei Männer in den Elysee-Palast gehen sehen – und einer davon war der Präsident gewesen. Die diskrete Beobachtung Danchins und Blancs hatte keinerlei Verbindung zu irgendwelchen sowjetischen Kontaktleuten ergeben – aber Florian traf fast täglich mit dem sowjetischen Botschafter Vorin zusammen. Und so weiter... Grelle starrte die Wand an und paffte seine Zigarette. Er empfand eine Übelkeit wie ein Ehemann, der seine Frau soeben mit einem groben und brutalen Liebhaber im Bett ertappt hat.

Grelle nahm das Band aus dem Gerät und steckte es in die

Tasche. Er nahm den Telefonhörer und verlangte eine Amtsleitung. Dann wählte er eine Nummer. Er stand noch immer unter einem Schock und mußte sich größte Mühe geben, seine Stimme kalt und unpersönlich klingen zu lassen.

»Alain Blanc? Hier Grelle. Ich muß Sie sofort sprechen. Nein, kommen Sie nicht in die Präfektur. Ich werde sofort zu meiner Wohnung fahren. Ja, es ist etwas geschehen. Sie werden einen Cognac brauchen, bevor ich Ihnen sage, was...«

Die beiden französischen Panzerdivisionen, die zweite und die fünfte, die in der Bundesrepublik Deutschland stationiert waren und General Jacques Chassous Befehl unterstanden, hatten sich bereits in Marsch gesetzt. Die deutschen Behörden waren informiert worden, und die Regierung des Herzogtums Luxemburg hatte die Truppenbewegung über luxemburgisches Territorium genehmigt – alles sehr kurzfristig. Schon wenige Stunden später hatten die Vorausabteilungen der beiden Divisionen die luxemburgische Grenze überschritten und bewegten sich auf dem Rückweg nach Frankreich durch die Ardennen. Um 22 Uhr, kurz vor dem Abflug nach Sedan, öffnete General Chassou den Umschlag mit den geheimen Instruktionen, den ihm Präsident Florian bei seinem Blitzbesuch in Baden-Baden am vergangenen Montag persönlich übergeben hatte.

»Am Ende der Übung werden Sie bis auf weiteres nicht nach Deutschland zurückkehren. Wenn Sie die Brücken bei Sedan überschritten haben, werden Sie die Truppen weiter nach Frankreich hineinführen... Sie haben im Militärbezirk von Metz anzuhalten... die Sammelstellen sind vorbereitet worden...«

Chassou übergab den Geheimbefehl seinem Stellvertreter, Oberst Georges Doissy, befahl ihm, die notwendigen Arrangements zu treffen und flog dann nach Sedan ab. Doissy, der früher unter Oberst Lasalle gedient hatte, wurde sofort klar, daß die Ausführung dieses Befehls Deutschland isolieren würde.

Danach würde den sowjetischen Truppen im Osten neben den deutschen Einheiten nur noch ein symbolisches Kontingent britischer Truppen gegenüberstehen. Doissy überdachte die Lage einige Minuten; dann fiel ihm ein, was Präsident de Gaulle einmal dem amerikanischen Präsidenten Kennedy kurz nach dessen Wahl geraten hatte. »Hören Sie nur auf sich selbst…« Doissy griff zum Telefon und bat die Telefonzentrale, ihn dringend zu Verteidigungsminister Blanc durchzustellen.

Commander Arthur Leigh-Browne von der Royal Navy, dem die Aufgabe oblag, den weiteren Kurs des sowjetischen Konvois K 12 zu verfolgen und daraus Schlüsse zu ziehen, schickte am 22. Dezember um 22 Uhr einen neuen Bericht ab. »Wenn der Konvoi K 12 den gegenwärtigen Kurs und die gedrosselte Geschwindigkeit beibehält, kann er nach etwa zwölf bis achtzehn Stunden nach einer neuerlichen Kursänderung bei Barcelona vor Anker gehen…« Da er ein Mann war, dem es um Genauigkeit ging, fügte er einen Nachsatz hinzu: »Theoretisch könnte der Konvoi auch an der Südküste Frankreichs vor Anker gehen, bei Marseille und Toulon…« Der gängigen Praxis folgend, ließ er verschlüsselte Kopien des Berichts allen Verteidigungsministern der NATO-Staaten zuleiten.

Abou Benefeika, der arabische Terrorist, dem es beinahe gelungen wäre, die El-Al-Maschine in Orly kurz vor dem Start zu zerstören, versuchte, es sich auf seinem »Lager« aus Mauersteinen gemütlich zu machen. Er hielt sich noch immer im Keller des abbruchreifen Hauses in der Rue Réaumur 17 verborgen. Der Umstand, daß er seine Jacke zusammengefaltet und als Kopfkissen auf die Ziegelsteine gelegt hatte, verhalf ihm auch nicht zum Einschlafen; ebensowenig das kaum hörbare Trappeln winziger Füße. Die Ratten hatten in dem verlassenen Gebäude gleichfalls Quartier bezogen.

Am Tage hatte Benefeika sein Versteck verlassen, um in den Geschäften dieser Gegend Lebensmittel zu kaufen. Da dieser Bezirk von Paris ein von Algeriern bewohntes Ghetto war, befürchtete er nicht, entdeckt zu werden. Da er in Gedanken versunken war und nur nach uniformierten Polizisten Ausschau hielt, bemerkte er die beiden schäbig gekleideten Männer nicht, die ihm mit den Händen in den Taschen auf Schrift und Tritt folgten. Nach der Rückkehr in sein schmutziges Versteck verzehrte Benefeika die mitgebrachten Lebensmittel, während draußen einer der schäbig gekleideten Männer im gegenüberliegenden Gebäude in den ersten Stock hinaufging. Von dort gab Sergeant Pierre Gallon über sein Funksprechgerät eine neue Routinemeldung durch. »Kaninchen sitzt wieder im Bau. Beobachtung wird fortgesetzt...«

»Dann muß ich sofort zurück in die Botschaft, Herr Präsident. Wir haben ein Stadium erreicht, in dem jede Minute zählt. Wissen Sie, wohin man diese Devaud bringen wird?«

»In die Rue des Saussaies...«

Grelle stellte in seiner Wohnung auf der Ile Saint-Louis das Tonbandgerät ab und sah Alain Blanc an, der mit übereinandergeschlagenen Beinen und einem Glas Cognac in der Hand in einem eleganten Sessel saß.

Der Minister hatte mit zusammengekniffenem Mund zugehört. Grelle hatte ihm das Band jetzt schon zum drittenmal vorgespielt. Inzwischen kannte er die Unterhaltung Wort für Wort. Er trank seinen Cognac mit einem Zug aus. Auf seiner hohen Stirn zeigten sich Schweißperlen. Er blickte auf, als Grelle anfing zu sprechen.

»Zwei Stunden nach dieser Unterredung – ich habe den Wachoffizier im Elysee angerufen und erfahren, daß Vorin dort um einundzwanzig Uhr fünfzehn ankam – wurde Annette Devaud von dem Mörder brutal umgebracht, den wir später am Place de la Concorde erwischt haben«, sagte der Präfekt. »Es kann nicht mehr bezweifelt werden, daß der Mann, der …«

»Ich erkenne Florians Stimme«, unterbrach Blanc ungeduldig. »Vorins auch. Da ist überhaupt kein Zweifel mehr möglich.« Er seufzte. »Es ist ein furchtbarer Schock, aber überraschen tut es mich nicht mehr. Ich habe mich schon seit Tagen gefragt, was eigentlich vorgeht – obwohl ich diese entsetzliche Wahrheit nicht vermutet habe. Diese Gerüchte von einem Putsch der Rechten aus Kreisen der Kommunisten. Florians plötzliche und ziemlich unerklärliche Reise nach Baden-Baden …«

Blanc stand auf und schlug sich mit der Faust auf die Handfläche der anderen Hand. »Oh, mein Gott, wie weit ist es mit uns gekommen, Grelle? Ich kenne ihn seit den gemeinsamen Tagen an der École Polytechnique nach dem Krieg. Er war ein junger Mann. Ich habe seinen Aufstieg zur Macht organisiert. Wie konnte ich nur so blind sein?«

»Caesar ist immer über jeden Verdacht erhaben …«

»Wie ich Ihnen schon sagte, erhielt ich kurz bevor ich herkam einen Anruf von Oberst Doissy aus Baden-Baden. Er sagte, die Panzerdivisionen zwei und fünf würden sich nach Metz zurückziehen und dort bleiben – damit steht Deutschland schutzlos da. Da der amerikanische Kongreß seine isolationistische Haltung kaum aufgeben wird, werden die Amerikaner nicht einmal damit drohen, auf den atomaren Knopf zu drücken – Moskau hat schließlich auch einen. Die Vereinigten Staaten werden nur reagieren, wenn das amerikanische Festland in Gefahr gerät. Und das alles wegen des Fiaskos in Vietnam und Kambodscha. Wissen Sie, was in wenigen Stunden meiner Ansicht nach geschehen wird?«

»Was?«

»Ich glaube, daß Florian morgen in Moskau den Abschluß eines Militärpakts mit den Sowjets verkünden wird – vergessen Sie nicht, daß der Präsident einen solchen Pakt selbst abschließen kann. Sie haben den Bericht gesehen, der eben aus Brüssel gekommen ist – ich habe das Gefühl, daß Florian auch gemeinsame Militärmanöver mit den Russen ankündigen wird. Die Häfen Toulon und Marseille werden für die Landung sowjetischer Truppen des Konvois K 12 geöffnet werden ...«

»Dann muß etwas geschehen.«

»Deutschland wird morgen aufwachen und sich eingekreist sehen – dann stehen sowjetische Truppen im Osten und westlich des Rheins. Auf französischem Boden! Ich habe das Gefühl, daß Florian schon morgen von Moskau zurückfliegen wird, und wenn es hier irgendwelche Reaktionen geben sollte, wird er sagen, es sei zu einem Putschversuch rechter Kreise unter Führung Oberst Lasalles gekommen, und die meisten von uns werden hinter Gittern landen ...«

»Bitte beruhigen Sie sich«, bat Grelle.

»Beruhigen Sie sich, sagt der ...« Blanc war im Zustand höchster Aufregung. Sein Gesicht war schweißnaß, als er ruhelos auf und ab wanderte. »In wenigen Tagen wird neben der Trikolore vielleicht noch die sowjetische Fahne aufgezogen!« Er nahm von Grelle das frisch gefüllte Cognacglas entgegen und wollte gerade dazu ansetzen, es mit einem Zug zu leeren, als er sich besann und nur daran nippte.

»Wir müssen entscheiden, was zu tun ist«, sagte Grelle leise.

»Genau!« Nach seinem Ausbruch beruhigte Blanc sich wieder. »Andere Minister zu konsultieren, hat keinen Sinn«, sagte er fest. »Selbst wenn ich eine Geheimkonferenz einberiefe, würden sie sich nie zu einer Entscheidung durchringen. Irgend jemand würde nicht dichthalten, die Nachricht würde in den Elysee gelangen, Florian würde handeln, uns alle reaktionäre Verschwörer nennen und den Ausnahmezustand ausrufen ...«

Es war Grelle, der das Beispiel Präsident Nixons zur Sprache brachte. Er betonte, die französische Öffentlichkeit und die Welt dürften nie etwas erfahren, egal, welcher Art die Lösung sei. »Was Nixon getan hat, ist aber nur eine Bagatelle, ein kleines Vergehen im Vergleich zu dem, worüber wir sprechen. Und trotzdem: Denken Sie daran, wie sehr Nixons Skandale, als sie ans Licht kamen, Amerika erschüttert haben. Stellen Sie sich die Auswirkungen auf Frankreich vor – auf Europa –, wenn je bekannt werden sollte, daß der französische Staatspräsident ein kommunistischer Agent ist! Niemand würde uns mehr vertrauen. Frankreich wäre demoralisiert…«

»Sie haben natürlich völlig recht«, erwiderte Blanc ernst. »Diese Dinge dürfen nie an die Öffentlichkeit. Ist Ihnen klar, Grelle, daß dann nur eine Lösung bleibt?«

»Florian muß sterben…«

An der deutsch-tschechoslowakischen Grenze zwischen Selb und Grafenau wurde in den frühen Morgenstunden des 23. Dezember plötzlich hektische Aktivität sowjetischer Flugzeuge registriert. Zunächst wurde angenommen, daß dies in Zusammenhang mit den großen Wintermanövern der Streitkräfte des Warschauer Pakts stehe. Später wurde gemeldet, sowjetische »Foxbat«-Maschinen hätten mehrfach den deutschen Luftraum verletzt. Um zwei Uhr morgens holte man Bundeskanzler Hauser aus dem Bett, um mit ihm die Lage zu beraten. Um drei Uhr ordnete er eine begrenzte Alarmbereitschaft an. Sie galt für die Einheiten in dem betroffenen Gebiet und einige Truppenteile im Hinterland.

Um zwei Uhr morgens, als Grelle wie ein Tiger im Käfig in seinem Wohnzimmer auf und ab ging, war er in dem dichten Zigarettenqualm kaum mehr als ein Umriß, der sich bewegte. »Ich habe mich schon selbst in die Rolle eines Attentäters hineinversetzt«, sagte er. »Als ich die Sicherheitsvorkehrungen plante, habe ich verschiedene undichte Stellen gefunden und beseitigt. Ich überlegte mir nämlich, was ich tun würde, wenn ich dem Präsidenten nach dem Leben trachtete. Ich glaube nicht, daß irgend jemand den Sicherheitskordon aufbrechen kann.«

»Vielleicht könnte ich es«, sagte Blanc leise. »Diese Sache muß unter uns bleiben – nur so können wir sicherstellen, daß sie für immer ein Geheimnis bleibt. Wenn ich mir eine Pistole einsteckte – beim Abschied auf dem Rollfeld mit den anderen Ministern, bevor er an Bord der Concorde geht...«

»Unmöglich!« Grelle verwarf den Gedanken mit einer abschätzigen Handbewegung. »Jeder würde sich fragen, warum ausgerechnet Sie dazu kämen. Und ich habe den Leibwächtern eingeschärft, daß jeder, der einen Revolver zieht – auch ein Minister –, auf der Stelle zu erschießen ist.« Er blieb vor Blancs Sessel stehen. »Um meinen Worten Nachdruck zu verleihen, habe ich ihnen sogar gesagt, daß sie selbst mich erschießen müßten, falls ich eine Waffe ziehen sollte.«

»Dann ist es nicht zu schaffen...«

»Nur ein Mann kann es schaffen...«

»Wer ist das?«

»Der Mann, der die Sicherheitsvorkehrungen geplant hat. Ich selbst.«

Bevor er in sein Ministerium in der Rue Saint-Dominique zurückkehrte, unternahm Blanc noch zwei vergebliche Versuche, zu Florian vorzudringen, um ihn zu sprechen. Als er von Grelles Wohnung aus im Elysee-Palast anrief, sagte die Telefonistin, der Präsident dürfe auf keinen Fall gestört werden, »es sei denn im Fall eines Weltkriegs«.

Daraufhin fuhr Blanc durch die Nacht zum Elysee. Das schmiedeeiserne Gitter, das sonst immer geöffnet war, war geschlossen. Gewöhnlich war die Einfahrt nur durch eine einfache weiße Kette gesichert. Der Innenhof war abgeriegelt. Blanc lehnte sich aus dem Wagenfenster. »Machen Sie sofort auf«, befahl er. »Sie wissen doch, wer ich bin, um Gottes willen...«

Der diensthabende Offizier trat heraus, um sein Bedauern über die Maßnahme auszusprechen, blieb jedoch fest. »Der Präsident hat diese Anweisung selbst erteilt. Heute nacht darf niemand mehr eingelassen werden – es sei denn …«

»Es bricht plötzlich der dritte Weltkrieg aus. Ich weiß!« Blanc sprang aus dem Wagen, schob den Offizier zur Seite und betrat den Hof durch den Seiteneingang. Er lief über den gepflasterten Innenhof und nahm die sieben Treppenstufen zum Eingang mit wenigen Sätzen. Die hohen Glastüren waren verschlossen. In der Halle stand ein anderer Beamter, der Blanc ebenfalls gut kannte. Er schüttelte den Kopf und kreuzte die Arme mehrmals vor der Brust. Blanc, der eben noch aschfahl gewesen war, blieb jetzt still stehen und zündete sich eine Zigarette an. Die Geste des Mannes dort drinnen hatte ihm die Entscheidung eingegeben. Es war eine simple Handlung eines völlig unbedeutenden kleinen Beamten, sie machte Blanc aber blitzartig seine Lage klar. Der Präsident hatte sich in seiner Festung verschanzt, bis es am nächsten Morgen Zeit war, nach Rußland zu fliegen.

Nach der Rückkehr in sein Ministerium ging Blanc sofort in den Notbefehlsstand. »Holen Sie General Lamartine her«, befahl er. »Sagen Sie ihm, er soll sich nicht anziehen – in fünf Minuten will ich ihn hier sehen …« Die sieben uniformierten Offiziere hatten bei Blancs Ankunft eine kleine Meinungsverschiedenheit gehabt, aber in wenigen Minuten, in denen er auf die Ankunft des Oberbefehlshabers, General Lamartine, warten mußte, entschärfte sein eiskaltes Gebaren die Spannung. Lamartine erschien mit mürrischem Gesicht. Über seinen Morgenmantel hatte er nur einen Mantel geworfen.

»Sie sehen aus wie ein Mandarin mit diesen aufgestickten Drachen auf dem Morgenmantel«, bemerkte Blanc. »Ich bin dabei, bestimmte Anweisungen zu geben, und es kann sein, daß Sie sie mit der Autorität Ihres Amts bestätigen müssen. Ich werde Ihnen später alles erklären – wir haben einen kleinen Notfall, und der Präsident hat Befehl gegeben, auf keinen Fall gestört zu werden. Sehr vernünftig – er hat morgen eine lange Reise vor sich. Also …«

Dies war der alte Alain Blanc, der Mann, der Guy Florians Aufstieg zur Macht geplant und organisiert hatte, der in jeder Krise die Nerven behalten hatte. Gemeinsam mit Lamartine ging er Schritt für Schritt vor. Er informierte den unterirdischen Befehlsbunker in Taverny außerhalb von Paris – der darauf eingerichtet war, selbst im Fall eines Atomkrieges einsatzfähig zu bleiben –, daß das Oberkommando keinen Befehl, von wem er auch komme, ohne seine, Blancs, Bestätigung befolgen dürfe. »Von wem er auch kommt«, wiederholte er. »General Lamartine sitzt neben mir. Er wird bestätigen, was ich soeben gesagt habe …« Er legte die Hand auf die Sprechmuschel und sah, daß Lamartine zögerte. »Machen Sie schon«, sagte Blanc scharf, »ich habe nicht die ganze Nacht Zeit …«

Innerhalb von zehn Minuten hatte Blanc jede Bewegung aller Einheiten der französischen Armee gestoppt – ohne seine ausdrückliche Genehmigung durfte kein Panzer, kein Schiff und kein Flugzeug seinen Standort verändern. Blanc hatte auch mit den französischen Armeehauptquartieren in Baden-Baden und Sedan gesprochen – und Befehl gegeben, daß die beiden Panzerdivisionen nach der Durchquerung der Ardennen unverzüglich umzukehren und möglichst rasch nach Deutschland zurückzukehren hätten. Um die Ausführung des Befehls sicherzustellen, hatte er Chassou, den General Florians, vom Oberbefehl über die beiden Divisionen entbunden und ihn durch General Crozier ersetzt. Chassou wurde vom Militärgouverneur des Bezirks Metz unter strengen Arrest gestellt.

Lamartine saß neben Blanc und bestätige jeden Befehl. Der General wußte zwar nicht, was hier vorging, aber es war selbst Lamartine unmöglich, den Vorschlag zu machen, man solle den Elysee-Palast befragen – der Präsidentenpalast war unerreichbar. Blanc, der meisterhafte Manipulator, hatte Florians Waffe gegen diesen selbst gekehrt und den Präsidenten isoliert. Um drei Uhr nachts war alles erledigt. Die Krise würde am Morgen kommen, falls der Präsident erfuhr, was sich ereignet hatte.

Marc Grelle, der sich jetzt in seiner Wohnung auf der die Saint-Louis ziemlich allein fühlte, war übermüdet und unrasiert. Er trug noch immer seinen Rollkragenpullover und seine Hosen, rauchte und studierte eine Reihe von Berichten und Skizzen. Sie zeigten sämtliche Sicherheitsvorkehrungen, die er angeordnet hatte, um den Präsidenten auf dessen Fahrt zum Flughafen zu schützen. Wie schon so oft zuvor suchte Grelle auch diesmal nach einer undichten Stelle, einem Schlupfloch, irgendeiner Lücke im System, die er vergessen hatte und die es einem Attentäter ermöglichen würde, den Präsidenten zu töten. Er wünschte, er hätte jetzt Boisseau bei sich, aber dies war ein Unternehmen, an dem nur er allein arbeiten konnte. Gelegentlich blickte er auf das gerahmte Foto einer Frau, das auf dem Klavier stand. Es zeigte seine verstorbene Frau Pauline.

Einige ehrgeizige Beamte in Frankreich achten sorgfältig darauf, daß sie eine reiche Frau heiraten; Geld kann einer Karriere sehr förderlich sein. Grelle hatte ein Mädchen aus einer Familie geheiratet, die in sehr bescheidenen Verhältnissen gelebt hatte. Dann, aus heiterem Himmel, kurz vor ihrem Tod bei dem Autounfall, hatte Pauline von einem entfernten Verwandten ein kleines Vermögen geerbt; sie hatte bis dahin nicht einmal von der Existenz dieses Verwandten gewußt. »Ich würde liebend gern eine Wohnung am Quai de Béthune kaufen«, hatte sie eines Tages gesagt. »Das ist die einzige Extravaganz, nach der ich mich je gesehnt habe…« Kurz darauf war sie ums Leben gekommen.

Als Polizeipräfekt von Paris verfügte Grelle automatisch über eine Dienstwohnung in der Präfektur, aber nach Paulines Tod hatte er trotzdem diese Wohnung gekauft; nicht so sehr, weil er sie haben wollte, aber er dachte, daß es sie glücklicher gemacht hätte zu wissen, daß er jetzt hier lebte. Seine Augen wanderten immer öfter zu dem Bild hin, während er mit seinem Problem kämpfte; er fragte sich, was sie zu all dem gesagt hätte.

Um vier Uhr morgens wurde ihm plötzlich bewußt, daß das Zimmer mit beißendem Qualm gefüllt war. Er stand auf und öffnete das Fenster.

Er blickte auf die Seine hinunter und atmete tief durch, um wieder einen klaren Kopf zu bekommen. Er hatte noch immer keinen Ausweg gefunden.

## 21

Am Morgen des 23. Dezember war kein Flughafen der Welt schwerer bewacht als der Flughafen Charles de Gaulle. Die Präsidenten-Concorde – die in der Morgendämmerung wie ein riesiger böser Vogel aussah – wartete auf dem Vorfeld. Sie war für den langen Flug nach Moskau bereits vollgetankt. In wenigen Stunden, um genau 10.30 Uhr, würde die Maschine in dem kritischen Winkel von fünfundvierzig Grad abheben und die einem Geierkopf ähnliche Pilotenkanzel hochrecken, um die Flughöhe von fünfzigtausend Fuß zu erreichen.

Der Pilot des Präsidenten, Flugkapitän Pierre Jubal, der in seiner teuren Wohnung in Passy schon um halb sechs aufgestanden war, befand sich bereits am Flughafen, den die Franzosen oft »Roissy« nennen, weil er in der Nähe des Dorfs Roissy-en-France liegt. Jubal hatte die fünfundzwanzig Kilometer von Paris zum Flughafen im eigenen Wagen zurückgelegt. Auf der Autobahn A1, über die die Autokolonne des Präsidenten fahren würde, hatte man Jubal dreimal angehalten und kontrolliert.

»Diese gottverdammten Sicherheitsmaßnahmen«, sagte er schimpfend zu seinem Kopiloten Lefort, als er aus seinem Alfa Romeo ausstieg. »Das ist doch alles heller Wahnsinn. Glauben die wirklich, jemand will ihn aus dem Hinterhalt abknallen?«

Lefort zuckte die Achseln. »Ich hörte gestern abend in einem Lokal, wie jemand sagte, Florian werde Roissy nicht lebend erreichen.«

Seit Mitternacht war der Flughafen für den gesamten zivilen Flugverkehr gesperrt worden. Das war eine Maßnahme ohne Beispiel; zum Schutz eines Staatsoberhaupts war man noch nirgends so weit gegangen. »Das ist dieser Polizeipräfekt, dieser Grelle«, sagte Jubal zornig, als er zu der wartenden Maschine ging. »Der ist machtlüstern. Sehen Sie sich das mal an…«

Er machte eine ausholende Bewegung und zeigte auf das riesige kreisrunde Gebäude, das Herzstück des modernsten Flughafens den Welt. In dem heller werdenden Morgenlicht zeigten sich patrouillierende uniformierte Männer der Flughafengendarmerie als Silhouette auf dem Dach. Alle waren mit automatischen Waffen ausgerüstet. Die beiden Piloten passierten einen Panzerspähwagen mit schußbereitem Maschinengewehr. Um das kreisrunde Gebäude herum sind die sieben Satellitengebäude angeordnet, die selbständigen, hypermodernen Abflughallen, von denen aus die Fluggäste die Maschinen besteigen, nachdem sie auf langen unterirdischen Transportbändern zu den jeweiligen Abflughallen gelangt sind. Jubal zeigte auf eines der Satellitengebäude, auf dessen Dach ebenfalls uniformierte und bewaffnete Gestalten patrouillierten. »Der Mann ist wahnsinnig geworden«, grollte er.

»Es hat aber schon einen Anschlag auf Präsident Florian gegeben«, erinnerte Lefort seinen Vorgesetzten. »Und, wie ich Ihnen schon sagte, gestern abend in diesem Lokal, da wurde das Gerücht verbreitet…«

»Sie hätten sich gestern abend lieber nicht in Lokalen rumtreiben sollen«, fuhr Jubal ihn an. »Sie hätten wie ich im Bett liegen und pennen sollen…«

»Mit Jacqueline?«

Als das fahle Morgenlicht sich über die Ebene ausbreitete, in der der Flughafen Charles de Gaulle liegt, war die Concorde noch deutlicher zu sehen. Mehr als je zuvor sah sie wie ein raubgieriger Vogel aus, der zum Abheben ansetzt.

In drei Stunden würde die Maschine unterwegs sein, in die Stratosphäre aufsteigen und den Staatspräsidenten der Französischen Republik zu seinem historischen Besuch in die Sowjetunion fliegen.

Kurz vor 9.30 Uhr am Morgen des 23. Dezember wirkte Paris wie von einem riesigen Theatervorhang zugedeckt, der sich bald heben würde, um den Blick auf große Dinge freizugeben. Jede Auffahrt und jede Kreuzung zu der Route, der die Autokolonne des Präsidenten folgen würde, war auf Grelles Anweisung gesperrt worden. An jeder Kreuzung standen Mannschaftswagen mit laufenden Motoren; viele Hundertschaften der CRS hielten sich bereit. Die Zufahrtsstraßen waren mit Straßensperren versehen worden; kein Fahrzeug konnte aus dem Hinterhalt auf den Präsidentenwagen zurasen.

Überall an der Strecke hatten sich Menschenmengen versammelt. Sie wurden durch Sperrgitter auf Abstand gehalten, welche die Polizei nachts im Licht von Scheinwerfern hingestellt hatte. Die Massen waren seltsam still, als erwarteten sie, daß etwas Dramatisches oder Tragisches geschehen würde. Einige der Menschen hatten Transistorradios bei sich, die sie auf Radio Europa Nummer Eins eingestellt hatten; Oberst Lasalle würde in Kürze wieder eine seiner Rundfunkansprachen halten. Als sie an diesem kühlen und klaren Dezembermorgen – zwei Tage vor Weihnachten – warteten, blickten sie gelegentlich nach hinten auf die Hausdächer, auf denen uniformierte Polizisten wie Wärter eines Straflagers patrouillierten.

Mitunter sahen die Menschen zum Himmel, der gleichfalls bewacht wurde. Entlang der Route flogen zahlreiche Hubschrauber in einer Höhe von etwa dreißig Metern mit knatternden Motoren; wenn sie außer Hörweite waren, kehrten sie nach kurzer Zeit wieder zurück. Und alle Bestandteile dieses gewaltigen Sicherheitskordons – auf dem Boden, auf den Hausdächern und in der Luft – wurden über Funk von der Leitstelle der Präfektur auf der die Ile de la Cité dirigiert. Boisseau war der Mann an der Spitze dieses Riesenunternehmens. Er wartete in dem Büro, das Grelle ihm zur Verfügung gestellt hatte, auf den ersten Funkbericht. »Er hat soeben den Elysee-Palast verlassen...«

Blanc saß in seinem Dienstwagen im Innenhof des Elysee; dieser Wagen war nur einer von vielen, die dem Wagen mit dem Präsidenten nach dessen Abfahrt folgen sollten. Neben Blanc saß seine Frau Angèle. Plötzlich sah er einen Wagen halb in den Innenhof hineinfahren, bevor er angehalten wurde. Blanc verkrampfte sich. General Lamartine stieg aus. Irgendein Esel von Sicherheitsbeamter hatte dem General erlaubt, den Kordon zu durchbrechen. Wahrscheinlich hatte Lamartine das hohe Tier herausgekehrt. Blanc blickte durch die Heckscheibc auf die Treppenstufen des Palasts. Florian war gerade herausgekommen und blieb stehen, als er den Sicherheitschef des Palasts mit Lamartine streiten sah. »Bin in einer Minute wieder da«, sagte Blanc zu seiner Frau und stieg aus. In dem Wagen vor ihnen hatte Danchin sich umgedreht. Er machte ein Gesicht, als ob er überlegte, ob der Vorfall etwas mit ihm zu tun habe.

Lamartine hatte den Sicherheitsbeamten stehen lassen und eilte jetzt quer über den Hof zu der Treppe des Palasts. Alle starrten ihn an. Florian trat auf den Hof hinunter und begrüßte Lamartine. Dann ging der Präsident langsam zu seinem Wagen. Der General sprach lebhaft auf Florian ein, der schweigend zuhörte und gemessenen Schritts weiterging. Lamartines Gesicht erstarrte, als er Blanc auf sich zukommen sah. Er hat es ihm erzählt, dachte der Minister, er hat ihm alles gesagt – um sich selbst den Rücken freizuhalten, dieser Scheißkerl.

»Was soll das alles bedeuten, Alain?«

Florian hatte sich schon halb in den Fond seines Wagens gesetzt und sprach über die Schulter; dann setzte er sich zurecht und ließ die Tür offen. Er sah zu Blanc auf, der sich hinunterbeugte, um mit Florian zu sprechen. »Wir hatten heute nacht ein kleines Problem«, sagte der Minister ungerührt. »In den Palast wollte man mich nicht hineinlassen, also habe ich mich allein darum gekümmert.«

»Sie planen einen Staatsstreich?«

Ein Ausdruck zynischer Belustigung erschien auf dem schmalen, hageren, intelligenten Gesicht, ein Ausdruck höchsten Selbstvertrauens. In diesem Augenblick wurde Blanc mehr denn je bewußt, welch eine magnetische Persönlichkeit dieser Mann besaß, den man zu Unrecht den zweiten de Gaulle genannt hatte. Florian beugte sich vor, als Blanc schwieg. Einen Augenblick sah es aus, als würde der Präsident aussteigen. Blancs Herz machte einen Satz.

»Sie planen einen Staatsstreich?«

»Herr Präsident.«

Das war alles, was Blanc sagte. Florian lehnte sich in die Polster, schloß selbst die Tür und wies den Fahrer an, loszufahren. Blanc ging zu seinem Wagen zurück und würdigte Lamartine dabei keines Blicks. Der General war zum Standbild erstarrt. Jetzt wußte er, daß er seine Karriere ruiniert hatte. »Und das alles für nichts«, sagte Blanc zu seiner Frau, als er sich wieder hingesetzt hatte. »Lamartine ist ein altes Schlachtroß – ich glaube, den werden wir bald auf Gnadenbrot setzen müssen ...«

Er war nur mit halbem Herzen bei dem, was er sagte, als das erste Fahrzeug, ein Mannschaftswagen voller CRS-Männer, den Innenhof verließ und in die Rue du Faubourg St. Honoré einbog. Dann folgte der Präsidentenwagen. So viel Selbstvertrauen in einem einzigen Mann! Florian war zu dem Schluß gekommen, daß niemand mehr die Räder der Geschichte anhalten konnte, die er in Bewegung gesetzt hatte. Blanc, sein engster Vertrauter, hatte in der Nacht Anweisungen gegeben, die man als Hochverrat würde auslegen können. Wenn schon, dem würde er sich nach der Rückkehr aus Moskau widmen. Hatte nicht vor einigen Jahren ein amerikanischer Präsident das gleiche Gefühl der Unverwundbarkeit besessen – obwohl seine Taten verglichen mit denen Guy Florians nur kleine Vergehen gewesen waren?

Die Route zum Flughafen Charles de Gaulle war von Marc Grelle persönlich mit großer Sorgfalt ausgearbeitet worden. Enge Straßen waren nach Möglichkeit zu meiden, um der Gefahr zu entgehen, daß sich ein Heckenschütze auf irgendeinem Dach auf die Lauer legte. Nach dem Einbiegen in die Rue du Faubourg St. Honoré würde die Autokolonne kurz auf dieser Straße fahren, dann wieder nach links in die Avenue Marigny einbiegen und dann auf die Champs-Elysées hinausfahren. Von da an lagen nur noch breite Boulevards vor ihr sowie die Autobahn A 1, die direkt zum Flughafen führte.

»Er hat soeben den Elysee-Palast verlassen...« In der Leitstelle konnte André, das Eichhörnchen, auf dem Fernsehmonitor erkennen, wo sich die Autokolonne etwa befand. An verschiedenen ausgewählten Punkten waren Fernsehkameras installiert worden, damit beobachtet werden konnte, ob die Menge zu irgendwelchen Feinseligkeiten neigte. Über das Mikrofon, das Boisseau jetzt in der Hand hielt, konnte er jede Kontrollstation entlang der Strecke erreichen; er konnte die Streckenposten sogar warnen, falls ihm auf dem Fernsehschirm etwas auffallen sollte. Auf dem Monitor verfolgte er, wie die Kolonne die Avenue Marigny entlangfuhr; der Mannschaftswagen der CRS vornweg, dann der Wagen des Präsidenten, dann dreiundzwanzig schwarze Limousinen mit Kabinettsmitgliedern und deren Ehefrauen. Jetzt herrschte strahlender Sonnenschein – am Vortag hatte es einen Wetterumschwung gegeben –, aber während Boisseau die Reihe schwarzer Limousinen beobachtete, hatte er das makabre Gefühl, einem Trauerzug zuzusehen.

Boisseau verscheuchte den Gedanken. Er war Profi bis in die Fingerspitzen und hatte sich jetzt nur um eines zu kümmern – er mußte den Präsidenten sicher nach Roissy bringen. Die Ermittlungen in Sachen Leopard hatte er vorübergehend verdrängt; in den letzten wenigen Stunden hatte auch der Präfekt nicht einmal davon gesprochen. Mit gespanntem Gesichtsausdruck verfolgte Boisseau das Geschehen auf dem Monitor. Er wartete auf den Augenblick, in dem die Kolonne auf die Autobahn fahren würde, die bald über offenes Land führte, und dort konnte sich kein Attentäter verbergen.

»Komm erst mal zur Porte Maillot«, flüsterte Boisseau. »Dann bist du sicher…«

Plötzlich wurde ihm bewußt, daß er das Mikro so fest in der Hand hielt, daß seine Knöchel weiß wurden.

In seinem Wagen bemerkte auch Alain Blanc, daß er die Hand zur Faust geballt hatte. Wie Boisseau war auch ihm klar, daß der Präsident in Sicherheit war, wenn er erst einmal die Autobahn erreicht hatte. Blanc ertappte sich dabei, daß er aus dem Fenster sah und zu den Fenstern hoher Wohnblocks hinaufblickte, daß er nach etwas Verdächtigem Ausschau hielt, nach etwas, was nicht so war, wie es sein sollte. Wie zum Teufel sollte Grelle es schaffen? Die Autokolonne schien die Champs-Elysées im Kriechtempo zu bewältigen.

Boisseau kam es ebenfalls so vor, als würden die Wagen kriechen, als sie das Ende des großen Boulevards erreichten und um den Triumphbogen herumfuhren, der die Siege Napoleons für alle Zeiten zu verewigen scheint, und dann in die Avenue de la Grande Armee einbogen, die ebenfalls auf beiden Seiten von hohen Wohnhäusern gesäumt ist. »Komm erst mal zur Porte Maillot«, flüsterte Boisseau wieder vor sich hin. Er war froh, allein im Büro zu sein. Alles, was in den letzten paar Wochen geschehen war, war wie ausgelöscht: Boisseau war für die Sicherheit des Präsidenten verantwortlich. Die Verantwortung lastete schwer auf ihm.

Alain Blanc gab allmählich die Hoffnung auf, daß etwas geschehen würde. Grelle hatte es offensichtlich nicht geschafft, aber das war nicht verwunderlich. Vielleicht hatten seine Nerven versagt, und darüber würde Blanc sich noch weniger wundem. Er blickte immer noch zu den Fenstern der Wohnhäuser hinauf, holte ein Taschentuch hervor und wischte sich die schweißbedeckte Stirn ab. Er stand – wenn auch aus anderen Gründen – unter einer ebenso starken Anspannung wie Boisseau. Blanc runzelte die Stirn, als er das Knattern eines herannahenden Hubschraubers hörte, der sehr niedrig flog, und preßte dann die Wange an die Seitenscheibe, um die Maschine zu entdecken. Die Menge, die noch immer seltsam still blieb, als hätten die Menschen ebenfalls das Gefühl, einer Trauerprozession beizuwohnen, reckte die Köpfe, um dem Hubschrauber nachzustarren, der sich der Autokolonne von hinten näherte und geradewegs über die Champs-Elysée hinwegflog. Er überflog den Triumphbogen und nahm dann Kurs auf die Avenue de la Grande Armee, wo er mit dem lauten Geknatter seines Motors die Tauben von den Dächern verscheuchte. Dann überflog er die Autokolonne und verschwand. Blanc sank in die Polster zurück. »Wirklich, wir hätten gar nichts machen können...« Er hatte unwillkürlich laut gesprochen. Seine Frau sah ihn überrascht an. Dann ging der Mannschaftswagen an der Spitze in eine Kurve, anschließend der Präsidentenwagen. Sie hatten die Porte Maillot erreicht.

Um 10.25 Uhr, fünf Minuten vor dem Start, saß Flugkapitän Pierre Jubal mit seinem Kopiloten Lefort in der Kanzel. Draußen auf dem Rollfeld war das gesamte französische Kabinett angetreten. Die Minister warteten darauf, daß Florian die Maschine bestieg. In der Nähe standen Männer der Flughafengendarmerie mit automatischen Waffen im Arm. Von dort, wo Alain Blanc stand, hatte er einen freien Blick über die Concorde hinaus auf die Ebene; im Hintergrund erkannte er nur die winzig wirkenden Häuser des Dorfs le Mesnil Amelot am Rand des riesigen Flughafens. Die Sonnenstrahlen erfaßten einen winzigen Stift, einen Kirchturm, und ein kleines Rechteck, eine stillgelegte Fabrik. Dann ging der Präsident an seinen Ministern vorüber. Er hatte sein berühmtes Lächeln aufgesetzt.

»Er hat das Auftreten eines Königs«, murmelte Danchin dem Ministerkollegen neben ihm zu. »Frankreich kann sich zu diesem Zeitpunkt seiner großen Macht wirklich glücklich schätzen...«

Kurz vor dem Betreten der Gangway schien sich Florian an etwas zu erinnern. Er wirbelte herum, noch immer lächelnd, kehrte um und schüttelte Alain Blanc die Hand. »Alain«, sagte er mit Wärme, »ich werde nie all das vergessen, was Sie in der Vergangenheit für mich getan haben...« Nur Blanc bemerkte, daß Florian die letzten Worte seines Satzes betonte, wie ein Vorstandsvorsitzender, der sich von einem Direktor verabschiedet, den er soeben entlassen hat. Die Hinrichtung ist aufgeschoben, dachte Blanc, als er Florian die Gangway hinaufgehen sah, aber sie wird in dem Augenblick erfolgen, in dem er zurückkehrt. Am oberen Ende der Gangway drehte Florian sich um, winkte und verschwand. Die Triebwerke begannen zu summen und zu pfeifen. Mechaniker an der Schnauze der Maschine rannten zurück. Der unglaubliche Vogel begann vor Kraft zu beben. Boisseau, der die Szene in Paris am Fernsehschirm beobachtete, wischte sich die Stirn ab.

Zuvor, bevor die Autokolonne den Innenhof des Elysee verlassen hatte, entdeckte der Hubschrauberpilot Jean Vigier das kleine schwarze Auto, das sich mit hoher Geschwindigkeit vom Pariser Stadtzentrum entfernte. Zuerst sah er es unter sich, als es den Boulevard des Capucines entlangfuhr. Neugierig – es war das einzige Fahrzeug, das sich auf dem leeren Boulevard bewegte – änderte Vigier seinen Kurs und entdeckte es hinter der Oper wieder. Den Piloten beeindruckten die Geschwindigkeit des Wagens und seine Zielstrebigkeit. Er verfolgte das Auto weiter.

Was als Routineflug begonnen hatte, verwandelte sich in

etwas Alarmierenderes, als Vigier die Nonstopfahrt des Wagens weiterverfolgte; der Wagen fuhr Häuserblock um Häuserblock weiter, ohne anzuhalten und ohne kontrolliert zu werden. Vigier, jetzt plötzlich besorgt, setzte seine Luftüberwachung des verdächtigen Fahrzeugs fort, während er die Leitstelle über Funk verständigte. »Kleiner schwarzer Wagen passiert alle Kontrollstellen, ohne anzuhalten... befindet sich im Augenblick in...«

Nachdem Boisseau die Meldung erhalten hatte, handelte er sofort. Er wies einen Assistenten an, die Polizeiwache in der Rue Hittorf 1 anzurufen, die letzte Kontrollstelle, die der Wagen passiert hatte. Der Assistent kam ein paar Minuten später wieder. »In diesem Wagen sitzt der Polizeipräfekt – das ist der Grund, warum sie ihn überall durchlassen. Er meldet sich bei jeder Kontrollstelle über Funk, bevor er dort ankommt...«

Boisseau verschwendete keine Zeit mit Spekulationen; sein Chef war offensichtlich dabei, einer Sache nachzugehen. Er ließ dem Hubschrauberpiloten Jean Vigier über Funk durchgeben: »Fahrer des schwarzen Wagens identifiziert – kein Grund zur Beunruhigung.« Danach vergaß Boisseau den Zwischenfall.

In seinem Wagen näherte Grelle sich jetzt dem Bezirk Goutte d'Or. Wieder meldete er sich über Funk bei der nächstliegenden Kontrollstelle, und dann tat er etwas sehr Merkwürdiges. Er hielt in der menschenleeren Straße an der Bordsteinkante an, wechselte das Frequenzband seines Funksprechgeräts, holte ein Kleinsttonbandgerät hervor, schaltete es ein und sprach dann über Funk, wobei er seiner Meldung das Codewort vorausschickte. »Franklin Roosevelt. Hier Boisseau. Ja, Boisseau. Sind Sie's, Lesage? Störung? Nein, bei mir ist alles in Ordnung. Hören Sie zu!« Jetzt spulte das Band sich ab und sendete weiter, was Grelle zuvor in seiner Wohnung mit verstellter Stimme aufs Band gesprochen hatte.

»Kaninchen ist gesehen worden… Ja, Kaninchen! Ist vor fünf Minuten die Rue de Clichy hinuntergegangen. Nehmen Sie Ihre Männer und durchkämmen Sie die Gegend um die Rue de Clichy. Keine Widerrede, Lesage, er ist Ihnen entwischt – los, ihm nach! Wenn Sie ihn finden, hängen Sie sich dran – keine Festnahme. Ich wiederhole, keine Festnahme. Er könnte Sie zum Rest der Bande führen…«

Da er zu Beginn des Funkspruchs das Codewort genannt hatte, war Grelle zuversichtlich, daß Lesage seinem Befehl sofort Folge leisten würde. Grelle fuhr wieder an, passierte die nächste Kontrollstelle und bog dann in die Rue Réaumur ein, in der Abou Benefeika, der algerische Terrorist, noch immer darauf wartete, daß seine Freunde kommen und ihn abholen würden. Grelle stieg aus und näherte sich dem verfallenen Eingang des Hauses Nr. 17 mit äußerster Vorsicht. Als er den türlosen Eingang auf seinen Gummisohlen betrat, machte er kein Geräusch. In der Hand hielt er seinen Revolver. Ein abgestandener, muffiger Gestank von Feuchtigkeit schlug ihm entgegen. Er rümpfte die Nase, als er in dem dunklen Hausflur stand und lauschte. Als er die Kellertreppe betrat, bewegte er sich noch vorsichtiger.

Unten wartete er, bis seine Augen sich an die Dunkelheit gewähnt hatten. Allmählich erkannte er jenseits der Tür zum Keller die Umrisse eines schlafenden Mannes. Der Mann schlief auf der Seite und hatte das Gesicht der Wand zugewandt. Der Präfekt schaltete seine Taschenlampe ein und entdeckte einen feinen Draht, der am unteren Ende der Kellertür quer über die Öffnung gespannt worden war; Grelle folgte dem Draht mit der Taschenlampe und sah, daß er an einer großen Blechdose befestigt war, die auf einem Haufen von Ziegelsteinen stand. Jeder, der einfach durch die Tür trat, würde die Dose herunterpurzeln lassen und den schlafenden Terroristen wecken. Grelle trat behutsam über den Draht. Mit Hilfe seiner Taschenlampe bahnte er sich den Weg durch überall herumliegende Ziegelsteine und näherte sich dem schlafenden Terroristen. Grelle blückte sich und hob die schwere Magnum-Pistole auf, die neben der reglosen Hand des Mannes lag. Dann weckte er ihn.

Grelle fuhr über die Porte de Pantin aus Paris heraus und setzte seine Fahrt auf der Straße N 3 fort; dann, kurz vor Claye-Souffly, bog er nach Norden ab und fuhr durch offene Landschaft. Der algerische Terrorist, Abou Benefeika, duckte sich auf dem Fußboden vor dem Beifahrersitz, den Grelle zuvor weit zurückgeschoben hatte. Der Algerier war mit einem Reiseplaid zugedeckt, das wie zufällig hinuntergerutscht zu sein schien, und kehrte Grelle, der gelegentlich den Revolver vom Schoß nahm und ihn dem Algerier in den Nacken preßte, den Rücken zu. Er sollte nicht vergessen, daß die Waffe noch da war.

Abou Benefeika war teils erleichtert, teils zutiefst verängstigt. Der Zivilist, der ihn geweckt und ihm eine Pistole vors Gesicht gehalten hatte, hatte ihm gesagt, er sei gekommen, um ihn außer Landes zu schaffen. »Ihre Freunde haben sich aus dem Staub gemacht«, sagte Grelle nur, »also hat man mich hiergelassen, damit ich aufpasse, daß man Sie nicht erwischt. Die Polizei ist dabei, sich diesen Bezirk vorzuknöpfen, das wissen Sie doch, nicht wahr?« Grelle hatte ihm gesagt, er solle den Kopf einziehen und unten lassen. »Dies ist ein gestohlener Polizeiwagen. Sie sollten also beten, daß wir an den Straßensperren durchkommen, die sie errichtet haben. Ich habe den Ausweis des Polizisten, den ich erschossen habe, deswegen darf ich diesen Wagen fahren. Wir müßten es eigentlich schaffen. Wenn ich Sie aber erschießen muß, um mich selbst zu retten, werde ich es tun…«

Benefeika, der es tagelang mit den Ratten im Keller hatte aushalten müssen, war einigermaßen demoralisiert. Er traute dem Mann nicht, der ihn geweckt hatte, wurde aber zuversichtlicher, als Grelle mehrere Polizeikontrollen passierte, ohne ihn auszuliefern. Welche andere Erklärung konnte es da geben als die, die der Mann ihm genannt hatte? Jenseits der Porte de Pantin gab es eine Zeitlang keine Kontrollen mehr, aber das gelegentliche Antippen des Revolvers im Nacken überzeugte Benefeika, daß es besser sei, den Worten seines Retters zu folgen und den Kopf untenzuhalten. Vor der hinteren Sitzbank des Wagens lag noch ein Reiseplaid, aber das, was sich darunter verbarg, war kein Mann.

Der Besuch in der Rue de Saussaies, dazu um fünf Uhr morgens, war riskant gewesen.

Der Wachtposten, der ihn ins Gebäude einließ, ging davon aus, daß Grelle in das Zimmer im vierten Stock wollte, in dem irgendein rätselhaftes Projekt verfolgt wurde – der Wachtposten dachte an den Raum, in dem ein Mann auf den nächsten Anruf Hugons wartete, des verräterischen Mitarbeiters von Oberst Lasalle, Hauptmann Moreau. Grelle ging tatsächlich in den vierten Stock, betrat zunächst das Büro, das ihm persönlich zur Verfügung gestellt worden war und in dem er Annette Devaud vernommen hatte. Dort blieb er nur einen Augenblick, um eine Schachtel Zigaretten auf den Tisch zu legen. Anschließend ging er zu dem doppelt gesicherten und gepanzerten Raum auf der anderen Seite des Gebäudes, schloß die äußere Tür auf, schlüpfte hinein und schloß sofort wieder hinter sich ab. Er befand sich jetzt in dem äußeren Raum und stand vor der gepanzerten Tür.

Grelle ging äußerst behutsam vor. Er streifte sich Handschuhe über, nahm den Schlüssel zur gepanzerten Tür und preßte beide Seiten des Schlüssels in ein Wachsplättchen, das er mitgebracht hatte. Er pfuschte absichtlich und wackelte etwas mit dem Schlüssel, so daß der Abdruck ungenau wurde. Später würde man davon ausgehen, daß jemand danach einen frischen und perfekten Abdruck gemacht und sich so die Mittel zur Herstellung eines Schlüsselduplikats verschafft hatte. Grelle, der die Handschuhe noch anhatte, ließ den unvollkommenen Wachsabdruck zu Boden fallen und schob ihn mit der Schuhspitze unter einen Aktenschrank. In wenigen Stunden würden zahlreiche Beamte die Spuren sichern und den ganzen Raum auf den Kopf stellen. Sie würden jede Staubflocke unter die Lupe nehmen. Danach öffnete Grelle die gepanzerte Tür.

Die Abschußvorrichtung der SAM-Rakete war in schützendes Segeltuch gehüllt und lag an der Wand auf dem Fußboden. Daneben fand Grelle eine kleinere Segeltuchrolle mit den beiden *Strela*-Raketen. Er rollte beide Pakete zu einem großen zusammen, das er mit der großen Segeltuchplane umwickelte und mit einer Schnur zusammenband. Er verließ den Raum, schloß ab, ging auf den Flur hinaus und verschloß die Außentür. Jetzt bestand die Schwierigkeit darin, das sperrige Paket aus dem Gebäude herauszubringen. Es war unvermeidlich, daß er einem Wachtposten begegnete, wenn nicht im Gebäude selbst, so doch am Ausgang.

Um den in der Sûréte-Zentrale patrouillierenden Beamten nicht über den Weg zu laufen, deren Postengänge Grelle kannte, machte er einen langen Umweg. Er wanderte durch endlose Korridore und ging Hintertreppen hinunter. Diese verdammte Sûréte war ein Kaninchenbau, den er früher oft verflucht hatte, aber diesmal konnte das Labyrinth seine Rettung sein. Er ging vorsichtig die letzte Treppe hinunter, schlich aber auf Zehenspitzen wieder nach oben, als er auf dem unteren Korridor die Schritte eines Wachtpostens hörte. Grelle wartete. Die Schritte verhallten, und in das altersschwache Gebäude kehrte wieder Stille ein. Jetzt ging Grelle rasch die Treppe hinunter, erreichte das Erdgeschoß und ließ sein Segeltuchpaket in einem Schrank verschwinden, der seit Jahren leerstand. Grelle durchquerte die Eingangshalle und öffnete leise die Außentür.

Der Wachtposten lehnte sich gegen eine Wand, und Grelle meinte, er sei im Stehen eingedöst. Es wäre aber zu riskant gewesen, den Versuch zu machen, an ihm vorbeizuschleichen.

»Thomas!« rief Grelle mit lauter Stimme. Der Mann richtete sich mit einem Ruck auf. Seine Stimme klang sehr unsicher. Grelle war nicht der Mann, der einem Unaufmerksamkeit so ohne weiteres durchgehen ließ. »Ja, Herr Präfekt?«

»Ich habe meine Zigaretten vergessen. Können Sie schnell mal auf Zimmer 407 gehen und sie mir holen?« Grelle gab dem Wachtposten einen Schlüssel. »Auf meinem Schreibtisch liegt eine frisch angebrochene Schachtel...«

Er lauschte dem verebbenden Geräusch der Schritte. Er stand unten vor der Treppe, holte das Paket aus dem Schrank, trug es auf den Hof hinaus und legte es vor der hinteren Sitzbank seines Autos auf den Wagenboden. Dann legte er ein Reiseplaid über das Paket. Als Thomas mit den Zigaretten und dem Schlüssel zurückkehrte, wartete Grelle in der Eingangshalle. »Vielen Dank, Thomas.« Er bot dem Mann eine Zigarette an. »Passen Sie auf, daß diese Wand Ihnen nicht auf den Kopf fällt...« Er ließ Thomas stehen, der ihm nervös nachstarrte. Grelle war jetzt recht zuversichtlich, daß Thomas es unterlassen würde, Grelles Besuch bei den Vorgesetzten zu melden. Der Präfekt fuhr zu seiner Wohnung auf der die Saint-Louis zurück. Er stellte den Wagen in der Garage ab und ging nach oben, um sich zu rasieren.

Durch die Windschutzscheibe sah Grelle das Dörfchen le Mesnil Amelot näher kommen, die Silhouetten eines Gewirrs eng beisammenstehender Häuser, eines Kirchturms und einer stillgelegten Fabrik. Neben ihm, auf dem Wagenboden, schwitzte Abou Benefeika; sie hatten gerade eine weitere Kontrollstelle passiert. An der Porte de Pantin hatte Grelle die Kontrollstellen hinter sich gelassen, und jetzt, als sie dem Flughafen Charles de Gaulle näherkamen, fuhr er wieder direkt auf sie zu. Es waren Kontrollen, die er selbst angeordnet hatte. An der letzten Straßensperre, die noch recht weit vom Dorf entfernt lag, rief er einen Wachtposten aus dem Wagenfenster eine Warnung zu. »Halten Sie die

Augen offen. Es könnten sich Fremde hier herumtreiben. Mir ist gemeldet worden, es könnte gerade hier Ärger geben ...«

»Sie fahren ins Dorf, Monsieur?«

»Ich werde wahrscheinlich schon vorher anhalten – um das Abheben der Maschine zu beobachten ... Er fuhr weiter, während der unter dem Plaid versteckte Benefeika die Kühnheit dieses unechten Polizisten bewunderte. Der Algerier hatte schon mehrmals gefragt, wohin die Reise eigentlich gehe, und Grelle war jedesmal recht kurz angebunden gewesen. »Zu einem Ort, an dem ein Transportmittel bereitsteht, um Sie wegzubringen – und das ist alles, was Sie wissen müssen ...« Als er sich dem Dorf näherte, sah Grelle auf seine Armbanduhr. 10.20 Uhr. Gott im Himmel, das hatte mehr Zeit in Anspruch genommen, als er einkalkuliert hatte. In zehn Minuten würde die Concorde starten.

Zu seiner Linken erstreckte sich die Ebene jenseits des Drahtzauns, der den Flughafen Charles de Gaulle umgibt, und Grelle glaubte, die startbereite Concorde zu sehen. Wie er gehofft hatte, war die Dorfstraße völlig leer; alle Dorfbewohner hielten sich bei ihren Nachbarn in Häusern auf, von denen aus man das Rollfeld überblicken und den Start beobachten konnte. Grelle riß das Lenkrad herum und fuhr an einer stillgelegten Fabrik vorbei auf einen großen Hof.

»Innerhalb einer Stunde wird hier ein Hubschrauber landen und Sie wegbringen«, sagte Grelle zu dem Algerier und scheuchte ihn mit der Pistole aus dem Wagen. »Bis dahin werden Sie sich schön still verhalten ...« Grelle nahm den Algerier mit ins Fabrikgebäude, schob ihn eine wacklige Treppe hinauf und befahl ihm, im Obergeschoß in einen Raum mit zugenagelten Fenstern zu gehen. Grelle verließ den Raum und verriegelte die Tür. Der Präfekt hatte erst vor kurzem bei der Prüfung der Sicherheitsvorkehrungen eine Autofahrt um das gesamte Flughafengelände herum gemacht und war dabei in Le Mesnil Amelot ausgestiegen; das alte Fabrikgebäude hatte ihn neugierig gemacht. Er hatte in jede Ecke und jeden Winkel geblickt.

Nachdem er Benefeika eingeschlossen hatte, holte Grelle das schwere, mit Segeltuch umwickelte Paket aus dem Wagen und schleppte es aufs Dach. Noch immer war auf der Straße niemand zu sehen. Dem Fabrikgebäude gegenüber lagen nur die Kirche und der Friedhof. Grelle sah auf die Uhr. 10.27 Uhr.

In Paris, in der Präfektur, reagierte Boisseau äußerst gereizt, als ein Assistent ihm mitteilte, daß der Beamte Lesage, der die Beobachtung des algerischen Terroristen Abou Benefeika leitete, eine wichtige Meldung für ihn habe. »Um Gottes willen, warum ausgerechnet jetzt?« schäumte Boisseau, aber dann fiel ihm die Gabe seines Chefs ein, ein halbes Dutzend Dinge zur selben Zeit im Auge zu behalten. »Also gut, stellen Sie ihn durch«, raunzte er. Er hörte weniger als eine Minute zu und ging dann in die Luft.

»Sie elender Dummkopf! Ich habe nicht befohlen, daß Sie sich zurückziehen sollen. Sie sagen, die Stimme sei schlecht zu hören gewesen, habe aber das richtige Codewort genannt? Ich war das nicht! Irgendeiner dieser Terroristen hat Sie hereingelegt. Begeben Sie sich sofort zu dem Haus und durchsuchen Sie's von oben bis unten. Ich kann Ihnen jetzt schon verraten, daß der Bursche ausgeflogen ist!« Boisseau wandte sich wieder dem Monitor zu, auf dem der Präsident gerade die Gangway hinaufging, sich umdrehte, winkte und dann in der Concorde verschwand. »So, jetzt ist er gleich in der Luft«, bemerkte er zu seinem Assistenten.

In der auch für ihn charakteristischen Manier eines Pierre Trudeau oder John F. Kennedy ging Guy Florian durch den Passagierraum der Concorde nach vorn in die Pilotenkanzel. Er äußerte den Wunsch, beim Start dort zu sitzen und zu beobachten, wie die Piloten die Instrumente bedienten. »Setzen Sie sich«, sagte er zu dem Flugpersonal, »ich bin jetzt nichts weiter als ein gewöhnlicher Passagier...« Er grinste jungenhaft. »Allerdings wichtig genug, bei Ihnen zu sitzen, während Sie die Maschine hochziehen. Wenn Sie nichts einzuwenden haben...«

Punkt 10.30 Uhr fing die riesige Maschine an, auf die Hauptstartbahn zuzurollen. Die Concorde bewegte sich eine Zeitlang geradeaus, bis Jubal das Flugzeug auf die Startbahn einschwenken ließ. Dort blieb die Concorde kurz stehen, während Jubal auf die Startfreigabe durch den Tower wartete. Dann ließ der Pilot die Maschine anrollen. Alain Blanc kam die Concorde noch immer wie ein böser Raubvogel vor, wie eine zwar schönc, aber zugleich gefährliche Maschine. Das Heulen und Pfeifen der enorm schubstarken Triebwerke tönte zu den Ministern herüber, die pflichtgemäß in Reih und Glied standen und warteten. Der Himmel war jetzt vollkommen klar, die Sonne strahlte. Kein anderes Flugzeug war zu sehen – der Luftraum war für Präsident Florians Abflug freigehalten worden. Weit hinten auf der Startbahn änderte das Flugzeug die Richtung, rollte los und hob dann plötzlich in scharfem Winkel ab. Die geierkopfähnliche Kanzel und der gesamte Rumpf bebten, während die Maschine Strahlen schmutziger Abgase ausspie.

10.31 Uhr. Auf dem Dach der stillgelegten Fabrik lag Grelle auf einem Öltuch, das er mitgenommen hatte, damit seine Kleidung nicht schmutzig wurde. Er preßte sich die Abschußvorrichtung fest an die Schulter – so, wie Buvon es ihm auf dem Flughafen Orly gezeigt hatte. Grelle sah angestrengt durch das Zielfernfohr. Für das bloße Auge nur als Umriß erkennbar, erschien die Concorde im Zielfernrohr klar und deutlich, mit allen Details. Grelle konnte die seitlich am Rumpf aufgemalten Wörter Air France deutlich lesen. Er schwitzte heftig. In Begleitung des Präsidenten an Bord der Maschine befanden sich Männer, die er gut kannte, Männer, die er mochte und respektierte. Grelles Mund war nur noch ein dünner Strich. Er biß die Zähne zusammen.

Die Maschine stieg wie ein triumphierender Vogel in den Himmel. Die gebogene Nase und der mit Fledermausflügeln bewehrte riesige Rumpf erzitterten; die Maschine stieg in dem exakt vorausberechneten Winkel in den Himmel, der soviel Bewunderung auslöst – und erschreckt –, wenn man ein Flugzeug vom Erdboden aus oder vom Dach einer stillgelegten Fabrik aus beobachtet. 300 Meter… 600 Meter… Die Concorde raste in den Steigflug. Dies ist immer der kritische Augenblick – wenn ein riesiges, mit hochexplosivem Treibstoff vollgetanktes Flugzeug immer weiter und weiter steigen muß, weil es auf dem Weg in die Stratosphäre keine Umkehr gibt, sondern als Alternative nur die Katastrophe.

»Für Frankreich…«

Grelle drückte ab.

Die Rakete schoß vom Fabrikdach empor. Grelle rannte einen Stock tiefer zu dem Raum, in dem der algerische Terrorist noch immer auf den Hubschrauber wartete, der ihn abholen und in Sicherheit bringen sollte. In dem weiten Luftraum über dem Flughafen Charles de Gaulle befanden sich jetzt nur zwei Flugkörper – die aufsteigende Rakete und die im Steigflug begriffene Concorde. Unter den Fluglotsen an den Radarschirmen entstand sofort eine Panik, als sie den Kurs der Concorde verfolgten. Auf ihren Schirmen war ein weiteres Flugobjekt aufgetaucht. Ein unglaublich kleiner Flugkörper, der sich mit Überschallgeschwindigkeit bewegte, so schnell, daß nur ein Fluglotse dazu kam, zu schreien.

Guy Florian sprach über Funk von der Flugzeugkanzel aus. Er hielt eine Ansprache, die überall dort zu hören war, wo ein Rundfunkgerät oder ein Fernseher eingeschaltet war – in Häusern, Wohnungen und Lokalen, in denen sich die Menschen vor den Fernsehern drängten, um der aufsteigenden Concorde zuzusehen. »Diese historische Mission, die mich nach Moskau führt, wird die Sache des Weltfriedens fördern, damit unsere Enkel …«

Die *Strela*-Rakete, *made in UdSSR*, prallte in Höhe der Pilotenkanzel gegen den Rumpf der Concorde. Das Vorderteil der Maschine – einschließlich der Pilotenkanzel, von der aus Florian sprach – brach vom übrigen Rumpf ab. Als der Treibstoff detonierte, gab es ein ungeheures B-o-o-m. Fünfundzwanzig Kilometer entfernt, in Paris, blieben Menschen wie vom Blitz getroffen stehen. Vom Erdboden aus sahen die versammelten Minister des französischen Kabinetts einen schrecklichen Feuerball aufflackern, als der Treibstoff Sekunden nach dem Abbrechen des Vorderteils der Maschine Feuer fing. Nase und Kanzel der Concorde trudelten zur Erde. Der Feuerball verschlang den halben Flugzeugrumpf, während das Heck der Maschine abbrach, ebenfalls Feuer fing und als brennender Pfeil dreißig Kilometer weiter auf die Felder stürzte.

Nach dem Aufprall des Feuerpfeils stieg schwarzer Rauch kerzengerade in den klaren Morgenhimmel auf. Ein Fragment des Rumpfendes landete nur wenige Dutzend Meter von den versammelten Ministern entfernt. Sie stoben auseinander. Bis zu diesem Moment hatten sie schweigend und vor Entsetzen reglos dagestanden. Alain Blanc kam als erster zu sich. Er rannte zu seinem Wagen. »Zurück nach Paris. Fahren Sie wie der Teufel«, befahl er.

Das gesamte Dorf, von dem aus die Rakete abgeschossen worden war, wurde hermetisch abgeriegelt. Grelle leitete das Unternehmen persönlich. Von den Streifenwagen, die aus allen Richtungen auf Le Mesnil Amelot zufuhren, überholten einige den Wagen des Polizeipräfekten, als dieser in Richtung Le Mesnil Amelot fuhr. Die Wagen hielten an. Grelle sprang als erster heraus.

»Zurück in die Häuser … alle weg von der Straße … es kann jeden Augenblick zu Schießereien kommen …«

Innerhalb von drei Minuten war das Dorf abgeriegelt. Weitere Polizeifahrzeuge kamen an. Grelle ordnete an, sämtliche Häuser zu durchsuchen, und wies seine Männer an, ja nicht schießwütig zu werden. »Ich habe gesehen, wie von diesem Dorf aus etwas in den Himmel schoß«, sagte er zu dem Inspektor, dem die hier versammelten Polizisten unterstanden. »Ich auch«, erwiderte der Inspektor aufgeregt. Über den Sprechfunk eines Streifenwagens nahm Grelle mit Boisseau Verbindung auf. »Sorgen Sie dafür, daß die Straßen von Paris leer bleiben. Es darf nicht zu Menschenansammlungen kommen. Setzen Sie notfalls die Männer der CRS ein. Es kann sein, daß jemand versucht, einen Aufstand anzuzetteln.«

Nachdem er für Paris klare Anweisungen gegeben hatte, wandte Grelle sich wieder der Durchsuchung des Dorfes zu. Es war Punkt 10.55 Uhr – Grelle hatte sofort auf die Uhr gesehen –, als er den Inspektor aus Leibeskräften schreiend die Straße entlangrennen sah. Sie hatten den Algerier gefunden.

Abou Benefeika lag auf dem Dach der stillgelegten Fabrik, alle viere von sich gestreckt. Seine geöffneten Augen starrten blicklos in den Himmel. Er hielt seine eigene Magnum-Pistole in der Hand, aus der nur ein Schuß abgefeuert worden war. Die Waffe trug nur seine Fingerabdrücke. Er hatte sich offenkundig selbst in die rechte Schläfe geschossen. Neben ihm lagen die SAM-Abschußvorrichtung und eine zweite Rakete. Später, als man auch diese Waffe untersuchte, entdeckte man auch auf ihr die Fingerabdrücke des Algeriers.

Am 7. Januar läuteten die mächtigen Glocken von Notre-Dame zum Staatsbegräbnis von Guy Florian. Teile seines Leichnams waren wie durch ein Wunder erhalten geblieben. Staatsoberhäupter aus allen Teilen der Welt waren anwesend, darunter auch der Staatspräsident der Union der Sozialistischen Sowjetrepubliken. Alain Blanc, der vor kurzem gewählte Ministerpräsident, führte den Trauerzug an.

Am Heiligen Abend des Vorjahrs hatte Marc Grelle Alain Blanc das Schreiben überreicht, in dem er seinen Rücktritt als Polizeipräfekt von Paris erklärte. Alain Blanc hatte bis auf weiteres das Amt des Innenministers übernommen.

Die beiden Männer zogen sich über eine Stunde lang in Klausur zurück. Anschließend trat Grelle vor eine eilig einberufene Pressekonferenz und verlas eine Erklärung. »Da ich meiner Pflicht, das Leben des Präsidenten der Französischen Republik zu schützen, nicht genügt habe, habe ich meinen sofortigen Rücktritt erklärt. Ich habe um Versetzung in den Ruhestand gebeten.« Georges Hardy, Grelles langjähriger Freund und Polizeipräfekt von Lyon, übernahm das Amt des Polizeipräfekten von Paris.

Am 8. Januar, einen Tag nach dem Staatsbegräbnis für den toten Präsidenten, das Grelle in seiner Wohnung auf der Ile Saint-Louis allein am Fernsehschirm verfolgt hatte, fuhr der ehemalige Präfekt Alan Lennox zum Flughafen. Der Engländer wollte nach London zurückfliegen. Lennox war noch immer Rekonvaleszent und schwer bandagiert. Er hatte André Boisseau ausführlich über seine Tätigkeit in Frankreich berichtet und anschließend darauf bestanden, sofort nach Hause zurückzukehren. In dem mündlich vorgetragenen Bericht fehlte jeder Hinweis auf den Leoparden, und Boisseau, der die Vernehmung persönlich durchführte, erwähnte den ehemaligen Résistance-Führer gleichfalls mit keinem Wort.

Nachdem er den Engländer zum Flughafen Charles de Gaulle gebracht hafte, setzte Grelle sich in seinen Wagen und fuhr allein in Richtung Paris zurück. In der Brusttasche seines Jacketts trug er das Foto seiner Frau Pauline bei sich, das er aus dem Rahmen in seiner Wohnung herausgenommen hatte. Seine letzten Worte vor dem Abschied von Alan Lennox waren sehnsüchtig gewesen. »Seit Jahren habe ich mich darauf gefreut, mich in ein bestimmtes Dorf in der Dordogne zurückziehen zu können – man kann dort sehr gut angeln…« Grelle war aber ein Mann, der den größten Teil seines Lebens der Bewahrung und Aufrechterhaltung des Gesetzes gewidmet hatte; er machte sich keine Illusionen. Die Schritte, die er unternommen hatte, um seine Spuren als Attentäter zu verwischen, würden einer intensiv geführten Ermittlungsarbeit nicht standhalten. Er hatte nur versucht, sich eine kurze Atempause zu verschaffen. Wenn er für ein Verhör nicht mehr zur Verfügung stand, würde Boisseau nach einer angemessenen Frist seinen Bericht abschließen und erklären können, Abou Benefeika sei für den Tod des Präsidenten verantwortlich. Grelle prallte bei Tempo 140 gegen die Leitplanke. Mehr als fünfhundert Personen wohnten seiner Beisetzung bei. Wie beim Begräbnis von Guy Florian führte Alain Blanc, der später der nächste französische Staatspräsident wurde, den Trauerzug an. Über den Sarg hatte man Marc Grelles silberbestickte schwarze Uniform drapiert, die offiziellen Anlässen vorbehalten war. »Mir kam plötzlich der Gedanke«, sagte André Boisseau später, »daß er es vorgezogen hätte, wenn sie eine Hose und einen Rollkragenpullover auf den Sarg gelegt hätten ...«

Der Ministerpräsident war einer der Sargträger. Als er langsam, mit einer Ecke des Sargs auf der Schulter, dahinschritt, wurde er von Leuten beobachtet, die später sagten, sie hätten Alain Blanc weder zuvor noch später jemals so niedergeschlagen gesehen.

# COLIN FORBES

# TODESSPUR

Deutsch von Christel Wiemken

# Vorbemerkung des Autors

Alle Figuren dieses Romans entstammen der Phantasie des Autors und stehen in keinerlei Beziehung zu lebenden Personen. Häuser, Landsitze sowie internationale Organisationen und Unternehmen sind gleichfalls frei erfunden.

# Inhalt

# Vorspiel

*Carmel, Kalifornien, Februar.* Der Mann, dessen offener Jackenkragen seinen bulligen Hals sehen ließ, drängte die schreiende Frau in die eingeschossige Blockhütte. Mit einer Hand hatte er ihr langes blondes Haar gepackt, mit der anderen stieß er sie auf die Tür zu.

Joel Dyson, früher Gesellschaftsreporter, jetzt erfolgreiches Mitglied der international berüchtigten Clique der *paparazzi*, duckte sich am Rande der Lichtung ins Unterholz. Seine Videokamera war auf den Mann und die sich wehrende Frau gerichtet, die jetzt durch die offene Tür verschwanden. Er hatte ihre Gesichter klar und deutlich im Sucher gesehen.

Die Tür wurde von innen zugeschlagen. Das Blockhaus stand in der Mitte der Lichtung, durch einen dichten Schirm von Bäumen vor der Außenwelt verborgen. Die Läden waren geschlossen; dennoch konnte Dyson die Entsetzensschreie der Frau hören.

Er warf einen Blick auf den Boden, wo der Recorder stand und das laufende Tonband die grauenhaften Schreie aufzeichnete, bis sie plötzlich abbrachen. Hatte er ihr ins Gesicht geschlagen, damit sie still war? Dann trat eine Pause ein, die Dyson als beunruhigender empfand als alles, was er zuvor gesehen und gehört hatte. Die Stille des winterlichen Waldes hatte etwas Bedrohliches, und Dyson hatte das Gefühl, daß diese Stille verhängnisvoll war.

Er hielt seine Kamera bereit für eine weitere Nahaufnahme, als die Tür der Hütte aufflog. Er erwartete, zwei Menschen herauskommen zu sehen, aber nur der Mann erschien. Er kam heraus, schlug die Tür zu, rammte einen Schlüssel ins

Schloß, drehte ihn um und warf ihn aufs Dach. Weshalb hatte er das getan?

Die Antwort kam einen Augenblick später, als durch einen der Läden Rauch herausquoll und dann Flammen zum Fenster herausschlugen. Großer Gott! Er ließ sie drinnen zurück, ließ sie einfach verbrennen! Dyson sah den Ausdruck auf dem Gesicht des Mannes, einen Ausdruck bösartiger Befriedigung. Sein Gesicht war schweißüberströmt trotz der Kälte des frühen Morgens. Ohne zu überlegen, stellte Dyson den Recorder ab, nahm die Tonbandkassette heraus und stopfte sie in die Tasche seines Dufflecoats. Der Mann schaute in die Richtung von Dysons Versteck, zog eine Waffe aus dem Gürtel und ging langsam auf die Stelle zu, an der Dyson hockte.

War ihm eine Bewegung aufgefallen? Dyson hatte das Gesicht des Mannes im Sucher seiner Kamera, und seine Miene war grimmig und entschlossen. Jetzt eine Aufnahme in voller Größe, auf der auch die Waffe zu sehen war. Die Blockhütte wurde plötzlich zu einem tosenden Inferno. Das Dach brannte und konnte jeden Moment auf die Frau herabstürzen, die vermutlich bewußtlos war, vielleicht sogar tot. Das leise Knistern der Flammen wurde zu lautem Prasseln.

Der Mann hielt inne, schaute zurück. Dysons Kamera hatte sein Näherkommen festgehalten, das Innehalten, das Auflodern der Blockhütte. Der Mann wendete sich dem Unterholz zu, mit dem vertrauten langsamen, entschlossenen Gang. Höchste Zeit, von hier zu verschwinden. Wenn möglich, lebend. Dyson hatte eine Heidenangst.

Immer noch geduckt, wich er durch das dichte Unterholz zurück, die Kamera über die Schulter gehängt, das Tonband sicher in der Tasche. Er erreichte eine Baumgruppe, richtete sich auf, widerstand der Versuchung, zu rennen. Der Boden war mit totem Laub übersät. Im Augenblick wurden die Geräusche seiner Flucht vom Prasseln des Feuers übertönt. Er mußte zusehen, daß er so weit wie möglich fortkam, bevor seine Flucht zuviel Lärm machte. Es war ein weiter Weg bis zu seinem Chevvy, den er außer Sichtweite von der nahegelegenen Straße im Wald abgestellt hatte.

Er blieb stehen, hörte das entschlossene Stapfen schwerer Schritte auf dem toten Laub näherkommen. Und da waren noch andere Leute, die der Mann herbeirufen konnte – wenn er es wagte, das zu riskieren. Einer Panik nahe, erreichte Dyson den Stamm einer hohen Buche. *Nach oben schaut nie jemand.*

»Meine letzte Chance, hier lebendig herauszukommen...«, sagte sich Dyson, als er behende von Ast zu Ast kletterte. Immer höher und höher hinauf. Er klammerte sich an Zweigen fest, hievte sich in das Geäst hinauf, schwang sich auf einen stabilen Ast und wartete voller Todesangst.

Durch eine kleine Öffnung im Laub konnte er herunterschauen auf die Basis des großen Baumes. Der Mann erschien, wischte sich die schweißige Linke an seinen Jeans ab. In der Rechten hielt er einen .38er Police Special. Dyson erstarrte, als der Mann am Fuß der Kiefer stehenblieb und mit zur Seite geneigtem Kopf lauschte. Binnen einer Minute würde Joel Dyson tot sein und seine Leiche durch das Netzwerk der Äste herabstürzen, bis sie zu Füßen des Killers landete. Mit der um seinen Arm geschlungenen Kamera, dem Tonband in der Tasche. Alles würde vorbei sein.

Die Kälte durchdrang Dysons Dufflecoat, seine Hände waren erstarrt. Dem Mann unten schien die Kälte nichts auszumachen, die noch verstärkt wurde durch Nebelschwaden, die vom Pazifik kamen und zwischen den Bäumen hindurchtrieben. Dyson zwang sich, reglos sitzen zu bleiben. Er hatte begonnen, sich zu fragen, ob sein Tun der Mühe wert gewesen war – selbst für einen so hohen möglichen Lohn, ein gewaltiges Vermögen.

Ein paar Sekunden lang war er vor Angst so gelähmt, daß er kaum denken konnte. Er schaute hinunter, blinzelte. Der Mann war verschwunden. Er hörte, wie seine schweren Tritte sich entfernten, trockene Blätter zermalmten, zur Blockhütte hinüber, die jetzt nur noch ein Haufen rauchender Trümmer sein mußte.

Er sah auf die Uhr. Es war acht Uhr morgens. Er zwang sich, eine halbe Stunde lang reglos in seinem Versteck zu verharren. Der Mann konnte ihm eine Falle gestellt haben, indem er sich ein Stück weit entfernte und dann wartete. Aber in der lastenden Stille des nebelverhangenen Waldes hatte er gehört, wie sich die schweren Schritte entfernten, und niemand war zurückgekehrt.

»Los jetzt«, befahl er sich, »bevor er die ganze Gegend abriegeln läßt ...«

Trotz der grauen Nebelschwaden hatte Dyson keine Mühe, den Weg zu seinem geparkten Chevvy zu finden. Er ging schnell, trat auf weiches Moos, wo immer es möglich war. Von Zeit zu Zeit blieb er stehen, lauschte auf irgendwelche Anzeichen dafür, daß ihm jemand folgte. Nichts. Er eilte auf seinen Wagen zu.

Während er sich seinen Weg zwischen den Bäumen hindurch bahnte, dachte Dyson angestrengt nach. Der nächste Flughafen war San Francisco International. Aber er war sicher, daß sie ihn beobachten und auf ihn warten würden.

Es war bedeutend sicherer, die wesentlich längere Strecke zum Flughafen von Los Angeles zu fahren. Die gewaltigen Streitkräfte, über die der Mann verfügte, würden nicht damit rechnen, daß er diese Route nahm.

Von LA aus konnte er nach London fliegen und dann in eine andere Maschine umsteigen, die ihn nach Zürich brachte. Julius Amberg, der Präsident der Zürcher Kreditbank, war ihm verpflichtet. Seine Gedanken schweiften etliche Jahre zurück.

Bob Newman, der bekannte Auslandskorrespondent, hatte ihm einen größeren Gefallen getan, als ihm damals klar gewesen war. Dyson hatte in Genf ein paar kompromittierende Aufnahmen von Amberg und seiner Geliebten gemacht. Er hatte vorgehabt, sie an den *Spiegel* zu verkaufen. Amberg war zu jener Zeit in den Schlagzeilen gewesen, weil er bei einer großen finanziellen Transaktion als Mittelsmann fungiert hatte.

»Geben Sie Amberg diese Fotos«, hatte Newman gesagt. »Er ist ein mächtiger Mann, und vielleicht brauchen Sie eines Tages seine Hilfe. Denken Sie ausnahmsweise einmal nicht ans Geld, Joel – gute Verbündete sind ihr Gewicht in Gold wert...«

Widerstrebend hatte Dyson nachgegeben. Jetzt konnte Amberg seine Schuld begleichen, indem er den Videofilm und das Tonband in seinem Tresor aufbewahrte. Gab es einen sichereren Platz, um ein Vermögen zu verstecken?

Als er sich seinem Chevvy näherte, prüfte Dyson in Gedanken seinen Plan auf etwaige Lücken. Er flüsterte leise vor sich hin.

»Den Chevvy habe ich in Salinas gemietet. Es wird einige Zeit dauern, bis sie ihm nachgespürt und seine Beschreibung und seine Zulassungsnummer herausbekommen haben. Ich gebe ihn in LA zurück. Wenn sie ihn finden, bin ich längst über alle Berge...«

Er näherte sich vorsichtig dem versteckten Chevvy. Vielleicht hatten sie ihn schon gefunden. Es gab weiß Gott genug von ihnen, und alle waren Profis bis in die Fingerspitzen...

Eine Stunde später fuhr er auf der Küstenstraße nach Süden und überquerte die Brücke bei Big Sur. Der Verkehr war dünn. Der vom Meer kommende Wind peitschte gegen die Scheiben seines Wagens. Riesige Wellen warfen einen zehn Meter hohen Vorhang aus weißer Gischt auf. Er hatte Santa Barbara erreicht, als der Schock ihn traf.

*Der Recorder!* Er hatte es so eilig gehabt, dem Mann zu entkommen, daß er das Gerät auf dem Boden liegengelassen hatte. Sie würden nicht lange brauchen, die Nummer des Geräts mit der auf seiner Versicherungspolice zu vergleichen.

Dann konnten sie den Mann, der im Unterholz in der Nähe der Blockhütte gekauert hatte, eindeutig identifizieren. Bis zu diesem Moment hatte sich Dyson der Illusion hingegeben, daß es sie einige Zeit kosten würde, bis sie herausgefunden hatten, wer er war.

Es war ein sehr besorgter Joel Dyson, der Los Angeles erreichte, sich durch den dichten Verkehr quälte, seinen Chevvy zurückgab und ein Taxi zum Flughafen nahm. Wo er ein weiteres Mal Pech hatte.

Er betrat die große Abflughalle mit einer Tasche mit Kleidungsstücken, die er nach der Ablieferung des Chevvy in verschiedenen Geschäften gekauft hatte. Er besorgte sich ein United Airlines-Ticket für den Hin- und Rückflug nach London – sicherheitshalber, um jemanden, der ihn vielleicht beobachtete, von seiner Spur abzulenken.

Die Maschine sollte in fünfundvierzig Minuten starten. Er überprüfte den Inhalt seiner Tasche und gratulierte sich zu seiner schnellen Flucht. Das war der Moment, in dem er beim Verlassen des Schalters eine bekannte Stimme hinter sich hörte.

»Na, haben Sie in London ein Küken gefunden, das für den falschen Mann das Höschen auszieht?«

»Wie bitte?«

Er fuhr herum und sah vor sich einen kleinen Mann mit einem Gesicht, das sehr viel Ähnlichkeit mit dem eines Affen hatte – weshalb er auch von allen nur der Affe genannt wurde. Nick Rossi war ein kleiner Aufpasser, der an den Flughäfen herumlungerte in der Hoffnung, irgendwelche Informationen aufzuschnappen, die er für ein paar Dollar an die Presse verkaufen konnte.

»Ich bin auf dem Weg in einen wohlverdienten Urlaub«, fuhr er ihn an. »Und wenn ich Glück habe, finde ich auch ein passendes Küken. Tut mir leid, Nick, mit mir sind keine Geschäfte zu machen.«

»Und deshalb nehmen Sie Ihre Kamera mit?«

Der Affe grinste vielsagend. In seinem rechten Mundwinkel klebte eine ausgegangene, halbgerauchte Zigarette.

»Sie sollten eigentlich wissen, daß man manchmal über Gelegenheiten stolpert, wenn man am wenigsten damit rechnet. Halten Sie die Ohren steif...«

Dyson eilte davon, leise vor sich hinfluchend. Er hatte daran gedacht, dem Affen eine Handvoll Scheine hinzustrecken, damit er den Mund hielt – aber das hätte seine Gier erst recht angestachelt. Dyson entspannte sich erst wieder, als der Jumbo gestartet war, über Catalina Island und den Pazifik hinwegflog und dann nach Osten abschwenkte, über das Festland hinweg, auf seinem elfstündigen Non-Stop-Flug über die Polroute nach London. Ein doppelter Whiskey, den ihm die Stewardeß brachte, tat seine Wirkung.

Aber seine entspannte Stimmung hielt nicht lange vor. Während die Maschine, immer noch steigend, durch die Nacht flog, schaute er sich verstohlen um und musterte die anderen Passagiere. Seine Zufallsbegegnung mit Nick Rossi konnte sich als verhängnisvoll erweisen. Hatten sie Zeit gehabt, im letzten Moment jemanden an Bord der Maschine zu bringen? Er bezweifelte es. Ein zweites Glas Whiskey beruhigte ihn wieder.

Obwohl die meisten anderen Passagiere des nur halbvollen Jumbos jetzt schliefen, wagte er es nicht, ihrem Beispiel zu folgen. Die Kamera lag, unter einer Zeitung versteckt, auf seinem Schoß. Häufig schob er die Hand in die Tasche des auf dem leeren Sitz neben ihm liegenden Mantels und war erleichtert, als er feststellte, daß die Tonbandkassette immer noch da war.

*Bob Newman.* Der Name drängte sich immer wieder in den Vordergrund von Dysons Gedanken, als er in Heathrow ausstieg. Einem Impuls nachgebend, änderte er seinen Aktionsplan. Anstatt sofort bei Swiss Air ein Ticket nach Zürich zu kaufen, eilte er aus dem Flughafen heraus, stieg in ein

Taxi und gab dem Fahrer die Adresse von Newmans Wohnung in der Beresford Road in South Kensington. In seiner Eile übersah er den kleinen, stämmigen Mann in dunklem Regenmantel, der ihn beobachtete, ihm folgte und einem grauen Volvo ein Handzeichen gab, indem er über die linke Seite seines Gesichts strich. Dann rannte er zu einer Telefonzelle.

»Hier Ed. Flughafen Heathrow. Der Gesuchte kam mit der Maschine aus L.A. Er ist hinausgegangen und mit einem Taxi weggefahren.«

»Ach, wirklich?« Nortons rauhe Stimme klang ätzend. »Mit einem Schatten, hoffe ich.«

»Der graue Volvo kam gerade vorbei. Wir hatten drei Wagen an Ort und Stelle ...«

»Das weiß ich. Nick Rossi hat seine Sache gut gemacht. Warten Sie dort und schlafen Sie nicht ein. Der Gesuchte könnte zurückkommen. Halten Sie mich über alle Entwicklungen auf dem laufenden.«

»Ich werde aufpassen ...«

Dem untersetzten Mann wurde klar, daß die Verbindung unterbrochen war. Typisch. Er hatte Norton nie zu Gesicht bekommen, immer nur seine rauhe amerikanische Stimme am Telefon gehört. Er hatte einmal einem anderen Angehörigen der Truppe gegenüber eine Bemerkung darüber gemacht.

»Dein Glück«, hatte sein Kollege erklärt. »Niemand weiß, wie er aussieht. Wenn du Norton je begegnen solltest, weißt, wer er ist, dann bist du tot ...«

Bei Newmans Wohnung gegenüber der Kirche von St. Mark's angekommen, bat Dyson den Taxifahrer, auf ihn zu warten. Eine elegante Blondine kam an die Tür, forderte ihn aber nicht zum Eintreten auf. Dyson zeigte ihr einen alten Presseausweis mit seinem Foto.

»Tut mir leid, wenn ich störe. Ich bin Joel Dyson, ein alter Freund von Bob Newman. Ich muß ihn dringend sprechen. Er erwartet mich«, log er.

»Davon hat er nichts gesagt.«

»Natürlich nicht. Unsere Geschäfte sind vertraulich. Und dringend«, wiederholte er. »Es geht um Leben und Tod.«

Meinen Tod, dachte er. Die Blondine betrachtete den Presseausweis, musterte ihn, schien nicht recht zu wissen, wie sie reagieren sollte. Sie gab ihm den Ausweis zurück, und Dyson rang sich ein Lächeln ab. Sie erwiderte das Lächeln nicht, aber sie nickte.

»Haben Sie etwas, worauf Sie sich eine Adresse notieren können? Er ist bei der General & Cumbria Assurance Company am Park Crescent. Von hier aus zwanzig Minuten per Taxi.«

Er dankte ihr, nachdem er die Adresse in sein Notizbuch gekritzelt hatte, und eilte, mit der Kamera über der Schulter, zurück zu seinem Taxi, wo er dem Fahrer eine Adresse in Soho nannte. Auf der Fahrt vom Flughafen in die Stadt hatte er mehrmals durch das Heckfenster geschaut, aber den grauen Volvo nicht bemerkt, der mit einem Wagen Abstand hinter dem Taxi herfuhr. Er hegte kaum irgendwelche Befürchtungen, daß man ihm folgen könnte.

Joel Dyson hatte die Energie und die Möglichkeiten der Macht, die hinter ihm her war, erheblich unterschätzt. Während des elfstündigen Fluges von Los Angeles nach London war seine Wohnung durchsucht und das Unterste zuoberst gekehrt worden. Alle großen kalifornischen Flughäfen waren überwacht worden – daher der schnelle Kontakt mit Nick Rossi. Zwischen den Vereinigten Staaten und Europa hatten die Drähte gesummt, und es waren alle Vorbereitungen für seinen Empfang getroffen worden. Seine Identität hatte man mit Hilfe des Recorders festgestellt.

Auf der Fahrt nach Soho dachte Dyson darüber nach, welchen Wert der Videofilm und das Tonband hatten. Fünf

Millionen Dollar? Nein, mindestens zehn Millionen. Wenn ihm die völlige Vernichtung drohte, würde der Mann Mittel und Wege finden, das Geld locker zu machen. Joel war in Hochstimmung, als er in einer Straße in Soho das Taxi verließ. Den grauen Volvo, der langsamer wurde und dann gleichfalls anhielt, bemerkte er nicht.

»Ich brauche Ihren Kopierraum für einen Videofilm und ein Tonband, Sammy. Und ich hab's verdammt eilig«, erklärte Dyson dem Besitzer des Ladens.

Nach außen hin schien es sich um ein Geschäft zu handeln, das Softpornos verkaufte, aber Dyson kannte London gut und hatte sich der technischen Einrichtungen des Mannes schon öfter bedient.

»Das kostet aber eine Kleinigkeit, mein Freund«, sagte Sammy schnell. »Ich lasse nicht jeden an meine Geräte. Und außerdem einen Zuschlag, wenn es illegal ist, was ich annehme.«

»Achten Sie auf die Tür. Ich will nicht gestört werden«, erklärte Dyson. »Und hier ist Ihr Geld.«

Bevor er im Hinterzimmer verschwand, warf Dyson zwei Hundert-Dollar-Scheine auf den Tresen. Sammy, ein Buckliger mit karottenfarbenem Haar, unterdrückte ein überraschtes Pfeifen. Er hielt die Scheine gegen das Licht. Sie sahen aus, als wären sie okay.

Als Dyson aus dem Hinterzimmer zurückkehrte, steckten vier Kassetten in seiner Reisetasche. Zwei Originale – Video und Tonband – und von jedem eine Kopie. Er nickte Sammy zu, trat auf die Straße hinaus, winkte ein vorbeifahrendes Taxi herbei und forderte den Fahrer auf, ihn zum Park Crescent zu bringen.

Dyson hatte in dem Moment, in dem das erste Taxi die Beresford Road verließ, einen weiteren impulsiven Entschluß gefaßt und sich für Sammys Laden in Soho als erstes Ziel entschieden. Es war wesentlich sicherer, wenn er von Film und

Tonband zwei Exemplare hatte, von denen je eines in London versteckt wurde und das andere in Zürich. Hoffentlich würde er Newman am Park Crescent antreffen.

In einem Büro im ersten Stock der Zentrale des SIS am Park Crescent trank Bob Newman Kaffee mit Monica, der getreuen und langjährigen Assistentin von Tweed, dem stellvertretenden Direktor dieser Organisation. Monicas graues Haar war im Nacken zu einem Knoten geschlungen. Sie saß an ihrem Schreibtisch und genoß ihre Unterhaltung mit dem Auslandskorrespondenten. Newman, ein Mann Anfang Vierzig, mittelgroß und glattrasiert, mit braunem Haar und angenehmen Umgangsformen, hatte oft mit ihrem Chef zusammengearbeitet und genoß sein volles Vertrauen.

»Wie gesagt, Tweed ist unterwegs«, bemerkte sie. »Im Augenblick hält er sich in Paris auf, aber ich rechne damit, daß er bald zurückkommt.«

»Er flattert ständig herum, wie ein Schmetterling«, sagte Newman. »Ich glaube, er liebt das Reisen.«

»Sie haben es gerade nötig«, spottete Monica. »Schließlich sind Sie als Auslandskorrespondent in der ganzen Welt herumgeflattert...«

Sie brach ab, weil das Telefon läutete. Es war George, der ehemalige Sergeant, der unten als Türhüter und Wachmann fungierte. Sie runzelte die Stirn, sah Newman an. »Wer?« fragte sie ein zweites Mal. »Er soll warten – und behalten Sie ihn im Auge.«

»Jemand für Sie«, sagte sie, nachdem sie den Hörer aufgelegt hatte. »Ein Mann namens Joel Dyson. Sagt, er müßte Sie unbedingt sofort sehen.«

»Joel Dyson? Woher zum Teufel weiß der, daß ich hier bin? Er war früher einer meiner Informanten. Inzwischen ist er auf das Niveau der *paparazzi* abgesunken. Macht Fotos von namhaften Leuten, die verheiratet sind und mit der falschen Frau ins Bett gehen, und verkauft sie dann für horrende Summen an die Presse. Vielleicht sollte ich mit ihm sprechen; aber nicht hier oben.«

»Das Wartezimmer«, entschied Monica. Sie rief George an und erteilte ihm die entsprechenden Anweisungen. Newman bat sie, mitzukommen und als Zeugin zu fungieren. »Dann nehme ich meinen Notizblock mit«, erklärte sie.

Das Wartezimmer gegenüber von Georges Schreibtisch war ein kahler Raum mit nackten Dielen, einem Holztisch und ein paar harten Stühlen; es war nicht dazu gedacht, Besucher zum Verweilen einzuladen.

Monica war überrascht, wie elegant Joel Dyson gekleidet war. Er war ein kleiner, schmächtiger Mann in den Dreißigern mit rundlichem Gesicht, dicken Lippen, einem fliehenden Kinn und einem einschmeichelnden Lächeln. Sie mißtraute ihm sofort. Die zweite Überraschung war seine Redeweise. Er sprach wie ein gebildeter Engländer. Joel konnte mühelos von überzeugendem Amerikanisch auf ein ebenso überzeugendes Englisch umschalten. Er hatte in der Tat einen britischen Paß.

Während er total verängstigt durch Kalifornien gefahren war, hatte er in einem Motel Halt gemacht und sich seines Dufflecoats, seiner Jeans und seines karierten Hemdes entledigt. Dann hatte er aus seiner Tasche einen amerikanischen Straßenanzug, ein Hemd von Brooks Brothers, eine Krawatte und einen Vikunjamantel herausgeholt und das Motel, in dem er bereits für die Nacht bezahlt hatte, ungesehen wieder verlassen.

»Wie zum Teufel haben Sie mich hier gefunden?« fragte Newman.

»Kein Grund zur Aufregung. Ich war in Ihrer Wohnung. Sie haben einen guten Geschmack, was Blondinen angeht. Sie hat gesagt, Sie wären hier.«

Molly! Newman stöhnte innerlich. Er war nahe daran, die Freundschaft sanft zu beenden – es gab zu viele Anzeichen dafür, daß sie erwartete, von ihm ernstgenommen zu werden. Jetzt würde er den Prozeß der Trennung beschleunigen müssen.

»Wußte gar nicht, daß Sie etwas mit Versicherungen zu tun haben«, fuhr Joel heiter fort. »Aber wenn man es sich recht überlegt – eine ideale Möglichkeit, hinter die dunklen Geheimnisse von Leuten zu kommen.«

Er hatte sich von der Messingtafel täuschen lassen, auf der *General & Cumbria Assurance* stand – der Deckname des SIS. Da er nicht zum Sitzen aufgefordert worden war, stand er nach wie vor.

»Was wollen Sie?« fragte Newman barsch. »Ich bin ziemlich beschäftigt.«

»Versicherungsgesellschaften haben erstklassige Safes.« Dyson lächelte zu Monica hinüber, die sich am Tisch niedergelassen hatte und Notizen machte. Sie musterte ihn, ohne eine Miene zu verziehen, dann richtete sie den Blick wieder auf ihren Block. Was Dyson nicht das geringste ausmachte.

»Ich habe ein Tonband und einen Videofilm«, fuhr er, sich an Newman wendend, fort, »und beide sind hoch explosiv. Ich behalte die Originale, und Sie verstauen die Kopien. Für den Fall, daß mir etwas zustößt.«

»Und was könnte Ihnen zustoßen?«

Dyson wartete mit der Antwort, bis er seine Tasche auf den Tisch gestellt, sie aufgeschlossen und zwei Kassetten herausgeholt hatte, die er über den Tisch hinweg Monica zuschob.

»Ich könnte umgebracht werden«, sagte er leise.

Der Ernst, mit dem er das sagte, der plötzliche Umschwung von seiner bis dahin forschen Redeweise verblüffte Newman. Er neigte dazu, Dyson zu glauben, war aber noch nicht restlos überzeugt.

»Und wer sollte vorhaben, den beliebtesten *paparazzo* der Welt umzubringen?« fragte er ironisch.

»Ich mag das Wort nicht. Ich bin ein professioneller Fotograf, einer der besten – wenn nicht der beste überhaupt. Und ich kann Ihre Frage nicht beantworten.«

»Können Sie nicht – oder wollen Sie nicht?«

»Kein Kommentar.«

»Dann verschwinden Sie und nehmen Sie Ihren Ramsch mit.«

»Der Inhalt dieser Kassetten könnte die Welt erschüttern, Europa in seinen Grundfesten zerstören, jeden Einfluß zunichte machen, den Großbritannien in der Welt hat. Ich habe eine Heidenangst, Bob – wie ein Kaninchen, dem die Frettchen ganz dicht auf den Fersen sind.«

Dyson holte eine Zigarette aus einem goldenen Etui, und Newman machte ein Experiment – er gab ihm Feuer. Dyson konnte das Ende der Zigarette nicht stillhalten, seine Hand zitterte wie ein Blatt im Wind. Widerstrebend gelangte Newman zu dem Schluß, daß der Mann ihm nichts vormachte.

»Wenn wir uns bereit erklären, dieses Zeug hierzubehalten, müssen wir wissen, wo wir Sie erreichen können«, sagte er. »Sonst können Sie es vergessen.«

Als Dyson die beiden Kassetten aus seiner Tasche geholt hatte, hatte Newman auf neu aussehenden Kleidungsstükken eine Videokamera mit aufgerolltem Riemen gesehen.

»Ich muß jetzt los«, erklärte Dyson und hob seine Tasche vom Tisch.

»Ich habe gefragt, wie wir Sie erreichen können.«

»Setzen Sie sich mit dem Zürcher Bankier in Verbindung, mit dem Sie mich bekannt gemacht haben. Julius Amberg. Und jetzt muß ich los, sonst verpasse ich meine Maschine.«

»Dann verschwinden Sie.«

Monica begleitete ihn zur Tür, wies George mit einem Kopfnicken an, ihn hinauszulassen. Dyson verschwand blitzschnell.

»Ich bringe diese Kassetten gleich in den Keller hinunter, damit die Sprengstoffexperten sie testen können«, sagte Monica, sowie sie zurück war.

»Sehr vernünftig«, stimmte Newman zu. »Und was machen wir danach?«

»Legen wir sie in Tweeds Safe, bis er zurück ist...«

Der Mann am Steuer des grauen Volvo, der nach wie vor in Sichtweite des Gebäudes parkte, aus dem Dyson jetzt herauskam, gab dem Fahrer eines hinter ihm parkenden silberfarbenen Renault ein Zeichen, indem er sich mit der Hand über den Kopf strich. Sobald Dyson in das Taxi gestiegen war, das er herbeigewinkt hatte, griff der Mann nach seinem Autotelefon und wählte.

»Hier ist Jerry.«

»Etwas Neues?« wollte Nortons rauhe Stimme wissen.

»Der Mann war in einem Softporno-Laden in Soho. Kam wieder heraus, nahm ein weiteres Taxi zu einem Gebäude am Park Crescent. Ging...«

»Park Crescent? Ausgerechnet dorthin! Welches Haus?«

»General & Cumbria Assurance.« Der Fahrer nannte ihm die Hausnummer. Während Dyson sich drinnen aufhielt, war er an dem Gebäude vorbei und wieder zu seinem Wagen zurückgeschlendert.

»Als Dyson wegfuhr, hat der Renault übernommen, und...«

»General & Cumbria.« Norton hatte ihn unterbrochen, schien laut nachzudenken. »Ich weiß, was dahintersteckt. Was hatte Dyson bei sich, als er ging?«

»Nur seine Tasche...«

»Er muß etwas dort gelassen haben, zur sicheren Aufbewahrung.« Die Stimme wurde noch grimmiger. »Wir müssen das ganze Gebäude hochgehen lassen. Sie beschaffen das Fahrzeug – und den Sprengstoff. Der Job muß binnen achtundvierzig Stunden erledigt sein. Fahren Sie sofort zurück zur Zentrale...«

TEIL EINS

# Das Massaker

# 1

Zwei Tage später folgte Paula den anderen Gästen in das große Eßzimmer von Tresilian Manor, in dem sie den Lunch einnehmen wollten. Das elisabethanische Juwel lag in einem abgelegenen Teil von Bodmin Moor in Cornwall. Sie hatte sich bei Bekannten in Sherborne aufgehalten, und Tweeds Anruf war am frühen Morgen gekommen.

»Paula, es ist eine seltsame Situation eingetreten. Ich bin gerade aus Paris zurück und hatte einen Anruf von Julius Amberg, dem Schweizer Bankier. Er ist von Zürich herübergeflogen und hält sich jetzt im Haus eines Freundes im Bodmin Moor auf...«

Er hatte ihr genaue Anweisungen gegeben, wo sie von der A30, die durch das Moor führte, abbiegen mußte. Sie hatte gesagt, sie würde sich sofort auf den Weg machen.

»Ich werde rechtzeitig zum Lunch dort sein«, hatte Tweed weiter erklärt. »Ich bringe Verstärkung mit – Butler, Nield und Cardon. Bewaffnet. Amberg hat mich ausdrücklich darum gebeten.«

»Warum denn das?« hatte sie gefragt.

»Das wollte er am Telefon nicht sagen. Er sprach von Tresilian Manor aus. Offenbar ist er heute morgen von Zürich nach Heathrow geflogen und hat hier am Park Crescent angerufen, bevor ich angekommen war. Dann hat er eine Maschine der Brymon Airways nach Newquay Airport genommen und es von dort aus noch einmal versucht. Er hat seine eigenen Beschützer dabei, scheint aber nicht viel Zutrauen zu ihnen zu haben. Es hörte sich an, als fürchtete er um sein Leben. Was sonst gar nicht Ambergs Art ist. Wir treffen uns dann im Manor...«

Die Fahrt von Sherborne war angenehm gewesen – ein kalter Februarmorgen mit einer Sonne, die von einem leuchtendblauen Himmel herabstrahlte. Angenehm, bis sie auf die quer über das Moor führende Nebenstraße abgebogen und angesichts der öden Moorlandschaft rings um sie herum von einem Gefühl der Einsamkeit ergriffen worden war.

Einmal hatte sie angehalten und für ein paar Minuten den Motor abgeschaltet und gelauscht. Nirgendwo ein Anzeichen menschlichen Lebens auf der kahlen, mit Ginster überwucherten Heidelandschaft. In der Ferne ragte ein nicht zu übersehender kegelförmiger Hügel auf – Brown Willy. Es war die Stille, die sie als so bedrohlich empfand. Trotz der Sonne überkam sie ein ungutes Gefühl, die Vorahnung einer Tragödie. Sie schüttelte die düstere Stimmung ab, startete ihren Wagen wieder und fuhr weiter.

»Das ist doch Unfug«, erklärte sie sich selbst.

Tresilian Manor lag in einer Senke und war deshalb vor den Blicken der Außenwelt verborgen. Die schmiedeeisernen Tore standen weit offen; dahinter erstreckte sich eine gewundene Zufahrt.

»Lausige Sicherheitsvorkehrungen«, dachte Paula, als sie an dem Steinpfosten vorbeifuhr, der eine Tafel mit dem Namen des Hauses trug. Hohe Tannen umgaben das Anwesen und isolierten es noch zusätzlich von seiner Umgebung. Als sie um eine Ecke bog, hielt Paula den Atem an und verlangsamte ihre Fahrt.

Das Haus, aus grauem Stein erbaut, war kleiner, als sie erwartet hatte, aber es war ein prachtvoller Bau. An beiden Enden ragten stattliche Giebel auf, vor dem Eingang lag eine steinerne Terrasse, die sich über die gesamte Länge des Hauses erstreckte. Unterhalb davon standen sechs Wagen, darunter ein Rolls Royce. Sprossenfenster unterstrichen die Schönheit dieses architektonischen Meisterwerks.

»Willkommen in Tresilian Manor«, wurde sie von einem beleibten kleinen Mann begrüßt. »Ich bin Julius Amberg.

Wir sind uns in Zürich kurz begegnet.« Er schaute über ihre Schulter hinweg. »Wo ist Tweed?«

»Er kommt mit seinen Leuten aus London. Er müßte eigentlich bald eintreffen.«

Hinter Amberg stand ein schwergebauter Mann, der keine Miene verzog. Paula wurde eine Garderobe gezeigt, in der sie sich ihres Trenchcoats entledigte. Ihre Umhängetasche, in der ihr .32er Browning steckte, behielt sie bei sich.

Die Drinks wurden in einem Raum serviert, den Amberg die Große Halle nannte. Sie war sehr geräumig, mit einer hohen Stuckdecke, und schien uralt zu sein. Ein paar Minuten später folgte Paula den anderen Gästen über die Diele in ein langes, schmales Eßzimmer. Der Tisch war für den Lunch gedeckt. Paula zählte zwölf Gedecke – massenhaft Platz für Tweed und seine Begleiter.

Sie schaute auf die Uhr. Es war ungewöhnlich, daß er sich verspätete. Ihr Magen machte ihr wieder zu schaffen; am Abend zuvor hatte sie etwas gegessen, das ihr offensichtlich nicht bekommen war. Sie war sicher, daß sie erleichtert sein würde, wenn Tweed endlich eingetroffen war. Die Vorahnung einer unmittelbar bevorstehenden Katastrophe war zurückgekehrt. Sie musterte Amberg, der am Kopf der Tafel saß.

Der Schweizer Bankier, ein Mann in den Fünfzigern, trug sein schwarzes Haar scheitellos und glatt aus der hohen Stirn zurückgekämmt. Seine blauen Augen unter dichten Brauen waren intelligent, sein Gesicht glatt rasiert und rundlich. Er lächelte Paula an, die zu seiner Linken saß.

»Tweed ist normalerweise sehr pünktlich.«

»Es kann sich nur noch um Minuten handeln, bis er hier ist«, versicherte sie ihm.

Sie schaute den Tisch entlang auf die anderen sechs Männer, von denen keiner ein Wort gesprochen hatte. Alle waren in den Dreißigern und trugen schwarze Anzüge. Sie vermutete, daß es sich um ein angemietetes Team eines Schweizer

Wachdienstes handelte. Sie flößten ihr kein sonderliches Vertrauen ein – niemand war am Tor gewesen, und sie hatten Amberg erlaubt, selbst die Tür zu öffnen, mit nur einem Wächter hinter sich.

»Es war sehr freundlich von Squire Gaunt, mir das Haus so kurzfristig zu überlassen«, fuhr Amberg fort. »Und den Butler und das Küchenpersonal. Auch wenn ich schon öfters für längere Zeit hier gewesen bin.«

»Squire Gaunt?«

»Ihm gehört das Haus. Die Leute hier nennen ihn Squire, was ihn ziemlich amüsiert, in der heutigen Zeit.«

»Wo ist er?«

»Reitet vermutlich im Moor herum. Solange ich hier bin, wohnt er in einem Cottage in Five Lanes, das ihm gehört.«

Er schaute auf, als jemand anklopfte. Der Butler, der zuvor die Drinks serviert hatte, kam herein.

»Bitte entschuldigen Sie, Sir, die Köchin sagt, das Essen ist fertig und kann jederzeit serviert werden.«

Der Butler, der offenbar in Cornwall zuhause war, trug ein schwarzes Jackett, eine graugestreifte Hose, ein weißes Hemd und eine schwarze Krawatte. Er war ein großer, schwergebauter Mann und schien der perfekte Butler zu sein.

»Ich gebe Ihnen in einer Minute Bescheid, Mounce«, sagte Amberg.

»Sehr wohl, Sir.«

»Gaunt hat eine vorzügliche Köchin«, plauderte Amberg weiter, nach dem Mounce die Tür geschlossen hatte. »Ich hoffe, das Essen wird Ihnen schmecken. Spargelmousse als Vorspeise, danach Hirschbraten in Wein. Sie ist so gut, daß ich sie Gaunt am liebsten entführen würde.«

»Hört sich herrlich an«, sagte Paula automatisch.

Die Erwähnung des Essens hatte ihre Übelkeit wieder aufflackern lassen. Sie wollte gerade etwas sagen, als Amberg auf die Uhr schaute.

»Vielleicht sollten wir anfangen. Tweed wird bestimmt Verständnis dafür haben. Auf jeden Fall wird es bewirken, daß er schleunigst erscheint.«

»Mr. Amberg.« Paula senkte die Stimme. »Würden Sie mich bitte einen Moment entschuldigen? Bitte, fangen Sie schon mit dem Essen an – ich bin gleich wieder da.«

Als sie aufstand, schaute sie aus dem Fenster auf die gewundene Auffahrt. Ein Postbote war erschienen und näherte sich langsam auf seinem Fahrrad. Sie erkannte den Ankömmling an der blauen Uniform und der tief in die Stirn gezogenen Schirmmütze, und eine Sekunde lang reflektierte das rot-goldene Abzeichen das Sonnenlicht. Auf dem vorderen Gepäckträger lag ein großer Leinwandsack.

»Der Postbote ist auf dem Weg hierher«, sagte sie zu Amberg.

»Mounce wird sich darum kümmern.«

Amberg trommelte langsam mit den Knöcheln der geballten Fäuste auf den Tisch. Ihre Intuition sagte ihr, daß er das nicht aus Ungeduld tat, sondern nervös war, weil Tweed und seine Männer noch nicht eingetroffen waren.

Als sie die Tür des Eßzimmers hinter sich zugemacht hatte und den Parkettboden der Diele überquerte, läutete die Türglocke. Mounce erschien, zog mit beiden Händen sein Jackett straff, wanderte aufrecht auf die Haustür zu. Paula, die ihre Tasche umgehängt hatte, öffnete die Tür zur Toilette, stieg zwei Steinstufen hinunter und schloß die Tür hinter sich ab. Es war eine massive Tür, durch die keinerlei Geräusche aus dem Rest des Hauses dringen konnten.

Mounce öffnete die Tür und musterte den Postboten. Falsche Tageszeit. Außerdem war es nicht der übliche Postbote, der mit einem schweren, über die linke Schulter gehängten Sack vor ihm stand. In der rechten Hand hielt der Postbote ein Päckchen, das er dem Butler entgegenstreckte.

Als Mounce es entgegennahm, sah er, daß es an Julius Amberg adressiert war. Die rechte Hand des Postboten glitt blitzschnell in seine Uniformjacke und kam mit einem langen, stilettähnlichen Messer wieder zum Vorschein. Es wurde in den Körper von Mounce gerammt, so gezielt, daß es mit voller Kraft zwischen zwei Rippen hindurchfuhr. Mounce grunzte, auf seinem Gesicht erschien ganz kurz ein verblüffter Ausdruck, dann sackte er, immer noch das Päckchen haltend, zu Boden.

Der Killer trat ein, zerrte die Leiche von der Schwelle weg, machte leise die Haustür zu. Dann bückte er sich und tastete nach der Halsschlagader. Nichts. Er richtete sich auf, riß die Mütze herunter, stopfte sie in den Sack, holte eine Sturmhaube heraus, zog sie sich über den Kopf und rückte die Sehschlitze zurecht.

Dann holte er eine Pistole mit dickem, kurzem Lauf aus dem Sack, machte sich auf den Weg zu der geschlossenen Küchentür und riß sie auf. Er war drinnen und hatte die Tür wieder zugemacht, bevor die vier Personen – die Köchin und drei Helferinnen aus der näheren Umgebung – reagieren konnten ... Der Eindringling packte mit der linken Hand den kurzen Lauf, zielte auf den Fliesenboden und feuerte die Tränengaspatrone ab. Alle Fenster waren wegen der Kälte geschlossen, und das Gas breitete sich rasch in der Küche aus.

Die vier Frauen keuchten und taumelten, als die Gestalt mit der Sturmhaube einen Lederknüppel zum Vorschein brachte, der aussah wie ein kleiner Schlagstock, und damit methodisch einer der Frauen nach der anderen einen Schlag auf den Kopf versetzte. Bis dahin hatte der Postbote Lederhandschuhe getragen. Für die nächste Waffe würde er mehr Fingerspitzengefühl brauchen. Er entledigte sich der Lederhandschuhe; darunter kamen dünne Gummihandschuhe zum Vorschein.

Der Postbote sah auf die Uhr. Zwei Minuten, seit er den Butler erledigt hatte. Auf dem Tisch in der Mitte stand ein silbernes Tablett mit Mousse in Glasschalen. Hirschbraten und andere Gerichte schmorten auf einem modernen Herd an der Wand. Eine Hand schaltete den Herd aus – es bestand keine Veranlassung, einen Brand zu riskieren. Nach einem Blick auf die bewußtlosen Gestalten aus dem Fußboden holte der Maskierte eine Uzi-Maschinenpistole aus dem Sack. Eine Feuergeschwindigkeit von sechshundert Schuß pro Minute. Er verließ die Küche, machte die Tür hinter sich zu.

Nachdem er drinnen den Atem angehalten hatte, holte der Postbote jetzt tief Luft. Die Gummisohlen seiner Schuhe machten keinerlei Geräusch, als er sich dem Eßzimmer näherte. Seine Hand ergriff die Klinke, riß die Tür auf.

Sieben Männer starrten auf die mit einer Sturmhaube maskierte Gestalt mit der Uzi. Eine Sekunde lang waren alle völlig erstarrt. Sie hatten den Butler erwartet, nach dem Amberg geläutet hatte. Diese kurze Sekunde war verhängnisvoll. Die vermummte Gestalt riß den Abzug durch, zielte zuerst auf die Wachmänner und mähte sie nieder, während Amberg aufsprang. Die letzten sechs Kugeln verpaßten seiner Hemdfront eine säuberliche Reihe von roten Knöpfen, die sich rasch vergrößerten. Der Bankier fiel nach hinten, sackte auf einen Stuhl, prallte so heftig gegen die Lehne, daß ihr oberer Teil abbrach. Dann lag er grotesk da, in einem schiefen Winkel zurückgelehnt, von der noch heilen unteren Hälfte der Lehne gehalten. Seine Augen starrten blicklos zur Decke.

Der Mörder zog das leere Magazin heraus es hatte vierzig Schuß enthalten – und steckte es in die Tasche, dann führte er ein neues Magazin ein, ging um den Tisch herum und leerte es in die bereits reglosen Leichen. Sicher war sicher.

Dann klemmte sich der Mörder die Uzi unter den Arm und brachte eine gläserne Sprühflasche zum Vorschein, die zu zwei Dritteln mit Schwefelsäure gefüllt war. Ohne jede Eile wurde die Flasche auf Ambergs Gesicht gerichtet und die Sprühvorrichtung betätigt. Eine Säurestrahl hüllte das Gesicht des Bankiers vom Nasenrücken bis zum Kinn ein. Der Postbote schraubte den Deckel wieder auf, steckte die Flasche in die Tasche, warf die Uzi und das leere Magazin wieder in den immer noch von seiner Schulter herabhängenden Sack. Er verließ das Eßzimmer und machte die Tür hinter sich zu.

In der Diele wurde die Sturmhaube abgenommen, gleichfalls in dem Sack verstaut und mit der Schirmmütze des Postboten vertauscht. Die Haustür wurde mit behandschuhten Händen geöffnet, von draußen zugemacht, der Sack wurde auf dem vorderen Gepäckträger des an der Wand lehnenden Fahrrades deponiert. Der Postbote radelte auf der Zufahrt davon.

»So, das Päckchen habe ich abgeliefert«, bemerkte der Mörder laut mit kaltblütiger Gelassenheit.

## 2

Paula überprüfte ihr Aussehen im Toilettenspiegel. Sie fühlte sich besser, immer noch etwas schwach, aber ihr Magen hatte sich beruhigt. »Nicht schlecht«, sagte sie zu ihrem Spiegelbild. »Nur ein bißchen blaß um die Kiemen.«

Das Spiegelbild erwiderte ihren Blick. Eine attraktive Frau Anfang Dreißig, langes schwarzes Haar, ein gutgeschnittenes Gesicht, ruhige Augen, denen nichts entging, ein wohlgeformtes Kinn. Paula hatte sich übergeben müssen und fühlte sich jetzt etwas mitgenommen. Sie hatte das Becken wieder ausgespült.

Sie trug eine cremefarbene Bluse mit Stehkragen, ein marineblaues Kostüm mit Faltenrock, eine fleischfarbene Strumpfhose und weichsohlige Laufschuhe. Sie kam sich plötzlich vor wie ausgehöhlt und hatte Hunger.

»Ein Stück Hirschbraten wäre jetzt genau das richtige«, dachte sie laut, als sie die beiden Stufen hinaufstieg und die Tür aufschloß.

Sie tat zwei Schritte in die Diele, blieb stehen. Mounce lag flach auf dem Rücken, dicht neben der geschlossenen Haustür. Zwischen seinen Rippen ragte der Griff eines Messers heraus. Auf seinem weißen Hemd war ein großer roter Fleck. Ihr .32er Browning lag bereits in ihrer Hand. Sie schob sich an der Wand entlang, lauschte, sah sich um.

Alle Türen waren geschlossen, einschließlich der zum Eßzimmer und zur Küche. Sie vergaß ihre Schwäche, schaute die Treppe hinauf. War den Killer noch im Haus? Die weichen Sohlen ihrer Laufschuhe machten keinerlei Geräusch, als sie die Diele durchquerte und sich über den Butler beugte, dessen Hände noch immer ein Päckchen umklammerten. Der Postbote…

Ihr Verstand lief auf Hochtouren, als sie nach seiner Halsschlagader tastete. Tot. Was zum Teufel ging hier vor? Sie richtete sich auf, näherte sich der Tür zum Eßzimmer und lauschte, bevor sie mit der Linken nach dem Türknauf griff. Wieder eine massive Tür, die keinerlei Geräusche durchdringen ließ.

Sie drehte langsam den Knauf, öffnete rasch die Tür und tat einen Schritt in den Raum, bereit, ihre Waffe blitzschnell auf jedes Ziel zu richten.

»Großer Gott!«

Sie war geistesgegenwärtig genug, um diese Worte zu flüstern. Ihr Verstand hatte Mühe, das grauenhafte Bild aufzunehmen.

Es war ein Massaker. Zwei Wachmänner saßen noch auf ihren Stühlen, mit vornüber gekippten Köpfen, die in Lachen von dunkelrotem Blut auf dem Tisch lagen. Schöne Wachmänner, dachte sie bitter. Die anderen vier lagen in Blutlachen auf dem Boden.

Sie machte leise die Tür zu, immer mit der Möglichkeit rechnend, daß der Killer sich noch im Haus befand. Mit dem Gesicht zur Tür beugte sie sich abermals nieder und tastete nach dem Puls der beiden Männer auf ihrer Seite des Tisches. Nichts. Reif für das Leichenschauhaus.

Schwer atmend bewegte sie sich zum Kopfende des Tisches, wo Ambergs Leiche auf dem Stuhl mit der abgebrochenen Lehne zurückgesackt war.

Paula war im Begriff, auch nach seinem Puls zu tasten, als sie plötzlich sein Gesicht sah. Sie keuchte, zitterte vor Schock. Julius Amberg hatte kein Gesicht mehr. Große Teile des Fleisches waren weggefressen. Selbst während sie es anschaute, ging die rasche Verwandlung des Gesichts in einen Totenschädel weiter.

Sie zwang sich, näher heranzutreten, und ihr feiner Geruchssinn registrierte etwas Scharfes. Eine Säure? Weshalb? Weshalb diese zusätzliche Barbarei? Sie richtete sich auf, ließ den Blick über die Wände des Eßzimmers schweifen, die vom Fußboden bis zur Decke vertäfelt waren. Ein wunderschöner Raum, der das, was sie vor sich sah, nur noch grauenhafter erscheinen ließ.

Ihn Blick wanderte zur Decke, heftete sich an ihr fest. Wie in der Großen Halle war auch hier der Stuck ein Meisterwerk aus Ranken und Voluten, aber was ihre Aufmerksamkeit erregte, war eine Entstellung. Ein grellroter Blutspritzer direkt oberhalb der Leiche des Bankiers. Eine der Kugeln mußte eine Arteric getroffen haben, aus der ein Blutstrahl hochgeschossen war.

Ein Tropfen fiel herunter, landete auf den Überresten von Ambergs zerfressenem Gesicht.

Sie musterte den Tisch. An ihrem ursprünglichen Platz hatte sie ihre Serviette über ihr Gedeck geworfen – wahrscheinlich hatte der Killer deshalb nicht bemerkt, daß ein Gast fehlte.

Auf alle Fälle mußte er es sehr eilig gehabt haben, seine teuflische Arbeit zu erledigen.

»Nimm dich zusammen«, befahl sie sich fast lautlos.

Sie fühlte sich entsetzlich allein, aber sie machte die Tür langsam auf und kehrte in die Diele zurück. *Das Personal!* In der Küche. Sie zögerte, bevor sie die Tür öffnete, aus Angst vor dem, was sie dort finden würde.

»Nicht die auch noch«, betete sie.

Als sie vorsichtig die Tür öffnete, drang ein weiterer Geruch in ihre empfindsame Nase. Tränengas. Vier Körper lagen auf dem Fliesenboden. Sie fühlte schnell bei allen den Puls und stellte überrascht fest, daß sie alle am Leben waren. Bewußtlos, aber am Leben. Sie nahm an, daß die rundliche ältere Frau in einem weißen Overall und mit einer weißen Haube, die vor dem Herd lag, die Köchin war. Paula nahm ein Kissen von einem Stuhl und schob es sanft unter ihren

Kopf. Bei den jüngeren Frauen, die gleichfalls weiße Overalls trugen, war die Gefahr, daß sie ernsthafte Schäden davongetragen hatten, nicht so groß.

Erst jetzt fiel ihr auf, daß der Herd abgeschaltet worden war, was sie verblüffte. Sie rührte die Schalter nicht an. Fingerabdrücke. Sie öffnete ein Fenster, damit frische Luft hereinkam und die Reste des Tränengases vertrieb, dann erkundete sie den Rest des Erdgeschosses.

Eine Tür führte in ein mit kostbaren Antiquitäten eingerichtetes Arbeitszimmer, eine weitere in ein großes Wohnzimmer mit Terrassentüren. Von ihnen aus konnte man durch eine Lücke zwischen den Tannen hindurch das dahinterliegende kahle Moor sehen. Der Anblick bewirkte, daß sie sich noch einsamer fühlte. Sie zwang sich zum Weitergehen, betrat die Große Halle. Leer, wie die anderen Räume. Die Fenster gingen auf die Auffahrt hinaus. Zwei Wagen näherten sich.

Tweed stieg aus dem Ford Escort aus, gefolgt von dem stämmigen Harry Butler, der eine Cordhose und einen Anorak trug. Hinter ihnen kamen Pete Nield und Philip Cardon aus dem Sierra.

»Tut mir leid, daß wir so spät kommen«, begann Tweed lächelnd. »Wir sind in einem Fahrzeugkonvoi steckengeblieben – Zigeuner oder so etwas Ähnliches. Ich hoffe, Julius wird uns verzeihen...«

Er hatte rasch gesprochen und brach ab, als er Paulas Miene sah und die Waffe, die sie nach wie vor in der rechten Hand hielt. Sein Verhalten änderte sich schlagartig.

»Was ist los, Paula? Probleme? Welcher Art?«

»Der schlimmsten. Und ich hatte gedacht, Bob Newman käme auch mit.«

Es war die Art von sinnloser Bemerkung, die ein Mensch macht, der unter verzögertem Schock leidet – ein Mensch, der sich bis dahin mit schierer Willenskraft beherrscht hatte.

Jetzt, da sie nicht mehr allein war, hätte sie sich am liebsten gehengelassen, aber sie nahm alle Kraft zusammen: sie mußten es erfahren.

»Newman hatte etwas anderes vor. Monica hat ihm eine Nachricht auf dem Anrufbeantworter hinterlassen und ihn gebeten, zu ihr zu kommen. Sie wird ihm sagen, wohin wir gefahren sind.«

Tweed hatte ganz bewußt ihre Frage beantwortet, um wieder einen Anhauch von Normalität in ihr Leben zu bringen. Er war mittelgroß, im mittleren Alter und trug eine randlose Brille. Äußerlich war er ein Mann, dem man auf der Straße begegnen konnte, ohne daß er einem auffiel – eine Eigentümlichkeit, die ihm in seiner Funktion als stellvertretender Direktor des SIS schon oft gute Dienste geleistet hatte. Er stieg schnell die Stufen hinauf, legte den Arm um sie, drückte sie an sich. »Was ist hier passiert?«

»Es ist grauenhaft. Aber das ist keine Tatsache, um die es Ihnen ja immer geht.« Sie holte tief Luft. »Sie sind alle tot.«

»Wer genau?« fragte Tweed ruhig.

»Julius Amberg, seine Wachmänner und der Butler Mounce. Acht Tote warten auf Sie in diesem herrlichen Haus. Der Postbote hat es getan...«

»Erzählen Sie mir später mehr. Jetzt gehe ich besser erst einmal hinein und sehe selbst. Ist dieser Postbote, den Sie erwähnten, inzwischen verschwunden?«

»Ich hatte noch keine Zeit, das Obergeschoß zu durchsuchen. Unten ist niemand.«

»Harry«, sagte Tweed, sofort Herr der Lage, »Sie gehen nach oben und suchen nach einem Killer, der bewaffnet ist. Nehmen Sie Philip mit.«

»Bin schon unterwegs...«

Mit einer 7,65 mm Walther in der Hand betrat Butler das Haus, gefolgt von Philip Cardon, der gleichfalls eine Walther gezogen hatte. Als Paula und Tweed ihnen folgten, sahen sie, wie Butler, die Waffe mit beiden Händen haltend, die breite Treppe hinaufschlich. Cardon hielt sich ein paar Schritte hinter ihm, schob sich an der Wand entlang, hielt den Blick unverwandt auf den oberen Treppenabsatz gerichtet.

»Sie sind hier drinnen«, sagte Paula. »Machen Sie sich auf einen schlimmen Anblick gefaßt. Vor allem Ambergs Gesicht.«

Tweed, der über seinem marineblauen Anzug einen Trenchcoat trug, hielt inne. Er hatte die Hände tief in die Taschen des Trenchcoats gesteckt, eine Angewohnheit aus der Zeit, als er der jüngste Superintendent im Morddezernat von Scotland Yard gewesen war. Er betrachtete die Leiche von Mounce.

»Ich möchte wissen, was in diesem Päckchen steckt, das der falsche Postbote gebracht hat. Aber wir dürfen nichts anrühren, bis die Polizei eingetroffen ist. Wir rufen sie in einer Minute an«, sagte er und warf einen Blick auf das Telefon, das auf einem Tischchen an der Wand stand. Er hörte zu, als Paula noch etwas einfiel.

»Die Frauen in der Küche wurden mit Tränengas außer Gefecht gesetzt und dann wahrscheinlich von dem Killer bewußtlos geschlagen. Eine der drei jüngeren Frauen hat eine häßliche Beule am Kopf. Aber sie sind alle vier noch am Leben, Gott sei Dank.«

»Pete.« Tweed wendete sich an Butlers Partner, einen völlig anders gearteten Mann. Er war schlank, trug einen eleganten blauen Anzug unter einem offenen Trenchcoat, hatte säuberlich geschnittenes dunkles Haar und einen kleinen Schnurrbart. »Das Personal liegt bewußtlos in der Küche ...«

»Ich habe gehört, was Paula gesagt hat, Chef.«

»Sehen Sie nach, was Sie für die Frauen tun können. Vielleicht bekommen Sie eine Aussage, wenn sich eine von ihnen erholt und etwas zu berichten hat.«

»Ich halte alles auf meinem Recorder fest«, versicherte ihm Nield.

Er zog den Miniaturrecorder aus der Tasche, der aus dem Keller des Hauses am Park Crescent stammte. Er bedachte Paula mit einem Lächeln, dann machte er sich auf den Weg zur Küche.

»So, und jetzt das Schlimmste«, warnte Paula.

Sie öffnete die Tür zum Eßzimmer. Tweed ging vor ihr hinein, blieb stehen, nachdem er zwei Schritte getan hatte. Sein Blick wanderte über die Toten, ruhte kurz auf dem Blutfleck an der Decke; dann ging er langsam an sämtlichen Leichen vorbei, bis er am Kopfende der Tafel angekommen war.

»Es ist ein Massaker«, bemerkte Paula. »Ambergs Gesicht wird Ihnen nicht gefallen. Es wurde mit Säure besprüht.«

»Barbarisch«, sagte Tweed, während er auf seinen alten Freund herabschaute. »Und außerdem interessant. Julius hat – hatte – einen Zwillingsbruder. Julius war Leitender Direktor der Zürcher Kreditbank, die treibende Kraft. Sein Bruder Walter ist Präsident; er tut kaum etwas und bezieht dafür ein dickes Gehalt.«

Er schaute auf, als Butler an der Tür erschien, die Walther nach wie vor in der Hand. Er nickte Tweed zu.

»Oben ist alles klar. Außer uns ist niemand hier.« Sein Blick wanderte durch den Raum. »Das ist ja fürchterlich.«

»Das kann man wohl sagen«, erwiderte Tweed. »Wir haben Glück gehabt, daß wir zu spät gekommen sind. Paula, wie haben Sie dieses Massaker überlebt?«

Sein Ausdruck änderte sich schlagartig. Seine Hände fuhren aus den Taschen, und er war plötzlich so gespannt wie ein Tiger auf der Jagd.

»Mein Gott!«

»Was ist?« fragte Paula.

Tweed war etwas klargeworden, was alle anderen übersehen hatten. Seine eigene Bemerkung über ihr Zuspätkommen hatte bewirkt, daß in seinem Kopf die Alarmglocken schrillten.

»Man hatte es auf uns abgesehen. Ich muß sofort im Park Crescent anrufen. Bevor noch Schlimmeres passiert.«

»Ich rufe an«, sagte Butler, rannte in die Diele und griff nach dem Hörer. Als Tweed ihn erreicht hatte, wählte er bereits die Nummer. »Dürfte eigentlich nicht lange dauern...«

»Beeilen Sie sich«, drängte Tweed. »Park Crescent könnte in größter Gefahr sein.«

Butler brauchte mehrere Minuten – er mußte noch ein zweites Mal wählen, und Tweed stand dicht neben ihm. Butler lauschte, nickte und reichte Tweed den Hörer.

»Gott gebe, daß es noch rechtzeitig ist«, sagte Tweed, als er ihn entgegennahm.

# 3

»Tweed und die anderen sind zu einem Haus im Bodmin Moor gefahren, das Tresilian Manor heißt«, teilte Monica Newman mit, während sie an ihrem Schreibtisch am Park Crescent eine Akte zuklappte.

Newman war gerade eingetroffen. Er hatte sich sofort auf den Weg gemacht, nachdem er Monicas dringliche Nachricht auf dem Anrufbeantworter in seiner Wohnung abgehört hatte. Er zog seinen Gannex-Regenmantel aus, hängte ihn auf und ließ sich in einem ihrem Schreibtisch gegenüberstehenden Sessel nieder.

»Bodmin Moor? Das ist in Cornwall. Wer sind die anderen, und weshalb ist er in diese abgelegene Gegend gefahren?«

»Er hat Butler, Nield und Cardon als Beschützer mitgenommen...«

»Eine starke Truppe. Als Beschützer? Das sieht Tweed gar nicht ähnlich. Sind sie bewaffnet? Was geht da vor?«

»Ja, sie sind bewaffnet.« Monica wirkte beunruhigt. »Er will sich dort mit einem Schweizer Bankier treffen, Julius Amberg, der aus Zürich gekommen ist.«

»Amberg. Dieser kleine Widerling Joel Dyson kennt Amberg. Ein überaus merkwürdiger Zufall. Hat Tweed den Film gesehen und das Band abgehört?«

»Nein, sie liegen immer noch im Safe. Er hatte nicht die Zeit dazu. Er war kaum hier, als der Anruf von Amberg kam, der ihn bat, sofort nach Cornwall zu kommen.«

»Das wird ja immer mysteriöser. Und weshalb haben Sie mich angerufen?«

»Tweed wollte, daß, Sie nachkommen, wenn Sie sich

rechtzeitig bei mir meldeten. Aber ich glaube, es hätte keinen Sinn, daß Sie jetzt noch fahren. Sie wollten sich zum Lunch treffen. Und der dürfte inzwischen vorüber sein...«

Sie brach ab, weil das Telefon läutete. Sie nahm den Hörer ab und begann, sich wie üblich zu melden: »General & Cumbria Assur...«

»Monica, hier ist Tweed. Erkennen Sie meine Stimme? Schnell.«

»Ja, ist etwas...«

»Alarmstufe Rot! Rot! *Rot!!* Schnell!«

»Verstanden...«

Monica knallte den Hörer auf die Gabel, holte einen Schlüssel aus einer Schublade, stieß vor Eile ihren Stuhl um. Sie steckte den Schlüssel in einen an der Wand montierten Blechkasten und legte einen roten Hebel um. Eine Sekunde später läuteten in sämtlichen Büros des Gebäudes Alarmglocken – auch in Tweeds Büro.

»Notfall-Evakuierung«, rief Newman in ein Mikrophon, das sich gleichfalls in dem Blechkasten befand, während er bereits aufsprang und rasch nach seinem Gannex griff. Monica stopfte ihren Notizblock in die Handtasche; Newman hatte bereits die Tür aufgerissen. Männer und Frauen eilten die Treppe hinunter. Das war schon mehrfach geprobt worden; niemand geriet in Panik, aber alle bewegten sich schnell.

In der unteren Diele knallte George, der Wachmann, einen Telefonhörer auf die Gabel. Er hatte ein Clipboard vor sich und hakte die Leute ab, die durch die Haustür das Gebäude verließen. Hier unten schrillten die Alarmglocken etwas gedämpfter.

Als Newman mit Monica die Diele erreicht hatte, warf er einen Blick auf Lisa, die blonde Frau, die an der Telefonvermittlung saß. Er sah reihenweise rote Lichter. Alle Leitungen waren besetzt. Lisa griff nach ihrem Mantel und ihrer Tasche, als Newman seine Frage stellte.

»So viele Anrufe gleichzeitig?«

»Die Vermittlung ist blockiert«, erwiderte Lisa schnell. »Alle Leitungen außer der von Tweed, die separat läuft.«

»Ich hatte einen merkwürdigen Anruf«, bemerkte George, während er weitere Namen abhakte. »Irgendein Verrückter, der behauptete, er riefe von Berlin aus an und hätte eine dringende Nachricht. Hat mich fast fünf Minuten nicht zu Wort kommen lassen…«

Howard, der Direktor, erschien am Fuß der Treppe, wie üblich makellos gekleidet in einen Chester-Barrie-Anzug von Harrods. Er hatte seine normalerweise herablassende Art abgelegt und trat nun an Georges Schreibtisch.

»Sie sollten zusehen, daß Sie hinauskommen«, sagte Newman, als Monica durch die offene Tür verschwand. »Es war Tweed selbst, der per Ferngespräch den Alarm ausgelöst hat.«

»Ich bleibe hier, bis der letzte Mann und die letzte Frau das Gebäude verlassen hat«, sagte Howard ruhig.

Newman war überrascht, und seine bisherige Meinung über Howard, den er für einen pompösen Schafskopf hielt, änderte sich schlagartig. Er nickte und eilte nach draußen, als eine weitere Gruppe von Leuten die Treppe herunterkam. Auf der Schwelle blieb er wie angewurzelt stehen.

Ein brauner Espace-Kombi parkte vor dem Gebäude. Er rannte die Stufen hinunter, betrachtete ihn aus der Nähe, dann eilte er zurück in die Diele, während weitere Leute rasch den Crescent entlanggingen. Sie versammelten sich wie geplant außer Sichtweite des Gebäudes in der Marylebone Road.

»George«, sagte Newman, als der Wachmann Howard seine Liste zeigte. »Draußen vor der Tür parkt einer von diesen großen Espace-Kombis.«

»Verdammt«, fuhr George auf, »den hätte ich gesehen, wenn ich nicht diesen Irren aus Berlin am Telefon gehabt hätte.«

»Was der eigentliche Grund des Anrufs war.«

»Zeit, zu verschwinden«, verkündete Howard, auf die Liste deutend. »Alles in bester Ordnung, und alle Leute außer Gefahr. Was halten Sie von Laufschritt, Bob?«

»Einverstanden.«

Sie folgten George aus dem Gebäude und die Stufen hinunter und wendeten sich dann nach links. Alle drei Männer warfen einen raschen Blick auf den Espace, dann eilten sie zu der Stelle, an der die anderen Mitarbeiter warteten. Die Straße war sehr still, außer ihnen war niemand unterwegs. Gott sei Dank, dachte Newman.

»In dem Wagen saß niemand«, informierte er Howard.

»Ich hoffe nur, daß wir uns nicht selbst zu Narren machen.«

»Sie haben einen Punkt übersehen«, bemerkte Newman. »Alle Telefonleitungen waren mit Anrufen blockiert – vorgetäuschten, nehme ich an. Wenn die Dinge so liegen, wie ich glaube, dann haben wir es mit einem absoluten Planungsgenie zu tun.«

»Ich werde von einem der Büros an der Marylebone Road aus das Sprengstoffkommando anrufen«, beschloß Howard. »Aber vermutlich ist es nur irgendein Idiot, der seine Freundin besucht.«

»Das paßt nicht zu der Flut von Anrufen – darunter dem verrückten, den George erhalten hat«, erinnerte ihn Newman. »Ich bleibe hier.«

Sie hatten die Ecke umrundet, und Newman trat hinter eine Mauer, von der aus er das Gebäude im Auge behalten konnte.

Auf der gegenüberliegenden Seite des Crescent sah er einen silberfarbenen Renault. Das war der Augenblick, in dem die Welt explodierte.

Newman hatte die Sonnenbrille aufgesetzt, die er sonst beim Autofahren bei tiefstehender Sonne trug. Es gab einen grellen Blitz. Einen ohrenbetäubenden Knall. Eine riesige Staubwolke. Eine kurze Stille, die nervenzerreißend war. Auf die Stille folgte ein Geräusch, das sich anhörte wie eine zu Tal donnernde Lawine. Keine Schockwelle, was Newman wunderte.

Die Staubwolke lichtete sich. Er betrachtete fassungslos die Szene.

Der Espace war verschwunden. Der Abschnitt des Park Crescent, in dem sich die Zentrale des SIS befunden hatte, war ein schwarzes Loch. Mauerwerk rollte polternd über den Gehsteig und auf die Fahrbahn.

Was Newman verblüffte, war die saubere Zerstörung des Objekts. Beiderseits des jetzt verschwundenen Gebäudes standen die Mauern, leicht beschädigt, aber aufrecht. Es sah aus, als wäre aus einem Riesenkuchen ein rechteckiges Stück herausgeschnitten worden.

Das Rumpeln weiterer Trümmer über den Schuttberg dauerte an, dann wurde es leiser und hörte auf. Die Zentrale des SIS existierte nicht mehr.

Newman warf einen Blick über den Crescent. Der silberfarbene Renault war verschwunden. Howard kam auf ihn zugerannt.

»Was zum Teufel war das? Ich habe das Sprengstoffkommando angerufen.«

»Ich hoffe, sie bringen ihre Sandwiches mit. Hier können sie nichts mehr tun.«

»Großer Gott!«

Howard stand wie gelähmt da und starrte fassungslos auf den Trümmerhaufen.

Ganz automatisch benutzte er beide Hände, um den Knoten seiner Krawatte zurechtzurücken, eine Geste, die Newman schon früher aufgefallen war, wenn Howard unter Streß stand. Dann riß er sich zusammen und schaute zurück zu den kleinen Gruppen von Angestellten, die auf dem Gehsteig standen.

»Es ist kalt«, sagte Newman. »Die Leute frieren. Schicken

Sie sie nach Hause. Sagen Sie ihnen, sie sollen dort bleiben, bis sie neue Anweisungen erhalten.«

»Das dürfte das beste sein.«

Wie ein Zombie wanderte Howard langsam zurück und begann, mit seinen Leuten zu reden. Newman stand da wie eine Statue und dachte über den silberfarbenen Renault nach.

Merkwürdig, daß er an einer Stelle geparkt hatte, wo er alles beobachten konnte, und dann verschwunden war. Monica war zu ihm getreten; sie begann bereits, ihren Schock zu überwinden.

»Tweed sollte so schnell wie möglich informiert werden.«

»Wie kann ich ihn erreichen?«

»Ich habe die Telefonnummer von Tresilian Manor. Vielleicht ist er noch dort.« Sie holte ihren Notizblock aus der Handtasche, schrieb eine Nummer auf ein Blatt Papier und reichte es Newman. »Tresilian Manor.«

»Howard wird gleich zurück sein. Er wird vermutlich mit Tweed sprechen wollen. Aber wahrscheinlich ist es eher umgekehrt ...«

Der Fahrer des silberfarbenen Renault wurde kurz in einem Stau auf der Euston Road aufgehalten. Er griff nach seinem Autotelefon, wählte eine Nummer.

»Hier Ed. Das Gebäude wurde liquidiert. Die Akte ist geschlossen.«

»Was ist mit den enteigneten Bewohnern?«

Womit Norton Menschen meinte, die ihr Leben verloren hatten.

»Ein paar Minuten, bevor wir die Akte schlossen, hat eine Evakuierung stattgefunden.«

»Tatsächlich?« Nortons amerikanische Stimme wurde scharf. »Kann es sein, daß jemand den Film und das Tonband mitgenommen hat?«

»Ich bin sicher, daß das nicht der Fall ist. Niemand hatte

etwas bei sich, in dem sich die beiden Kassetten hätten befinden können.«

»Irgendwelche Hinweise auf Tweed? Sie haben seine Beschreibung. Nein? Das gefällt mir nicht. Wir müssen ihn aufspüren. Er ist fällig für einen langen Urlaub, einen permanenten ...«

»Ich melde mich wieder.«

Ed redete in die Luft. Norton hatte den Hörer auf die Gabel geknallt.

»Das Sprengstoffkommando hat die obersten Ränge geschickt«, bemerkte Howard, während sie nahe der Ecke des Park Crescent in der Marylebone Road standen.

»Ist das ein Wunder?« sagte Newman.

Die Tür eines cremefarbenen Rover wurde geöffnet, und Commander Crombie, der Chef der Antiterror-Einheit, stieg aus. Mehrere Lastwagen waren erschienen, Angehörige des Sprengstoffkommandos in Schutzanzügen sperrten den Crescent ab und evakuierten die benachbarten Gebäude. Andere Männer standen vor dem Trümmerhaufen.

»Sie sind doch hoffentlich nicht einer Story wegen hier, Newman?« waren Crombies erste Worte.

Crombie war ein kraftvoll gebauter Mann mit breiten Schultern, in den Vierzigern. Er trug einen Trenchcoat mit Gürtel und hochgeschlagenem Kragen. Während er sprach, ließ er den Blick über die Verheerung schweifen.

»Nein, natürlich nicht«, fuhr Newman auf.

»War nur eine Frage. Sie sahen, wie es passiert ist? Irgendwelche Opfer?«

»Keine«, versicherte ihm Howard. »Wir hatten das Gebäude gerade noch rechtzeitig evakuiert. Weshalb, erkläre ich Ihnen später. Die IRA?«

»Das glaube ich nicht«, sagte Newman.

»Woher wollen Sie das wissen?« fragte Crombie aggressiv.

»Keine Schockwelle. Kommen Sie, ich zeige Ihnen, wo ich gestanden habe, als der Wagen in die Luft flog ...« Er marschierte los, und Crombie, obwohl in guter körperlicher Verfassung, hatte Mühe, mit ihm Schritt zu halten. »Es war ein brauner Renault Espace, der vor dem Gebäude stand«, fuhr Newman fort. »Fragen Sie mich nicht nach der Zulassungsnummer – ich habe nicht darauf geachtet. Wir hatten nichts anderes im Kopf, als unser Leben zu retten. Hier habe ich gestanden.«

»Und keine Schockwelle, sagten Sie?«

»So ist es. Sehen Sie sich die Gartenzäune auf der anderen Straßenseite an. Sie haben keinen Kratzer abbekommen. Die ganze Wucht der Explosion zielte nur in eine Richtung – in das Gebäude hinein. Nach den Fotos zu urteilen, die ich von IRA-Bombenanschlägen gesehen habe, breitet sich die Detonation in alle Richtungen aus.«

»Das stimmt. Und jetzt entschuldigen Sie mich bitte. Ich möchte später noch einmal mit Ihnen sprechen.«

»Jederzeit ...«

Newman kehrte rasch zu der Stelle zurück, an der Howard die letzten drei Mitarbeiter in ein Taxi setzte. Monica stand noch auf dem Gehsteig.

»Ich werde Tweed von einer Telefonzelle im Bahnhof Baker Street aus anrufen«, sagte Newman, fast ohne anzuhalten.

»Ich komme mit«, entschied Howard.

»Ich auch«, sagte Monica. »Es gibt etwas, das Tweed wissen sollte. Es könnte sein, daß wir ein Bindeglied haben.«

»Hier Tweed«, meldete sich die vertraute Stimme, nachdem Newman die Nummer gewählt hatte, die er von Monica erhalten hatte.

Tweed hörte schweigend zu, während Newman knapp über die Ereignisse berichtete, die zu der Katastrophe geführt hatten. Monica hatte sich mit ihm in die Telefonzelle gezwängt. Howard stand draußen, steif aufgerichtet, die Hände hinter dem Rücken verschränkt und offensichtlich verärgert, daß man ihn ausgeschlossen hatte.

»Ist jemand zu Schaden gekommen?« fragte Tweed dazwischen und äußerte seine Erleichterung darüber, daß alle rechtzeitig das Gebäude verlassen hatten. Dann hörte er wieder zu, als Newman ihm von dem Besuch von Joel Dyson zwei Tage zuvor berichtete. Dann übergab er den Hörer an Monica, die ihm erklärte, daß bisher niemand den Film gesehen oder das Tonband abgehört hatte, und daß sich beide noch im Safe befunden hatten, als das Gebäude in die Luft flog. Dann verlangte Tweed noch einmal nach Newman.

»Bob, ich spreche von Tresilian Manor aus, wie Sie wissen, also werde ich mich vorsichtig ausdrücken. Das Telefon scheint nicht angezapft zu sein, aber trotzdem... Erinnern Sie sich an einen Ort hier unten – keine Namen –, an dem wir einmal zusammen übernachtet haben?«

»Ja.«

»Fahren Sie zu diesem Ort, so bald Sie können. Vergewissern Sie sich, daß Ihnen niemand folgt.«

»Herrgott, ich merke doch, wenn mir jemand...«

»*Vergewissern Sie sich!* Und jetzt geben Sie mir Howard. Sagen Sie ihm, ich hätte nicht viel Zeit.«

»Wo immer Sie sind, ich möchte, daß Sie so schnell wie möglich nach London kommen«, begann Howard.

»Nein. Und jetzt hören Sie mir zu, und keine Widerrede. Sie brauchen eine neue Basis...«

»Da ist dieses Unding beim Bahnhof Waterloo...«

Howard meinte das, was die Öffentlichkeit für die neue Zentrale des SIS hielt. Die Presse hatte Fotos gebracht, aber es war nur eine Verwaltungszentrale auf unterster Ebene.

»Ich habe gesagt, Sie sollen mir zuhören!« fuhr Tweed auf. »Ich fürchte, wir haben es mit der mächtigsten Organisation in der Welt zu tun – verlangen Sie nicht von mir, daß ich sie jetzt schon beim Namen nenne. Diese Organisation ist darauf aus, uns alle umzubringen. Weshalb, weiß ich noch nicht. Sie müssen in Deckung gehen. Bringen Sie all Ihre Leute – und sich selbst – in dem Trainingsbau bei Send in Surrey in Sicherheit. Er steht auf einem großen Grundstück und ist gut bewacht. Vorausgesetzt, daß Ihnen Ihr Leben lieb ist. Und ich werde Sie nur in Send anrufen.«

»Ich renne nicht gern davon …«

»Von jetzt an werden wir alle rennen, Howard. Rennen, um zu überleben. Denken Sie an die Sicherheit Ihrer Mitarbeiter.«

»Na schön. Also Send. Ein bißchen Ruhe und Frieden wären eine nette Abwechslung. Und was haben Sie vor?«

»Auf Tauchstation gehen.«

# 4

»Diese frische Luft ist eine wahre Wohltat«, sagte Paula, als sie an Tweeds Seite zum Moor hinaufstieg.

Hinter und unterhalb von ihnen lag Tresilian Manor wie ein Miniaturhaus in seiner Mulde. Butler folgte ihnen mit ein paar Schritten Abstand. Er hatte darauf bestanden, sie als Beschützer zu begleiten.

Eine Weile zuvor hatte Tweed nach einem Gespräch mit der Köchin, die sich schnell wieder erholt hatte, die Polizei angerufen. Sie war, was ihr Eintreffen anging, nicht sehr optimistisch gewesen.

»In Padstow anzurufen hat keinen Sinn. Da gibt es nur ein kleines Büro, und das ist die meiste Zeit unbesetzt. Sie könnten in Launceston anrufen, aber da sind auch nicht viele Leute. Ich glaube, am besten wäre Exeter. Da ist eine richtige Zentrale.«

Tweed hatte in Exeter angerufen. Er hatte das Entsetzen des Inspektors am anderen Ende der Leitung gespürt, als er ihn über die Details des Massakers informierte.

»So etwas ist mir noch nie untergekommen. Vielleicht wäre es das beste, wenn ich in London anrufen würde.«

»Hauptsache, es kommt schnell jemand her«, hatte Tweed geknurrt und den Hörer aufgelegt.

Der Boden war hart, mit Felsbrocken durchsetzt, stellenweise mit Ginster überwachsen. Als sie höher hinaufstiegen, deutete Paula auf einen großen Felsen, der in der Ferne aus dem Moor emporragte.

»Das ist High Tor. Ich bin einmal hinaufgeklettert, als ich...« Sie brach ab. »Wer kann das sein? Da ist ein Mann auf einem Pferd, oben auf der Felskuppe.«

Tweed schaute auf. Der Reiter, zu weit entfernt, als daß man ihn hätte erkennen können, bewegte sich einen Moment lang nicht, und Tweed hatte den Eindruck, daß er sie durch ein Fernglas beobachtete. Dann war er verschwunden.

»Hab dich gesehen, mein Freund«, sagte Butler mit unverhohlener Genugtuung.

Tweed und Paula fuhren herum. Butler hielt ein kleines, schlankes Teleskop in der Hand, ein Hochleistungsgerät, das von den Fachleuten im Keller des Hauses am Park Crescent entwickelt worden war.

»Ein großer Mann«, fuhr Butler fort. »Trug einen Jagdhut. Mehr konnte ich nicht sehen, bevor er verschwand.«

»Sie sind wirklich ein toller Bursche«, bemerkte Paula. »Ich wußte gar nicht, daß Sie so gut ausgerüstet sind.«

Sie drehte sich um, begann weiterzugehen, dann blieb sie wieder stehen und ergriff Tweeds Arm.

»Da oben, auf halber Höhe vom High Tor. Ich habe gesehen, wie das Sonnenlicht von etwas reflektiert wurde. Noch ein Fernglas.«

»Derselbe Reiter«, vermutete Tweed.

»Nein, es ist ein anderer. Sehen Sie dort, am Fuße des Tor.«

Auf ebenem Grund, weit von der Kuppe entfernt, jagte ein Reiter in gestrecktem Galopp davon. Tweed erstarrte, als Butler mit der Walther in der Rechten neben sie trat.

»Das könnte unerfreulich werden«, sagte Tweed. »Wir haben das Massaker im Manor – ein Blutbad, bei dem ich überzeugt bin, daß wir zu den Opfern zählen sollten. Der Killer hatte vermutlich den Auftrag, alle Anwesenden zu töten, ohne zu wissen, wer seine Opfer waren – mit Ausnahme von Julius Amberg. Und jetzt werden wir beobachtet. Und dazu die Bombe am Park Crescent.«

»Es erscheint mir unmöglich, daß eine Organisation – so groß und gut organisiert sie auch sein mag – ihre Untaten fast auf die Minute genau synchronisieren kann. Nicht eine in London und die andere in Cornwall«, sagte Paula.

»Dennoch scheint genau das der Fall gewesen zu sein«, erwiderte Tweed.

»Fahrzeuge nähern sich dem Manor«, teilte Butler ihnen mit.

Sie drehten sich um und schauten hinunter auf die ferne Straße, die sich über das Moor wand und zum Manor führte. Ein normaler Personenwagen, gefolgt von drei Polizeifahrzeugen.

»Wir sollten lieber hinuntergehen«, sagte Tweed. Er musterte Paula. »Wie geht es Ihnen jetzt?«

»Wesentlich besser.« Sie schlug leicht auf ihren Magen. »Er hat sich wieder beruhigt. Der trockene Toast, den mir die Köchin gemacht hat, war genau das richtige.«

Die Köchin war sehr fürsorglich gewesen, als sie von Paulas Magenbeschwerden hörte. Sie hatte nicht die Spargelmousse vorgeschlagen – Tweed hatte sie darauf hingewiesen, daß nichts angerührt werden durfte. Paula hatte einen Berg Toast verschlungen und mit ungesüßtem Tee hinuntergespült.

»Die Geschichte am Park Crescent ist einfach grauenhaft«, sagte sie, als sie den sandigen Pfad hinuntereilten. »Aber wenigstens ist niemand verletzt worden oder ums Leben gekommen. Ich verstehe einfach nicht, was da vorgeht.«

»Ein gründlicher und durch und durch professioneller Versuch, uns alle umzubringen. Und ich habe nur zwei Hinweise darauf, wer hinter dieser Mordkampagne stecken könnte.«

»Und was für Hinweise sind das?« fragte Paula, obwohl sie nicht damit rechnete, daß Tweed es ihr sagen würde.

»Die Tatsache, daß es nur sehr wenige Leute gibt, die wissen, wo sich unsere Zentrale befindet. Und noch weniger Leute, die wußten, daß wir in Tresilian Manor erwartet wurden. Diese beiden Tatsachen gehören zusammen. Der andere Hinweis ist Joel Dyson ...«

Er brach ab, als sie sich dem Eingang näherten und aus

dem Personenwagen, einem Volvo-Kombi, eine schlanke, hochgewachsene Gestalt zum Vorschein kam. Der letzte Mann, dem Tweed zu diesem Zeitpunkt zu begegnen wünschte.

»Niemand erwähnt die Sache am Park Crescent«, befahl er. »Es sei denn, jemand anders erwähnt sie zuerst. Wir wissen nichts davon.«

»Was ist los?« fragte Paula.

»Erkennen Sie ihn nicht? Das ist unser alter Freund und mein Sparringspartner, Chefinspektor Roy Buchanan vom Yard.«

»Tweed. Miss Grey.« Buchanan begrüßte sie sehr förmlich. Als wären wir bloße Bekannte, dachte Paula. »Und wer ist das, wenn ich fragen darf?« wollte Buchanan wissen.

»Das haben Sie gerade getan«, erwiderte Tweed gelassen. »Harry Butler, einer meiner Mitarbeiter. Drinnen sind zwei weitere. Pete Nield und Philip Cardon – sie bewachen das Gebäude und kümmern sich um die vier Angestellten, die alle unter Schock stehen. Es ist ein Blutbad«, warnte er.

»Genau deshalb bin ich mit einem Hubschrauber hergeflogen. Auf Anweisung des Commissioners.«

Was steckt dahinter? fragte sich Tweed. Der Commissioner, der höchste Polizeibeamte des Landes. Weshalb? Buchanan war ein unerschütterlicher und äußerst tüchtiger Detektiv. Seine grauen Augen waren hellwach und ständig auf der Hut, sein dichtes braunes Haar war kurz geschnitten, ebenso sein Schnurrbart. Er übernahm sofort das Kommando.

»Lassen Sie uns die Zufahrt hinaufgehen, damit ich mir eine Vorstellung von der Umgebung machen kann. Was haben Sie draußen auf dem Moor gemacht?« fragte er plötzlich, als sie vor dem im Schrittempo folgenden Wagen auf das Haus zugingen.

»Wir haben einen Spaziergang gemacht, um von dem loszukommen, was wir da drinnen gesehen haben«, erwiderte Paula.

»Ich hatte Tweed gefragt.«

»Die Antwort ist dieselbe«, sagte Tweed.

»Nach dem, was Sie Exeter berichtet haben«, fuhr Buchanan fort, »hatte ich den Eindruck, daß dieser Schweizer Bankier, Julius Amberg, Sie zum Lunch eingeladen hatte, und daß Sie sich verspäteten.«

»Ihr Eindruck war richtig«, erwiderte Tweed.

»Also, Tweed, in dem Haus da sollen acht Tote liegen, alle erschossen ...«

»Sieben davon. Der Butler wurde erstochen.«

»Ein Detail. Sie beantworten meine Fragen wie ein Verdächtiger ...«

»Ein Detail!« fuhr Paula auf. »Für Mounce, den Butler, war es kein Detail. Es war sein Leben. Ein Mann in den Vierzigern, vermute ich.«

Tweed lächelte insgeheim. Paula hatte ihrer Empörung Luft gemacht, um ihm Zeit zu verschaffen, sich auf Buchanan einzustellen.

»Vielleicht nicht die beste Art, es auszudrücken«, gab Buchanan zu. »Aber hier handelt es sich um eine Morduntersuchung.«

»Weshalb hat sich der Commissioner eingeschaltet?« fragte Tweed und drehte damit den Spieß von Buchanans Taktik der Überraschungsfragen um.

»Nun ...« Buchanan war einen Augenblick irritiert. »Da ist einmal das Ausmaß des Verbrechens. Und dann ist ein wichtiger Ausländer unter den Opfern. Amberg war Mitglied der BIS, die in Basel zusammentritt. Der Bank for International Settlements.«

»Wir wissen, was diese Buchstaben bedeuten«, erklärte ihm Paula trocken.

»Ist das Ihre einzige Erklärung für diese ungewöhnliche Intervention des Commissioners?« drängte Tweed.

»Es ist die einzige, die Sie bekommen werden«, fuhr Buchanan auf.

Er verstummte. Paula vermutete, daß er wütend auf sich war, weil er sich aus der Ruhe hatte bringen lassen. Er stand da und betrachtete das im Sonnenlicht dastehende Haus, die hohen Giebel der Türme an beiden Enden des Gebäudes. Der blaßgraue Stein und die Sprossenfenster kamen in der Sonne besonders vorteilhaft zur Geltung.

»Ein wunderschönes Haus«, bemerkte Buchanan, und Tweed erinnerte sich, daß er sich unter anderem für Architektur interessierte. »Kaum vorstellbar, daß sich in einer so herrlichen Umgebung eine derartige Tragödie ereignet hat. Wer ist der Besitzer?« fragte er plötzlich. »Amberg?«

»Nein. Ein Mann namens Gaunt. Die Einheimischen nennen ihn Squire Gaunt. Er hatte es schon früher zeitweilig an Amberg vermietet«, erwiderte Paula.

»Woher wissen Sie das?« fragte Buchanan.

Sie hatten sich wieder in Bewegung gesetzt. Als sie das Haus fast erreicht hatten, trat Philip Cardon durch die Haustür und wartete auf der Terrasse auf sie.

Cardon, ein kleiner, kräftiger Mann in den Dreißigern, war einer der jüngsten Mitarbeiter des SIS. Er war glatt rasiert und hatte ein ausdrucksvolles, stets freundliches Gesicht. Er war äußerst sprachbegabt und war, Kantonesisch sprechend und von einem Einheimischen nicht zu unterscheiden, bis tief ins Innere Chinas vorgedrungen.

»Das ist Philip Cardon«, stellte Tweed vor.

»Ich habe Sie gefragt, woher Sie wissen, daß Squire Gaunt der Besitzer dieses kleinen Juwels ist?« beharrte Buchanan.

»Julius Amberg hat es mir erzählt«, erwiderte Paula. »Das war, kurz bevor der Lunch serviert wurde, der Lunch, den diese armen Teufel dann nicht mehr zu sich nehmen konnten.«

»Einen Moment.« Buchanan blieb am Fuße der zur Terrasse hinaufführenden Stufen stehen. »Sie waren schon hier, bevor dieses Massaker stattfand? Ich hatte es so verstanden, daß Sie alle erst später gekommen sind.«

»Das haben Sie falsch verstanden«, fuhr sie ihn an. »Und könnten wir vielleicht hineingehen, bevor ich es Ihnen erkläre? Es ist kalt hier draußen.«

»Ja. Und Sie haben eine Menge zu erklären«, teilte Buchanan ihr grimmig mit.

Eine Stunde später hatte Buchanan die Aussagen zuerst von Paula und dann von Tweed aufgenommen. Kriminaltechniker waren nach wie vor in dem Gebäude beschäftigt, vor allem im Eßzimmer.

Ein Arzt, der inzwischen eingetroffen war, hatte die Mordopfer für tot erklärt. Fotografen und Fingerabdruck-Experten taten ihre Arbeit.

Die Köchin hatte unzählige Tassen Tee geliefert und äußerte sich Tweed gegenüber mißbilligend über die Unmengen von Zucker, den sie in den Tee taten.

»Das ist nicht gut für sie. Haben die denn von nichts eine Ahnung?«

»Nur von ihrem Job«, hatte Tweed verdrossen erwidert.

Buchanan hatte sie eingehend verhört. Nachdem er fertig war, zweifelte er nicht daran, daß sie Informationen zurückhielten, wußte aber, daß er sie nie aus ihnen herausholen würde. Beide überrumpelte er gegen Ende des Verhörs mit seiner schlimmen Nachricht.

»Miss Grey, da geht etwas sehr Merkwürdiges vor sich.«

»Das ist mir bewußt.«

»Ich habe unerfreuliche Neuigkeiten aus London. Ihre Zentrale am Park Crescent ist durch eine Bombe völlig zerstört worden. Kein Stein steht mehr auf dem anderen.«

Er wartete. Sie erkannte die Falle und nickte. Dann schlug sie die wohlgeformten Beine übereinander und reagierte.

»Ist das nicht furchtbar?«

»Ich hätte erwartet, daß Sie fragen, ob es Tote oder Verletzte gegeben hat.«

»Oh, wir wissen alle Bescheid – und Gott sei Dank hat niemand Schaden gelitten. Bob Newman hielt sich zufällig gerade in Tweeds Büro auf, zusammen mit Monica. Sie bemerkten den Espace und konnten das Gebäude gerade noch rechtzeitig evakuieren.«

»Und woher wissen Sie das?« fragte Buchanan eindringlich.

»Weil Mr. Newman angerufen und es uns mitgeteilt hat.«

»Dann wußte er also, daß Sie hier sind?«

»Nur, weil Monica es ihm gesagt hatte. Sie hatte die Telefonnummer von Tresilian Manor, und Bob rief an in der Hoffnung, daß wir noch hier sind.«

»Ist Ihnen klar«, sagte Buchanan nachdrücklich, »daß die einzige Erklärung für die beiden Verbrechen – das Massaker hier, zu dessen Opfern auch Sie hätten gehören können, und der Bombenanschlag am Park Crescent – die ist, daß jemand versucht, den SIS zu vernichten? Wer könnte das wollen?«

»Ich wünschte bei Gott, ich wüßte es«, sagte sie inbrünstig. »Aber ich habe keine Ahnung.«

»Ich verstehe.« Er hörte sich an, als glaubte er ihr nicht. »Und Sie sind die einzige Person, die den Mann gesehen hat, der hier dieses abscheuliche Verbrechen begangen hat. Den falschen Postboten. Wenn Sie nur sein Gesicht gesehen hätten!«

»Dazu war er zu weit entfernt. Ich wußte – ich dachte –, es wäre der Postbote, wegen seiner blauen Uniform. Und ich sah sein Abzeichen, das in der Sonne aufblitzte, wie ich Ihnen bereits sagte. Und den Sack, der auf seinem vorderen Gepäckträger lag.«

»Der zweifellos die Maschinenpistole enthielt, die er dann benutzte. Es fällt mir schwer zu glauben, daß Sie, als Sie in der Toilette waren, die Schüsse nicht gehört haben.«

»Es ist eine massive Tür. Auch die Tür zum Eßzimmer ist sehr massiv, sofern er sie zugemacht hat.«

»Können wir ein Experiment machen?«

Buchanan begleitete sie aus dem Arbeitszimmer, gab einem seiner mit einer Automatik bewaffneten Detektive Anweisungen, wies alle Anwesenden darauf hin, was passieren würde. Dann begleitete er Paula zu der großen Toilette und schloß die Tür. Paula ließ sich auf dem heruntergeklappten Eichendeckel der Toilette nieder.

»Wenn schon, dann richtig.«

Sie hatte ihm verschwiegen, daß sie sich hatte übergeben müssen, und jetzt hatte sie die Genugtuung, daß Buchanan zum ersten Mal verlegen wirkte. Sie warteten. Wenig später wurde an die Tür geklopft. Buchanan öffnete sie.

»Was ist, Selsdon?«

»Ich habe es gerade getan, Sir. Habe sechs Schüsse durch das Fenster des Eßzimmers abgefeuert. Die Tür zur Diele hin stand offen.«

»Danke. Gehen Sie und tun Sie etwas Sinnvolles.«

»Ich habe nicht das geringste gehört«, sagte Paula, als sie in die Diele zurückkehrten.

»Ich muß zugeben, daß ich auch nichts gehört habe...«

Buchanans Unterredung mit Tweed – die noch länger dauerte – lieferte ihm keine neuen Informationen, was ihn frustrierte; er machte keinen Hehl daraus.

»Das alles ist wenig überzeugend und unbefriedigend.«

»Für ersteres ist Ihr argwöhnischer Verstand verantwortlich, und was das zweite angeht, stimme ich mit Ihnen überein. Ich habe all Ihre Fragen beantwortet.«

Was stimmte. Aber Tweed hatte bestimmte Dinge ausgelassen.

Kein Hinweis auf Joel Dysons Besuch am Park Crescent.

Kein Hinweis auf einen Videofilm.

Kein Hinweis auf ein Tonband, das zusammen mit dem

Film im Safe lagerte, einem Safe, der jetzt unter Bergen von Trümmern vergraben lag. Buchanan, allein mit Tweed im Arbeitszimmer, lehnte sich an einen Tisch und klimperte mit dem Kleingeld in seiner Hosentasche.

»Es kann sein, daß ich noch einmal mit Ihnen sprechen muß.« Sein Verhalten war beiläufig, und Tweed, der Buchanans Taktik, einen Zeugen am Ende des Verhörs aus der Fassung zu bringen, kannte, wappnete sich gegen das Unvermutete. »Übrigens«, fuhr Buchanan fort, »weiß inzwischen das ganze Land, daß Sie hier sind.«

»Woher wissen die Leute das?«

»Ihre Anwesenheit hier ist mit dem Massaker in Verbindung gebracht worden. In einer Eilmeldung in einer Londoner Abendzeitung. Auch im Radio und in den Fernsehnachrichten wurde darüber berichtet. Sie wurden namentlich genannt Tweed, stellvertretender Direktor des SIS, etcetera.«

»Ich verstehe immer noch nicht«, erklärte Tweed.

»Ich habe es auch nicht verstanden, deshalb habe ich, bevor ich hierher flog, die Zeitung und die Nachrichtenredakteure von BBC und ITV angerufen. Alle haben mir dasselbe berichtet. Ein anonymer Anrufer hat sich bei allen dreien gemeldet und ihnen geraten, sich mit der Polizei von Exeter in Verbindung zu setzen. Bei der Berichterstattung über das Massaker haben sich alle Medien mit einer vorsichtigen Formulierung begnügt: ›Einem Gerücht zufolge wurden in Tresilian Manor acht Personen erschossen.‹ Dann wurde über Ihre vermutliche Anwesenheit hier berichtet.«

»Das gefällt mir ganz und gar nicht. Darüber konnte nur der Mörder Bescheid wissen. Aber weshalb sollte er das Verbrechen bekanntgeben?«

»Das würde ich gern von Ihnen hören«, sagte Buchanan, wieder völlig frustiert. »Kehren Sie nach London zurück?« fuhr er fort. »Von wo aus werden Sie nun operieren?«

»Sie können versuchen, mich in meiner Wohnung in der

Walpole Street zu erreichen. Was Ihre zweite Frage angeht, so liegt die Entscheidung bei Howard.«

»Das war's dann. Ambulanzen sind eingetroffen, um die Toten wegzuschaffen. Die Wagen der toten Gäste wurden zur Untersuchung weggefahren. Haben Sie eine Ahnung, wie ich mich mit diesem Gaunt in Verbindung setzen kann?«

»Nicht die geringste«, erwiderte Tweed, als sie zusammen in die Diele gingen.

Zwei weißgekleidete Männer trugen einen zugedeckten Toten auf einer Bahre zur Haustür. Der hintere Mann rief über die Schulter hinweg. »Das ist der letzte von dem Schlachtfeld da drinnen.«

»Unsere Techniker scheinen auch fertig zu sein«, bemerkte Buchanan. »Sie sind schon fort, also werde ich jetzt auch verschwinden. Wahrscheinlich werde ich nach meiner Rückkehr die halbe Nacht durcharbeiten müssen. Was ist mit Ihnen?«

»Wir werden versuchen, diese nette Köchin dazu zu überreden, daß sie uns Tee macht. Damit wir nicht mit leerem Magen von hier wegfahren müssen.«

»Wie Sie wollen.«

In diesem Moment kam Paula aus der Großen Halle. Buchanan musterte beide, unternahm keinen Versuch, sich mit Handschlag von ihnen zu verabschieden, sondern schüttelte nur den Kopf und verschwand.

»Ich glaube, im Moment mag er uns nicht«, bemerkte Paula.

Sie gingen zur Tür und beobachteten, wie Buchanan und der letzte Streifenwagen davonfuhren. Tweed legte ihr einen Arm um die Schultern und berichtete ihr kurz, was Buchanan ihm gerade mitgeteilt hatte. Paula war fassungslos.

»Im Radio, im Fernsehen und in der Zeitung! Das macht mir Angst. Ist dieses Haus eine Todesfalle?«

»Wir werden bald von hier verschwinden.«

Sie waren auf die Terrasse hinausgetreten, und sobald das

Motorengeräusch in der Ferne verklungen war, senkte sich die Stille des Moors auf sie herab. Es war später Nachmittag, und bald würde es dunkel werden – in spätestens einer Stunde. Paula atmete in großen Zügen die frische Luft ein, um mit dem fertig zu werden, was Tweed ihr gerade mitgeteilt hatte. Nach ein paar Minuten wollten sie gerade wieder hineingehen, als Paula plötzlich Tweeds Arm ergriff.

»Hören Sie … Pferdehufe.«

Sie warteten, und das Geräusch kam näher. Zwei Reiter erschienen und näherten sich auf der Zufahrt dem Haus – ein Mann und eine Frau. Tweed kehrte auf die Terrasse zurück. Die Ankömmlinge hielten am Fuße der Treppe an. Der Mann, hochgewachsen und mit einem scharfgeschnittenen Gesicht unter einem Jagdhut, bellte seine Frage heraus.

»Wer zum Teufel sind Sie?«

»Dasselbe könnte ich Sie fragen.«

»Ich bin Gregory Gaunt. Und zufällig der Besitzer dieses Hauses.«

# 5

»Willkommen in Tresilian Manor«, sagte Gaunt, nachdem er die junge Frau zum Stall an der linken Seite des Hauses begleitet hatte, wo sie die Pferde untergestellt hatten. »Ich dachte, Amberg und seine Gäste wären inzwischen wieder abgereist. Es sollte nur ein Blitzbesuch sein.«

»Bitte, bleiben Sie einen Moment hier stehen«, sagte Tweed, als sie die Terrasse erreicht hatten. »Mein Name ist Tweed. Da ist etwas, das Sie wissen sollten, bevor Sie hineingehen. Machen Sie sich auf einen schlimmen Schock gefaßt.«

»Einen Schock? Was für einen Schock?« fragte Gaunt. »Ein Einbruch? Ist es das? Heraus mit der Sprache, Mann.«

Gaunt war einsachtzig groß, schwer gebaut, nach Tweeds Schätzung ungefähr vierzig Jahre alt. Er hatte dichtes, sandfarbenes Haar und ein wettergegerbtes Gesicht – offensichtlich ein Mann, der sich viel im Freien aufhielt. Seine Augen unter dichten Brauen waren flink und intelligent. Er war ein dominierender Mann, aber nicht anmaßend. Tweed spürte, daß er es mit einer starken Persönlichkeit zu tun hatte, und konnte verstehen, weshalb die Einheimischen ihn »Squire« nannten.

»Ich vergesse jemanden«, fuhr Gaunt fort. »Das ist meine Freundin Jennie Blade. Sag hallo, Jennie.«

»Dazu brauche ich keine Aufforderung, Greg«, erklärte Jennie. »Hallo, alle miteinander. Wer ist dieser gutaussehende Mann, der gerade herausgekommen ist?«

Es war Philip Cardon, der sich zu Butler und Nield gesellte, die Stimmen gehört hatten. Cardon lächelte sie an, während Tweed die Vorstellung übernahm. Paula und Jennie musterten sich wie zwei Katzen, die versuchen, sich gegenseitig abzuschätzen. Dann richtete Jennie den Blick wieder auf Cardon.

»Es geht aufwärts mit dem Leben, Greg – es fängt wieder an, interessant zu werden.«

Jennie, Ende Zwanzig und ungefähr einssiebzig groß, sah sehr gut aus. Die Reitkleidung betonte ihre gute Figur. Lange, schlanke Beine, die in Jodhpurs steckten, wohlgeformte Brüste, die sich unter ihrem Reitjackett abzeichneten. Goldblondes Haar, das ihr in Locken auf die Schultern fiel. Ihr Gesicht war dreieckig – eine breite Stirn, dichte goldblonde Brauen und ein zarter Knochenbau, der sich zu einem spitzen Kinn unter vollen Lippen verjüngte. Starke Konkurrenz, wie Paula sich selbst eingestand.

Aus Rücksicht auf Jennies Anwesenheit berichtete Tweed nur mit knappen Worten über die Tragödie. Er erklärte, daß Amberg sie zum Lunch eingeladen hatte, weil er ein Freund von Tweed gewesen war. Daß Paula vor ihm dagewesen war, erwähnte er nicht.

»Ich kann das einfach nicht glauben«, knurrte Gaunt. »Polizisten, die im ganzen Haus herumtrampeln. Und weshalb sollte irgendjemand Julius töten wollen, einen Schweizer Bankier? Ich gehe hinein und sehe mir das selbst an.«

»Ich komme mit«, sagte Jennie.

Cardon hielt sie zurück. Er ergriff ihren Arm, während Gaunt hineinstapfte. Sie musterte ihn mit halb geschlossenen Augen.

»Lieber nicht«, riet Cardon ihr.

»Es macht mir nichts aus, wenn Sie mitkommen«, erwiderte sie, unverhohlen mit ihm flirtend.

»Stets gern zu Diensten«, erklärte Cardon, der nichts dagegen gehabt hätte, sie überallhin zu begleiten.

Tweed betrat vor ihnen das Haus. Er fand Gaunt im Eßzimmer, wo er sehr aufrecht und reglos dastand. Die Tischdecke mit den großen Blutlachen war noch da, ebenso die dunkelbraunen Flecken an der Decke und auf dem Teppich.

»Großer Gott! Sieht aus, als hätten Sie recht gehabt.«

»Glauben Sie etwa, ich hätte mir das ausgedacht?« fragte Tweed. »Und nachdem Amberg erschossen worden war, ist sein Gesicht mit Schwefelsäure besprüht worden. Sein Kopf sah aus wie ein Totenschädel.«

Er musterte Gaunt, aber das Gesicht des Squire zeigte keinerlei Reaktion. Er ging langsam zum Kopfende des Tisches und schaute auf die Stelle, an der Amberg auf dem zerbrochenen Stuhl gelegen hatte.

»Wird mich ein Vermögen kosten, hier wieder Ordnung zu schaffen«, knurrte er. »Und da sind Löcher in der Täfelung. Das muß repariert werden. Verdammt teuer.«

»Greg denkt immer zuerst ans Geld«, sagte Jennie, als fühlte sie sich verpflichtet, Gaunts Einstellung zu erklären. »Verständlich. Ein solches Haus in gutem Zustand zu halten, reißt heutzutage ein mächtiges Loch ins Bankkonto.«

»Diskutiere meine persönlichen Angelegenheiten gefälligst nicht mit einem Fremden«, fuhr Gaunt sie an. Dann richtete er den Blick auf Tweed. »Ich komme nach einem erfreulichen Tag zurück und finde das hier vor. Ich kann es immer noch nicht fassen.«

»Wie haben Sie den Tag verbracht?« erkundigte sich Tweed.

»Das geht Sie nichts an. Sie reden wie ein Polizist.«

»*Greg!*« sagte Jennie scharf. »Es war eine höfliche Frage.« Sie wendete sich an Tweed. »Er hat ein kleines Cottage in Five Lanes am Rande des Moors. Der Vereinbarung zufolge sollten wir uns von acht Uhr morgens bis jetzt von diesem Haus fernhalten. Amberg kommt – kam – öfter hier mit Geschäftsfreunden zusammen.«

»Du brauchst nicht gleich aus der Haut zu fahren, Jennie«, sagte Gaunt mit weniger Nachdruck. »Wissen Sie was, Tweed? Mir ist nicht danach, mich hier niederzulassen. Gehen wir lieber ins Wohnzimmer. Gott sei Dank, daß das Küchenpersonal überlebt hat. Es ist verdammt schwer, neue Dienstboten zu finden.«

»Er würde es nie zugeben«, flüsterte Jennie Tweed zu, als Gaunt hinausstapfte, »aber er steht unter Schock. Wie wäre es jetzt mit Tee? Das heißt, wenn die Köchin dazu imstande ist. Ich werde mit ihr reden, ihr vielleicht ein wenig zur Hand gehen.«

»Ich komme mit«, sagte Paula.

Sie warf einen Blick auf Tweed, der aus dem Fenster schaute. Die Dämmerung war hereingebrochen, und die Nacht schob sich die Zufahrt entlang wie ein bedrohlicher Schatten. Paula zitterte bei dem Gedanken, daß sie ringsum von dem trostlosen Moor umgeben waren.

»Und wo wollen Sie hin, wenn Sie von hier abfahren?« erkundigte sich Gaunt. Sie hatten gerade eine gewaltige Mahlzeit aus Sandwiches und Obsttörtchen verzehrt. Sie saßen im Wohnzimmer auf Couches und Sesseln, Gaunt Tweed und Paula gegenüber, während Cardon auf einer Couch neben Jennie saß. Butler und Nield hatten sich für Stühle in der Nähe der Fenster entschieden, durch die sie ständig Ausschau hielten – niemand hatte die Vorhänge zugezogen.

»Nach London«, log Tweed. »Um diese Tageszeit dürfte auf den Straßen nicht viel Verkehr sein.«

»Ich hätte eher damit gerechnet, daß Sie die Nacht hier irgendwo in der Nähe verbringen«, meinte Gaunt.

Niemand hatte ihrem Gastgeber gegenüber den Bombenanschlag auf das Haus am Park Crescent erwähnt. Er griff nach einer Kiste mit Zigarren, und nachdem alle anderen abgelehnt hatten, zündete er sich eine davon an. Es war ein regelrechtes Ritual: nachdem er sie dicht neben seinem Ohr gerollt hatte, schnitt er die Spitze ab und setzte sie dann mit einem Streichholz in Brand. Er tat einen tiefen Zug und seufzte genußvoll.

»Das tut gut, nach so einem Tag. Tweed, was ist mit den Wagen passiert, in denen Amberg und seine Gäste gekommen sind? Amberg fuhr immer einen Rolls Royce.«

»Die Polizei hat sie weggefahren, um sie gründlich zu untersuchen.«

»Welchen Sinn sollte das haben?«

»Es ist erstaunlich, was Kriminaltechniker alles herausfinden können.«

»Sie reden tatsächlich wie ein Polizist.« Gaunts Augen funkelten, als wollte er sich auf einen Stier stürzen. »Womit verdienen Sie Ihren Lebensunterhalt?«

»Ich arbeite für eine Versicherung.«

»Versicherung!« Gaunt sprang auf. »Oh, Gott! Ich wette, meine Versicherung kommt nicht für Schäden auf, die durch einen Massenmord verursacht wurden.«

»Das kommt auf den Wortlaut der Police an«, sagte Tweed in besänftigendem Ton.

»Verdammt nochmal, Greg!« wütete Jennie. »Hör endlich auf, immer nur ans Geld zu denken. Du solltest dir lieber Sorgen darüber machen, wie dieser grauenhafte Vorfall sich auf das Personal ausgewirkt hat.«

»Den Frauen geht es gut«, versicherte ihr Tweed. »Die Polizei hat einen Arzt mitgebracht. Er hat sie untersucht und gesagt, das einzige, woran sie leiden würden, wären vorübergehende Kopfschmerzen. Celia, das neue Mädchen, hat nur einen leichten Schlag auf den Kopf erhalten.« Er sah, daß Paula ihn beobachtete, bestürzt darüber, daß er sich diese Worte hatte entschlüpfen lassen. Er kaschierte sie, indem er Gaunt ansah. »Das weiß ich, weil Chefinspektor Buchanan es mir gesagt hat, als er mir erklärte, weshalb sie die Wagen brauchten. Er hat übrigens auch gesagt, daß er mit Ihnen reden müßte.«

»Er wird nicht willkommen sein, das kann ich Ihnen versichern.«

»Sie haben gesagt«, wendete sich Jennie an Tweed, um die

Spannung abzubauen, »dieser falsche Postbote hätte ein Päckchen abgeliefert, das der arme Mounce noch umklammerte, als die Polizei ihn untersuchte. Ich wüßte zu gern, was es enthielt.«

»Ein Kriminaltechniker hat es draußen im Garten geöffnet«, teilte Tweed ihr mit. »Sie werden nie glauben, was darin war. Eine Schachtel Schokoladentrüffel von *Sprüngli.*«

»So eine Gemeinheit«, bemerkte Jennie.

»*Sprüngli?*« wiederholte Gaunt, der sich wieder gesetzt hatte.

»Eine Firma in Zürich – wo Amberg zuhause war.«

»Ich glaube nicht, daß Buchanan das übersehen hat«, bemerkte Tweed trocken. Dann sah er auf die Uhr und stand auf. »Und jetzt sollten wir wirklich gehen. Vielen Dank für Ihre Gastfreundschaft.«

»Nicht der Rede wert«, sagte Gaunt mürrisch.

Jennie sah Cardon an. »Ich wohne in Padstow. Hier ist eine Karte mit meiner Telefonnummer. Das ist ein ganz merkwürdiges Hafenstädtchen – liegt am Ästuar des Flusses Camel. Greg und ich fahren ziemlich oft dorthin. Um diese Jahreszeit ist es herrlich ruhig dort. Wenn Sie einmal in der Gegend sind, müssen Sie mich unbedingt besuchen.«

Tweed verzog keine Miene. Padstow war ihr wirkliches Ziel.

Die Tür zur Diele war nicht geschlossen worden, als erwartete Gaunt einen Anruf. In diesem Moment begann das Telefon zu läuten. Gaunt verließ rasch den Raum. Eine Minute später war er, ziemlich verärgert dreinschauend, wieder zurück.

»Jemand für Sie, Tweed. Wollte seinen Namen nicht nennen. Die Leute sind heutzutage so verdammt unhöflich. Überhaupt keine Manieren ...«

Tweed machte die Tür hinter sich zu, durchquerte die Diele, griff nach dem Hörer. Das Küchenpersonal war nach Hause gegangen; Jennie hatte erklärt, daß die Frauen früh am Morgen kamen und am Abend das Haus wieder verließen.

»Hier Tweed.«

»Ich hatte gehofft, daß ich Sie noch dort erreichen würde«, sagte die vertraute Stimme. »Ich bin wieder im Yard – vom St. Mawgan Airport aus nach London zurückgeflogen. Ich hatte gerade einen Anruf aus Exeter. Ich hatte mich gefragt, wie sich jemand die Uniform eines Postboten beschaffen konnte. Jetzt wissen wir es«, sagte Buchanan und wartete.

»Also gut, Sie wollen, daß ich frage, woher Sie das wissen. Also woher?«

»Die Uniform des echten Postboten wurde aus seinem Cottage in Five Lanes gestohlen.« Er hielt inne. »Sie haben gerade seine Leiche gefunden. Mit durchgeschnittener Kehle.«

# 6

Tweed saß am Steuer des Ford Escort. Er fuhr mit voll aufgeblendeten Scheinwerfern in der pechschwarzen Dunkelheit die quer über das Moor führende Straße entlang, um wieder auf die A30 zu gelangen. Paula, die als Lotse fungierte, saß neben ihm; Cardon hockte allein im Fond. Hinter ihnen fuhr Nield den Sierra mit Butler neben sich; die roten Schlußlichter des Escort warnten ihn vor Biegungen der Straße. Seine eigenen Scheinwerfer waren abgeblendet, damit sie kein gleißendes Licht auf Tweeds Rückspiegel werfen konnten.

»Weshalb fahren wir nach Padstow?« fragte Paula.

»Um in Deckung zu gehen, bis ich den Gegner identifiziert habe.«

»Davonlaufen ist doch sonst nicht Ihre Art«, sondierte sie.

»Ein taktischer Rückzug. Es ist durchaus möglich, daß wir es mit dem mächtigsten und gefährlichsten Gegner zu tun haben, dem wir je gegenüberstanden.«

»Wie kommen Sie darauf?«

»Erstens hat Amberg mich gebeten, ihn in Tresilian Manor zu treffen. Mit einem Trupp von Beschützern. Vielleicht hatte es der Killer ebenso auf uns abgesehen wie auf ihn.«

»Und zweitens?«

»Fast unmittelbar nach dem Massaker wird das Haus am Park Crescent von einer schweren Bombe zerstört. Ein teuflischer Zeitplan!«

»Unwahrscheinlich«, argumentierte sie. »Niemand hätte die beiden Ereignisse zeitlich so genau aufeinander abstimmen können.«

»Ich vermute, der Auslöser für den Anschlag war Joel

Dysons Eintreffen aus den Vereinigten Staaten vor zwei Tagen. Das deutet auf eine überaus mächtige Organisation mit einem sehr langen Arm hin. Außerdem – wie viele Leute wußten, wo sich die Zentrale des SIS befand? Nur die an der Spitze der Sicherheitsdienste in Europa – und Amerika.«

»Das hört sich beängstigend an«, bemerkte Paula.

»Es ist beängstigend. Es gehört eine riesige Organisation dazu, all das in die Wege zu leiten. Und das ist der Grund dafür, weshalb wir ein oder zwei Tage in Padstow verbringen werden. Abseits der ausgetretenen Pfade.«

»Aber es könnte ein Nachteil sein«, meinte Cardon, »daß Jennie ausgerechnet in Padstow wohnt.«

»Möglicherweise«, pflichtete Tweed ihm bei. »Aber ich habe Zimmer im Metropole gebucht, einem strategisch sehr günstig liegenden Hotel. Ich habe vor Jahren einmal mit Newman dort übernachtet.«

»Und Sie, Philip«, zog Paula Cardon auf, »scheinen sich in die reizende Blondine verknallt zu haben.«

»Ich habe Sie hereingelegt, stimmt's?« Cardon kicherte. »Sie tat so, als hätte sie eine Schwäche für mich, als wäre ich der tollste Mann, der ihr je begegnet ist. Aber ich habe mich sofort gefragt: Worauf ist diese Frau in Wirklichkeit aus?«

»Ich wußte gar nicht, daß Sie in bezug auf Frauen so ein Zyniker sind.«

»Kein Zyniker«, erklärte Cardon fröhlich. »Lediglich Realist. Sind Sie nun beleidigt?«

»Nicht im geringsten. Jetzt weiß ich, daß Sie mit beiden Beinen fest auf der Erde stehen. Und was in aller Welt ist das da vor uns?«

Tweed fuhr langsamer. Im Scheinwerferlicht sah er rot-weiße Hütchen, die zusammen mit einem großen Schild den Weg versperrten. Es trug die Aufschrift UMLEITUNG und einen Pfeil, der nach rechts auf eine schmale Straße deutete. Inzwischen hatte es angefangen zu regnen, und zwischen den eingeschalteten Scheibenwischern hindurch sah

Tweed Männer in gelben Regenjacken und Schirmmützen. Ein massiger Mann schwenkte eine rote Lampe und kam auf die Fahrerseite des Wagens zu. Tweed hielt an, ließ aber den Motor laufen. Auf dem Rücksitz hatte Cardon die rechte Hand in seinen Anorak geschoben und die Walther ergriffen.

»Tut mir leid«, rief der massige Mann mit der Lampe, als er näher herangekommen war. »Auf der A30 hat es eine Massenkarambolage gegeben. Biegen Sie hier ab. Ein paar Kilometer weiter westlich kommen Sie wieder auf die Hauptstraße.«

Tweed registrierte, daß der Mann mit unterdrücktem amerikanischen Akzent sprach.

»Tweed«, flüsterte Paula, »ich habe mir die Karte angesehen. Die einzige Abzweigung nach rechts ist eine Sackgasse. Sie führt zu einem nahegelegenen Steinbruch.«

»Können Sie mir einen Ausweis zeigen?« fragte Tweed durch das geöffnete Fenster hindurch.

»Warum zum Teufel sollte ich das tun?« Das Gesicht des Mannes wurde gemein. Er schob die Hand in seine Regenjacke.

»Sie können hier nicht weiterfahren.«

»Lassen Sie das!« warnte Paula.

Ihr Browning war an Tweed vorbei auf den Mann draußen gerichtet. Er zog seine Hand zurück, als hätte er sich verbrannt. Einen Moment lang wirkte er unsicher, dann wendete er sich den anderen Männern zu, um ihnen ein Signal zu geben. Tweed reagierte rasch.

Er gab Gas, und der Wagen schoß vorwärts. Hütchen flogen beiseite wie Kegel. Männer sprangen aus dem Weg, und auf der Kühlerhaube landete ein Geschoß, zerplatzte und setzte eine hellgraue Wolke frei.

»Tränengas!« rief Tweed.

Mit nur einer Hand fahrend und seine Geschwindigkeit beibehaltend, schloß er das Fenster. Ein Blick in den Rückspiegel zeigte ihm den hinter ihm herjagenden Sierra. Er hörte den Knall von zwei Schüssen, die auf sie abgefeuert wurden. Keiner von ihnen traf seinen Wagen. Ein zweiten schneller Blick in den Rückspiegel: auch an dem Sienna konnte er keine Beschädigung erkennen.

»Danke, Paula«, sagte Tweed. »Ich war argwöhnisch, aber Sie haben es bestätigt. Eine Massenkarambolage? Auf der A30, im Februar und um diese Tageszeit? Und ein angeblicher Trupp Straßenarbeiter mit einem amerikanischen Vormann? Die ganze Szene war gestellt und stank zum Himmel.«

»Und was hätte uns in dieser Sackgasse erwartet?« sinnierte Paula.

»Ein Sack, in den sie uns alle gesteckt hätten«, erklärte Cardon.

»Sie haben einen makabren Sinn für Humor. Ich mag nicht daran denken – da draußen, mitten im Moor...«

Paula vertiefte sich wieder in ihre Karte. Tweed fuhr schnell, jagte mit unabgeblendeten Scheinwerfern um Kurven. Er wollte so schnell wie möglich die Hauptstraße erreichen.

»Was mir Sorgen macht«, sagte er, »woher wußten diese Gangster, daß wir um diese Zeit auf dieser Straße fahren würden? Auch das läßt auf einen mächtigen, bestens organisierten Gegner schließen. Ich habe allmählich das Gefühl, daß jeder unserer Schritte überwacht wird.«

»Wir müssen gleich auf die A30 abbiegen«, warnte Paula. »Und woher sie wissen konnten, daß wir hier sind – Buchanan hat uns gesagt, daß alle Medien darüber berichtet haben, daß Sie sich hier befinden. Sie hätten ohne weiteres von London zum St. Mawgan Airport fliegen und dafür sorgen können, daß dort Mietwagen auf sie warteten. – Und hier haben sie ihre Gerätschaften gestohlen...«

Tweed hatte die Fahrt verlangsamt und hielt an der Einmündung in die A30 an, um in beide Richtungen zu schauen.

Ein paar Meter weiter links lagerten Straßenbaumaterialien auf dem Bankett. Im Licht der Warnleuchten waren Hütchen und andere Utensilien zu erkennen. Tweed fuhr weiter und bog in Richtung Westen nach rechts ab. Im Licht seiner Scheinwerfer konnte er einen beträchtlichen Teil der A30 erkennen, die einen langen Abhang hinunterführte. Es waren keine anderen Fahrzeuge zu sehen. Der Regen hatte aufgehört, aber die Straßendecke glänzte im Mondlicht.

»Sie könnten recht haben, Paula«, bemerkte er. »Unsere Gegner hätten genügend Zeit gehabt, von London herzufliegen. Und wir haben es mit Leuten zu tun, die sich blitzschnell bewegen können. Trotzdem begreife ich immer noch nicht, weshalb die Medien diese anonymen Anrufe erhielten. Ich werde hier anhalten, ein paar Worte mit Pete Nield sprechen, mich vergewissern, daß beiden nichts passiert ist.«

Paula sah, daß sie sich einer Parkbucht näherten. Tweed schaltete den Blinker ein, bog in die Bucht ab. Dort hielt er an, ohne den Motor auszuschalten. Der Sierra setzte sich hinter ihn. Es war Butler, der ausstieg und mit Hilfe einer Taschenlampe die Seite seines Wagens untersuchte. Dann kam er auf Tweed zu, der sein Fenster geöffnet hatte.

»Gut gemacht, Chef«, bemerkte er. »Das war wohl ein Empfangskomitee, das uns in Cornwall willkommen heißen wollte.«

»Ich habe Schüsse gehört«, erwiderte Tweed.

»Stimmt. Eine Kugel ging ins Leere. Die andere ist von der Seite des Sierra abgeprallt. Ich habe gerade die Stelle gefunden, wo sie das Metall eingedellt hat. Vielleicht sollten wir lieber weiterfahren ...«

Sie fuhren auf der leeren A30 durch den Abend, als Paula ihre Bemerkung machte.

»Es gibt nur drei Personen, die mit dem Killer zusammengearbeitet haben können, der das Blutbad angerichtet hat.«

»Gaunt oder Jennie Blade«, kam Tweed ihr zuvor. »Und

auf High Tor haben wir zwei Leute gesehen. Aber wer ist die dritte?«

»Celia Yeo, das rothaarige Mädchen, das in der Küche geholfen hat.«

»Wie kommen Sie darauf?«

»Weil ich Fragen stelle. Nachdem der Polizeiarzt die Frauen untersucht hatte, erklärte er, daß Celia den leichtesten Schlag erhalten hatte. Sagte, er wäre überrascht, daß sie überhaupt das Bewußtsein verloren hatte – so klein war die Beule an ihrem Kopf.«

»Nicht sonderlich schlüssig«, wendete Tweed ein.

»Da ist noch mehr. Ich habe mich mit der Köchin unterhalten, während Celia in der Spülküche war. Allem Anschein nach ist sie gerade erst eingestellt worden, als Ersatz für ein anderes Mädchen, das von jemandem, der anschließend Fahrerflucht beging, überfahren wurde und dabei beide Beine gebrochen hat. Tags darauf erschien Celia im Manor und bot ihre Dienste an, was der Köchin sehr merkwürdig vorkam«.

»Das reicht immer noch nicht aus, um unseren netten Chefinspektor zu überzeugen«, beharrte Tweed.

»Das war noch nicht alles. Ich habe mich eine Weile mit Celia unterhalten. Sie ist ein störrischer Typ, knochenhart und mit gierigen Augen. Dieses Mädchen würde für Geld fast alles tun. Und sie wohnt in Five Lanes – wo auch der echte Postbote zuhause war. Ich glaube, ich werde hinfahren und mich noch einmal mit ihr unterhalten. Sie hat morgen ihren freien Tag. Und ich habe gesehen, wie sie mit einem roten Geschirrtuch in der Hand ins Haus zurückkehrte. Sie sagte, sie hätte es zum Trocknen nach draußen gehängt – aber es war immer noch tropfnaß. Durchaus möglich, daß sie es an einem Ast am Rande des Grundstücks aufgehängt hatte, um dem Killer ein Signal zu geben – das Signal, daß Amberg eingetroffen war. Ich glaube nicht, daß sie wußte, was passieren würde.«

»Das scheint mir doch eine etwas weit hergeholte Theorie zu sein«, bemerkte Tweed.

»Das finde ich nicht, Chef«, mischte sich Cardon ins Gespräch. »Paula hat ziemlich starke Argumente für das, was Sie eine weit hergeholte Theorie nennen.«

»Wenn Sie meinen«, erwiderte Tweed ungeduldig und konzentrierte sich wieder ganz aufs Fahren. »Aber Sie kehren auf gar keinen Fall allein ins Bodmin Moor zurück.«

»Vielleicht kommt Bob Newman mit – falls er inzwischen in Padstow eingetroffen ist...«

Sobald sie ankamen, sah Paula, was Tweed gemeint hatte, als er auf die strategisch günstige Lage des Hotels Metropole hingewiesen hatte.

Es lag auf einer Anhöhe, von der aus man das Ästuar des Flusses Camel überblicken konnte, das im Mondschein schimmerte, als bestünde es aus Quecksilber. Die Entfernung von Padstow bis zum gegenüberliegenden Ufer schien etwa fünfhundert Meter zu betragen.

Vor dem großen Gebäude aus der viktorianischen Zeit parkte Newmans Mercedes 280 E. Sein Besitzer erschien, als Tweed und seine Begleiter sich ins Hotelregister eintrugen. Er warf Paula einen warnenden Blick zu und schob ihr im Vorübergehen ein zusammengefaltetes Blatt Papier in die Hand.

Dann ging er hinaus, als hätte er sie noch nie in seinem Leben gesehen.

Sie zeigte Tweed den Zettel, als sie im Fahrstuhl hinauffuhren. Tweed hatte eine Suite im ersten Stock. Paulas Doppelzimmer lag im zweiten.

»Kommen Sie in fünf Minuten zu mir herunter«, wies Tweed Paula an, nachdem er die Notiz gelesen hatte.

Butler und Nield, die als Beschützer fungierten, hatten Zimmer neben dem von Paula. Darum hatte Tweed an der Rezeption gebeten.

»Miss Grey hat gerade eine schwere Krankheit hinter sich«, hatte er dem Mann am Empfang erklärt. »Sie wird vermutlich Hilfe brauchen, wenn sie ihr Zimmer verlassen will...«

Paula machte ihre Zimmertür hinter sich zu. Das Licht war eingeschaltet, die Vorhänge zugezogen. In Anbetracht der Eindringlichkeit von Tweeds Anweisung bewegte sie sich sehr schnell. Sie öffnete ihren Koffer, klappte den Deckel zurück, holte ihr Lieblingskostüm heraus, hängte es in den Schrank und eilte zurück zum Fahrstuhl.

Tweeds Zimmer war wesentlich größer und hatte eine Sitzecke.

Er stand in der Mitte des Raums, trotz der Wärme nach wie vor im Trenchcoat. Er reichte ihr den Zettel und begann, herumzuwandern wie ein Tiger im Käfig.

Die Nachricht war kurz.

*Kommen Sie zu meinem Wagen – auf halber Höhe der Station Road geparkt. Habe mit H. gesprochen. Große Probleme. H. möchte mit Ihnen reden. Habe sicheres Telefon gefunden. Bob.*

»Bevor wir hier ankamen, haben Sie gesagt, Sie hätten einen Mordshunger«, erinnerte sie ihn.

»Das Essen muß warten. Ich habe im Restaurant angerufen – wir können auch später noch kommen.« Sein brüsker Ton wurde sanfter. »Aber Sie können gleich zum Essen hinuntergehen – Sie haben einen ziemlich harten Tag hinter sich.«

»Nichts da. Ich komme mit.«

»Und Butler gleichfalls.«

Vor dem Hotel blies ihnen ein eisiger Nordwind entgegen. Paula stellte ihre Frage, als sie die Anhöhe hinaufgingen.

»Warum heißt diese Straße Station Road?«

»Weil am Fuße des Hügels hinter uns ein Gebäude steht, das früher einmal eine Bahnstation war. Jetzt sitzt das Finanzamt darin. Züge fahren hier schon seit vielen Jahren nicht mehr. So, da wären wir. Sie setzen sich neben Bob. Vielleicht ist er ein besserer Gesellschafter, als ich es heute abend bin.«

Newman fuhr bis zum oberen Ende der Straße und bog dann nach rechts in die New Street ab, die ungeachtet ihres Namens alt war.

Angesichts der zweigeschossigen grauen Steinhäuser, die sie säumten, hatte Paula das Gefühl, im alten Cornwall angekommen zu sein. Newman hielt einen Moment an und deutete auf eine ein Stück von der Straße zurückgesetzte Holzhütte, in der kein Licht brannte.

»Ob Sie es glauben oder nicht – das ist der Polizeiposten. Unbesetzt. Also rechnen Sie nicht mit Hilfe von der Polizei, falls wir in Schwierigkeiten geraten sollten.«

»Tröstlich«, bemerkte Paula.

Newman bog abermals rechts ab in die St. Edmunds Lane, eine sogar noch schmalere und um diese Tageszeit noch ödere Straße. Sie fiel steil ab und wurde gleichfalls an beiden Seiten von alten, grauen Steinhäusern gesäumt. Niemand war unterwegs, keine Menschenseele, und die Beleuchtung war trübe. Newman hielt wieder einen Moment an und deutete auf eine Lücke zu ihrer Rechten, von der aus ein dunkler Pfad bergauf führte.

»Das ist eine Abkürzung, auf der man zu Fuß zum Metropole gelangt.«

»Es dürfte sich nicht empfehlen, nach Einbruch der Dunkelheit diesen Weg zu benutzen«, sagte Butler, der neben Tweed saß.

Es waren seine ersten Worte, seit er in den Wagen eingestiegen war. Paula, die nervös war, nahm die Bemerkung persönlich.

»Ich vermute, das ging gegen mich. Aber Sie sollten eigentlich wissen, daß ich sehr gut auf mich aufpassen kann.«

»Auch ich würde diesen Weg im Dunkeln nicht benutzen«, erklärte Butler ihr gelassen.

Newman fuhr bis zum unteren Ende der Straße, und Paula beugte sich vor, um sich ein Bild von der Topographie von Padstow machen zu können. Er bog nach links auf eine ebene Straße ab und deutete nach rechts.

»Dort drüben, hinter dem Parkplatz, ist ein Dock. Dahinter liegt das Ästuar. Wir sind jetzt auf einer Einbahnstraße. Wenn ich am unteren Ende der St. Edmunds Lane rechts abgebogen wäre, wäre ich auf eine Straße mit Gegenverkehr gekommen. Da vorn liegt der Hafen, eine ziemlich weitläufige Anlage. Den kann ich Ihnen morgen früh zeigen. Ich dachte mir, es wäre besser, wenn ich als unbekannte Reserve im Hintergrund bleiben würde. Ich habe ein Zimmer mit Blick auf den Hafen im Old Custom House, dem Gebäude links von uns. Es ist ein sehr gutes Hotel. Und hier ist Ihre Telefonzelle. Ich muß ein Stückchen weiter vorn parken. Sehen wir uns morgen früh?«

»Ja. Wir werden Punkt zehn Uhr an Ihrem Hotel vorübergehen. Gute Nacht. Passen Sie gut auf sich auf…«

Newman hatte angehalten, damit Tweed und Paula aussteigen konnten, ebenso Butler, der zum Parkplatz hinüberwanderte, von wo aus er einen ungehinderten Blick auf die altmodische rote Telefonzelle hatte. Tweed hatte Mühe, bei dem stürmischen Wind die Tür der Zelle zu öffnen, und Paula zwängte sich mit ihm hinein.

Tweed hatte ein ungutes Gefühl, als er Howards Nummer in seinem Haus in Surrey wählte.

»Wer ist da?« erkundigte sich Howards Stimme, nachdem Tweed von einer Vermittlung durchgestellt worden war.

»Tweed. Mir wurde gesagt, daß Sie mich sprechen wollten…«

»Ist das ein sicherer Apparat?« unterbrach ihn Howard. Seine Stimme klang angespannt.

»Ich nehme es an. Es ist eine öffentliche Telefonzelle. Aber wenn es Ihnen recht ist, sage ich trotzdem nicht, von wo aus ich anrufe.«

»Das ist mir auch völlig egal, Hauptsache, Sie sind weit fort von London.«

»Das bin ich.«

»Tweed, die Lage ist verzweifelt. So etwas hat es noch nie gegeben. Sie werden kaum glauben, was passiert ist.«

»Lassen Sie's darauf ankommen«, schlug Tweed gelassen vor.

»Wie Sie wissen, wurde unsere Zentrale von der Bombe völlig zerstört. Aber ich komme nicht an den Premierminister heran. Er scheint sich vollständig von mir abgekapselt zu haben. Jedesmal, wenn ich mich mit ihm in Verbindung setzen will, tischt mir irgend so ein Esel von Privatsekretär einen Haufen Blödsinn auf, weshalb ich ihn nicht sprechen kann. Aber ich weiß, daß er sich in Downing Street aufhält. Das hat sich der Sekretär entschlüpfen lassen.«

»Ich verstehe. Haben Sie irgendeine Theorie, weshalb das so ist.«

»Nun ja, der Premierminister hat Probleme mit Washington. Wie Sie wissen, braucht er die Unterstützung durch die Amerikaner in Europa und im Mittleren Osten. Washington ist London gegenüber sehr abweisend.«

»Wer genau in Washington?« erkundigte sich Tweed.

»Ich vermute mal, das Weiße Haus. Präsident Manch selbst.«

»Ein ziemlich ungeschliffener Diamant, wie ich gehört habe.«

»Er hätte nie gewählt werden dürfen«, wütete Howard. »Nun, weil er ein überzeugender Redner ist und die Sprache der Leute spricht.« Er seufzte angewidert. »Der Leute – und etliche von denen, mit denen er Umgang hat, kommen nicht gerade aus der obersten Schublade.«

»Was Sie sagen wollen, ist, daß wir die Unterstützung durch den Premierminister verloren haben, richtig? Sogar nach diesem Bombenanschlag?«

»So sieht es aus. Ich kann es einfach nicht glauben.« Howard hörte sich ziemlich verzweifelt an. »Ich kann es einfach nicht glauben«, wiederholte er, »aber so ist es.«

»Ich möchte, daß Sie Commander Crombie anrufen...«

»Ich habe vor ein paar Minuten mit ihm gesprochen. Zumindest er redet mit mir. Er sagte, es wäre noch zu früh für eindeutige Aussagen, aber seine Experten haben Überreste des Mechanismus gefunden, der die Bombe zur Detonation gebracht hat. Es war eindeutig nicht die IRA, sagt Crombie. Es wurde ein sehr komplizierter Mechanismus benutzt – etwas, das ihm bisher noch nicht untergekommen ist. Die Presse wird auch weiterhin behaupten, es wäre die IRA gewesen, und Crombie wird ihr in dieser Sache nicht widersprechen.«

»Er scheint sich mächtig ins Zeug zu legen.«

»Auch etwas, was kaum zu glauben ist. Crombie hat Teams zum Wegräumen der Trümmer eingesetzt – sie arbeiten in drei Schichten rund um die Uhr. Ich vermute, es ist die Entdeckung dieses Mechanismus, die ihn anspornt.«

»Howard, bitte rufen Sie Crombie in meinem Namen noch einmal an. Sagen Sie ihm, es wäre sehr wichtig, daß in diesem Trümmerhaufen der Safe aus meinem Büro gefunden wird. Er enthält einen Videofilm und ein Tonband. Sie könnten der Schlüssel sein zu allem, was passiert. Das ist allerdings nur eine Vermutung.«

»Ihre Vermutungen treffen in der Regel zu«, gab Howard zu. »Ich werde Crombie anrufen. Was geht aus diesem Film und diesem Tonband hervor?«

»Wenn ich das wüßte, wüßte ich auch, wer hinter diesen Attacken auf uns steckt.«

»Es kann Wochen dauern, bis er gefunden wird«, warnte Howard. »Und dann kann es sein, daß er völlig zerquetscht ist – oder sein Inhalt.«

»Das ist es, was mir an Ihnen so gefällt, Howard – Ihr unerschütterlicher Optimismus. Aber rufen Sie Crombie trotzdem an.«

»Ich habe gesagt, ich werde es tun. Haben Sie irgendwelche konkreten Ideen?« fragte Howard flehentlich.

»Eine oder zwei. Lassen Sie mir ein bißchen Zeit...«

Seine Miene war sehr ernst, als er zusammen mit Paula die Telefonzelle verließ und Butler über die Straße kam und sich zu ihnen gesellte. Ihr tüchtiger Beschützer lächelte.

»Keine Panik! Früher oder später kommen wir dieser Sache auf den Grund. Ach ja, während Sie in der Telefonzelle waren, war Newman noch einmal hier, zu Fuß. Er vergaß zu erwähnen, daß Monica einen Anruf von Cord Dillon erhalten hat, bevor das Feuerwerk losging. Dillon ist irgendwo in London.«

Tweed war verblüfft. Cord Dillon war der stellvertretende Direktor der CIA. Ein rauher, aber sehr fähiger Mann. Was tat er in einer solchen Zeit in London?

»Dillon möchte Sie dringend sprechen.« Er händigte Tweed ein zusammengefaltetes Blatt Papier aus. »Das hat Newman mir gegeben. Die Nummer einer Telefonzelle in London. Sie können Dillon morgen früh zwischen halb zehn und zehn unter dieser Nummer erreichen. Monica sagte, es hörte sich an, als wäre er untergetaucht. Wollte nicht sagen, wo er wohnte.«

»Lassen Sie uns ins Metropole zurückkehren.«

Tweed ging neben Paula her und informierte sie über sein Gespräch mit Howard. Sie bogen in die St. Edmunds Lane ein. Butler folgte ihnen mit ein paar Schritten Abstand, torkelnd, als wäre er betrunken. Seine rechte Hand umklammerte die Walther in seinem Anorak, während sie bergauf stapften. Sie nahmen nicht die Abkürzung zum Hotel, sondern den längeren Weg. Paula war erleichtert: der Fußweg, der von der Straße abzweigte, wirkte wie ein stockfinsterer Tunnel.

»Was in aller Welt geht da vor?« fragte sie. »Diese Sache, daß es ihm nicht gelingt, an den Premierminister heranzukommen. Das macht mir Angst.«

»Mit gutem Grund. Diese Geschichte mit Washington ist interessant – und jetzt taucht aus heiterem Himmel auch noch Cord Dillon auf. Meine Gedanken richten sich immer mehr auf Amerika.«

»Weshalb Amerika? Wegen Dillons Ankunft?«

»Nicht nur. Etwas wesentlich Bedrohlicheres.«

»Entschuldigung. Vielleicht bin ich ein bißchen schwer von Begriff. Wahrscheinlich Müdigkeit. Und morgen möchte ich mit Newman zum Bodmin Moor zurückkehren und noch einmal mit Celia Yeo sprechen. Und wieso Amerika? Was ist es, was so plötzlich Ihren Verdacht erregt hat?«

»Amerika«, wiederholte Tweed, fast für sich selbst, »wo es so viel Geld gibt – und *Macht*.«

»Macht?« fragte Paula.

»Reimen Sie es sich selbst zusammen.«

# 7

Am folgenden Morgen wachte Paula in ihrem Doppelzimmer leicht benommen auf. Sie duschte, zog sich für das Moor an, machte in nur zwei Minuten ihr Gesicht zurecht und zog erst danach die Vorhänge auf. Fassungslos starrte sie auf die Aussicht, die sich ihr bot. Über Nacht war etwas Unheimliches passiert. Der Fluß Camel war verschwunden!

Sie starrte auf das riesige, stellenweise geriffelte Sandbett, das sich von einem Ufer bis zum anderen erstreckte. Als sie Tweed anrief, sagte er, er wollte gerade frühstücken, und weshalb sie nicht herunterkäme in seine Suite?

Sie machte ihre Tür zu, und im gleichen Moment wurde eine andere Tür geöffnet und Pete Nield erschien. Er strich über seinen Schnurrbart und lächelte.

»Guten Morgen. Wollte mich nur vergewissern, daß Sie nicht auf eigene Faust losziehen.«

»Ich komme mir vor wie eine Gefangene«, zog sie ihn auf. Sie mochte Pete. »Ich bin unterwegs zu Tweeds Suite. Kommen Sie mit?«

»Was in aller Welt ist passiert?« fragte sie Tweed, nachdem er seine Tür aufgeschlossen und sie hereingelassen hatte. Sie trat an sein großes Erkerfenster, von dem aus man eine bessere Aussicht hatte. »Der Fluß ist verschwunden.«

»Und hat eine große Sandbank hinterlassen«, erklärte er, sich zu ihr gesellend. »Die Gezeiten sind sehr stark hier. Jetzt ist gerade Ebbe.« Er deutete durch ein Seitenfenster nach links. »Wegen dieser Felsklippe dort drüben am Rande des Ortes ist die See von hier aus nicht zu sehen. Uns genau gegenüber liegt Porthilly Cove. Dort ist im Moment überhaupt kein Wasser. Nur an der Küste dieses merkwürdigen Dörfchens dort drüben gibt es noch eine schmale Wasserrinne. Es heißt Rock, und zwischen Padstow und Rock verkehrt eine kleine Fähre. Bei Ebbe – wie jetzt – fährt sie von einer kleinen Bucht am Fuß der Klippe ab. Wenn die Flut steigt, legt sie im Hafen ab.«

»Was für eine merkwürdige Gegend. Genau so, wie ich mir Cornwall immer vorgestellt habe.«

Sie schaute nach links, über Rock hinweg zu dem von hier aus unsichtbaren Atlantik. Das gegenüberliegende Ufer wirkte wenig einladend. Es stieg steil an und war eine Wildnis aus Felsbrocken, Gestrüpp und Heidelandschaft. Eine überaus unwirtliche Gegend. Doch dahinter, jenseits von Rock, sah sie grüne Hügel, die sich im Licht der von einem blauen Himmel herabstrahlenden Sonne vor dem Horizont abzeichneten.

»Wie Sie wissen«, sagte Nield, »habe ich mit dem Recorder in der Tasche meine Unterhaltung mit der Köchin aufgezeichnet. Sie haben das Band noch nicht gehört. Es liefert nicht viel Neues nach dem, was Buchanan uns später erzählt hat.«

»Dann lassen Sie es uns schnell hören und dann zum Frühstück hinuntergehen«, drängte Tweed.

Nield stellte seinen kleinen Recorder auf den Tisch, ließ den ersten Teil der Unterredung durchlaufen und drückte dann die Starttaste.

»Es hat einige Zeit gedauert, bis sie auftaute«, erklärte Nield. »Aber jetzt kommt es ...«

»Können Sie mir sagen, was Sie gesehen haben, als die Küchentür geöffnet und dann wieder zugemacht wurde?« Nields Stimme.

»Ich habe einen fürchterlichen Schrecken bekommen, das kann ich Ihnen versichern ...« Die Stimme der Köchin bebte, dann wurde sie fest. »Er stand da mit seiner gräßlichen Pistole. Ein kurzer, dicker Lauf – ungefähr so wie ein Stück Abflußrohr. Er zielte auf den Fußboden, etwas schoß heraus, und die Küche war voll von einer Art grauem Nebel.«

»Das war das Tränengas«, warf Nield sanft ein. »Aber Sie konnten doch bestimmt einen Blick auf ihn werfen.«

»Wie ein Alptraum! Diese Wollmütze auf seinem Kopf mit Schlitzen für die Augen! Er bewegte sich wie ein Ballettänzer. Aber diese Augen! Ein Schauder lief mir über den Rücken. Augen ohne jedes Gefühl, völlig seelenlos. Sie waren leer – wie die Augen eines Unholds.«

»Und was ist dann passiert?« drängte Nield, immer noch sanft.

»Wir mußten alle würgen. Tränen liefen uns aus den Augen. Und dann kommt dieser Unmensch direkt auf mich zu und versetzt mir mit irgend etwas einen Schlag auf den Kopf. Ich bin einfach weggesackt und wußte nicht mehr, was passierte, bis ich schließlich wieder zu mir kam ...«

»Das ist der entscheidende Teil«, sagte Nield. Er schaltete den Recorder aus. »Da ist noch mehr, aber keine weiteren Informationen.«

»Was interessant ist, ist ihre Bemerkung, daß er sich bewegt hat wie ein Ballettänzer«, sagte Tweed. »Zeit fürs Frühstück.« Er griff nach einem Exemplar des *Daily Telegraph*, das unter seiner Tür durchgeschoben worden war. »Die neueste Ausgabe. Sie müssen sie überfliegen.« Er zeigte ihnen die Schlagzeile.

GEWALTIGE IRA-BOMBE ZERSTÖRT GEBÄUDE IN LONDON.

»Aber das ist nicht das eigentlich Interessante. Das zeige ich Ihnen im Restaurant.« Butler gesellte sich draußen zu ihnen, und sie fuhren mit dem Fahrstuhl ins Erdgeschoß. Tweed hatte Paulas Arm ergriffen, um die Fiktion aufrechtzuhalten, daß sie eine Genesende war.

Im Restaurant saß Tweed zusammen mit Paula an einem Tisch, von dem aus man über die grauen Schieferdächer des Städtchens hinweg eine gute Aussicht auf den Hafen hatte.

Nachdem er ein ausgiebiges Frühstück mit Eiern und Speck bestellt hatte, faltete er die Zeitung zusammen und reichte sie Paula.

»Das ist das eigentlich Interessante«, erklärte er ihr mit gedämpfter Stimme.

RÄTSELHAFTE STRASSENSPERREN IN CORNWALL.

Sie las den Text unter der Schlagzeile. Er besagte, daß auf sämtlichen aus Cornwall herausführenden Routen Straßensperren errichtet worden waren. Autofahrer waren angehalten worden, mit der Begründung, daß das Verkehrsaufkommen festgestellt werden sollte. Das merkwürdige daran war, daß weder die Polizei noch irgendeine andere Behörde irgend etwas davon wußten.

»Und was hat das zu bedeuten?« fragte sie Tweed.

»Nichts Erfreuliches«, erwiderte Tweed leise. »Sie – wer immer sie sein mögen – hielten Ausschau nach *uns*. Und auch das bestätigt meine Befürchtung, daß wir es mit einer gewaltigen Organisation zu tun haben. Niemand sonst wäre imstande, so etwas in diesem Tempo zu organisieren.« Er lächelte. »Genug, um mir den Appetit zu verderben – aber das wird es nicht.«

»Es ist wie eine Schlinge, die sich um uns zusammenzieht«, bemerkte Paula.

»Oh, wir werden schon eine Möglichkeit finden, uns ihr zu entziehen.« Er sah auf die Uhr. »Ich muß mich auf den Weg zu dieser Telefonzelle machen, damit ich kurz nach halb zehn Cord Dillon anrufen kann.« Er warf einen Blick auf einen anderen Tisch, an dem Butler und Nield saßen. »Glücklicherweise haben Sie verläßliche Gesellschaft, während ich weg bin.«

»Aber ich komme doch mit«, erinnerte sie ihn. »Damit Bob Newman mich nach Five Lanes fahren und ich noch einmal mit Celia Yeo sprechen kann.«

»Wenn es unbedingt sein muß. Vielleicht wissen wir mehr, nachdem ich mit Dillon gesprochen habe ...«

»Natürlich, Paula. Ich wollte selbst schon zum Bodmin Moor fahren«, erklärte Newman. »Ich möchte einen Eindruck von der Atmosphäre der Gegend bekommen, in der dieses gräßliche Massaker stattgefunden hat. Nur merkwürdig, daß nichts darüber in den Zeitungen steht. Das wäre doch ein gefundenes Fressen für die Massenblätter.«

Sie standen vor der Telefonzelle, während Tweed die Tür halb offen hielt, damit kein anderer sie benutzen konnte. Er drehte sich um.

»Das ist auch etwas, das mir sehr merkwürdig vorkommt – daß nirgends über das Massaker in Tresilian Manor berichtet wird. Es sieht aus, als hätte jemand Roy Buchanan verboten, den Mund aufzumachen – und er ist kein Mann, den man leicht zum Schweigen bringt.« Er schaute zurück in die Richtung, aus der sie gekommen waren. Cardon kam lächelnd angerannt.

»Guten Morgen, alle miteinander. Was für ein herrlicher Tag. Tut mir leid, daß ich mich verspätet habe, aber ich habe die Zeit verschlafen. Das tue ich gewöhnlich, wenn nichts passiert.«

»Es passiert *zu viel*«, fauchte Tweed ihn an.

»Ich fahre mit Bob zum Bodmin Moor«, bemerkte Paula.

»Darf ich mitkommen?« fragte Cardon. »Butler und Nield reichen als Bewachung für Tweed völlig aus.« Er grinste Newman an. »Darf ich Ihre Tasche tragen, Sir?«

»Wir wollen noch einmal mit einem der Mädchen sprechen, das in Tresilian Manor arbeitet«, sagte Paula. »Ich fürchte, sie wird den Mund nicht aufmachen, wenn zu viele Leute auftauchen. Aber trotzdem vielen Dank, Philip.«

»Ich könnte im Wagen bleiben, wenn Sie ihn außer Sichtweite abstellen«, beharrte Cardon.

»Genau das haben wir vor«, erklärte Paula.

»Nehmen Sie Philip mit«, befahl Tweed. »Ihre Idee gefällt mir nicht, aber da Sie es sich nun einmal in den Kopf gesetzt haben, lasse ich Sie nur fahren, wenn Sie zwei Männer bei sich haben. Und jetzt muß ich Dillon anrufen…«

In London wurde der Hörer abgenommen, sobald Tweed die Nummer gewählt hatte. Er erkannte sofort die unverwechselbare Stimme des Amerikaners, der sich meldete.

»Wer ist am Apparat?« wollte Dillon wissen.

»Tweed. Monica sagte, Sie wollten mich dringend sprechen.«

»Das stimmt. Sind Sie okay? Ich war am Park Crescent… Von wo rufen Sie an?«

»Aus einer öffentlichen Telefonzelle.«

»Das ist gut. Ich sagte, ich war am Park Crescent – habe Ihren Bau gesehen. Ein Loch in der Straße. Sind Sie wirklich okay?«

»Ich war nicht darin, als es passierte«, versicherte Tweed ihm. »Und auch sonst niemand. Sie wurden gerade noch rechtzeitig gewarnt. Weshalb sind Sie in London?«

»Tweed, ich bin auf der Flucht. In Washington wäre ich im Leichenschauhaus gelandet. Eine unerfreuliche Geschichte. Gewisse Leute – ein kleines Heer von Profis – sind darauf aus, uns alle umzubringen. Sie werden von ganz oben dirigiert. Wir haben keine Chance.«

»Cord, ich muß wissen, um was es bei alledem geht. Bis jetzt tappe ich völlig im Dunkeln. Schattenboxen. Geben Sie mir um Himmels willen ein paar Hinweise. Wo sind Sie abgestiegen?«

»In einem schäbigen kleinen Hotel, das ich gerade verlassen habe. Ich kann von dieser Zelle aus den Eingang sehen. Immer auf Achse bleiben, darum geht es in diesem Spiel. Überleben. Ich habe angerufen, weil ich Ihnen sagen wollte, daß Sie genau dasselbe tun müssen – wenn Ihnen Ihr Leben lieb ist.«

»Cord, ich brauche Fakten«, erklärte Tweed eindringlich. »Es geht um einen Mann namens Joel Dyson – ein Video, das er aufgenommen hat, und ein Tonband. Das ist alles, was ich Ihnen sagen kann, bis wir uns irgendwann treffen. Wenn wir dann beide noch auf den Beinen sind. Verlassen Sie das Land, Tweed. Eins kann ich Ihnen sagen – der einzige Amerikaner, dem Sie trauen können, ist Barton Ives, Special Agent, FBI. Er weiß über alles Bescheid. Und jetzt muß ich weiter. Ich habe keine Ahnung, wo ich in Sicherheit sein könnte.«

»Cord.« Tweed sprach mit großem Nachdruck. »Gehen Sie in die Schweiz. Nach Zürich. Ziehen Sie ins Hotel Gotthard – genau wie der Paß, über den man nach Italien kommt. Es liegt nur drei Minuten Fußweg vom Hauptbahnhof entfernt.«

»Ich werde darüber nachdenken ...«

»Nein, tun Sie es einfach. Ich melde mich dort bei Ihnen, sobald es mir gelungen ist, selbst nach Zürich zu kommen.«

»Sie könnten recht haben. Großer Gott! Sie sind vor meinem Hotel! Mein Koffer steckt in einem Schließfach in einem der Londoner Bahnhöfe. Ich muß jetzt verschwinden.«

»Cord ...«

»Noch etwas, Tweed. Falls Sie je auf einen Mann stoßen sollten, der Norton heißt, dann erschießen Sie ihn, bevor er Sie umbringt. *Norton.* Haben Sie verstanden?«

Die Verbindung war unterbrochen.

# 8

Ed, ein kleiner, pockennarbiger Amerikaner, stand in einer Telefonzelle in der U-Bahn-Station Piccadilly und wählte Nortons neue Nummer. Norton war ständig in Bewegung, hielt sich nirgends länger als eine Nacht auf.

»Wer ist da?« wollte Nortons rauhe Stimme wissen.

»Ich bin's, Ed. Ich habe die Tapete angestarrt, seit wir Joel nach Heathrow gefolgt sind.«

»*Wir?* Es war Bill, der festgestellt hat, daß er in eine Swissair-Maschine nach Zürich gestiegen ist.«

»Schließlich sind wir ein Team…«

»Sie sind eine Niete, die zu tun hat, was ich sage. Und in Zürich laufen weitere Nieten herum. Raten Sie mal, was passiert ist?«

»Keine Ahnung«, entgegnete Ed vorsichtig.

»Sie haben von nichts eine Ahnung. Die Leute, die am Zürcher Flughafen auf Joel warteten, haben ihn aus den Augen verloren. Können Sie sich das vorstellen?«

»Sie haben es mir gerade gesagt…«

»Riskieren Sie nicht die große Lippe. Ein weiteres Team hat den Eingang von Ambergs Zürcher Kreditbank in der Talstraße bewacht. Sie dürfen noch einmal raten, was passiert ist.«

»Nein… Sie hatten Zürich doch abgeriegelt.«

»Wieder falsch. Ich *glaubte*, ich hätte Zürich abgeriegelt. Also, Joel betritt das Gebäude der Bank. Und kommt nicht wieder heraus. Das Personal macht Feierabend, die Türen werden abgeschlossen. Immer noch kein Joel.«

»Das verstehe ich nicht.«

»Es gibt eine Menge Dinge, die Sie nicht verstehen. Joel

muß durch den Hintereingang verschwunden sein – von dessen Existenz diese Nieten offenbar nichts wußten. Sie kennen Zürich. Sie kennen Joel. Also machen Sie sich schleunigst auf den Weg nach Zürich. Finden Sie ihn. Verstanden?«

»Natürlich. Und wenn ich ihn gefunden habe?«

»Verdammt nochmal!« Es trat eine kleine Pause ein, und Ed wäre nicht überrascht gewesen, wenn er ein Schnauben gehört hätte. »Ich werde Ihnen sagen, was Sie tun sollen...« Jetzt hörte sich Nortons Stimme trügerisch sanft an. »Sie brechen ihm die Finger, einen nach dem anderen. Sie brechen ihm die Arme, die Beine, so lange, bis er Ihnen sagt, wo er versteckt hat, was wir schleunigst finden müssen. Und dann geben Sie ihm den Rest.«

»Verstanden...«

»Das hoffe ich, Ed«, fuhr die sanfte Stimme fort. »Um Ihretwillen.«

»Was ist mit Tweed?« getraute Ed sich zu fragen.

»Den gibt es noch, aber nicht mehr lange. Er ist schon so gut wie tot. Und wenn Sie zum Flughafen kommen, vergessen Sie nicht, sich Schweizer Geld zu besorgen.«

»Daran hatte ich schon gedacht.«

»Sie setzen mich in Erstaunen...«

Die Leitung war stumm.

Tweed war fassungslos, als er die Telefonzelle in Padstow verließ und Butler sich zu ihm gesellte. Nield wartete auf der anderen Straßenseite. Tweed hatte noch nie erlebt, daß Dillon sich vor irgendjemandem fürchtete. Was für Leute mochten das sein, die dem zähen Amerikaner so viel Angst einflößten, daß er um sein Leben rannte?

»Wo ist Paula?« fragte er.

»Sie ist mit Newman und Cardon in Richtung Hafen verschwunden. Sie wollten den Wagen holen und damit ins Bodmin Moor fahren.«

»Das gefällt mir nicht«, bemerkte Tweed. »Gott weiß,

was ihnen auf diesem verdammten Moor alles passieren kann …«

Newman hatte Paula und Cardon zum Hafen geführt, um ihnen seine ganze Ausdehnung zu zeigen. Paula sah, daß es ein inneres Becken gab, das voll Wasser war, was sie verblüffte, da im Moment Ebbe herrschte. Sie blieb stehen, um einen großen, luxuriösen Kabinenkreuzer mit einer modernen Radaranlage zu betrachten. *Mayflower III.*

»Der dürfte eine ganz schöne Stange Geld gekostet haben«, bemerkte sie.

Ein knorriger alter Fischer, der nahebei mit seinem orangefarbenen Netz hantierte, schaute auf. Paula lächelte ihn an, und er kam zu ihnen.

»Sie bewundern wohl das Boot vom Squire? Damit kann er zum Kontinent rüberfahren, sogar bei schwerer See.«

»Dem Squire?« fragte Paula.

»Ja. Squire Gaunt. Lebt auf dem Moor. Kommt ziemlich oft hierher und ist dann tagelang unterwegs.«

»Und wohin fährt er dann?« fragte sie beiläufig.

»Das weiß niemand. Der Squire ist kein Mann, der einem erzählt, was er vorhat. Und nun entschuldigen Sie mich, Lady. Ich muß wieder an die Arbeit. Schönen Tag noch.«

Newman führte sie zurück zum Parkplatz. Er deutete auf ein eingeschossiges Gebäude.

»Das Büro des Hafenmeisters. Ich habe mich nach dem Tidenhub erkundigt. Er beträgt 7,60 Meter.«

»Donnerwetter.«

»Es dürfte einiges seemännisches Können dazugehören, wenn man in dieser Gegend in See stechen will«, bemerkte Newman, während er sie einen Kai entlangführte.

Sie erreichten eine schmale Fußgängerbrücke, die die eine Seite des Hafens mit der anderen verband. Als sie über die Brücke wanderten, blieb Paula stehen und schaute hinunter. Ihr war klargeworden, daß sie sich auf einem großen Schleusentor befanden. Zu ihrer Linken lag der innere Hafen, voller Wasser, aber zu ihrer Rechten, tief unter ihnen, eine Schlammbank. Wasser sickerte durch das Schleusentor. Erst jetzt sah sie den äußeren, zum Meer hin offenen Hafen.

Im Augenblick war er nichts als ein Schlammbecken. Kleine, an den Mauern festgemachte Boote waren wie betrunken zur Seite gekippt. Auf der der See zugewandten Seite des Schleusentors gab es eine schmale Wasserrinne, die außerhalb ihrer Sichtweite ins Meer mündete. Newman deutete auf die Mole, die den wasserlosen Hafen abschloß.

»Wenn die Flut hereinkommt, braucht man an der anderen Seite der Mole nur ein paar Stufen hinunterzugehen, wenn man mit der Fähre nach Rock will. Jetzt müßte man auf diesem Küstenpfad entlanggehen bis zu der kleinen Bucht weiter draußen, wo auch jetzt noch Wasser ist.«

Paula sah eine Treppe. Sie führte zu einem steilen Pfad hinauf, der hinter ein paar neuen Apartmenthäusern verschwand, von denen aus man den Fluß überblicken konnte.

»Ich möchte da nicht wohnen«, bemerkte sie. »Kein Wunder, daß die Apartments alle zum Verkauf stehen. So eine einsame Gegend.«

»Padstow liegt ziemlich abseits«, pflichtete Newman ihr bei.

»Und deshalb hat Tweed sich dafür entschieden, damit er in Ruhe nachdenken kann. Drehen Sie sich um – dann können Sie das ganze Städtchen sehen.«

Paula drehte sich um. Hinter dem Hafen und den Kaianlagen stiegen dicht beieinander stehende Gebäude an wie eine riesige Treppe. Newman schaute auf die Uhr, sah Cardon an.

»So, und jetzt wird es Zeit, daß wir uns auf den Weg ins Bodmin Moor machen und uns diese Celia Yeo vorknöpfen. Philip, Sie setzen sich nach hinten und halten die Augen offen ...«

Um diese Zeit herrschte etwas mehr Verkehr auf der A30. Newman fuhr einen langen Hang hinunter, dann ging es wieder bergauf. Die Sonne schien aus einem strahlendblauen Himmel auf das Moor herab, aber Paula kam es deshalb nicht weniger feindselig vor. Ein starker Wind peitschte gegen die Seite des Mercedes 280 E. Newman setzte eine Sonnenbrille auf und anschließend eine schwarze Baskenmütze.

»Paula, ich glaube, Sie sollten sich auch ein wenig tarnen. Wir wissen nicht, was uns in Five Lanes erwartet, und es könnte durchaus sein, daß wir nicht erkannt werden wollen.«

»Gute Idee«, pflichtete sie ihm bei.

Sie holte einen Sonnenbrillenaufsatz aus ihrer Umhängetasche und klemmte sie auf eine Brille mit Gläsern aus Fensterglas. Danach holte sie ein Tuch aus der Tasche und band es sich so um den Kopf, daß es ihr schwarzes Haar völlig verdeckte. Newman lächelte.

»Sie sehen aus wie eine Madonna.«

»Hauptsache, ich sehe nicht aus wie der Popstar Madonna. Aber dafür habe ich wohl zuviel an.«

»Während ich im Wagen auf Sie warte«, erklärte Cardon, »werde ich mich so klein machen, als wäre ich ein Zwerg.«

»Das sind Sie ohnehin«, stichelte Newman.

Was unfair war. Cardon war einsfünfundsechzig groß und sehr kräftig gebaut. Paula rief Newman eine Warnung zu.

»Wir nähern uns der Abzweigung nach Five Lanes. Celia wohnt am Ortsrand in einem Cottage, das Grey Tears heißt.«

»Merkwürdiger Name für ein Haus«, bemerkte Newman.

Grey Tears war ein kleines, eingeschossiges Steinhaus, das außerhalb von Five Lanes in einer Senke stand, schon fast auf dem Moor. Paula sah, daß High Tor nicht weit entfernt war und sich deutlich vor dem blauen Himmel abzeichnete.

Newman fuhr den Wagen von der Straße herunter und parkte ihn in einer weiteren Senke. Dann folgte er Paula, die einen auf Hochglanz polierten Klopfer in Gestalt eines Schafskopfes anhob und niederfahren ließ.

»Diese Polierarbeit sieht mir nicht nach Celia aus«, flüsterte sie.

Die alte Holztür schwang nach innen auf. Dahinter stand eine gebückte alte Frau mit einer Schürze über ihrem geblümten Kleid. Sie musterte die Besucher argwöhnisch.

»Wir sind mit Celia Yeo verabredet«, erklärte Paula. »Sie arbeitet in Tresilian Manor und hat mir gesagt, heute wäre ihr freier Tag.«

»Von den Leuten hier wird niemand wieder dort arbeiten. Nicht nach dem, was gestern passiert ist. Grauenhaft.« Sie hielt sich mit einer abgearbeiteten Hand den Mund zu. »Ach herrje, wir sollten darüber mit niemandem reden. Aber wenn ich mir's recht überlege, habe ich Ihnen auch nichts erzählt. Celia wollte gerade ausgehen.«

»Vielleicht könnten Sie ihr sagen, daß eine Dame hier ist, die gern ein paar Worte mit ihr reden würde.«

»Mal sehen, was sie dazu sagt...«

Die Tür wurde langsam, nicht unhöflich, vor ihrer Nase zugemacht. Newman schaute Paula fragend an.

»Weshalb haben Sie nicht Ihren Namen genannt?« flüsterte er. »Ihren Vornamen? Schließlich ist der Name Paula nicht so selten, daß sie genau gewußt hätte, wer da vor der Tür steht.«

»Intuition. Ich habe so das Gefühl, daß Celia vielleicht nicht sonderlich gern mit uns reden möchte.«

Sie warteten mehrere Minuten. Newman wanderte hin und her, und Paula mußte sich auf die Lippe beißen, um ihm nicht zu sagen, daß er doch in Gottes Namen ruhig stehen bleiben sollte. Dann wurde die Tür langsam wieder geöffnet. Newman musterte Celia. Sie hatte einen merkwürdigen, fast mißgestalteten Kopf. Nicht sonderlich intelligent – ihre Augen erinnerten ihn an die einer Kuh. Celia zog die Tür zu, ohne sie ins Schloß fallen zu lassen, und kam zu ihnen hinaus.

»Was wollen Sie von mir, Miss?« fragte sie mürrisch.

»Wir hatten uns für heute verabredet, Celia. Da sind noch ein paar Dinge, die ich Sie gerne gefragt hätte.«

Das Mädchen riß die Augen weiter auf und starrte Paula an wie ein aufgeschrecktes Reh.

»Ach, Sie sind's, Miss. Ich habe Sie nicht erkannt, bis Sie gesprochen haben.«

Newman warf einen Blick auf Paula. Sie trug eine in Lederstiefeln steckende Skihose und einen Anorak und sah völlig anders aus als bei ihrer Ankunft im Metropole. Celias Blick wanderte zu Newman, und sie starrte auf die Augen, die sie hinter der Sonnenbrille nicht sehen konnte.

»Wer ist das?«

»Mein Bruder«, sagte Paula schnell. »So, nun zu gestern. Das Geschirrtuch – das rote, das Sie angeblich draußen zum Trocknen aufgehängt hatten. Das war ein Signal, stimmt's?«

»Informationen kosten Geld.« Ihr Verhalten war plötzlich aufsässig. »Ich habe keinen Freund. Niemand sieht mich zweimal an. Etwas muß man doch vom Leben haben. Zum Beispiel Geld.«

Newman holte seine Brieftasche heraus, entnahm ihr einen Zwanzig-Pfund-Schein, sah ihre Miene, fügte einen zweiten hinzu. Dann steckte er die Scheine zwischen seine Finger.

»Beantworten Sie zuerst die Frage meiner Schwester, bitte.«

»Sie haben richtig geraten«, sagte Celia nach kurzem Zögern. »Es war ein Signal. Ich habe hundert Pfund dafür bekommen, nur damit ich das tue, sobald die Gäste angekommen waren. Und nun soll ich ...«

Sie brach mitten im Satz ab. Celia war zum Ausgehen angezogen. Sie trug einen schäbigen Regenmantel und ein leuchtendgelbes wollenes Kopftuch.

»Wer hat Sie dafür bezahlt, daß Sie das tun?« fragte Paula ruhig.

»Ich habe nichts zu tun mit diesen Morden im Manor«, fuhr sie auf. »Also kommen Sie nicht auf die Idee, es wäre so gewesen.«

»Ich bin ganz sicher, daß Sie nichts damit zu tun hatten. Wer hat Sie bezahlt, Celia?« fragte Paula noch einmal.

»Ein Mann...« Sie zögerte. »Ich hatte ihn vorher noch nie gesehen«, fuhr sie rasch fort. »Aber ich habe für Mrs. Pethick einen Topf auf dem Herd stehen gelassen. Und da wir gerade von Geld reden bevor ich noch etwas sage, will ich mein Geld.«

Newman händigte ihr die vierzig Pfund aus. Sie ergriff sie gierig, stopfte sie tief in eine Tasche ihres Regenmantels. Sie warf einen Blick ins Haus, wich zurück, machte die schwere Tür weiter auf.

»Bevor ich Ihnen mehr erzähle, muß ich mich um den Topf kümmern. Sonst kocht er über, und dann wirft Mrs. Pethick mich raus. Ich brauch das Zimmer hier...«

Die Tür wurde ins Schloß geschmettert. Paula sah Newman an.

»Tweed hatte recht. Das Massaker war höllisch gut organisiert. Und ich glaube, sie weiß, wer sie bezahlt hat.«

»Das glaube ich auch.«

Sie warteten. Aus dem kleinen, primitiven Gebäude drangen keinerlei Geräusche heraus. Fünf Minuten später gab Newman, nachdem er mehrfach auf die Uhr geschaut hatte, der Befürchtung Ausdruck, die auch Paula inzwischen hegte.

»Ich glaube, sie ist uns entwischt. Vermutlich gibt es eine Hintertür – lassen Sie uns nachsehen.«

Der Garten hinter dem Cottage bestand aus ein paar jämmerlichen Gemüsebeeten. Außerdem gab es eine Hintertür.

Verschlossen. Paula nahm ihre Brille ab, schaute zum High Tor hinunter und streckte den Arm aus.

»Da ist sie. Das gelbe Kopftuch. Sie ist unterwegs ins Moor.«

»Und«, setzte Newman grimmig hinzu, »sie war nahe daran, uns zu sagen, daß ihr Geldgeber ihr heute weitere hundert Pfund zahlen wollte. Gott weiß, was ihr bevorsteht. Wir müssen sie einholen, bevor es zu spät ist...«

Newman begann, einen Pfad entlangzurennen, der zum Fuß des High Tor führte. Er konnte noch immer das Aufleuchten des gelben Kopftuchs im Sonnenlicht sehen. Celia Yeo rannte gleichfalls, und er war überrascht über das Tempo, das sie vorlegte. Paula lief dicht hinter ihm. Als sie außer Sichtweite des Cottages waren, zog Newman seinen .38er Smith & Wesson aus dem Hüftholster.

Als Newman sein Marathontempo unvermindert beibehielt und in einer tiefen Schlucht verschwand, verlor Paula ihn aus den Augen. Sie kam an eine Weggabelung. Sie entschied sich für den nach links führenden Pfad und rannte weiter, den Blick immer auf das unebene Terrain gerichtet, auf dem man leicht stolpern konnte.

Sie näherte sich dem High Tor, doch dann wurde ihr klar, daß sie den falschen Pfad eingeschlagen hatte. Newman rannte an der Ostseite des Tor empor. Keine Spur von Celia. »Jetzt, da ich schon einmal hier bin, kann ich auch weitergehen und zusehen, wo der Pfad mich hinführt«, sagte sie sich.

Sie blieb einen Moment stehen, und sofort senkte sich die unheilschwangere Stille des Moors auf sie herab. Eine Stille, die man förmlich hören konnte. Nicht einmal Vogelgezwitscher. Sie war ringsum von der welligen Moorlandschaft umgeben, einer Reihe von mit Ginster bewachsenen Hügeln, die keinen Fernblick erlaubten. Sie zitterte, dann schaute sie nach oben, aber der Blick in die Höhe war noch weniger beruhigend.

Sie befand sich nahe der Westseite des High Tor. Hier gab es nicht die sanften Abhänge, die sie erwartet hatte. An dieser Seite befand sich eine hohe Steilwand, an deren Basis große Felsbrocken lagen. Sie wollte gerade weiterlaufen, als sie auf der Kuppe eine Bewegung wahrnahm.

»Oh Gott, nein!«

Sie sprach die Worte laut aus. Selbst aus dieser Entfernung war Celia leicht an ihrem gelben Kopftuch zu erkennen. Sie stand dicht am Rande des beängstigenden Steilhangs. Warum? Sie sehen – und das, was dann passierte – war eine Sache von Sekunden.

Celia schien ihren Bauch vorzuschieben, und Paula begriff, daß jemand, den sie nicht sehen konnte, unmittelbar hinter ihr stand. In dem einen Moment stand sie so dort oben. Im nächsten Moment stürzte sie ins Leere, ihr Körper drehte sich in der Luft, während sie fiel und fiel und fiel. Ihre Entsetzensschreie hallten über das Moor, und Paula folgte wie erstarrt ihrem Sturz. Dann brachen die Schreie plötzlich ab. Es mochte Einbildung sein, aber Paula glaubte, den gräßlichen Aufprall des Körpers auf die Felsbrocken zu hören. Dann kehrte die Stille des Moors zurück wie eine Bedrohung.

Paula rannte, so schnell sie konnte, zu der Stelle, an der Celia aufgeprallt war. Sie schaute einmal nach oben, sah aber niemanden. Wer immer sie in die Ewigkeit gestoßen hatte, blieb in Deckung. Sie wurde langsamer, als sie das sah, was von Celia Yeo übriggeblieben war.

Das Mädchen lag mit dem Gesicht nach oben auf einem großen Felsbrocken. Paula schauderte bei dem Gedanken an die Gewalt, mit der sie aufgeprallt sein mußte. Ihr Rückgrat war über den Felsbrocken gebogen, ihr Hals im Winkel abgeknickt. Knochen und Blut, das aus ihrem Kopf herausgesickert war, trockneten bereits in der Sonne. Ohne irgendeine Hoffnung beugte Paula sich nieder, tastete nach der Halsschlagader. Nichts.

Sie war gerade im Begriff, die Augen des Mädchens zu

schließen, die blicklos zum Gipfel emporstarrten; doch dann hielt sie es für richtiger, nichts anzurühren. Sie wußte in diesem Moment selbst nicht, was sie zu diesem Entschluß bewog.

Sie atmete schwer, als sie wieder zum Gipfel hochblickte. Newman stand am Rand und schaute herunter. Sie winkte, legte die Hände an den Mund und rief zu ihm hinauf.

»Kommen Sie herunter, Bob.«

Ihre Worte widerhallten im Moor, ließen sie noch einmal diese grauenhaften Schreie hören.

Newman hatte keinen Moment innegehalten, seit er begonnen hatte, den High Tor zu besteigen. Der Pfad vor ihm war mit größeren und kleineren Steinbrocken übersät. Er konnte den Gipfel nicht sehen, und Celia hatte er längst aus den Augen verloren. Er konnte nichts anderes tun, als dem gewundenen Pfad zu folgen.

Wie es so oft geschieht, wenn man einen Berg besteigt, war er plötzlich auf dem Gipfel angelangt. Er war flach und mit weiteren Felsbrocken übersät, von denen etliche, wie er gerade noch rechzeitig sah, gefährlich nahe am Rande lagen. Mit der Waffe in der Hand ging er langsam an den Rand und schaute hinunter. Er zog scharf den Atem ein, als er sah, was da unten lag.

*Jetzt* konnte er das leuchtend gelbe Kopftuch sehen. Ein kleiner Farbtupfer an der winzigen Gestalt, die verkrümmt auf einem riesigen Felsbrocken lag. Er war verblüfft, als er Paula sah, die zu ihm aufschaute und dann beide Hände an den Mund legte.

»Kommen Sie herunter, Bob.«

Ihre Stimme war schwach, aber er konnte die Worte deutlich hören. Er winkte, um ihr zu bedeuten, daß er verstanden hatte. Hatte Celia sich selbst hinuntergestürzt? Höchst unwahrscheinlich. Newman blieb einen Moment stehen, wo er war, und sah sich um. Direkt hinter ihm befand sich eine kleine, mit grauem Sand bedeckte Fläche, auf der sich deutlich der Umriß eines großen Fußabdrucks abzeichnete. Wesentlich größer als Celias kleine Füße. Und er erinnerte sich, daß sie Laufschuhe mit flachen Absätzen getragen hatte. Der Abdruck wies an den Außenkanten kleine Dellen auf. Bergstiefel mit Stollen. Celia war brutal ermordet, über den Rand in den Abgrund gestoßen worden.

Vom Gipfel des High Tor aus hatte man eine weite Sicht, und er konnte das Moor in allen Richtungen kilometerweit überblicken. Er holte ein kleines Fernglas aus seiner Manteltasche, nahm die Sonnenbrille ab und begann, das Moor abzusuchen. Er mußte den Mörder nur um Minuten verfehlt haben.

Durch das Fernglas sah er, wie rauh das Gelände unter ihm war. Tiefe Schluchten, in denen selbst ein Reiter ungesehen verschwinden konnte. Dichtes Ginstergestrüpp, zwischen dem womöglich tiefgelegene Pfade verliefen. Dem Fußabdruck ausweichend, ging er auf dem Plateau herum und schaute in allen Himmelsrichtungen die Abhänge hinunter. Nirgends war eine Menschenseele zu sehen, aber es gab Felsbrocken von der Größe eines Hauses. Er beschloß, sich schleunigst auf den Rückweg zu machen, um zu Paula zu gelangen.

# 9

»Es widerstrebt mir, sie so liegen zu lassen«, sagte Paula. »Und ich wollte, ich hätte ihr die Augen geschlossen.«

»Machen Sie das mir zum Vorwurf«, sagte Newman. »Ich habe gesagt, Sie sollen es nicht tun.«

Sie waren vom High Tor aus zu ihrem Wagen zurückgeeilt und fuhren jetzt auf der A30 in Richtung Padstow. Auf dem Rücksitz meldete sich Cardon zu Wort.

»Damit hätten wir jetzt neun Tote. Acht mußten bei dem Massaker in Tresilian Manor dran glauben. Diese Celia Yeo ist Nummer Neun.«

»Wunderbar«, sagte Paula gereizt. »Jetzt wissen wir, daß Sie addieren können.« Sie kehrte zu ihrem vorigen Thema zurück, das an ihren Nerven zerrte. »Wir können Celia doch nicht einfach da draußen liegen lassen. Angenommen, es regnet kommende Nacht? Ich weiß, das hört sich albern an...«

»Durchaus nicht.« Einen Augenblick lang fuhr Newman mit nur einer Hand, legte ihr einen Arm um die Schultern und drückte sie freundschaftlich. »Ich hatte zwei Gründe, jede Berührung zu unterlassen. Es gibt eine neue Methode, die es möglich macht, Fingerabdrücke auch von Fleisch abzunehmen. Um ihr die Augen zu schließen, hätten Sie sie berühren müssen. Aber mein Hauptgrund war, daß wir alles unverändert belassen sollten, bis die Polizei kommt.«

»«Wenn sie sie irgendwann einmal findet«, fuhr Paula auf.

»Oh, sie wird sie noch heute finden. Sobald wir wieder in Padstow sind, werde ich von dieser Telefonzelle am Zollamt aus Buchanan anrufen. Ich werde meine Stimme verstellen. Wenn Buchanan erführe, daß wir dort waren, würde Gott weiß wieviel Zeit vergehen, bis er mit uns fertig ist. Vielleicht mehrere Tage. Und ich vermute, Zeit ist etwas, woran Tweed im Moment sehr knapp ist.«

»Sie haben bewirkt, daß ich mich jetzt besser fühle«, sagte sie. »Aber weshalb dieser Abstecher nach Tresilian Manor?«

»Können Sie das nicht erraten? Ich glaube, es wäre wichtig, herauszufinden, ob Gaunt und Jennie Blade zuhause sind. In Anbetracht dessen, was auf High Tor passiert ist.«

Stachlige Hecken säumten den Abschnitt der zum Manor führenden Nebenstraße. An der Stelle, an der das falsche Umleitungsschild gestanden hatte, deutete Paula auf ein offenes, aufs Moor hinausführendes Tor.

»Wir haben Ihnen von dem Hinterhalt gestern abend erzählt, Bob. Ich vermute, sie hatten ihre Fahrzeuge durch dieses Tor gefahren und sie dahinter versteckt.«

»Tweed ist ein ziemliches Risiko eingegangen, indem er einfach durchbrach«, bemerkte Newman.

»Was hätten Sie denn getan?« wollte Paula wissen.

»Genau das, was Tweed getan hat...«

Niemand war zu sehen, als sie auf die Zufahrt zum Manor abbogen. Als das Gebäude in Sicht kam und sie darauf zufuhren, fiel Paula auf, daß an den Fenstern des Eßzimmers die Vorhänge zugezogen waren. Sie ließen Cardon abermals im Wagen zurück. Newman und Paula stiegen die Stufen zur Terrasse empor. Paula läutete, und gleich darauf wurde die Tür bei vorgelegter Kette geöffnet. Die Köchin lugte heraus. Hinter ihr stand eine schattenhafte Gestalt.

»Was wollen Sie?«

»Ich bin's.« Paula nahm rasch Brille und Kopftuch ab. »Wir haben gestern miteinander gesprochen.«

»Ich habe Sie zuerst gar nicht wiedererkannt.« Sie löste die Kette, machte die Tür weit auf. »Mein Vetter Jem ist hier mit seiner Schrotflinte. Kommen Sie herein, ich mache Ihnen einen schönen, starken Tee.«

»Das ist sehr nett von Ihnen. Das ist mein Freund Robert«,

stellte sie Newman vor. »Ich hatte gehofft, Squire Gaunt wäre hier.«

»Der ist schon seit Stunden fort. Alle beide. Einer hat den Landrover genommen, der andere ein Pferd. Wer was genommen hat, weiß ich nicht. Ich war hinten in der Küche. Hier herrscht ein ziemliches Durcheinander. Zwei Mädchen sind nicht zur Arbeit gekommen – vermutlich werden wir sie nie wiedersehen, wenn man bedenkt, was gestern passiert ist. Ich muß dem Herrn und Miss Blade das Essen in der Großen Halle servieren. Die Polizei hat gesagt, sie müßte das Eßzimmer versiegeln...« Das alles kam in einer wahren Sturzflut heraus, als wäre die Köchin froh, mit jemandem zu reden, dem sie vertrauen konnte. »Aber Wendy ist gekommen – und die ist soviel wert wie die anderen beiden zusammen. Die Polizisten haben gesagt, sie kämen später noch einmal wieder.«

»Vielen Dank für Ihr Angebot, aber ich fürchte, für Tee haben wir keine Zeit. Und würden Sie bitte nichts von unserem Besuch verraten? Wir wollen den Squire überraschen.«

»Uns ist gesagt worden, wir sollten keiner Menschenseele etwas erzählen. Ich hoffe, Celia hält den Mund. Sie kommt morgen wieder. Und keine Sorge ich werde kein Wort über Ihren Besuch verlieren.« Ihr rötliches Gesicht verzog sich zu einem Lächeln. »Ich hab was übrig für Geheimnisse...«

Newman sagte nichts, bis sie sich wieder auf der Zufahrt befanden. Ihre Mitteilung, daß die Polizei wiederkommen wollte, irritierte ihn. Er machte seine Bemerkung, als sie wieder zur A30 zurückfuhren.

»Das war interessant. Sowohl Gaunt als auch seine Freundin könnten in der Nähe vom High Tor auf dem Moor gewesen sein.«

»Aber nicht derjenige mit dem Landrover«, erklärte Paula. »Den hätten wir gehört. Ein Jammer, daß wir nicht wissen, wer zu Pferd unterwegs war...«

Newman bog auf die A30 ab. Er wollte gerade einen steilen Abhang hinunterfahren, der ihm die Sicht nehmen würde, als er in größerer Entfernung im Rückspiegel einen Wagen entdeckte. Einen Streifenwagen, der in die nach Tresilian Manor führende Straße einbog.

»Das war verdammt knapp«, bemerkte er. »So, und jetzt nach Padstow, damit ich Buchanan anrufen kann. Die Köchin ahnt jedenfalls nicht, daß Celia den Mund halten wird«, sagte er grimmig. »Für immer.«

Paula wartete mit Cardon im Wagen auf dem Parkplatz gegenüber vom Old Custom House. Es war das eindrucksvollste Gebäude in ganz Padstow, ein massiver Bau, drei Stockwerke hoch. Aus dem Dach ragte ein großer Giebel mit geschlossenen Holztüren hervor. Paula deutete darauf.

»Ich vermute, daß früher Waren von der Straße aus dort hinaufgehievt wurden.«

»Ja, aber das ist schon sehr lange her«, pflichtete Cardon ihr bei. »Ich frage mich, wie Bob zurechtkommt...«

In der Telefonzelle hatte Newman die Nummer von New Scotland Yard gewählt. Als sich die Vermittlung meldete, sprach er schnell durch ein Taschentuch hindurch, das er über die Sprechmuschel gelegt hatte.

»Geben Sie mir Chefinspektor Buchanan, und zwar dalli. Ich rufe an wegen einem neuen Mord auf Bodmin Moor. Keine Fragen. Holen Sie ihn an den Apparat. Ich rufe in fünf Minuten wieder an, und dann will ich ihn an der Strippe haben, sonst lege ich sofort auf.«

Er legte den Hörer auf. Es war die einzige Möglichkeit, sicherzustellen, daß Buchanan keine Gelegenheit hatte, das zu tun, was er bestimmt versuchen würde – dem Anruf nachzuspüren. Er schaute auf die Uhr und wählte nach exakt fünf Minuten die Nummer noch einmal.

»Ich habe vor ein paar Minuten angerufen. Stellen Sie mich zu Buchanan durch, und zwar sofort.«

»Hier Chefinspektor Buchanan«, kam nach einer kurzen Pause die gelassene Stimme. »Mit wem spreche ich?«

»Das ist unwichtig. Sie brauchen nur zuzuhören. In der Nähe von Five Lanes, am Fuß des High Tor, liegt eine frische Leiche. Ein Dienstmädchen, das im Manor gearbeitet hat. Vom Gipfel heruntergestoßen. Und oben gibt es einen großen Fußabdruck, der Ihnen vielleicht weiterhilft.«

»Danke. Und wenn Sie mir jetzt Ihren Namen nennen würden…«

»Sie sind der Detektiv…«

Newman legte den Hörer auf. Das Gespräch war zu kurz gewesen, als daß sie dem Anruf hätten nachspüren können – nicht einmal mit der neuesten Technik, mit der man einen Anruf oft binnen drei Minuten lokalisieren konnte. Er steckte das Taschentuch wieder ein und machte sich auf den Rückweg zu seinem Mercedes. Paula und Cardon hatten Gesellschaft bekommen. Neben dem Mercedes stand ein Landrover; darin saßen Jennie Blade und Gaunt.

»Herzlich willkommen im alten Hafen von Padstow«, hatte Gaunt vergnügt gerufen, nachdem er den Motor abgeschaltet hatte.

»Hallo, Philip«, begrüßte Jennie Cardon mit einem strahlenden Lächeln. »Wir müssen unbedingt bei nächster Gelegenheit zusammen etwas trinken. Oh, Paula, beinahe hätte ich Sie übersehen«, fuhr sie süffisant fort.

»Ich bin ja auch kein Mann«, konterte Paula.

Als sie ausstiegen, registrierte sie, daß beide Lammfelljakken und Jodhpurs trugen. Also wer von ihnen war geritten? Sie stieg ihrerseits aus, streckte sich, warf einen Blick ins Heck des Landrovers. Es war vollgestopft mit Kühltaschen, Taurollen und einem Schiffskompaß. Sie fragte sich, ob irgendwo unter diesen Sachen ein Paar Bergstiefel mit Stollen lag.

Beide Neuankömmlinge trugen auf Hochglanz polierte Reitstiefeletten. Gaunt beugte sich über das Heck und holte eine Gerte heraus. Dann richtete er sich auf und sah Newman herankommen.

»Wen haben wir denn hier? Den berühmten Auslandskorrespondenten. Ich habe Ihr Buch gelesen, Newman. Erinnere mich sogar an den Titel. *Kruger: The Computer Which Failed.* Tolles Buch. Und ein internationaler Bestseller. Muß Ihnen eine schöne Stange Geld eingebracht haben.«

»Es hat sich recht gut verkauft«, sagte Newman.

Er erwähnte nicht, daß er dem Buch ein Vermögen zu verdanken hatte – genug, um ihn auf Lebenszeit unabhängig zu machen. Jennie ergriff Gaunts Arm.

»Vergiß den Parkschein nicht. Die Wagen hier werden regelmäßig überprüft.«

»Worauf wartest du dann noch?« fragte Gaunt auf seine herrische Art. »Du weißt doch, wo der Automat ist.«

»Ich komme mit«, sagte Paula.

Bis dahin war ihr Jennie nicht sonderlich sympathisch gewesen, aber Gaunts Art, mit seiner Freundin umzugehen, machte sie zornig. Sie stellte ihre Frage, während Jennie den Apparat mit Münzen fütterte.

»Warum lassen Sie sich das bieten?«

»Oh, er ist manchmal völlig unausstehlich«, erwiderte Jennie. »Und dann läßt er seinen Charme spielen und ist völlig unwiderstehlich. Sie haben doch bestimmt schon selbst herausgefunden«, fuhr sie fort, als sie zum Landrover zurückkehrten, »daß Männer, gelinde gesagt, nicht vollkommen sind.«

»Ich würde sagen, *er* ist verdammt unvollkommen.« Als sie fortfuhr, sah Paula Jennie an. »Übrigens – haben Sie beide heute vormittag die frische Luft genossen und sind auf dem Moor herumgestreift?«

Bildete sie es sich nur ein, oder war Jennis Miene tatsächlich für ein paar Sekunden erstarrt? Zogen diese beiden eine große Schau ab? Jennie hob die Hand, um eine Strähne ihres goldblonden Haars aus dem Gesicht zurückzuschieben, und warf einen Blick auf Paula. Dann machte sie mit beiden Händen eine wegwerfende Geste.

»Wir sind in den Straßen von Padstow herumgekrochen. Seine Lordschaft will mir weismachen, daß er hier ein Apartment für mich zu kaufen gedenkt. Ich glaube ihm kein Wort. Was hat er jetzt wieder vor?«

»Los, kommt!« rief Gaunt ihnen zu. »Ich habe unsere Freunde gerade zu einem Drink eingeladen. Ins Old Custom House. Beste Bar im ganzen Ort.«

»Ich kann's kaum erwarten«, sagte Jennie wütend, während sie den Parkschein unter den Scheibenwischer klemmte. »Jetzt kannst du den ganzen Tag trinken.«

»Du tust gerade so, als wäre ich ein Säufer«, rief Gaunt. »Immer zu Späßen aufgelegt, meine Jennie.«

»Deine Jennie«, erwiderte sie zuckersüß, »kannst du dir an den Hut stecken. Und diesmal kannst *du* zur Abwechslung einmal die Drinks bezahlen.«

»Ein Spaßvogel, ein wahrer Spaßvogel.« Gaunt versetzte ihr einen Klaps aufs Hinterteil. »Es bereitet ihr eine diebische Freude, mich als Geizkragen hinzustellen und Gott weiß was sonst noch. Ich mag Frauen, mit denen ich die Klingen kreuzen kann.«

»Wenn ich eine Klinge hätte, würde ich dich damit zwischen den Rippen kitzeln...«

Gaunt war bereits vorausgegangen und bedeutete mit einer dramatischen Armbewegung allen anderen, ihm zu folgen.

Cardon betrat zusammen mit ihm das Hotel. Newman ließ Paula und Jennie den Vortritt.

Gleich hinter dem Eingang wartete Jennie auf Newman und hängte sich bei ihm ein.

»Wir müssen uns unbedingt besser kennenlernen.« Sie bedachte ihn mit einem mutwilligen Lächeln. »Ich glaube, wir beide würden ein wunderbares Team abgeben.«

»Wenn Sie meinen«, sagte Newman unverbindlich.

Sie läßt keine Minute ungenutzt, dachte Paula, zu ihrer ursprünglichen Meinung von Jennie zurückkehrend. Dann ließ sie den Blick interessiert über die Bar schweifen. Es war ein einladender Raum mit einer Decke aus Eichenbalken und einer langen Theke, vor der sich ein großer Raum mit zahlreichen Tischen und bequemen Stühlen befand. Links von ihr führten zwei Stufen zu einer Art Podest mit einem Geländer empor.

Die Wände bestanden aus cremefarben gekalktem Stein, und der weitläufige Raum wurde von Wandleuchten mit Schirmen aus Milchglas erhellt, die die Form von Glocken hatten.

An der Bar herrschte bereits reger Betrieb, und die Atmosphäre war warm und einladend.

»Was möchten Sie trinken, Paula?« dröhnte Gaunt. »Und Sie, Philip?« sagte er, sich an Cardon wendend. »Und unser berühmter Auslandskorrespondent?« erkundigte er sich genauso geräuschvoll. »Und ich nehme an, du möchtest auch etwas, Jennie«, führte er hinzu, als wäre sie ihm gerade wieder eingefallen. »Die Runde übernehme ich.«

»Einen Gin and Tonic«, fauchte Jennie. »Falls das nicht die Bank sprengt.«

Ihre Miene deutete darauf hin, daß sie verblüfft war – daß dies das erste Mal war, daß Gaunt eine Runde Drinks spendierte.

Newman warf der blonden Frau hinter der Theke einen warnenden Blick zu. Er wußte, daß sie im Begriff war, »das Übliche, Sir?« zu sagen. Er wollte nicht, daß Gaunt erfuhr, daß er im Old Custom House abgestiegen war. Die Frau, schnell von Begriff, hielt den Mund.

»Ich nehme einen Scotch. Ohne Wasser«, erklärte Newman.

»Machen Sie einen Doppelten daraus!« befahl Gaunt.

»Sehr gern, Squire ...«

Das war für Paula der erste Hinweis darauf, daß Gaunt ein wohlbekannter Gast war. Sie mußte zugeben, daß er eine beeindruckende Figur machte. Er nahm seinen Jagdhut ab, drehte sich um und schleuderte ihn über das Geländer, wo er auf einem grünen Ledersessel vor einem prasselnden Kaminfeuer landete.

Er entledigte sich der Lammfelljacke, und darunter kam ein kariertes Reitjackett zum Vorschein.

Ganz der Landedelmann, dachte Paula. Er reichte ihr den Gin and Tonic, den er bestellt hatte, und Paula gab ihn an Jennie weiter. Er runzelte die Stirn, ließ sich einen weiteren geben und händigte ihn Paula aus.

»Danke«, flüsterte Jennie Paula zu. »Er ist in einer seiner schurkischen Stimmungen. Ich wäre als letzte drangekommen. Zum Wohl!«

»Hier geht's lang, meine Damen«, befahl Gaunt, als alle ihre Drinks hatten. Er grinste Newman an. »Die Herren dürfen auch mitkommen – wenn es unbedingt sein muß. Aber ich versichere Ihnen – ich werde auch allein mit zwei überaus attraktiven Frauen fertig.«

Bevor Newman etwas erwidern konnte, war er die Stufen hinaufgestapft, hatte Leuten an mehreren Tischen einen munteren Gruß zugewinkt, und deutete jetzt auf den Sessel, auf dem sein Hut gelandet war.

»Jennie, du setzt dich hierher. Paula, meine Liebe, kommen Sie und setzen Sie sich neben mich…«

Die Anweisungen gingen weiter, aber Jennie kümmerte sich nicht darum.

Sie ergriff abermals Newmans Arm und führte ihn zu einem der zweisitzigen Ledersofas.

Gaunt schlug sich in gespielter Verzweiflung mit der Hand auf die Stirn.

»Diese Leute tun einfach nicht, was ich will. Ich habe doch nur gewollt, daß jeder auf seine Kosten kommt. Ich bin ziemlich gut darin, abzuschätzen, wer mit wem kann.«

»Die Kühltaschen sind immer noch im Landrover«, erinnerte Jennie ihn. »Sollten sie nicht an Bord gebracht werden? Ich werde sie jedenfalls nicht schleppen.«

Gaunts Miene veränderte sich. Er schien ziemlich wütend zu sein. »Hast du nicht gemerkt, wie kalt es draußen ist? Fürs erste sind sie im Wagen bestens aufgehoben.«

»An Bord?« fragte Paula. »Meinen Sie, an Bord Ihres Kabinenkreuzers, der *Mayflower III*? Haben Sie vor, damit irgendwohin zu fahren?«

Gaunt sah aus, als würde er gleich explodieren. »Wer hat Ihnen von meinem Boot erzählt?« fuhr er sie an.

»Einer der Einheimischen.« Paula erwiderte gelassen seinen Blick. »Ich würde ihn vermutlich nicht wiedererkennen.«

»Das ist das Problem mit einem Nest wie Padstow.« Gaunt hatte seine Stimme gesenkt. »Hier gibt es keine Geheimnisse – jeder weiß über jeden Bescheid. Ein solches Boot könnte ich mir nicht leisten«, fuhr er etwas lauter fort. »Ich chartere es nur für kurze Ausflüge. Nach Plymouth hinunter oder hinauf nach Watchet.«

Paula nickte, glaubte ihm aber kein Wort. Sie betrachtete ein Regal über dem Vordereingang zur Bar. Es war vollgepackt mit alten Taschen, Hutschachteln und mehreren großen Koffern.

Alle aus der Zeit vor dem Zweiten Weltkrieg. Sie warf einen Blick auf die Tür.

Tweed stand da und bedeutete ihr unauffällig, zu ihm zu kommen.

»Entschuldigen Sie mich«, sagte sie. »Ich bin gleich wieder da …«

»Ich muß Howard noch einmal anrufen«, erklärte Tweed Paula, als sie sich draußen in der bitterkalten Luft zu ihm gesellte.

»Ich möchte, daß Sie mithören, wie er reagiert. Und dann ist da noch jemand, mit dem ich anschließend sprechen möchte.«

Neben Tweed in der Telefonzelle eingezwängt, wartete Paula, während Tweed die Nummer des Hauses in Surrey wählte. Sie hielt ein Ohr nahe an den Hörer. Tweed wurde sofort zu Howard durchgestellt. Seine ersten Worte waren nicht beruhigend.

»Tweed, so eine Situation habe ich noch nie erlebt. Ich habe einfach keine Ahnung, was da vorgeht.«

»Und was veranlaßt Sie zu dieser Feststellung?« fragte Tweed gelassen.

»Seit wir zuletzt miteinander sprachen, habe ich immer wieder versucht, den Premierminister zu erreichen. Nichts zu machen. Bisher hatte er meine Anrufe immer sofort entgegengenommen – sogar mitten in einer Kabinettssitzung.«

»Was genau passiert, wenn Sie in Downing Street anrufen?«

»Ich bekomme diesen verdammten Privatsekretär. Entschuldigen Sie, daß ich fluche, aber es ist wirklich zum Auswachsen. Der Sekretär sagt immer, er wäre beschäftigt, im Unterhaus oder sonstwo. Nur nicht in Downing Street. Er sagt, ich sollte alle Unternehmen stoppen, bis ich vom Premierminister gehört habe. Arroganter Kerl.«

»Und haben Sie alle Unternehmen gestoppt, bei unseren Leuten im Ausland?«

»Verdammt nochmal, ich habe nichts dergleichen getan. Aber ich komme mir vor wie ein Gefangener, Tweed, hier in diesen Bau eingeschlossen.«

»Sie sind ein Gefangener – aber in Sicherheit, solange Sie sich nicht hinauswagen«, warnte Tweed.

»Haben Sie irgendwelche Anhaltspunkte?« fragte Howard verzweifelt. »Sie und Ihr Team sind die einzigen, die draußen sind.«

»Es könnte sein. Überlassen Sie ruhig alles mir. Bald werde ich einiges unternehmen. Und verlieren Sie nicht die Ruhe…«

Nachdem Tweed den Hörer aufgelegt hatte, sah er Paula an. »Was halten Sie davon?«

»Beängstigend. Wer hat die Macht, den Premierminister in diesem Ausmaß zu manipulieren?«

»Und jetzt der zweite Anruf. Bei Jim Corcoran, unserem entgegenkommenden Sicherheitschef in Heathrow. Das heißt, sofern er noch entgegenkommend ist. Ich habe seine Privatnummer im Flughafen.«

Er wählte eine Nummer, und das Telefon läutete und läutete. Als endlich der Hörer abgenommen wurde, hörte der Sprecher sich gereizt an.

»Corcoran. Wer ist dort?«

»Hallo, Jim. Hier ist Tweed. Ich brauche Ihre Hilfe.«

»Das könnte schwierig sein. Unter den gegebenen Umständen.« Seine Stimme klang zurückhaltend. »Um was geht es?«

»Unter welchen Umständen? Nun kommen Sie schon, Sie sind mir noch ein paar Gefälligkeiten schuldig.«

»Zugegeben, Tweed.« Corcoran hörte sich freundlicher an. Er schwieg einen Moment. »Was kann ich für Sie tun?«

»Vor drei Tagen ist ein Mann namens Joel Dyson – ich buchstabiere – möglicherweise nach Zürich geflogen. Ich muß wissen, ob er es tatsächlich getan hat. Sie könnten es herausfinden, indem Sie die Passagierlisten überpüfen. Ich kann ...«

»Die Passagierlisten überprüfen! Habe Sie eine Ahnung, wie lange das dauern würde?«

»Ich wollte gerade sagen, ich kann es präzisieren. Vor drei Tagen, irgendwann am Nachmittag. Mit Swissair.«

»Das ist schon besser. Aber ich kann Ihnen nichts versprechen. Ich muß einen anderen Apparat benutzen ...«

»Ich warte«, erklärte Tweed. »Ich bin weit von London fort, und es könnte schwierig sein, Sie noch einmal anzurufen.«

»Dann warten Sie ...«

Paula, die mitgehört hatte, sah Tweed verblüfft an. Er schüttelte den Kopf, bedeutete ihr zu schweigen. Wenige Minuten später war Corcoran wieder da.

»Ich hab's. Ein Joel Dyson ist vor drei Tagen nach Zürich geflogen. Erster Klasse, mit Flug SR 805. Abflug Heathrow 13.50 Uhr. Voraussichtliche Ankunft Zürich 16.25 Uhr Ortszeit.«

»Ich bin Ihnen sehr dankbar. Und noch eine Bitte. Ich habe Sie nie angerufen. Sie haben nichts von mir gehört – und wenn man Sie noch so sehr unter Druck setzen sollte.«

»Sie wissen ja, ich habe manchmal ein entsetzlich schlechtes Gedächtnis. Tweed, sind Sie okay?«

»Keine gebrochenen Knochen, kein Kratzer auf meiner Haut. Ich bin unter einem Glücksstern geboren.«

»Dann passen Sie nur auf, daß das Glück Sie nicht verläßt«, sagte Corcoran mit sehr ernster Stimme.

## 10

»Das verstehe ich nicht«, sagte Paula, nachdem sie die Telefonzelle verlassen hatten. »Weshalb diese Erkundigungen über Joel Dyson?«

»Lassen Sie uns ein paar Schritte tun. Es gibt einiges, das ich Ihnen hätte sagen müssen.«

»Bob und Philip werden sich fragen, was aus mir geworden ist...«

Sie hatte die Worte kaum ausgesprochen, als Newman aus der Bar kam und sich umschaute. Paula winkte, reckte den Daumen hoch zum Zeichen, daß alles in bester Ordnung war. Newman lächelte, erleichtert, sie in Tweeds Gesellschaft zu sehen. Er winkte gleichfalls und kehrte dann in die Bar zurück.

Tweed führte Paula an den Rand des inneren Hafens. Sie deutete auf die *Mayflower III*.

»Ob Sie's glauben oder nicht – sie gehört Gaunt. Als ich sie in der Bar erwähnte, schien ihn zu ärgern, daß ich es wußte; dann behauptete er, er hätte sie nur gechartert. Aber das habe ich ihm nicht geglaubt.«

»Interessant. So ein Boot kann sich nur ein Millionär leisten.«

»Könnte Gaunt Millionär sein? Er tut immer so, als pfiffe er finanziell auf dem letzten Loch.«

»Das tun Millionäre oft. Reden, als müßten sie jeden Groschen zweimal umdrehen. Was mich auf etwas bringt, woran ich eigentlich schon früher hätte denken müssen. Ich werde Monica in Surrey anrufen und sie bitten, Squire Gaunt zu überprüfen. So, und nun zu Joel Dyson...«

Sie überquerten den Parkplatz, und Tweed erzählte ihr,

was Newman ihm nach der Explosion von der Telefonzelle im Bahnhof Baker Street aus mitgeteilt hatte. Er unterrichtete sie in allen Einzelheiten über Dysons Blitzbesuch am Park Crescent sowie über den Film und das Tonband.

»Ich bin Joel Dyson einmal begegnet«, sagte sie, als Tweed mit seinem Bericht fertig war. »Bob nahm mich in London auf einen Drink in ein Lokal mit, und Dyson war dort. Ein kleiner Mann mit geschürzten Lippen und ruhelosen Augen, denen nicht die geringste Kleinigkeit entging. Er spricht wie ein gebildeter Engländer. Bob sagte er später, er wäre Brite, könnte aber mühelos auch ein so perfektes Amerikanisch sprechen, daß ihn jeder für einen Yankee hält.«

»Ziemlich unerfreulicher Typ, nach allem, was ich so höre«, bemerkte Tweed.

»Wie sind Sie auf die Idee gekommen, daß Dyson nach Zürich geflogen sein könnte?«

»Weil Newman mir erzählt hat, daß Dyson kompromittierende Aufnahmen von Julius Amberg mit einer anderen Frau gemacht hatte – Julius war verheiratet. Bob hat Dyson damals davon überzeugen können, daß Amberg eines Tages ein einflußreicher Freund sein könnte. Daraufhin hat Dyson Amberg die Fotos ausgehändigt. Vermutlich ist ihm dadurch ein dickes Honorar von irgendeinem Revolverblatt entgangen.«

»Und?«

»Dyson hat vor Newman und Monica eine große Schau abgezogen und ihnen Kopien von dem Film und dem Tonband gegeben. Die Originale hat er behalten. Gibt es einen sichereren Ort für die Originale als den Tresor einer Schweizer Bank? Genauer gesagt, den Tresor von Ambergs Zürcher Kreditbank?«

»Und weshalb ausgerechnet Swissair? Es fliegen doch auch andere Linien nach Zürich.«

»Dyson ist ein erfahrener Globetrotter. An Bord einer Schweizer Maschine hätte er sich am sichersten gefühlt, zumal in der Ersten Klasse. Und die Sicherheitsvorkehrungen der Schweizer sind konkurrenzlos.«

»Sie hatten recht. Übrigens habe ich mir Jennie Blade ein bißchen genauer angesehen. Als ich sie das erste Mal sah, im Manor, habe ich ihr Alter auf achtundzwanzig geschätzt. Jetzt glaube ich, daß sie Mitte Dreißig ist – und sehr erfahren. Sie gibt mir zu denken, unsere Jennie. Aber vielleicht sollte ich jetzt lieber in die Bar zurückkehren, sonst hält man mich womöglich für unhöflich.«

Sie zeigte Tweed den Küstenpfad zu der Bucht, von der aus die Fähre bei Ebbe nach Rock hinüberfuhr; dann kehrten sie um, gerade rechtzeitig, um sehen zu können, wie Gaunt aus der Bar herausmarschierte, dichtauf gefolgt von Newman und Cardon. Jennie bildete das Schlußlicht.

»Typisch«, sagte Paula. »Gaunt behandelt sie wie einen Schoßhund. Gott sei Dank kann sie sich wehren und beißen.«

Noch während sie sprach, holte Jennie Gaunt mit großen Schritten ein, sagte etwas zu ihm und deutete dann auf Tweed und Paula. Sie winkte, und Paula winkte zurück.

»Wissen Sie, was Sie tun sollten, Tweed?« rief Gaunt ihm über den halben Parkplatz hinweg zu. »Sie sollten mit der Fähre nach Rock hinüberfahren. Von dort aus haben Sie eine grandiose Aussicht auf Padstow – und wenn Sie gern klettern, wäre das genau das richtige für Sie.«

»Ich werde es mir überlegen«, erwiderte Tweed.

»Was halten Sie von dem Kahn?« fragte Jennie fröhlich und deutete auf die *Mayflower III*.

»Kahn!« dröhnte Gaunt. »Das ist einer der stärksten Kabinenkreuzer auf der ganzen Welt.«

»Auf sein Spielzeug läßt er nichts kommen«, erklärte Jennie.

»Alles an Bord, was an Bord kommen will«, rief Gaunt.

Er stieg eine kurze, an der Hafenmauer angebrachte Leiter hinunter, sprang auf Deck und breitete die Arme aus.

»Ist sie nicht großartig? Ich sorge dafür, daß sie immer in erstklassigem Zustand ist.«

»Den Teufel tust du!« fuhr Jennie auf. Sie deutete auf die Messingreling, die im Sonnenschein wie Gold glänzte. »Ich habe Tage damit verbracht, den alten Kahn zu putzen.«

»Ich glaube, die Fähre ist eine gute Idee«, sagte Tweed. Er hätte alles getan, um zu verhindern, daß sie auf der *Mayflower* festsaßen. Gott allein wußte, wohin Gaunt zu fahren gedachte, sobald die Flut zurückkehrte – vielleicht das Ästuar hinunter und weit hinaus auf den Atlantik.

»Dann müssen Sie den Küstenpfad zur Bucht nehmen«, rief Gaunt. »Weil jetzt Ebbe herrscht. Gute Fahrt ...« Als Tweed sich zusammen mit Newman und Paula dem Pfad näherte, tauchten wie aus dem Nirgendwo Butler und Nield auf. Sie hatten Tweed vom Metropole herbegleitet und sich dann, als Paula sich zu Tweed gesellte, unsichtbar gemacht.

Zu sechst befanden sie sich noch auf dem steilen Pfad unterhalb der Treppe, als Paula bemerkte, daß Cardon nach wie vor seine Segeltuchtasche bei sich hatte; sie hing an einem Riemen über seiner Schulter, und er hatte sie die ganze Zeit, die sie in der Bar von The Old Custom House verbracht hatten, nicht aus den Händen gelassen.

»Philip, was haben Sie da Schönes in Ihrer Tasche?« fragte sie, neben ihm hergehend.

»Dies und das. Sachen, die sich vielleicht als nützlich erweisen könnten. Man kann nie wissen – wenn man bedenkt, was bisher schon alles im friedlichen Cornwall passiert ist. Neun Tote. Acht im Manor. Und gestern abend hat mir Tweed von Buchanans Anruf erzählt, daß der echte Postbote mit durchgeschnittener Kehle in Five Lanes gefunden wurde. Wirklich eine nette Gegend, dieses Cornwall.«

Nicht neun, dachte Paula grimmig. *Zehn* Tote mittlerweile – die arme Celia Yeo eingerechnet. Sie mußte Tweed von ihrem Ausflug erzählen, sobald sich die Gelegenheit dazu bot.

In dem strahlenden Sonnenschein und der klaren Luft wanderten sie weiter den Pfad hinunter bis ans Ende eines grünen Abhangs zu ihrer Linken. Der Ort war aus ihrem Blickfeld verschwunden, und die Aussicht auf die See zu ihrer Rechten wurde durch eine dichte Hecke versperrt.

Ein Wegweiser mit der Aufschrift ZUR FÄHRE lenkte sie auf einen noch weiter abwärts führenden Nebenpfad. An seinem Ende gelangten sie an eine Treppe aus breiten Steinstufen, die in eine kleine, von steilen Felswänden umgebene Bucht führte. Tweed ließ sich durch die klare Luft täuschen, als er schätzte, daß die Überfahrt nach Rock nur zwei Minuten dauern würde.

Paula schaute zurück, während sie sich dem Ufer näherten. Die Bucht gefiel ihr nicht – an den steilen Felswänden gab es tiefe, dunkle Höhlen, in die man nicht hineinschauen konnte. Sie empfand die Atmosphäre als bedrükkend, und sie waren die einzigen Leute, die auf die Fähre warteten.

»Bob, Ihr Fernglas! Schnell«, sagte Tweed.

Er hob es an die Augen und richtete es auf ein hohes, schmales altes Haus, das am gegenüberliegenden Ufer auf halber Höhe des Abhangs stand. Von einem der oberen Fenster kam eine Folge von Blitzen.

»Irgend jemand da drüben sendet ein Signal aus«, sagte er grimmig.

»Das ist nur die Sonne, die von irgendwelchem Glas reflektiert wird«, sagte Newman.

»Es war ein kurzes Signal im Morsecode mit einer Lampe«, beharrte Tweed. »Eine Reihe von langen und kurzen Blinkzeichen. Woher ich das weiß, sage ich Ihnen später ...«

Die Fähre war angekommen. Paula fragte sich, wie in aller Welt sie an Bord gelangen sollten. Die Fähre war ein kleines Boot, das nur ungefähr ein Dutzend Passagiere befördern konnte. Das Ruderhaus war ein kastenähnliches Gebilde in der Nähe des Bugs – kaum doppelt so groß wie die Telefonzelle vor dem Old Custom House. Von Rock waren nur zwei ältliche Fahrgäste herübergekommen.

Das Boot steuerte auf das Ufer zu. Einer der beiden Männer, die die Besatzung bildeten, sprang an Land, zog eine Planke aus der Fähre und legte sie so hin, daß sie einen Steg zum Ufer bildete. Als die beiden Fahrgäste langsam und vorsichtig die Planke überquerten, half ihnen der Mann am Ufer, indem er ihnen eine Hand reichte.

Tweed ging als erster an Bord. Er ignorierte die helfende Hand, überquerte behende die Planke und betrat das Boot. Die Passagiere saßen im Freien und mit dem Rücken zum Schandeck auf Bohlenbänken.

Paula ließ sich neben Tweed nieder und musterte ihn. Er wirkte sehr angespannt. Sie wußte, daß er Boote und Wasser haßte, und er hatte kein Dramamin genommen, das ihm gegen die Seekrankheit half.

»Alles in Ordnung?« fragte sie, als das Boot vom Ufer ablegte.

»Es kann sein, daß wir uns in großer Gefahr befinden«, warnte Tweed Newman und Cardon, die dicht bei ihm saßen.

«Aber es dauert ja nicht lange«, versuchte Paula ihn zu beruhigen. »Nur ein paar Minuten.«

»Mindestens fünf, vielleicht sogar mehr«, teilte Cardon ihr mit.

Er nahm die geräumige Segeltuchtasche von der Schulter und öffnete sie. Als sie die schmale Rinne zwischen der Sandbank und den Klippen durchfuhren, steckte er eine Hand hinein und ließ sie darin. Paula fragte sich, was er da hielt. Eine Pistole?

Die beiden Fährleute standen im Ruderhaus, und der Bootsführer schaute starr geradeaus. Sie erreichten das Ende der Sandbank, kurz darauf drehte der Mann das Ruder herum. Paula sah, daß jetzt zwischen ihnen und dem Ufer von

Rock offenes Wasser lag. Wo wir wohl landen werden? fragte sie sich.

»Schöne Aussicht«, bemerkte Newman eine Minute später.

Sie befanden sich jetzt in der Mitte des Ästuars. Im Norden, zwischen zwei Vorgebirgen hindurch, konnten sie den offenen Atlantik sehen und einen riesigen, gefährlichen Felsen, der die Form eines Kegels hatte und aus dem Meer herausragte. An den Stellen, wo das Wasser das Sonnenlicht reflektierte, schimmerte es wie Quecksilber. Eine scharfe, kalte Brise kräuselte die blaue Oberfläche.

»Wir sind bald da«, versuchte Paula Tweed zu beruhigen.

»Hoffentlich«, sagte Newman mit ernster Stimme.

Er lehnte sich zurück, um am Ruderhaus vorbeisehen zu können. Von der offenen See her war plötzlich ein großes Motorboot aufgetaucht. Es raste auf sie zu. Sein Bug ragte weit aus dem Wasser heraus, und es beschrieb, ein breites Kielwasser hinter sich lassend, das bis in den Atlantik hinausreichte, einen großen Bogen. Newman versteifte sich, steckte die Hand in seinen Anorak und zog sie dann leer wieder heraus. Es war unmöglich, ein Ziel zu treffen, daß sich mit derartiger Geschwindigkeit bewegte. Sie hatten alle die Worte gehört, die der Bootsführer in einer Mischung aus Wut und Angst zu seinem Gehilfen gesprochen hatte.

»Verdammter Irrer! Hab dieses Boot noch nie gesehen.«

Paula erstarrte, dann spürte sie, wie Tweeds Hand ihr Handgelenk drückte. Sie schaute ihn an. Er saß völlig still da, sämtliche Anzeichen der Anspannung waren verschwunden. Sie glaubte fast, einen Ausdruck der Befriedigung zu entdecken, aber das war unmöglich. Tweed warf einen Blick auf Butler, der ihm gegenübersaß, während das große Boot auf sie zujagte.

Butler nickte Cardon zu. Sie warf einen Blick auf Philip. Er erwiderte das Nicken, eine kaum wahrnehmbare Bewegung. Newman starrte ins Ruderhaus. Der Bootsführer umklammerte das Ruder. Er drehte es ein wenig nach links – nach Backbord –,was das falsche Manöver zu sein schien. Es sah aus, als wäre er in Panik geraten und unternähme den vergeblichen Versuch, zu dem Ufer zurückzukehren, von dem sie kamen – womit er sie direkt in den Kurs des auf sie zurasenden Motorbootes brachte, das, wie Paula jetzt sah, sehr groß war.

Tweed griff nach Newmans Fernrohr, das er in die eigene Tasche gesteckt hatte. Cardon, der den Blick kurz aufs Ruderhaus gerichtet hatte, nahm Tweed das Fernrohr aus den Händen. Wie Newman war er zu dem Schluß gelangt, daß der Bootsführer ein erfahrener Mann war, der nicht so schnell die Nerven verlor.

Er richtete das Glas auf das Motorboot, das den Kurs geändert hatte und jetzt im Winkel auf sie zusteuerte. Durch die Linse sah er seinen einzigen Insassen, eine Gestalt am Ruder. Eine bizarre Gestalt, die einen Taucherhelm und eine Schutzbrille trug. Keine Chance, den Mann zu identifizieren, der das Boot steuerte. Cardon warf das Fernglas mit der linken Hand rasch in Tweeds Schoß, dann verschwanden seine beiden Hände in der Segeltuchtasche. Paula beobachtete ihn.

Das Motorboot kam immer näher, und sein Dröhnen war ohrenbetäubend. Paula ballte die in Handschuhen steckenden Finger zu Fäusten. Das Boot würde aus der Fähre Kleinholz machen, und sie würden ins Wasser geschleudert werden, das jetzt, im Februar, eiskalt war. Nield steckte sich gelassen eine Zigarette zwischen die Lippen, zündete sie aber nicht an.

»Der Bootsführer weiß, was er tut«, erklärte Tweed Paula.

»Sind Sie da ganz sicher?« fuhr sie ihn an.

Kurz bevor es zur Kollision kam, schwang der Bootsführer das Ruder scharf nach Steuerbord herum – aus dem Kurs des Motorbootes heraus. Es war eine Sache von Sekunden. Paula hatte das Gefühl, als ragte der riesige Bug des Monstrums vor ihnen auf wie ein Geisterbild aus dem Film *Der weiße Hai.* Mit einer ihrer Hände hatte sie jetzt die Bohle unter sich umklammert. Sie wartete auf den Aufprall.

Zwischen den beiden Booten lagen nur wenige Zentimeter, als das Motorboot an Backbord an ihnen vorüberrauschte. Und in diesem Augenblick warf Cardon die Granate, die er inzwischen scharf gemacht hatte. Sie landete in der Vertiefung hinter der maskierten Gestalt. Cardon begann sofort zu zählen. Er sah Paula an, während er die Zahlen laut aufsagte.

»Eins…«

»Zwei…«

»Drei…«

»Vier…«

Bei »Vier« fühlte sich Paula veranlaßt, ihren Blick schnell aufs Heck der Fähre zu richten, die jetzt im Kielwasser des Motorbootes heftig schaukelte. Tweed und die anderen schauten in dieselbe Richtung.

Die Explosion war ohrenbetäubend. Das Motorboot schwenkte gerade im Halbkreis herum, um wieder auf sein Ziel zuschießen zu können. In der nächsten Sekunde wurde es in zwei Teile zerrissen. Der Bug flog himmelwärts. Paula sah eine riesige Wassersäule, die wie ein Geysir im Yellowstone Park hochschoß und dunkle Objekte mit sich riß, bei denen es sich nur um Wracktrümmer handeln konnte.

Das Wasser brodelte kurz an der Stelle, an der das Motorboot untergegangen war, dann beruhigte es sich wieder, und die Oberfläche wurde nur noch vom Wind gekräuselt. Tweed war ganz sicher, daß keiner der Fährleute gesehen hatte, wie Cardon die Granate warf. Dazu waren die beiden Männer zu sehr damit beschäftigt gewesen, die Fähre im allerletzten Moment vor der Katastrophe zu bewahren. Der Bootsführer übergab seinem Kollegen das Ruder, und die ersten Worte, die er sprach, als er aus dem Ruderhaus kam, bestätigten Tweeds Vermutung.

»Tut mir leid, was da passiert ist, Leute. Mit solchen Idioten haben wir schon öfters zu tun gehabt. Bilden sich ein, es wäre ein Spaß, meinen Fahrgästen einen Mordsschrecken einzujagen. Aber ich weiß nicht, wer das war. Und dann ist sein Tank explodiert. Junge Burschen, die sich teure und schnelle Boote kaufen – schnell müssen sie unbedingt sein –, und dann haben sie nicht das Geld, sie instand zu halten. Ich gebe Ihnen allen Ihr Geld zurück ...«

»Das kommt gar nicht in Frage«, erklärte Tweed. »Schließlich kostet die Fahrt nach Rock und zurück nur ein Pfund – und Sie haben uns mit Ihrem seemännischen Können das Leben gerettet.«

»Wenn Sie meinen ...« Der Bootsführer runzelte die Stirn. »Aber eine so heftige Explosion, wenn ein Benzintank in die Luft geht, habe ich noch nie erlebt. Aber es war schließlich ein großes Boot. So, und jetzt sind wir gleich da ...«

# 11

Sie verließen die Fähre nach der gleichen Methode – gingen über die Planke, während der Mann bereitstand, jedem, der sie brauchte, eine helfende Hand zu reichen. Paula zögerte nicht, nach dieser Hand zu greifen – ihre Knie waren weich nach dem, was gerade passiert war.

»Sehen Sie den Pfahl mit dem Fähnchen, der da im Sand steckt?« fragte der Bootsführer. »Wenn Sie zurückfahren wollen, warten Sie an der Stelle, an die er versetzt worden ist. In ungefähr einer Stunde wird die Flut auflaufen…«

Tweed war über die Planke gegangen, abermals, ohne die angebotene Hand zu ergreifen. Seine Füße versanken sofort im Sand, der noch vor kurzem mit Wasser bedeckt gewesen war. Als er sich seinen Weg zu einer vom Strand wegführenden Rampe bahnte, hatte er das Gefühl, auf einem riesigen Schwamm zu laufen. Paula und Newman holten ihn ein. Die anderen drei folgten ihnen in einigem Abstand, verteilten sich, hatten die Augen überall.

»Sie sehen selbstgefällig aus«, warf Paula Tweed vor.

»Tut mir leid. Nur befriedigt, daß meine Ahnung richtig war.«

»Welche Ahnung?« fragte Newman.

»Daß der Gegner uns jetzt nach Padstow gefolgt ist.«

»Irgendwelche Fakten, die das beweisen?« fragte Newman weiter. »Sie bestehen doch immer auf Fakten, die eine Theorie stützen.«

»Gestern abend konnte ich nicht schlafen. Wie Sie wissen, hat man von meinem Zimmer aus einen weiten Blick über das Ästuar und dieses Ufer. Erinnern Sie sich, Bob, daß ich Sie gebeten hatte, mir Ihr Fernglas dazulassen?«

»Sie haben also etwas gesehen?« – »Oh ja, ich habe etwas gesehen.« Tweed kicherte. Ihm war nichts davon anzumerken, daß sie sich gerade in Todesgefahr befunden hatten. »Ich habe etwas gesehen. Nachdem ich das Licht ausgemacht hatte, zog ich die Vorhänge auf. Bald sah ich ein Licht, das hier drüben ein- und ausgeschaltet wurde. Rot, dann grün, wieder rot. Morsezeichen – aber die Botschaft war verschlüsselt. Eine Reihe von Buchstaben, die keinen Sinn ergaben; ich konnte also nicht verstehen, was gesendet wurde. Aber ich konnte es erraten.«

»Und was haben Sie erraten?« fragte Paula.

»Daß der Sender in Rock jemanden in Padstow informierte, daß wir im Metropole eingetroffen waren. Das war das erste Stadium, uns aufs Korn zu nehmen.«

»Und das zweite Stadium?«

»Das war das Licht, dessen Aufblitzen ich in der Bucht gesehen habe, als wir auf die Fähre warteten. Vermutlich war es ein Signal für das Motorboot, das direkt vor dem Ästuar auf der See kreuzte – daß wir die Fähre benutzen wollten.«

»Ziemlich dünn«, wendete Newman ein. »Das setzt voraus, daß jemand die Fähre seit Stunden überwacht hat. Es hätte ja auch sein können, daß wir nie hierherkommen würden.«

»Dann haben sie vielleicht von Rock aus den inneren Hafen mit einem Fernglas überwacht. Diese Leute überlassen nichts dem Zufall. Vielleicht wurde auch, nachdem wir gegangen waren, am Mast der *Mayflower III* eine Flagge aufgezogen. Wissen Sie noch, wer vorgeschlagen hat, daß wir die Fähre nehmen?«

»Gaunt!« Newman spie den Namen aus. »Er wartet, bis er uns überredet hat, nach Rock hinüberzufahren, dann zieht er das Signal auf, das denjenigen, der hier wartet, informiert, wo immer der sich aufhalten mag.«

»Oh, gestern abend, als ich durch Ihr Fernglas schaute, habe ich die Stelle entdeckt, von der die Signale ausgingen.«

Das Ufer von Rock war menschenleer und wirkte dermaßen von der Welt abgeschnitten, daß Paula wieder ein sehr ungutes Gefühl hatte. Tweed führte sie von dem durchweichten Sand herunter auf eine Rampe, die zuerst aus Beton bestand und dann von einem Knüppeldamm abgelöst wurde. Sie bogen nach links ab, fort von den paar Häusern, aus denen Rock bestand. Sie gelangten in einen stillgelegten Steinbruch, der offenbar während der Saison als Parkplatz diente. Doch jetzt stand in dem großen, von Granitwänden umgebenen Amphitheater kein einziges Fahrzeug.

»Deuten Sie nicht darauf und schauen Sie auch nicht zu offensichtlich hin«, warnte Tweed. »Das Signal, das ich gestern abend beobachtet habe, kam aus diesem merkwürdigen Haus, das da oben am Abhang steht. Aus einem Fenster ganz rechts im ersten Stock.«

Paula sah sich um, als wollte sie die Aussicht bewundern. Merkwürdig war kaum der richtige Ausdruck für das Haus. Unheimlich träfe es eher. Es stand ganz für sich allein an dem steilen Abhang und schien um die Jahrhundertwende gebaut worden zu sein, sah aber aus, als wäre irgendwann in ferner Vergangenheit die Hälfte davon abgetrennt und weggeschafft worden.

Es war hoch und schmal, aus dem landesüblichen grauen Stein erbaut und hatte einen einzigen hohen Giebel; darunter ragte, an einer Ecke, ein Türmchen auf. Das Gebäude machte einen heruntergekommenen Eindruck, und sie hatte das Gefühl, nie ein tristeres Haus gesehen zu haben. Es erinnerte an Hitchcocks *Psycho*.

»Wir steigen hinauf und werfen einen Blick hinein«, sagte Tweed, als Butler sich im Schutze der Granitwand zu ihnen gesellte.

»Um was geht es?« fragte er knapp.

»Um das hohe Haus oberhalb von uns. Wir wollen es uns von innen ansehen.«

»Ich sage Cardon und Nield Bescheid. Wir verteilen uns.

Ich gehe von hinten heran, ein bißchen Bergsteigen kann schließlich nicht schaden ...«

Tweed strebte auf eine aus roh behauenen Stufen bestehende Treppe zu, die aus dem Steinbruch heraus zu einem gewundenen Fußweg führte. Er stieg so schnell hinauf, daß Paula und Newman Mühe hatten, mit ihm Schritt zu halten. Newman steckte seinen Smith & Wesson griffbereit in den Gürtel.

»Was für eine fürchterliche Gegend«, bemerkte Paula, als sie ungefähr die halbe Strecke zu dem Haus zurückgelegt hatten.

Der steile Hang machte einen trostlosen Eindruck. Zu ihrer Rechten war ein dichter Wald aus jämmerlichen Tannen. Die Stämme waren verkümmert, im Winkel von der See weggebogen, ihre Äste wie verkrüppelte Arme zu merkwürdigen Formen gekrümmt. Jetzt, da sie sich in größerer Höhe befanden, wurden sie von einem zunehmenden, vom Meer her kommenden Wind gepeitscht. Kein Wunder, daß die Bäume so verkrüppelt waren. Auf der anderen Seite des Weges wuchsen struppiges Gras und zottiges, gleichfalls von den heftigen Winden verkrümmtes Gestrüpp.

»Was für eine prachtvolle Aussicht«, sagte Newman und blieb einen Augenblick stehen.

Der Atlantik war in Sicht gekommen. Während sie dastanden, hämmerte der inzwischen noch stärker gewordene Wind auf sie ein wie mit tausend Dreschflegeln. Große Brecher mit Schaumkronen donnerten in den äußeren Teil des Ästuars, brachen sich an der Basis des östlichen Vorgebirges, schleuderten riesige Gischtwolken himmelwärts. Andere Brecher rollten weiter in das Ästuar hinein.

Tweed wendete den Blick ab, schaute über das Ästuar hinweg auf die andere Seite. Die graue Masse der Gebäude von Padstow ragte auf wie eine gewaltige Festungsmauer. Das Metropole lag ein ganzes Stück darüber, und er begriff, weshalb er die aus dem Haus oberhalb von ihnen kommenden Lichtsignale so deutlich hatte sehen können.

»Gehen wir weiter«, drängte er. Der schmale Weg schlängelte sich in der Schlucht von einer Seite zur anderen, was das Gehen mühsam machte. Sie waren jetzt nicht mehr weit von dem hohen, schmalen Haus entfernt, das aus der Nähe betrachtet noch heruntergekommener wirkte.

Drei Stufen führten zur Haustür hinauf, die in einem kleinen Vorbau lag. Kein Garten, kein Zaun – nichts trennte das Gebäude von der Wildnis.

Dann sah Tweed, wie es mit einem Wagen erreicht werden konnte. Ein breiter Sandweg führte bergab, beschrieb eine Kurve, verschwand.

Butler erschien plötzlich von der Rückseite des Gebäudes her. Er steckte gerade die kleine Werkzeugtasche ein, die er immer bei sich hatte.

»Niemand hier«, berichtete er. »Keine Möbel drinnen, keine Teppiche auf den Böden.«

»Ich möchte gern selbst einen Blick ins Innere werfen«, erklärte Tweed.

»Dann kommen Sie mit«, sagte Butler. »Irgend jemand hat hinten ein Fenster offengelassen«, sagte er mit ausdrucksloser Miene.

Cardon erschien auf der Kuppe oberhalb des Hauses, wo er sich in einer strategisch günstigen Position befand, und winkte kurz. Hinter einem dichten Gestrüpp näher beim Haus kam Nield zum Vorschein.

»Sie haben Posten bezogen und passen auf«, bemerkte Newman, als sie Butler zur Rückseite des Hauses folgten.

Paula betrachtete das offene Schiebefenster. Der innere Riegel, der umgelegt worden war, wies Spuren eines Brecheisens auf. Sie wendete sich mit gespielter Strenge an Butler.

»Gewaltsames Eindringen in ein Haus? Das ist gesetzwidrig, Harry.«

»Jemand muß vor uns hiergewesen sein«, erwiderte Butler grinsend.

Tweed duckte sich und stieg über das Sims ein. Sekunden später war Butler, gefolgt von Paula, an seiner Seite. Er legte einen Finger auf die Lippen, flüsterte.

»Es *scheint* unbewohnt zu sein«, warnte er.

Paula betrachtete die alten Fußbodendielen, die Fensterbänke und die Kaminsimse mit dem geübten Auge einer Hausfrau. Überall lag dichter Staub. Bevor sie die schmale Diele betrat, blieb sie einen Moment stehen, während Tweed, gefolgt von Newman und Butler, bereits die Treppe emporeilte.

In der Diele war der Fußboden sauber und völlig staubfrei. Als sie langsam die Treppe hinaufstieg, runzelte sie die Stirn. Sämtliche Stufen waren ebenso sauber, und sie registrierte einen vertrauten Geruch. Angenehm, unverwechselbar.

Tweed hatte das vordere Schlafzimmer an der rechten Seite des Hauses betreten. Er holte Newmans Fernglas aus der Tasche seines Trenchcoats und stellte es scharf ein. Die Fenster seiner eigenen Suite im Metropole waren verblüffend deutlich zu sehen.

»Dies«, sagte er, »ist der Ort, von dem aus jemand gestern abend seine Signale ausgesendet hat.«

»Ist Ihnen der Fußboden aufgefallen?« fragte Paula, die hinter ihn getreten war.

»Nein, ich ...«

»Männern entgeht so vieles«, spottete sie. »Das Zimmer, durch das wir hereingekommen sind, roch muffig und war völlig eingestaubt. Aber sehen Sie sich diese Dielenbretter an – sie wurden gescheuert, vermutlich während der letzten vierundzwanzig Stunden. War die Tür zu diesem Zimmer geschlossen?«

»Ja, sie war zu.«

»Das ist der Grund dafür, daß der Geruch nach Putzmittel – flüssigem *Flash* – hier drinnen so stark ist. Aber man kann es auch auf der Treppe und in der Diele riechen.«

»Welchen Sinn sollte es haben, hier so gründlich sauberzumachen?« fragte Butler.

»Vielleicht, damit keine Fußabdrücke zurückbleiben«, sagte Newman und sah Paula an. »Abdrücke von Schuhsohlen mit Stollen. Bergstiefeln.«

»Wenn Sie meinen«, erwiderte Butler, der nicht wußte, wovon die Rede war. Er wendete sich an Tweed. »Wollen Sie einen Beweis dafür, daß Sie trotzdem ein guter Detektiv sind? Dann folgen Sie mir.«

»Gleich.« Tweed beugte sich über eine Ecke der Fensterbank. »Ich spiele gerade Sherlock Holmes. Hier liegt eine intakte Rolle Zigarrenasche, und da ist eine kleine Brandstelle, wo eine Zigarre lag, während der Raucher seine Lampe bediente. Paula, geben Sie mir bitte eine von diesen Plastiktüten.«

Paula öffnete ein Fach in ihrer Umhängetasche, in dem immer ein paar selbstschließende Polyäthylenbeutel steckten.

Tweed hatte ein Taschenmesser hervorgeholt, nahm mit der anderen Hand den Beutel von Paula entgegen, benutzte das Messer, um die Asche in den Beutel zu schieben, den er dann zudrückte und ihr zurückgab.

»Es gibt Experten, die Asche identifizieren können. Wen haben wir in letzter Zeit gesehen, der Zigarren raucht?«

»Wollen Sie mein Beweismaterial sehen?« unterbrach ihn Butler. »Dann kommen Sie mit...«

Er führte sie die Treppe hinunter, kehrte in das Hinterzimmer zurück, in das sie eingestiegen waren, kletterte durchs Fenster und ging zu einem an die Rückfront des Hauses angelehnten Schuppen. Ein neues Vorhängeschloß baumelte offen an seinem Ring.

»Ich nehme an, Sie haben es so vorgefunden«, meinte Paula.

Butler grinste wieder, holte ein Bund Dietriche aus der Tasche und ließ sie klirren. Er stemmte die schwere Holztür mit dem Fuß auf, trat zurück, bedeutete ihnen, hineinzugehen, und gab Tweed eine kleine Taschenlampe. Paula, fragte sich, was Butler noch alles in den geräumigen Taschen seines Mantels bei sich tragen mochte.

»Es ist immer eine Befriedigung, feststellen zu können, daß man recht gehabt hat«, bemerkte Tweed, als Paula neben ihn trat.

Er richtete die Taschenlampe auf eine große Signallampe aus Messing, die auf einer schweren Holzkiste stand. Er bückte sich, betrachtete die Lampe, ohne sie zu berühren, dann richtete er sich wieder auf.

»Sie hat einen roten Filter, der über das Glas geschoben werden kann. Und einen grünen. Daher die Signale, die ich von meinem Fenster aus gesehen habe.«

»Also brauchen wir nur noch herauszufinden, wem diese Bruchbude gehört«, entgegnete Paula.

Tweed und Paula hatten genug von dem Pfad durch die Schlucht. Zusammen mit Newman schlugen sie den breiten Sandweg ein, auf dem frische Fahrspuren zu erkennen waren.

»Ein Wagen mit Allradantrieb. Könnte ein Landrover gewesen sein«, sagte Newman.

Vor dem Verlassen des namenlosen Hauses hatte Butler dünne Gummihandschuhe übergezogen und das Vorhängeschloß am Schuppen ebenso wieder geschlossen wie das Fenster, durch das sie eingedrungen waren. Zusammen mit Cardon und Nield verschwand er aus dem Blickfeld der anderen drei.

»Es macht ihnen Spaß, die Techniken des Verhaltens im Gelände zu trainieren, die ich ihnen beigebracht habe«, bemerkte Tweed.

Er wußte, daß die drei Männer in der Nähe waren, aber er hörte nicht das geringste Geräusch. Er deutete auf die Wasserrinne, in der jetzt ziemlich starker Wellengang herrschte.

»Aber *mir* wird es keinen Spaß machen, wenn wir mit der Fähre nach Padstow zurückkehren.«

»Vielleicht hat sich das Wasser bis dahin wieder beruhigt«, meinte Paula, ohne ein Wort von dem zu glauben, was sie sagte. »Und im Sommer dürfte es hier von Booten und ihren Eignern nur so wimmeln. In dieser gottverlassenen Gegend bleibt den Leuten ja nichts anderes übrig, als sich mit ihren Booten zu beschäftigen.«

In der schmalen Wasserrinne waren zahlreiche Boote an Bojen verankert und zum Schutz gegen die Unbilden des Wetters mit blauer Plastikfolie abgedeckt. Weitere lagen auf der großen Sandbank, die sich quer über das Ästuar erstreckte. Mehrere Boote kreisten langsam in der Gegend, in der das Motorboot explodiert war.

Paula wunderte sich immer noch über das völlige Verschwinden des Flusses.

»Es ist fast so, als gäbe es weiter draußen einen riesigen Stopfen, der herausgezogen wird, und dann fließt das Wasser einfach ab.« Sie sah Tweed an. »Hat dieser Ausflug uns irgend etwas gebracht?«

»Auf jeden Fall. Er liefert mir weitere Teile des vagen Puzzles, das sich in meinem Kopf zusammensetzt.«

Der Weg war inzwischen steiler geworden, und zu ihrer Rechten sahen sie die Straße, die zum Parkplatz in dem Steinbruch führte.

Vor einem Bungalow schüttelte eine schlicht gekleidete Frau eine Decke aus. Tweed blieb stehen.

»Entschuldigen Sie bitte, wissen Sie zufällig, wem das Haus am oberen Ende dieses Weges gehört?«

»Einem Mann namens Gaunt. Er wohnt irgendwo draußen im Bodmin Moor.«

»Ich interessiere mich für das Haus«, log Tweed verbindlich. »Es scheint leer zu stehen. Ich nehme an, dieser Mr. Gaunt kommt nie hierher?«

»Ich glaube, doch. Jedenfalls gelegentlich. Erst gestern

abend war jemand da oben. Ich hatte den Fernseher an, aber ich habe gehört, wie ein Auto hinaufgefahren ist, als es schon dunkel war.«

»Danke für die Auskunft.«

»Ich an Ihrer Stelle würde die alte Ruine nicht kaufen«, erklärte die Frau. »Wir haben diesen Bungalow letzten Sommer gekauft, und das war ein Fehler. Wenn wir könnten, würden wir ihn sofort wieder verkaufen und woanders hinziehen. Es ist unheimlich hier oben. Rock besteht nur aus einem alten Hotel, ein Stück die Straße hinunter, und ein paar Häusern. Nirgends eine Möglichkeit zum Einkaufen. Dazu muß ich mit dieser fürchterlichen alten Fähre nach Padstow hinüberfahren. Bleiben Sie bloß weg von hier.«

»Sie sagten, es wäre unheimlich«, mischte sich Paula ins Gespräch.

»Von Zeit zu Zeit ist da oben in dem Haus, bei dem Sie gerade waren, Licht zu sehen. Damit meine ich nicht die Zimmerbeleuchtung. Es sieht eher so aus, als schliche jemand mit einer Taschenlampe herum. Richtig gespenstisch.«

»Danke für Ihren Rat. Ich glaube, wir werden uns daran halten«, versicherte Tweed.

Er wartete, bis sie am unteren Ende des Weges angekommen waren.

Paula schaute die einsame Straße entlang, die zum Rest von Rock führte.

»Zeitverschwendung«, sagte Tweed. »Die Beschreibung der Frau trifft genau zu. Bob und ich haben Rock erkundet, als wir uns damals einen Tag und eine Nacht im Metropole aufhielten. Wonach suchen Sie?«

Paula wühlte in ihrer Umhängetasche, dann holte sie mit triumphierender Miene eine Preßfolie mit weißen Tabletten heraus.

»Hier! Dramamin! Und ein Stück die Straße hinunter ist ein kleines Cafe, in dem es, wenn man dem Fähnchen gegenüber glauben darf, etwas zu trinken gibt ...«

Sie saßen auf einer überdachten Veranda mit Blick auf das Ästuar. Tweed nahm eine Tablette und spülte sie mit Orangensaft hinunter. Paula sah auf die Uhr – es dauerte eine halbe Stunde, bis die Tablette wirkte. Das Wasser toste jetzt wie ein Hexenkessel. Weil die Frau, die sie bedient hatte, dicht hinter ihnen die Theke putzte, saßen sie eine Weile schweigend da. Dann hörte Newman den Motor einer sich nähernden Maschine.

»Geben Sie mir mein Fernglas«, bat er Tweed.

Der graue Hubschrauber, der sehr tief flog, kam aus der Richtung vom Atlantik herüber. Durch das Fernglas konnte Newman zwei Männer erkennen. Beide trugen Helme und Schutzbrillen, nicht viel anders als die Gestalt, die am Ruder des Motorbootes gestanden hatte.

Die Frau hinter der Theke verschwand durch eine Tür und schlug sie hinter sich zu.

Sie waren allein, sie konnten reden.

»Sie werden mich vielleicht für verrückt halten«, erklärte Newman, »aber ich glaube, dieser Hubschrauber sucht nach uns.«

»Das wäre beängstigend«, sagte Tweed ruhig. »Denn es würde bedeuten, daß jemand über ein ausgezeichnetes Kommunikationssystem verfügt. Die Besatzung des Hubschraubers ist entweder auf der Suche nach Wrackteilen von der Fähre …«

»Oder«, warf Paula ein, wobei sie versuchte, ein Zittern zu unterdrücken, »sie wissen, daß wir überlebt haben und suchen, wie Bob meinte, tatsächlich nach uns.«

»Letzteres ist wahrscheinlicher«, erklärte Newman. »Die Fähre ist nämlich gerade auf der Rückfahrt nach Padstow und befindet sich mitten auf dem Fluß.«

Sie saßen wieder schweigend da, während der Hubschrauber tief über die Fähre hinwegflog, sie umkreiste und dann über Rock hinweg landeinwärts flog. Paula ertappte sich dabei, daß sie ganz still dasaß, obwohl die Besatzung des Hubschraubers unmöglich in das Cafe hineinschauen konnte.

»Der Kopilot hat auch ein Fernglas benutzt«, teilte Newman ihnen mit.

Er hatte kaum ausgesprochen, als sie die Maschine direkt über ihren Köpfen dröhnen hörten. Newman stand auf und warf einen Blick durch das Fenster zu seiner Rechten. Jetzt konnten sie hören, wie sie irgendwo verhielt.

Newman setzte sich wieder, und kurz darauf tauchte der Hubschrauber wieder auf und flog in Richtung Atlantik davon. Das Motorengeräusch verklang. Paula stieß den angehaltenen Atem aus.

»Sie haben das alte Haus überprüft, das wir uns angesehen haben«, berichtete Newman.

»Dann haben sie tatsächlich nach uns gesucht«, sagte Paula grimmig. »Woher zum Teufel wissen sie so viel? Ich komme mir vor wie ein Bazillus unter dem Mikroskop. Sie sehen jeden unserer Schritte voraus und spüren ihm nach. Das ist unheimlich und geht mir verdammt auf die Nerven.«

»Aber sie haben auch einen großen taktischen Fehler begangen«, entgegnete Tweed. »Ich sehe gerade, daß die Fähre wieder abgelegt hat. Wir sollten uns also auf den Weg zur Landestelle machen, wo immer sie sich jetzt befinden mag. Die Flut hat eingesetzt.«

Sie waren kaum auf die Straße hinausgetreten, als Butler, Cardon und Nield aus dem unebenen Gelände hinter dem Cafe zum Vorschein kamen. Sie waren gerade dabei, ihre Kleidung zu säubern.

»Hat dieser Hubschrauber Sie gesehen?« fragte Newman scharf.

»Dumme Frage«, gab Butler ebenso scharf zurück, dann änderte er seinen Tonfall. »Entschuldigung. Nein, das hat er nicht. Wir lagen flach unter totem Farn und Gestrüpp. Wir haben ihn gesehen und hörten ihn kommen, aber uns hat er bestimmt nicht entdeckt.«

»War ziemlich schmutzig dahinten«, murrte der normalerweise untadelig gekleidete Nield. »Übrigens, der Typ neben dem Piloten hatte ein Fernglas. Sein besonderes Interesse galt dem alten Haus, in dem Sie vorhin gewesen sind.«

»Es wird immer besser«, sagte Tweed befriedigt.

Seine Schritte waren schwungvoll, als er auf die Lücke in der Hecke zusteuerte und dann zu der Rampe am Strand.

Der Pfahl mit der Flagge zeigte ihnen, daß der Landepunkt jetzt näher bei der Rampe lag als bei ihrer Ankunft. Paula hatte das Gefühl, als wäre seitdem ein ganzer Tag vergangen. Und weshalb war Tweed so erfreut über diesen fürchterlichen Ausflug nach Rock?

## 12

»Das ist ja grandios!« rief Paula.

Während die Fähre stampfte und schaukelte und die Dämmerung hereinzubrechen begann, brandete die Flut mit aller Macht herein. Der Atlantik überschwemmte die Sandbank, die zusehends kleiner wurde. Sie war überrascht und erleichtert, als die Fähre dicht am Ufer von Padstow angekommen war und an der öden Bucht vorbeisteuerte, in der sie an Bord gegangen waren.

»Jetzt, da das Wasser hoch genug gestiegen ist, landen wir im Hafen«, erklärte Newman ihr.

Die schmale Rinne, die sie bei der ersten Überfahrt passiert hatten, war jetzt viel breiter. Sie legten am Fuß einer Treppe an, die an der Außenseite der Mole hinaufführte. Tweed trat aus dem Boot auf die unterste der Steinstufen und blieb dort stehen, um Paula zu helfen.

»Vorsichtig«, warnte er. »Der untere Teil der Treppe hat nur an der Innenseite ein Geländer...«

Sie klammerte sich an das Geländer, als sie ihm folgte, warf einen Blick nach links und schaute schnell wieder weg. An dieser geländerlosen Seite konnte man tief in den Fluß hinabstürzen. Weiter oben befand sich an beiden Seiten ein Geländer, ein beruhigendes Gefühl. Sie trat auf die Mole, machte zwei Schritte vorwärts, blieb unvermittelt stehen.

»Sie haben die Schleuse zum inneren Hafen geöffnet.«

»Ja, weil das Wasser im Fluß jetzt ebenso hoch steht wie das im Hafen«, erklärte Tweed, während er mit einem Taschentuch seine Brille putzte.

»Aber sie ist verschwunden!«

»Was ist verschwunden?« fragte Tweed und setzte seine Brille wieder auf.

»Die *Mayflower*.«

»Sie ist ausgelaufen, nachdem die Schleuse geöffnet wurde«, sagte ein an der Mauer lehnender Matrose zu Paula. »Werden sie wahrscheinlich eine ganze Weile nicht wiedersehen.«

»Wie kommen Sie darauf?« fragte sie.

»Sie haben Unmengen von Proviant an Bord gebracht. Einen Haufen Kühltaschen. Kühlschrank und Gefriertruhe dürften randvoll sein.«

»Wer war an Bord, als sie auslief?«

»Squire Gaunt stand am Ruder...«

»Sonst noch jemand?«

»Keine Ahnung.«

Der Matrose machte sich davon, als hätte er das Gefühl, schon zuviel gesagt zu haben. Die anderen hatten sich zu Tweed und Paula gesellt.

Weil die Schleuse offen war und es keine Brücke gab, mußten sie einen großen Umweg über die den Hafen umgebenden Kais machen.

»Das wundert mich«, sagte Paula. »Daß Gaunt so plötzlich ausgelaufen ist. In der Bar hat er es mit keinem Wort erwähnt.«

»Mich wundert das überhaupt nicht«, erwiderte Tweed. »Aber ich bin ziemlich sicher, daß wir Squire Gaunt wiedersehen werden.«

Tweed hatte gesagt, er wollte allein mit Howard sprechen, und betrat die Telefonzelle. Paula ging mit Newman und Cardon in die Bar. Butler und Nield blieben draußen und nahmen Positionen ein, von denen aus sie die Telefonzelle beobachten konnten.

Tweed wählte zuerst die Nummer des Hauses in Surrey. Howard kam rasch an den Apparat.

»Haben Sie irgendwelche Fortschritte gemacht? Irgendwelche handgreiflichen Neuigkeiten?« fragte er besorgt.

»Ich kann Ihnen mitteilen, daß wir hier, wo wir uns befinden – mitten in der Wildnis –, Tag und Nacht überwacht werden. Und Sie vermutlich auch.«

»Wer steckt hinter alledem?« fragte Howard vehement. »Ich versuche andauernd, den Premierminister anzurufen. Nichts zu machen. Er läßt uns im Stich.«

»Was ist mit Crombie? Haben Sie noch Kontakt mit ihm?«

»Ja, Gott sei Dank. Er ruft mich regelmäßig an und erstattet mir Bericht. Sie kämpfen sich immer noch durch Berge von Schutt. Bisher keine Spur von dem Safe, den Sie erwähnten.«

»Unsere Gegner haben Crombie übersehen«, sagte Tweed mit grimmiger Genugtuung. »So sehr man sich auch bemüht, einen eisernen Kordon um jemanden zu ziehen – ein Schlupfloch bleibt immer offen. Und jetzt hören Sie mir zu, Howard. Ich möchte, daß Sie Crombie anrufen und ihm sagen, daß er, sobald er auf den Safe stößt, Sie anrufen und ihn gut verstecken soll. Sobald Sie hören, daß er ihn gefunden hat, schicken Sie ein als Geldtransporter getarntes Panzerfahrzeug los und lassen ihn zu sich bringen. Verstanden?«

»Ich rufe ihn an, sobald unser Gespräch beendet ist. Wir kommen uns hier vor wie völlig von der Welt abgeschnitten, Tweed. Ich habe heute dreimal versucht, den Premierminister zu erreichen. jedesmal wurde ich abgewiesen. Er läßt uns im Stich«, wiederholte er.

»Finden Sie sich damit ab, Howard. Sie können nichts daran ändern …«

Tweeds nächster Anruf galt Jim Corcoran am Flughafen Heathrow. Abermals mußte er dem Sicherheitschef gut zureden, zu tun, um was er ihn bat. Schließlich sagte er zu. Tweed dankte ihm, erklärte ihm, zu gegebener Zeit würde ihm klar werden, daß er das Richtige getan hatte.

Sein dritter Anruf, der kürzeste, galt dem Flughafen Exeter. Er traf bestimmte Arrangements anhand der Auskünfte, die er von dort erhielt, wischte sich den Schweiß von der Stirn, verließ die Telefonzelle und ging hinüber in die Bar. Aber ihm war wohler zumute – in Kürze würden sie unterwegs sein.

In der Bar, in der es sehr ruhig war, gesellte sich Tweed zu Newman, Paula und Cardon, die sich in dem abgeschiedenen Winkel auf dem Podest vor dem Kamin niedergelassen hatten. Als Newman ihn fragte, was er trinken wollte, bestellte er Mineralwasser.

»Haben Sie Howard erreicht?« fragte Paula. »In welcher Verfassung ist er?«

»Er hat das Gefühl, in der Falle zu sitzen. Es ist ihm nicht gelungen, den Premierminister zu erreichen. Er kommt nicht zu ihm durch.«

»Mir geht es nicht anders«, sagte Paula. »Ich habe auch das Gefühl, in der Falle zu sitzen.«

»Kein Grund zur Panik. Packen Sie Ihre Sachen. Wir werden morgen früh ganz zeitig von hier verschwinden. Bevor wir abreisen, müssen Sie den Browning loswerden. Das muß ich auch den anderen sagen. Keine Waffen.«

»Ich werfe ihn ins Wasser. Aber wo wollen wir hin? Sind wir überhaupt noch irgendwo sicher?«

»Es gibt einen Ort, an dem wir es sind. Und das ist der, zu dem wir reisen. Es wird Zeit, daß wir die Leute ausräuchern, die es auf uns abgesehen haben. Ich locke sie in eine Falle. Danke«, sagte er, als Newman ein Glas vor ihn hinstellte. Er trank gierig. Nach den Aktivitäten der letzten Stunden fühlte er sich wie ausgetrocknet.

»Wir haben versucht, herauszufinden, wer hinter all diesen Anschlägen auf unser Leben steckt«, begann Newman. »Die Antwort läßt sich im Namen eines einzigen Mannes zusammenfassen. Gaunt.«

»Das ist bisher nur eine Vermutung«, erklärte Tweed. »Beweise?«

»Gaunt hat schon mehrfach sein Haus an Julius Amberg vermietet. Wer immer dieses Massaker veranlaßte, hat gewußt, daß Amberg sich dort aufhielt. Wer hätte es ihm sagen können? Gaunt. Wir wurden beinahe von diesem Motorboot gerammt. Wer wußte, daß wir mit genau dieser Fähre nach Rock unterwegs waren? Gaunt. Wer war gerade nicht in Tresilian Manor, als Celia Yeo vom High Tor heruntergestoßen wurde? Gaunt. Und Jennie.«

»Möglich.« Tweed trank noch mehr Mineralwasser. »Aber glauben Sie etwa, daß er über eine Organisation verfügt, die imstande war, diese Autobombe vor unserem Gebäude am Park Crescent zu deponieren? Woher sollte er wissen, wo sich die Zentrale des SIS befindet – wo sie sich befunden hat?«

Die Frage ist schwer zu beantworten«, gab Newman zu. »Übrigens sind Butler und Nield uns einzeln hier herein gefolgt. Butler sitzt in einer Ecke hinter Ihnen, von der aus er die ganze Bar im Auge behalten kann. Nield unterhält sich mit der Bardame ...«

Pete Nield lehnte an der Theke und plauderte mit der blonden Frau, bis er das Gefühl hatte, einen guten Kontakt mit ihr hergestellt zu haben.

»Ich habe gehört, daß Squire Gaunt wieder mit seinem schwimmenden Palast unterwegs ist. Mit einem so großen Kabinenkreuzer könnte man ohne weiteres den Atlantik überqueren.«

»Oh, ich glaube nicht, daß er das getan hat. Nach Amerika fliegt er. Meistens fährt er zum Kontinent hinüber.«

»Ein kleiner Ausflug ins gute alte Paris?« fragte Nield.

»Kann sein. Aber er ist auch schon rheinaufwärts gefahren. Das habe ich gehört, als er eines Abends hier war und ein bißchen zu viel getrunken hatte.«

»Aber er ist ein netter Kerl«, sondierte Nield weiter.

Die Frau unterbrach das Polieren eines Glases. »Unter uns gesagt, das kommt ganz auf seine jeweilige Laune an. Manchmal ist er ein netter Kerl, aber zu anderen Zeiten sind alle anderen einfach Luft für ihn.«

»Ich habe gehört, er wohnt in einem herrlichen Haus im Bodmin Moor. Muß sehr friedlich sein da draußen.«

»Zu einsam für meinen Geschmack. Ich würde mich dort keine Sekunde wohlfühlen …«

Der sehr höfliche und tüchtige Manager des Metropole kam ihnen bei ihrer Rückkehr im Foyer entgegen und wendete sich mit leiser Stimme an Tweed.

»Ich dachte, Sie würden gern wissen, daß zwei Amerikaner sich nach Ihnen erkundigt haben, Sir. Wollten wissen, wie lange Sie hier bleiben würden. Ich habe ihnen gesagt, ich hätte keine Ahnung.«

»Haben sie hier Zimmer genommen?« fragte Newman schnell.

»Nein. Aber im Moment sitzen sie in der Bar.«

»Dann gehe ich mal hinein und sehe sie mir an …«

Newman strebte auf die Bar zu, während die anderen auf den Fahrstuhl warteten. Zwei große, schwer gebaute Männer standen mit Drinks vor sich an der Theke. Beide trugen auffallend karierte Sportjacken und Jeans; ihre offensichtlich amerikanischen Trenchcoats hatten sie auf einem Barhocker abgelegt. Newman bestellte einen Scotch. Der größere der beiden Männer stand neben Newman. Er hatte dichtes schwarzes Haar und buschige Brauen, die über dem Rücken seiner gebrochenen Nase fast zusammenstießen.

»Ihr Scotch, Mr. Newman«, sagte der Barmann, der seinen Gast wiedererkannte. »Danke, Sir«, sagte er, als Newman zahlte.

»Newman? Robert Newman, der ständig schnüffelnde Auslandskorrespondent?« fragte der große Amerikaner aggressiv.

»Ich habe mich aus dem Job zurückgezogen«, erwiderte Newman verbindlich. Er dachte nicht daran, sich provozieren zu lassen. »Also schnüffele ich auch nicht mehr, wenn Sie es so ausdrücken wollen.«

»Alte Gewohnheiten lassen sich nicht leicht ablegen«, sagte der Amerikaner noch aggressiver.

Sein Ellenbogen stieß seinen eigenen Drink um. Die Flüssigkeit ergoß sich über die Theke, und der Barmann beeilte sich, sie aufzuwischen.

»Das war mein Drink, den Sie da gerade umgestoßen haben«, fuhr der Amerikaner fort. »Was gedenken Sie zu unternehmen?«

»Ich spendiere Ihnen einen neuen«, erklärte Newman verbindlich. »Geben Sie diesem Herrn bitte einen frischen Drink«, sagte er zu dem Barmann und legte weiteres Geld auf die Theke.

»Wie es heißt, sind Sie früher nicht so gewesen«, höhnte der Amerikaner. »Nur gut, daß Sie den Job aufgegeben haben – sieht aus, als hätten Sie keinen Mumm mehr in den Knochen.«

»Ihr Freund ist gerade ohnmächtig geworden.«

Als der Amerikaner den Kopf herumriß, wo sein Begleiter stand und verblüfft dreinschaute, griff sich Newman seinen Drink, verließ die Bar und stieg die Treppe hinauf. Der Gegner war bereits sehr nahe an sie herangekommen.

»Wir müssen Kriegsrat halten, Paula. In meiner Suite. Falls Sie gerade aus der Wanne gestiegen sein sollten – es reicht, wenn Sie in fünf Minuten hier sind.«

Paula legte in ihrem Zimmer im zweiten Stock den Hörer auf. Tweed hatte sich ruhig und entschlossen angehört. Sie war nicht gerade aus der Wanne gestiegen. Sie kehrte bei ausgeschaltetem Licht ans Fenster zurück und beobachtete im Dunkeln das Ende des Auflaufens der Flut. Die Ränder der noch verbliebenen Sandbänke sahen im Mondlicht aus wie filetierter Fisch. Noch während sie hinschaute, wurden auch sie überflutet. Jetzt erstreckte sich das Wasser von einem Ufer bis zum anderen, und Porthilly Cove, zuvor eine riesige Sandbank, war nun gleichfalls vom Wasser bedeckt.

Sie war beängstigend, dachte sie, als sie die Treppe hinunterging – die durch nichts zu bremsende Macht der See. Als sie Tweeds Suite betrat und Newman hinter ihr die Tür wieder abschloß, gab sie diesem Gedanken Ausdruck.

»Und das ist genau das, womit wir es zu tun haben«, sagte Tweed. »Eine durch nichts zu bremsende Macht. Macht in ihrer extremsten und skrupellosesten Form.«

Sein Publikum verhielt sich still. Sie waren alle da – Cardon, Butler und Nield hatten sich hingesetzt, während Tweed in der Mitte des großen Raums stand. Die Vorhänge waren zugezogen. Er wendete sich an Newman.

»Erzählen Sie ihnen von dem Vorfall in der Bar.«

Sie hörten zu, während Newman ihnen einen knappen Bericht über das lieferte, was in der Bar passiert war. Paula war überrascht, daß er sich so beherrscht hatte, und sagte es auch.

»Seine Reaktion war perfekt«, erklärte Tweed ihr. »Sie haben versucht, einen Streit vom Zaun zu brechen, wollten ihn wahrscheinlich herausfordern, mit ihnen nach draußen zu gehen. Was wäre gewesen, wenn sie Messer gehabt hätten?«

»Weshalb sollten zwei Amerikaner ausgerechnet über Bob herfallen?« beharrte Paula.

»Der Gegner rückt immer näher an uns heran. Das ist der Moment, auf den ich gewartet habe. Wir werden ausbrechen. Meine absurde Idee, wer hinter all diesen Morden und der Bombe steckt, könnte sich als richtig erweisen.«

»Und die Identität unseres Gegners?« drängte Paula.

»Reimen Sie es sich selbst zusammen. Sie verfügen über dieselben Fakten wie ich. Listen Sie auf, was passiert ist. Von Anfang an.«

»Da war dieses grauenhafte Massaker in Tresilian Manor – dem ich beinahe selbst zum Opfer gefallen wäre«, erinnerte sie ihn.

»Abzielend auf wen – außer uns selbst?« warf Tweed ein.

»Julius Amberg, Schweizer Bankier aus Zürich.«

»Und jetzt gehen Sie ein paar Tage zurück in mein Büro am Park Crescent. Wo Bob und Monica einen unerwarteten Besucher hatten.«

»Der einen Videofilm und ein Tonband zurückließ. Kopien, wie er sagte. Die Originale hat er mitgenommen.«

»Sie haben etwas ausgelassen«, sagte Tweed. »Newman hat uns über diesen Besuch von Joel Dyson bis ins Detail berichtet. Was befand sich in seiner Reisetasche?«

»Ach ja, ich erinnere mich. Mehrere amerikanische Kleidungsstücke ...«

»Was darauf hindeutet, daß er gerade aus den Vereinigten Staaten kam. Dyson ist zwar Engländer, arbeitet aber die meiste Zeit in Amerika. Offenbar hat er festgestellt, daß auf der anderen Seite des Atlantik mehr Geld zu machen ist. Weiter. Nächstes Ereignis.«

»Die Autobombe am Park Crescent, die das ganze Gebäude zerstört hat.«

»Eine ganz gewöhnliche Bombe?«

»Nein. Sie haben uns gesagt, daß nach Auskunft von Commander Crombie Reste des Zündmechanismus gefunden wurden, die beweisen, daß es nicht die IRA war. Ein hochtechnisierter Mechanismus, der ihm bis dahin noch nie begegnet war.«

»Und«, erinnerte Tweed sie, »wie viele Leute wissen, wo sich die Zentrale des SIS befand? Welche Art von Leuten? Welche Art von Organisation konnte dafür sorgen, daß das Massaker in Tresilian Manor fast genau zur gleichen Zeit erfolgte wie der Bombenanschlag in London?«

»Eine ziemlich große.«

»Eine internationale«, setzte Tweed hinzu.

»Ich glaube immer noch nicht, daß zwischen dem Massaker und dem Anschlag in London ein Zusammenhang besteht«, erklärte Paula dickköpfig. »Die Zeit hätte nicht ausgereicht.«

»Was passierte als nächstes?« fragte Tweed weiter.

»Celia Yeo, das Dienstmädchen, das mit ziemlicher Sicherheit das Eintreffen von Amberg signalisiert hat, wird vom High Tor heruntergestoßen.«

»Und dann?«

»Wir kamen hierher. Gaunt taucht auf, mit Jennie Blade. Während wir – auf Gaunts Vorschlag hin – nach Rock hinüberfahren, versucht dieses Motorboot, uns zu rammen. Wir sehen uns dieses Haus ohne Namen an und finden die Signallampe, mit der die kodierte Nachricht übermittelt wurde, die Sie von der Bucht aus beobachtet haben. Und schließlich scheint dieser Hubschrauber nach uns zu suchen.«

»Das war noch nicht alles«, stellte Tweed fest. »Was passierte, als wir heute abend ins Hotel zurückkehrten?«

»Ach ja, diese beiden Amerikaner, die nach Ihnen gefragt hatten, versuchen, mit Bob einen Streit vom Zaun zu brechen.«

»Und jetzt gehen Sie ein oder zwei Jahre zurück. Nach Zürich.«

»Ich weiß nicht, worauf Sie hinauswollen ...«

»Tweed«, mischte sich Newman ins Gespräch, »bezieht sich auf die Tatsache, daß ich Joel Dyson damals überreden konnte, Julius Amberg die kompromittierenden Fotos auszuhändigen, die er von ihm gemacht hatte, anstatt sie an die Presse zu verkaufen.«

»Das hatte ich im Moment vergessen«, gab Paula zu. »Aber ich erinnere mich, daß Jim Corcoran in Heathrow festgestellt hat, daß Dyson nach Zürich geflogen ist, nachdem er die Kopien des Films und des Tonbandes am Park Crescent zurückgelassen hatte. Und er kam gerade aus Amerika.«

»Es sieht so aus, als fügte sich alles zusammen, meinen Sie nicht auch?« sagte Tweed.

»Tut es das?« Paula runzelte die Stirn. »Anscheinend bin ich schwer von Begriff.«

»Durchaus nicht«, versicherte ihr Tweed. »Es ist nur so, daß, wenn ich recht habe, die Wahrheit solche Ausmaße hat, daß sie kaum zu fassen ist. Wir befinden uns hier in großer Gefahr – also reisen wir noch heute abend ab. Vor dem Essen. Wir sagen an der Rezeption, wir wären dringender Geschäfte wegen abgerufen worden. Philip, Pete, Harry – Sie bezahlen Ihre Rechnungen getrennt, einschließlich der für diese Nacht.«

»Dann mache ich mich jetzt lieber ans Packen. Es dauert nicht lange«, sagte Paula. »Aber wo wollen wir hin?«

»In einem Ort namens St. Mawgan, westlich von hier in der Nähe von Newquay, gibt es ein kleines Hotel, in dem Newman und ich früher schon einmal übernachtet haben. Ich rufe von der üblichen Telefonzelle aus dort an. Inzwischen habe ich beinahe das Gefühl, als wäre die Zelle mein zweites Zuhause.«

Newman sprang auf; unter seinem Arm klemmte eine Zeitung. »Ich ziehe los, packe meine Sachen und bezahle meine Rechnung im Old Custom House. Dann warte ich bei der Telefonzelle auf Sie.« Er schwenkte die Zeitung. »Immer noch nichts über das Massaker im Bodmin Moor, was überaus merkwürdig ist. Alle Nachrichten beschäftigen sich damit, daß die Vereinigten Staaten und Präsident March sich noch immer nicht bereit erklärt haben, dem Premierminister in der Krise in Europa und im Mittleren Osten beizustehen. Ohne amerikanische Kooperation können wir nicht kraftvoll handeln. Wir können überhaupt nicht handeln ...«

»Beeilung bitte«, drängte Tweed. »Wir wollen lebend aus Padstow herauskommen.«

# 13

Präsident Bradford March saß in seinem Drehsessel hinter dem antiken Schreibtisch im Oval Office. Seine Haltung war, gelinde ausgedrückt, unelegant. Der Stuhl war weit vom Schreibtisch zurückgeschoben, und seine bestrumpften Füße lagen, an den Knöcheln übereinandergeschlagen, auf der Schreibtischplatte. Er schaute aus dem großen Fenster hinaus auf die Pennsylvania Avenue. Draußen fiel ein grauer Nieselregen, und die Aussicht war entsprechend trübe. Er drehte sich um und wendete sich an die einzige andere Person im Oval Office, eine Frau.

»Ich glaube, ich muß diesen Clowns in Europa einmal gründlich in den Arsch treten – Norton hat sich seit zwei Tagen nicht mehr gemeldet.«

»Er hat einen sehr schwierigen Auftrag, Brad«, erinnerte sie ihn.

»Was genau der Grund dafür ist, daß ich ihn zum Chef von Unit One ernannt habe. Wird höchste Zeit, daß er die Sache zum Abschluß bringt.«

Im Gegensatz zu den meisten Präsidenten – die durchweg einsachtzig groß oder noch größer waren – war Bradford March nur mittelgroß, ein bulliger Mann mit schwarzem Haar und buschigen schwarzen Brauen. Er war fünfundfünfzig Jahre alt, und sein aggressives Kinn und die massigen Backen waren ebenso schwarz wie sein Haar. Er rasierte sich zweimal am Tag, wenn ihm danach zumute war. Die eiskalten Augen über seiner kurzen, dicken Nase standen keine Sekunde still.

Er trug ungebügelte Blue Jeans und ein zerknittertes kariertes Hemd, dessen obere zwei Knöpfe offen waren und die dichte Behaarung auf seinem massigen Brustkorb sehen ließen. Er rülpste laut und klopfte sich auf den harten, rundlichen Bauch.

»Das Bier ist gut. Geben Sie mir noch eins. Dann rufen Sie Norton an. Ich werde ihm in den Arsch treten.«

»Ist das klug, Brad?«

Sara, seine Beraterin, die einzige Person, vor der er keine Geheimnisse hatte, war eine hartgesichtige Frau von Vierzig mit langem, dunklem Haar, einer weit vorstehenden Nase und einem großen, schmallippigen Mund. Sie hatte ihm seit seinen Anfängen zur Seite gestanden – seit der Zeit, als er sich mit einer Handvoll Stimmen Mehrheit ins Amt eines Senators in einem der Südstaaten gedrängt hatte. Einer Handvoll, beschafft von einem Drahtzieher, dem Sara hunderttausend Dollar in gebrauchten Scheinen ausgehändigt hatte.

Hochgewachsen und schlank, immer schwarz gekleidet, war sie – von seiner Frau abgesehen – die einzige Person, die ihn Brad nennen durfte. Marchs Frau Betty wohnte zwar noch im Weißen Haus, hatte sich aber längst von ihm getrennt. Sara war es, die ein wachsames Auge. auf sie hielt.

»Es wird Zeit, daß Sie Betty wieder einmal etwas zukommen lassen, Brad«, pflegte sie von Zeit zu Zeit zu sagen.

»Himmel! Schon wieder?«

»Wir wollen doch nicht, daß sie Sie verläßt, oder? Eine Nerzstola wird sie bewegen, wieder eine Weile Ruhe zu geben.«

»Okay. Falls Sie das Geld auftreiben können.«

»Brad, ich kann immer Geld auftreiben. Ich wende mich einfach an jemanden, der uns noch einen Gefallen schuldig ist. Und von denen gibt es genug...«

March saß mit dem Gesicht zur Nordwand, an der sich ein großer Marmorkamin befand. Sara kehrte mit einer Flasche Bier aus dem Kühlschrank zurück, die sie bereits geöffnet hatte. Da sie wußte, was er wollte, wischte sie die Oberkante und den Hals der Flasche mit einer frischen weißen Serviette ab. March nahm die Flasche, setzte sie an und trank.

»Schon besser«, sagte er, stellte die Flasche auf den Schreibtisch und fuhr sich mit dem Rücken seiner haarigen Hand über den Mund. »Wissen Sie was? Irgendein Schwachkopf vom Personal hier – ich habe ihn auf die Aleuten versetzt – wollte, daß ich einen Sprachtherapeuten aufsuche.« Er brach in dröhnendes Gelächter aus. »Einen Sprachtherapeuten! Wissen Sie, wieso es mir mit meinen Wahlreden gelungen ist, ins Weiße Haus zu kommen? Weil ich rede wie der Mann auf der Straße. Das nennt man Einfühlungsvermögen – was immer das sein mag. Verbinden Sie mich mit Norton, auf der privaten Leitung.«

Sara war an seine plötzlichen Themenwechsel gewöhnt. Sie stand mit verschränkten Armen da und schaute stirnrunzelnd auf ihn herab. Er sah auf, spie seine Frage heraus. »Was ist los mit Ihnen?«

»Brad, wonach hält Norton Ausschau? Außer nach gewissen Leuten?«

»Nach gewissen Leuten – Cord Dillon und Barton Ives. Ist mein Rücken gedeckt? Schließlich ist Dillon verschwunden. Der stellvertretende Direktor der CIA. Wenn die Presse aufwacht und feststellt, daß er nicht mehr da ist, wird sie Fragen stellen.«

»Ihr Rücken ist gedeckt. Ich habe das Gerücht verbreitet, er wäre krank und für einen langen Urlaub ins Ausland gefahren.«

»Langer Urlaub ist gut!« March grinste. Wenn Norton Dillon fand, würde es ein Urlaub ohne Wiederkehr werden. Aber Sara brauchte nicht zu wissen, mit wie harten Bandagen er spielen konnte. »Was macht Ihnen zu schaffen?« fuhr er sie an.

»Unit One. Ich glaube, Senator Wellesley hat etwas davon läuten hören.«

»Dieser aristokratische alte Esel? Nur weil er zufällig Vorsitzender des Senatskomitees für Auswärtige Angelegenheiten ist? Vielleicht stammen seine Vorfahren von den Pilgervätern ab. Er sieht jedenfalls aus wie einer.«

»Er hat eine Menge Einfluß, Brad. Unit One ist ganz eindeutig eine illegale Organisation. Und das Problem ist, daß etliche Mitglieder von Unit One immer noch hier sind und nicht in Europa.«

»Kluges Kind.« March grinste wieder. »Wirklich klug. Also schicken wir auch den Rest nach Europa, als Verstärkung für Norton. Dann ist nichts mehr hier, wovon der alte Senator Wellesley etwas läuten hören könnte. Ich werde darüber nachdenken.«

»Das wäre das beste. Wie Sie sagten, dann ist nichts mehr hier, was ihm eine Handhabe bieten könnte.«

»Es ist dasselbe wie mit Tonbändern und Dokumenten«, fuhr March fort und verschränkte die Hände hinter seinem Stiernacken. »Niemals was auf Tonband festhalten – das hat mich Nixon gelehrt. Kein Wort auf Papier. Und deshalb keinerlei Beweise. Wir werden auch in Zukunft alles mündlich erledigen.« Er zwinkerte ihr zu.

»Das ist die beste Methode«, pflichtete Sara ihm bei. »Bis jetzt hat sich das bestens bewährt. Was ist mit dem britischen Premierminister? Kooperiert er?«

»Die Briten tun, was ich ihnen sage. Norton operiert in London, als wäre er in Louisiana. Keine Einmischung. Der Premierminister ist ein Gummilöwe. Er hat zwei Vulkane, die vor seiner Türschwelle rauchen – Rußland und der Mittlere Osten. Aber er getraut sich nicht, etwas zu unternehmen ohne meine Hilfe, und die halte ich zurück.«

»Wenn ich an seiner Stelle wäre, würde ich mich auch nicht getrauen«, bemerkte Sara. »Wie gehen Sie vor?«

»Oh, ich bediene mich derselben Taktik, die unser Außenminister immer benutzt, wenn er jemanden hinhalten will. Ich sage ihm, die Angelegenheit würde erwogen.«

»Dieser FBI-Agent Barton Ives, der gleichfalls verschwunden ist – wie paßt der ins Bild? Hat er nicht im Süden gearbeitet? Als Sie noch Senator waren?«

»Er könnte mir in die Quere kommen.« Ein verschlagener Ausdruck erschien auf Marchs Gesicht, und seine Augen waren halb geschlossen wie die einer sprungbereiten Raubkatze. »Sie können ihn Norton überlassen.«

»Entschuldigen Sie, daß ich mich auf riskantes Gelände vorgewagt habe.« Sara lächelte. Sie wußte, daß sie einen Fehler gemacht hatte. »Brad, ich wage mich nicht gern auf riskantes Gelände vor – es könnte ein Minenfeld sein.«

»Sara Maranoff«, sagte der Präsident langsam, »wenn Sie sich auf ein Minenfeld wagen, könnten Sie in kleine Stücke zerrissen werden.«

Seine Miene veränderte sich, wurde so umgänglich wie die eines Familienvaters. »Das war eine gute Idee von Ihnen – dem Premierminister zu sagen, wir hätten Leute bei ihm, die einer Bande von Terroristen nachspüren, die mich ermorden will. Als ihm das aufgetischt wurde, hat er ganz schnell die Klappe gehalten. Sie sind eine verdammt kluge Frau.«

Sara, die immer noch mit verschränkten Armen dastand, nahm das Kompliment mit einem Kopfnicken zur Kenntnis, aber sie ließ sich nicht täuschen. March hatte sich dieses Tricks schon häufig bedient – zuerst wegen einer Indiskretion über sie herzufallen und anschließend ihre Loyalität zu rühmen. Bradford March mochte aus der finstersten Provinz kommen, aber wenn es darum ging, Menschen zu manipulieren, verfügte er über eine beträchtliche Bauernschläue. Sie wechselte rasch das Thema.

»Darf ich Sie noch etwas fragen? Hat Norton die beiden Dinge gefunden, nach denen er sucht? Ich will nicht wissen, um was es sich handelt, aber ich weiß, daß Sie sich deshalb Sorgen machen.«

Marchs Miene verdüsterte sich. »Nein, bisher nicht. Aber er wird sie finden. Sein Job steht auf dem Spiel, und das weiß er. Sara, sollten wir Senator Wellesley nicht einen Schatten anhängen? Ich traue ihm nicht über den Weg.«

»Tun Sie es nicht«, warnte Sara. »Er würde es merken. Und dann würde er vermuten, daß Sie etwas zu verbergen haben. Er könnte anfangen, wegen Unit One im Schmutz zu wühlen. Lassen Sie ihn in Frieden ruhen.«

»Ich wollte, das täte er. Auf dem Friedhof. Aber jetzt versuchen Sie, mich auf der privaten Leitung mit Norton zu verbinden. Und dann gehen Sie unter die Dusche oder so etwas...«

Was eine weitere Vorsichtsmaßnahme war, die March bei der Beschäftigung mit der Geschichte früherer Bewohner des Weißen Hauses gelernt hatte. Niemals demjenigen trauen, der einem am nächsten steht – sei es ein Mann oder eine Frau. In einer Krise war es der loyale Freund, der einem das Messer in den Rücken stieß. Freunde von heute – Feinde von morgen.

Bradford March war kein Hellseher, aber an diesem naßkalten Februarmorgen fand, keine vier Meilen vom Oval Office entfernt, eine Zusammenkunft dreier Männer statt, und zwar in einem der Häuser aus der georgianischen Zeit in Chevvy Chase, der begehrtesten – und teuersten – Wohngegend in Washington.

Die kleine Gruppe saß im Arbeitszimmer von Senator Charles Wellesley an einem Chippendale-Tisch. Obwohl es Tag war, waren in dem großen Raum im hinteren Teil des Hauses alle Vorhänge zugezogen. Die Beleuchtung kam von einem über dem Tisch hängenden Kronleuchter.

Der Senator, ein weißhaariger, tatkräftiger Mann und Vorsitzender des Komitees für Auswärtige Angelegenheiten, trank einen Schluck von dem vorzüglichen Kaffee, den er hatte servieren lassen; dann musterte er seine Gäste.

Der kleine Mann in den Fünfzigern mit dem rundlichen Gesicht war der mächtigste Bankier in den Vereinigten Staaten. Neben ihm saß ein Mann, der den Ruf eines überaus erfahrenen Politikers genoß. Dieser Mann war mittelgroß und von kräftigem Körperbau und trug einen eleganten Anzug und eine Hornbrille. Durch die Gläser hindurch musterten merkwürdig durchdringende Augen die anderen beiden Männer. Der Senator eröffnete die Sitzung und kam sofort zur Sache.

»Das Verhalten des Präsidenten gefällt mir von Tag zu Tag weniger. In Europa brauen sich zwei schwere Krisen zusammen, und beide könnten sich auf unsere Interessen sehr nachteilig auswirken.«

»Und March unternimmt nichts, um Europa zu unterstützen«, erklärte der Politiker. »Alles, woran er denken kann, ist sein ›Amerika zuerst, zuletzt und jederzeit‹.«

»Mit diesem Slogan hat er die Wahl gewonnen«, erinnerte der Bankier.

»Man kann ›Amerika zuerst‹ als den besten Grund für unsere Intervention in Europa interpretieren, dafür, daß wir den Briten in dieser Situation beistehen«, erwiderte der Politiker scharf. »Die Geschichte hat schließlich hinlänglich bewiesen, daß der europäische Kontinent unsere vorderste Linie ist. Der Vizepräsident hat für auswärtige Angelegenheiten mehr Verstand im kleinen Finger als March in seinem häßlichen Affenkopf.«

March hatte sich für Jeb Calloway als seinen Vizepräsidenten entschieden, weil er aus Philadelphia stammte und im Nordwesten sehr populär war.

»Calloway ist ein ganz anderer Mensch«, pflichtete Wellesley ihm bei. »Ein kultivierter Mann mit globaler Weitsicht. Aber trotzdem nur Vizepräsident.«

»Und damit nicht mehr als eine dekorative Figur, die nichts zu sagen hat«, erinnerte ihn der Bankier. »Also was können wir tun?«

»Politik ist die Kunst des Möglichen«, sagte der Senator besänftigend. »Bisher hat March nichts getan, um dessentwillen wir ihn öffentlich kritisieren können. Er ist gerissen und weiß, wie das Spiel in Washington gespielt werden muß. Uns bleibt nichts anderes übrig, als abzuwarten.«

»Sie sagten, Sie hätten Gerüchte gehört, denen zufolge March eine eigene paramilitärische Streitmacht aufstellt«, erinnerte ihn der Politiker.

»Gerüchte. Nichts Greifbares. In Washington wimmelt es von Gerüchten. Diese Privatarmee könnte eine Falle sein, die March aufgestellt hat. Wenn wir wegen etwas, was nichts als ein Gerücht ist, an die Öffentlichkeit treten, dann beweist er uns, daß wir spinnen, und wir büßen jeden Einfluß ein, den wir vielleicht haben.«

»Ich könnte ein Statement abgeben und seine Untätigkeit in der Außenpolitik kritisieren«, beharrte der Politiker. »Darauf hinweisen, daß Außenpolitik überhaupt nicht stattfindet. Das könnte Calloway veranlassen, den Präsidenten zu sofortigem Handeln zu drängen.«

»Ich bin nach wie vor dafür, daß wir Stillschweigen bewahren«, erwiderte Wellesley.

In gewissen Kreisen, zu denen nur sehr wenige alterfahrene Männer in Washington gehörten, kannte man sie als die »Drei Weisen«. Wellesley war sehr daran gelegen, daß sie im Schatten blieben.

Sie redeten noch eine Weile länger. Der Bankier konnte sich nicht mehr zurückhalten und gab seiner Meinung mit ungewöhnlicher Vehemenz Ausdruck.

»Der Präsident hat nichts unternommen, um unser Riesendefizit zu verringern. Amerika steht vor dem Bankrott. Bei der Art, wie er unsere Schulden anwachsen läßt, steht uns eine Krise im eigenen Lande bevor.«

»Er ist immer noch sehr populär«, warnte der Senator. »Ich rate Ihnen beiden, nichts in der Öffentlichkeit verlauten zu lassen, bevor wir uns das nächste Mal getroffen haben.« Er sah auf die Uhr. »Und ich muß in einer halben Stunde im Senat sein...«

Er begleitete sie höflich in die Diele und gab ihnen die Hand, achtete aber darauf, daß er, als die Haustür geöffnet wurde, nicht zu sehen war.

Der Politiker und der Bankier verließen das Haus einzeln und im Abstand von fünf Minuten. Beide wurden von einer Limousine mit Chauffeur erwartet.

Nachdem Wellesley in sein Arbeitszimmer zurückgekehrt war, beschloß er, einige diskrete Erkundigungen einzuziehen. Das Problem bestand immer darin, jemanden zu finden, der hinterher den Mund halten würde. Obwohl er sich während der Zusammenkunft gelassen und würdevoll gegeben hatte, war der Senator überaus besorgt.

# 14

Es war dunkel, als sie am Hafen von Padstow warteten. Newman saß mit Paula neben sich in seinem Mercedes. Cardon hatte sich hinter das Steuer des Ford Escort gezwängt. Butler und Nield sollten den Sierra fahren, aber im Augenblick waren sie beide draußen und bewachten die Telefonzelle, in der Tweed stand.

Ein Sturm war aufgekommen, und die See war aufgewühlt. Paula stieg aus dem Mercedes und beugte sich dann an Newmans Seite zum Fenster.

»Ich will mir das einmal aus der Nähe ansehen. So etwas habe ich noch nicht erlebt.«

»Ich komme mit«, sagte Newman und stieg gleichfalls aus.

Sie gingen bis zum Rand der Kaimauer, aber nicht zu nahe heran. Der Sturm war so stark, daß sie sich kaum auf den Beinen halten konnten. Fasziniert beobachtete Paula, wie die Boote im äußeren Hafen schwankten und schlingerten. Riesige Brecher rollten herein, brandeten gegen die hintere Kaimauer und explodierten in Wolken von Schaum und Gischt, die über die Mauerkante hinweggeschleudert wurden. Eines von den kleineren Booten sah aus, als könnte es jeden Augenblick kentern.

Newman ergriff ihren Arm, um zu verhindern, daß sie sich näher an die Kante heranwagte. Sie warf einen Blick über die Schulter. Im Licht der Innenbeleuchtung der Telefonzelle war Tweed deutlich zu erkennen.

Tweed hatte die Nummer des Hauses in Surrey gewählt und wurde sofort mit Monica verbunden. Er redete schnell.

»Ich habe es eilig. Monica, ich möchte, daß Sie versuchen,

alles über einen Mann namens Gaunt herauszufinden. Vorname unbekannt. Wohnt in Tresilian Manor im Bodmin Moor. Sie werden eine Zeitlang nicht von mir hören, aber machen Sie sich keine Sorgen.«

»Was zum Teufel geht da eigentlich vor?«

Es war das erste Mal, daß er sie fluchen hörte. Selbst am Telefon konnte er ihre Anspannung spüren – eine Anspannung, unter der wahrscheinlich alle Mitarbeiter des Hauses litten.

»Das weiß ich noch nicht«, erwiderte er. »Und nun geben Sie mir Howard …«

»Tweed, ist bei Ihnen alles in Ordnung?« waren Howards erste Worte.

»Ja. Wir machen uns aus dem Staub. Konnten Sie inzwischen mit dem Premierminister sprechen?«

»Nein, wir sind völlig von der Außenwelt abgeschnitten, was ein unerfreuliches Gefühl ist. Etwas habe ich von dem Esel von Privatsekretär erfahren, als ich damit drohte, selbst in Downing Street aufzukreuzen. Er sagte, ich würde nicht hereingebeten werden, es wäre eine großangelegte Terroristenjagd im Gange. Ich kann mir einfach nicht vorstellen, wovon er geredet hat.«

Dann hast du nicht sonderlich viel Phantasie, dachte Tweed. Er hatte einen Block und einen Stift griffbereit.

»Können Sie mir Commander Crombies Privatnummer geben? Es kann sein, daß ich mich mit ihm in Verbindung setzen muß.« Er notierte eine Telefonnummer in London. »Danke. Und nun hören Sie mir bitte gut zu, Howard. Es kann sein, daß Sie eine Weile nichts von mir hören. Machen Sie sich deshalb keine Sorgen. Ich begebe mich mit meinen Leuten an einen sicheren Ort.«

»Ich hoffe, Sie wissen, was Sie tun. Wo liegt dieser sichere Ort?«

»Tut mir leid, ich kann keine Nachsendeadresse angeben. Und jetzt muß ich Schluß machen …«

»Einen Moment noch. Mir fällt gerade ein, daß ich einen Anruf von Cord Dillon hatte. Notieren Sie diese Nummer... Haben Sie sie? Er scheint in der Schweiz zu sein. Er möchte, daß Sie ihn so bald wie möglich anrufen. Hat mir verschiedene Zeiten genannt. Einen Moment. Habe gerade auf die Uhr geschaut. Sie könnten ihn jetzt erreichen. Die Zeiträume, die er mir genannt hat, sind jeweils nur eine Viertelstunde lang.«

»Dann will ich es gleich versuchen...«

»Aber ich muß wissen, wo ich Sie erreichen kann.«

»Keine Nachsendeadresse...«

Tweed legte den Hörer auf, suchte in seinen Taschen. Er brauchte mehr Kleingeld. Als er aus der Zelle trat, hätte der Sturm ihn fast wieder hineingedrückt. Gegen den Wind ankämpfend winkte er Butler und Nield herbei. Paula und Newman kehrten gerade zum Mercedes zurück. Tweed ließ sich auf den Rücksitz fallen.

»Ich brauche sämtliches Kleingeld, das ihr bei euch habt. Ich muß ein Ferngespräch führen. Beeilt euch...«

»Noch ein Gespräch?« fragte Paula. »Vielleicht sollten wir für Sie in der Telefonzelle einen Tisch mit Kaffee und Sandwiches aufbauen«, scherzte sie.

»Das ist nicht komisch. Geben Sie mir das Kleingeld. Cord Dillon wartet auf meinen Anruf. Nach dem, was Howard mir sagte, hörte es sich an, als wäre er auf der Flucht. Der stellvertretende Direktor der CIA – da ist etwas ganz Schlimmes im Gange.«

Ausgerüstet mit einer großen Handvoll von Kleingeld kehrte er in die Zelle zurück. Der erste Teil der Nummer, die Howard ihm gegeben hatte, war 01041 für die Schweiz, gefolgt von einer 1 für Zürich und dem eigentlichen Anschluß. Die Verbindung kam schnell zustande, und er lauschte dem Wählton. Er sah auf die Uhr. Die Viertelstunden-Zeitspanne war fast abgelaufen.

»Wer ist da?«

Unverkennbar Dillons amerikanischer Tonfall. – »Tweed. Ich habe Ihre Nachricht von Howard erhalten.«

»Von wo aus rufen Sie an? Ich kann mich nicht mehr lange hier aufhalten...«

»Öffentliche Telefonzelle.«

»Wie ich. Im Einkaufszentrum beim Bahnhof. Hören Sie nur zu. Joel Dyson ist hier. Ist noch am Leben, war es jedenfalls, als ich ihn entdeckt und dann wieder aus den Augen verloren habe. Das gleiche gilt für Special Agent Barton Ives, FBI. Auch ihn habe ich wieder verloren. Jedenfalls ist er hier.«

»Sie wohnen...«

»An dem Ort, den Sie vorgeschlagen hatten. Keine Namen. Ich weiß zwar nicht, wie sie sämtliche Telefone in diesem Lande anzapfen könnten, aber man kann nicht vorsichtig genug sein.«

»Cord...«

»Ich sagte, Sie sollen nur zuhören. Wollte Ihnen nur einen kurzen Lagebericht geben. Hier sind eine Menge Amerikaner, die nicht aussehen wie Touristen. Ich vermute, sie sind hinter Dyson her. Und hinter Ives.«

»Erzählen Sie mir von diesem Barton Ives...«

»Nicht am Telefon. Vielleicht können wir uns eines Tages irgendwo treffen. Wenn ich dann noch am Leben bin.«

»Cord, vielleicht sehen wir uns früher, als Sie denken. Bleiben Sie immer gut in Deckung.«

»Was ist gute Deckung in einer solchen Situation? Ich muß hier verschwinden. Bis später, Tweed...«

Er hatte aufgelegt. Tweed seufzte und stieß die Tür auf, als gerade eine weitere Sturmbö versuchte, sie ihm ins Gesicht zu schlagen. Er kehrte, gefolgt von Butler und Nield, mit gesenktem Kopf zum Mercedes zurück und ließ sich auf den Rücksitz fallen. Paula drehte sich zu ihm um.

»Ein toller Abend. Sie sollten sehen, wie es im Hafen aussieht.«

»Das ist das letzte, das ich sehen möchte. Bob, fahren Sie los. Haben Sie St. Mawgan gefunden, Paula?«

»Ich kann uns direkt hinbringen.«

»Das wäre ein Wunder.«

Paula erwiderte nichts. Tweed war angespannter als eine Gitarrensaite.

Sobald Newman aus Padstow heraus war, bog er auf die A 389 ein. Cardon folgte im Escort, und der Sierra mit Butler und Nield bildete die Nachhut. Der Sturm peitschte gegen die Seite des Mercedes und riß an den Hecken längs der Straße, als wollte er sie mit den Wurzeln ausroden.

»Sie fahren in Richtung Wadebridge«, rief Tweed. »Wir hätten eine Nebenstraße nehmen und viel weiter im Westen auf die A39 gelangen können.«

»Wer ist hier der Lotse?« fuhr Paula auf. Sie hatte genug von Tweeds Brüskheit.

»Ich halte uns auf A-Straßen. An einem solchen Abend können wir es nicht riskieren, auf windigen B-Straßen zu fahren. Oder nur, wenn es unbedingt sein muß.«

»Sie hat recht«, sagte Newman. »Ich fahre, und dieser Wagen ist an einem Abend wie diesem zu groß für schmale Landstraßen.«

»Entschuldigung, Paula«, sagte Tweed, dem klargeworden war, daß er sie angefahren hatte. »Ich überlasse es euch beiden, uns hinzubringen.«

Tweed litt unter sehr unterschiedlichen Gefühlen – Ungeduld, ihren Bestimmungsort zu erreichen, und Besorgnis um die Sicherheit von Cord Dillon.

»Was ist mit Unterkunft für diese Nacht?« fragte Paula nach einer Weile. »Und weshalb fahren wir nach St. Mawgan?«

»Ich habe The Falcon Inn angerufen, das kleine Hotel, in dem Bob und ich schon früher einmal übernachtet haben. Es hat nur vier Zimmer, aber wir werden uns schon irgendwie einrichten.«

»Eins für Sie«, sagte Newman, »eins für Paula. Ich tue mich mit Cardon zusammen, und Butler und Nield haben bestimmt nichts dagegen, sich das vierte zu teilen. Das Falcon ist ein hübsches Haus und auf der ganzen Welt so ziemlich das am schwersten zu findende.«

»Was vermutlich der Hauptgrund dafür war, daß Sie sich dafür entschieden haben?« fragte Paula über die Schulter hinweg.

»Teilweise«, sagte Tweed und verfiel in Schweigen.

Paula dirigierte Newman nach rechts auf die A 39, eine weitere gute, breite Straße, und sie fuhren weiter durch den Abend, ohne irgendwelche anderen Fahrzeuge zu sehen. Der Wind peitschte nach wie vor gegen den Wagen. Später verließen sie die A 39 und bogen abermals nach rechts ab, auf die nach Newquay führende A3059. Wenig später machte Paula darauf aufmerksam, daß sie auf der rechten Seite auf eine abzweigende Nebenstraße achten müßten. Es war Tweed, der die Abzweigung zuerst bemerkte.

»Hier rechts abbiegen«, rief er. »Und ein kurzes Stück weiter müssen wir abermals abbiegen...«

Paula erkannte, daß sie in eine sehr abgelegene Gegend geraten waren. Sie fuhren eine steile, vielfach gewundene Straße hinunter, und Tweed mahnte Newman, ganz langsam zu fahren. Erst danach beantwortete er Paulas Frage.

»St. Mawgan liegt ganz in der Nähe von Newquay Airport. Ich habe uns für den Flug um 11.05 Uhr nach Heathrow angemeldet. Dort sollen wir um 12.15 Uhr landen. Bei einem meiner Besuche in der Telefonzelle habe ich den Flugplatz angerufen und Plätze unter unseren eigenen Namen gebucht.«

»War das klug?« fragte Paula.

»Es war Absicht. Ich hinterlasse eine Spur, der der Gegner folgen kann. Ich will ihn ins Freie locken, wo ich ihn sehen, ihn identifizieren – und mit ihm abrechnen kann«, erklärte Tweed grimmig.

In St. Mawgan war es neun Uhr abends. In Washington war es vier Uhr nachmittags. Jeb Calloway, der Vizepräsident, wanderte langsam in seinem Büro herum, während seine rechte Hand darauf wartete, daß er sprach.

»Ich stehe insgeheim mit jemandem in Europa in Verbindung, weil ich herausfinden will, was zum Teufel da vorgeht, Sam«, sagte Calloway schließlich. »Das Problem war, jemanden zu finden, dem ich voll und ganz vertrauen kann, aber ich glaube, ich habe einen solchen Mann gefunden.«

Calloway, fünfundvierzig Jahre alt, war einsachtzig groß und schwer gebaut, glatt rasiert und blond. Seine Kleidung war makellos – ein blauer Straßenanzug von Brooks Brothers. Er hatte ein kraftvolles Gesicht mit einer langen Nase, grauen Augen, einem entschlossenem Mund und einem wohlgeformten Kinn.

»Das könnte gefährlich sein, Sir«, meinte Sam. »Sie haben diesen Mann ohne Wissen des Präsidenten in einer geheimen Mission nach Europa geschickt?«

»Er war bereits dort. Er hat mit mir Kontakt aufgenommen. Außerdem hatte ich eine Unterhaltung mit einem Mann aus den oberen Rängen des Establishments. Auch er ist an mich herangetreten. Er macht sich ebensoviel Sorgen wie ich wegen der sich ständig verschlimmernden Weltkrise. Und March ist sie völlig egal.«

»Ist das nicht ein möglicherweise katastrophaler Schritt?« beharrte Sam. »Wenn Brad March dahinterkommt, wird er Ihnen alle Türen verschließen.«

Calloway lächelte verschmitzt – ein Lächeln, das ihn sehr populär gemacht hatte. Es war das Lächeln eines integren und tatkräftigen Mannes. Er schwenkte eine große Hand, dann fuhr er fort.

»Mir sind ohnehin bereits alle Türen verschlossen. March sagt mir nichts, was irgendwie von Bedeutung ist. Und ich habe Flüstern hören, daß er eine geheime paramilitärische

Streitmacht aufstellt, seine eigene Prätorianergarde – als wäre er Nero persönlich.«

»Das kann ich mir einfach nicht vorstellen. Das würde March nie tun – es wäre gegen die Verfassung.«

»Brad nimmt nicht sonderlich viel Rücksicht auf die Verfassung – wenn er etwas unternehmen kann, das ihm hilft, seine Macht zu vergrößern.«

»Mit wem stehen Sie in Europa in Verbindung?« fragte Sam.

Sam war ein kleiner, untersetzter Mann, achtundfünfzig Jahre alt. Er hatte schon mehr als einem Präsidenten gedient und kannte die Fallgruben des Washingtoner Spiels um die Macht. Calloway nannte einen Namen. Sam schaute zweifelnd drein.

»Mit dem möchte ich nicht Poker spielen. Ich habe gehört, daß er über Nacht nach Europa flüchten mußte. Irgendeine mysteriöse Untersuchung, die sein neuer Boss in Memphis angestellt hat. Dieser Mann bedeutet Ärger.«

»Ich bleibe trotzdem mit ihm in Verbindung. Er ist ein ganz seltener Typ, Sam – ein ehrlicher Mann.«

The Falcon Inn in St. Mawgan war ein kleines Gebäude aus altem, grauem Stein. Es stand am Rande der Straße, direkt am unteren Ende des steilen Abhangs. Newman fuhr langsam daran vorbei und lenkte den Mercedes in eine schmale Gasse, die an der Seitenfront des Hotels entlangführte.

»Der Parkplatz liegt hinter dem Falcon Inn«, erklärte er Paula.

Seine Scheinwerfer glitten über einen kleinen Dorfladen, schwangen dann nach rechts auf einen noch schmaleren, von Mauern gesäumten Weg.

»Eine ziemlich einsame Gegend«, bemerkte Paula.

Sie befanden sich in einer Sackgasse, einer von Wald umgebenen Senke, die als Parkplatz diente. Es waren keine anderen Wagen zu sehen. Cardon folgte ihnen im Escort, Butler und Nield bildeten mit dem Sierra nach wie vor die Nachhut des kleinen Konvois. Newman hatte den Motor ausgeschaltet, aber nicht die Scheinwerfer, damit Tweed und Paula beim Aussteigen etwas sehen konnten. Paula rückte den Riemen ihrer Umhängetasche zurecht, stand zitternd in der bitteren Kälte da und sah sich in der von dicht bewaldeten Anhöhen umgebenen Senke um.

»Das gefällt mir nicht«, sagte sie. »Es ist unheimlich. Und jeder beliebige könnte sich an den Wagen zu schaffen machen, während wir im Hotel schlafen.«

»Das ist ein Argument«, pflichtete Tweed ihr bei. Er sah Butler, Nield und Cardon an, die sich zu ihnen gesellt hatten. »Wir sollten einen Plan aufstellen, damit immer jemand hier ist und die Wagen bewacht.«

»Sie und Paula sollen Ihren Schönheitsschlaf haben«, entschied Newman. »Wir vier werden uns im Laufe der Nacht abwechseln und im Mercedes Wache halten.«

»Ich habe eine bessere Idee«, erklärte Butler. »Wir vier bilden Zweiergruppen. Ich fahre den Sierra zurück und parke ihn vor dem Hotel. Auf diese Weise haben wir Vorder- und Rückfront unter Beobachtung.«

»Einverstanden«, sagte Tweed. »Und nun wollen wir gehen und zusehen, was wir zu essen bekommen können ...«

Es war mitten in der Nacht, als Butler, hinter dem Steuer des vor dem Hotel geparkten Sierra sitzend, einen Wagen hörte, der den steilen Abhang herunterkam. Er setzte sich auf, griff nach einer Flasche Bier, die er zu diesem Zweck bei sich hatte, nahm einen großen Schluck davon in den Mund und spuckte ihn dann durch das geöffnete Fenster hindurch aus.

Newman saß auf dem Parkplatz hinter dem Hotel in seinem Mercedes, von dem aus er auch den Escort im Auge behalten konnte. Im Außenspiegel sah Butler die Scheinwerfer des sich nähernden Wagens. Als er neben ihm anhielt, sah er, daß es ein cremefarbener Chevrolet war. Er erkannte den Fahrer, sobald er ausstieg und zu ihm herüberkam.

Es war der große Amerikaner mit den dunklen Augenbrauen, die über seiner Boxernase fast zusammenstießen. Der Amerikaner, der versucht hatte, in der Bar des Metropole in Padstow mit Newman einen Streit vom Zaun zu brechen. Butler hatte den Mann gesehen, als er aus der Bar kam. Aber der Mann hatte ihn nicht gesehen.

»Sind Sie schon lange hier?« fragte der Amerikaner.

»Seit Stunden. Aber was geht Sie das an? Ich habe drinnen ein paar Glas zuviel gekippt und will nicht riskieren, von einer Streife angehalten zu werden. Haben Sie ein Problem, Mister?«

»Vielleicht hätte ich meine Frage anders stellen sollen.«

»Schon gut. Haben Sie sich verirrt?«

»Kennen Sie diese Gegend?«

Der Amerikaner musterte Butler eingehend und beugte sich zum Fenster hinein. Butler wählte diesen Moment, um einen großen Rülpser von sich zu geben. Bierdünste drangen dem Amerikaner in die Nase. Sein brutales Gesicht ließ Abscheu erkennen.

»Ich habe Sie etwas gefragt.«

»Ich kenne diese Gegend. Und ich habe Sie auch etwas gefragt.«

»Sind Sie schon lange hier?« wollte der Amerikaner abermals wissen.

»Das sagte ich Ihnen schon. Leiden Sie an Gedächtnisschwäche?« fuhr Butler auf.

»Entschuldigung. Wieder der falsche Ton. Es ist eine verdammt kalte Nacht. Ich suche nach einem Mercedes 280 E. Blau. Haben Sie so einen Wagen in dieser Gegend gesehen?«

»Nein.«

»Sind Sie ganz sicher?« Der Amerikaner ließ nicht locker.

»Da haben wir's schon wieder. Stellen die Frage, die ich

schon beantwortet habe. Und auf meine habe ich immer noch keine Antwort bekommen. Haben Sie sich verirrt?«

»Mein Freund und ich – der mit dem Mercedes – wollten uns treffen. Ich habe den Zettel mit dem Namen des Nestes verloren, in dem er auf mich warten wollte.«

»Also habe ich richtig geraten«, erklärte Butler. »Sie haben sich verirrt.«

»Wie komme ich aus diesem Drecksnest wieder heraus?«

»Dies ist ein sehr kleines und hübsches Dorf. Sie verschwinden von hier, in dem Sie einfach geradeaus fahren. Kapiert?«

Der Amerikaner bedachte ihn mit einem wütenden Blick, kehrte zu seinem Chevrolet zurück, knallte die Tür zu und ließ den Motor aufheulen, ohne Rücksicht darauf, wie viele Leute er mitten in der Nacht aufweckte.

»Ich hätte dir eine Kugel in den Bauch jagen sollen«, sagte Butler laut und steckte die Walther, die er auf dem Schoß unter seinem Anorak verborgen gehalten hatte, wieder in ihr Holster. Dann sah er auf die Uhr und stellte fest, daß es drei Uhr war. Nield konnte jeden Moment kommen und die Wache übernehmen, während Cardon Newman ablösen würde. Als eine schlanke Gestalt neben seinem Fenster auftauchte, griff er wieder nach seiner Walther. Es war Nield.

»Zeit für Ihren Schönheitsschlaf, Harry. Haben Sie sanft geschlummert?«

Newquay Airport – etliche Meilen außerhalb des Ortes Newquay – war einer der trostlosesten Flugplätze, die Paula je gesehen hatte. Er lag auf einem einsamen Plateau und war kaum mehr als ein grasbewachsenes Feld mit einer betonierten Rollbahn. Er war von einem zweieinhalb Meter hohen Maschendrahtzaun umgeben, und die Abfertigungshalle war nur ein eingeschossiger Schuppen. Sie hatten eine Stelle gefunden, wo sie die Wagen lassen konnten, und Tweed hatte mit dem Wachmann gesprochen.

»Es ist eine Geschäftsreise, und es kann sein, daß sie geraume Zeit dauern wird. Können wir unsere Wagen so lange hier stehen lassen?«

»Ja, aber auf eigene Gefahr ...«

Nachdem sie ihr Gepäck aufgegeben und Tweed die Tikkets abgeholt und bezahlt hatte, richtete Newman eine Frage an die Frau hinter dem Schalter.

»Gestern ist in Padstow ein Hubschrauber so niedrig über uns hinweggeflogen, daß er fast das Boot versenkt hätte, in dem wir saßen«, log er gewandt. »Werden hier Hubschrauber vermietet?«

»Es kommt gelegentlich vor, Sir. Gestern? Ich habe gehört, zwei Amerikaner hätten eine Maschine für ein paar Stunden gemietet. Es hat ein bißchen Gerede gegeben – einer von ihnen hatte einen britischen Pilotenschein, was ungewöhnlich ist. Und Ihre Maschine ist startklar. Guten Flug ...«

Newman krümmte sich zusammen, als sie auf die wartende Maschine zugingen. Es war ein beachtliches Flugzeug, aber er deutete auf die Nase.

»Sehen Sie sich diese Dinger an!«

»Das sind Propeller«, sagte Tweed gelassen. Er wußte, daß Newman Propellerflugzeuge haßte. »Aber sie fliegt trotzdem.«

»Ja, aber kommt sie auch an? Und wir sind offenbar die einzigen Passagiere für den Flug um 11.05 Uhr.«

Die Maschine der Brymon Airways hatte schon eine beträchtliche Höhe erreicht, bevor Paula auf die Landschaft herunterschaute. Sie saß neben Tweed, der verbissen geradeaus schaute.

»Einen Groschen für Ihre Gedanken. Sie haben kaum ein Wort gesagt, seit Butler uns beim Frühstück berichtet hat, daß dieser amerikanische Grobian wieder aufgetaucht ist.«

»Ich bin gleichzeitig besorgt und erleichtert«, gab Tweed zu. »Besorgt, weil einer von ihnen an einem so entlegenen

Ort wie St. Mawgan aufgetaucht ist. Ist Ihnen klar, was das bedeutet?«

»Nein, aber Sie könnten es mir sagen. Was Sie vermutlich ohnehin tun werden.«

»Die Tatsache, daß einer von ihnen nach St. Mawgan gekommen ist, bedeutet, daß ein ganzes Heer von Leuten Cornwall nach uns absucht.«

»Das ist die Sorge. Und die Erleichterung?«

»Daß meine Vermutungen, was diese Kampagne gegen uns betrifft, von Anfang an richtig waren. Nur eine gewaltige Organisation kann in einem derart großen Maßstab operieren. Hinter all dieser auf uns gerichteten Feuerkraft kann letzten Endes nur ein einziger Gegner stecken.«

»Und Sie gedenken mir nicht zu sagen, wer das ist, oder? Bevor Sie mit der Sprache herausrücken, werden Sie erklären, Sie brauchten erst noch mehr Material, um ganz sicher zu sein. Und wohin wollen wir jetzt? London könnte eine tödliche Falle sein.«

»Genau das wäre es«, erklärte Tweed. »Und das ist auch der Grund dafür, daß wir sofort weiterfliegen – in die einzige Gegend, in der wir in Sicherheit sein werden.«

»Vermutlich sollte ich nicht fragen, welche das ist?«

»Die Schweiz. Wo wir einen mächtigen Freund haben.«

# 15

»Norton ist auf der privaten Leitung, Brad«, sagte Sara Maranoff.

»Okay. Stellen Sie ihn durch. Wird Zeit, daß dieser Penner Resultate vorzuweisen hat.«

»Brad, Norton ist der beste Mann, den wir haben. Halten Sie sich ein bißchen zurück. Außerdem wartet Ms. Hamilton auf Sie.«

Sara wußte, was es mit Ms. Hamilton auf sich hatte. Sie ließ den Blick durchs Oval Office schweifen, vergewisserte sich, daß auf der großen Couch an der Wand eine Menge Kissen lagen. Sie schwenkte den Zeigefinger, um ihm zu bedeuten, daß er Norton nicht vor den Kopf stoßen sollte.

Der Präsident unterließ es oft, sich vor Mittag zu rasieren. Dann waren sein Kinn und seine Oberlippe mit schwarzen Stoppeln bedeckt. Aber an diesem Morgen war er frisch rasiert und trug einen eleganten blauen Anzug mit einem blütenweißen Hemd und eine Krawatte. Ms. Hamilton, dachte Sara. Auf sie wollte er einen guten Eindruck machen.

»Ich überlasse Sie Ihrem Gespräch«, sagte sie.

Sobald er allein war, schob March seinen Stuhl zurück, legte die Füße auf den Schreibtisch und schlug die Knöchel übereinander. Dann griff er nach dem in einer Schublade versteckten Telefon. »Sind Sie das?« bellte er.

»Hier Norton. Ich brauche Verstärkung...«

»Sie ist an Bord des United Flugs 918 nach London. Im Augenblick über dem Atlantik. Das ist der gesamte Rest von Unit One, den wir hier in Reserve gehalten hatten. Marvin Mencken hat das Kommando.«

»Dieser Barrakuda...«

»Er ist der Beste...« – March erinnerte sich an Saras Warnung – »... nach Ihnen natürlich. Und wo stehen wir bei diesem verdammten Problem? Wo steckt Joel Dyson? Wo steckt *Special Agent*...« – seine Stimme triefte vor Sarkasmus – »... Barton Ives? Reden Sie.«

»In Zürich.«

»Sie haben die Kerle aufgespürt? Donnerwetter. Es geschehen noch Zeichen und Wunder. Und sie liegen jetzt zwei Meter unter der Erde?«

»Noch nicht...«

»Machen Sie mir doch nichts vor, Norton. Drehen Sie etwa Däumchen dort drüben? Wie zum Teufel stehen die Dinge?«

»Wir wissen, daß beide Männer in Zürich sind. Sie wurden gesehen, sind aber wieder verschwunden. Vorübergehend...«

»Vorübergehend ist zu lange. Was ist mit diesem CIA-Halunken – Cord Dillon?«

»Den haben wir bisher noch nicht gefunden, aber wir suchen weiter. Eine Operation wie diese läßt sich nicht über Nacht durchführen.«

»Ich will, daß alle drei ein für allemal beseitigt werden. Es geht um Ihren Kopf, Norton. Da ist immer noch Mencken...«

March knallte den Hörer auf die Gabel, schob einen dikken Finger unter seine Krawatte und lockerte sie. Als er aufgestanden war und zur Tür gehen wollte, läutete das Telefon abermals.

»Ja?«

»Hier Norton. Wir wurden unterbrochen. Ich erledige das auf meine Art. Ich werde Mencken und seine Leute in Heathrow in Empfang nehmen. Dann fliege ich nach Zürich und kümmere mich persönlich um diese Angelegenheit. Wie viele Männer sind an Bord dieser Maschine? Ich muß es genau wissen.« Eine kurze Pause. »Mr. President?«

»Vierzig. Damit sollten Sie in der Lage sein, sämtliche Einwohner der Schweiz zu überprüfen.«

»Ich sagte es schon – ich erledige das auf meine Art...«

Die Leitung war tot. March starrte das Telefon an. Norton hatte den Mut, einfach aufzulegen. Er erinnerte sich an das, was Sara gesagt hatte. Norton ist der Beste. Vielleicht war er es tatsächlich.

Er überprüfte sein Aussehen im Spiegel, dann ging er zur Tür und öffnete sie mit seinem berühmten strahlenden Lächeln. Die elegante Blondine, die sich auf einem Sessel niedergelassen hatte, erwiderte das Lächeln und kam herein. Er machte hinter ihr die Tür zu und schloß sie ab. Dann ergriff er ihren Arm, führte sie zur Couch, drehte sie um und legte sie sanft hin.

»Du hast entschieden zuviel an, Gwen. Fangen wir mit diesen Knöpfen an...«

Der Swissair Flug SR 803 war planmäßig um 13.50 Uhr nach Zürich gestartet. Tweed und seine Leute saßen in der ersten Klasse, die sie für sich allein hatten. Einer der Vorteile des Fliegens im Februar.

Die Maschine der Brymon Airways war auf ihrem Flug von Newquay Airport pünktlich um 12.14 gelandet. Tweed hatte die Tickets abgeholt und bezahlt und kurz mit Jim Corcoran gesprochen. Danach hatte er ein hartes Gespräch mit Chefinspektor Roy Buchanan in Scotland Yard.

»Wo stecken Sie?« hatte Buchanan ihn angefahren.

»Mein Aufenthaltsort ist unwichtig. Ich habe festgestellt, daß in der Presse kein einziger Bericht über das Massaker in Tresilian Manor erschienen ist. Acht Tote, und die Presse ist nicht interessiert? Ich vermute, die Medien haben eine ›D‹-Notiz erhalten. Welcher Vorwand wurde diesmal benutzt? Eine Sache der nationalen Sicherheit?«

»Hier läuft eine große Antiterror-Operation, Tweed. Mehr werden Sie von mir nicht erfahren. Und es waren neun

Tote. Ein Mädchen, das in Tresilian Manor gearbeitet hatte, wurde am Fuße des High Tor gefunden. Ein anonymer Anrufer hat mich informiert. Aber davon wissen Sie natürlich nichts.«

Buchanans Stimme triefte vor Sarkasmus. Tweed sorgte dafür, daß er beim Thema blieb.

»Eine große Antiterror-Operation? Das haben Sie tatsächlich geschluckt? Also hat man sich auch an Sie herangemacht ...«

»Ich bin am Ende meiner Geduld, Tweed. Ich will Sie hier im Yard, und zwar noch gestern.«

»Sie sind ein integrer Mann«, sagte Tweed ruhig. »Sie wissen, daß Sie eigentlich einen Massenmord untersuchen sollten. Der nicht von Terroristen begangen wurde. Lassen Sie es nicht an mir aus, daß man Sie in die Enge getrieben hat.«

»Ich sagte, ich möchte Sie so schnell wie möglich hier im Yard sehen. Und ich brauche Sie wohl nicht darauf hinzuweisen, daß Sie das Land nicht verlassen dürfen.«

»Sie weichen immer noch dem eigentlichen Thema aus. Untersuchen Sie den Massenmord in Cornwall. Stellen Sie fest, wer kürzlich die falschen Straßensperren errichtet hat. Lassen sich sich Beschreibungen geben von allen Leuten, die daran beteiligt waren. Finden Sie ihre Nationalität heraus ...«

»Wollen Sie mir sagen, wie ich meine Arbeit zu tun habe?«

»Ich schlage lediglich vor, daß Sie Ihre Arbeit tatsächlich tun. Und jetzt muß ich Schluß machen. Leben Sie wohl ...«

Sobald sie sich in der Luft befanden, hatte er Paula, die neben ihm saß, von seinem Gespräch mit Buchanan berichtet, und ihr erzählt, wie er es beendet hatte.

»Das wichtigste an diesem Rededuell war das, was Buchanan nicht gesagt hat.«

»Und was war das?«

»Er hat nicht bestritten, daß man ihn angewiesen hat, den Fall auf Eis zu legen. Ich vermute, der Befehl kam vom Commissioner. Nachdem dieser einen Anruf aus Downing Street erhalten hatte. Sie haben ein dichtes Netz über die ganze Sache geworfen.«

»Aber weshalb? Mich macht besorgt, daß es Howard nicht gelingt, an den Premierminister heranzukommen.«

»Irgend jemand, der über ungeheure Macht verfügt, hat ein Täuschungsmanöver inszeniert. Indem er diese Gewalttaten zum Werk einer mächtigen Terroristen-Organisation erklärte, hat er den Leuten an der Spitze für ihr unentschuldbares Verhalten die perfekte Entschuldigung geliefert. Ich weiß, daß ich mir gerade selbst widersprochen habe, aber Sie verstehen, was ich meine.«

»Das einzige, was ich nicht verstehe, ist, wer einen solchen Einfluß auf unseren Premierminister ausüben kann.«

»Lesen Sie die Zeitungen – die Artikel über die internationale Lage. Darin liegt einer der Schlüssel. Und jetzt möchte ich den Piloten bitten, einen Funkspruch für mich durchzugeben.«

»Darf ich ihn sehen?« fragte Paula, deren Neugier geweckt war.

Während er etwas auf einen kleinen Block schrieb, den er aus der Tasche gezogen hatte, warf Paula von ihrem Fensterplatz aus einen Blick auf Newman und Cardon, die an der anderen Seite des Ganges saßen. Newman lächelte sie an und reckte den Daumen hoch. Tweed und Paula saßen auf den vordersten Sitzen, wo sie viel Platz für ihre Beine hatten. Unmittelbar hinter ihnen saßen Butler und Nield, die Drinks abgelehnt hatten und ständig auf der Hut waren.

Tweed war mit Schreiben fertig. Er zeigte ihr die Nachricht, dann steckte er sie in einen Umschlag, klebte ihn zu und rief die Stewardeß herbei.

»Könnten Sie das bitte dem Funker geben? Es ist sehr dringend.«

»Selbstverständlich, Sir…«

Paula runzelte die Stirn. Sie stellte ihre Frage, als die Maschine über dichte Wolken hinwegflog, die in der strahlenden Sonne schimmerten und genau so aussahen wie die Alpen. Aber in diesem Moment hatte die Maschine erst die halbe Strecke zwischen London und Zürich zurückgelegt.

»Mir ist, als hätten Sie gesagt, die Schweiz wäre eine sichere Gegend.«

»Das wird sie nicht sein«, sagte Tweed mit einem Gesicht wie Stein. »Nicht für unsere Gegner, sobald ich sie aufgespürt habe.«

Der Funkspruch, gerichtet an Tweeds alten Freund Arthur Beck, Chef der Schweizer Bundespolizei, war kurz und eindeutig.

*Erbitte dringend vollen Schutz für sechs Personen an Bord Flug SR 803. Planmäßige Ankunft Kloten 16.25 Uhr. Tweed.*

Die Maschine hatte mit ihrem Anflug auf den Zürcher Flughafen Kloten begonnen, als Paula durch das gegenüberliegende Fenster hindurch ein atemberaubendes Panorama erblickte: eine riesige Kette von schneebedeckten Bergen – das Berner Oberland, die beeindruckendste Bergkette in ganz Europa.

Sie konnte den Blick nicht von ihr abwenden. Sie kam ihr vor wie eine riesige Gezeitenwelle, die im Begriff ist, den ganzen Kontinent zu überfluten. Dann wurde der Anflug steiler, die Aussicht verschwand. Vor ihrem eigenen Fenster war nichts zu sehen – ein Wolkenvorhang driftete vorbei und wurde um so dichter, je tiefer sie kamen.

Plötzlich waren keine Wolken mehr da und statt dessen ein grauer und grüner Flickenteppich, der immer näher auf sie zukam. Die Stewardeß erschien und flüsterte Tweed etwas zu.

»Wir haben Anweisung erhalten, daß Sie und Ihre Begleiter die Maschine nach der Landung als erste verlassen sollen.«

»Ich bin froh, daß Sie ›nach der Landung‹ gesagt haben.«

Paula spürte seinen plötzlichen Stimmungsumschwung – Tweed freute sich auf die Gelegenheit, etwas unternehmen zu können. Auch ihre Stimmung besserte sich. Fünf Tage lang hatte sie in einem Zustand unterdrückten Entsetzens gelebt. Sie schaute wieder aus dem Fenster.

Sie würden gleich landen – sie konnte bereits den Nadelwald sehen, der den Flughafen Kloten umgab. Der Schweizer Pilot setzte die Maschine so sanft auf, daß sie kaum spürten, wie die Räder mit der glatten Rollbahn in Kontakt kamen. Als sie ausstiegen, sahen sie eine vertraute Gestalt, die direkt hinter der metallenen Plattform auf sie wartete, die von der Maschine in das Flughafengebäude führte. Arthur Beck. Er nahm Paula in die Arme und drückte sie an sich.

»Willkommen in der Schweiz, Paula.«

»Ich bin auch noch da«, sagte Tweed belustigt – er wußte, daß Beck Paula sehr gern hatte.

Arthur Beck, ein Mann in den Vierzigern, war mittelgroß und schlank und hatte ein rundliches Gesicht von gesunder Farbe. Das auffallendste an ihm waren seine hellwachen grauen Augen unter dunklen Brauen sowie eine kraftvolle Nase mit einem Schnurrbart darunter. Er trug einen grauen Anzug, ein blaugestreiftes Hemd und eine graue Krawatte. Tweed machte ihn rasch mit Philip Cardon bekannt; die anderen hatte Beck schon früher kennengelernt. Er führte sie, wobei er in perfektem Englisch rasch auf Tweed und Paula einredete.

»Wir umgehen die Paß- und Zollkontrolle. Draußen stehen Wagen bereit, die Sie dahin bringen werden, wo immer Sie hinwollen.«

»Zum Hotel Schweizerhof beim Hauptbahnhof. Das wird unsere offizielle Residenz sein, aber in Wirklichkeit wohnen wir nicht dort, sondern im Hotel Gotthard direkt hinter dem Schweizerhof«, sagte Tweed.

»Sie ergreifen beträchtliche Vorsichtsmaßnahmen, mein

Freund«, bemerkte Beck. »Das muß eine sehr ernste Sache sein.«

»Eine lebensgefährliche Sache – für uns alle. Ich informiere Sie über alles, während wir nach Zürich hineinfahren.«

»Unser Gepäck«, unterbrach Paula. »Es wird zur Ausgabe befördert werden...«

»Wir sind erster Klasse geflogen und waren dort die einzigen Passagiere«, sagte Tweed rasch.

»Kein Problem.« Er sprach ein paar Worte in Schweizerdeutsch zu einem Beamten in Zivil, der neben ihnen hergegangen war. Als der Mann davonschoß, erklärte er ihnen: »Ich habe ihn angewiesen, das gesamte Gepäck aus der ersten Klasse zu holen. Er bringt es zu den Wagen.«

Sie wurden über Schleichwege eskortiert, auf denen sie nicht einmal in die Nähe von Paß- und Zollkontrolle kamen, bis sie schließlich einen aus drei schwarzen Mercedes-Limousinen bestehenden Konvoi erreichten. Ganz in der Nähe saßen uniformierte Polizisten auf Motorrädern. Beck deutete auf sie, als er die Tür des ersten Wagens öffnete.

»Unsere Eskorte. Nachdem ich Ihre Nachricht erhalten hatte, hielt ich es für richtiger, kein Risiko einzugehen. Soll ich Sie vor dem Schweizerhof absetzen?«

»Ja, bitte«, sagte Tweed. »Später gehen wir dann zu Fuß zum Gotthard. Ich habe in beiden Hotels Zimmer reservieren lassen.«

Es war eine zwanzigminütige Fahrt vom Flughafen bis in die Stadtmitte von Zürich. Beck saß neben Tweed im Fond des Wagen und Paula auf Tweeds anderer Seite. Der Fahrer trug Zivil, ebenso der ungemütlich aussehende Mann auf dem Beifahrersitz.

Newman, Butler, Nield und Cardon saßen in der Limousine hinter ihnen, und der dritte Wagen war voll von weiteren Beamten in Zivil. Mehrere Motorradfahrer fuhren voraus, zwei weitere bildeten die Nachhut.

Beck hörte schweigend zu, als Tweed ihn mit knappen Worten über alles informierte, was ihnen widerfahren war – auch über den Bombenanschlag auf die Zentrale des SIS in London und die Ereignisse in Cornwall.

Zwischendurch warf der Schweizer immer wieder einen Blick durchs Heckfenster, dann unterbrach er Tweed zum ersten Mal.

»Entschuldigen Sie, aber ich muß eine Nachricht an den hintersten Wagen durchgeben. Man ist uns vom Flughafen aus gefolgt mit einem Impala – es könnte bezeichnend sein, daß das ein amerikanischer Wagen ist.«

Er griff nach dem neben ihm hängenden Mikrofon und sprach ein paar Worte auf Schweizerdeutsch, einer Sprache, die nur Schweizer verstehen.

Dann hängte er das Mikrofon wieder ein und warf abermals einen Blick durchs Heckfenster. Erst dann lieferte er seine Erklärung.

»Ich habe Eingreifen angeordnet. Der dritte Wagen hat diesen Impala gerade gestoppt. Um ihn aufzuhalten, werden sich meine Leute irgendwelche Verkehrsregeln ausdenken, gegen die der Fahrer verstoßen hat. Und all diese Wagen sind kugelsicher. Ihre Geschichte, Tweed, ist überaus merkwürdig, aber natürlich glaube ich Ihnen. Vielleicht interessiert es Sie, daß entschieden zu viele Amerikaner in der Schweiz eingetroffen sind – vor allem in Zürich.«

»Zu viele?« Paula beugte sich vor. »Woher wissen Sie das?«

Beck lächelte zynisch. »Oh, wir wissen genau, was in unserem Land vor sich geht. Ende Februar kann man mit ein paar Geschäftsleuten rechnen, vielleicht auch dem einen oder anderen reichen Touristen aus Amerika. Aber diese Männer – deren Aussehen uns gar nicht gefällt – haben allesamt Diplomatenpässe. Vom Präsidium in Bern aus habe ich bereits ihre Botschaft angerufen und darauf hingewiesen, daß sie ihren Stand an Botschaftspersonal weit überschreiten. Der Botschafter, ein alter Freund – und einer der wenigen, die Präsident March nicht durch einen seiner Anhänger ersetzt hat – war ziemlich verlegen. Er sagte mir, diese Männer sollten bald anderen Botschaften in Europa zugeteilt werden. Wir wußten beide, daß er nicht die Wahrheit sagte.«

»Also könnte Zürich ein gefährliches Pflaster sein?« meinte Paula.

»Das könnte es.« Er lächelte abermals. »Aber nicht so gefährlich wie England, nach dem, was Tweed mir erzählt hat. Wie wollen Sie weiter vorgehen, Tweed? Oder ist das streng geheim?«

»Durchaus nicht. Ich muß drei Männer ausfindig machen. Joel Dyson – ich glaube, mit ihm hat alles angefangen. Dann Special Agent Barton Ives und Cord Dillon. Einer von ihnen muß mir sagen, was zum Teufel da vor sich geht.«

»Ich weiß nicht recht...« – Beck hielt einen Moment inne, um nachzudenken – »... aber von den drei Männern, die auf der Flucht sind, hätte ich mit diesem Barton Ives am wenigstens gerechnet. Ein Mann vom FBI – weshalb sollte jemand ihn umbringen wollen?«

»Das wundert mich auch«, gab Tweed zu.

»Ein Jammer, daß Sie nicht wissen, wie dieser Norton aussieht«, bemerkte Beck.

»Nach allem, was ich gehört habe, weiß das niemand. Was mir zu denken gibt...«

Mit seinem Koffer in der Hand führte Tweed seine Begleiter in den Schweizerhof, wo er von früheren Besuchen her bekannt war und vom Empfangschef zuvorkommend begrüßt wurde.

Nachdem sie sich angemeldet hatten, fuhren sie im Fahrstuhl nach oben, und Tweed wies Paula an, ihren Koffer in ihrem Zimmer abzustellen und dann unverzüglich zu ihm zu kommen.

»Ich habe Zimmer 217«, erinnerte er sie, als er den Fahrstuhl verließ.

Nur drei Minuten später klopfte sie an die Tür seines großen Eckzimmers, dessen vordere Fenster auf den Hauptbahnhof hinausgingen. Von den Seitenfenstern aus konnte man die berühmte Bahnhofstraße sehen – die Straße mit den großen Banken und einigen der luxuriösesten Geschäfte der Welt.

Er ging durch das geräumige Wohn- und Schlafzimmer in die Diele und ließ Paula ein.

»Ich fürchte, ich habe eine Menge für Sie zu tun«, sagte er.

»Legen Sie los.«

»Wir müssen in unseren Zimmern überzeugendes Beweismaterial dafür hinterlassen, daß wir tatsächlich hier wohnen. Zahnbürsten, Zahnpasta, Rasierzeug und so weiter in den Badezimmern …«

»Die Sachen, die wir gerade benutzen, dürften am überzeugendsten sein.«

»Richtig. Sowie ungefähr die Hälfte unserer Kleidungsstücke in den Schränken. Das bedeutet, daß Sie …«

»Daß ich losziehe und sechs Zahnbürsten, sechs Tuben Zahnpasta, fünf Elektrorasierer und mehr Make-up für mich selbst kaufe.«

»Wieso mehr Make-up?«

»Weil man damit rechnet, so etwas im Zimmer einer Frau zu finden. Beim Einkaufen werde ich zusehen, daß ich einen Haufen Tragetaschen bekomme. Die werden wir wahrscheinlich brauchen, wenn wir uns mit den Sachen, die wir mitnehmen, hier heraus und ins Gotthard schleichen. Aber ich sehe da noch ein weiteres Problem.«

»Welches?« fragte Tweed.

»Es würde verdächtig aussehen, wenn wir im Gotthard ohne Koffer auftauchen würden. Ich hab's – zwei von den Männern werden in der Herrentoilette unten im Einkaufszentrum mit den neuen Koffern, die wir kaufen, auf uns warten.« Sie schaute durch das Seitenfenster auf die Rolltreppe, die in das unterirdische Einkaufszentrum hinabführte. »Zwei weitere, sagen wir Bob und Philip, können die Tragetaschen in die Toilette bringen und in den Kabinen in den Koffern verstauen.«

»Ich weiß nicht, weshalb ich mir den Kopf damit zerbreche, solche Dinge zu planen«, sagte Tweed mit gespielter Verzweiflung. »Jedenfalls nicht, wenn Sie in der Nähe sind.«

»Meine Einkaufstour wird eine Weile dauern«, warnte sie. »Es sähe merkwürdig aus, wenn ich alles, was wir brauchen, sechsfach in einem Laden kaufen würde.«

»Ich lasse Sie nicht allein losziehen«, sagte Tweed entschlossen. »Ich rufe Butler. Er soll Sie als Leibwächter begleiten.«

»Und er kann mir helfen, meine Einkäufe zu tragen. Was ist mit den Koffern?«

»Ich rufe Newman und Cardon an. Sie können die Koffer besorgen und mich anrufen, wenn alles erledigt ist. Dann können sie auf einen Kaffee ins Sprüngli gehen und mich abermals anrufen. Bis dahin sollten Sie und Butler mit Ihren Einkäufen fertig sein. Wir machen eine Zeit aus, zu der Nield und ich zu Ihnen stoßen, die Tragetaschen übernehmen und sie ins Einkaufszentrum bringen. Haben Sie genügend Schweizer Geld?«

»Sie haben mir in Heathrow so viel davon gegeben, daß ich losziehen und mir Sachen kaufen kann, die auch Elizabeth Taylor mit Vergnügen tragen würde. Wenn ich mir's recht überlege – ich hätte gern ein Chanel-Kostüm«, scherzte sie und verließ das Zimmer.

Auf Tweeds Anrufe hin waren Newman und Cardon erschienen, hatten ihre Instruktionen erhalten und waren wieder gegangen, als das Telefon läutete. Tweed runzelte die Stirn und hob argwöhnisch den Hörer ab.

»Ja? Wer ist da?«

»Hier Beck«, meldete sich die vertraute Stimme. »Ich habe schlechte Nachrichten. Erinnern Sie sich an den Impala, den meine Leute auf dem Weg vom Flughafen in die Stadt angehalten haben? Einer der Insassen beendete gerade ein Gespräch über ein Mobiltelefon. Zweifellos hat er seinen Chef gewarnt, daß ein Konkurrent eingetroffen ist.« Beck wußte, daß sein Anruf über die Hotelvermittlung lief, und formulierte seine Botschaft deshalb sehr vorsichtig. »Es könnte sein, daß Sie früher Gesellschaft von der Gegenseite bekommen, als Sie denken. Melden Sie sich bald wieder. Ich bleibe in Zürich.«

»Danke.«

Tweed legte mit einem sehr unguten Gefühl den Hörer auf.

# 16

Um acht Uhr abends war der Umzug in das dicht hinter dem Schweizerhof liegende Hotel Gotthard beendet. Tweed betrat sein Zimmer, klappte den Kofferdeckel hoch und ging dann hinunter in die Bar. Dort bestellte er ein Glas Champagner und begann, das Hotel zu erkunden.

Mit dem Glas in der Hand tat er so, als hielte er nach jemandem Ausschau. Er goß etwas von dem Champagner in einen Blumenkübel und fuhr fort, sich die paar Leute anzusehen, die in der Halle saßen. Nirgends jemand, der ihm verdächtig vorkam, keine amerikanisch klingenden Stimmen.

Auf seiner langsamen Wanderung passierte er einen schlanken, gutgekleideten Mann, der in einem Sessel saß und Zeitung las. Der Mann stand auf, faltete seine Zeitung zusammen und folgte Tweed in eine ruhige Ecke in der Nähe des an der Bahnhofstraße gelegenen Restaurants.

»Entschuldigen Sie, Sir. Hätten Sie vielleicht Feuer?«

Tweed drehte sich langsam um. Der schlanke Mann war glatt rasiert und hatte schwarzes, straff nach hinten gekämmtes Haar.

Er war ungefähr dreißig Jahre alt und hielt eine Zigarette in der Hand. Tweed musterte ihn, während er in die Tasche griff und das Feuerzeug herausholte, das er zum Anzünden von anderer Leute Zigaretten immer bei sich hatte.

Als er das Feuerzeug aufschnappen ließ, beugte der Mann sich vor und hob eine Hand, um die Flamme abzuschirmen, obwohl es nicht im mindesten zog. Der Mann ließ sich Zeit mit dem Anzünden seiner Zigarette, und dabei sah Tweed den aufgeklappten Ausweis in seiner ausgestreckten Hand.

*Bundespolizei. P Schmidt.* Auf der unteren Hälfte war mit

Tesafilm eine Visitenkarte befestigt. *Mit den besten Empfehlungen von Arthur Beck.*

»Danke, Sir«, sagte der schlanke Mann. »Ziemlich ruhig hier. Aber im Februar, nehme ich an …«

Tweed fuhr mit gemischten Gefühlen im Fahrstuhl wieder nach oben. Es war sehr rücksichtsvoll von Beck, daß er einen seiner Leute im Hotel postiert hatte. Aber das bedeutete zugleich, daß er um ihre Sicherheit besorgt war.

Er steckte den Schlüssel ins Schloß seiner Zimmertür, öffnete sie und tastete nach dem Schalter, um das Licht einzuschalten. Auf dem Teppichboden lag ein weißer Briefumschlag, der ganz offensichtlich unter der Tür durchgeschoben worden war.

Er machte die Tür zu und schloß sie hinter sich ab. Dann schlitzte er mit seinem Taschenmesser den Umschlag vorsichtig auf. Drinnen lag nur ein zusammengefaltetes Blatt Papier, auf dem nichts stand außer einer kurzen handschriftlichen Nachricht.

*Rufen Sie mich von einem sicheren Apparat aus unter dieser Nummer an. Zwischen 20 und 20.15 Uhr heute abend. Cord.*

Tweed war verblüfft. Dillon wohnte entweder in diesem Hotel – wie er es ihm vorgeschlagen hatte –, oder er hatte ihre Ankunft beobachtet. Er sah auf die Uhr. Acht Minuten nach acht. Ihm blieben nur noch wenige Minuten, um ein Telefon außerhalb des Hotels zu erreichen. Er griff nach dem Hörer und wählte Butlers Nummer.

»Hier Tweed. Wir müssen ausgehen. Sofort.«

»Bin schon unterwegs …«

Tweed hatte seinen Mantel an, als Butler in einem wattierten Anorak erschien. Er öffnete ihn, zog eine .7,65er Walther Automatik aus einem Hüftholster, grinste und steckte die Waffe wieder ein. Tweed wartete mit seiner Frage, bis sie durch den bitterkalten Abend die Bahnhofstraße entlanghasteten.

»Wo zum Teufel haben Sie die her? Wir haben uns doch auf dem Weg zum Flugplatz Newquay sämtlicher Waffen entledigt.«

»Leihgabe von Polizeichef Beck. Haben Sie nicht die Segeltuchtasche gesehen, die er Paula nach dem Aussteigen vor dem Schweizerhof ausgehändigt hat?«

»Nein, die habe ich nicht gesehen.«

»Sie enthielt Walthers für Pete Nield und mich, einen .32er Browning für Paula und einen Smith & Wesson für Newman sowie Munition für sämtliche Waffen. Paula erriet, was sich in der Tasche befand, und übergab sie Newman, bevor sie Ihnen nach drinnen folgte. Die nötigen Ausnahmegenehmigungen waren auch dabei – unterschrieben von Beck.«

Für Butlers Verhältnisse war das eine lange Rede. Als er damit fertig war, hatten sie die Rolltreppe erreicht, die in das Einkaufszentrum hinunterführte. Tweeds einzige Erwiderung war ein Grunzen. Er wollte immer gesagt bekommen, was vor sich ging, aber der Umzug ins Hotel Gotthard war eine ziemliche Hetze gewesen.

Um diese späte Stunde waren nur noch wenige Leute in dem unterirdischen Komplex. Tweed schaute ganz bewußt nicht in die Telefonzellen, die besetzt waren. Falls sich Cord Dillon in einer von ihnen befand, konnte er nicht riskieren, die Aufmerksamkeit auf ihn zu lenken.

»Es dauert nicht lange«, sagte er zu Butler, als er eine der leeren Zellen betrat.

Er stellte sich mit dem Rücken zur Seitenwand und wählte die Züricher Nummer. Butler tat so, als interessierte er sich für einen geschlossenen Gemüseladen auf der anderen Seite.

»Wer ist da?« fragte Dillons brüske Stimme.

»Hier Tweed. Ich habe Ihre Nachricht erhalten ...«

»Hören Sie nur zu. Special Agent Barton Ives ist in der Stadt. Er wird versuchen, mit Ihnen Verbindung aufzunehmen, wenn er es ungefährdet tun kann.«

»Warum hat er die Staaten verlassen? Ich brauche ein paar Fakten…«

»Er hat eine Reihe von Morden in Tennessee, Mississippi, Louisiana, Alabama, Georgia und Florida untersucht. Sämtlich Frauen. Vergewaltigt und dann ermordet.«

»Weshalb mußte er nach Europa flüchten?«

»Fragen Sie ihn selbst. Muß jetzt Schluß machen. In Zürich wimmelt es von Nortons Revolvermännern. Ich vermute, er wird selbst bald hier sein, wenn er nicht schon da ist. Und dann gibt es in Zürich ein Erdbeben.«

»Cord, wie zum Teufel hängt diese Mordserie mit dem zusammen, was da vor sich geht?«

»Nicht am Telefon. Fragen Sie Barton. Bleiben Sie in Dekkung. Ich tue dasselbe…«

»Solange wir nicht wissen, wie dieser Norton aussieht, nützt es uns nichts, zu wissen, daß wir uns vielleicht seiner Gesellschaft erfreuen werden.«

»Der erfreut sich niemand. Bevor jemand das tun kann, ist er tot. Schluß für heute…«

Wieder hatte er aufgehängt, bevor Tweed ihm eine wichtige Frage stellen konnte. Die abrupte Beendigung des Gesprächs beunruhigte Tweed, als er mit Butler ins Gotthard zurückkehrte. Dillon war ein harter Bursche, und er hatte noch nie erlebt, daß er sich vor irgend jemandem fürchtete. Dieser Norton mußte es in sich haben.

Norton wartete am Flughafen Heathrow, als der United Flug 918 aus Washington landete. Er stand in einer kleinen Gruppe von Leuten, die Ankömmlinge abholen wollten. Neben ihm stand ein Gepäckträger mit einem großen, schweren Umschlag, den Norton ihm zusammen mit einem großzügigen Trinkgeld gegeben hatte.

Marvin Mencken erschien als erster, gefolgt von vier seiner Leute. Mencken, ein großer, gut gebauter Mann, hatte ein ausgemergeltes Gesicht und wurde hinter seinem Rücken

»das Skelett« genannt. Er trug einen dunkelblauen Trenchcoat und blieb mit dem Koffer in der Hand stehen, während seine schmalen Augen über die Wartenden schweiften.

»Das ist er«, sagte Norton zu dem Gepäckträger. »Der mit dem dunkelblauen Trenchcoat.«

Der Gepäckträger, der sehr präzise Instruktionen erhalten hatte, eilte vorwärts, bahnte sich seinen Weg zwischen den Leuten hindurch, blieb vor Mencken stehen und hielt ihm den Umschlag entgegen.

»Ich soll Ihnen das geben.«

»Von wem?« fragte Mencken und schaute sich abermals um, während er den Umschlag in Empfang nahm.

»Das gehört nicht zu meinen Instruktionen, Sir ...«

»Keine Sperenzchen, Mann.« Mencken hatte seinen Koffer fallen gelassen und den Gepäckträger beim Hemdkragen gepackt. »Du wirst ihn mir sofort zeigen. Dafür bekommst du fünfzig Dollar. Wenn nicht, drücke ich dir die Kehle zu.«

Der Gepäckträger rang nach Luft, total verängstigt. Doch dann gewann Entrüstung die Oberhand. Das war sein Flughafen. Er griff hoch und grub die Fingernägel in die Hand, die ihn festhielt. Mencken gab ihn frei und wollte ihm gerade hart auf den Fuß treten, als der Mann sprach.

»Wenn Sie nicht sofort aufhören, rufe ich den Sicherheitsdienst. Ich sehe den Chef dort drüben.«

»Hau ab«, fauchte Mencken.

Er konnte sich hier keinen Ärger leisten – zumal wenn Norton ihn beobachtete. Er riß den Umschlag auf. Drinnen steckten einundvierzig Swissair-Tickets nach Zürich, ein dikker Packen Schweizer Banknoten und eine getippte Anweisung.

*Gehen Sie mit Ihren Freunden an Bord der nächsten Maschine. In Zürich erhalten Sie weitere Befehle.*

Die Anweisung war mit einem schwungvollen, mit Tinte geschriebenen »N« unterzeichnet. Norton. Mencken knirschte mit den Zähnen. Sara Maranoff hatte ihm auf ihre kurzangebundene Art mitgeteilt, daß er Norton unterstellt war. Und das gefiel ihm nicht. Zumal er keine Ahnung hatte, wie Norton aussah. Immer nur diese rauhe Stimme am Telefon.

Mencken hatte seine Truppe von vierzig Männern in Fünfergruppen aufgeteilt, jede mit einem Anführer. Er händigte jedem der Gruppenführer fünf Tickets aus und gab ihnen Instruktionen für die Ankunft in Zürich.

»Ihr haltet euch in Kloten in der Nähe der Gepäckausgabe auf. Vielleicht erteile ich euch dort weitere Anweisungen. Kann auch sein, daß ich damit warte, bis wir in der Halle sind. Kommt ganz auf die näheren Umstände an. So, und nun schaut auf die Uhr und setzt eure Ärsche in Bewegung...«

»Ich habe eine Verabredung mit Walter Amberg in der Zürcher Kreditbank in der Talstraße«, gab Tweed bekannt.

Sie genossen alle ein ausgezeichnetes Frühstück an einem langen Tisch in La Soupière, einem erstklassigen Speiserestaurant im ersten Stock des Hotels Schweizerhof. Nachdem sie im Gotthard geschlafen hatten, waren sie paarweise in den Schweizerhof zurückgekehrt. Das förderte den Eindruck, daß sie in diesem Hotel abgestiegen waren.

Auf Tweeds Vorschlag hin hatten Newman und Butler am Vorabend gegen neun Uhr, ausgerüstet mit Schlüsseln zu allen sechs Zimmern, dem Schweizerhof einen kurzen Besuch abgestattet. Jeder hatte sich drei Zimmer vorgenommen, die Betten aufgedeckt, die Schuhe ausgezogen und sich, um Laken und Kissen zu zerwühlen, im Bett gewälzt, um beim Hotelpersonal den Eindruck zu erwecken, daß sie hier geschlafen hatten.

»Walter ist doch der Zwillingsbruder des armen Julius«, erinnerte sich Paula mit leiser Stimme.

»Sie waren eineiige Zwillinge. Es war praktisch unmöglich, sie voneinander zu unterscheiden« erklärte Tweed. »Die Schweizer haben Sinn für Humor. Julius und Walter hatten die Angewohnheit, sich genau gleich anzuziehen. Sogar ihre eigenen Angestellten haben sie oft miteinander verwechselt.«

»Und weiß Walter von der Ermordung von Julius?« fragte Paula ebenso leise wie zuvor.

»Nein. Was unerfreulich ist. Niemand – nicht einmal Buchanan – hat daran gedacht, zu fragen, wer benachrichtigt werden muß. Ich vermute, der Chefinspektor war zu fassungslos über das Ausmaß der Bluttat. Also muß ich Walter die Nachricht überbringen. Möchten Sie mitkommen?«

»Ja, bitte«, sagte Paula. »Hat Julius eine Frau?«

»Ja, aber ich weiß nicht, wo sie wohnt. Ich hatte daran gedacht, mir ihre Adresse zu besorgen – aber das ist nicht die Art von Nachricht, die man gern am Telefon übermittelt.«

»Eine Schweizerin?« fragte Paula, deren Neugierde geweckt war.

»Nein, sie stammt aus England und ist wesentlich jünger, als ihr Mann war. Ich glaube, sie heißt Eve. Diese unangenehme Aufgabe wird Walter zufallen. Walter ist Präsident – Julius war geschäftsführender Direktor, der Mann, der im Grunde die Bank und ihre verschiedenen Filialen leitete.«

»Ist Walter dazu imstande?« fragte Newman. »Ich meine, Julius' Arbeit zu übernehmen und das Unternehmen zu leiten?«

»Keine Ahnung.« Tweed hatte seine Eier mit Speck verzehrt und schob den Teller zurück. »Wissen Sie, Paula, unter all den Dingen, die passiert sind, ist eines, das ich einfach nicht begreifen kann.«

»Und was ist das?«

»Weshalb hat der Mörder, nachdem er Julius Amberg in Tresilian Manor erschossen hatte, sein Gesicht mit Säure übergossen? Nicht aus Rache – mit einem solchen Gegner haben wir es nicht zu tun. Also weshalb die Säure?«

# 17

Norton flog mit derselben Maschine nach Zürich wie Menkken und seine Leute. Aber während die vierzig Mann, die als Verstärkung abkommandiert worden waren, in der Economy-Klasse flogen, saß Norton in der Ersten Klasse.

Er trug einen in England geschneiderten Anzug und sprach Englisch ohne eine Spur von amerikanischem Akzent. Als er in die Maschine eingestiegen war, hatte er sich für einen Sitz am Gang entschieden und sich neben einer elegant gekleideten Schweizerin niedergelassen. Er achtete sehr darauf, daß nichts in seinem Verhalten den Eindruck erweckte, als wollte er sich an sie heranmachen.

»Haben Sie etwas dagegen, wenn ich mich zu Ihnen setze?« hatte er höflich gefragt. »Hier ist genügend Platz für meine Beine, und ich muß unterwegs Geschäftspapiere durcharbeiten.«

»Der Platz ist frei«, hatte sie erwidert, nachdem sie einen flüchtigen Blick auf ihn geworfen hatte.

Die Maschine hob ab, und Norton holte eine Mappe mit Statistiken über Computer aus seinem Aktenkoffer. Er verstand nicht das geringste von Computern, aber falls Menkken einen Blick in die Erste Klasse werfen sollte, würde er ein gemeinsam reisendes Paar sehen.

Sobald die Maschine in Kloten gelandet war, bewegte er sich sehr schnell. Als Mencken bei der Gepäckausgabe ankam, wartete abermals ein Gepäckträger auf ihn und händigte ihm einen Umschlag aus.

»Ich soll Ihnen das geben, Sir. Ihr Gepäck kommt gleich.«

Eingedenk seiner Erfahrungen in Heathrow unternahm Mencken keinen Versuch, den Gepäckträger auszufragen. Er ließ den Blick über die anderen Fluggäste schweifen. Keine Möglichkeit, Norton zu identifizieren – wenn er sich überhaupt in der Nähe der Gepäckausgabe aufhielt, was Mencken bezweifelte. Er öffnete den Umschlag. Ein weiteres Blatt ohne Angabe einer Adresse und mit detaillierten Anweisungen.

*Verteilen Sie Ihre Leute auf die folgenden vier Hotels – in dem zuerst aufgeführten steigen zwei Gruppen ab. Die Zimmer sind von Golden Bay Tours gebucht. Ich rufe Sie in Ihrem Hotel an und sage Ihnen, wo Sie die Spezialausrüstung abholen können. Hotels: Baur-en-Ville, Eden-au-Lac, Dolder Grand, Baur-au-Lac.*

Auch dieser Brief war mit Tinte mit dem schwungvollen »N« unterschrieben. Mencken fluchte leise über den vertraut abrupten Ton der Anweisung. Er begann, zwischen den Passagieren herumzuwandern und nannte jedem der Gruppenführer den Namen seines Hotels. Noch während er das tat, setzte sich das Fließband in Bewegung, und das Gepäck erschien.

»Spezialausrüstung« – Mencken wußte, daß damit Waffen und Sprengstoff gemeint waren.

Newman hatte beschlossen, Tweed und Paula zu Walter Amberg in die Zentrale seiner Bank in der Talstraße zu begleiten. Paula war ein wenig nervös. Sie konnte einfach die Fotos von Julius Amberg vor dem Massaker nicht verdrängen – und wie er nach der Zerstörung seines Gesichts durch die Säure ausgesehen hatte. Und jetzt sollte sie seinen Zwillingsbruder kennenlernen…

Obwohl sie darauf vorbereitet gewesen war, empfand sie doch einen gewissen Schock, als ein Assistent sie in ein großes Büro führte und ein Mann mit ausgestreckter Hand auf sie zukam.

»Willkommen in Zürich, Tweed. Ich freue mich, Sie wiederzusehen.«

Auch Walter Amberg, ein kleiner, untersetzter Mann in den Fünfzigern, trug sein schwarzes Haar scheitellos und glatt von der hohen Stirn aus zurückgekämmt. Die Augen unter den dichten Brauen wirkten intelligent, das Gesicht war glatt rasiert und rundlich. Paula war verblüfft. Der Mann, den sie vor sich sah, war das genaue Ebenbild des Bankiers, den sie in Tresilian Manor kennengelernt hatte. Er trug sogar denselben dunklen Anzug mit einem roten Ziertaschentuch in der Brusttasche.

Tweed stellte ihm Paula vor. Newman kannte den Bankier bereits von früher. Amberg führte sie zu bequemen Sesseln, die einen langen, polierten Konferenztisch umstanden.

»Ich nehme an, Sie hätten gern einen Kaffee«, sagte er und gab die Anweisung über eine Gegensprechanlage. »Soweit ich weiß, haben Sie sich mit Julius in Cornwall getroffen«, fuhr er an Tweed gewendet fort, nachdem er sich mit Paula zu seiner Rechten und Tweed und Newman gegenüber niedergelassen hatte. »Seither habe ich noch nicht wieder von ihm gehört – was nicht ungewöhnlich ist, da Julius mir nur selten viel von seinen Geschäften erzählt. Ich nehme an, alles ist gut verlaufen.«

Tweed holte tief Luft. Dieser Augenblick hatte ihm bevorgestanden.

»Ich fürchte, ich habe eine schlimme Nachricht für Sie, was Julius angeht.«

»Ist er krank?« Amberg wirkte überrascht. »Er ist fast nie krank. Sagt immer, für so etwas hätte er keine Zeit.«

»Die Nachricht ist schlimmer, viel schlimmer«, warnte Tweed.

»Sie meinen doch nicht etwa, er ist – tot?«

»Genau das meine ich.«

Tweed gab ihm einen knappen Bericht über das, was in Cornwall passiert war. Amberg hörte zu, mit ausdrucksloser Miene, aber Paula bemerkte, wie sich seine Lippen zusammengepreßt hatten, als Tweed die grauenhafte Geschichte erzählte. Der Schweizer hörte zu, mit vor dem Kinn zusammengelegten Fingerspitzen – eine Eigenheit, die ihr auch im Eßzimmer von Tresilian Manor aufgefallen war.

»Es ist eine große Tragödie«, schloß Tweed, »und wir haben keine Ahnung, wer diesen Anschlag verübt hat – oder warum. Ich hatte gehofft, Sie hätten vielleicht irgendeine Vermutung.«

»Wie ich schon sagte – Julius ging seine eigenen Wege. Was es mir fast unmöglich macht, Ihnen zu helfen. Ich wußte nicht einmal, weshalb er nach Cornwall gefahren ist, um sich mit Ihnen zu treffen.«

»Haben Sie je von einem Mann namens Joel Dyson gehört?« fragte Tweed.

»Ja. Kein besonders erfreulicher Zeitgenosse – oh, tut mir leid, ist er ein Freund von Ihnen?«

»Nein, durchaus nicht. Fahren Sie fort.«

»Dieser Dyson erschien mit einem Koffer und wollte Julius sprechen. Er war ziemlich aggressiv, und ich war überrascht, als mein Bruder sich bereit erklärte, ihn zu empfangen.« Amberg sah Newman an. »Soweit ich weiß, haben Sie Julius einmal einen großen Gefallen getan, der mit diesem Menschen zusammenhing.«

»Nichts von Bedeutung«, sagte Newman und tat die Angelegenheit damit ab.

»Bei seinem zweiten Besuch hier schien Dyson sich zu fürchten«, fuhr der Bankier fort. »Nachdem er mit meinem Bruder gesprochen hatte, bat er darum, zum Hinterausgang hinausgelassen zu werden. Später hat Julius mir erzählt, daß Dyson ihm einen Videofilm und ein Tonband zur sicheren Aufbewahrung übergeben hätte. Seither habe ich Dyson nicht wiedergesehen.«

»Wohin wurden der Film und das Tonband gebracht?« fragte Tweed beiläufig.

»In den Tresor natürlich. Später ließ Julius sie in den Tresor unserer Filiale in Basel bringen. Ich habe keine Ahnung, warum er das getan hat.« Er schlug sich mit der Hand gegen die Stirn. »Oh Gott, ich habe gar nicht an Eve gedacht. Da ich erst jetzt von diesem grauenhaften Vorfall gehört habe, weiß sie es vielleicht noch gar nicht. Eve ist seine englische Frau. Aber sie haben sich getrennt.«

»Getrennt?« erkundigte sich Tweed behutsam.

»Ja. Kurz bevor Julius nach London abflog, hatte er einen letzten heftigen Streit mit Eve. Sie waren schon seit geraumer Zeit nicht mehr gut miteinander ausgekommen. Ausländische Frauen...« Er machte eine Kopfbewegung zu Paula hin. »Bitte entschuldigen Sie meine Ausdrucksweise. Ausländische Frauen«, fuhr er fort, »sind oft eine Katastrophe, wenn sie einen Schweizer heiraten. Julius hat mir kurz vor seiner Abreise erzählt, daß sie sich auf eine Scheidung geeinigt hätten, daß er sie nie wiedersehen wollte. Aber jemand muß es ihr sagen...«

Er brach ab und wirkte auf einmal völlig hilflos. Offenbar setzt jetzt der Schock über das Gehörte ein, dachte Paula. Es war Tweed, der das Wort ergriff.

»Wenn Sie mir ihre Adresse geben, bringe ich ihr die Nachricht. Ich war in Tresilian Manor, kurz nachdem sich die Tragödie ereignet hatte.«

»Als ihr Schwager sollte eigentlich ich das tun, aber...«

»Geben Sie mir ihre Adresse, falls sie noch in der Schweiz ist«, drängte Tweed.

»Sie wohnt hier in Zürich.« Amberg holte eine weiße Karte aus einer Schachtel, schrieb die Adresse und die Telefonnummer darauf und gab sie Tweed. »Sie wohnt in der Villa am Stadtrand, die Julius gehört – gehört hat. Er wollte sich nach seiner Rückkehr eine andere Wohnung mieten. Ich bin Ihnen sehr dankbar.«

»Noch etwas.« Tweed war aufgestanden, nachdem er den vorzüglichen Kaffee ausgetrunken hatte, der eine Weile zuvor hereingebracht worden war. »Wissen Sie, ob Julius sich den Film, den Dyson ihm gebracht hat, angesehen und das

Tonband abgehört hat, bevor er die Sachen in den Tresor in Basel bringen ließ?«

»Ich habe keine Ahnung. Weshalb war Dyson so verängstigt, als er sie hierherbrachte?« fragte Amberg.

»Oh, das ist einfach. Hier laufen Mörder herum, die nach ihm Ausschau halten und ihn umbringen wollen. Diese Sache hat bis jetzt zehn Menschenleben gekostet. Vielleicht sollten Sie sich einen Leibwächter zulegen...«

»Wir sind hier in der Schweiz«, sagte der Bankier entrüstet.

»Ihre letzte Bemerkung verstehe ich nicht recht«, meinte Paula, als sie das Gebäude verließen.

»Irgendetwas stimmt nicht am Ablauf der Ereignisse«, erwiderte Tweed, während sie auf die parallel zur Talstraße verlaufende Bahnhofstraße zustrebten.

Butler und Nield tauchten aus dem Nirgendwo auf. Newman ging auf der Innenseite des Gehsteigs, Tweed auf der Außenseite, Paula in der Mitte. Butler schlenderte langsam an Tweed vorbei und schaute geradeaus, während er aus dem Mundwinkel heraus sprach.

»Jemand ist Ihnen gefolgt. Mann in Skikleidung. Schirmmütze mit getöntem Schirm.«

Er ging vor ihnen weiter, während Nield hinter den dreien blieb. Paula blieb einen Moment stehen, scheinbar, um einen Blick in ein Schaufenster zu werfen. In der im strahlenden Sonnenschein funkelnden Scheibe sah sie das Spiegelbild des Mannes in Skikleidung, der vor Nield herging. Dann ging sie weiter und nahm das Thema wieder auf.

»Was stimmt nicht am Ablauf der Ereignisse, den Walter uns geschildert hat?«

»Dyson erscheint mit Film und Tonband. Wer könnte der Versuchung widerstehen, sich den Film anzusehen und das Tonband abzuhören? Dies fällt zeitlich mit Julius' Trennung von seiner Frau Eve zusammen. Und mit seinem Anruf, mit dem er mich dringend bittet, ihn in Cornwall zu treffen. Sowie der Tatsache, daß er Film und Tonband in den Tresor in Basel bringen ließ. Dyson hat darum gebeten, zum Hinterausgang hinausgelassen zu werden. Der einzige Grund dafür kann gewesen sein, daß er befürchtete, verfolgt zu werden. Das mußte er Amberg erzählt haben. Und selbst wenn er nichts gesagt hat, hätte Amberg den Grund dafür vermuten können.«

»Weshalb, glauben Sie, hat Julius seine Frau so plötzlich verlassen?«

»Das kann ich nur vermuten. Aber ich weiß, daß er in Genf eine Geliebte hatte. Was für einige Schweizer Bankiers ganz normal ist. In einer Stadt wohnen, die Geliebte in einer anderen Stadt haben, sie übers Wochenende bei angeblichen Geschäftsreisen besuchen. Vielleicht hat Eve das herausgefunden – als Engländerin hält sie vielleicht nicht viel von althergebrachten Gewohnheiten der Schweizer Bankiers. Deshalb möchte ich sie aufsuchen. Ich bin hungrig. Lassen Sie uns im Sprüngli einen Kaffee trinken und ein Stück Kuchen essen, bevor wir weitermachen...«

Das Café des berühmten Hauses Sprüngli lag im ersten Stock; die Fenster gingen auf die Bahnhofstraße hinaus. Ein unheimliches Gefühl überkam Paula, als sie sich an einem der Tische niederließen – sie hatte sich wieder an das Päckchen erinnert, das der »Postbote« in Tresilian Manor abgeliefert hatte, bevor er acht Leute ermordete: eine Schachtel Pralinen von Sprüngli.

»Entschuldigen Sie mich einen Moment«, sagte Newman.

Sie bestellten Kaffee bei der Kellnerin, während Newman durch eines der Fenster auf die Straße hinunterschaute. Er trat zu ihnen, als sie am Buffet Kuchen aussuchten, dann wartete er, bis sie alle wieder saßen.

»Wir haben immer noch Gesellschaft. Der Skimann mit seinem getönten Mützenschirm lehnt auf der anderen Straßenseite an einem Baum, von dem aus er den Eingang hier überblicken kann. Pete Nield und Butler sind nicht zu sehen.«

»Das war zu erwarten, aber sie sind ganz in der Nähe«, sagte Paula und grub ihre Kuchengabel in ein Sahnestück. »Das ist hervorragend.« Sie ließ den Blick durch den langen Raum schweifen, in dem zahlreiche Holztische standen, über das blitzsaubere Buffet, an dem sie ihr Gebäck ausgesucht hatten. »Ich glaube, dies ist der Ort, an dem sich die vornehmen Damen von Zürich treffen, um den neuesten Klatsch auszutauschen. Bestimmt herrscht daran kein Mangel, wenn ihre Männer Bankiers sind.«

»Weshalb sollten sie Bankiers sein?« fragte Newman.

»Sehen Sie sie doch an. Dicke Perlenketten, drei oder vier Goldarmbänder an den Handgelenken. Sie strotzen vor Reichtum.« Sie wendete sich an Tweed. »Was steht als nächstes auf dem Programm – und weshalb sind wir unter unseren eigenen Namen im Gotthard abgestiegen?«

»Um den Gegner auszuräuchern«, sagte Tweed mit entschlossener Miene. »Dies ist das Schlachtfeld. Wenn wir das Café verlassen haben, gehen wir zum Polizeipräsidium, wo ich Beck vorzufinden hoffe. Philip Cardon möchte eine Waffe haben. Dann nehmen wir uns ein Taxi und fahren zu Julius' Villa, wo ich hoffentlich mit Eve Amberg sprechen kann. Das könnte interessant werden...«

Sara Maranoff kam ins Oval Office, machte die Tür hinter sich zu und schloß sie ab. Sie fuhr sich mit einem Finger über die Lippen, während sie herauszufinden versuchte, in welcher Stimmung ihr Boß war. Bradford March saß schief in seinem Sessel und starrte mit zusammengepreßten Lippen durchs Fenster hinaus. Schwarze Stoppeln bedeckten sein Kinn und seine Backen, und der Ausdruck auf seinem Gesicht gefiel ihr nicht. Als er sich umdrehte und sie anfunkelte, atmete sie tief ein.

»Schlechte Nachrichten muß man gleich erfahren, Brad. Ich hatte gerade einen Anruf aus Zürich – wer immer am Apparat war, hat klugerweise darauf bestanden, mit mir zu sprechen. Darüber können Sie froh sein.«

»Ich bin nicht gerade scharf auf weitere schlechte Nachrichten. Reden Sie. Norton teilt uns mit, daß er nicht das geringste bewerkstelligt hat?«

»Norton wartet in der Leitung auf Sie, aber dieser Anruf kam von einem Mann ohne Namen. Sagte, er hätte zwei Dinge, von denen Sie bestimmt nicht wollten, daß sie publik würden – so hat er es nicht ausgedrückt, aber darauf lief es hinaus. Er verlangt zwanzig Millionen Dollar dafür. Ich habe keine Ahnung, um was es sich handelt. Könnte ein Spinner sein...«

Sie beobachtete Marchs Reaktion genau. Der Präsident lehnte sich vor, verschränkte die dicken, behaarten Finger und legte die Hände auf den Schreibtisch. Er sah aus, als könnte er jeden Moment explodieren, und sie hütete sich, etwas zu sagen.

»Haben Sie die Nummer, von der aus er angerufen hat?« fuhr March sie an.

»Ich habe versucht, sie ermitteln zu lassen, aber das Gespräch war zu kurz. Das einzige, was wir erfahren konnten, war, daß der Anruf aus Zürich kam. Ist da etwas, das ich wissen sollte, Brad?«

»Sie sollten mich mit Norton verbinden, und zwar *sofort*...«

»Hier Norton, Boß. Ich habe das Kommando über das Unternehmen an Ort und Stelle übernommen. Ich bin in Zürich. Ich habe Tweed und Genossen aufgespürt und lasse sie nicht mehr aus den Augen.«

»Erledigen Sie das auf Ihre Art.« Marchs Tonfall wurde hart. »Machen Sie Dyson, Ives und Dillon ausfindig, und schaffen Sie sie beiseite. Das ist ein Befehl. Schluß mit dem verdammten Leerlauf. Tun Sie es...«

Er knallte den Hörer auf die Gabel, stand auf und begann, im Zimmer umherzuwandern. Er trug Jeans und Turnschuhe und ein offenes Hemd, das seine haarige Brust sehen ließ – die Kleidung, die er immer trug, wenn er sich unter »den Pöbel« mischte.

»Was ist mit diesem Spinner?« drängte Sara. »Wir ignorieren ihn, falls er wieder anrufen sollte?«

»Falls er wieder anrufen sollte, sagen Sie ihm, wir würden zahlen. Fragen Sie ihn, wo das Geld deponiert werden soll. Dann rufen Sie Norton an, nennen ihm den Ort und sagen ihm, er soll ihn mit einem Heer von versteckten, bewaffneten Männern umgeben. Er soll ein Päckchen zurechtmachen, das aussieht, als enthielte es Geld, als Köder. Tun Sie, was ich Ihnen sage. Sonst gibt es nichts, was Sie wissen müßten.«

Tweed hatte zusammen mit Paula und Newman das Sprüngli verlassen, und jetzt gingen sie auf ihrem Weg zum Polizeipräsidium die Bahnhofstraße entlang. Obwohl die Sonne vom Himmel strahlte, war es bitterkalt, und nur wenige Leute waren unterwegs. Ein paar warteten an einer Haltestelle der Straßenbahn.

Sie hörten hinter sich eine Straßenbahn heranrumpeln und hatten gerade die wartenden Leute erreicht, als sich der Mann im Skianzug dicht an Tweed herandrängte. Newman hatte nach seinem Smith & Wesson gegriffen, und hinter dem Mann hielt Butler die Walther versteckt in der Hand. Unter der Mütze des Mannes ragte weißes Haar heraus. Tweed legte eine bremsende Hand auf Newmans Arm.

»Kein Grund zur Aufregung …«

»Tweed …« Der Skimann sprach rasch mit amerikanischem Akzent. »Da ist etwas, was Sie wissen müssen. Der Safe in meinem Büro in Langley ist aufgebrochen worden – sie haben Fotos von Ihnen und Paula …«

Er sprang in die Straßenbahn, im letzten Moment, bevor

sich die automatischen Türen schlossen. Paula und Newman sahen Tweed verblüfft an.

»Das war Cord Dillon«, erklärte er ihnen. »Mit einer weißen Perücke. Gut getarnt. Und jetzt wissen wir das Schlimmste. Der Gegner kann Paula und mich erkennen. Bob, bleiben Sie in Paulas Nähe.«

»Und ich bleibe in Ihrer Nähe«, erklärte Butler. »Ich hatte damit gerechnet, daß Dillon ein Messer zieht. Wenn er es getan hätte, dann hätte er eine Kugel ins Rückgrat bekommen.«

»Denken Sie nicht schlecht von ihm. Er ist ganz auf sich gestellt und auf der Flucht. Er hat uns gerade einen großen Gefallen getan. So, und jetzt zu Beck und dann zu Eve Amberg...«

Julius Ambergs Frau wohnte in einer großen, alten Villa oberhalb der Stadt. Das dreistöckige Haus stand ein Stück von der Straße entfernt hinter einem hohen, auf einer flachen Steinmauer errichteten Zaun. Ein Stück hinter ihrem Taxi verlangsamte ein schwarzer Mercedes seine Fahrt und hielt am Bordstein an.

Butler, der den Wagen gemietet hatte und am Steuer saß, warf einen Blick auf Nield und schaute dann abermals in den Rückspiegel.

»Keine Verfolger in Sicht. Also warten wir einfach.«

»In dem BMW vor der Villa sitzt jemand. Eine Frau, glaube ich. Tweed und die anderen gehen auf sie zu...«

Nachdem Tweed das Taxi bezahlt hatte und zusammen mit Paula und Newman auf das schmiedeeiserne Tor zuging, sah er sich den BMW genauer an. Er blieb verwundert stehen.

»Ich kann es einfach nicht glauben«, sagte er halblaut. »Ich glaube, bevor wir hineingehen, sollten wir ein paar Worte mit ihr reden.«

Die Frau, die allein auf dem Beifahrersitz saß, trug eine blaßblaue Wollmütze, die aber nicht das blonde Haar verdeckte, das ihr bis auf die Schultern fiel. Sie trug eine Sonnenbrille und drehte sich um, als Tweed sich niederbeugte, um mit ihr zu sprechen. Paula war verblüfft. Es war Jennie Blade, die sie zuletzt in Padstow gesehen hatten.

»Sie sind weit fort von Cornwall«, begrüßte Tweed sie freundlich. »Sind Sie nach Zürich geflogen?«

»Nein, leider nicht. Hören Sie, draußen friert es Stein und Bein. Bob, kommen Sie herein und setzen Sie sich neben mich. Tweed, Sie und Paula setzen sich nach hinten. Hier drinnen ist es mollig warm. Dann können wir uns unterhalten.«

Als Newman sich neben ihr niederließ, lächelte sie ihn an. Sie hatte die Heizung voll aufgedreht, und die Wärme schlug ihnen entgegen. Jennie drehte sich um und beantwortete Tweeds Frage.

»Wir sind mit der *Mayflower* gekommen. Über die Nordsee und den Rhein hinauf bis nach Basel. Dann mit dem Zug hierher. Die Überfahrt war gräßlich. Aber Seine Lordschaft ist nun einmal verrückt, wenn es um sein Boot geht.«

»Seine Lordschaft? Meinen Sie Gaunt?« fragte Tweed. »Wo ist er jetzt?«

»In diesem Moment? In dieser Villa hier. Vergnügt sich da drinnen.« Sie schaute Tweed unverwandt an. »Könnten wir beide uns heute abend auf einen Drink treffen? Dann erzähle ich Ihnen meine Lebensgeschichte.« Sie lächelte boshaft. »Sie werden feststellen, daß es eine ziemlich tolle Geschichte ist.«

»Gern«, reagierte Tweed prompt, zu Paulas Überraschung.

»Um sechs in der Hummerbar des Gotthard? Der Haupteingang ist in der Bahnhofstraße, nur einen Steinwurf vom Bahnhofplatz entfernt.«

»Was meinten Sie, als Sie sagten, daß Gaunt sich in der Villa vergnügt?«

»Ach, wußten Sie das nicht? Eve Amberg ist eine seiner Freundinnen.«

# 18

Tweed zog an der langen Klingelschnur neben der Haustür der Villa. Dann drehte er sich um und winkte Jennie Blade zu, die zurückwinkte.

»Ist das der richtige Moment für einen Besuch?« fragte Paula. »Was in aller Welt tut ausgerechnet Gaunt in Zürich?«

»Genau das hoffe ich herauszufinden…«

Er brach ab, als die massive Tür von einem Dienstmädchen geöffnet wurde. Eine Schweizerin, dachte Paula, als sie hörte, wie das Mädchen Englisch sprach.

»Werden Sie von Madame erwartet?« Sie betrachtete die Karte, die Tweed ihr gegeben hatte. »Verkaufen Sie Versicherungen.«

»Keineswegs. Ich bin Leiter der Ermittlungsabteilung. Bringen Sie Ihrer Herrin die Karte und sagen Sie ihr, wir wären den ganzen Weg von Cornwall hierhergekommen, um sie zu besuchen.«

»Ich nehme an, sie muß sich schnell anziehen«, sagte Paula leise.

»Nicht unbedingt«, erwiderte Tweed.

Nach weniger als einer Minute wurde die Tür wieder geöffnet, und das Dienstmädchen teilte ihnen mit, Madame lasse bitten. Die Diele war sehr groß, und etwas an ihrer Atmosphäre stieß Paula ab. Der alte Parkettboden war auf Hochglanz poliert, und an einer Wand tickte laut eine große, mit Verzierungen überladene Standuhr. Das Mädchen führte sie zu einer Tür im Hintergrund der Diele, öffnete sie und trat dann beiseite. Tweed, der Paulas Widerstreben spürte, marschierte geradewegs in ein riesiges Wohnzimmer, vor dessen Fenstern ein verwahrloster Hintergarten zu sehen war, in dem offenbar nur Gestrüpp und verkümmerte Nadelbäume wuchsen.

»Mr. Tweed? Soweit ich weiß, kennen Sie Mr. Gaunt. Aber ich weiß nicht, wie es mit Ihren Begleitern steht...«

»Die kennen mich auch. Natürlich«, dröhnte Gaunt. »Wir haben alle in Cornwall ein Glas zusammen getrunken. Stimmt's, Tweed? Sind Sie mir gefolgt? Wollten vermutlich wissen, was ich im Schilde führe, stimmt's? Darf ich vorstellen? Das ist Eve Amberg, die Gattin des tief betrauerten Julius Amberg.«

»Von tief betrauert kann nicht die Rede sein, Mr. Tweed. Bitte, nehmen Sie alle Platz. Gregory wollte gerade gehen.«

Eve Amberg war eine attraktive Frau Mitte Dreißig. Sie hatte langes tizianrotes Haar und sah aus, als wäre sie gerade von einem teuren Friseur nach Hause gekommen. Sie hatte grünliche Augen, einen vollen Mund und ein wohlgeformtes Kinn. Ihr Teint wies den Marmorschimmer auf, der, wie Paula wußte, nur mit einem langwierigen und sorgfältigen Make-up zu erreichen war. Sie trug ein Bolerojäckchen über einem grünen Kleid, das ihre wohlgeformten Brüste betonte, und ihre langen Beine waren elegant übereinandergeschlagen. Sie machte den Eindruck einer starken Persönlichkeit, und ihre Stimme war sanft und eindringlich.

Sie klopfte auf den leeren Platz neben sich und forderte Tweed damit auf, sich zu ihr auf die Couch zu setzen. Das freie Kissen wies keinerlei Anzeichen dafür auf, daß kürzlich jemand anders dort gesessen hatte. Gaunt stand unter einem großen Kronleuchter, in einem Jackett mit Fischgrätmuster, einer Reithose und einem blauen Halstuch. Ganz der Landedelmann, dachte Paula.

»Ja, ich muß wirklich los. Mir tut der Grund leid, der mich hierhergeführt hat.« Bevor er ging, warf er noch einen Blick auf Tweed. »Ich liefere Sie jetzt Eve aus – auf Gedeih und Verderb. Überleben Sie Ihre Reize, wenn Sie es schaffen...«

Newman, der neben Paula auf einer weiteren großen Couch saß, entdeckte einen Anflug von Ironie in dieser Bemerkung. Eve kicherte gutgelaunt und rief ihm nach, als er die Tür erreicht hatte.

»Sie sind wirklich ein gräßlicher Mann, Gregory – verlassen meine Gäste, nachdem Sie den Eindruck erweckt haben, als wäre ich ein Ungeheuer.«

»Aber sie ist eins«, warf Gaunt über die Schulter zurück und machte die Tür hinter sich zu.

»Soweit ich verstanden habe, Mrs. Amberg, sind Sie bereits über den Tod Ihres Mannes informiert«, begann Tweed. »Ich war selbst in Tresilian Manor, kurz nachdem das Massaker stattgefunden hatte.«

»Halten Sie mich nicht für herzlos, Mr. Tweed.« Eve legte einen ihrer bloßen Arme auf die Rückenlehne der Couch hinter ihm. »Kurz bevor Julius nach England flog, hatten wir uns für immer voneinander getrennt. Aber die Art, wie er zu Tode gekommen ist, war ein Schock für mich. Und das kann ich Ihnen sagen – der Squire neigt dazu, Frauen zu verachten, die einen Schock nicht verkraften können.«

»Denken Sie daran, nach England zurückzukehren?« fragte Tweed.

»Fürs erste nicht.« Sie nahm sich eine Zigarette aus einem mit Perlen besetzten Kästchen und zündete sie mit einem goldenen Feuerzeug an. »Während unseres letzten Krachs hat Julius sich entschlüpfen lassen, daß er damit rechnete, in den nächsten Tagen ein Vermögen zu machen. Halten Sie mich für geldgierig, wenn Sie wollen, aber dafür, daß ich zwei Jahre lang seine Art zu leben ertragen habe, steht mir einiges zu.«

»Seine Art zu leben?« sondierte Tweed.

»Manche Bankiers haben ihre Freundinnen in anderen Städten – sie sind diskret. Aber nicht Julius. Er besuchte ein teures Callgirl direkt vor der eigenen Haustür. Sie hat eine Wohnung am Rennweg, mitten in Zürich.«

»Wissen Sie, wie sie heißt?«

»Ja. Ich habe ihn von einem Detektiv beschatten lassen. Sie heißt Helen Frey. Rennweg 590. Eine Wohnung im ersten Stock. Entschieden zu nahe, als daß ich es gelassen hinnehmen könnte.« Ihre Miene verdüsterte sich. »Aber ich finde es trotzdem grauenhaft, wie er gestorben ist. Und verdammt unheimlich außerdem.«

»Haben Sie eine Ahnung, wo das Vermögen herkommen sollte, von dem er sprach?«

»Nein, im. Grunde nicht. Er hat erfolgreich und in großem Maßstab mit dem Kauf und Verkauf von ausländischen Währungen gearbeitet. Das könnte es sein – aber ich hatte eher den Eindruck, daß es sich um ein neues und einmaliges Geschäft handelte. Gott weiß, wie es mit der Bank unter Walters Leitung weitergehen wird.«

»Er ist nicht so kompetent, wie Julius es war?« fragte Tweed.

»Bei ihm blicke ich einfach nicht durch. Er ist verschlagen, erweckt den Eindruck, als wäre er nur ein Präsident, der bei Konferenzen den Vorsitz führt. Aber manchmal mache ich mir so meine Gedanken über Walter.« Ihr Arm berührte Tweeds Genick, ihre Stimme war sehr leise. »Mußte Julius sehr leiden, bevor er starb? Gaunt hat mir eine grauenvolle Beschreibung geliefert, Feinfühligkeit gehört nun einmal nicht zu seinen Vorzügen. Er hält *finesse* für ein französisches Gebäck. Sie können gern rauchen, wenn Sie möchten, Mr. Newman. Ich habe gesehen, wie Sie in die Tasche greifen wollten. Darf ich Sie Bob nennen?«

»Ich bitte darum.«

Eve Amberg war Paula auf den ersten Blick unsympathisch gewesen. Jetzt änderte sie ihre Meinung. Sie hatte echten Kummer empfunden über die Art, auf die ihr Mann gestorben war. Newman griff nach einem Kristallaschenbecher auf dem unteren Bord eines kleinen Tisches.

Darin lag ein ausgedrückter Zigarrenstummel. Gaunt mußte geraume Zeit mit Eve verbracht haben, wenn er eine ganze Zigarre geraucht hatte. Er mußte an die Zigarrenasche denken, die Paula und Tweed zur Analyse im Polizeipräsidium gelassen hatten – die Asche, die Tweed auf der Fensterbank des namenlosen Hauses in Rock gefunden hatte. Eve sprang auf, brachte ihm einen anderen Aschenbecher.

»Der ist schmutzig.«

Sie kehrte zu ihrem Platz neben Tweed auf der Couch zurück. Sie rauchte ihre eigene Zigarette in einer langen Elfenbeinspitze und schwenkte sie, um ihre Worte zu unterstreichen.

»Es war wirklich sehr nett von Ihnen, herzukommen, um mir von Julius' tragischem Tod zu erzählen. Es war purer Zufall, daß Gaunt vor Ihnen eingetroffen ist. Ich bin Ihnen sehr dankbar. Und jetzt frage ich mich, ob Walter es schon weiß. Wir sehen uns nur ganz selten, aber ich muß ihn wohl anrufen.«

»Die Mühe habe ich Ihnen erspart«, erklärte Tweed. »Wir haben ihn in der Bank aufgesucht...«

»Ah! Und anstatt selbst herzukommen, hat er zugelassen, daß Sie diese unangenehme Aufgabe übernehmen. Typisch für ihn. Aber Walter und ich sind uns praktisch fremd.«

Du reagierst schnell, dachte Paula. Und hast einen scharfen Verstand. Julius war ein Narr, mit anderen Frauen herumzuspielen. Sie plauderten noch eine Weile, dann sagte Tweed, sie müßten gehen. Eve begleitete sie zur Tür. Sie hatte sich bei Newman eingehakt.

»Bitte besuchen Sie mich noch einmal, bevor Sie aus Zürich abreisen. Versprechen Sie es.« Sie sah Paula an. »Die Einladung gilt natürlich auch für Sie, Paula. Tut mir leid, daß ich Ihnen nicht die Aufmerksamkeit gewidmet habe, die man von einer perfekten Gastgeberin erwarten muß.«

»Machen Sie sich deshalb keine Sorgen«, erklärte Paula. »Das muß für Sie eine sehr schwierige Zeit sein.«

»Das Mädchen sagte, Sie wären mit einem Taxi gekommen«, erinnerte Eve sich plötzlich. »Hier oben gibt es keine Taxis. Ich bestelle Ihnen eins. Müßte eigentlich schnell kommen...«

Als das Taxi von der Villa aus losfuhr, warf Tweed schnell einen Blick durchs Heckfenster. Der BMW parkte immer noch ein Stück weiter bergauf, und es saßen zwei Leute darin. Er hatte den Taxifahrer angewiesen, sie zum Limmatquai zu fahren und sie in der Nähe der Rudolf-Brun-Brücke abzusetzen.

Als sie die Brücke überquerten, schien die Sonne nach wie vor von einem strahlend blauen Himmel. Paula blickte zurück auf die Altstadt, die alten Steinbauten und die hohen Kirchtürme mit ihren grünen Kupferdächern. Butlers schwarzer Mercedes bog gerade auf die Brücke ein.

»Wir wollen zuerst noch einmal ins Polizeipräsidium«, erklärte Tweed. »Ich hoffe, daß Beck jetzt dort ist. Ich möchte den Waffenschein für Cardon abholen. Und die dazugehörige Walther.«

»Wenn man vom Teufel spricht...«, sagte Paula, als sie nach rechts auf eine steile Anhöhe abbogen. »Dort ist Philip – er steht vor dem Polizeipräsidium.«

»Sind Sie Hellseher?« fragte Tweed Cardon, als sie ihn erreicht hatten. »Wo sind Sie gewesen?«

»Habe mich ein bißchen in Zürich umgesehen, die Atmosphäre erkundet. Es dürfte Sie interessieren, daß es in der Stadt von Amerikanern wimmelt, die scheinbar ziellos herumwandern. Alles Männer, und alle bewaffnet.«

»Interessant«, sagte Tweed. Dabei beließ er es.

Arthur Beck, der normalerweise von Bern aus die Bundespolizei leitete, hatte ein Büro in dem vierstöckigen Gebäude des Polizeipräsidiums von Zürich. Von den Fenstern seines großen Zimmers im ersten Stock war die Limmat zu sehen und die auf einer Anhöhe gelegene Universität am anderen Ufer. Er begrüßte Tweed und seine drei Begleiter ernst.

Tweed machte ihn mit Philip Cardon bekannt, und Beck bedachte Newman mit einem knappen Lächeln.

Paula spürte Becks veränderte Stimmung, als er ihren Arm ergriff und sie zu einem Stuhl an einem Tisch führte. Cardon setzte sich neben sie, und als auch Tweed und Newman saßen, ließ sich Beck am Kopfende des Tisches nieder. Die Atmosphäre war gespannt. Beck schloß eine Schublade auf, öffnete sie und holte einen Waffenschein heraus, den er selbst unterschrieben hatte, sowie eine Walther mit Munition und ein Hüftholster und schob alles zu Cardon hin.

»Ich fürchte, Sie befinden sich alle in großer Gefahr«, begann Beck. »Und ich muß Ihnen sagen, daß ich für Ihren Schutz nicht garantieren kann. Seit Sie heute morgen das Gotthard verlassen haben, sind Sie von bewaffneten Männern verfolgt worden. Ihr unbekannter Gegner scheint amerikanische Revolvermänner angeheuert zu haben – von denen viele Schweizer Kleidung tragen. Sie arbeiten in häufig wechselnden Teams. Nur ein sehr intelligenter Detektiv hat bemerkt, daß Sie auch nach dem Verlassen der Zürcher Kreditbank verfolgt wurden. Da meine Leute mit Walkie-Talkies ausgerüstet sind, wurde ich sofort informiert. Ich habe Maßnahmen ergriffen.«

»Und was für welche?« fragte Tweed ruhig.

»Als Sie mit einem Taxi irgendwohin am anderen Ufer der Limmat fuhren, hat ein Wagen versucht, Ihnen zu folgen. Einer meiner Streifenwagen hat diesen Wagen gestoppt. Als er ihn weiterfahren ließ, waren Sie verschwunden.«

»Danke«, sagte Tweed.

»Trotzdem kann ich für Ihren Schutz nicht garantieren«, wiederholte Beck. »Wir haben es mit einer außergewöhnlichen Situation zu tun.«

Großer Gott, dachte Tweed, stehen wir wieder vor demselben Problem? Ist es möglich, daß diese riesige Organisation, mit der wir es zu tun haben, auch den Chef der Schweizer Bundespolizei auf ihre Seite gebracht hat? Doch Becks

Antwort auf seine Frage bewies ihm, wie absurd seine Zweifel an seiner Integrität gewesen waren.

»Außergewöhnlich in welcher Hinsicht?« fragte Tweed.

»Nicht weniger als vierzig Amerikaner – alle mit Diplomatenpässen – sind über Kloten in die Stadt genommen. Ich habe einfach nicht genügend Leute, um sie alle zu überwachen, ganz zu schweigen von denen, die schon früher eingetroffen sind.«

»Sie sind bewaffnet ...«, begann Paula.

»Ich verstehe, worauf Sie hinauswollen. Aber sie genießen diplomatische Immunität. Wir können keinen von ihnen festnehmen oder durchsuchen. Das wäre gegen das Völkerrecht.«

»Also sind Sie machtlos«, bemerkte Tweed.

»Es gibt noch eine weitere Schwierigkeit. In München wurde gestern ein amerikanischer Diplomat niedergeschossen. Eine Frau geriet dem Killer in den Weg, der sie anschrie und mit seiner Waffe bedrohte, bevor er die Flucht ergriff. Sie hat ausgesagt, daß er mit einem starken amerikanischen Akzent sprach. Also haben alle angeblichen amerikanischen Diplomaten in Europa einen zusätzlichen Vorwand dafür, bewaffnet herumzulaufen.«

»Wollen Sie damit sagen, daß der Diplomat in München ermordet wurde, um diesen Vorwand zu liefern?« fragte Newman.

»Ich bin überzeugt, daß wir es mit völlig skrupellosen Leuten zu tun haben. Ja, das wollte ich damit sagen. Und das beschwört die schlimmsten Alpträume herauf.«

Nach Becks Worten trat eine lastende Stille ein. Paula saß wie vom Donner gerührt da. Newman schaute sehr nachdenklich drein. Cardon hatte die Walther, nachdem er sie überprüft hatte, in das Hüftholster gesteckt, das er angelegt hatte. Er sah Tweed an und grinste; er war der einzige, den die Situation nicht zu beunruhigen schien.

»Das erfordert einen Protest der Schweiz in Washington«, sagte Tweed schließlich. »All diese Pseudo-Diplomaten, die ins Land strömen.«

»Genau das habe ich bereits veranlaßt«, sagte Beck in einem ganz anderen Ton. »Glauben Sie etwa, ich verhielte mich passiv angesichts dieser Invasion unseres Territoriums? Ich habe am Telefon mit Anderson, dem amerikanischen Botschafter in Bern, gesprochen. Möchten Sie raten, was er zu mir gesagt hat?«

»Nein. Was hat er Ihnen erzählt?«

»Dieselbe an den Haaren herbeigezogene Story wie bei meinem letzten Anruf. Die March-Administration ruft Diplomaten aus ganz Europa zurück. Diese Männer hier sollen sie angeblich ersetzen. Anderson, ein Freund von mir, hörte sich sehr verlegen an. Er hat bereits in Washington protestiert.«

»Also ist uns dieser Weg verschlossen. Aber das sagt mir etwas.«

»Aber ich bin ein Fuchs.« Beck lächelte Paula an. »Ich fliege noch heute nach Bern und konfrontiere Anderson mit Beweismaterial. Ich nehme einen der sogenannten Diplomatenpässe der Neuankömmlinge mit. Meine Experten haben mir gesagt, daß er gefälscht ist.«

»Ich sollte lieber nicht fragen, wie Sie an diesen Paß gekommen sind.«

»Oh, er hat ihn fallen gelassen, als er das Hotel Baur-en-Ville verließ. Zufällig hat ihn einer meiner Leute aufgehoben, nachdem sein Besitzer verschwunden war.«

Newman grinste, und Tweed lächelte. Ihnen war klar, daß Becks Mann, der »zufällig« zugegen gewesen war, ihn dem Amerikaner aus der Tasche gestohlen hatte. Ja, Beck war tatsächlich ein Fuchs, dachte Tweed. Er stand auf, um zu gehen.

»Bleiben Sie noch einen Moment sitzen«, drängte Beck. »Nach dieser Episode hatte ich einen Anruf von einem weiteren Gast des Baur-en-Ville – einem Mann, den ich für den Anführer des zuletzt eingetroffenen Kontingents halte. Einem Mr. Marvin Mencken.«

»Und was wollte dieser Mencken?« fragte Tweed.

»Den Verlust des Diplomatenpasses melden. Er sagte, er wäre seinem Assistenten gestohlen worden. Ich müßte wissen, daß in der Bahnhofstraße Taschendiebe am Werk sind, und ob ich den Verbrecher dingfest machen und ihm den Paß innerhalb der nächsten vierundzwanzig Stunden wieder zustellen würde. Ein sehr unerfreulicher Typ, dieser Mencken. Einer meiner Leute, als Straßenfotograf verkleidet, hat versucht, eine Aufnahme von ihm zu machen, und er hat die Kamera zertrümmert.« Er hielt einen Moment inne. »Aber das Foto ist gut gelungen.«

»Aber Sie sagten doch gerade, er hätte die Kamera zertrümmert«, warf Paula ein.

»Genau das sagte ich. Aber der erste Mann war nur ein Lockvogel. Während seine Kamera zertrümmert wurde, machte ein zweiter Mann ein anderes Foto. Ich nehme an, Sie möchten Abzüge ...«

Beck öffnete eine Schublade, holte einen Umschlag heraus und entnahm ihm vier Hochglanzfotos. Paula betrachtete ihren Abzug. Das Gesicht des schlanken Mannes war deutlich zu erkennen, ein verschlagenes, in kalter Wut verzerrtes Gesicht.

»Ein gefährlicher Rohling«, bemerkte Paula.

»Nicht gerade der Mann, den man in seinen Londoner Club einladen würde«, lautete Newmans ironischer Kommentar.

»Behalten Sie die Fotos«, rief Beck, als seine Besucher aufstanden, um zu gehen. »Sie könnten Ihnen das Leben retten.«

»Wer ist da?« meldete sich Norton mit seiner üblichen raspelnden Stimme am Telefon.

»Mencken ...«

»Gibt es was Neues? Es wird allmählich Zeit.« – »Es geht um Tweed. Er ist gerade von einem Besuch bei Ambergs Frau zurückgekehrt. Ich habe es vor zehn Minuten erfahren...«

»Und warum zum Teufel haben Sie sich dann nicht früher gemeldet? Tweed? Ich will, daß er unschädlich gemacht wird, bevor er mit Dyson, Dillon oder Ives Kontakt aufnimmt. Besonders Ives...«

»Im Moment ist er im Polizeipräsidium.«

»Dann treffen Sie Ihre Vorkehrungen. Ich will, daß er noch heute in einem Sarg landet. Also unternehmen Sie etwas...«

Vor dem Polizeipräsidium stand ein schwarzer Mercedes. Butler saß am Steuer. Ein Stück von dem Wagen entfernt stand Nield und schien sich sehr für die Limmat zu interessieren.

»Unsere nächste Station ist die Wohnung von Helen Frey am Rennweg 590«, informierte Tweed Paula und Newman. »Wir gehen zu Fuß – es ist nicht weit von hier.«

»Unsere nächste Station ist Lunch«, erklärte Paula entschlossen. »Mein Magen knurrt.«

Tweed stimmte widerstrebend zu. Wenn er einmal auf einer Fährte war, schien er stundenlang ohne Essen auskommen zu können.

Newman sagte, er hätte ebenfalls Hunger.

»Das Baur-en-Ville ist ganz in der Nähe. Dort bekommen wir eine schnelle Mahlzeit«, sagte Tweed.

»Ich halte mich dicht hinter Ihnen«, erklärte Cardon, der jedes Wort mitgehört hatte.

»Dann gehen Sie zuerst hinüber und sagen Butler, er soll mit Nield ins Gotthard zurückkehren und dort etwas essen.«

Von der Bahnhofstraße aus führt eine gewundene Treppe in die luxuriöse Bar des Baur-en-Ville. Newman ging voraus, und die automatischen Türen glitten zur Seite. Er ließ den Blick über die wenigen Gäste schweifen und ging dann hinein. Die Bar ist ein Raum mit einem Zwischengeschoß; die geschwungene Theke befindet sich auf der unteren Ebene. Hinten führt eine Treppe ins Zwischengeschoß hinauf, das durch eine niedrige, von einem auf Hochglanz polierten Messinggeländer gekrönte Holzwand abgeschlossen wird.

Newman stieg die Treppe hinauf und entschied sich für eine der blauen Lederbänke mit dem Rücken zur Wand. Die Beleuchtung kam von in die Decke eingelassenen Lampen. Paula empfand die Atmosphäre als elegant und wohltuend. Während sie sich mit Tweed auf der Bank niederließ, ging Newman zur Theke hinunter, um sich eine Schachtel Zigaretten geben zu lassen.

Tweed studierte die Speisekarte, als Paula ihn anstieß. Er schaute auf.

»Dieser Mann da, der gerade durch den Hoteleingang hereingekommen ist und jetzt an der Theke steht. Die Temperatur hier drinnen ist auf den Gefrierpunkt gesunken.«

In diesem Moment schaute Mencken zum Zwischengeschoß hinauf.

Sein hageres Gesicht erstarrte für einen Moment in einem Ausdruck bösartiger Härte. Seine verschlagenen Augen bohrten sich in die von Paula. Sie wendete langsam den Blick ab, als gälte ihr Interesse anderen Gästen. Tweed ließ den Blick gleichfalls durch die Bar schweifen und registrierte die gefühllosen Augen.

Cardon, der an einem kleinen Tisch in der Nähe des Eingangs saß, hatte die rechte Hand in seinen Anorak geschoben und umklammerte den Griff seiner Walther. Doch Mencken schien es sich anders überlegt zu haben und kehrte rasch ins Hotel zurück. Newman hatte er nicht bemerkt.

Tweed verzehrte sein Clubsandwich mit geräuchertem Truthahn, Ei und Speck mit gutem Appetit. Er war offenbar bester Laune.

»Es geht los – genau, wie ich gehofft hatte. Der Gegner kriecht unter den Felsbrocken heraus und kommt zum Vorschein. Erinnern Sie sich, daß Cord Dillon uns gewarnt hat, daß man Fotos von mir und Ihnen, Paula, aus seinem Safe in Langley gestohlen hat? Dieses wandelnde Skelett hat uns erkannt«, sagte er mit größter Befriedigung.

»Was für ein widerlicher Gangster«, bemerkte Paula. »Und dabei fällt mir ein – weshalb wollen wir Helen Frey besuchen? Ich wollte schon immer einmal die Wohnung eines Callgirls sehen, besonders eines von der teuren Sorte. Danach werde ich um eine Erfahrung reicher sein.«

»Helen Frey könnte über wichtige Informationen verfügen«, erklärte Tweed. »Vielleicht hat Julius Amberg bei einem seiner Besuche etwas verlauten lassen …«

Nur eine Person bemerkte etwas Ungewöhnliches, als sie wieder auf die Bahnhofstraße hinaustraten. Philip Cardon, der ihnen in einiger Entfernung folgte, sah, wie ein Behinderter in einem batteriebetriebenen Rollstuhl aus einem Hauseingang herauskam. Der Rollstuhl folgte Tweed und seinen Begleitern.

# 19

Der Rennweg war eine schmale Straße mit Ladengeschäften, die von der Bahnhofstraße abzweigte. Nr. 590 bestand aus einer geschlossenen Tür mit einer vergitterten Sprechanlage. Tweed drückte auf den Knopf unter der Anlage und fragte sich, was er zu einem professionellen Callgirl sagen sollte. Er beschloß, aus der Eingebung des Augenblicks heraus zu handeln.

»Ja, bitte?« meldete sich eine weibliche Stimme auf Deutsch.

»Helen Frey?« fragte er.

»Ja.«

»Ich spreche nur Englisch. Ich bin ein Freund von Julius Amberg. Zürcher Kreditbank, Talstraße. Man hat mir Ihren Namen genannt.«

»Sie scheinen in Ordnung zu sein«, erwiderte die Stimme auf Englisch. »Stoßen Sie die Tür auf, wenn Sie den Summer hören…«

Tweed drückte gegen die Tür; sie schwang auf und gab den Blick auf eine gerade Treppe frei, die er, gefolgt von Paula und Newman, schnell hinaufstieg. Im ersten Stock wurde eine Tür geöffnet, und Paula erblickte eine der attraktivsten Frauen, die sie je gesehen hatte.

Sie war naturblond, hatte ein längliches Gesicht, eine wohlgeformte Nase und einen vollen, mit rotem Lippenstift betonten Mund. Sie warf einen Blick auf Paula, dann wendete sie sich, abermals Englisch sprechend, an Tweed.

»Was zum Teufel soll das? Vierer mache ich nicht.«

Sie wollte die schwere Tür schließen. Tweed entschied sich für die Schocktaktik und stellte schnell einen Fuß zwischen

Tür und Rahmen. Die Frau, nach Paulas Schätzung Ende Zwanzig, trug ein elegantes Kostüm. Ihre andere Hand kam zum Vorschein und hielt ein großes Schnappmesser. Es gab ein lautes Klicken, als die Klinge herausschoß.

»Julius Amberg ist tot, er wurde in England ermordet«, sagte Tweed schnell. »Es geht um eine Menge Geld. Das sind meine Assistentin Paula und mein Berater Newman. Eine Menge Geld«, wiederholte er.

Sie musterte zuerst Paula und dann Newman, der den Blick mit ausdrucksloser Miene erwiderte. Tweed verschränkte die Arme, eine beruhigende Geste, behielt aber seinen Fuß in der Tür. Sie nickte, als hätte er eine Frage beantwortet, die sie sich selbst gestellt hatte.

»Dann sollten Sie hereinkommen.«

»Mir wäre wohler, wenn Sie zuerst dieses Messer wegstecken würden«, sagte Tweed. »Wir wollen nur ein paar Worte mit Ihnen reden. Ich bin bereit, ein angemessenes Honorar zu zahlen. Mir ist klar, daß Ihre Zeit kostbar ist«, setzte er ohne eine Spur von Sarkasmus hinzu.

»Ich habe gesagt, Sie können hereinkommen.« Sie hielt das Messer hoch, und es gab ein weiteres Klicken. Die Klinge glitt in ihre Scheide zurück. »Ist Ihnen jetzt wohler, Mr....«

»Tweed. Damit ist die Vorstellung beendet.«

Ohne es sich anmerken zu lassen, sah sich Paula neugierig in dem großen Wohnzimmer um. Die Grundfarbe des Raumes war rosa, was leicht anrüchig wirken konnte, aber hier einen anheimelnden Effekt hatte. Zugezogene Vorhänge schirmten den Raum von der Außenwelt ab.

Die Beleuchtung kam von Wandlampen mit rosa Schirmen. Der dicke Teppichboden war eierschalenfarben, und an einer Wand stand eine große Couch. Bequeme Sessel waren auf dem Teppich verteilt, und eine Ecke wurde von einem antiken Schreibtisch eingenommen. An der der Couch gegenüberliegenden Wand hing ein großer Spiegel.

Vermutlich sahen manche Männer gern, was sie taten, andere dagegen nicht – oberhalb des Spiegels war eine lange. Messingstange angebracht, und rosa Vorhänge, von Schlaufen zurückgehalten, flankierten ihn. An einem Ende der Couch stand in einem metallenen Dreifuß ein silberner Sektkübel.

Helen Frey ging langsam auf die Couch zu, ohne ihre wohlgeformten Hüften zu schwenken. Sie setzte sich und deutete auf die Sessel.

»Bitte, nehmen Sie alle Platz. Und sagen Sie mir, was eigentlich los ist. Sind Sie sicher, daß Julius tot ist? Er war mein bester Kunde.«

»Ja, er ist tot, das versichere ich Ihnen«, sagte Tweed mit ungewohnter Brutalität. Er ließ sich in einem der Sessel nieder. »Ich habe seine Leiche selbst gesehen. Eine aus nächster Nähe abgefeuerte Maschinenpistole richtet ziemliche Verheerungen an.«

»Ich kann es kaum glauben«, sagte Helen.

»Sie täten gut daran, es zu tun«, erklärte Newman.

»Es muß ein Schock für Sie sein«, mischte sich Paula ins Gespräch. »Ich habe den armen Julius auch gesehen, Miss Frey. Auch für mich war es ein gewaltiger Schock.«

»Nennen Sie mich bitte Helen, Sie alle. Sie scheinen anständige Leute zu sein. Aber ich frage mich, welches Interesse Sie an dieser Tragödie haben.«

Tweed änderte seine Taktik. Er war davon ausgegangen, daß Helen Frey hart wie Eisen sein würde, aber Paulas mitfühlende Bemerkung hatte Helens Einstellung geändert.

»Sie könnten mich einen Ermittler nennen«, begann er. »Julius war ein Freund von mir, und ich versuche herauszufinden, wer ihn ermordet hat. Wenn ich herausbekomme, weshalb dieses grauenhafte Verbrechen begangen wurde, bin ich dem Mörder ein gutes Stück näher. Hat Julius damit gerechnet, in der nahen Zukunft zu einer Menge Geld zu kommen?«

Helen saß sehr aufrecht auf der Couch, die langen Beine

übereinandergeschlagen. Sie griff nach einer silbernen Dose auf einem Tisch neben der Couch und bot ihren Gästen Zigaretten an.

»Danke, aber ich ziehe meine eigene Marke vor«, sagte Newman und holte seine Schachtel aus der Tasche. »Meine Freunde rauchen nicht. Das ist wirklich ein hübsches Zimmer, das Sie hier haben.«

Er stand auf, während Helen sich eine Zigarette anzündete. Sie konzentrierte sich auf Tweed. Er wanderte herum, betrachtete eine Porträtaufnahme von Helen, ging ein paar Schritte weiter, scheinbar, um sich eine gerahmte Landschaft über dem Schreibtisch anzusehen. Ein Terminkalender lag auf dem Schreibtisch, beim Datum dieses Tages aufgeschlagen. Was seine Aufmerksamkeit erregte, war Helens nächste Verabredung.

*16.30 Uhr. Emil Voser.*

»Ob Julius damit rechnete, in naher Zukunft zu einer Menge Geld zu kommen?« wiederholte Helen Tweeds Frage, nachdem sie mehrere tiefe Züge an ihrer Zigarette getan und Rauchringe in die Luft geblasen hatte. »Ja, das tat er.«

»Darf ich fragen, woher Sie das wissen?« fragte Tweed sanft.

»Das dürfen Sie. Es war an dem Tag, bevor er nach England abreiste.« Sie formulierte ihre nächste Bemerkung mit einem leichten Zögern. »Er war hier bei mir und sehr gelöst. Er hatte bei einem Geschäft mit ausländischen Währungen sehr viel Geld verloren. Er sagte, er würde den Verlust mehr als nur wieder gutmachen und zu einem Vermögen kommen.«

»Hat er irgendwelche Andeutungen gemacht, wo dieses Vermögen herkommen sollte?«

»Er hat gesagt, das Schicksal hätte ihm einen gigantischen Royal Flush in die Hände gespielt. Ich erinnere mich genau an seine Worte – sie waren so anschaulich. Julius war ein begeisterter Pokerspieler.«

»Darf ich auch fragen, in welcher Stimmung er war, als er…«

Tweed brach ab. Sie lächelte matt, tat einen weiteren Zug an ihrer Zigarette, blies einen weiteren perfekten Rauchring.

»Sie wollten sagen, als er zum letzten Mal hier war. Seine Stimmung? Sie war ganz merkwürdig – eine Mischung aus Erregung und…«

»Angst?« schlug Paula vor.

»Ja! Das war es. Er war sehr nervös, als wäre das, woran er dachte, gefährlich. Ich habe ihm sogar gesagt, er sollte kein zu großes Risiko eingehen.«

»Und wie hat er darauf reagiert?« fragte Tweed.

»Er sagte, eine Menge Geld zu machen wäre immer mit einem Risiko verbunden. Außerdem sagte er, jetzt wäre es zu spät, als daß er es sich noch anders überlegen könnte, also würde er den Handel durchziehen.«

»Ich danke Ihnen, daß Sie so offen waren. Und jetzt schulde ich Ihnen ein Honorar für Ihre Zeit. Geschäft ist Geschäft.«

»Normalerweise bekomme ich tausend Schweizer Franken.« Tweed griff nach seiner Brieftasche, aber Helen streckte die Hand aus, um ihn daran zu hindern. In ihrer Stimme lag ein Ton, der Paula anrührte.

»Ich will Ihr Geld nicht, Mr. Tweed. Ich bin überzeugt, daß Sie die Wahrheit gesagt haben – und daß Sie entschlossen sind, das Ungeheuer zu finden, das Julius ermordet hat. Eine Frau von meiner Profession weiß, wann Männer lügen. Betrachten Sie es als meinen Beitrag dazu, das Schwein, das ihn ermordet hat, vor seinen Richter zu bringen.«

»Wenn Sie darauf bestehen…«

»Das tue ich.« Sie stand auf und öffnete die beiden Riegel an ihrer Tür. »Übrigens, wenn Sie gehen, kann die andere Tür auf diesem Treppenabsatz offen sein. Dort wohnt Klara. Wir sind im selben Geschäft, aber gute Freundinnen. Sie ist oft neugierig, was meine Kunden angeht.«

Sie streckte Paula etwas unsicher die Hand entgegen, und Paula ergriff sie, ohne auch nur einen Moment zu zögern, und blickte in Helens ruhige blaue Augen. Sie hatte das Gefühl, daß sie letzten Endes doch so etwas wie Schwestern waren.

Newman ging als erster hinaus auf den Treppenabsatz, um sich zu vergewissern, daß keine Gefahr drohte. Die gegenüberliegende Tür wurde geöffnet, und eine hochgewachsene Brünette schaute heraus. Sie trug einen locker gegürteten Hausmantel und lächelte Newman vielversprechend an.

»Ich bin Klara«, sagte sie, als Helen ihre Tür zumachte. »Haben Sie noch genug Energie, um hereinzukommen und mit mir zu spielen?«

»Ein verlockendes Angebot.« Newman lächelte sie an. »Aber es gibt zwei Dinge, die dagegen sprechen. Ich habe erst vor kurzem eine reichhaltige Mahlzeit zu mir genommen. Und ich bin schon spät dran für einen Termin, der sich als profitabel erweisen könnte.«

»Dann kommen Sie später wieder. Geben Sie ein bißchen von Ihrem Profit für mich aus. Wir beide, Sie und ich, könnten eine schöne Musik machen.«

»Davon bin ich überzeugt«, erklärte Newman. »Vielleicht komme ich später wieder.«

»Sie hätten die Einladung annehmen sollen«, zog Paula ihn auf, als sie am unteren Ende der Treppe angekommen waren. »Helen hat mir gefallen, aber ich glaube, mit Klara könnte man auch viel Spaß haben …«

Der Rennweg war ruhig, als sie wieder auf die Straße hinaustraten. Gegenüber von Helen Freys Haustür gab es ein kleines Café. Drinnen, dicht bei einem Fenster, saß Cardon mit einer Limonade vor sich. Er wischte sich mit der Hand über die Stirn, um ihnen zu verstehen zu geben, daß er sie gesehen hatte.

»Ich möchte Eve Amberg anrufen«, sagte Tweed. »Ich brauche eine Telefonzelle.«

»Da ist eine in der Nähe der Bahnhofstraße«, sagte Paula. »Ich erinnere mich, sie auf unserem Weg hierher gesehen zu haben ...«

Nachdem die drei gegangen waren, wartete Cardon noch ein paar Minuten in dem Café. Ihm war aufgefallen, daß ein Behinderter im Rollstuhl ein ungewöhnliches Interesse für die Schaufenster in der Nähe von Helen Freys Haustür an den Tag legte. Der Mann trug eine Schirmmütze, und sein Gesicht war mit einem Wollschal vermummt; doch der war für einen Moment heruntergerutscht, und Cardon konnte einen Blick auf sein Gesicht werfen.

Die Nase, die sich zu seiner Oberlippe herunterkrümmte, erinnerte Cardon an einen bösartigen Papagei. Ein Mann in den Vierzigern, schätzte Cardon. Auf seinem Schoß lag eine abgeschabte Decke, und seine Hände waren ständig unter ihr verborgen. Jetzt begann der Rollstuhl, Tweed und seine Begleiter zu verfolgen. Cardon hielt sich dicht hinter ihm.

Tweed betrat die Telefonzelle, suchte aus dem Verzeichnis die Nummer von Eve Amberg heraus. Dann warf er Münzen ein und wählte. Sie meldete sich rasch.

»Amberg. Mit wem spreche ich?«

»Hier Tweed, Eve. Tut mir leid, daß ich Sie noch einmal stören muß, aber da sind noch ein oder zwei persönliche Fragen, die ich Ihnen bei meinem Besuch nicht gestellt habe.«

»Fragen Sie. Es ist eine Wohltat, wieder einmal Englisch sprechen zu können. Ich stamme aus Cornwall. Ich werde meinen Mädchennamen wieder annehmen – Eve Royston. So, und nun sind Sie an der Reihe.«

»Würden Sie mir bitte sagen, wieviel Zeit zwischen Ihrer Trennung von Julius und seiner Abreise nach England gelegen hat?«

»Zwei Tage«, sagte sie bestimmt. »Kurz zuvor hatte ich ihm seine Besuche bei Helen Frey vorgeworfen. Sie mag ein

Callgirl sein, aber ich hatte das Gefühl, daß sie sich ziemlich nahe standen. Dann hat er mich angerufen, zwei Tage bevor er nach England flog. Sagte, er wollte eine Trennung und zu gegebener Zeit die Scheidung. Wir hatten einen fürchterlichen Streit am Telefon. Ich sagte ihm, ich hätte bereits beschlossen, ihm den Laufpaß zu geben, also käme er mit seinem Vorschlag reichlich spät.«

»Wollen Sie damit sagen, daß Sie ihn vor seiner Abreise nicht mehr gesehen haben? Daß all das am Telefon passierte?«

»So war es«, erklärte sie nachdrücklich. »Auch etwas, was mir ganz und gar nicht gefiel. Er hätte zu mir kommen sollen.«

»Darf ich Sie fragen, wie Sie von Helen Frey erfahren haben?«

»Das war fast wie in einem schlechten Film. Er war unvorsichtig. Kam nach Hause mit Spuren von Lippenstift auf dem Kragen und nach dem falschen Parfum riechend. Obwohl ich rauche, habe ich einen sehr feinen Geruchssinn. Ich habe nichts gesagt. Ich habe den besten Privatdetektiv in Zürich beauftragt, ihn zu beschatten. Ziemlich schäbig, aber ich wollte unbedingt die Wahrheit wissen. Er – der Detektiv – ist ihm dreimal zur Wohnung der Frey am Rennweg gefolgt. Das war's.«

»Würde es Ihnen etwas ausmachen, mir Namen, Adresse und Telefonnummer dieses Detektivs zu nennen?«

»Natürlich nicht. Er heißt Theo Strebel. Er hat ein kleines Büro in der Altstadt – auf dieser Seite der Limmat. Haben Sie etwas zu schreiben bei sich?«

Tweed hatte seinen Notizblock und einen Stift in der Hand und notierte ihre Angaben. Vor der Telefonzelle lehnte Newman an einer Mauer, als wartete er darauf, das Telefon benützen zu können. Paula schien Schaufenster zu betrachten.

»Danke, Eve«, sagte Tweed. »Ich bin Ihnen sehr dankbar.«

»Wollen Sie mit Strebel sprechen? Wenn ja, dann wäre zehn Uhr morgens die beste Zeit. Da sieht er seine Post durch. Möchten Sie, daß ich ihn anrufe, ihn auf Ihren Besuch vorbereite, einen Termin abmache?«

»Das wäre nett von Ihnen. Morgen früh um zehn würde mir gut passen. Und nochmals vielen Dank...«

Tweed verließ die Telefonzelle und bog mit Newman und Paula in die Bahnhofstraße ein. Hinter ihnen setzte sich der Rollstuhl wieder in Bewegung.

Tweed berichtete von seinem Gespräch mit Eve. Paula wollte wissen, weshalb er mit Strebel sprechen wollte.

»Er ist Detektiv. Ich möchte herausfinden, ob er irgendwelche Fotos von Julius beim Betreten des Hauses hat, in dem Helen Frey wohnt.«

»Weshalb?«

»Nur so eine Idee. Helen sagte, Julius wäre in einer merkwürdigen Stimmung gewesen.«

»Aber die hat sie doch erklärt«, protestierte Paula.

»Das hat sie«, pflichtete Tweed ihr bei, und Paula wußte, daß er nicht die Absicht hatte, ihr mehr zu sagen. Es war Feierabendzeit, und in der Bahnhofstraße warteten in ungefähr zwanzig Metern Entfernung zahlreiche Leute an einer Straßenbahnhaltestelle. Cardon kam von hinten an sie heran.

»Stehenbleiben. Keine Bewegung.«

Sie folgten unverzüglich seiner Anweisung. Newman sah aus dem Augenwinkel heraus, daß Cardon auf etwas starrte. Er schaute in die gleiche Richtung. Ein Mann in einem Rollstuhl schob sich rückwärts in eine Nebenstraße mit einer kleinen, modernen Kirche. Sobald der Rollstuhl die Häuser auf der anderen Straßenseite erreicht hatte, blieb er stehen.

Der Mann im Rollstuhl riß die Decke auf seinem Schoß beiseite und legte eine verblüffende Behendigkeit an den Tag. Seine rechte Hand, in der er etwas hielt, fuhr hoch wie die eines Kricketspielers, der im Begriff ist, den Ball zu werfen.

Ein zylindrischer Gegenstand flog in hohem Bogen durch die Luft, so gezielt, daß er zu Tweeds Füßen landen sollte. Cardons linke Hand fing den Gegenstand ab, bevor er auf dem Gehsteig aufschlagen konnte, und warf ihn im Bruchteil einer Sekunde zurück. Er landete im Schoß des Mannes im Rollstuhl. Der Behinderte fuhr mit einem Ruck hoch und hatte bereits einen Fuß auf der Straße, als es eine laute Explosion gab.

Der Mann, der die Handgranate geworfen hatte, war verschwunden. Seine Überreste klebten an der weißen Mauer, an der sich ein roter Blutfleck ausbreitete. Der Rollstuhl war ein Trümmerhaufen. Ein Rad rollte, eine dunkle Blutspur hinterlassend, in die Bahnhofstraße. Paula sah eine abgerissene Hand auf der Straße liegen.

Als die Leute, die auf die Straßenbahn warteten, die Köpfe in ihre Richtung drehten, ging Newman plötzlich mit seinem Smith & Wesson in beiden Händen in die Hocke. Hinter ihnen, kaum einen Meter entfernt, hatte ein Mann in einem Regenmantel einen Geigenkasten geöffnet und eine kurzläufige Maschinenpistole herausgeholt. Die Mündung zielte auf Tweed, als Newman in rascher Folge drei Schüsse abgab. Das Geräusch der Schüsse ging im Bremsengequietsche einer herankommenden Straßenbahn unter – der Fahrer hatte das auf die Straße rinnende Blut gesehen. Der Mann mit der Maschinenpistole wurde rückwärts gegen ein Schaufenster geschleudert, so heftig, daß die Scheibe zersplitterte, während er zu Boden sackte.

»Auseinander!« befahl Tweed. »Wir treffen uns im Gotthard …«

# 20

Paula saß in Tweeds Zimmer im Hotel Gotthard auf der Bettkante, die Füße auf den Boden gepreßt, um zu verhindern, daß sie zitterten. Sie litt noch unter dem Schock, den die Ereignisse in der Bahnhofstraße ausgelöst hatten. Außer ihr waren auch Newman und Cardon zugegen, die sich auf Stühlen niedergelassen hatten. Tweeds Stimmung war für Paula auch keine Hilfe – sie spürte, daß ihn etwas beunruhigte. Seine ersten Worte halfen ihr nicht, herauszufinden, was das war.

»Fassen wir zusammen, was passiert ist. Während wir in der Bar des Baur-en-Ville waren, hat dieser gemein aussehende Kerl – allem Anschein nach dieser Mencken – Paula und mich entdeckt und ist dann schnell ins Hotel zurückgekehrt.«

»Ich weiß nicht, worauf Sie hinauswollen«, sagte Paula. Sie zwang sich, mit ruhiger Stimme zu sprechen.

»Haben Sie ein bißchen Geduld. Wir haben uns nicht lange beim Essen aufgehalten, aber als wir uns auf den Weg zum Rennweg und zu Helen Frey machten, hat der Mann im Rollstuhl schon auf uns gewartet, vermutlich bereits mit seiner Handgranate. Die Schnelligkeit, mit der Mencken und seine Kumpane handeln, ist unglaublich. Ich fürchte, wir haben es mit erstklassigen Profis zu tun.«

»Ich begreife immer noch nicht, worauf Sie hinauswollen.«

»Kommunikation. Ich bin ziemlich sicher, daß der falsche Behinderte unter der Decke, die seine Handgranate verbarg, auch ein Mobiltelefon hatte. Er könnte dieses Telefon benutzt haben, ohne daß Cardon es bemerkte. Ich mache mir Sorgen um Helen Frey.«

»Und weshalb?« fragte Newman.

»Weil der falsche Behinderte ein Mobiltelefon benutzt haben muß, um zu melden, daß wir uns der Straßenbahnhaltestelle näherten. Daher der Mann mit der Maschinenpistole, den Sie erledigt haben.«

»Das ist mir klar«, sagte Paula, »aber weshalb diese Sorge um Helen Frey?«

»Es ist durchaus möglich, daß der Behinderte Mencken von unserem Besuch dort berichtet hat. Sie könnte in Gefahr sein. Ich werde sie anrufen.«

»Um halb fünf hat sie eine Verabredung mit einem Emil Voser«, erklärte Newman. »Das stand in dem Terminkalender auf ihrem Schreibtisch. Sie könnte beschäftigt sein...«

»Dann wird sie das am Telefon andeuten.«

Während Tweed Helen Freys Nummer wählte, wendete sich Paula an Philip Cardon. Sie sprach leise, um Tweed nicht zu stören.

»Philip, ich begreife immer noch nicht, wie Sie es geschafft haben, diese Handgranate abzufangen und zurückzuwerfen. Oder wie Sie, Bob, den zweiten Killer entdeckt haben.«

»Ganz einfach.« Cardon grinste. »Ich bin ein guter Werfer beim Kricket. Aber in erster Linie ist das Butlers Verdienst, der mit mir auf dem Gelände in Surrey trainiert hat. Dort hat er mir eine scharfe Granate zugeworfen, und ich mußte sie über eine Mauer werfen, bevor sie detonieren konnte. Vorher hat er mich mit einem Kricketball getestet. Nur einer der vielen Gefahrenmomente, auf die er mich vorbereitet hat. Also, ganz einfach.«

»Wenn man Sie hört, könnte man glauben, es wäre ein Kinderspiel«, bemerkte sie. »Und wie steht es mit Ihnen, Bob?«

»Oh, ich weiß allmählich, was wir von diesem Mob zu erwarten haben. Organisiert bis ins kleine Detail. Mir kam der Gedanke, daß der Granatenwerfer einen Hintermann haben konnte, also habe ich mich umgesehen und den Kerl mit dem Geigenkasten entdeckt. Ziemlich altmodische Methode – die

Gangster in Chicago haben früher ihre Waffen in Geigenkästen mit sich herumgetragen.«

Er hörte auf zu reden, als Tweed den Hörer auflegte. Seine Miene war düster, und er griff nach seinem Mantel.

»Das gefällt mir nicht. Ich habe bei Helen Frey angerufen. Eine Weile hat sich niemand gemeldet, dann wurde der Hörer abgenommen, von jemandem, der nichts sagte und dann wieder auflegte. Ich habe meinen Namen nicht genannt, nur gesagt, ich wollte Helen Frey sprechen. Wir kehren zum Rennweg zurück. jetzt mache ich mir erst recht Sorgen...«

Als sie sich dem Haus Rennweg 590 zum zweiten Mal näherten, war es bereits dunkel. Wieder gingen Paula und Newman neben Tweed, während Cardon sich ein Stück hinter ihnen hielt. Auf gegenüberliegenden Straßenseiten schlenderten Butler und Nield entlang und blieben von Zeit zu Zeit stehen, um Schaufenster zu betrachten. Das Café gegenüber dem Eingang von Nummer 590 hatte noch geöffnet, und Cardon ging hinein.

Tweed wollte sich gerade über die Sprechanlage melden, als er feststellte, daß die Tür nicht richtig geschlossen war – das automatische Schloß hatte offenbar versagt. Er warf in beiden Richtungen einen Blick die Straße entlang, dann stieß er sie vorsichtig auf. Kein Licht im Treppenhaus. Merkwürdig. Er trat ein, holte eine Stablampe aus der Tasche und schirmte sie mit der Hand so ab, daß er gerade die Treppenstufen sehen konnte.

»Ich gehe lieber als erster hinauf«, flüsterte Newman mit dem Smith & Wesson in der Hand.

Er drängte sich an Tweed vorbei, der ihm die Taschenlampe gab. Ihre gummibesohlten Schuhe machten kein Geräusch, als sie langsam die Treppe hinaufstiegen. Paula, die leise die Haustür geschlossen hatte, bildete die Nachhut. Die Atmosphäre in dem dunklen Treppenhaus war bedrückend;

sie hatte das Gefühl, als drängten die Wände auf sie ein. Eine Stufe knarrte laut, als Newman darauftrat. Er ging weiter, dann richtete er das Licht der Taschenlampe auf die verräterische Stufe. Tweed und Paula stiegen über sie hinweg.

Auf dem Treppenabsatz angekommen, drückte Newman zuerst behutsam gegen Klaras Tür. Sie gab nicht nach. Dann ging er zu Helens Tür, sah, daß sie einen Spaltbreit offenstand. Jemand war in aller Eile gegangen – und weshalb hatte sie sie hinterher nicht wieder verriegelt?

Da er die Waffe nach wie vor in der rechten Hand hielt, benutzte er die linke, um die Tür weiter aufzustoßen. Dann wartete er und lauschte. Die Taschenlampe hatte er ausgeschaltet. Er lauschte auf Atemgeräusche, irgendeinen Laut. Nichts. Er schaltete die Taschenlampe wieder ein, ließ das Licht langsam herumwandern, dann hielt er still. Mit einer raschen Bewegung richtete er sie auf das Fenster; die Vorhänge waren nach wie vor zugezogen. Er sprach über die Schulter.

»Paula, an Ihrer Stelle würde ich draußen bleiben.«

Was genau die Bemerkung war, die sie veranlaßte, hineinzugehen. Sie folgte Tweed, der zwei Schritte machte und dann stehenblieb. Sie sah, wie er in die Tasche seines Jacketts unter dem Trenchcoat griff, ein Paar dünne Gummihandschuhe herausholte und sie überstreifte. Sie holte ihr eigenes Paar aus ihrer Umhängetasche. Newman stand sehr still mitten im Zimmer. Er hatte die Tür mit den Knöcheln aufgestoßen. Keine Fingerabdrücke.

Tweed griff nach dem Wandschalter, den er bei ihrem ersten Besuch bemerkt hatte, drückte ihn nieder. Die rosa Wandlampen leuchteten auf, und Paula sah, worauf Newman gestarrt hatte.

»Oh, nein!«

Helen Frey, nur mit ihrer Unterwäsche bekleidet, lag zusammengesackt in einem Sessel. Das Vorderteil ihres weißen Unterrocks war blutgetränkt. Ihr Kopf lag in einem unnatürlichen Winkel auf der Rückenlehne des Sessels, und um ihren Hals zog sich ein blutroter Halbmond.

Tweed trat dicht an den Sessel heran, und Paula folgte ihm. Offenbar war ein scharfer, dünner Draht benutzt worden. Der Kopf war fast vom Körper abgetrennt. Sie sah grauenhaft aus – ihr Mund stand offen, die Zunge hing heraus. Damit war der unnatürliche Winkel des Kopfes erklärt. Es war nur sehr wenig übriggeblieben, das ihn mit dem Körper verband.

»Emil Voser, 16.30 Uhr«, sagte Paula, die sich an Newmans Hinweis auf den Terminkalender erinnerte.

»Was vermutlich nicht sein wirklicher Name ist«, bemerkte Tweed, während er die Augen über den Teppich schweifen ließ. »Ich glaube nicht, daß wir uns hier noch länger aufhalten sollten. Was ist, Paula?«

Sie hatte sich neben dem Sessel niedergehockt. Sie deutete mit dem Zeigefinger auf den Boden, und Tweed ging neben ihr in die Hocke. Auf dem Teppich lag eine blutige Perle, an beiden Enden durchbohrt, als hätte sie zu einer Kette gehört.

»Die nehmen wir mit«, befahl Tweed.

»Was bedeutet, daß wir Beweismaterial beiseiteschaffen.«

»Genau das bedeutet es«, pflichtete Tweed ihr bei. »Aber wir wissen mehr über diese Leute als sonst jemand.«

Paula holte bereits einen kleinen Plastikbeutel aus ihrer Umhängetasche. Sie suchte abermals in ihrer Tasche, und ihre Hand kam mit einer Pinzette zum Vorschein. Sie benutzte sie, um die an einer Seite aufgeplatzte Perle in den Beutel zu befördern und ihn zuzudrücken. Dann schrieb sie auf das darauf angebrachte Etikett das Datum und »Rennweg 590« und verstaute den Beutel in ihrer Tasche. Beim Aufstehen schnupperte sie. Dann begann sie, in der Wohnung umherzuwandern.

»Riechen Sie es nicht?« fragte sie Tweed. »Es ist mir gleich aufgefallen, als wir hereinkamen – jemand hat hier drinnen eine Zigarre geraucht. Ah, da haben wir's …«

Auf einem niedrigen, von der Armlehne der Couch halb

verdeckten Tisch stand ein großer gläserner Aschenbecher, in dem ein intaktes Stück Zigarrenasche lag. Sie holte einen weiteren Beutel hervor und kippte die Asche vorsichtig hinein. Sie versiegelte ihn, schrieb nur »Zigarrenasche, Probe Zwei« darauf und steckte den Beutel in ihre Tasche.

»Das war mir entgangen. Gute Arbeit«, lobte Tweed.

Newman stand neben dem Schreibtisch in der Nähe der zugezogenen Vorhänge. Er betrachtete den aufgeschlagenen Terminkalender.

»Sie hatte für heute keine anderen Verabredungen. Nur diesen Voser.«

»Wir verschwinden jetzt«, beschloß Tweed. »Ich lasse die Tür einen Spaltbreit offen, genau so, wie wir sie vorgefunden haben. Bewegt euch leise – und denkt an die knarrende Stufe. Wir wollen nicht Klaras Aufmerksamkeit erregen...«

Sie traten auf die stille Straße hinaus. Tweed ging als letzter und zog die Tür fast zu; jetzt steckten seine Hände in Lederhandschuhen. Wieder gab ihnen Cardon durch das Fenster des Cafés hindurch ein Zeichen. Diesmal ging Newman hinein, dann drehte er sich um und bedeutete Tweed und Paula, ihm zu folgen. Tweed begriff, weshalb er das getan hatte, als er Klara sah, die allein und mit einer Tasse Kaffee vor sich an einem der Tische saß.

»Ich werde mit Klara reden«, sagte Newman. »Vielleicht weiß sie etwas.«

»Gute Idee«, sagte Tweed nach kurzem Zögern.

»Also sind Sie doch wiedergekommen, damit wir unseren Spaß miteinander haben«, begrüßte Klara Newman.

Tweed lächelte, als sie sich an ihrem Tisch niederließen. Er bestellte Kaffee für sich und Newman. Paula hatte den Kopf geschüttelt; ihr war ziemlich flau im Magen. Wie Tweed schwieg sie, während Newman und Klara miteinander redeten.

»Leider nicht«, begann Newman. »Vielleicht sollten Sie

Ihre Tasse absetzen. Ich habe eine ziemlich schlimme Nachricht für Sie. Eine sehr schlimme sogar.«

»Ich habe starke Nerven«, sagte Klara mit ernster Miene. »Die braucht man in meinem Geschäft. Sie können sich nicht vorstellen, was für Männer manchmal kommen.«

»Genau das ist die Tragödie im Falle von Helen Frey.«

»Tragödie?« Klara senkte den Blick und trommelte leise mit den rosa lackierten Nägeln ihrer rechten Hand auf den Tisch. Dann schaute sie auf und sah Newman direkt an. »Ich bin zäh – also behandeln Sie mich nicht wie ein Kind. Sagen Sie mir, was mit Helen passiert ist.«

»Wir sind vor ein paar Minuten zurückgekommen, um ihr noch ein paar Fragen zu stellen. Die Haustür war unverschlossen, ihre Wohnungstür stand einen Spaltbreit offen. Wir haben sie drinnen gefunden. Ermordet.«

»Verdammt! Ich habe ihr immer gesagt, sie sollte vorsichtiger sein. Genau deshalb habe ich – wenn ich nicht gerade einen Kunden hatte – immer zur Tür herausgeschaut, wenn eine der Treppenstufen knarrte. Nicht aus Neugier, das können Sie mir glauben. Nur, um ein bißchen auf sie aufzupassen. Ich hoffe, es war kein Perverser. Hat sie leiden müssen?«

»Ich würde sagen, es ging ziemlich schnell. Er hat sie mit einem Draht erwürgt. Kein hübscher Anblick. Haben Sie zufällig die Ankunft des Mannes beobachtet, mit dem sie um 16.30 Uhr verabredet war?«

»Ja, das habe ich.«

»Aber im Treppenhaus brennt kein Licht. Bei Tage ist es durch das Oberlicht hell genug, aber jetzt …«

»Die Treppenbeleuchtung hat einen Zeitschalter, für eine Minute. Wenn man weiß, wo er ist, kann man das Licht gleich neben der Haustür einschalten. Außerdem haben Helen und ich Schalter in unseren Wohnungen. Vermutlich hat sie, als er ankam, die Treppenhausbeleuchtung von ihrer Wohnung aus eingeschaltet.«

»Können Sie ihn beschreiben?« – »Ja und nein. Sehen Sie, ich mache meine Tür immer nur einen Spaltbreit auf, damit ihr jeweiliger Kunde mich nicht sehen kann. Ich würde sagen, er war größer, als Sie es sind. Seine Füße schienen ihm ein bißchen wehzutun, nach seiner langsamen und vorsichtigen Art zu gehen.«

»Schlank?«

»Nein. Sogar ziemlich dick, würde ich sagen. Sein schwarzer Mantel spannte in der Taille, und die Knöpfe sahen aus, als könnten sie jeden Moment abplatzen.«

»Haarfarbe?«

»Keine Ahnung. Er trug einen breitkrempigen schwarzen Hut, den er tief heruntergezogen hatte. Sein Haar konnte ich nicht sehen.«

»Beschreiben Sie sein Gesicht.«

»Auch das ist schwierig. Er trug eine von diesen großen Sonnenbrillen, die einen Teil des Gesichtes verdecken. Und einen weißen Seidenschal, der noch mehr verdeckte. Aber ich weiß, daß ihm die Füße weh taten.«

»Wie alt war er?« drängte Newman. »Dreißig, vierzig, älter?«

»Ich kann es wirklich nicht sagen. Ich schätze das Alter eines Mannes nach seiner Art, sich zu bewegen – aber wenn jemand mit schmerzenden Füßen eine ihm unvertraute Treppe hochkommt, sagt einem die Körpersprache nichts.«

»Würden Sie ihn wiedererkennen, wenn Sie ihn vor sich sähen?«

»Vermutlich nur, wenn er genauso gekleidet wäre wie auf der Treppe.«

»Dann würden Sie im Grunde nur seine Kleidung identifizieren«, erklärte Newman.

»Da haben Sie vermutlich recht.«

»Da Sie hier sitzen – haben Sie ihn vielleicht beim Fortgehen beobachten und deutlicher sehen können?«

»Nein. Kurz bevor ich hier hereinkam, habe ich mich mit

einer Bekannten unterhalten. Ich habe nicht einmal gesehen, wie Sie drei noch einmal ins Haus gingen.«

»Sie stammen aus England, stimmt's?« fragte Newman plötzlich.

»Ja«, sagte Klara nach einer kurzen Pause. »Helen übrigens auch. Ihr richtiger Name ist – war – Helen Dane. Aus Cornwall. Wir haben uns zusammengetan und sind hierhergekommen, in der Hoffnung, den Schweizer Männern den Reiz des Neuen bieten zu können. Und diese Hoffnung hat sich auch erfüllt. Aber sie ziehen es vor, wenn wir einen gängigen Schweizer Namen haben. Fragen Sie mich nicht, warum. Und fragen Sie mich nicht nach meinem wirklichen Namen.«

»Und welchen Nachnamen führen Sie hier?«

»Auch das werde ich Ihnen nicht sagen. Ich ziehe sofort aus meiner Wohnung aus. Weiß die Polizei schon über Helen Bescheid?«

»Nein. Und es wäre mir sehr lieb, wenn Sie unsere Besuche nicht erwähnen würden.«

»Darauf können Sie sich verlassen«, versicherte sie ihm. »Erstens kann ich einfach nicht in einem Gebäude bleiben, in dem die arme Helen umgebracht wurde. Und zweitens, welche Kunden würden jetzt noch zu mir kommen? Sobald die Presse die Story gebracht hat, wird das Haus Rennweg 590 berüchtigt sein. Diese Freundin, mit der ich mich vorhin unterhalten habe, hat einen Job in Genf angenommen, und ihre Wohnung steht leer. Aber die Adresse werde ich Ihnen auch nicht nennen.«

»In Ordnung.«

Klara sah Paula an. »Würden Sie mir einen großen Gefallen tun? Kommen Sie mit in meine Wohnung und bleiben Sie bei mir, während ich packe. Bitte.«

Paula warf einen Blick auf Tweed. Er sah auf die Uhr. Seine Verabredung mit Jennie Blade in der Hummerbar rückte näher. Klara begriff sein Problem – Zeit.

»So schnell wie ich kann niemand packen. Ein Koffer, und in fünf Minuten sind wir wieder draußen.«

Widerstrebend gab Tweed mit einem Kopfnicken seine Zustimmung. Newman warnte Klara, als sie mit ihrem Schlüssel in der Hand aufstand.

»Wenn Sie sich zu dieser neuen Adresse begeben, würde ich an Ihrer Stelle ein Taxi nehmen. Oder besser drei. Kennen Sie sich in Zürich aus? Gut. Nennen Sie den ersten beiden Fahrern ein falsches Ziel. Dann nehmen Sie ein drittes Taxi und lassen sich dahin bringen, wohin Sie eigentlich wollen.«

»Gute Idee. Danke.«

Als die beiden Frauen das Café verließen, sah Tweed abermals auf die Uhr. Er bezweifelte Klaras Behauptung, daß sie in fünf Minuten packen könnte. Paula konnte es, aber wie viele Frauen brachten es auf ihr Tempo?

»Ihre Beschreibung von Voser war ziemlich genau«, bemerkte Newman. »Ein dicker, hochgewachsener Mann mit schmerzenden Füßen.«

»Ich fand zwei Details der Beschreibung aufschlußreich«, erklärte Tweed.

»Und welche waren das?«

»Ich möchte sie mir erst eine Weile durch den Kopf gehen lassen«, meinte Tweed geheimnisvoll. »Mir ist aufgefallen, daß Klara sehr groß ist.«

Newman wußte, daß es keinen Zweck hatte, in die subtilen Nischen von Tweeds Denken vordringen zu wollen. Er saß da und behielt die geschlossene Tür auf der anderen Straßenseite im Auge.

Nachdem sie ins Gotthard zurückgekehrt waren, hatte Tweed noch Zeit, Monica anzurufen. Klara hatte Wort gehalten – sie hatte ihren Koffer gepackt und war fünf Minuten später zusammen mit Paula wieder aus dem Haus gekommen. Newman hatte sie noch in ein Taxi gesetzt, bevor sie zum Gotthard zurückgeeilt waren.

»Monica, hier Tweed. Sind Sie allein? Ich möchte im Moment nicht mit Howard sprechen. Ich rufe von meinem Hotel aus an.«

»Alles ist ruhig hier in Surrey...« Da praktisch jeder mithören konnte, bemühte sich Monica um vorsichtige Formulierungen. »Ich habe die Details über den Gaunt-Konzern. Der Mann an der Spitze ist Millionär, tut aber so, als wüßte er nicht, wo der nächste Penny herkommen soll. Tresilian Manor gehört ihm – keine Hypothek –, ein Haus in Rock, das keinen Namen hat, und beträchtliche Vermögenswerte in der Schweiz. Über die natürlich keine Einzelheiten bekannt sind. Er war früher Captain bei der Armee. Mußte seinen Abschied nehmen – wollte immer seinen eigenen Kopf durchsetzen. Hat etwas von einem Abenteurer – so eine Art Freibeuter. Sehr beliebt bei Frauen. Hat eine Menge Freundinnen gehabt. Das war's.«

»Danke. Übrigens haben sich zwei Frauen bei mir um einen Job beworben. Ich brauche genaue Informationen. Können Sie die Namen notieren? Gut. Jennie Blade. Und Eve Amberg – Mädchenname Royston. Haben Sie das? Ich schlage vor, daß Sie sich auf die Gegend um Padstow konzentrieren. Ich muß jetzt Schluß machen. Ich melde mich bei Gelegenheit wieder. Geben Sie auf sich acht...«

Paula war verblüfft, als Tweed den Hörer auflegte. Sie wartete, bis er seinen Kragen gelockert hatte, dann stellte sie ihre Frage.

»Wozu in aller Welt brauchen Sie Informationen über diese beiden Frauen?«

»Beide stammen aus Cornwall. Und da hat alles angefangen.«

# 21

Als Sara Maranoff ins Oval Office kam, sah sie sofort, daß der Präsident den Besuch von Ms. Hamilton erwartete. Bradford March war frisch rasiert und trug einen grauen Anzug, und im Kühler stand eine Flasche Champagner.

»Senator Wellesley hat angerufen. Er möchte mit Ihnen sprechen.«

»Dieser alte Holzklotz? Halten Sie ihn hin. Sagen Sie ihm, ich stecke bis über beide Ohren in Papierkram. Oh, ich weiß nicht, ob ich es schon gesagt habe – in einer halben Stunde kommt Ms. Hamilton. Sehen Sie zu, daß wir nicht gestört werden, während wir uns unterhalten.«

»Geht in Ordnung, Brad.« Saras Miene besagte, daß das eine Neuigkeit für sie war. Und ihr gefiel das Wort »unterhalten«. Er würde bestimmt keine Zeit damit verschwenden, sich mit ihr zu unterhalten. »Norton ist in der Leitung«, fuhr sie fort. »Er scheint es eilig zu haben.«

»Ach, wirklich? Ich bin derjenige, der es eilig hat – daß er die Jobs zu Ende bringt, die er erledigen soll. Stellen Sie ihn durch...«

»Hier Norton. Wir ziehen das Netz um Tweed enger. Heute hätten wir ihn beinahe erwischt...«

»*Beinahe*? Sie meinen, der Kerl liegt im Krankenhaus?«

»Nein, aber ich habe mir etwas Neues ausgedacht, wie wir ihn ein für allemal erledigen können. Dachte, Sie hätten gern ein Bulletin...«

»Ach, jetzt geben Sie schon Bulletins heraus?« Wütend lehnte sich March über den Schreibtisch und brüllte ins Telefon. »Kommen Sie mir bloß nicht mit solchem Bockmist. Das einzige Bulletin, das ich von Ihnen will, ist die Meldung, daß Tweed, Dyson, Ives und Dillon erledigt sind. Wie macht sich Mencken?«

»Er nimmt Befehle entgegen...«

»Noch ein solcher Anruf, und Sie nehmen Befehle von *ihm* entgegen!«

Er knallte den Hörer auf die Gabel, und Sara schauderte innerlich. Wenn Brad so weitermachte, würde er den Apparat zerschmettern. Und es würde teuer werden, dieses spezielle Privattelefon zu ersetzen. Sie versuchte es mit einem anderen Thema.

»Ich habe gerade gehört, daß Sie Botschafter Anderson aus der Schweiz abberufen haben und ihn durch Mike Gallagher ersetzen wollen.«

»Ich gratuliere Ihnen zu Ihrer Informationsquelle«, sagte March sarkastisch.

»Anderson ist ein erfahrener Diplomat. Gallagher ist ein ungehobelter Klotz. Bei seiner Art, sich auszudrücken, könnte es Ärger geben.«

»Gallagher ist ein Mann, dem ich vertraue. Anderson hat sich in Dinge eingemischt, die ihn einen feuchten Dreck angehen. Er muß verschwinden.«

»Gallagher hat die Staaten noch nicht verlassen. Sie könnten es sich noch anders überlegen. Ich würde es tun, wenn ich Sie wäre...«

»Aber Sie sind nicht ich!« brüllte March sie an. »Wenn Sie auf diesem Stuhl hier sitzen, dann können Sie entscheiden, wer wohin geht. Und Gallagher hat eine Menge zu meiner Wahlkampagne beigetragen.«

Sie seufzte. Normalerweise kam sie gut mit Brad aus, aber es gab Momente, wo er sich benahm wie ein wildgewordener Bulle. Dies war so ein Moment. Es wurde Zeit, ihn in eine andere Stimmung zu bringen. Vielleicht gelang es ihr, wenn sie seine Gedanken wieder auf Ms. Hamilton lenkte.

»Noch eine Flasche Champagner – damit die Unterhaltung besser läuft?«

March funkelte sie an, und Sara erkannte, daß das die falsche Taktik gewesen war. Er zeigte mit einem kurzen, dicklichen Finger auf die Tür.

»Da ist die Tür. Verschwinden Sie. Wenn möglich, ohne sie vorher aufzumachen.«

»Danke, Sara«, sagte Senator Wellesley. »Machen Sie sich deshalb keine Sorgen. Ich weiß, daß Sie es versucht haben.«

Er legte in dem Zimmer in seinem Haus in Chevvy Chase, in dem sich die »Drei Weisen« versammelt hatten, den Hörer auf. Der Bankier und der erfahrene Politiker, die mit einem Drink an dem runden Tisch saßen, schauten dem Senator entgegen, als er zu ihnen zurückkehrte. Wellesley schüttelte bedauernd den Kopf.

»Tut mir leid, meine Herren. Der Präsident weigert sich, mich zu empfangen. Irgendwelcher Unsinn über Papierkram, der sich zu Bergen türmt. Eine Ausrede, damit er nicht mit mir zusammenkommen muß. Vermutlich kann er sich vorstellen, welches Thema ich zur Sprache bringen wollte.«

»Gallagher!« empörte sich der Politiker. »Ich weiß aus eigener Erfahrung, daß die Botschaft in Bern nicht gerade eine Rosine ist. Aber Bern ist ein guter Lauschposten. Wie kann er auch nur daran denken, einen Mann zu ernennen, der sich möglicherweise vor einem Unterausschuß des Senats verantworten muß – wegen Korruption bei der Beschaffung von Regierungsaufträgen? Wenn die Presse davon Wind bekommt und das wird sie –, dann ist der Teufel los, und die Regierung der Vereinigten Staaten wird in der ganzen Welt zum Gespött.«

»Damit könnten Sie recht haben«, pflichtete Wellesley ihm bei.

»Er hat recht«, erklärte der Bankier. »Und außerdem wirft er Geld für alle möglichen Programme aus dem Fenster, als gäbe es kein Morgen. Sehen wir den Tatsachen doch ins Auge – March ist zu einer Gefahr geworden.«

»Gott sei Dank wartet Jeb Calloway in den Kulissen«, sagte der Politiker.

»Wir dürfen nichts übereilen«, mahnte Wellesley. »In der Politik kommt es auf den richtigen Zeitpunkt an. Wir werden abwarten und zusehen, wie sich die Dinge entwickeln…«

Jeb Calloway wanderte mit großen Schritten in seinem Büro umher, beobachtet von Sam, seinem engsten Vertrauten. Plötzlich setzte Calloway sich hin und hieb mit der geballten Faust auf den Tisch, an dem Sam saß.

»Die Gerüchte über diese Privatarmee, die March aufgestellt haben soll, werden immer lauter. Haben Sie schon einmal etwas von Unit One gehört, Sam?«

»Vielleicht dieses und jenes Geflüster.«

»Tatsächlich?« Galloway war überrascht und verärgert zugleich. »Ist das der Name dieser geheimen paramilitärischen Streitmacht, die March angeblich aufgestellt hat?«

»March«, bemerkte Sam, wobei er den Vizepräsidenten genau beobachtete, »ist verschlagen. Er errichtet Nebelwände, streut Gerüchte aus. Sie täten gut daran, diese Sache zu vergessen, selbst wenn sie existieren sollte.«

»Sie scheinen verdammt viel zu wissen. Die meisten Amerikaner in Washington haben noch nie etwas davon gehört.«

»Jeb, ich gehöre nicht zu den ›meisten Amerikanern‹. Schließlich treibe ich mich schon etliche Jahre auf dem Capitol Hill herum. Bleiben Sie gelassen. Was ist mit dem Mann, der sich insgeheim mit Ihnen in Verbindung gesetzt hat?«

»Er befindet sich bereits seit geraumer Zeit an Ort und Stelle«, erklärte Galloway. »Ich habe ein Gerücht gehört, demzufolge vierzig weitere Männer an Bord einer United-Maschine nach London geflogen sind.«

»Aus welcher Quelle stammt diese gefährliche Information, Jeb?« erkundigte sich Sam ruhig.

»Ich gebe meine Informanten nicht preis.«

»Okay, dann eben nicht. Wir unterhalten uns ja nur.«

»Nachdem ich das gehört hatte«, fuhr Galloway fort, »habe ich einen Bekannten in unserer Botschaft in London angerufen. Er war am Londoner Flughafen, als die Maschine landete, Sie sind sofort in eine Swissair-Maschine nach Zürich umgestiegen. Angebliche Diplomaten.«

»Und der Mann, der sich – um ihre eigenen Worte zu gebrauchen – bereits an Ort und Stelle befindet? Wo ist der?«

»In Zürich natürlich« sagte Galloway mit selbstzufriedenem Lächeln.

Sam zündete sich eine Zigarette an. Galloway verzog das Gesicht. Er gestattete nicht, daß in seinem Büro geraucht wurde, aber Sam hatte viele Vorrechte. Sam musterte Galloway eindringlich.

Er fragte sich, wie er ihn vom Spiel um die Macht abbringen konnte.

»Seien Sie vorsichtig, Jeb«, riet er. »All diese Intrigen, in die Sie verwickelt sind. Wenn March davon Wind bekommt, läßt er Sie am nächsten Laternenpfahl aufknüpfen.«

»Ich weiß, was ich tue. Ich muß wissen, was vor sich geht.«

Klar mußt du das, dachte Sam, aber weißt du wirklich, was du tust?

Die telefonische Nachricht, die eingegangen war, während Tweed mit Monica sprach, wurde von einem Angestellten des Hotels Gotthard unter der Tür durchgeschoben. Tweed öffnete den Umschlag, las den getippten Text und schloß dann die Augen. Paula wußte, daß etwas passiert war, das seine Gedanken auf Hochtouren laufen ließ. Er reichte ihr das Blatt.

»Lesen Sie, dann zeigen Sie es Bob und Philip.«

*Muß unsere Verabredung für heute abend leider absagen. Etwas Wichtiges ist dazwischengekommen. Können wir uns statt dessen morgen um dieselbe Zeit treffen? Bitte vielmals um Entschuldigung. Gruß. Jennie Blade.*

»Sie hat damit bis zur letzten Minute gewartet«, bemerkte Paula, als sie Newman die Nachricht gab, der sie überflog und dann an Cardon weiterreichte.

»Die letzte Minute ist der ausschlaggebende Faktor«, erklärte Tweed und fuhr dann fort: »Ein Schlüssel zu dieser ganzen gräßlichen Angelegenheit ist Newmans Freund Joel Dyson. Ich werde den Verdacht nicht los, daß mit ihm alles angefangen hat ...«

»Kein Freund, nur ein Bekannter«, sagte Newman scharf.

»Hören Sie zu. Ich bin noch nicht fertig. Paula war schon immer gut im Zeichnen. Was meinen Sie, Bob, könnten Sie Dyson so beschreiben, daß Paula eine Skizze von ihm machen kann, eine Art Phantombild?«

»Ich will es versuchen«, erklärte Newman.

»Ich kann etwas von dem Papier in der Schreibmappe dort nehmen«, schlug Paula vor. »Schade, daß ich keine Kohle habe. Damit ginge es wesentlich leichter ...«

»Wie wär's damit?« Cardon zog ein kurzes Stück Kohlestift aus der Tasche. »Das benutze ich zum Schwärzen meiner Augenbrauen, wenn ich mein Aussehen verändern will.«

»Gibt es etwas, das Sie nicht mit sich herumschleppen? Aber gut, fangen wir an.«

Newman ließ sich auf der Lehne des Sessels nieder, in dem Paula saß, und begann mit seiner Beschreibung, während Paula mit der Kohle sichere Striche aufs Papier zeichnete. »Die Nase ein bißchen länger«, sagte er eine Weile später.

Während sie an dem Phantombild arbeiteten, holte Tweed seinen Notizblock heraus und machte sich daran, Namen aufzuschreiben und sie miteinander zu verbinden. Cardon schaute ihm fasziniert über die Schulter.

*Joel Dyson – Julius Amberg – Gaunt – Jennie Blade – Eve Amberg (Royston) – Amberg – Helen Frey – Klara – Theo Strebel, Eves Detektiv – Gaunt? – Norton. Cornwall –*

*Gaunt – Eve Amberg – Helen Frey. Washington: Dillon – Barton Ives. Special Agent, FBI – Norton.*

»Es fängt an, ein Bild zu ergeben«, bemerkte Tweed.

»Für mich nicht«, erklärte Cardon.

»Das wird es – wenn Sie bedenken, daß die meisten von ihnen nicht das sind, was sie zu sein scheinen.«

»Das verstehe ich nicht ...«

»Bob sagt, das ist Joel Dyson«, sagte Paula mit ihrer dritten Zeichnung in der Hand.

»Wie er leibt und lebt«, erklärte Newman.

»Das haben Sie gut gemacht«, sagte Tweed zu Paula. »Und morgen brauchen wir sechs kleine Fotokopien von dieser Zeichnung.«

»Als wir am Rennweg waren, habe ich einen Copy-Shop gesehen«, erinnerte sie sich. »Ich gehe hin und lasse sechs verkleinerte Kopien machen.«

»Wieso verkleinert?« fragte Cardon.

»Weil bei einer Verkleinerung das Bild deutlicher wird. Wenn man die Zeichnung vergrößern ließe, würden die Details verschwinden«.

»Und ich möchte«, schaltete Tweed sich ein, »daß jeder von uns eine Kopie bei sich trägt. Ich bin überzeugt, daß Dyson nach wie vor in Zürich ist. Auf diese Weise wird jeder von uns, der ihm vielleicht zufällig begegnet, ihn sofort erkennen. Paula, könnten Sie ein Duplikat von dieser Zeichnung machen?«

»Natürlich. Warum?«

»Joel Dyson ist auf der Flucht. Ich vermute, daß er um sein Leben rennt. Also wird er vielleicht versuchen, sein Aussehen zu verändern. Er hatte genügend Zeit, um die naheliegendste Vorsichtsmaßnahme zu ergreifen – sich einen Schnurrbart stehen zu lassen. Können Sie den der zweiten Zeichnung hinzufügen? Und dann von beiden Versionen sechs Kopien machen lassen?«

»Das dauert nur ein paar Minuten«, sagte sie.

»Und ich werde sie begleiten«, erklärte Newman. »Bevor Dillon in diese Straßenbahn sprang, hat er uns gesagt, daß die Gegenseite Fotos von Ihnen hat – und von Paula.«

»Weichen Sie nicht eine Sekunde von ihrer Seite«, befahl Tweed.

Cardon hatte gerade das Zimmer verlassen, um schnell ein Bad zu nehmen, als das Telefon läutete. Tweed hob die Brauen, warf einen Blick auf Newman und ließ es mehrere Male läuten, bevor er den Hörer abnahm.

»Ja? Wer ist da?«

»Tweed?« sagte eine heisere Stimme. »Hier Cord. Habe eine fürchterliche Erkältung.«

»Sie hören sich grauenhaft an...«

»Tweed, wollen Sie Barton Ives sehen, oder paßt es jetzt nicht? Ich könnte ihn gleich ins Gotthard schicken.«

»Tun Sie das«, sagte Tweed, dann war die Verbindung unterbrochen.

Er legte langsam den Hörer auf. »Endlich werden wir Barton Ives kennenlernen, falls er es sich nicht noch anders überlegt. Er rennt gleichfalls um sein Leben. Wir dürfen ihn nicht mit zu vielen Leuten kopfscheu machen.«

Er griff nach dem Telefon, rief Cardon, Butler und Nield in ihren Zimmern an und erteilte allen dieselbe Anweisung.

»Von jetzt an kommen Sie nicht in mein Zimmer oder in meine Nähe. Ihre Hauptaufgabe ist nach wie vor unser Schutz – aber bleiben Sie im Hintergrund.«

Sie warteten eine halbe Stunde, aber niemand kam. Tweed studierte nach wie vor die Liste von Leuten, die er miteinander in Verbindung gebracht hatte. Dann schaute er auf die Uhr, faltete das Blatt zusammen, das er von seinem Notizblock abgerissen hatte, steckte es in seine Brieftasche und stand auf.

»Sie glauben nicht, daß er noch kommt?« fragte Paula.

»Ich hatte von Anfang an meine Zweifel. Bisher hat er überlebt, indem er in Deckung geblieben ist. Es gehört eine gewaltige Willensanstrengung dazu, in einer solchen Situation aufzutauchen. Ich habe Hunger. In dem Restaurant, das zur Hummerbar gehört, ist das Essen ganz vorzüglich. Wir gehen alle drei hinunter und essen etwas«

Tweed schloß seine Tür ab, während Newman bereits langsam den Flur entlangschlenderte. Er fuhr sich mit einer Hand über die Stirn, eine Angewohnheit, die Paula schon öfters beobachtet hatte, wenn er über etwas nachdachte, das er sich nicht erklären konnte.

Tweed folgte Newman, und sie ging hinter Tweed her. Als sie auf den Fahrstuhl zusteuerten, war es sehr still auf dem Flur. Ein Mann kam ihnen mit entschlossenen Schritten entgegen. Als er Newman passierte, registrierte Paula automatisch, daß er mittelgroß und kräftig gebaut war. Er hatte einen großen Kopf mit kurz geschnittenem dunklem Haar und war glatt rasiert. Seine Augen unter dichten dunklen Brauen waren blau und durchdringend. Als er Tweed passierte, streckte er eine Hand aus und packte seinen Arm.

Paulas Hand fuhr in ihre Umhängetasche und umklammerte blitzschnell den Kolben ihres .32er Brownings. Newman war herumgefahren, hatte drei schnelle Schritte getan und drückte den Lauf seines Smith & Wesson auf das Rückgrat des Fremden.

»Wollen Sie etwas?« fuhr Newman ihn an.

»Ruhig, Mann«, flüsterte er. Er streckte beide Hände aus, und seine Fingerspitzen berührten die Wände. »Cord hat gesagt, es wäre okay. Ich bin Special Agent Barton Ives, FBI.«

# 21

Tweed schloß die Tür auf, Paula trat rückwärts und mit auf den Amerikaner gerichteter Waffe ins Zimmer, und Newman drängte ihn mit dem Lauf seines Smith & Wesson vorwärts. Nachdem Tweed ihnen gefolgt war und die Tür wieder abgeschlossen hatte, schob Newman seinen Revolver wieder in sein Holster und machte sich daran, den Gefangenen auf versteckte Waffen abzusuchen. »Ich habe einen Revolver«, teilte Ives ihm mit. »Unter der linken Achsel.«

Newman zog die Waffe heraus. Auch der Amerikaner besaß einen .38er Smith & Wesson. Paula fiel auf, daß seine Kleidung, ein Straßenanzug unter einem offenen Trenchcoat, in der Schweiz hergestellt worden war. Mit seinem kurz geschnittenen Haar erinnerte er sie an einen struppigen Teddybären.

»Ich muß irgendeinen Ausweis sehen«, teilte Tweed ihm mit.

»Darf ich in meine Brusttasche greifen? Sie gehen wirklich kein Risiko ein. Das ist gut...«

»Er ist jetzt sauber«, sagte Newman, nachdem er den Revolver überprüft und in seine Jackentasche geschoben hatte.

Ives brachte einen Ausweis zum Vorschein, reichte ihn Tweed, sah Paula an und lächelte erschöpft.

»Ich könnte ein Glas Wasser brauchen, wenn dagegen keine Einwände bestehen.«

Sie schenkte Mineralwasser ein und gab ihm das Glas. Er leerte es auf einen Zug, dann seufzte er erleichtert. Tweed untersuchte den Ausweis genau, überprüfte das Foto und die unter der Plastikhülle gedruckten Details.

»Sieht so aus, als wären Sie Special Agent Barton Ives«,

sagte er und gab ihm den Ausweis zurück. »Willkommen in Zürich. Und setzen Sie sich.«

»Sie tun gerade so, als wäre ich eben erst angekommen«, bemerkte der Amerikaner, nachdem er sich in einem Sessel niedergelassen und die Beine übereinandergeschlagen hatte. »Tatsächlich bin ich schon eine ganze Weile hier. Ich schlafe nie mehr als nur eine Nacht am selben Ort. Das nimmt einen ziemlich mit, das kann ich Ihnen versichern. – Grüße von Cord.«

»Meinen Sie damit, daß Sie sich in der ganzen Schweiz herumbewegt haben oder nur innerhalb von Zürich?« erkundigte sich Tweed, immer noch stehend.

»In Zürich und einigen der umliegenden Nester. Dieses Schweizer System, daß man sich in Hotels anmelden und seine Personalien angeben muß, hat mir ganz schön zu schaffen gemacht.«

»Sie waren also gezwungen, sich unter Ihrem eigenen Namen anzumelden?«

»Glauben Sie etwa, ich wäre mit einem Packen falscher Ausweise aus den Staaten geflüchtet?« fragte Ives aggressiv. Er beugte sich vor. »Ich mußte auf Teufel komm raus rennen, nur um am Leben zu bleiben. Ich habe einen Koffer gepackt und bin ins nächste Flugzeug gesprungen.«

»Wie haben Sie mich auf dem Flur erkannt?« drang Tweed weiter in ihn. »Es gibt kaum irgendwelche Fotos von mir.«

»Das war Cord. Er hat Sie mir vom Haar bis zu den Zehenspitzen beschrieben. Sonst wäre ich nicht das Risiko eingegangen, herzukommen und mit Ihnen zu sprechen. Aber Cord hat sehr darauf gedrängt, daß ich Sie aufsuche.«

Tweed setzte sich. Er nahm die Brille ab und putzte mit seinem Taschentuch die Gläser. Er ließ sich viel Zeit dabei, und Ives, der sehr aufrecht dasaß, verschränkte die Hände im Schoß und wartete geduldig. Abgesehen von seiner Schweizer Kleidung war er genau das, was Paula sich unter einem FBI-Agenten vorstellte. Tweed setzte seine Brille wieder auf und musterte Ives einen Moment, bevor er wieder sprach.

»Sie sagten, Sie wären aus den Staaten geflüchtet, hätten auf Teufel komm raus rennen müssen, nur um am Leben zu bleiben. Weshalb? Und wer war hinter Ihnen her?«

Ives sah erst Paula an und dann Newman, der nach wie vor seinen Revolver in der Hand hatte.

»Diese Fragen kann ich nur beantworten, wenn wir allein sind. Ich weiß, daß der Mann hier Robert Newman ist – ich habe sein Foto früher oft genug neben den Artikeln gesehen, die er geschrieben hat, und er hat sich kaum verändert.«

»Hat Cord Ihnen diese Vorgehensweise empfohlen?« fragte Tweed.

»Nein, meine Vorgehensweise bestimme ich selbst.« Wieder aggressiv. Paula glaubte zu verstehen: Ives war geraume Zeit untergetaucht gewesen. Dies war seine erste Exkursion ins Freie. Ungeachtet seiner zur Schau getragenen Selbstbeherrschung war er vermutlich ziemlich nervös. »Was ich Ihnen zu sagen habe, ist vertraulich und streng geheim.«

»Sowohl Paula als auch Bob sind vertrauenswürdige Mitglieder meines Teams. Entweder Sie reden vor Ihnen, oder Sie verschwinden, wohin immer Sie wollen.«

»Cord hat gesagt, Sie wären ein zäher Brocken.« Ives schwenkte resignierend die Hände. »Gott helfe Ihnen, wenn irgendetwas aus diesem Zimmer hinausdringt.«

»Soll das eine Drohung sein?« erkundigte sich Tweed gelassen.

»Nein, lediglich eine Feststellung der Tatsachen. Sie könnten zur Zielscheibe von Leuten werden, die nie daneben schießen.«

»Manchmal tun sie es«, bemerkte Tweed. »Ich warte immer noch. Möchten Sie einen Kaffee? Es ist noch reichlich in der Kanne.«

»Dafür wäre ich dankbar.« Ives sah Paula an. »Sehr dankbar. Mein Mund fühlt sich an wie die Sahara.«

Tweed wartete abermals, während Paula eine Tasse füllte. Ives lehnte sowohl Zucker als auch Milch ab. Er nahm Tasse und Untertasse von ihr entgegen und trank wieder einen großen Schluck.

»Jetzt ist mir wohler. Wesentlich wohler.« Er schien sich seit seinem Betreten des Zimmers zum ersten Mal zu entspannen. »Also, los geht's. Ich bin in New York geboren und aufgewachsen, war aber in Tennessee im Süden stationiert. Ich untersuchte das Verschwinden gewaltiger Geldsummen. Wir dachten zuerst, er wüsche Drogengeld, aber jetzt glaube ich, daß das Geld in einen politischen Fonds geflossen ist...«

»Sprechen Sie von Bankraub?« fragte Tweed.

»Nein. Von kreativer Buchführung. Ich befrage einen Schlüsselzeugen, mache eine Bandaufnahme von dem, was er gesagt hat, und dann verschwindet der Zeuge vom Angesicht der Erde. Ich habe nie herausbekommen, wo die Leichen vergraben worden sind.«

»Leichen? Mehrere?«

»Zehn. Darunter drei Frauen.«

»Das ist Massenmord«, sagte Tweed langsam, dann schwieg er einen Moment. »Aber wieso wurde das FBI eingeschaltet, wenn die Verbrechen alle in Tennessee begangen wurden?«

»Wurden sie nicht. Es ging über Staatsgrenzen hinweg. Dann wird das FBI eingeschaltet. Ich bin sicher, Sie wissen das. Die Spur führte mich von Tennessee nach Mississippi, Louisiana, Oklahoma, New Mexico und Arizona.«

»Das ist ein ziemlich großes Territorium. Vorhin sagten Sie, zuerst hätten Sie gedacht, er wüsche Drogengeld. Wen meinten Sie damit?«

Ives holte tief Luft, dann seufzte er. Wieder sah er Paula und Newman an, die sich kein Wort entgehen ließen.

»Ich rede von Jeb Galloway, jetzt Vizepräsident der Vereinigten Staaten.«

Im Zimmer war es still geworden. Tweed trat vor die geschlossenen Vorhänge, öffnete sie einen Spaltbreit und schaute hinaus. Es hatte angefangen zu nieseln, und die Straße sah aus, als wäre sie schweißfeucht. Er kehrte zu seinem Sessel zurück, setzte sich und musterte Ives.

»Sind Sie ganz sicher?« fragte er.

»Ganz sicher«, erklärte Ives.

»Soweit ich weiß, stammt Galloway aus den Neuengland-Staaten im Nordwesten.«

»Stimmt.« Ives lächelte bitter. »Was der Grund dafür ist, daß Bradford March, der aus dem Süden stammt, sich bei der Wahlkampagne für ihn als zweiten Mann entschieden hat. Galloway konnte ihm New York, Pennsylvania und andere wichtige Staaten einbringen.«

»Welche Beziehungen hatte Galloway dann zu den Südstaaten, in denen Sie Ihre Nachforschungen anstellten?«

»Vor etlichen Jahren hat Galloway seine Elektronikfirma nach Phoenix, Arizona, verlegt. Das war der Trend. Die Luft in Arizona war unverschmutzt, die Gewerkschaften hatten längst nicht so viel Macht wie im Norden. Die Geldwäsche wurde von dieser Firma in Phoenix aus gesteuert.«

»Und Sie sagten, dieses Geld landete ...«

»In Bradford Marchs Kriegskasse zur Finanzierung der Wahl. Wahrscheinlich hat er nicht gewußt, daß es sich um gestohlenes Geld handelte. Welcher Politiker kümmert sich schon eingehend um die Herkunft dringend benötigten Geldes für einen Wahlkampf?«

»Und die zehn Zeugen, die verschwunden sind?«

»Ermordet wurden«, korrigierte Ives. »Jeder von ihnen hätte die Illegalität des Unternehmens bezeugen können. Die meisten von ihnen waren verheiratet, hatten Familien. Ich hatte sogar einen Zeugen, der gesehen hat, wie eine Frau, die ich verhört hatte, eines Abends in einen Wagen gezerrt wurde. Ich war Galloway hart auf den Fersen, als die Wahl stattfand. Und von da an mußte ich zusehen, daß mich keine Kugel traf.«

»Meinen Sie das wörtlich?«

»Wortwörtlich«, versicherte ihm Ives. »Ich war nach Memphis zurückgefahren, um meinen Chef Murcall über die Untersuchungsergebnisse zu informieren. Ich mußte feststellen, daß Murcall durch einen Mann namens Foley ersetzt worden war, den ich nicht kannte. Er sagte mir, ich sollte meine Nachforschungen einstellen. Befehl aus Washington. Das war unmittelbar nach der Wahl…«

»Sie sprachen von Kugeln«, erinnerte ihn Tweed.

»Verdammt nochmal! Lassen Sie mich ausreden. Es war Abend. Als ich von der FBI-Zentrale zu meiner Wohnung zurückfuhr, folgte mir ein roter Caddy. In einer stillen Straße setzte er sich neben mich. Ich konnte mich gerade noch rechtzeitig ducken – sie haben mit einer Maschinenpistole auf meinen Wagen geschossen. Als ich bei meiner Wohnung angekommen war, schlüpfte ein Mann zu mir in den Fahrstuhl. Ich setzte ihm meine Waffe auf die Rippen, durchsuchte ihn, stellte fest, daß er eine Pistole hatte. Er versuchte, sie zu ziehen, und ich versetzte ihm einen Schlag auf den Kopf. Anschließend packte ich meine Sachen und machte mich auf den Weg zum Flughafen.«

»Und hier?« fragte Tweed.

»Sie sind mir gefolgt. Fragen Sie mich nicht, wie. Ich bin ziemlich gut darin, Verfolger zu entdecken. Aber Galloway hat eine Menge Geld. Er hat es dazu benutzt, eine Menge Leute anzuheuern, die jetzt hinter mir her sind, und…«

Er brach ab, als das Telefon läutete. Tweed sprang auf, nahm den Hörer ab.

»Tut mir leid, daß ich stören muß«, sagte Butlers Stimme. »Aber ich glaube, Sie sollten ganz schnell in mein Zimmer kommen.«

»Ich komme herunter und hole es.« Tweed wendete sich an die anderen. »Da ist jemand unten, den ich sprechen muß.

Aber Sie, Ives, sollten sich lieber nicht sehen lassen. Es kann ein Weilchen dauern.«

»Ich würde gern auf die Toilette gehen«, sagte Ives.

»Natürlich«, erklärte Newman. »Aber ich komme mit – als Beschützer, nach dem, was Sie uns erzählt haben...«

Tweed wartete, bis sich die Tür geschlossen hatte und er mit Paula allein war.

»Das war Butler«, flüsterte er. »Könnte etwas Unerfreuliches sein. Ich möchte, daß Sie, solange ich weg bin, ständig Ihren Browning in der Hand haben. Falls jemand an die Tür klopfen sollte, während ich weg bin – machen Sie nicht auf. Wenn ich wiederkomme, klopfe ich so an...« Er trommelte einen kurzen Wirbel auf die Schreibtischplatte.

»Haben sie uns eingekreist?« fragte Paula gelassen. »Vielleicht, weil Barton Ives bei uns ist?«

»Das ist leider durchaus möglich...«

Hinterher konnte sich Tweed nicht erklären, welcher Instinkt ihn veranlaßt hatte, nach seinem Trenchcoat zu greifen, bevor er in Butlers Zimmer eilte. Er klopfte an die Tür, die einen Spaltbreit geöffnet wurde. Butler lugte heraus, stieß die Tür weit auf und schloß sie sofort wieder ab, sobald Tweed im Zimmer war. In der rechten Hand hielt er seine Walther.

Das Zimmer lag im Dunkeln. Tweed blieb stehen, bis Butler seinen Arm berührte.

»Ich führe Sie ans Fenster, damit Sie hinausschauen können. Ich fürchte, es wird Ihnen nicht gefallen, was Sie da sehen...«

Am Fenster angekommen, zog Butler die Vorhänge einen Spaltbreit auseinander. Tweed schaute hinunter auf die Bahnhofstraße. Es nieselte immer noch, und ein feiner Schleier ließ das Licht der Straßenlaternen verschwimmen. Tweed zählte vier Männer, die im Regen standen, alle in amerikanischen Trenchcoats.

»Ich sehe sie«, sagte er grimmig.

»Da sind noch mehr«, warnte Butler. »Pete hat sie zuerst von seinem Fenster aus gesehen. Wir haben zehn Männer gezählt, an Bäume oder Hausmauern gelehnt oder in Ladeneingängen stehend. Wir sind umstellt.«

»Ich frage mich, weshalb«, sinnierte Tweed in der Dunkelheit. »Aber wir haben in unserem Zimmer einen Flüchtling aus den Staaten, den sie zumindest zweimal umzubringen versucht haben.«

»Ich würde gern etwas unternehmen«, sagte Butler. »Aber wir sind umstellt«, wiederholte er.

»Vielleicht auch nicht. Ziehen Sie Ihren Mantel an. Ich muß telefonieren. Von dem unterirdischen Einkaufszentrum aus.«

»Sie werden Sie sehen, wenn Sie herauskommen. Vielleicht warten sie gerade auf Sie.«

»Vielleicht haben Sie uns doch nicht so umstellt, wie Sie glauben. Ziehen Sie Ihren Mantel an. Es gibt einen Ausgang, den sie vielleicht nicht kennen. Eine Tür, die direkt in die Hummerbar führt – weit weg vom Haupteingang.«

Tweed hatte recht gehabt. Niemand wartete in der einsamen Nebenstraße, auf die man durch die Hummerbar gelangen konnte. Sie fuhren in das Einkaufszentrum hinunter, Tweed betrat die erste leere Telefonzelle und wählte Becks private Nummer im Berner Polizeipräsidium. Der Schweizer nahm sofort ab.

»Beck...«

»Arthur, hier ist Tweed...«

»Es ist eine Menge Blut geflossen in Zürich, seit ich weg bin...«

»Ich weiß«, unterbrach Tweed ihn. »Darüber reden wir später. Im Augenblick haben wir eine sehr kritische Situation...«

»Details?« wollte Beck wissen.

»Das Gotthard, in dem wir wohnen, wird praktisch belagert – von zehn Amerikanern, die im Nieselregen herumstehen. Sie haben Trenchcoats an und lehnen an Bäumen und Hauswänden. Vielleicht deshalb, weil jemand Neues eingetroffen ist, aber da bin ich nicht sicher.«

»Haben sie gesehen, daß Sie das Hotel verlassen haben?«

»Nein, sie haben nicht an den Seitenausgang gedacht, der aus der Hummerbar herausführt. Ich rufe von diesem unterirdischen Einkaufszentrum aus an.«

»Allmählich reicht es mir mit diesen Typen. Glücklicherweise ist das Zürcher Polizeipräsidium nicht weit vom Gotthard entfernt. Ehe sie sich's versehen, haben wir sie alle einkassiert, und ihre sogenannten Diplomatenpässe werden ihnen auch nicht helfen. Sonst noch etwas? Nein? Dann rufe ich meine Leute an ...«

Tweed und Butler machten sich auf den Rückweg und kehrten durch den Seiteneingang ins Hotel zurück. Noch bevor sie die Tür hinter sich geschlossen hatten, hörten sie das Heulen von Polizeisirenen. Tweed dankte Butler, dann begab er sich in sein Zimmer. Als Newman die Tür öffnete, stand Ives am Fenster und lugte durch einen Spalt zwischen den Vorhängen hinaus. Paula saß ein Stück entfernt, mit der Waffe in der Hand.

»Das ist erledigt«, verkündete Tweed. »Jetzt können wir ins Restaurant der Hummerbar hinuntergehen und etwas Anständiges essen ...«

Ein Einsatzwagen voll uniformierter Polizisten hielt in einer von der Bahnhofstraße abgehenden Seitenstraße. Ein Leutnant, gefolgt von seinen Männern, rannte in die Bahnhofstraße, blieb einen Moment stehen, sah sich um. Der Leutnant öffnete die Klappe seines Hüftholsters, bevor er sich einem großen, schwergebauten Mann näherte, der einen Trenchcoat und einen Schlapphut trug, dessen Krempe er gegen den ständigen Nieselregen tief herabgezogen hatte. Uniformierte Polizisten aus weiteren Streifenwagen eilten herbei.

»Sie können nicht hier herumlungern«, erklärte der Polizeioffizier dem Mann. »Wir hatten eine Beschwerde von einer Dame – sie traut sich nicht auf die Straße.«

»Immer mit der Ruhe«, erwiderte der Mann mit starkem amerikanischem Akzent. »Ich bin Diplomat. Sie können mir nichts anhaben.«

Er griff in die Tasche, und der Offizier zog blitzschnell seine Waffe.

»Kein Grund, nervös zu werden«, fuhr der Amerikaner fort. »Ich will Ihnen nur meinen Paß zeigen.«

Der Offizier klappte ihn auf und wieder zu und gab ihn dem Mann zurück.

»Wir sind nicht sicher, ob dieser Paß echt ist. Wo wohnen Sie?«

»Im Baur-en-Ville. Also, hören Sie...«

»Dann begeben Sie sich sofort in Ihr Hotel. Und kommen Sie heute abend nicht wieder heraus.«

»Verdammt! Das können Sie doch nicht...«

»Ins Baur-en-Ville. Und zwar auf der Stelle. Sonst stecke ich Sie in diesen Polizeiwagen dort drüben, und Sie können die Nacht in einer Zelle verbringen. Festgenommen wegen Erregung öffentlichen Ärgernisses...«

Der Amerikaner fluchte, schlug seinen Kragen hoch und machte sich auf den Weg zu seinem Hotel. Andere Amerikaner, gleichfalls von der Polizei zur Rede gestellt, trabten durch den Nieselregen davon, der die Straße aussehen ließ wie einen Streifen aus nassem Leder. Minuten später war alles wieder ruhig.

Im Restaurant saß Paula Ives gegenüber. Sie fand, daß er mit seinen eisblauen Knopfaugen und seinem kurz geschnittenen braunen Haar noch mehr wie ein Teddybär aussah als zuvor. Er sah von seiner Speisekarte auf und lächelte. Es war ein sehr freundliches Lächeln. Weshalb also fühlte sie sich so unwohl?

Tweed saß neben ihr und gegenüber von Newman. Sie hatten einen Tisch an der Wand, und niemand saß in ihrer Nähe. Tweed hielt die Speisekarte in der Hand, als er sich an Ives wendete.

»Ich habe ein Gerücht gehört, daß Sie, während Sie sich in Memphis aufhielten, mit der Untersuchung einer Serie von Morden in verschiedenen Staaten betraut waren.«

Ives zögerte für den Bruchteil einer Sekunde. Paula beobachtete ihn und hatte das Gefühl, daß er nicht sicher war, ob er gefährliche Informationen preisgeben sollte.

»Ach ja«, sagte Ives, »das war einer meiner Mißerfolge. Ich habe Monate über diesem Fall verbracht und bin einfach nicht weitergekommen. Scrientäter sind extrem schwer zu fassen. Foley, mein damaliger Boß, hat mich dann auf Calloway und die Unterschlagungen angesetzt...«

»Was nicht einer Ihrer Mißerfolge war«, bemerkte Tweed, »obwohl Sie später von dem Fall abgezogen wurden.«

Er bestellte dasselbe, wofür sich auch Paula entschieden hatte, *filet de fera* mit Salzkartoffeln, einem gemischtem Salat und Mineralwasser. Ives entschied sich für Hummer, die Spezialität des Lokals, und Newman blieb bei seiner Leibspeise, *émincé de veau* mit Rösti. Er trank Weißwein, während Ives eine halbe Flasche Beaujolais bestellt hatte. Als der Kellner gegangen war, stellte Tweed Ives weitere Fragen.

»Weshalb wollte Calloway Sie umbringen lassen, obwohl Sie doch keine Beweise hatten und kein Zeuge mehr am Leben war, der vor einem amerikanischen Gericht gegen ihn hätte aussagen können?«

»Calloway«, erwiderte Ives prompt, »hat es sowohl im Geschäft als auch in der Politik weit gebracht. Und zwar nur, weil er keine Risiken eingeht und keine losen Enden herumhängen läßt. Ich bin ein loses Ende.«

Paula spürte, daß Ives angespannt war. Wann immer ein neuer Gast das Lokal betrat, warf er schnell einen Blick über die Schulter. Newman war ungewöhnlich schweigsam. Nur

Tweed machte einen völlig entspannten Eindruck, als er den Blick langsam durch das Restaurant schweifen ließ.

Der Speisesaal war rechteckig, von der Bar durch Milchglasscheiben getrennt, in deren Oberfläche Paare in historischen Kostümen eingraviert waren. Die vorherrschende Farbe des Raums war rot. Die Decke war in große karminrote Paneele unterteilt, die Wände waren mit gleichfarbigem Samt bespannt. Die kleinen Tischlampen, die die Hauptbeleuchtung lieferten, hatten karminrote Schirme, und die Tischdecken waren rosa.

Paula fand, daß das ein ziemlich gewagtes Dekor war; es konnte leicht anrüchig wirken. Dennoch hatte das Restaurant eine warme, intime Atmosphäre. Sie fühlte sich völlig entspannt – abgesehen von der von Barton Ives ausgehenden Aura der Nervosität. Sie glaubte, ihn jetzt zu verstehen – vermutlich hatte sich Ives seit Verlassen der Vereinigten Staaten keine Sekunde entspannen können. Und jetzt fiel es ihm schwer, sich der angenehmen und sicheren Umgebung anzupassen. Andere Tische waren besetzt, aber es war nicht laut im Lokal. Nur gedämpftes Geplauder und gelegentlich ein fröhliches Kichern.

»Ich wüßte zu gern, wer diese Männer waren, die da draußen im Regen standen«, sagte Ives plötzlich.

»Das spielt jetzt keine Rolle mehr«, teilte Tweed ihm mit. »Wie ich gehört habe, sind sie alle verschwunden. Von der Polizei vertrieben.«

»Von der Polizei?«

»Das jedenfalls habe ich an der Rezeption gehört.«

»Was glauben Sie – ob diese Männer wußten, daß ich hier bin?«

»Das bezweifle ich«, versicherte ihm Tweed. »Ich vermute, sie hielten nach mir Ausschau. Ach, übrigens, haben Sie sich hier unter Ihrem eigenen Namen angemeldet?«

»Mußte ich ja schließlich«, fuhr Ives auf. »Ich sagte es bereits – ich habe keine falschen Papiere.«

»Ich überprüfe nur Details«, erklärte Tweed ihm gelassen. »Unser Job ist es, Sie zu beschützen. Wie geht es Dillon? Und wie haben Sie es geschafft, ihm hier in Zürich zu begegnen?«

»Herr im Himmel! Nur eine Frage auf einmal.« Ives beruhigte sich. »Cord ist übernervös, fürchtet sich vor seinem eigenen Schatten. Ich habe ihn zufällig im Sprüngli getroffen. Er wußte nicht gleich, wer ich war, als ich mich an seinem Tisch niederließ. Ich trug eine Sonnenbrille. Er wäre fast vom Stuhl gefallen, als ihm klar wurde, daß ich es war.«

»Wie haben Sie sich ursprünglich kennengelernt?« fragte Tweed weiter. »Der stellvertretende Direktor der CIA hat normalerweise keine Kontakte mit dem FBI. Die CIA darf nicht innerhalb der Vereinigten Staaten operieren.«

»Aber sie tut es, wenn es ihr in den Kram paßt. Ich fand den Anführer eines Spionagerings, nach dem Cord suchte. Dafür war er mir immer dankbar.«

»Das sollte er wohl ...«

Ihr Essen kam, und niemand sprach, während sie die vorzüglichen Gerichte verzehrten. Paula, die schnell aß, war wie gewöhnlich als erste fertig. Sie beobachtete Ives beim Verspeisen seiner großen Portion Hummer. Als sie alle aufgegessen hatten, griff Ives in die Tasche.

»Verdammt, ich habe meine Zigaretten in meinem Zimmer vergessen. Bin gleich wieder da.«

Newman bot ihm seine Schachtel Silk Cut an.

»Danke«, sagte Ives, »aber ich rauche nur Lucky Strike.«

»Macht einen ziemlich nervösen Eindruck«, bemerkte Tweed, nachdem Ives gegangen war.

»Das kann man verstehen – nach allem, was er durchgemacht hat«, entgegnete Paula. »Wer wäre das nicht?«

»Wir warten mit dem Kaffee, bis er wieder da ist«, sagte Tweed und sah auf die Uhr.

Zehn Minuten später stand Tweed plötzlich auf. Er legte Paula die Hand auf die Schulter, um sie am Aufstehen zu hindern.

»Bob, ich möchte einen dringenden Anruf machen. Ihr Zimmer liegt viel näher als meines. Würden Sie mir Ihren Schlüssel geben?«

Er blieb länger fort, als Paula erwartet hatte. Als er in das Restaurant zurückkehrte, bat er den Kellner um die Rechnung und zeichnete sie ab. Dann eilte er zu ihrem Tisch zurück, blieb stehen, beugte sich vor und dämpfte seine Stimme.

»Ist Ives zurückgekommen?«

»Nein«, sagte Paula bestürzt. »Ist etwas passiert?«

»So könnte man es ausdrücken. Ich habe im Polizeipräsidium angerufen – glücklicherweise war Beck inzwischen dort eingetroffen, um sich nach meinem ersten Anruf über die Lage zu informieren. Er ist jetzt auf dem Weg hierher – mit einem Team von Spezialisten.«

»Spezialisten?« fragte Newman verblüfft. »Was für Spezialisten?«

»Ein Spitzenmann mit einer Maschinenpistole. Und ein Chemiker mit seiner Ausrüstung. Außerdem ein Bombenräumkommando.«

»Was in aller Welt...«, setzte Paula an.

»Beck ist da«, teilte Newman Tweed mit.

Sie gingen hinüber zu der Stelle, an der der Schweizer Polizeichef wartete, wie immer in einem adretten Anzug und in einer Krise völlig gelassen.

»Ich habe mir an der Rezeption die Zimmernummer von diesem Barton Ives geben lassen und einen Hauptschlüssel«, sagte Beck, als sie zusammen das Restaurant verließen.

»Ich kann mich irren«, warnte Tweed.

»Ich habe noch nie erlebt, daß Ihr Instinkt Sie getäuscht hat. An beiden Enden des Flurs, auf dem sich sein Zimmer befindet, stehen bewaffnete Posten. Und ich hätte gern Ihren Zimmerschlüssel für den Chemiker und das Bombenräumkommando. Danke...«

Völlig verblüfft standen Paula und Newman neben Tweed

und Beck im Fahrstuhl. Beck trat als erster hinaus, schaute in beide Richtungen, bedeutete ihnen, ihm zu folgen. Er eilte ihnen voraus, und Newman hatte Gelegenheit, Tweed zu fragen, was zum Teufel da vor sich ging.

»Erstens hat sich jemand am Schloß meines Zimmers zu schaffen gemacht, seit wir zum Essen hinuntergegangen sind. Ich habe den Schlüssel nicht im Schloß gedreht und bin erst recht nicht hineingegangen. Außerdem hat dieser angebliche Barton Ives auf eine ganze Menge Fragen die falschen Antworten gegeben.«

»Der angebliche?« wiederholte Paula.

Sie bekam keine Antwort. Sie waren dicht an das Zimmer herangekommen, das Barton Ives genommen hatte. Beck bedeutete ihnen mit einer Handbewegung, reichlich Abstand zu halten. An der Wand gegenüber der geschlossenen Tür lehnte ein uniformierter Polizist. Er trug eine kugelsichere Weste und zielte mit einer Maschinenpistole auf die Tür. Zwei weitere Männer mit Pistolen in den Händen drückten sich beiderseits der Tür flach an die Wand. Ein vierter Mann stand ganz in der Nähe. Er war mit einer kurzen, dickläufigen Pistole bewaffnet. Tränengas. Beck ging keinerlei Risiko ein.

Er zog seine eigene Pistole, beugte sich über einen der an die Wand gedrückten Männer vor und klopfte mit dem Lauf an die Tür.

»Aufmachen! Polizei.«

Er wartete. Eine lange Stille trat ein. Schließlich legte Beck ein Ohr an die Tür und lauschte. Dann trat er zurück und warf dem anderen an die Wand gedrückten Mann den Hauptschlüssel zu. Paula sah, wie der Mann mit der Maschinenpistole sich versteifte. Der Polizist mit dem Schlüssel steckte ihn leise ins Schloß, drehte ihn, ergriff die Klinke und warf einen Blick auf den Mann mit der kugelsicheren Weste, der nickte.

Die Tür wurde weit aufgerissen, der Mann mit der kugelsicheren Weste stürmte ins Zimmer, ließ sich auf den Teppich fallen und schwang den Lauf seiner Waffe in einem großen Bogen herum. Über die Schulter hinweg wendete er sich an Beck, der ihm mit schußbereiter Waffe gefolgt war.

»Leer, Chef ...«

»Das Badezimmer überprüfen ...«

Wenige Sekunden später wußten sie, daß das Badezimmer gleichfalls leer war. Beck sah Tweed an.

»Der Vogel ist ausgeflogen. Sie hatten also recht. Und jetzt zu Ihrem Zimmer. Sie alle bleiben hier. Rühren Sie nichts an. Sie trinken nichts.« Er deutete auf eine halbleere Flasche Mineralwasser. »Sie benutzen nicht das Badezimmer.«

Ein Polizist mit gezogener Pistole stand vor dem Zimmer Wache, während sie warteten. Newman stellte seine Frage mit leiser Stimme.

»Hören Sie mal, Tweed, was ist eigentlich los?«

»Ich bin sicher, daß wir gerade mit einem Mann gegessen haben, vor dem Dillon mich sehr eindringlich gewarnt hat. Einem Mann namens Norton.«

# 23

Beck kam ungefähr zehn Minuten später zurück und winkte ihnen, ihm zu folgen. Als sie gingen, erschienen zwei Polizisten in Schutzanzügen und mit einem Werkzeugkasten.

»Leute vom Bombenräumkommando« erklärte Beck. »Ihr Zimmer ist sauber – was Explosivstoffe angeht…«

Als sie Tweeds Zimmer betraten, wurden sie von einem zwergenhaft kleinen Mann in Zivil erwartet. Auf einem Tisch stand ein offener Lederkoffer mit einer ganzen Kollektion von Instrumenten. Das einzige, das Paula erkannte, war eine Pipette mit einem Gummikolben und einer Meßskala, dazu gedacht, eine bestimmte Menge Flüssigkeit aufzusaugen. Neben dem Koffer stand ein Behälter aus dickem Glas mit einem Schraubverschluß. In ihm befand sich eine rote Flüssigkeit. Beck stellte den Zwerg vor.

»Das ist unser Chemiker Dr. Brand.«

»Nach dem, was ich gefunden habe, Herr Beck«, sagte der Zwerg, »würden Sie den Herrn vielleicht gern ins Badezimmer führen.«

Tweed stand mit Beck am Eingang zum Badezimmer, während Paula Tweed über die Schulter schaute.

»Sehen Sie sich gut um«, forderte Beck Tweed auf. »Fällt Ihnen irgend etwas auf, das sich verändert hat, seit Sie zum Essen hinuntergingen?«

Tweed schaute sich langsam um. Sein Blick verweilte auf seiner Toilettentasche, die er auf das Glasbord über dem Waschbecken gestellt hatte. Er schüttelte den Kopf.

»Ich kann nichts Ungewöhnliches entdecken. Alles sieht so aus wie immer.«

»Wann benutzen Sie das Mundwasser?« fragte Beck und deutete auf eine Flasche.

»Morgens, gleich nach dem Aufstehen. Es macht mich frisch für den Tag.«

»Wenn das so ist«, sagte Beck vergnügt, »wären Sie noch ein paar Stunden am Leben geblieben. Kommen Sie mit zurück ins Zimmer.« Er wendete sich an den Zwerg. »Mein Freund hier benutzt das Mundwasser jeden Morgen nach dem Aufstehen.«

»Ich gurgele damit«, setzte Tweed hinzu.

»Dann möchten Sie vielleicht einmal hier dran riechen«, meinte Dr. Brand und schraubte den Deckel von dem Behälter aus dickem Glas ab. »Aber seien Sie vorsichtig. Er enthält eine kleine Menge von dem Mundwasser und ein Lösungsmittel, mit dem ich es getestet habe.«

Tweed nahm den Behälter und roch vorsichtig daran. Paula sah, wie sich seine Gesichtsmuskeln einen Moment lang verspannten. Er gab Brand den Behälter zurück, der sofort wieder den Deckel aufschraubte.

»Ein schwacher Geruch nach bitteren Mandeln«, sagte Tweed langsam.

»Stimmt«, pflichtete Brand ihm bei. »Blausäure. Ich nehme an, Sie hätten zwei Sekunden lang damit gegurgelt. Ich habe die Flasche mit dem Mundwasser wieder genau so hingestellt, wie ich sie vorgefunden habe.«

»Und das hat jemand anderes auch getan«, sagte Beck grimmig, »nachdem er sich mit einem Dietrich Zutritt zu Ihrem Zimmer verschafft hatte.«

»Blausäure. Großer Gott«, sagte Paula, fast zu sich selbst. Ihr stand plötzlich das Bild von Amberg in Tresilian Manor vor Augen, mit seinem von Säure zerstörten Gesicht.

Beck und sein Team waren gegangen, und Tweed saß mit Newman und Paula in seinem Zimmer. Bevor er ging, hatte Beck ihm mitgeteilt, daß im Zimmer des Mannes, der sich unter dem Namen Barton Ives eingetragen hatte, kein einziger Fingerabdruck gefunden worden war.

»Wahrscheinlich hat er Gummihandschuhe übergezogen, bevor er den Raum betrat«, hatte er gesagt. »Und das Besteck und die Gläser, die er beim Essen benutzt hat, sind alle gespült worden. Auch sein Gepäck ist verschwunden. Es ist, als wäre er nie hiergewesen. Übrigens hat Brand die Flasche mit dem Mundwasser mitgenommen. Passen Sie auf sich auf...«

Als sie wieder allein waren, hatte Newman beim Zimmerservice einen doppelten Scotch bestellt. Paula hatte sich für ein Glas Weißwein entschieden, während Tweed bei Mineralwasser blieb.

»Das war ein Schock«, sagte Paula. »Wie sind Sie nur darauf gekommen, daß es nicht Barton Ives war?«

»Da ist verschiedenes zusammengekommen«, teilte Tweed ihnen mit. »Zuerst der Anruf von einem stockheiseren Mann, der fragte, ob Barton Ives kommen könnte. Er meldete sich mit ›Hier Cord‹ oder etwas dergleichen. Im Gegensatz zu vielen Amerikanern ist Dillon sehr förmlich und meldet sich immer mit seinem Nachnamen. Aber das ist noch kein Beweis.«

»Weshalb der Anruf?« fragte Paula.

»Um sicherzugehen, daß der echte Barton Ives uns noch nicht aufgesucht hatte. Nachdem er eingetroffen war, sprach er von Dillon weiterhin als von Cord, was meinen Verdacht verstärkte. Nach dem, was er selbst erzählt hat, war ihre Bekanntschaft eher flüchtig. Aber das ist immer noch kein eindeutiger Beweis.«

»Und was war dann – eindeutig?« beharrte Paula.

»Eine Anhäufung von Unwahrscheinlichkeiten, wie ich schon sagte. Wirklich aufschlußreich war die Tatsache, daß er von sich aus nichts über seine Nachforschungen nach dem Serienmörder gesagt hat. Diese Information kam von Dillon und muß deshalb zutreffen. Dann habe ich beim Essen das Thema aufs Tapet gebracht – und er hat es mit zwei oder drei

Sätzen abgetan. Einen grauenhaften Fall, der sich über Monate hingezogen hat! Und dann war da die Geschichte, die er uns aufgetischt hat, weshalb er aus den Staaten geflüchtet war. Weshalb sollte Calloway eine ganze Armee ausschicken, um ›Ives‹ umzubringen, obwohl er zugegeben hat, daß er keine Beweise hätte? Eine völlig unglaubwürdige Geschichte. Und beim Essen hat er dann jeden Gast gemustert, der das Restaurant betrat.«

»Und was hatte das zu bedeuten?« fragte Paula.

»Verknüpfen Sie das mit seiner Nervosität hinsichtlich der Männer, die das Hotel beobachteten …«

»Ja«, warf Newman ein, »er war geradezu besessen von ihnen. Während Sie weg waren, hat er ständig hinausgeschaut, um festzustellen, ob sie fort waren.«

»Nein«, widersprach Tweed. »Um sich zu vergewissern, *daß sie immer noch da waren!*«

»Das verstehe ich nicht«, erklärte Paula mit gerunzelter Stirn.

»Normalerweise sind Sie rascher von Begriff«, rügte Tweed. »Was da draußen herumlungerte, waren Nortons Männer. Dort postiert für den Fall, daß der echte Barton Ives auftauchen und versuchen würde, das Hotel zu betreten. Das wäre für Norton, der sich für Ives ausgab, eine Katastrophe gewesen. Seine Männer waren da, um den echten Ives, falls er auftauchen sollte, ein für allemal zu beseitigen.«

»Und als Sie von Ihrem Anruf bei Beck zurückkamen …« setzte Paula an.

»*Meine* Geschichte«, unterbrach Tweed sie. »Ja, es war meine – erfundene – Bemerkung, daß man mir an der Rezeption erzählt hätte, die Polizei hätte die Männer draußen fortgeschickt. Da war Norton klar, daß er in Schwierigkeiten steckte. Wieder hätte der echte Ives jederzeit hereinkommen können. Daher sein eiliger Aufbruch in sein Zimmer, angeblich, um seine Zigaretten zu holen.«

»Und in Ihr Zimmer«, erinnerte sie ihn.

»Und genau deshalb ist er gekommen – um mich umzubringen. Wenn Beck nicht Dr. Brand mitgebracht hätte, wäre es ihm gelungen. Ich finde die Methode, für die er sich entschieden hat, interessant.«

»Das ist nicht gerade das Wort, das ich gebraucht hätte«, bemerkte Paula. »Aber angesichts der Säure frage ich mich, ob Norton nicht auch der falsche Postbote war, der das Massaker in Tresilian Manor begangen hat.«

»Ich wollte sagen, interessant, weil es erkennen läßt, wie skrupellos und entschlossen dieser Mann ist. Er war übernervös, daß Ives auftauchen könnte, aber er machte trotzdem weiter und versuchte, mich zu ermorden.«

»Wie sieht unser morgiges Programm aus?« fragte Newman ungeduldig.

»Um zehn bin ich mit Theo Strebel verabredet, dem Detektiv, den Eve Amberg angeheuert hat«, erinnerte Tweed ihn.

»Ich hoffe, er kann herausfinden, wohin Helen Freys Freundin Klara umgezogen ist. Ich möchte noch einmal mit ihr reden, weil ich glaube, daß sie mehr weiß, als sie selber ahnt. Am Abend stehen dann Drinks mit Gaunts Freundin Jennie Blade auf dem Programm, um 18 Uhr unten in der Hummerbar.«

»Ich wüßte zu gern, wie Squire Gaunt in diese Geschichte hineinpaßt«, sinnierte Paula.

»Er war zum Zeitpunkt des Massakers in Cornwall«, erinnerte Tweed sie. »Er könnte eine Schlüsselfigur sein.«

Während es in Zürich dunkel war und nieselte, war es in Washington noch Tag, aber es schneite heftig. March schaute aus dem Fenster und stellte fest, daß der Verkehr auf der Pennsylvania Avenue bereits ins Stocken geriet. Er drückte auf einen Knopf an seiner Gegensprechanlage.

»Sara, rufen Sie den Scheißkerl an, der für den Einsatz der Schneepflüge verantwortlich ist. Ich will, daß sie in zehn Minuten auf der Pennsylvania Avenue sind. Wenn die Maschinen unterwegs sind, lassen Sie die Presse wissen, daß ich die Anweisung erteilt habe.«

»Gute Idee, Brad…«

»Klar doch. Die Leute sollen wissen, daß ihr Präsident sich um sie kümmert.«

»Da war ein Ferngespräch auf Ihrer privaten Leitung. Der Anrufer wollte seinen Namen nicht nennen. Sagte, Sie wären vielleicht an ein paar Dingen interessiert, nach denen Sie suchen…«

»Stellen Sie ihn durch. Und spüren Sie dem Anruf nach.«

»Er ist gerissen, Brad. Hat aufgelegt und gesagt, er würde in Kürze wieder anrufen. Ich werde es mit einer Fangschaltung versuchen… Moment, ich glaube, er ist wieder in der Leitung…«

»Wer ist da?« bellte March, sobald die Verbindung zustandegekommen war.

»Keine Namen. Haben Sie etwas zu schreiben? Gut…« Die Stimme war heiser. »Ich habe ein Video und ein Tonband zu verkaufen. Der Preis ist immer noch zwanzig Millionen Dollar.«

»Ein Kurier ist mit dem Geld unterwegs nach Zürich. Aber ich muß zuerst sicher sein…«

»Halten Sie die Klappe.« Marchs Mund verzog sich vor Wut – so redete man nicht mit dem Präsidenten der Vereinigten Staaten. Die Stimme fuhr fort. »Ich weiß, daß Sie versuchen, diesem Anruf nachzuspüren. Notieren Sie. Die drei möglichen Treffpunkte für die Übergabe Geld gegen Film und Tonband. Auf dem Zürichberg, Orellistraße bei dem Hotel. Zweiter möglicher Ort, der Flugplatz in Hausen am Albis. Der dritte ist Regensburg außerhalb von Zürich. Ich melde mich wieder mit genauen Details…«

Die Verbindung war unterbrochen. Die Stimme verwirrte March. Heiser, ja. Knurrend ja – sehr knurrend. Aber zweimal hatte sie sehr hoch geklungen und sich angehört wie die einer Frau. Ein paar Minuten später meldete sich Sara über den Hausapparat.

»Kein Glück, Brad. Die Fangschaltung hat ergeben, daß der Anruf aus Zürich kam. Die Nummer konnten wir nicht feststellen.«

»Verdammt. Möchte wissen, wozu wir die teuren Apparate angeschafft haben...«

March knallte den Hörer auf die Gabel. Er würde diese Informationen an Norton weitergeben, wenn er das nächste Mal anrief.

In Zürich lächelte die Frau, die March angerufen hatte, den Mann an, der dem Gespräch zugehört hatte. Sie hatte ihre Stimme verstellt, indem sie tief aus der Kehle heraus gesprochen hatte.

»March würde deine Stimme nicht erkennen, selbst wenn er dich persönlich kennenlernen sollte«, sagte der Mann und legte den Arm um sie.

»Ich habe *geknurrt*. Das war das Entscheidende. Zwanzig Millionen Dollar. Das sollte genügen, damit wir anständig leben können.«

»Du warst großartig. Wie wäre es, wenn wir zusammen ins Bett gingen, um das zu feiern?«

»Woher habe ich gewußt, daß du darauf aus bist?«

Am folgenden Morgen frühstückte Tweed mit Paula und Newman in La Soupière, dem Restaurant im ersten Stock des Hotels Schweizerhof. Butler, Cardon und Nield saßen jeder für sich an anderen Tischen. Am Vorabend waren Butler und Nield im Hotel gewesen, hatten alle sechs Zimmer aufgesucht und die Bettwäsche zerknittert.

»Da Norton weiß, daß wir im Gotthard wohnen«, meinte Paula, »hat es da noch Sinn, daß wir dort bleiben?«

»Nicht den geringsten«, pflichtete Tweed ihr bei. »Weshalb wir nach dem Frühstück unsere sämtlichen Sachen wieder hierher zurückbringen werden. Ich habe unsere Rechnung im Gotthard bereits bezahlt und Harry, Pete und Philip angewiesen, dasselbe zu tun.«

»Und wie geht es jetzt weiter?« fragte Newman. »Ich würde Norton und Genossen gern in die Finger bekommen.«

»Wenn er der eigentliche Gegner ist«, bemerkte Tweed. »Bisher ist nichts sicher. Ich bin jetzt überzeugt, daß nur wenige der Leute, die wir hier – und in Cornwall – getroffen haben, das sind, was sie zu sein scheinen.«

»Das ist beruhigend«, sagte Paula ironisch. »Jemand Bestimmtes, hinter dem Sie her sind?«

»Ich brauche mehr Fakten, bevor ich eine ausgeklügelte Falle stellen kann. Ausgeklügelt, weil es sich um ein großangelegtes Komplott handelt, hinter dem aber nur ein Mann steckt. Das ist mir erst klar geworden, seit wir hier eingetroffen sind.«

Er behält seine Gedanken wieder einmal für sich, dachte Paula. Sie versuchte es von einer anderen Seite aus.

»Wir bleiben also in Zürich?«

»Nein, das tun wir nicht«, erklärte ihr Tweed. »Morgen fahren wir mit dem Zug nach Basel.«

»Wieso Basel?«

»Vor dem Frühstück habe ich in der Zürcher Kreditbank angerufen und wollte mit Amberg sprechen. Glücklicherweise hatte ich diese attraktive Frau am Apparat, die wir bei unserem Besuch in der Bank kennengelernt haben, Ambergs Privatsekretärin. Sie hat mir gesagt, daß Amberg in aller Eile nach Basel abgereist ist.«

»Ich erinnere mich – die Zürcher Kreditbank hat eine Filiale in Basel. Aber weshalb folgen wir ihm dorthin?« fragte Paula.

»Vielleicht haben Sie es vergessen. Amberg hat uns gesagt, Julius hätte den Film und das Tonband, die Dyson ihm übergeben hat, in den Tresor in Basel gebracht.« Er sah auf die Uhr. »Ich muß bald los zu meiner Verabredung mit Eve Ambergs Detektiv Theo Strebel.«

»Nun, zumindest wissen wir jetzt, wie Norton aussieht – der Mann, den bis gestern abend nie jemand zu Gesicht bekommen hat.«

»Darauf würde ich mich nicht verlassen«, erwiderte Tweed.

In der Wohnung, die er gemietet hatte, ging Norton ins Badezimmer. Eine halbe Stunde später hatte er sein normalerweise hellbraunes Haar grau gefärbt. Jetzt spülte er die überschüssige Farbe aus und betrachtete das Resultat im Spiegel.

Sein Aussehen war verändert. Er hatte auf seine wöchentlichen Besuche beim Friseur verzichtet. Sein Haar wuchs rasch nach. Zufrieden mit seinem Wachstum zog er sein Jakkett an und sah auf die Uhr.

Alles hing vom richtigen Moment ab. Er hatte seinen ganzen Tag geplant, mit der Präzision eines Generals, der sich auf eine entscheidende Schlacht vorbereitet. Als er die Wohnung verließ, pfiff er leise vor sich hin.

Tweed wurde von Paula begleitet, als er die Steintreppe zu dem Haus in der Altstadt hinaufstieg, in dem sich Strebels Büro befand. Newman folgte ihnen mit ein paar Schritten Abstand und wartete auf dem Flur, während Tweed eine Tür mit einer Milchglasscheibe in der oberen Hälfte öffnete. Neben der Tür war ein Schild angebracht, auf dem nur *Theo Strebel* stand. Keine Berufsangabe.

Durch die Tür gelangten sie in ein leeres Vorzimmer. An der gegenüberliegenden Wand befand sich eine massive Eichentür, in die ein Spion eingelassen war. Paula war plötzlich nervös – die Atmosphäre in dem alten Treppenhaus war bedrückend gewesen, und der dumpfe Geruch eines seit Jahren fast unbewohnten Gebäudes war ihr in die Nase gedrungen.

Hier war die Atmosphäre noch unheimlicher. Eine schwere Stille erfüllte den Raum, in dem nur ein alter Schreibtisch mit völlig leerer Platte stand. Sie war sicher, daß dieser Raum seit Jahren von niemandem benutzt worden war. Sie schob die Hand in ihre Umhängetasche und umklammerte ihren Browning.

»Melden Sie sich. Ihre Namen bitte.«

Die körperlose Stimme schien aus dem Nichts zu kommen. Tweed deutete auf einen alten, kegelförmigen Lautsprecher, der hoch oben in einer Ecke angebracht war. Die Stimme hatte Englisch gesprochen.

»Sind Sie das, Mr. Strebel?« fragte Tweed.

»Ich sagte, Sie sollen sich melden. Ihre Namen und Ihr Anliegen.«

»Ich habe eine Verabredung mit Theo Strebel. Für 10 Uhr. Eve Amberg sagte, sie würde Sie anrufen. Bei mir ist meine Assistentin.«

»Sie soll etwas sagen«, befahl die körperlose Stimme. »Irgend etwas. Äpfel sind grün.«

»Nur, wenn sie noch nicht reif sind«, rief Paula zurück.

»Kommen Sie herein.«

Es ertönte ein Geräusch, das dem Summer ähnelte, mit dem Helen Frey ihnen ihre Tür am Rennweg geöffnet hatte. Tweed schob die schwere Tür auf, die langsam nach innen aufschwang.

»Guten Morgen, Mr. Tweed. Auch Ihnen, mein Fräulein.«

Ein sehr dicker Mann in einem schwarzen Anzug saß an einem Schreibtisch. Er hatte dunkles Haar, das glatt über den massigen Schädel gekämmt war. Unter einer kurzen Stupsnase saß ein gleichfalls dunkler Schnurrbart. Als sie in sein Büro eintraten, ging die Tür hinter ihnen automatisch wieder zu. Paula hörte, wie das Schloß klickte, und hatte das Gefühl, in einer Falle zu sitzen.

»Sie sind Mr. Tweed. Sie entsprechen Mrs. Ambergs Beschreibung. Bitte nehmen Sie Platz, alle beide. Und was kann ich tun für meinen neuesten Klienten?«

»Sie sind Theo Strebel?«

»Der große Detektiv höchstpersönlich.«

Als Paula Tweeds Beispiel folgte und sich dem Schweizer gegenüber auf einem Stuhl niederließ, stellte sie fest, daß Strebel ihr sympathisch war. Er strahlte die Energie und gute Laune aus, die oft typisch sind für dicke Männer. Er stützte beide Ellenbogen auf den Schreibtisch, faltete die überraschend kleinen Hände unter dem fülligen Kinn und lächelte.

»Der Ball ist auf Ihrem Feld, Mr. Tweed.«

»Ich wüßte gern die neue Adresse einer Frau, die in der Wohnung neben der von Helen Frey gewohnt hat…«

»Über deren Ermordnung ausführlich in der Zeitung berichtet wurde. Also?«

»Ich möchte, daß Sie herausfinden, wohin Helen Freys Freundin verschwunden ist. Ich weiß nur ihren Vornamen. Klara.«

»Und haben Sie irgendeinen Hinweis auf ihren Beruf? Hinweise sind mein Lebensblut, Mr. Tweed.«

»Sie ist ein teures Callgirl. Genau wie Helen Frey.«

»Ich weiß Ihre Angabe zu würdigen. Jedermann muß sich seinen Lebensunterhalt verdienen. Diese Profession kann höchst gefährlich sein – wie die neuesten Nachrichten bestätigen. Die Frauen haben Anspruch auf die hohen Beträge, die sie für ihre Dienste fordern. Gefahrenzulage, Mr. Tweed.«

»Ich muß dringend wissen, wo sie steckt.«

»Eins nach dem anderen, Mr. Tweed. Würden Sie mir bitte einen Ausweis zeigen? Die Beschreibung mag auf Sie passen, aber ich stehe in dem Ruf, der vorsichtigste Mann in ganz Zürich zu sein.«

Tweed hätte ihm seinen Führerschein zeigen können. Doch nachdem er Strebel abgeschätzt hatte, zog er statt dessen seinen Sonderdezernats-Ausweis aus der Tasche, ein Dokument, das im Keller des Hauses am Park Crescent gefälscht worden war, als das Haus noch gestanden hatte. Strebel hob die dicken Brauen, betrachtete den Ausweis und gab ihn Tweed dann zurück.

»Sonderdezernat? Ich fühle mich geehrt«, sagte er ernst. »Sie sind eine neue Erfahrung für mich.«

»Mir ist völlig klar, daß ich hier keinerlei Befugnisse habe«, erklärte Tweed schnell.

»Ich hatte nicht vor, Sie darauf hinzuweisen.« Er verschränkte die Hände abermals unter dem Kinn. »Da sind gewisse Leute, die hier in Zürich herumlaufen. Ich habe Andeutungen gehört, weshalb Sie hier sind. Das könnte Gefahr für mich bedeuten.«

»Weshalb sagen Sie das?« fragte Tweed.

»Darüber kann ich mich nicht äußern.«

»Mr. Strebel, ich weiß, daß Sie das Haus Rennweg 590 beobachtet haben. Können Sie mir sagen, wer Helen Frey in letzter Zeit besucht hat – abgesehen von Julius Amberg?«

»Ah! Julius...« Der Schweizer schwieg einen Moment. »Ich kann keine Informationen preisgeben, die meine Klienten betreffen.«

»Hier geht es jetzt um Mord – um einen besonders gräßlichen Mord.«

»Zugegeben, Mr. Tweed. Zugegeben. Sagen wir, ich habe jemanden aus Ihrem Land dabei beobachtet, wie er das Haus betrat, und belassen wir es dabei.«

»Sie wollen nicht einmal eine Andeutung machen?«

»Das habe ich bereits getan, Mr. Tweed.«

»Danke. Aber ich muß trotzdem wissen, wo ich Klara finden kann.«

»Das könnte einige Zeit dauern. Zürich ist eine verwinkelte Stadt. Es gibt zwei Altstädte – die eine, in der Sie sich jetzt befinden, und eine ebenso verwinkelte Gegend am anderen Ufer der Limmat.«

»Viel Zeit habe ich nicht, Mr. Strebel.«

»Schnelles Beschaffen von Informationen ist teurer. Mein Honorar würde tausend Schweizer Franken betragen.«

Tweed zog seine Brieftasche, entnahm ihr einen Tausend-Franken-Schein und legte ihn auf den Schreibtisch, ließ aber die Hand darauf liegen. Strebel bedachte ihn mit seinem freundlichen Lächeln und bezog auch Paula in seine Freundlichkeit ein. Er griff in eine Schublade, als Paula zum ersten Mal das Wort ergriff.

»Ich habe noch nie ein so leeres Büro gesehen. Kein Aktenschrank, keine Regale – nur Sie und Ihr Schreibtisch.«

»Und ich selber.« Er lächelte sie wieder an, während er einen Notizblock auf den Schreibtisch legte. Er schrieb etwas darauf, in gut leserlicher Schrift. »Meine Akten liegen in einem Banktresor. Ich respektiere das Vertrauen, das meine Klienten in mich setzen. Außerdem habe ich einen geheimen Aktenschrank in meinem Kopf.« Strebel riß von dem Block das oberste Blatt ab, faltete es zusammen und reichte es Tweed über den Schreibtisch hinweg.

»Das ist Klaras neue Adresse. Sie wohnt in dieser Altstadt. Zu Fuß keine fünf Minuten von hier entfernt.«

Tweed lächelte und schob den Geldschein über den Schreibtisch. Der Schweizer nahm ihn und verstaute ihn in seiner Brieftasche.

»Sie haben es also die ganze Zeit gewußt?« fragte Paula.

»In meiner Profession wird man dafür bezahlt, daß man die Informationen beschafft, die ein Klient haben möchte. Mr. Tweed hat für das bezahlt, was ich weiß.«

»Ich habe es Ihnen schon öfters gesagt, Paula«, erinnerte Tweed sie. »Es geht nicht immer darum, daß man etwas weiß. Wichtiger ist es, zu wissen, wo man etwas finden kann.«

»Waren Sie früher bei der Polizei?« fragte Strebel.

Ein scharf beobachtender Mann, dachte Tweed. Es war das erste Mal, daß ihm die Frage in dieser Form gestellt worden war.

»Ich war vor langer Zeit bei der Mordkommission von Scotland Yard«, sagte er.

»Und er war der jüngste Superintendent, den es bis dahin im Yard gegeben hatte«, teilte Paula Strebel mit.

»Die Details sind hier nicht von Interesse«, fuhr Tweed sie an.

»Das glaube ich ohne weiteres«, sagte Strebel zu Paula. »Mr. Tweed, vielleicht könnten wir ein Glas miteinander trinken, bevor Sie Zürich wieder verlassen. Wir könnten Erfahrungen austauschen – ich meine, aus Ihrer Zeit im Yard«, setzte er schnell hinzu.

»Es wäre mir ein Vergnügen.«

Strebel begleitete sie zur Tür, nachdem er auf einen Knopf unter seinem Schreibtisch gedrückt hatte. Er reichte beiden zum Abschied die Hand, und als Paula die äußere Tür erreicht hatte und sich noch einmal umdrehte, lächelte er abermals und neigte den Kopf.

»Was für ein netter Mann«, sagte Paula, nachdem Tweed die äußere Tür geschlossen hatte. »Ich habe mir Privatdetektive immer als widerliche kleine Männer in schäbigen Regenmänteln vorgestellt.«

»Ich vermute, daß Strebel früher bei der Schweizer Polizei war. Durchaus möglich, daß er Beck kennt.«

Newman wartete am Ende des dunklen Flurs auf sie. Er kam sofort auf Tweed zu.

»Jemand hat unten die Tür aufgemacht und wollte offenbar hereinkommen. Ich vermute, er hat mich gesehen und es sich dann anders überlegt. Ich konnte nicht sehen, wer es war.«

»Leute, die im Begriff sind, einen Privatdetektiv aufzusuchen, wollen oft nicht gesehen werden. Wir haben Klaras neue Adresse …«

Draußen auf dem unebenen Pflaster, das wie die umliegenden Häuser aussah, als existierte es bereits seit Jahrhunderten, konsultierte Paula ihren Stadtplan. Sie schaute zur anderen Seite des einsamen Platzes, an dessen Rand sie standen. Rings um den Platz herum standen uralte sechsstöckig Häuser.

»Klara wohnt an der gegenüberliegenden Seite dieses Platzes. Nr. 10.«

Der Hausflur ähnelte dem, den sie gerade verlassen hatten. Als sie eintraten, wurde im Erdgeschoß eine Tür geöffnet, und eine hakennasige Frau mit Knopfaugen in einem schwarzen Kleid schaute heraus.

»Wollen Sie zu der Frau, die gerade oben eingezogen ist?« ihre dünnen Lippen verzogen sich. »Manchen Leuten scheint es völlig egal zu sein, womit sie ihr Geld verdienen. Was ist es diesmal – ein gemischtes Doppel?«

Sie knallte die Tür zu, bevor Tweed etwas erwidern konnte. Newman ging auf der alten, mit einem Eisengeländer versehenen Steintreppe voraus und blieb dann kurz vor der einzigen Tür in diesem Stockwerk stehen. Tweed und Paula schauten an ihm vorbei. Die Tür stand einen Spaltbreit offen.

Newman hatte seinen Smith & Wesson in der Hand. Er bewegte sich leise auf die Tür zu, blieb stehen, um zu lauschen, dann stieß er die Tür mit der Linken weiter auf, tat einen Schritt hinein, erstarrte. Dann rief er über die Schulter:

»Paula, kommen Sie um Gottes Willen nicht herein …«

## 24

Es war eine Wiederholung der grauenhaften Tragödie in Helen Freys Wohnung. Klara lag voll angezogen auf einem Sessel, und ihr Kopf war in einem unnatürlichen Winkel zur Seite gedreht. Über ihre Kehle zog sich ein tiefer, dunkelroter Einschnitt, der in ihrem Genick verschwand.

»Er war hier«, sagte Paula leise.

Trotz Newmans Warnung war sie Tweed in die Wohnung gefolgt. Sie zog ihre Gummihandschuhe an, und Tweed ging langsam zur Rückseite des Sessels. Wieder war der Kopf fast vom Hals abgetrennt worden.

Paula schnüffelte, runzelte die Stirn, begann, in der Wohnung herumzuwandern, wobei sie darauf achtete, nichts zu berühren.

»Was ist?« fragte Tweed.

»Zigarrenrauch...« Sie wanderte langsam weiter, bahnte sich ihren Weg zwischen Sesseln hindurch, ging an einer großen Couch entlang. »Ich hab's«, rief sie.

Sie holte einen Plastikbeutel aus ihrer Umhängetasche, Newman trat neben sie. Auf einem kleinen, von der Lehne der Couch verborgenen Kacheltisch stand ein Aschenbecher. Darin lag eine dicke Rolle Zigarrenasche. Tweed trat zu ihnen, als sie den Aschenbecher mit ihrer behandschuhten Hand ergriff und die Asche in den Beutel kippte. Sie drückt ihn zu, schrieb das Datum darauf – es war der erste März – und einen Namen. *Klara.*

»Ihrem Terminkalender zufolge hatte sie um halb zehn einen Kunden«, sagte Newman.

Er führte sie zu einem Tisch, auf dem aufgeschlagen ein

neuer Terminkalender lag. 9.30 Uhr. Edwin Allenspach. Tweed und Paula starrten auf die Eintragung.

»Merkwürdig, daß sie die Anfangsbuchstaben des Namens unterstrichen hat«, bemerkte Paula.

»Das kann alle möglichen Gründe gehabt haben«, tat Newman ihre Bemerkung ab. »Vielleicht war es ein neuer Kunde, und sie wollte nicht vergessen, Nachforschungen anzustellen.« Er warf einen Blick auf Paula. »Vielleicht hatte er auch bestimmte Wünsche, die sie erfüllen sollte«, meinte er, es vorsichtig formulierend.

»Sie meinen Perversitäten«, fuhr Paula auf. »Irgendwie glaube ich nicht, daß Klara so etwas gemacht hat. Und halb zehn am Morgen erscheint mir reichlich früh für ... wenn ich auch glaube, daß manche Männer ...«

Sie brach ab, als sie sah, daß Newman sie musterte. Sie lächelte ihn an.

»Sie wissen schon, was ich meine.«

»Ich frage mich, wer von Ihnen beiden recht hat«, sagte Tweed.

Er betrachtete immer noch die Eintragung, unternahm aber keinen Versuch zu erklären, was ihm durch den Kopf ging. Dann trat er in die Mitte des Zimmers, ließ den Blick schnell darüber schweifen, prägte sich jedes Detail ein.

»Wieder keinerlei Anzeichen dafür, daß die Wohnung ausgeraubt oder durchsucht worden ist.« Paula begriff, daß er mit sich selbst redete. Er fuhr fort. »Also ist der Mörder, wer immer es gewesen sein mag, nur gekommen, um sie zu ermorden. Er beseitigt systematisch sämtliche Leute, die über wichtige Informationen verfügen könnten.«

»Vielleicht ist es auch nur eine Angewohnheit von ihm«, sagte Newman in dem Versuch, die bedrückende Atmosphäre mit ein bißchen schwarzem Humor zu lockern. »Es könnte ein Psychopath gewesen sein.«

»Das glaube ich nicht«, fuhr Tweed auf. »Ja, er beseitigt systematisch alle möglichen Zeugen.«

»Nun, jedenfalls leistet er ganze Arbeit«, bemerkte Newman.

Tweed hatte begonnen, in dem Zimmer herumzuwandern. Paula, die ihn beobachtete, sah, wie er sich plötzlich mit der Hand auf die Stirn schlug, etwas grunzte, sich versteifte.

»Wenn wir hinausgehen, werde ich meine paar Brocken Deutsch zusammenklauben und mein Glück bei der alten Schnüffelnase unten versuchen. Ich habe die schmutzige Bemerkung verstanden, die sie gemacht hat. Vielleicht hat sie gesehen, wie er kam oder ging. Sie gehört zu dem Typ, der unbedingt wissen will, was andere Leute tun. Außerdem vermute ich, daß sie ziemlich habgierig ist.«

»Diesen Mord müssen wir melden«, sagte Newman. »Ich weiß, daß wir aus Helen Freys Wohnung klammheimlich verschwunden sind ...«

»Es war wichtig, daß wir nicht in eine Morduntersuchung verstrickt und aufgehalten wurden. Diesen Mord wollte ich ohnehin melden«, pflichtete Tweed ihm bei. »Aber mir macht etwas anderes Sorgen. Deshalb müssen wir noch etwas warten, bevor wir die Polizei informieren.«

Als sie die Steintreppe wieder hinabstiegen, wurde die Tür im Erdgeschoß geöffnet, und die alte Schnüffelnase stand da, mit den Händen auf den Hüften.

»Das ging aber schnell«, höhnte sie. »Leicht verdientes Geld für die Frau da oben.«

»Ich möchte Sie etwas fragen«, sagte Tweed auf Deutsch.

»Dann fragen Sie. Aber ich kann Ihnen nicht versprechen, daß Sie von mir etwas erfahren. Ich bin schließlich keine Klatschtante.«

»Ich bin sicher, daß Sie keine sind«, sagte Tweed verbindlich. »Die Frau oben hatte kurz vor unserer Ankunft einen Besucher. Haben Sie ihn zufällig gesehen? Könnten Sie mir eine ungefähre Beschreibung geben?«

Er hielt einen Hundert-Franken-Schein zwischen den Fingern. Sie beäugte ihn mit großem Interesse, dann warf sie den Kopf zurück.

»Informationen kosten Geld in der Schweiz.«

»Und ich bin durchaus willens, zu bezahlen – wenn ich überzeugt bin, daß Sie sich nicht nur etwas ausdenken.«

»Ich sollte mir für Geld etwas ausdenken?« fauchte sie empört. »Was glauben Sie eigentlich, mit wem Sie reden?«

»Offenbar mit jemandem, der nicht daran interessiert ist, für gute Dienste gutes Geld zu bekommen«, erwiderte Tweed grob.

»Habe ich das etwa gesagt?« lenkte die Frau sofort ein, und Paula empfand Widerwillen. »Ich habe nicht gesehen, wie jemand hinaufgegangen ist«, sagte die Frau in bedauerndem Ton. »Ich habe Radio gehört. Aber ich habe gehört, wie er ging. Ziemlich schnell die Treppe herunterschlich.«

»Haben Sie gesehen, wer es war?« fragte Tweed.

»Ich habe nur seinen Rücken gesehen. Als er gerade zur Haustür hinausging.«

»Beschreiben Sie ihn, so gut Sie können«, drängte Tweed.

»Er hatte einen breitkrempigen schwarzen Hut auf, tief heruntergezogen ...«

»Haarfarbe?«

»Ich habe es doch gerade gesagt – er hatte den Hut tief heruntergezogen. Wie hätte ich da seine Haare sehen können? Aber eines kann ich Ihnen sagen – wie groß er war. Ich sehe immer, wie groß jemand ist. Ungefähr so groß wie sie.« Sie nickte in Paulas Richtung und musterte sie von Kopf bis Fuß. »Er hatte einen langen schwarzen Mantel an, mit einem dicken Wollschal.«

»Ein dicker Mann?« fragte Tweed.

»Nein. Er war groß und ziemlich schlank. Und er hatte einen komischen Gang.«

»Wieso komisch?«

»Machte kurze, schnelle Schritte. Wie ein Schwuler.«

»Hat er sich auch wie ein Schwuler bewegt?«

»Nein, eigentlich nicht. Ist nicht getrippelt, wenn Sie das meinen. Ich konnte nur einen Blick auf ihn werfen, als er die Tür hinter sich zumachte.«

»Ein dicker Hals?« sondierte Tweed weiter.

»Keine Ahnung. Er hatte einen dicken Wollschal um, das habe ich Ihnen doch gerade gesagt.«

»Ach ja, richtig«, sagte Tweed, dem es nur darum gegangen war, ihre Beobachtungsgabe auf die Probe zu stellen. »Hatte er etwas bei sich?«

»Nicht in den Händen. Aber er hatte irgend etwas Schweres in der Manteltasche. Hat sie nach unten gezerrt.«

»Danke«, sagte Tweed und gab ihr den Geldschein. »Sie sind eine vorzügliche Beobachterin.«

»Sind da oben in der Wohnung irgendwelche merkwürdigen Dinge passiert?« fragte sie mit vor Neugier funkelnden Augen.

»Sie sind doch überzeugt, daß da oben immer merkwürdige Dinge passieren.«

Tweed verließ das Gebäude, bevor sie sich eine boshafte Erwiderung einfallen lassen konnte. Er eilte über den Platz, zurück zu der Seite, von der sie gekommen waren. Er ging so schnell, daß Newman, obwohl größer als er, Mühe hatte, mit ihm Schritt zu halten. Paula rannte, als sie den Eingang zu Theo Strebels Haus erreichten.

»Was ist passiert?«

»Nichts, hoffe ich. Aber ich befürchte das Schlimmste...«

Newman schaffte es, Tweed einzuholen, als der, zwei Stufen auf einmal nehmend, die Steintreppe zum ersten Stock hinaufhastete. Auf dem Treppenabsatz blieb Tweed plötzlich stehen und deutete auf die in das Vorzimmer führende Tür mit der Milchglasscheibe. Sie stand einen Spaltbreit offen. Paula, die ihnen folgte, erstarrte. Spaltbreit offenstehende Türen erfüllten sie mittlerweile mit Grauen.

Sie griff nach ihrem Browning, während Newman mit

dem Smith & Wesson in der Rechten seine linke Hand dazu benutzte, Tweed zurückzuhalten. Paula trat zu ihnen.

»Strebel ist doch so auf seine Sicherheit bedacht«, flüsterte sie.

»Eben«, erwiderte Tweed grimmig.

»Sie sind unbewaffnet«, erinnerte Newman ihn. »Wir gehen voraus und peilen die Lage.«

Paula hatte ihre Handschuhe ausgezogen und folgte, den Browning mit beiden Händen haltend, Newman in das Vorzimmer. Es wirkte genau so unbenutzt wie bei ihrem ersten Besuch. Aber etwas war anders. Die schwere Eichentür zu Strebels Büro stand gleichfalls einen Spaltbreit offen.

Tweed war ihnen gefolgt. Er stand einen Moment still, mit in den Taschen seines Trenchcoats geballten Fäusten. Newman trat an die Seite der Tür, an der sie angeschlagen war, streckte die linke Hand aus und stieß dagegen. Sie schwang langsam auf, lautlos auf gut geölten Scharnieren. Es herrschte eine bedrückende Stille, ohne jedes Lebenszeichen. Paula, die auf ein Signal von Newman wartete, hatte sich auf der anderen Seite der Tür an die Wand gedrückt.

Tweed, der sehr still dastand, sah zu, wie die Tür immer mehr von dem Zimmer dahinter sehen ließ, bis er es schließlich vollständig überblicken konnte.

Ohne zu zögern, marschierte Tweed hinein. Newman, innerlich fluchend über das, was er für Tollkühnheit hielt, sprang hinter ihm ins Zimmer, blieb unvermittelt stehen. Paula, mit schußbereitem Browning, stand auf der Schwelle und ließ die Waffe langsam sinken, bis der Lauf auf den Boden gerichtet war.

»Großer Gott, nein!« rief sie entsetzt. »Nicht schon wieder.«

»Doch, schon wieder«, sagte Tweed mit scheinbar gefühlloser Stimme. »Genau, was ich erwartet hatte. Abgesehen von der Exekutionsmethode ...«

Theo Strebel lag in dem Sessel hinter seinem Schreibtisch. Sein Jackett stand offen, das weiße Hemd war deutlich zu sehen. Auf der linken Seite schmückte eine große Rose das weiße Hemd. Über dem Herzen. Eine rote Rose, die erblühte und sich langsam vergrößerte, während Paula wie gebannt darauf starrte.

Tweed ging schnell um den Schreibtisch herum, tastete nach der Halsschlagader, schüttelte den Kopf.

»Er ist tot«, sagte er. »Durchs Herz geschossen. Eine einzige Kugel, vermute ich. Und ich mache mir Vorwürfe. Ich habe mich so auf diesen Drink mit ihm gefreut. Manche Leute – sehr wenige – nehmen einen sofort für sich ein. Er war einer von diesen wenigen Leuten. Was für eine verdammte Vergeudung.«

Paula hatte Tweed nur selten fluchen gehört. Und er hatte mit einer Heftigkeit gesprochen, die sie erschreckte.

»Wo ist das verdammte Telefon?« fragte Tweed.

»Weshalb in aller Welt machen Sie sich Vorwürfe?« fragte sie.

»Weil der Mörder erschienen ist, während wir uns mit Theo Strebel unterhielten.« Er sah Newman an. »Sie haben den Hinweis darauf gegeben, und eine schwache Alarmglocke hat geläutet. Ich war so blöd, sie zu ignorieren.«

»Was für einen Hinweis?« fragte Newman verblüfft.

»Als wir vorhin von hier weggingen, haben Sie gesagt, daß jemand zur Haustür hereinkommen wollte. Sie glaubten, er hätte Sie gesehen und es sich daraufhin anders überlegt. Das war der Mörder. Er hatte gerade einen Mord begangen und war unterwegs, um auch Strebel umzubringen.«

»Einen Mord begangen?« fragte Paula.

»Ja, den an Klara. Mir ist erst klar geworden, daß sich Strebel vermutlich in großer Gefahr befand, als ich laut sagte, daß der Mörder jeden Menschen beseitigt, der Informationen liefern kann. Ich hätte mich nicht damit aufhalten dürfen, diese fürchterliche Person zu befragen. Aber andererseits hat sie etwas sehr Wichtiges gesagt, und Strebel war da vermutlich bereits tot.«

»Was war denn so wichtig?« fragte Paula.

»Wo ist das verdammte Telefon? Ich muß Beck anrufen …«

Es war Paula, die den Platz fand, an dem Strebel sein Telefon versteckt hatte. Sie zog ihre Gummihandschuhe wieder an und machte sich daran, die Schubladen seines Schreibtisches zu öffnen. Schließlich holte sie den Apparat aus einer tiefen Schublade ganz unten heraus. Sie wählte die Nummer des Polizeipräsidiums, dann reichte sie Tweed, der gleichfalls Gummihandschuhe angezogen hatte, den Hörer. Er nannte seinen Namen und bat darum, mit dem Chef der Bundespolizei verbunden zu werden.

»Arthur, hier ist Tweed …«

»Ich habe Neuigkeiten für Sie«, unterbrach ihn die vertraute Stimme. »Ich habe endlich das Ergebnis der Untersuchung der Zigarrenasche erhalten, die Sie mir gegeben hatten. Wer immer die Zigarre geraucht hat, muß einen teuren Geschmack haben. Es war eine Havanna.«

»Danke. Ich habe eine weitere Probe für Sie – aber das hat Zeit. Es hat noch zwei Morde gegeben …«

»Noch zwei?« Becks Ton war ironisch. »Sie wissen also Bescheid über den Mord an einer gewissen Helen Frey?«

»Ja. Darüber können wir reden, wenn wir uns sehen. Das eine Opfer ist Klara, die Frau, die in der Wohnung gegenüber der von Helen Frey gewohnt hat. Das andere ist ein Privatdetektiv. Ich rufe aus seinem Büro an. Ein Mann namens Theo Strebel …«

»Strebel! Großer Gott, doch nicht Theo! Er war bei der Polizei, kurz bevor ich den Job an der Spitze bekam. Ich hätte nie geglaubt, daß irgendjemand Theo ermorden könnte. Sie sagten, Sie sind in seinem Büro?«

»Ja. Die Adresse ist …«

»Ich kenne sie. Ich komme sofort …«

# 25

Paula saß neben Butler auf dem Beifahrersitz, als sie die steile Anhöhe zu Eve Ambergs Villa hinauffuhren. Nield saß hinten. Die beiden Männer waren Tweed auf seinem Weg in die Altstadt und zu Theo Strebel unauffällig gefolgt.

Bevor Beck in Strebels Büro eingetroffen war, hatte Tweed Paula genau erklärt, welche Informationen sie aus Eve Amberg herausholen sollte. Er hatte sie angewiesen, die Morde an Klara und Strebel nicht zu erwähnen, und war dann mit ihr hinuntergegangen, um nach einem Taxi zu suchen. Erleichtert, Butler und Nield unten vorzufinden, hatte er sie ihrer Obhut anvertraut und war dann wieder hinaufgegangen, um mit Newman auf Becks Eintreffen zu warten.

»Wäre es nicht besser gewesen, wenn Sie vorher angerufen hätten, um sicherzugehen, daß sie zuhause ist?« fragte Butler, als er den Wagen vor dem schmiedeeisernen Tor zum Stehen brachte.

»Ich habe daran gedacht, aber Tweed wollte, daß ich verschwunden bin, bevor Beck kommt.«

»Vernünftig – unter den gegebenen Umständen«, bemerkte Nield.

Unterwegs hatte Paula sie über die beiden Morde informiert. Sie hatten schweigend zugehört, während sie sie mit knappen Worten ins Bild setzte.

»Ziemlich unerfreulich«, hatte Butler bemerkt, als sie geendet hatte. »Noch mehr Tote. Und Tweed könnte der nächste sein, wenn er nicht sehr vorsichtig ist.«

»Bob ist bei ihm geblieben. Tweed wird nichts passieren. So, und wenn Sie nichts dagegen haben, gehe ich jetzt allein hinein. Es wir wohl nicht lange dauern ...«

Das hatte Tweed von ihr verlangt – daß sie allein mit Eve redete. »Vielleicht sagt sie mehr in einem Gespräch von Frau zu Frau…«

Paula stieß das Tor auf. Auf der Auffahrt kam sie an einem Audi vorbei, der mit der Kühlerhaube zur Garage geparkt war und von dem in der frischen, klaren Morgenluft ein leichter Benzingeruch ausging. Sie betätigte den alten Klingelzug, und Eve Amberg erschien an der Tür.

Die Engländerin trug Jeans, einen wattierten Anorak und auf dem langen, tizianroten Haar eine blaue Strickmütze. Sie begrüßte Paula mit einem herzlichen Lächeln, forderte sie zum Eintreten auf und geleitete sie ins Wohnzimmer.

»Ich wollte gerade zum Einkaufen fahren. Lästige Arbeit, aber sie muß getan werden. Als ich gerade gehen wollte, bekam ich einen Anruf von einer Schweizer Freundin. Sie ist nett, aber wenn sie einmal angefangen hat zu reden, hört sie nicht wieder auf. Möchten Sie einen Kaffee? Draußen ist es scheußlich kalt.«

»Nein, danke. Ich bringe vermutlich Ihren ganzen Terminplan durcheinander. Ich habe versucht, vorher anzurufen, aber es war ständig besetzt«, log sie, um das zu kaschieren, was als schlechtes Benehmen aufgefaßt werden konnte.

»Durchaus nicht.« Eve zog die Strickmütze vom Kopf, nahm ihrer Besucherin den Trenchcoat ab, hängte ihn über eine Stuhllehne und ließ sich Paula gegenüber nieder. »Ich freue mich immer, wenn ich mit jemandem Englisch sprechen kann. Die Einkauferei kann warten.«

»Tweed versucht immer noch herauszufinden, wer diese entsetzlichen Morde begangen hat – die in Tresilian Manor und dann den an Helen Frey. Wir haben sie gestern aufgesucht.«

»Furchtbar, was mit ihr passiert ist. Ich habe es in der Zeitung gelesen. Wie war sie? Ich frage mich immer noch, was Julius an ihr gefunden hat.«

»Mir kam sie ziemlich gewöhnlich vor«, sagte Paula taktvoll. »Sie erwähnten Tweed gegenüber, daß Sie Cornwall kennen. Er wüßte gern, aus welcher Gegend Sie stammen.«

»Aus Launceston, am Rand vom Bodmin Moor. Daher kenne ich Gaunt.«

»Und er hat die weite Reise gemacht, um Ihnen von Julius zu erzählen? Eine noble Geste. Tweed weiß nicht recht, was er von Gaunt halten soll.«

»Das wundert mich nicht. Er ist eine starke Persönlichkeit. Nein, er ist nicht nur deshalb gekommen. Er hat Geschäftsinteressen in Zürich. Aber fragen Sie mich nicht, um was es sich dabei handelt. Von Gelddingen habe ich nicht die geringste Ahnung. Deshalb beunruhigt mich die Tatsache, daß Walter jetzt die Bank leitet. Alles Geld, das ich habe, steckt in der Bank.«

»Ist Walter noch in Zürich?«

Eve griff nach ihrer elfenbeinernen Spitze, steckte eine Zigarette hinein, zündete sie an.

»Ich vermute es. Ich habe nichts von ihm gehört, geschweige denn gesehen. Merkwürdiger Mann.«

Sie weiß also nicht, daß Walter jetzt in Basel ist, dachte Paula. Er scheint seine Schwägerin völlig im dunkeln tappen zu lassen.

»Nur gut, daß Sie Julius nicht nach Cornwall begleitet haben«, meinte Paula.

»Ich weiß nicht recht. Vielleicht wäre er noch am Leben, wenn ich mitgeflogen wäre.«

»Ich halte das für unwahrscheinlich – in Anbetracht dessen, was dort passiert ist. *Ich* war dort – und bin nur durch einen Zufall am Leben geblieben.«

»Entsetzlich«, sagte Eve. »Sie führen ein aufregendes Leben. Vermutlich werde ich nach Launceston zurückkehren, wenn das alles vorbei ist.«

»Sie haben nicht vor, zur Beerdigung hinüberzufliegen?«

Eve tat einen tiefen Zug aus ihrer Zigarette und blies den Rauch aus.

»Es ist alles telefonisch geregelt worden. Julius hat immer gesagt, wenn ihm etwas zustoßen sollte, wollte er in Cornwall begraben werden. Er liebte die Gegend, hoffte, dort seine letzten Jahre verbringen zu können. Ich fliege nicht hin – es würde mich zu sehr mitnehmen. Wenn ich später mal hinkomme, werde ich sein Grab besuchen.«

Das Telefon begann zu läuten. Eve verzog den Mund, durchquerte mit ein paar raschen Schritten den Raum und nahm den Hörer ab.

»Ja?«

Sie hörte zu, dann antwortete sie hastig.

»Nicht jetzt. Es paßt mir nicht. Ich rufe heute nachmittag wieder an. Sobald ich Zeit dazu habe. Auf Wiederhören.«

Als sie sich wieder hingesetzt hatte, glaubte Paula, eine leichte Verärgerung zu bemerken.

»Das war Gaunt«, sagte Eve. »Wollte vorbeikommen und sehen, wie ich zurechtkomme. Sehr rücksichtsvoll, aber man kann auch des Guten zuviel tun.«

»Entschuldigung, das verstehe ich nicht.«

»Unter uns beiden – er ist ein netter Mann. Aber manchmal ziemlich anmaßend. Will anderen Leuten vorschreiben, wie sie ihr Leben zu leben haben.«

»Wo haben Sie ihn kennengelernt?«

»In Padstow, wo ich geboren wurde. Später allerdings, als ich schon lange erwachsen war. Eine ganze Weile, nachdem ich von der Roedean-Schule abgegangen war und angefangen hatte, ein normales Leben zu führen. Sie werden es kaum glauben, aber ich war kurze Zeit sogar Vertrauensschülerin – es war fürchterlich. Ich kam mir vor wie ein Fisch in einem Aquarium. Als mein Vater gestorben war, habe ich das Haus in Launceston gekauft. Ich hatte die Nase voll von Padstow. Der Sommer, die schönste Zeit, wird einem von den blöden Touristen verdorben.«

»Ich habe Ihnen eine Menge Zeit gestohlen. Ich glaube, ich sollte jetzt lieber gehen und Sie Ihren Einkäufen überlassen.«

»Entschuldigen Sie meine Aufmachung. Normalerweise laufe ich nicht in Jeans herum. Aber beim Einkaufen sind sie praktisch.«

Paula war aufgestanden, und Eve war im Begriff, sie zur Haustür zu begleiten.

»Da ist noch etwas, das Tweed gern wüßte, falls es nicht zu persönlich ist. Soweit er weiß, hat Julius sich ganz kurzfristig zu dieser Reise ins Bodmin Moor entschlossen. Also muß er Gaunt angerufen haben, um sich zu vergewissern, daß ihm Tresilian Manor zur Verfügung stand. Schließlich blieb Gaunt nicht viel Zeit, aus dem Haus zu verschwinden und sich in sein Cottage in Five Lanes zurückzuziehen. Wie hat Gaunt reagiert?«

»Er hat gesagt, Julius könnte das Haus haben, solange er wollte. Er brauchte das Geld.«

Sie öffnete die Haustür und begleitete Paula auf die Vortreppe hinaus. Eve warf einen Blick auf den geparkten Audi.

»Ich bin froh, daß er da ist. Er war zur Inspektion in der Werkstatt. Irgend etwas mit den Bremsen. Wurde gebracht, kurz bevor Sie kamen.«

»Gerade rechtzeitig für Ihre Einkäufe. Auf Wiedersehen ...«

Butler wartete, bis er den schwarzen Mercedes gewendet hatte und sie sich auf der Rückfahrt in die Stadt befanden.

»Haben Sie bekommen, was Tweed haben wollte?«

»Keine Ahnung. Das weiß ich erst, wenn ich ihm von unserer Unterhaltung berichtet habe. Bei ihm weiß man nie, auf was er in Wirklichkeit aus ist.«

Tweed kehrte erst am späten Nachmittag mit Newman aus dem Polizeipräsidium zurück. Er ging sofort in Paulas Zimmer, und Butler ließ sie allein.

»Berichten Sie«, verlangte Tweed.

Paula erstattete ihren Bericht. Sie sprach mit geschlossenen Augen, sah und hörte in Gedanken alles, was von dem Moment an passiert war, in dem sie den Wagen verlassen und die Stufen zu Eve Ambergs Villa hinaufgestiegen war.

Gewissenhaft berichtete sie über jedes Detail – den Audi auf der Auffahrt, Eves schnelles Erscheinen an der Tür, zum Einkaufen angezogen. Ihre Kleidung, ihr Verhalten, jedes Wort, das sie gesprochen hatte. Tweed saß Paula gegenüber und registrierte alles, was Paula sagte. Endlich war sie mit ihrem Bericht fertig.

»Das war's«, sagte sie.

»Wort für Wort?«

»Das war es, was Sie haben wollten. Und das ist es, was Sie bekommen haben.«

»Wie war ihre Stimmung, nachdem sie diesen Anruf entgegengenommen hatte?« fragte er.

»Ich habe es gesagt. Verärgert. Verdrießlich. Ein wenig aus der Fassung.«

»Gaunt. Gaunt. Immer Gaunt«, wiederholte er.

»Es hat wohl keinen Sinn, Sie zu fragen, auf was Sie aus sind?«

»Auf ein Bindeglied. Zwischen Cornwall, Zürich – und Washington.«

»Hier Norton...«

Präsident Bradford March räkelte sich in seinem Sessel; die mit Turnschuhen bekleideten Füße lagen auf dem Schreibtisch. Er trug Jeans und ein offenes Hemd; ein Ledergürtel um seine Taille versuchte, seinen Bauch im Zaum zu halten.

»Hier Norton«, wiederholte die rauhe Stimme. »Auf meinem Anrufbeantworter war das Codewort, daß ich Sie anrufen sollte.«

»Also setzen Sie sich auf Ihren Hintern und hören Sie zu. Der Kurier mit dem Geld ist unterwegs. Er trifft morgen in

Zürich ein. Mit dem Swissair-Flug SR 805, voraussichtliche Ankunft 16.25 Uhr. Er nimmt ein Taxi zum Baur-en-Ville. Okay? Wo hat sich Mencken einquartiert?«

»Ich will nicht, daß Mencken da mitmischt...«

»Halten Sie die Klappe. Ich habe gesagt, Sie sollen zuhören. Der Kurier heißt Louis Sheen. Haben Sie das? Er wird einen braunen Koffer bei sich haben. Wenn er gegen halb sechs in diesem Baur-Dingsda ankommt, geht er zur Rezeption und erklärt laut und vernehmlich, daß er Louis Sheen heißt, und daß ein Zimmer für ihn reserviert ist. Was nicht stimmt. Sie machen sich sofort mit dem Codewort *Lincoln Memorial* an ihn heran. Verstanden? Dann bringen Sie ihn an einen sicheren Ort und warten auf Anweisungen von dem Kerl, der mich angerufen hat.«

»Ich lasse mich von niemandem sehen...«

»Ihr Problem. Der Kerl, der das Geld haben will, hat drei mögliche Übergabeorte genannt. Schreiben Sie mit – ich buchstabiere... Haben Sie? Okay. Noch etwas – Sheen wird diesen Koffer mit einer Kette am Handgelenk tragen. Das bleibt so, bis Sie den Kerl treffen und er zu kassieren versucht. Der Koffer hat ein Kombinationsschloß. Nur Sheen kennt die Zahlen, mit denen er geöffnet werden kann. Wenn jemand versucht, den Koffer ohne die richtige Einstellung des Kombinationsschlosses zu öffnen, explodiert drinnen eine kleine Thermitbombe, und der Inhalt verbrennt zu Asche.«

»Ich sollte die Zahlen auch kennen«, forderte Norton.

»Bei den vielen großen Scheinchen? Sie machen Witze, Norton. Noch etwas – wenn der Kerl kommt, um zu kassieren, bringen Sie ihn um...«

In Zürich war Norton verblüfft, als die Leitung plötzlich tot war. Er hätte nie gedacht, daß March imstande war, sich eine so teuflische Falle wie eine Thermitbombe auszudenken.

Nach seinem Gespräch mit Paula im Hotel Schweizerhof mußte Tweed sich beeilen, um noch rechtzeitig zu seiner Verabredung mit Jennie Blade zu kommen. Er bat Newman, in der Zürcher Kreditbank anzurufen und sich zu vergewissern, daß Walter Amberg noch in Basel war.

Newman erkannte die Stimme der Frau, die sich am Telefon meldete. Es war die attraktive Privatsekretärin, die sie in das Büro des Bankiers geführt hatte.

»Mein Name ist Bob Newman. Ich habe Mr. Tweed begleitet, als er bei Ihnen war...«

»Ich erinnere mich gut an Sie, Mr. Newman. Wie geht es Ihnen? Kann ich Ihnen irgendwie helfen?« erkundigte sie sich.

»Ich wollte nur wissen, ob Mr. Amberg noch in Ihrer Filiale in Basel ist und ob wir ihn morgen dort erreichen können.«

»Ja, er hat vor, mehrere Tage in Basel zu bleiben. Sie werden ihn dort sicher antreffen. Übrigens sind Sie im Verlauf einer Stunde schon der Zweite, der mich danach gefragt hat.«

»Wer noch? Oder darf ich das nicht wissen?«

»Sie dürfen schon, Mr. Newman. Aber er hat seinen Namen nicht genannt. Ich bin neu hier und kenne noch nicht alle Kunden. Der Mann, der angerufen hat, hatte eine heisere, knurrende Stimme. Er war nicht sehr höflich.«

»Das sind viele Leute nicht. Ich bin Ihnen sehr verbunden. Haben Sie vielen Dank.«

Newman fragte sich, wer der Mann mit der »knurrigen Stimme« wohl sein mochte, und nahm sich vor, Tweed darüber zu informieren.

Newman saß in der schwach beleuchteten Bar, die an das Foyer angrenzte, und trank ein Glas Weißwein. Er erinnerte sich an das harte Verhör, dem Beck sie unterzogen hatte, nachdem er in Theo Strebels Büro eingetroffen war.

»Wie Sie wissen, bringt mich nichts so leicht aus der Fassung«, hatte er zu Tweed gesagt, als er Strebels Leiche vor sich sah. »Aber bevor er bei uns ausschied, um als Privatdetektiv zu arbeiten – womit sich mehr Geld verdienen läßt –, hat er einen komplizierten Mordfall gelöst, bei dem ich nicht weiterkam. Er war ein großartiger Polizist, und sein Tod ist ein schwerer Verlust.«

Er sprach mit leiser Stimme. In dem Büro wimmelte es von Technikern und Fingerabdruckexperten. Der Polizeiarzt war gerade gegangen, nachdem er Strebel für tot erklärt hatte – eine ziemlich überflüssige Feststellung, wie Tweed meinte.

Dann waren sie hinübergeeilt in Klaras Wohnung. Newman war mitgegangen und wurde nicht enttäuscht. Die alte Schnüfflerin steckte ihre Geiernase zur Tür heraus.

»Ist da oben etwas passiert?« fragte sie.

»Bleiben Sie in Ihrer Wohnung«, befahl Beck. »Ich möchte später mit Ihnen reden.«

»Wer sind Sie überhaupt?«

»Polizei.« Beck hielt ihr seinen Ausweis unter die Nase. »Sie bleiben hier, bis ich Zeit für Sie habe.«

»Eine Schlüsselloch-Guckerin«, bemerkte er, als sie die Treppe hinaufgingen. »Eine von der Sorte gibt es in jedem Viertel...«

Der Arzt war bereits in Klaras Wohnung gewesen, und vor der nun geschlossenen Tür stand ein uniformierter Polizist. Er grüßte und öffnete die Tür, und sie gingen hinein.

Beck betrachtete die ermordete Frau. Dann schürzte er die Lippen und wendete sich an Tweed.

»Jetzt ist mir klar, weshalb der Arzt sagte, es wäre ein unerfreulicher Anblick. Eine solche Bemerkung habe ich noch nie von ihm gehört – schließlich hat er schon so ziemlich alles gesehen.«

Beck lehnte sich gegen eine Wand, verschränkte die Arme und musterte zuerst Tweed und dann Newman.

»Gestern hat es in der Bahnhofstraße ein kleines Blutbad gegeben. Haben Sie die Zeitungen gelesen? Nein? Nun, darin steht, daß ein Behinderter in einem von diesem batteriebetriebenen Rollstühlen sich mit einer Handgranate selbst in die Luft gesprengt hat. Fast gleichzeitig wurde ein Amerikaner erschossen, der eine Maschinenpistole bei sich hatte. Wissen Sie zufällig etwas über diese Ereignisse?«

Tweed berichtete genau, was passiert war. Er erklärte, daß er selbst bis zum Hals in dem Versuch steckte, denjenigen aufzuspüren, der hinter all diesen Ereignissen stand. Beck nickte kommentarlos, bis Tweed fertig war.

»Tut mir leid, daß ich Sie nicht früher informiert habe«, schloß er.

»Und mir erst recht. Ich weiß gern, was auf meinem Akker vor sich geht. Und mein Acker ist die ganze Schweiz, einschließlich Zürich.«

»Ich habe mich entschuldigt«, sagte Tweed ruhig. »Wie nahe sind Sie der Aufklärung dessen, was heute passiert ist, dem Mord an dieser armen Frau und an Theo Strebel?«

»Ich bin ja gerade erst eingetroffen«, erklärte Beck. »Wollen Sie damit sagen, daß Sie schon eine Ahnung haben, wer der Mörder ist?«

»Die Teile eines riesigen internationalen Puzzles, das sich von Washington über Cornwall bis hierher erstreckt, fangen an, ihren Platz zu finden. Ich bin noch weit davon entfernt, das ganze Bild zu erkennen, aber ich komme der Sache näher. Ihre weitere Kooperation wäre mir eine große Hilfe.«

»Die haben Sie. Ohne Vorbehalte. Sie setzen Ihre Ermittlungen hier in Zürich fort?«

»Nicht mehr lange. Morgen reisen wir nach Basel.«

»Darf ich fragen, weshalb?«

»Das haben Sie gerade getan«, erklärte Tweed. »Wir haben erfahren, daß Walter Amberg sich in Basel aufhält. Ich muß noch einmal mit ihm reden.«

»Danke. Ich glaube, ich höre die Techniker kommen. Lassen Sie uns von hier verschwinden. Wenn Sie es einrichten können, zum Polizeipräsidium zu kommen, kann ich dort Ihre Aussagen aufnehmen lassen. Es wird einige Zeit kosten, fürchte ich. Ach ja, solange wir noch allein sind – ich habe beim Zoll in den Flughäfen von Zürich, Genf und Basel ein brandneues Gerät installieren lassen. Damit kann der Inhalt von Gepäckstücken ohne Wissen der Ankömmlinge überprüft werden. Eine Schweizer Erfindung.«

»Sie meinen ein Röntgengerät?«

»Viel besser als das. Es fotografiert den gesamten Inhalt eines geschlossenen Koffers. Ich will wissen, was neu ankommende Amerikaner in dieses Land bringen...«

Louis Sheen traf, aus Washington kommend, am Flughafen Kloten ein. Er schwenkte seinen Diplomatenpaß und war im Begriff, am Zoll vorbeizugehen.

»Einen Moment bitte«, sagte der diensttuende Zollbeamte. »Legen Sie Ihren Koffer bitte hier auf die Bank.«

Sheen war groß und hager, er hatte ein langes, schmales Gesicht und trug eine randlose Brille. Er setzte den Koffer ab, schwenkte wieder seinen Paß und sprach mit näselnder Stimme.

»Das ist ein Diplomatenpaß. Ist irgend etwas mit Ihren Augen? Sie dürfen meinen Koffer nicht durchsuchen.«

Der Zollbeamte nickte einem seiner Untergebenen zu, der auf derselben Seite der Bank stand wie der Amerikaner. Der Schweizer hob den Koffer auf und stellte ihn in einer bestimmten Position auf eine Stelle der Bank, die ein merkwürdiges Mosaikmuster aufwies.

»Verdammt nochmal! Sie dürfen diesen Koffer nicht öffnen«, protestierte Sheen. »Das wäre ein schwerer Verstoß gegen diplomatische Gepflogenheiten.«

»Wer hat denn etwas vom Öffnen des Koffers gesagt?« fragte der Zollbeamte. »Dürfte ich mir Ihren Paß noch einmal genauer ansehen?«

»Ihre verdammten Paßbeamten haben ihn gesehen.«

»Und jetzt möchte ich ihn sehen. Es dauert nur einen Augenblick.« Der Beamte schlug den Paß auf, ging ein paar

Schritte an der Bank entlang, blätterte darin. Er gab ihn Sheen zurück und legte die Hand auf den Koffer, als Sheen ihn wieder an sich nehmen wollte.

»Lassen Sie ihn noch einen Augenblick da stehen. Ich muß die Nummer dieses Passes überprüfen. Das geht ganz schnell.«

»Verdammte Schweizer Bürokratie«, wütete Sheen.

»Uns kostet sie auch eine Menge Zeit.«

Der Beamte lächelte und verschwand durch eine Tür im Hintergrund. Der Techniker, der den Koffer durch eine Öffnung in der gemusterten Wand hindurch fotografiert hatte, zeigte dem Beamten das bereits entwickelte Foto.

Nachdem er einen Blick darauf geworfen hatte, nickte der Beamte einem Polizisten in Zivil zu, der in dem kleinen Raum stand.

Der Polizist erwiderte das Nicken.

Als Sheen, vor Wut schnaubend, endlich gehen durfte – vor Wut schnaubend, weil seine linke Hand die ganze Zeit an den Koffer gekettet war –, hatte er einen Verfolger. Sheen schwitzte, als er sich in ein Taxi sinken ließ.

*Es wird einige Zeit kosten, fürchte ich.* Wie sich herausstellte, hatte Beck recht gehabt. Im Polizeipräsidium hatte er Tweed und Newman ein vorzügliches Mittagessen bringen lassen.

Jeder von ihnen diktierte eine ausführliche Aussage, und dann mußten beide Aussagen getippt werden. Als sie sie unterschrieben hatten und das Mittagessen vor ihnen stand, war es früher Nachmittag.

Tweed entschied, daß sie es trotzdem noch verzehren wollten, und Beck setzte sich zu ihnen und plauderte angeregt über seine Erfahrungen.

So kam es, daß es bereits Spätnachmittag war, als ein milder Tweed im Schweizerhof ankam und sich in Paulas Zimmer ihren Bericht über den Besuch bei Eve Amberg anhörte.

Als sie damit fertig war, dankte er ihr und machte sich auf den Weg zur Hummerbar. Es war bereits dunkel, als er durch eine Nebenstraße auf die Tür zuging, die direkt in die Bar führte. Hinter ihm schlenderten, jeder auf einer Straßenseite, Butler und Nield dahin, als machten sie einen Abendspaziergang.

Tweed drückte auf den Knopf, mit dem sich die Tür öffnen ließ. Er holte tief Luft, bevor er hineinging, um sich mit Jennie Blade zu treffen.

Was würde ihm die Frau zu sagen haben, die er am Tag des grauenhaften Massakers in Tresilian Manor kennengelernt hatte?

# 26

Bevor er seine Wohnung verließ, überprüfte Norton sein Aussehen im Badezimmerspiegel. Nachdem er das Färbemittel zum zweiten Mal aufgetragen hatte, sah sein Haar jetzt sehr grau aus. Es war bereits länger geworden, und die halbmondförmigen Gläser seiner Brille gaben ihm ein professorales Aussehen. Er hatte eine dicke Akte mit Geschäftsstatistiken bei sich, für die er sich nicht im mindesten interessierte.

Er sah auf die Uhr und verließ die Wohnung so rechtzeitig, daß er im Baur-en-Ville eintreffen konnte, bevor Sheen dort ankam. Das Taxi, das er herbeiwinkte, brachte ihn schnell zum Paradeplatz. Ein kurzer Weg über die Bahnhofstraße, und er befand sich im Baur-en-Ville.

Er ging ins Foyer und erteilte einem Pagen bestimmte Anweisungen. Dann ließ er sich in einem Sessel nieder, von dem aus er die Rezeption überblicken konnte. Der Page stand ein Stück entfernt und beobachtete Norton. Es war genau halb sechs, als Louis Sheen hereinkam, mit dem braunen, mit einer Kette an seinem Handgelenk befestigten Koffer.

Norton war eiskalt, während er ihn über den Rand seiner Akte hinweg musterte. An der Rezeption drängten sich nüchtern gekleidete Schweizer, die sich gegenseitig begrüßten. Norton wußte, daß sie Bankiers waren. Er hatte eine Weile zuvor im Hotel angerufen und vorgegeben, ein Zimmer zu brauchen.

»Tut mir leid«, war ihm gesagt worden. »Aber im Moment sind keine Zimmer frei. Es findet gerade eine Tagung von Bankiers aus der ganzen Schweiz statt...«

Sheen ging zur Rezeption und legte den Koffer darauf, um

seine Hand auszuruhen. Als ein Angestellter sich ihm zuwendete, war seine Stimme laut und anmaßend.

»Louis Sheen, Philadelphia. Für mich ist hier für mehrere Nächte ein Zimmer reserviert.«

»Augenblick, Sir.« Der Angestellte überprüfte seine Unterlagen. »Sagten Sie Sheen, Sir? Tut mir leid, aber wir haben keine Reservierung für Sie.«

Norton ließ die Akte in seinen Schoß sinken. Das war das Signal, auf das der mit einem großzügigen Trinkgeld belohnte Page gewartet hatte.

Norton bemerkte außerdem einen Mann, offenbar Schweizer, der dreißig Sekunden nach Sheens Ankunft das Hotel betreten hatte. Er sah, wie der Mann auf die Uhr sah, nach einer Zeitschrift griff und stehenblieb. Es sah aus, als wartete er auf jemanden – aber er hatte keinen Blick auf die Rezeption geworfen. Norton schürzte die Lippen. Sheen war vom Flughafen aus verfolgt worden.

»Na, hören Sie mal«, fuhr Sheen mit höchster Lautstärke fort. »Louis Sheen, Philadelphia. Ich habe selbst bei Ihnen angerufen...«

Er brach ab, als jemand seinen rechten Arm berührte. Er drehte sich um und sah einen livrierten Pagen.

»Mr. Sheen?« fragte der Page.

»Vielleicht. Warum?«

»Ich habe eine Nachricht. Sind Sie Mr. Sheen?«

»Ja. Gib sie her.«

Er wendete sich von der Rezeption ab, riß den Umschlag auf.

Darin steckte ein Blatt weißes Papier ohne jede Absenderangabe. Die Nachricht war kurz.

*Verlassen Sie das Hotel und fahren Sie mit einem Taxi zu der unten angegebenen Adresse. Lincoln Memorial.*

Unter der Adresse war die Nachricht mit einem schwungvollen »N« unterzeichnet. Sheen war darauf hingewiesen worden, daß Norton seine Instruktionen immer auf diese

Weise unterzeichnete. Er widerstand der Versuchung, sich umzusehen und die Leute zu mustern, die sich im Foyer aufhielten.

Norton sah zu, wie Sheen das Hotel durch den Seiteneingang verließ. Der Schweizer folgte ihm. Norton kam zu dem Schluß, daß gegen diesen Mann etwas unternommen werden mußte. Er ging durch dieselbe Tür hinaus, gerade noch rechtzeitig, um zu sehen, wie sich der Schweizer ans Steuer eines BMW setzte. Sein eigener Wagen, den er im voraus herbeibeordert hatte, wartete am Bordstein. Er ließ sich im gleichen Moment im Fond nieder, in dem Sheen in ein Taxi stieg.

»Folgen Sie dem Taxi dort«, wies er den Fahrer an, einen von Menckens Leuten. »Verlieren Sie es nicht aus den Augen. Aber folgen Sie ihm nicht zu auffällig – wir haben Gesellschaft. Den weißen BMW. Er wird dem Taxi folgen. Sie folgen dem BMW. Aber etwas werden Sie nicht tun. Sie werfen keinen Blick in Ihren Rückspiegel. Wenn Sie mich sehen, sind Sie tot. So, und jetzt fahren Sie endlich los ...«

Jennies goldblondes Haar schimmerte im gedämpften Licht der Hummerbar. Sie saß auf einem Barhocker, und Tweed mußte sich eingestehen, daß sie grandios aussah.

Sie trug ein dunkel purpurrotes Kostüm. Unter der geöffneten Jacke war eine tief ausgeschnittene weiße Bluse zu sehen. Um ihren Hals lag eine Perlenkette, die in der Mulde zwischen ihren Brüsten verschwand. Auf dem Hocker neben ihr lag ein zusammengefalteter blaßlila Mantel.

Sie glitt von ihrem Hocker, um ihn zu begrüßen. Ihr Rock war so kurz, daß ihre wohlgeformten Beine voll zur Geltung kamen. Sie küßte ihn auf die Wange, und ein Hauch Parfum driftete ihm entgegen.

»Ich hoffe, ich habe Sie nicht warten lassen«, sagte Tweed, als sie sich beide auf Hocker geschwungen hatten.

»Keine Sekunde. Ich mag Männer, die pünktlich sind. Und

ich bin etwas zu früh gekommen. Sie sehen frisch und tatendurstig aus.«

»Sonderlich frisch komme ich mir nicht vor«, gestand Tweed. »Ich war den ganzen Tag unterwegs.«

»Dann müssen Sie sich jetzt entspannen.« Sie drückte seinen Arm. »Tut mir leid, daß es gestern abend nicht geklappt hat. Aber dafür hatte ich Zeit, mich auf den heutigen Abend zu freuen.«

Sie flirtete unverhohlen. Tweed beschloß, ihr zu gegebener Zeit mit seiner ersten Frage einen harten Schlag zu versetzen. Er schlug Champagner vor. Er trank nur selten, aber er wollte, daß sie in eine kooperative Stimmung geriet – vielleicht würde sie ihm dann mehr erzählen.

»Wunderbar«, sagte sie. »Mein Lieblingsgetränk. Sie leisten mir Gesellschaft?«

Er bestellte bei dem wartenden Barmann zwei Gläser Champagner. Dann ließ er seinen Blick durch die Bar wandern und sah Philip Cardon, der am anderen Ende der Theke saß und so tat, als läse er ein Taschenbuch. Sie paßten wirklich auf ihn auf.

Jennie schaute in die gleiche Richtung. Im gleichen Moment sah Cardon von seinem Taschenbuch auf. Sie winkte ihm zu, dann schüttelte sie den Kopf, als wollte sie sagen: »Hat keinen Sinn. Ein anderer ist Ihnen zuvorgekommen.«

»Zum Wohl!« sagte Tweed, und sie stießen miteinander an und leerten ihre Gläser. Bevor er Paula verließ, hatte Tweed Unmengen von Mineralwasser getrunken, in der Hoffnung, daß es ihn nüchtern halten würde.

»Noch ein Glas?« fragte Tweed. »Sie leisten mir Gesellschaft?«

Sie lächelte anerkennend, weil er ihre eigenen Worte gebrauchte. Sie tranken den größten Teil der zweiten Runde, bevor Tweed ohne jede Vorwarnung seine Frage stellte.

»Wann haben Sie erfahren, daß Julius Amberg nach Tresilian Manor kommen wollte?«

»Überhaupt nicht.« Sie sah ihn an, mit unschuldig weit geöffneten Augen. »Wir sind erst ungefähr eine Stunde vor seinem Eintreffen in das Cottage in Five Lanes gefahren.«

»Und was glaubten Sie, weshalb Sie wegfahren mußten?«

»Der Squire sagte, es kämen ein paar Freunde, denen er das Haus von Zeit zu Zeit vermietete.«

»Haben Sie je mit einem seiner Dienstboten geredet, einem Mädchen namens Celia Yeo? Sie wurde tot am Fuße des High Tor aufgefunden – was nicht weit von Five Lanes entfernt ist. Jemand hat sie in den Abgrund hinuntergestoßen.«

»Wie grauenhaft.« Sie spielte mit dem Stiel ihres leeren Glases. »Tweed, Sie sind doch irgendeine Art von Ermittler. Und ich habe allmählich das Gefühl, daß Sie mich zum Gegenstand Ihrer Ermittlungen machen wollen.«

»Was ich zu ermitteln versuche«, sagte Tweed grimmig, »ist eine ganze Reihe von Morden...«

»Sie meinen die armen Leute in Tresilian Manor?«

»Innerhalb der letzten vierundzwanzig Stunden sind hier in Zürich drei weitere Leute ermordet worden – ein Mann und zwei Frauen.«

»Sie machen mir Angst, Tweed. Aber was habe ich mit alledem zu tun?«

»Wo ist Gaunt?« fragte er.

»Unterwegs nach Basel.«

»Mit dem Flugzeug?«

»Nein, er fährt mit seinem BMW«

»Was will er in Basel?« wollte Tweed wissen.

»Irgendwelche Geschäfte erledigen. Woher zum Teufel soll ich das wissen? Ich habe nicht die geringste Ahnung von seinen Angelegenheiten.«

»Regen Sie sich nicht auf«, sagte er ruhig.

»Ich soll mich nicht aufregen?« fuhr sie ihn an. »Wo Sie mich verhören, als hätte ich jemanden ermordet?«

»Es ist Gaunt, an dem ich interessiert bin, nicht Sie«,

sagte er sanft. »Wie lange kennen Sie ihn schon? Springen Sie mir nicht gleich an die Kehle. Ich versuche lediglich herauszufinden, weshalb diese armen Leute sterben mußten.«

»Ich kenne Squire Gaunt erst seit ungefähr zwei Wochen. Und ich glaube, ich sollte jetzt gehen.«

»Bleiben Sie noch eine kleine Weile – helfen Sie mir, herauszufinden, wer hinter diesen grauenhaften Morden steckt.«

Louis Sheen war verblüfft, daß ihn der Taxifahrer, nachdem er ihm die auf dem Blatt Papier stehende Adresse genannt hatte, in Richtung Flughafen fuhr.

Der BMW mit dem Schweizer folgte ihnen getreulich, immer ein anderes Fahrzeug zwischen sich und dem Taxi lassend. Hinter ihm bediente sich Nortons Fahrer derselben Taktik.

Nach zehn Minuten bog das Taxi von der Hauptstraße ab und hielt vor einem modernen Wohnblock an. Sheen bezahlte und stieg aus. Norton beobachtete, wie er in das Gebäude ging, dann erteilte er seinem Fahrer eine neue Anweisung.

»Ungefähr hundert Meter von hier entfernt steht eine Telefonzelle. Ich muß einen Anruf erledigen. Setzen Sie mich dort ab, dann warten Sie auf mich. Passen Sie auf, daß Sie nur nach vorn schauen ...«

Norton hatte gesehen, wie der BMW außer Sichtweite hinter einem großen, parkenden Lastwagen angehalten hatte. Ihm war klar, daß der Schweizer von diesem Punkt aus den Eingang zu dem Wohnblock unter Beobachtung halten konnte.

Als sein eigener Wagen hielt, sprang er heraus, eilte zu der Telefonzelle, warf Münzen ein, wählte die Nummer des Baur-en-Ville und verlangte nach Marvin Mencken.

»Ja? Wer ist da?« näselte Menckens unverwechselbare Stimme.

»Ich bin's. Sie hatten Auftrag, einen Konkurrenten zu überprüfen.«

Er bezog sich auf Tweed, hütete sich aber, irgendwelche Namen zu nennen.

»Wir wissen, wo er sich jetzt aufhält«, erklärte Mencken.

»Und?«

»Nun, alles ist arrangiert«, sagte Mencken gereizt.

»Sie holen ihn ab und eskortieren ihn zu der Versammlung?«

Das Wort Eskortieren stand für Umbringen.

»Es ist alles arrangiert für den Moment, in dem er seine Nase auf die Nebenstraße heraussteckt. Machen Sie sich wegen des Konkurrenten keine Sorgen. Er wird kooperieren. Womit das Problem aus der Welt wäre.«

»Sorgen Sie dafür, daß nichts schiefgeht. Ende...«

Norton knallte den Hörer auf die Gabel, dann kehrte er zu seinem Wagen zurück. Allmählich kam alles zusammen. Amberg war nach Basel geflogen – also mußten sich auch der Film und das Tonband in der Filiale der Zürcher Kreditbank in dieser Stadt befinden.

Er selbst würde am Abend nach Basel fliegen, und zwar mit Flug SR 980, der 19.15 Uhr in Zürich startete und 19.45 Uhr in Basel landen sollte.

Sheen würde die Nachricht in seiner Wohnung vorfinden, zusammen mit dem Ticket für denselben Flug und der Anweisung, nach der Ankunft in Basel mit einem Taxi zum Hotel Drei Könige zu fahren.

Norton würde – unter einem anderen Namen – gleichfalls in diesem Hotel wohnen.

Früher am Tage hatte er Mencken telefonisch den Befehl erteilt, ein Team von Männern anzuführen, das gleichfalls nach Basel flog. Sie würden im Hilton absteigen. Während er darauf wartete, daß Sheen wieder herauskam – inzwischen war ein weiteres Taxi vor dem Wohnblock erschienen –, warf Norton einen Blick auf den BMW. Er zweifelte nicht daran, daß der Schweizer, der darin saß, Sheen nach Basel folgen würde. Dort würde er, Norton, sich persönlich um den lästigen Beschatter kümmern.

Ja, alles kam zusammen. Und binnen einer Stunde würde Tweed, der sich immer mehr als potentielle Bedrohung erwies, tot sein. Norton spürte, wie bei der Aussicht auf diese Aktion das Adrenalin in ihm aufwallte.

»Sind Sie jemals Eve Amberg begegnet?« fragte Tweed auf der Suche nach einem entscheidenden Bindeglied zwischen Cornwall und Zürich.

»Ich bin ziemlich sicher, daß ich diese Frau in Padstow gesehen habe«, erinnerte sich Jennie und nippte an ihrem dritten Glas Champagner.

»Ich wußte gar nicht, daß Sie sie kennen. Wie haben Sie sie erkannt?« fragte Tweed.

»Als Gaunt neulich die Villa verließ – nicht an dem Tag, an dem Sie sie besucht haben –, habe ich sie ganz deutlich gesehen, als sie sich an der Haustür von Gaunt verabschiedete.«

»Aber das war doch, nachdem Sie sie in Padstow gesehen hatten?«

»Das stimmt. Ich habe ein fotografisches Gedächtnis für Gesichter.«

»Und wann haben Sie Eve Amberg in Padstow gesehen? Ich nehme an, Sie wissen nicht mehr, an welchem Tag das war?«

»Doch. Es war an dem Tag, an dem ihr Mann in Tresilian Manor eintraf, unmittelbar vor diesem grauenhaften Massaker. Ich war am Vormittag mit Gaunt zusammen. Wir nahmen einen schnellen Drink im Old Custom House. Er ging hinaus, um einen Blick auf sein dämliches Boot zu werfen. Nachdem ich ausgetrunken hatte, folgte ich ihm. Ich sah Eve, als sie sich eilig vom South Quai entfernte.«

»Und Sie sind ganz sicher, daß es Eve Amberg war?«

»Zuerst war ich ziemlich sicher, daß sie es war. Aber jetzt bin ich verdammt sicher, daß es diese Frau war. Verdammt sicher.«

Tweed fragte sich, weshalb ihm der Gedanke kam, daß sie lügen könnte. War es der zweimal verwendete Ausdruck »diese Frau«? Außerdem – wenn es zutraf, was sie gesagt hatte, dann war auch Jennie um diese Zeit in Padstow gewesen.

»Ich muß jetzt gehen«, sagte sie. »Zu einer Party.« Sie hatte auf die Uhr gesehen. »Es war nett, mit Ihnen zu plaudern. Lassen Sie es uns demnächst wieder tun...«

Er half ihr in den lila Mantel. Sie nahm das Tuch, das unter dem Mantel gelegen hatte, in die Hand. Als sie auf die Tür zugingen, war Cardon bereits aufgestanden und nach draußen verschwunden. Tweed machte die Tür auf und ließ Jennie den Vortritt. Als er neben sie trat, ließ sie ihr Tuch fallen, und die eiskalte Nachtluft schlug ihnen entgegen.

Ein am oberen Ende der Straße geparkter cremefarbener Mercedes begann, auf sie zuzurollen. Eines der hinteren Fenster war offen. Der Lauf einer Waffe ragte heraus. Cardon, der dicht an der Mauer stand, stürzte sich auf Tweed. Im Fallen rempelte Tweed ganz bewußt Jennie an, die sich gerade bückte, um ihr Tuch aufzuheben. Ein Kugelhagel prallte gegen die Mauer und ließ Steinsplitter in alle Richtungen spritzen.

Cardon, seine Walther mit beiden Händen haltend, gab drei Schüsse ab.

Weitere Schüsse kamen von Butler und Nield, die auf der gegenüberliegenden Straßenseite standen. Der Mercedes schoß davon, von einer Seite zur anderen schleudernd, erreichte eine Kreuzung und verschwand. Unverletzt half Tweed Jennie auf die Beine. Sie zitterte und bebte, aber auch sie war unverletzt. Sie sah Tweed an.

»Was um Gottes willen ist passiert?«

»Jemand hat versucht, mich umzubringen. Sind Sie in Ordnung?«

»Ja, alles okay.«

»Wollen Sie immer noch zu Ihrer Party?«

Sie wischte den Schmutz von ihrem Mantel, öffnete ihn, um ihr Kostüm zu überprüfen, knöpfte ihn wieder zu.

»Ja«, entschied sie. »Auf einer Party erhole ich mich noch am ehesten.«

»Sie kommen mit uns«, mischte sich Cardon ein.

Er packte sie beim Arm. Seine Miene war grimmig. Als sie versuchte, sich zu befreien, griff er noch fester zu.

»Lassen Sie sie gehen, Philip«, befahl Tweed. »Da kommt ein Taxi. Winken Sie es heran…«

»Sie hat diesem Wagen signalisiert, daß Sie herauskommen«, wütete Cardon, als das Taxi davonfuhr. »Sie hat ihr Tuch fallen lassen, und dieser Wagen fuhr los.«

»Möglich«, pflichtete Tweed ihm bei. Er sah Butler und Nield an, die zu ihnen getreten waren. »Jennie könnte eine sehr geschickte Lügnerin sein. *Könnte*«, betonte er. »Zurück zum Schweizerhof.«

»Ein kurzer Kriegsrat, alle zusammen«, ordnete Tweed an.

Er hatte Paula und Newman in sein Zimmer gerufen. Cardon, Butler und Nield waren mit ihm heraufgekommen. Cardon hatte Newman und Paula kurz berichtet, was passiert war.

»Lassen wir das«, sagte Tweed entschieden. »Sie haben nicht getroffen. Dank Philip, Harry und Pete bin ich immer noch sehr lebendig. Wir reisen gleich morgen früh nach Basel ab. Der Schlüssel zu allem, da bin ich jetzt ganz sicher, liegt in dem mysteriösen Videofilm und dem Tonband, die Dyson in der Zürcher Kreditbank deponiert hat. Diese Dinge befinden sich jetzt im Tresor der Filiale in Basel. Amberg ist in Basel. Ich will noch einmal mit ihm sprechen. Es wird Zeit, daß er sich den Film ansieht und das Band abhört.«

»Sollten Sie nicht Beck über den Mordversuch informieren?« meinte Paula. »Er wird sehr ungehalten sein, wenn wir ihn nicht auf dem laufenden halten.«

Tweed rief im Polizeipräsidium an. Er wurde sofort mit Beck verbunden.

Tweed informierte ihn kurz über den Vorfall, jedoch ohne Jennie Blade zu erwähnen.

»Ein Streifenwagen hat Ihren cremefarbenen Mercedes bereits gefunden«, teilte Beck ihm mit. »Aufgegeben, in der Nähe der Quai-Brücke unten am See. Die Einschußlöcher in der Windschutzscheibe und den anderen Scheiben sind den Beamten aufgefallen. Auf dem Rücksitz war Blut. Mußten Sie ein solches Risiko eingehen?«

»Zürich scheint ein Schlachtfeld zu sein. Also sind Sie vielleicht erleichtert, wenn ich Ihnen sage, daß ich morgen früh nach Basel fliege.«

»Ich werde dafür sorgen, daß Sie ständig von Zivilfahndern umgeben sind. Gute Nacht. Bleiben Sie bis zur Abfahrt in Ihrem Hotel...«

Tweed legte den Hörer auf, dann wendete er sich an Newman. »Bob, ich weiß nicht, ob diese Sekretärin in der Zürcher Kreditbank noch zu erreichen ist, mit der Sie so gut zurechtkommen. Versuchen Sie es. Ich möchte ganz sicher sein, daß Amberg noch in Basel ist.«

Newman wählte die Nummer der Zürcher Kreditbank. Die Sekretärin meldete sich sofort. Die Schweizer machten viel Überstunden.

»Hier ist noch einmal Bob Newman. Tut mir leid, daß ich Sie schon wieder belästigen muß.«

»Aber das macht doch nichts. Und allmählich finde ich dies und jenes heraus. Schließlich bin ich noch nicht lange hier.«

»Ich wollte mich nur noch einmal vergewissern, ob Herr Amberg immer noch in Basel ist. Für den Fall, daß ich ihn gleich morgen früh anrufen muß.«

»Ja, er ist ganz bestimmt dort und wird auch noch ein paar Tage bleiben. Und noch jemand wollte es wissen – außer dem Mann mit der knurrigen Stimme, der früher angerufen hatte. Diesmal habe ich nach dem Namen gefragt und dann in der Kundenkartei nachgesehen. Er ist ein Kunde der Bank. Ich glaube, er wollte Mr. Amberg ganz dringend sprechen.«

»Können Sie mir seinen Namen nennen?« fragte Newman.

»Ich glaube, eigentlich dürfte ich es nicht, aber Sie sind immer so höflich, im Gegensatz zu vielen unserer Kunden.«

»Und wie lautet der Name?«

»Joel Dyson.«

# 27

Der Schnellzug von Zürich nach Basel donnerte durch die Nordschweiz. Tweed saß in einem Abteil Erster Klasse mit seinem Koffer auf dem Sitz neben sich. Paula saß ihm gegenüber, während Newman sich an der anderen Seite des Ganges niedergelassen und Cardon die beiden Plätze hinter ihm für sich allein hatte. Cardon saß in einer Ecke, das Gesicht Tweed zugewandt, so daß er ihn immer im Auge behalten konnte.

»Wir fliegen nicht«, hatte Tweed in seinem Hotelzimmer festgestellt, bevor sie aufgebrochen waren. »Philip war am Hauptbahnhof und hat für uns alle Rückfahrkarten nach Basel gekauft.«

»Weshalb mit dem Zug?« hatte Paula gefragt.

»Einmal, weil es schneller geht. Zum Flughafen hinausfahren, warten, bis wir an Bord gehen können, ein Taxi vom Flughafen Basel in die Stadt, eine Fahrt von einer halben Stunde – das alles dauert länger. Zum anderen können wir, weil es bis zum Hauptbahnhof nur ein paar Schritte sind, unauffälliger von hier verschwinden.«

»Aber Sie haben Beck doch gesagt, daß wir nach Basel fliegen«, erinnerte sie ihn.

»Das habe ich.« Er hatte gelächelt. »Ich will nicht von seinen Beschützern umlagert sein. Schließlich habe ich meine eigenen. Ich werde ihn von unserem Hotel in Basel aus anrufen ...«

Paula sah sich in dem schwach besetzten Abteil um und schaute zwischendurch immer wieder aus dem Fenster. Bisher hatten sie noch keine Berge gesehen. Sie fuhren durch den industriellen Teil der Schweiz, in dem es zahlreiche Fabriken gab.

Aus dem Augenwinkel heraus sah sie, wie sich jemand ihrem Abteil näherte. Sie warf einen Blick auf die automatische Tür.

Ein hochgewachsener Mönch war hereingekommen. Er trug einen dunklen Habit mit einer Kordel um die Taille und hatte die Kapuze über den Kopf gezogen. Auf seiner Nase saß eine Hornbrille. Sie schob die Hand in ihre Schultertasche und ergriff ihren Browning.

Der Zug schwankte gerade um eine Kurve, als der Mönch, einen Koffer in der linken Hand, langsam auf sie zukam. Newman hatte Paulas Reaktion beobachtet. Er schaute schnell in einen Spiegel, sah den Mönch näherkommen, schob die Hand in die Tasche und legte sie auf seinen Smith & Wesson.

Tweed, anscheinend vollauf damit beschäftigt, Namen auf einen Block zu schreiben und sie in unterschiedlichen Kombinationen miteinander zu verbinden, spürte die Spannung. Er sah auf, als der Mönch neben ihm angekommen war. In diesem Augenblick donnerte der Zug durch eine weitere Kurve und geriet abermals ins Schwanken.

Der Koffer des Mönchs prallte auf den von Tweed und kippte ihn vom Sitz. Tweed starrte auf das Gesicht unter der Kapuze. Cord Dillon.

Der Zugschaffner, der ein paar Minuten zuvor ihre Fahrkarten kontrolliert hatte, verließ ein anderes Erster-Klasse-Abteil, das leer gewesen war. Um diese Jahreszeit – Anfang März – reisten nicht viele Leute.

Aus einer Toilette, deren Tür einen Spaltbreit offengestanden hatte, trat ein großer, schwergebauter Mann auf den leeren Gang. Sonst waren keine anderen Fahrgäste zu sehen.

»Ihre Fahrkarte bitte, Sir«, sagte der Schaffner, dem die Kleidung des Mannes verriet, daß er Amerikaner war.

»Moment. Sie muß hier irgendwo stecken...«

Der Amerikaner schaute in beide Richtungen. Niemand

zu sehen. Der Zug schwankte wieder. Der Schaffner, an die Bewegung gewöhnt, stand breitbeinig und still da.

Der Amerikaner, so groß wie der Schaffner, schien die Balance zu verlieren. Er taumelte gegen den Schaffner. Das Schnappmesser, das er hinter dem Rücken verborgen gehalten hatte, kam zum Vorschein und wurde dem Schaffner schnell zwischen die Rippen gerammt. Als er aufstöhnte und zusammensackte, packte der Amerikaner ihn, zerrte ihn in die Toilette und stieß mit dem Ellenbogen die Tür zu. Er deponierte den Mann auf dem Sitz und verriegelte die Tür. Dann tastete er nach der Halsschlagader. Nichts.

Er machte sich schnell an die mühselige Arbeit, dem Toten die Uniform auszuziehen – Jacke, Hose und Schirmmütze. Die toten Augen seines Opfers starrten ihn an, während er sich seines eigenen Anzugs entledigte und ihn in eine Plastiktüte steckte.

Er stopfte die Tüte hinter die Toilette und holte dann ein kleines Messer aus der Tasche. Er öffnete die Tür ein paar Zentimeter, sah niemanden, trat hinaus. Das Messer benutzte er, um von außen das kleine Schild zu bewegen, das anzeigte, daß die Toilette besetzt war.

Er rückte seine Mütze zurecht und sah auf die Uhr. Es blieben ihm nur ein paar Minuten, bis der Zug in Baden hielt. Mencken hatte für einen Wagen mit Fahrer gesorgt, der ihn von dort nach Zürich zurückbringen würde. Er überprüfte die in einem Schulterholster steckende Luger, um sich zu vergewissern, daß er sie blitzschnell herausziehen konnte, tastete nach dem Griff des zweiten Schnappmessers, das in seinem Gürtel steckte. Die zugeknöpfte Jacke war ihm um die Taille herum etwas zu eng, aber wer achtete schon auf einen Schaffner? Mit der zum Lochen der Fahrkarten bestimmten Zange in der Linken machte er sich auf den Rückweg zu dem Erster-Klasse-Abteil, in dem Tweed saß. Er würde in der Lage sein, ihn und etwaige Bewacher in Sekunden zu töten...

Drei Dinge passierten gleichzeitig, als der »Mönch« Tweeds Koffer herunterkippte. Newman rammte seinen Revolver in Dillons Rücken. In Paulas Hand erschien ihr Browning. Tweed hob eine Hand, um anzudeuten, daß alles in Ordnung war.

»Entschuldigung«, flüsterte Dillon Tweed zu, erleichtert, als der Revolverlauf von seinem Rücken zurückgezogen wurde. »Der Zug hat geschwankt...«

Während er sprach, ließ er eine Karte in Tweeds Schoß fallen. Die Nachricht, die darauf stand, war knapp und klar.

*Barton Ives ist in diesem Zug. Wo kann er Sie treffen? Nicht hier im Zug.*

»Sie brauchen sich nicht zu entschuldigen«, sagte Tweed leise.

»Sie können mich beide im Hotel Drei Könige in Basel erreichen. Würde lieber zuerst mit Ihnen sprechen.«

»Vielen Dank, Sir«, sagte Dillon.

Er setzte mit seinem Koffer in der Hand seinen Weg durch das Abteil fort. Tweed sah ihm nach, bis er durch die Tür verschwunden war. Paula lehnte sich vor.

»Was sollte das? Ich hätte ihn fast erschossen.«

»Das war Cord Dillon. Er ist ein Risiko eingegangen, aber er ist ganz offensichtlich noch immer auf der Flucht. Im Zug ist dieses Kostüm eine perfekte Tarnung.« Er faltete die Karte zusammen und steckte sie in seine Brieftasche, ohne sie ihr zu zeigen. »Er hatte eine dringende Nachricht für mich. Durchaus möglich, daß wir in Basel einen gewaltigen Schritt vorwärts kommen.«

»Aber wie in aller Welt hat er gewußt, daß Sie in diesem Zug sitzen?«

»Weil er ein hervorragender Beobachter ist, einer der besten auf der Welt. Ich kann nur raten – ich vermute, er hat gesehen, wie wir aus dem Gotthard in den Schweizerhof umgezogen sind. Durchaus möglich, daß er den Hotelausgang von einem Posten im Hauptbahnhof aus die Nacht über im

Auge behalten hat. Dort herrscht Tag und Nacht reger Betrieb.«

»Tweed.« Sie ließ nicht locker und sprach laut genug, daß auch Newman sie hören konnte. »In diesem Zug muß irgendeine Gefahr lauern, sonst wäre Dillon nicht ein solches Risiko eingegangen. Wenn er uns am Bahnhof von Zürich gesehen hat, könnte auch die Gegenseite uns gesehen haben.«

»Das bezweifle ich. Ich habe Ihnen nicht gesagt, daß ich bei Swissair angerufen und Tickets für einen Flug nach Basel bestellt habe. Unter unseren eigenen Namen. Sie werden den Flughafen beobachten…«

Er hörte auf zu sprechen. Paula hörte ihm nicht zu. In einem Spiegel beobachtete sie einen Schaffner, der im Begriff war, ihr Abteil zu betreten. Sie richtete ihr Haar, um einen plausiblen Vorwand dafür zu haben, in den Spiegel und damit in seine Richtung zu sehen.

»Die Fahrkarten bitte…«

Paula rutschte schnell auf den leeren Sitz neben sich, damit auch Newman sie hören konnte. Sie beugte sich vor.

»Unsere Fahrkarten sind schon von einem Schaffner kontrolliert worden. Das ist ein anderer Mann…«

Paula war schon oft in Schweizer Zügen gefahren. Sie wußte, daß die Schaffner ein ganz erstaunliches Gedächtnis hatten. Sie merkten sofort, wenn jemand unterwegs zugestiegen war, und verlangten seine Fahrkarte. Aber sie ließen sich von einem Fahrgast nie *zweimal* die Fahrkarte zeigen.

In dem Abteil saßen nur Tweed und seine Begleiter. Das hätte der Schaffner gleich beim Eintreten sehen müssen. Und trotzdem hatte er die Fahrkarten verlangt.

Der Schaffner lochte Cardons Fahrkarte zum zweiten Mal. Er ging langsam auf Tweed und Paula zu. Seine rechte Hand glitt in die zu enge Jacke, die seine blitzschnelle Bewegung behinderte. Die Luger war halb aus der Jacke, als Newman aufsprang. Er packte den Lauf der Pistole und riß ihn hoch, so daß er zur Abteildecke zeigte. Doch der Amerikaner hatte Bärenkräfte. Es gelang ihm, die Waffe wieder so weit zu senken, daß er sie auf Tweed richten konnte.

Butler, der am anderen Ende des Abteils gesessen hatte, stürmte vor und versetzte dem Mörder mit der geballten Faust einen heftigen Schlag auf die Nieren. Der Mörder zuckte zusammen und prallte gegen Butlers Brustkorb. Butler grunzte und rang nach Atem, blieb aber stehen, wo er war.

Paula war auf den Beinen, hielt ihren Browning beim Lauf und wartete auf ihre Chance, dem Mörder mit dem Kolben auf den Kopf zu schlagen. Cardon kam hinter ihm heran, versuchte, die Beine unter ihm wegzustoßen, aber es war ein verworrener Kampf, weil alle auf kleinem Raum agierten. Newmans Fingernägel, hart wie Meißel, bohrten sich tief in die Schußhand des Amerikaners. Sein Griff lockerte sich, und Paula fing die Waffe in der Luft auf.

»Schafft das Schwein aus dem Abteil«, keuchte Newman.

Nield stand am anderen Ende des Abteils, wo er neben Butler gesessen hatte. Er paßte auf, daß niemand hereinkam.

Bei dem wilden Handgemenge im Gang fiel dem Mörder die Schaffnermütze vom Kopf. Paula bückte sich und hob sie auf. Newman war es gelungen, hinter den Amerikaner zu kommen, und er hatte ihm einen Arm um die Kehle gelegt. Butler bückte sich, packte ihn bei den Knöcheln, verkreuzte sie und hob sie an.

Der wild um sich schlagende Mörder war jetzt in der Gewalt von Butler und Newman, die ihn aus dem Abteil heraustrugen.

Außerhalb des Abteils wehrte sich der Amerikaner noch heftiger, als sie ihn auf die Plattform zwischen zwei Wagen zutrugen. Der Mörder verdrehte den Kopf, und seine Zähne bohrten sich in Newmans Hand. Newman ließ ihn los, sprang zurück, zog seinen Smith & Wesson. Er hatte nicht die Absicht zu schießen – ein Schuß würde trotz des Ratterns des Zuges zu hören sein. Butler ließ die Knöchel nicht los, und Newman prallte gegen Cardon, dessen Rücken gegen die Toilettentür stieß. Die nicht verriegelte Tür gab nach, und Cardon fiel in das enge Abteil.

»Es ist besetzt«, wollte Newman ihn warnen.

»Das kann man wohl sagen«, pflichtete Cardon ihm bei. »Schauen Sie her, aber fassen Sie die Tür nicht an…«

Newman warf einen schnellen Blick in die Toilette. Ein Mann in Hemd und Unterhose hockte zusammengesunken auf dem Sitz. Aus seinem Hemd ragte ein Messergriff heraus. An seiner Position erkannte Newman, daß die Klinge ins Herz eingedrungen war. Der Schaffner… Auf dem Gang hatte sich der Mörder von Butler losgerissen. Er war schneller wieder auf den Beinen, als Newman es für möglich gehalten hätte. Das Schnappmesser in seiner Hand zielte auf Butlers Bauch. Als er zustoßen wollte, bewegte sich Newman. Er ließ den Lauf seines Revolvers mit aller Kraft auf den Schädel des Mörders niederfahren. Die Spitze der Messerklinge war nur noch zwei Zentimeter von Butlers Bauch entfernt, als der Lauf auf den Hinterkopf des Mörders prallte. Einen unglaublichen Moment lang blieb der Mörder stehen, und Newman hob die Waffe für einen zweiten Schlag. Dann stürzte der Mörder rückwärts in die Toilette.

Newman fing ihn mit einem Griff um die Taille auf. Cardon hatte sich aus der Toilette herausgeschoben, um ihm zu helfen. Newman zog gerade den regungslosen Körper weiter in die Toilette hinein, als er sah, wie Butler sich bückte, um das Schnappmesser aufzuheben, das dem Mann aus der Hand gefallen war.

»Nicht berühren!« rief er.

»Brauchen Sie das hier?«

Paula war mit der Mütze des Schaffners erschienen. Durch die halboffene Tür hatte sie gesehen, was sich auf dem Toilettensitz befand.

»Ja. Geben Sie sie mir«, sagte Newman.

Er hatte den Körper des Mörders in die Ecke unter dem Waschbecken gezwängt, seinem Opfer gegenüber. Eine kurze Überprüfung der Halsschlagader sagte ihm, daß der Mann ebenso tot war wie sein Opfer. Er rammte dem Toten die Mütze auf den Kopf und kickte das Messer ins Innere der Toilette.

»Fingerabdrücke«, sagte er zu Paula und den anderen beiden. »Auf diesem verdammten Messer müssen seine Fingerabdrücke sein. Und jetzt sollten wir diese Tür zumachen ...«

Er schloß die Tür, nachdem er sich ein Taschentuch um die Hand gewickelt hatte. Dann holte er einen schlanken goldenen Füllfederhalter aus der Tasche. Mit stetiger Hand arbeitend, verschob er das Schild, das besagte, daß die Toilette besetzt war, wobei er bessere Arbeit leistete als der Mörder vor ihm. Paula griff in ihre Umhängetasche und gab ihm ein Papiertaschentuch.

»Ihre Waffe«, sagte sie. »Blut auf dem Lauf.«

Newman hatte sie automatisch in der Hand behalten, während er den Toten in die Toilette gezerrt hatte. Er dankte ihr und wischte rasch den Lauf ab. Paula hielt weitere Taschentücher ausgebreitet in der Hand.

»Legen Sie das blutige hier drauf. Ich lasse dann alle in einem Papierkorb verschwinden ...«

Nield stand an der Eingangstür zu ihrem Abteil. Seine rechte Hand steckte in seinem Jackett. Paula sagte Butler, er sollte eine Minute warten. Dann knöpfte sie zwei Knöpfe an Newmans Hemd wieder zu, die während des Kampfes aufgegangen waren. Sie rückte seine Krawatte zurecht, sagte ihm, er sollte sich kämmen, dann erwies sie Butler ähnliche Aufmerksamkeiten.

»Und was ist mit mir, Paula?« fragte Cardon mit gespielt jammervoller Stimme, um die Atmosphäre aufzulockern.

»Sie sind alt genug, um für sich selbst zu sorgen«, erklärte sie ihm und hoffte, daß man ihrer Stimme das Zittern nicht anmerkte.

Tweed saß sehr aufrecht auf seinem Platz und schaute ihnen entgegen, als sie zurückkamen. Newman und Paula nahmen ihre vorherigen Plätze wieder ein. Tweeds Miene war ernst, als er seine Frage stellte.

»Was ist mit dem echten Schaffner?«

»Er ist tot«, sagte Newman. »Der Kerl hat ihn umgebracht, um an seine Uniform zu kommen.«

»Ich verstehe. Ob er verheiratet war?«

»Keine Ahnung«, log Newman.

Tweed war zu still. Sowohl Paula als auch Newman war klar, daß er sehr verstört war, weil er wußte, daß der Schaffner hatte sterben müssen, weil der Mörder es auf ihn abgesehen hatte. Und Newman hatte gesehen, daß der Mann tatsächlich verheiratet gewesen war. Am Mittelfinger seiner neben der Toilette herabhängenden Hand hatte ein Ehering gesteckt.

»Das ist alles ziemlich beunruhigend«, meinte Paula. »Die Art, auf die sie uns folgen wie die Wölfe und immer genau wissen, wo wir gerade sind. Wer immer ›sie‹ auch sein mögen.«

»Der Kopf, der hinter alledem steckt«, sagte Tweed leise, »wird einen hohen Preis zahlen müssen für diese Morde. Dafür werde ich sorgen ...«

## 28

Basel – wo die Schweiz an Deutschland und Frankreich grenzt.

Sobald Tweed aus dem Zug gestiegen war und eine Telefonzelle gefunden hatte, rief er Beck in Zürich an. Zu seiner Überraschung teilte man ihm mit, daß Beck bereits in Basel sei. Er rief das Polizeipräsidium dieser Stadt an.

»Beck...«

»Ich habe leider noch mehr schlechte Nachrichten, Arthur. Im Schnellzug von Zürich nach Basel...«

Er berichtete Beck, was im Zug geschehen war, daß sich die Leichen in der Toilette des viertletzten Wagens befanden, daß der Zug zwanzig Minuten Aufenthalt hätte, bevor er nach Deutschland weiterfuhr.

»Bleiben Sie am Apparat«, bat Beck.

Drei Minuten später meldete er sich wieder. Seine Stimme war geschäftsmäßig und gelassen.

»Streifenwagen und eine Ambulanz sind unterwegs zum Bahnhof. Ich habe den Stationsvorsteher angerufen. Der Zug fährt nicht weiter, bis sie angekommen sind und ihre Arbeit getan haben. In welchem Hotel werden Sie wohnen?«

»Im Drei Könige. Ich rufe vom Bahnhof aus an.«

»Fahren Sie direkt in Ihr Hotel und verlassen Sie es unter keinen Umständen, bevor ich bei Ihnen bin, was eine Weile dauern kann. Die Killer haben Sie aufgespürt. Schon wieder. Wir müssen etwas gegen sie unternehmen. *Bleiben Sie in Ihrem Hotel.*«

Tweed fuhr mit Paula und Newman zum Hotel Drei Könige. Butler, Nield und Cardon würden später eintreffen, getrennt, als kennte keiner den anderen. Der Empfangschef begrüßte Tweed herzlich.

»Wie schön, Sie wieder bei uns zu haben, Mr. Tweed«, sagte er in seinem perfekten Englisch. »Wir haben drei hübsche Zimmer für Sie, alle mit Aussicht auf den Rhein.«

In dem an die Rezeption angrenzenden Foyer saß ein Mann in einem Schweizer Straßenanzug und mit einer Brille mit halbmondförmigen Gläsern und las in einer Lokalzeitung. Seine Augen weiteten sich ungläubig, als er Tweed eintreten sah. Sein graues Haar war inzwischen ziemlich lang geworden, und er hob die Zeitung ein wenig höher, um seine Anwesenheit zu kaschieren. Norton mußte sich von dem Schock erholen, daß Tweed noch immer am Leben war.

Paula machte sich auf den Weg zu Tweeds Zimmer. Sie hatte nur eine Viertelstunde gebraucht, um zu duschen und ihr blaues Kostüm anzuziehen. Tweed öffnete die Tür einen Spaltbreit, dann machte er sie ganz auf und winkte sie herein. Dann schloß er die Tür sofort wieder ab. Paula schaute sich in dem Doppelzimmer um.

»Ein herrliches Zimmer. Meins ist genau so. Und es hat eine prachtvolle Aussicht auf den Rhein.«

Sie trat ans Fenster. Es war ein strahlend sonniger Tag und sehr kalt. Das Hotel stand direkt am Ufer des Rheins, der sogar hier in seinem Oberlauf schon an die hundert Meter breit war. Am gegenüberliegenden Ufer stand eine Reihe von alten Häusern mit steilen Giebeldächern.

»Sehen Sie nur«, rief sie, »da kommt ein Schleppzug.«

Tweed trat neben sie, und sie sahen zu, wie ein gedrungener Schlepper eine Kette von schweren Kähnen stromabwärts zog. Sie waren mit Containern beladen, und am Heck des Schleppers flatterte die deutsche Flagge.

»Eine herrliche Aussicht«, schwärmte sie. »Aber ich glaube, ich sollte nicht so fröhlich sein nach dieser grauenhaften Sache im Zug. Der arme Schaffner ...«

»Er war schon tot, bevor wir wußten, daß etwas passiert war.« Er legte einen Arm um sie. »Wir hätten ihn also nicht retten können. Und jetzt müssen wir die Leute ausfindig machen, die hinter diesem Verbrechen stecken. Aber zuerst – was halten Sie von Mittagessen?«

»Ich habe einen Mordshunger.«

Um zum Fahrstuhl zu gelangen, mußten sie einen mit einem Geländer versehenen Gang entlanggehen, der einen Schacht umgab, durch den man in das darunterliegende Stockwerk hinunterblicken konnte. Kein sehr hohes Geländer, wie Paula feststellte. Als sie den Fahrstuhl betraten, kam Newman aus seinem Zimmer und zwängte sich mit hinein. Die erste Person, auf die sie beim Verlassen des Fahrstuhls trafen, war Eve Amberg.

»Die Welt ist klein, um ein Klischee zu gebrauchen«, begrüßte Eve sie. »Himmel, ist das kalt draußen.«

»Mir gefällt es«, erklärte Newman. »Bei diesem Wetter kann ich besser denken und arbeiten.«

»Wie schön für Sie.« Eve wendete ihre Aufmerksamkeit Tweed zu, nachdem sie Paula kurz zugenickt hatte. »Ich wollte gerade zum Essen gehen.« Sie lächelte ihn liebenswürdig an.

»Ganz allein?« erkundigte sich Tweed.

»Wie die Dinge liegen – ja.«

»Weshalb essen Sie dann nicht mit mir?«

»Wie nett von Ihnen.« Sie warf einen Blick auf Paula und Newman. »Aber Sie haben Ihre Freunde.«

»Ach, das ist schon in Ordnung«, sagte Paula schnell. »Bob und ich müssen über etwas reden. Das geht besser, wenn wir allein sind.«

Eve sah wieder hinreißend aus und erinnerte Paula an ihre erste Begegnung, im Gegensatz zu der, als sie im Begriff gewesen war, die Villa zum Einkaufen zu verlassen. Sie trug eine maßgeschneiderte blaßgrüne Jacke, einen Minirock und eine hochgeschlossene cremefarbene Bluse. Paula war sicher, daß die Sachen ein kleines Vermögen gekostet hatten.

Als sie Tweed und Eve zum Speisesaal folgten, schaute sich Paula in dem großen Foyer um. Bei ihrem Eintreffen hatte sie aus dem Augenwinkel heraus jemanden dort sitzen gesehen. Der grauhaarige Mann war fort.

Sie betraten den Speisesaal – einen länglichen Raum mit Fenstern an der rechten Seite, hinter denen eine überdachte Veranda lag, die über den Rhein ragte. Tweed deutete darauf, während der Kellner sie zu einem Fenstertisch geleitete.

»Im Sommer kann man dort draußen sitzen, und man hat das Gefühl, als wäre man an Bord eines Ozeandampfers.«

»Ich weiß«, erklärte Eve. »Ich war mit Julius hier, als er in Basel zu tun hatte.« Sie setzte sich. »Was für ein Zufall – daß wir beide gleichzeitig im selben Hotel ankommen.«

»Eigentlich nicht. Dies ist das beste Hotel am Ort, wie Sie bestimmt wissen. Steht schon seit grauer Vorzeit hier, und das Essen und der Service sind hervorragend.«

Wie im Foyer waren auch hier die Wände alt getafelt, und die behagliche Atmosphäre vermittelte den Eindruck von etwas, das es schon immer gegeben hatte.

»Hier am Fluß stehen Häuser mit geradezu erstaunlichen Baujahren«, bemerkte Tweed, während er die Speisekarte studierte. »Übrigens, weshalb sind Sie in Basel, wenn ich danach fragen darf?«

»Sie dürfen«, erklärte sie und drückte seine Hand. »Ich bin hier, um ein ernsthaftes Gespräch mit Walter zu führen, ihn festzunageln – wegen Geld natürlich. Meinem Geld. Ich habe in der Bank angerufen, und der Mistkerl ist nach Frankreich gefahren.«

»Tatsächlich?« Tweed ließ sich seine Überraschung nicht anmerken. »Haben Sie eine Ahnung, wohin in Frankreich?«

»Oh, das kann ich Ihnen genau sagen. Walter hat einen Besitz hoch oben in den Vogesen. Ganz abgelegen. Das Château Noir. Am einfachsten kommt man dorthin, wenn man mit dem Zug nach Colmar fährt, ein pittoreskes Städtchen. Die Fahrt von Basel nach Colmar dauert nur eine halbe Stunde. Dann mietet man sich für die Fahrt in die Berge einen Wagen. Ich werde ihn mir schnappen, und wenn ich ihm durch ganz Europa folgen müßte.«

»Was möchten Sie trinken? Wein? Wie wäre es mit einem Sancerre?«

»Wunderbar.«

»Würden Sie mich bitte ein paar Minuten entschuldigen?« fragte Tweed, nachdem der Wein gebracht worden war. »Ich muß in London anrufen – hätte es schon tun müssen, bevor ich zum Essen herunterkam...«

Er verließ Eve, die genießerisch an ihrem Glas Sancerre nippte. Newman und Paula hatten, ein ganzes Stück entfernt, einen Tisch für sich. Butler saß in einer Ecke, von der aus er den ganzen Raum überblicken konnte. Auch Pete Nield und Philip Cardon hatten sich an getrennten Tischen niedergelassen.

In seinem Zimmer suchte Tweed aus dem Telefonbuch die Nummer der Zürcher Kreditbank heraus. Es meldete sich eine Frau mit einer strengen Stimme.

»Mr. Amberg ist im Moment nicht erreichbar. Nein, ich habe keine Ahnung, wann er zurückkehren wird.«

»Ich bin ein Kunde«, beharrte Tweed. »Mr. Amberg wollte zwei Gegenstände, die mir gehören, aus dem Tresor holen. Ich muß wissen, ob er den Tresorraum aufgesucht hat.«

»Das kann ich Ihnen beim besten Willen nicht sagen. Wenn Sie mir Ihren Namen nennen würden...«

Tweed legte den Hörer auf, wartete einen Moment und wählte dann die Nummer des Polizeipräsidiums und verlangte Beck zu sprechen. Er erklärte ihm, was er wollte. Beck sagte, er würde sich mit der Zürcher Kreditbank in Verbindung setzen und dann zurückrufen. Fünf Minuten später läutete das Telefon, und Beck war wieder am Apparat.

»Ich habe den alten Drachen, der meinen Anruf entgegengenommen hat, ein bißchen unter Druck gesetzt und gesagt, daß ich drei Morde untersuche, die auf Schweizer Boden begangen wurden. Amberg hat tatsächlich etwas aus dem Tresor geholt, bevor er abgereist ist...«

»Zu seinem Château in den Vogesen, in der Nähe von Colmar«, warf Tweed ein.

»Fahren Sie nicht nach Frankreich«, warnte Beck. »Hier kann ich versuchen, Sie zu beschützen, aber Frankreich könnte für Sie noch gefährlicher sein. Um die Sache im Zug haben wir uns gekümmert. Ich brauche noch ein paar Aussagen von Ihnen.«

»Die bekommen Sie, bevor wir abreisen.«

»Nach Frankreich? *Tun Sie das nicht!* Ich lasse gerade Basel durchkämmen. Sie wissen offensichtlich, daß Sie hier sind. Seien Sie vorsichtig...!«

Tweed wollte gerade das Zimmer verlassen, als das Telefon abermals läutete. Er verschloß die Tür und eilte zu dem Nachttisch, auf dem das Telefon stand, ziemlich sicher, daß das Läuten aufhören würde, bevor er den Apparat erreicht hatte.

»Ja?« sagte er.

»Da ist jemand am Telefon, der Sie sprechen möchte, Mr. Tweed«, sagte die Frau in der Zentrale. »Er wollte keinen Namen nennen, sagte aber, es wäre sehr dringend.«

»Stellen Sie ihn durch.«

»Hier Dillon. Wir müssen eine Entscheidung treffen...«

»Zentrale!« unterbrach Tweed plötzlich. »Die Verbindung ist sehr schlecht. Ich kann den Anrufer nicht verstehen...«

Er wartete. Auf die Antwort der Frau in der Telefonzentrale. Auf das Klicken, das ihm verriet, daß sie mitgehört hatte. Nichts.

»Entschuldigung, Dillon. Es ist in Ordnung. Reden Sie weiter.«

»Barton Ives ist hier in der Stadt. Aber die anderen sind es auch. Ives wird sich hier in Basel nicht bei Ihnen melden.«

»Cord, geben Sie mir eine Beschreibung von ihm. Möglichst detailliert bitte. Ich muß in der Lage sein, ihn zu erkennen.«

Es folgte eine Pause. Tweed wollte kein Risiko mehr eingehen – nicht, nachdem der falsche Barton Ives, der zweifellos Norton gewesen war, ihn im Gotthard aufgesucht hatte. Dann lieferte Dillon mit knappen Worten die Beschreibung.

»Einsachtzig groß, schlank, drahtiges schwarzes Haar, hat jetzt außerdem einen kleinen schwarzen Schnurrbart, eine kleine Narbe über dem rechten Auge, wo ihn ein Ganove mit einem Messer erwischt hat. Spricht sehr überlegt. Sparsam mit seinen Bewegungen. Außer in einer Krise. Dann bewegt er sich mit dem Tempo einer startenden Rakete. Reicht das?«

»Das reicht. Spätestens morgen ziehen wir um ins Hotel Bristol in Colmar im Elsaß. Mit dem Zug eine Fahrt von einer halben Stunde. Dort soll er sich mit mir in Verbindung setzen. Und Sie auch. Ich treffe Sie beide in Colmar – zusammen oder einzeln, das ist mir gleich. Die Alternative können Sie vergessen.«

»Hören Sie, Tweed, wenn man auf der Flucht ist…«

»Inzwischen weiß ich mindestens ebensogut wie Sie, wenn nicht sogar besser, wie es sich anfühlt, wenn man auf der Flucht ist. Es wird Zeit, mit dem Davonlaufen aufzuhören, den Schweinen entgegenzutreten, denen es völlig egal ist, welcher Methoden sie sich bedienen. Ives *muß* sich in Colmar bei mir melden. Und Sie müssen es auch. Und jetzt muß ich Schluß machen…«

In einer Stimmung so kalt wie Eis legte Tweed den Hörer auf. Er war ihm ernst gewesen mit dem, was er gesagt hatte. Er dachte nicht daran, sich von der Gegenseite auch weiterhin von einem Ort zum anderen jagen zu lassen. Es war an der Zeit, ihr eine Falle zu stellen. Voraussichtlich in den Vogesen.

Tweed entschuldigte sich bei Eve, als er sich wieder zu ihr gesellt hatte. Sie rauchte und schwenkte ihre elfenbeinerne Zigarettenspitze.

»Kein weiteres Wort, bitte. Ich fühle mich so wohl, seit ich aus Zürich fort bin. Es hört sich furchtbar an, aber diese Stadt und Julius gehören für mich zusammen. Finden Sie das schlimm?«

Tweed stellte fest, daß sie während seiner Abwesenheit ungefähr drei Gläser von dem Sancerre getrunken haben mußte, aber nichts deutete darauf hin, daß sie beschwipst war. Manche Frauen konnten eine Menge vertragen. Er schenkte ihr nach.

»Nein, das tue ich nicht. Weil Sie von ihm viel auszustehen hatten. Die Leitungen nach London waren besetzt. Deshalb mußte ich Sie so vernachlässigen.«

»Unsinn. Und was Julius angeht – all diese Frauen. Ah, da kommt der Kellner...«

Beide bestellten gegrillte Seezunge. Tweed erinnerte sich von einem früheren Besuch her, daß Seezunge eine Spezialität des Hotels Drei Könige war. Als sie wieder allein waren, beugte sich Eve vor und schaute ihn mit ihren grünlichen Augen an.

»Sie haben sich verändert, seit Sie diesen Anruf machten. Jetzt sind Sie wie ein schnellaufender Dynamo. Wie ein Mann, der im Begriff ist, in die Schlacht zu ziehen. Ich spüre die Veränderung in Ihnen.«

Tweed wurde sich bewußt, daß er auf seinem Stuhl sehr aufrecht dasaß und beim Sprechen heftig gestikuliert hatte. Es war fast unheimlich, wie Eve den Nagel auf den Kopf getroffen hatte. Er fühlte sich wie verjüngt angesichts der Aussicht, Barton Ives zu treffen, einen Mann, der, da war er ganz sicher, eine Menge darüber wußte, weshalb die Welt um sie herum explodierte.

Er plauderte mit Eve, bis das Hauptgericht serviert wurde. Sie aßen schweigend und genossen den hervorragenden

Fisch, doch nachdem sie den Nachtisch bestellt hatten, sondierte er weiter. Vorher füllte er ihr Glas wieder auf. Er selbst hatte bisher nur ein Glas Wein getrunken und sehr viel Mineralwasser.

»Wie sind Sie hierher gekommen? Mit dem Wagen?«

»Himmel, nein! Der Verkehr ist grauenhaft. Ich bin geflogen. Der Flug dauert nur eine halbe Stunde. Aus irgendeinem blöden Grund bin ich erst in der letzten Minute am Flughafen angekommen und war kaum an Bord, als die Maschine auch schon startete.« Sie spielte mit ihrem halbleeren Glas. »Untersuchen Sie immer noch den entsetzlichen Mord an dieser Frau – wie hieß sie doch gleich? Helen Frey?«

»Könnte es einen Zusammenhang geben zwischen ihrer Ermordung und der Tatsache, daß sie Julius – kannte?«

»Warum in aller Welt sollte da ein Zusammenhang bestehen?«

»War nur so ein Gedanke. Wann fahren Sie nach Colmar?«

»Ich weiß es noch nicht.«

»Wo steckt denn Squire Gaunt im Moment?«

»Ich habe keine Ahnung.« Sie leerte ihr Glas. »Er kommt und geht. Ich bin nicht sein Kindermädchen – wenn man es so ausdrücken kann.« Sie spielte mit seinem Ärmel. »Er ist nur ein Bekannter – falls Sie etwas anderes denken sollten.«

»Der Gedanke ist mir nie gekommen«, log Tweed.

Die Apfelsinen-Mousse mit Grand Marnier, für die sie sich entschieden hatten, war ebenso delikat wie die gegrillte Seezunge. Tweed war ein wenig verwirrt. Eve wirkte so ausgeglichen und schien sich sehr für ihn zu interessieren. Als sie ihre Mousse verzehrt hatte, wischte sie sich mit der Serviette die vollen Lippen und drehte sich zu ihm um. Ihre Jacke war offen, und die Bewegung lenkte die Aufmerksamkeit auf ihre wohlgeformten Brüste, die sich unter der weißen Bluse abzeichneten. Sie zupfte wieder an seinem Ärmel.

»Wie wär's mit Kaffee oben in meinem Zimmer? Dort ist

es ruhiger. Und ich würde gern hören, wie Sie mit Julius ausgekommen sind. Schließlich war er trotz allem mein Mann. Bitte, entschuldigen Sie mich einen Moment. Ich muß mir die Nase pudern ...«

Als sie das Restaurant verließ, warf Tweed einen Blick zu dem Tisch hinüber, an dem Paula und Newman saßen. Paula beobachtete ihn mit der Andeutung eines vielsagenden Lächelns. Sie winkte ihn herbei, stand auf, um ihm entgegenzugehen.

»Da ist etwas Interessantes, das Sie sehen müssen. Eine ganz merkwürdige Fähre, die ständig den Rhein überquert.« Sie führte ihn zu einem der hinteren Fenster. »Sie sieht aus wie eine Gondel. Bob sagt, sie wird von einem Draht gezogen, der von der Fähre zu einem Kabel führt, das den Fluß überspannt. Da ist sie ...«

In gewisser Hinsicht ähnelte die kleine Fähre tatsächlich einer Gondel. Die hintere Hälfte war überdacht, die vordere offen.

Die Strömung war sehr stark, als sie sich langsam vom gegenüberliegenden Ufer aus näherte. Das Boot schwankte in einer steifen Brise, und Tweeds Gedanken schweiften zurück zu der Fähre von Padstow nach Rock, dem großen Motorboot, das versucht hatte, sie zu rammen, und der Handgranate, die Cardon geworfen hatte. Sie sahen zu, bis die Fähre an ihrem Ufer festgemacht hatte.

Sie beförderte nur einen einzigen Passagier. Einen großen Mann, der mit dem Rücken zu ihnen dastand. Er trug einen Jagdhut.

»Ein merkwürdiges Ding«, bemerkte Tweed.

»Ihre Freundin wartet«, spottete Paula.

»Ich habe gerade erfahren, daß ich etwas erledigen muß«, erklärte Tweed Eve, als sie gemeinsam den Speisesaal verließen. Sie sah zuerst auf ihre Armbanduhr und dann auf die Uhr an der Rezeption.

»Meine Uhr geht eine Viertelstunde nach. Kein Wunder,

daß ich beinahe mein Flugzeug verpaßt hätte. Da haben wir's mal wieder. Eine Schweizer Uhr. Sie muß schon seit Tagen nachgegangen sein...« Sie zögerte. Tweed hatte den Eindruck, daß sie eigentlich mehr hatte sagen wollen, es sich aber anders überlegt hatte. »Oh...«, sagte sie.

Sie starrte auf die Drehtür. Ein Mann mit einem Jagdhut war gerade von draußen hereingekommen.

»So sieht man sich also wieder!« dröhnte eine vertraute Stimme. »Wir wär's mit einem Drink an der Bar? Die Runde geht auf mich...«

Squire Gaunt war eingetroffen.

Mit verdrossener Miene, weil er wieder einen Mißerfolg zu verbuchen hatte, eilte Marvin Mencken in Basel aus dem Hilton, um von einer Telefonzelle im Bahnhof aus Norton anzurufen. Er hatte nur eine Nummer – eine Baseler Nummer. Norton gab ihm nie eine Adresse, der gerissene Mistkerl.

Ein eisiger Ostwind wehte durch die große Bahnhofshalle. Er betrat die erstbeste Telefonzelle, holte tief Luft und wählte.

»Wer ist da?« fragte die kratzige Stimme am anderen Ende.

»Hier Mencken. Das große Team, das von Zürich mit mir hierhergeflogen ist, hat Stellung bezogen. Wir haben Fahrzeuge gemietet...«

»Und im Zug Mist gebaut. Ich habe gesehen, wie sie die nutzlose Fracht ausgeladen haben. Diesmal müssen Sie sich wirklich am Riemen reißen«, sagte Norton in gefährlich leisem Ton.

»Sichere Sache...«

»Sichere Sachen scheint es hier nicht zu geben. Hören Sie zu. Tweed ist im Drei Könige unten am Fluß. Unseren Unterlagen zufolge liebt er frische Luft und geht gern spazieren. Also, diesmal räumen Sie die Konkurrenz beiseite. Ihr Kopf liegt auf dem Block. Halten Sie den Mund und hören Sie zu, verdammt nochmal! Sie tun folgendes...«

Dieses Gespräch, bei dem es um die Ermordung Tweeds ging, fand statt, während das vorgesehene Opfer im Drei Könige sein Mittagsmahl beendete.

»Danke«, sagte Tweed zu Gaunt, »aber wir haben eine dringende Verabredung.« Er sah sich nach Paula und Newman um, die näherkamen, dann senkte er die Stimme, um mit Eve zu sprechen. »Ich weiß Ihre Einladung zum Kaffee zu würdigen. Aber als Sie auf die Uhr sahen, ist mir klar geworden, daß ich ohnehin schon zu spät dran bin. Ein andermal?«

»Ja, bitte«, flüsterte Eve. Sie strich mit einer Hand langsam über ihr tizianrotes Haar und sah ihn mit halb geschlossenen Augen an. »Ich fühle mich so einsam.«

»Das verstehe ich. Aber es gibt immer ein andermal«, versicherte ihr Tweed.

Paula und Newman holten ihre Mäntel aus der Rezeption, und der Empfangschef half Tweed in seinen schweren Überzieher. Als sie hinausgingen und Tweed nach rechts abbog, stellte Paula ihre Frage.

»Was für eine Verabredung? Oder ist sie Ihnen zu dicht auf die Pelle gerückt?«

»Eine Verabredung zu einem einsamen Spaziergang, damit ich nachdenken kann. Möglicherweise sind wir nahe daran, etwas Wichtiges zu entdecken – vielleicht sogar den Schlüssel zu dem Geheimnis.«

Als sie hügelaufwärts wanderten und die einsame Straße einlanggingen, die Blumenrain heißt, berichtete Tweed ihnen von seinem Gespräch mit Cord Dillon. Sie passierten eine kurze Nebenstraße, die, wie Newman ihnen erklärte, zum Anleger der kleinen Fähre führte, die über den Rhein verkehrte. Eine weitere enge Straße, gesäumt von uralten Häusern, verlief parallel zum Fluß. Totentanz. Tweed blieb trotz des schneidenden Windes einen Moment stehen, um die Jahreszahlen zu betrachten. 1215. 1195. 1175.

»Eine der ältesten Städte Europas«, bemerkte er. »Dem Himmel sei Dank, daß die Schweiz nie in einen Krieg verwickelt war.«

Der Wind legte sich plötzlich, und es wurde sehr still. Paulas Stimmung schlug um, eine Vorahnung überkam sie. Die enge Straße war immer noch völlig leer – sie waren die einzigen Menschen, die durch die Stille wanderten.

Die alten Steinhäuser waren hoch und schmal und standen dicht aneinander, so daß sie eine endlose Mauer bildeten. Jedes Haus hatte eine schwere, bündig in die Mauern eingesetzte Holztür, und sie hatte das Gefühl, daß niemand hier lebte. Der alte Gehsteig war so schmal, daß sie hintereinander gehen mußten.

Tweed, der die Hände tief in die Manteltaschen gesteckt und die Schultern gegen die Kälte eingezogen hatte, ging voraus. Paula folgte ihm dicht auf den Fersen, und Newman bildete die Nachhut. Sie kam sich vor, als befände sie sich in einer Stadt, deren Bewohner vor der Pest geflohen waren. Unheimlich.

Die Sonne war verschwunden. Der Himmel war eine niedrige Decke aus grauen Wolken, die aussahen, als würde es bald schneien. Auch das war nicht dazu angetan, Paulas Vorahnung von nahe bevorstehendem Unheil zu zerstreuen. Es liegt an der Tageszeit, versuchte sie sich einzureden – früher Nachmittag im März, und die meisten Leute in den Büros bei der Arbeit...

In diesem Moment hörten sie den auf sie zukommenden Wagen, das erste Fahrzeug, das sie seit Beginn ihres Spaziergangs zu Gesicht bekamen.

Tweed war stehengeblieben, hatte eine Hand ausgestreckt, um ihren Arm zu ergreifen, während er verzweifelt nach einer schützenden Nische suchte, in die er sie stoßen konnte. Newman hatte keine Zeit, seinen Smith & Wesson zu ziehen. Von der gegenüberliegenden Straßenseite raste ein großer grauer Volvo auf sie zu. Der Fahrer trug einen Sturzhelm und eine Schutzbrille. Als der Wagen die Straße überquerte und wie ein Torpedo auf den Gehsteig zuraste, auf dem sie sich befanden, erhaschte Newman einen Blick auf einen zweiten Mann.

Kein Ort, wohin sie hätten flüchten können. Die Mauer aus Häusern hinderte sie am Entkommen. Er würde sie niederstoßen, über ihre Leichen hinwegrollen. Tweed packte Paula um die Taille, wollte versuchen, sie über die Straße und aus dem Weg zu schleudern. Er bezweifelte, daß er es schaffen würde. Der Volvo war fast über ihnen. Der Fahrer mit der unheimlichen Schutzbrille beschleunigte noch mehr. Sie waren so gut wie tot.

Der cremefarbene Mercedes erschien aus dem Nirgendwo, raste die Straße entlang in der Richtung, aus der der Volvo gekommen war. Er setzte sich neben den Volvo. Der Fahrer schwang das Lenkrad herum, seine Bremsen kreischten. Er konnte gerade noch verhindern, daß er gegen die Mauer prallte.

Aber der Volvo konnte nicht anhalten und stieß mit dem Mercedes zusammen. Aus dem unter dem Anprall schwankenden Mercedes sprangen vier Polizisten mit der Waffe in der Hand. Drei von ihnen rannten auf die Türen des Volvos zu. Der vierte Mann winkte, grinste Tweed an und bedeutete ihm dann mit einem nochmaligen Winken, von hier zu verschwinden.

»Zurück ins Drei Könige«, sagte Tweed. Er legte den Arm um Paula, die zitterte wie ein Blatt im Wind.

# 29

Sie hatten einen solchen Schock erlitten, daß niemand sprach, bis sie in Sichtweite des Drei Könige waren. Tweed erholte sich als erster und warf einen Blick auf Paula. Die Farbe war in ihr Gesicht zurückgekehrt. Jetzt konnten sie wieder miteinander reden.

»Das war Beck, der uns gerettet hat«, sagte er. »Er hat mir gesagt, er ließe die ganze Stadt durchkämmen.«

»Aber es war pures Glück, daß dieses Polizeifahrzeug gerade noch rechtzeitig erschienen ist«, wendete Newman ein.

»Organisiertes Glück. Schauen Sie nicht hin«, warnte Tweed, »aber sehen Sie den Mann, der dort in der Nähe der Rheinbrücke steht? Er hat ein Walkie-Talkie bei sich, und von seinem Standort aus konnte er sehen, wie wir das Hotel verließen. Offensichtlich hat er Beck im Präsidium Meldung gemacht. Die Frage ist nur – wer hat die Gegenseite informiert, daß wir hier wohnen, und vielleicht sogar gemeldet, daß wir das Hotel verlassen hatten?«

Er schob sich durch die Drehtür ins Foyer und stellte fest, daß der Empfangschef keinen Dienst mehr hatte. An der Rezeption arbeitete jetzt eine Frau, die er noch nicht kannte. Er bat um seinen Schlüssel und wartete, bis er ihn in der Hand hielt.

»Ein englischer Freund von mir wohnt hier – oder will hier wohnen. Ist er schon eingetroffen? Ein Mr. Gregory Gaunt.«

»Ja, Sir. Mr. Gaunt ist heute morgen angekommen. Möchten Sie, daß ich feststelle, ob er in seinem Zimmer ist?«

»Danke, aber Sie brauchen ihn nicht zu stören. Ich werde hinaufgehen, mich eine Weile ausruhen und ihn dann beim Abendessen überraschen.«

»Also ist Gaunt bereits seit etlichen Stunden hier«, bemerkte Tweed, als sie den Fahrstuhl betraten.

In Basel war es drei Uhr nachmittags, als Tweed mit knapper Not mit dem Leben davonkam.

In Washington war es zehn Uhr morgens. Bradford Marchs Kinn war mit schwarzen Stoppeln bedeckt. Was Sara Maranoff sagte, daß heute weder Ms. Hamilton noch irgendeine andere attraktive Frau den Präsidenten im Oval Office besuchen würde.

Wenn sie schlechte Nachrichten hatte, versuchte sie immer, sie March am Morgen beizubringen. Er war dann frischer und seine Reaktionen waren weniger bösartig. March stand am Fenster, warf einen Blick auf sie und kratzte mit dem Daumennagel über seine Bartstoppeln. Ihre Miene hatte ihm verraten, daß er das, was sie zu sagen hatte, nicht gern hören würde.

»Also los, nun reden Sie schon«, fuhr er sie an.

»Tom Harmer, der einen beträchtlichen Teil zu der Summe beigetragen hat, die Sie nach Europa geschickt haben, hat angerufen.«

»Und was will er?«

»Das Geld zurückhaben, das er Ihnen gegeben hat. Offenbar ist ihm ein großes Darlehen, das er aufgenommen hatte, gekündigt worden. Er braucht das Geld binnen vierzehn Tagen.«

»Ach, wirklich?« March zog die Hose hoch und lächelte boshaft. »Sie haben doch die Fotos von Tom mit dieser Nutte im Bett – benutzen Sie eines davon. Für Toms Frau dürfte es an ihrem bevorstehenden Hochzeitstag ein interessantes Souvenir sein.«

»Sie meinen, ich soll ihr eines schicken? Brad, das bringt doch nichts.«

»Haben Sie letzte Nacht schlecht geschlafen? Wachen Sie auf, Sara. Ich will, daß Sie einen Abzug – suchen Sie selbst einen guten aus – an sein Büro schicken, mit dem Vermerk

›persönlich und vertraulich‹. Sobald es dort eingetroffen ist, rufen Sie ihn an. Fragen ihn, wie ihm das Foto gefällt. Dann sagen Sie ihm, das Geld war ein Beitrag für den Parteifonds und kann nicht zurückerstattet werden.«

»Ich glaube, ihm steht das Wasser bis zum Hals. Er muß dieses Darlehen zurückzahlen, sonst steckt er in einer schweren Klemme.«

»Das ist sein Problem. Tun Sie, was ich Ihnen gesagt habe.«

Sara, deren schwarzes Haar tadellos frisiert war, trug ein schlichtes graues Kleid mit einem Gürtel. Sie machte sich nicht viel Gedanken über ihre Kleidung – Hauptsache, sie sah anständig aus. Sie hatte schon für March gearbeitet, als er noch ein unbekannter Südstaaten-Politiker gewesen war, und versuchte immer, keinen Blickwinkel außer acht zu lassen, um ihn beschützen zu können. Sie biß auf das Ende ihres Federhalters und entschied sich dafür, den Vorstoß zu wagen.

»Ich habe gehört, daß eine Gruppe von Unit One aus Europa zurückgekehrt ist. Auf Ihre Anweisung an Norton hin, nehme ich an.«

»Na, und?« fragte March ungeduldig.

»Ich habe nicht gewußt, daß sie die Aufgaben des Secret Service übernehmen würden. Sie haben mich nicht darüber informiert.«

Die Sicherheit des Präsidenten war traditionsgemäß ausschließlich Sache des Secret Service. Er schickte Leute an jeden Ort, an den der Präsident zu fliegen gedachte. Sie erkundeten im voraus die Örtlichkeit und waren befugt, die Anordnungen der lokalen Polizei außer Kraft zu setzen. Sie waren Profis bis in die Fingerspitzen.

»Das stimmt«, sagte March lässig. »Von jetzt ab sind diese Secret Service-Typen draußen. Sie scheinen sich einzubilden, sie könnten über mein Leben bestimmen. Unit One hat ihre Aufgaben übernommen. Und noch etwas stimmt – ich habe Sie nicht informiert.«

»Das gefällt mir nicht...« – »Ich kann mich nicht erinnern, von Ihnen verlangt zu haben, daß Ihnen das gefällt. Die Männer von Unit One sind zäher als die vom Secret Service. Und es sind meine eigenen Leute. Ich will Männer um mich haben, denen ich vertrauen kann.«

»Sie haben nicht die Erfahrung des Secret Service«, beharrte sie.

»Sie schießen sofort, ohne erst lange zu fackeln. Mir gefällt ihre Einstellung. Und *ich* bin es, der ihnen sagt, was sie zu tun haben.«

»Ich halte das für einen Fehler...«

»Wird Zeit, daß Sie einmal Urlaub machen.« March lehnte sich gegen eine Wand, mit gekreuzten Füßen und den Händen tief in den Taschen seiner ausgebeulten Hose. »Klettern Sie auf den Mount Rushmore. Und stürzen Sie ab.«

Sara gab auf und sagte nichts mehr.

Es hatte eine Zeit gegeben, wo er auf sie gehört hatte. Aber das war lange her. Das Telefon läutete. Die private Leitung. Sie nahm den Hörer ab, legte die Hand über die Sprechmuschel.

»Norton ist am Apparat.«

Er hob seine dicken Brauen, ging langsam auf sie zu, grinste. Dann strich er ihr mit dem Zeigefinger über das starkknochige Gesicht und grinste sie abermals an.

»Ich weiß, ich bin ein altes Ekel. Sind wir wieder Freunde? Ich wüßte nicht, was ich ohne Sie anfangen sollte. Hoffen wir, daß Norton Ordnung geschaffen hat.«

Er griff nach dem Hörer und wartete, bis sie das Büro verlassen hatte. Sara wirbelte der Kopf. Es gab Momente, in denen sie ihn am liebsten umgebracht hätte, und dann machte er von seinem Charme Gebrauch, und sie wußte, daß sie auch weiterhin für ihn durch dick und dünn gehen würde.

»Hier Präsident March«, sagte er mit kalter Stimme. »Sie haben die beiden Dinge, auf die ich warte?«

»Noch nicht, aber ich bin nahe daran...« – »Sie sind nahe daran, daß Mencken das Kommando übernimmt. Norton, wie viele der vier Ziele haben Sie getroffen?«

»Daß Sie mir zwanzig Männer weggenommen und sie nach Washington zurückbeordert haben, war keine Hilfe...«

»Blödsinn. Sie haben immer noch mehr als dreißig zur Verfügung. Was brauchen Sie denn? Die ganze Armee? Norton«, bellte March, »das ist Ihre letzte Chance. Sie haben zehn Tage, um mir diese beiden Dinge zu beschaffen. Für den Fall, daß Ihr Gedächtnis Sie im Stich läßt – Sie werden den Film erkennen, wenn Sie sehen, wer darauf ist. Dann schalten Sie ihn sofort ab. Auf dem Tonband hören Sie, wie eine hysterische Frau schreit, weil sie Feuer gesehen hat. Sie ist nicht in Gefahr, aber als Kind mußte sie aus einem brennenden Haus flüchten. Sobald Sie das Schreien hören, schalten Sie das Band ab. Bringen Sie beides direkt zu mir. Haben Sie verstanden?«

»Mein Gedächtnis ist in Ordnung, Mr. President...«

»Dann fehlt es Ihnen vielleicht an Mumm. Und jetzt hören Sie mir gut zu. Sie haben zehn Tage Zeit, die vier Leute – diesen Engländer Tweed, Joel Dyson, Barton Ives und Cord Dillon vom Angesicht der Erde verschwinden zu lassen. Heute haben wir den 3. März, und der heutige Tag zählt mit. Das ist Ihre letzte Chance.«

March legte den Hörer auf, zog ein Taschentuch aus der Tasche und wischte sich die Stirn und seinen Stiernacken ab. Er schwitzte wie ein Bulle.

Und binnen vierundzwanzig Stunden, nachdem er ihm den Film und das Tonband ausgehändigt hatte, würde Norton einen Unfall haben.

Einen tödlichen.

»Es ist durchaus möglich, daß der entscheidende Moment sehr nahe ist«, sagte Tweed. »Morgen fahren wir mit dem

Zug nach Colmar und dann hinauf in die Vogesen. Dort haben wir einen Vorteil, der uns bisher gefehlt hat.«

Er hatte Beck angerufen und ihm dafür gedankt, daß er ihnen das Leben gerettet hatte. Er mußte sich einen sanften Vorwurf gefallen lassen, daß er so leichtsinnig gewesen war, das Hotel zu verlassen. Jetzt machte er in seinem Zimmer Newman und Paula mit seinem Plan vertraut.

»Was für einen Vorteil?« fragte Paula.«

»Bisher waren es gewissermaßen Straßenkämpfe – wir waren in Städten und konnten nie sicher sein, wo die Gegenseite als nächstes zuschlagen würde. Draußen im Freien sehen wir sie kommen – in den Bergen.«

»Wenn wir hinauffahren, um Amberg im Château Noir aufzusuchen?« vermutete Newman.

Eine Weile zuvor hatte Tweed ihnen von seiner Unterhaltung mit Eve beim Mittagessen erzählt und berichtet, daß Amberg nach Frankreich gereist war. Newman hatte Bedenken, als Tweed seine Vermutung bestätigte.

»Hier stehen wir unter Becks Schutz«, erklärte er. »Sobald wir die Grenze nach Frankreich überschritten haben, sind wir ganz auf uns gestellt. Ganz offensichtlich hat man einen riesigen Apparat gegen uns aufgeboten. Haben Sie irgendeine Ahnung, wer dahintersteckt? Wenn es um das Video und das Tonband geht, die Dyson hierhergebracht hat – was könnte darauf sein, das so vielen Leuten das Leben gekostet hat?«

»Ich habe keine Ahnung. Genau deshalb will ich zu Amberg. Ich bin überzeugt, daß er das Video und das Tonband mitgenommen hat. Vielleicht ist er bedroht worden – also benutzt er sie, um am Leben zu bleiben. Das ist die eine Sache.«

»Und die andere?« fragte Newman.

»Ich bin fest entschlossen, mir das Video anzusehen und das Tonband abzuhören. Ich habe mit Monica gesprochen, und sie hat sich mit Crombie in Verbindung gesetzt, der die Aufräumungsarbeiten am Park Crescent befehligt.«

»Weshalb?« – »Weil er immer noch nach meinem Safe gräbt – in dem sich Kopien des Videos und des Tonbandes befinden. Aber bisher ist er noch nicht zum Vorschein gekommen.«

»Außerdem wüßte ich gern, was Cardon unternimmt«, bemerkte Newman. »Wir haben ihn in Zürich kaum zu Gesicht bekommen.«

»Dann lassen Sie sich von ihm Bericht erstatten. Er wird gleich hier sein.«

Tweed griff zum Telefon, wählte die Nummer von Cardons Zimmer und bat ihn, sofort zu ihm zu kommen. Dann wendete er sich an Newman.

»Sie wollen Bescheid wissen. Fragen Sie ihn selbst...«

Tweed schaute aus dem Fenster, während sie warteten. Ein unglaublich langes Tankschiff bewegte sich flußaufwärts, mit einem wahren Verhau von Röhren und Warnschildern an Deck. Als Cardon anklopfte, ließ Newman ihn ein.

»Die Bühne gehört Ihnen«, sagte Tweed, der nun rastlos umherwanderte.

»Philip«, begann Newman, »uns interessiert, womit Sie in Zürich Ihre Zeit verbracht haben.«

»Ich habe die Fotokopie des Porträts von Joel Dyson benutzt, das wir mit Paulas Hilfe angefertigt haben. Bin Stunde um Stunde kreuz und quer durch Zürich gewandert. Auf der Suche nach Dyson.« Er grinste. »Dann habe ich ihn gefunden.«

»Tatsächlich?« rief Paula. »Wo? Weshalb haben Sie ihn nicht ergriffen? Er kann uns vermutlich all das erzählen, was wir so dringend wissen müssen.«

»Immer mit der Ruhe.« Cardon grinste sie an. »Ich habe ihn entdeckt, als er in der Bahnhofstraße in ein Taxi stieg. Ich konnte ihn schließlich nicht ergreifen, während er in einem fahrenden Taxi saß.«

»Und da ist er Ihnen entwischt?«

»Immer mit der Ruhe, habe ich gesagt«, fuhr Cardon geduldig fort. »Ich stieg in ein anderes Taxi und folgte ihm zum Flughafen Kloten. Dort war gerade eine Maschine gelandet und es wimmelte von Menschen – und Sicherheitsbeamten. Auch da konnte ich mich nicht einfach an ihn heranmachen und ihm eine Pistole in die Rippen stoßen.«

»Vermutlich nicht«, pflichtete Paula ihm bei. »Und was ist dann passiert?«

»Das einzige, was passieren konnte. Ich habe ihn beim Einchecken beobachtet. Ich stand dicht hinter ihm. Er hatte einen Koffer bei sich. Er hat wirklich eine verschlagene Visage.«

»Er ist ein widerlicher Kerl«, warf Newman ein.

»Reden Sie weiter«, drängte Paula, der jetzt klar war, daß Cardon sie bewußt auf die Folter spannte.

»Er hatte es so eingerichtet, daß er gerade noch Zeit hatte, seine Maschine zu erreichen. Ohne Ticket – und ohne die Zeit, mir eins zu besorgen – konnte ich ihm nicht durch die Zoll- und Paßkontrolle folgen. Raten Sie mal, was sein Ziel war?«

»Der Planet Mars«, sagte Paula erbittert.

»Nicht ganz so weit. Sein Ziel war Basel. Er ist irgendwo hier in dieser Stadt.«

Paula schaute verblüfft drein, aber Newman schlug sofort rasches Handeln vor.

»Wir sollten Basel genauso durchkämmen wie Zürich. Schließlich hat Philip dort Erfolg gehabt. Wir haben alle Fotokopien von Paulas Skizze von Dyson.«

»Nein«, sagte Tweed. »Beck besteht darauf, daß wir im Hotel bleiben. Wir haben seinen Rat in den Wind geschlagen – ich jedenfalls habe es getan. Und die Folge? Es fehlte nur eine Haaresbreite, und wir wären jetzt alle tot. Basel ist, wie Zürich, eine große Stadt. Ich denke nicht daran, in dieser Stadt noch irgendjemandes Leben zu riskieren. In wenigen Stunden – morgen früh – fahren wir mit dem Zug nach Colmar.«

»Was ist mit unseren Waffen?« fragte Cardon. »Will Beck sie nicht zurückhaben?«

»Da er weiß, daß wir nach Frankreich wollen, hat er sie bezeichnenderweise nicht erwähnt. Und Arthur Beck vergißt nie etwas.«

»Aber wir müssen eine Grenze überqueren«, wendete Paula ein.

»Bob, wissen Sie noch, wie wir früher einmal nach Colmar gefahren sind? Dieser Bahnhof hier ist eine überaus merkwürdige Einrichtung. Man geht direkt vom Schweizer in den französischen Bahnhof. Wenn wir den Zug um elf nehmen, sollten beide Kontrollposten unbesetzt sein. Sie waren es jedenfalls beim letzten Mal.«

»Und angenommen, diesmal sind die Kontrollposten besetzt? Dann sitzen wir in der Klemme«, beharrte Paula.

»Keineswegs«, erklärte Tweed. »Ich bin unbewaffnet. Ich gehe zuerst durch, Sie halten sich ein Stück zurück. Wenn Sie sehen, daß ich angehalten werde, kehren Sie um. Dann lassen wir uns etwas anderes einfallen.«

»Ich frage mich, wo Joel Dyson jetzt steckt«, sinnierte Paula.

»Was ich wissen möchte, ist, wer Helen Frey, Klara und diesen Detektiv Theo Strebel ermordet hat«, bemerkte Newman.

»Ich glaube, das ist mir inzwischen klar geworden – anhand einer Information, die mir einer von Ihnen geliefert hat«, erwiderte Tweed.

Bankverein, auf halbem Wege zwischen dem Rhein und dem Hauptbahnhof gelegen, ist die Straße, in der sich in Basel die meisten Banken befinden. Die Zürcher Kreditbank war eine von ihnen. Der Stadtstreicher, der in der Nähe des Eingangs zu dieser Bank auf dem Gehsteig saß, hatte die Beine von sich gestreckt. Er trug einen schäbigen alten Hut, dessen Krempe er tief in die Stirn gezogen hatte. Sein abgetragener dunkler Mantel war gegen die Kälte bis zum Hals zugeknöpft. Seine schmutzige Cordhose war zu lang und stauchte über alten Bergstiefeln. Neben Joel Dyson lag eine große Segeltuchtasche.

Dyson hatte Schmutz in sein rundliches Gesicht gerieben, und ein zerrissener Schal verdeckte sein fliehendes Kinn. Mehrere Passanten warfen neugierige Blick auf ihn, aber Dyson wußte, daß der amerikanische Beobachter auf der anderen Straßenseite an seiner Anwesenheit nichts merkwürdig finden würde.

Dyson wartete auf eine günstige Gelegenheit, um in der Bank zu verschwinden, ohne daß der Amerikaner es bemerkte.

Er hatte sich den Moment genau zurechtgelegt. Voraussetzung war, daß ein anderer Kunde die Bank betrat.

Der Wachmann drinnen in der Bank würde dann den Kunden aus dem Foyer zu der Person führen, die er zu sprechen wünschte.

Dyson wußte, daß es auf den Bruchteil von Sekunden ankam, aber beim Fotografieren von Berühmtheiten in kompromittierenden Situationen hatte er gelernt, sich sehr schnell zu bewegen.

Als sich eine Frau in Schwarz näherte, ergriff er die Holzgriffe der Segeltuchtasche.

Drei kleine grüne Straßenbahnen – Spielzeug im Vergleich zu den modernen blauen Riesen in Zürich – ratterten, vom Rhein her kommend, dicht hintereinander auf die Haltestelle in der Nähe der Bank zu. Dies konnte der rechte Moment sein.

Die Frau in Schwarz betrat die Bank, der Wachmann sprach mit ihr, begleitete sie außer Sichtweite. Die Straßenbahnen versperrten dem Amerikaner die Sicht. Dyson sprang auf, stieß die Tür zu dem jetzt leeren Foyer auf, bewegte sich sogar noch schneller.

Er knöpfte seinen schäbigen Mantel auf und zog ihn aus. Darunter kam ein elegantes blaues Anzugjackett zum Vorschein. Er streifte die Cordhose ab; unter ihr trug er die zu dem Anzug gehörende Hose. Die Bergstiefel vertauschte er mit einem Paar Slipper, die er aus der Segeltuchtasche holte. Er riß sich den Hut vom Kopf, stopfte die Schuhe und die alten Sachen in die Tasche und machte sie zu. Dann fuhr er sich mit dem Kamm durchs Haar, und als der Wachmann zurückkehrte, hielt er eine Visitenkarte in der Hand.

Er streckte sie ihm entgegen, ohne ein Wort zu sagen. Der Wachmann betrachtete sie, dann drehte er sie um und las, was auf der Rückseite stand.

Der Text war in Deutsch.

*Bitte lassen Sie dem Überbringer jede erdenkliche Unterstützung zukommen. Er ist ein sehr geschätzter Kunde.*

Auf der Vorderseite der Karte war mit eingeprägten Buchstaben *Walter Amberg, Zürcher Kreditbank* gedruckt. Dyson hatte ihn um diese Karte gebeten, als er den Film und das Tonband in der Bank deponiert hatte. Während seines Aufenthalts in Zürich hatte er die Runde durch mehrere Lokale gemacht, bis es ihm gelungen war, mit einem Schweizer ins Gespräch zu kommen, dem er mehrere Drinks spendierte. Dann hatte er ihn gebeten, den Text auf die Karte zu schreiben, und gesagt, er wollte einem Schweizer Freund einen Streich spielen.

Dyson war Experte darin, sich seinen Weg in Büros und Häuser zu bluffen, in denen man ihn nicht kannte. Der Wachmann sagte etwas zu ihm auf Deutsch.

»Entschuldigung«, sagte Dyson. »Ich spreche nur Englisch.«

»Dann sollten Sie mit Frau Kahn reden«, schlug der Wachmann auf Englisch vor.

»Ich glaube, das war der Name, der mir genannt wurde …«

Frau Kahn war eine dunkelhaarige Dame unbestimmten Alters, die eine Goldbrille trug. Nachdem sie ihn aufgefordert hatte, Platz zu nehmen, studierte sie die Karte. Dann sagte sie, er möchte sich eine Minute gedulden, und verschwand in ein anderes Zimmer, dessen Tür sie hinter sich schloß.

Dyson grinste. Er wußte genau, was sie tat. Sie rief in Zürich an, um ihn zu überprüfen. Als Dyson in der Bank gewesen war, um den Videofilm und das Tonband zu deponieren, hatte er auch ein Konto eröffnet und einen kleinen Betrag eingezahlt.

Ihm war klar, wenn man ein Kunde war – ob mit einer kleinen oder einer großen Einlage –, dann war man auch Mitglied des Clubs.

Während er allein war, holte er sein Taschentuch hervor, feuchtete es mit der Zunge an und rieb sich damit übers Gesicht. Den größten Teil des Schmutzes hatte er bereits im Foyer entfernt, aber ihm lag daran, einen guten Eindruck zu machen. Auszusehen wie ein vermögender Mann. Ein untadeliges Mitglied des Clubs.

Frau Kahn kehrte zurück und ließ sich an ihrem Schreibtisch nieder.

»Was kann ich für Sie tun, Mr. Dyson?«

»Ich muß mich mit Mr. Amberg in Verbindung setzen. Er bewahrt etwas Wertvolles für mich auf. Er sagte, ich sollte nach ihm fragen, wenn ich die Wertsachen abholen will. Es ist ziemlich dringend.«

»Mr. Amberg ist in Frankreich.«

»Ich weiß.« Er lächelte kurz. »Aber ich habe die Adresse, die er mir gab, in meiner Wohnung in London vergessen. Da ich Junggeselle bin, ist dort niemand, den ich anrufen könnte, damit er sie heraussucht.«

»Er ist im Elsaß...«

»Daran erinnere ich mich. Aber ausländische Adressen kann ich mir einfach nicht merken.«

»Es ist nicht weit von hier. Das Château Noir in den Vogesen. Sie fahren mit dem Zug nach Colmar.«

»Ich fahre mit dem Wagen. Ich bin schon früher dorthin gefahren. Nach Colmar.«

»Das Château ist schwer zu finden, Mr. Dyson. Es liegt hoch oben in den Bergen. Ich empfehle Ihnen, eine Straßenkarte zu kaufen. In Colmar gibt es ein Hotel ganz nahe am Bahnhof. Das Hotel Bristol. Dort wird man Ihnen anhand der Karte sagen, wie Sie fahren müssen.«

»Ich bin Ihnen sehr dankbar, Frau Kahn.«

»Gern geschehen. Der Wachmann wird Sie hinausbegleiten...«

Das war unerfreulich. Er hatte gehofft, vor dem Verlassen der Bank im Foyer wieder in seine Stromerkleidung schlüpfen zu können.

Der Wachmann erschien, begleitete ihn zum Vorderausgang, öffnete ihm die Tür und nickte ihm zu.

Dyson trat hinaus in einen eiskalten Nachmittag. Drinnen in der Bank war es behaglich warm gewesen. Er ging ein paar Schritte die Straße hinunter, wobei er den Amerikaner beobachtete, der immer noch auf der anderen Straßenseite stand.

Dann spürte er, wie ihm der Lauf einer Pistole in den Rükken gerammt wurde.

»Wo ist Amberg, Mr. Dyson? Eine ehrliche Antwort bedeutet, daß ich vielleicht nicht auf den Abzug zu drücken brauche.«

»Im Château Noir. Frankreich. In den Vogesen. In der Nähe von Colmar.«

Dyson war starr vor Angst, aber er wußte, wie man am Leben bleibt. Ein gewaltiges Vermögen war jetzt in greifbarer Nähe. Da wollte er keine Kugel in seinen Rücken riskieren. Der Mann hinter ihm sprach mit amerikanischem Tonfall.

»Wir beide, Sie und ich, machen jetzt einen kleinen Spaziergang«, fuhr die Stimme fort. »Es gibt eine Abkürzung durch eine Gasse…«

Er brach ab. Dyson hatte einen Streifenwagen entdeckt, der langsam die Straße entlangrollte. Er warf beide Hände in die Luft, hoch über seinen Kopf. Dann ging alles sehr schnell. Der Streifenwagen hielt an, der Revolverlauf verschwand aus seinem Rücken, er hörte das Geräusch rennender Füße, während ein Polizist mit gezogener Waffe auf ihn zukam.

»Er hat mich mit einer Waffe bedroht, wollte meinen Paß und mein Geld.«

Dyson warf einen Blick über die Schulter. Der Amerikaner war verschwunden.

»Aber er hat nichts bekommen. Sie kamen gerade noch rechtzeitig…«

Der Polizist nickte, rannte jetzt mit langen Schritten auf die nächste Kreuzung zu und verschwand um eine Ecke. Dyson seufzte erleichtert, griff nach seiner Segeltuchtasche, die er fallen gelassen hatte, und ging schnell davon.

Er hatte bereits einen silberfarbenen Mercedes gemietet. Eine Stunde später überquerte er die Grenze und fuhr in Richtung Colmar.

Jedesmal, wenn Norton mit dem Präsidenten telefonierte, nannte er ihm die Telefonnummer seiner jeweiligen Unterkunft.

Der Präsident hatte keine Ahnung, zu welcher Stadt die Vorwahl gehörte – das stellte Sara fest, nachdem das Gespräch beendet war.

Norton, dessen graues Haar jetzt schon recht lang war, saß in der Wohnung in Basel, die er sich angeeignet hatte. Normalerweise wurde sie von einem zur Botschaft in Bern gehörenden Diplomaten bewohnt. Anderson, dem Botschafter, hatte es gar nicht gefallen, als Norton ihn anwies, den gegenwärtigen Bewohner hinauszuwerfen, aber ihm war nichts anderes übriggeblieben, als der Mann mit dem grauen Haar und den halbmondförmigen Brillengläsern ihm den vom Präsidenten persönlich ausgestellten Ausweis unter die Nase gehalten hatte.

Anderson hatte ihm auch mitgeteilt, daß er seinen Schreibtisch räumte und nach Hause führe. Ein Mann namens Gallagher sollte seinen Posten übernehmen. Norton hatte insgeheim gelächelt – Anderson, ein Diplomat der alten Schule, mußte Marchs Mißfallen erregt haben. Das Telefon läutete.

»Hier Mencken. Wir wissen jetzt, wo Amberg ist. Im Château Noir in Frankreich. In der Nähe einer Stadt namens Colmar. Das Château liegt irgendwo in den Vogesen.«

»Verlegen Sie die gesamte Truppe nach Colmar. Quartieren Sie sich im Hotel Bristol ein. Von hier aus ist es nur eine kurze Fahrt. Ich werde dort sein. Was ist mit dem Kurier mit dem Geld?«

»Sitzt in einem abgeschlossenen Zimmer. Sie wissen, in welchem Hotel. Ich habe den Schlüssel.«

»Nehmen Sie ihn mit – und das Geld. Wer immer das hat, was ich haben will, wird versuchen, einen neuen Übergabeort zu vereinbaren. Machen Sie sich auf die Socken...«

Norton begann, seine Sachen in den einen Koffer zu pakken, mit dem er zu reisen pflegte. Klein genug, daß er ihn als Handgepäck in ein Flugzeug mitnehmen konnte. Das ersparte ihm das Herumhängen an Gepäckausgaben. Das Telefon läutete abermals.

»Ja, wer ist dort?«

»Der Mann, der Ihnen zehn Tage Zeit zum Aufräumen gegeben hat«, bellte March. »Ich weiß jetzt, daß Sie in Basel sind. Wie ist die Lage? Es gab drei mögliche Orte in der Umgebung von Zürich, wo das Geld gegen den Film und das Tonband eingetauscht werden sollten.«

»Es war eine Finte. Ich habe alle drei Orte überwachen lassen. Niemand ist aufgekreuzt. Jemand spielt den Gerissenen.

Benutzt Kidnapper-Techniken. Beordert einen an einen Ort – in diesem Fall sogar drei –, und dann taucht niemand auf. Reiner Nervenkrieg. Dann bekommt man wieder einen Anruf, neuer Treffpunkt. Ich bin gerade unterwegs zum Hotel Bristol in Colmar in Frankreich. Sie bekommen die Telefonnummer, sowie ich dort eingetroffen bin. Wir werden unseren Auftrag erfüllen. Alle vier Personen werden eliminiert, und außerdem werden wir uns Ihren Film und das Tonband verschaffen …«

»Norton, Sie können sich nicht vorstellen, wie ermutigend ich das finde, was Sie eben gesagt haben«, erwiderte March mit bösartigem Sarkasmus. »Und wie wollen Sie Ihre Arbeit diesmal erledigen – vor dem 13. März?«

TEIL ZWEI

# Auf Leben und Tod

# 30

Norton traf als erster in Colmar ein. Angetan mit einem schwarzen Astrachanmantel und einer Pelzmütze, sah er aus wie ein russischer Professor, als er über seine halbmondförmigen Brillengläser hinweg die Frau an der Rezeption des Hotels Bristol musterte.

Was hatte der Neuankömmling an sich, das bewirkte, daß die Frau hinter dem Tresen innerlich schauderte? Er stand reglos da, und die Augen hinter den Gläsern, die auf sie gerichtet waren, sahen aus, als wären sie tot und keines menschlichen Ausdrucks fähig.

»Ich brauche ein Doppelzimmer für fünf Tage«, teilte Norton ihr mit. »Aber ich habe auch anderswo geschäftliche Dinge zu erledigen, es kann also sein, daß ich nicht jede Nacht hier bin. Ich zahle für die fünf Tage im voraus ...«

Er trug sich unter dem Namen Ben Thalmann ein, bezahlte mit französischen Francs und holte dann eine Michelin-Karte der Vogesen hervor, die er in Basel gekauft hatte. Er hatte die Stadt nur zwanzig Minuten nach seinem Gespräch mit Präsident March verlassen.

»Ich muß ins Château Noir, das einem Schweizer gehört, der Amberg heißt. Können Sie mir zeigen, wie ich fahren muß, um zu diesem Château zu kommen?«

»Dann müssen Sie sich beeilen, Sir«, erwiderte sie in ihrem ausgezeichneten Englisch. »Es wird bald dunkel, und in den Bergen liegt noch Schnee. Die Straßen sind vereist.«

»Zeigen Sie es mir trotzdem.«

Sie hörte auf zu reden, betrachtete die Karte und markierte dann eine Route, die auf der N 83 nach Kaysersberg führte und dann auf der N 415 in die Berge. Später wurde es sehr kompliziert, und sie markierte mit ihrem Stift eine Nebenstraße. Sie wiederholte ihre Warnung über die Gefährlichkeit der Fahrt, aber Norton unterbrach sie brüsk.

»Darf ich das Telefon für ein vertrauliches Gespräch benutzen?«

»Selbstverständlich, Sir...«

Sie verschwand durch eine Tür hinter der Rezeption, die sie hinter sich zumachte. Im Grunde war sie froh, aus der Gegenwart dieses schwarzgekleideten Mannes entkommen zu können. Norton lächelte, als er die Nummer des Hotels Drei Könige wählte. Er hatte die Angst gespürt, die die Frau vor ihm empfand, und das hatte ihm Spaß gemacht. Er bat die Zentrale, ihn mit Tweed zu verbinden. Eine kurze Pause.

»Mit wem spreche ich?« erkundigte sich eine Männerstimme.

»Barton Ives«, sagte Norton durch das Taschentuch hindurch, das er über die Sprechmuschel gelegt hatte. »Wer ist am Apparat?«

»Tweed. Wo sind Sie, Ives?«

Norton legte den Hörer auf. Tweed war also noch in Basel. Also war er vor dem Feind eingetroffen und hatte genügend Zeit, eine Falle vorzubereiten. Und es war interessant, daß Tweed damit rechnete, Barton Ives zu treffen. Das gab ihm Gelegenheit, hier in der elsässischen Wildnis ein Großreinemachen zu veranstalten.

Norton eilte nach draußen und setzte sich ans Steuer des blauen Renault, den er in Basel gemietet hatte. Er hatte nicht im Drei Könige gewohnt, sondern dort nur zeitig zu Mittag gegessen und hinterher im Foyer gesessen. Gerade rechtzeitig, um zu sehen, wie Tweed und seine Freunde ankamen.

Auch im Hotel Bristol gedachte er nicht zu wohnen. Am Bahnhof gegenüber dem Hotel hatte er eine Broschüre mitgenommen, in der mehrere kleine Hotels in der Altstadt inserierten. Eines dieser Hotels würde seine Basis sein.

Er fuhr schnell durch das flache Land in der Umgebung

von Colmar. Es war ein kalter, sonniger Nachmittag, die Luft war frisch wie Wein. Aber dies war schließlich eine Weingegend – an den Hängen zogen sich Weinberge hinauf, als er sich den Ausläufern des Gebirges näherte.

Er fuhr langsamer durch das mittelalterliche Städtchen Kaysersberg, das kaum mehr war als ein großes Dorf. Norton hatte kein Auge für das pittoreske Aussehen des Ortes. Was ihm auffiel, war eine schmale Steinbrücke, die einen kleinen Fluß überspannte.

Ein hervorragender Ort – man konnte eine Bombe unter der Brücke anbringen, die dann mit Fernsteuerung gezündet wurde. Mencken, auf dessen Eintreffen er wartete, war Sprengstoffexperte. Auf der Fahrt von Basel nach Colmar hatte Norton einen Steinbruch gesehen und daneben einen Schuppen mit einem Warnschild, auf dem VORSICHT – SPRENGSTOFF stand. Er hatte die Stelle auf seiner Karte eingezeichnet.

Er fuhr durch Kaysersberg hindurch in die Ausläufer des Gebirges. Vor ihm ragte die lange Kette der verschneiten Vogesen auf. Norton war vorausschauend genug gewesen, einen Wagen mit Schneereifen zu mieten. Die Straße begann sich zu winden und anzusteigen, immer höher hinauf.

Außer dem seinen waren keine Fahrzeuge unterwegs, und bald war die Straße auf beiden Seiten von dichten Tannenwäldern gesäumt. Die Fahrbahn war vereist und tückisch. Die Temperatur sank rapide. Die Tannen waren mit gefrorenem Schnee bedeckt, und ihre Äste bogen sich unter der Last. Wie in Sibirien.

Norton lächelte. Dies war das ideale Territorium für das, was er vorhatte. An zahlreichen Stellen bot sich die Topographie für einen tödlichen Hinterhalt geradezu an. Er stellte sich vor, wie Tweed und seine Trabanten bis zum Frühling vom Angesicht der Erde verschwinden würden – erst dann würden die Wagen und die verrottenden Knochen ihrer Insassen wieder zum Vorschein kommen.

Auf der anderen Straßenseite fiel der Berghang steil ab. Norton konnten hinunterblicken in eine tiefe Schlucht. Das Territorium wurde immer besser. Er zweifelte nicht daran, daß Tweed diese Straße hinauffahren würde, um Amberg im Château Noir aufzusuchen.

Er fuhr weiter die gewundene, steil aufwärts führende Straße entlang, immer gewärtig, auf unter dem Schnee verborgenes Eis zu geraten. Neben ihm lag aufgeschlagen die Karte, die die Frau im Bristol für ihn markiert hatte. Er warf häufig einen Blick darauf. Bald würde er auf die Nebenstraße abbiegen müssen, die zum Lac Noir führte.

Die schneidende Kälte durchdrang seinen Astrachanmantel. Er drehte die Heizung voll auf. Sein Atem ließ seine halbmondförmigen Brillengläser beschlagen. Er nahm sie ab – sie waren lediglich eine Verkleidung. Fast nirgends waren menschliche Behausungen zu sehen – nur hier und dort ein weißgetünchtes, altes Haus mit einem steilen, schneeverkrusteten Ziegeldach.

Er fuhr durch ein kleines Dorf, das Orbey hieß. Keine Menschenseele war zu sehen. Vermutlich saßen alle in ihren Häusern am warmen Ofen. Jetzt, da er von der N 415 abgebogen war und sich auf der Nebenstraße befand, zog er seine Karte noch häufiger zu Rate. Er fuhr auf der schmalen Straße weiter und sah plötzlich den Lac Noir vor sich. Er hielt unwillkürlich den Atem an.

Früher, als er noch beim FBI war, hatte Norton mehrfach für das Außenministerium in Geheimmissionen in Europa gearbeitet – was nach den amerikanischen Gesetzen verboten und höchst illegal war. Norton kannte sich auf dem Kontinent aus, aber so etwas hatte er noch nie gesehen.

Auf der gegenüberliegenden Seite des einsamen, stillen Sees ragte eine hohe, senkrecht abfallende Granitwand auf. Oberhalb von ihr ragte eine Burg mit Türmchen und etlichen erleuchteten Fenstern in den Himmel. Er schaute auf zum

Château Noir. Einem Impuls nachgebend, beschloß er, Mr. Amberg einen Besuch abzustatten.

Norton fuhr eine steile, vielfach gewundene Straße hinauf, die die Frau im Bristol gleichfalls auf der Karte eingezeichnet hatte.

Auf dem Gipfel angekommen, sah er, daß der höchste Punkt der Burg ein mächtiger Bergfried war.

Die meisten Leute wären zutiefst beeindruckt gewesen von der Großartigkeit des Bauwerks. Für Norton war es nicht mehr als ein Beispiel für die gräßlichen Gebäude, die in mittelalterlichen Zeiten gebaut worden waren. Eine hohe Mauer umgab das Château, und Norton nahm sie rasch in Augenschein, bevor er seinen Wagen verließ und sich dem hohen, schmiedeeisernen Tor näherte, das in die Mauer eingelassen war.

Er drückte auf den Knopf unter einer Sprechanlage im linken Torpfosten. Er würde sich beeilen müssen; er wollte aus dem Gebirge heraus sein, bevor sich die Dunkelheit auf diese fürchterlichen Straßen niedergesenkt hatte. Eine Stimme sagte etwas auf Deutsch.

»Ich spreche nicht Deutsch«, erwiderte Norton, seinen amerikanischen Akzent verdrängend.

»Dann nennen Sie bitte Ihren Namen«, sagte die Stimme auf Englisch.

»Tweed. Tweed...«

»Bitte treten Sie ein.«

Ein Summer ertönte. Norton stieß gegen beide Torflügel. Der linke schwang auf. Er zog ein Streichholzheftchen aus der Tasche und steckte es ins Schloß. Er vermutete, daß das Tor von einer Steueranlage im Château aus automatisch geöffnet und wieder geschlossen werden konnte. Das war ein Trick, dessen er sich schon öfters bedient hatte. Und richtig – als er über den gepflasterten Hof ging und einen Blick zurückwarf, schwang das Tor wieder zu.

Während er die breite Steintreppe emporeilte, die zur Haustür hinaufführte, zog er die Luger aus seinem Schulterholster und hielt sie an seiner Seite. Die große Holztür ging nach innen auf, ein kleiner, untersetzter Mann mit straff zurückgekämmtem schwarzem Haar stand dahinter. Er trug einen schwarzen Anzug, und seine durchdringenden blauen Augen verrieten zuerst Überraschung und dann Bestürzung.

»Sie sind nicht Tweed.«

Er wollte die Tür zuschlagen, als Norton ihm die Luger zeigte. Er verfiel in seine normale Stimme.

»Mr. Amberg? Lügen Sie mich nicht an. Mein Finger ist ziemlich nervös.«

»Ja, aber …«

»Lassen Sie uns drinnen reden. Sie könnten sich erkälten. Sie haben zwei Dinge, die mich interessieren. Sie könnten Ihnen eine Menge Geld einbringen. Lassen Sie uns verhandeln.«

Während er sprach, war Amberg zurückgewichen, und Norton folgte ihm, nach wie vor mit der Luger in der Hand. Er hatte einen flüchtigen Eindruck von einer riesigen, von Wandlampen nur schwach beleuchteten Halle.

»Ich habe keine Ahnung, wovon Sie reden, *Mr. Tweed.*«

Norton war verblüfft von dem Nachdruck, den der Bankier auf den Namen gelegt hatte. Seine Worte widerhallten in dem riesigen Raum.

Norton, der Amberg genau beobachtete, nahm vage zur Kenntnis, daß links von ihm eine breite Treppe in eine beträchtliche Höhe hinaufführte.

Außerdem glaubte er, auf dieser Treppe die Silhouette eines Menschen zu sehen.

Im nächsten Moment zog Amberg ein Taschentuch, als wollte er sich die Nase putzen. Es gab ein Klicken, und ein Gegenstand landete vor Nortons Füßen. Amberg wich zurück. Grauer Nebel umhüllte Norton, und vor seinen Augen verschwamm alles. Er steckte schnell die Luger ein – er konnte nicht mehr deutlich sehen –, hielt den Atem an und tastete mit der linken nach einem Taschentuch. Kurz bevor er es benutzen konnte, hatte das Tränengas seine Augen erreicht.

Amberg hatte das ganzes Gesicht mit seinem Taschentuch abgedeckt.

Norton, der, wenn auch verschwommen, immer noch sehen konnte, machte kehrt und eilte zur Tür zurück. Er nahm das Taschentuch ab, drückte die Klinke herunter und öffnete die schwere Tür. Dann taumelte er hinaus auf die Vortreppe, ergriff den schwarzen, runden Eisenknauf, zog die Tür zu und holte tief Luft.

Sein Sehvermögen besserte sich, als die kalte Luft seine Augen erreichte. Er hatte nur eine kleine Menge abbekommen, vor allem ins linke Auge. Das Streichholzheftchen hatte verhindert, daß das Tor ins Schloß gefallen war. Obwohl er es sehr eilig hatte, von hier zu verschwinden, nahm er sich doch die Zeit, das Heftchen wieder an sich zu nehmen – vielleicht mußte er, wenn er ins Château Noir zurückkehrte, wieder zu demselben Trick greifen.

Er stand neben seinem Wagen, atmete in tiefen Zügen die Bergluft ein, dann setzte er sich ans Steuer, schloß leise die Tür und drehte den Zündschlüssel. Die Frau im Bristol hatte eine Alternativroute eingezeichnet, die D 417, die durch den Col de la Schlucht führte.

Er wendete den Wagen, entschlossen, auch diese Route zu erkunden; es war durchaus möglich, daß Tweed sie auf seiner Fahrt zum Château Noir benutzte. Sein linkes Auge tränte immer noch, als er vorsichtig bergab fuhr.

Norton war wütend – in erster Linie auf sich selbst. Er hatte gegen seine eigene goldene Regel verstoßen – nie impulsiv handeln, immer die Verhältnisse genau erkunden und dann die Soldaten vorschicken. Er hatte der Versuchung nachgegeben, einen Job von sich aus zu erledigen. Nie wieder …

Was ihn am meisten ärgerte, war, daß er nicht die geringste Ahnung hatte, wie die Gestalt, die auf der Treppe gestanden hatte, aussah. Wer zum Teufel mochte das gewesen sein, diese Gestalt, die die Gasgranate abgefeuert hatte? Eines war sicher – er würde zum Château Noir zurückkehren, und zwar mit Menckens gesamter Mannschaft. Während seiner kurzen Demütigung hatte Norton eine Menge gesehen.

Da war ein Draht – vermutlich unter Strom – dicht oberhalb der Mauer, die das steinerne Monstrum umgab.

Außerdem hatte Norton einen mit Steinen gepflasterten Pfad gesehen, der am Château vorbei auf den gewaltigen Bergfried zuführte. Ein Mann mit einer Maschinenpistole auf diesem Ding konnte sämtliche Ein- und Ausgänge beherrschen.

Eine Weile zuvor war er auf die D 417 abgebogen und befand sich nun wieder auf einer Hauptstraße. Er erreichte eine Stelle, an der ein großes Gebäude die Aufschrift LA SCHLUCHT 1139 trug. Er befand sich in einer Höhe von 1139 Metern.

Er fuhr weiter, nun durch eine grauenhafte, endlose Spirale von Haarnadelkurven.

An einer Stelle hielt er an und zeichnete den Punkt auf seiner Karte ein. Zu seiner Linken ragte eine Granitwand senkrecht neben der Straße auf. Zu seiner Rechten gähnte ein bodenloser Abgrund. Die Granitwand war mit stählernem Maschendraht überzogen, um zu verhindern, daß Geröll auf die Straße stürzte. Eine hervorragende Stelle für einen Hinterhalt.

Er befand sich immer noch weit oberhalb der Schneegrenze, mußte aber nach wie vor die schwindelerregenden Haarnadelkurven durchfahren.

Trotz des Risikos fuhr er ziemlich schnell – das Licht wurde schwächer. Die Dämmerung senkte sich über die Vogesen herab.

Er fuhr weiter, ohne irgendwelchen anderen Fahrzeugen

zu begegnen, brachte die Schneegrenze hinter sich, gab noch mehr Gas. Als er in Colmar eintraf, war die Straßenbeleuchtung eingeschaltet. Er hielt vor dem Bahnhof an, ging hinein, um nach dem Weg in die Altstadt zu fragen, und sah einen großen Stadtplan von Colmar.

Sobald er ein Zimmer in der Altstadt gefunden hatte, würde er als erstes im Bristol anrufen und nach Mr. Tweed verlangen. Er war sicher, daß er einen Volltreffer landen würde. Wenn Tweed an den Apparat kam – falls er es tat –, würde er den Hörer auflegen. Das sollte eigentlich an seinen Nerven zerren. Mr. Tweed wußte es nicht, aber sie würden ihn im Elsaß begraben.

# 31

»Ich rechne damit, daß wir in den Vogesen den allergrößten Gefahren ausgesetzt sein werden«, prophezeite Tweed in seinem Zimmer im Hotel Drei Könige.

Newman und Paula saßen zusammen auf einer Couch, Butler und Nield hatten sich auf Sesseln niedergelassen, und Marler hatte seine übliche Stellung eingenommen – er lehnte an einer Wand und rauchte eine King Size-Zigarette.

Marler, Angehöriger des SIS und der treffsicherste Schütze in ganz Europa, war auf Tweeds Anruf bei Monica hin angewiesen worden, von London nach Basel zu fliegen. Er war Mitte Dreißig, mittelgroß und schlank, hatte blondes Haar und trug ein elegantes kariertes Sportjackett und eine Hose mit rasiermesserscharfen Bügelfalten. Er sprach mit etwas schleppendem Tonfall und kreuzte ständig mit Newman die Klingen.

»Ist das pure Intuition?« fragte Marler. »Oder beruht Ihre Warnung auf eindeutigen Fakten?«

»Macht das einen Unterschied?« fuhr Newman auf.

Man konnte die beiden Männer beim besten Willen nicht als Freunde bezeichnen. Aber wenn es hart auf hart ging, wußte jeder, daß er sich auf den anderen unbedingt verlassen konnte.

»Ja, das tut es, mein Alter«, entgegnete Marler herablassend. »Gibt es irgendwelche eindeutigen Fakten?« fragte er Tweed.

Nachdem Marler eingetroffen war, hatte Tweed ihn über alles informiert, was bisher geschehen war. Es war durchaus möglich, daß Marler mit seinen frischen Augen etwas bemerkte, das ihnen entgangen war.

»Es gibt einige Fakten«, teilte Tweed ihnen mit. »Beck hat angerufen und mir mitgeteilt, daß ein Mann, dessen Beschreibung auf Joel Dyson paßt, vor der Zürcher Kreditbank hier in der Stadt überfallen wurde.«

»Überfallen?« fragte Paula.

»Ja. Ein Amerikaner hat Dyson den Lauf einer Waffe in den Rücken gebohrt, als dieser die Bank verließ. Glücklicherweise tauchte ein Streifenwagen auf, der Mann mit der Waffe flüchtete, und wenn es Dyson war, dann hat er eine Frau Kahn in der Bank gefragt, wo Amberg ist. Beck läßt nie etwas außer acht – er hat in der Bank angerufen und mit ihr gesprochen. Sie hat bestätigt, was Eve Amberg mir gesagt hat – daß der Bankier sich im Château Noir aufhält.«

»Sie sagten, *wenn* es Dyson war«, bemerkte Paula. »Es ist doch sonst nicht Ihre Art, eine Identifizierung ohne Beweise zu akzeptieren.«

»Und deshalb«, erklärte Tweed ihr, »habe ich Cardon losgeschickt, damit er Frau Kahn die Fotokopie Ihrer Skizze zeigt.«

Jemand klopfte an die verschlossene Tür. Newman öffnete sie und Cardon kam herein. Er zwinkerte Paula zu, die leicht den Mund verzog.

»Es war Dyson, der hier in Basel die Bank aufgesucht hat«, teilte Cardon Tweed mit und gab ihm den Umschlag mit der Fotokopie zurück. »Frau Kahn hat ihn anhand der Skizze sofort erkannt. Beck ist als Verbündeter unbezahlbar – einer seiner Mitarbeiter wartete schon auf mich und begleitete mich in Frau Kahns Büro. Sie hatte keine Bedenken, mit mir zu reden.«

»Das alles bestätigt meine Vermutung, daß wir in den Vogesen großen Gefahren ausgesetzt sein werden. Dieser Amerikaner, der Dyson überfallen hat und dann flüchten konnte, hat ihn vermutlich gefragt, wo Amberg ist. Wir werden Gesellschaft haben im Elsaß – unerwünschte Gesellschaft.«

Das Telefon läutete. Paula nahm ab, hörte zu, sagte, sie

würde es ihm sagen, legte den Hörer wieder auf und sah Tweed mit einem belustigten Lächeln an.

»Sie haben bereits Gesellschaft. Sie wartet unten im Foyer auf Sie. Wesentlich erwünschtere Gesellschaft. Jennie Blade möchte dringend mit Ihnen sprechen.«

»Hat sie Gaunt erwähnt?« fragte Tweed stirnrunzelnd.

»Mit keinem Wort.«

»Als ich mit Monica sprach, konnte sie ihren Informationen über Mr. Gaunt noch eine weitere hinzufügen. Er war früher einmal bei der Armee. Militärischer Geheimdienst. Interessant...«

Jennie Blade saß sehr aufrecht auf einem Sessel. Sie trug eine Skihose, die in eleganten, knöchelhohen Lederstiefeln steckte, und einen blauen Rollkragenpullover, der ihre Figur betonte. Auf einem Sessel neben ihr lag säuberlich zusammengefaltet eine pelzgefütterte Jacke.

Als Tweed aus dem Fahrstuhl trat, fuhr sie sich gerade mit einer Hand über ihr blondes Haar; in der anderen hielt sie eine Puderdose mit einem Spiegel, in dem sie ihr Aussehen überprüfte. Sobald sie Tweed gesehen hatte, klappte sie die Puderdose zu und verstaute sie in einer Gucci-Handtasche mit Schulterriemen.

»Wir haben uns lange nicht gesehen«, begrüßte sie ihn.

Sie hob den Kopf und bot ihm ihre rechte Wange dar. Er beugte sich nieder und küßte sie, dann ließ er sich auf der Lehne ihres Sessels nieder. Das war für ihn eine sehr ungewohnte Position, aber er spürte, daß sie es darauf anlegte, verführerisch zu wirken. Sie hatte die langen, schlanken Beine übereinandergeschlagen.

»So lange ist es nun auch wieder nicht her, seit wir uns in der Hummerbar in Zürich getroffen haben. Wo ist Gaunt?«

»Oh, der Squire. Keine Ahnung. Er ist die reinste Pest. Verschwindet für Stunden oder sogar Tage. Er sagte, er hätte Sie hier gesehen. Ich habe den starken Eindruck, daß Sie ein sehr verläßlicher Mann sind – womit ich meine, ein Mann, auf den eine Frau sich verlassen kann.«

»Das hängt von der Frau und den näheren Umständen ab.«

»Und ich dachte, Sie mögen mich.«

Sie drehte sich um – wie sie es auf dem Hocker in der Hummerbar getan hatte –, verschränkte ihre kräftigen, schlanken Hände und legte die Unterarme auf sein Bein. Dann blickte sie bittend zu ihm auf.

»Sagen wir, ich mag Sie«, meinte Tweed. »Was kommt dann?«

»Ich habe Angst. Ich werde von jemandem verfolgt. Der Verfolger erscheint, wenn ich es am wenigsten erwarte. Wenn ich aus einem Geschäft komme, kurz vor Ladenschluß, und es draußen bereits dunkel ist. Wenn ich meine Schlüssel aus der Tasche hole, um in Gaunts Wohnung in der Nähe vom Bankverein zu gehen. Es gehört eine Menge dazu, mir Angst einzujagen, aber ich gebe zu, daß ich mich vor diesem Schattenmann wirklich fürchte.«

»Beschreiben Sie ihn.«

Sie ergriff seine rechte Hand, nahm sie zwischen ihre eigenen Hände und schaute zu ihm auf.

»Er trägt einen breitkrempigen schwarzen Hut, tief ins Gesicht gezogen. Ungefähr einsfünfundsiebzig groß, aber da kann ich mich irren. Außerdem trägt er einen langen schwarzen Mantel und einen Wollschal.«

Tweed war verblüfft, ließ es sich aber nicht anmerken. Jennie hatte ihm fast genau die Beschreibung des Mannes geliefert, den Klara beim Verlassen von Helens Wohnung am Rennweg gesehen hatte, nachdem diese ermordet worden war. Sie stimmte auch mit der überein, die er von der alten Schnüffelnase im Erdgeschoß des Hauses in der Altstadt erhalten hatte, in dem man Klara umgebracht hatte.

»Sie sprechen von Basel?« hakte er nach. »Dieser Mann verfolgt Sie hier in Basel?«

»Ja. Der Schattenmann.« Sie schauderte. »Die Sache geht mir auf die Nerven. Was lächerlich ist in Anbetracht der Jobs, die ich gehabt habe.«

»Und was für Jobs waren das?« fragte er.

»Ich habe eine Ausbildung als Buchhalterin gemacht. Fand es fürchterlich langweilig. Dann bekam ich einen Job bei einer großen Firma in New York, die gegen ein phantastisches Honorar die finanzielle Stabilität von Firmen in aller Welt überprüfte. Ebenso die von prominenten Einzelpersonen. Ich mußte mir meinen Weg in Büros und Privatwohnungen bluffen, um mir ein Bild vom Lebensstil bestimmter Leute zu machen. Auf diese Weise habe ich eine Menge Geld verdient und auf die hohe Kante legen können. Ich habe aufgehört, als einer der zu überprüfenden Männer mich mit einer Waffe bedrohte. Hatte das Gefühl, daß meine Glückssträhne zu Ende war. Daraufhin bin ich nach London zurückgekehrt.«

Während sie sprach, verschränkte sie ihre Finger mit denen von Tweed. Er dankte dem Himmel, daß Paula nicht da war und das sah. Sie würde ihn gnadenlos verspotten.

»Und dann haben Sie Gaunt kennengelernt?« sondierte er.

Die ganze Zeit, während sie ihm ihre Lebensgeschichte erzählte, sah sie ihn an, wobei ihre funkelnden Augen ihn beinahe hypnotisierten. Vorsicht, warnte er sich selbst.

»Nein, Gaunt kam später«, fuhr sie fort. »In London bekam ich einen Job bei einer Privatdetektei. Das dauerte sechs Monate und war unerfreuliche Arbeit, aber sie führte mich zu Gaunt.«

»Reden Sie weiter. Ich höre immer noch zu.«

»Sie sind ein gutes Publikum. Mein letzter Job in der Detektei war es, Walter Amberg zu überprüfen.«

Wieder war Tweed verblüfft, und wieder gelang es ihm, eine ausdruckslose Miene beizubehalten, aber er schaute sie an und versuchte, ihren Charakter abzuschätzen. Ihre Stimme war leise und sanft. Gaunt war ein Dummkopf, wenn er sich nicht um sie bemühte. Zum ersten Mal, seit seine Frau ihn vor langer Zeit eines griechischen Millionärs wegen verlassen hatte, dachte Tweed daran, sich selbst wieder um eine Frau zu bemühen. Dann riß er sich rasch wieder zusammen. Dies war einer der gefährlichsten Jobs, die er je zu erledigen gehabt hatte.

»Wer hat die Detektei beauftragt, Walter zu überprüfen?« fragte er.

»Julius Amberg. Er kam einmal zusammen mit Gaunt in unser Londoner Büro. So habe ich Gaunt kennengelernt.«

»Als Sie Walter Amberg überprüften, wonach haben Sie da Ausschau gehalten? Waren Sie auch in der Schweiz?«

»Ja, auf Ihre zweite Frage. Was das betrifft, wonach ich Ausschau halten sollte, war Julius sehr präzise. Ob Walter eine teure Wohnung in einer anderen Stadt hätte. Was wollte er sonst noch wissen?« Sie befingerte mit ihrer freien Hand die Perlenkette, die auf ihrem Pullover lag. »Ich erinnere mich. Ob er eine Geliebte hätte. Wenn ja, war sie kostspielig gekleidet und hatte sie ihren eigenen Wagen? Hatte Walter weitere Wagen in anderen Städten? Und dergleichen mehr. Alles Fehlanzeige – bis auf gelegentliche Besuche bei der armen Helen Frey. Darüber habe ich nicht Bericht erstattet, denn ich hatte die Nase voll. Und es gab noch einen anderen Grund. Gaunt hatte mir angeboten, zu ihm zu ziehen. Ich liebe Cornwall, die See und die Klippen.«

»Ich möchte Ihnen ein paar Fragen stellen, und ich möchte, daß Sie sie ganz schnell beantworten. Ihre Jobs müssen Sie zu einer ungewöhnlich scharfen Beobachterin gemacht haben. Erste Frage. Beschreiben Sie das Gesicht des Schattenmannes.«

»Das kann ich nicht. Ich habe es nie gesehen.«

»Wie ist er gegangen, wie hat er sich bewegt?«

»Kann ich auch nicht sagen. Er stand immer regungslos da.«

»Aber Sie haben ihn mehrmals gesehen?«

»Ja. Schaute auf, sah ihn. Bezahlte, was ich gekauft hatte. Dann war er verschwunden.«

»Vor der Wohnung am Bankverein, als Sie Ihre Schlüssel suchten.«

»Er stand an einer Ecke. Als ich wieder hinschaute, war er weg.«

»Wollen Sie damit sagen, daß Sie nie gesehen haben, wie er sich bewegte?«

»Nie.«

»Haben Sie ihn je in Zürich gesehen?«

»Nein. Nur hier in Basel.«

»Wie oft haben Sie ihn gesehen?«

»Fünf- oder sechsmal. Nicht öfter.«

»Innerhalb welcher Zeitsspanne.«

»An den letzten beiden Tagen.«

»Nimmt sein Erscheinen an Häufigkeit zu?«

»Ja, das tut es. Tweed, was zum Teufel soll ich tun?«

»Sie wohnen bei Gaunt in seiner Wohnung am Bankverein?«

»Ja. Aber er ist viel unterwegs. Ich sagte es bereits.«

»Sie fahren jetzt dorthin zurück. Ich besorge Ihnen ein Taxi. Bleiben Sie dort, bis Gaunt wiederkommt. Dann erzählen Sie ihm von dem Schattenmann.«

»Soll das ein Witz sein? Er wird sagen, er wäre ein Produkt meiner Einbildungskraft.«

»Ich besorge das Taxi...«

Der Empfangschef, der seinen Dienst gerade wieder begonnen hatte, telefonierte, und fünf Minuten später war ein Taxi da. Tweed begleitete Jennie hinaus in die eisige Kälte, und bevor sie einstieg, küßte sie ihn auf die Wange.

»Wir müssen uns bald wieder treffen«, waren ihre letzten Worte.

Tweed blieb noch ein paar Minuten auf dem Gehsteig stehen. Er wollte sicher sein, daß niemand Jennie folgte. Außerdem war er inzwischen überzeugt, daß sie die Wahrheit sagte. Ihre Geschichte über den Schattenmann beunruhigte ihn. Er wollte gerade wieder hineingehen, als ein weißer BMW erschien und mit quietschenden Bremsen vor dem Hotel anhielt.

Gaunt sprang heraus. Er gab die Wagenschlüssel einem Portier, der durch die Drehtür herausgekommen war.

»Bringen Sie meinen Wagen in die Garage. Ich wohne hier. Gaunt ist mein Name.« Er schlug Tweed auf die Schulter. »Was für eine freudige Überraschung! Sie haben geahnt, daß ich komme. Brr! Ist das kalt hier draußen! Vorwärts marsch in die Bar. Die Runde geht auf mich...«

»Zwei doppelte Scotch«, wies er den Barmann an, als sie sich in der sonst leeren Bar niedergelassen hatten. »Und beeilen Sie sich. Ich brauche ein bißchen innere Zentralheizung...«

»Keinen Scotch für mich«, sagte Tweed entschlossen. »Mineralwasser.«

»Sie können wohl keinen Alkohol vertragen? Ein Mann mit Ihrer Erfahrung! Schämen Sie sich.«

»Sie sollten sich mehr um Jennie kümmern«, erklärte Tweed ihm rundheraus. »Sie ist total verängstigt – jemand verfolgt sie, jemand, dessen Beschreibung mir nicht gefällt.«

Er wartete, bis Gaunt den Barmann bezahlt und ihm ein bescheidenes Trinkgeld gegeben hatte. Gaunt hob sein Glas.

»Auf daß die Besten überleben!«

»Ich sagte, Jennie wird von einem Unbekannten verfolgt. Und ich fürchte, es ist durchaus möglich, daß ihr etwas Schlimmes passiert.«

»Unfug! Sie hat eine blühende Phantasie, und sie sieht verdammt gut aus. Kein Wunder, daß Männer sie bemerken und versuchen, sie näher kennenzulernen.«

»Gaunt!« Tweed hieb sein Glas Mineralwasser auf den Tisch. »Halten Sie den Mund und hören Sie mir zu. In Zürich wurde eine Frau namens Klara brutal ermordet. Mit einem Stahldraht – ihr Kopf war fast gänzlich von ihrem Hals abgetrennt. Jemand hat gesehen, wie der Mörder das Haus verließ. Die Beschreibung paßt auf den Mann, der Jennie verfolgt. Ist Ihnen das völlig egal?«

Er beobachtete Gaunt genau.

Sein Kamelhaarmantel lag jetzt auf einem der Sessel. Er trug ein kariertes Sportjackett, eine Krawatte mit einem Muster aus Pferdeköpfen, eine Cordhose und handgearbeitete Schuhe. Das sandfarbene Haar war vom Wind zerzaust. Seine grauen Augen erwiderten Tweeds Blick. Seine Stimmung war plötzlich ernst geworden, und der straffe Mund war fest geschlossen. Tweed glaubte, den ehemaligen Geheimdienst-Offizier zu sehen.

»Mir ist, als hätte ich von dem Mord in der Zeitung gelesen. Bevor ich von Zürich abgefahren bin. Kann da wirklich ein Zusammenhang bestehen zwischen diesem Mord und dem Mann, der Jennie angeblich verfolgt?«

»Der Jennie tatsächlich verfolgt.«

»Woher wissen Sie das alles?« fragte Gaunt brüsk. »Hat Jennie Sie angerufen?«

»Sie war hier. Hat es mir erzählt, keine fünf Minuten, bevor Sie aufgekreuzt sind. Sollten Sie nicht lieber zurückfahren zu Ihrer Wohnung und nachsehen, ob mit ihr alles in Ordnung ist? Und zwar sofort«, sagte er mit Nachdruck.

»Ihr wird schon nichts passieren.« Gaunt starrte Tweed an.

»Morgen früh fahren wir nach Colmar im Elsaß. Bei Tagesanbruch sind wir schon aus Basel heraus.«

»Weshalb nach Colmar?« fragte Tweed gelassen.

»Weil das die Gegend ist, in die sich Amberg zurückgezogen hat. Zu einem Ort, der Château Noir heißt. Hoch oben in den Vogesen. Ich komme gerade von einem kurzen Besuch bei Frau Kahn, seiner Assistentin in der Baseler Filiale der Zürcher Kreditbank. Mußte sie ein bißchen unter Druck setzen, um diese Information herauszuholen. Was ich erfahren habe, wird Sie vielleicht interessieren. Amberg muß etwas wissen über den letzten Besuch seines Zwillingsbruders in Tresilian Manor. Niemand bringt einen Gast in meinem Haus um und kommt dann ungeschoren davon. Und jetzt gehe ich. Denken Sie an das, was ich gesagt habe. Über das Überleben der Besten.«

Gaunt stand auf, nahm seinen Mantel und verschwand. Tweed blieb noch einen Moment sitzen, bevor er in sein Zimmer zurückkehrte. Gaunt kam ihm nicht vor wie ein Mann, der Informationen preisgab, ohne einen bestimmten Zweck damit zu verfolgen. Und hatte in seiner letzten Bemerkung die Andeutung einer Drohung gelegen?

# 32

»Norton hier«, meldete sich der Amerikaner, als die Verbindung zum Präsidenten hergestellt war. Er gab ihm die Telefonnummer des Hotels Bristol. »Wenn Sie mich sprechen wollen, lassen Sie von Sara eine kodierte Nachricht durchgeben. Ich rufe dann so bald wie möglich zurück...«

»Den Teufel werden Sie tun. Ich brauche eine Nummer, unter der ich Sie sofort erreichen kann. Die Dinge kommen ins Rollen.«

»Etwas Besseres kann ich Ihnen nicht anbieten«, fauchte Norton.

»Na ja, wenn es nicht anders geht«, pflichtete March ihm in vorgetäuscht freundlichem Tonfall bei. »Und jetzt spitzen Sie die Ohren. Der Mann mit der knarrenden Stimme hat sich wieder gemeldet. Es geht um die Übergabe. Den Riesenhaufen Geld für den Film und das Tonband. Wo sind Sie jetzt? In Basel?«

»Nein, in Colmar, Frankreich. Am Fuß der Vogesen.«

»Haben Sie schon einmal von einem Nest gehört, das Kaysersberg heißt? Ich buchstabiere...«

»Nicht nötig. Ich bin vor einer Stunde durchgefahren.«

»Ach, wirklich? Abteilung für merkwürdige Zufälle.«

»Das verstehe ich nicht, Mr. President.«

»Sagen wir, es war ein Witz. In diesem Kaysersberg gibt es irgend so ein schäbiges Hotel. L'Arbre Vert. Sara sagt, das bedeutet Der Grüne Baum...«

»Ich habe es im Vorbeifahren gesehen.«

»Dort nehmen Sie sich ein Zimmer. Unter dem Namen Tweed.«

»Das kann doch nicht Ihr Ernst sein.«

»Knarrstimme hat gesagt, Sie sollen es tun. Mein Abgesandter, wie er sich ausdrückte. Haben Sie das Geld da, wo es jederzeit erreichbar ist? Der Anruf kann schon morgen früh kommen. Es ist Ihre Sache, den Film und das Tonband zu beschaffen – und Knarrstimme. Fein säuberlich in einem Sarg verpackt. Die Ihnen zugemessene Zeit wird allmählich knapp. Enttäuschen Sie mich nicht, Norton.«

»Sie können sich auf mich verlassen, Mr. President ...«

Er redete ins Leere. March hatte den Hörer aufgelegt. Norton fluchte leise, als er die Telefonzelle im Bahnhof von Colmar verließ. Er hatte absichtlich die Nummer des Bristol durchgegeben – wo er keine einzige Nacht zu verbringen gedachte. Er konnte dort nachfragen, ob irgendwelche Nachrichten für ihn eingegangen waren, aber er dachte nicht daran, die Nummer seines kleinen Hotels in der Altstadt preiszugeben.

Er setzte sich ans Steuer seines Wagens, drehte den Zündschlüssel und schaltete die Heizung ein. Das Arrangement, dem March zugestimmt hatte, gefiel ihm ganz und gar nicht. Sich als Tweed anmelden, verdammt noch mal! Weshalb? Der Erpresser mußte jemand sein, der Tweed kannte und wußte, daß er sich in dieser Gegend aufhielt.

Er würde sich eine Liste von sämtlichen Personen machen, von denen seine Leute berichtet hatten, daß sie sie in Tweeds Gesellschaft gesehen hatten. Einer auf dieser Liste mußte der Mann mit der knarrenden Stimme sein.

Als Bradford March den Hörer aufgelegt hatte, verschränkte er die Hände hinter seinem Stiernacken und starrte auf den Marmorkamin an der gegenüberliegenden Wand, ohne ihn zu sehen.

Er war wütend.

Der Erpresser spielte mit ihm – und auch mit Norton. Dieses ständige Verlegen des Treffpunkts von einer Schweizer Stadt zur anderen – und jetzt hatte er das ganze Unternehmen nach Frankreich verschoben. Norton, dem nahegelegt worden war, aus dem FBI auszuscheiden, weil dem Direktor seine rüde, skrupellose Art nicht gefallen hatte, wurde an der Nase herumgeführt.

March schaute auf, als Sara das Oval Office betrat. Ihm gefiel weder ihre Miene noch das, was sie ihm dann mitteilte.

»Sehr schlechte Nachrichten, Brad. Ich habe es gerade erfahren.«

»Was haben Sie erfahren?«

»Harmer. Der Ihnen die große Summe Geld gegeben und dann gesagt hat, er müßte sie zurückhaben, um ein Darlehen zu begleichen. Ich nehme an, er hat es getan.«

»Wovon zum Teufel reden Sie eigentlich? Heraus mit der Sprache, Sara.«

»Harmer hat vor ein paar Stunden Selbstmord begangen. Nahm einen Haufen Schlaftabletten und trank dann eine Menge Bourbon.«

»Ach so.« March breitete die Hände aus, so daß ihre behaarten Rücken zu sehen waren. »Problem gelöst.«

»Wenn Sie es sagen.«

»Wollen Sie damit andeuten, daß er einen Abschiedsbrief hinterlassen hat?«

»Ja, an seine Frau.«

March lehnte sich vor. »Wir sollten möglichst schnell herausfinden, was in diesem Brief steht.«

»Ich weiß es. Ich habe seine Frau angerufen und ihr mein Beileid ausgesprochen. Ich habe außerdem gesagt, Sie wären zutiefst bestürzt und hätten mich gebeten, auch *Ihr* Beileid auszusprechen.«

»Großartig. Solange Sie es für mich tun, brauche ich meine Texte nicht selbst zu schreiben. Was steht in dem Brief?«

»Das Übliche. Es täte ihm leid, er liebte sie heiß und innig, aber die Last seiner Verantwortlichkeiten wäre so schwer geworden, daß er sie nicht mehr ertragen könnte. Sie las ihn mir am Telefon vor, bevor sie in eine Flut von Tränen ausbrach.«

»Leben Sie wohl, Mr. Harmer. So etwas kommt vor. Alles steht bestens.«

»Das hoffe ich. Das hoffe ich wirklich. In Ihrem Interesse, Brad.«

Die »Drei Weisen« hatten sich in Senator Wellesleys Arbeitszimmer versammelt. Wieder waren die Vorhänge zugezogen und das Licht eingeschaltet. Wellesley, der grimmig dreinschaute, hatte den Bankier und den erfahrenen Politiker gebeten, in sein Haus in Chevvy Chase zu kommen. Jetzt ließ er den Blick um den Tisch herumwandern und musterte seine Gäste.

»Tut mir leid, daß ich Sie so kurzfristig herbitten mußte, aber die Situation im Oval Office hat sich keineswegs verbessert.«

»Ich habe von Harmers Selbstmord gehört«, bemerkte der Bankier. »Das ist ein schwerer Verlust für die Partei. Er hat nicht nur selbst großzügig gespendet, er war auch ein Genie im Beschaffen von Geldern.«

»Sehen wir doch den Tatsachen ins Gesicht«, sagte der Politiker, wobei er den Senator durch seine Hornbrille hindurch ansah. »In der Politik muß man immer auf Veränderungen gefaßt sein. Harmer muß seine Angelegenheiten schlecht gemanagt haben. Er ist nicht unersetzlich.«

»Ich habe einen persönlichen Brief von Harmer bekommen«, teilte Wellesley ihnen mit. In seiner kultivierten Stimme lag ein scharfer Ton. »Ich kenne jetzt den wahren Grund, weshalb Harmer Selbstmord beging. Lesen Sie das...«

Er legte ein zusammengefaltetes Blatt sehr teures Briefpapier auf den Tisch. Der Politiker las es zuerst, dann gab er es an den Bankier weiter.

*Lieber Charles. Wenn Sie dies lesen, befinde ich mich an einem besseren Ort. Ich hoffe es zumindest. Bradford March hatte mich gebeten, ihm fünfzehn Millionen Dollar zu leihen. Ich weiß nicht, wozu er sie brauchte. Ich tat es. Als ich das Geld wiederhaben wollte, weil ich einen fällig gewordenen Bankkredit zurückzahlen mußte, hat er sich geweigert, mit mir zu sprechen. Sara Maranoff hat mich angerufen und gesagt, das Geld wäre nicht mehr verfügbar. Scheren Sie sich zum Teufel, war die wahre Botschaft. Vielleicht tue ich das. Jemand muß dem Präsidenten das Handwerk legen. Nur die »Drei Weisen« sind dazu imstande.*

»Wozu könnte March das Geld gebraucht haben?« fragte der Bankier.

»Das werden wir vermutlich nie erfahren«, erklärte der Politiker. »Aber ich bleibe bei meiner Ansicht. Für eine Anklage wegen Amtsmißbrauchs reicht es nicht aus.«

»Der Brief könnte der *Washington* Post zugespielt werden«, schlug der Bankier vor.

»Auf gar keinen Fall«, sagte Wellesley ruhig. »Ned, können Sie sich vorstellen, was March daraus machen würde? Er würde Handschriftenexperten dazu bringen, ihn für eine Fälschung zu erklären. Dann würde er toben und von einer Verschwörung reden – daß wir versuchten, die Macht hinter dem Thron zu spielen. Eins muß man ihm lassen – er ist ein überzeugender Redner. Er würde uns vernichten. Wir haben nicht genug in der Hand, um etwas unternehmen zu können.«

»Und wann werden wir genug haben?« fragte der Bankier empört.

»Immer mit der Ruhe«, riet der erfahrene Politiker. »Politik ist die Kunst des Möglichen. Auf dieser Basis habe ich schon gearbeitet, als ich für einen früheren Präsidenten tätig war.«

»Dann ist da die Sache mit der Entlassung des Secret Service«, fuhr der Bankier mit unvermindertem Zorn fort. »Soweit ich weiß, wird er jetzt von einem Haufen seiner eigenen Gangster bewacht. Einer Organisation, die sich Unit One nennt.«

»Das ist die paramiltärische Truppe, von der ich Ihnen schon berichtet habe«, sagte Senator Wellesley gelassen.

»Das verstößt gegen sämtliche Traditionen«, protestierte der Bankier.

»Bradford March verstößt gegen eine Menge Traditionen, Ned«, erinnerte ihn Wellesley. »Was bei der gegenwärtigen Stimmung der amerikanischen Wähler ein weiterer geschickter Schachzug ist. Wir können nur warten.«

»Worauf?« wollte der Bankier wissen.

»Auf etwas wesentlich Schlimmeres, Ned. Beten Sie zu Gott, daß es nicht ans Licht kommt...«

Die hochgewachsene Gestalt von Jeb Calloway warf verzerrte Schatten auf die Wände seines Büros, in dem er rastlos umherwanderte. Sam, sein Freund und engster Mitarbeiter, beobachtete ihn und öffnete den Knopf seines Jacketts, das seinen fülligen Bauch einzwängte.

»Haben Sie inzwischen wieder von Ihrem geheimnisvollen Mann in Europa gehört, Jeb?« fragte er.

»Kein Wort. Ich nehme an, er ist auf der Flucht.«

»Was bedeutet, daß jemand hinter ihm her ist. Was bedeutet, daß jemand dort drüben weiß, daß er existiert. Sie spielen mit dem Feuer. Wenn March das erfährt, wird er Sie am Boden zerstören. Darin ist er ein Experte. Er verdankt seine Position zu einem beträchtlichen Teil der Tatsache, daß er andere Leute niedergetrampelt hat. So ist das nun einmal in der Politik. Und March ist in diesem Spiel die tückische Kobra.«

»Es gibt nichts, das meinen Informanten mit mir in Verbindung bringen könnte. Und es gibt einen sicheren Weg, auf dem er mich erreichen kann – sofern er noch am Leben ist.«

»Ich meine, Sie sollten ihn vergessen, Jeb«, warnte Sam.

»Nein. Ich habe eine Pflicht zu erfüllen. Dem amerikanischen Volk gegenüber.«

Wie sich herausstellte, als sie zuerst die Schweizer und dann die französische Grenzkontrolle im Hauptbahnhof von Basel passierten, hatte Tweed recht gehabt. Die Posten waren verlassen, die Läden geschlossen, niemand tat Dienst.

Er bestieg mit Paula den Schnellzug nach Straßburg und fand ein leeres Erster-Klasse-Abteil. Der Zug war jetzt, um elf Uhr vormittags, fast leer. Newman folgte ihnen; hinten in seinem Hosenbund steckten die beiden Walther, die Nield und Butler gehörten. Cardon bildete die Nachhut. Pünktlich um elf Uhr setzte sich der Zug in Bewegung.

»Diese Unterhaltung mit Jennie Blade, von der Sie mir erzählt haben«, begann Paula, die Tweed auf einem Fensterplatz gegenübersaß. »Ich habe eingehend darüber nachgedacht.«

»Und zu welchem Schluß sind Sie gekommen?«

»Jennie beunruhigt mich. Hat irgend jemand außer ihr diesen mysteriösen Schattenmann mit dem breitkrempigen Hut gesehen? Gaunt zum Beispiel?«

»Das war die einzige Frage, die ihm zu stellen ich vergessen habe«, gab Tweed zu. »Aber er schien die Sache nicht weiter ernst zu nehmen. Weshalb?«

»Weil wir, wenn sonst niemand diesen Schattenmann gesehen hat, nicht sicher sein können, daß er überhaupt existiert.«

»Sie vergessen etwas«, erinnerte Tweed sie. »Die alte Schnüffelnase in Zürich hat uns genau dieselbe Beschreibung geliefert von dem Mann, der kurz nach Klaras Ermordung das Gebäude verlassen hat.«

»Vielleicht war Jennie in der Nähe, als wir dort waren, und hat einen solchen Mann beim Verlassen des Gebäudes beobachtet.«

»Das ist eine sehr weit hergeholte Vermutung.«

»Jennie *war* zu dieser Zeit in Zürich. Das wissen wir.«

»Stimmt.« Tweed klang nicht überzeugt.

»Wissen Sie was?« Paula lehnte sich vor. »Wenn eine Frau

es darauf anlegt, einen Mann von etwas zu überzeugen, kann sie ihn so weit bringen, daß er ihr glaubt.«

»Wie Sie es jetzt bei mir versuchen«, erklärte er. »Sie wollen in mir einige Zweifel wachrufen.«

»Wer, meinen Sie, könnte hinter all diesen brutalen Morden stecken?« fragte Paula und wechselte damit das Thema. »Haben Sie schon irgendeine Idee?«

»Eine sehr gute Idee sogar. Gehen Sie zu den Anfängen zurück. Unsere Zentrale am Park Crescent wurde mit einer gewaltigen Bombe in die Luft gesprengt. Der Zünder der Bombe – die ausgeklügeltste Konstruktion, die Crombie je untergekommen ist. Die Tatsache, daß es in der Schweiz von Amerikanern nur so wimmelt – alle mit Diplomatenpässen ausgestattet. Die Tatsache, daß Monica, als Joel Dyson am Park Crescent erschien, um Kopien des Videofilms und des Tonbandes bei uns zu deponieren, gesehen hat, daß in seiner Tasche amerikanische Kleidungsstücke steckten – was darauf hindeutet, daß er gerade aus den Vereinigten Staaten gekommen war. Die Tatsache, daß der amerikanische Präsident unseren Premierminister offenbar in der Hand hat. Alles, was bisher passiert ist, läßt auf unerschöpfliche Geldreserven schließen, auf eine gewaltige, uns feindlich gesonnene Organisation. Und alles zusammengenommen deutet auf *Macht* – sehr große Macht. Machen Sie sich selbst einen Reim darauf. Es ist beängstigend.«

»Sie sehen aber nicht so aus, als hätten Sie Angst«, bemerkte sie.

»Die habe ich auch nicht. Ich bin empört, entschlossen. Die Morde an Helen Frey und Klara waren schon schlimm genug – aber so etwas gehört manchmal zu den Risiken ihres Gewerbes. Aber Theo Strebel war ein netter Mann, er hatte es nicht verdient, erschossen zu werden. Und das ist seltsam und bezeichnend – zwei Frauen erdrosselt, ein Mann erschossen von jemandem, den er *kannte*.«

»Wie kommen Sie darauf?«

»Denken Sie an die Vorsichtsmaßnahmen, als wir eintrafen – wie wir sagen mußten, wer wir waren, bevor er uns die Tür öffnete.«

»Mir ist nicht klar, inwiefern das bezeichnend ist«, gestand Paula.

Newman saß auf der anderen Seite des Ganges und hörte ihnen zu. Er hatte die beiden Walther aus seinem Hosenbund geholt, weil es sehr unbequem war, damit zu sitzen. Jetzt steckten sie in den Taschen seines Trenchcoats, der zusammengefaltet neben ihm lag.

Ihre Besitzer, Butler und Nield, hatten in Basel zum künftigen Gebrauch in den Vogesen jeder einen Wagen gemietet. Es wäre riskant gewesen, mit Waffen in den Fahrzeugen die Grenze zu überqueren. Inzwischen waren sie auf der Autobahn auf dem Weg nach Colmar, wo sie im Hotel Bristol auf Tweed und seine Begleiter warten sollten.

Cardon saß in seiner üblichen strategisch günstigen Position am Ende des langen Abteils. Er war mit seiner Walther bewaffnet und konnte jeden Fremden sehen, der sich aus einer der beiden Richtungen näherte. Er tat so, als schliefe er, ließ aber Tweeds Hinterkopf keine Sekunde aus den Augen.

Der Schnellzug hatte in Mülhausen gehalten und fuhr jetzt Colmar entgegen. Paula schaute aus dem Fenster und stellte fest, daß in der Ferne die Vogesen sichtbar wurden.

Die Sonne schien wieder strahlend hell, und das Gebirge, in den höheren Lagen mit Schnee bedeckt, zeichnete sich klar und deutlich ab.

Bald würden sie in dieses Gebirge hinauffahren. Weshalb machte es auf sie einen so bedrohlichen Eindruck an diesem strahlenden Tag?

Sie sah eine Kette von sattelförmigen Bergrücken, zwischen denen hier und da ein hoher Gipfel aufragte. Sie wirkten so bedrückend einsam, so fernab von den Dörfern und Weinbergen an den tiefer gelegenen Hängen.

Während der Schnellzug weiter nach Norden donnerte, dachte sie über die Merkwürdigkeiten dieser schönen Region nach. Diese seltsame Mischung aus Deutsch und Französisch, die auch in den Ortsnamen auf der Karte zum Ausdruck kam, die sie sich angesehen hatte. Guebwiller. Ste. Croix-en-Plaine. Munster. Ribeauville.

1871 hatte das Deutsche Reich Elsaß-Lothringen annektiert, nach dem Ende des Ersten Weltkriegs hatte Frankreich es zurückbekommen.

Sie sah weiter aus dem Fenster. Viele der Häuser hatten steile Giebeldächer, von denen der Schnee im Winter leicht abrutschen konnte.

Sie warf einen Blick auf Tweed und stellte fest, daß er leise vor sich hinsummte, was er höchst selten tat. Worüber freute er sich?

»Woran denken Sie?« fragte sie ihn.

»Daß ich mit ein bißchen Glück die beiden Männer treffen werde, die – da bin ich ganz sicher – den Schlüssel zu dieser ganzen gräßlichen Geschichte in der Hand halten.«

»Und die Namen behalten Sie für sich?«

»Joel Dyson, der weiß, daß Amberg im Château Noir ist. Und der, wie ich vermute, unbedingt die Originale seines Films und seines Tonbandes wiederhaben will.«

»Und der andere?«

»Wahrscheinlich der Allerwichtigste. Barton Ives, Special Agent beim FBI...«

»Es gibt etliche ideale Stellen für einen Hinterhalt«, sagte Norton. »Alle hoch oben in den Vogesen. Dort sollte es Ihnen gelingen, Tweed und sein gesamtes Team auf einen Schlag auszulöschen.«

Norton war mit Marvin Mencken zusammengetroffen, weil er ganz sicher gehen mußte, daß dieser keinen Fehler beging. Aber selbst bei dieser ersten persönlichen Begegnung war Mencken klar, daß Norton wußte, was er tat. Obwohl sie dicht beieinander saßen, konnte er Nortons Gesicht nicht sehen.

Der Schauplatz ihrer Unterhaltung war ein kleines Lokal in der Altstadt von Colmar. Norton hatte die Umgebung durchstreift und diesen Ort entdeckt, bevor er mit Mencken telefonierte.

Das Lokal war durch einen schweren Spitzenvorhang in zwei Bereiche unterteilt. Auf beiden Seiten standen Tische ganz in der Nähe des Vorhangs.

Die eine Seite war für Gäste reserviert, die essen wollten. Vor Norton standen ein leerer Teller, auf dem sich ein Omelett befunden hatte, und eine Salatschale, dazu ein Brotkorb und eine Flasche Mineralwasser.

Er war frühzeitig eingetroffen und hatte das Omelett und Unmengen von Brot verzehrt. Norton brauchte viel Nahrung als Treibstoff für seine außergewöhnliche Tatkraft. Er hatte seine Mahlzeit beendet, bevor Mencken eintraf, und dem Kellner abgewinkt.

»Später ...«

Vor den auf die schmale Straße hinausgehenden Fenstern hingen gleichfalls schwere Spitzenvorhänge. Mencken kam, wie Norton es verlangt hatte, in die andere Hälfte des Lokals, ließ sich ein Glas Weißwein geben und ging damit zu einem Tisch dicht neben dem von Norton, aber auf der anderen Seite des Vorhangs.

Ja, dachte Mencken, Norton war clever. Das Gesicht, in das er schaute, war durch den Spitzenvorhang nur verschwommen zu erkennen.

Norton trug eine Baskenmütze, unter der er sein graues Haar versteckt hatte. Außerdem trug er einen Anorak und einen Schal, der sein Kinn verdeckte.

Die Augen, die Mencken anstarrten, waren kalt und einschüchternd. Die Straßenkarte wurde so gehalten und gegen den Vorhang gedrückt, daß Mencken sie deutlich sehen konnte.

»Jedes Kreuz auf dieser Karte bezeichnet eine der möglichen Stellen für einen Hinterhalt«, fuhr Norton fort. »Sehen Sie dieses hier in Kaysersberg?«

»Ich habe mir selbst eine Karte angesehen. Der Ort liegt nicht weit von Colmar entfernt...«

»Hören Sie mir gefälligst zu. Das Kreuz markiert eine Brücke. Wenn sie auf dieser Route in die Vogesen fahren, könnten Sie unter der Brücke einen Sprengsatz anbringen und ihn durch Fernsteuerung zünden.«

»Okay«, sagte Mencken ungeduldig. »Ich war in Eisenwaren- und Elektrogeschäften, bevor ich von Basel abgefahren bin. Ich habe die erforderliche Ausrüstung zum Herstellen eines Zünders – ziemlich primitiv, aber er wird funktionieren.«

»Dieses Kreuz hier bezeichnet einen Steinbruch – an der Strecke von Colmar nach Basel. Dort steht ein Schuppen mit Sprengstoff.«

»Den habe ich auch gesehen. Mir entgeht nicht viel. Das Aufknacken dürfte ein Kinderspiel sein...«

»Hören Sie mir gefälligst zu! Tweed und seine Leute können jeden Moment hier in dieser Gegend eintreffen – er bewegt sich sehr schnell. Ihre erste Aufgabe besteht darin, diesen Sprengstoff zu holen...«

»Was ich ohnehin vorhatte.«

»Dieses Kreuz, wenn Sie mir noch zuhören, bezeichnet einen Steilhang an der Straße. Er sieht ziemlich instabil aus, und an der anderen Straßenseite ist ein tiefer Abgrund. Vielleicht könnten Sie eine Lawine auslösen, wenn sie...«

»Okay. Das gefällt mir.«

»An dieser Stelle – gleichfalls oberhalb der Schneegrenze – könnten Sie sie ins Kreuzfeuer nehmen. Sie machen sich ja gar keine Notizen.«

»Doch, das tue ich.« Mencken tippte sich an die Stirn. »Hier oben. Ich habe einen Verstand, der funktioniert. Noch etwas?«

Norton musterte Mencken durch den Vorhang hindurch. Auch er konnte den anderen nur verschwommen erkennen, und die getönten Gläser der Brille, die er aufgesetzt hatte, verstärkten den Effekt. Menckens Gesicht wirkte mit dem harten Kinn und den vorstehenden Wangenknochen ausgesprochen skelettartig.

Ein Mann, der nicht zögern würde, eine Exekution durchzuführen.

Was Norton nur recht sein konnte. Trotzdem traute er dem Mann nicht. In den schiefergrauen Augen, die durch den Vorhang starrten, entdeckte er einen arroganten Ehrgeiz. Du würdest dir nicht die geringste Chance entgehen lassen, das Kommando zu übernehmen, dachte er.

Und deshalb galt es, Marvin Mencken mit aller Härte entgegenzutreten.

Mehrere Minuten lang listete er weitere durch Kreuze markierte Stellen in den Vogesen auf. Schließlich schob er die Karte unter dem Vorhang durch, mit Händen, die in seidengefütterten Handschuhen steckten.

Mencken fand den Gebrauch von Handschuhen interessant. Er deutete darauf hin, daß Nortons Fingerabdrücke in den Vereinigten Staaten registriert waren – vielleicht unter einem anderen Namen.

War er früher bei der CIA oder beim FBI gewesen? Oder vorbestraft?

Er ergriff die Karte und steckte sie in die Tasche. Er hatte die Nase voll von Norton, der ihm alles erklärte, als wäre er ein blutiger Neuling in diesem Geschäft. Hinzu kam, daß im Wesen dieses Mannes etwas Herablassendes lag. Aber Norton war noch nicht fertig.

»Bleiben Sie, wo Sie sind. Es sind nicht nur Tweed und seine Leute, die wir beseitigen müssen. Ich bin ganz sicher, daß Joel Dyson in dieser Gegend auftauchen wird...«

»Weil *mein* Mann ihn vor der Zürcher Kreditbank in Basel entdeckt und zum Reden gebracht hat...«

»Um ihn dann lebend entkommen zu lassen«, schnarrte Norton. »Kein großer Erfolg, Mencken. Und unterbrechen Sie mich nicht noch einmal, sondern konzentrieren Sie sich auf das, was ich sage. Joel Dyson muß beseitigt werden. Und was ebenso wichtig ist – auch dieser Special Agent Barton Ives. Sie alle müssen vom Angesicht der Erde verschwinden.«

Mencken beugte sich vor, bis seine Nase den Vorhang berührte.

»Ich werde sie alle erledigen. Verlassen Sie sich darauf.«

»Vergessen Sie nicht, daß sie auf zwei Routen zum Château Noir fahren können«, erinnerte ihn Norton.

»Ich werde sie alle erledigen«, wiederholte Mencken.

# 33

Bevor Marler Basel verließ, hatte er Tweed gesagt, daß er sich selbst einen Wagen mieten und allein nach Colmar fahren würde. Das war typisch für ihn.

»Es kann sein, daß ich erst am späten Abend im Hotel Bristol eintreffe«, hatte er erklärt.

Tweed, der wußte, daß Marler am liebsten selbständig arbeitete, hatte sofort seine Zustimmung gegeben. Schließlich hatte er Marler über alles informiert, was passiert war. Er hatte mit dem Massaker in Tresilian Manor angefangen und mit seiner letzten Unterhaltung mit Jennie Blade aufgehört.

»Wir sehen uns dann im Bristol«, hatte Marler munter gesagt.

Er hatte einen Audi gemietet und war nach Mülhausen gefahren. Doch anstatt die Fahrt auf der Autobahn in Richtung Colmar fortzusetzen, war er nach Westen abgebogen und auf den Elsässer Belchen im südlichen Teil der Vogesen zugefahren. Dort gab es einen Flugplatz für Segelflugzeuge, und er hatte sich in seinem fließenden Französisch eine Weile mit dem Verwalter unterhalten.

Marler war, nach ausgiebigem Training in England, ein Experte im Umgang mit Segelflugzeugen. Er hatte eines untersucht und war in das enge Cockpit geklettert. Der Verwalter lehnte sich gegen die Maschine, während Marler um den Preis feilschte. Er wollte das Flugzeug für mehrere Tage mieten.

»Sie haben meine Lizenz gesehen, aber Unfälle passieren nunmal. Was würde es kosten, wenn ich Bruch mache?«

»Eine schöne Stange Geld.«

»Wieviel?«

Der Verwalter hatte es ihm gesagt, und Marler hatte genickt. Er wußte, daß Tweed über die Mittel verfügte, um die Sache notfalls auszubügeln. Marler leistete eine Anzahlung und fuhr dann auf demselben Weg zurück, bis er nördlich von Mülhausen wieder die Autobahn erreicht hatte.

Er fuhr schnell, aber ohne die Geschwindigkeitsbegrenzung zu überschreiten, an Colmar vorbei und weiter nach Norden, bis er in Straßburg angekommen war. Marler kannte Europa ebensogut wie der frühere Auslandskorrespondent Newman, und er hielt die Stadt für einzigartig.

Die Altstadt liegt auf einer Insel, die von Wasser umgeben ist, über das zahlreiche Brücken führen. Marler stellte seinen Audi außerhalb der Altstadt ab und ging den Rest des Weges zu Fuß. Er überquerte eine der Brücken und schaute immer wieder auf, um die alten Gebäude zu bewundern. Dies war Geschichte, die Freie Stadt, in die einst Protestanten vor der Verfolgung durch die französischen Katholiken geflüchtet waren. Was vermutlich der Grund dafür war, daß es hier so viele verschiedene Handwerker gab. Es war einer dieser Handwerker, den Marler jetzt aufsuchte. Ein Büchsenmacher – der nebenbei von allen Geheimlieferanten auf dem Kontinent die größte Auswahl an Waffen feilbot.

In der Nähe des hoch aufragenden Münsters bog Marler in eine mit Kopfsteinen gepflasterte Gasse ein und befand sich plötzlich in einer sehr stillen Welt, in der kaum noch Verkehrsgeräusche zu hören waren.

Er ging eine Treppe aus ausgetretenen Steinstufen in den ersten Stock hinauf, bis er vor einer massigen, mit Eisen beschlagenen Holztür mit einem Guckloch stand. Der einzige moderne Gegenstand in Sichtweite war eine Sprechanlage mit einem Knopf darunter. Keinerlei Hinweis darauf, wer hier wohnte.

»Wer ist da?« fragte eine leise Stimme auf Französisch.

»Marler. Sie kennen mich, Grandjean. Wir haben schon früher Geschäfte miteinander gemacht.«

Das Guckloch wurde geöffnet, Augen musterten ihn durch eine goldgefaßte Brille hindurch, die auf einer Hakennase saß. Marler wartete, bis die Kette gelöst und Schlösser geöffnet worden waren. Dann schwang die Tür auf.

»Marler, wahrhaftig. Wir haben uns lange nicht mehr gesehen. Kommen Sie herein und trinken Sie ein Glas Wein mit mir.«

Grandjean war ein Buckliger mit winzigen Füßen. Marler achtete sehr darauf, nicht auf seine Mißgestalt zu starren. Als sein Gastgeber die Tür wieder verschlossen hatte, gaben sie sich die Hand.

»Ich hatte nicht einmal Zeit, auf den Knopf zu drücken, Sie alter Schurke«, bemerkte Marler. »Woher wußten Sie, daß jemand gekommen war?«

»Eines meiner Staatsgeheimnisse«, kicherte Grandjean. »Und jetzt der Wein ...«

»Nicht für mich, danke. Wenn wir unser Geschäft abgeschlossen haben, muß ich noch ziemlich weit fahren.«

»Wie schade. Ich habe einen hervorragenden Riesling.«

»Nun ja, aber nur ein kleines Glas.«

Grandjeans glattrasiertes Gesicht machte einen verwitterten Eindruck. Es war unmöglich, sein Alter zu schätzen. Er hatte ein seltsames Lächeln, und als er Marler das Glas reichte, funkelten seine Augen hinter den Brillengläsern.

»*Santé!*«

»*Santé!*« entgegnete Marler. »Der ist wirklich sehr gut.«

»Das habe ich doch gesagt. Aber vermutlich haben Sie es wie immer sehr eilig. Also kommen wir zum Geschäft.«

»Ich brauche ein Armalite-Gewehr, auseinandergenommen, mit reichlich Munition. Zwölf Handgranaten. Eine Tränengaspistole mit den nötigen Patronen. Eine Luger, gleichfalls mit Munition. Alles natürlich unregistriert.«

»Natürlich.« Grandjean trank einen Schluck von seinem Wein. »Mir scheint, Sie wollen einen kleinen Krieg führen.«

»Auf so etwas könnte es hinauslaufen.«

Marler hatte aus dem Audi eine Krickettasche mitgebracht, in der ein Schläger und mehrere Bälle lagen. Er hatte sie auf den Tisch gestellt, als er das Glas entgegennahm; Grandjean betrachtete die Tasche und schüttelte den mit dünnem, grauem Haar bedeckten Kopf.

»Hatten Sie vor, die Sachen darin wegzutragen? Da kann ich Ihnen etwas Besseres anbieten. Der Behälter ist kostenlos, mein Freund.« Er öffnete einen großen Schrank und holte einen geräumigen Geigenkasten heraus. »Viel besser. Darin können Sie alles unterbringen, in Ihrer Krickettasche nicht. Außerdem brauchen Sie ein bißchen Tarnung, für den Fall, daß Sie von der Polizei angehalten werden.«

Grandjean trug eine alte Lederjacke und darunter ein blaues, am Hals offenes Wollhemd. Seine Cordhose war alt, aber sauber.

Während sein Gastgeber herumwieselte, schaute Marler sich in dem Zimmer um. Die Wände waren gesäumt mit großen alten Holztruhen und Schränken. Als Grandjean einen der Schränke öffnete, konnte er sehen, daß er bis auf die letzte Ecke vollgepackt war. Der Himmel helfe jedem Polizisten, der diese Wohnung durchsuchen wollte. Die Beleuchtung kam von einem großen, ovalen Fenster in dem schrägen Dach. Der einzige halbwegs moderne Gegenstand in der Wohnung war der große Kühlschrank, aus dem Grandjean die Flasche Riesling geholt hatte. Das Zimmer kam Marler vor wie die Höhle eines Eremiten.

Grandjean kam mit einer schwarzen Baskenmütze zurück, unter seinen anderen Arm hatte er eine Ledermappe geklemmt. Er gab Marler die Mütze.

»Sie sind Engländer. Ganz offensichtlich – selbst abgesehen von den Sachen, die Sie tragen.«

Was stimmte. Auf dem Kontinent wurde Marler immer für das gehalten, was sich die Leute unter einem typischen Engländer vorstellen, einen Angehörigen der müßiggängerischen Oberschicht. Seine gedehnte Sprechweise verstärkte diesen

Eindruck. Damit hatte er schon mehr als einen Gegner hinters Licht geführt.

Unter dem typisch britischen Mantel, den er auf einen Stuhl gelegt hatte, trug er ein Jackett im Hahnentrittmuster, eine warme, graue Hose und eine blaue Krawatte. Er betrachtete die Baskenmütze.

»Warum das?«

»Mit diesem Geigenkasten geben Sie sich als Musiker aus. Bei einem Engländer, der so gekleidet ist wie Sie, läßt die Baskenmütze ein künstlerisches Temperament vermuten.«

»Gott behüte!«

»Setzen Sie sie auf. Und in dieser Mappe sind ein paar Notenblätter. Legen Sie ein oder zwei davon auf den Sitz neben sich. Das wird den Eindruck, daß Sie ein Musiker sind, noch verstärken.«

Marler durchblätterte die Noten. Bei einem Blatt hielt er inne – *La Jeune Fille aux Chevaux de Lin*. Das Mädchen mit dem flachsblonden Haar. Unwillkürlich begann er, die Melodie vor sich hinzusummen. Grandjean vollführte einen kleinen Freudentanz.

»Ausgezeichnet, mein Freund. Sie haben sich in die Rolle hineinversetzt ...«

Grandjean packte die zwölf Handgranaten und die Tränengaspatronen in den Geigenkasten, nachdem er jedes Stück in dickes Seidenpapier eingewickelt hatte. Dann verfuhr er ebenso mit der Tränengaspistole, der Luger und der Munition. Danach stellte er einen Kasten auf den Tisch, den er unter den mit einem unsichtbaren Scharnier versehenen Dielenbrettern hervorgeholt hatte. Darin lag das auseinandergenommene Armalite-Gewehr.

»Wenn Sie nichts dagegen haben, setze ich es zusammen«, meinte Marler.

Grandjean beobachtete beifällig, mit welcher Geschwindigkeit Marler die einzelnen Teile zusammenfügte. Er setzte das vergrößernde Nachtsichtgerät auf, schaute hindurch auf das Dachfenster, drückte auf den Abzug der ungeladenen Waffe.

»Fühlt sich gut an.«

Ebenso schnell nahm er es wieder auseinander, und Grandjean wickelte auch die Teile in Seidenpapier ein. Er verstaute sie in dem Geigenkasten, packte die Munition dazu. Dann nahm er ein großes Stück schwarzen Samt und breitete es über den Inhalt des Kastens. Aus einer anderen tiefen Schublade holte er einen langen, dünnen Gegenstand, der in einem Seidenfutteral steckte. Er deutete auf das herausragende Ende, bevor er ihn auf den Samt legte.

»Noch mehr Tarnung. Der Bogen für Ihre imaginäre Geige.«

Er schloß den Kasten und klappte den Verschluß herunter. Marler hob ihn an und testete sein Gewicht, während der Bucklige strahlte. Marler setzte die Baskenmütze auf.

»Perfekt«, schwärmte Grandjean. »Ich habe das Seidenpapier benutzt, damit nicht die Gefahr besteht, daß etwas klappert.«

»Da wir gerade von Gefahr reden – weshalb sagten Sie, ich könnte möglicherweise von der Polizei angehalten werden? Aber lassen Sie uns zuerst abrechnen.«

Marler unternahm keinen Versuch, um den Preis zu feilschen. Er holte einen Packen Tausend-Franc-Scheine aus der Tasche und zählte den geforderten Betrag auf den Tisch. Erst dann erläuterte Grandjean seine Andeutung.

»Ja, es kann durchaus sein, daß Sie von der Polizei angehalten werden. Ich erfahre im allgemeinen, was vor sich geht. Paris hat eine Nachricht erhalten, daß eine Gruppe von Terroristen in das Land eingereist ist.«

»Von wo?« fragte Marler scharf.

»Aus der Schweiz.«

»Ich verstehe. Ich werde vorsichtig sein.«

Sie gaben sich die Hand, und er dankte dem Buckligen für seine Dienste. Nachdem Grandjean die Tür hinter ihm abgeschlossen hatte, blieb Marler stehen, um seinen Mantelkragen hochzuschlagen. Er stand auf dem Absatz am oberen Ende der Steintreppe und schaute hinunter. In einen der Steine war ein quadratisches Stück Gummi eingelassen. Natürlich. Eine Kontaktmatte. Daher hatte der Bucklige gewußt, daß jemand vor der Tür stand, noch bevor er geklingelt hatte.

Marler war sehr auf der Hut, als er durch die Gasse ging. An ihrem Ende blieb er stehen und schaute heraus. Kein Streifenwagen in Sicht. Es war natürlich Beck gewesen, der Paris gewarnt hatte – vor den Amerikanern.

Ein bißchen unerfreulich für Tweed – in der Umgebung von Colmar würde es von Ausschau haltenden *flics* wimmeln. Andererseits bestätigte die Neuigkeit, daß die Amerikaner ihnen dicht auf den Fersen waren. Vielleicht war das nur der Anfang.

Am Nachmittag musterte der Bankier Amberg im Château Noir seinen ungeladenen Gast, hörte zu, sagte nichts. Gaunt war in seinem gemieteten weißen BMW gekommen, ohne sich vorher telefonisch zu vergewissern, ob er auch willkommen war. Jetzt dröhnte seine Stimme durch die große Halle.

»Ich war ein enger Freund Ihres verstorbenen Bruders Julius. Ich bin ein enger Freund Ihrer Schwägerin Eve. Ich fühle mich verpflichtet, herauszufinden, wer Julius so brutal ermordet hat. Schließlich wurde die Tat in meinem Haus in Cornwall begangen.«

»Ich verstehe«, sagte Amberg, dann schwieg er wieder.

Gaunt hatte sich in einem der gewaltigen Ledersessel niedergelassen, die über den weitläufigen Raum verstreut waren. Der Sessel hätte die meisten Männer wie Zwerge erscheinen lassen, aber nicht Gaunt.

Tief in einen weiteren Sessel versunken saß Jennie Blade dicht vor einem prasselnden Kaminfeuer und wärmte sich die Hände. Wenn man sich ein Stück weit vom Feuer entfernte, herrschte in dem Raum Eiseskälte. Die große Halle verdiente ihren Namen. Sie hatte eine Fläche von ungefähr fünfzig Quadratmetern und granitene Wände und war mit Wandlampen äußerst dürftig erhellt. Die Diele war schon düster genug, aber dieses sogenannte Wohnzimmer war das reinste Fegefeuer. Es gab kaum irgendwelche Möbel mit Ausnahme der Sessel und zwei massigen – und äußerst häßlichen – Anrichten an einer Wand. Gaunt redete weiter, als wäre er sich des frostigen Empfangs überhaupt nicht bewußt.

»Die Frage, auf die ich eine Antwort finden muß, ist, *weshalb* er ermordet wurde. Ich habe kurz mit ihm gesprochen, nachdem er angekommen war. Er sagte mir, er wäre aus der Schweiz geflüchtet, weil er fürchterliche Angst hätte. Offenbar hatte ein gewisser Joel Dyson in der Züricher Zentrale der Bank einen Videofilm und ein Tonband deponiert. Stimmt das?«

»Das stimmt«, sagte Amberg und verfiel wieder in Schweigen.

Gaunt lehnte sich vor. Jennie hatte den Eindruck, daß er den Bankier eingehend musterte. Seine Stimme wurde polternd, die Unterhaltung begann einem Verhör zu gleichen.

»Haben Sie den Film gesehen, das Band abgehört?«

»Nein. Dyson hat sie Julius übergeben.«

»Und hat er den Film gesehen und das Band abgehört?«

»Das weiß ich nicht.«

»Wo sind sie jetzt?«

»Sie sind verschwunden.«

»Was?« fuhr Gaunt auf. »Hören Sie, Julius hat mir gesagt, daß er sie zuerst im Tresor der Bank in Zürich deponiert und dann aus Sicherheitsgründen an einen weniger naheliegenden Ort gebracht hat. In den Tresor der Filiale in Basel.«

»Ich weiß. Er hat es mir gesagt.«

»Und wie zum Teufel können die Sachen dann jetzt verschwunden sein?« fragte Gaunt. »Ich habe immer gedacht, Schweizer Banken wären die reinsten Festungen, und daß jede noch so kleine Transaktion gewissenhaft aufgezeichnet wird. Und jetzt behaupten Sie, sie wären verschwunden.«

»Mr. Gaunt, wenn Sie nicht leiser sprechen können, muß ich Sie bitten, mich zu verlassen.«

»In diesem Mausoleum ist massenhaft Platz für meine Stimme. Aber Sie haben meine Frage nicht beantwortet.«

Amberg saß, vielleicht um seine fehlende Körpergröße zu kompensieren, auf einem Stuhl mit niedriger Lehne, der auf einem Podest hinter einem alten Schreibtisch stand. Jennie fand, daß er aussah, als stammte er von einem Flohmarkt. Um die Spannung zu mildern und ein bißchen mehr Wärme zu bekommen, griff sie in einen Korb, holte zwei Scheite heraus und legte sie auf das Feuer. Amberg warf ihr einen finsteren Blick zu.

»Das Holz ist sehr teuer.«

»Oh, ich bitte um Entschuldigung.«

Alles hier schien rationiert zu sein. Die Scheite, die Teppiche, die Worte, die Amberg seinen Lippen entschlüpfen ließ. Sie stand auf, strich ihre Hose glatt, steckte die Hände zum Schutz vor der Kälte in die Taschen und wanderte hinter dem Podest herum.

Am hinteren Ende der Halle führte eine breite Steintreppe zu einer Innenterrasse hinab. Durch ein großes Fenster hatte man eine grandiose Aussicht auf die schneebedeckten Hänge der Vogesen, die im Sonnenlicht glitzerten. Die Luft war so klar, daß sie in der Ferne ein anderes Gebirge sehen konnte. Den Schwarzwald auf der anderen Seite des Rheins.

Dann schaute sie direkt nach unten und mußte tief Luft holen. Direkt hinter dem Fenster tat sich ein Abgrund mit einer steilen Felswand auf, an deren unterem Ende ein schwarzer See lag, tief im dunklen Schatten der Berge. Hinter ihr ging die Unterhaltung weiter.

»Ich habe keine Ahnung, weshalb sie verschwunden

sind«, erwiderte Amberg. »Es war Julius, der die Transaktion veranlaßt hat.«

»Ich dachte, Sie wären Präsident der Bank«, warf Gaunt dem Schweizer vor.

»Das stimmt. Aber für die alltäglichen Geschäftsvorgänge war Julius verantwortlich.«

»Wollen Sie damit sagen, daß Sie keine Ahnung haben, was mit den beiden Gegenständen passiert ist, die der Bank zur sicheren Aufbewahrung anvertraut wurden?«

»So ist es.«

»Sprechen Sie diese Bemerkung auf ein Tonband, dann brauchen Sie es nur abzuspielen«, fuhr Gaunt ihn an.

Als er mit grimmiger Miene aufstand, beschloß Jennie zu intervenieren. Auch Amberg war aufgestanden, klein, rundlich, wie üblich in einem schwarzen Anzug. Er drehte sich überrascht zu ihr um, als hätte er ihre Anwesenheit vergessen gehabt. Jennie wurde klar, wie intensiv er sich auf sein Duell mit Gaunt konzentriert hatte.

»Wie in aller Welt halten Sie diesen riesigen Bau in Ordnung?« fragte sie. »Sie haben doch bestimmt irgendwelche Dienstboten?«

»Ja. Aber sie wohnen nicht hier. Das wäre eine Invasion in meine Privatsphäre, die mir sehr viel wert ist. Die Leute aus dem nächsten Dorf tun alles, was getan werden muß.« Seine blauen Augen blinzelten. »Natürlich muß ich ihnen im Sommer mehr zahlen, aber das ist verständlich. Sie leben von ihren Weinbergen. Ich habe selbst einen Weinberg. Wenn Sie das nächste Mal zu Besuch kommen, können Sie meinen eigenen Wein kosten. Aber Ihr Freund scheint es eilig zu haben.«

Jennie hatte, während er sprach, unverwandt in seine intelligenten blauen Augen geschaut. Die Verwandlung seiner Persönlichkeit verblüffte sie. Aber dann fiel ihr eine mögliche Erklärung ein. Er war ein Mann, der der Gesellschaft von Frauen den Vorzug gab – und Gaunt war auf ihn losgeprescht wie ein wildgewordener Bulle. Sie warf einen Blick auf den Squire. Er stand da wie aus Stein gehauen, wütend, daß er aus dem Bankier nichts hatte herausholen können.

Amberg begleitete sie in die Diele. Als sie hinausging, streckte ihr Amberg die Hand entgegen und schüttelte die ihre.

»Vergessen Sie nicht die Einladung zur Weinprobe...«

Dann sah er Gaunt an, und seine Miene änderte sich unvermittelt. Sie erinnerte sie an das Verhalten, das der Schweizer während der Unterhaltung an den Tag gelegt hatte. Der reinste Eisblock.

»Leben Sie wohl, Mr. Gaunt.«

»Es war mir kein Vergnügen«, dröhnte Gaunt mit höchster Lautstärke.

# 34

»Probleme. Hier kommen sie«, sagte Marler zu sich selbst.

Er fuhr auf der Autobahn in Richtung Colmar. Es war später Nachmittag, aber noch hell. Beiderseits der Straße dehnten sich gepflügte Felder, als er die Polizeisirene hörte und in seinem Rückspiegel den herankommenden Streifenwagen sah. Er verlangsamte und hielt an.

Als er das Fenster öffnete, strömte eiskalte Luft herein. Er summte die Melodie von *La Jeune Fille aux Cheveux de Lin*, als der Streifenwagen ein paar Meter vor ihm anhielt. Bevor er aus Straßburg abgefahren war, hatte er den Beifahrersitz so weit wie möglich zurückgeschoben und den Geigenkasten so hingestellt, daß seine Basis auf dem Boden stand und der obere Teil schräg am Sitz lehnte. Auf dem Sitz lagen mehrere Notenblätter.

Ein uniformierter Polizist mit schmalem Gesicht stieg aus dem Streifenwagen, während sein Kollege am Steuer sitzen blieb. Er kam auf Marler zu. Die Klappe seines Pistolenholsters war geöffnet.

»Ihre Papiere bitte!«

Marler hielt Paß und Führerschein bereit und reichte ihm die Dokumente. Der *flic* betrachtete den Paß eingehend, dann gab er ihn Marler zurück und warf einen Blick in den Wagen.

»Sie machen Urlaub?« fragte er auf Französisch.

»Nein, ich arbeite«, erwiderte Marler in derselben Sprache. »Ich bin Musiker.«

»Wo fahren Sie hin?«

»Nach Bern. Ich gebe dort ein Konzert.«

Marler hoffte, daß es in der Hauptstadt der Schweiz tatsächlich eine Konzerthalle gab, aber er bezweifelte, daß der *flic* das wußte. Er sagte so wenig wie möglich, versuchte, mit möglichst wenigen Worten auszukommen. Leute, die viel redeten, waren der Polizei immer verdächtig. Der *flic* betrachtete den Geigenkasten.

»Ihr Konzert findet heute statt?« fragte er grob.

»Nein, morgen. Ich habe vor, unterwegs irgendwo zu übernachten. Ich muß ausgeruht sein für das Konzert.«

Marlers Gedanken rasten und versuchten, keinen Blickwinkel außer acht zu lassen. Es war nicht unmöglich, daß er, wenn er Colmar erreicht hatte, demselben *flic* noch einmal begegnete. Der Polizist ging um den Kühler des Wagens herum, öffnete die Beifahrertür, lehnte sich hinein, öffnete den Verschluß des Geigenkastens und hob den Decke. Er starrte auf das lange Seidenfutteral, aus dem das Ende des Bogens herausragte.

Marler sagte nichts. Er achtete sehr darauf, sich keinerlei Ungeduld oder Nervosität anmerken zu lassen. Kein Trommeln mit den Fingern auf dem Lenkrad. Der *flic* schaute auf den Rücksitz des Audi.

»Was ist in der Tasche da hinten?«

»Kricketsachen. Unser Nationalsport. In der Tasche ist das, was wir zum Spielen brauchen – ein Schläger und Bälle.«

Der Polizist runzelte die Stirn, griff hinein, zog den Reißverschluß der Tasche auf, betrachtete ihren Inhalt. Er zuckte die Achseln und machte die Tasche wieder zu. Die Engländer hatten merkwürdige Gewohnheiten. Marler wurde bewußt, daß er einen jener eklatanten Fehler begangen hatte, die selbst den vorsichtigsten Leuten gelegentlich unterlaufen. Wer würde in diesem Teil der Welt im Winter Kricket spielen?

Der Polizist schlug die hintere Tür zu, wie er es bereits mit der Beifahrertür getan hatte, und zuckte angesichts der Absonderlichkeiten der Engländer abermals die Achseln. Ohne ein weiteres Wort kehrte er zu seinem Streifenwagen zurück und stieg wieder ein. Der Wagen schoß davon wie eine Rakete.

»Und diese Erfahrung reicht für einen Tag«, sagte Marler leise, nachdem er den Deckel des Geigenkastens zugemacht und den Motor wieder gestartet hatte.

Für Jennie war die Rückfahrt vom Château Noir nach Colmar ein einziger Alptraum. Gaunt fuhr auf schneebedeckte Straßen, die darunter vereist sein konnten, raste um Haarnadelkurven am Rand von Abgründen. Einmal schlitterte er dicht an einen endlosen Steilhang heran. Mit großem Geschick brachte er den Wagen wieder unter Kontrolle, jagte ein weiteres steiles Stück Straße entlang. Jennie verkrampfte ihre behandschuhten Hände.

»Viel haben wir nicht aus Amberg herausholen können«, bemerkte sie. »Der typische Schweizer. Obwohl die meisten Schweizer, denen ich begegnet bin, sehr höflich und hilfsbereit waren.«

»Halt den Mund! Ich muß fahren!«

Inzwischen kannte sie Gaunt und seine schwankenden Stimmungen recht gut. Als sie eine weitere Kurve durchfuhren, betrachtete sie sein Profil. Keine Anspannung, kein Anzeichen dafür, daß der BMW jede Sekunde in ein tödliches Schlittern geraten konnte. Ihr wurde plötzlich klar, daß er nur mit der Hälfte seines Denkens beim Fahren des Wagens war.

Er war ein hervorragender Fahrer, und die andere Hälfte war meilenweit entfernt und beschäftigte sich mit etwas, das ihm zu schaffen machte. Was konnte es sein, woran er im Geiste herumkaute wie ein Hund an einem Knochen?

Ungefähr zwanzig Meter vor ihnen kam ein gelber Traktor von einem schneebedeckten Feld. Wenn er erst einmal auf der Straße war, würde es sehr schwierig sein, ihn zu überholen. Gaunt gab Gas, drückte die Hand auf die Hupe, ließ sie pausenlos durch die Berge dröhnen. Großer Gott! Er wollte sich vor den Traktor setzen!

Sie schloß die Augen, wartete auf den tödlichen Zusammenstoß, konnte es nicht ertragen, nicht zu sehen, was passierte, und öffnete sie wieder. Sie biß die Zähne zusammen. Der BMW, die kurvenreiche Straße hinunterrasend, wurde noch schneller. Der Traktorfahrer schien sie nicht zu bemerken. Seine gelbe Masse ragte neben Jennie auf, als der BMW an ihm vorbeischoß und fast die Seite der Maschine gerammt hätte. Jennie stieß den angehaltenen Atem aus.

»Blöder Kerl«, bemerkte Gaunt gelassen. »Hätte warten müssen. Ich hatte Vorfahrt.«

»Du hättest nur dann Vorfahrt gehabt, wenn der Mann sie dir gelassen hätte«, erklärte sie.

»Was hast du gesagt?« Er warf ihr einen flüchtigen Blick zu.

Er hatte kein Wort von dem gehört, was sie gesagt hatte. Jetzt wußte sie, daß sie recht gehabt hatte – er fuhr mit Autopilot. Der größte Teil seines Denkens war meilenweit entfernt. Wo?

Sie ließ sich alles, was gesagt worden war, während sie im Château Noir waren, noch einmal durch den Kopf gehen. War es Frustration, was Gaunt zu schaffen machte? Frustration, weil der Film und das Band angeblich verschwunden waren?

Dann wurde es ihr schlagartig klar. *Wußte* Gaunt, was der Film und das Tonband enthielten? Sie erinnerte sich an etwas, das Gaunt zu Beginn seines Gesprächs mit Amberg gesagt hatte. Als Julius in Tresilian Manor eingetroffen war, hatte Gaunt mit ihm gesprochen. Hatte Julius Gaunt erzählt, was er auf dem Film gesehen, auf dem Band gehört hatte? Es war möglich, vielleicht sogar wahrscheinlich.

Als sie sich Colmar näherten, kam von den Feldern her plötzlich dichter Nebel auf und drang in die Stadt ein. Gaunt schaltete die Nebelscheinwerfer ein und fuhr im

Schrittempo. In der Nähe des Hotels Bristol kamen sie durch eine Straße mit Geschäften. Sie legte ihm eine Hand auf den Arm.

»Greg, könntest du mich hier absetzen? In den Geschäften brennt Licht, sie haben noch geöffnet. Ich möchte mir etwas in der Drogerie besorgen.«

»Von mir aus.«

Er fuhr an den Bordstein. Sie öffnete die Tür, schwang ihre langen Beine heraus. Als sie sich umdrehte, um die Tür zuzumachen, und ihn ansah, hatte sie den Eindruck, daß er sich ihrer Existenz wieder bewußt war.

»Von hier zum Bristol sind es nur ein paar Schritte. Du weißt ja, wo du mich finden kannst. In der Bar natürlich...«

Das Heck des BMW wurde von dem Nebel verschluckt, der inzwischen noch dichter geworden war. Als Gaunt in den Rückspiegel schaute, sah er sie nur als undeutliche Silhouette am Bordstein.

Im Bristol hatte Tweed beschlossen, daß sie ihr verspätetes Mittagessen in der Brasserie einnehmen würden. Nach ihrer Ankunft hatte er geraume Zeit damit verbracht, eine Karte der Vogesen zu studieren und die verschiedenen Routen zum Château Noir herauszufinden.

Im Hotel gab es ein besseres Restaurant, in das man durch das Foyer gelangte. Der Kellner, der ihm, Paula und Newman entgegenkam, trug einen formellen schwarzen Anzug, und als er versuchte, sie zu einem Tisch zu geleiten, benahm er sich, als täte er ihnen einen Gefallen.

»Ich suche die Brasserie«, teilte ihm Tweed auf Englisch mit.

»Tatsächlich, Sir?« Der Tonfall des Kellners besagte, daß er den Status des Gastes falsch beurteilt hatte. »Durch diese Tür dort, dann links und noch einmal links.«

»Hier ist es besser«, bemerkte Tweed. »Gemütlicher. In dem anderen Restaurant kann man eine Stunde auf den ersten Gang warten, und das Servieren vollzieht sich wie ein Staatsbegräbnis.«

Paula war ganz seiner Meinung. Und im Gegensatz zum Restaurant, wo die Leute dagesessen hatten wie Wachspuppen, waren die paar Gäste hier vorwiegend Einheimische, die einen Apéritif tranken und eine Mahlzeit zu sich nahmen.

Eine Kellnerin geleitete sie zu einem Tisch an einer der getäfelten Wände. Die Tischdecke hatte eine hübsche rosa Farbe.

Die Fenster der Brasserie gingen auf den Bahnhof hinaus, von dem sie durch eine breite Straße getrennt war. Tweed hatte gut gewählt.

»Ich glaube, ich werde ein Glas Wein trinken«, verkündete Tweed zu Paulas Überraschung, nachdem sie sich niedergelassen hatten. »Wir sind in einer Riesling-Gegend. Ein vorzüglicher Wein.«

Die geschäftige Kellnerin trug eine weiße Bluse, einen schwarzen Rock und eine kurze weiße Schürze. Nachdem die anderen freudig zugestimmt hatten, bestellte Tweed eine Flasche Riesling. Als sie gebracht wurde, sahen sie, daß es ein 1989er Wein war.

»Jetzt müssen Sie sagen, daß das ein guter Jahrgang ist«, zog Newman ihn auf.

»Hoffen wir es. Ich habe keine Ahnung. Haben Sie schon einmal vom Château Noir gehört?« fragte er die Kellnerin auf Englisch.

»Ja. Es liegt in den Bergen, oberhalb vom Lac Noir. Ein schlimmer Ort, Sir. Er bringt Unglück.«

»Weshalb?«

»Das Château Noir hat eine merkwürdige Geschichte, Sir. Es wurde vor vielen Jahren von einem amerikanischen Millionär gebaut. Aus Granit, nach den Plänen einer mittelalterlichen Festung. Hat viele Millionen Francs gekostet. Er hat Selbstmord begangen.«

»Wer hat Selbstmord begangen?« fragte Tweed.

»Der amerikanische Millionär. Er ist von dem Château aus in den Lac Noir gesprungen. Niemand wußte, warum. Es hat jahrelang leergestanden. Wer würde einen solchen Bau kaufen?«

»Ich habe gehört, jemand hat es getan. Ein Schweizer Bankier.«

»Natürlich. Er hat es für ein Butterbrot gekauft. Mr. Julius Amberg aus Zürich. Vielleicht war er nicht abergläubisch und glaubte nicht, daß ihm ein vorzeitiger Tod bevorstünde. Ich wünsche ihm trotzdem viel Glück. Er ist ein netter Mann.«

Paula beobachtete Tweed und fragte sich, ob er vorhatte, es ihr zu sagen.

Tweed schaute lediglich interessiert drein und stellte der Kellnerin eine weitere Frage.

»Sie sagten, er ist ein netter Mann. Sind Sie ihm begegnet?«

»Ja, oft. Wenn er in Colmar ist, kommt er immer hierher – in die Brasserie. Auf einen Apéritif, oder um etwas zu essen.« Sie senkte die Stimme. »Er sagt, das Restaurant ist etwas für Snobs, das Essen ist hier viel besser, und man bekommt es schnell. Aber jetzt muß ich mich um die anderen Gäste kümmern …«

»War Mr. Amberg in letzter Zeit hier?« fragte Tweed, bevor sie enteilen konnte.

»Nein, schon eine Weile nicht mehr. Aber gestern abend, als es dunkel wurde, haben wir Licht im Château gesehen. Vielleicht geht dort ein Gespenst um. Haben Sie sich entschieden, was Sie essen möchten? Ich kann wiederkommen.«

»Ich nehme das panierte Kalbsschnitzel, mit Röstkartoffeln.« Er sah Paula an. »Was möchten Sie?«

»Für mich dasselbe, bitte«, sagte Paula zu der Kellnerin.

»Bringen Sie das dreimal«, bat Newman.

Die Kellnerin eilte davon. Paula betrachtete ein riesiges Wandbild über der Tür, die in die Küche führte. Es stellte einen kleinen See zwischen den hohen Gipfeln der Vogesen war. Tweed folgte ihrem Blick.

»Ich frage mich, ob das der Lac Noir ist«, sagte sie. »Wenn ja, dann sieht er ziemlich unheimlich aus. Und diese merkwürdige Geschichte, die sie uns über das Château Noir erzählt hat. Offenbar hat Walter Amberg für die Brasserie nichts übrig.«

»Nach dem, was ich von Walter gesehen habe«, bemerkte Newman, »dürfte er das Restaurant vorziehen, die silbernen Abdeckhauben und all diesen Zirkus.«

»Soviel wir wissen«, erklärte Tweed, »ist Amberg erst seit zwei oder drei Tagen im Château. Interessant zu hören, daß sich dort tatsächlich jemand aufhält. Das Licht, das die Kellnerin erwähnte.«

»Wir fahren hinauf, um uns in die Höhle des Löwen zu wagen, nicht wahr?« fragte Paula.

»Das ist einer der Gründe dafür, daß wir hergekommen sind. Übrigens – ich möchte Ihnen nicht den Appetit verderben, aber ich glaube, die Gegenseite ist bereits eingetroffen. Als wir durch das Restaurant gingen, sind mir sechs Männer an einem Ecktisch aufgefallen. Ich habe auch Bruchstücke ihrer Unterhaltung gehört. Sie sprachen mit amerikanischem Akzent. Keine sehr erfreulich aussehenden Typen.«

»Aber weshalb ausgerechnet hier?« fragte Paula.

»In Zürich gibt es eine ganze Reihe von erstklassigen Hotels. In Basel gibt es nur zwei – das Drei Könige und das Hilton. Hier ist das einzige große Hotel das Bristol. Da ist es nur logisch, daß einige von ihnen sich hier einquartiert haben. Vielleicht haben sie sogar seine strategisch günstige Lage erkannt.«

»Strategisch günstig in welcher Hinsicht?« wollte Paula wissen.

»Wenn ihr Ziel gleichfalls das Château Noir ist, sind sie auf der richtigen Seite der Stadt. Von hier aus kann man über die Bahnstrecke hinweg direkt in die Vororte fahren und dann hinauf in die Vogesen. Die Straße führt praktisch um Colmar herum.«

»Es kommt dichter Nebel auf«, bemerkte Newman.

Paula drehte sich auf ihrem Stuhl um und blickte auf die zur Straße hinausgehenden Fenster, an denen Spitzengardinen hingen. Gäste, die von der Straße hereinkamen, konnten die Brasserie durch eine Doppeltür betreten.

Newman hatte recht. Der Nebel schien von Minute zu Minute dichter zu werden. Die verschwommenen Scheinwerfer von Wagen tauchten auf und verschwanden in dem milchigen Dunst. Und die Temperatur war rapide gesunken. Ein Mann kam herein und brachte einen Schwall eiskalter Luft mit.

Ein Kellner in weißem Hemd, schwarzer Hose und einer langen Schürze beeilte sich, die Tür wieder zu schließen. An den Fenstern glitten die geduckten Silhouetten von Leuten vorbei, die so schnell nach Hause eilten, wie sie es in diesem Nebel riskieren konnten.

»Der Wein schmeckt mir«, sagte Tweed und leerte sein Glas. »Es ist wirklich ein sehr guter Riesling.«

Aus dem Augenwinkel heraus sah Paula, wie Newman sich nachschenkte. Sie drehte sich um, griff nach der Flasche Perrier, die die Kellnerin gebracht hatte, und füllte Tweeds Wasserglas.

»Sonst fangen Sie noch an zu singen«, zog sie ihn auf.

»Riesling ist mein Lieblingswein. Er hilft mir beim Denken.«

»Jede Ausrede ist besser als gar keine«, spottete sie weiter.

Sie drehte sich abermals um. Die gespenstischen Schemen der vor dem Fenster vorbeihastenden Leute faszinierten sie. Dann versteifte sie sich. Eine Frau hatte die Tür aufgerissen und kam herein. Sie sah aus, als wäre sie zu Tode verängstigt. Jennie Blade. Sie entdeckte Tweed, eilte auf seinen Tisch zu. »Er ist mir wieder gefolgt«, sprudelte sie heraus. »Der Mann mit dem breitkrempigen Hut.«

Ihr blondes Haar glitzerte von der Nebelnässe. Ihre Augen wirkten verstört. Tweed stand auf, ging um den Tisch herum, rückte ihr einen Stuhl zurecht, auf dem sie sich ihm gegenüber niederlassen konnte. Dann setzte er sich wieder und sah sie an.

»Wann ist das passiert?«

»Gerade eben. Er hatte mich beinahe eingeholt. Gott sei Dank, daß dieses Lokal so nahe war. Derselbe Mann – er ist mir gefolgt, und er hatte diesen verdammten breitkrempigen Hut so tief ins Gesicht gezogen, daß ich es nicht sehen konnte. Ich habe fürchterliche Angst.«

# 35

»Ich brauche einen Drink«, sagte Jennie, nachdem sie ihren Mantel ausgezogen und ihn über die Lehne eines Stuhls gehängt hatte. »Brandy.«

»Fürs erste nichts Hochprozentiges«, riet Tweed. »Sie stehen unter Schock. Probieren Sie ein Glas von diesem Riesling.«

Paula langte hinüber zu einem leeren Tisch, ergriff ein Glas und stellte es vor Jennie hin. Als Tweed ihr Wein einschenkte, war er froh, daß er dafür gesorgt hatte, daß sie ihm gegenübersaß – sie konnte Paula nicht ansehen, deren Miene voller Zweifel war.

»Können Sie mir erzählen, was passiert ist?« fragte Tweed.

Jennie leerte ihr Glas zur Hälfte, setzte es ab, hob es dann sofort wieder und trank den Rest. Tweed schenkte ihr nach.

»Weshalb waren Sie in diesem Nebel unterwegs?«

»Ich war mit Gaunt zusammen. Wir waren gerade vom Château Noir zurückgekehrt. Ich bat den Squire, mich in der Ladenstraße abzusetzen, damit ich in eine Drogerie gehen konnte. Es passierte, als ich wieder herauskam.«

»Ja, erzählen Sie weiter«, ermutigte Tweed sie.

»Ich kam aus dem Laden, und es war gespenstisch. Ich war verblüfft, wie dicht der Nebel inzwischen geworden war. Er stand mit dem Rücken zu mir da und hielt etwas in der linken Hand. Derselbe breitkrempige Hut, so tief heruntergezogen, daß ich sein Gesicht nicht sehen konnte. Derselbe lange schwarze Mantel. Ich begann, auf das Bristol zuzugehen. Ich hörte, wie er hinter mir herkam. Ich geriet in Panik, begann zu rennen. Er ging wesentlich schneller, machte größere Schritte.«

»Woher wissen Sie das – daß er größere Schritte machte?« fragte Paula. »Haben Sie sich umgedreht?«

»Großer Gott, nein! Dazu hatte ich viel zu viel Angst. Aber sonst war in dem Nebel kein anderes Geräusch zu hören – nur das Klicken seiner Schuhe, das immer näher kam. Dieses klickende Geräusch kam in größeren Abständen – daher wußte ich, daß er jetzt größere Schritte machte.«

»Sehr gut beobachtet«, bemerkte Tweed. Er trank einen Schluck von dem Kaffee, den die Kellnerin kurz vor Erscheinen ihrer verängstigten Besucherin gebracht hatte. »Besonders, wenn man bedenkt, wieviel Angst Sie hatten.«

»Dann sah ich die Brasserie. Ich bin hier hereingeschossen, wie Sie gesehen haben. Was für eine Erleichterung!«

»Trinken Sie noch ein bißchen Wein.« Tweed wartete, bis sie ihr zweites Glas zur Hälfte geleert hatte. Er schenkte ihr nach. »Was ist aus Ihrem Verfolger geworden?«

»Ich habe keine Ahnung. Zumindest ist er mir nicht hier herein gefolgt. Aber hier hätte mir nichts passieren können.« Zum ersten Mal lächelte sie. »Sie sind hier.«

»Fühlen Sie sich jetzt besser?« Tweed streckte einen Arm aus, ergriff ihre Hand, die auf dem Tisch lag, und drückte sie. »Hier sind Sie sicher, unter Freunden.«

Newman hatte geschwiegen und alles Tweed überlassen. Ihm fiel auf, daß in der Wärme der Brasserie die Tropfen der Nebelnässe auf Jennies blondem Haar geschmolzen waren, wodurch es etwas strähnig wirkte. Aber sie war noch immer eine unglaublich gutaussehende Frau.

»Möchten Sie etwas essen?« fragte Tweed sie.

»Nur ein bißchen Brot. Etwas anderes kann mein Magen noch nicht vertragen.«

Sie nahm sich ein Stück Weißbrot, strich etwas von der Butter darauf, die Newman bestellt hatte, verschlang es heißhungrig und griff dann nach einem zweiten Stück.

»Jetzt ist mir wohler«, verkündete sie eine Minute später.

»Entschuldigen Sie meine Tischmanieren, aber ich habe seit Stunden nichts gegessen.«

»Sie sagten, Sie wären gerade mit Gaunt vom Château Noir zurückgenommen«, begann Tweed. »Können Sie mir erzählen, was dort passiert ist? Sie haben Amberg besucht?«

»Ja. Das war eine ganz neue Erfahrung für Gaunt...«

Sie ging daran, Tweed in allen Einzelheiten zu berichten, was vorgefallen war. Sie erinnerte sich an fast jedes Wort der Unterhaltung zwischen den beiden Männern. Gaunts Miene, Ambergs eisiger Blick. Dann am Schluß die Veränderung in Ambergs Wesen, als er mit ihr sprach, die Theorie, die sie sich gebildet hatte, daß der Schweizer die Gesellschaft von Frauen bevorzugte. Ihre Beschreibungen waren höchst anschaulich.

Paula warf einen Blick auf Tweed. Er lehnte sich vor, völlig versunken in das, was Jennie berichtete. Paula hatte das Gefühl, daß Tweed das, was sich im Château Noir abgespielt hatte, regelrecht vor sich sah. Auch Newman schaute wie gebannt auf ihren Gast. Vielleicht war auch er in Gedanken im Château Noir.

»Und schließlich«, beendete Jennie ihren Bericht, »nach der grauenhaften Rückfahrt, bei der ich dachte, wir würden sie nicht lebend überstehen, setzte mich Gaunt – auf meine Bitte hin – vor den Läden ab.«

Es folgte eine lange Pause. Tweed schaute sie nach wie vor an, während sie noch mehr Wein trank und ihn über den Rand des Glases hinweg musterte. Schließlich lehnte er sich in seinem Stuhl zurück.

»Sie haben eine erstaunliche Beobachtungsgabe.«

»Aus Ihrem Mund halte ich das für ein großes Kompliment.«

»Nur eine Feststellung der Tatsachen.«

»Ich glaube, ich habe Sie lange genug belästigt – und ich könnte eine heiße Dusche gebrauchen.« Sie stand auf und sah Paula und Newman an. »Ich hoffe, ich habe Ihnen nicht das Essen verdorben – und danke, daß Sie sich mein Gerede angehört haben.« Sie sah Tweed an. »Können wir uns irgendwann einmal in Ruhe unterhalten?«

»Ich habe Zimmer 419. Sie können jederzeit kommen, wenn Ihnen danach ist. Damit ich weiß, daß Sie es sind, trommeln Sie einen kurzen Wirbel an meine Tür. Ungefähr so.«

Er trommelte rasch mit den Fingern auf dem Tisch. Jennie wiederholte den Rhythmus. Auch Newman stand auf und griff nach seinem Mantel.

»Sie brauchen nicht wieder in den Nebel hinauszugehen, um den Haupteingang zu erreichen. Es gibt eine Abkürzung durch das Restaurant. Ich begleite Sie zu Ihrem Zimmer.«

»Das ist sehr nett von Ihnen.« Sie bedachte ihn mit ihrem wärmsten Lächeln. »Ich bin immer noch ein bißchen zittrig.«

Paula wartete, bis sie verschwunden waren. Dann wendete sie sich an Tweed.

»Ich glaube kein Wort von dem, was sie gesagt hat.«

Tweed trank noch etwas Wein, bevor er darauf reagierte. Er setzte sein Glas ab.

»Das ist wirklich ein hervorragender Riesling.«

»Mit anderen Worten, Sie sind anderer Ansicht. Sie glauben, ich wäre biestig. Vielleicht bin ich es.«

»Wohl kaum. Das ist nicht Ihre Art. Nennen Sie mir Ihre Gründe.«

»Die ganze Geschichte kann nur Einbildung sein. In Basel hat sie Ihnen dieselbe Story erzählt. Der berühmte Schattenmann. Jetzt sind wir ziemlich weit von Basel entfernt. Und schon taucht der Schattenmann hier im Elsaß erneut auf. Das kaufe ich ihr nicht ab.«

»Haben Sie es vergessen?« fragte er sanft. »Eine unparteiische Zeugin in Zürich – die alte Schnüffelnase – hat den Schattenmann gesehen, als er nach dem Mord an Klara das

Haus verließ, und ihn mit fast den gleichen Worten beschrieben.«

»Aber dafür ist uns eine Erklärung eingefallen. Jennie befand sich auf dem Platz, ohne daß wir sie gesehen haben, und sah ihn beim Verlassen des Gebäudes – was ihr die Idee eingab.«

»Welchen Grund sollte sie dafür haben, diese Bedrohung zu erfinden? Und wie hätte sie wissen können, daß wir in der Brasserie sitzen?«

»Sie hat es sich in dem Moment ausgedacht, als sie aus dem Nebel durch diese Tür hereinkam. Unsere Jennie läßt nichts anbrennen. Ihre Reflexe sind so schnell wie der Blitz. Das gestehe ich ihr zu.«

»Möglich. Ja, Sie könnten recht haben. Und ihr Motiv?«

»Sie ist hinter dem Film und dem Tonband her. Ich habe allmählich das Gefühl, daß sie für irgend jemanden sehr wertvoll sind.«

Tweed nickte zustimmend. Paulas Theorie hatte ihn verunsichert. Eine Frau sah oft besser als ein Mann, was es mit einer anderen Frau auf sich hatte. Paula hatte eine sehr plausible Theorie vorgetragen.

»Und weshalb dann das Schauspiel – daß sie hier hereingestürmt kam, als wäre sie zu Tode verängstigt?« fragte er.

»Sie hatte gesehen, daß Sie hier drinnen waren – vielleicht haben wir nicht bemerkt, daß sie zuerst durch die Abkürzung hereingekommen war. Dann kehrt sie in den Nebel zurück und zieht ihre Schau ab. Weshalb? Um näher an Sie heranzukommen. Sie glaubt, Sie würden sie zu dem Film und dem Tonband führen.«

»An Ihren Überlegungen könnte etwas dran sein«, gab er zu.

»Noch etwas«, fuhr Paula fort. »Als sie von ihren Erlebnissen im Château Noir berichtete – und ich muß zugeben, ich war ein bißchen neidisch, wie gut sie das gemacht hat. Das ist sonst meine Stärke. Tut mir leid, ich komme vom

Thema ab. Als sie berichtete, was im Château Noir passiert ist, hat etwas, was angeblich gesagt wurde – oder sich ereignet hat –, einen starken Eindruck auf Sie gemacht.«

»Das stimmt. Aber ich möchte nicht darüber reden, bevor ich Zeit gehabt habe, es mir gründlich durch den Kopf gehen zu lassen.«

»Bob ist schon eine ganze Weile fort.« Sie lächelte spöttisch. »Vielleicht hat er sie nicht nur zu ihrem Zimmer begleitet, sondern auch hinein. Er ist ihrem Charme verfallen.«

»Da unterschätzen Sie ihn«, erklärte Tweed. »Ich habe das schon mehrfach erlebt – daß er so tut, als wäre er völlig hingerissen von einer attraktiven Frau. Und die ganze Zeit fragt er sich ›Was führt sie im Schilde?‹«

»Pst! Da kommt er. Und mit noch mehr weiblicher Gesellschaft ...«

Als sie sich Tweeds Tisch näherten, lachte Eve Amberg über etwas, das Newman gesagt hatte. Sie hatte sich bei Newman eingehängt und strich sich mit der anderen Hand eine Strähne ihres tizianroten Haars aus dem Gesicht. Paula inspizierte ihre Aufmachung. Sie trug ein dunkelgrünes Strickkostüm und eine tief ausgeschnittene cremefarbene Bluse. Dürfte einen hübschen Batzen gekostet haben, dachte Paula. Newman, der offenbar Spaß an der Sache hatte, stellte sie pantomimisch vor, indem er einen Arm schwenkte und den anderen dazu benutzte, ihr einen Stuhl zurechtzurücken.

»Sehen Sie sich das Juwel an, das ich oben gefunden habe«, scherzte er.

»Hallo, Paula«, begrüßte Eve sie, bückte sich und küßte sie auf die Wange. »Und ein großes Hallo für Sie«, fuhr sie fort, sich an Tweed wendend, dem sie einen wesentlich längeren Kuß auf die linke Wange drückte. »Bob hat mich getroffen, als ich aus meinem Zimmer kam. Gott sei Dank. Ich bin eine verlassene Frau.«

»Hört sich aufregend an«, bemerkte Tweed, das Spiel mitspielend. »Sie sehen aus wie ein Glas von diesem hervorragenden Riesling.«

»Haben Sie das gehört?« wendete sich Eve an Paula. »Und das, nachdem ich eine halbe Stunde auf mein Make-up verschwendet habe. Ist er nicht einfach furchtbar?«

»Aber loswerden können wir ihn nicht«, scherzte Paula zurück.

»Wünschen Sie mir Erfolg.«

Eve hob das Glas, das Tweed gefüllt hatte, kostete den Wein, warf Newman einen verschmitzten Blick zu.

»Zumindest versteht dieser Mann etwas von Wein. Er ist köstlich. Kann sein, daß ich mehr davon haben möchte.«

»Wer hat Sie verlassen?« fragte Tweed.

»Der Squire. Schon wieder. Er hat mich hergefahren, zusammen mit seiner neuesten Freundin Jennie Blade. Und dann ist er mit ihr verschwunden, ich habe keine Ahnung, wohin. Den ganzen Nachmittag. Aber im Ernst, Tweed, ich freue mich, Sie wiederzusehen.«

»Ganz meinerseits.« Tweed schwieg einen Moment. »Wobei sollen wir Ihnen Erfolg wünschen?«

»Es ist wieder Walter. Walter Amberg, mein teurer Schwager, den ich nicht ausstehen kann. Ich habe ihn von hier aus angerufen. Ich wollte mir ein Taxi nehmen. Der Squire kann tot umfallen und seine Jennie anhimmeln. Und welche Antwort bekomme ich, als ich Walter anrufe? Nicht heute nachmittag. Kommt nicht in Frage. Habe Gäste. Ein andermal, wenn ich nicht so beschäftigt bin. Gäste? Ich glaube ihm kein Wort. Er geht mir aus dem Weg. Ich werde ihn überraschen – hinauffahren, ohne vorher anzurufen.«

»Weshalb sträubt er sich gegen Ihren Besuch?« fragte Tweed.

»Aus dem gleichen Grund, den ich Ihnen schon früher genannt habe. Er will mir mein Geld nicht geben. Aber er wird es tun, er wird es, das verspreche ich Ihnen. Von Angesicht zu Angesicht ist er Wachs in meinen Händen, der kleine Widerling.«

»Und Gaunt?«

»Gott weiß, wo der steckt.« Sie warf einen Blick nach links, wo gerade jemand die Brasserie betrat. »Aber wenn man vom Teufel spricht – da ist er. Natürlich auf einen Drink aus.«

Gaunt, immer noch in Sportjackett und Cordhose, war durch die Abkürzung aus dem Hotel gekommen. Sobald er das Lokal betreten hatte, dröhnte seine Stimme los und veranlaßte die wenigen Einheimischen an ihren Tischen, ihn anzustarren.

»Einen doppelten Scotch, *garçon*!« brüllte er auf Englisch. »*Tout suite!* Zu dem Tisch dort drüben.« Er sah Tweed und Newman an und kehrte dem Kellner den Rücken zu. »Nein, bringen Sie drei doppelte. Und ein bißchen dalli, ich bin völlig ausgedörrt.«

Der junge Kellner, der jedesmals wenn er an ihrem Tisch vorbeigekommen war, gelächelt hatte, funkelte Gaunt an. Newman rief mit lauter, aber höflicher Stimme: »Nein, bitte nur einen doppelten Scotch. Danke.«

Gaunt marschierte zu ihrem Tisch, wo er einen Augenblick stehenblieb und ihre Gläser betrachtete.

»Sie trinken das lokale Gesöff? Das ist was für Schwule. Ein Scotch würde Ihnen ein bißchen Mumm geben.«

Eve war wütend. Ihre grünlichen Augen funkelten giftig. Paula hätte nie gedacht, daß sie eines solchen Ausdrucks fähig war. Ihre vollen, scharlachrot geschminkten Lippen verspannten sich, als Gaunt einen Stuhl heranzog und sich zu ihnen setzte.

»Greg«, wütete sie, »Sie entschuldigen sich sofort, daß Sie meinen Freunden gegenüber diesen Ausdruck benutzt haben. Oder Sie scheren sich zum Teufel.«

»Ich entschuldige mich sofort«, äffte Gaunt nach. »Das

sollte keine Beleidigung sein«, sagte er dann in vernünftigerem Tonfall. »Ich nehme alles zurück. Unverzeihlich von mir – aber ich habe eine höllische Fahrt in die Vogesen hinter mir.«

Und außerdem hast du ganz schön getankt, bevor du hier hereingekommen bist, dachte Newman. Whiskydunst driftete über den Tisch. Aber Eve war noch nicht fertig. Sie neigte sich Gaunt entgegen.

»Und außerdem sind Sie ein ungebildeter Klotz. Es heißt *tout de suite*. Sie können nicht einmal einen Kellner in korrektem Französisch beleidigen.«

»Es tut mir wirklich leid.« Diesmal schien Gaunt es ernst zu meinen. »Sie haben völlig recht, Eve. Ich entschuldige mich nochmals bei Ihnen allen. Hatte heute nachmittag ein merkwürdiges Erlebnis. Hat mich aus der Fassung gebracht. Was nicht oft passiert.«

Seine Stimmung hatte sich plötzlich geändert. Die letzten drei Sätze hatte er mit nüchterner, beinahe grimmiger Stimme gesprochen. Tweed runzelte die Stirn, dann wendete er sich an ihn.

»Möchten Sie darüber sprechen? Es sich von der Seele reden?«

»Haben Sie was dagegen, wenn ich das im Augenblick nicht tue? Ich muß mir die Sache erst durch den Kopf gehen lassen.«

Paula starrte ihn verwundert an. Er hatte fast genau dieselben Worte gebraucht wie Tweed ein paar Minuten zuvor.

Außerdem hörte es sich an, als bezögen sich seine Worte, wie die von Tweed, auf das Château Noir.

Gaunt schaute auf, als der Kellner seinen Drink vor ihn hinstellte. Er zog blitzschnell seine Brieftasche und gab dem Kellner ein großzügiges Trinkgeld.

»Vielen Dank. Ihr Service hier ist wirklich hervorragend.« Er ließ den Blick um den Tisch wandern. »Jennie ist verschwunden. Ich kann sie nirgendwo finden.«

»Sie hat vor kurzem noch an diesem Tisch gesessen«, teilte Tweed ihm mit. »Offenbar haben Sie sie in diesem Nebel irgendwo abgesetzt.«

»Weil sie es wollte«, bellte Gaunt defensiv.

»Dann hat sie uns verlassen, um in ihrem Zimmer zu duschen«, fuhr Tweed fort, Gaunts Grobheit ignorierend.

»Aber ich habe an ihre Tür gehämmert, bevor ich hierher kam. Sie hat nicht geantwortet. Die Tür war verschlossen. Ich habe das Ohr daran gedrückt, konnte aber kein Wasser fließen hören. Auf jeden Fall hätte sie sich etwas übergezogen und nachgesehen, wer an der Tür ist. Wie die meisten Frauen...« Er warf einen Blick auf Paula und Eve. »Anwesende natürlich ausgenommen. Wie viele Frauen ist sie immer neugierig. Ich wette meinen Ruf darauf, daß sie nicht in ihrem Zimmer ist.«

»Was für ein Ruf ist das?« fauchte Eve ihn an.

Tweed erhob sich, und Newman und Paula standen fast gleichzeitig auf. Sie hatten genug von Gaunt. Tweed nickte Eve und Gaunt zu und machte sich auf den Weg zu der Abkürzung durch das Restaurant. Paula bemerkte an mehreren Tischen Gruppen von Amerikanern, die ihr gar nicht gefielen. Tweed eilte ins Foyer, an das eine kleine Sitzecke angrenzte. Da saß Philip Cardon und las in einem Taschenbuch. Die Rezeption war unbesetzt.

»Ich habe zeitig gegessen«, erklärte Cardon. »Seither sitze ich hier und halte die Augen offen. Nicht weniger als fünfzehn Amerikaner sind eingetroffen und haben sich angemeldet. Die meisten von ihnen schlagen sich im Restaurant die Bäuche voll.«

»Haben Sie Jennie Blade gesehen? Die Frau, die einen so großen Eindruck auf Sie gemacht hat, als sie mit Gaunt in Tresilian Manor aufkreuzte?«

»Nein.«

Also hat Gaunt recht gehabt, dachte Tweed grimmig. Jennie war verschwunden.

# 36

Tweed stand reglos im Foyer. Außer ihm waren nur Paula, Newman und Cardon anwesend. Alle waren still – sie wußten, daß Tweed angestrengt nachdachte. Er drehte sich um und betrachtete die verlassene Rezeption und die geschlossene Tür. Dann wendete er sich wieder an Cardon.

»Philip«, sagte er leise, »Sie haben die Ankunft von fünfzehn Amerikanern beobachtet. Haben die Sie gesehen?«

»Natürlich nicht.« Cardon wies den Gedanken weit von sich. Er hob sein Taschenbuch bis über Augenhöhe und verbarg damit vollständig sein Gesicht. »Können Sie mich sehen?«

»Nein. Wo sind Butler und Nield?«

»Hier.« Cardon gab Tweed einen Zettel mit den Namen der beiden Männer und ihren Zimmernummern. »Sie haben gleichfalls zeitig gegessen und sind jetzt in ihren Zimmern.« Er sah auf die Uhr. »Harry müßte in fünf Minuten herunterkommen, um mich abzulösen. Wir haben uns abgesprochen, damit immer jemand da ist, der das Kommen und Gehen hier im Auge behält.«

»Ich verstehe. Sie sind beide im ersten Stock? Gut. Und jetzt möchte ich, daß Sie genau überlegen. Sind einige der Amerikaner erst vor kurzem hier eingetroffen?«

»Ja. Sie kamen grüppchenweise.«

»Also herrschte zeitweilig ziemlicher Betrieb hier im Foyer. Sie haben sich darauf konzentriert, nicht gesehen zu werden – und gleichzeitig die eintreffenden Gäste zu beobachten. Da ist es durchaus möglich, daß Sie eine Frau mit langem blondem Haar gesehen haben, ohne sich dieser Tatsache bewußt zu sein.« Tweed gab eine kurze Beschreibung von Jennies Kleidung. »Denken Sie genau nach. Hat eine so gekleidete Frau das Hotel *verlassen*?«

»Einen Moment – ja, ich glaube, eine solche Frau ist durch das Restaurant ins Foyer gekommen, genau wie Sie eben. Vor ungefähr einer Viertelstunde. Sie hat einen der Fahrstühle betreten. Danach habe ich sie nicht mehr gesehen.«

»Sind alle Amerikaner sofort in das Restaurant gegangen? Alle fünfzehn?«

»Ja, jedenfalls zuerst. Aber zwei von ihnen, ziemlich unangenehme Typen, kamen fast auf den Fersen von Jennie Blade wieder heraus. Sie müssen gleich nach ihr mit dem Fahrstuhl nach oben gefahren sein.«

»Danke. Bleiben Sie hier.« Er wendete sich an Newman und Paula. »Wir müssen uns beeilen, aber zuerst muß ich etwas besorgen.«

Tweed hob die Klappe am Ende des Rezeptionstresens, ging hindurch und griff nach dem Hauptschlüssel, der an einem Haken neben den normalen Zimmerschlüsseln hing. Dann eilte er zum Fahrstuhl, drückte auf den Knopf und betrat ihn, sobald die Tür aufgeglitten war. Als auch Newman und Paula im Fahrstuhl waren, drückte er auf den Knopf für den ersten Stock.

»Zuerst müssen wir Butler und Nield holen, mit ihren Waffen. Kann sein, daß wir auch Ihre brauchen werden. Aber nicht schießen, sofern es nicht die einzige Möglichkeit ist...«

Paula war verblüfft, bis Tweed Nield und Butler abgeholt und ihnen die Situation erklärt hatte.

»Wir überprüfen zuerst dieses Stockwerk...«

Tweed ging von einer Zimmertür zur nächsten und hielt das Ohr daran. Er war bei der dritten Tür angelangt, als er erstarrte und das Ohr noch fester an das Holz preßte. Drinnen waren Stimmen zu hören. Eine davon mit amerikanischem Akzent.

»Rauchen Sie? Nein? Aber Sie werden es tun, wenn ich

Ihnen diese angezündete Zigarette aufs Gesicht und andere Körperteile drücke. Danach wird Sie bestimmt kein Mann mehr ansehen wollen …«

»Nein, ihr Schweine …«

Die Stimme der Frau ging in einen Schrei über. Tweed steckte leise den Hauptschlüssel ins Schloß und drehte ihn lautlos. Er ergriff den Türknauf und warf einen Blick auf Butler, der mit einer Walther in der Hand dastand. Tweed nickte, drehte den Knauf und riß, seitlich von ihr stehend, die Tür weit auf.

Butler stürmte mit der Walther in beiden Händen geduckt ins Zimmer, darauf vorbereitet, sich zu Boden fallen zu lassen, und schwang die Waffe in einem weiten Bogen. Newman und Nield folgten ihm. Tweed zog den Schlüssel aus dem Schloß, trat gleichfalls in das Zimmer und schloß es von innen ab.

Jennie lag in einem Sessel. Ihre Knöchel waren mit einem Seil gefesselt, die Hände hinter ihrem Rücken zusammengebunden. Ihre Bluse war heruntergezogen, ihre Brüste lagen frei. In ihrem Mund steckte ein halb herausgerutschter Knebel. Ein großer, schlaksiger Amerikaner stand hinter ihr und drückte ihren Kopf mit einer Hand um ihre Kehle zurück. Ein kleinerer, untersetzter Mann beugte sich über sie und hielt eine angezündete Zigarette dicht an ihre Wange.

Butler war blitzschnell auf den Beinen und ließ den Lauf seiner Walther auf die Nase des untersetzten Amerikaners niedersausen. Der Mann schrie auf, ließ die Zigarette fallen. Tweed hob sie vom Teppich auf.

Im gleichen Moment erreichte Newman den schlaksigen Amerikaner, der schneller reagierte. Er ließ Jennie los, seine Hand fuhr in sein Jackett. Newmans linker Arm legte sich von hinten um seinen Hals und quetschte seinen Adamsapfel. Die harten Nägel seiner rechten Hand bohrten sich in den Handrücken des Amerikaners. Ein schmerzerfülltes Grunzen, und eine Luger fiel auf den Boden. Nield trat dem Amerikaner die Füße unter dem Leib weg, und er sackte, nach Luft keuchend, zusammen.

Tweed hatte die Luger aufgehoben, während der untersetzte Mann sich mit einer Hand die verletzte Nase hielt und mit der anderen in seinem Jackett herumtastete. Tweed rammte ihm den Lauf der Luger in den Bauch und schüttelte den Kopf. Die tastende Hand kam leer wieder zum Vorschein. Tweed benutzte die linke Hand, um unter seine Achselhöhle zu greifen, bekam den Kolben einer Waffe in einem Schulterholster zu fassen und zog sie heraus. Eine weitere Luger.

Alles war in Sekundenschnelle passiert. Der untersetzte Mann begann, mit unflätigen Worten zu fluchen. Paula versetzte ihm mit ihrem Browning einen Schlag auf den Mund, der ihn ein paar Zähne kostete. Er spuckte Blut.

»Passen Sie auf, was Sie sagen«, erklärte sie ihm. »Es sind Damen anwesend. Noch mehr davon, und Sie sind auch Ihre restlichen Zähne los.«

Der untersetzte Mann sah sie haßerfüllt an, während er ein Taschentuch hervorholte und zwei Zähne und Blut hineinspie. Er sah den Ausdruck in ihren Augen und schaute schnell weg.

Butler und Nield hatten den schlaksigen Amerikaner jetzt mit dem Gesicht nach unten auf dem Boden. Butler untersuchte ihn auf weitere Waffen, fand aber keine. Während Newman dem untersetzten Mann die gleiche Behandlung zukommen ließ, kümmerten Tweed und Paula sich um Jennie. Ungefragt hielt Butler Paula sein Taschenmesser hin. Sie benutzte es, um die Fesseln an Jennies Knöcheln und Handgelenken durchzuschneiden, während Tweed den Knebel löste. Er konnte keine Brandwunden an ihr entdekken.

»Jetzt muß ich Ihnen eine ganz dumme Frage stellen«, sagte Tweed und lächelte. »Wie fühlen Sie sich?«

»Okay.« Jennie rieb sich erst das eine und dann das andere Handgelenk. »Der Dicke heißt Eddie, der Große Hank.« Sie stand auf, und Paula hielt sich dicht neben ihr, um sie notfalls stützen zu können, aber sie schien fest auf den Beinen zu stehen. »Tun Sie mir einen Gefallen«, sagte sie. »Bringen Sie Eddie auf die Beine, und zwei von Ihnen sollen seine Arme festhalten.«

Verwundert ging Butler hinüber, um Newman zu helfen, nachdem Tweed ihnen zugenickt hatte. Sie zerrten Eddie hoch und umklammerten seine Arme. Paula hatte Jennies Bluse wieder hochgezogen. Sie ging langsam vorwärts, bis sie dicht vor dem untersetzten Mann stand.

»Eddie ist ein Sadist. Eddie macht seine Arbeit Spaß.«

Sie nahm die brennende Zigarette, die Tweed auf den Rand eines Aschenbechers gelegt hatte. Sie schnippte die Asche ab und fixierte den Mann.

»Eddie liebt es, andere Leute zu quälen. Er *genießt* es.«

»Hören Sie, Lady ...«, begann Eddie.

Jennie stieß die brennende Zigarette auf sein Gesicht zu, und er zuckte zurück. Tweed runzelte die Stirn, trat neben sie und flüsterte.

»Verbrennen Sie ihn nicht. Damit würden Sie sich auf sein Niveau begeben. Und ich lasse es nicht zu.«

Sie schüttelte den Kopf, um anzudeuten, daß das nicht ihre Absicht war. Ihre Augen funkelten den untersetzten Mann an, der jetzt heftig schwitzte. Schweißtropfen rannen ihm über die niedrige Stirn.

»Mach die Beine breit, Eddie«, befahl Jennie. »Sonst bekommst du die Zigarette ins Gesicht.«

Eddie, gleichzeitig verblüfft und verängstigt, setzte seine Füße auseinander. Jennie bewegte sich. Ihr rechtes Bein schoß hoch. Paula war erstaunt über die Muskelkraft, die sie an den Tag legte, bis sie sich erinnerte, daß sie eine Reiterin war. Sie versetzte dem Mann einen Tritt zwischen die Beine. Er stöhnte, keuchte nach Luft, beugte sich vornüber. Von Newman und Butler losgelassen, sackte er zusammen und umklammerte mit den Händen die Stelle, an der ihr Fuß ihn getroffen hatte.

»Ich begleiche gern meine Rechnungen«, sagte Jennie. »Können wir jetzt von hier verschwinden?« fragte sie Tweed.

»Natürlich. Kommen Sie …«

Sobald sie in seinem Zimmer war, sank sie in einen Sessel und brach schluchzend zusammen.

»Ich habe eine Botschaft für Sie, die Sie Ihrem Boß überbringen können«, erklärte Newman Hank und Eddie. »Ihr kommt nie wieder hierher zurück. Wenn ich je eine eurer Visagen wiedersehe, kommt ihr nicht lebend aus dem Elsaß heraus. Und jetzt verschwindet …«

Newman hatte Mühe, seine Wut zu unterdrücken. Butler öffnete die Tür, und Hank ging hinaus, mit einer Hand auf seinem gequetschten Adamsapfel. Eddie hatte Mühe, das Zimmer zu verlassen. Zusammengekrümmt schleppte er sich auf den Flur. Butler machte die Tür hinter ihm zu und ging mit Nield an eine Durchsuchung des Zimmers. Der wertvollste Gegenstand, den sie darin fanden, war eine Uzi-Maschinenpistole mit reichlich Munition. Sie nahmen sie mit.

Paula hatte Tweed und Jennie in sein Zimmer begleitet. Es war sehr geräumig, fast schon eine kleine Suite mit einer Sitzecke nahe der Tür und einem Schlafgemach im Hintergrund. Nachdem sie mit Jennie gesprochen hatte, war Paula in die Brasserie hinuntergeeilt und hatte einen großen Becher Milchkaffee mit viel Zucker verlangt.

Eve und Gaunt waren verschwunden. Er ist eine völlige Niete, wenn es darum geht, sich um eine Frau zu kümmern, dachte Paula, während sie den Becher in Tweeds Zimmer brachte. Das würde sie ihm sagen, wenn sie ihm das nächste Mal begegnete.

»Halten Sie den Becher mit beiden Händen«, forderte sie Jennie auf.

Das war eine vernünftige Vorsichtsmaßnahme. Jennies Hände zitterten heftig, aber mit Paulas Hilfe trank sie etwas von dem Kaffee. Sie schaute dankbar zu ihr auf.

»Danke. Mir ist fürchterlich kalt.«

»Das ist der Schock«, sagte Tweed ruhig. Er stand neben ihr. »Aber das gibt sich bald wieder. Trinken Sie alles, wenn Sie können.«

»Diese Schweine!« stieß Jennie hervor, nachdem sie den Becher geleert hatte.

Da wußte Tweed, daß sie sich schnell erholte. Er hatte den Eindruck, daß sie nicht nur über beträchtliche Körperkräfte verfügte, sondern auch über sehr viel seelische Spannkraft. Paula hatte sich einen Stuhl herangezogen und saß dicht neben ihr.

»Mir ist schon viel besser«, verkündete Jennie plötzlich. »Was ich Ihnen zu verdanken habe. Vermutlich hätte ich nicht tun sollen, was ich mit diesem Schwein Eddie getan habe.«

»Ich hätte ihm die Augen ausgekratzt«, versicherte ihr Paula.

»Fühlen Sie sich imstande, ein paar Fragen zu beantworten?« erkundigte sich Tweed.

»Legen Sie los!«

»Was für Informationen wollten sie aus Ihnen herausholen?«

»Sie wollten etwas über ein Video und ein Tonband wissen. Schienen zu denken, ich wüßte, wo sie sind, nach meinem Besuch im Château Noir. Ich habe ihnen gesagt, ich hätte keine Ahnung, wovon sie redeten, und daß Entführung in Frankreich ein Kapitalverbrechen sei, wenn dem Opfer irgend etwas passiert. Das habe ich mir ausgedacht – aber da sie Amerikaner waren, glaube ich nicht, daß sie viel über Europa wußten. Als ich dabei blieb, daß ich nicht wußte, wovon sie redeten – was wahr ist –, wurden sie richtig gemein. Ich hatte Glück, daß Sie gerade noch rechtzeitig kamen.«

»Wußten sie, daß Sie zusammen mit Gaunt im Château Noir waren?« fragte Tweed.

»Sie wußten es. Von mir haben sie es nicht erfahren.«

»Haben sie Amberg erwähnt?«

»Mit keinem Wort. Haben immer nur von ihrem verdammten Film und Tonband geredet.«

»Ich verstehe…«

Tweed verstand mehr, als sie ahnen konnte. Um über Gaunts Besuch bei Amberg informiert zu sein, mußte der Gegner das Château Noir ständig genau beobachten. Das war eine wertvolle, aber beunruhigende Information. Sie bedeutete, daß es dem amerikanischen Apparat nicht schwergefallen war, Ambergs Spur von Zürich nach Basel und dann in die Vogesen zu folgen.

»Sonst noch Fragen?« erkundigte sich Jennie. »Irgend etwas, womit ich Ihnen helfen könnte?«

»Ich glaube nicht«, erwiderte Tweed. »Sie waren sehr hilfsbereit.«

»Sie waren hilfsbereit. Ich bin Ihnen dankbarer, als ich sagen kann. Und jetzt bin ich ein bißchen müde. Ich glaube, es würde helfen, wenn ich mich eine Weile hinlege.«

»Nehmen Sie das linke Bett«, schlug Tweed vor. »Ich werde dafür sorgen, daß ständig jemand hier ist, der auf Sie aufpaßt. Könnten Sie den Anfang machen, Paula? Danke. Die Tür dort führt ins Bad.«

»Glauben Sie, daß sie beim nächsten Mal etwas anderes versuchen werden?« flüsterte Paula, als sie ihn auf den Flur hinausbegleitete.

»Ganz bestimmt«, flüsterte er zurück. »Und das nächste Mal ist es wahrscheinlich etwas ziemlich Teuflisches – schlimmer als das, was sie Jennie antun wollten. Das sind nicht einfach sadistische Gangster. Das sind erstklassige Profis.«

»Ihr habt die Sache also vermasselt«, bemerkte Mencken.

Es war eine absichtlich grausame Bemerkung in Anbetracht der Tatsache, daß Eddie auf einem Bett in Menckens Zimmer saß und immer noch den verletzten Teil seiner Anatomie umklammerte. Er funkelte Mencken an, dann wendete er den Blick schnell wieder ab. Menckens Augen waren so seelenlos wie die einer Schlange.

Hank, der an einer Wand lehnte, reckte seinen schlaksigen Körper. Ihm gefiel die Bemerkung nicht, er konnte Mencken nicht ausstehen. Aber wer konnte das schon?

»Wir hätten es aus ihr herausgeholt, wenn Tweeds Truppe nicht über uns hergefallen wäre«, protestierte er.

»Truppe?« höhnte Mencken. »Ich könnte Tweed mit zwei Fingern erdrosseln. Und mit wem hattet ihr es sonst noch zu tun? Mit Newman, einem Klatschreporter, mit dem nicht mehr viel los ist. Einem Weibsbild. Und einem weiteren Amateur.« Er nahm eine Zigarre, zündete sie langsam an, blies Rauch in Hanks Gesicht. »Ihr beide seid die reinsten Clowns. Meine alte Mom hätte es besser machen können.«

»Wußte gar nicht, daß Sie je eine hatten«, höhnte Hank.

Er bedauerte die Beleidigung in dem Moment, in dem die Worte aus seinem Mund heraus waren. Mencken war wie von einer Feder emporgeschnellt von seinem Stuhl aufgesprungen. Sein totenschädelähnlicher Kopf war nur ein paar Zentimeter von dem von Hank entfernt, und er brachte die brennende Zigarre so nahe an Hanks Gesicht heran, daß dieser die Hitze spüren konnte. Mencken stieß zwei lange, klauenähnliche Finger in seinen schmerzenden Adamsapfel.

»Was haben Sie eben gesagt?«

»Entschuldigung, Boß.« Hank keuchte nach Luft. »Natürlich haben wir die Sache vermasselt. Nächstes Mal machen wir es besser«, krächzte er.

»Wenn es ein nächstes Mal gibt.« Mencken trat einen Schritt zurück und paffte an seiner Zigarre. Der Rauch drang Hank in die Augen. Der schlaksige Amerikaner leckte sich die Lippen.

»Da ist noch etwas, was wir Ihnen noch nicht sagen konnten, Boß. Da ist noch ein dritter Mann in dieses Zimmer gekommen. Dachte, das sollten Sie wissen.«

»Na schön, dann weiß ich es jetzt.« Mencken starrte ihn weiter an. »Ihr habt von Anfang an Mist gebaut. Es hätte völlig ausgereicht, wenn sich einer von euch um das Weibsstück gekümmert hatte. Wenn der andere mit der Uzi Wache gehalten hätte, dann hättet ihr sie alle umlegen können – Tweed eingeschlossen. Dann hättet ihr das Weibsstück in euer Auto verfrachtet, wäret mit ihr in die Berge gefahren, hättet die Information aus ihr herausgeholt und mich dann angerufen. So hätte ich die Sache gehandhabt.«

»Der Lärm, den die Maschinenpistole gemacht hätte …«, setzte Hank an.

»… hätte das Hotel aufgeweckt«, unterbrach ihn Mencken. »Also wärt ihr sofort aus dem Hotel verschwunden. So habt ihr nur eine Menge Staub aufgewirbelt. Nur gut, daß ihr beide nicht mit uns im Restaurant gewesen seid. So könnt ihr nicht mit uns in Verbindung gebracht werden.«

Mencken war zu dem Schluß gekommen, daß Eddie und Hank entbehrlich waren. Sie waren jetzt Tweed und seinem Team bekannt. Er würde das Problem lösen, sobald sie sich in den Bergen befanden. Das Telefon läutete. Mencken ging bewußt langsam darauf zu und hob den Hörer ab. Es war Norton.

Der Mann mit den langen grauen Haaren und der Brille mit halbmondförmigen Gläsern war gezwungen, das Telefon in seinem Hotelzimmer zu benutzen. Er hatte sich in dem kleinen Hotel L'Arbre Vert in Kaysersberg unter dem Namen Harvey Cheney eingetragen. In diesem gottverlassenen Nest gab es keine Telefonzellen.

»Hier Norton. Es wird Zeit, daß ich eine Erfolgsmeldung höre. Und hüten Sie sich vor vertraulichen Angaben über unsere Konkurrenz – der Anruf geht über die Hotelvermittlung.«

»Ich war an dem Ort, der Ihnen aufgefallen ist, wo die Ware lagert, und habe eine ausreichende Menge Proben geholt. Sie verstehen?« fragte Mencken.

Norton hatte verstanden – Mencken war in den Schuppen mit dem Sprengstoff in der Nähe des Steinbruchs eingebrochen und hatte sich ausgiebig bedient. Er hatte schnell gehandelt, aber Norton hatte nicht die Absicht, ihn zu loben.

»Was ist mit der Konstruktion der Brücke? Haben Sie sich die angesehen?«

Mencken war klar, daß sich diese Frage auf die Sprengung der Brücke im Zentrum von Kaysersberg bezog.

»Einige meiner Leute haben sie untersucht. Es wird nicht ganz ohne Sprengarbeiten abgehen. Mit Fernzündung. Alles ist vorbereitet. Verdammt nochmal, ich kenne mich in meinem Job aus.«

Norton ignorierte den Ausbruch. Sprengstoff war unter der Brücke angebracht worden und wartete darauf, daß Tweeds Leute darüberfuhren.

»Da mit Fernzündung gearbeitet werden soll, muß jemand die Brücke aus einiger Entfernung im Auge behalten, aber trotzdem nahe genug, daß er das Ergebnis sieht.«

Mencken seufzte hörbar. »Auch das ist bereits arrangiert. Alles, was wir geplant haben, ist in die Wege geleitet. Okay? Okay?«

Norton spürte die Auflehnung gegen seine Autorität. Die mußte sofort ausgerottet werden. Mencken durfte nicht den geringsten Zweifel daran haben, wer hier der Boß war.

»Und dann«, fuhr Norton unerbittlich fort, »ist da der Fels, der geräumt werden muß. Haben Sie sich darum gekümmert?«

»Himmel! Warum kommen Sie nicht gleich und halten meine Hand?« fauchte Mencken. »Ja, der Fels ist soweit, daß er herunterkommen kann. Und wenn das alles ist ...«

Am anderen Ende der Leitung trat Stille ein. Mencken hatte gerade bestätigt, daß sie den Fels über dem Steilhang oberhalb der Straße angebohrt und die Bohrlöcher mit Sprengstoff gefüllt hatten. Er hatte Teams von zwei Männern hinaufgeschickt, die nach einer Weile abgelöst wurden.

In Basel hatte er genügend Fahrzeuge gemietet, er hatte seine Leute in verschiedene Gruppen aufgeteilt, denen er ihre Aufgaben zugeteilt hatte, sobald er nach seinem Gespräch mit Norton durch den Vorhang hindurch aus dem Lokal in der Altstadt zurückgekehrt war.

»Sie sollten ein bißchen mehr auf Ihre Manieren achten«, sagte Norton schließlich mit schneidender Stimme. »Wenn Sie nur noch ein einziges Mal so mit mir reden, dann sitzen Sie im ersten Flugzeug zurück in die Staaten, und ich leite das Unternehmen selbst. Stellen Sie sich vor, was Sie erwartet, wenn Sie aus dem Flugzeug steigen. Ich nehme an, Sie haben genügend Vorstellungkraft.«

Mencken erstarrte. Angst trat an die Stelle der Wut. Ja, er wußte, was ihn erwarten würde. Eine Limousine mit einem offenen Fenster, aus dem der Lauf einer Pistole ragte.

»Ich versuche, mein Bestes zu geben. Niemand wird Sie im Stich lassen. Vielleicht war ich ein bißchen gereizt. Aber alles ist unter Kontrolle. Es wird ein Kinderspiel sein...«

»Nein, das wird es nicht, Sonny Boy. Kriegen Sie das endlich in Ihren dicken Schädel. Unser Konkurrent Tweed ist ein schlauer Fuchs. Vergessen Sie das nie, Sonny Boy...«

Die Leitung war tot. Mencken drehte sich zur Wand, damit seine Männer den Ausdruck auf seinem Gesicht nicht sehen konnten, eine Mischung aus Angst und Wut. Er hütete sich, den Hörer auf die Gabel zu knallen. Dann warf er einen Blick auf seine Zigarre und sah, daß ein großes Stück Asche heruntergefallen war. Er trat es wütend in den neuen Teppich. Wenn Tweed in tausend Stücke zerrissen worden war, würde er der Mann an der Spitze sein. Und wenn Joel Dyson und Special Agent Barton Ives auftauchen sollten, würde er ihnen persönlich eine Kugel in den Kopf jagen.

Norton verließ das kleine Hotel und trat in die Dunkelheit hinaus. Es hatte angefangen zu schneien. Er rückte seine Pelzmütze zurecht, schlug den Kragen seines Astrachanmantels hoch. Es war sehr kalt, vermutlich etliche Grad unter Null. Er machte sich auf den Weg in den Ort hinein – L'Arbre Vert lag am nördlichen Rand von Kaysersberg. Außer ihm war niemand unterwegs.

Norton hatte keinen Blick für die Schönheiten des mittelalterlichen Städtchens mit seinen kopfsteingepflasterten Straßen und schiefen Gebäuden. Disneyland, dachte er verächtlich.

Ein paar Minuten später sah er die Brücke. Er blieb stehen und betrachtete sie. Zu seiner Linken sah er eine alte Burg, die auf einer Anhöhe oberhalb des Ortes stand – der perfekte Ort für einen Beobachter, der die Explosion des Sprengstoffs unter der Brücke auslösen würde. Norton war überzeugt, daß Tweed sich für diese Route entscheiden würde; aber das Château Noir würde er nie zu Gesicht bekommen. Er machte sich auf den Rückweg zum Hotel. Er erwartete einen Anruf von Bradford March. Er hatte Sara bereits seine neue Telefonnummer mitgeteilt.

# 37

»Wir müssen für unsere Fahrt in die Berge einen Schlachtplan aufstellen«, verkündete Tweed. »Besonders nach dem, was Philip berichtet hat, und das ist beängstigend.«

Er stand in der Sitzecke seines Zimmers. Es war fast Mitternacht. Als er ein paar Stunden zuvor hinuntergegangen war, um den Hauptschlüssel wieder an seinen Haken zu hängen, hatte das Hotel einen verlassenen Eindruck gemacht.

Jennie war schließlich aufgewacht und hatte gesagt, sie wollte in ihr Zimmer zurückkehren und duschen. Nield hatte den Auftrag erhalten, sie zu begleiten und in ihrem Zimmer Wache zu halten. Jennie war insgeheim erfreut gewesen über diese Wahl. Der schlanke Pete Nield mit seinem kleinen Schnurrbart gefiel ihr. Es würde nett sein mit ihm.

Paula saß mit gekreuzten Beinen auf der Bettkante, ihre Hände ruhten rechts und links von ihr auf der Tagesdecke. Newman, Butler, Cardon und Marler hörten zu, Marler in seiner üblichen Haltung, an die Wand gelehnt und eine King Size-Zigarette rauchend. Die anderen hatten sich auf Stühlen und Sesseln niedergelassen.

Marler war erst kürzlich eingetroffen, beladen mit seinem Geigenkasten, der Krickettasche und seinem Koffer, und hatte seine Ware sorgfältig in einer Ecke deponiert.

»Brauchen Sie etwas zu essen?« hatte Tweed ihn gefragt. »Wir könnten in der Brasserie um belegte Brote und eine Thermosflasche voll Kaffee bitten.«

»Danke. Vielleicht später. Ich habe auf dem Weg von Straßburg hierher kurz angehalten und einen Happen gegessen«, hatte Marler erwidert.

»Was für beängstigende Neuigkeiten hatte Philip?« fragte Paula. »Ich war im Badezimmer, als er hereinkam.«

»Philip«, informierte Tweed sie, »beobachtete von einem unauffälligen Platz in der Nähe des Foyers aus das Kommen und Gehen. Er hat mir berichtet, daß er gesehen hat, wie mindestens sechs Paare von Amerikanern in Abständen das Hotel verließen. Er hörte, wie Wagen angelassen wurden, und es dauerte lange, bis sie zurückkehrten, gleichfalls in Abständen. Das verheißt nichts Gutes.«

»Weshalb?« fragte Paula.

»Butler«, fuhr Tweed fort, »hat Philip abgelöst. Er hat berichtet, daß Paare von Amerikanern spät am Abend zurückgekehrt sind. Sie hatten Schnee an den Stiefeln.«

»Und weshalb verheißt das nichts Gutes?«

»Erstens, weil ich überzeugt bin, daß Norton – der Mann, der sich im Gotthard für Ives ausgab, da bin ich ganz sicher – der böse Geist hinter dem Apparat ist, der aus den Staaten hierher verfrachtet wurde.«

»Böser Geist?« näselte Marler. »Ist das nicht ein bißchen übertrieben?«

»Finden Sie?« Tweed schaute grimmig drein. »Ich habe Ihnen erzählt, wie überzeugend er uns geblufft hat, als er im Gotthard auftauchte. Und bevor er sich davonmachen mußte, hat er mir ein Geschenk hinterlassen. Blausäure in meinem Mundwasser. Dann die Falle, die er in der Bahnhofstraße organisiert hatte. Der falsche Behinderte mit der Handgranate – unterstützt von einem zweiten Mann mit einer Maschinenpistole. Norton ist ein erstklassiger Profi. Ich werde nicht den Fehler begehen, ihn zu unterschätzen.«

»Und zweitens?« fragte Cardon.

»Diese Amerikaner, die heute abend stundenlang aus dem Hotel fort waren. Von denen einige mit Schnee an den Stiefeln zurückkehrten. Ich bin sicher, sie haben sich die Routen in die Vogesen und zum Château Noir genau angesehen.«

»Ich auch«, pflichtete Newman ihm bei. »Und Gott weiß,

was für Hinterhalte sie für uns vorbereitet haben – auf sämtlichen Routen, für die wir uns entscheiden können.«

»Also müssen wir sie überlisten«, fuhr Tweed fort. »Zuerst sollten wir überlegen, wie es um unsere Ressourcen steht. Harry?« sagte er, sich an Butler wendend.

»Pete Nield und ich haben für brauchbare Fahrzeuge gesorgt. Einen Renault Espace V 6, ein geräumiger Wagen. Den habe ich gefahren, mit zwei starken Motorrädern darin. Pete Nield hat einen Kombi gemietet. Wir haben völlig unbehelligt die Grenze überquert. Niemand hat versucht, die Wagen zu durchsuchen. Wir hätten unsere Pistolen unter das Chassis kleben können.«

»Möchte jemand sehen, was ich mitgebracht habe?« erkundigte sich Marler.

Er öffnete den Geigenkasten, den er neben Paula auf das Bett gestellt hatte, hob den Deckel an, nahm den Bogen heraus und dann das Stück schwarzen Samt. Paula warf einen Blick auf den Inhalt, rutschte von der Bettkante, ging zu dem zweiten Bett und ließ sich dort nieder.

»Sie haben wohl nichts dagegen«, sagte sie zu Marler. »Diese kleine Kollektion sieht gefährlich aus.«

»Ist sie auch«, versicherte ihr Marler und grinste.

Die Männer scharten sich um den Geigenkasten. Cardon stieß einen kleinen Entzückensschrei aus.

»Handgranaten! Kann ich mir sechs davon ausleihen?«

»Was bedeutet, daß ich sie nicht zurückbekomme«, bemerkte Marler mit gespielter Empörung. »Bedienen Sie sich.«

»Ich erleichtere Sie um die Luger«, erklärte Butler. »Eine gute Ergänzung zu einer Walther.«

»Von mir aus«, erklärte Marler. »Das Armalite gehört natürlich mir. Und ich behalte auch die Tränengaspistole.«

»Ich habe auch etwas anzubieten«, sagte Newman.

Er holte eine Segeltuchtasche, die er in einer Ecke abgestellt hatte, und zog den Reißverschluß auf. Als er die Uzi-Maschinenpistole herausholte, war Paula fassungslos.

»Wollen wir etwa einen kleinen Krieg anfangen?« fragte sie.

»Genau das hat der Mann, der mir die Spielsachen verkauft hat, auch gefragt«, erinnerte sich Marler.

»Wir sind gut ausgerüstet«, erklärte Tweed. »Packen Sie alles weg. Jetzt müssen wir überlegen, wie wir in die Berge fahren, wenn die Zeit dafür gekommen ist. Was morgen der Fall sein könnte. Ich muß unbedingt mit Amberg sprechen – sofern er noch am Leben ist.«

»Ich könnte auf einem dieser Motorräder vorausfahren«, schlug Cardon vor. »Ich rieche Gefahren schon auf eine Meile Entfernung.«

»Einverstanden«, sagte Tweed. »Nächster Vorschlag...«

Sie verbrachten eine knappe halbe Stunde damit, die Details eines Konvois auszuarbeiten, der sich seinen Weg hinauf zum Château Noir bahnen sollte. Cardon würde mit seinem Motorrad die Vorhut bilden und vor dem großen Espace herfahren, den Newman mit Tweed und Paula als Passagieren fahren würde.

Butler würde das zweite Motorrad nehmen und »Patrouillendienst« versehen und neben dem weit auseinander gezogenen Konvoi – weit auseinandergezogen, um kein massiertes Ziel abzugeben – ständig vor- und zurückfahren.

Nield würde den Kombi fahren, zeitweise hinter dem Espace, zeitweise vor ihm. Eine Taktik, die den Gegner verwirren sollte, falls er auf sie wartete.

Damit blieb noch Marler, der darauf bestand, seinen roten Mercedes zu fahren. Tweed hatte Bedenken, ob das klug war, und wies darauf hin, daß er wegen seiner Farbe schon von weitem zu entdecken sein würde.

»Das ist mir bewußt«, bemerkte Marler. »Aber er ist so schnell wie ein Pfeil. Deshalb werde ich ihn fahren.«

»Das also ist unser Aktionsplan«, schloß Tweed. »Und jetzt wird es Zeit, daß Sie alle zu Bett gehen und zusehen, daß Sie ein bißchen Schlaf bekommen. Harry, Sie lösen Pete Nield ab, der Jennie bewacht. Machen Sie mit Bob aus, wann er die Wache übernimmt…«

»Das hört sich an, als planten wir einen Sturmangriff auf das Château Noir«, sagte Paula zu Tweed, nachdem alle außer Marler das Zimmer verlassen hatten.

»Genau darauf könnte es hinauslaufen«, erklärte Tweed. »Falls Norton den Bau schon eingenommen hat, bevor wir ankommen.«

»Ich komme nicht mit Ihnen«, teilte Marler Tweed mit, nachdem außer ihnen nur noch Paula im Zimmer war.

Tweed hörte zu, als Marler ihm von seinem Besuch auf dem Segelflugplatz am Elsässer Belchen berichtete. Paula war bestürzt, hielt Marlers Plan für selbstmörderisch und sagte es auch.

»Ich bin gerührt, daß Sie dermaßen um mein Wohlergehen besorgt sind.« Marler grinste. »Aber machen Sie sich keine Sorgen. Auf der Rückfahrt von Straßburg habe ich den Wetterbericht gehört. Die Windrichtung ist perfekt. Südwind, der mich nach Norden treiben wird. Tweed, Sie werden über dem Château Noir einen Spion am Himmel haben. Aber wenn ich eine Bruchlandung mache, müssen Sie tief in die Tasche greifen.«

»Das Geld werden wir wohl auftreiben können.«

»Und das Segelflugzeug wird so etwas wie eine fliegende Bombe sein – falls sich Nortons Gangster in der Gegend dort herumtreiben.«

»Wir fahren also morgen?« fragte Paula.

»Ja«, erwiderte Tweed. »Ich habe beschlossen, es nicht länger aufzuschieben. Amberg könnte in großer Gefahr sein. Wir fahren über Kaysersberg.«

»Geht in Ordnung.« Marler winkte Paula zu. »Und jetzt gehe ich schlafen. Muß bei Anbruch der Dämmerung aufstehen. Für den großen Tag.«

Norton war ins Arbre Vert zurückgekehrt, nachdem er sich noch einmal vergewissert hatte, daß die Brücke der ideale Hinterhalt war – falls Tweed sich für die Route über Kaysersberg entscheiden sollte. Im Foyer nahm er seine Pelzmütze ab und zog seinen Astrachanmantel aus, schüttelte von beiden den Schnee ab und ging dann die Treppe hinauf zu seinem Zimmer.

Als er den Schlüssel ins Schloß steckte, hörte er drinnen das Telefon läuten. Sobald er im Zimmer war, knallte er die Tür zu, schloß sie ab und eilte ans Telefon. Er zweifelte nicht daran, daß es der Präsident war, der ihn wieder einmal sprechen wollte.

»Ein Gespräch für Sie«, teilte ihm die Frau in der Vermittlung mit, und er hörte das Klicken, als sie aus der Leitung ging.

»Norton.«

»Einen schönen guten Abend, Mr. Norton«, sagte eine heisere, knarrende Stimme. »Sie werden wissen, wer mir Ihre Nummer gegeben hat. Seien Sie so gut und hören Sie genau zu. Sofern Sie den Film und das Tonband wirklich haben wollen.«

»Wer ist da?« knirschte Norton.

»Sind Sie taub? Ich habe gesagt, Sie sollen zuhören. Noch so eine Bemerkung, und ich lege auf. Haben Sie kapiert?«

»Ja«, erwiderte Norton mit großem Widerstreben. Er war es gewöhnt, Befehle zu erteilen, aber nicht, welche entgegenzunehmen.

»Sie fahren morgen zum Lac Noir in den Vogesen, wo Sie um 16 Uhr eintreffen werden. Das ist um vier Uhr nachmittags...«

»Das weiß ich...«

»Noch eine Unterbrechung, und das Gespräch ist beendet. Jemand in Washington wäre ganz und gar nicht mit Ihnen zufrieden. Der *patron* des Arbre Vert, in dem Sie wohnen, zeigt Ihnen auf einer Karte, wie Sie zum Lac Noir kommen.

Sagen Sie ihm, Sie müßten um vier da sein, und er wird Ihnen sagen, wann Sie abfahren müssen. Haben Sie mich soweit verstanden?«

In der knarrenden Stimme lag ein bedrohlicher Ton. Sogar Norton, der glaubte, schon alles erlebt zu haben, war beunruhigt. Er überlegte sich seine Antwort genau.

»Ja, ich habe Sie verstanden.«

»Der Lac Noir ist ein sehr einsamer Ort. Und außerdem von vielen Stellen einzusehen. Sie bringen das Geld mit, und Sie kommen allein. Verstanden? *Allein.* Wenn Sie jemanden mitbringen, kommt das Treffen nicht zustande. Ich zeige Ihnen den Film, spiele den Anfang des Tonbandes ab. Sie geben mir das Geld. Damit ist der Fall erledigt.«

Norton erkannte sofort seine Chance, die Vereinbarung so abzuändern, daß er seine eigenen Absichten verfolgen konnte. Sein Tonfall war arrogant und grimmig.

»Soweit ist alles okay. Aber glauben Sie etwa, ich hätte diese Menge Geld in meiner Hosentasche? Sie befindet sich an einem sicheren Ort unter starker Bewachung. Ich könnte es schaffen, sie bis sechs dort hinaufzubringen. Nicht früher. Auf jeden Fall brauche ich Beweise dafür, daß Sie die Sachen, die ich haben will, auch wirklich besitzen. Und deshalb hören Sie jetzt mir zu – wenn Sie das Geld haben wollen. Oder, um Ihre eigenen Worte zu gebrauchen – damit ist der Fall erledigt. Wir treffen uns um sechs«, wiederholte er nachdrücklich.

»Das wird Washington gar nicht gefallen ...«

An diesem Punkt wußte Norton, daß er den Mann mit der knarrenden Stimme in die Defensive gedrängt hatte. Er hatte das Gespräch nicht abgebrochen. Er hatte keinen Einspruch gegen den späteren Termin erhoben, den Norton gefordert hatte. Halt den Druck aufrecht, sagte sich Norton und bellte ins Telefon.

»Zum Teufel mit Washington. Sie können gern weitergeben, daß ich das gesagt habe. Ich bin der Mann, der das Unternehmen hier leitet. Ich bin an Ort und Stelle, ich weiß, wo sich das Geld befindet. Sie haben es mit mir zu tun. Verstanden? Nur mit mir. Ich bin morgen abend um sechs am Lac Noir. Allein. Und das ist 18 Uhr. Gute Nacht…«

Norton knallte den Hörer auf die Gabel, bevor die Stimme am anderen Ende etwas erwidern konnte. Er zündete sich eine Zigarre an und schwelgte in der Befriedigung über die Art und Weise, auf die er das Blatt zu seinen Gunsten gewendet hatte. Um vier Uhr nachmittags war es noch hell, aber um sechs war es bereits stockfinster. Dem Erpresser stand eine böse Überraschung bevor. Und das Timing stimmte – um diese Zeit würden Tweed und sein Team bereits eliminiert sein, falls sie in die Berge hinauffuhren – sie mußten bei Tageslicht fahren. Und das Geld war auch sicher aufgehoben. Vielleicht würde morgen abend um diese Zeit alles erledigt sein. Er paffte genüßlich an seiner Zigarre.

Zwanzig Millionen Dollar ist eine Menge Geld, wenn man sie ständig mit sich herumtragen muß. An Louis Sheens Handgelenk war immer noch die Kette befestigt, an der der braune Koffer mit dem Vermögen in amerikanischen Banknoten hing. Aus seinem Zimmer im Basler Hilton war er in einem Wagen über die Grenze ins Hotel Bristol in Colmar befördert worden.

Sein Zimmer im ersten Stock war vermutlich der am stärksten bewachte Raum in ganz Elsaß-Lothringen. Ständig hielten sich drei bewaffnete Männer bei ihm im Zimmer auf. Sheen hatte es allmählich satt, immer nur das zu essen, was der Zimmerservice brachte. Durch seine randlose Brille hindurch funkelte er Mencken an, der gerade hereingelassen worden war.

»Hören Sie, Marvin, ich kann diesen Abschaum einfach nicht mehr ertragen. Wenn ich noch eine Nacht hier verbringen muß, müssen die Kerle verschwinden. Glauben Sie etwa, mir macht es Spaß, ständig mit diesem Koffer ins Bett gehen zu müssen?«

Mencken strich sich mit einem Finger über das lange, spitze Kinn. Durch halb geschlossene Augen hindurch musterte er Sheen mit einem Ausdruck, in dem weder Freundlichkeit noch Mitgefühl lag. Mit heiserer Stimme machte er seinen beiläufigen Vorschlag.

»Sie haben doch irgendwo den Schlüssel, mit dem Sie diese Handschelle aufschließen können. Den müssen Sie haben, um die Milliarde Dollar übergeben zu können, wenn die Zeit dazu gekommen ist. Weshalb schließen Sie das Ding nicht einfach auf? Niemand außer Ihnen kann den Koffer öffnen. Sie sind der einzige, der den Code für das Zahlenschloß kennt. Jeder andere, der es versucht, würde die Thermitbombe darin zünden – und das Geld und vermutlich auch er selbst würden in Flammen aufgehen.«

»Ich habe meine Anweisungen«, fuhr Sheen ihn an. »Und die kommen von jemandem, der so hoch steht, daß Sie ihm vermutlich nie begegnen werden.«

Sheen, der einen grauen Anzug von Brooks Brothers trug, war gelernter Buchhalter und fühlte sich diesen Leuten geistig und gesellschaftlich turmhoch überlegen. Es war einfach Pech, daß er seine Zeit in so schlechter Gesellschaft verbringen mußte. Diese Einstellung war Mencken nicht entgangen. Er brachte sein Gesicht dicht an das von Sheen heran, der, mit Kissen aufgestützt, auf dem Bett saß, den Koffer neben sich.

»Ein paar gute Freunde nennen mich Marvin«, teilte er Sheen mit. »Aber zu denen gehören Sie nicht. Also werden Sie mich in Zukunft mit Mr. Mencken anreden. Ich bin der Boß, verstanden?«

»Das ist mir egal«, erwiderte Sheen mit gelangweilter Stimme. »Und der Boß ist Norton. Er ist der einzige, der mich anweisen kann, das herzugeben, was sich in diesem Koffer befindet.«

»Jetzt hören Sie mir einmal zu.« Menckens Miene war bösartig geworden. »Diese Männer sind hier, um Ihre erbärmliche Haut zu beschützen. Sie haben gehört, wie Sie sie Abschaum genannt haben. Was glauben Sie, mit welcher Begeisterung sie Sie beschützen würden, wenn die Tür aufflöge und die Marines hereingestürmt kämen?«

»*Sie* haben Befehl, mich zu beschützen. Vermutlich können Sie sich vorstellen, wer diesen Befehl erteilt hat. Und was in diesem Koffer steckt, das wissen Sie. So, und nun verschwinden Sie und postieren Sie diese Männer draußen vor der Tür.«

Sheen musterte Mencken verächtlich durch die Gläser seiner randlosen Brille. Mencken schob dic Finger seiner beiden Hände unter seinen Gürtel. Sheen hatte sich eine Blöße gegeben, die er ausnutzen konnte.

»Sie wissen ganz genau, daß dies ein Hotel ist, daß niemand von Ihrer Existenz hier wissen darf. Also wie zum Teufel würde es aussehen, wenn ich diesen Abschaum – wie Sie sich ausgedrückt haben – auf dem Flur vor Ihrer Tür postieren würde? Sie passen auf das Geld auf, und ich kümmere mich um alles andere. Schlafen Sie gut.«

Mencken verließ das Zimmer, das von innen sofort wieder abgeschlossen wurde. Der Geheimbefehl von Norton bereitete ihm große Befriedigung. Wenn der Koffer schließlich geöffnet und die Thermitbombe entschärft worden war, sollte Mencken persönlich Louis Sheen bei der ersten passenden Gelegenheit eine Kugel in den Kopf schießen und die Leiche verschwinden lassen. Er konnte diesen erfreulichen Moment kaum abwarten.

Bevor Newman sich schlafen legte, war er noch einmal in die Brasserie hinuntergegangen, um sich eine große Flasche Mineralwasser zu holen. Er wachte oft nachts auf und fühlte sich dann wie ausgedörrt. In der Brasserie war man gerade beim Aufräumen. Der Boden wurde gefegt, die Theken abgewischt, die Gläser poliert. Newman war überrascht, Eve Amberg zu sehen, die mit einem Glas Champagner an einem der Tische saß. Sie hob ihm ihr Glas entgegen.

»Was gibt es denn zu feiern?« fragte er, nachdem er ihrer Einladung gefolgt war und sich zu ihr gesetzt hatte.

»Einen Sieg! Ich habe Walter Amberg festgenagelt. Er hat am Telefon einem Treffen morgen früh im Château Noir zugestimmt. Diesmal lasse ich nicht locker, bis ich das ganze Geld habe, das mir zusteht. Deshalb der Champagner. Feiern Sie mit mir, Bob.« Sie winkte den Kellner herbei und bestellte ein Glas, bevor Newman protestieren konnte. Als der Kellner den Champagner brachte, versuchte er sich etwas auszudenken, womit er sie bewegen konnte, ihren Besuch im Château Noir aufzuschieben.

»Zum Wohl!« Sie stießen an. »Wünschen Sie mir Glück bei Walter.«

Selbst zu dieser späten Stunde steckte sie noch voller Energie und guter Laune. Sie lehnte ihren Kopf an seine Schulter und hatte den Kopf so gedreht, daß sie ihn mit ihren grünlichen Augen mustern konnte. Ich muß auf der Hut sein, dachte Newman, sonst könnte ich mich in diese Frau verlieben.

Er machte sich Sorgen, daß Eve, wenn sie morgen früh in die Berge hinauffuhr, leicht in eine Zone geraten konnte, in der die Luft bleihaltig war. Sie würde bleihaltig sein – davon war Newman überzeugt. Norton würde sich alle Vorteile des Geländes zunutze machen, um Tweed und sein Team auszulöschen. In kleinerem Rahmen hatte er das bereits in der Bahnhofstraße in Zürich versucht, und er erinnerte sich daran, wie er selbst in Basel nur mit knapper Not und durch Becks Hilfe dem Überfahrenwerden entgangen war. Als er sprach, streichelte Eve seine Hand.

»Amberg hat Ihnen in letzter Zeit viel Ärger gemacht, indem er Ihnen absichtlich aus dem Wege gegangen ist. Jetzt hat er sich gnädigerweise bereiterklärt, Sie zu empfangen.

Sollten Sie da nicht den Spieß umdrehen? Ihn aus dem Gleichgewicht bringen? Rufen Sie ihn morgen früh an und sagen Sie ihm, Sie kämen erst übermorgen.«

»Sie kennen Walter nicht so, wie ich ihn kenne. Ich weiß Ihren Vorschlag zu würdigen. Bei vielen Männern würde er funktionieren. Aber nicht bei Walter. Er ist dickköpfiger als ein Maultier. Jetzt, wo ich ihn endlich so weit habe, daß er mich sehen will, muß ich meine Chance nutzen. Vielleicht hat er sich entschlossen, mich auszuzahlen, damit er mich los wird. Bei Walter hat man nur eine einzige Chance...« Sie brach ab, ohne den Kopf von Newmans Schulter zu nehmen, und starrte auf den Mann, der soeben die Brasserie betreten hatte. Es war Tweed.

»Wir feiern!« begrüßte Eve Tweed überschwenglich. »Champagner für Sie. Trinken Sie auf den Erfolg meines morgigen Ausflugs.«

Der Kellner war bereits mit einem frischen Glas Champagner erschienen. Tweed winkte ab und bestellte ein Glas Riesling.

»Hilft mir beim Einschlafen«, erklärte er Eve liebenswürdig. »Das ist der einzige Wein, den ich wirklich mag – und da ich im Elsaß bin, nutze ich die Gelegenheit, wann immer es geht. Danke«, sagte er zu dem Kellner, hob sein Glas und musterte Eve, die ihn von der Seite her ansah. »Und was feiern wir zu dieser späten Stunde?«

Newman erläuterte Eves Pläne, wies darauf hin, daß er versucht hatte, sie dazu zu überreden, daß sie vierundzwanzig Stunden wartete. Tweed begriff sofort, weshalb Newman versuchte, sie zum Verschieben ihres Besuchs im Château Noir zu bewegen. Während er Newman zuhörte, wendete Eve ihren Blick keine Sekunde lang von Tweed ab, und ihre vollen Lippen bewegten sich leicht. Es war eine Situation, die Tweed nicht unvertraut war – eine attraktive Frau, die zu flirten versuchte, die vorgab, sich für einen

Mann zu interessieren, während sie ihr eigentliches Ziel aufs Korn nahm. Das, wie er argwöhnte, in diesem Fall er selbst war.

Zu Newmans Überraschung unterließ es Tweed, seinen fehlgeschlagenen Versuch, Eve zur Verschiebung ihres Besuchs im Château Noir zu bewegen, zu unterstützen.

Tweed nippte an seinem Riesling, hielt Eves einladendem Blick stand und bezog dann eine Position, die Newman erboste.

»Ich finde, Sie tun gut daran, die Verabredung mit Amberg einzuhalten. Es hat lange genug gedauert, ihn aufzuspüren. Wann wollen Sie sich treffen?«

»Um elf. Er hat sogar gesagt, er würde für ein Mittagessen sorgen, weil es in der Nähe des Châteaus kein Lokal gibt, in dem ich essen könnte. Ich habe angenommen.«

»Sie waren überrascht, daß er Sie zum Essen eingeladen hat?« fragte Tweed.

»Sehr sogar. Ich konnte Walter nie sonderlich gut leiden und habe angenommen, daß das auf Gegenseitigkeit beruht. Jetzt fange ich an zu glauben, daß er Frauen gegenüber einfach schüchtern ist. Vielleicht steht mir morgen eine angenehme Überraschung bevor.«

»Damit sollten Sie lieber nicht rechnen«, sagte Newman scharf.

»Was sind Sie doch für ein Pessimist, Bob.« Eve nahm ihren Kopf von Newmans Schulter, strich sich übers Haar, lehnte sich über den Tisch und ergriff Tweeds Hand. »Haben Sie irgendwelche Einwände dagegen, daß ich morgen früh zu Walter hinauffahre?«

»Weshalb sollte ich? Aber die Straßen sollen vereist und verschneit und deshalb sehr gefährlich sein. Und heute Nacht ist strenger Frost angesagt. Aber die Entscheidung liegt bei Ihnen.«

»Dann werde ich fahren. Und jetzt sollte ich besser schlafen gehen.«

Tweed stellte fest, daß sie sich sehr sicher bewegte, als sie um den Tisch herumkam, sich niederbeugte und ihn auf die Wange küßte. Ihr Haar wischte über sein Gesicht.

»Danke, Tweed. Für die moralische Unterstützung.« Sie wendete sich an Newman. »Und was Sie betrifft, Mr. Pessimist – Ihnen wünsche ich einen schönen Tag.« Sie bedachte ihn mit einem kleinen Winken und einem ironischen Lächeln, dann verschwand sie im Hotel.

»Was zum Teufel führen Sie im Schilde?« fuhr Newman auf, als sie allein waren. »In diesen Bergen wird morgen vermutlich der Teufel los sein ...«

»Da bin ich ganz Ihrer Ansicht«, warf Tweed gelassen ein, dann leerte er sein Glas.

»Jede nur denkbare Waffe kann gegen uns eingesetzt werden«, wütete Newman weiter, aber ohne laut zu werden. »Weshalb schicken Sie sie auf ein Schlachtfeld?«

»Ist es Ihnen gelungen, sie dazu zu bringen, daß sie nicht fährt?«

»Nein, nicht direkt ...«

»Seien Sie ehrlich. Hat sie sich nicht rundheraus geweigert, Ihren Versuch, sie umzustimmen, auch nur zur Kenntnis zu nehmen?«

»Ja, das hat sie.«

»Ich habe das gespürt, sowie ich hereinkam. Eve ist eine Frau mit einem starken Charakter und außerordentlicher Willenskraft. Indem ich ihr zustimmte, habe ich mich ihr sympathisch gemacht. Es besteht eine schwache Chance – nicht mehr –, daß sie sich an das erinnert, was ich über die Gefährlichkeit der Straßen gesagt habe, und es sich dann doch noch anders überlegt.«

»Und weshalb habe ich dann das Gefühl, daß Sie irgendein Manöver planen?« fragte Newman. »Und wann gedenken Sie beim Château Noir anzukommen?«

»Nicht lange nach elf Uhr – nachdem Eve Amberg dort eingetroffen ist. Falls sie tatsächlich fahren sollte.«

## 38

Am folgenden Morgen um sieben klopfte Paula an Tweeds Tür. Er forderte sie zum Eintreten auf, und sie fand ihn im Badezimmer, wo er mit offenem Hemdkragen vor dem Spiegel stand und sich rasierte.

»Soll ich später wiederkommen?« fragte sie. »Sie sollten Zeit haben, in Ruhe fertig zu werden.«

»Das ist nicht das erste Mal, daß Sie einem Mann beim Rasieren zusehen. Setzen Sie sich. Ich brauche jemanden, der zuhört, während ich die ganze Geschichte noch einmal durchgehe – angefangen mit dem Massaker in Tresilian Manor.«

»Legen Sie los.« Sie setzte sich auf die Kante des unbenutzten Bettes. »Ich höre mit sämtlichen Ohren zu, wie die Franzosen sagen.«

»Bis jetzt bin ich davon ausgegangen, daß dieselben Leute, die unsere Zentrale am Park Crescent in die Luft gesprengt haben, auch für das grauenhafte Massaker in Gaunts Haus verantwortlich sind. Sie waren da immer skeptisch.«

»Ja, ich weiß. Vielleicht habe ich die enorme Macht des Apparats unterschätzt, mit dem wir es zu tun haben.«

»Aber jetzt frage ich mich, ob die Gleichzeitigkeit der beiden Ereignisse tatsächlich auf das Konto dieses Apparates geht.« Er wischte sich die Seife aus dem Gesicht und reinigte Rasierpinsel und Klinge. »Es würde wirklich ein übermenschliches Planungsvermögen dazugehören, im Abstand von nur ein paar Stunden unsere Zentrale in London zu sprengen und das Massaker zu begehen.« Tweeds Ton wurde schärfer, als er sich seine Krawatte umband. »Ich halte eine solche zeitliche Abstimmung für schlechterdings unmöglich.

So kann es nicht gewesen sein. Sie hätten nicht rechtzeitig über die erforderlichen Informationen verfügen können – daß Amberg sich in Tresilian Manor aufhielt und daß Joel Dyson Kopien seines Films und seines Tonbandes bei uns deponiert hatte. Und sie hätten nicht genügend Zeit gehabt, um sowohl die Autobombe als auch das Massaker in Cornwall vorzubereiten.«

Paula runzelte die Stirn, als sie ihre Puderdose zuklappte, in deren Spiegel sie hinter Tweeds Rücken ihr Aussehen überprüft hatte. Sie sah ihn verblüfft an, während er sein Jackett überzog.

»Was Sie da andeuten, widerspricht unseren sämtlichen Theorien.«

»*Meinen* falschen Theorien.« Tweed legte die Arme um die Lehne eines Sessels und schaute auf sie herab. »Ich konnte nicht schlafen und bin mitten in der Nacht darauf gekommen. Bisher war ich davon ausgegangen, daß ich versuchen muß, die Teile eines einzigen, wenn auch komplizierten Puzzles zusammenzusetzen. Jetzt bin ich überzeugt, daß es zwei Puzzles gibt.«

»Hilfe!« rief Paula in gespielter Verwirrung. »Ich glaube nicht, daß ich das verkraften kann. Zwei separate Puzzles?«

»Nein, es ist noch wesentlich komplizierter. Die beiden Puzzles greifen ineinander. Um es ganz simpel auszudrücken – das eine könnte nicht existieren ohne das andere.«

»Simpel? Ist das Ihr Ernst?«

»Alles hat damit angefangen, daß Joel Dyson mit einem Video und einem Tonband aus den Vereinigten Staaten in London ankam. Was immer diese beiden Dinge enthalten, ist so welterschütternd, daß ein ganzes Heer von Profis sich an Dysons Fersen heftet. Diese Teile des Puzzles passen zusammen. Des einen Puzzles jedenfalls.«

»Und diese kaltblütigen Profis sind sämtlich Amerikaner«, warf sie ein.

»Richtig. Bedenken Sie das, dann bekommen Sie vielleicht

einen Schimmer, wer hinter dem von Norton befehligten Apparat steckt. Ich gebe zu, der Gedanke ist kaum vorstellbar. Möchten Sie raten?«

»Ich habe keine Ahnung. Reden Sie weiter.«

»Vielleicht sollten wir frühstücken gehen…«, meinte Tweed.

»Das hat Zeit. Ich möchte noch mehr hören«, drängte Paula. »Ich habe das Gefühl, Sie haben einen Durchbruch geschafft.«

»Nennen wir den amerikanischen Apparat Goliath. Sie folgen Dyson zum Park Crescent, vermuten – zu recht –, daß er den Film und das Band bei uns deponiert hat, wissen aber nicht, daß es nur Kopien sind. Goliath organisiert die Autobombe, um den Film und das Band zu vernichten. Womit wir immer noch bei Puzzle Nummer Eins wären.«

»Was ist mit Puzzle Nummer Zwei?«

»Ich bin jetzt überzeugt, daß das Massaker in Tresilian Manor von jemand anderem begangen wurde. Borgen wir uns Jennie Blades Schattenmann aus. Er weiß, daß Dyson mit dem Film und dem Band nach Zürich weitergeflogen ist…«

»Das ist nur eine Vermutung«, warf Paula an. »Woher wollen Sie das wissen?«

»Es ist die einzige Sequenz von Ereignissen, mit der sich meine neue Theorie, von der ich überzeugt bin, daß sie richtig ist, überhaupt erklären läßt. Aber lassen Sie mich weiterreden. Der Schattenmann muß jemand sein, der die Ambergs kennt und deshalb wußte, was Dyson bei ihnen deponiert hatte. Er muß jemand sein, der die Ambergs kennt«, wiederholte er, »weil er wußte, daß Amberg am Tage des Massakers in Tresilian Manor sein würde. Diese beiden Dinge sind ein Vermögen wert – das beweisen die ungeheuren Anstrengungen, die die Amerikaner unternehmen, um sie wieder in die Hand zu bekommen. Sie versuchen, jeden umzubringen, der von ihrer Existenz weiß. Gehe ich zu schnell vor?«

»Nein. Ich fange sogar an, Ihnen vorauszudenken. Der Schattenmann will den Film und das Band in die Hände bekommen; er will das Vermögen, das sie ihm einbringen könnten.«

»Und deshalb plant er das Massaker in Tresilian Manor und führt es aus. Natürlich hatte er es im Grunde nur auf Amberg abgesehen.«

»Weshalb?« fragte Paula.

»Weil er weiß, daß er mit Walter, dem schwächeren Zwillingsbruder, relativ leichtes Spiel haben wird. Er weiß außerdem, daß er Julius nie dazu bringen würde, ihm die Dinge auszuhändigen. Die Lösung? Julius ermorden. Womit nur der schwache Walter bleibt, dem er den Film und das Band abnehmen muß. Daher die beiden ineinander greifenden Puzzles – und die Tatsache, daß das eine ohne das andere nicht existieren könnte.«

»Jetzt verstehe ich, was Sie meinen. Was immer in Amerika passiert ist, hat bei einer ganzen Menge von Leuten eine Kettenreaktion ausgelöst.«

»Und deshalb bin ich überzeugt, daß die beiden Puzzles eine Art eineiige Zwillinge sind.« Tweed schaute aus dem Fenster. Die Sonne schien auf die spitzen Giebeldächer. »Wir müssen uns unbedingt diesen Film beschaffen, sehen, was darauf ist, und uns das Tonband anhören. Und genau das werde ich von Amberg verlangen, wenn wir im Château Noir angekommen sind. Er muß sie irgendwo versteckt haben, vielleicht hat er sie sogar bei sich. So, und jetzt Frühstück.«

»Noch etwas, bevor wir hinuntergehen«, sagte Paula. »Ich habe ein Problem. Es heißt Jennie Blade. Sie hat irgendwie mitbekommen, daß wir heute morgen in die Vogesen hinauffahren wollen. Sie besteht darauf, uns zu begleiten. Ich habe versucht, sie davon abzubringen, aber nichts erreicht. Sie hat fürchterliche Angst vor dem Schattenmann.«

»Soll Gaunt sich um sie kümmern«, sagte Tweed und griff nach dem Türknauf. »Schließlich ist sie seine Freundin.«

»Gaunt ist schon ganz früh mit seinem BMW losgefahren. Er hatte Eve bei sich. Sie sah nicht sonderlich glücklich aus. Ich habe gesehen, wie Gaunt nach Norden in Richtung Vogesen fuhr, und Eve hatte das Kinn vorgereckt und gönnte ihm keinen Blick.«

»Ich kann mir gut vorstellen, was das bedeutet«, bemerkte Tweed mit einem ironischen Lächeln. »Eve wollte allein zum Château Noir hinauffahren, und Gaunt hat wie immer seinen Willen durchgesetzt und so lange auf sie eingeredet, bis sie sich bereiterklärt hat, mit ihm zu fahren. Damit hat er vielleicht einen Fehler gemacht. Wenn es hart auf hart geht, wird Eve sogar mit Gaunt fertig. Und wir können uns auf dieser Fahrt nicht mit Jennie belasten.«

»Das sollten Sie ihr möglichst selbst beibringen. Übrigens, ich habe Marler nachgewinkt, als er bei Tagesanbruch losfuhr.«

»Wieso waren Sie um diese Zeit schon auf?«

Tweeds Hand lag auf dem Türknauf, aber er schloß noch nicht auf, sondern wartete auf ihre Antwort.

»Ich konnte auch nicht schlafen«, erklärte Paula. »Irgend jemand hat etwas Wichtiges gesagt, und ich kann mich einfach nicht daran erinnern. Ich bin mitten in der Nacht aufgestanden, habe geduscht und mich angezogen und bin dann nach unten gegangen. Deshalb habe ich Marler gesehen, bevor er sich auf den Weg zu diesem Segelflugplatz beim Elsässer Belchen gemacht hat. Ich habe schon zeitig gefrühstückt, dann sah ich, wie Eve mit Gaunt losfuhr. Aber ich werde noch einen Kaffee mit Ihnen trinken. Diese Fahrt in die Vogesen dürfte ziemlich ungemütlich werden, nicht wahr? Ich habe festgestellt, daß sämtliche Amerikaner heute morgen ganz früh ausgezogen sind.«

»Ja, die Fahrt zum Château Noir wird bestimmt sehr ungemütlich«, erwiderte Tweed.

Tweed und Paula frühstückten nicht allein in der Brasserie. Sie hatten sich kaum hingesetzt und ihr Frühstück bestellt, als Jennie Blade erschien. Sie trug eine Skihose und einen weißen Rollkragenpullover, der ihre Figur betonte. Über ihrem Arm hing ein Lammfellmantel. Sie kam an ihren Tisch und ließ sich Tweed gegenüber nieder.

»Darf ich mich zu Ihnen setzen?«

Sie lächelte ihn an und nickte Paula zu, die das Nicken wortlos erwiderte.

»Sie haben es gerade getan«, erklärte Tweed.

»Ich hoffe, ich störe Sie nicht bei einem intimen *tête-à-tête*«, fuhr sie mit einem Seitenblick auf Paula fort.

»Beim Frühstück? Wohl kaum«, erwiderte Tweed trokken.

»Ich habe gehört, daß Sie heute in die Berge hinauffahren wollen.« Sie bedachte ihn mit ihrem bezauberndsten Lächeln. »Ich konnte letzte Nacht kein Auge zutun – ich mußte immer wieder an meine Begegnung mit dem Schattenmann im Nebel denken. Also bitte, bitte nehmen Sie mich mit. Sonst könnten Sie zurückkommen und mich tot vorfinden.«

»Möglich ist alles«, pflichtete Tweed ihr ungerührt bei.

»Dann ist das also erledigt. Sie nehmen mich mit – und mit Ihnen an meiner Seite werde ich mich völlig sicher fühlen, Tweed.«

»An meiner Seite wird voraussichtlich Paula sitzen.« Er trank einen Schluck von dem Kaffee, den ein Kellner gebracht und den Paula ihm dann eingegossen hatte. »Platz ist knapp und teuer«, sagte er.

»Welchen Preis soll ich dafür zahlen?« Jennie schüttelte ihre blonde Mähne und warf Tweed einen Blick zu, der Paula veranlaßte, mit den Zähnen zu knirschen. »Ich bezahle in jeder gewünschten Währung«, fuhr sie eindringlich fort.

»Wie wäre es mit ungarischen Forint?« fuhr Paula sie an.

»Ich habe Mr. Tweed gefragt«, erklärte Jennie höflich, ohne in Paulas Richtung zu schauen. »Aber im Ernst, das war ein sehr schlimmes Erlebnis gestern abend. Und der Wetterbericht hat für heute abend noch mehr Nebel vorausgesagt. Und dann taucht er auf – der Schattenmann. Ich werde Ihnen nicht zur Last fallen. Ich werde genau das tun oder lassen, was Sie wollen.« Ihre Stimme zitterte. »Bitte, oh bitte, Mr. Tweed. Nehmen Sie mich mit.«

»Wenn ich Sie mitnehme«, sagte Tweed grimmig, »werden Sie jede meiner Anweisungen strikt befolgen.« Er hob eine Hand. »Keine Widerrede. Sie haben meine Bedingung gehört. Mehr ist dazu nicht zu sagen.«

Paula fluchte innerlich, während sie wütend Butter auf ihr Croissant strich. Du gerissene, berechnende kleine Teufelin, dachte sie.

Was sie am meisten überraschte, war die Tatsache, daß Tweed offenbar auf Jennies feminine Taktiken hereingefallen war. Oder etwa nicht?

Sie warf Tweed einen Blick zu, den er mit ausdrucksloser Miene erwiderte.

Strahlender Sonnenschein wurde von dem Schnee reflektiert, der über Nacht in Colmar gefallen war.

Tweed kniff die Augen gegen das Gleißen zusammen, als er allein durch den Haupteingang des Hotels Bristol auf die Straße trat. Er wartete auf Newman, der den Espace von dem Platz holen wollte, auf dem sie ihn über Nacht geparkt hatten.

Die Einheimischen eilten zur Arbeit. Eine Frau rutschte auf unter dem Schnee verborgenen Eis aus, und Tweed ergriff ihren Arm und rettete sie vor einem Sturz. *»Merci!«* Da ihr Haar unter einer Mütze verborgen war, sie einen Schal vors Gesicht gezogen hatte und unter ihrer langen Daunenjacke eine Röhrenhose hervorschaute, hatte Tweed sie einen Augenblick lang für einen Mann gehalten.

Als er am Bordstein stand und wartete, wurde er von einem großen Mann mit einer Kapuze und Ohrenschützern und einem langen, schweren Trenchcoat angerempelt. Tweed versteifte sich, als eine kraftvolle Hand seinen Arm ergriff.

»Keine Panik, Tweed. Ich habe schon eine Ewigkeit darauf gewartet, daß Sie herauskommen. Eine wichtige Neuigkeit…«

Der amerikanische Akzent war unverwechselbar. Es war Cord Dillon.

Tweed stand ganz still da, legte die behandschuhten Hände ineinander, als machte ihm die Kälte zu schaffen. Er sprach, ohne den Amerikaner anzusehen, wobei sich seine Lippen kaum bewegten.

»Von jetzt an müssen wir engen Kontakt miteinander halten. Sie können mich nach neun Uhr abends im Hotel anrufen. Was ist die wichtige Neuigkeit?«

»Special Agent Barton Ives ist ganz in der Nähe. Möchte mit Ihnen reden. Das Erkennungszeichen ist ein Union Jack, Ihre Nationalflagge.«

»Beschreiben Sie ihn mir kurz.«

»Ungefähr meine Größe, aber viel schlanker. Dichtes schwarzes Haar. Glatt rasiert. Siebenunddreißig. Ausgeprägt angelsächsisches Gesicht. Eisblaue Augen. Er wird Sie finden, wenn alles okay ist. Hier wimmelt es von Aufpassern – feindlichen.«

»Ives wird ein Risiko eingehen, wenn er nicht vorsichtig ist«, warnte Tweed.

»Er ist vorsichtig. Er ist ein FBI-Mann. Ich melde mich wieder…«

Als Newman mit dem Espace erschien und ihn damit aus seinen Gedanken riß, stand Tweed immer noch da und schlug die Hände zusammen.

Würde eine der beiden Schlüsselpersonen in dieser Krise – Barton Ives und Joel Dyson – wirklich mit ihm Kontakt aufnehmen? Wenn ja, wie? Er wünschte, er hätte Dillon gesagt, daß sie vorhatten, in die Berge hinaufzufahren. Paula kam aus dem Hotel.

Es war keine Überraschung, daß ihr Jennie Blade, jetzt in ihrem Lammfellmantel, auf den Fersen folgte und auf den Wagen zueilte.

Tweed fragte sich, ob Jennie auch so viel daran gelegen hätte, mitzufahren, wenn sie gewußt hätte, was ihnen auf der langen Fahrt in die mit noch höherem Schnee bedeckten Berge bevorstand.

# 39

»Wir werden bereits verfolgt«, bemerkte Newman, als er mit dem grauen Espace auf der schneebedeckten Straße durch die Ebene unterhalb der in einiger Entfernung aufragenden Ausläufer der Vogesen lenkte.

»Sie meinen den großen cremefarbenen Citroën?« fragte Tweed.

»Das ist der Bastard.« Newman warf einen Blick über die Schulter auf Jennie. »Entschuldigen Sie das harte Wort, aber wenn Sie geglaubt haben, dies würde ein gemütlicher Ausflug werden, dann steht Ihnen eine große Überraschung bevor.«

Der Renault Espace V6 war ein geräumiges Fahrzeug, in dem bequem sechs Personen in drei Reihen Platz fanden. Seine große, abgerundete Fronthaube erinnerte Paula, die neben Tweed saß, an einen Hai. Tweed saß in der Mitte mit Newman zur Linken. In der Reihe hinter ihnen hatte sich Jennie, in ihren Lammfellmantel eingehüllt, auf ihrem Sitz zusammengerollt wie eine Katze.

Butler, angetan mit Lederkleidung und Sturzhelm, war an ihnen vorbeigefahren und führte jetzt den Konvoi an. In einiger Entfernung folgte der von Nield gefahrene Kombi; seine Walther lag unter einem Kissen auf dem Beifahrersitz.

Philip Cardon, gleichfalls auf einer Harley Davidson, donnerte an ihnen vorbei. Dann wurde er langsamer und ließ seine Blicke pausenlos nach allen Seiten schweifen. Der Citroën, der sie beschattete, hatte bisher reichlich Abstand von Nields Kombi gehalten.

»Weshalb sollte uns jemand verfolgen?« fragte Jennie.

»Vermutlich um zu sehen, wohin wir fahren«, fauchte Paula, ohne den Kopf zu drehen.

»Aber weshalb sollte jemand das tun?« beharrte Jennie.

»Damit der Fahrer, wenn wir ins Schleudern geraten, rechzeitig die gefährlichen Stellen auf der Straße erkennen kann«, fauchte Paula sie abermals an. »Und würden Sie jetzt bitte den Mund halten, damit Bob sich konzentrieren kann? Außerdem muß ich die Karte im Auge behalten. Bis Kaysersberg ist es nicht mehr weit«, warnte sie Newman. »Ich kann schon die ersten Gebäude sehen.«

»Ich habe nicht die geringsten Befürchtungen, daß wir ins Schleudern geraten könnten«, fuhr Jennie fort. »Bob ist ein hervorragender Fahrer. Sie sollten mehr Zutrauen zu ihm haben.«

Paulas Augen funkelten, als sie wieder auf die Karte schaute. Soweit es sie betraf, war Jennie Blade nur ein überflüssiges Gepäckstück, das man jederzeit am Straßenrand abstellen konnte. Tweed, der ihren Ausdruck bemerkte, war insgeheim belustigt. Aber er war auch argwöhnisch.

Jennies scheinbare Naivität war eine Spur zu blauäugig, und er war sicher, daß sie Paula aus der Reserve locken wollte. Cardon kehrte auf seinem Motorrad zurück, bedeutete ihnen, die Fahrt zu verlangsamen. Newman reagierte sofort und sah, wie Cardon seine Maschine auf dem Schnee wendete. Dann kam er zurück und beschleunigte wieder, als er sie überholte.

»Wir sind gleich in Kaysersberg«, warnte Paula abermals. »Was vermutlich bedeutet, daß wir durch den Ort kriechen müssen.«

»Und damit ein sich langsam bewegendes Ziel bieten«, bemerkte Newman.

Als sie das mittelalterliche Städtchen erreicht hatten, verlangsamte Newman die Fahrt fast auf Schrittempo. Jennie betrachtete voller Bewunderung die alten Gebäude, darunter viele, zum Teil schiefe Fachwerkhäuser.

»Wunderbar«, schwärmte sie. »Das reinste Mittelalter. Und seht ihr diese alte Brücke da vorn?«

Der Mann mit der Pelzmütze und dem Astrachanmantel stand allein in einem Hauseingang mitten in Kaysersberg und hielt ein Mobiltelefon ans Ohr. Die Antenne war ausgezogen, und er schaute durch seine halbmondförmigen Brillengläser auf die Brücke, während er dem Bericht lauschte, der ihm durch ein weiteres Mobiltelefon in dem cremefarbenen Citroën geliefert wurde.

»Unser Hauptkonkurrent sitzt in dem grauen Espace«, berichtete der Fahrer. »Zusammen mit einem weiteren Mann und zwei Frauen.«

»Behalten Sie Ihre gegenwärtige Position bei«, befahl Norton. »Halten Sie reichlich Abstand, wenn Ihnen Ihr Leben lieb ist...«

Er schob die Antenne wieder in den Apparat. Sobald der Espace die Brücke überquerte, war es aus mit Tweed. Ein Auftrag erfüllt. Danach das Château Noir.

»Bremsen!« befahl Tweed. »Halten Sie sofort an.«

Newman gehorchte unverzüglich. Cardon näherte sich auf seinem Motorrad. Newman hatte keine Ahnung, was Tweed zu diesem Befehl veranlaßt hatte.

»Was soll das? Weshalb sollte ich anhalten?« fragte er.

»Irgend etwas an der Brücke gefällt mir nicht. Wenn ich einen Hinterhalt planen würde – und skrupellos genug wäre, keine Rücksicht auf mögliche Opfer unter den Anwohnern zu nehmen –, dann wäre diese Brücke die ideale Falle.«

»Ich glaube, wir haben ein Problem«, sagte Cardon durch das offene Fenster hindurch. »Ich schlage vor, Sie fahren nicht weiter, bevor Butler und ich die Gegend erkundet haben. Okay?«

»Was veranlaßt Sie zu dieser Vorsichtsmaßnahme?« fragte Tweed.

»Da ist eine alte Burg, direkt oberhalb des Ortes. Jeder, der da oben sitzt, hat eine ungehinderte Aussicht auf die Brücke und jedes Fahrzeug, das sie überquert. Harry und ich haben zumindest einen Mann auf dem Turm der Burg gesehen – mit etwas in das Hand, das aussah wie ein Gewehr. Ich sehe unter der Brücke nach, und Harry übernimmt die Burg. Warten Sie hier.«

»Seht doch! Was für eine hübsche Katze ...«

Bevor Tweed sie daran hindern konnte, hatte Paula die Tür geöffnet, war herausgesprungen und lief hinter Cardon her, der sein Motorrad aufgebockt hatte und sich der Brücke zu Fuß näherte. Eine große, dicke Katze saß auf dem Brükkengeländer, und Tweed wußte, wie sehr Paula Tiere liebte. Aber er hatte auch gesehen, daß sie die Klappe ihrer Umhängetasche geöffnet hatte. Sie enthielt ein leicht zugängliches Fach für ihren .32er Browning.

Tweed beobachtete, wie Paula, die eine Daunenjacke und eine in Lederstiefeln mit Gummisohlen steckende Skihose trug, mit raschen Schritten auf die Brücke zuging. Es war kaum damit zu rechnen, daß ein Beobachter sie für etwas anderes hielt als eine Touristin, die zum Skilaufen hergekommen war.

Sie nahm die Katze auf den Arm, die ein dichtes, kaffeebraunes Fell hatte. Pfötchen und Brust waren weiß. Sie schaute sich um, während die Katze vor Behagen schnurrte, und sah, wie Butler unterhalb der Burg auf der Anhöhe verschwand. Der Turm, den Cardon erwähnt hatte, war groß und rund und überragte den Rest des Bauwerks. Sie zog an einem Ohr der Katze, die protestierte und Anstalten machte, von ihrem Arm herunterzuspringen. Sie sorgte dafür, daß sie über die Brüstung hinweg auf das schneebedeckte Ufer am Rand des zugefrorenen Baches sprang.

Cardon erkannte den Vorwand, den sie ihm geliefert hatte, und stieg über die Steinmauer, als wollte er die Katze zurückholen. Auch Paula schwang sich über die Mauer und folgte ihm unter die Brücke. Die Katze saß auf einem schneebedeckten Stein am anderen Ende des Brückenbogens und funkelte sie an. Cardon hob warnend eine Hand.

Paula folgte der Richtung seines ausgestreckten Fingers. Cardon, ein Sprengstoffexperte, hatte die tödliche Vorrichtung sofort erkannt. Mit Seilen an alten Eisenringen im Zentrum des Brückenbogens hing eine große Metallplatte, auf der zahlreiche Gegenstände lagen, die für Paula aussahen wie Feuerwerksraketen.

»Dynamit», kommentierte Cardon. »Diese Kollektion summiert sich zu einer Bombe, die ausreicht, die Brücke und jedes Fahrzeug, das sich darauf befindet, in tausend Stücke zu sprengen.«

»Aber sie wird doch bestimmt nicht durch den Druck eines Fahrzeugs ausgelöst, das die Brücke überquert«, meinte Paula. Sie hatte fürchterliche Angst und redete nur, um ihre Reaktion zu verbergen. »Sonst wäre sie doch schon hochgegangen, als der erste Traktor oder so etwas Ähnliches darübergefahren ist.«

»Stimmt«, pflichtete Cardon ihr bei. »Es ist ein bißchen kompliziert. Sehen Sie das graue Kabel, das von der Bombe zum Ende des Brückenbogens führt, wo die Katze sitzt? Butler, der immer mit dem Schlimmsten rechnet, hat in der Nähe des Wegs zur Burg den Schnee weggekratzt und ist auf ein weiteres Stück von diesem Kabel gestoßen. Der Schnee hat die Leute gestern abend in den Häusern gehalten, und jetzt verdeckt er das Kabel.«

»Und wo endet es?«

»Vermutlich auf dem Turm dieser Burg da oben – wo jemand, der Wache hält, im richtigen Moment auf den Knopf drücken kann.«

Butler machte lange, vorsichtige Schritte durch den Schnee, bis er die schwere Holztür erreicht hatte, durch die man in die über ihm aufragende Burg hineingelangte. Der Schnee war ein Verräter – es führten noch andere Fußstapfen zu dieser Tür.

Er drehte den eisernen Ringgriff langsam und stieß die Tür lautlos Zentimeter um Zentimeter auf. Obwohl Butler ein kräftig gebauter Mann war, konnte er sich lautlos bewegen. Er hielt die Luger in der Rechten, als er eintrat und die Tür ebenso behutsam hinter sich wieder schloß.

Während er wartete und lauschte, gewöhnten sich seine Augen an das schwache Licht. Er hörte nichts. Vor ihm lag eine Steintreppe, die an der Außenmauer der Burg entlangführte. Er benutzte ein großes Taschentuch, um den Schnee von seinen Schuhsohlen zu wischen. Wenn es zu einer Konfrontation kam, wollte er nicht riskieren, daß seine Füße unter ihm wegrutschten. Er begann, die Treppe hinaufzusteigen, wobei er einer Spur aus Schneeklumpen folgte, vermutlich von den Sohlen des Mannes, der vor ihm diese Treppe hinaufgestiegen war.

Butler kam an eine Stelle, an der ein Torbogen von der Haupttreppe zu einer weiteren, schmaleren gewundenen Treppe führte. Mit ziemlicher Sicherheit führte sie zu der hohen Plattform, auf der er einen Mann mit einer Waffe entdeckt hatte. Wieder wußte Butler, daß er auf dem richtigen Weg war – eine verräterische Spur aus frischen Schneeklumpen führte die im Laufe von Jahrhunderten ausgetretenen Steinstufen empor.

Ein kalter Luftzug warnte ihn, daß er sich dem Ausgang am oberen Ende des Turmes näherte. Er faßte die Luger fester, als er sich um eine Ecke schob und einen Torbogen sah, der den klaren blauen Himmel dahinter rahmte. Er durfte keine Zeit verlieren – er wußte, daß Cardon das inspizierte, was der Gegner unter der Brücke angebracht hatte.

»Sie sollten zusehen, daß Sie von hier wegkommen, Paula«, warnte Cardon. »Wenn ich beim Entschärfen dieser Bombe nur eine falsche Bewegung mache, sitzen wir beide im Himmel und singen geistreiche Lieder.«

»Vergessen Sie Pussy nicht«, scherzte Paula, um ihre Angst zu verbergen. »Es sieht so aus, als hätte sie mir verziehen.«

Die Katze war zu ihr zurückgekehrt, hatte sich hochgereckt und die Vorderpfoten auf ihr rechtes Bein gelegt. Sie hob sie auf und kraulte sie am Ohr, während Cardon mit einer Stablampe seine ersten Untersuchungen vornahm. Philip, dachte sie, scheint immer einen kompletten Werkzeugkasten bei sich zu haben.

»Kann ich Ihnen irgendwie helfen?« fragte sie.

»Nun ja ...«

Er gestand es nur widerstrebend ein, aber er wußte, daß ein zusätzliches Paar Hände die Arbeit sicherer machen würde. Nein, entschied er, sieh zu, daß du sie dazu bringst, aus der Gefahrenzone zu verschwinden, bevor du anfängst zu experimentieren. Er gestikulierte mit dem Seitenschneider, den er aus einem kleinen Segeltuchbeutel geholt hatte.

»Sehen Sie, Paula, das ist die Ladung. Ich zähle sechs Stangen Dynamit – vermutlich aus irgendeinem Steinbruch gestohlen. Von denen gibt es eine ganze Menge in den Vogesen. Und um sie zu entschärfen, muß ich sechs Kabel durchtrennen, die mit sechs Zündern verbunden sind. Es ist eine primitive, aber trotzdem geschickt improvisierte Bombe. Also trenne ich eines der grünen Kabel nach dem anderen durch ...«

»Nicht die roten?« Die Katze schnurrte immer noch, während sie am Ohr gekrault wurde. »Ich habe immer gedacht, Rot stünde für Gefahr.«

»Das ist der gemeine Trick, den sie sich ausgedacht haben.« Cardon sah Paula an und grinste. »Ich habe mir das Ding genau angesehen. Um es harmlos zu machen, muß ich die sechs grünen Kabel durchtrennen. Vorausgesetzt natürlich, daß ich weiß, was ich tue. Wissen Sie, was ein Sprengstoffexperte Ihnen sagen würde? Daß man nie sicher sein kann, daß Sprengstoff wirklich so reagiert, wie er reagieren soll. Wollen Sie immer noch hierbleiben?«

»Wie kann ich helfen?« – »Es ist Ihre Beerdigung – und meine auch. Nehmen Sie diesen Beutel hier. Jedesmal, wenn ich ein Kabel durchgetrennt habe, nehme ich eine Stange Dynamit und gebe sie Ihnen. Sie legen sie dann ganz vorsichtig auf den Boden des Beutels. Die nächsten legen Sie dann daneben.«

»Worauf warten wir noch?« fragte Paula und setzte die Katze in den Schnee.

»Das gefällt mir nicht«, sagte Tweed auf seinem Platz in dem Espace. »Philip hat unter dieser Brücke etwas gefunden – und Paula ist mit ihm da unten. Ich gehe hin und sehe nach, was da los ist.«

Newman ergriff seinen Arm und drückte Tweed wieder auf seinen Sitz.

»Sie gehen nirgendwohin. Was ist los mit Ihnen? Haben Sie das Warten verlernt? Darauf haben Sie doch immer so großen Wert gelegt. Wie oft haben Sie Ihren Leuten, wenn sie ungeduldig wurden, erklärt, daß sie lernen müssen zu warten?«

»Vermutlich haben Sie recht.«

»Ich weiß, daß ich recht habe«, erklärte Newman entschieden. »Durchaus möglich, daß wir beobachtet werden. Zwei Leute unter der Brücke sind genug. Wir können nur hoffen, daß es keinen großen Knall gibt.«

Butler stand drei Stufen unterhalb des Torbogens, der auf das flache Dach hinausführte. Er hielt die Luger mit beiden Händen und wartete darauf, daß ihm etwas verriet, wo sich der Mann aufhielt, der vor ihm die Treppe hinaufgestiegen war.

Das Warten begann, ihm auf die Nerven zu gehen. Er konnte das Kabel nicht vergessen, das er am Fuße der Außenmauer eines Hauses in der Nähe der Burg entdeckt hatte. Er konnte nicht vergessen, daß Cardon jetzt wahrscheinlich unter der Brücke war und mit Gott weiß was für einer teuflischen Vorrichtung hantierte. Der Druck war fast unerträglich, der Drang, hinauszustürmen auf das Dach, doch er widerstand der Versuchung. Dann erschien ohne jede Vorwarnung der Rücken eines massigen Mannes in Anorak und Jeans, der an die niedrige Brüstung trat.

Butler erkannte, daß er etwas durch ein Fernglas beobachtete. Er wendete sich an eine unsichtbare Person und sprach mit amerikanischem Akzent.

»Gary, dieser verdammte Espace steht immer noch ein Stück von der Brücke entfernt. Sieht aus, als wollte er den ganzen Tag da stehenbleiben. Würde die Bombe ihn erreichen? Trümmer von der Brücke? Große Steinbrocken? Sollen wir es versuchen?«

»Norton hat gesagt, wir sollen warten, bis er auf der Brücke ist.«

»Norton ist nun mal der große Unsichtbare. Wir können die Lage übersehen. Und diese Frau, die mit der Katze herumgespielt hat, ist unter der Brücke verschwunden. Ich würde sagen, wir versuchen es. Norton sitzt wahrscheinlich in Straßburg in irgendeinem feinen Restaurant und schlägt sich den Bauch voll, während wir hier frieren.«

»Wenn du meinst, Mick. Aber du bist es; der…«

Butler sprang auf die Plattform. Mick, der an der Brüstung stand, reagierte mit der Schnelligkeit eines Profis und zog eine Automatik aus seinem Anorak, aber bevor er zielen konnte, trafen ihn zwei Kugeln aus Butlers 9 mm-Luger in die Brust. Die Gewalt der Geschosse bewirkte, daß er über die Brüstung kippte. Aber Butler sah nicht, wie er mit flegelnden Armen und Beinen seinen Sturz in die Ewigkeit antrat. Er hatte den Lauf der Luger dorthin geschwungen, wo Gary sich über einen Kasten mit einem oben herausragenden Griff beugte. Garys Hände näherten sich dem Kasten, bereit, den Griff zu erfassen, ihn niederzudrücken.

Butler schoß ihm zweimal in die linke Achselhöhle. Gary

fuhr ruckartig hoch und taumelte über dem tödlichen Kasten. Blut strömte über seinen Anorak. Butler trat vor und benutzte den Lauf seiner Waffe, um den taumelnden Amerikaner über die Brüstung zu stoßen. Er fiel rückwärts, und diesmal sah Butler etwas, das aussah wie ein in die Tiefe stürzendes Strichmännchen, das beide Arme ausgestreckt hatte wie ein Schwimmer. Er prallte auf einen Felsvorsprung, wurde von der Gewalt seines Aufpralls davon heruntergeschleudert und verschwand in dichtem Unterholz. Keine Spur von Mick. Er mußte im selben Gestrüpp verschwunden sein.

Butler verstaute die Luger wieder in seinem Hüftholster und beugte sich über die Zündvorrichtung. Cardon hatte ihn im Umgang mit Sprengstoffen unterwiesen, und Butler wurde klar, daß dies eine ziemlich primitive Improvisation war, ähnlich denen, die er auf Fotos aus dem Ersten Weltkrieg gesehen hatte.

Er ergriff behutsam den Griff und drehte ihn langsam gegen den Uhrzeigersinn. Der Griff löste sich von dem Kasten, und Butler trat an den Rand der Brüstung und warf den Griff in das Unterholz, in dem bereits die beiden Männer verschwunden waren.

Paula hatte fünf der sechs Stangen Dynamit von Cardon entgegengenommen und sie behutsam in den offenen Beutel gelegt. Die Gefahr kam aus einer völlig unvermuteten Richtung.

»So, das ist die letzte. Alles okay«, sagte Cardon, als er Paula die sechste Stange Dynamit reichte.

Sie hatte die rechte Hand ausgestreckt und die Stange ergriffen, als die Katze plötzlich wieder da war und auf ihren linken Arm sprang. Das schwere Tier, das an die neun Pfund wiegen mußte, brachte sie aus dem Gleichgewicht.

Sie vollführte mehrere Reflexhandlungen gleichzeitig. In dem verzweifelten Versuch, ihr Gleichgewicht zu halten, bewegte sie den rechten Fuß vorwärts und rammte ihn tief in den Schnee, so daß sie breitbeinig dastand. Immer noch mit der Stange Dynamit in der rechten Hand, packte sie das große Paket aus Fell und Muskeln mit der linken und drückte es an ihre Brust. Die Katze krallte sich mit den Vorderpfoten in die Schulter ihrer Daunenjacke, was sie zumindest von einem Teil ihres Gewichts befreite. Und dann begann sie auch noch vor Behagen zu schnurren.

»Ich könnte dich umbringen«, sagte sie in ganz bewußt zärtlichem Tonfall, um sie nicht zu erschrecken.

»Bleiben Sie so stehen«, sagte Cardon. »Ich nehme Ihnen die Stange aus der Hand und sage Ihnen, wann Sie loslassen können. Ganz vorsichtig... So, jetzt habe ich sie.«

Er hockte sich nieder und legte die letzte Stange neben die anderen. Als er den Reißverschluß des Beutels geschlossen hatte, sah er auf.

»Ich könnte dieses Biest in den zugefrorenen Bach werfen«, erklärte ihm Paula.

Die Katze, die immer noch schnurrte, hatte die Augen geschlossen. Sie gedachte zu schlafen – im Gegensatz zu Norton, der erwartungsvoll lauschend in der Hauptstraße von Kaysersberg stand.

Norton stand seit mehr als einer halben Stunde vor dem Eingang zu einem kleinen Lokal. Er hatte seine Pelzmütze so weit hochgeschoben, daß sie seine Ohren nicht mehr bedeckte. Seine Augen waren ausdrucklos und ohne eine Spur von Wärme, während er auf die Explosion wartete. Eine Weile zuvor hatte er die Brücke inspiziert. Es war eine beachtliche Bombe, die seine Männer in der eiskalten Nacht dort angebracht hatten, als kein Mensch unterwegs war.

Er versteifte sich, als er hörte, wie ein Wagen sich näherte, wich tiefer in den Eingang des Lokals zurück. Der Kombi, mit Nield am Steuer, fuhr im Schrittempo an ihm vorbei und holperte über das Kopfsteinpflaster. Die Harley-Davidson, auf der Butler saß, tauchte auf, überholte Nield und verließ den Ort in Richtung Vogesen. Gleich darauf fuhr ebenso langsam der graue Espace an ihm vorbei, gleichfalls auf dem alten Pflaster holpernd. Er fuhr so nahe an Norton vorbei, daß dieser Tweed auf einem der vorderen Sitze deutlich erkennen konnte.

Ein zweites Motorrad, gefahren von Philip Cardon, bildete die Nachhut des Konvois. Norton wartete, bis das Motorengeräusch nicht mehr zu hören war und die Stille des verschneiten Morgens wieder über dem Ort lag. Er holte sein Mobiltelefon aus der Tasche und nahm Verbindung mit Mencken auf, der sich hoch oben in den Bergen befand.

»Hier Norton. Die Konkurrenz verläßt jetzt Kaysersberg. Ihr Direktor sitzt in einem grauen Espace, der von einem anderen Mann gefahren wird. Außerdem sitzen zwei Frauen darin. Er wird von einem Kombi und zwei Motorradfahrern eskortiert. Also aktivieren Sie jetzt Phase Zwei. Und zwar sofort. Verstanden?«

»Verstanden. Wird erledigt«, bestätigte Menckens schneidende Stimme.

Norton schob die Antenne wieder in den Apparat und ging durch eine Nebenstraße dorthin, wo er seinen gemieteten blauen Renault geparkt hatte. Das nächste Stadium war die Fahrt zum Château Noir. Lange bevor er es erreichte, würde Tweed eliminiert sein. Norton verschwendete keinen Gedanken darauf, weshalb die Bombe nicht detoniert war. Ein defekter Zünder? Es spielte keine Rolle. Norton war ein überaus geduldiger Mann.

## 40

»Es wird noch weitere Hinterhalte geben«, warnte Tweed, als sie Kaysersberg hinter sich gelassen hatten und die Straße in Serpentinen aufwärts führte.

»Wie sind Sie darauf gekommen, daß die Brücke eine Gefahr darstellen könnte?«

»Ein sechster Sinn. Umgekehrtes Denken, wenn Sie wollen.«

»Was meinen Sie damit?« fragte Jennie.

»In Anbetracht der Strecke zwischen Colmar und dem Château Noir würde jeder Durchschnittsmensch vermuten, daß die wirkliche Gefahr an einem abgelegenen Ort hoch oben in den Vogesen lauert.«

»Aber Sie sind kein Durchschnittsmensch«, bemerkte Jennie und stützte ihre Arme auf die Rückenlehne von Tweeds Sitz.

So ist's richtig, meine Liebe, dachte Paula, trag die Schmeichelei so dick auf wie möglich.

»Umgekehrtes Denken«, erklärte Tweed, ohne auf die Unterbrechung zu reagieren, »ist so etwas Ähnliches wie der Blick durch das falsche Ende eines Fernrohrs. Man dreht alles um und versucht, aus früheren Erfahrungen zu lernen. Wir verfügen über Erfahrungen, die beweisen, wie skrupellos Norton den Tod von Unschuldigen in Kauf nimmt. Der Angriff in der Bahnhofstraße – wo der zweite Killer eine Maschinenpistole hatte und im Begriff war, sie zu benutzen. Das war in einer belebten Straße, und wenn er zum Schießen gekommen wäre, hätte es bestimmt eine Menge Tote und Verletzte gegeben. Also hätte sich Norton keinen Deut darum geschert, wenn beim Sprengen einer

Brücke etliche Einheimische ums Leben gekommen wären.«

»Das wird also eine gefährliche Fahrt werden«, meinte Jennie.

»Wir haben Sie gewarnt. Aber Sie wollten ja unbedingt mitfahren«, fauchte Paula.

»Oh, ich habe keine Angst.« Jennie schien Paulas Vorwurf überhaupt nicht zur Kenntnis zu nehmen. »Da oben auf dem Felsen ist ein Mann, der uns beobachtet«, fuhr sie fort. »Ich habe gesehen, wie etwas aufblitzte, vielleicht die Linse eines Fernglases.«

»Sind Sie sicher, daß das keine Einbildung war?« fragte Paula.

»Überprüfen Sie es«, wies Tweed Newman an. »Vielleicht hat Jennie wirklich etwas gesehen...«

Trotz seiner Schneereifen ruckte der Espace in den gefrorenen Fahrspuren hin und her. Newman hielt neben einem Steilhang an und öffnete sein Fenster. Eiskalte Luft strömte in das Fahrzeug. Jetzt konnte Paula die mächtigen Gipfel und die hohen, messerscharfen Kämme der Vogesen in dem gleißenden Sonnenlicht ganz deutlich sehen. Cardon tauchte, auf seinem Motorrad sitzend, neben Newmans Fenster auf.

»Da ist etwas Verdächtiges vor uns«, erklärte Newman.

»Da oben auf diesem Kamm«, sagte Jennie, beugte sich vor, streckte den Arm aus und zielte mit dem Zeigefinger wie mit einer Pistole. »Ich weiß, daß ich zumindest einen Mann gesehen habe.«

»Warten Sie hier«, sagte Cardon. Butler erschien auf seinem Motorrad und hielt neben ihm an. »Wir sehen einmal nach.« Er warf einen Blick auf Paula. »Die Dynamitstangen, die wir eingesammelt haben, könnten sich als nützlich erweisen. Ich habe sie bei mir.« Er deutete auf die Satteltaschen, die an beiden Seiten seiner Maschine hingen. »Bis später...«

»Er hat Handgranaten«, bemerkte Tweed. – »Vielleicht hebt er sie für einen Regentag auf«, meinte Paula.

Nach einer kurzen Besprechung jagten Cardon und Butler die steil ansteigende Straße hinauf. Newman griff nach einem Fernglas und richtete es auf den Kamm, auf den Jennie gezeigt hatte.

Kein Mensch zu sehen. Vielleicht hatte Paula doch recht gehabt, als sie andeutete, Jennie könnte sich das nur eingebildet haben.

Dem Plan zufolge, den sie in aller Eile besprochen hatten, spielten Butler und Cardon sehr unterschiedliche Rollen. Butler, der mit verminderter Geschwindigkeit auf der Straße weiterfuhr, fungierte als Köder. Hinter ihm hatte Cardon die Straße verlassen und fuhr nun mit Höchstgeschwindigkeit unterhalb des Kammes entlang, so daß er für etwaige Beobachter oben unsichtbar war. Bevor er den Espace verließ, hatte er eine der Dynamitstangen in seinen Schal eingewikkelt und in den Gürtel gesteckt. Das Gelände war uneben und tückisch, der Schnee verdeckte Felsbrocken und Mulden, und er betete, daß die Vibrationen das Dynamit nicht zur Detonation brachten. Er hätte statt dessen eine Handgranate bereithalten sollen. Aber jetzt war es zu spät, sich darüber Gedanken zu machen.

Cardon hatte vor, von Norden her auf den Kamm zu fahren, wo er damit rechnen konnte, das ganze Terrain überblicken zu können. Er hoffte nur, daß er dort oben anlangte, bevor Butler den Teil der gewundenen Straße erreicht hatte, der unter dem Kamm verlief. Er biß die Zähne zusammen, als die Maschine unter ihm buckelte wie ein Wildpferd, aber er konnte sie halten. Dann sah er, daß er sich dem Ende des Kammes näherte. Und dann hinauf, hinauf, hinauf!

Newman saß sehr aufrecht auf seinem Sitz und hielt das Fernglas vor die Augen. Butler näherte sich jetzt der Stelle, wo er am verletzlichsten war – falls Jennie tatsächlich jemanden auf dem Kamm gesehen hatte.

Cardon war außer Sichtweite. Newman vermutete, daß er mit Höchstgeschwindigkeit über sehr rauhes Terrain fuhr. Er wünschte sich, bei ihnen zu sein, ihnen helfen zu können.

Tweed hatte sich zu Ruhe und Gelassenheit gezwungen. Seine sämtlichen Instinkte verlangten, daß er Newman das Fernglas aus den Händen riß. Selbst sah, was vorging. Er spürte, wie Paula neben ihm ihre Stellung veränderte, und wußte, daß die Anspannung sämtlicher Insassen des Espace zunahm. Dann spürte er, wie sich Jennies behandschuhte Knöchel in seine Schultern bohrten. Als er sprach, klang seine Stimme ganz beiläufig.

»Da oben geht wohl nicht viel vor, Bob?«

»Ich weiß es nicht genau. Mir ist, als hätte ich etwas gesehen.«

»Dann sagen Sie uns, was dieses Etwas war«, verlangte Tweed, immer noch mit bewußt gelassener Stimme.

»Bewegung auf dem Kamm«, sagte Newman.

»Können Sie sich ein bißchen genauer ausdrücken?«

»Mir ist, als hätte ich zwei Männer gesehen, aber nur ganz flüchtig.«

»Passen Sie weiter auf. Und sagen Sie Bescheid, wenn sich irgend etwas tut.«

Eine Weile zuvor hatte Newman sein Fenster wieder geschlossen, und jetzt sorgte die Heizung für eine erträglichere Temperatur innerhalb des Espace. Die beiden Männer und die beiden Frauen saßen da wie Wachsfiguren und starrten unverwandt zu dem Kamm hinauf, der Tweed an ein prähistorisches Ungeheuer erinnerte. Aber die zunehmende Wärme vermochte die wachsende Spannung im Inneren des Fahrzeugs nicht zu mildern.

»Harry Butler hat die Gefahrenzone jetzt fast erreicht«, bemerkte Paula leise.

Sie hat recht, dachte Tweed grimmig. Butler näherte sich

einer Stelle, an der das Gelände links neben der Straße steil in einen tiefen Abgrund abfiel. Und was noch schlimmer war – zu seiner Rechten bildete das östliche Ende des Kammes vom Gipfel bis zur Straße einen sanften Abhang, so daß er jeder Schußwaffe, die von oben her womöglich auf ihn gerichtet wurde, ohne jede Deckung ausgeliefert war.

»Oh Gott, nein!« rief Paula.

»Zwei Männer, beide mit Maschinenpistolen, die auf ihn zielen«, berichtete Newman.

Butler mußte die Gefahr gespürt haben. Durch das Fernglas sah Newman, wie Butler seine Maschine plötzlich zum Stehen brachte. Er starrte zum Gipfel des Kammes hinauf, wo beide Männer ihre Maschinenpistolen in Anschlag brachten. Von hinten her tauchte Cardon wie aus dem Nirgendwo auf und hielt so plötzlich an, daß das Vorderrad seines Motorrads sich vom Boden löste. Er war ungefähr zehn Meter von den beiden Killern entfernt. Für einen Moment abgelenkt, fuhren sie herum, als Cardon den Arm hob wie ein Kricketspieler, der im Begriff ist, den Ball zu werfen. Ein Geschoß flog durch die Luft und landete fast vor den Füßen der beiden Mörder.

Das Dynamit explodierte mit einem gewaltigen Knall, den sie sogar in dem geschlossenen Espace hörten. Eine Steinfontäne schoß himmelwärts, untermischt mit den blutigen Überresten der beiden Männer. Die Trümmer landeten nur ein paar Meter von der Stelle entfernt, an der Butler angehalten hatte, auf der Straße. Butler schob seine Maschine vorwärts und benutzte das Vorderrad, um sie über den Rand in den Abgrund zu stoßen.

Auf dem Kamm war Cardon weitergefahren, bis er die Stelle erreicht hatte, von der aus er die Straße überblicken konnte. Butler schaute hinauf und reckte den Daumen hoch, ein Zeichen, das Cardon erwiderte. Dann richtete er den Blick auf den wartenden Espace und winkte mit einer großen Geste. *Weiterfahren!*

»Also weiter«, sagte Tweed mit geschäftsmäßiger Stimme. »Ich möchte so nahe an elf Uhr wie möglich im Château Noir sein. Und Pete Nield in seinem Kombi hinter uns kann es kaum abwarten. Ich *muß* mit Amberg sprechen.«

Weiter oben im Schnee der Vogesen gab es noch einen Beobachter, der alles mit angesehen hatte. Mencken, der in einem grünen Landrover saß, dessen Farbe zwischen den immergrünen Bäumen nicht auffiel, hatte sich eine Plattform ausgesucht, von der aus er einen fast unbehinderten Blick auf die Route 415 hatte. Jetzt stand ihm die unerfreuliche Aufgabe bevor, Norton Bericht zu erstatten.

»Entschuldige dich nicht bei dem Widerling«, sagte er zu sich selbst.

Er wählte Nortons Nummer auf seinem Mobiltelefon an und beobachtete dabei den weiterfahrenden Konvoi tief unterhalb von ihm. Sie waren bestens organisiert – das mußte er den verdammten Briten lassen.

»Hier Norton«, meldete sich die vertraute Stimme nach ein paar Störgeräuschen.

»Mencken. Phase Zwei des Experiments war ein völliger Fehlschlag. Ich betone völlig«, fuhr er fort. »Zwei weitere Spieler sind ausgeschieden.«

»Wo die herkamen, gibt es noch mehr«, erwiderte Norton. »Ich bin jetzt sicher, daß unsere Konkurrenten, die auf Route Zwei heraufkommen, auf dem Rückweg Route Eins benutzen werden. Dort sind die Möglichkeiten zu ihrer Eliminierung wesentlich vielversprechender. Und Sie versammeln jetzt Ihr Team für das Château.«

»Verstanden«, bestätigte Mencken.

»Und ich hoffe, Sie haben auch verstanden, daß unsere Konkurrenten auf keinen Fall nach Colmar zurückkehren dürfen. Das würde mir mißfallen. Und was noch wichtiger ist – es würde Ihnen mißfallen...«

Mencken fluchte, als er feststellte, daß Norton das Gespräch abgebrochen hatte. Sein Fluchen war ein Versuch, der Angst Herr zu werden, die Nortons letzte Worte in ihm ausgelöst hatten. Es war eine Todesdrohung gewesen für den Fall, daß er versagte.

Norton fuhr, nachdem er Mencken seine Befehle erteilt hatte, mit seinem Renault höher in die Berge hinauf. Ihm kamen die ersten Zweifel, ob Mencken wirklich der richtige Mann für den Job war. Aber das würde er später entscheiden.

Das wichtigste für Norton war jetzt der bevorstehende Angriff auf das Château Noir. Es war durchaus möglich, daß Amberg den Film und das Tonband in der Burg bei sich hatte. Damit wäre das ganze Problem gelöst. Aber Norton verließ sich nicht darauf. Um sechs sollte er sich mit dem Mann mit der knarrenden Stimme am Lac Noir treffen. Und da gab es ein Problem. Er war angewiesen worden, allein zu kommen – und wenn er auch weiterhin von niemandem gesehen werden wollte, mußte er allein an diesen einsamen Ort fahren. Das war ein Gedanke, der ihm gar nicht behagte – sich mit jemandem zu treffen, dessen Identität ein ebensolches Geheimnis war wie seine eigene. Er hoffte, daß dies ein Rendezvous war, bei dem er nicht zu erscheinen brauchte.

Und außerdem würden Tweed und sein Team vor Anbruch der Dunkelheit eliminiert sein. Bei einem Anruf bei Mencken in Colmar hatte er den Weg über Kaysersberg und die N 415 als Route Zwei kodiert. Die südlichere Strecke in die Berge – die D 417 – hatte er als Route Eins bezeichnet. Und auf ihr würde Tweed ums Leben kommen.

# 41

Paula betrachtete voller Staunen die eiszeitliche Welt, in der sie sich jetzt in dieser großen Höhe befanden. Über ihnen ragten schneebedeckte Gipfel auf. Newman lenkte den Espace immer höher und höher hinauf. Von überhängenden Klippen hingen lange Eiszapfen herab. Sie waren jetzt dem Gipfel so nahe, daß er die Sonne verdeckte und sie in kaltem, bedrohlichem Schatten die Nebenstraße entlangfuhren, auf die Newman abgebogen war.

Sie zitterte innerlich, als sie zu der über ihnen schwebenden Masse aus Schnee und Eis hinaufschaute. Sie hatte das Gefühl, das alles könnte jeden Moment herabstürzen und sie für immer unter sich begraben.

»Ich glaube nicht, daß die Sonne jemals bis hierher vordringt«, bemerkte Tweed gelassen.

»Das ist irgendwie unheimlich«, erwiderte Jennie.

»Das ist noch gar nichts«, scherzte Newman. »Sehen Sie, was da vor uns liegt. Meine Damen und Herren, auf unserem Ausflug in die Vogesen haben wir jetzt den Lac Noir erreicht, den berüchtigten Schwarzen See.«

»Dann sollten wir aussteigen und uns die Beine vertreten«, schlug Tweed vor. »Wir sind nicht mehr weit vom Château entfernt und wollen frisch dort ankommen.«

»Oh, mein Gott! Was für ein Horror«, rief Paula, als sie nach Tweed ausgestiegen war.

Newman hatte den Motor abgestellt, und eine bedrückende Stille senkte sich auf sie herab. Der Espace hatte dicht an einer niedrigen Steinmauer angehalten. Hinter ihr erstreckte sich das Wasser des Lac Noir – Wasser, das kohlschwarz war und so unbewegt wie eine Teergrube. Und was noch schlimmer war, der kleine See endete an einer schwarzen Granitwand, die ihnen gegenüberlag. – einer Wand, die fast senkrecht in die düsteren Schatten aufragte. Paula ließ ihren Blick langsam an der Wand hochwandern, und ihr schwindelte, als sie den gespenstischen Umriß auf dem Gipfel sah, eine dem Mittelalter nachempfundene Burg, die hoch über ihnen direkt am Abgrund stand. Es war die intensive Stille ebenso wie die arktische Kälte, die ihr Denken lähmte, als sie zu dem monströsen Bauwerk emporschaute, einem Phantasiegebilde, das vor wer weiß wie langer Zeit von einem verrückten Amerikaner erschaffen worden war. In einigen Zimmern des Châteaus brannte Licht, was auf dieser düsteren Schattenseite wohl unerläßlich war.

»Ein bißchen trostlos hier«, bemerkte Tweed.

»Ziemlich furchterregend«, erwiderte Jennie, die nach den anderen ausgestiegen war.

»Das ist wohl übertrieben«, sagte Tweed, der spürte, wie die Atmosphäre sich auf die Moral der anderen auswirkte. »Bob, ich möchte so schnell wie möglich zum Château kommen und mit Amberg sprechen ...«

Die Fahrt auf der schmalen Straße oberhalb des südlichen Endes des Sees war ein Alptraum. Newman hatte die Scheinwerfer eingeschaltet und umrundete eine Haarnadelkurve nach der anderen, wo immer wieder die Gefahr bestand, daß sie in den jetzt tief unter ihnen liegenden See abstürzten.

»Ein schöner Ausflug in die Vogesen«, bemerkte Paula bissig.

»Zumindest ist es ein einzigartiges Erlebnis«, entgegnete Jennie, während sie aus dem Fenster in die Tiefe hinunterschaute.

»Auch eine Art, es zu sehen«, fauchte Paula.

»Eine positive Art, es zu sehen«, korrigierte Jennie sie.

»Versuchen Sie, ein Wortgefecht vom Zaun zu brechen?« fragte Paula, drehte sich auf ihrem Sitz um und funkelte Jennie an.

»Weshalb sollte ich das tun?« fauchte Jennie mit gleichfalls funkelnden Augen zurück. »Schließlich bin ich nicht ganz unnütz. Für den Fall, daß Sie es schon wieder vergessen haben sollten – ich war es, die diese Männer auf dem Kamm entdeckt hat. Wenn ich Tweed nicht gewarnt hätte, könnte Butler jetzt tot sein.«

»Okay. Sie waren eine Hilfe, eine große Hilfe. Sie haben etwas gesehen, das mir entgangen ist.«

Paula war verblüfft. Jennie konnte ein Teufelsweib sein, sie hatte Paula angesehen, als würde sie sie am liebsten erwürgen. Tweed dachte nicht daran, sich jetzt, wo sich der Moment näherte, in dem er Amberg gegenübertreten würde, von weiblichen Streitereien ablenken zu lassen.

»Wenn ihr beide den Mund halten würdet, könnte ich vielleicht ein bißchen nachdenken. Also kein weiteres Wort. Jetzt kann es eigentlich nicht mehr weit sein.«

»In ungefähr fünf Minuten haben wir den Gipfel erreicht«, meldete Paula, die trotz des Wortwechsels mit Jennie weiter die Karte studiert hatte. »Von da aus scheint es bis zum Château nur ein Katzensprung zu sein.«

Tweed schaute in einem Moment nach vorn, in dem die Straße in einem Winkel von vierzig Grad aufwärts führte. Butler, der immer noch auf seinem Motorrad vorausfuhr, hielt kurz an, winkte Newman weiter und setzte dann seine Fahrt fort.

Ein Blick über seine Schulter ließ Tweed beinahe schwindelig werden. Jetzt, da der Wagen in diesem steilen Winkel aufwärtsfuhr, schaute er direkt hinab in die tödliche Stille des Lac Noir – der so tief unter ihnen lag, daß er fast gegen einen Anfall von Höhenangst ankämpfen mußte.

»Schaut nicht zurück«, warnte er Paula und Jennie. »Das ist ein Befehl.«

Hinter dem Espace fuhr Nield den Kombi die steile Anhöhe hinauf, während Cardon auf seinem Motorrad nach wie vor die Nachhut bildete. Die Taktik, der sie sich zuvor bedient hatten – daß die beiden Motorräder sich abwechselnd vor und hinter die Wagen setzten – war jetzt unmöglich. Jeder Versuch Cardons, den Kombi oder den Espace zu überholen, hätte unweigerlich damit geendet, daß er mit seiner Maschine von der Straße abkam.

»Ich glaube, wir sind oben angekommen«, rief Paula, außerstande, die Erleichterung zu unterdrücken, die sie empfand.

Butler hatte abermals angehalten, drehte sich im Sattel um und spreizte die Finger zum Siegeszeichen. Die Straße wurde eben. Paula riskierte einen kurzen Blick nach hinten und sah nur einen Felsvorsprung, der jeden Blick auf den See oder das Panorama dahinter versperrte. Sie schaute wieder nach vorn.

»Wir haben es geschafft! Dort ist das Château Noir. Ein gräßlicher Bau, aber es ist eine Wohltat, wieder auf einer ebenen Straße zu sein.«

»Ich möchte hier nicht wohnen«, bemerkte Tweed. »Seht euch diesen Bau an – die reinste Festung.«

Paula betrachtete die hohe Granitmauer, die die Burg umgab, den gewaltigen, quadratischen Bergfried, der alle anderen Teile des düsteren Bauwerks überragte. Newman hatte den Espace nahe der Mauer geparkt, aber außer Sichtweite des hohen, schmiedeeisernen Tors, das den Eingang versperrte.

Nield parkte seinen Kombi hinter dem Espace und stieg aus, um mit Tweed zu sprechen. Butler und Cardon gesellten sich zu ihnen. Tweed war aus dem Espace ausgestiegen und reckte sich, um die Steifheit in Armen und Beinen loszuwerden. Es war eine ziemlich anstrengende Fahrt gewesen.

»Wie gehen wir vor?« fragte Newman, als auch Paula und Jennie in die eiskalte Luft herausgekommen waren.

»Taktvoll – bis wir drinnen sind«, entgegnete Tweed.

Paula sah sich um, froh, daß sie gleichfalls Gelegenheit

hatte, ihre Gliedmaßen aufzulockern, die sich vor Angst und Nervosität verspannt hatten. Zumindest auf dieser Seite des Châteaus standen sie im vollen Licht der Sonne, die von einem klaren blauen Himmel herabstrahlte. Dennoch lag über allem die bedrängende Stille der Hochvogesen, und sie stampfte mit ihren Stiefeln auf den eisenharten Schnee, um zu verhindern, daß sie zitterte. Cardon deutete auf einen Draht oberhalb der Mauer, der außer Sichtweite verschwand.

»Unter Strom«, bemerkte er. »Aber ich hoffe, Amberg verläßt sich nicht allzusehr auf diesen Draht – ich könnte ihn binnen fünf Minuten außer Betrieb setzen.«

Tweed sah auf die Uhr, dann wendete er sich an Nield, Butler und Cardon.

»Ich gehe hinein und verlange, daß Amberg euch mit uns einläßt. Sobald ihr drinnen seid, seht ihr euch das gesamte Gelände an. Haltet Ausschau nach Schwachstellen, an denen ein Angriff erfolgen könnte. Plant eine Verteidigung der Burg.«

»Sie rechnen mit einer Attacke?« fragte Newman.

»Es war von Anfang an Nortons Ziel, diesen mysteriösen Videofilm und das Tonband in die Hände zu bekommen. Er wird dasselbe denken wie ich – daß Amberg beides hat. Und deshalb ist eine Attacke möglich – sogar wahrscheinlich. Und nun wollen wir hoffen, daß Amberg zuhause ist...«

Tweed ließ die anderen in der Deckung der Mauer zurück. Er ging auf das geschlossene Tor zu und drückte auf den Knopf der Sprechanlage, die in den linken Torpfosten eingelassen war. Er mußte noch ein zweitesmal drücken, bevor eine körperlose, aber vertraute Stimme ertönte.

»Wer sind Sie?« fragte die Stimme auf Deutsch.

»Tweed, und ich stehe vor dem Tor«, sagte er auf Englisch. »Ich muß Sie dringend sprechen.«

»Gestern war jemand hier, der auch behauptet hat, er wäre Tweed. Aber er war ein Schwindler, ein Amerikaner. Woher soll ich wissen, daß Sie der echte Tweed sind?«

Paula, die Tweed beobachtete, sah einen höchst eigenartigen Ausdruck auf seinem Gesicht. Wenn sie ihn nicht so gut gekannt hätte, hätte sie schwören können, es wäre Bestürzung, aber Tweed war nie bestürzt.

»Also gut«, fuhr Tweed fort, »Sie wollen einen Beweis für meine Identität. Sie hatten einen Zwillingsbruder, Julius. Er wurde in Tresilian Manor in Cornwall ermordet. Kurz bevor er zu dieser verhängnisvollen Reise aufbrach, hat er sich von seiner Frau Eve getrennt, die Engländerin ist. Ich habe sie in ihrer Villa oberhalb der Limmat in Zürich besucht. Ein paar Tage, bevor Sie von Zürich nach Basel gefahren sind, habe ich mit Ihnen gesprochen. Bob Newman war bei mir. Ich denke, das reicht«, sagte er mit gespielter Erbitterung.

»Tut mir leid, Tweed, aber ich hoffe, Ihnen ist bewußt, daß ich vorsichtig sein muß. Sie haben mehr als genug gesagt; außerdem habe ich Ihre Stimme wiedererkannt. Wenn der Summer ertönt, geht das Tor auf...«

»Noch etwas«, warf Tweed ein. »Newman und Paula Grey sind bei mir. Und außerdem drei Männer – Mitarbeiter meiner Organisation. Ich bitte Sie, sie sicherheitshalber in den Hof kommen zu lassen, den ich durch das Tor sehen kann.«

»Einverstanden. Achten Sie auf den Summer.«

Wieder hatte Paula Tweed genau beobachtet. Während er mit Amberg sprach, hatte er sich gebückt und das Ohr dicht an das Metallgitter der Sprechanlage gehalten, und als er sich wieder aufrichtete, runzelte er die Stirn. Er sah Paula an, und seine Miene wurde nichtssagend. Er hob die Hand, und als das automatisch funktionierende Tor nach innen aufschwang, bedeutete er allen, sich auf den mit Steinen gepflasterten Hof zu begeben. Paula schloß sich ihm an, als er auf die große Terrasse zuging, die der Haupteingang zu sein schien.

»Beunruhigt Sie etwas?« fragte sie.

Er deutete auf die rechte Ecke der gewaltigen Steinfassade, die über ihnen aufragte. Dort stand, fast außer Sicht geparkt, ein weißer BMW.

»Sieht aus wie der von Gaunt«, bemerkte Paula.

»Ich denke, wir werden feststellen, daß es tatsächlich der von Gaunt ist…«

Es war Amberg selbst, wie üblich in einem schwarzen Anzug, der die schwere Haustür öffnete und Tweed, Paula und Newman einließ. Paula war überrascht von der Weitläufigkeit der Diele und der düsteren, von den Wandlampen ausgehenden Beleuchtung. Nachdem er die Tür wieder zugemacht und abgeschlossen hatte, fuhr sich Amberg mit einer Hand über sein glatt gebürstetes Haar.

»Würden Sie mich bitte für ein paar Minuten entschuldigen? Ich höre das Telefon läuten, und ich erwarte einen wichtigen Anruf. Eve ist hier – zu einer geschäftlichen Besprechung. Gaunt, der sie hergebracht hat, wird Sie zu ihr führen. Dann haben Sie wenigstens angenehme Gesellschaft, solange ich fort bin…«

Gaunt, der sie begrüßte, als wäre ihr Eintreffen die natürlichste Sache der Welt, führte sie durch eine Reihe von steinernen Korridoren und über Treppen mit alten Steinstufen. Er verhielt sich so, als zeigte er ihnen seine eigene Burg.

»Bemerkenswerter Bau, dieses Château. Natürlich war der Yankee, der es anhand alter Pläne bauen ließ, total übergeschnappt. Aber er war durch und durch Yankee. Später zeige ich Ihnen noch ein paar der Badezimmer. Und nun, meine Damen und Herren, sind wir im Begriff, das größte aller Badezimmer zu betreten«, dröhnte er.

Seine Stimme widerhallte in dem Labyrinth von Korridoren, durch das sie gegangen waren. Paula drängte es, ihm zu sagen, er sollte seine Lautstärke dämpfen. Gaunt war vor einer großen Doppeltür stehengeblieben, die aussah wie ein

Torbogen aus normannischer Zeit. Mit einer großartigen Geste öffnete er beide Flügel und bedeutete ihnen, einzutreten. Tweed nickte Paula zu – sie sollte vorausgehen. Sie tat es und blieb dann fassungslos stehen. Vor sich sah sie ein riesiges Schwimmbecken, vollständig aus Marmor gebaut. Sämtliche Wände unterhalb der gewölbten Decke waren mit Marmor verkleidet. In dem Becken befand sich eine Gestalt, die mit kraftvollen Stößen über die ganze Länge der Bahn schwamm.

Eve Amberg hatte ihr tizianrotes Haar unter eine schwarze Mütze gesteckt und trug einen einteiligen schwarzen Badeanzug. Als sie an einem Ende angekommen war, winkte sie Paula zu, hielt am Fuße einer Leiter an und rief sie an.

»Willkommen in Walhalla! Bin in einer Minute bei Ihnen. Ich bin zwanzig Bahnen geschwommen. Machen Sie es sich inzwischen bequem …«

Dann war sie wieder losgeschwommen. Während Tweed und Newman zu den bequemen, um einen Tisch herumstehenden Sesseln gingen, beobachtete Paula die Engländerin. Eve war eine unglaublich kräftige Schwimmerin. Ihre starken, langen Beine glitten durch das grünliche Wasser, ihre schlanken Arme bewegten sich wie Kolben. Zwanzig Bahnen! Das würde ich nicht schaffen, dachte Paula, dabei bin ich ein paar Jahre jünger als sie. Als sie gleichfalls auf den Tisch zuging, hatte Eve die Leiter erreicht, hielt einen Moment inne, kletterte hinauf, stand am Rande des Beckens und griff nach einem großen Handtuch. Sie trocknete ihre Schultern ab, dann entledigte sie sich der Bademütze, und das tizianrote Haar fiel ihr auf den Rücken.

»Sie sehen phantastisch aus«, bemerkte Paula, als sie sich am Tisch niedergelassen hatte.

»Danke, Paula. Nach dem hier fühle ich mich wohl.«

Eve hatte ein Gespür für Kleidung, dachte Paula. Zu ihrem tizianroten Haar war der schwarze, einteilige Badeanzug die ideale Wahl. Gaunt, der mit verschränkten Armen am Rande des Beckens gestanden hatte, gesellte sich zu den anderen am Tisch, auf dem Gläser und Flaschen standen.

»Ich bin mein eigener Gastgeber«, verkündete Gaunt. »Als wir ankamen, erwartete Amberg eins seiner Telefongespräche. Er zeigte uns den Weg zu diesem Vergnügen. Da wir gerade von Vergnügen reden – wie wäre es mit einem doppelten Scotch für den Anfang?«

»Ich möchte ein Glas Riesling«, rief Eve. »Tweed, würden Sie mir ein Glas einschenken? – vorausgesetzt, Sie nehmen sich auch eins. Es ist ein guter Riesling.«

»Gern«, erwiderte Tweed. »Sie haben Ihr Badezeug mitgebracht?« fragte er beiläufig, während er zwei Gläser füllte.

»Ja. Das Wasser ist geheizt. Ich bin immer hier geschwommen, wenn der arme Julius mich von Zeit zu Zeit hierher mitnahm. Den Rest dieses Baus hasse ich. Ein gräßliches Mausoleum. Aber das Becken ist großartig.«

Sie hatte sich überall abgetrocknet und brachte ein trockenes Handtuch mit, um sich daraufzusetzen, blieb aber erst einmal aufrecht stehen.

»Ich werde mich in ein paar Minuten umziehen, damit ich wieder präsentabel bin, aber wenn es Ihnen nichts ausmacht, mich so zu sehen – ich habe Durst auf einen Schluck Wein.«

»Mir macht es nicht das mindeste aus«, erklärte Newman lächelnd. »Setzen Sie sich zu uns.«

»Ich nehme an, Sie sind beide hier, um Amberg einen Freundschaftsbesuch abzustatten«, sagte Tweed, nachdem er Eve sein Glas entgegengehoben hatte.

»Sie wissen ganz genau, daß das nicht der Fall ist«, warf sie ihm vor, ließ dem Tadel aber ein gewinnendes Lächeln folgen. »Geschäft ist Geschäft.«

»Und Sie, Gaunt?« fragte Tweed und drehte sich zu dem großen Mann um, der sich auf dem Sessel neben ihm niedergelassen hatte.

»Ich bin hier, um herauszufinden, wer mein Haus als Schafott benutzt hat...« Gaunt hatte die Stimme so weit gesenkt, daß nur Tweed sie hören konnte. »Und ich bleibe so lange hier, bis Amberg uns eine Kinovorstellung gegeben hat, mit dem dazugehörigen Ton.«

»Er hat zugegeben, daß er die Sachen hier hat?« fragte Tweed flüsternd.

»Nicht direkt«, gestand Gaunt ebenso leise. »Er kann sehr ausweichend sein, sehr schweizerisch im schlechtesten Sinne.«

»Dann muß ich selbst mit ihm sprechen. Allein. Jetzt wäre ein guter Moment, wenn ich wüßte, wo ich ihn finden kann.«

»Ich zeige Ihnen den Weg.« Gaunt stand auf, dann beugte er sich nieder, um seine Bemerkung zu machen. »Ich nehme an, daß Sie und ich in dieser Sache auf derselben Seite stehen.«

Da bin ich nicht so sicher, dachte Tweed, aber er lächelte zustimmend und stand gleichfalls auf. Gaunt erklärte den anderen, daß sie etwas Geschäftliches mit Amberg zu besprechen hätten, und er hoffte, sie würden ihre Abwesenheit entschuldigen.

»Von mir aus können Sie den ganzen Tag wegbleiben«, erklärte Newman forsch. »Ich bin mehr als glücklich, zwei so interessante Damen für mich allein zu haben...« Gaunt verließ Tweed in dem eigenartigen Teil der Burg, den Amberg als Büro benutzte, dem riesigen Raum mit dem Podest und dem großen Fenster mit seinem grandiosen Ausblick über die Vogesen, die flache Ebene und in weiter Ferne den Schwarzwald.

Tweed musterte den kleinen, dicklichen Schweizer mit dem glatt zurückgebürsteten schwarzen Haar und den dichten Brauen über den klugen Augen. Ob er immer diesen deprimierenden schwarzen Anzug trägt? fragte sich Tweed.

»Bitte, nehmen Sie Platz«, sagte Amberg und deutete auf den niedrigen Sessel, der unterhalb des Podestes stand.

»Danke. Ich bin sicher, es macht Ihnen nichts aus, wenn

ich mich zu Ihnen geselle«, sagte Tweed mit seiner verbindlichsten Stimme.

Er ergriff den Sessel, stieg auf das Podest, ging um den großen Schreibtisch herum, stellte den Sessel neben den von Amberg und ließ sich ihm gegenüber darauf nieder.

»Wo liegt das Problem?« fragte Amberg verdrießlich. »Ich habe nicht viel Zeit.«

»Sie haben alle Zeit der Welt«, versicherte ihm Tweed, »aber als erstes möchte ich den Film sehen und das Tonband hören – die zwei Sachen, die Joel Dyson bei Ihnen deponiert hat.«

»Ich weiß nicht, wovon Sie reden«, fuhr der Schweizer auf und schürzte seine schmalen Lippen.

»Ich rede von Mord in großem Ausmaß. Dem Massenmord in Tresilian Manor in Cornwall.« Tweeds Verhalten war nicht mehr verbindlich. »Und ich rede von den Morden an Helen Frey, ihrer Freundin Klara und dem Privatdetektiv Theo Strebel, die alle an Ihrem Heimatort begangen wurden – in Zürich.« Er hielt inne. Amberg sah ihn mit ausdrucksloser Miene an, aber Tweed glaubte, in diesen ausdruckslosen Augen einen Anflug von Bestürzung zu entdecken. »Theo Strebel war ein ehemaliger Angehöriger der Züricher Mordkommission, ein guter Freund von Arthur Beck, der, wie Sie wissen, Chef der Schweizer Bundespolizei ist. Außerdem ist Beck zufällig auch ein guter Freund von mir. Also rücken Sie den Film und das Tonband heraus, sonst werden Sie in dem Moment, in dem Sie nach Zürich zurückkehren, von Beck erwartet. Wofür entscheiden Sie sich?«

Tweed hatte, was sonst nicht seine Art war, seine sämtlichen Kanonen in einem verbalen Trommelfeuer auf einmal abgefeuert. Die Wirkung war erstaunlich.

»Es ist eine Frage der Ethik«, begann Amberg mit schwacher Stimme. »Joel Dyson hat uns diese Dinge zur Aufbewahrung übergeben.«

»Vergessen Sie die Ethik. Dyson kann inzwischen tot sein. Seit er in Ihrer Bank in der Talstraße war, hat ihn niemand mehr gesehen. Das war übrigens«, sagte er scheinbar nachdenklich, »das letzte Mal, daß er lebend gesehen wurde. Eine weitere Tatsache, die Beck interessieren wird.«

»Ich habe einen kleinen Kinosaal im Untergeschoß«, sagte Amberg.

»Und der Film und das Tonband?«

»Sie liegen hier in einem Safe. Ich werde sie jetzt holen. Wir haben auch ein Gerät, auf dem wir das Band abspielen können.«

»Gut. Der Film muß mit mit den Geräuschen auf dem Band synchronisiert werden. Und Gaunt wäre auch gern dabei. Endlich kommen wir voran.«

# 42

Wie ein General, der eine Schlacht plant, stand Mencken in dem Landrover mit Allradantrieb, mit dem er in die Vogesen hinaufgefahren war. Da er damit rechnete, in unwegsamem Gelände fahren zu müssen, hatte er den Wagen bereits in Basel gemietet.

Von dort aus, wo er das Fahrzeug geparkt hatte – am Rande eines Tannenwäldchens – konnte er auf das Château Noir herabblicken und den Innenhof durch ein Fernglas im Auge behalten. Auf dem Rücksitz saßen zwei Männer, die mit Maschinenpistolen bewaffnet waren.

»Der Angriff erfolgt genau um zwölf Uhr. Überprüft eure Uhren«, befahl Mencken. »Es ist jetzt fünfzehn Minuten vor zwölf. Wiederholt die Anweisungen, die ich euch erteilt habe. Wortwörtlich, sonst breche ich euch das Genick.«

»Um zwölf«, begann Eddie, »sprenge ich das Tor, damit die Wagen mit der Mannschaft in den Hof fahren können.«

»Hank?« drängte Mencken.

Eddie und Hank waren die beiden Männer, die im Begriff gewesen waren, Jennie Blade zu foltern, als Tweed und seine Männer im Hotel Bristol in ihr Zimmer gestürmt kamen. Beide standen auf Menckens Liquidationsliste, aber vielleicht würde ihm bei dem bevorstehenden Angriff jemand die Arbeit abnehmen.

»Eine Minute vor zwölf«, erklärte der hochgewachsene, magere Hank, »setze ich den elektrisch geladenen Draht auf der äußeren Mauer außer Betrieb. Die Teleskopleitern sind an Ort und Stelle…«

»Okay«, unterbrach ihn Mencken. Er zog die Antenne seines Walkie-Talkies heraus. »Ich rufe Blau, Grün, Gelb,

Orange, Braun. Seid ihr in Position? Meldet euch in der Reihenfolge, in der ich euch gerufen habe.«

»So, das wäre in Ordnung«, bemerkte Mencken, nachdem das letzte Team seine Bereitschaft bestätigt hatte. »Jetzt hängt alles von Johnny ab«, bemerkte er halb zu sich selbst. »Er ist ein Experte im Klettern. Mit einem Seil und Greifhaken kommt er auf die Spitze dieses Turms – ich glaube, so etwas heißt hier Bergfried. Mit einer Maschinenpistole bewaffnet, kann er sämtliche Ein- und Ausgänge des Châteaus kontrollieren. Und wenn euch Tweed und seine Amateure über den Weg laufen, dann tötet sie.«

Mencken drehte sich um und wendete sich an seine Killer. »Worauf wartet ihr noch? Nehmt eure Positionen ein – wir werden leichtes Spiel haben. Wer kann uns aufhalten? Viertel nach zwölf bin ich drinnen und nehme mir Amberg vor.« Während Eddie und Hank eiligst den Landrover verließen, schaute Mencken zu dem klaren blauen Himmel empor. »Der ideale Tag für ein kleines Gefecht...«

Eine Weile zuvor war Marler beim Elsässer Belchen in den südlichen Vogesen angekommen. Der Manager der Segelflugschule, ein umgänglicher Franzose namens Masson, entschuldigte sich.

»Meine eigenen Leute liegen alle mit dieser verdammten Grippe im Bett. Aber ich wollte Sie nicht im Stich lassen – zumal nach der hohen Anzahlung, die Sie geleistet haben.«

»Sie haben mich also nicht im Stich gelassen. Wo liegt das Problem?« erkundigte sich Marler.

»Das Problem ist gelöst. Ich habe einen Schweizer Freund angerufen, der gleichfalls eine Segelflugschule leitet. Er hat einen Schweizer Piloten mit seiner eigenen Maschine geschickt, der Sie in den Himmel hinaufbefördern wird.«

Marler hatte sich bereits gewundert, warum eine einmotorige Piper Tomahawk mit Schweizer Kennzeichen auf dem Rollfeld wartete. An ihrem Rumpf war das Zugseil befestigt und mit dem Segelflugzeug verbunden, mit dem Marler weit nach Norden fliegen wollte.

»Ich habe heute morgen den Wetterbericht im Radio gehört«, erklärte Marler. »Er klang gut, aber was zählt, sind die Meldungen, die Sie bekommen haben.«

»Für einen Flug nach Norden? Zum Col de la Schlucht? Die Windrichtung ist ideal. Im Augenblick jedenfalls. Das Wetter ...« Masson zuckte die Achseln. »Das kann sich schneller ändern, als man annimmt. Aber das wissen Sie vermutlich selbst. Es ist eine ziemlich weiter Flug, den Sie da vorhaben. Und nun kommen Sie, der Pilot wartet ...«

Marler wählte einen Moment, in dem er mit dem Piloten allein war, um ihm Anweisungen zu geben, die sich von dem unterschieden, was er Masson am Tag zuvor erzählt hatte. Er wollte, daß der Pilot ihn wesentlich weiter nach Norden brachte – näher an den Col de la Schlucht heran, und näher an das Château Noir, ein Ziel, das er unerwähnt ließ.

Es war kalt, als Marler sich im Cockpit des Segelflugzeugs niederließ und Helm und Schutzbrille aufsetzte. Sobald er allein war – Masson war ins Verwaltungsgebäude zurückgekehrt –, öffnete Marler den Reißverschluß seiner Segeltuchtasche, setzte schnell das Armalite-Gewehr zusammen und lud es. Dann lud er auch die Tränengaspistole und verstaute beides griffbereit in dem knappen Raum. Um den Hals hatte er ein Fernglas gehängt.

Er testete mit den Füßen die Pedale des Segelflugzeugs. Überzeugt, alles getan zu haben, was er konnte, hob er eine Hand und ließ sie wieder sinken, das Signal für den Schweizer Piloten, daß er bereit war.

Der Schweizer hatte seine Maschine bereits warmlaufen lassen. Jetzt gab er Gas, und Marler sah, wie die Piper zum Start ansetzte und das Zugseil, das ihn mit dem Schleppflugzeug verband, sich straffte. Nach einem kurzen Ruck bewegte sich das Segelflugzeug vorwärts.

Weniger als eine Minute später war die Piper in der Luft

und das Segelflugzeug gleichfalls. Marler sah auf die Uhr. Wenn seine Berechnungen stimmten, mußte er kurz vor zwölf über dem Château Noir sein.

Während Tweed sich mit Amberg in dessen Arbeitszimmer unterhielt und den Schweizer Bankier unter Druck setzte, war Newman mit Paula und Eve bei dem großen Schwimmbecken sitzen geblieben. Jennie, die sie begleitet hatte, saß auf einem Stuhl in der Nähe des Eingangs, weit von dem Bekken entfernt.

Sie hatte die Beine übereinandergeschlagen und einen Ellenbogen daraufgestemmt. Ihr Kinn ruhte in ihrer rechten Hand, wobei sie allem Anschein nach Eve beobachtete – zuerst beim Schwimmen, und danach am Tisch mit Newman, Paula und Gaunt. Newman hatte Jennie zugerufen, sie sollte sich zu ihnen setzen, aber sie hatte gelächelt und den blonden Kopf geschüttelt. Er bot ihr einen Drink an.

»Danke. Gegen einen Orangensaft hätte ich nichts einzuwenden.«

»Jennie scheint sich rar machen zu wollen«, bemerkte Paula mit leiser Stimme zu Newman, nachdem sie gleichfalls aufgestanden war, als wollte sie sich die Beine vertreten. Er blieb mit dem Drink, den er Jennie gerade bringen wollte, stehen und flüsterte gleichfalls.

»Ich habe den Eindruck, daß ihr irgend etwas Wichtiges aufgefallen ist und daß sie darüber nachdenken möchte. Lassen Sie sie.«

»Wann könnte ihr etwas aufgefallen sein?« fragte Paula verblüfft.

»Irgendwann, nachdem wir beim Château angekommen waren und Amberg uns einließ. Lassen Sie es auf sich beruhen. Ich werde mich vergewissern, daß Jennie sich nicht ausgeschlossen fühlt, wenn ich ihr diesen Drink bringe.«

»Denken Sie gelegentlich ans Zurückkommen«, zog sie ihn auf. »Sie ist sehr attraktiv.«

»Paula!« dröhnte Gaunt mit höchster Lautstärke. »Paula, ich vermisse Sie. Ich handle immer nach dem Prinzip, daß ein Mann zwei attraktive Frauen bei sich haben sollte, damit er die eine gegen die andere ausspielen kann. Eve verführt mich mit ihren prachtvollen Augen.«

Und nicht nur mit den Augen, dachte Paula, als sie sah, daß Eve ihre Beine so arrangiert hatte, daß sie voll in Gaunts Blickfeld waren. Kurz darauf erschien Tweed kurz und sprach mit Gaunt.

»Amberg möchte Ihnen in seinem Kino etwas zeigen. Es ist mir gelungen, die Schwimmhalle zu finden. Also müßten Sie auch das Kino finden können. Im Untergeschoß, hat Amberg gesagt.«

»Genießt euren Film. Da wir nicht eingeladen sind, ist er vermutlich pornographisch.« Eve schaute auf ihre wasserdichte Blancpain. »Es ist jetzt zehn Minuten vor zwölf. Sagen Sie Walter, daß ich Hunger habe…«

Tweed war nicht überrascht, als Amberg ihn und Gaunt in einen großen, luxuriös eingerichteten Kinosaal führte. In ihm standen mehrere Reihen bequemer Sessel, und der Fußboden fiel zu einer breiten Leinwand hin ab.

Auf der schmalen Bühne vor der Leinwand stand ein Fernsehgerät mit ungewöhnlich großem Bildschirm. Von ihm führte ein Kabel zu einem Podest im Hintergrund des Saals, auf dem sich Amberg an verschiedenen Geräten zu schaffen machte.

»Ich habe das Tonband in ein Abspielgerät eingelegt«, erklärte Amberg ihnen auf seine betuliche Art. »Und ich bediene jetzt den Videorecorder, damit Sie den Film sehen können. Machen Sie es sich bequem. Der Raum hat natürlich eine Klimaanlage.«

»Natürlich!« flüsterte Gaunt Tweed zu, als sie zusammen zu einer mittleren Reihe gingen. »Dem Yankee-Millionär, der dieses Monstrum gebaut hat, ist es auf ein paar Dollar mehr oder weniger nicht angekommen. Dieses Ding hier erinnert mich an Fotos von Vorkriegskinos, die ich in einer Zeitschrift gesehen habe.«

»Ich nehme einen Sitz am Gang«, sagte Tweed, drehte sich um und warf einen Blick auf Amberg, der auf seinem Podest herummontierte.

»Wenigstens brauchten wir keine Eintrittskarten zu kaufen«, fuhr Gaunt fort, nachdem er sich auf dem Platz neben Tweed niedergelassen hatte. »Was eine Überraschung ist – wenn man bedenkt, wie scharf Amberg aufs Geld ist.«

»Was wir jetzt sehen werden«, ermahnte ihn Tweed, »ist der eigentliche Anlaß unserer weiten Reise.«

»Was ist mit Newman?« fragte Gaunt. »Er scheint uns unterwegs abhanden gekommen zu sein.«

»Vielleicht mußte er auf die Toilette.«

Tweed log. Newman hatte ihn beiseite genommen und ihm gesagt, er ginge nach draußen.

»Ich glaube, ich sollte nachsehen, wie Butler, Nield und Cardon zurechtkommen.«

Tweed hatte zustimmend genickt. Er hatte auch bemerkt, daß Newman die Tasche bei sich hatte, von der er sich seit ihrem Eintreffen im Château keine Sekunde getrennt hatte. In der Tasche befand sich die Uzi-Maschinenpistole, die Newman den beiden Amerikanern abgenommen hatte, die Jennie im Bristol entführt hatten.

»So, meine Herren, und jetzt der Hauptfilm«, rief Amberg mit ungewöhnlichem Humor.

Die Lichter erloschen. Tweed und Gaunt saßen in fast völliger Dunkelheit. Tweed nahm seine Brille ab, putzte die Gläser mit seinem Taschentuch, setzte sie wieder auf und schaute abermals nach hinten, wo Amberg sich über den Recorder beugte.

»Wie in aller Welt hält er diesen Bau sauber ohne irgendwelches Personal?« sinnierte Tweed.

»Er läßt Leute von außerhalb heraufkommen«, sagte

Gaunt. »Zahlt ihnen einen Hungerlohn, aber in bar. Wir sind hier in Frankreich. Die Steuerbehörde bekommt keinen einzigen Franc von ihrem Verdienst, was die Sache lohnend macht – für die Leute und für Amberg.«

Der Bildschirm wurde hell, mit seltsamen schwarzen Streifen. Dann ein gleißendes Flimmern. Tweed beugte sich gespannt vor. In der völligen Stille konnte er hören, wie sich die Spulen des Bandgeräts drehten. Aus den Lautsprechern kamen Störgeräusche. Bis jetzt noch keine Stimmen.

Das Flimmern begann, sie zu blenden. Noch keine Bilder. Tweed überprüfte die Laufzeit auf dem Leuchtzifferblatt seiner Uhr.

Das gleißende Flimmern blieb unverändert. Das Bandgerät gab weiter Störgeräusche von sich. Tweed wurde unruhig. Es wurde allmählich Zeit, daß sie etwas zu sehen bekamen. Er vermutete, daß Gaunt ebenso gereizt war. Er griff nach einer Zigarre, zündete sie an, blies den Rauch in die Tweed entgegengesetzte Richtung. Tweeds Miene war jetzt grimmig.

Das Gleißen dauerte noch eine Weile an, begleitet von den Geräuschen des Tonbands. Dann erlosch es, ohne jede Vorwarnung. Gaunt blinzelte, aber Tweed hatte schon eine Weile zuvor die Vorsichtsmaßnahme ergriffen, auf den Boden zu schauen, um sein Sehvermögen zu erhalten. Er sprang auf und machte sich auf den Weg zu dem Podest, auf dem Amberg stand.

»Sie ist leer«, sagte der Bankier mit bestürztem Tonfall. »Es ist nichts auf dem Film, nichts auf dem Tonband…«

»Und zwar deshalb, weil Sie anstelle des echten Videos eine leere Kassette eingelegt haben«, zischte Tweed wütend. »Und dasselbe haben Sie mit dem Tonband gemacht. Wo haben Sie die echten versteckt?«

Dann hörte er das ferne Rattern einer Maschinenpistole und erstarrte. Keiner von seinen Leuten hatte eine Maschinenpistole, ausgenommen Newman, aber Tweed wußte, daß es nicht die Uzi gewesen sein konnte. Nortons Profis griffen das Château an.

Als Newman, bewaffnet mit der Uzi und seinem Smith & Wesson, das Château durch einen Hinterausgang verlassen hatte, war seine Absicht gewesen, den Bergfried zu ersteigen, um von seinem flachen Dach aus einen Überblick zu gewinnen.

Er hielt sich dicht an der Mauer des über ihm aufragenden Turms und war gerade bei einer geschlossenen Tür in einer Nische angekommen, als er sah, wie Butler ihm hektisch Zeichen gab. Butler hockte hinter der offenen Tür im Innern eines Gebäudes, das als Garage diente. Offenbar wollte er Newman warnen, um Gottes willen in Deckung zu bleiben.

Dann sah Newman Nield und Cardon, die sich an die Seitenwand des Gebäudes drückten. Was zum Teufel ging da vor? Plötzlich sah er, daß an der Seite des Turms ein dickes, in Abständen geknotetes Seil hing. Ein Kletterseil.

Er schaute gerade noch rechtzeitig nach oben. Hoch über ihm auf dem Dach stand ein Mann und richtete seine Maschinenpistole auf ihn. Newman sprang zurück in die Nische, und ein Geschoßhagel prallte auf die Pflastersteine, nur Zentimeter von der Stelle entfernt, auf der er eben noch gestanden hatte. Sie saßen in der Falle.

# 43

Einige Zeit zuvor war Marlers Segelflugzeug von dem Schweizer Piloten ausgeklinkt worden, der ihm zugewinkt hatte und dann in Richtung Elsässer Belchen davongeflogen war. Es war ein herrlicher, sonniger Tag, und unter sich sah Marler die schroffen Gipfel und die verschneiten Täler.

Er hatte die Route D 417 überflogen und die endlosen Haarnadelkurven des Col de la Schlucht und näherte sich jetzt dem Château Noir. An einem der tiefer gelegenen Hänge der von oben wie eine Landkarte aussehenden Landschaft sah er die winzige Gestalt eines Mannes, der einen Schneepflug steuerte. Der Mann winkte dem Segelflugzeug zu, und Marler winkte zurück.

Er konzentrierte sich auf die Steuervorrichtungen. Da er absichtlich an Höhe verlor, war er sehr auf der Hut vor Fallströmen, plötzlichen Böen, die ihn ohne jede Vorwarnung in die Tiefe ziehen konnten. Dann sah er es. Den gewaltigen Bau der pseudo-mittelalterlichen Burg, das Château Noir. Er war überrascht von seinen Ausmaßen.

Er sah auf die Uhr. Genau zwölf. Als das Flugzeug weiter an Höhe verloren hatte, griff er nach seinem Fernglas und hob es vor die Augen. Er runzelte die Stirn, als er einen in einem Tannenwäldchen halb verborgenen Landrover entdeckte. Es war nur ein Mann darin – am Steuer –, aber das Fahrzeug war ganz offensichtlich so postiert, daß der Fahrer einen ungehinderten Blick in den Innenhof der Burg hatte. Keiner von uns, dachte er.

Marler suchte mit seinem Fernglas weiter die Landschaft ab, dann richtete er sie auf das Château, das jede Sekunde näher kam. Er versteifte sich, als er sah, daß Butler geduckt im Eingang eines Gebäudes stand, als wollte er sich verstekken. Dann sah er Newman am Fuße des Turms und einen bulligen Mann in einer Lammfelljacke auf dem flachen Dach, der am Rand stand und mit einer Maschinenpistole nach unten zielte. Newman sprang außer Sichtweite, und ein Kugelhagel zerriß die drückende Stille.

»Das hättest du wirklich nicht tun sollen, alter Freund«, sagte Marler, den Mann auf dem Turm meinend. »So, und jetzt ein ganz glatter Gleitflug…«

Er hörte das gedämpfte Geräusch einer Explosion. Aus dem Augenwinkel heraus sah er, wie das schmiedeeiserne Eingangstor umkippte. Aber er ließ nicht zu, daß seine Aufmerksamkeit von der vordringlichsten Aufgabe abgelenkt wurde. Er griff nach dem Armalite.

Auf dem Dach des Turms schaute der bullige Mann in der Schaffelljacke über den Rand hinunter. Er hatte seine Maschinenpistole nachgeladen und war bereit für eine neue Salve, sobald sein Ziel wieder auftauchte. Von der Garage aus hatte Butler drei Schüsse aus seiner Luger abgegeben, aber die Entfernung von seinem Schritt bis zur Spitze des Turms war zu groß.

Marler betete, daß das Flugzeug noch ein paar Sekunden seinen ebenen Kurs beibehielt, und zielte sorgfältig. Durch das Zielfernrohr des Gewehrs erschien der Rücken des bulligen Mannes auf dem Turm. Er hielt den Atem an und drückte ab.

Der Mann ruckte in einer krampfhaften Bewegung in die Höhe. Die Maschinenpistole glitt ihm aus den Händen und fiel auf die Pflastersteine tief unter ihm. Er taumelte, dann kippte er nach vorn und folgte seiner Waffe, stürzte laut schreiend an der Seite des Turms in die Tiefe. Er landete in der Nähe der Nische, in der Newman Schutz gesucht hatte. Dann rührte er sich nicht mehr.

Bis zu diesem dramatischen Zwischenfall hatte der Vorteil ganz eindeutig bei Menckens Sturmtrupp gelegen. Von diesem Augenblick an war es anders.

Newman stellte fest, daß die schwere, eisenbeschlagene Tür, die in den Turm hineinführte, nicht verschlossen war. Sie klemmte nur. Er rammte die Schulter gegen das Hindernis. Die Tür schien ein wenig nachzugeben. Er holte tief Luft und versuchte es mit aller Kraft noch einmal. Sie sprang auf und schwang so plötzlich nach innen, daß er fast das Gleichgewicht verloren hätte.

Die Uzi mit beiden Händen haltend, stürmte er hinein und sah vor sich eine abgetretene Steintreppe. Er begann die Treppe hinaufzurennen, ohne zu wissen, was am Eingang des Châteaus passierte.

Beim ersten Rattern der Maschinenpistole hatte Tweed unverzüglich reagiert. Er packte Amberg beim Arm und zerrte ihn aus dem Kino heraus und die Treppe hinauf, die in die Haupthalle führte. Gaunt hatte eine .45er Colt aus dem Schulterholster unter seinem Sportjackett gezogen und folgte ihnen mit Riesenschritten.

Als sie die Halle erreicht hatten, sah Tweed Paula, Jennie und Eve – jetzt in winterlicher Kleidung –, die gerade aus der Richtung der Schwimmhalle kamen. Mit seinem freien Arm winkte er sie zurück, eine befehlende Geste.

»Geht sofort in die Schwimmhalle zurück. Keine Widerrede. Tut, was ich sage. Hier wird es gefährlich.«

Eve und Jennie rannten zurück in das Labyrinth der Korridore, aber Paula blieb, wo sie war. Aus dem Spezialfach ihrer Umhängetasche hatte sie ihren .32er Browning herausgeholt.

»Ich bleibe bei Ihnen«, fuhr sie Tweed an. »Sie sind nicht bewaffnet.«

»Aber ich«, versicherte ihr Gaunt aggressiv.

»Wir werden vielleicht jemanden brauchen, der anständig schießen kann«, erklärte sie ihm.

»Was zum Teufel ...«, begann Gaunt.

Er beendete seinen Satz nicht. Tweed, der immer noch den

widerstrebenden Amberg mitzerrte, eilte auf die Eingangstür zu. Er hörte, wie sich draußen eine schwere Maschine näherte, und schaute durch das hohe, bleiverglaste Fenster neben der Tür hinaus. Der Anblick, der sich ihm bot, war alles andere als beruhigend. Wer immer diesen Angriff organisiert hatte – Norton oder einer seiner Handlanger – wußte genau, was er tat.

Die ratternde, dröhnende Maschine, die über den gepflasterten Hof rumpelte, war ein riesiger, orangefarbener Bulldozer. Sein Greifer war angehoben und bereit, die schwere Tür aufzurammen und den Weg freizumachen für die eigentliche Attacke auf das Château. Tweed zwang Amberg, gleichfalls durch das Fenster hinauszuschauen. Der Schweizer zitterte, versuchte sich loszureißen, aber Tweed hatte seinen Arm fest umfaßt.

»Ich muß auch in die Schwimmhalle«, protestierte Amberg. »Dort gibt es einen Hinterausgang. Ich bin Bankier ...«

»Sie wollen doch gewiß sehen, wie Ihr Heim verteidigt wird«, sagte Tweed grimmig, entschlossen, ihm nichts zu ersparen. »Sie bleiben in jedem Fall bei uns.«

»Vielleicht kann ich den Fahrer erschießen«, schlug Gaunt vor, der gleichfalls durch das Fenster hinausgeschaut hatte.

»Keine Chance, jedenfalls noch nicht«, fuhr Tweed ihn an. »Hinter der Fahrerkabine hocken mehrere bewaffnete Männer auf dem Bulldozer. Wir müssen warten, bis er in der Bresche erscheint, nachdem er die Tür zerschmettert hat. Dann können Sie schießen. Vielleicht bleibt das Ding dann im Eingang stecken, aber dafür kann ich nicht garantieren. Im Augenblick können wir nur abwarten ...«

Was Tweed am meisten zu schaffen machte, war die Tatsache, daß er keine Ahnung hatte, was seine Leute außerhalb des Châteaus taten – und ob sie überhaupt noch am Leben waren.

Nachdem er den Mann erledigt hatte, der Tweeds Männer zur Untätigkeit verdammt hatte, wendete Marler seine Aufmerksamkeit unverzüglich dem zu, was am Eingang vor sich ging. Sein Flugzeug befand sich noch in der Luft, aber er wußte, daß er bald landen oder Bruch machen mußte – vielleicht beides. Was er nun tat, mußte in Sekundenschnelle passieren.

Das Armalite hatte er aus größerer Entfernung abgefeuert, aber jetzt befand sich das Segelflugzeug ganz nahe beim Château und konnte jede Sekunde über dem Hof sein. Hinterher, wenn er überlebte, hoffte Marler auf dem Gipfel des Kammes zu landen, nicht weit von der Stelle entfernt, an der der Landrover stand.

Dann sah er den vorrückenden Bulldozer und die bewaffneten Männer, die sich hinter der Fahrerkabine angeklammert hatten. Diese Maschine war eine tödliche Bedrohung. Er ging ein gefährliches Risiko ein, indem er noch mehr an Höhe verlor. Jetzt hielt er die Tränengaspistole in der Hand und eine weitere Patrone in der anderen. Die Tragflächen schienen fast das Dach des Turms zu streifen. Marler schaute hinunter.

Der Bulldozer hatte zwei Drittel der Strecke zwischen dem gesprengten Tor und dem Haupteingang des Châteaus zurückgelegt. Marlers Arm ruhte sicher auf der Kante des Flugzeugrumpfes, als er auf den Abzug drückte. Die Tränengaspatrone war auf das Glasfenster der Fahrerkabine gezielt, zerschmetterte sie und explodierte im Innern der Kabine. Marler hatte nachgeladen und feuerte abermals, diesmal auf den hinteren Teil des Bulldozers, an den sich die Bewaffneten klammerten.

Das Resultat war verheerend. Von den Dünsten überwältigt, verlor der Fahrer völlig die Kontrolle über das Fahrzeug. Der Bulldozer beschrieb einen Bogen von hundertachtzig Grad. In seiner Panik trat der Fahrer aufs falsche Pedal. Die Maschine schoß über das Pflaster und warf ihre durch die zweite Tränengaspatrone kampfunfähig gemachten Passagiere ab. Der Bulldozer donnerte auf die Außenmauer zu und prallte so heftig dagegen, daß die Kabine und der Fahrer in ihr zerquetscht wurden.

In diesem Moment kam ein mit Bewaffneten vollgestopfter Citroën durch das gesprengte Tor. Cardon, Nield und Butler hatten ihre Deckung verlassen. Der Fahrer des Citroën, erschrocken über das, was mit dem Bulldozer passiert war, stieg auf die Bremse. Cardon zog eine Handgranate ab und warf. Sie landete unter dem Tank des Citroën. Bevor einer seiner Passagiere aussteigen konnte, explodierte der Tank. Flammen schossen empor, und Newman sah, wie die Insassen des Wagens verbrannten.

Er hatte das Dach des Turms erreicht und hockte hinter der niedrigen Brüstung. Als mehrere der Männer, die von dem Bulldozer heruntergestürzt waren, sich die Augen rieben und ihre Waffen zogen, gab er eine Salve aus seiner Uzi ab, einer 9 mm Waffe mit einer theoretischen Feuergeschwindigkeit von sechshundert Schuß pro Minute. Er rammte ein frisches Magazin ein und feuerte weiter.

Butler entdeckte einen Mann auf der Oberkante der Mauer, der vermutlich den unter Strom stehenden Draht durchgeschnitten hatte. Er hob seine Luger und gab zwei Schüsse ab. Der Mann streckte beide Arme aus, als wollte er schwimmen, und stürzte dann kopfunter in den gepflasterten Hof.

Marlers Segelflugzeug blieb auf seinem Kurs, fort vom Château, und steuerte auf den Kamm zu, wobei er versuchte, noch ein paar Meter mehr Höhe herauszuholen. Er machte sich auf eine Bruchlandung gefaßt. Der Kamm kam auf ihn zu, die Nase des Flugzeugs hob sich kurz aus eigenem Antrieb. Dann schrammte es über den felsigen Untergrund und kam zum Stehen.

Marler sah den Landrover, keine zehn Meter entfernt, der immer noch mit dem Fahrer am Steuer am Rande des Tannenwäldchens stand. Als das Fahrzeug sich in Bewegung setzte, griff er schnell nach dem Armalite und feuerte auf gut

Glück. Mencken, der das Debakel im Château beobachtet hatte, fuhr zusammen, als seine Windschutzscheibe zersplitterte und das ganze Glas aus dem Rahmen gerissen wurde, aber die Kugel hatte ihn verfehlt.

Er fuhr mit Höchstgeschwindigkeit davon. Sein Ziel war der Hinterhalt an der D 417.

Ungefähr einen Kilometer entfernt saß Norton auf einer Straßenkreuzung in seinem Renault. Er ließ sein Fernglas sinken. Diesmal war ihm nicht sonderlich wohl beim Gedanken an das nächste Stadium des Kampfes. Was sollte er Präsident March sagen? In diesem Moment hatte er keine Ahnung – und er hatte eine Menge gut ausgebildeter Männer verloren.

# 44

»Sehen Sie sich an, wovor wir Sie bewahrt haben...«

Tweed donnerte die Worte beinahe heraus, als er, immer noch Ambergs Arm haltend, im Hof stand. Sie waren durch die Haustür in den Innenhof hinausgegangen und betrachteten das Schlachtfeld.

Der weiße Schnee war mit Blut gesprenkelt, die Leichen von Menckens Sturmtrupp lagen in grotesken Stellungen herum. Paula stand neben Tweed, nach wie vor mit dem schußbereiten Browning in der Hand. Gaunt war als letzter herausgekommen.

Während sie in der eisigen Kälte standen, untersuchte Butler sämtliche Körper, um festzustellen, ob einer noch am Leben war. Nach der Inspektion des letzten richtete er sich auf und schüttelte den Kopf. Ein Kombi voller Bewaffneter war dem Citroën in den Hof gefolgt. Sie waren beim Aussteigen in den Schußbereich von Newmans Uzi geraten.

Butler, Cardon und Nield sammelten jetzt mit Newmans Hilfe die Toten ein und legten sie in den Kombi. Amberg zitterte vor Angst. Tweed umklammerte seinen Arm noch fester.

»All das ist nur wegen dieses verfluchten Films und des Tonbandes passiert. Ich weiß nicht, wie viele Menschen deshalb schon sterben mußten. Meine Geduld ist erschöpft, Amberg. Sie rücken jetzt den echten Film und das echte Tonband heraus, sonst wende ich mich an Arthur Beck, den Chef der Schweizer Bundespolizei. Dann werden Sie wegen Beihilfe zum Massenmord angeklagt. Also entscheiden Sie sich endlich. Ich sage es noch einmal«, fuhr er in demselbem grimmigen Ton fort, »meine Geduld ist erschöpft.«

»Als Bankier bin ich verpflichtet, Joel Dyson gegenüber Wort zu halten, der die Sachen bei uns …«

»Vergessen Sie Dyson. Ihr eigenes Leben ist in großer Gefahr. Können Sie das nicht endlich begreifen? Sehen Sie sich dieses Schlachtfeld an – diese Männer waren gekommen, um Sie zu töten. Zum letzten Mal – wo haben Sie den Film und das Band gelassen?«

»In der Filiale unserer Bank in Lausanne.« Amberg schluckte, benutzte seine freie Hand, um sich die Schweißperlen von der hohen Stirn zu wischen.

»Also sind sie nach wie vor in der Schweiz«, bemerkte Tweed, jetzt etwas gelassener.

»Ja. Nach dieser furchtbaren Sache hier sollten wir sofort in mein Land zurückkehren. Nach Lausanne, meine ich«, setzte er schnell hinzu.

»Sie fahren mit uns.« Tweed unternahm keinen Versuch, den Schweizer zu beruhigen. »Und ich muß Sie darauf hinweisen, daß wir auf dem Rückweg nach Colmar mit weiteren Attacken rechnen müssen. Ob wir lebendig dort ankommen, ist völlig ungewiß.«

Er wendete sich an Paula. »Wo sind Jennie und Eve? In Sicherheit, hoffe ich?«

»Sie sind in größerer Sicherheit, als diese Burg es war«, erwiderte Paula. »Als Sie aus dem Haus gingen, bin ich schnell zur Schwimmhalle gelaufen. Sie saßen dort am Tisch und tranken heißen Kaffee aus einer Maschine.«

»Um ihre Nerven zu beruhigen?«

»Im Falle von Jennie, ja. Eve ist aus härterem Holz geschnitzt. Sie hatte ein automatisches Gewehr auf dem Schoß und sagte, wenn irgendwelche Gangster bis hierher vordringen sollten, würde sie ein paar von ihnen mitnehmen. Zäh wie Hosenleder«, endete Paula in anerkennendem Tonfall.

»Sie ist eine Frau, die genau weiß, was sie will«, pflichtete Amberg ihr mißmutig bei. »Ich nehme an, sie wird darauf bestehen, mit uns nach Lausanne zu fahren. Ein kleines Geschäft, das nur in Lausanne abgewickelt werden kann.«

»Weshalb?« fragte Tweed. »Haben Sie Ihr gesamtes Vermögen ans Ufer des Genfer Sees transferiert?«

Tweed war mißtrauisch. Das Lausanne gegenüber liegende Ufer des Sees gehörte zu Frankreich, und es gab eine regelmäßige Fährverbindung nach Evian.

»Das ist nur eine Sache der Bankenpolitik«, erwiderte Amberg. »Gibt es einen sicheren Weg hinunter nach Colmar?«

»Nein«, teilte Tweed ihm mit. »Es wird eine Fahrt auf Leben und Tod.«

Norton hatte sich schnell von dem Schock des Fiaskos bei dem Angriff auf das Château erholt. In seinem Renault sitzend, griff er nach seinem Mobiltelefon, um mit Mencken zu sprechen. Es dauerte mehrere Minuten, bis eine Verbindung ohne Störgeräusche zustandegekommen war.

»Ich bin auf der Route D 417«, sagte Mencken schnell, bevor Norton irgendwelche Fragen stellen konnte. »Ich bin sicher, daß sie auf der Rückfahrt nach Colmar diesen Weg einschlagen werden. Nach dem, was sie bei der Fahrt in die Berge hinauf erlebt haben.«

»Ich hoffe in Ihrem Interesse, daß Sie recht haben«, fauchte Norton. »Was ist beim Château passiert? Sie haben nur zwei von Ihren fünf Wagen hineingeschickt.«

»Ich habe Gelb, Orange und Braun in Reserve gehalten. Sie werden für den Job an der D417 gebraucht.«

»Sie hätten sie überwältigen können, wenn Sie sich an Ihre Anweisungen gehalten hätten.«

»Das glaube ich nicht«, erklärte Mencken wütend. »Es war dieses verdammte Segelflugzeug, mit dem kein Mensch rechnen konnte …«

»Blödsinn!« brüllte Norton. »Es hätte abgeschossen werden müssen …«

»Das habe ich gern«, fuhr Mencken auf. »Lehnstuhl-Strategen, die das Ganze aus sicherer Entfernung beobachten. Das Gespräch ist beendet. Ich muß mich um die neuen Hinterhalte kümmern ...«

»Mencken! Wenn Sie nur noch ein einziges Mal so mit mir reden ...«

Norton fluchte gotteslästerlich, bis ihm klar wurde, daß am anderen Ende niemand mehr zuhörte. Dann atmete er tief die kalte Luft ein, um sich zu beruhigen. Auf ihn wartete ein wichtiger Job – um sechs sollte er sich am Lac Noir mit dem Mann mit der knarrenden Stimme treffen. Es war durchaus möglich, daß er in ein paar Stunden sowohl den Film als auch das Band in Händen hielt. Dann würde er nach Straßburg fahren, von dort aus mit Air Inter nach Paris fliegen und dann mit der nächsten Concorde nach Washington.

»Hier ist Marler, dem wir unseren Sieg zu verdanken haben«, verkündete Newman. »Ich hatte Nield losgeschickt, ihn zu suchen.«

Tweed wartete ungeduldig in einem großen Wohnraum, der an Ambergs Schlafzimmer angrenzte. Eine Weile zuvor hatte Newman Tweed über die Rolle informiert, die das Segelflugzeug gespielt hatte. Paula rannte los und umarmte den Neuankömmling.

»Danke«, sagte Tweed schlicht. »Sie haben die Lage gerettet – und unser Leben.«

»Das war ein Kinderspiel«, erklärte Marler und zündete sich eine King-Size-Zigarette an. »Pures Glück, daß ich gerade im rechten Moment ankam. Was steht als nächstes auf dem Programm? Ich habe gesehen, daß auf dem Hof bereits aufgeräumt worden ist.«

»Der Kombi mit den Leichen steht in der Garage hinter dem Château, wie Sie es wünschten«, bestätigte Newman. »Was ist mit den französischen Behörden?«

»Wir warten, bis wir wieder in Basel sind«, entschied

Tweed. »Dann rufe ich meinen alten Freund René Lasalle, den Chef der französischen Polizei, an. Sonst könnte es passieren, daß wir eine Ewigkeit hier aufgehalten werden, mit Vernehmungen, Protokollen und allem, was sonst noch dazugehört ...«

Er brach ab, als er Eves Stimme aus dem Schlafzimmer hörte. Sie half Amberg beim Packen.

»Hier sind zwei saubere Hemden, Walter. Die reichen, bis wir in Lausanne angekommen sind.«

»Sollten wir nicht mehr einpacken?« nörgelte Amberg.

»Zwei sind genug«, erklärte Eve entschlossen. »Wir müssen zusehen, daß wir losfahren. So, und jetzt diese Dokumente ...«

»Pack sie in die Mappe mit dem Reißverschluß.« Jetzt war Ambergs Ton entschlossen. »Und bring sie nicht durcheinander. Sie sind wichtig.«

Paula hatte Tweed zugezwinkert, als sie hörte, daß Eve wieder das Kommando übernommen hatte. Tweed, der einen Moment zuvor ungeduldig auf die Uhr geschaut hatte, runzelte die Stirn und starrte Paula an, ohne sie zu sehen.

Marler hatte sich von Jennie die Schwimmhalle zeigen lassen. Jetzt kehrte er mit ihr zurück und drückte seine Zigarette in einem Kristallaschenbecher aus. Jennie musterte ihn mit mehr als normalem Interesse und spielte dabei mit der Perlenkette um ihren Hals. Marler streckte die Hand nach ihr aus.

»Das sind herrliche Perlen ...«

»*Nicht anrühren!*« Sie wurde rot, als Marler die Hand zurückzog und eine Braue hob. »Entschuldigung, daß ich Sie angefahren habe. Ich bin abergläubisch und kann es nicht ertragen, wenn jemand anders sie anfaßt.«

Paula bemerkte, daß Tweed trotz seiner Ungeduld nicht einmal dieser triviale Zwischenfall entgangen war. Er runzelte abermals kurz die Stirn und warf einen Blick auf die Perlen und dann auf ihre Miene. In diesem Moment kam Eve mit einem großen Louis-Vuitton-Koffer aus dem Schlafzimmer, gefolgt von dem Bankier, der unglücklich dreinschaute.

»Ich weiß nicht, ob ich genug eingepackt habe.«

»Du hast überhaupt nichts eingepackt. Ich habe es getan«, erinnerte ihn Eve. Sie schlug mit der Hand auf den Koffer, den sie auf einen Tisch gestellt hatte. »Was da drin ist, würde für eine Reise nach Kapstadt ausreichen. Wir fahren nur nach Lausanne. Und wie ich sehe, ist Tweed in Eile. Für den Fall, daß du es vergessen haben solltest, Walter – von jetzt an ist Tweed dein Beschützer. Vielleicht gelingt es ihm sogar, uns lebend nach Colmar und in den sonnigen Süden zu bringen.«

»Mach keine Witze über solche Sachen«, protestierte Amberg. »Das bringt Unglück.«

»Da ist noch jemand abergläubisch«, bemerkte Jennie. »Ich bin hier nicht die einzige, die spinnt. Fahre ich in der gleichen Kutsche, in der ich heraufgekommen bin? Ich hoffe es. Bob und Tweed haben mich in einem Stück hergebracht. Oh je. Sie schütteln den Kopf, Tweed.«

»Etwas habe ich Ihnen noch nicht gesagt, Tweed«, meldete sich Marler zu Wort. »Das Segelflugzeug ist zu Bruch gegangen. Das wird ein teurer Spaß werden.«

»Zerbrechen Sie sich deshalb nicht den Kopf. Jennie hat das Problem der Rückfahrt angeschnitten. Ich habe mit Newman darüber gesprochen, und wir haben in der Anordnung des Konvois einige Änderungen vorgenommen, um den Gegner zu verwirren.«

»Ich bestehe darauf, in meinem BMW zurückzufahren«, bellte Gaunt. »Ich fühle mich wohl am Steuer dieses Wagens. Eve, wollen Sie mit mir fahren? Wenn nicht...« Er wendete sich an Jennie. »Du bist mir als Passagier höchst willkommen. Und als Beschützer bin ich auch nicht der schlechteste – schließlich habe ich meinen verläßlichen Colt.«

Gaunt schien sich bewußt jovial zu geben, um die Atmosphäre aufzulockern. Paula konnte sich nicht entscheiden, ob er nur ein Angeber war, von seiner eigenen Wichtigkeit überzeugt, oder eine beeindruckende Persönlichkeit.

»Ich möchte mit Tweed zurückfahren«, sagte Eve und sah ihn an. »Wenn Sie nichts dagegen haben.«

»Newman wird den Konvoi anführen, diesmal mit dem Kombi«, erläuterte Tweed. »Er hat die Uzi, eine wirksame Waffe. Marler fährt mit ihm. Er hat das Armalite und die Tränengaspistole. Der Kombi fungiert als Speerspitze des Konvois.«

»Was ist mit dem Espace?« fragte Paula.

»Der kommt nach dem Kombi. Und ich werde ihn selber fahren, mit Ihnen neben mir und Cardon, mit Handgranaten bewaffnet, auf dem Rücksitz. Damit bleiben noch Butler und Nield, die die Motorräder fahren werden. Aber diesmal wird der Konvoi seine Reihenfolge beibehalten, was auch passieren mag – mit Butler ständig vor dem Kombi und Nield als Schlußlicht. Eve sitzt neben Cardon im Espace.«

»Moment mal!« dröhnte Gaunt und hob eine Hand. »Für den Fall, daß Sie es vergessen haben sollten – ich bin auch mit von der Partie.«

»Das hatte ich nicht vergessen«, gab Tweed zurück. »Sie sind Wagen Nummer Drei und folgen dem Espace mit Nield hinter sich. Und, Philip«, wendete er sich an Cardon, »ich weiß, daß Sie in Ihrer Tasche eine Kollektion von Walkie-Talkies haben. Geben Sie eines davon Marler, eines Paula, die scharfe Augen hat, eines Butler, eines Nield und eines Jennie, die auf der Herfahrt bewiesen hat, daß sie gleichfalls aufmerksam beobachten kann.«

Cardon öffnete seine Tasche und hatte in weniger als einer Minute die Walkie-Talkies verteilt und Jennie erklärt, wie sie damit umzugehen hatte. Mit dem Gerät in der Hand sah Jennie Eve spöttisch an und flüsterte.

»Sie sind außen vor, meine Liebe. Ihnen bleibt nichts anderes übrig, als Tweed schöne Augen zu machen. So etwas nennt man überzähliges Gepäck.«

»So überzählig nun auch wieder nicht.« Eve langte hinter eine Couch und hielt ein automatisches Gewehr in beiden Händen. Sein Lauf zeigte, wie Tweed beifällig registrierte, zur Decke. »Und ich kann damit umgehen«, fuhr Eve gleichfalls flüsternd fort.

»Bescheidenheit scheint wirklich eine völlig aus der Mode gekommene Tugend zu sein«, gab Jennie zurück. »Ich werde mich an Ihrer Stelle um Greg kümmern.«

Tweeds feines Gehör hatte den bissigen Wortwechsel mitbekommen. Er legte die Hände auf die Schultern der beiden Frauen.

»Ich verlasse mich darauf, daß Sie beide meine Leute unterstützen, wenn es hart auf hart gehen sollte. Ich vertraue Ihnen.«

»Und was ist mit mir?« fragte Amberg, der schweigend zugehört hatte, während die Anordnung des Konvois besprochen wurde. »Ich habe einen Mercedes in der Garage...«

»Lassen Sie ihn dort«, wies Tweed ihn an. Er hatte den Bankier absichtlich nicht erwähnt, um noch mehr psychischen Druck auf ihn auszuüben. »Sie fahren im Espace mit, in der zweiten Sitzreihe zwischen Eve und Cardon.«

»Willst du etwa das Gewehr mitnehmen?« fragte Amberg und starrte auf die Waffe, die Eve in den Händen hielt.

»Darauf kannst du Gift nehmen«, erklärte sie ihm munter. »Also zieh den Kopf ein, wenn es hart auf hart gehen sollte. So, und worauf warten wir nun noch?«

»Ich warte darauf, daß sich alle endlich in Bewegung setzen«, erklärte Tweed brüsk.

»Amberg«, wendete sich Newman an den Bankier, »Sie sollten hinausgehen und die Garage abschließen. Hat sonst jemand einen Schlüssel dafür?«

»Ja. Die Frau, die sich während meiner Abwesenheit um das Haus kümmert und die anderen Dienstboten einläßt.«

»Ich hoffe, sie schnüffeln nicht in der Garage herum, in

Anbetracht dessen, was sich außer Ihrem Wagen darin befindet.«

»Nein, natürlich nicht...«

Der Konvoi nahm im tiefen Schnee des Innenhofes Aufstellung, und alle waren bereits in die ihnen zugewiesenen Fahrzeuge eingestiegen, als Amberg, in einen Pelzmantel gehüllt, mit aschfarbenem Gesicht zurückkehrte. Nur Newman wartete noch neben dem Espace und bedeutete dem Schweizer, endlich einzusteigen.

»Ich habe den Wagen gesehen – und das, was darin ist«, bemerkte Amberg. »Die Garage ist eine Leichenhalle.«

»Und darf ich Sie daran erinnern«, sagte Newman brutal, »daß all diese Männer hergekommen sind, um uns umzubringen? Steigen Sie endlich ein und halten Sie den Mund.«

»Dies könnte eine denkwürdige Fahrt werden«, bemerkte Eve, als der Bankier sich neben sie setzte. Das Gewehr lag auf ihrem Schoß. »Wer weiß? Vielleicht überleben wir sie sogar...«

# 45

»Ives, einerlei, auf welcher Route Tweed und seine Leute aus den Bergen zurückkommen – sie müssen hier vorbeikommen«, erklärte Cord Dillon. Er saß bei geöffnetem Fenster in seinen Wagen und hatte die Kapuze seines Mantels tief in die Stirn gezogen.

Er sprach mit einem Mann, der neben dem geöffneten Fenster auf einem Motorrad saß. An seiner Maschine, an der Spitze der ausgezogenen Antenne, flatterte ein Union Jack in der eisigen Brise.

Barton Ives, Special Agent des FBI, war sogar noch besser vermummt. Er trug einen Sturzhelm und eine Schutzbrille, und der untere Teil seines Gesichts war unter einem dicken Wollschal verborgen, den er im Augenblick heruntergezogen hatte, um mit Dillon zu sprechen.

»Tweed weiß, daß der Union Jack ein vereinbarter Hinweis auf Ihre Identität ist«, fuhr Dillon fort. »Aber er braucht mehr als nur das.«

»Ich habe meine Papiere ...«

»Auch das wird ihm nicht reichen«, warnte Dillon. »Aber er hat Ihre Beschreibung. Wenn Sie mit ihm Kontakt aufnehmen, zeigen Sie ihm Ihr Gesicht und Ihr Haar und vergeuden Sie dabei keine Zeit. Er hat ein paar zähe Burschen bei sich, die nicht zögern, auf jeden Verdächtigen zu schießen.«

»Ich werde ihm meine Geschichte erzählen, sobald es mir gelungen ist, mit ihm allein zu sein. Das Problem ist nur«, fuhr Ives fort, »daß er sie nie und nimmer glauben wird.«

»Ich konnte sie zuerst auch nicht glauben«, gab Dillon zu. »Es ist ruhig hier, aber man sollte uns besser nicht länger zusammen sehen.«

»Sehen Sie die Tankstelle da drüben?« sagte Ives. »Daneben ist ein kleines Café. Ich bestelle mir etwas zu trinken und setze mich auf einen Platz am Fenster. Von dort aus kann ich die Straße überblicken.«

»Okay«, stimmte Dillon zu und griff nach der Handbremse. »Aber nehmen Sie Kontakt auf, bevor Tweed und seine Leute in den dichten Verkehr geraten sind. Ich habe gesehen, wie er mit einem Renault Espace, einem Kombi und zwei Motorrädern als Eskorte losgefahren ist. Der Espace ist grau. Und jetzt müssen Sie selbst sehen, wie Sie zurechtkommen. Viel Glück, Ives...«

Die Fahrt des Konvois war bis jetzt ohne Zwischenfälle verlaufen, wenn man davon absah, daß ein eisiger Wind in Verbindung mit einem starken Temperaturabfall die gewundene Straße in eine endlose Eisbahn verwandelt hatte. Obwohl die Heizung in dem Espace voll aufgedreht war, spürte Paula, wie die Kälte ihre Kleidung und ihre Handschuhe durchdrang.

Mehrmals hatte Tweed, der am Steuer des Espace saß, gespürt, wie der Wagen ins Schleudern geriet. In einem Fall hatte er zu seiner Linken eine Steilwand und zu seiner Rechten einen tiefen Abgrund gehabt. Er war mit der Schleuderbewegung gefahren, wobei das rechte Vorderrad nur ein paar Zentimeter von der Felskante entfernt gewesen war.

»Oh, mein Gott!« stieß Amberg hervor und zuckte zusammen.

»Newman hat gesagt, Sie sollen den Mund halten«, fuhr Paula ihn an.

Sie warf einen Blick auf Eve und sah, daß sich ihre Hände um das Gewehr krampften. Auch Paula hatte die Hände in ihren Handschuhen zusammengekrampft. Eve wendete sich an Amberg.

»Walter«, sagte sie mit kalter Stimme. »Allmählich habe ich das Gefühl, daß sie es auf dich abgesehen haben. Schließlich haben diese Leute, wer immer sie sein mögen, das Château Noir angegriffen. Also ist es durchaus möglich, daß du es bist, der unser aller Leben in Gefahr bringt. Und deshalb halte gefälligst den Mund. Ich hoffe, du hast mich verstanden.«

Cardon drehte sich langsam zur Seite und versetzte dem Bankier einen leichten Rippenstoß, bevor er sprach.

»Kein weiteres Wort, alter Freund. Der Fahrer muß sich konzentrieren, damit wir nicht wieder ins Schleudern geraten.«

Tweed hörte all das in einem Winkel seines Bewußtseins während er auf die nächste Kurve starrte und zu entdecken versuchte, ob unter dem tückischen Schnee der steilen Abwärtsspirale weiteres Eis verborgen war.

Vor ihnen war Newman am Steuer des Kombis mit Marler an seiner Seite zweimal ins Schleudern geraten und danach sehr langsam gefahren. Jetzt verringerte er die Geschwindigkeit noch weiter. Ein paar Minuten später wurde die Straße eben und verbreiterte sich zu einem kleinen Plateau. Er signalisierte, daß er anhalten würde.

Tweed brachte seinen Wagen hinter ihm zum Stehen, nachdem er Gaunt ein Zeichen gegeben hatte, der ihnen in seinem BMW mit der in ihren Lammfellmantel eingehüllten Jennie auf dem Beifahrersitz folgte. Newman war ausgestiegen, und Tweed, dessen Arme vor Anspannung schmerzten, war froh, seinem Beispiel folgen zu können. Auch Paula und Cardon stiegen aus, dann auch Marler mit dem Armalite in der Hand. Newman deutete auf ein großes Schild vor einem großen, eingeschossigen Holzgebäude, das einen verlassenen Eindruck machte. Paula las, was auf dem Schild stand.

LA SCHLUCHT 1139.

»Das ist kaum zu glauben«, sagte sie. »Jetzt sind wir schon so weit bergab gefahren und immer noch 1139 Meter hoch.«

Tweed schlug die Hände zusammen, um die Blutzirkulation wieder in Gang zu bringen. »Ja, und ich nehme an, im Sommer werden in diesem Haus Erfrischungen verkauft. So etwas wird auf Landkarten als Aussichtspunkt bezeichnet.«

»Die Aussicht ist wirklich grandios«, pflichtete Paula ihm bei.

Im Norden und Süden erstreckte sich die eiszeitliche Welt der Gipfel und Schluchten der Vogesen. Die weißen Kuppen erinnerten Paula an Haifischzähne. Sie hatten die Schattenzone hinter sich gelassen, und jetzt glitzerte überall der von der Sonne beschienene Schnee, als bestünde er aus Milliarden von Diamanten.

Es war sehr kalt, und wie Eve und Jennie, die aus dem BMW gekommen war, stampfte auch Paula mit den Füßen, die sich anfühlten wie Eisblöcke. Als sich Tweed mit Newman, Marler und Cardon beriet, gesellte sich auch Gaunt zu ihnen.

»Das gefällt mir nicht«, warnte Tweed. »Bisher keinerlei Spuren von der Gegenseite, kein Versuch, uns aufzuhalten. Ich bin sicher, daß uns etwas sehr Unerfreuliches bevorsteht.«

»Das glaube ich kaum«, sagte Gaunt. »Ich wette, sie haben da oben ihr Pulver verschossen, wer immer sie sein mögen. Lassen Sie uns weiterfahren, damit wir vor Einbruch der Dunkelheit nach Colmar und in die Brasserie kommen. Mir ist nach einem Drink.«

Paula musterte ihn mit ausdrucksloser Miene. Jennie hob die Brauen. Tweed ignorierte ihn, griff nach seinem Walkie-Talkie und rief Butler.

Die beiden Motorradfahrer, Butler und Nield, hatten zwar angehalten, waren aber nicht herbeigekommen, um an der Konferenz teilzunehmen.

»Harry«, sagte Tweed, »halten Sie die Augen offen und achten Sie auf alles, was irgendwie ungewöhnlich ist. Mir gefällt der Frieden nicht, den wir bisher gehabt haben.«

»Mir auch nicht«, erwiderte Butler.

Nield reagierte ähnlich wie Butler, als Tweed auch mit ihm sprach.

»Fahren wir weiter«, befahl Tweed. »Und zwar mit äußerster Vorsicht.«

Nachdem sie den Col de la Schlucht hinter sich hatten, fiel die Straße in einer Folge sehr enger Haarnadelkurven steil ab. Während ihres kurzen Halts war Paula die unheimliche Stille aufgefallen, die sich über die Vogesen herabgesenkt hatte. Eine bedrückende Stille, die man fast hören konnte. Sie saß steif aufgerichtet da und starrte nach vorn.

Zu ihrer Linken begannen die Berge steil anzusteigen. Zu ihrer Rechten wurde der Abgrund zu einem weißen, scheinbar bodenlosen Nichts. Marler hatte die Tränengaspistole auf seinen Schoß gelegt und reckte den Hals, um die Höhe abzusuchen. Es war Butler, der sie als erster warnte.

»Alle Schritt fahren und bereit sein, jeden Moment anzuhalten. Zwei Männer auf dem Gipfel der großen Klippe vor uns.«

»Verstanden«, erwiderte Tweed, auf einer kurzen geraden Strecke das Lenkrad mit nur einer Hand haltend.

Er hatte gerade aufgehört zu sprechen, als Nield sich meldete. In seiner Stimme lag ein dringlicher Ton.

»Wir werden verfolgt. Verdammt großer Laster. Von Nestlé. Ein paar hundert Meter hinter mir, kommt schnell näher.«

In einiger Entfernung, dicht vor einer weiteren Kurve, hatte Butler seine Maschine aufgebockt und begonnen, in einer Rinne hinaufzuklettern. Marler bat Newman, anzuhalten, und sprang aus dem Wagen, mit dem Armalite in der linken und der Tränengaspistole in der rechten Hand. Sich dicht an der Felswand haltend, rannte er die vereiste Straße entlang wie ein Marathonläufer, erreichte die Rinne und kletterte dicht hinter Butler hinauf.

Paula hatte ihr Fernglas auf die Felswand an der Kurve gerichtet. Sie schürzte die Lippen, bevor sie sprach.

»Da ist eine riesige Granitwand, die dort in der Kurve fast senkrecht aufragt. Offensichtlich instabil. Ich bin sicher, daß man sie mit einem Stahlnetz gesichert hat.«

Tweed nickte und brachte den Espace zum Stehen. Paulas Beobachtung war beunruhigend. Da lag etwas vor ihnen, das sehr gefährlich sein konnte – und hinter ihnen kam, sich sehr schnell nähernd, dieser Nestlé-Laster heran, auf den Nield hingewiesen hatte. Tweed glaubte nicht, daß diese beiden Tatbestände Zufall waren. Es war eine Zangenbewegung, die ihr Ende bedeuten konnte und eindeutig Nortons Handschrift trug.

»Ich sollte lieber losgehen und den beiden den Rücken decken«, meinte Paula.

Tweed fuhr auf seinem Sitz herum und ergriff ihren Arm, als sie versuchte, sich an Amberg vorbeizuschieben. Er schüttelte den Kopf.

»Sie bleiben hier. Marler und Butler werden mit zwei Gangstern spielend fertig. Ich hoffe nur, daß es ihnen gelingt, den Weg freizumachen, bevor dieser Laster hinter uns herangekommen ist. Er wird versuchen, uns alle von der Straße zu drängen und in die ewigen Jagdgründe zu verfrachten.«

»Wenn ich jetzt loslaufe bis hinter den BMW, könnte ich wahrscheinlich den Fahrer des Lasters erschießen«, erklärte Eve.

»Sie bleiben auch hier. Niemand rührt sich von der Stelle«, befahl Tweed.

»Wollen wir einfach hier sitzen bleiben?« fragte Amberg.

»Genau das werden wir tun.«

»Irgend jemand muß doch etwas unternehmen«, beharrte Amberg.

»Zwei Männer unternehmen etwas«, erwiderte Tweed ebenso entschieden wie zuvor. »Und Sie können auch etwas tun – den Mund halten.«

Ähnliche Reaktionen hatte Tweed schon häufig erlebt. In einer Krise konnten die Leute einfach nicht abwarten. Um ihre Nerven zu beruhigen, brauchten sie Aktion – es verlangte sie danach, sich zu bewegen. Aber häufig war es sicherer, abzuwarten – sofern Gegenmaßnahmen eingeleitet worden waren. Und das war hier der Fall.

Butler und Marler hatten sich bis zum oberen Ende der Rinne hochgearbeitet. Butler spähte über den Rand eines Felsbrockens hinweg. Dann duckte er sich wieder und drehte sich zu Marler um, der sich dicht unterhalb von ihm befand.

»Riskant«, berichtete er. »Zwei Gangster ungefähr zehn Meter entfernt. Die Kuppe der Klippe ist eben. Mit Felsbrocken übersät.«

»Ich könnte sie mit dem Armalite erwischen.«

»So einfach ist es nicht«, widersprach Butler. »Sie haben vor, die Klippe zu sprengen und auf die Straße stürzen zu lassen.«

»Woher wissen Sie das?« flüsterte Marler ungeduldig.

»Weil ich genau so eines von diesen altmodischen Sprenggeräten sehe wie oberhalb von Kaysersberg. Da waren Sie nicht dabei. Sie haben beide den Griff, den sie nur niederzudrücken brauchen, damit die Klippe abstürzt, in Reichweite. Und auf der Straße haben wir es mit dem Nestlé-Laster zu tun, der hinter ihnen herankommt...« Kurz bevor er sein Walkie-Talkie ausschaltete, hatte Butler noch Nields Meldung gehört, und er wußte, daß ihnen, bis der Laster sie erreicht hatte, nur noch sehr wenig Zeit blieb. Aber es war immer ein Fehler, in einer derartigen Situation etwas zu überstürzen.

»Wir müssen die beiden von diesem Ding da weglocken«, erklärte er Marler. »Aber wie zum Teufel stellen wir das an?«

Der untersetzte Amerikaner, der den Nestlé-Laster fuhr, grinste voller Genugtuung. Er hatte einen Blick auf den zum Stillstand gekommenen Konvoi erhascht, und der Abstand verringerte sich schnell. Er trug eine Wollmütze, die er tief in die Stirn gezogen hatte, und führte Selbstgespräche.

»Jetzt dauert es nicht mehr lange. Ich werde euch alle so rammen, daß ihr über den Rand fliegt. Vielleicht wird man im Frühjahr eure Leichen finden. Verrottete Knochen...«

Mit zwei Komplizen hatte er eine Weile zuvor den großen Laster entführt, der gerade die Vogesen durchquerte. Sie hatten dem Fahrer die Kehle durchgeschnitten und seine Leiche in eine der vereisten Schluchten geworfen. Vorher hatte der Mann, der den Laster jetzt fuhr, sich seine Wollmütze aufgesetzt. Er spürte die Kälte.

Der Laster war bis unters Dach beladen, wodurch sein ohnehin schon beträchtliches Gewicht noch vergrößert wurde. Dieses Gewicht half dem Fahrer jetzt, den Wagen auf der schneebedeckten Straße zu halten.

»Noch fünf Minuten«, sagte er zu sich selbst. »Dann ist es aus mit euch...«

Marler hatte sich in der Rinne hochgeschoben, bis er sich neben Butler befand. Er sah eine Stelle, an der sie beim Hochklettern den Schnee weggeschoben hatten. Mit seiner behandschuhten Hand hebelte er einen kleinen Gesteinsbrokken ab, während Butler die Tränengaspistole hielt. Der Stein löste sich, Marler schätzte sein Gewicht in der Hand ab und nickte.

»Geben Sie mir die Pistole zurück«, sagte er. »Mit einigem Glück wird sie das ein Stück von dem Sprenggerät weglokken. Sie übernehmen den mit der Lammfelljacke, und ich kümmere mich um den Gangster im Anorak, wenn es funktioniert.«

»Es muß funktionieren«, sagte Butler mit einem Blick auf die Uhr.

Marler zog sich noch ein Stück höher hinauf, wobei er sorgfältig darauf achtete, daß er hinter dem Felsbrocken in Deckung blieb. Der Lammfelltyp stand mit einem Fernglas vor den Augen da und fragte sich offensichtlich, weshalb der Konvoi nicht weiterfuhr. Die Hände des Anoraktyps waren dem Griff des Sprenggeräts gefährlich nahe.

Ungefähr zehn Meter von der Stelle entfernt, an der die Gangster warteten, gab es einen Haufen aus großen Felsbrocken. Marler hob den Arm, zielte auf das Zentrum dieses Haufens und warf den Stein.

»He, Don, was zum Teufel war das?« rief der Lammfelltyp und ließ sein an einem Riemen um seinen Hals hängendes Fernglas sinken.

»Kam von da drüben, Jess«, erwiderte der Anoraktyp. Er deutete auf den Haufen Felsbrocken. »Sehen wir lieber nach. Sie könnten jemanden heraufgeschickt haben. Mach dich bereit, ihn umzulegen ...«

Mit schußbereiten Maschinenpistolen rückten die beiden Amerikaner nebeneinander vor. Ihr Blick war auf den Steinhaufen geheftet. Marler lächelte, als er sich hinter dem Felsbrocken halb aufrichtete und ihn als Stütze für seinen Arm benutzte. Ausgesprochen dämlich von ihnen, nebeneinander zu gehen. Er drückte den Abzug.

Die Patrone traf einen Felsbrocken unmittelbar vor den beiden Gangstern und füllte die Luft mit Tränengas. Eine Weile zuvor war Marler aufgefallen, daß der eisige Wind, den sie im Col de la Schlucht gespürt hatten, sich gelegt hatte. Marler und Butler bewegten sich wie die Windhunde, während die Amerikaner husteten, würgten und taumelten, ihre Augen mit einer Hand schützten, während sie in der anderen nach wie vor ihre Maschinenpistolen hielten.

Trotz der Schmerzen, die ihnen das Tränengas bereitete, taumelten beide Gangster mit erstaunlicher Schnelligkeit zu dem Sprenggerät zurück. Marler begriff, daß ein beträchtlicher Teil des Gases die Gangster nicht erreicht hatte. Sie waren dem Griff der Vorrichtung gefährlich nahe, als Marler Don erreichte, dessen Sehvermögen beeinträchtigt war und der nur Silhouetten erkannte.

Marler hatte seine Pistole fallen lassen und hielt jetzt das Armalite-Gewehr mit beiden Händen quer vor seiner Brust. Er stemmte es mit aller Kraft gegen Don, drängte ihn zurück, hinderte ihn daran, von seiner eigenen Waffe Gebrauch zu machen.

Im letzten Moment wurde Don bewußt, daß er am Rande des Abgrunds stand.

»Nein! Großer Gott, nein…«

Genau aufpassend, wohin er seine eigenen Füße setzte, stieß Marler noch ein letztes Mal kraftvoll zu. Der Amerikaner fiel rückwärts ins Leere. Mit einer bizarren Geste schleuderte er seine Waffe von sich, und Marler fing sic in der Luft auf. Mit einem schrillen Entsetzensschrei stürzte der Amerikaner ab.

An dieser Stelle ragte der Rand der Klippe weit über die Straße unten vor. Der durchdringende Schrei widerhallte zwischen den Felswänden, als der sich überschlagende Körper mit flegelnden Armen die Straße verfehlte und weiter in den Abgrund stürzte.

Fast im gleichen Moment ließ Butler den Lauf seiner Luger auf den Kopf von Jess niedersauen und zwang ihn, seine Waffe fallen zu lassen. Dann schlug er seinem Gegner ins Gesicht, links, rechts, links. Die Wucht der Schläge trieb Jess immer weiter zurück. Er war dem Rand bereits sehr nahe, als Butler den Lauf mit aller Kraft auf seinen Schädel hieb. Jess sackte zusammen und folgte dem anderen Amerikaner stumm in den Abgrund.

Marler und Butler hatten als perfektes Team zusammengearbeitet und sich an den ursprünglichen Plan gehalten, demzufolge sich jeder den ihm am nächsten stehenden Amerikaner vornehmen sollte.

Butler atmete schwer, als Marler losrannte, um seine Tränengaspistole wiederzuholen.

Als er zurückkehrte, war Butler wieder zu Atem gekommen und sprach in sein Walkie-Talkie.

»Tweed. Die Klippe steckt voll von Sprengladungen. Später können wir über einen flacheren Hang am Südende der Klippe zu Ihnen auf die Straße hinunterkommen. Wenn möglich, soll sich Cardon um mein Motorrad kümmern. Pete kann als Köder für den Laster fungieren. Wir besorgen es ihm von hier oben aus...«

»Einverstanden«, erwiderte Tweed knapp.

Sie hatten nur noch sehr wenig Zeit. Er erteilte Nield rasch Anweisungen. Nield bestätigte. Tweed bedeutete Newman, weiterzufahren, informierte Cardon über den Plan, wies Gaunt über Jennies Walkie-Talkie an, loszufahren, um sich dicht hinter ihnen zu halten.

Auf der Kuppe zeigte Marler mehrere Stellen, an denen Löcher in die Klippe gebohrt und mit Sprengstoff gefüllt worden waren. Vermutlich Dynamit.

Marler bezog am Rand der Klippe Position und schaute hinunter.

Glücklicherweise hatte er nie unter Höhenangst gelitten, sonst wäre ihm beim Blick in den Abgrund neben der Straße schwindlig geworden.

Von dieser Stelle aus konnte er den Konvoi sehen und – was noch wichtiger war – die Stelle weiter hinten, an der Pete Nield auf seinem Motorrad saß und in aller Seelenruhe auf die Ankunft des Lasters wartete.

Ein lebender Köder. Er würde im Bruchteil einer Sekunde reagieren müssen.

Der Fahrer des Nestlé-Lasters kaute Kaugummi. Was immer er auch tat – fahren, reden, darauf warten, daß er jemanden umbringen konnte –, er hatte ständig einen Kaugummi im Mund. Trotz seines Gewichts schwankte der Laster ein wenig, als die Vorderräder auf Eis gerieten, aber das Fahrzeug haftete auf der glatten Oberfläche, als wäre es angeleimt.

Er hatte bereits vor langer Zeit die Heizung voll aufgedreht und die Fenster der Kabine geschlossen. Die Atmosphäre im Innern der Kabine war eine Mischung aus Schweiß, Ölgestank und Hitze, aber der Fahrer war sich dessen nicht bewußt.

Er war im Begriff, das Fenster kurz zu öffnen, um seinen Kaugummi hinauszuspucken, bevor er sich einen frischen in den Mund steckte, als er eine Kurve umrundete und Nield auf seinem Motorrad entdeckte, aus dessen Auspuff eine Gaswolke hervorschoß.

Der Fahrer grinste wieder selbstzufrieden und gab Gas. Nield sauste los wie ein Vogel, hielt sich dicht unterhalb der Felswand und schien regelrecht über den Schnee zu fliegen. Der Fahrer war verblüfft, wütend über den Blitzstart. Er gab noch mehr Gas.

»Du bist der Salat, mein Freund«, sagte er zu sich selbst. »Und danach kommt das Hauptgericht.«

Er freute sich vor allem darauf, den Espace über den Rand schieben zu können. Das würde ein Mordsspaß sein. Nield verschwand um die Ecke der großen, über der Straße hängenden Klippe.

Dich kriege ich, dachte der Fahrer.

Die Kurve war enger, als er vermutet hatte. Er bremste ab, um sie zu umrunden. In diesem Moment hörte er ein prasselndes Geräusch. Er runzelte die Stirn, schaute auf, war entsetzt.

Während er sich vorbeugte und durch die Windschutzscheibe starrte, sah er, wie ein riesiger schwarzer Vorhang auf ihn niederstürzte.

Gewaltige Felsbrocken landeten vor ihm auf der Straße und prallten von der Kante ab.

Er kaute nicht mehr auf seinem Kaugummi. Seine Zähne waren vor Todesangst verkrampft. Etwas landete auf seiner Kabine und beulte das Dach ein. Ein kleiner Felsbrocken rollte über die Straße und verschwand in der weißen Hölle neben ihr. Plötzlich konnte er nichts mehr sehen – Geröll nahm ihm den Blick durch die Windschutzscheibe, türmte sich auf der Kabine. Er fuhr blind.

»Großer Gott – nein ...«

Er schrie. Das Steuer reagierte nicht mehr. Es gab ein lautes Donnergeräusch, als Tausende von Tonnen Granit auf den Laster herabstürzten wie ein riesiger Schmiedehammer. Er spürte, wie der Laster umkippte, und durch das Seitenfenster sah er den Abgrund, der ihm entgegenkam. Der Laster wurde von der Straße gedrängt und begann, sich in der Luft zu drehen, gewann an Tempo und stürzte hinab in den hundert Meter tiefen Abgrund. Er prallte auf vereiste Felsen und ging in Flammen auf, die den Schnee zum Zischen brachten, bis das Feuer erlosch.

# 46

Auf der Klippe hatten Marler und Butler abermals als geübtes Team zusammengearbeitet. Butler hatte beim Sprenggerät gewartet, während Marler an der Kante entlang ein Stück weitergerannt war, bis er eine Stelle erreicht hatte, an der er auf die kurvenreiche Straße hinunterblicken und den Konvoi deutlich sehen konnte.

Er hatte den rechten Arm hochgereckt und gesehen, wie das Dach von Newmans Kombi unter ihm vorbeiglitt, gefolgt von dem grauen Espace und Gaunts BMW. Danach hatte er weiter gewartet, bis er auch Pete Nield auf seinem Motorrad entdeckt hatte. Sobald Nield sich in sicherer Entfernung von der Klippe befand, hatte er die Hand sinken lassen und war, so schnell er konnte, vom Rand der Klippe zur Mitte des Plateaus gerannt. Im gleichen Augenblick hatte Butler den Griff des Sprenggeräts heruntergedrückt.

Danach rannte er zurück zu der Stelle, an der sich Marler bereits befand. Butler spürte, wie der Boden unter seinen Füßen erbebte, und fragte sich, ob er es noch schaffen würde. Als er den Haufen Felsbrocken erreicht hatte, bei denen Marler wartete, schaute er zurück und hielt den Atem an.

Die beiden Amerikaner hatten sich bei der Wahl der Stelle, an der sie das Sprenggerät installierten, gründlich verschätzt. Fassungslos sah Butler, wie sich auf dem Plateau ein Zickzackriß auftat, die Hälfte des Plateaus abbrach und das Sprenggerät mitriß. Das Getöse war ohrenbetäubend. Unter dem Schnee kamen Staubwolken hervor. Nach Atem ringend, rannten beide Männer auf den flachen Hang zu, Marler mit seinem Armalite und der Tränengaspistole.

Das Prasseln und Donnern der niedergehenden Lawine

dauerte an, während sie rannten und den langen Abhang bis zu der Stelle hinunterschlitterten, an der der Konvoi auf sie wartete. Als sie auf der Straße angekommen waren, wurden sie von Cardon in Empfang genommen, der sich an Butler wendete.

»Ihre Maschine haben wir in den Espace verladen. Paula hat mir geholfen. Wir hatten nur Sekunden.«

»Holen Sie sie wieder heraus«, entschied Butler.

»Sie haben Ihre Sache gut gemacht«, sagte Tweed, der ausgestiegen war und sich zu ihnen gesellt hatte. »Marler, steigen Sie wieder in den Kombi und sagen Sie Newman, er soll losfahren. Wir wollen vor Einbruch der Dunkelheit aus den Bergen heraus sein. Und haltet weiterhin Ausschau nach etwaigen Empfangskomitees unserer Gegner.«

»Ich fahre wieder vor Newman her«, sagte Butler.

Mit Cardons Hilfe hatte er sein Motorrad aus dem Espace herausgeholt. Amberg hatte sich auf seinem Sitz umgedreht und starrte ihn an. Butler winkte ihm kurz zu, dann wendete er sich flüsternd an Cardon.

»Der Schweizer sieht aus, als hätte er die Hose voll. Offenbar ist er derartige Ausflüge nicht gewohnt...«

Er stieg auf seine Maschine, startete sie und fuhr los. In diesem Moment kam Gaunt aus seinem BMW herbei.

»Was zum Teufel war da eigentlich los?« bellte er.

»Eine Geröllawine«, sagte Tweed. »Das kommt hier im Winter öfters vor. Steigen Sie wieder in Ihren Wagen. Wir müssen weiter...«

Bald fuhr der Konvoi durch eine noch mörderischere Folge von Haarnadelkurven, die kein Ende zu nehmen schienen. Die Dämmerung brach herein, und beiderseits der Straße ragten hohe Tannen auf, deren Äste sich unter dem Gewicht des gefrorenen Schnees bogen. Die Bäume rückten immer näher an den Straßenrand heran und bildeten Tunnel, die in Paula ein Gefühl auslösten, eingesperrt zu sein. Obwohl

Tweed die Heizung voll aufgedreht hatte, sank die Temperatur im Innern des Espace noch weiter.

Erst als sie die tieferen Lagen erreicht hatten, kamen sie aus den Tunneln heraus. Sie sahen Licht in den Häusern kleiner Dörfer, die sich in Talsenken duckten. Ihre Scheinwerfer glitten über kleine Gebäude mit roten Ziegeldächern, die in der Nähe der Schornsteine, deren Wärme den Schnee zum Schmelzen gebracht hatte, zu sehen waren. Balkone sahen aus, als könnten sie jeden Augenblick unter der Last des auf ihnen angehäuften Schnees herunterbrechen.

Sie fuhren durch die Kleinstadt Munster, rumpelten über Kopfsteinpflaster und erreichten schließlich die Vororte von Colmar. Gerade waren sie an einer Tankstelle mit einem kleinen Café vorbeigefahren, als von irgendwoher ein Motorradfahrer auftauchte und sich neben den Espace setzte. Eve, die während des Vorfalls an der Klippe völlige Ruhe bewahrt hatte, hob ihr Gewehr. Paula hatte bereits ihren Browning in der Hand, als Tweed die Fahrt verlangsamte und sie im Rückspiegel sah.

»Um Gottes willen, runter mit den Waffen, alle beide!« rief er.

Er stoppte den Espace, und der Motorradfahrer, an dessen Antenne ein Union Jack flatterte, hielt ebenfalls an. Tweed ließ den Motor laufen und schaute über die Schulter, bevor er die Tür öffnete.

»Paula, halten Sie Ihren Browning auf ihn gerichtet, aber schießen Sie nicht, solange er keine Waffe zieht.«

Er öffnete die Tür, und der Motorradfahrer stand mit erhobenen Händen neben seiner Maschine auf der Straße.

»Sie sind Tweed. Ich habe stundenlang auf Sie gewartet. Ich bin Barton Ives, Special Agent, FBI…«

»Woher wußten Sie, daß ich hier vorbeikommen würde?« fragte Tweed.

»Cord Dillon sagte mir, Sie müßten auf der Rückfahrt aus

den Bergen diese Stelle passieren. Das war am Nachmittag. Ich kann mich ausweisen ...«

»Seien Sie sehr vorsichtig, wenn Sie Ihren Ausweis aus der Tasche holen«, warnte Paula, als der Fremde in seine Lederjacke griff.

Er zog einen Ausweis heraus und reichte ihn Tweed, der ihn im Licht der Innenbeleuchtung betrachtete. Da die Fahrertür offen war, fiel die Temperatur im Innern des Espace rapide ab.

Newman tauchte hinter dem Fremden auf und drückte ihm den Lauf seines Smith & Wesson in den Rücken.

»Das ist eine Waffe«, warnte er.

»Ja, das habe ich mir gedacht. Vernünftig von euch, all diese Vorsichtsmaßnahmen zu ergreifen. Aber stehen wir hier nicht geradezu auf dem Präsentierteller?«

»Wohl kaum«, sagte Newman.

Marler war aus dem Kombi ausgestiegen und hatte an der Seitenfront des Cafés neben der Tankstelle Posten bezogen. Er hatte den Reißverschluß seiner pelzgefütterten Jacke geöffnet, um die Tränengaspistole hineinzustecken. Er hielt das Armalite schußbereit in der Hand und ließ den Blick ständig über die ganze Gegend schweifen. Butler, der auf seinem Motorrad umgekehrt war, hatte sich auf der gegenüberliegenden Straßenseite postiert.

Tweed hatte sich den Ausweis, der echt zu sein schien, genau angesehen, hatte das Foto mit Ives' Aussehen verglichen. Der Amerikaner hatte seinen Helm abgenommen und den Schal von seinem Gesicht heruntergezogen. Was Tweed von der Identität des Mannes überzeugte, war die Tatsache, daß er der Beschreibung entsprach, die Dillon von ihm gegeben hatte. Endlich hatte er den echten Barton Ives vor sich.

»Steigen Sie ein«, befahl Tweed, »setzen Sie sich neben mich und behalten Sie die Hände auf dem Schoß. Hinter Ihnen sitzen Leute mit Waffen und nervösen Fingern. Bob, verstauen Sie seine Maschine im Heck des Espace.«

Tweeds sorgfältige Überprüfung hatte nicht länger als eine Minute gedauert. Er signalisierte Marler und Butler, daß sie weiterfahren wollten. Dann wartete er, bis Newman in den Kombi zurückgekehrt war.

»Ich muß mit Ihnen allein sein«, flüsterte Ives. »Ich habe eine unglaubliche Geschichte zu erzählen. Und ich vermute, Sie haben keine Ahnung, mit wem Sie es zu tun haben. Wahrscheinlich werden Sie mir kein Wort glauben. Es ist einfach unvorstellbar, aber wahr.«

»Nicht jetzt«, erwiderte Tweed. »Wir müssen so schnell wie möglich aus Frankreich heraus und über die Grenze in die Schweiz fahren. Norton hat noch nicht aufgegeben – da bin ich ganz sicher.«

»Worauf Sie wetten können«, pflichtete Ives ihm bei.

Paula war beeindruckt von der Erscheinung und dem Verhalten des FBI-Agenten. Er war schätzungsweise Ende Dreißig, hatte dichtes dunkles Haar, und sein Gesicht war glatt rasiert. Die Strapazen der langen Zeit, die er im Untergrund verbracht hatte, und die damit verbundenen ständigen Ortswechsel waren ihm nicht anzusehen. Sein Tonfall war gelassen, beherrscht und sachlich.

»Wenn wir noch heute abend in die Schweiz kommen wollen, müssen wir uns beeilen«, bemerkte Ives.

»Das ist nur eine Sache der Organisation«, erklärte Tweed und fuhr mit dem Espace näher an den Kombi heran.

Die Stelle, an der sie Barton Ives getroffen hatten, war gut gewählt gewesen. Eine Oase der Stille, und niemand unterwegs. Jetzt, nur Minuten später, steckten sie im dichten Feierabendverkehr von Colmar. Der Konvoi war enger zusammengerückt, und Gaunts BMW fuhr dicht hinter Tweed her, ein bißchen zu dicht für Tweeds Geschmack, aber das war nun einmal Gaunts Art.

»Wie wollen wir es anstellen?« fragte Paula.

»Ich verlasse das Land auf dem gleichen Weg, auf dem ich hereingekommen bin. Mit dem Zug nach Basel. Ich möchte, daß Sie mitkommen, und Sie auch, Eve. Philip«, wendete er sich an Cardon, »Sie werden uns gleichfalls begleiten, als Leibwächter, zusammen mit Butler und Nield. Ives, Sie können mit uns im Zug fahren.«

Tweed hatte nicht die Absicht, den Amerikaner wieder aus den Augen zu lassen, nachdem er so lange auf das Zusammentreffen gewartet hatte.

»Wie Sie wollen«, stimmte Ives bereitwillig zu.

»Was ist mit dem Espace, dem Kombi und den Waffen?« fragte Paula, in Gedanken bereits mit dem nächsten Problem beschäftigt.

»Beim Verlassen des Landes liegen die Dinge anders als bei der Einreise«, sagte Tweed mit neuer Tatkraft in der Stimme, die Paula spüren ließ, wie erschöpft sie war. Als er vor einer roten Ampel anhalten mußte, sah er sie kurz an, und seine Augen leuchteten vor Entschlossenheit. Dies, dachte Paula, ist der Moment, in dem es wirklich losgeht.

Sie bahnten sich ihren Weg näher an das Bristol heran, als Tweed mit seiner Erklärung fortfuhr.

»Ich gehe davon aus, daß unser Freund Beck seine Leute an der Grenze postiert hat. Die französischen Grenzbehörden dagegen werden nach wie vor nach Terroristen Ausschau halten, die nach Frankreich einreisen – nicht umgekehrt. Wenn Bob und Marler Schwierigkeiten bekommen, wird Bob sofort darum bitten, mit Beck sprechen zu dürfen.«

»Was ist mit der Uzi, die Bob bei sich hat?« fragte Paula weiter.

»Sämtliche Waffen werden versteckt, unter dem Chassis des Kombis und des Espace – einschließlich der Uzi. Das könnte Bob in Schwierigkeiten bringen. Aber ich bin sicher, daß es bald zu einer entscheidenden letzten Auseinandersetzung kommen wird, und da brauchen wir die Waffen.«

»Und wir bleiben über Nacht in Basel?« fragte Paula.

»Nein! Wir fahren sofort weiter. Wir treffen uns am Bahnhof in Basel mit Newman und Marler und steigen in ihre

Fahrzeuge um. Von dort aus geht die Fahrt weiter nach Südwesten in die französischsprachige Schweiz. Von Basel nach Neuchâtel, am See entlang nach Yverdon und dann Richtung Süden nach Lausanne. Amberg, Sie sagten doch, dort hätten Sie die Sachen versteckt, die ich sehen möchte. Haben Sie mich gehört?«

»Ja, das habe ich«, erwiderte der Bankier mürrisch. »Aber wir müssen ein paar Minuten bei meiner Filiale in Basel anhalten, damit ich den Depotschlüssel holen kann.«

»Sehen Sie zu, daß es wirklich nur ein paar Minuten dauert. Zwei meiner Männer werden Sie in die Bank begleiten. Paula, wenn wir in Basel angekommen sind, rufen Sie bei zwei Hotels in Lausanne an – dem Hotel d'Angleterre, um Zimmer für Butler und Nield zu bestellen, und dann dem Hotel Château d'Ouchy wegen Zimmern für alle anderen, einschließlich Amberg.«

»Ich wohne lieber im ...«, setzte Amberg an.

»Was Ihnen lieber ist, spielt nicht die geringste Rolle, seit wir im Château Noir einen leeren Bildschirm gesehen haben«, fuhr Tweed ihn an. »Sie bleiben bei uns – ständig.«

»Also«, sinnierte Paula, »werden wir der Gegenseite ausnahmsweise einmal einen Schritt voraus sein und ihr vielleicht nie wieder begegnen.«

»Das«, bemerkte Eve, »wäre zu schön, um wahr zu sein.«

»Und wenn Sie das glauben«, warnte Tweed, »dann träumen Sie – wenn man bedenkt, mit welch einer gewaltigen Organisation wir es zu tun haben ...«

Oben in den Vogesen konnte Norton gerade noch verhindern, daß er zu einem Eisblock gefror, indem er bei voll aufgedrehter Heizung den Motor laufen ließ. Eine Weile zuvor hatte er über eine stark gestörte Verbindung einen Bericht von Mencken über seine Fortschritte erhalten.

Fortschritte! Wenn Mencken in greifbarer Nähe gewesen wäre, hätte Norton ihn wahrscheinlich erwürgt. Mencken hatte seinem Chef unumwunden und mit dürren Worten von dem Fiasko des Hinterhalts an der D 417 berichtet.

»Wollen Sie damit sagen, daß der Nestlé-Laster abgestürzt ist, als die Klippe herunterkam?« fragte Norton ungläubig.

»Es war einfach Pech...«, begann Mencken, froh, daß er meilenweit von Norton entfernt in der Nähe von Munster war.

»Pech? Blödsinn!« brüllte Norton. »Sparen Sie sich die faulen Ausreden. Was war mit Phase Zwei?«

»Der riesige Baumstamm, den wir auf sie herabrollen wollten, war festgefroren. Ebenso der große Bagger, den wir benutzen wollten...«

»Und Tweeds Konvoi ist jetzt wo?« Norton verlor nur selten seine eiserne Selbstbeherrschung und hatte sich auch jetzt so fest im Griff, daß er den nächsten Schritt planen konnte. »Und wo sind die Wagen Gelb, Orange und Braun – Ihre Reserve? Ich hoffe, Sie wissen es«, fügte er sarkastisch hinzu.

»Auch die Wagen Orange und Braun sind eingefroren. Ich mußte Gelb zurückrufen, damit er ihnen Starthilfe geben konnte. Ich habe alle drei Wagen auf der N 415 und durch Kaysersberg zurückgeschickt. Ich hatte gehofft, Tweed noch zu erwischen, aber vermutlich waren wir zu spät daran. Wir konnten nicht auf der anderen Route zurückkehren – die war durch die heruntergebrochene Klippe blockiert.«

»Bleiben Sie, wo Sie sind, bis ich mich wieder mit Ihnen in Verbindung setze. Es ist noch etwas zu erledigen – und da ich will, daß es ordentlich getan wird, werde ich das selbst übernehmen. Behalten Sie die Reserve in Colmar, bis ich mich wieder melde...«

Norton, der zu seinem Rendezvous mit dem Mann mit der knarrenden Stimme um 18 Uhr am Lac Noir verabredet war, richtete es ganz bewußt so ein, daß er bereits eine Viertelstunde früher dort war. Er schaltete die Scheinwerfer aus, ließ aber den Motor laufen, um nicht zu erfrieren.

Die Nacht war hereingebrochen, und es war noch kälter geworden. Er öffnete sein Fenster einen Spaltbreit und ergriff mit der rechten Hand einen auf seinem Schoß liegenden .38er Browning. Bevor er die Scheinwerfer ausgeschaltet hatte, war ihr Licht auf eine niedrige Steinmauer und das schwarze Wasser des stillen Sees dahinter gefallen.

Es gab nicht viel, was Norton aus der Ruhe brachte, aber das völlige Fehlen von Geräuschen, die unglaubliche Stille und die gruftähnliche Atmosphäre gingen ihm an die Nerven. Wo zum Teufel steckte der Mann mit der knarrenden Stimme?

Kein anderes Fahrzeug war zu sehen, keine menschlichen Behausungen, kein menschliches Wesen. Er benutzte die linke Hand zum Einschalten einer starken Taschenlampe und ließ ihr Licht langsam auf der Oberkante der Steinmauer entlangwandern. Dabei entdeckte er die auf der Mauer stehende Holzkiste.

Er glitt aus dem Wagen und machte die Tür schnell wieder zu, um nicht im Licht der Innenbeleuchtung dazustehen. Eine Minute lang wartete er und lauschte, bis die Kälte durch seinen Astrachanmantel drang und ihn bewog, sich langsam der Kiste zu nähern. Sie war alt, ungefähr dreißig Zentimeter lang und ebenso hoch, und der Deckel war geschlossen. Ihm kam der Verdacht, daß sie eine Falle sein konnte. Nein, das ergab keinen Sinn. Der Mann wollte das Geld.

Und das befand sich nach wie vor unter Bewachung in der Obhut von Louis Sheen in einem Zimmer im Hotel Bristol. Norton hatte der Gedanke Spaß gemacht, daß Sheen ständig mit einer Handschelle an den Koffer gefesselt war. Er befreite sich nur dann von der Kette, wenn er duschen wollte, doch selbst dann nahm er den Koffer immer mit.

Norton betrachtete die alte Kiste. Er war immer noch argwöhnisch. Im Licht der Taschenlampe waren keine Drähte zu erkennen. Mit der Mündung seines Browning hob er vorsichtig den Deckel an, bis er hineinschauen konnte. Die Kiste schien leer zu sein. Er atmete einen großen Schwall der eisigen Luft ein, hob den Deckel vollständig an, schaute hinein und fluchte gotteslästerlich.

Auf dem Boden lag ein Blatt Papier, auf das jemand mit einem Filzstift etwas geschrieben hatte. Die Botschaft, die ihn so wütend machte, war klar und deutlich.

*Mr. Norton. Willkommen. Wenn Sie wirklich die beiden Sachen haben wollen, an denen Sie interessiert sind, dann fahren Sie sofort nach Lausanne. Im Château d'Ouchy ist ein Zimmer für Sie reserviert. Ziehen Sie noch heute abend dort ein. Sie werden wieder von mir hören. Zögern Sie keine Minute. Und diesmal bringen Sie das Geld mit. Das ist Ihre letzte Chance.*

Norton schleuderte die Kiste in das stille schwarze Wasser des Sees und sah im Lichtstrahl seiner Taschenlampe zu, wie sie davonschwamm. Er kehrte zu seinem Wagen zurück, schloß die Tür und das Fenster, holte einen Packen Straßenkarten aus dem Handschuhfach und suchte, bis er eine Karte der Schweiz gefunden hatte.

Es dauerte eine Weile, bis er Lausanne entdeckt hatte. Er griff nach seinem Mobiltelefon. Durch irgendein Wunder meldete sich Mencken sofort, und seine Stimme war klar und deutlich.

»Schicken Sie die gesamte Reserve noch heute abend nach Lausanne in der Schweiz. Verteilen Sie die Leute auf so viele kleine Hotels wie möglich. Rufen Sie mich heute abend um elf an, aber kommen Sie nicht in die Nähe des Château d'-Ouchy. Ich buchstabiere … Okay? Mir ist völlig egal, wie Sie das schaffen. Setzen Sie Ihren Arsch in Bewegung …«

Im Moment kümmerte Tweed ihn wenig. Seine Gedanken beschäftigten sich ausschließlich damit, wie er den Film und das Tonband in die Hände bekommen konnte – und dazu mußte er so bald wie möglich in Lausanne sein. Außerdem hielt ihn nun nichts mehr in der Stille des düsteren Sees – einmal hatte er hochgeschaut und im Mondlicht das Château gesehen, das wie eine Bedrohung hoch über ihm aufragte.

Er fuhr, so schnell er es riskieren konnte, bis er wieder auf der N 415 war, die ihn nach Kaysersberg bringen würde. Dort würde er kurz am Arbre Vert anhalten, seine Sachen holen und die Rechnung bezahlen. An einer einsamen Stelle fuhr er von der Straße herunter auf ein schneebedecktes Bankett, sah sich noch einmal die Karten an und beschloß, auf der Autobahn nach Basel zu fahren. Bei der Gelegenheit konnte er noch einmal beim Hotel Bristol vorbeischauen, um sich zu vergewissern, daß der gesamte Rest seines Teams abgereist war. Norton war ein Mann, der kein Detail außer acht ließ.

Auch Marvin Mencken hatte ein paar Entschlüsse gefaßt. Nachdem Norton ihm seine Anweisungen erteilt hatte, benutzte er sein Mobiltelefon, um sich mit Gelb in Verbindung zu setzen und dafür zu sorgen, daß er und die Besatzung dieses Wagens sich in Munster trafen.

Der Anführer dieses Teams war Jason, ein Profikiller aus New Jersey. Mit dem Gesicht einer Bulldogge und der Entschlossenheit eines Roboters war er vermutlich der skrupelloseste der Männer, die Norton und Mencken unterstanden.

Im Gegensatz zu Norton drehte sich Menckens Denken nach wie vor um die Tatsache, daß Tweed immer noch am Leben war. Das war eine Beleidigung für seinen Ruf als Profi. In Munster angekommen, parkte er seinen Wagen dicht neben Gelb, stieg aus und ging durch die eisige Kälte, um seinem Reserveteam detaillierte Anweisungen zu erteilen. Die Wagen Orange und Braun waren bereits unterwegs in die Schweiz. Mencken hatte sie telefonisch angewiesen, ihr Gepäck aus dem Bristol abzuholen und ihre Rechnungen zu bezahlen. Auf seine eigene, gerissene Art konnte Mencken es, was das Beachten von Details anging, durchaus mit Norton aufnehmen.

»Jason«, begann er, durch das offene Fenster sprechend, ohne Umschweife, »nachher macht ihr euch auf die Socken und fahrt so schnell wie möglich nach Lausanne. Ich habe es hier auf dieser Karte eingezeichnet. Verstanden? Hoffentlich. Bringen Sie Ihre Männer in kleinen Hotels unter. Und auf keinen Fall im Château d'Ouchy – ich habe den Namen auf den Rand der Karte geschrieben.«

»Sie sagten nachher. Sollen wir vorher noch etwas erledigen?«

Jason sprach mit heiserer Stimme – er rauchte jeden Tag drei Schachteln Zigaretten. Sein großen Kopf und sein Gesicht wurden von einer nahen Straßenlaterne schwach beleuchtet. Er hatte Schweinsaugen und eine Boxernase, und seine langen Zähne ragten über die Unterlippe hervor. Sogar Mencken fand, daß er widerlich aussah.

»Sie haben noch drei Männer, sind also zu viert«, fuhr Mencken fort. »Ich möchte, daß Sie geradenwegs zum Bristol fahren. Seht zu, daß ihr nicht auffallt – und haltet Ausschau nach Tweed und seinem Mob.«

»Wir sorgen dafür, daß er für immer verschwindet – und der Rest seines Teams?« erkundigte sich Jason hoffungsvoll.

»Ihr tut genau das. Ich werde etwas später dort eintreffen. Seht zu, daß ihr gute, stille Arbeit leistet. Danach könnt ihr sie vielleicht in ihren Betten in ihren Zimmern deponieren. Als kleine Überraschung für das Zimmermädchen.«

## 47

»Zur Brasserie!« rief Tweed, als sie sich dem Hotel Bristol näherten. »Und ein Glas Riesling!«

Es war ein Versuch, seine Passagiere aufzumuntern. Er spürte, daß jetzt, nach den Ereignissen des Tages, die Reaktion eingesetzt hatte.

»Man könnte meinen, Sie hätten seit wir aus Colmar abfuhren, nichts zu essen und zu trinken bekommen«, frotzelte Paula.

Dabei hatten sie unterwegs durchaus nicht hungern müssen. Sie hatten während des ersten Teils der Rückfahrt vom Château gegessen und ihren Durst gestillt, und dann später noch einmal nach dem verheerenden Absturz der Klippe. Aber das war kaum mehr als eine Art Notverpflegung gewesen, und auch sie hatte jetzt Hunger.

»Sind wir jetzt in Sicherheit?« fragte Amberg plötzlich mit arroganter Stimme.

»Nein«, teilte Tweed ihm mit. »Wir sind erst dann sicher, wenn wir den Film und das Tonband in den Händen halten. Im Grunde«, fuhr er entschieden fort, »liegt also alles bei Ihnen.«

»Sie werden nicht wissen, daß wir nach Lausanne fahren«, meinte der Bankier.

»Auch darauf würde ich mich an Ihrer Stelle nicht verlassen«, erwiderte Tweed, entschlossen, dafür zu sorgen, daß der Schweizer nicht zur Ruhe kam.

»Hör auf mit dem Theater, Walter«, schaltete sich Eve in das Gespräch ein. Sie wirkte völlig gelassen, und ihre Stimme klang frisch. Paula bewunderte ihr Durchhaltevermögen. »Und wenn du nervös bist, solltest du lieber nichts essen und trinken. Sonst könnte dir schlecht werden. Und das würde dir bestimmt nicht gefallen«, endete sie mit vor Sarkasmus triefender Stimme.

Amberg verfiel wieder in Schweigen, nachdem er ihr einen giftigen Blick zugeworfen hatte, der Paula nicht entging. Der Verkehr war jetzt sehr dicht, und Tweed folgte Newmans Beispiel und lenkte den Wagen an den Bordstein vor den Geschäften gegenüber dem Bahnhof.

Er bremste, als Newman mit dem Kombi vor ihm anhielt. Tweed erinnerte sich daran, daß Jennie Blade genau an dieser Stelle dem Schattenmann begegnet war. Wie hatte sie ihn beschrieben? Ein Mann mit einem langen schwarzen Mantel und einem breitkrempigen Hut, der sein Gesicht vollständig verdeckte. Hatte sie die Wahrheit gesagt? fragte er sich. Newman erschien an seinem offenen Fenster.

»Ich schlage vor, Sie steigen alle aus und gehen direkt zur Brasserie, wo sich noch andere Leute aufhalten. Marler parkt den Kombi in einiger Entfernung. Ich übernehme den Espace. Paula, könnten Sie zu dem BMW laufen, der ein paar Meter hinter uns angehalten hat? Ich möchte, daß Sie Jennie in die Brasserie begleiten. Und sagen Sie Gaunt, er soll mit seinem BMW dem Espace folgen. Und zwar unmißverständlich – ich habe keine Lust, mich mit ihm auf eine Diskussion einzulassen.«

»Butler und Nield?« fragte Tweed.

»Ich habe sie über mein Walkie-Talkie angewiesen, den Wagen zu folgen. Und jetzt möchte ich schnell losfahren …«

Tweed verließ den Wagen und eilte auf den Gehsteig, gefolgt von Paula, Eve, Amberg und Cardon, der den Arm des Schweizers ergriffen hatte. Falls ihm etwas passieren sollte, dachte Tweed, war Newman jetzt imstande, die gesamte Operation zu leiten.

Eve kam heran und schob ihren Arm unter seinen. Ihr Gewehr hatte sie unter ihrem langen Trenchcoat versteckt.

Paula lief zurück zu der Stelle, an der Gaunt pausenlos auf die Hupe drückte, ausgerechnet jetzt, wo sie nicht bemerkt werden wollten. Als Jennie Paula kommen sah, öffnete sie ihr Fenster. Paula blieb stehen und wendete sich mit eisiger Stimme an Gaunt.

»Hören Sie sofort auf, so einen Lärm zu machen. Jennie, kommen Sie mit, ich begleite Sie in die Brasserie.«

Als Jennie rasch die Tür öffnete, lehnte Gaunt sich vor und musterte Paula wütend.

»Was bilden Sie sich eigentlich ein, mit wem Sie reden?« fragte er von oben herab.

»Mit Ihnen, Sie dämlicher, arroganter Kerl« fuhr sie ihn an. »Sie bringen das Leben anderer Leute in Gefahr. Zum Teufel mit Ihnen, aber sehen Sie zu, daß Sie Ihre verdammte Blechkiste von hier wegbewegen.«

Gaunt war so verblüfft, daß er gehorchte. Als Paula die Tür zuschlug, nickte er ihr zu und folgte Newman, der mit dem Espace gerade um eine Ecke herum verschwand. Paula nahm Jennie beim Arm und bahnte sich ihren Weg durch das Menschengewimmel. Gaunt hatte es gerade noch geschafft, bevor die Ampel auf Rot schaltete.

Alle Leuten sahen aus, als hätten sie die Nase voll von der langweiligen Arbeit des Tages, vom Heimweg durch den Schneematsch, von der durchdringenden Kälte. Nach ihrem Ausflug in die Vogesen empfand Paula die Normalität dieses Gewimmels als seltsam beruhigend.

Warme Luft schlug ihnen entgegen, als sie die Tür der Brasserie aufstießen. Tweed saß bereits mit Eve neben sich an einem Tisch in der Nähe des Ausgangs zum Hotel. Cardon hatte sich am Ende des langen Tisches niedergelassen, von wo aus er das ganze Restaurant überblicken konnte.

»Ein Glas Riesling für jeden, der Appetit darauf hat«, verkündete Tweed. »Ich finde, wir könnten etwas Anregendes brauchen, bevor wir in unsere Zimmer hinaufgehen und uns zum Essen frischmachen.«

Nun, zumindest waren sie hier drinnen in Sicherheit, dachte Paula, als sie sich neben Cardon gesetzt und Jennie sich für den Stuhl neben dem ihren entschieden hatte. Paula erklärte sich freudig mit einem Glas Riesling einverstanden und schaute sich im Restaurant um. Eine Handvoll Einheimische gönnten sich auf dem Heimweg einen Drink. Dann runzelte sie die Stirn.

An einem Tisch für sich allein, keine drei Meter entfernt, saß einer der abstoßendsten Männer, die sie je gesehen hatte, ein Mann, der aussah wie eine Bulldogge.

Norton fuhr sehr langsam, als er Kaysersberg erreichte. In den alten, engen Straßen türmte sich der Schnee. Komisches Land. Hatte man hier noch nie etwas von Schneepflügen gehört? Er parkte den Renault in einiger Entfernung vom L'Arbre Vert in einer Nebenstraße. Je weniger der Inhaber des kleinen Hotels von ihm wußte, desto besser.

Er begegnete niemandem, als er durch den Schnee zum Hotel stapfte. Die Putzfelder zwischen den dicken Eichenbalken der alten, mit schmiedeeisernen Lampen beleuchteten Fachwerkhäuser waren bei jedem Gebäude in einer anderen Farbe gestrichen: leuchtend rot, dunkelgelb, orange. Kaysersberg war wunderschön, aber dafür hatte Norton kein Auge.

Er betrat das Foyer des L'Arbre Vert, ohne sich um den Schuhkratzer vor der Tür zu kümmern, und hinterließ Schneespuren auf dem Teppich. Die Frau an der Rezeption winkte ihn zu sich heran.

»Es hat jemand angerufen. Immer dieselbe Person, glaube ich. Sechsmal. Hat eine Nachricht hinterlassen.«

Norton nickte und nahm den zusammengefalteten Zettel entgegen. Er wartete, bis er sich in seinem kleinen Zimmer seiner Pelzmütze und seines Mantels entledigt hatte, dann las er die Nachricht.

*Sofort anrufen. Wiederhole sofort. Sara.*

»Verdammt. Rutsch mir den Buckel runter«, sagte Norton laut.

Er sah auf die Uhr. In Washington war es jetzt 2 Uhr nachmittags. Er hatte gute Lust, die Nachricht zu ignorieren. Doch dann beschloß er, auf dem Bett sitzend, daß es vielleicht doch besser war, in Washington anzurufen. Wahrscheinlich war die Verbindung so miserabel, daß es sinnlos war. Das hoffte er jedenfalls.

In grimmiger Laune machte er sich an das mühselige Geschäft, nach Washington durchzukommen. Die Verbindung war nicht miserabel, sie war einwandfrei. Sara meldete sich.

»Er möchte unbedingt mit Ihnen sprechen. Ich würde vorsichtig sein, wenn ich Sie wäre...«

»Sie sind aber nicht ich«, fuhr Norton sie an.

»Wie Sie wollen.« Saras Ton war gelassen, gleichgültig. »Ich stelle Sie durch. Und sagen Sie hinterher nicht, ich hätte Sie nicht gewarnt...«

Norton, der über ein außergewöhnliches Durchhaltevermögen verfügte, war wütend. Es war ein harter Tag gewesen. Sämtliche Versuche, Tweed zu erledigen, waren fehlgeschlagen. Und er hatte auch den Videofilm und das Tonband nicht bekommen. Er hatte nicht vor zu katzbuckeln.

»Norton?« Präsident Bradford Marchs Stimme klang aggressiv. »Welchen Mist gedenken Sie mir diesmal aufzutischen? Reden Sie.«

»Ich weiß jetzt, wo das, was Sie haben wollen, steckt. Ich fahre gleich los. In die Schweiz, nach Lausanne. Dort sind die Sachen. Ich gebe Ihnen meine neue Nummer, sobald ich dort angekommen bin. Am späten Abend europäischer Zeit. Wir haben es beinahe geschafft.«

»Ihr ›beinahe‹ können Sie sich an den Hut stecken«, brüllte March. »Ich hätte mit diesem Job ebensogut einen grünen Jungen beauftragen können. Jemand läßt Sie zappeln wie einen Fisch an der Angel.«

Was stimmte, begriff Norton. Der Mann mit der knarrenden Stimme hatte sich der gleichen Technik bedient, wie Entführer sie gewöhnlich benützten. Den anderen immer wieder an einen neuen Ort bestellen, um ihn mürbe zu machen. Die Richtigkeit der Bemerkung des Präsidenten war nicht dazu angetan, seine Stimmung zu bessern.

»Jetzt hören Sie ausnahmweise einmal mir zu«, fuhr er auf. »Ich bin der Mann vor Ort. Ich weiß jetzt, was gespielt wird. Gehen Sie mir von der Pelle. Haben Sie gehört? Hören Sie mir überhaupt zu in Ihrem feinen Büro?«

March war nicht ins Weiße Haus gelangt, weil er in einer Krise die Selbstbeherrschung verlor. Seine beleidigenden Ausbrüche waren immer kalkuliert. March lehnte sich in seinem Sessel zurück, legte die Füße auf den Schreibtisch und dachte nach.

»Sind Sie noch da?« fragte Norton schneidend.

»Natürlich bin ich noch da«, erwiderte March gelassen. »Ist Mencken in der Nähe?« fragte er beiläufig.

Jetzt war es Norton, der schwieg. Die einzige Möglichkeit, die ihn beunruhigte, war die, daß dieser Abschaum Menkken seinen Posten übernahm. Er beschloß, mit nichts hinter dem Berge zu halten. March äffte mit beherrschter Stimme Nortons frühere Frage nach.

»Sind Sie noch da?«

»Ja. Hoffen wir, daß die Verbindung bestehen bleibt. Sie sollten wissen, daß wir schwere Verluste hatten...«

»Also ist dieser Tweed gerissener, als wir dachten«, bemerkte March in demselben gelassenen Tonfall.

»Er hat einfach Glück.« Norton steuerte March vom Thema Marvin Mencken weg. »Wir haben ziemlich schwere Verluste gehabt«, wiederholte er.

»Sie können kein Omelett machen, ohne ein paar Eier zu zerschlagen«, erwiderte March gelangweilt.

»Ich wollte damit sagen, daß wir noch Leute brauchen.«

»Würde denn Mencken noch Leute brauchen? Sie haben

meine Frage nicht beantwortet – ist Mencken noch in der Nähe?«

»Ja.«

»Ich kann keine weiteren Leute entbehren. Was ich habe, brauche ich hier in Washington. Gewisse Leute müssen in Schach gehalten werden. Sie sagten vorhin, Tweed hat Glück gehabt«, erinnerte sich March in der Absicht, Norton noch ein bißchen mehr zuzusetzen. »Ich würde sagen, wenn er immer noch am Leben ist, muß er sehr tüchtig sein.« Eine Pause. »Ich höre nicht, daß Sie das bestreiten. Ich habe Ihnen ein Ultimatum gestellt, Norton. Die Zeit ist fast abgelaufen. Ich will den Film und das Tonband. Ich will, daß Tweed, Joel Dyson, Cord Dillon und Barton Ives beseitigt werden. Für immer. Also machen Sie sich endlich an die Arbeit ...«

Die Verbindung mit Washington war unterbrochen. Norton legte langsam den Hörer auf und machte sich nicht einmal die Mühe zu fluchen. Lausanne würde ein Schlachtfeld werden.

Im Arbeitszimmer seines Hauses in Chevvy Chase musterte Senator Wellesley mit grimmiger Miene seine Gäste. Der Bankier und der erfahrene Politiker begriffen, daß sich sehr unerfreuliche Dinge ereignet haben mußten.

Der Senator hatte das Treffen der Drei Weisen sehr kurzfristig angesetzt, aber es war nicht dieser Umstand, auf den die spannungsgeladene Atmosphäre in dem behaglichen Zimmer zurückzuführen war. Wellesley machte normalerweise den Eindruck einer wohlwollenden Vaterfigur. Nur selten ließ er sich irgendwelche Emotionen anmerken, und es war der grimmige Ausdruck seiner aristokratischen Züge, der sie beunruhigte.

»Gentlemen«, begann Wellesley, »der Vizepräsident hat mir gerade dieses streng vertrauliche Papier übermittelt. Jeb Calloway hat den Bericht, den ich hier in dieser Mappe habe, durch einen Sonderkurier aus Europa erhalten. Er ist einfach unglaublich – ich kann nur hoffen, daß der Verfasser des Berichts geistesgestört ist.«

»Aber glauben Sie, daß er das ist? Geistesgestört?« fragte der Politiker.

»Wenn er es nicht ist – und ich habe den finsteren Verdacht, daß er bei so klarem Verstand ist wie wir alle hier an diesem Tisch –, dann steht unserem Land die schwerste Krise dieses Jahrhunderts bevor.«

»Wissen Sie, von wem der Bericht stammt?« fragte der Bankier.

»Ja. Von einem Special Agent des FBI. Einem Mann namens Barton Ives.« Er holte die maschinegeschriebenen Blätter aus der Mappe und gab sie dem Politiker.

»Lesen Sie selbst.«

»Aus diesem Dokument geht hervor, daß dieser Barton Ives zu wissen glaubt, wer verantwortlich ist für eine ganze Serie von grauenhaften Morden in mehreren Staaten im Süden«, bemerkte der Bankier, der ein schneller Leser war, ein paar Minuten später mit gedämpfter Stimme. »In allen Fällen wurde einer Frau die Kehle durchgeschnitten – nachdem sie, den Angaben des jeweiligen Gerichtsmediziners zufolge – vergewaltigt worden war. All diese Morde konnten bisher nicht aufgeklärt werden, obwohl sie bereits vor etlichen Jahren begangen wurden. Ich kann es einfach nicht glauben.«

»Was können Sie nicht glauben?« fragte der Politiker, nachdem der Bankier ihm die Papiere übergeben hatte.

»Wer diesem Bericht zufolge diese entsetzlichen Verbrechen begangen haben soll. Den Frauen wurde nicht nur die Kehle durchgeschnitten; die Leichen wiesen auch noch weitere sadistische Verstümmelungen auf.«

»Wer ist dieser Barton Ives?« fragte der Politiker, bevor er sich dem Bericht zuwendete. »Mir ist, als hätte ich den Namen schon einmal gehört.«

»Ein hochrangiger Agent des FBI«, erklärte Wellesley zögernd. »Bevor ich Sie anrief, habe ich diskrete Erkundigungen eingezogen. Ives leitete die Untersuchung aller sechs Morde. Er war im Begriff, einen eingehenden Bericht abzufassen, als sein Vorgesetzter von Memphis nach Seattle versetzt wurde. Sein Nachfolger befahl Ives, die Ermittlungen einzustellen und die Akten zu vernichten. Er war auf direkte Anweisung aus Washington nach Memphis geschickt worden. Ives behauptet, er hätte nach Europa flüchten müssen, um sein Leben zu retten. Und meine Erkundigungen haben ergeben, daß dieser Ablauf der Ereignisse den Tatsachen entspricht.«

Es herrschte bedrückende Stille, während der Politiker den Bericht überflog. Er hielt jedes Blatt zwischen den Fingerspitzen an den Rändern, um keine Fingerabdrücke darauf zu hinterlassen.

Dann ließ er das letzte Blatt wieder in die Mappe fallen und benutzte seinen Ellenbogen, um die Mappe über den polierten Tisch hinweg Wellesley zuzuschieben.

»Da ist die Rede von einem Daumenabdruck an einem Lincoln Continental, der der sechsten der ermordeten Frauen gehörte«, sagte er. »Barton Ives sagt, daß er den Daumenabdruck hat und daß er sich nach wie vor an dem Wagen befindet. Also wo zum Teufel ist der Wagen?«

»Ich habe mich auch danach erkundigt«, erklärte Wellesley. »Bevor Ives nach Europa flüchtete, hat er den Wagen irgendwo versteckt. Das dürfte schwierig gewesen sein – bei einem Lincoln Continental –, aber Ives hat eine Menge Erfahrung. Er behauptet, der einzige zu sein, der weiß, wo er sich befindet.«

»Nun ja«, sagte der Politiker, »wir haben schon alle möglichen korrupten Präsidenten gehabt, von Watergate mal ganz abgesehen. Präsidenten mit Geliebten – nichts Besonderes. Ein paar mit illegitimen Kindern. Andere, die mit wenig mehr als den Kleidern, die sie am Leibe trugen, ins Weiße Haus eingezogen sind und nach Beendigung ihrer Amtszeit

Millionäre waren. Also nehme ich an, daß wir in dieser gewalttätigen Zeit auch einmal mit einem solchen Vorfall rechnen mußten.«

»*Falls* das stimmen sollte, kann er nicht im Weißen Haus bleiben«, sagte der Senator nachdrücklich.

»Aber Sie haben nicht genügend Beweise, um etwas zu unternehmen«, wendete der Politiker ein.

»Und deshalb brauche ich diesen Barton Ives – hier in diesem Zimmer –, damit wir ihm auf den Zahn fühlen können. Ich glaube, ich werde mit dem Vizepräsidenten sprechen.«

»Ist Barton Ives Jeb Calloways Mann?« fragte der Bankier.

»Das habe ich nicht gesagt, oder?« erwiderte Wellesley vorsichtig.

»Und was würden Sie unternehmen, wenn sich herausstellen sollte, daß dieser Bericht der Wahrheit entspricht?« fragte der Politiker auf seine unumwundene Art. »Amtsenthebung?«

»Wir dürfen nicht zulassen, daß der Name der Nation durch den Schmutz gezogen wird. Das ist das einzige, was ich mit Sicherheit weiß«, erwiderte der Senator. »Und was wir unternehmen sollten – ich schlage vor, daß wir diese Zusammenkunft vertagen, niemandem etwas von unserem Verdacht mitteilen und abwarten, wie es weitergeht...«

Bradford March trank Bier aus der Flasche, als Sara auf seine Anweisung hin hereinkam. Sie wartete, bis er sich mit dem Rücken seiner behaarten Hand den Mund abgewischt hatte.

»Mir ist zu Ohren gekommen, daß die Heilige Dreifaltigkeit jetzt öfters zusammenkommt«, erklärte er. »Und das gefällt mir nicht.«

Das war die respektlose Art des Präsidenten, von den Drei Weisen zu sprechen. Er schürzte die Lippen und starrte Sara an. Ihr wurde klar, daß er eine Reaktion von ihr erwartete.

»Also unternehmen wir etwas dagegen? Ist es das, was Sie

sagen wollten? Und wenn, unter welchem Vorwand? Wir könnten mit einer Ladung Dynamit spielen. Diese drei Männer mögen alte Dinosaurier sein, aber sie haben eine Menge Einfluß. Lassen Sie die Finger von ihnen, Brad.«

»Manchmal, Sara, sind Ihre Ratschläge gut, sogar sehr gut.« March lehnte sich mit der Bierflasche in der Hand in seinem Sessel zurück. »Und manchmal sind sie lausig, sogar sehr lausig. Das ist einer der lausigen.«

»Es ist Ihre –« Sie hätte beinahe »Beerdigung« gesagt, unterdrückte es aber gerade noch rechtzeitig. »– Entscheidung. Sagen Sie mir, was ich tun soll.«

»Ich will, daß drei Männer von Unit One – jeder in seinem eigenen Wagen – den dreien Tag und Nacht folgen. Arbeiten Sie einen Ablösungsplan aus, damit ständig frische Leute verfügbar sind. Ich will tägliche Berichte über jede Person, mit der einer von der Heiligen Dreifaltigkeit zusammenkommt.« Er legte den Kopf in den Nacken und starrte sie hart an. »Wie wär's, wenn Sie sich gleich an die Arbeit machten?«

Sara handelte schnell. Binnen einer Stunde warteten drei ausgewählte Beschatter von Unit One in der Nähe von Senator Wellesleys Haus in Chevvy Chase. Sara hatte gerade gehört, daß dort eine Zusammenkunft stattfand.

Die Beschatter kamen genau eine halbe Stunde zu spät. Die beiden Limousinen waren bereits vor das Haus beordert worden, hatten ihre illustren Passagiere aufgenommen und waren mit ihnen davongefahren.

# 48

Jason, der Amerikaner mit dem Gesicht einer Bulldogge, saß allein an einem Tisch und trug trotz der Wärme in der Brasserie eine Daunenjacke. Es blieb ihm nichts anderes übrig – er trug ein Schulterholster, und in seiner linken Achselhöhle steckte eine Luger.

Während er da saß, Bier trank und ein Omelett in seinen breiten Mund schaufelte, gratulierte er sich zu seinem Glück. Sein Ziel – von Mencken selbst ausgewählt – saß ihm genau gegenüber, zusammen mit zwei attraktiven Weibern und einem harmlosen jungen Mann, der keinen Tag über Dreißig sein konnte. Er kam zu dem Schluß, daß es eine Kleinigkeit sein würde, Tweed zu erledigen. In diesem Moment trafen sich sein und Tweeds Blick. Der Engländer musterte ihn durchdringend, und Jason schaute hastig woanders hin. Die Augen beunruhigten ihn – aber niemand schoß mit den Augen.

Jason richtete seinen Blick auf den Ausgang zur Straße und gelangte zu dem Schluß, daß er die Entfernung in Sekunden bewältigen konnte. Nachdem er Tweed ein paar Kugeln in den Leib gejagt hatte – was garantieren würde, daß sein nächstes Ziel der örtliche Friedhof war.

Barton Ives kam zusammen mit Newman vom Hotel aus herein. Tweeds Bewunderung für den FBI-Mann wuchs, als er sein Aussehen registrierte. Ives trug einen dieser hohen Schaumstoffkragen, die in der Medizin dazu benutzt werden, den Kopf abzustützen und in seinen Bewegungen einzuschränken. Mit seinem hochgekippten Kinn und einer schwarzen Baskenmütze, die sein dunkles Haar verdeckte, war er praktisch nicht wiederzuerkennen. Er ließ sich neben Tweed nieder und sprach mit eindringlicher Flüsterstimme.

»Je eher wir allein miteinander sprechen können, desto besser. – Was ich Ihnen zu erzählen habe, betrifft den gegenwärtigen Bewohner des Weißen Hauses ...«

»Später«, flüsterte Tweed zurück. »Ich habe mir die Sache noch einmal durch den Kopf gehen lassen und das Arrangement geändert. Sie fahren mit mir im Zug in die Schweiz, und Newman wird uns begleiten. Schauen Sie nicht hinüber zu dem Kerl, der mir an dem Tisch da drüben gegenübersitzt ...«

In diesem Moment betraten Butler und Nield, gleichfalls aus dem Hotel kommend, die Brasserie. Tweed sah, wie die beiden Männer plötzlich innehielten.

»Mir gefällt dieser Mann nicht, der an dem Tisch da drüben sitzt, Tweed genau gegenüber«, bemerkte Nield.

»Erinnert mich an einen Pitbull-Terrier«, erwiderte Butler, der nicht viel von Hunden verstand.

»Der muß doch schmoren in dieser dicken Daunenjacke. Merkwürdig, daß er sie nicht ausgezogen hat.«

»Vielleicht ist der Grund dafür die Ausbuchtung unter seiner linken Achselhöhle«, bemerkte Butler. »Ich könnte schwören, daß er eine Waffe bei sich trägt. Und er ist Amerikaner – einer von der Sorte, die Norton engagieren würde. Sehen Sie sich an, wie er sich das Essen in den Mund schaufelt. Keine Tischmanieren. Ich glaube, der bedeutet Ärger.«

»Ganz meine Meinung«, pflichtete Nield ihm bei. »Ich glaube, wir sollten Bruder Pitbull im Augen behalten. Wir nehmen ihn in die Mitte. Machen ihn nervös. Mit ein bißchen Glück verschwindet er nach draußen, und dann können wir ihm folgen ...«

Tweed sah, wie sich die beiden Männer voneinander trennten. Jason hatte bereits ihre Ankunft bemerkt, und auch die Pause, während der sie in seine Richtung schauten, war ihm nicht entgangen. Jetzt war er etwas weniger zuversichtlich.

Nield machte einen ziemlichen Lärm, als er von einem

Tisch hinter Jason einen Holzstuhl heranzog und ihn über den gefliesten Fußboden scharren ließ. Butler entschied sich für einen weiter entfernten Tisch, in schrägem Winkel zum dicken Genick des Amerikaners. Um die beiden Neuankömmlinge sehen zu können, mußte sich Jason auf seinem Stuhl in zwei verschiedene Richtungen umdrehen – und damit offenkundig machen, was er tat.

Tweed hatte verstohlen das Manöver von Butler und Nield beobachtet, belustigt und erleichtert zugleich. Die Anwesenheit von Barton Ives beunruhigte ihn, trotz dessen wirkungsvoller Verkleidung. Dies war ein sehr öffentlicher Ort. Ives sprach hinter der vorgehaltenen Speisekarte, die er zu studieren schien.

»Er war mir schon aufgefallen. Vermutlich einer von Nortons Leuten. Eiskalt. Auch wenn ihm jetzt sehr heiß sein dürfte. Diese beiden Männer, die gerade hereingekommen sind – gehören die zu Ihnen? Das dachte ich mir. Ihre Taktik gefällt mir ...«

Jason war – zu recht – zu dem Schluß gekommen, daß es Selbstmord sein würde, wenn er seine Luger zog. Er verlangte die Rechnung, zahlte, ließ die Hälfte seines Biers stehen und ging scheinbar gelassen auf den Ausgang zur Straße zu. Draußen war die Nacht hereingebrochen, das Menschengewimmel war verschwunden, und die Straßen waren verlassen.

»Nach Ihnen, mein Herr ...«

Jason blieb an der offenen Tür stehen, einer Tür, die von Nield offengehalten wurde, der sie bereits erreicht hatte, als Jason gerade begann, sich zu bewegen. Der Amerikaner wußte einen Moment lang nicht, wie er reagieren sollte. Wenn er sagte, er hätte es sich anders überlegt, und in das Restaurant zurückkehrte, was würde ihm das nützen? Die einzige Alternative war, weiterzugehen, hinaus auf die leere Straße – eine Handlungsweise, bei der Jason gar nicht wohl zumute war.

»Na los, Mann ...«

Er starrte Nield an, der freundlich lächelte, während er ihm mit der linken Hand die Tür aufhielt. Jason ging hinaus.

Nield folgte ihm sofort, wobei er sich so lautlos wie eine Katze dicht hinter seinem Opfer hielt. Jason spürte, wie sich etwas Hartes in sein Rückgrat bohrte. Er erstarrte.

»Das ist eine 7,65er Walther mit acht Patronen im Magazin«, informierte ihn Nield im Plauderton. »Mir macht es nichts aus, so oft abzudrücken, bis das Magazin leer ist. Drehen Sie sich ganz langsam nach rechts um, gehen Sie zwölf Schritte, wieder ganz langsam, dann bleiben Sie stehen. Fangen Sie jetzt an zu zählen.«

»Ist das ein Raubüberfall?« stieß Jason hervor.

»Stellen Sie keine Fragen, sondern tun Sie, was ich Ihnen gesagt habe.«

Als Jason begann, seine Schritte zu zählen, tauchte Butler neben ihm auf und hielt mit ihm Schritt. Der Amerikaner warf einen Blick zur Seite, und der Ausdruck auf Butlers Gesicht gefiel ihm ganz und gar nicht. Nach zwölf Schritten blieb er stehen. Nield rammte ihm die Walther härter gegen den Rücken, um ihn an ihr Vorhandensein zu erinnern. Niemand sonst war in Sicht außer Butler, der sich vor Jason stellte, mit seiner behandschuhten Hand in seine Daunenjacke griff und eine Luger herauszog.

»Sie haben etwas von einem Raubüberfall gesagt«, bemerkte Butler. »Ist das der Beruf, den Sie ausüben?«

»Ich brauche Schutz ...«, begann Jason.

»Mund halten!« fuhr Nield ihn an.

In der Nähe der Stelle, an der sie standen, lehnten zwei Stühle an einer Mauer. Bei milderem Wetter wurden Tische und Stühle auf den Gehsteig gestellt, auf denen sich Gäste niederlassen und etwas trinken konnten. Butler schob die Luger in den Gürtel unter seiner Jacke und handelte schnell. Er stellte die Stühle so hin, daß man darauf sitzen konnte. Dann kehrte er zurück zu der Stelle, an der Jason stand, mit einem verwirrten Ausdruck im Gesicht.

»Drehen Sie sich zu meinem Partner um«, befahl Butler. Als sich der Amerikaner von ihm wegdrehte, ließ Butler den Lauf der Luger auf Jasons Schädel niedersausen. Der Amerikaner sackte zusammen, und im gleichen Moment packten Butler und Nield seinen schlaffen Körper, schleppten ihn zu den Stühlen und setzten ihn so hin, daß sein Rücken an der Lehne ruhte.

Nield zog eine halbe Flasche Wein aus der Tasche, die er aus der Brasserie mitgebracht hatte. Er entkorkte sie und goß eine großzügig bemessene Menge Wein über Jasons Kinn und seine Daunenjacke. Bevor sie in die Brasserie zurückkehrten, fühlte Butler den Puls in seiner Halsschlagader, der gleichmäßig schlug. Außerdem hatte er ihm die Luger wieder in das Schulterholster gesteckt.

Das einzige, was beide Männer nicht bemerkten, war ein im Schatten parkender und allem Anschein nach leerer Renault.

Marvin Mencken, der seinen Sitz so weit wie möglich zurückgeschoben hatte, war instinktiv in Deckung gegangen, als er die drei Männer aus der Brasserie herauskommen sah. Wieder einmal war ein narrensicherer Plan fehlgeschlagen. Mencken hatte Jason gesagt, er würde draußen auf ihn warten, und dann, wenn er Tweed getötet hatte, blitzschnell mit ihm aus Colmar verschwinden.

Auf Menckens Gesicht lag ein gemeiner und bösartiger Ausdruck, als er aus dem Renault ausstieg, den er einem seiner überlebenden Teams abgenommen hatte – im Tausch gegen den Landrover mit der zerschmetterten Windschutzscheibe. Er lauschte, hörte aber nur Stille. Um diese Stunde herrschte auf den Straßen keinerlei Verkehr mehr.

Er beugte sich über Jason, tastete nach seiner Halsschlagader und stellte fest, daß der Puls regelmäßig war. Seine Miene wurde sachlich, als er ein Paar Handschuhe überzog. Wie Butler griff er in Jasons Jacke und zog die Luger heraus. Aber anders als Butler, der nur so viel Kraft angewendet hatte, daß Jason für einige Zeit bewußtlos war, vergewisserte sich Mencken noch einmal, daß niemand in der Nähe war.

Dann hob er die Luger hoch über seine Schulter und schlug Jason damit zweimal mit voller Kraft auf den Schädel. Dann fühlte Mencken abermals den Puls. Nichts. Jason war tot. Er hatte bei dem ihm übertragenen Job versagt. Mencken stekkte die Luger wieder in das Holster und war im Begriff, den Toten auf den Gehsteig zu kippen, als er einen Wagen kommen hörte. Er eilte zurück in seinen Renault und zog den Kopf ein. Der Wagen fuhr vorbei und verschwand in der Dunkelheit. Mencken richtete sich auf, justierte seinen Sitz, startete den Motor und fuhr los. Sein Ziel war Lausanne am Genfer See.

»Weihen Sie mich in Ihre Geheimnisse ein«, dröhnte Gaunt, als er unaufgefordert an Tweeds Tisch erschien. »Was ist unsere nächste Station auf dieser Rundreise? Lausanne, oder noch weiter südlich? Eve stirbt vor Neugierde.«

»Eve tut nichts dergleichen«, fuhr Eve Amberg Gaunt an, der offensichtlich eine Menge Alkohol konsumiert hatte. »Wenn hier jemand vor Neugierde stirbt, dann sind Sie es.« Sie sah Tweed an. »Und dann tut er so, als wäre ich es, die auf alle möglichen und unmöglichen Informationen aus ist.«

Paula spitzte die Ohren. Was Eve sagte, klang überzeugend. Weshalb bediente sich Gaunt dieser Taktik?

»Ich habe das größte Omelett der Welt bestellt«, fuhr Gaunt fort und ließ sich auf einem der Stühle nieder. »Eve, ich hoffe, Sie leisten mir in meinem BMW Gesellschaft. Ohne weibliche Begleitung kann ich nicht fahren.«

»Da hoffen Sie vergeblich«, gab Eve zurück. »Ich fahre mit Tweed mit dem Zug.«

»Aber vielleicht bist du mit mir als Ersatz zufrieden«, meinte Jennie.

»Das bin ich«, dröhnte Gaunt. »Jennie und ich sind auf derselben Wellenlänge.«

Paula warf einen Blick auf Jennie und dann auf Gaunt. Sie hatte den Eindruck, daß Gaunt gewußt hatte, daß Eve ablehnen und Jennie sich erbieten würde, mit ihm zu fahren, und vermutete, daß Gaunt und Jennie Hand in Hand arbeiteten, ohne daß es allzu offensichtlich wurde.

Sie wußte nicht recht, wie das Verhältnis Gaunts zu den beiden Frauen aussah. Anfangs hatte sie gedacht, es wäre Eve, die dem Squire nahestand. Jetzt sah es so aus, als hätte Gaunt Eve als Tarnung für seine Beziehung zu Jennie benutzt und als hätte Eve sich beharrlich von ihm distanziert. Weshalb?

Nach dem Zwischenfall mit dem Mann mit dem Bulldoggengesicht hatten sie gemeinsam gegessen. Jetzt tranken sie Kaffee, und Tweed leerte sein Glas Riesling, während Gaunt ein riesiges Omelett vertilgte. In diesem Moment kam Butler, der das Restaurant abermals durch den Ausgang zur Straße verlassen hatte, eilends zurück und legte eine Hand auf die Schulter seines Chefs.

»Entschuldigen Sie mich«, sagte Tweed und stand auf. »Ich habe etwas zu erledigen.« Er sah Newman an. »Bob, bitte bezahlen Sie die Rechnung.« Butlers Verhalten deutete darauf hin, daß eine kritische Situation eingetreten war.

Tweed verließ die Brasserie durch die zum Hotel führende Tür, als Butler, der dicht hinter ihm ging, kurz Nield zunickte der an einem Tisch für sich allein beim Kaffee saß.

Nield, der seine Rechnung bereits bezahlt hatte, verließ den Tisch und schlenderte scheinbar beiläufig hinter ihnen her. An Tweeds Tisch hatte Gaunt die Aufmersamkeit aller auf sich gelenkt; nur Newman sah, wie Nield die Brasserie verließ.

Tweed ging durch das jetzt leere Hauptrestaurant und das Foyer zu einer kleinen Sitzecke in einem großen Alkoven. Die Rezeption war unbesetzt.

»Eine Krise?« fragte Tweed leise.

»Eine große«, berichtete Butler mit ebenso leiser Stimme, nachdem alle drei sich niedergelassen hatten. »Der Killer, um den wir uns draußen vor der Brasserie gekümmert haben, ist tot.«

»Was ist passiert?«

»Pete und ich haben ihn gestellt. Ich habe ihn mit seiner eigenen Luger bewußtlos geschlagen und die Waffe bei ihm gelassen, nachdem wir ihn auf zwei Stühlen deponiert hatten.«

»Ich habe ihm Wein übers Kinn und seine Daunenjacke gegossen«, setzte Nield hinzu. »Niemand interessiert sich für einen Betrunkenen, der seinen Rausch ausschläft.«

»Sie sind ganz sicher, daß er nur bewußtlos war?«

»Erstens«, begann Butler, »habe ich ihm den Puls gefühlt. Er war normal. Zweitens hat der Schlag, den ich ihm versetzt habe, nicht geblutet. Jetzt ist sein ganzes Gesicht blutüberströmt – und ein zweiter Schlag hat ihm den Schädel gespalten.«

»Dann sollten wir so schnell wie möglich von hier verschwinden.« Tweed griff nach einem Notizblock und sah nach den Abfahrtszeiten der Züge, nach denen sich Paula früher erkundigt hatte. »In dreißig Minuten fährt ein Schnellzug nach Basel. Den werde ich nehmen – mit Paula, Eve, Amberg, Barton Ives, Newman und Philip. Ihr beide wißt, was ihr zu tun habt und wo wir uns treffen.«

»Ich fahre mit dem Espace nach Basel, und Pete nimmt den Kombi«, erwiderte Butler. »Dort erwarten wir Sie im Erste-Klasse-Restaurant des Bahnhofs.«

»Ich habe Beck angerufen«, informierte Tweed sie. »Er kennt die Zulassungsnummern beider Fahrzeuge und hat die Schweizer Grenzposten angewiesen, euch durchzulassen. Ihr könnt die Waffen also unbesorgt unter den Chassis eurer Wagen befestigen. So, und jetzt ist Tempo angesagt.«

Er war aufgestanden und sah auf die Uhr. Sie mußten aus Frankreich verschwinden, bevor der Tote draußen entdeckt wurde. In der Brasserie saßen Einheimische, die nichts Besseres zu tun hatten, als aufzupassen, was vor sich ging. Er eilte zurück in die Brasserie, um die anderen abzuholen. Es würde ein Rennen gegen die Zeit sein – sie mußten über die Grenze sein, bevor ein *flic* auf die Idee kam, sich den Toten anzusehen.

Zwei Minuten vor der Abfahrt bestiegen sie den Zug. Zu dieser späten Stunde und in dieser Jahreszeit hatten sie keine Mühe, ein leeres Erster-Klasse-Abteil zu finden. Tweed saß neben Barton Ives. Cardon, der Amberg vor dem Essen in die Brasserie begleitet hatte, saß jetzt ein Stück von ihnen entfernt neben dem Bankier.

Newman hatte sich für einen Platz entschieden, von dem aus er beide Eingänge des Wagens beobachten konnte. Paula und Eve plauderten miteinander, so weit von Tweed entfernt, daß sie nicht hören konnten, worüber er und Ives sich unterhielten. Tweed hatte Anweisung gegeben, daß er mit Ives allein sein wollte.

Geraume Zeit zuvor war Marler in seinem roten Mercedes aus Colmar abgefahren. Die Anweisungen, die Tweed ihm erteilt hatte, waren klar und deutlich gewesen.

»Uns steht eine schwere Krise bevor – oder richtiger, der Höhepunkt dieser ganzen Geschichte. Ich gehe davon aus, daß Norton irgendwie erfahren hat, daß unser Ziel Lausanne ist. Bisher hat er immer herausgefunden, was wir vorhatten.«

»Ich werde fahren wie der Teufel – natürlich nicht schneller, als erlaubt ist«, hatte Marler erklärt. »Und wenn ich in Lausanne angekommen bin?«

»Man kann Sie für einen Franzosen halten, und Lausanne liegt im Französisch sprechenden Teil der Schweiz. Sie überprüfen alle Hotels, die um diese Jahreszeit Gäste aufnehmen. Sie halten Ausschau nach Amerikanern, die erst kürzlich eingetroffen sind. Mit ›kürzlich‹ meine ich heute. Wenn ich ankomme, sollten Sie wissen, wo sich die Gegenseite aufhält, falls sie tatsächlich da ist. Wir gehen in die Offensive.«

»Lausanne liegt in der Schweiz«, sagte Marler nachdenklich, »also ist damit zu rechnen, daß die Polizei angerannt kommt, wenn sie Schüsse hört. Wenn die Läden noch offen sind, wenn ich in Basel ankomme, werde ich ein paar von diesen Schweizer Armeemessern kaufen. Das sind sehr nützliche Instrumente, diese Schweizer Armeemesser – sie machen keinen Lärm.«

»In dieser Sache lasse ich Ihnen völlig freie Hand. Aber Sie tun ja ohnehin immer, was Sie für richtig halten.«

»Sie haben das Wort Offensive gebraucht«, erinnerte Marler Tweed.

Die Fahrt mit dem Schnellzug von Colmar nach Basel dauerte vierzig Minuten. Diese Zeit benutzte Barton Ives, um zu reden, und er hoffte zu Gott, daß Tweed ihm glaubte.

»Vor mehreren Jahren, Mr. Tweed, arbeitete ich in der FBI-Zentrale in Memphis, Tennessee. Ich war zum leitenden Agenten befördert worden und war nur Humphries, dem örtlichen Direktor, unterstellt. Kurz nachdem ich diesen Posten übernommen hatte, wurde in diesem Staat ein grauenhafter Mord begangen. Eine attraktive Frau, die in einem Cadillac durch eine einsame Gegend fuhr, wurde irgendwie dazu gebracht, nach Einbruch der Dunkelheit anzuhalten. Ich hatte inzwischen den dortigen Pathologen kennengelernt, und von ihm habe ich die Details der Autopsie erfahren. Haben Sie einen kräftigen Magen, Mr. Tweed?«

»Ich denke schon. Lassen Sie es darauf ankommen.«

»Die Frau – aus einer reichen Familie – war brutal vergewaltigt worden. Dann hatte der Mörder ihr die Kehle durchgeschnitten. Das Instrument, das er dazu benutzte, war ein Messer mit gezackter Klinge. Vermutlich ein Küchenmesser, sagte der Pathologe. Anschließlich war sie sadistisch verstümmelt worden, auf eine Weise, die darauf hindeutet, daß der Mörder ein Psychopath ist. Ich muß gestehen, nachdem ich die Tote gesehen hatte, war mir der Appetit gründlich vergangen. Die Verstümmelung verblüffte den Pathologen. Er sagte mir, auf genau dieselbe Weise pflegte er eine Autopsie zu beginnen.«

»Jemand mit medizinischen Kenntnissen?« fragte Tweed.

»Der Pathologe glaubte es nicht. Aber er war der Ansicht, daß der Sadist, der das getan hatte, möglicherweise einmal bei einer Autopsie zugesehen hatte. Das war der erste Fall.«

»Sie haben ihn untersucht?«

»Nein. Das war Sache der örtlichen Polizei, und sie hat nie einen Verdächtigen gehabt. Wie Sie vielleicht wissen, schaltet sich das FBI erst dann ein, wenn ein Verbrecher eine Staatsgrenze überquert. Ich trat in Aktion, als sechs Monate später eine zweite Frau vergewaltigt und ermordet wurde.«

»Wieso konnten Sie jetzt eingreifen?«

»Das zweite Opfer – gleichfalls eine reiche Frau, die im Dunkeln nach Hause fuhr – wurde in einem anderen Staat im Süden überfallen. Ich hörte davon, überprüfte die Details – alles war genau so wie bei dem ersten Fail. Das ließ darauf schließen, daß der gleiche Verbrecher wieder am Werk gewesen war – und er hatte eine Staatsgrenze überquert. Damit war es eine Angelegenheit des FBI, und der Fall wurde mir zugeteilt.«

»Gab es in einem der beiden Fälle irgendwelches Beweismaterial?« fragte Tweed.

Tweed erinnerte sich an Fälle, die er Jahre zuvor gelöst hatte – als Angehöriger des Morddezernats von Scotland Yard. Oft war es nur ein Zufall gewesen, der ihm geholfen hatte, einen Mörder dingfest zu machen.

»Noch nicht.« Ives seufzte. »Es war eine frustrierende Zeit. Abermals sechs Monate später erfuhr ich die Details eines dritten Falls. Der Mord war in einem weiteren Staat im Süden begangen wurden. Inzwischen waren wir überzeugt, daß wir es mit einem Serienmörder zu tun hatten. Deshalb wurden mir fast sofort die Unterlagen aller drei Fälle übergeben. Wieder war das Opfer eine reiche Frau gewesen, die im Dunkeln in einem teuren Wagen durch eine einsame Gegend gefahren war. Nachdem ich die Tote gesehen hatte – wie die anderen beiden war auch sie körperlich attraktiv gewesen –, begann ich nachzudenken und mir Fragen zu stellen.«

»Was für eine Person muß es sein, um derentwillen solche Frauen bei Dunkelheit in einer einsamen Gegend anhalten?« schlug Tweed vor.

»Ja.« Ives hörte sich überrascht an. »Das war meine Hauptfrage. Ich habe Sie einmal bei einer Sicherheitskonferenz in Washington gesehen, und Freunde von mir sagten, Sie wären gut. Sehr gut sogar ...«

Tweed erwiderte nichts. Er bemerkte, daß Paula in die Dunkelheit hinausschaute, und er sah in die gleiche Richtung. Im Mondlicht zeichneten sich die schneebedeckten Gipfel und Kämme der Vogesen deutlich ab. Weit entfernte Dörfer waren an stecknadelkopfgroßen Lichtpunkten zu erkennen.

Tweed schloß aus ihrer Miene, daß Paula die Schönheit der Szenerie in Einklang zu bringen versuchte mit dem Terror auf den kurvenreichen Straßen, der eisigen Kälte und den gefährlichen Schluchten. Als der Zug langsamer wurde, setzte Ives seinen Bericht fort.

»Dann gab es noch drei weitere Fälle – so identisch, daß es geradezu unheimlich war. Jeder in einem anderen Staat im Süden. In Tennessee hat er nie wieder zugeschlagen. Immer eine reiche Frau, die allein im Dunkeln durch eine einsame Gegend fuhr. Und in jedem Fall ging er auf die gleiche grauenhafte Weise vor. Es war ein Serienmörder – mit sechs Opfern.«

»Und nie irgendein Anhaltspunkt?« drängte Tweed. »Bemerkenswert. Gewöhnlich machen sie zumindest einen Fehler.«

»Er hat es getan. Im letzten Fall. Er hinterließ einen deutlichen Daumenabdruck unter dem Türgriff des Wagens, den er angehalten hatte. Ein Lincoln Continental. Ich hatte Gerüchte gehört, denen zufolge mein Chef durch jemanden aus Washington ersetzt werden sollte. Mein sechster Sinn veranlaßte mich, den Lincoln Continental in einer alten Scheune auf dem Lande zu verstecken. Dort steht er nach wie vor. Und ich habe eine Kopie dieses Daumenabdrucks ...«

Newman war aufgestanden und lehnte sich an die Kante seines Sitzes.

Er hatte seine Jacke geöffnet, so daß er notfalls schnell nach seinem Smith & Wesson greifen konnte.

Der Zug näherte sich dem Hauptbahnhof von Basel. Falls es Leute gab, die vorhatten, auf Tweed zu schießen, dann würden sie es bald tun, um am Bahnhof schnell aus dem Zug springen zu können.

Tweed wußte genau, was er tat. Er stand auf und zog seinen Mantel an.

»Wir müssen die Fortsetzung dieses Gesprächs auf später verschieben«, sagte er zu Ives. »Cardon kommt herüber. Er wird Sie beschützen. Und Sie könnten Amberg im Auge behalten.«

»Jetzt, wo wir wieder in der Schweiz sind, sollte eigentlich alles okay sein.«

»Wie okay waren Sie, als Sie in Zürich von einem Hotel ins andere flüchten mußten?« erinnerte ihn Tweed.

Tweed und Newman verließen Seite an Seite den Zug. Dicht hinter ihnen stiegen Paula und Eve Amberg aus. Cardon bildete die Nachhut, einen Schritt hinter Ives, der den Schweizer Bankier eskortierte.

Die französische Paß- und Zollkontrolle war unbesetzt. Als sie die Schweizer Kontrollstation passierten, wurden Tweeds Befürchtungen gleich doppelt bestätigt. Er entdeckt Arthur Beck, der in Zivil hinter einem der uniformierten Paßbeamten stand. Der Schweizer Polizeichef nahm keine

Notiz von ihm. Als sie auf das Erste-Klasse-Restaurant zusteuerten, erschien Harry Butler und hielt an Tweeds anderer Seite mit ihm Schritt.

»Erstaunlich, daß Sie schon hier sind«, bemerkte Tweed. »Allerdings hat der Zug aus mir unbekannten Gründen eine Weile auf freier Strecke gehalten.«

»Wir haben Gas gegeben«, erklärte Butler. »Auf der Autobahn kommt man schnell voran. Wollen Sie wirklich in das Erste-Klasse-Restaurant? Pete Nield wartet dort drüben – er beobachtet einen Mann von der Gegenseite, der uns gefolgt ist. Kopf wie ein Totenschädel. Ich habe gesehen, wie er im Bristol eine Befehlsausgabe veranstaltete ...«

## 49

Nachdem er in dem Renault in Richtung Basel aus Colmar abgefahren war, hatte Marvin Mencken Glück gehabt. Butler und Nield dagegen hatten Pech.

Nachdem er Jason, seinen Untergebenen, getötet hatte, war Mencken Richtung Autobahn gefahren. Er war noch nicht weit vom Bristol entfernt, als er eine Tankstelle entdeckte. Gleichzeitig begann sein Motor zu stottern.

Er fuhr auf das Gelände der Tankstelle, und als sein Tank voll war, bat er den Mechaniker, die Zündung zu überprüfen. Er wollte gerade weiterfahren, als er zwei vertraute Wagen entdeckte – einen grauen Espace und einen Kombi. Mencken grinste und folgte ihnen.

»Da hat sich jemand an uns gehängt«, warnte Nield Butler über sein Walkie-Talkie.

»Der Renault«, erwiderte Butler. »Aber ich kann nichts dagegen tun. Wir haben Anweisung, so schnell wie möglich in die Schweiz zu kommen. Fahren Sie einfach weiter. Wir kümmern uns später um dieses Problem...«

Als sie den Hauptbahnhof von Basel erreicht hatten, parkten sie ihre Wagen und gingen getrennt in das Erste-Klasse-Restaurant, wo sie sich an verschiedenen Tischen niederließen und Kaffee bestellten. Ein Mann mit einem skelettartigen Gesicht kam nach ihnen herein, entschied sich für einen Tisch an der Wand in einiger Entfernung von ihnen und bestellte sich einen Drink.

»Ich könnte Norton eins auswischen«, sagte Mencken zu sich selbst. »Durchaus möglich, daß die beiden auf den Rest ihrer Truppe warten...«

Es kümmerte ihn nicht im geringsten, daß sich seine Ankunft in Lausanne verzögerte. Seine Leute waren bereits dorthin unterwegs. Mit seiner üblichen Tatkraft hatte Menkken veranlaßt, daß Louis Sheen, der Kurier mit dem Geldkoffer, unter Bewachung nach Lausanne gebracht wurde. Allem Anschein nach sollte dort der Austausch vorgenommen werden. Er runzelte die Stirn, als Butler ein paar Minuten später aufstand und das Restaurant verließ.

Pete Nield war an seinem Tisch sitzen geblieben. Mencken warf einen Blick auf den schlanken Mann mit dem kleinen Schnurrbart, der allem Anschein nach eine Blondine an einem anderen Tisch musterte. Mencken kam zu dem Schluß, daß seine Gegner einen Fehler gemacht hatten. Er würde warten, bis er den Mann mit dem Schnurrbart an einem weniger öffentlichen Ort zu fassen bekam. Mencken zweifelte nicht daran, daß er ihn dann dazu bringen konnte, alles auszuspucken, was er wußte.

»Als Sie sahen, wie der Amerikaner Befehle erteilte«, sagte Tweed zu Butler, während sie langsam auf das Restaurant zugingen, »hatten Sie da den Eindruck, daß er über viel Autorität verfügt?«

»Einer von Nortons Spitzenleuten, nehme ich an. Ich habe gesehen, wo er seinen Renault geparkt hat«, setzte Butler hinzu.

»Erstens, Sie zeigen ihn mir vom Eingang aus. Zweitens, Sie begleiten Ives, Paula, Eve, Amberg und Cardon zu dem Espace. Und drittens, Sie kümmern sich um den Renault unseres amerikanischen Freundes.«

»Und was wollen Sie tun?« fragte Butler bestürzt.

»Es wird Zeit, daß Bob und ich mit der Gegenseite ein paar Worte von Angesicht zu Angesicht reden...«

Tweed hatte beschlossen, daß Schluß sein mußte mit dem Davonrennen. Er hatte in Colmar gesagt, daß sie in die Offensive gehen würden. Dies schien ein geeigneter Moment, um damit anzufangen. Butler zeigte Tweed Mencken von der

Tür aus. Tweed erkannte ihn sofort wieder – der gleiche Mann war in der Bar des Baur-en-Ville in Zürich aufgetaucht und hatte Paula und ihn angestarrt, bevor er sich wieder in das Hotel zurückgezogen hatte. Im Moment beobachtete der Amerikaner Nield.

Mit den Händen in den Taschen seines Trenchcoats steuerte Tweed von Newman gefolgt auf Menckens Tisch zu. Er nahm eine Hand aus der Tasche, zog an dem Vierertisch einen Stuhl vor und ließ sich dem Mann mit dem skelettartigen Gesicht gegenüber nieder, der sich versteifte. Newman setzte sich neben Mencken und benutzte seine linke Hand, um den Amerikaner daran zu hindern, seinen Stuhl vom Tisch zurückzuschieben. Seine rechte Hand steckte in seiner Jacke und umklammerte seinen Smith & Wesson.

»Immer mit der Ruhe, wie man in New York zu sagen pflegt«, riet ihm Newman.

»Was habe ich mit New York zu tun?« fragte Mencken.

Er steckte die Hand in seinen eigenen Trenchcoat. Newmans rechte Hand schloß sich über seinem Handgelenk.

»Vorsichtig mit dem, was Sie da herausholen«, riet er abermals.

»Sie scheinen mit Ihren Nerven ziemlich am Ende zu sein«, höhnte Mencken.

Er zog seine Hand langsam zurück. Sie enthielt eine Schachtel Marlboro und ein Feuerzeug. Er zündete sich eine Zigarette an und blies Tweed den Rauch ins Gesicht. Tweed wedelte ihn weg, bevor er sprach.

»Vielleicht hätte mein Freund Washington sagen sollen«, bemerkte er.

»Mir können Sie nicht an den Wagen fahren«, fuhr Menkken auf. Die Erwähnung von Washington hatte ihn etwas nervös gemacht.

»Ich hoffe, es stört Sie nicht, daß wir uns zu Ihnen gesetzt haben«, fuhr Tweed fort, »aber Sie leisten uns schon seit geraumer Zeit Gesellschaft. Vielleicht sagen Sie mir, warum Sie das tun?«

»Das geht Sie einen Scheißdreck an.«

»Nette Manieren«, warf Newman ein. »Sie sollten sich öfters den Mund auswaschen. Mein Freund bezog sich darauf, daß Sie uns von Zürich an immer wieder über den Weg gelaufen sind. Und er hat Sie gefragt, warum das so ist.«

»Ich brauche mich nicht mit Ihnen zu unterhalten, wer immer Sie sein mögen...«

»Ich an Ihrer Stelle würde nicht ans Fortgehen denken.« Der Vorschlag kam von Nield, der jetzt am Nebentisch saß und seinen Stuhl so herumgedreht hatte, daß er den Amerikaner ansehen konnte. »Haben Sie je das Gefühl gehabt, daß sich die Wände um sie herum schließen?« fragte er.

»Das ist ein freies Land. Wir sind in der Schweiz.«

Menckens Aggressivität begann zu schwinden. Noch vor ein paar Minuten war er sicher gewesen, daß er Nield in die Finger bekommen würde. Jetzt war er derjenige, der gestellt worden war. Er verfluchte die Tatsache, daß er seine sämtlichen Leute nach Lausanne geschickt hatte. Plötzlich wurde ihm bewußt, daß die Blondine das Restaurant verlassen hatte, daß es leer war bis auf ihn und die Männer, die ihn verhörten. Sogar das Personal schien verschwunden zu sein. Um diese Jahreszeit – März – und zu dieser späten Stunde.

»Ist Amerika heutzutage auch ein so freies Land?« fragte Tweed. »Wenn man bedenkt, was für Leute dort an der Macht sind? Da wir gerade von Macht reden – wie geht es meinem alten Freund Norton?«

»Hören Sie...« Mencken redete schnell, offenbar in dem verzweifelten Versuch, Tweed davon zu überzeugen, daß er nicht wußte, wovon die Rede war. »Hören Sie, ich bin leitender Angestellter einer Firma, die Werkzeugmaschinen verkauft. Die Geschäfte gehen miserabel...«

»Verkaufen Sie in den Vogesen viele Werkzeugmaschinen?« fragte Newman.

»Wenn Sie mich nicht endlich in Ruhe lassen, rufe ich die Polizei ...«

Menckens Anspannung zeigte sich in seinem unruhigen Blick, in der Art, seine Zigarette zu rauchen und darauf zu achten, den Rauch von Tweed fernzuhalten. Marvin Menkkens Nervenenden lagen bloß.

»Die Polizei können Sie haben«, versicherte ihm Newman. »Aus der obersten Schublade. Zufällig ist der Chef der Bundespolizei gerade hier im Bahnhof. Möchten Sie, daß ich ihn hole? Sie brauchen es nur zu sagen.«

»Hören Sie, meine Herren, mit etwas dergleichen habe ich nicht gerechnet. Ich habe einen langen Tag hinter mir. Nichts als Streß.« Er wendete sich an Newman. »Das kennen Sie doch sicher. Damit hat man zu tun, wenn man weit von zuhause fort ist. Streß. Was soll das alles eigentlich?«

»Vielleicht könnten wir mit Ihrem Namen anfangen?« schlug Tweed vor.

»Klar. Warum nicht? Ich bin Marvin Mencken ...«

»Und für wen arbeiten Sie?« fragte Tweed weiter.

»Für eine Firma im Mittleren Westen. Ich habe den Eindruck, Sie haben mich mit jemandem verwechselt. Richtig?«

»Nein, nicht richtig.« Tweed schüttelte den Kopf, nach wie vor gelassen, fast beiläufig. »Sie könnten Gott weiß wie viele Jahre in einem Schweizer Gefängnis verbringen. Nicht sehr gemütlich, die Schweizer Gefängnisse. Hierzulande hält man sehr viel von Bestrafung für kriminelle Handlungen.«

»Was für kriminelle Handlungen?« Mencken drückte seine Zigarette aus und zündete sich sofort eine neue an. »Ich sagte es bereits, Sie müssen mich mit jemandem verwechseln ...«

»Die Bombe, die der vorgebliche Rollstuhlfahrer in der Bahnhofstraße in Zürich geworfen hat«, fuhr Tweed unerbittlich fort. »Beck, der Polizeichef, hat den Fall selbst übernommen. Ein harter Mann.«

»Ich weiß nichts von einer Bombe«, protestierte Mencken.

Er schwitzte. Auf seiner niedrigen Stirn standen dicke Schweißperlen. Newman reichte ihm ein Taschentuch.

»Nehmen Sie das und wischen Sie sich das Gesicht ab.«

Mencken nahm das Taschentuch. Um seine Angst nicht zu zeigen, holte er sein eigenes Taschentuch hervor, wischte sich den Schweiß ab und gab Newman seines zurück.

»Da sehen Sie, in welche Verfassung Sie mich gebracht haben. Was soll das sein? Der dritte Grad? Das brauche ich mir nicht gefallen zu lassen...«

»Und dann war da der Massenmord in Cornwall in England. Acht Leute, die von einem maskierten Killer kaltblütig erschossen wurden.«

»Ein Massenmord? In England?« Mencken war hochgefahren. »Sie müssen wirklich verrückt sein. Cornwall, sagten Sie? Wo liegt das? Da war ich noch nie. Das ist absurd. Sie sind wirklich an den Falschen geraten.«

Tweed hatte den Amerikaner genau beobachtet und ihm ebenso genau zugehört. Zum ersten Mal lag Nachdruck in seiner Stimme, der Nachdruck eines Mannes, der die Wahrheit sagt.

Nield hatte den Eingang des Restaurants im Auge behalten. Jetzt sah er, wie Butler kurz auftauchte und den Daumen hochreckte. Er hatte sich um Menckens Renault gekümmert. Butler verschwand wieder, und Nield nickte Tweed zweimal zu. Tweed seufzte, sah auf die Uhr, schob seinen Stuhl zurück, stand auf und wendete sich, abermals mit beiden Händen in den Taschen, an Mencken.

»Ich rate Ihnen, morgen früh die erste Maschine nach Zürich zu nehmen. Von dort aus können Sie non-stop nach Washington fliegen. Dann könnten Sie es vielleicht schaffen, Norton abzuhängen.«

»Washington? Ich habe Ihnen doch gesagt – ich komme aus dem Mittleren Westen. Was soll dieser Unsinn mit Washington? Und Norton? Wer zum Teufel soll das sein?«

Er redete zu sich selbst. Tweed war davongegangen und

verließ bereits das Restaurant. Newman folgte ihm, und nur Nield blieb zurück und behielt den Amerikaner im Auge. Als die anderen verschwunden waren, stand Nield gleichfalls auf, bückte sich und klopfte Mencken auf die Schulter.

»An Ihrer Stelle würde ich noch zehn Minuten hier sitzen bleiben. Andernfalls könnte es passieren, daß die Polizei Sie draußen verhaftet. Sie interessiert sich sehr für das Schießeisen, das unter Ihrer Achselhöhle steckt. Tun Sie sich selbst einen großen Gefallen. Fangen Sie gleich an, die Minuten zu zählen…«

»Ich glaube, ich habe erreicht, was ich wollte«, sagte Tweed zu Newman, als sie auf den Bahnhofsausgang zugingen.

»Und was war das?«

»Master Mencken aus der Fassung zu bringen – an seinem Käfig zu rütteln. Vor allem aber dafür zu sorgen, daß er mich unterschätzt. Früher oder später wird er Norton über diese Begegnung Bericht erstatten. Ich will, daß sie nicht auf der Hut sind bei der endgültigen Konfrontation…«

Butler begleitete sie zudem Espace. Barton Ives hatte genau das getan, um was Tweed ihn vor dem Verlassen des Zuges gebeten hatte. Er hatte Amberg zu dem Espace eskortiert, der direkt vor dem Bahnhof stand. Die beiden Männer saßen auf den Rücksitzen, und Ives sah Tweed und seine Begleiter herankommen.

Paula, die davon ausging, daß Tweed wieder fahren wollte, hatte sich auf dem Beifahrersitz niedergelassen. In der Reihe dahinter saß Eve an Ambergs Seite. Vermutete sie etwa auch, daß der Schweizer bei der ersten sich bietenden Gelegenheit versuchen würde, sich davonzumachen?

Tweed setzte sich hinter das Lenkrad, während Newman hinten einstieg. Tweed machte die Tür zu, dann drehte er sich plötzlich zu Amberg um, der mürrisch schweigend dasaß, und tippte dem Bankier aufs Knie.

»Sie haben gesagt, der Schlüssel zu dem Schließfach in

Lausanne befände sich in Ihrer Filiale hier am Bankverein. Ich fahre jetzt dorthin. Sie werden, von Newman begleitet, die Bank aufschließen, hineingehen, den Schlüssel holen und sofort wieder zurückkommen. Haben Sie mich verstanden?«

»Um diese Zeit sind die Alarmanlagen eingeschaltet...«, begann der Bankier.

»Und Sie wissen, wie man sie ausschaltet, damit sie nicht halb Basel aufwecken. Versuchen Sie nicht, irgendwelche Spielchen mit mir zu spielen. Dafür bin ich jetzt nicht mehr in der rechten Stimmung.« Er wendete sich an Newman. »Wo ist Cardon?«

»Er wird gleich kommen. Er hat darauf bestanden, im Eingang des Hotels da drüben versteckt Wache zu halten. Kurz bevor wir in das Restaurant gingen, hat er mir gesagt, er würde draußen aufpassen. Cardon ist ein kluger Mann...«

Als Tweed sich wieder ans Steuer gesetzt und den Motor angelassen hatte, schaute er sich um. An diesem kalten Abend hielt sich niemand vor dem Bahnhof auf. Eine Straßenbahn, ockerfarben und kleiner als die Zürcher Straßenbahnen, ratterte auf eine nahegelegene Haltestelle zu, an der niemand wartete. Die leere Straßenbahn kam Paula vor wie ein Symbol der trostlosen Atmosphäre von Basel an einem Abend im März. Sie hatte ganz bewußt nichts zu Tweed gesagt, weil sie spürte, daß er mit seinen eigenen Gedanken beschäftigt war. Er sah, wie Butler und Nield auf den Kombi zueilten, und wartete, bis sie eingestiegen waren. Zur Zürcher Kreditbank.

Tweed folgte den Straßenbahnschienen durch eine menschenleere Straße, die sich wand und stetig abfiel – zum Rhein und dem Hotel Drei Könige hin, in dem sie gewohnt hatten. War das eine Million Jahre her? Keine anderen Fahrzeuge waren unterwegs, und Paula kam die Straße, zu beiden Seiten gesäumt von hohen, massiven Steingebäuden, unheimlich und bedrückend vor. Im Außenspiegel sah

Tweed, daß der Kombi mit Butler und Nield dicht hinter ihnen war.

»Sollte hinter der nächsten Ecke sein, wenn ich mich recht erinnere«, sagte Tweed, der ihr Unbehagen spürte.

»Die Leute in Basel gehen früh ins Bett«, bemerkte sie.

»Hier gibt es wohl nicht viel, was das Aufbleiben lohnen würde«, erwiderte Tweed.

»Halten Sie an! In der Bank brennt Licht. Da ist jemand eingebrochen...«

Ambergs Stimme klang überraschend befehlend und kraftvoll. Tweed blinkte und fuhr an den Bordstein. Dann löste er seinen Gurt, drehte sich auf seinem Sitz um und musterte den Bankier und Eve, die ihm eine Hand auf den Arm gelegt hatte, um ihn zurückzuhalten.

»Da ist eine Frau in der Bank, die für Sie arbeitet...«, begann Tweed.

»Die kann es nicht sein«, beteuerte Amberg aufgeregt. »Karin macht immer früh Feierabend und kehrt immer um die gleiche Zeit in ihre Wohnung zurück.«

»Und immer auf dem gleichen Weg?« fragte Tweed.

»Ja. Es ist der kürzeste. Selbst wenn sie noch einkaufen will, geht sie zuerst nach Hause und holt ihren Korb...«

»Immer um die gleiche Zeit und auf dem gleichen Weg?« wiederholte Tweed.

»Ja. Das sagte ich doch schon...«

Also sind sogar die Schweizer Sicherheitsvorkehrungen nicht unfehlbar, dachte Tweed. Was passiert sein mußte, lag auf der Hand. Jemand war Karin nach Hause gefolgt, nachdem er ihre Routine ausgekundschaftet hatte. Dann hatte er sie, womöglich mit vorgehaltener Waffe, gezwungen, nach Einbruch der Dunkelheit mit den Schlüsseln zur Bank zurückzukehren. Er war schlau genug gewesen, mit der Alarmanlage zu rechnen, und hatte sie gezwungen, sie auszuschalten. Jetzt waren sie drinnen, und bestimmt war sie über den Schlüssel zu dem wichtigen Schließfach informiert. Tweed glaubte zu wissen, weshalb Mencken in dem Bahnhofsrestaurant gesessen hatte – er hatte darauf gewartet, daß seine Gangster ihre Arbeit taten.

»Ich gehe hinein und sehe nach, was da vor sich geht«, sagte Newman; er war ausgestiegen und stand jetzt neben Tweeds offenem Fenster. In der rechten Hand hielt er seinen Smith & Wesson.

»Nehmen Sie Butler und Nield mit«, befahl Tweed. »Durchaus möglich, daß mehrere Bewaffnete da drin sind.«

»Und deshalb komme ich auch mit«, sagte Cardon, der neben Newman aufgetaucht war.

»Ich auch«, sagte Paula, den Browning bereits in der Hand.

»Sie bleiben hier und beschützen mich«, wies Tweed sie an.

Paula biß sich auf die Lippe, machte den Mund auf und schloß ihn dann wieder, ohne etwas zu sagen. Tweed hatte sie geschickt mattgesetzt. Newman mußte Ambergs Arm umklammern und ihn auf diese Weise zwingen, das Team zu begleiten.

»Ich wüßte zu gern, was zum Teufel da drinnen los ist«, bemerkte Paula laut.

»Ich übernehme die Führung«, erklärte Newman den anderen. »Die Sache gefällt mir nicht. Sie haben vergessen, die Tür richtig zuzumachen…«

Nur im ersten Stock brannte Licht. Das Foyer war eine dunkle Höhle. Newman blieb stehen und hielt die anderen mit der linken Hand zurück, bis seine Augen sich an die Dunkelheit gewöhnt hatten. Er hätte gern seine Taschenlampe benutzt, aber es konnte sein, daß sie am oberen Ende der breiten, gewundenen Treppe, die jetzt sichtbar wurde, einen Posten aufgestellt hatten. Die Treppe hatte ein schmiedeeisernes Geländer, und der Fußboden des Foyers bestand aus Marmor. Manche Schweizer Banken zeigten ihren Kunden gern, daß sie zum richtigen Ort gekommen sind.

»Ich kann nichts hören«, flüsterte ihm Cardon ins Ohr. »Es ist zu still. Vielleicht sind sie schon wieder abgehauen...«

»Wir gehen davon aus, daß da oben eine Armee auf uns wartet«, flüsterte Newman zurück.

Sich am Treppengeländer festhaltend, begann er, die Stufen hinaufzusteigen. Seine gummibesohlten Schuhe machten keinerlei Geräusch, während er immer höher hinaufstieg – der erste Stock lag erstaunlich hoch über dem Erdgeschoß. Dann hörte er eine Stimme.

»Also los, meine Liebe, wir haben nicht die ganze Nacht Zeit. Bevor ich Ihr hübsches Gesicht für immer zerstöre, sollten Sie den verdammten Safe öffnen und den Schlüssel herausholen...«

Die Stimme hatte Englisch mit einem Oberschicht-Akzent gesprochen. Da sie durch die Entfernung leicht verzerrt war, mußte Newman an Gaunt denken, der Butler am Bahnhof mitgeteilt hatte, daß er sofort nach Lausanne weiterfahren würde. Eine kurze Bemerkung von Butler, die kaum in sein Bewußtsein eingedrungen war. Bis jetzt...

»Nein! Nicht! Bitte! Ich tue es...«

Eine Frauenstimme, die gleichfalls Englisch sprach, eine Frauenstimme, die höchste Panik verriet. Newman sprang die letzten paar Stufen hinauf, mit Cardon auf den Fersen und den anderen dicht dahinter. Er rannte über den Flur zu einer offenstehenden Tür und stürmte mit vorgehaltener Waffe hinein. Dann blieb er verblüfft stehen.

Ein Mann hielt einer Frau, die gerade vor einem großen Safe stand und das Kombinationsschloß einstellte, ein Messer an die Kehle. Ein kleiner, schmächtiger Mann in den Dreißigern, mit einem rundlichen Gesicht, geschürzten Lippen und einem fliehenden Kinn. Auf seinem Gesicht lag ein höhnisches Grinsen, während er zusah, wie die Frau den Safe öffnete. Es ertönte ein Klicken, und sie zog die schwere Tür auf.

»Lassen Sie das Messer fallen«, befahl Newman. »Wir sind zu viert.«

»Zurück, sonst schneide ich ihr die Kehle durch«, kreischte der schmächtige Mann.

Newman lächelte, ging vorwärts und drückte dem Mann die Mündung seines Smith & Wesson an die Schläfe.

»Sie werden überhaupt nichts tun«, sagte Newman mit ruhiger Stimme. »Denn wenn Sie es täten, würde in der nächsten Sekunde die Hälfte Ihres Kopfes dort an der Wand kleben. Also hören Sie mit diesem albernen Spiel auf. Lassen Sie es fallen! Oder Sie sind tot.«

Das Messer klirrte auf den Boden. Cardon bemerkte, daß die Hand, die das Messer gehalten hatte, zitterte wie Espenlaub. Der Mann starrte Newman an, als wäre er ein Gespenst.

»Wer zum Teufel ist dieser Widerling?« fragte Cardon ungeduldig.

»Das ist Mr. Joel Dyson, Mitglied der internationalen Clique der *paparazzi*. Joel, da draußen ist jemand, der Sie unbedingt sehen möchte.«

# TEIL DREI

# Die Macht

# 50

In Washington war es Spätnachmittag. Die Straßenlaternen brannten, von dichtem Schneefall verdüstert. Präsident Bradford March wanderte ruhelos im Oval Office herum, als Sara hereinkam.

»Was ist denn jetzt schon wieder?« fuhr er sie an. »Noch mehr Probleme? Und wann bekomme ich endlich den Bericht über die Machenschaften der Heiligen Dreifaltigkeit?«

»Es könnte eine gute Nachricht sein«, erwiderte sie in beruhigendem Ton. »Norton ist am Telefon.«

March holte tief Luft, als er sich auf seinen Sessel sinken ließ und den Hörer abnahm. Er war sehr übler Laune.

»Hier Norton. Ich bin jetzt in Neuchâtel...«

»Ach, wirklich? Und wo liegt dieses Drecksnest?«

»In der Schweiz. In der Französisch sprechenden Schweiz...«

»Also treiben Sie Ihre Spielchen jetzt mit den Franzmännern? Sie haben doch nicht etwa eine Frau bei sich, oder? Wenn es so wäre, würde ich es von Mencken erfahren, und...«

»Ich bin allein und in Eile. Wollen Sie zur Abwechslung einmal zuhören, oder soll ich den Hörer auflegen?«

»Norton...« Marchs Stimme wurde gefährlich leise. »Wenn Sie mir noch einmal drohen, übernimmt Mencken auf der Stelle das Kommando. Reden Sie.«

»Ich bin nicht weit von Lausanne entfernt – wo die Übergabe stattfinden soll. Das Geld gegen die beiden Dinge, die Sie haben wollen. Ich habe meine Leute dort zusammengezogen. Möglich, daß ich den Job erledigen kann, bevor die Nacht um ist...«

»Das will ich Ihnen auch geraten haben. Ihre Zeit läuft ab. Ich habe Ihnen eine Frist gesetzt, oder haben Sie das vergessen? Natürlich, wenn Sie bekommen, was ich haben will, ohne das Geld zu übergeben, können Sie mit einem dicken Bonus rechnen.«

»Darf ich fragen, wieviel?« erkundigte sich Norton.

»Ich dachte, Sie hätten es so eilig, nach Lausanne zu kommen. Okay. Sie haben gefragt. Fünfzig Riesen«, sagte er, einfach eine Zahl aus der Luft greifend.

»Ich melde mich wieder. Meine Telefonnummer im Hotel Château d'Ouchy ist...«

»Notiert. Und jetzt sehen Sie zu, daß Sie vorankommen...«

In dem Hotel in Neuchâtel, wo er für eine Nacht bezahlt hatte, um das Telefon benützen zu können, legte Norton den Hörer auf. Zumindest diesmal war er March zuvorgekommen, indem er ihn angerufen und ihm seine neue Telefonnummer gegeben hatte.

Er zog seinen Mantel an, ging nach unten, sagte dem Mann an der Rezeption, daß er später zum Essen zurückkommen würde, und trat in den kalten Abend hinaus, um seine Fahrt nach Lausanne fortzusetzen.

In Washington zupfte March mit Daumen und Zeigefinger an seiner dicken Nase. Ein Bonus? Der einzige Bonus, den Norton bekommen würde, wenn er zurückkehrte, war eine Kugel ins Genick.

March ging nie ein Risiko ein, wenn es nicht unbedingt sein mußte. Er ging von der Annahme aus, daß Norton – allen Befehlen zum Trotz – sich das Video ansehen und das Tonband abhören würde, wenn er die Sachen in die Hand bekam. Dieses Risiko konnte nur aus der Welt geschafft werden, wenn Norton zum Schweigen gebracht wurde. Vielleicht sahen die Dinge jetzt rosiger aus. Er öffnete eine Flasche Bier, trank daraus und dachte über die Heilige Dreifaltigkeit nach.

Senator Wellesley war bei geschlossenen Vorhängen allein in seinem Arbeitszimmer. Auch er trank, aber sein Getränk war brasilianischer Kaffee aus einem Royal Dulton Service, das auf einem silbernen Tablett stand. Er las eine maschinegeschriebene Nachricht, die aus Europa gekommen war. Das Blatt enthielt keinerlei Hinweise auf den Aufenthaltsort des Absenders – aber auf dem Umschlag klebten Schweizer Briefmarken.

»So ist's richtig, Calloway«, sagte er zu sich selbst, an den Vizepräsidenten denkend. »Wenn einem die Kugeln um die Ohren fliegen, muß man den Kopf einziehen.«

Es belustigte den Senator, daß diese Nachricht direkt an ihn geschickt worden war. Er konnte sich das kurze Gespräch, das Jeb Calloway mit seinem FBI-Mann gehabt hatte, gut vorstellen.

»Ives, ich glaube, von jetzt an wäre es am besten, wenn Sie weitere Informationen direkt an Wellesley schicken würden…«

Die Nachricht war sehr direkt – und überaus gefährlich, wenn sie in die falschen Hände geriet. Ins Weiße Haus zum Beispiel. Die Ereignisse schienen dem Höhepunkt zuzustreben, und der Senator wußte, daß er eingehend darüber nachdenken mußte; es galt eine möglicherweise explosive Situation zu meistern. Der Ball war jetzt in seinem Spielfeld.

*Habe eindeutige Beweise für die Identität eines Mannes, der im Süden sechs Morde begangen hat. Rechne damit, bald über unwiderlegbare Fakten zu verfügen. Werde mich dann wieder mit Ihnen in Verbindung setzen – persönlich, falls die Umstände es erlauben. Barton Ives.*

»Das ist Joel Dyson«, stellte Newman seinen Gefangenen Tweed vor, der aus dem Espace ausgestiegen war. »Endlich«, setzte er hinzu.

Cardon, der immer alles Erforderliche bei sich zu haben schien, hatte in der Bank ein Paar Handschellen aus der

Tasche geholt. Dysons Hände waren hinter seinem Rücken gefesselt, und Butler, der ihn jetzt beim Arm hielt, hatte ihm seine Walther gezeigt. Der schmächtige kleine Mann, dessen Haar zerzaust war, starrte Tweed an.

»Ich werde mich bei der Britischen Botschaft beschweren. Ich bin immer noch britischer Staatsbürger.«

»Ich habe eine bessere Idee«, sagte Tweed. »Wir können Sie der amerikanischen Botschaft in Bern übergeben. Ich bin sicher, in Washington gibt es jemanden ganz weit oben, der sich sehr freuen würde, Sie zu sehen.«

»Bitte, tun Sie das nicht. Das wäre ja dasselbe, als würden Sie einen Christen den Löwen zum Fraß vorwerfen«, flehte er.

»Schöner Christ«, bemerkte Newman. Seine Stimme wurde härter. »Und versuchen Sie nicht, meinem Chef etwas vorzuschwindeln. Es ist ihm ernst mit dem, was er sagt.«

»Bitte ...«

Dyson klappte plötzlich zusammen. Tweed schaute auf den Mann herab, der auf die Knie gesunken war und am ganzen Leibe zitterte. Er schürzte angewidert die Lippen, dann nickte er Butler zu.

»Bringen Sie ihn in den Kombi. Sorgen Sie dafür, daß er den Mund hält, bis wir in Lausanne angekommen sind. Ich nehme ihn mir später vor.«

Dyson öffnete den Mund, um zu schreien. Newman drückte ihm eine behandschuhte Hand auf den Mund, bevor er einen Ton von sich geben konnte. Nield drehte sein Taschentuch zu einem Knebel, steckte ihn in Dysons Mund und knotete ihn hinten zusammen. Butler und Nield zerrten ihn zu dem Kombi. Tweed und Paula hörten zu, als Newman ihnen einen kurzen Bericht über das gab, was in der Bank vorgefallen war.

»Karin, Ambergs Assistentin, die er in seine Gewalt gebracht hatte, ist in erstaunlich guter Verfassung«, schloß Newman. »Sie bestand darauf, dazubleiben und Kaffee zu machen für sich und den Wachmann, den Dyson niedergeschlagen hat. Sie sehen ungeduldig aus«, endete er.

»Ich finde, wir sollten zusehen, daß wir so schnell wie möglich aus Basel verschwinden. Je früher wir in Lausanne ankommen, desto besser.«

»Wer war dieser komische kleine Mann, den Ihre Leute abgeschleppt haben?«

Die Stimme kam von einem der Rücksitze des Espace – Eve Amberg.

»Ein Mann von der Gegenseite – nicht sonderlich wichtig«, rief Tweed schnell zurück.

»Eve weiß immer gern, was vor sich geht«, bemerkte Paula. »Im Gegensatz zu Amberg, der das Handtuch geworfen zu haben scheint.«

Eine Tür schlug zu. Newman und Cardon waren eingestiegen. Cardon nahm seinen früheren Platz neben dem Schweizer Bankier wieder ein, während Newman sich neben Paula niederließ. Tweed sprach erst wieder, als er den Espace gestartet hatte und aus Basel herausfuhr.

»Amberg sitzt nur da und macht eine böse Miene. Typisch, daß er sich nicht einmal erkundigt hat, ob Karin etwas passiert ist. Aber von den beiden Brüdern war er immer der kaltschnäuzigere. Aber jetzt muß ich mich aufs Fahren konzentrieren«, sagte Tweed brüsk.

Paula warf ihm einen Blick zu. In Wirklichkeit hatte er gemeint: Ich muß mich darauf konzentrieren, über diese Sache nachzudenken.

Sie befanden sich ein gutes Stück südlich von Basel, und zu ihrer Rechten ragten die Berge des Jura auf, als Tweed begann, so leise mit Paula zu sprechen, daß die hinter ihnen Sitzenden nicht mithören konnten.

»Ich hatte recht mit meiner Theorie über die beiden ineinandergreifenden Puzzles und damit, daß das eine ohne das andere nicht existieren kann. Die Morde, die begangen wurden, weisen zwei deutlich voneinander abweichende Stile auf, was darauf hindeutet, daß sie von zwei verschiedenen Gruppen begangen wurden.«

»Zwei Stile von Morden? Wie meinen Sie das?«

»Die Zerstörung unserer Zentrale am Park Crescent, die Bombe, die in Zürich auf mich geworfen werden sollte, die geplante Sprengung der Brücke in Kaysersberg, die Verwendung von Sprengstoff an der Klippe in den Vogesen. All das war etwas, was ich als organisierte Aktionen bezeichnen möchte, Unternehmen, die einen großen Apparat erfordern. Mit anderen Worten – Norton und die Amerikaner. Das ist der eine Stil.«

Tweed gab noch etwas mehr Gas. Auf der Straße unterhalb des Gebirges herrschte keinerlei Verkehr, und er wollte so schnell wie möglich nach Lausanne kommen, um Joel Dyson zu verhören, um Amberg zu zwingen, den Film und das Band herauszugeben, und um den Rest von Barton Ives' Geschichte zu hören. Paula warf einen Blick nach hinten und sah, daß Ives, der neben Newman saß, mit einem abwesenden Blick in die Dunkelheit hinausschaute.

»Sie sprachen von *zwei* unterschiedlichen Mordstilen«, erinnerte sie Tweed. »Was ist mit dem zweiten Stil?«

»Überaus individuell. Eine Person, als Postbote verkleidet, kommt nach nach Tresilian Manor, sticht den Butler nieder, geht in die Küche, schaltet das Personal mit Tränengas aus, begibt sich dann ins Eßzimmer und mäht die dort sitzenden sieben Personen nieder. Kaltblütig, wagemutig.«

»Nicht Norton, meinen Sie?«

»Ein ganz anderer Stil als der von Norton. Und dann die grauenhafte Erdrosselung Helen Freys und ihrer Freundin Klara. Ich vermute, der Killer hat einen Draht benutzt, der als Perlenkette getarnt war – daher die blutige Perle, die wir in der Wohnung der Frey gefunden haben.«

»Was glauben Sie – wie konnte der Mörder das bewerkstelligen?«

»Oh, das war nicht schwierig. Er erbietet sich, der Frey die Perlen um den Hals zu legen, damit sie sehen kann, wie sie ihr stehen. Welche Frau könnte einem solchen Angebot widerstehen? Und dasselbe bei Klara.«

»Ein Mann«, sagte Paula nachdenklich. »Vielleicht hat er sogar gesagt, er wollte ihnen die Perlen schenken. Das wäre unwiderstehlich gewesen.«

»Wieder ein individueller Mord – im Gegensatz zu Nortons organisierten Mordversuchen.«

»Und was ist mit diesem netten Detektiv, Theo Strebel? Er wurde erschossen«, erinnerte sie ihn.

»Bei einem Mann kann man den Trick mit den Perlen nicht anwenden. Aber ich bin sicher, daß er von jemandem erschossen wurde, den er kannte, bei dem er glaubte, nicht auf der Hut sein zu müssen. Abermals ein individueller Mord. Und vergessen Sie nicht den Schattenmann mit dem breitkrempigen Hut, der Jennie Blade verfolgt hat.«

»Jennie tut immer so harmlos. Diese Art von Frau macht mich argwöhnisch.«

»Könnte es vielleicht sein, daß Sie sie nicht mögen?« erkundigte sich Tweed.

»Männer können sehr naiv sein, wenn es um attraktive Frauen geht«, beharrte Paula. »Besonders, wenn eine Frau wie sie ihm anbetende Blicke zuwirft. Und wesentlich früher hatte Jennie behauptet, sie hätte Eve um die Zeit des Massakers in Padstow gesehen. Ich glaube, sie hat gelogen, aber es könnte eine sehr aufschlußreiche Lüge gewesen sein.«

»In welcher Hinsicht?« fragte Tweed.

»Sie läßt vermuten, daß *Jennie selbst* um die Zeit des Massakers in Padstow gewesen ist.«

»Damit könnten Sie recht haben.«

»Und«, fuhr Paula fort, jetzt in voller Fahrt, »ich konnte nur einen flüchtigen Blick auf den Postboten werfen, als er auf seinem Fahrrad auf das Haus zufuhr.«

»Was Ihnen zu denken gibt? Vergessen Sie nicht, Jennie hat langes blondes Haar.«

»Ich sagte es bereits – Männer wissen nicht genug über Frauen. Jennie hätte ihr Haar auf dem Kopf auftürmen können. Der falsche Postbote trug eine Uniformmütze, die das Haar verdeckte. Es war ein kalter Tag, deshalb kam es mir nicht merkwürdig vor, daß der Mann auf dem Fahrrad eine Mütze trug.«

»Es fällt mir immer noch schwer, das zu glauben«, wendete Tweed ein.

»Und jetzt ist sie mit Gaunt davongefahren, der es, wie Butler sagt, sehr eilig hatte, mit seinem BMW nach Lausanne zu brausen.«

»Wenn Sie Gaunt in die Gleichung hineinbringen, haben Sie in der Tat sehr starke Argumente«, gab Tweed zu. »Ich habe vor, dieses Rätsel in zwei Raten zu lösen. Zuerst werden der Film und das Tonband uns sagen, was es mit dem Washington-Aspekt auf sich hat – und mit Nortons wiederholten Versuchen, uns auszuschalten. Später müssen wir möglicherweise nach Padstow zurückkehren, um denjenigen festzunageln, der für das Massaker verantwortlich ist. Ganz zu schweigen von den Morden an der Frey, Klara und Theo Strebel.«

»Sie glauben zu wissen, wer diese Morde begangen hat, stimmt's?« forderte Paula ihn heraus.

»Das weiß ich schon seit einiger Zeit. Der Schlüssel dazu war die Tatsache, daß Jennie Blades vorgeblicher Schattenmann in Colmar aufgetaucht ist.«

Als Marvin Mencken das Restaurant im Hauptbahnhof von Basel verließ – er hatte sicherheitshalber eine Viertelstunde gewartet –, eilte er zu der Stelle, an der er seinen Renault geparkt hatte. Er wollte gerade einsteigen, als er sah, daß sein rechter Vorderreifen platt war.

Er fluchte laut, dann machte er sich an die zeitraubende

Arbeit, ihn gegen den Reservereifen auszutauschen. Daß es Sabotage war, konnte er nicht wissen. Während Tweed ihn in dem Restaurant festhielt, hatte Butler sich einer simplen Methode bedient, um den Wagen fahrunfähig zu machen.

Er hatte sich neben dem Vorderreifen gebückt, als wollte er seine Schnürsenkel binden, hatte einen Kugelschreiber aus der Tasche geholt, die Ventilkappe abgeschraubt und die Spitze des Schreibers auf das Ventil gedrückt, bis die gesamte Luft entwichen war. Danach hatte er die Kappe wieder aufgeschraubt.

Mencken arbeitete wie ein Besessener in der vergeblichen Hoffnung, vor Norton in Lausanne einzutreffen. Trotz der Kälte vor Anstrengung schwitzend, konnte er endlich einsteigen und losfahren. Die Verzögerung bedeutete, daß, wenn Norton sein Ziel erreicht hatte, niemand da war, der ihm sagen konnte, in welchen Hotels seine Leute abgestiegen waren.

Das Château d'Ouchy war eines der seltsamsten Hotels, die Paula je gesehen hatte. Tweed war mit dem Espace einen steilen Hügel hinuntergefahren und dann auf eine ebene Straße eingebogen, und als der Mond hinter einer Wolke hervorkam, hatte Paula ihren ersten Blick auf den Genfer See werfen können, den größten der Schweizer Seen. Das Wasser war völlig still und unbewegt; in der Ferne war das zu Frankreich gehörende Südufer zu sehen.

Butler überholte sie mit dem Kombi, als Tweed anhielt und dann im Schrittempo weiterfuhr, um nach irgendwelchen Gefahrenzeichen Ausschau zu halten. Dabei hatte Paula Gelegenheit, sich das Château d'Ouchy anzusehen. Das von Bogenlampen beleuchtete Gebäude war aus gelblichem Stein erbaut und hatte ein steiles rotes Ziegeldach mit einem Zickzackmuster aus schwarzen Ziegeln. An den Ecken ragten spitze Türmchen empor, und es wirkte uralt.

»Sieht aus, als stammte es aus grauer Vorzeit«, bemerkte sie beiläufig. – »Ursprünglich war es eine Burg, die im zwölften Jahrhundert erbaut wurde«, erklärte Tweed. »Später wurde sie dann in ein Hotel umgewandelt. Zumindest ist es ruhig hier unten.«

Paula, die an die Hektik und das Tempo von Zürich dachte, empfand das als Untertreibung. Dem Hotel gegenüber lag ein muschelfömiger Hafen, umgeben von gespenstisch grünen Straßenlaternen, deren Licht sich im Wasser spiegelte. An Bojen waren mit blauen Plastikplanen abgedeckte Boote vertäut.

Aber es war die Stille, die sie am meisten beeindruckte – der Hafen und die Straßen waren menschenleer, und es herrschte keinerlei Verkehr. Auf dem Weg hierher waren sie an einer Reihe kleiner Hotels und Restaurants vorbeigekommen, offenbar alle geschlossen. Tweed hatte sein Fenster geöffnet, und erfrischende Luft war hereingedrungen – eine angenehme Abwechslung nach der eisigen Kälte der Vogesen. Marler erschien, scheinbar aus dem Nirgendwo, neben dem Fenster.

»Sie können an Land gehen«, erklärte er und gab Tweed ein Blatt Papier. »Das ist die Liste der Hotels, in denen Nortons Leute abgestiegen sind. Das Château d'Ouchy ist, soweit ich feststellen konnte, sauber...«

Tweed hatte den Espace auf einem gepflasterten Innenhof neben Marlers rotem Mercedes geparkt. Er betrat das Hotel zusammen mit Paula, die mit der Frau an der Rezeption sprach und sie auf die telefonische Reservierung hinwies.

»Und Sie sagten, wir könnten trotz der späten Stunde noch etwas essen.«

»Das Restaurant steht Ihnen zur Verfügung, wenn Sie so weit sind.«

»Ich denke, wir werden vorher in unsere Zimmer gehen, um uns ein wenig frisch zu machen«, sagte Tweed.

Er hatte gerade gesehen, wie Barton Ives hereinkam, in Begleitung von Cardon. Ihnen folgten Butler und Nield, die einen völlig geschlagen aussehenden Joel Dyson flankierten. Er wies Butler an, sich mit Nield bei der Bewachung Dysons in seinem Zimmer abzuwechseln; der Fotograf sollte nur belegte Brote und Mineralwasser bekommen. Dann bat er Paula und Newman, ihn und Ives in sein Zimmer zu begleiten, sobald sie sich angemeldet hatten. Sie hatten keine Zeit zu verlieren. Nur Gott wußte, was der morgige Tag bringen würde.

»Was für eine Person muß es sein, um deretwillen Frauen, die dann brutal vergewaltigt und ermordet wurden, anhalten würden – im Dunkeln und in einer einsamen Gegend?«

Tweed wiederholte ganz bewußt die Frage, die er Barton Ives bereits während der Zugfahrt von Colmar nach Basel gestellt hatte. Vorher hatte er, für Paula und Newman, in verkürzter Form die Geschichte wiederholt, die Ives ihm erzählt hatte. Der FBI-Mann richtete sich auf der Couch auf, wo er neben Paula saß, Tweed und Newman gegenüber.

»Ja, das war genau die Frage, die ich mir immer und immer wieder gestellt habe. Aber in den letzten beiden Fällen waren an den betreffenden Abenden noch andere Leute unterwegs. Die Fahrer überholten den Wagen des Opfers – und sahen einen braunen Cadillac, der auf einem Feld in Straßennähe parkte. Ich hatte eine Idee, eine plötzliche Eingebung, Glück – nennen Sie es, wie Sie wollen. Ich machte mich daran, den Bewegungen eines bestimmten Mannes nachzuspüren, um herauszufinden, ob er in einer der sechs Mordnächte zufällig in dem betreffenden Staat gewesen war.«

Ives hielt inne und zündete sich eine Zigarette an. Paula sah sich in der Suite um, die sie für Tweed gebucht hatte. Als Ives fortfuhr, konzentrierte sie sich wieder.

»Die Überprüfung an sich war nicht schwierig. Sehr

schwierig dagegen war es, Ermittlungen anzustellen, ohne daß jemand merkte, was ich tat. Wenn ich recht hatte, konnte mein Leben in Gefahr sein. Mit Macht ist nicht zu spaßen.«

»Ihre Ermittlungen richteten sich also gegen einen mächtigen Mann?« fragte Paula.

»Mächtig und skrupellos«, pflichtete Ives ihr bei. »Um dorthin zu gelangen, wo er früher war, und dahin, wo er jetzt ist. Im Laufe meiner Ermittlungen wurde ich immer aufgeregter – ich landete mehr Treffer, als ich zu hoffen gewagt hatte. Der Mann, hinter dem ich her war, hatte in den ersten drei Fällen im gleichen Staat am frühen Abend eine politische Rede gehalten. Und die Stadt, in der er geredet hatte, war, wenn man über einen Wagen verfügte, nicht sehr weit von der Stelle entfernt, an der später am gleichen Abend eine Frau vergewaltigt und ermordet wurde.«

»Indizien. Aber noch kein eindeutiger Beweis«, bemerkte Tweed.

»Warten Sie!« Ives hob die Hand, drückte seine Zigarette aus. »Ich machte mich daran, die letzten drei Fälle zu untersuchen. Ich war sicher, daß die Dinge hier anders liegen mußten. Aber das war nicht der Fall. Senator X – der er damals war – hatte in allen Staaten eine Rede gehalten, nur wenige Stunden, bevor die letzten drei Opfer überfallen wurden und starben. Eine Menge Reden in sechs Staaten, aber schließlich kandidierte er für …« Ives brach kurz ab. »Darauf komme ich gleich.«

»Was ist mit den Bewegungen des Senators, nachdem er seine Reden gehalten hatte?« fragte Tweed. »Konnten Sie da etwas herausbekommen?«

»Das war meine nächste Aufgabe. Sogar noch schwerer zu verheimlichen. Er hat eine sehr intelligente Mitarbeiterin, die ein ganzes Netz von Informanten dirigiert. Aber im Laufe der Zeit ist es mir trotzdem gelungen, festzustellen, was er getan hatte, nachdem er seine Rede gehalten und das Publikum von den Sitzen gerissen hatte – ein Mann, der beim Pöbel ankommt. Es war bekannt, daß er allein sein wollte, nachdem er das Dach zum Einsturz gebracht hatte. Sagte immer, er müßte seine Batterien nachladen, eine Weile allein sein, eine Flasche Bier trinken. Genau das hat er nach allen sechs Reden getan, an den Abenden, an denen nicht weit entfernt – ich habe die Zeiten überprüft – eine Frau vergewaltigt und ermordet wurde.«

»Also hat er zumindest kein Alibi«, bemerkte Tweed.

»Aber dafür hat er einen braunen Cadillac, den er gern fährt. Und das habe ich bisher niemandem erzählt. Ich habe die Umgebung des sechsten Mordfalls abgesucht, stundenlang das Gras durchgekämmt. Ich war schon im Begriff, mich geschlagen zu geben, als ich diese leere Bierflasche fand, mit einem kompletten Satz Fingerabdrücke. Dasselbe Bier, das der Mann, hinter dem ich her war, besonders gern trinkt. Diese Flasche – in einer Plastiktüte – liegt im Kofferraum des Lincoln Continental, den ich in einer alten Scheune versteckt habe.«

»Auch das sind nur Indizienbeweise«, erklärte Tweed. »Ich will Ihnen nicht zu nahe treten, aber das Problem ist, daß ein Gericht nur Ihr Wort hätte, wo Sie die Flasche gefunden haben. Es sei denn, Sie können sich die Fingerabdrücke des Mannes beschaffen, hinter dem Sie her waren. Natürlich, wenn sie übereinstimmen ...«

»Das ist nicht so einfach.« Ives zündete sich eine frische Zigarette an. »Das ist nicht so einfach«, wiederholte er. »Schließlich handelt es sich um die Fingerabdrücke von Ex-Senator Bradford March, jetzt Präsident der Vereinigten Staaten.«

# 51

Am folgenden Morgen hatte Marler keine Mühe, einen Videorecorder, ein tragbares Fernsehgerät und die anderen Dinge zu besorgen, um die Tweed ihn gebeten hatte. Er kehrte gegen halb neun ins Hotel zurück, wo Tweed mit Paula und Newman beim Frühstück saß.

»Ich habe die halbe Nacht wachgelegen«, sagte Paula gerade. »Ich kann es immer noch nicht glauben, daß der Präsident der Vereinigten Staaten diese grauenhaften Verbrechen begangen haben soll.«

»Lesen Sie die Geschichte früherer Bewohner des Weißen Hauses nach«, schlug Barton Ives vor, der gerade herbeigekommen war und ihre Bemerkung gehört hatte. »Bei unserem verrückten Wahlsystem war damit zu rechnen, daß eines Tages ein echter Verbrecher dort einziehen würde. Und jetzt ist es passiert.«

»Was tun wir als nächstes?« fragte Paula.

»Haben Sie alles bekommen?« erkundigte sich Tweed bei Marler, nachdem dieser sich niedergelassen hatte.

»Ja.«

»Dann ist unsere nächste Aufgabe, Amberg zu seiner hiesigen Filiale zu bringen und ihn zu zwingen, den Videofilm und das Tonband herauszurücken, die Dyson ihm in Zürich zur Aufbewahrung übergeben hat. Dann sehen wir uns in der Bank den Film an…«

Amberg befand sich immer noch, von Cardon bewacht, in seinem Zimmer. Ihr Frühstück hatten sie vom Zimmerservice erhalten.

Auch Joel Dyson war in seinem Zimmer, von einem äußerst mitleidlosen Butler bewacht.

»Sie wissen, daß man uns von Basel hierher gefolgt ist?« fragte Newman.

»Kein Grund zur Sorge – es war ein ungekennzeichnetes Fahrzeug, aber das müssen Becks Leute gewesen sein. Nachdem er gesehen hat, wie wir am Bahnhof in Basel die Grenzkontrolle passierten, wäre es nicht seine Art gewesen, uns wieder aus den Augen zu lassen. Wenn man vom Teufel spricht…«

Arthur Beck kam in einem eleganten grauen Anzug in das Restaurant, das auf einen kleinen Garten hinausging. Er lehnte das Angebot von Kaffee ab und bückte sich, um Tweed etwas zuzuflüstern.

»Ich habe ein kleines Heer von Leuten mitgebracht. Wir haben gesehen, wie die Amerikaner zurückkamen. Angebliche Diplomaten, die auf ihre Versetzung warten. Das ist zuviel. Ich werde sämtliche Hotels überprüfen lassen.«

»Dabei kann ich Ihnen Zeit sparen.« Tweed gab ihm die Liste, die er am Vorabend von Marler erhalten hatte. »Hier steht, wo sie sich befinden. Sie sind bestimmt bewaffnet.«

»Meine Leute auch.« Beck lächelte. »Danke, daß Sie mir die Arbeit abgenommen haben. Darf ich fragen, wie Sie sie gefunden haben?«

»Marler, erzählen Sie unserem Freund von Ihren Nachforschungen.«

»Das war nicht schwierig«, erklärte Marler. »Ich ging ins Hotel, erzählte dem Nachtportier, ich brauchte ein Zimmer für die Nacht, und würde es gern im voraus bezahlen. Dabei hatte ich in paar Schweizer Münzen in der Hand und ließ sie über das andere Ende des Tresens rollen. Während er sich bückte, um sie aufzuheben, sah ich schnell die Anmeldeformulare durch und merkte mir sämtliche Namen, bei denen als Herkunftsland Amerika angegeben war. Dann sagte ich dem Portier, ich hätte meinen Paß im Wagen gelassen und käme gleich wieder, um in das Zimmer zu gehen, für das ich bezahlt hatte. Dann weiter zum nächsten Hotel. Ganz einfach.«

»Und sehr geschickt – zumal bei Schweizer Hotelpersonal.« Beck warf einen Blick auf die Liste. »Ich sollte diese Kerle binnen einer Stunde eingesammelt haben – zur sofortigen Ausweisung über den Flughafen Genf. Ihnen das Frühstück verderben ...«

Er war gerade verschwunden, als Gaunt mit Jennie am Arm hereinkam. Er marschierte zielstrebig auf Tweeds Tisch zu und ließ sich unaufgefordert daran nieder.

»Einen wunderschönen guten Morgen«, begrüßte er sie forsch. »Ein herrlicher Tag. Die Sonne scheint auf die Berge am anderen Ufer des Sees. Ein großes englisches Frühstück für zwei Personen«, bestellte er bei dem Kellner.

»Ich möchte nur Croissants«, sagte Jennie mit verärgert funkelnden Augen. »Und ich möchte vorher gefragt werden.«

»Unsinn. Du mußt etwas Ordentliches in den Magen bekommen. Wir haben einen anstrengenden Tag vor uns, nicht wahr, Tweed? Habe gestern abend gesehen, wie ein Haufen von amerikanischen Gangstern ins Hotel d'Angleterre eingezogen ist. Also müssen wir auf den Hut sein.«

»Wir haben eine Verabredung.« Tweed wischte sich den Mund mit seiner Serviette ab. »Vielleicht sehen wir uns später.«

Er hatte kaum ausgesprochen, als Eve Amberg erschien und fragte, ob sie sich zu ihnen setzen dürfte. Tweed deutete auf einen leeren Stuhl, und Paula bemerkte, daß Jennie dem Neuankömmling einen wütenden Blick zuwarf. Was ging da von zwischen diesen beiden Frauen? Eve trug einen eng anliegenden purpurfarbenen Pullover und eine schwarze Skihose. Eine hinreißende Aufmachung, mußte Paula zugeben.

»Wo ist Walter?« fragte Eve, während sie sich ein Brötchen aussuchte. »Kaffee für mich«, sagte sie zu dem Kellner. »Also, wo ist Walter?« wiederholte sie.

»Er ist erschöpft«, log Tweed. »Er kommt erst zum Vorschein, nachdem er sich ausgeschlafen hat.«

»Ein müder Bursche«, dröhnte Gaunt.

En redete zu einem kleineren Publikum. Tweed verließ zusammen mit Paula und Newman das Restaurant, ging zu Ambergs Zimmer hinauf, klopfte in einem bestimmten Rhythmus an und trat, als Cardon die Tür öffnete, mit der anderen ein. Tweed war in sehr aggressiver Stimmung, als er sich an den Bankier wendete, der wie gewöhnlich seinen düsteren schwarzen Anzug trug.

»Haben Sie gefrühstückt? Gut. Dann wollen wir losfahren. Zu Ihrer Bank. Ich will binnen fünf Minuten nach unserer Ankunft den Film und das Band sehen. Wir begleiten Sie überallhin. Falls Ihnen nach Protestieren zumute sein sollte – Beck, der Polizeichef, ist hier in Lausanne. Ihm liegt bestimmt viel daran, sich mit Ihnen über diese Morde in Zürich zu unterhalten.«

»Ich hatte nichts zu tun mit...«, begann Amberg.

»Die Polizei wird Ihnen kein Wort glauben. So, und jetzt los. Durch die Hintertür in den Hof, damit wir nicht durch das Restaurant müssen. Da sitzen drei ungemütlich aussehende Amerikaner beim Frühstück. Und denen möchten Sie doch nicht begegnen, oder irre ich mich da, Amberg?«

Marvin Mencken, den im Hotel D'Angleterre wohnte, war früh aufgestanden und hatte in einem anderen Hotel ein schnelles Frühstück zu sich genommen. Er war gern vor seinen Untergebenen auf und achtete stets darauf, nicht in Routine zu verfallen. Er aß nie dort, wo er wohnte.

Als er von einem flotten Spaziergang am Seeufer zurückkehrte, sah er zwei Audis, die vor dem D'Angleterre vorfuhren. Männer in Zivil stiegen aus, gingen mit fast militärischer Präzision auf den Eingang zu und verschwanden im Innern des Hotels. Sekunden späten hielten weitere Wagen vor den anderen beiden Hotels, in denen seine Männer abgestiegen waren. Aus ihnen stiegen uniformierte Polizisten mit automatischen Waffen aus und stürmten in die Hotels.

»Großer Gott!« sagte Mencken leise.

Ohne sich zu beeilen, überquerte er die Straße und ging zu seinem Wagen, den er hinter einer mit Bäumen bestandenen Grünanlage abgestellt hatte. Er stieg ein, holte aus der Tasche seines Trenchcoats einen Schweizer Hut, den er in Basel gekauft hatte, setzte ihn auf, startete den Motor und rutschte dann auf seinem Sitz so weit herunter, daß er nicht zu sehen war.

Mencken wartete, bis er sah, wie die Polizei seine Leute in Handschellen herausführte. Weitere Wagen mit jeweils nur einem Fahrer trafen ein, in die die Männer jetzt hineingestoßen wurden. Mencken brauchte nicht zu befürchten, daß sie ihn verraten könnten – er hatte sorgsam darauf geachtet, daß keiner von ihnen wußte, daß er einen Renault fuhr.

Nachdem sämtliche Polizeifahrzeuge verschwunden waren, fuhr er langsam um die Grünanlage herum in Richtung Château d'Ouchy. Norton hatte ihm ausdrücklich verboten, sich mit ihm in Verbindung zu setzen, aber Mencken wußte ohnehin nicht, wie er aussah. Aber man hatte ihm mitgeteilt, daß Norton den Namen Dr. Glen Fleming benutzen würde. Er mußte ihn so schnell wie möglich anrufen und warnen.

Die Zürcher Kreditbank war bereits geöffnet, als Tweed mit Amberg in seinem Espace ankam. Paula, Newman, Ives und Butler fuhren mit ihm. Hinten saß Marler mit dem Videorecorder und den anderen Gerätschaften.

In dem dicht hinter ihnen herfahrenden Kombi saßen Cardon, der Joel Dyson bewachte, und Pete Nield am Steuer. Bevor sie das Château d'Ouchy verließen, hatte Tweed mit Dyson gesprochen und ihm keinerlei Zweifel daran gelassen, in welcher Lage er sich befand.

»Cardon hat eine Waffe und wird nicht zögern, sie zu benutzen, wenn Sie auch nur eine falsche Bewegung machen. Aber es ist wahrscheinlicher, daß wir Sie in Genf in die nächste Maschine nach Washington setzen werden.«

Tweed, der den kleinen Mann genau beobachtete, hatte in Dysons unsteten Augen ein Aufflackern von Triumph gesehen. Joel Dyson kannte offensichtlich Europa gut und war über die Flugverbindungen bestens informiert. Es gab keine bessere Methode, einen Mann zu demoralisieren, als ihm erst Hoffnungen zu machen und sie dann wieder zu zerschlagen.

»Natürlich«, fuhr Tweed fort, »gibt es keine direkten Flüge von Genf nach Washington. Deshalb würde Cardon Sie auf einem Flug von Genf nach Zürich begleiten und Sie dann in eine Maschine setzen, die non-stop nach Washington fliegt. Wir würden in Washington anrufen und dafür sorgen, daß gewisse Leute Sie am Dulles Airport in Empfang nehmen. Fehlt Ihnen etwas, Dyson? Sie sind ja leichenblaß geworden ...«

Amberg nickte dem Wachmann am Eingang der Bank zu. Als Marler mit seiner Ausrüstung hereinkam, hielt der Wachmann ihn an, um festzustellen, was er bei sich trug.

»Das geht in Ordnung, Jules«, rief Amberg über die Schulter. »Dieser Herr gehört zu mir, und auch die Leute hinter ihm.«

Tweeds Anweisungen Folge leistend, führte Amberg alle zuerst in sein Privatbüro und erklärte seiner Sekretärin, daß sie auf keinen Fall gestört werden wollten. Dann begleitete Tweed Amberg zusammen mit Newman und Paula in den Tresorraum, wo der Schweizer seinen Privatsafe öffnete. In ihm lagen zwei unverkennbare Kassetten. Waren sie wirklich am Ende ihrer langen Reise angekommen? fragte sich Tweed, als sie in das Privatbüro zurückkehrten.

Während ihrer Abwesenheit hatte Marler die Vorhänge zugezogen, das Licht eingeschaltet, den Fernseher aufgestellt und den Recorder angeschlossen; daneben stand das amerikanische Tonbandgerät, mit dem er Bild und Ton synchronisieren konnte.

Er hatte Stühle aus einem Konferenzzimmer geholt und in kurzen Reihen aufgestellt. Auf diese Weise war ein improvisierter Kinoraum entstanden. Er nahm Amberg die Kassetten ab, während Tweed sich vergewisserte, daß die Tür sicher verschlossen war.

Paula und Tweed saßen in der vordersten Reihe. Neben Tweed saß Amberg, auf der anderen Seite flankiert von Ives. In der Reihe hinter ihnen hockte ein verschreckter Joel Dyson zwischen Newman und Cardon. In der dritten Reihe hatten sich Pete Nield mit seiner Walther in der Hand und Butler niedergelassen. Während Marler mit seinen Geräten hantierte, tippte Nield Dyson mit dem Lauf seiner Waffe auf die Schulter.

»Nur, um Sie zu daran zu erinnern, daß wir noch da sind«, erklärte er dem Fotografen.

»Es kann losgehen«, sagte Marler und schaltete das Licht aus.

Auf dem leeren Bildschirm erschien ein grelles weißes Licht. Tweed konnte das Surren des Tonbandes hören. Und dann erschienen, kristallklar, die Bilder...

Eine eingeschossige Blockhütte auf einer Waldlichtung. Ein kleiner, kräftig gebauter Mann mit offener Jacke, so daß sein dicker Hals zu sehen war, kämpfte mit einer Frau mit langem blondem Haar. Eine Hand packte ihr Haar, die andere bohrte sich in ihren Rücken. Sie schrie, so laut sie konnte, und Paula biß die Zähne zusammen.

Der Mann stieß sie in die Blockhütte, und beide Gesichter waren deutlich zu sehen, bevor sie in der Hütte verschwanden. Der harte Knall einer Tür, die zugeschlagen wurde. Aber trotz der geschlossenen Fensterläden konnten sie hören, wie die Frau immer noch schrie. Dann brachen die Schreie plötzlich ab. Stille.

Jetzt konnte Paula nur das Surren der Geräte hinter sich hören. Weshalb kam ihr die Stille noch bedrückender vor als das, was sie bisher gehört hatten? Sie fuhr zusammen, als der massige Mann allein wieder herauskam, die Tür zumachte, sie abschloß und den Schlüssel aufs Dach warf. Weshalb?

»Oh, mein Gott, nein!« flüsterte sie. Ihre Frage wurde schnell und grauenhaft eindeutig beantwortet. Aus den Fugen der geschlossenen Fensterläden quoll Rauch. Gleich darauf brachen die Flammen durch. Die Zoomlinse der Kamera holte den Killer in Großaufnahme heran. Ein Ausdruck sadistischer Befriedigung. Schweiß rann ihm übers Gesicht.

Jetzt zeigte die Kamera den Mann von Kopf bis Fuß. Er schien direkt ins Objektiv zu starren. Er zog eine Waffe aus dem Gürtel und kam näher.

Paula zuckte auf ihrem Stuhl zusammen und ballte die Hände, als die ganze Blockhütte zu einem flammenden Inferno wurde. Die darin eingesperrte Frau mußte bereits verbrannt sein.

Das laute Prasseln des Feuers veranlaßte den Mann, stehenzubleiben, einen kurzen Blick auf die lodernde Hütte zu werfen.

Dann wendete er sich mit der Waffe in der Hand wieder der Kamera zu, begann darauf zuzugehen, und sein Gesicht wurde abermals ganz deutlich, identifizierbar ...

Der Bildschirm wurde leer, das weiße Gleißen erschien wieder und verschwand, als Marler die Geräte abstellte. Die Zuschauer saßen da wie versteinert. Das einzige Geräusch war das Klicken der Schalter, als Marler wieder Licht machte. Paula blinzelte, sah zuerst Tweed an und dann Ives. Schwer zu sagen, welcher von ihnen grimmiger dreinschaute.

Es war Tweed, der das Schweigen brach. Er beugte sich vor, um an Amberg vorbei mit Ives zu sprechen.

»Jetzt haben Sie Ihren Beweis. Das war Bradford March, der Präsident der Vereinigten Staaten.« Er drehte sich um und sah Joel Dyson an, dessen Lippen zitterten.

»Sie haben diese Aufnahmen gemacht. Versuchen Sie nicht, es abzustreiten. Ich will nur eine simple Antwort. Wer war die Frau – das Opfer?«

»Es war Cathy Willard, die Tochter des Zeitungskönigs von Los Angeles.«

»Also gut betucht«, bemerkte Ives.

»Oh ja, eine sehr reiche Familie. Ich habe später gehört, daß es ein Unfall gewesen sein sollte. Sie hätte sich in der Blockhütte eingeschlossen. Es war kalt, deshalb hätte sie Feuer im Kamin gemacht...« Dyson findet wieder zu seinem normalen, geschwätzigen Selbst zurück, dachte Newman, als er seinen Bericht fortsetzte. »... ein Funke springt heraus, setzt den Teppich in Brand, und Sekunden später geht die ganze Hütte in Flammen auf. Die Läden waren geschlossen, also konnte sie nicht durch ein Fenster entkommen.«

»Hört sich an, als hätten Sie die Geschichte selbst geschrieben«, sagte Newman zynisch.

»Nein! Aber so habe ich sie gehört...«

»Jetzt haben Sie Ihren Beweis, Ives«, wiederholte Tweed, Dyson unterbrechend. »Es paßt ins Bild, finden Sie nicht auch?«

»Das tut es. March kommt aus ganz kleinen Verhältnissen. Es schmeichelte seinem Ego, wenn er bei gebildeten und wohlhabenden Frauen landen konnte. Und jetzt haben Sie die Antwort auf die entscheidende Frage – für wen würde eine reiche Frau im Dunkeln auf einer einsamen Landstraße anhalten? Für einen Mann, der im Licht der Scheinwerfer seines braunen Cadillacs dasteht, einen bekannten Senator, der für das Weiße Haus kandidiert und dessen Gesicht auf zahllosen Plakaten an sämtlichen Highways zu sehen ist. Vielleicht hat er auch eine Panne vorgetäuscht. Die Opfer fühlten sich einfach sicher mit Senator Bradford March. Plötzlich war mir klargeworden, daß ich meinen Serienmörder gefunden hatte. Ich muß diesen Film und dieses Band nach Washington bringen...«

»Eine halbe Stunde nachdem Sie das Flugzeug verlassen haben, würden Sie ein toter Mann sein«, warnte Newman.

»Ich habe einen mächtigen Freund. Er wird mich mit großem Gefolge am Dulles Airport abholen und in sein Haus schmuggeln lassen. Das Weitere ist dann seine Sache.«

»Ich glaube, wir sollten Sie lieber begleiten«, sagte Tweed.

»Ich komme nicht mit«, protestierte Dyson.

»Sie werden in England auf Eis gelegt. Nachdem Sie eine Aussage gemacht und erklärt haben, was Sie sahen, als Sie den Film drehten.« Tweed war unerbittlich. »Eine vor einem Schweizer Anwalt beschworene Aussage. Entweder das, oder Sie kommen mit nach Washington.«

»Ich weiß nicht, ob ich es mit meiner Ethik vereinbaren kann, diese Gegenstände herauszugeben«, erklärte Amberg.

»Ethik?« Tweed starrte den Bankier an. »Sie machen wohl Witze? Wenn Sie sie mir schon früher zugänglich gemacht hätten, wären eine Menge Menschen noch am Leben. Weshalb haben Sie das nicht getan? Sie haben sich den Film doch schon vor langer Zeit angeschaut, oder?«

»Ja. Als ich sah, was darauf war, wurde mir klar, daß mein eigenes Leben in Gefahr war…«

»Und deshalb hat Ihre Ethik Sie veranlaßt«, fuhr Tweed ihn an, »nichts davon verlauten zu lassen. Wenn Ihre Ethik so aussieht, Amberg, dann kann ich darauf verzichten. Und von jetzt an halten Sie lieber den Mund, wenn Ihnen Ihr Leben lieb ist…«

## 52

Der Mann mit dem grauen Haar, das bis über den Kragen seines Astrachanmantels reichte, blickte über seine halbmondförmigen Brillengläser hinweg auf den Eingang der Zürcher Kreditbank. Norton war zu schlau, um in dem Wagen sitzen zu bleiben, in dem er Tweed und seinen Leuten vom Château d'Ouchy aus gefolgt war. Der morgendliche Stoßverkehr hatte ihm geholfen, sich hinter Nields Kombi zu verbergen, der hinter dem Espace hergefahren war. Jetzt stand er vor einer Buchhandlung und tat so, als läse er in einem Buch, das er ohne hinzusehen gekauft hatte.

Norton, der gleichfalls im Château d'Ouchy wohnte, hatte, allein an einem Ecktisch sitzend, Tweed beim Frühstücken beobachtet. Er war sicher, daß seine veränderte Erscheinung ein Wiedererkennen unmöglich machte – und so war es auch gewesen.

Ans Telefon gerufen, hatte Norton sein Frühstück stehengelassen und das Gespräch in seinem Zimmer entgegengenommen.

»Hier Mencken«, begann die dringliche Stimme.

»Ich habe Ihnen doch gesagt, Sie sollten nur im äußersten Notfall hier anrufen.«

»Und mit einem solchen haben wir es zu tun. All unsere Leute wurden eingesammelt und weggeschafft. Offiziell ...«

Was Menckens vorsichtige Art war, am Telefon das Wort »Polizei« zu vermeiden.

»Ich freue mich, daß alles so gut läuft. Vielen Dank für Ihren Anruf ...«

Für Mencken mochte das eine Paniksituation sein, aber Norton, Ex-FBI-Mann, geriet niemals in Panik. Er hatte den harten Kern von Unit One geschaffen, nachdem Senator Bradford March ihm den Posten seines persönlichen Sicherheitschefs und ein hohes Gehalt angeboten hatte. Es war Norton gewesen, der die Versuche, Ives umzubringen, organisiert hatte, bevor Ives nach Europa geflüchtet war. Norton war stets methodisch vorgegangen.

Er bezahlte seine Hotelrechnung, verstaute seinen Koffer in dem Renault und kehrte dann ins Restaurant zurück. Fünf Minuten später beobachtete er, wie Tweed und seine Begleiter gingen, und folgte ihnen zur Zürcher Kreditbank. Jetzt wartete er geduldig. Dann sah er, wie Marler herauskam, mit den gleichen Geräten, die er früher hineingetragen hatte – einem tragbaren Fernseher, einem Videorecorder, einem Tonbandgerät und einer Segeltuchtasche, die jetzt voller zu sein schien als vorher.

An der Seite der Tasche zeichnete sich eine viereckige Form ab, die ungefähr die Größe einer Videokassette hatte. Norton blätterte eine Seite in seinem Buch um und begriff, was die Stunde geschlagen hatte.

»Wenn ich nur meine Leute noch hätte ...«

Aber er hatte keine Leute mehr. Sie waren alle festgenommen.

Mit dem Buch in der Hand faßte Norton einen weitreichenden Entschluß. Er konnte March nicht berichten, daß er versagt hatte – das käme einem Selbstmord gleich. Also war es an der Zeit, abermals die Seite zu wechseln, um zu überleben.

»Dieser Videofilm, den March unbedingt in die Hand bekommen wollte, muß vernichtendes Material enthalten. Weshalb hatte er sonst eine so große Truppe von Unit One nach Europa geschickt?« March hatte eine Schlacht verloren – das sagte Norton jener sechste Sinn, den er in seinen Jahren als FBI-Agent entwickelt hatte.

Er erinnerte sich an einen gewissen mächtigen Senator, dem er einmal einen Gefallen getan hatte, indem er belastende Dokumente verschwinden ließ, die seiner Karriere auf dem Capitol Hill ein rasches Ende bereitet hätten. Ja, es war an der Zeit, daß er sich mit Senator Wellesley in Verbindung setzte, ihm abermals seine Dienste anbot. Gegen ein beträchtliches Honorar...

Norton folgte dem Espace und dem Kombi und war nicht überrascht, als die beiden Fahrzeuge auf den Innenhof des Château d'Ouchy einbogen. Er ließ seinen Wagen in der Nähe des Anlegers stehen, von dem aus die Fähren zum französischen Evian fuhren, und ging zu Fuß zum Hotel zurück. Er kam gerade rechtzeitig ins Foyer, um Tweeds Unterhaltung mit der Dame an der Rezeption zu hören.

»Wir reisen heute ab. Würden Sie bitte für mich und Miss Grey die Rechnung fertig machen? Es hat keine Eile. Wir bleiben noch zum Mittagessen...«

Was Norton genügend Zeit ließ, ein Problem aus der Welt zu schaffen. Mencken. Norton achtete immer sehr darauf, sämtliche Probleme aus der Welt zu schaffen. Er konnte nicht riskieren, daß Mencken vor ihm in Washington ankam – vielleicht würde er March sogar einflüstern, an allen Mißerfolgen wäre nur Norton schuld.

Er kehrte zu seinem Wagen zurück, setzte seinen Schweizerhut auf und zog ihn tief in die Stirn. Auf dem Beifahrersitz lag neben einem Mobiltelefon ein Spazierstock, den er gleichfalls gekauft hatte. Er griff nach dem Telefon und wählte Menckens Nummer. Er hoffte, daß er in Reichweite war.

»Ja? Wer ist da?« fragte Menckens Stimme nach einer längeren Wartezeit.

»Norton. Wo sind Sie? Wir müssen uns treffen. Dringend. Um weitere Pläne zu machen.«

»Auf halbem Wege zwischen Lausanne und Vevey. Aus der Schußlinie heraus.«

»Sehr vernünftig. Jetzt ist hier alles ruhig. Aber Sie haben recht, wenn Sie sich von der Stadt fernhalten. Wenn Sie am See entlang in Richtung Vevey fahren, gibt es da eine Stelle, an der die Straße vom See wegführt. Es gibt da ein Wäldchen, hinter dem ein Feldweg am Ufer entlang verläuft. Kennen Sie die Stelle? Gut. Wir treffen uns dort in einer Dreiviertelstunde. Achten Sie darauf, daß Ihr Wagen vom Feldweg aus nicht zu sehen ist. Und ich sagte es bereits – es ist dringend.«

»Verstanden« erwiderte Mencken kurz.

In seinem Zimmer im Château d'Ouchy erteilte auch Tweed seinem Team ausführliche Anweisungen. Barton Ives hörte zu. Das wird ein geschäftiger Tag, dachte er.

»Wir alle – mit Ausnahme von Philip Cardon, der Joel Dyson in seinem Zimmer bewacht – fahren zum Flughafen Genf. Von dort aus fliegen wir nach London. Über Nacht bleiben wir in einem der Hotels in der Nähe von Heathrow, damit wir morgen mit der Concorde nach Washington weiterfliegen können.« Tweed sah Ives an. »Ich kenne Senator Wellesley, ich bin ihm begegnet, als ich an einer Sicherheitskonferenz in Washington teilnahm. Aber sind Sie ganz sicher, daß Sie ihm vertrauen können?«

»Wellesley«, versicherte ihm Ives, »ist durch und durch Patriot. Von der Sorte gibt es nicht mehr viele. Das bedeutet nicht, daß er ein Heiliger ist – sonst hätte er nicht die Machtposition erreichen können, die er jetzt innehat.«

»Sie meinen, er kann skrupellos sein?« fragte Paula.

»Durchaus möglich, daß ich genau das meine. Aber diese Situation verlangt vielleicht skrupellose Maßnahmen. Ich habe ihn angerufen«, teilte er Tweed mit. »Er erwartet mich und das Beweismaterial, aber ich habe ihm nicht gesagt, daß Sie auch mitkommen.«

»Gott sei Dank«, sagte Newman mit Nachdruck. »Bevor wir in Dulles ankommen, miete ich über Funk mehrere Wagen. Und ich rate dringend, daß ich mit Butler, Nield und

Marler an Bord der Concorde gehe, als hätten wir nicht das geringste mit Ihnen zu tun.«

»Welche Gefahr könnte Ihnen dort drohen?« fragte Ives.

»Wir haben alle diesen Film gesehen, der die gesamte Regierung der Vereinigten Staaten vernichten kann. Ich befürchte, daß man nichts unversucht lassen wird, um das zu verhindern.« Newman sah Tweed an. »Dieser Ausflug erfordert einiges an Organisation...«

»Alles bereits erledigt«, warf Paula ein. »Tweed hat mich schon vor einiger Zeit angewiesen, alle erforderlichen Vorbereitungen zu treffen. Die Flüge sind gebucht, die Tickets liegen an den Flughäfen bereit. Ebenso Hotelzimmer in der Nähe von Heathrow.« Sie wendete sich an Tweed. »Wir nehmen also den Film und das Tonband mit?«

»Ja – um sie Wellesley zu zeigen. Wenn das geschehen ist, fliegen wir mit der nächsten Maschine zurück.«

»Und zwar nach Möglichkeit lebendig«, warnte Newman.

»Was ist mit Joel Dyson?« unterbrach Paula abermals. »Ich habe für Pete Nield und Dyson Plätze in einer anderen Maschine von Genf nach London gebucht.«

»Von wo aus Nield Dyson zu einem sicheren Ort eskortieren wird. Dorthin, wo Howard ist«, setzte Tweed hinzu.

»Und was tue ich damit?« erkundigte sich Marler und hob eine zweite Tasche hoch. »Mit den Waffen, die Sie uns abgenommen haben, ist sie verdammt schwer.«

Wie auf ein Stichwort hin klopfte jemand an. Newman eilte zur Tür, schloß sie auf und öffnete sie vorsichtig. Er sagte: »Einen Moment« und schloß die Tür wieder ab, bevor er Tweed einen Umschlag aushändigte.

»Ein Schweizer in einem Straßenanzug«, berichtete er.

Tweed öffnete den Umschlag, überflog den Brief, nickte.

»Das kommt von Beck. Unter den Leuten, die sie verhaftet haben, war einer mit einem Koffer, der zwanzig Millionen Dollar enthielt. Er hat ihn von Experten öffnen lassen, und sie haben eine Thermitbombe entschärft, die darin steckte.

Der Detektiv draußen ist gekommen, um die Waffen abzuholen. Schließlich können wir nicht versuchen, mit ihnen an Bord eines Flugzeugs zu gehen...«

»Und was ist mit Gaunt, Eve und Jennie?« fragte Newman, nachdem er dem Schweizer die Tasche ausgehändigt und die Tür wieder abgeschlossen hatte.

»Ich habe mit Gaunt gesprochen, bevor wir hier heraufkamen«, erklärte Tweed. »Er hat es aufgegeben, herausfinden zu wollen, wer Amberg in seinem Haus in Cornwall ermordet hat. Das wäre eine unlösbare Aufgabe – behauptet er jedenfalls. Er fährt zusammen mit Eve und Jennie nach Basel. Sie erinnern sich – dort liegt sein Boot, die *Mayflower III*, im Rhein vor Anker. Er fährt mit ihr nach Padstow zurück.«

»Mit Eve und Jennie?« fragte Paula.

»Das sagte er zumindest.«

»Das kommt mir sehr, sehr merkwürdig vor«, bemerkte sie.

»Mir auch. Aber sobald wir aus Washington zurück sind, werden wir uns auch dorthin begeben. Nach Padstow. Wir müssen immer noch herausfinden, wer den Massenmord in Tresilian Manor begangen hat und warum. Ganz zu schweigen davon, wer dieses arme Küchenmädchen vom High Tor herunterstieß...«

Marvin Mencken war aufgeregt, als er bei offenem Fenster am Steuer seines Renault saß. Anweisungsgemäß war er mit seinem Wagen von der Straße abgebogen und in das Wäldchen hineingefahren. Von der Straße aus war er nicht zu sehen, aber trotzdem nicht weit von dem am Seeufer entlangführenden Feldweg entfernt.

Mencken war aufgeregt, weil er nun zum ersten Mal den mysteriösen Norton von Angesicht zu Angesicht sehen würde. Es hatte ihm nie gefallen, Befehle von jemandem entgegennehmen zu müssen, den er nicht einmal dann erkennen würde, wenn er in einem Restaurant neben ihm saß.

Trotz des Sonnenscheins war es ein kalter Tag. Mencken ließ den Motor laufen und hatte die Heizung voll aufgedreht. Wenn es stickig wurde, öffnete er das Fenster. Außerdem hatte er Vorsichtsmaßnahmen ergriffen – unter einem Kissen auf dem Beifahrersitz ragte der Griff einer 9-mm-Luger hervor.

Er versteifte sich, als er das Klicken von Absätzen hörte, und entspannte sich wieder, als ihm klar wurde, daß es sich um eine Frau handeln mußte.

Er erhaschte einen Blick auf sie, als sie auf dem Feldweg in Richtung Vevey vorbeikam.

Eine gutaussehende Blondine. Mencken seufzte. Er war so beschäftigt gewesen, daß er keine Zeit gehabt hatte, bei einer Frau Entspannung zu suchen.

Der ältliche Schweizer mit dem merkwürdigen Hut kam langsam auf dem Feldweg auf ihn zu.

Unter dem Hut hing langes graues Haar heraus. Auf seiner Nase saß eine Brille mit merkwürdigen Gläsern, die aussahen wie Halbmonde.

Der Alte stützte sich auf einen Spazierstock und schaute auf den See hinaus. Machte vermutlich jeden Tag denselben Spaziergang, wenn das Wetter danach war. Vom Leben zu Tode gelangweilt.

Mencken versprach sich eine Menge Spaß, falls er jemals in dieses Stadium gelangen sollte.

Er steckte sich eine Zigarette in den Mund, als der alte Mann auf den Fußweg einbog. In der nächsten Sekunde rammte er die Mündung einer 9 mm Browning Hi-Power durch das offene Fenster gegen Menckens Brust und drückte ab. Der Knall des Schusses wurde durch den dicken Schal um Menckens Hals gedämpft.

Sein Kopf sackte nach vorn.

Nortons behandschuhte Hand langte durch das Fenster, ergriff den äußeren Teil der unangezündeten Zigarette, die Mencken durchgebissen hatte, und warf ihn ins Unterholz.

Dann öffnete er die Tür, und eine Woge stickiger Hitze schlug ihm entgegen. Schnell kippte er den Toten seitwärts auf den Boden, nahm die Luger an sich, drückte auf den Knopf, der das Fenster schloß, machte die Tür zu.

Niemand war in der Nähe, kein Fahrzeug in Sicht, als er zuerst die Luger weit hinaus in den See schleuderte und anschließend auch den Browning. Ein letzter Blick auf den Wagen zeigte ihm, daß die Fenster bereits beschlugen und den Toten praktisch unsichtbar machten. Er hatte bereits mit Senator Wellesley telefoniert, und mit einigem Glück würde er in einer Maschine nach Washington sitzen, bevor Menckens Leiche überhaupt entdeckt worden war. Probleme mußte man aus der Welt schaffen.

# 53

Senator Wellesley hatte den Videorecorder selbst bedient. Als er gesehen hatte, wer dem grauenhaften Niederbrennen der Blockhütte zuschaute, war er froh, daß er diese Vorsichtsmaßnahme ergriffen hatte. Seine Gäste in dem Arbeitszimmer in Chevvy Chase – der Bankier und der erfahrene Politiker – hatten sich den Film in fassungslosem Schweigen angesehen und den Entsetzensschreien der Frau gelauscht.

Wellesley schaltete das Licht ein und verstaute den Film und das Tonband wieder in den Kassetten. Als erster reagierte der Bankier mit heiserer Stimme.

»Großer Gott! Ich brauche einen Drink. Einen Bourbon …«

Wellesley, der nur selten etwas trank, schenkte außer seinen Gästen auch sich selbst einen großen Bourbon ein. Dann ließ er sich wieder am Tisch nieder. Der Politiker räusperte sich, dann sprach er mit beherrschter Stimme.

»So, jetzt wissen wir das Schlimmste. Und wenn ich mir einen Alptraum ausdenken müßte, wäre es mir unmöglich, auf etwas zu kommen, das das hier übertrifft.«

»Und er vergrößert nach wie vor das Defizit«, meinte der Bankier, nur um überhaupt etwas zu sagen.

»Und er ergreift auch weiterhin keinerlei Maßnahmen gegen die Bedrohung aus dem Osten«, bemerkte der Politiker.

»Kinderkram«, erklärte Wellesley barsch. »Verglichen mit dem, was wir gesehen haben. Ich hatte mir den Film schon einmal angesehen, bevor Sie kamen. Dies ist eine nationale Krise. Wir können nicht zulassen, daß March noch länger im Weißen Haus sitzt. Ich habe die schwierigste Entscheidung meines ganzen Lebens getroffen.«

»Und welche ist das?« fragte der Politiker.

»Ein ehemaliger FBI-Mann namens Norton ist in Washington eingetroffen. Ich bin ihm vor vielen Jahren einmal begegnet. March hat verlauten lassen, daß er in den Süden fliegen will. Ich habe Norton bestimmte Anweisungen erteilt. Ein Serienmörder im Weißen Haus – das verlangt nach drastischen Maßnahmen.«

»Wie sind Sie an diesen grauenhaften Film gekommen?« fragte der Bankier.

»Er wurde mir von dem überaus vorsichtigen Special Agent Barton Ives zugeschickt. Durch einen Boten – zusammen mit einem detaillierten Bericht über die sechs Morde in verschiedenen Staaten des Südens, die nie aufgeklärt wurden. Vernichtende Beweise gegen Bradford March.«

»Weshalb überaus vorsichtig?« fragte der Politiker mit einer Miene, die darauf hindeutete, daß er die Antwort bereits wußte.

»Weil er sich irgendwo in Washington versteckt. Ich bezweifle, daß wir ihn je aufspüren werden. Und in seinem Brief steht, daß Tweed, ein hochrangiger Sicherheitsbeamter aus London, mich aufsuchen wird. Ich erinnere mich an Tweed – die Art Mann, die man nicht vergißt. Er war es, der den Film und das Band beschafft hat.«

»Und was zum Teufel tun wir jetzt?« fragte der Bankier.

»Sie werden gar nichts tun. Irgendwer muß die Verantwortung für die Auslösung einer drastischen Maßnahme übernehmen. Und das werde ich sein. Ich benutze Norton. Ich habe mich heute morgen heimlich mit ihm getroffen. Er hat seine Anweisungen. Der Präsident fliegt heute von der Andrews Air Force Base in den Süden.«

»Was bedeutet das?« fragte der Bankier, offensichtlich sehr nervös.

»Sind Sie sicher, daß Sie das wissen wollen?« erwiderte Wellesley.

»Der Senator ist durchaus in der Lage, dieses Problem zu lösen«, sagte der Politiker nachdrücklich.

»Ich glaube nicht, daß ich Einzelheiten wissen will«, sagte der Bankier und leerte sein Glas. »Wird Zeit, daß ich an meinen Schreibtisch zurückkehre...«

»Was ist mit diesem Norton?« fragte der Politiker, sobald er mit Wellesley allein war. »Er könnte mehr wissen, als Ihrer Gesundheit zuträglich ist.«

»Daran habe ich auch schon gedacht. Wegen Norton brauchen Sie sich keine Sorgen zu machen. Er ist ein Spitzenprofi, gekauft und für den Job bezahlt. Aber ich bilde mir nicht ein, auch einen fest verschlossenen Mund gekauft zu haben. Entsprechende Maßnahmen sind bereits eingeleitet. Warten Sie den Nachmittag ab...«

Im Oval Office überprüfte Präsident Bradford March seine Rasur im Spiegel – man mußte gut aussehen, wenn man Reden vor dem Volk halten wollte. Sara kam herein, ohne anzuklopfen. March drehte sich zu ihr um und grinste.

»Sagen Sie mir, daß ich okay bin für die Reise.«

»Sie sind okay, aber ich meine, Sie sollten die Reise absagen.« Sie redete, so schnell sie konnte. »Ich habe Gerüchte gehört, daß jemand es auf Sie abgesehen hat. Eine Neuauflage von Dallas...«

»Unsinn! Ich werde von Unit One beschützt. Sogar die Besatzung der Air Force One besteht aus Unit One-Männern. Es wird Zeit, daß ich wieder einmal mit den Leuten rede und ein bißchen Stimmung für mich mache, indem ich dem Pöbel richtig einheize.«

»Lassen Sie niemanden hören, daß Sie die Leute Pöbel nennen«, warnte Sara.

»Genau das sind sie.« Er bedachte sie mit seinem berühmten Grinsen. »Ich muß es schließlich wissen – schließlich habe ich einmal dazugehört. Ich weiß, was man von sich geben muß, damit sie die Hüte in die Luft werfen.«

»Hören Sie mir zu.« Sara hatte das Gefühl, noch einen Versuch unternehmen zu müssen. »Unsere Beobachter haben berichtet, daß sich die ›Drei Weisen‹ vor einer Stunde abermals getroffen haben. Wieder in Wellesleys Haus...«

»Dieser alte Politikstümper...«

»Diesmal erschienen seine Gäste mit FBI-Bewachern – sie umringten beide Männer, als sie aus ihren Limousinen ins Haus gingen.«

»Also bekommen Sie es mit der Angst zu tun. Steht mein Wagen bereit, um mich nach Andrews zu bringen?«

Norton verließ das Flugzeug des Präsidenten mit einem Koffer, der angeblich Geräte zum Aufspüren von Sprengstoff enthielt. Als er die Treppe hinunterstieg, war das Sonnenlicht so grell, daß er blinzeln mußte. Er trug einen orangefarbenen, bis zum Hals geschlossenen Overall mit dem Abzeichen U 1 – Unit One – und widerstand der Versuchung, sich eilends von der Air Force One zu entfernen.

Er war der letzte Angehörige der Wartungsmannschaft, der das Flugzeug verließ. Ein Konvoi näherte sich. Die Fernsehteams waren bereits in Stellung gegangen, kontrolliert von Wachmännern, die darauf achteten, daß die Kameraleute einen unverstellten Blick auf die Treppe des Flugzeugs hatten, die March hinaufsteigen würde. Der Präsident liebte die Publicity.

Unter seinem Overall trug Norton einen grauen Anzug. Beim Passieren des Kontrollpostens eine Weile zuvor hatte er keinerlei Probleme gehabt – er hatte einfach seinen Unit One-Ausweis vorgezeigt. Dann war er im Wartungsschuppen herumgeschlendert und hatte nach einem Mechaniker Ausschau gehalten, der ungefähr seine Größe und seinen Körperbau hatte und einen der unverwechselbaren orangefarbenen Overalls trug. Norton hatte sich von hinten an ihn angeschlichen und ihn außer Gefecht gesetzt, indem er ihm mit einem Wagenheber auf den Hinterkopf schlug.

»Schlaf gut, Kleiner«, hatte er geflüstert, nachdem er dem

Mann den Overall ausgezogen und ihn in eine Mülltonne gestopft hatte.

Auf diese Weise war er ins Innere der Maschine gelangt, und zwar in einem Moment, in dem der größte Teil der Wartungsmannschaft sie schon wieder verlassen hatte. Jetzt, außer Sichtweite der jubelnden Menge, zog er den Overall aus, steckte ihn zu seinem bewußtlosen Vorbesitzer in die Mülltonne, strich seinen grauen Anzug glatt und eilte, abermals seinen Ausweis vorzeigend, zum Hauptausgang hinaus.

Jetzt hielt ihn nichts mehr davon ab, sich zu beeilen – schließlich trug er nur einen Anzug und keinen Mantel in der bitteren Kälte, die trotz der Sonne in Washington herrschte. Wieder hörte er die Menge jubeln, diesmal anhaltender. Als er auf die Stelle zuging, an der er seinen Wagen geparkt hatte, konnte Norton sich die Szene vorstellen.

Bradford March, der langsam die Treppe zu seiner Maschine hinaufstieg und oben stehenblieb, um sich dann plötzlich umzudrehen und beide Arme mit geballten Fäusten in die Luft zu recken. Ein weiteres, noch lauteres Getöse der Menge. Norton lächelte grimmig, als er sich ans Steuer seines Wagens setzte und davonfuhr. Knapp einen Kilometer von der Air Base entfernt hielt er an, an einer Stelle, von der aus er den Start der Maschine beobachten konnte.

Die Air Force One startete, entfernte sich im Steilflug von den Wagen auf der Rollbahn. Norton schaute aus dem offenen Fenster und hörte das Heulen der Triebwerke, sah, wie der kleiner werdende silbrige Pfeil eine Höhe von fünfzehnhundert Metern erreichte.

Er trug eine dunkle Sonnenbrille und wurde deshalb von dem plötzlichen Aufblitzen nicht geblendet. Er hörte einen donnerähnlichen Knall, als das Flugzeug sich auflöste und die Trümmer seines Rumpfes aus einer Wolke aus dickem schwarzen Rauch hervorschossen, die das Blaßblau des Himmels verdunkelte. Norton, der seinen Motor hatte laufen lassen, verließ die Nebenstraße und fuhr zurück zu seinem Terrassenhaus am Rande von Chevvy Chase. Während seiner Zeit beim FBI hatte er der Sprengstoffabteilung angehört.

»Anscheinend habe ich nichts verlernt«, sagte er laut. Er benutzte seine Fernsteuerung, um das Tor der unter seinem Haus liegenden Garage zu öffnen. Nachdem er den Wagen hineingefahren hatte, kam er wieder heraus, schloß das Tor und ging die Stufen zu seiner Haustür hinauf. Auf der anderen Straßenseite schaute eine Frau aus einem Fenster im ersten Stock und sah, wie er die Stufen hinaufging. Sie war nicht überrascht – ihr Nachbar, Sicherheitsberater einer großen internationalen Bank, war oft wochenlang von zuhause fort. Sie verließ das Fenster, um nach unten zu gehen.

Norton hielt den Hausschlüssel in der Hand, als er den Vorplatz erreicht hatte. Er steckte den Schlüssel ins Schloß, runzelte die Stirn, als er das Gefühl hatte, daß er sich schwer drehen ließ. Diesmal ließ sein sechster Sinn für Gefahr ihn im Stich – er war in Gedanken noch bei dem, was in Andrews geschehen war. Er drehte den Schlüssel, und Trümmer der zerplatzenden Tür durchbohrten ihn. Die Gewalt der Explosion war so groß, daß sein verstümmelter Körper über die Straße geschleudert wurde. Die Frau gegenüber schaute aus ihrem zerborstenen Fenster und sah Nortons Leiche vor ihrer eigenen Haustür liegen.

# 54

Tweed erschien nicht zu seiner Verabredung mit Senator Wellesley. Er erfuhr von der Explosion der Maschine des Präsidenten kurz nach dem Start durch einen Pagen in seinem Hotel, dann sah er zusammen mit Newman, Paula und Barton Ives in seinem Zimmer die Reportage im Fernsehen.

»Wir müssen zusehen, daß wir aus Amerika herauskommen, solange wir noch am Leben sind«, sagte er und benutzte die Fernbedienung, um den Fernseher auszuschalten. »Und Sie kommen am besten mit, Ives.«

»Das glaube ich auch«, pflichtete Ives ihm bei. »Hier wird ziemlich rüde vorgegangen. Und ich habe Ihnen gesagt, daß Wellesley ein Patriot ist, ein skrupelloser Patriot. Aber werden wir es schaffen? Sie könnten schon jetzt zu uns unterwegs sein...«

»Also setzen wir Plan Omega in die Tat um«, erklärte Tweed. »Im voraus ausgearbeitet für genau diesen Fall von Bob Newman und Paula – obwohl wir nie damit gerechnet hatten, daß man March umbringen würde. Ives, Sie bleiben bei uns und denken von jetzt ab immer daran, daß Sie Chuck Kingsley heißen, vor allem, wenn wir am Flughafen einchecken.«

»Dulles?«

»Nein, nicht Dulles. Das ist einer der wichtigsten Bestandteile von Omega. Ich muß Marler anrufen und ihn wissen lassen, daß wir binnen einer halben Stunde von hier verschwunden sein müssen. Für Erklärungen haben wir jetzt keine Zeit...«

Sie fuhren einen Umweg, auf dem sie zum Dulles Airport

hätten gelangen können. Newman saß am Steuer des gemieteten Lincoln mit Tweed neben sich, während Paula und Ives im Fond saßen. Sie waren nicht in die Stoßzeit geraten; trotzdem herrschte einiger Verkehr. Paula schaute immer wieder durchs Heckfenster.

»Diese beiden schwarzen Limousinen, die sich an uns gehängt haben, als wir das Hotel verließen, sind immer noch da. Mit einer Menge Männer darinnen. Das gefällt mir nicht.«

»Sehen Sie die drei Chevrolets?« fragte Tweed Newman.

»Ja, sie sind aus Nebenstraßen erschienen und kommen jetzt näher. Marler fährt den grünen, Butler den weißen und Nield den braunen. Marler hat sich den Stadtplan genau angesehen und eine Stelle ausgesucht, an der sie in Erscheinung treten wollten. Diesen Typen in den schwarzen Limousinen steht eine Überraschung bevor...«

Die vordere der schwarzen Limousinen wurde von einem häßlichen, kahlköpfigen Gangster mit dem Spitznamen Baldy gefahren, der drei bewaffnete Männer bei sich hatte. Auch in dem Wagen hinter ihm saßen vier Bewaffnete. Als sie an einer Kreuzung angekommen waren, sah Baldy, daß Newman plötzlich rechts abbog. Er war im Begriff, ihm zu folgen, als sich ein grüner Chevrolet vor ihn setzte und den Motor abwürgte.

Baldy fluchte und trat so plötzlich auf die Bremse, daß die Limousine hinter ihm auf ihn auffuhr.

»Scheren Sie sich von der Straße weg«, tobte Baldy, als Marler ausstieg und auf ihn zuschlenderte.

»Tut mir furchtbar leid, alter Freund«, näselte Marler. »Der Motor hat gestreikt, da ist mir nichts anderes übriggeblieben. Diese amerikanischen Kisten taugen nicht viel.«

»Ich habe gesagt, Sie sollen sich...«

Baldy brach ab, als ein weißer Chevrolet neben ihm anhielt und Butler ausstieg, mit der Faust drohte und mit höchster Lautstärke brüllte.

»Sie sollten erst einmal fahren lernen, Mann. Jetzt hat die verdammte Ampel umgeschaltet...«

In seinem Rückspiegel sah Baldy, wie ein brauner Chevrolet hinter der zweiten Limousine anhielt, so daß auch seine anderen Leute sich nicht bewegen konnten. Was zum Teufel ging da vor? Marler schlenderte zu seinem Wagen zurück, während Butler weiter herumbrüllte. Nach zwei Versuchen brachte Marler seinen Motor wieder in Gang, winkte mit der Hand über die Schulter und fuhr los. Baldy gab Gas, um noch bei Grün losfahren zu können, und bog nach rechts ab, aber von Newmans Lincoln war nichts mehr zu sehen.

»Wir schnappen uns die Kerle in Dulles«, informierte er seine Mitstreiter. »Wir wissen, daß sie einen Flug nach London gebucht haben...«

Immer noch dem Plan Omega folgend, fuhr Newman zu einem Hertz-Büro in der Nähe eines Taxistandes. Er gab den Lincoln zurück, und auch Marler, Butler und Nield erschienen und lieferten ihre Mietwagen ab. Zwei Taxis brachten sie zum Bahnhof, wo sie gerade noch den Metroliner nach New York erreichten.

»Wie haben Sie das angestellt?« fragte Ives, als der Zug durch den Nachmittag raste. »Die Kerle hatten uns praktisch auf dem Präsentierteller.«

»Eine kleine Vorsichtsmaßnahme. Paula hat unter unseren eigenen Namen für zwei Flüge von Dulles Airport nach London Tickets reservieren lassen. Außerdem hat sie, gleichfalls unter unseren eigenen Namen, zwei weitere Flüge von New York nach London gebucht – für den Fall, daß sie es nachprüfen sollten. In Wirklichkeit werden wir an Bord einer Maschine der British Airways gehen, die um 19 Uhr vom Kennedy Airport startet. Dieser Flug ist unter angenommenen Namen gebucht – und deshalb sind Sie jetzt Chuck Kingsley.«

»Wie sind Sie darauf gekommen, daß man es auf uns abgesehen haben könnte?«

»Wir wissen über die sechs Serienmorde Bescheid. Aber vor allem weiß Wellesley, daß wir den Film gesehen haben, der Amerika schweren Schaden zufügen könnte. Also müssen alle Zeugen beseitigt werden. Das war mir klar, sobald ich gehört hatte, daß Bradford Marchs Flugzeug explodiert war. Da wußte ich, *wie* skrupellos Wellesley sein kann – was ich vorher nicht wissen konnte.«

»Und die drei Chevrolets?«

»Newman hat sie über Funk gemietet, ebenso den Lincoln. Er bestand auf den Farben, damit er die Wagen leicht erkennen konnte, falls es sich als notwendig erweisen sollte. Und das hat es getan.«

»Und was wollen Sie jetzt tun?« fragte Paula Ives.

»In Europa bleiben, nehme ich an. Am Leben bleiben. Mein neuer Name gefällt mir. Vielleicht behalte ich ihn sogar. Und in Anbetracht dessen, wie sich die Dinge in der Welt entwickeln, werde ich wohl eine Sicherheitsagentur aufbauen. Ich bin sicher, Sie alle werden froh sein, wenn Sie wieder zuhause sind und sich gründlich ausruhen können.«

»Von Heathrow aus fahren wir auf schnellstem Wege zu einem Ort namens Padstow«, sagte Tweed. »Dort wurde ein Massenmord begangen, dem Paula beinahe zum Opfer gefallen wäre, und ich weiß jetzt, wer dieses Verbrechen begangen hat.«

# 55

Ein heftiger Sturm tobte, als sie langsam, sich gegen den Wind anstemmend, vom Hotel Metropole ins Zentrum von Padstow unterwegs waren. Paula klammerte sich an Newmans Arm, während Tweed ihnen so schnell wie möglich vorausging.

»Sehen Sie, The Old Custom House«, rief Paula laut, um sich verständlich zu machen. »Wo wir mehrmals eingekehrt sind. Wie wunderbar, es wiederzusehen, wieder im guten alten England zu sein!«

»Ich glaube, genau dorthin will Tweed«, erwiderte Newman. »Nein – was hat er denn jetzt vor?«

Tweed war stehengeblieben, deutete auf den Innenhafen, betrat die Telefonzelle, die er bei ihrem voraufgegangenen Besuch immer benutzt hatte. Von drinnen deutete er auf The Old Custom House, machte die Pantomime eines trinkenden Mannes.

Riesige Wellen schlugen an die äußere Hafenmauer, prallten mit ungeheurer Gewalt gegen den Stein, schleuderten Wasser und Gischt hoch in die Luft. Paula zupfte an Newmans Ärmel, um ihn zu veranlassen, an derselben Stelle stehenzubleiben, an der auch Tweed angehalten hatte. An einer Mauer im Innenhafen vertäut, dümpelte die *Mayflower III* auf und nieder, durch den geschlossenen Damm vor dem Tosen des Meeres geschützt.

»Offenbar ist Gaunt gleichfalls zurück«, rief Paula. »Lassen Sie uns hineingehen. Und ich möchte wissen, mit wem Tweed telefoniert…«

In der Telefonzelle wählte Tweed die Nummer der Polizei in Launceston auf der anderen Seite des Moors. Auf seine

Bitte hin wurde er sofort mit Chefinspektor Roy Buchanan verbunden.

»Haben Sie in Tresilian Manor arrangiert, um was ich Sie gebeten hatte?« fragte Tweed.

»Seit Sie mich vom Flughafen aus angerufen haben, bin ich nur herumgerannt, um Ihre verrückte – um nicht zu sagen makabre – Idee zu organisieren.«

»Wollen Sie den Verbrecher, der diese grauenhaften Morde begangen hat, fassen – oder wollen Sie nicht? Dieser Mörder ist nur mit einer Schocktaktik zu überführen. Fahren Sie jetzt gleich zum Manor, aber bleiben Sie in Ihren Wagen außer Sichtweite. Ich werde mit den Verdächtigen dort erscheinen, sobald ich sie alle zusammen habe.«

»Ich weiß nicht, weshalb ich mich auf diesen Wahnsinn eingelassen habe...«

»Weil es Ihnen nicht gelungen ist, diesen Massenmord aufzuklären...«

Paula, die zusammen mit Newman in den Schutz der warmen Bar eilte, blieb abrupt stehen. Es war das reinste *déjà-vu* – eine Wiederholung der Szene, die sie schon einmal vor sich gesehen hatte.

Gaunt saß in einem der großen Ledersessel gegenüber der langen Theke. Er hielt Hof, schwenkte eine große Hand vor seinem Publikum. Neben ihm saß Eve Amberg in einem weißen Rollkragenpullover. Auf dem Stuhl neben ihr lag eine wildlederne Reitjacke. Sie nippte an einem Drink. Ihr gegenüber, für Paula im Dreiviertelprofil sichtbar, saß Jennie und befingerte ihre Perlenkette. Eine Perlenkette? Weshalb gab sie Paula zu denken? Das vierte Mitglied der Gruppe war für Paula eine Überraschung. Amberg saß sehr aufrecht da in seinem schwarzen Anzug, und sein schwarzes Haar war wie immer straff zurückgekämmt. Trug er nie etwas anderes als Schwarz? Und was tat er hier in Padstow?

»War eine tolle Fahrt den Rhein hinunter in dem alten

Kahn, Amberg«, dröhnte Gaunt. »In Rekordzeit, weil wir die ganze Nacht durchgefahren sind. Es ist immer ein Vorteil, wenn man mit vier Stunden Schlaf auskommen kann – und ich kann es. Eve hat das Ruder übernommen, wenn ich ein Nickerchen machen mußte. Wir beide sind ein gutes Team, stimmt's, Eve?«

»Jedenfalls sind wir heil und ganz hier angekommen«, sagte sie ohne jede Begeisterung. »Das Umrunden von Land's End bei diesem Sturm war nicht gerade das, was ich mir unter einer tollen Fahrt vorstelle.«

»Unsinn! Sie haben jede Sekunde der Fahrt genossen. Hat Ihre hübschen Augen zum Funkeln gebracht...«

»Ist es nicht verboten, auf dem Rhein nachts zu fahren?« fragte Amberg.

Paula hatte den Eindruck, daß dies das erste Mal gewesen war, daß der Bankier etwas gesagt hatte. Sein Drink stand unangerührt vor ihm.

»Ach, diese bürokratischen Bestimmungen«, schnaubte Gaunt verächtlich. »Man muß die Initiative ergreifen, sonst erreicht man nichts in dieser Welt, in der diese Clowns in Brüssel das Sagen haben.« Er sah zur Tür. »Donnerwetter! Seht mal, wer da hereingekommen ist. Ihr größter Schwarm, Eve.«

»Weshalb halten Sie nicht endlich die Klappe«, fauchte sie.

Newman winkte kurz, ging mit Paula an die Theke und bestellte einen Scotch für sich und ein Glas Weißwein für Paula. Er ließ sich auf einem Hocker nieder, und als sie neben ihm saß, flüsterte er.

»Ich habe keine Ahnung, was Tweed vorhat. Warten wir lieber, bis er hier ist.«

»Ich kann mir einfach nicht vorstellen, in welchem Verhältnis die drei zueinander stehen«, sagte sie leise. »Ich meine Gaunt, Eve und Jennie. Da geht irgend etwas überaus Merkwürdiges vor...«

Tweed kam herein, als sie ihre Drinks genossen. Er bestellte Mineralwasser und blieb an der Theke stehen, bis er es bekommen hatte, dann erteilte er seine Anweisung.

»Wir gehen zu ihnen. Da sind ein paar Fragen, die ich stellen möchte. Paula, haben Sie den Landrover am Hafen geparkt?«

»Außer Sichtweite. Wie Sie es wollten.«

»Also sind wir alle wieder da, von wo wir aufgebrochen sind«, begrüßte Tweed Gaunts Gruppe. Er setzte sich auf die Lehne von Eves Sessel und musterte den Bankier. »Abgesehen von Ihnen, Amberg. Was führt Sie in diesen entlegenen Teil der Welt?«

»Ich bin gekommen, um zu sehen, wo Julius gestorben ist. Ich fand, das war das mindeste, was ich tun konnte. Ich möchte veranlassen, daß sein Leichnam in die Schweiz überführt und dort anständig begraben wird.«

»Sagten Sie Julius?«

Es ertönte das Klirren von brechendem Glas. Jennie hatte ihr Weinglas umgestoßen. Sie warf einen Blick auf den Bankier, der mit aschgrauem Gesicht dasaß, dann sprach sie mit seltsam unbeteiligter Stimme mit dem Barmann, der mit einem Tuch herbeigeeilt war, um die verschüttete Flüssigkeit aufzuwischen.

»Es tut mir leid. Das war wirklich sehr ungeschickt von mir. Aber passen Sie auf, daß Sie sich nicht schneiden – da sind Glassplitter, die man kaum sehen kann.«

»Genau deshalb habe ich dieses Waschleder mitgebracht. Kein Grund zur Aufregung. Ich bringe Ihnen gleich ein anderes Glas auf Kosten des Hauses...«

Paula beobachtete Tweed, erwartete, daß er Mitgefühl für Jennie zeigte, die ihre Verlegenheit nicht verbergen konnte. Statt dessen saß er ganz still da und ließ den Blick über alle am Tisch sitzenden Personen schweifen, als wollte er eine nach der anderen abschätzen. Paula spürte, daß sich die bis dahin friedvolle Atmosphäre verändert hatte. Jetzt schien eine starke Spannung zu herrschen. Aber es gelang ihr nicht, festzustellen, von wem sie ausging. Tweed wartete, bis der Barmann das Aufwischen beendet, ein frisches Glas geholt und es vor Jennie hingestellt hatte.

»Ich glaube, ich weiß, weshalb jeder von Ihnen hier ist«, begann er. In seinem Tonfall und seinem Verhalten lag Autorität. »Es ist verständlich, daß niemand nach Tresilian Manor zurückkehren möchte, in Anbetracht dessen, was dort passiert ist. Aber je früher wir das alle tun, desto besser. Man nennt das die Geister bannen.«

»So ein Blödsinn!« protestierte Gaunt. »Falls Sie es vergessen haben sollten – ich bin es schließlich, dem das Haus gehört.«

»Aber gestern abend, nachdem Sie hier angekommen waren, sind Sie mit Eve und Jennie zum Metropole gefahren und haben dort übernachtet. Um sich für die heutige Rückkehr dorthin zu wappnen. Das ist verständlich«, wiederholte Tweed.

»Woher zum Teufel wissen Sie das?« fragte Gaunt mit ungewöhnlich gedämpfter Stimme.

»Ich habe im Hotelregister nachgesehen und mit dem Hafenmeister gesprochen. Weil es Ihr Haus ist, sind Sie derjenige, den es am härtesten trifft. Keine weiteren Proteste. Trinken Sie aus, damit wir losfahren können.«

Paula ließ den Blick schnell über alle Anwesenden schweifen. Sie sah, wie Jennie ihre Perlen befingerte und den Mund verzog; dann, als sie Paulas Blick bemerkte, brachte sie ein kaltes Lächeln zustande. Eve saß ganz ruhig da, mit einer Reitgerte in der Hand. Ambergs Miene konnte Bestürzung andeuten oder beherrschte Wut. Gaunt hatte sich in seinem Sessel zurückgelehnt und starrte ins Leere; seinem Gesicht war nichts zu entnehmen.

Aber eines wußte sie mit Sicherheit. Allein durch die Kraft seiner Persönlichkeit hatte Tweed die Oberhand über sie gewonnen, sie veranlaßt, genau das zu tun, was er verlangte.

Bevor er Newman und Paula ein Zeichen gab und mit ihnen die Bar verließ, erteilte er noch eine Anweisung.

»Unser Landrover fährt voraus. Versuchen Sie nicht, mich zu überholen, Gaunt. So, und jetzt los...«

Auf dem Bodmin Moor tobte der Sturm noch heftiger als zuvor. Tweed fuhr den Landrover mit Paula neben sich und Newman auf dem Rücksitz so schnell, wie es die Geschwindigkeitsbegrenzung erlaubte, und bog dann auf die nach Tresilian Manor führende Nebenstraße ab.

Paula schob die Hand in ihre Umhängetasche und ergriff den .32er Browning in seinem Spezialfach. Sie hatte Monica vom Flughafen Genf aus angerufen, und Monica hatte ihr nach dem Passieren des Zolls am Londoner Flughafen den kleinen Beutel mit ihrer Waffe ausgehändigt.

»Das Tor ist offen«, bemerkte sie.

»Das war Buchanan. Ich hatte ihn gebeten, es aufzumachen, damit wir keine Zeit verlieren.«

Er parkte den Landrover unterhalb der langen Steinterrasse vor dem Haus. Dann warteten sie auf der Terrasse auf das Eintreffen von Gaunt in seinem BMW. Tweed streckte die Hand nach dem Hausschlüssel aus.

»Das ist mein Haus...«, begann Gaunt.

»Den Schlüssel. Wir gehen zuerst hinein.« Tweed sah Jennie an, die langsam ausstieg. »Sie wollen doch wissen, wer sie umgebracht hat, oder etwa nicht?«

»Weshalb sehen Sie mich an?« fauchte Jennie.

»Einen Moment.« Das war Eve, die in ihrer eleganten Reitjacke auf die Stallungen an der Seitenfront des Hauses zuging. Sie schaute zurück zu Gaunt. »Sie sagten, Sie würden sich um meine Stute Rusty kümmern.«

»Ned, ein verläßlicher Mann, war jeden Tag hier, hat ausgemistet, sie gefüttert und bewegt.«

»Sie haben zwei Minuten«, teilte Tweed ihr mit. »Wir warten hier auf der Terrasse...«

»Was hat sie überhaupt hier zu suchen?« wollte Jennie wissen.

»Sie ist eine Nachbarin«, sagte Gaunt brüsk. »Sie hat in Five Lanes ein Cottage geerbt, aber keinen Stall.«

Eve war tatsächlich nach zwei Minuten zurück und bedachte Gaunt mit einem strahlenden Lächeln.

»Sie ist in bester Verfassung und hat sich so richtig gefreut, mich zu sehen.«

»So, und jetzt gehen wir alle hinein«, verkündete Tweed.

Er schloß die schwere Haustür auf und betrat als erster die Diele mit dem Parkettfußboden. Dann steuerte er zielstrebig auf die geschlossene Tür des Eßzimmers zu und schaute sich noch einmal um, bevor er die Klinke ergriff. Eve war dicht hinter ihm, gefolgt von einer grimmig dreinschauenden Jennie. Den Schluß bildete Amberg, von Newman vorwärts gedrängt.

Tweed riß die Tür auf und trat schnell ein. Die anderen folgten und blieben dann wie angewurzelt stehen. Eine groteske Szene bot sich ihren fassungslosen Augen. Sieben Gestalten in schwarzen Anzügen umgaben den langen Tisch. Zwei saßen noch, waren aber vornüber auf den Tisch gesackt, wo ihre Köpfe in dunkelroten Blutlachen lagen. Vier weitere, von ihren Stühlen gekippt, lagen in weiteren Blutlachen auf dem Boden. Der grauenhafteste Anblick bot sich ihnen am Kopf der Tafel – wo Amberg gesessen hatte. Seine Gestalt war über eine abgebrochene Stuhllehne nach hinten gesunken. Säure hatte sein Gesicht weggefressen, die Knochen freigelegt wie Stahlstangen, den nackten Schädel, zum Vorschein gebracht.

# Nachspiel

»Die für dieses Verbrechen verantwortliche Person befindet sich hier in diesem Zimmer«, stellte Tweed fest. »Sie wurde am Tage des Massenmordes in Padstow gesehen – obwohl sie eigentlich in Zürich sein sollte. Acht Menschen, der Butler mitgerechnet, sind gestorben. Nimmt man Helen Frey, Klara und Theo Strebel hinzu, dann hat sie kaltblütig elf Menschen umgebracht. Dazu kommen noch Celia Yeo und der echte Postbote …«

Jennie unterdrückte einen Aufschrei. Eve holte tief Luft und riß eine 7,65-mm-Beretta aus ihrer Reitjacke und richtete sie auf Tweed. Fast gleichzeitig hatte Paula ihren Browning gezogen und richtete ihn auf Eves Brust.

»Wenn Sie auf den Abzug drücken«, warnte Eve, »ist Tweed tot. Lassen Sie das verdammte Ding fallen.«

Ihre Stimme hatte sich verändert und war jetzt ein heiseres Knarren. In ihren Augen lag ein Ausdruck, der an Wahnsinn grenzte. Paula ließ sich nicht beirren und fauchte ihre Antwort.

»So einfach ist das nicht, Eve.« Sie senkte die Waffe. »Wenn Sie Tweed erschießen, bekommen Sie ein paar Kugeln in den Bauch. Dann werden Sie ein paar Tage entsetzliche Qualen leiden, bevor Sie sterben.«

»Dann spielen wir das Spiel eben anders.« Eves Gesicht sah aus, als wäre es aus Marmor gemeißelt. »Ich verlasse dieses Zimmer. Wenn jemand versucht, mich aufzuhalten, ist Tweed tot. Wenn Sie alle vernünftig sind, bleibt er am Leben. Alle – außer Tweed und Paula – weg von der Tür!«

Newman packte Amberg, der vor Angst erstarrt zu sein schien, beim Arm und zog ihn weiter in den Raum hinein.

Gaunt und Jennie befolgten den Befehl. Eve ging rückwärts auf die offene Tür zu, mit der Waffe in beiden Händen, immer noch auf Tweed zielend. Paulas Browning fuhr langsam herum, ständig auf sein Ziel gerichtet.

An der offenen Tür angekommen, löste Eve eine Hand von der Beretta, schlug mit der anderen Hand die Tür hinter sich zu und trat in die Diele.

»Ich bringe jeden um, der mir folgt«, rief sie, bevor die Tür ins Schloß fiel.

Paula reagierte als erste. Sie sah, wie Eve tief geduckt vor dem Fenster des Eßzimmers vorbeischoß und auf den Stall zueilte. Sie rannte zu einem Fenster, riß es auf und kletterte hinaus. Anstatt zum Stall rannte sie zu dem Landrover und sprang hinein. Tweed hatte den Schlüssel im Zündschloß steckenlassen.

Eine Sekunde, bevor sie den Motor anließ, hörte sie das Klappern von Hufen. Newman rannte auf sie zu.

»Warten Sie auf mich!«

»Keine Zeit...«

Paula schob den Browning mit einer Hand unter das Sitzkissen neben sich. Mit der anderen steuerte sie den Landrover auf den Weg zwischen Haus und Stallungen. Sie sah Eve auf ihrem Pferd hinter dem Haus und folgte ihr. Eve preschte über den Rasen, der sich hinter dem Haus erstreckte und dann durch die Lücke zwischen den Tannen hinaus aufs Moor. Paula gab Gas, stemmte ihren Rücken gegen die Lehne und steuerte durch dieselbe Lücke.

Ohne ein Fahrzeug mit Allradantrieb hätte sie das rauhe, steinige Terrain des ansteigenden Moors nicht bewältigen können. Eve ritt wie der Teufel, und der Sturm ließ ihr tizianrotes Haar hinter ihr herflattern. Paula verfolgte sie unerbittlich. Das war eine persönliche Angelegenheit: Eve hatte gedroht, Tweed umzubringen.

Als Paula den Abstand zwischen sich und der Reiterin verringerte, drehte sich Eve mehrmals im Sattel um und feuerte ihre Beretta ab. Paula zählte die Schüsse und wußte, wann Eves Waffe leer war. Keine einzige Kugel war ihr nahe gekommen; sie hatte nicht einmal die Windschutzscheibe getroffen. Eve, von einem galoppierenden Pferd aus schießend, hatte endlich die Selbstbeherrschung verloren.

Paula wurde plötzlich klar, daß Eve nach Five Lanes wollte. Dort besaß sie ein Cottage – das hatten sie von Gaunt erfahren.

Als die Gruppe von weiß getünchten Häusern näher kam, sah Paula, daß vor einem von ihnen ein cremefarbener Jaguar stand – Eves Hoffnung auf Entkommen. Sie gab noch mehr Gas und kam dem galoppierenden Pferd so nahe, daß Eve alle Hoffnung auf den Jaguar aufgeben mußte. Sie änderte ihre Richtung, jagte einen steilen Hang hinauf, auf den Gipfel des High Tor zu.

Paula fuhr hinter ihr her und hatte das Pferd fast eingeholt, als ihr rechtes Vorderrad gegen einen Felsbrocken prallte. Sie bremste automatisch, als der Wagen zu kippen begann. Sie wurde nach links herausgeschleudert, rollte ab wie ein landender Fallschirmspringer und sah dann zu ihrem Entsetzen, daß sie sich am Rande des tiefen Abgrunds befand, in den Celia Yeo, das Dienstmädchen, hinabgestoßen worden war.

Halb betäubt von ihrem Sturz, sah sie, daß der Landrover wieder fest auf seinen vier Rädern stand. Dann sah sie Eve mit einem zu einer bösartigen Grimasse des Triumphes verzerrtem Gesicht auf sich zukommen. Sie wollte das Pferd dazu benutzen, Paula umzubringen, ihr mit seinen Hufen den Kopf zu zerschmettern. Sie war bereits im Begriff, die Stute zu zügeln, als das Tier den Abgrund sah und mit Terror darauf reagierte. Es stieg ohne Vorwarnung. Eve wurde aus dem Sattel geworfen und über den Rand geschleudert. Paula hörte einen langgezogenen Schrei, sah, wie sie in die Tiefe stürzte, ihr Kopf gegen einen großen Felsbrocken prallte, ihre Arme zur Seite flogen. Dann lag sie reglos da, ein zerschmetterter Leichnam, genau wie der von Celia Yeo, die sie in denselben Abgrund gestoßen hatte.

»Die Szene im Eßzimmer war mit Puppen nachgestellt«, erklärte Chefinspektor Buchanan. »Das Blut war rote Ölfarbe – schön klebrig. Ein Freund hat mir geholfen, der früher, bevor er in Pension ging, in Madame Tussauds Wachsfigurenkabinett gearbeitet hat. Beachtliche Arbeit.«

»Aber Ambergs Gesicht – oder das der Puppe, das ihn darstellte? Das Gesicht war tatsächlich von Säure zerfressen.«

Sie ließ den Blick über die Leute schweifen, die sich im Wohnzimmer von Tresilian Manor versammelt hatten. Tweed, nicht weit von ihr entfernt, mit Newman neben sich. Amberg, der völlig benommen zu sein schien, in einem Sessel neben Newman.

Jennie, die den Bankier anstarrte, als könnte sie nicht glauben, was sie sah.

»Ja, wir haben Säure verwendet«, fuhr Buchanan fort. »Sie legte die Metallstreben im Innern frei, deshalb haben wir sie mit roter Ölfarbe angestrichen.«

»Es war ein kräftiger Schock erforderlich, um Julius Amberg und Eve zu überführen«, sagte Tweed, der jetzt die Erklärung übernahm. »Die gestellte Szene hat ihre Wirkung nicht verfehlt.«

»Julius Amberg? Sie meinen Walter«, sagte Paula. »Julius wurde bei dem Massaker getötet.«

»Nein, das war Walter. Der Mann, der da drüben sitzt, ist Julius.«

»Eineiige Zwillinge«, fuhr Tweed fort. »Während Sie Eve verfolgten, hat Julius die ganze Verschwörung gestanden. Er hat den Film gesehen und das Tonband abgehört, die Dyson ihm zu treuen Händen übergeben hatte. Er hatte Angst, aber Eve, die treibende Kraft hinter der ganzen Sache, sah darin eine Gelegenheit, an ein Vermögen zu kommen – Bradford

March zwanzig Millionen Dollar abzupressen. Zehn Millionen, die der Bank gehörten, hatte Julius beim Spekulieren mit fremden Währungen verloren. Die anderen zehn Millionen sollten dafür sorgen, daß sie den Rest ihres Lebens in Luxus leben konnten.«

»Aber wo kam Walter ins Spiel?« fragte Paula.

»Ich sagte es bereits, Julius hatte Angst – den Präsidenten der Vereinigten Staaten zu erpressen war schließlich keine Kleinigkeit. Eve dachte sich die Lösung aus. Walter, der nichts von dem Film wußte, wurde überredet, hierher zu kommen und Julius' Rolle zu spielen. Sie sagten ihm, ich wäre ein Sicherheitsspezialist und könnte ihm sagen, wie man eine Menge Geld machen könnte. Sie erklärten ihm aber auch, daß ich nur Julius vertraute, der vorgab, krank zu sein. Walter war das Opferlamm – sie rechneten damit, daß der Tod des angeblichen Julius im Rahmen eines sensationellen Massenmordes Schlagzeilen machen würde. Die Wachmänner, die Walter begleiteten, sollten dafür sorgen, daß die Zusammenkunft geheim blieb. Sie dachten, wenn Präsident March von Julius' Tod erfuhr, würden sie in Sicherheit sein – daß er dann hinter Joel Dyson her sein würde.«

»Und was hat zuerst Ihren Verdacht erregt?« fragte Paula.

»Trinken Sie noch etwas Tee«, drängte Newman und füllte ihren Becher noch einmal.

Nach ihrem grauenhaften Erlebnis am High Tor war Paula auf der Hauptstraße zurückgefahren. Als sie die halbe Strecke nach Tresilian Manor zurückgelegt hatte, stieß sie auf die Polizeifahrzeuge, die Buchanan auf die Suche nach ihr ausgeschickt hatte, aber sie hatte darauf bestanden, die restliche Strecke selbst zu fahren.

»Den Verdacht, daß der sogenannte Walter in Wirklichkeit Julius war?« fuhr Tweed fort. »Zuerst die Säure. Weshalb mußte man sein Gesicht zerstören? Um ein Identifizieren des Opfers unmöglich zu machen. Dann hielt Eve sich immer in Ambergs Nähe auf, unter dem Vorwand, Geld aus ihm herausholen zu wollen. Das hätte auch ein Anwalt erledigen können. Außerdem gehörte Kraft dazu, die beiden Callgirls in Zürich zu erdrosseln und ihnen dabei fast den Kopf vom Körper abzutrennen. Im Schwimmbecken des Château Noir fiel mir auf, wie kräftig sie war ...«

»Also war sie es, die Helen Frey und Klara umgebracht hat?«

»Ja. Eve hatte Julius im Verdacht, daß er sein Vergnügen bei anderen Frauen suchte. Deshalb hatte sie den Detektiv Theo Strebel engagiert. Eve ging nie ein Risiko ein. Ihr war klar, daß Callgirls Julius besser kennen würden als seine Angestellten, und daß sie ihn in Zürich vielleicht wiedererkannten.«

»Ich dachte immer, das Erdrosseln mit der Perlenkette verwiese auf einen Mann«, bemerkte Paula.

»Eve suchte die beiden Frauen auf und bot ihnen Geld an, wenn sie Julius nicht wiedersehen würden. Dann zeigte sie ihnen die Perlen, sagte, sie wären echt, und ob sie sie anstelle des Geldes haben wollten? Sie trat hinter sie, um ihnen die Kette um den Hals zu legen, dann zog sie mit ihrer ganzen Kraft den Draht zu, auf dem sie aufgezogen waren.«

»Und was ist mit Theo Strebel? Er wurde erschossen.«

»Bei ihm konnte sie schlecht den Trick mit den Perlen anwenden. Der entscheidende Faktor war, daß er Eve kannte und sie deshalb völlig unbesorgt in sein Büro ließ. Außerdem fiel mir auf, daß Eve häufig den Namen Walter aussprach – ein wenig zu oft –, um zu unterstreichen, daß es tatsächlich Walter war. Eine Menge Kleinigkeiten, die meinen Verdacht auf sie lenkten.«

»Und sie hatte vor, auch mich umzubringen«, sagte Jennie und zitterte. »Sie wußte, daß ich sie am Tag des Massakers in Padstow gesehen hatte. Sie war der Schattenmann.«

»Woher wissen wir das?« fragte Paula.

»Weil ich«, meldete sich Buchanan zu Wort, »auf Tweeds Vorschlag ihr Gepäck im Hotel Metropole durchsuchen ließ.

Während Sie Eve verfolgten, hat einer meiner Leute aus Padstow angerufen und mir mitgeteilt, daß sie einen breitkrempigen Männerhut und einen Mantel gefunden haben.«

»Daher die abweichenden Beschreibungen, die wir von den verschiedenen Zeugen bekamen«, erklärte Tweed. »Manchmal war der Schattenmann schlank, manchmal kräftig gebaut. Sie benutzte den Mantel, um ihr Aussehen zu verändern.«

»Wir haben außerdem in einem Geheimfach die Perlenkette gefunden«, setzte Buchanan hinzu. »Es sieht so aus, als befände sich getrocknetes Blut an dem starken Draht, auf den die Perlen aufgezogen sind. Ich bin sicher, das Labor wird es bestätigen.«

»Also gab es in der Tat zwei ineinandergreifende Puzzles«, bemerkte Paula.

»So ist es«, sagte Tweed. »Das erste war Joel Dyson, der Bradford March filmte und dann nach London flüchtete, Monica je eine Kopie des Films und des Tonbandes übergab und anschließend nach Zürich flog und die Originale bei Julius deponierte. Ich habe keinerlei Zweifel daran, daß Dyson vorhatte, zu gegebener Zeit den Präsidenten zu erpressen, aber Eve kam ihm zuvor. Ohne Dyson hätte es kein belastendes Material gegeben. Dieses Material löste die größte Menschenjagd aus, mit denen March seine Gangster je beauftragt hat. Das zweite Puzzle war, daß Eve und Amberg die Rolle der Erpresser spielten. Das eine führte zum anderen.«

»Woher wissen wir das alles?«

Paula ließ den Blick über die Anwesenden schweifen und verharrte bei Gaunt.

»Weil«, meldete sich Buchanan wieder zu Wort, »Amberg alles gestanden hat, nachdem ich ihn darauf hingewiesen hatte, daß alles, was er sagte, zu Protokoll genommen und gegen ihn verwendet werden könne – und so weiter.«

»Ich kehre in die Schweiz zurück«, sagte Amberg in seinem normalen, befehlsgewohnten Ton.

»Das glaube ich nicht«, versicherte ihm Buchanan. »Nach der Aussage, die Sie gemacht haben, werden Sie der Beihilfe zu acht Morden angeklagt – die alle hier verübt wurden. Sie sind ein verdammt großes Risiko eingegangen mit dem Versuch, den Präsidenten der Vereinigten Staaten zu erpressen.«

»Ich war verzweifelt. In der Kasse der Bank fehlten zehn Millionen. Vielleicht sind die englischen Gefängnisse nicht ganz so schlimm wie die in der Schweiz.«

»Ich nehme an, Sie werden lange Zeit Gelegenheit haben, das herauszufinden«, sagte Buchanan ohne eine Spur von Mitgefühl.

»Die Flut ist abgelaufen. Das Ästuar ist wieder nur eine große Sandbank«, sagte Paula.

»Ich hoffe, Sie haben schon gepackt«, sagte Tweed, als sie zusammen mit Newman in Tweeds Zimmer im Metropole standen. »Übrigens, Cord Dillon sitzt wieder an seinem Schreibtisch in Langley – offiziell ist er von einem langen Urlaub zurückgekehrt. Niemand bringt ihn in Verbindung mit dem, was vorgefallen ist. Und ich habe mit Howard telefoniert – für die Zeit, in der unsere Zentrale wieder aufgebaut wird, ziehen wir in das Kommunikationszentrum am Park Crescent. Es heißt, der Wiederaufbau würde acht Monate dauern – also müssen wir mit einem Jahr rechnen. Der Premierminister telefoniert jeden Tag mit Howard, weil er das Gefühl hat, alles falsch verstanden zu haben.«

»Das hat er«, erklärte Paula.

»Bessere Neuigkeiten aus Washington«, bemerkte Newman. »In den Zeitungen steht, daß an dem Tag, an dem wir aus New York abflogen, Jeb Calloway als neuer Präsident vereidigt wurde. Er schickt weitere Truppen zur Verstärkung der NATO nach Europa. Das sollte helfen, die Krise im Osten zu überwinden. Gerüchten zufolge haben Terroristen aus dem Mittleren Osten die Bombe in Marchs Flugzeug angebracht.«

»Wellesleys Propagandamaschine läuft auf Hochtouren«, bemerkte Tweed. »Genau wie nach der Ermordung Kennedys wird es auch in diesem Fall eine Verschwörungstheorie nach der anderen geben. Und nun wollen wir so schnell wie möglich von hier verschwinden.«

»Weshalb die Eile?« fragte Paula.

»Gaunt möchte, daß wir im Old Custom House mit ihm essen. Er kommt sich ein bißchen wie ein Idiot vor, weil Eve ihn als Tarnung benutzt hat, um die Aufmerksamkeit von Walter abzulenken, der in Wirklichkeit Julius war. Und wie ich von Howard höre, hat mich der Premierminister zum Essen in die Downing Street eingeladen.«

»Und das lassen Sie sich natürlich nicht entgehen«, zog Paula ihn auf.

»Da ist noch etwas, was ich von Howard erfahren habe. Commander Crombies Leute, die die Trümmer am Park Crescent durchsuchen, haben meinen Safe gefunden. Er wurde in unser Kommunikationszentrum gebracht. Monica sagte, er wäre unversehrt. Sie hat ihn geöffnet und den Film und das Tonband in einwandfreiem Zustand gefunden.«

»Das ist doch kaum zu glauben!« fuhr Paula auf. »Alles, was wir durchgemacht haben, war unnötig.«

»Meinen Sie?« fragte Tweed. »Wir sind einen Psychopathen losgeworden, der im Weißen Haus gesessen hat. Hätte der Premierminister zugelassen, daß dieser Film und dieses Tonband nach Washington geschickt werden? Niemals. March wäre Präsident geblieben. Wie die Dinge jetzt liegen, werden der Film und das Tonband für die nächsten dreißig Jahre streng geheimes Material bleiben. Das Ganze war ein klassisches Beispiel für Lord Actons Maxime: *Macht verführt zu Korruption, und absolute Macht korrumpiert absolut.*«

Weltbild Buchverlag –Originalausgaben–
Genehmigte Taschenbuch-Lizenzausgabe 2007
für Verlagsgruppe Weltbild GmbH,
Steinerne Furt, 86167 Augsburg


Projektleitung: Almut Seikel
Übersetzung *The Stone Leopard:* Joachim Maass
Übersetzung *The Power:* Christel Wiemken
Umschlaggestaltung: Hauptmann und Kompanie
Werbeagentur GmbH, München
Umschlagabbildung: © Anthony Boccaccio / Getty Images
Satz: Uhl und Massopust GmbH, Aalen
Druck und Bindung: CPI Moravia Books s.r.o., Pohorelice

Gedruckt auf chlorfrei gebleichtem Papier

Printed in the EU

ISBN 978-3-89897-507-0